刘炳善 著

刘炳善文集

The Collected Works of Liu Bingshan

I. 小说、剧本卷

河南人民出版社

图书在版编目（CIP）数据

刘炳善文集 . Ⅰ , 小说、剧本卷 / 刘炳善著 . — 郑
州 ： 河南人民出版社 , 2022. 10
ISBN 978 - 7 - 215 - 10765 - 6

Ⅰ . ①刘… Ⅱ . ①刘… Ⅲ . ①中国文学 - 当代文学 -
作品综合集②小说集 - 中国 - 当代③剧本 - 作品综合集 -
中国 - 当代 Ⅳ . ①I217. 2

中国版本图书馆 CIP 数据核字（2017）第 020606 号

河南人民出版社 出版发行

（地址 ：郑州市郑东新区祥盛街 27 号 邮政编码 ：450016 电话 ：65788072）
新华书店经销　　　　　　　　河南文华印务有限公司印刷
开本　710毫米×1000毫米　　　1/16　　　印张　21.25
字数　347千字
2022 年 10 月第 1 版　　　　　　2022 年 10 月第 1 次印刷

定价 ：296. 00 元（全四册）

出 版 说 明

刘炳善(1927—2010)是我国著名的翻译家、外国文学专家,生前为河南大学外语学院教授、博士生导师,由他编写的英文版《英国文学简史》被北京大学出版社出版的《中国二十世纪文学研究论著提要》列为"外国文学研究"中"国别史"之首,30余年来一直作为全国高等院校英语专业教材,一版再版,累计印数已达50万多册;他是我国著名的莎士比亚研究专家、国际莎士比亚协会会员,63岁时不顾劳苦和病痛折磨,整整花费20年时间编纂出了皇皇巨著——《英汉双解莎士比亚大词典》《英汉双解莎士比亚大词典续编》。

本文集是刘炳善先生的创作文集,共三卷四册,分为小说、剧本卷,散文随笔卷(Ⅰ、Ⅱ)和文学散论、译事随笔卷,收录了刘炳善先生创作的小说、剧本、散文随笔、文学评论、杂感,以及一部分书信等。

关于本文集的出版,特作以下几点说明:一是分册。分册兼顾体裁、创作时间和单部作品的体量。二是"自序"。刘炳善先生为自己的文集写过一篇题为《我这三十年》的"自序",简要回顾了自己所走过的文学道路,介绍了从1997年到2007年30年间进行文学创作的历程,说明了文集所收作品的创作背景和文集的编排情况。我们依从刘炳善先生对文集的安排,将这篇"自序"置于小说、剧本卷的前面,并尽量保持这篇"自序"的原貌。文集实际收录作品的时间截至2010年12月21日。三是习惯表达。有些表达带有时代印记,在不致引起歧义的前提下,我们尽可能不作修改,仍依原貌。四是收录内容。刘炳善先生出版过译文集,收录有《伊利亚随笔选》《书和画像》《伦敦的叫卖声》《圣女贞德》等译作。本文集只收录刘炳善先生的创作作品,不包括译作、英文作品和双语辞书。

河南人民出版社
2021 年 10 月

我这三十年
——文集自序

一

从 1977 年到 2007 年这三十来年，对于我们这个东方大国来说是一个大变革的时代。即便像我这样一个平凡的知识分子，在时代的震荡之下，三十年来从生活到工作也经历了许多变化。作为文人，积习难改，免不了要写点东西。所写的东西，或发表出版，或束之高阁，不知不觉也积累有相当的数量了。现在出版社出于好意，要给我出一部文集。这是一个机会，可以把自己三十年来所写的文稿分门别类，加以编排整理。而在这整理编排之中，摩挲着在不同时候、为了不同需要、出于不同心情所写的稿子，不免抚今追昔，流连一番，回想一下三十年来自己所走过的文学道路。

我自幼爱好文学，发表文章也颇早，在上世纪 50 年代还做过三年文艺工作，理应有相当的成果。不过，从 50 年代中期即被调到高等学校，而且随即经受了漫长的政治运动的禁锢，被剥夺了正常生活和独立思考的权利，根本谈不到什么文学写作了。二十多年好像是做了一场痛苦的怪梦。直到"文革"结束、三中全会，被错划"右派"的问题改正，怪梦方才结束。虽然，当时个人的精神状态，用河南老百姓的话说，"还没有完全迷瞪过来"，有一个念头却是很清醒的，那就是：赶快抓紧工作，做自己应该做的事！

所谓工作，对我来说，一方面是正业即本职工作，另一方面则是副业即文学创作。我是读英文出身，我的本职工作是讲授英国文学，本来从 1957 年开始就进行准备,打算编写一部自用的英国文学史教材,但被"反右派"斗争打断了;"右派"摘帽后,在1963—1964年我才有一段完整时间把有关资料汇集起来,理为长编并写出教材的上半部初稿,但是教材还没有来得及使用,1965年"四清"运动开始,稿子搁置一边。到1966年夏,"四清"刚刚结束,又是十年"文革"。"文革"结束,大学招生,全国高校恢复了英美文学课程,我才从书架上拿下"破四旧"中侥幸未被抄走的教材上半部初稿,写完下半部,并经过二三次修改,于1981年出版——这就是我的第一本书《英国文学简史》。

与此有关联的是我在20世纪80年代所翻译的英国散文作品,也在改革开放后所兴起的外国文学翻译高潮中发表出版;在90年代又出版了我所翻译的两部莎剧和一部萧剧。我这些翻译作品汇集起来已于2003年作为译文集出版。同时,结合翻译和研究工作,我还曾陆续写出一批关于文学翻译和部分英国作家的评论——这些评论文字经过筛选,现在以"译事随笔"和"文学散论"为标题,收入这部文集。

二

我的业余创作包括三个方面,即:戏剧、小说、散文。

我从小在郑州一个戏园子附近长大,后来又做过三年戏剧工作,长期以来对戏剧怀着浓厚感情并学习编剧。到了20世纪70年代后期,由于当时历史资料易得,我编了一部历史话剧《商鞅》,根据《商君书》《史记》中的《商君列传》和《秦本纪》以及《秦会要》等史料演绎构思,写成初稿,到80年代又参阅《商鞅的法律思想》等书进行修改定稿。商鞅是古代为改革事业而献出生命的重要历史人物。我在学生时代的文学引路人杨刚同志曾写过一本以他为题材的历史小说《公孙鞅》。我是把商鞅当作从奴隶制度到封建制度过渡中起过关键作用的人物来写的,着重于写他的历史贡献。但从今天来看,他的历史局限也很明显。他毕竟是两千三四百年前代表新兴封建统治阶级的人物,对于他,只能有分析地"以史为鉴",而不可简单地"古为今用"。这一点,我在该剧的后记中也提到了。

远在1954年,我曾根据阿英的话剧《李闯王》改编过一部豫剧《李闯王》,在郑、汴、洛三地上演近百场,本来内容没有任何问题,但被个别领导说成是"歪曲了农民领袖的形象",而我那时少不更事,缺乏政治经验,据理说明,顶撞了领导,以致连遭打击,到1957年"反右派"斗争时我因此事被错划为"右派",使我的整个青壮年时代全被政治运动所摧毁。在七八十年代之交,长篇历史小说《李自成》出版,引起我再写一个以李闯王为题材的剧本的愿望,也有"在哪里跌倒,也在哪里爬起来"的心意。结果便是京剧《李信与红娘子》。由于对有关李闯王的史料早已熟悉,这一次创作时又看了一些新资料,写得还算顺利。剧稿拿到北京,被风雷京剧团见到,邀请我赴京修改后作为向30年国庆献礼的节目演出。在修改过程中又蒙老戏剧家马彦祥先生两次写出修改意见,并经过剧团彩排。但在最后阶段,据说因为剧团领导与导演之间的什么意见矛盾,此剧未能公开演出。

尽管如此,据读过这两部剧本的戏剧界同行说,它们足以表明我的剧作已经有了自己的风格。我自己也认为这两个戏经过多次修改,在我的整个戏剧创作中属于较为成熟、有一定艺术特点的作品。

《白求恩在中国》这个话剧写于1974—1975年,根据当时手头的中英文资料改编,并经过两次修改,写后曾征求过戏剧界人士的意见。剧稿由1995年《大众医学》杂志连载,现连同其他二剧收入这部文集。

三

我在青年时代做的是"作家梦"。我心里最想做的事是搞创作,而搞创作主要的是写小说。但我这个人心高手懒。在整个上高中、大学阶段,满打满算,只写出四篇小说。高二时写的《陶发鸿》,以我舅舅的一件罗曼史为素材,写一个嫉妒多疑的"老丈夫",本来已被重庆的进步杂志《学习生活》准备刊登,不幸该杂志突然被国民党下令停刊,稿子退回;一气之下,自己和高中同班于型籛向老师们"化缘"办了一个小杂志《驼铃》,发表了我这篇小说处女作。大学期间,先后写了三篇:《训导员郭茂生》,仿果戈理的《外套》,以我上中学时的一个训导员为素材,写一个忠心耿耿为国民党办事的"正统"小职员,最后因受长官压制、贫病而死(结束时还用了一点"黑色幽默":他死的那一天,训导处的挂钟在半夜里敲了十三下!);《新狂人日记》控诉国民党的特务统治——在"新狂人"的心目中,整个大学是一个特务如毛的集中营。1949年年初,我到重庆张家花园全国文协旧址,把这两篇小说交给老作家艾芜,解放后他托重大中文系主任告诉我"写得很好",1949年已发表在重庆一家妇女刊物上——可惜我一解放就"投笔从戎"、参加二野部队当宣传员,顾不上去查找这家妇女刊物。这成了我生平一个大谜。我真希望哪一天能从重庆图书馆的旧藏中找到它们。另一篇《李春光和王慎学》则以我自己在高三因反对反动校长高维昌被开除为素材、稍加发挥写成,发表在重庆《人物杂志》上。50年后我从图书馆的旧杂志中把它找到、复印下来,有人看了,笑着对我说:江山易改,禀性难移,几十年了,你还是那样容易激动的脾气!——这话倒是不假。

把时间再拉回到上世纪七八十年代之交。当时出现了一个小说创作空前繁荣的时代。无数短篇、中篇像"井喷"似地冒出来,发表在全国的大小刊物上,其中有不少名篇佳作,看了令人眼界一新,打动了我久藏心中的小说创作激情,于是在80年代初我把全部节假日投入小说写作。

最早的一篇是1980年写出的《老牛行状》,以个人亲历的"右派"生涯和"文革"初期的所见所闻为素材,可以说是蘸着自己心血所写出的沉痛忏悔的心路历程,在手法上则学鲁迅的《阿Q正传》和果戈理的《外套》。写出后自觉与当时刊物上所发同类作品相比并无逊色。省里有两家刊物要它,第一家据说要分两期发表,我有点舍不得;第二家说是要在创刊号发表,我才交给他们。但编辑部一致同意发表之后,据说一位领导说"写1957年和'文革'的作品太多了,不要发了!"临时被抽下来,一年之后才把经过编辑用红笔加过工的原稿退给我。其实,当时有一位师长辈的领导同志告诉我:"中央并没有禁止作家写1957年和'文革'。"对此我不甘心,又下功夫写另一部中篇《书房的窗口》,从一位老教授的角度刻画一批知识分子的群像。对这位老教授的描写,我用了一点幽默笔调。由于时间跨度大,我没有平铺直叙,而是采取了类似"意识流"的片断、插话加上人物素描的写作方式——学的是萧红的《呼兰河传》和孙犁的《铁木前传》,结果写成了一部抒情散文式的小说。这部作品的特点我自己很清楚。把稿子寄给《收获》,编者来信说:"人物素描还可以,但结构太松。"这意见还是有一定道理。后来寄给南方一家刊物,表示愿发,但要求压缩。于是我在两三年间不过节假日,把稿子从 10 万字压缩到 8 万字,又从 8 万字压缩到 6 万字,寄去后很久无回音,托人去问,说要发,但最后又说是因为"经济原因"退回了。

抚摸着这部小说的初稿、二稿、三稿,以及带着编辑留下"红杠子"的《老牛行状》,我心想:杂志多如林,发表何其难? 一位文艺界人士告诉我:创作是一门学问,发表又是另一门学问,"工夫在诗外"。又有一位老编辑告诉我:文坛的风气也像时装一样随着时代潮流在变:新时期刚开始兴的是"伤痕文学",很快又兴"反思""寻根"等等(有些名词我没有记住),你只是一老本等守住"写实主义""白描",这就像火车已经出站,你还跟在后面追,怎么能追得上呢? 他是我的老朋友,说话不外气,我不得不信。我遵循的文学创作理论还是"现实主义——广阔的道路"(浪漫主义也是在现实主义基础上发展的"另类"),其他创作理论就非我所知。经过反复折腾,我终于觉悟:自己虽然在 50 年代干过三年文艺工作,毕竟此后二三十年身在学校,与文坛、艺苑隔膜已久了,在创作方面还是"卷旗收兵"吧! 于是,为了给那几年的"创作生涯"画一个句号,我以耳闻某位教师的经历为素材(当然不是照搬,而是以想象重新构思),稍用一点游戏笔墨写了一个短篇《天上飘过一朵白云》。对于后者,我连投稿的念头都没有,只为自己"写着玩儿",虽然它的内容并不像表面看来那么轻松、"好玩儿"。

老话说:"文章千古事,得失寸心知。"我的作品当然远远谈不上"千古文章",但我为它们所付出的心血劳动,自己是清楚的。就上述三篇小说而论,限于作者的生活局限,它们的格局虽然不大,但不是也画出了某一特定时期和地域的人情世态和一些独特人物性格的素描吗? 以天下之大,自有它们存在的价值。偶有作家朋友读了《老牛行状》,表示欣赏,说是总有机会出版创作集,可以把它收进去。我当时还心中无数。但到 90 年代,应了他的吉言,果然有出版社出过我一本创作《异时异地集》,而且据最近网上的消息,书还卖到了香港。所以,这一次我仍把这三篇收入我的文集,并且把我的少作《李春光和王慎学》也作为附录收入。

四

从此,我就安心搞自己的本行。好在在英国文学的教材编写、翻译研究之中尽有其本身的乐趣,况且我在近18年来还在进行着编写一部莎士比亚词典的大工程,它给我带来的辛苦和欢乐也是说不尽的。这方面的成果,除已出的译文集之外,便是收入这部文集的文学散论和译事随笔。

我30年来断断续续写出了对于一些往事的回忆、对于一些亲人恩师的怀念以及对于种种事物的感想,这方面的散文作品,有些曾在报刊上发表,例如《想起了杨刚》和《谢谢你们,介绍人!》,在80年代末曾发表于广州《随笔》,后来还都有了得到其他书刊转载的荣幸。特别是后一篇,投稿后考虑到或与我的"社会形象"不妥,曾写信索回,但责任编辑是一位刚从大学毕业的女孩子,十分热情(可能还读过我的《英国文学简史》),回信"老师"长、"老师"短,说"不但不会有损您的形象,还会使人更尊重您",等等,我不好强行收回。不料《随笔》一发表,《读者文摘》《青年文摘》接连转载,使得东西南北各地的熟人都看到这篇文章,有的老朋友表示理解,甚至说是可以放进描写"文革"诸现象的文集里。另有一位聪明的青年学者看后写了一句评语:"好一个悲字了得!"他看出了在这篇用乐观笔调写逆境生活的回忆文字中所隐藏的沉痛苦涩。

1996年因参加世界莎学大会赴美一月的札记;我们夫妇历经18年编写一部莎士比亚词典的纪实;个人近11年读书、看电视和日常见闻的随感琐记;与学术界几位师友的一批往来书信;我历年所写的一束拙诗,写得不好,只算是几十年心路历程的点滴反映:这些文字拟以"纪实·随感·交流·杂诗"为题一并收录文集。

五

30年来个人的文学经历表明,一个人的成就离不开自己国家的命运或大气候,离不开自身所处的小环境,也离不开自己的禀赋和素养。假如没有"文革"的结束和三中全会以来的改革开放,就不可能有现在这样和平建设的基本条件,正常地从事学术事业就无从谈起,我也无法安安静静地在学校里编教材、搞翻译、做研究。另外,如果不是从少年时代起自己几十年一直酷爱文学写作,我也不可能在本职工作之外,还要挤节假日和零碎时间额外地辛辛苦苦"爬格子",写出现在这一批作品。总之,一切都不是从天上掉下来的,而是天、地、人三者良性"碰撞"、磨合的结果。惭愧的是,与其他作家、学者 30 年间的成果相比,自己的作品从数量和质量都感到不足。不过,"愧则有余,悔又无益"。自己只有这么大的本事、只有这么多的时间精力,也只能写出这么多、这个样的作品,作为自己 30 年来文学写作的成绩,献给广大读者。

　　需要说明的是,在编这部文集时,我把各方师友(包括一位日本学者)对我的创作、翻译和词典编纂工作的评论也附在有关文章之后,收入本书。这固然表示个人微小成绩受到社会承认的喜悦,同时也表示向各方师友的热情鼓励致以衷心的感谢。

刘炳善

2007 年 12 月 5 日

目　　录

剧本

小说
XIAOSHUO

书房的窗口

——邬其仁教授见闻杂记

"思想啊,思想啊……"(代序)

在内地某个中等城市里,有一所在全国来说不甚出名的大学。这所大学有一座牌楼似的古色古香的大门,有一个很大的礼堂(据说是中国现代史上某位名人在这个省当督军时下令盖的),可容纳数千人之众;有一个很大的图书馆,藏书将近百万卷;另外,在它那校园里,一汪人工湖畔,不知何年何月修了一排很大的厕所,1958年陈毅元帅来校视察,曾经开玩笑地称之为"全亚洲第一大厕所"——在那里边,从一方方通风的砖窟窿向外看,可以顺便浏览那幽静的湖面风光,如果在夏天,还可以看见一些光屁股小孩儿在湖里游水。

在这所大学里,有一个年近古稀的老教员。他既无等身的著作,也无显赫的弟子,本人"名不闻京师",只是一老本等地教了四十多年书,按照"没有功劳有苦劳,没有苦劳有疲劳"的通常习惯,人家给他加上了一个头衔。因此,当他在胳肢窝里夹着一摞洋装书、线装书从图书馆走到校园的柏油小马路上的时候,偶尔有一两个在树下念书的学生指点着他的脊梁小声地说:"教授!教授!"当他顺便踅进系办公室,工作人员客气地递给他一封邮件——多半是省内什么学术机构寄来的学习材料,或者某个地方的教育局邀他去"讲学"的公函,还不断有偏僻县城中学的老师远道求教的礼貌来信。往年,他把这些公私信件带回家去,戴上老花眼镜,一一细看之后,亲笔简要答复;以后,则由他口授大意,让别人代笔回答;现在,却由于他年迈体衰,无力过问,收到之后往往略略过目、束之高阁。……简而言之,以上说的这个老头子就是我。

多年以来,我有个写日记的习惯。说起来,这个习惯还是上小学的时候养成的。国文老师说:写日记,一可以练习文笔,二可以记下读书心得、嘉言懿行,三可以"一日三省吾身",提高修养,好处多得很。唯一的要求是诚实。——这一点人人办得到。谁还会把假话写在本子上,自己骗自己呢?

于是,我刚一学会造句作文,就写起了日记。一开始,写的是《大林和小林》里那样的日记:"一起床,二吃饭,三上学,四放学,五回家,六吃饭,七再上学,八再放学,九吃饭,十写作业,十一睡觉,完了。"(星期天和逃学的日子例外。)以后,年龄大了,我也写过热情奔放的日记,那是在上中学,刚读过《少年维特之烦恼》的时候:"啊,难忘的眼睛! ……",等等。上大学时,有一阵,我立志苦读,想学一学《越缦堂读书记》,但努力的结果我只能做一点名言摘录,例如"人之为学,有难易乎? 曰:为之,难者亦易矣;不为,易者亦难矣"之类。又有一段,我颇受外国哲学家的影响,写过一阵子"沉思录"式的日记,譬如:"生命的进程犹如爬山,当你感到艰苦不堪的时候,也就意味着即将登上某项事业的高峰。——夜来颇为思虑所苦,书此自勉。"等等。不过,我没有写过卢梭《忏悔录》那样的日记,因为在自我暴露方面,我还不能像他那样坦率。法国人生在南欧,太阳大,天气热,感情旺盛,爱走极端,一"忏悔"起来恨不得赤条条一丝不挂。这却与中国国情不合。中国人都爱讲一点面子:"发乎情,止乎礼义","义者,宜也",古人说得很清楚。托尔斯泰也说过,他有些思想只能到他一双脚踏进棺材的时候才肯说出来,而且一说出来就把棺材板盖上,别人再也没法找他算账。

总之,写日记是个好习惯,我一直保持着。我这个人在大事情上往往"知难而退",唯独这件小事我坚持下来了。因为,我觉得,在一天劳累之后、睡觉之前,抓起笔写上三言五语,过个十年八年翻一翻,好像看自己的旧照片,对往事流连一番,蛮有意思。费力无几,何乐不为? 因此,每年除夕,我除了给老伴和孩子买点小礼品以外,总不忘给自己买一本漂亮的日记本,以备新年之用。新中国成立前后,一律如此,直到"文化大革命"为止。我从小到老所写的日记,如果全部保存下来,足够在书架上摆满两排,可以说,不比有些作家的全集篇幅少。"文化大革命"开始,风闻抄家之际,为了我这些穷年累月、点灯熬油、一点一滴写下的"著作",我和老伴还进行过一场辩论:她要烧,我不让烧。我的理由是："一个正派人，无事不可对人言。"在十万火急之中，她只说了一句"书生气十足！"就不容分说，把我那些大大小小的精装日记本塞进了炉膛。来不及烧掉的，都被红卫兵拿走，抄成特大专栏，批了一两个月。自然，他们究竟批了些什么，甚至于我日记里究竟写了些什么，现在我是一个字也不记得了。

从那以后，我觉得自己就像堂吉诃德被卷进了风车里，不知道自己要被掷到什么地方去。在那些年月，好朋友见面，只能点点头，"道路以目"，不能说话。写日记更是大忌：天有阴晴，月有圆缺，人有悲欢，事有好歹，一写上日记，查出来统统变成罪状，等于"自具枷杖供招"。

然而，"心之官则思"。人总是有思想的。我看过一幅画，画面上是晚年的舍甫琴柯在那里苦苦思索，标题叫作"思想啊，思想啊……"。可见，思想是常常叫人烦恼的。我在那几年，感到最大的痛苦是无人可以说话。小时候看过一个故事，说的是古代希腊一个国王的理发师，发现国王长了一双驴耳朵，不敢向人说，闷在肚子里又按捺不住，只好悄悄对着土地把心里话说出来。当时认为这不过是笑话。可是，到了"文化大革命"，我才知道：知识、思想、记忆，统统都是沉重的负担。于是，我不知不觉就养成了一个人在屋子里自言自语的习惯，像哈姆雷特一样。

现在，我们国家从浩劫中得到更生，我们民族的生机正在复苏。朋友们见面可以聊一聊，我也可以在日记本上再涂写几笔了。

有位外国作家说：每个人一生的遭遇都足够写成一部长篇小说。我年轻时也幻想过当作家。但那是几十年以前的事，早就像青年时代的其他许多幻想那样，随着时光流逝了。如果在我这把年纪突然要拼老命写小说，我老伴一定会嘟囔我："这个老头子疯了！"

最近，我到一个画家朋友那里闲坐，看到一部德文版的珂勒惠支画集。印象最深的是那些自画像：从小到老，按照年龄顺序一幅一幅看下去，就恰如目睹了画家的一生。尤其动人心魄的是画家在风烛残年所画的那两三幅自画像。它们表明：这个伟大的女性，虽在即将离开人世之际，仍然具有那样巨大的精神力量，仍然对于人类怀抱着那样炽烈、悲悯的爱。

我是个平凡至极的人，怎敢和这位可敬的老太太相比？说来惭愧，按中国的习惯说法，不管从立德、立功、立言哪个方面来说，我都没有什么值得一提的建树。报纸上,哪怕是省一级,甚至市一级的报纸,从来没有提过我的名字。偶尔发表一两篇所谓的文章,也都是在本校的学报上,从没有在全国性的刊物上露过面。乡曲之士,孤陋寡闻。尽管如此,我总算教了一辈子书,或者夸张点说,我尽着自己不大的才能,为祖国的教育事业服过务。每逢别人恭维我"桃李满天下"的时候,我当然总是回答:"不敢当,不敢当。"可是,当我偶尔外出,来到一个偏僻小县,正在那陌生的街道上茫茫然行走,忽然迎面来了一位似乎素昧平生、但是相貌堂堂的中年人,走到我的面前,叫我"老师!"。然后,经他详细说明,我终于认出:这个胡子拉碴的汉子原来就是二十多年以前坐在教室里听我讲课的某一个小男孩。这时,我心里的高兴,真是"出乎意表之外"了。至少说,我在那个县里,不会再有"夕阳西下,断肠人在天涯"的感觉了。

总而言之,尽管我是一个平庸的人,我也有我自己的经历和遭遇、悲喜和看法——虽然不过是些不成熟的看法,或者说"一孔之见"。人老了,坚持日记,力有所未逮。我想再记下几页杂记,为自己、为自己从书房的小小窗口所看到的非常有限的人和事,留下一个粗略的剪影。

第一篇　家长里短

一、我家"四巨头"

放了假的大学，就像秋收后的田野，一片空旷和寂静。诗人所歌唱的少男少女，那些不用功或者太用功、不懂事或者太懂事的大学生们，平时好像欢腾的溪水，催动着大学这座磨坊飞转。现在一放假，一天半之内他们全部走光，像是溪水一下子干涸，喧闹的磨坊突然安静下来，"驴不走，磨不转"了。

我的写字台上摊开一部《玉溪生诗集笺注》、一部《玉溪生年谱会笺》和写着"义山无题诗管窥"一行题目的稿纸。稿子的本文一个字还没有写。

在厨房里，我的老伴正在教小女儿做饭，告诉她炒肉片要打几个鸡蛋、放多少酱油、配什么青菜、看什么火候，等等。母女之间的对话传到我的耳朵里："烦死啦，烦死啦，妈妈！你真啰唆！""乖，这都要学。将来对你有用！""将来！人家不会去看菜谱？比你说得还详细，还权威！"——家庭生活中的小插曲。

我的老伴，亦即此刻正对女儿进行初步烹调训练的、戴着老花镜的、胖胖的、和和气气的老太太，原来是某个著名大学法语系的学生。对于法文，我虽不懂，但颇有好感。这还是小时候学《最后一课》，听了汉麦先生那一番慷慨陈词所引起的感情。刚结婚的时候，老伴为了培养"共同语言"，自告奋勇教了我几课法文。可是，年轻人在那种情况下所学的功课，不过像"风吹马耳"，过不了多久就随风飘逝了。到如今，我除了还记得法文字母中 W 的发音颇为特别，此外再也没有留下什么印象。我老伴也不比我强多少。因为几十年不用，她的法文早已"还给了老师"。我看外国书，偶尔碰到个把法文句子，问问她，她也说不上来。外语这东西学起来难，忘起来快。你现在看这位老太太掂着篮子到自由市场买菜，或是在家里戴着老花镜做针线活，无论如何也不会想到她年轻时曾经是卢梭和罗曼·罗兰的崇拜者，曾经在那美丽如画的校园里，在清晨的树丛中一面读着屠格涅夫作品的法文译本，一面流下眼泪！我们刚结婚那一阵，她还挤时间看看书，以后跟着我流动、逃难，生下一个孩子又一个孩子，家务担子愈来愈重，而且差不多全落在她的肩上。渐渐地，她把青年时代的抱负和理想一点一点都放弃了，终于安心于做一个家庭主妇。新中国成立后，在"大跃进"中，由于街道干部的动员，她到街道服务组去了一阵，管管拆洗的衣服，记记账目。困难时期，服务组下了马，她又回到家里。"文化大革命"当中，为了我进牛棚，为了我们的小儿子下乡、小女儿留城，她担惊受怕，操了多少心，病了多少回。身体硬朗的时候，她还要到我们在外地的大儿子、大女儿那里，替他们领领孩子。现在，不但是法文书、外文书，就连中文书她也不看了。譬如说，此刻她正用她那曾经音调铿锵地念过法文的温文尔雅的声音在隔壁喊着："婷婷，把酱油瓶给我拿来！"每当看到这些，我就一次又一次相信环境塑造人的力量比人的主观愿望要大得多，并且暗暗慨叹：卢梭的自由思想，罗曼·罗兰的人道主义精神，雨果的奔腾豪放的热情，乔治·桑对下层人民的同情，法朗士的博大精深的智慧，在这个女人身上曾经起过的影响，现在究竟跑到哪里去了？

我发现她年岁愈大，愈是爱计较生活中的琐碎小事。譬如说，由于前些年常常下乡而开水不多，我养成一种习惯：每顿饭后，从暖瓶里倒在饭碗里小半碗开水，涮涮饭碗，倒进菜碗，用筷子烫洗一番，然后再把开水倒回饭碗、喝掉，最后把沉在碗底的饭渣和残水一齐倒掉，结束一切。这种习惯，我称之为"开水综合利用法"。回到城里安居乐业之后，我在家里仍然保持这种习惯不变，不料大受老伴的激烈反对。她说："其仁，你别恶心人了！世界上哪见过大学教授像你这样喝水的？"好像大学教授吃饭、喝水都得讲究个什么章程似的。她抗议的次数多了，我只好让步，放弃了我这个业已实行多年的好习惯。（编订者按：赵元任教授饭后也是这样"综合利用"开水的，他的女儿称之为"赵博士的菜汤"。见某日《人民日报》刊登的回忆录。）

女同志爱算细账：老伴买东西，我买东西，她爱叫我一笔一笔记下来，再来个合计。如果哪笔账里包括的数字在三位以上，我计算起来就愈算愈糊涂——每次的得数都和上次不一样，弄得我不知怎么办才好。老伴把笔夺过去，一边算一边嘟囔："真是老变小了，连加减乘除也不会！"我心里也不高兴，心想："我又不是数学家,本来学的就是文科!现在埋怨有什么用? ……"

抱怨自己老婆"今不如昔",是文学上的一个老题目,我不想在这里喋喋不休。一方面,要求一个六十岁的老太太还像她三十岁,甚至二十岁那样聪明可爱,自然是不公正的。另外,她把自己的一生都为我服了务,我依靠她而生活,她依附我而存在,她的手——我的口,简直可以说有点"妻以夫为纲"的味道。不过,我声明:这怪不得我。因为,在中国的社会条件下(你说"国情"也好,什么也好),家庭形式是一种自然发展的结果,不以个人意志为转移。如果我和老伴的地位反一个个儿,我们家里就乱了套。当然,我也不是改革家,我也贪图舒服、省心、走最容易的路,乐得享受目前这种家庭关系中的一切好处。关于我的老伴,暂时就说到这里。

我的小儿子现在一个街道工厂上班。他是一个老知青,初中毕业下乡,人家叫他看磨坊。一个十五六岁的小男孩,一年到头守着一盘电磨,每天除了看电磨转、听电磨响,难得有人跟他说一句话。自己闷了看看书,还学会了抽烟。这样子过了十来年,人养成了一副沉默寡言、孤僻执拗的脾气,谈对象的事自然也耽误了。直到 1978 年才从农村抽回来。开始,他在家"赋闲",后来到区办工厂当工人,用他的话说,是"卖大力丸"。他对工作不趁心,白天上班熬夜看书、写稿子,烟愈抽愈凶,说起话来带着"看透一切"的口气。他母亲催他找对象,他慢吞吞地说:"急什么? 不是提倡晚婚吗?"一句话说得我老伴眼里掉泪。他已经三十岁了,因为正当发育时期身体吃了亏,个子长得不高,前额的头发略有稀疏,将来恐怕要秃顶的,像我一样。

我们家里的"天之骄子"是我们的小女儿。对于女孩儿家,人们一说起来,总是先谈长相。我们的小女儿长得细高,比她哥哥看去还要"猛"一点,明眉大眼,白里透红,真像一枝正在开放的花朵。什么时候只要她像一阵旋风似的回到家里,立刻就给全家平添许多活泼、高兴的气氛,大家的情绪立刻欢快起来,连说话的调子也不觉提高了。老伴对她的娇惯就不必再说。70 年代她中学毕业,老伴以我们夫妇年老体弱、身边无人为理由,给她办了留城手续。为了她,老伴不知费了多少心血:女儿说声学音乐,妈妈立刻就买小提琴、请教师;不想学音乐,又要学舞蹈,立刻买练功鞋和漂亮的练功衣裤。对于舞蹈这一行,我自然是一窍不通,不过我知道当演员的人都要"冬练三九,夏练三伏",练功是很苦的。可是我们的女儿最怕的就是吃苦，所以不久她对于舞蹈也学腻了。最后，她说学英文，于是又买900句、*Essential*、录音机、磁带等等。我不知道她的英文究竟学得怎么样，录音机倒是一直留在她房间里随身不离，给她放放轻音乐、舞曲和港台歌曲。大学招生，她发狠准备一下，勉强够上分数线，考进了这个大学的外文系。

跟别的年轻姑娘一样，我的女儿很爱看小说。对于她爱读书这一点，我向来都是支持的。不过，据我观察，她读书的方法有点奇怪。她往往从别人手里抢过来一本什么流行小说，厚厚一大本、三四百页，或者上下两集、五六百页，说定一两天就还，然后突击阅读。从第一页到第二十页，她可以说是抱着一种文学爱好者的虔诚心情一字一句细读的。读到第五十页，故事进入戏剧化阶段，男女主人公的高尚爱情遇到了强大阻力，原来一派蔚蓝色的天空，突然乌云翻滚、电闪雷鸣，一对好姻缘眼看就要被活活拆散。到了这个节骨眼上，女儿忧形于色，又是跺脚，又是叹气，为主人公的命运担心。可是，作家偏偏不肯让自己的小说"草率收兵"，非要把故事发展的起、承、转、合全过程一步一步走完不可。这可把人急死，看书的速度也就无法保持四平八稳，对于作家自认为得意之笔的细腻心理刻画和风景描写，只好一目十行、匆匆翻过。然而，即使如此，那最后的结局仍然隐藏在云山雾罩之中，不见分晓，而厚厚的一大本小说还有一百多页。心急的读者再也忍不住了，一生气，把这一百多页统统掀过去，一下子掀到最后一页。这才看到：男女主人公不但平安结了婚，就连他们的一个胖胖的小娃娃也坐在摇车里咿呀学语、高高兴兴玩耍。女儿这才大大放心，合上书本，关灯睡觉。在看小说当中，她的同情总是放在少年英俊的小伙子和年轻漂亮的大姑娘一边的——这种立场，她十分明确。

流风所及，我们的小女儿开始热衷于穿戴打扮。她穿起了瘦长的喇叭裤，剪掉了一双小辫儿，把头发烫得蓬蓬松松、弯弯曲曲，还让一绺头发好像无意识地搭拉在额头上。对于这一切，我不以为然。但是老伴认为这样就是时髦，就是美。儿女之事，难言之矣。据故事书里说：老母鸭要到学校里去看小鸭子（按：在"古时候"，小鸡、小鸭、小狗、小猫似乎统统都是要上学的，不像我们现在这样，让它们到处乱跑），老母鸡托她给自己的孩子捎点吃的东西。母鸭问："你的孩子是谁呀？"母鸡说："就是学校里最可爱的那个小宝宝。"老母鸭到了学校，把那些小动物们看来看去，觉得最可爱的还是自己的小鸭子，于是就把点心统统交给小鸭子了。天下的好妈妈对儿女的痴心，也和这位天真的老母鸭差不多。我老伴也不例外。小女儿是我们最后一个"娇疙瘩"，她不管怎样打扮，在妈妈的眼里都是好的。所以，我就不管了。

一天晚上，我从一位老同事家里赴宴归来，在通向大学的小马路上行走，无意中听到两个男学生在我前边有说有笑，非常热烈地议论什么。为好奇心所吸引，我乘着黑夜，放轻脚步，凑向前去，想对他们的谈话听个究竟。我觉得自己不必为偷听人家的私房话而感到内疚，而尽可享受知道别人内心秘密的乐趣，还可借此机会了解一下这些平时在教室里规规矩矩听课的大学生在背地里到底想些什么。我尾随着他们，风把他们的谈话片片断断地送进我的耳朵里。把这些谈话片断加以综合，我知道他们是在谈论他们班里的一个女生——这个女生似乎有点轻浮，为了赶时髦，把头发烫得洋里洋气，因此这两个男生给她起个外号，叫作"大白菜"。听到这里我也觉得好笑，不由想起了自己往日的学生时代——好像那时候我也有点调皮的。这时，我真想知道这个可笑的姑娘到底是什么样一个人。然而，愈是到了这种紧要关键，那两个调皮家伙说话的声音倒是愈低，后来简直就是鬼鬼祟祟说悄悄话，我把身体尽量往前凑，恨不得"浑身都变成一双耳朵"，但还是听不清他们到底说些什么。我正在着急，他们却爆发出一阵"魔鬼般的大笑"，在笑声中说出了那个女生的名字——原来她正是我自己的女儿！我这时心里的滋味，像是正在暗中津津有味地一颗一颗品尝着花生米，一直尝到了最后一颗——然而这最后一颗却是坏了、霉了、馊了，尽管我拼命把它往外吐，那坏花生的馊味还是粘在我的舌尖上！

我愣在半路上，等那两个学生走进校门，我才顺着校门外的小路走向教授楼，回到自己家里。不愉快的感觉久久挥之不去。

当然，给女同学起外号这一类调皮事情，也是"古已有之"，我当大学生的时候也干过。不过，我们那时候给人家起外号都本着"无伤大雅"的原则。例如，我们班里有一位东北姑娘，高高身材，动作麻利，说话豪爽，毫无一般女孩子的扭捏之态，脾气大大咧咧，好读书而不求甚解。她在班上为大家传诵的名言是："我看英文小说是从来不查字典的！"其风范可想而知。对于这位女士，我给她起了一个外号，叫作"关东女侠"。这个外号不胫而走，不仅在同学当中流行，而且还传到老师们那里。一位老教授(这位老先生是著名学者,现已作古,愿他老人家安息!)对我发明的这个外号连连赞赏,评为不但切合本人性格,而且"在幽默之中不失温柔敦厚之旨"。我的好朋友把他的评语转达给我,我得意了好几天。这种外号的艺术性,岂是"大白菜"之类所能比拟?哼,怎么能随随便便把人家叫作"白菜""黄瓜"!

这个事件之后,有一天,女儿到我屋里来找书看。我让她坐下来,对她发了一通关于头发、打扮的议论。我说:"常言道:扇扇子不胜自来风,巧打扮不胜自齐整。我国自古以来,以'天然去雕饰'为美之上乘。即如人工之美在所难免,也究竟以接近自然为佳。我国作家对于美发,向来形容为'乌云覆额''青丝如墨',并无以人工使之卷曲之说,何况还要把它染黄!无论在旧社会,女孩儿家梳一根独根大辫子,在新社会,女孩子梳两根或长或短的双辫儿,油光乌亮,多么爽气,多么洒脱可爱!再不然,有的女孩子偏像男孩子似的留着短发,干净利落,也自有妩媚动人之处。为什么非要把自己好好的一头黑发,让人家拿电烙铁烫得曲曲弯弯,染得像玉米穗子,像外国人那样?一个女孩子,如果不相信自己生来就有的天然之美,而偏要借助于发型、时装、脂粉、爱娇的动作、矫揉的姿态,来拼命'美化'自己,我看了总觉得悲哀。因为那就表明:她为了取悦于人,开始屈服于流俗,不惜毁坏自己的本来面目,用美的代用品来取代天然朴素之美。这就像围湖造田、毁林开荒一样,只能造成一种生态平衡被破坏以后所引起的一连串恶性循环。婷婷,爸爸希望你以后在仪表打扮方面能适当注意……"

我一边说话,一边注意她的反应。开始,只见她坐在那里,扬起弯弯的眉毛,聚精会神地盯住她那又细又长的右食指,极力把它弯成舞蹈演员所引为得意的"兰花指"。听着听着,她忽然弯下身来,肩膀抽动个不停。然后,她忍住笑说:"爸爸,你真有意思!今天怎么又是时装,又是发型,一大套一大套的?……诸葛亮穿西装——根本不是那么回事!"说到这里,她跳起来,抓起一本书就跑,还爆发出一阵银铃般的笑声!

对于这样的一个小女儿,你能有什么办法呢?

总而言之,统而言之,我们的小女儿、小儿子、我老伴再加上我——这就是现在我们家里的"四巨头"。

二、两代之间

美国作家伊尔文有一篇小说,写一个叫作吕伯的汉子,到深山里去酣睡一场,醒来后二十年过去了,再回到自己村子,但见环境大变,人物全非。现在我自己也有类似的感觉。经过一场"文化大革命",生活安定下来,一看周围,忽然发现现在的人跟过去的人大不一样,人与人的关系也复杂了,紧张了,用北京人的说法是:"满拧"。"文化大革命"当中,我们一家人各自东西,谁也顾不上谁。如今团聚在一起,我才有机会观察自己的儿女。我发现:往日坐在我肚子上"骑马"的明明和缠着我给她讲"小人书"的婷婷,现在是连一点影子也没有了。顺便说一下,他们两个人的名字是我老伴起的,与我无干。因为这种甜蜜蜜的名字,再用我老伴那种慈爱的声音一喊,叫人觉得他们永远都是幼儿园的小朋友——我并不希望如此。我希望他们成长,只是我所希望他们长成的却不是他们现在这种样子。现在,我觉得他们陌生,他们对我也看不惯,而且毫不掩饰地表示出来。这么一来,我们父子之间的关系就有点"微妙"。

自然,一家人坐在桌旁共进三餐的时候,大家低头吃饭,不谈什么,倒也融融洽洽。可是一到看演出、看电视、看电影,矛盾就出来了。在音乐戏剧方面,我是一个地地道道的国粹派。我不懂什么交响乐、协奏曲、奏鸣曲。去参加音乐会,如果碰上交响乐,为了礼貌,我只能像一个傻瓜一样坐在那里,什么也听不出来,直感到非常对不起那些大大小小、长长短短的乐器和那些在台上忙作一团的演奏家们。我小时候是在一条名叫"戏园后"的背街度过的,靠着和演员们套交情、"走后门",看过不少白戏;中学时代参加京剧社、跑个龙套、演个小角色;上大学又在北京,逢好戏必看。因此,可以说,我的音乐趣味是在京戏的氛围中熏陶出来的。记得上中学那阵,有一个同学会拉京胡。他的音乐修养虽然达不到"师旷鼓琴,六马仰秣"的地步,但在每次京戏晚会上,三通锣鼓打罢,只要他一试琴弦,全场立刻为之雅静。在我们这些小戏迷心目中,他的威望就跟梅兰芳的琴师徐兰沅差不多。直到现在,不管在书房里坐着,还是走在路上,只要一听见小时候听熟了的京戏过门,不管是"小拉子""小开门""柳摇金",我的心弦就禁不住跳动;而"夜深沉"简直对我有一种魅力,不管正干着什么,一听见它我必得把事情放下,更不用说各位名家的唱腔了。听梅兰芳的唱腔,好似看到一个雍容华贵、娇艳夺目的少女,代表着青春所向往的一切美好的东西。听程砚秋的唱腔,则如看到了杜甫诗中所描写的那位幽居在空谷之中的佳人,那呜呜咽咽、如泣如诉的唱腔使人感到人生中的许多悲凉。而且,我小时候一看戏就把自己完全放进戏里边去了。譬如说,看《三堂会审》,看到苏三叫了一声"谢大人!"揉着膝盖艰难地站起来,我觉得似乎自己的膝关节也有点儿疼痛,好像也跟她一样在大堂上跪了一个钟头,并且从心眼里为她感到一肚子的委屈和不平。

我自以为对京戏欣赏的路子较宽,感到这是一辈子的受用,颇为自得。然而,我这种艺术趣味在家里完全孤立。老伴连法文都早已忘光,不要说京戏。我女儿只守住她那部录音机听港台歌曲和舞曲,听得高兴了还手舞足蹈比划几下。再不然,她就唱着一支叫作《铃儿响丁当》的歌儿!以为这是顶顶时髦的玩意儿,岂不知这支歌我上中学时就唱过,而在外国早就老掉牙了。我儿子呢,刚回城那阵,他想从"一技之长"中找出路,学拉提琴,拉得像杀鸡子一样。后来,他又弄来一把吉他,闷了就躲在自己房间里弹:"嘭!嘭!嘭!"我听起来好像隔壁开了一个轧花铺。现在他埋头苦读苦写,吉他不弹了,每天陷入一种阴郁的沉默。——他们两个对于民族戏曲,用他们自己的话说,"压根儿就不感冒"。

我的儿女都喜欢诗歌,特别是爱情诗。有一天,我偶然进入儿子的房间,看见他书桌的玻璃板下压着这么一首诗,大概是他特别欣赏的,这才抄了下来,并且加上一圈花边。诗曰:

> 姑娘好像一朵花,
> 为你的眼睛到你家,
> 把我引到井底下,
> 砍断了井绳你走啦,唉!

没有一点蕴藉,没有一点含蓄,这叫什么诗?只能算顺口溜。像这样的诗,用林黛玉的话说,就是写一千首也是容易的。难道好诗就是那样的吗?"来是空言去绝踪,月斜楼上五更钟。""斑骓只系垂杨岸,何处西南待好风?"——这才是清词的句,朗朗上口,情景交融,意味深长!这样的句子,岂是那位掉在井里的倒霉诗人所能写出来的?现在的年轻人只对于外国的"朦胧诗"入迷,难道这些"无题诗"不是最好的朦胧诗吗?

也许是因为年龄的缘故,看电影每到悲剧高潮,我往往忍不住掉泪。譬如说,看《红楼梦》看到这宝玉哭灵,看《野猪林》看到林冲发配,看《天云山传奇》看到冯晴岚拉车,我的眼泪就不由自主地流下来了。然而,回家问问我的儿子和女儿,他们只是冷漠地说:"那有什么可掉泪的?我又不是小孩儿!"年轻人"心如古井"了,真不知是怎么一回事。

郭老在他生平最后一次讲演《科学的春天》里,提到我们今天处在一个新的"文艺复兴"的前夕。记得恩格斯说过,文艺复兴时代的巨人,"一些人用舌和笔,一些人用剑,一些人则两者并用"为历史的前进而战斗;自然,当时也有一些"书斋里的学者",他们不过是"唯恐烧着自己手指的小心翼翼的庸人"。我决非勇士,可能倒是庸人,不过对于真正的勇士我"虽不能至,心向往之"。一天晚上,我和女儿一同看电视,节目是诗歌朗诵,朗诵《小草在歌唱》那首诗,写的是张志新的事。我静静地听着、听着。当朗诵到"我们不是有宪法吗?我们不是有法律吗?……"的时候,我的眼泪夺眶而出。但是,在这神圣的时刻,在那悲愤激昂的朗诵声中,我的耳朵里觉察出身边还有一种喊喊嚓嚓的杂音。我从自己的悲痛感情中清醒过来,仔细一看,原来我的女儿正在那里跟她一个亲密的小姊妹起劲地谈着她们永远谈不完的悄悄话。我顿时觉得一股冷气扑上心头把我那庄严的感情冲得无影无踪。我吼了一声:"你们不说话,行吗?这么好的诗,你们不听!——"两个女孩子你看看我、我看看你,都把嘴噘起来老高,一言不发,站起来走了。她们走到门口,我女儿嘟囔:"人上了年纪,眼窝浅,看戏掉泪,听诗也掉泪,有什么了不起?哼!……"

对我来说是神圣不可侵犯的东西,对他们来说却是不值得一顾。老头子成了天真的小孩儿,年轻人倒变得"玩世不恭",事情真有点说不清了。

父母对于下一代的关心,往往不能为儿女所理解。这种隔膜,历代都有,但似乎"于今为烈"。譬如说,我的小儿子。每当我瞥见他那乱蓬蓬的头发和苍白的脸色,心里禁不住对他怜悯:这个小伙子内心里有痛苦,他该结婚了,可是他偏不让别人给他介绍对象,自己也不找,只是像一头犟牛一样,硬要往文学的园地里钻。他以为文艺之神,亦即希腊的缪斯,是仁慈的。岂不知文学之路坎坷,文苑实为棘地,这是历史证明了的。该找对象而偏去搞什么写作,正如相声里说的,丢了驴而去吃药,那是根本不对路。自然,文学写作对于年轻人有一种吸引力(我自己也被它吸引过)。但是,首先,我儿子到底有没有文学才能,我就感到怀疑。一个人如果没有文学才能而又苦苦地要当"作家",正如对方根本不爱你,你偏要自作多情、陷入热烈而痛苦的单恋一样,那是一种别人无法同情,也无法帮忙的悲剧。这样想过以后,我决定给他一点认真的劝告。一天晚饭后,我对他说道:

"明明,你知道,爸爸不是什么作家。不过,从我十七岁开始发表文章,年轻时候也涂写过不少稿纸。可是,百分之九十以上都是废品,发表过的几篇也不过是昙花一现,没有留下什么影响。现在除了填写著作目录,我再回想一下那些题目,连我自己对它们也失去了兴趣。所以,1966 年红卫兵抄家,把我那些稿子'扫进了历史垃圾堆',我倒觉得'六根清净',从此再也不必搞那些对自己、对别人都没有什么用处的'创作'。因此,让爸爸这个过来人劝你一句:如果你没有什么深切的生活感受,没有什么强烈的社会责任感逼迫你非写不可,你不必拿起笔杆儿。如果你想靠一技之长找个出路,我希望你学一种手艺、技术。那对人对己都有实际用处。如果你觉得自己真的爱好文学,你可以看看书,就行了。想靠写稿子吃饭,是要饿肚子的。想靠写求名,也是空想。如果你没有真正的才能,如果你的作品没有真正的价值,如果你的作品不能代表人民的心声,即使你把稿子印成了铅字,又有什么用处?我是教文学课的。我知道,在 19世纪风靡一时的许多外国作家的名字,经过第一次世界大战,在文学史上就黯然失色;经过第二次世界大战,在文学史上就销声匿迹了。可是时间仅仅过去了几十年!中国又何尝不是如此?'文化大革命'以前,我常到旧书摊去逛,见过各种各样的诗集、文集,什么'本衙藏版'、私人精刻、聚珍版、活字版、铅印、石印、油印的,真是五花八门、种类繁多!而且,根据书前序言作者的评价,那些作家都是'上薄风骚,气吞曹刘','浸浸手与先秦诸子相上下'!然而,现在谁能知道他们是何许人也?尽管我为了想发现几条资料,去翻过他们那些大作,可是,对不住,连我也没有记住他们的尊姓大名。所以——"

我说得兴奋起来,正要引用济慈墓铭中的那句名言:"诗人者,名书水上之

人也。"可是我儿子那苍白的脸上分明流露出非常不耐烦的神气。我的话也就戛然而止。儿子声音枯燥地说:

"爸爸,你说完啦?你说的话,跟我们年轻人对不上号。你们老了,生活干枯了,思想僵化了,写不出东西来,一点也不奇怪。这是自然辩证法。可是你不能说:你们不能写东西就等于我们年轻人也不能写东西。现在二十多岁的小青年发表作品的很多。譬如说,张抗抗——"

"老一代的经验,对你们总还有用吧?"

"爸爸,你们老知识分子能有什么经验?你们不过是谨小慎微,忍辱负重,当一辈子老绵羊、老黄牛。我们可不愿意像你们那样。你们最大的经验也不过是1957年当右派,1966年进牛棚!"

尖酸刻薄,桀骜不驯!他的话把我噎得半晌开口不得。我觉得自己简直是把明珠扔给了一头猪。按照中国的老规矩,我本应该向他断喝一声:"混账!"可是我气昏了,只狠狠瞪他一眼,起身便走。他大概也自知言重,跟在我后边小声叫了一声"爸爸!"我不理他,径自去了。

儿子的话像刀子一样刺伤了我的心。当天晚上,我失眠了——这是近几年来少有的事。在静夜之中,我躺在床上细想:他这句话太尖锐了,太无情了,一点也不"为长者讳"。然而,也不能不承认:我们这老一代的知识分子的确曾经走过了那么一大段"苦难的历程"。我没有当过右派,但我进过牛棚,而且想想当时的情况,简直是"自投罗网",连挣扎也没有,就那么驯服地做了极"左"路线的俘虏,如今想来仍然心有余痛……但是,太叫人痛苦的真理,还是不去多想的好。于是,我把被子拉到脸上昏昏睡去。第二天,我见了儿子,不跟他说话。

但我的儿子却是没事人一大堆,照常走自己的路,做自己的事。几个月过去了。一天,我回到自己房间,发现一本从未见过的花面杂志摆在我的写字台上,掀开一看,我儿子的一篇什么稿子居然印在上边。这当然是他放在那里,向我表示和解并且炫耀。我生气地把刊物推向一边,心想:"发表一篇稿子,什么了不起?我不到二十岁就发表文章了,你还晚十几年哩!"

这么一想,我也就觉得"斯亦不足畏也矣"。于是,我和儿子的这一场争论以我这一方的精神胜利而结束了。

但是,虽然我的儿子和女儿常常叫我生气,他们终究是亲生儿女,毕竟不像街上的小青年那样对我肆无忌惮。

一个星期天,我带了五块钱高高兴兴上街,走到一个热闹的十字路口,正在心旷神怡地观赏自由市场的繁荣景象,忽然觉得胸口被一大块铁硬的东西猛撞一下,接着一个车轮从我脚背上轧了过去。我"唉哟"一声,忍痛去看,原来是一个二十多岁的小青年骑车带着一个打扮时髦的姑娘,驶过去了。他显然是这么横冲直闯惯了的。我刚说了一句"骑车当心,你——"他早已到了一丈开外,还扭过头来向我很俏皮地摆了摆手。但我仍在生气地瞪着他,他也脸色一变,骂了一句什么,再往地上吐一口唾沫,以表示对我的蔑视,然后转过身去飞也似的去了。我站在那里,哭笑不得。待我心情恢复平静,要去买东西,那五元钱钞票也不知什么时候已经失去了!

至于到商店买东西,被售货员姑娘罚站半个钟头,或者排队买菜,好容易走近窗口,却被一个或几个五大三粗的小伙子挤到一边,让我只能面对他们那虎背熊腰,更是常有的事。

对于这一类的"优胜记略",我回到家里一律不提。因为,作为"一家之长",我总得保持一定的尊严,起码保持某种庄严的沉默。这是一。其次,家里人的反应如何,我也清楚。我儿子的哲学是:受了气,你有本领、有勇气,就跟人家吵、骂、打;没有本领、没有勇气,就忍住,别吱声。"胳膊折了,掖在袖子里。"空话无用,抱怨是没出息。我女儿听了,可能会撇嘴一笑,说:"爸爸,你都成老头子了,还跟年轻人撞车,真可笑!"在这个小小事件里,说不定她的同情倒放在那个小伙子,特别是那个时髦姑娘一边。至于我老伴,她肯定会说:"真没见过,这么大年纪了,还偏到热闹地方去挤。一点也不知道小心自己!"如此等等,说个没完。

这些年轻人叫我困惑:他们身材长得高高大大,风度气气派派,谈吐自如,应酬大方。我打心眼里喜欢他们、羡慕他们,因为回想自己年轻的时候好像没有他们懂得这么多,连身体也没有他们长得这么健壮、好看。应该说,我对他们的"第一印象"是很好的。可是,和他们稍一接触,他们谈话做事当中所流露的那种"前不见古人,后不见来者""四顾无人"的态度,叫我害怕,真不知道:继我们而起者,将是怎样的一代?

三、女儿的婚事

父母总是习惯于把自己的儿女看作"小孩儿"。每当我听到老伴用她那慈爱的调调喊着"婷婷！婷婷——"的时候，这种感觉就尤其突出。然而，小孩儿是要长大的。一首儿童诗里说：

> 年龄一年大一年，
> 总有一年十八岁。

现在我们的婷婷不只是十八岁，她已经二十三了。她大了，人长得也有点引人注意，又爱穿戴，又爱玩。这样，不知不觉地，到我们家里来的年轻人就多起来：有找她温习功课的（应该说，这样的用功学生，来找她的不多），有排节目的，有借还小说的，有替她热心奔走买这买那的，以至于没有什么事，仅仅因为上街、顺路拐来看看她的，都有。总之，她颇有几个"追随者"。有时，她的那些小朋友们，男男女女一大群，说说笑笑，嘻嘻哈哈，把我们的屋子挤得满满的，我夹在他们当中无所措手足，只好躲进自己书房里不出来。这时，一个念头在我心里油然而生："世界是属于他们的！"

一天夜里，我备课到了夜深，听见老伴一个人在床上说梦话："其仁，你觉得那个小伙子怎么样啊?"我开玩笑反问她："到底是哪一个小伙子呀?"老伴闭着眼，做出一脸生气的样子，嘟嘟哝哝："你这个人，就不知道——"她翻过身去，又睡着了。

这表明：小女儿的婚事，提到日程上来了。

中国人的婚姻，过去是由一个叫作"月下老人"的神仙及其在人间的代理人——媒人来掌管的。大概因为"乱点鸳鸯谱"一类的事出得太多了，年轻人颇有点怨声载道。老戏中"英台骂媒"一段可算是一篇"诅媒婆文"。然而，中国人还是靠着"父母之命，媒妁之言"，应付着自己的终身大事，洞房花烛，生儿育女，绵绵不断，历数千年之久。

新社会，媒人一职，由介绍人接管。"文化大革命"期间，我们这条街上有一

位介绍人。这是一个老太太,职业卖冰糕,副业说媒。有一年夏天,我买她一支冰糕,站在她那小车旁,听她向别人发表宣言说:

"大街上有的是大闺女,可是小伙子看着干瞪眼,不敢说话。为啥?——为啥?你要在街上对人家姑娘说:'我想跟你结婚',人家不吐你一脸才怪!天上无云不下雨,地下无媒婚不成。还就是少不了俺这些媒人哩!——咱这是新社会,不兴叫媒人,咱叫介绍人。"

好,她按照卖冰糕的办法来介绍对象,把女方按年龄、长相、婚否等条件分类排队,"以质论价"、排列组合。这就像卖冰糕似的:白糖冰棍三分,牛奶冰糕五分,优质冰糕七分,冰激凌要一毛哩!——不过,后两种她这里没有,那要到大街上高级冷饮店去买才行。

她在说媒当中所使用的语言是紧跟"文化大革命"形势的。当时她对一个年轻姑娘的说教,在这条街上已经传为"世说新语"了。听她这词儿:

"孩子们都交给他们姥姥了。家里只剩下他一个净大人,虽说比你大几岁,脾气好,存了一兜钱,少说也有三千!你一进门就夺权!钱都由你拿着,想咋花就咋花!"

于是,这位五十多岁的"净大人"就把二十四岁的姑娘娶走了。街上有人计算,这个姑娘到底以多少钱一斤把自己卖给那个大老头。还有些细心人更进一步研究,介绍人自己到底得了什么好处,结果或曰皮袄一袭,或曰现款若干,说法不一,其详不可得而闻。

我们的小婷婷,哪怕她把我活活气死,我也不愿让这种老太婆去安排她的命运。当然,现在也不存在这种可能。我的社会地位、经济条件、文化环境,使我的女儿得以免除那种厄运。我赞成完全给她自由,让她自己去选择自己一生的伴侣。

"你觉得那个小伙子怎么样啊?"——有一天老伴又问我,跟那天晚上她在梦中提的问题完全一样。

"哪一个小伙子呀?"——我的回答也跟上次完全一样。不过这一回并不是开玩笑。因为在我们家里,每个人各有自己的客人。平时来我们家的那些年轻人对我"敬而远之",我对他们也不管不问。

"那个高干子弟。"

"哪一个是高干子弟？"

"那个穿军装的。"

我想一想，这才记得在那些年轻人当中确乎有那么一个个子高高的穿军装的小伙子。

"他怎么啦？"

"他正追咱们婷婷。他爸爸是一个军分区副司令。你看怎么样？"

"我还没有考虑过。"

关于高干子弟，舆论有种种说法。我以为"高干子弟"一词，正如"知识青年""待业青年"一样，代表我们这个特定历史环境中或一类型的青年，而各自包括一大批人，不能一概而论。我们这个大学物理系就有过一个毕业生，他的祖父是党内一位已故的著名活动家。听说这个学生学习刻苦、生活朴素、平易近人，毫无优越感，在老师同学当中留下很好的印象。他不仅功课好，知识面也广，文理兼通，还懂得两三种外语。像这样出身于革命世家、蕴含着潜德幽光的高干子弟，你能说他不是好青年吗？自然，报上登过的那种"衙内"式的人物，也是有的。不过，我想，那总是少数。

于是，家里再来年轻人，我就特别注意老伴说的那个小伙子。这是一个身材颀长的青年，脸上常常挂着微笑，一笑就露出一口整齐、洁白的牙齿，举止洒脱，毫不拘谨。他的眼睛透露出机灵，但眼神中似乎带着一点叫人捉摸不定的冷嘲意味。可以看出，这是一个聪明小伙子，但他的聪明不同于学校里那些只会啃书本的学生——学生们的聪明都用在书本上了，所以他们对于书本以外的事情就显得过于单纯，甚至有点愚。而这个小伙子看来懂得人情世故，又善于辞令。他每来到我家，立刻就被我女儿、儿子和其他年轻人包围起来，成为热闹谈话的中心。他有时候穿一身绿军装，有时候下身穿军裤、上身穿白衬衣，有时候又穿便服，甚至西装。所以，他的身份到底是军是民、是干是群、是文是武、是学是兵，我也说不清楚。好像他在哪个系里进修。

一天，我在书房枯坐，听得隔壁笑声喧天。书看不下去了。我索性去听听他们谈些什么，这么高兴。我走到女儿房间门口，他们正在纵谈戏剧电影。那位高干子弟大声宣称：

"女主角漂亮，演悲剧，我同情！女主角不漂亮，演悲剧，活该！"

接着是一阵哄笑。

我皱了皱眉头，走了进去。高干子弟向我招呼道："邬伯伯，来参加我们的高谈阔论!"屋子里的人都把头扭过来看看我，又把头扭到他那一边。我拣一个座位坐下，不去打断他们的兴头。

这个年轻人的嘴巴真能说，知道的事也真多。我女儿、我儿子、其他年轻人，包括我老伴在内，都像傻瓜似的张开嘴巴听他一个人在那儿滔滔不绝地讲。我也坐在角落里听。听来听去，我觉得他有些吹牛。因为，听他那口气，好像过去北京的许多国家大事他都亲自参加过似的，好像毛主席检阅游行队伍，他恰好站在天安门城楼上，周总理接见外宾的时候，他也坐在宴席上。但是，我算一算他的年龄，那时断无亲自参加那些国家大典之理，况且，连他爸爸的级别也未必够得上。显然，他是把从爸爸、妈妈、叔叔、伯伯那里听到的谈话片断，所谓"耳食之言"，经过他舌头的加工，真真假假编排一番，以当事人的口气谈出来，借以自炫，唬一唬我们这些"乡下佬"，特别是像我女儿那样的傻丫头以及像我老伴那样的天真老太婆。即如那些事他真的见过，也不过是见过而已，算不得他个人什么光荣业绩。

然而，当他旁若无人、侃侃而谈的时候，我这个四级教授在这个伶牙俐齿的年轻人面前，真像一个乡野愚民似的枯然呆坐，却不能赞一词。当天晚上睡下，我才想起：如果什么人当场向这位口若悬河的小英雄提出一两个简单不过的历史地理问题，譬如说，"宋朝和隋朝，哪一个在前?"或者"哥伦布是什么人?"他就不一定能答得上来。

但是，我们的小女儿竟然被这么一个小伙子吸引住了。她开始学着他的口吻说话，开口闭口就是什么"真逗!""真帅!""没辙!""够意思!"等等。这些词儿，过去向来没听她说过。她还开始谈论谁的爸爸是多少级、谁的妈妈是多少级，在她的谈话中夹杂着似"厅局级""省军级""地师级"这一类陌生的人事工作用语。一个女孩子对一个未婚男子倾心，以其是非为是非，以其好恶为好恶，并且在言谈举止中不自觉地模仿他，那下文是什么，是不言而喻的。更可笑的是我老伴也来凑热闹。一天，她突然对我说：

"婷婷说，小贾（'小贾'!）家里有一大套房子，摆设讲究极了!"

"这跟我们有什么关系?"

“婷婷说，他们家把他全套结婚家具都打好了！”

“我不懂。”

“他还要送给婷婷一台日本四喇叭录音机。”

“凭什么要人家的东西？”

“婷婷没有要，是他自己给的。”

“给也不能要。你给婷婷说：不能随随便便接受别人的东西。”

“他们要定关系了！”

“定关系？互相了解了没有？”

“婷婷到他家去过多次了。”

“那就叫了解吗？”

“我觉得小贾这孩子（‘孩子’！）挺机灵的，对咱们婷婷也很热情……”

“哼，云天雾地，连说带吹！”

“现在的孩子跟咱们年轻时候不一样。你不能拿老古板眼光去看他们。”

“我对这件事心里没把握。还是慎重点好。你是母亲，要给女儿当好顾问。”

老伴扫了兴，不高兴地走了。这个老太太真是愚不可及，亏她还学过法文，屠格涅夫、罗曼·罗兰……怪不得这位高干子弟到我们家这么频繁、这么亲热、这么随便，就连对我的称呼，也不知从什么时候起已经从“教授”“老师”改成“伯伯”了！

“氓之蚩蚩，抱布贸丝。匪来贸丝，来即我谋。”

女儿开始用心打扮起来（不用说，我老伴用我们的存折支持着她）。青春的光辉是掩盖不住的，何况我们的女儿长得本来也不丑。她试验着各种色彩、各种式样的服装：“大红大绿，丑得要哭”本为爱美者所忌，但是婷婷偏要穿红戴绿，把自己打扮得像在阳光下怒放的花朵。白衣素服，为迷信的旧派人所讨厌，以为不吉之兆；然而，“若要俏，三分孝”，婷婷穿上白色连衣裙，简直飘飘欲仙。灰色给人以暗淡之感，年轻姑娘很少去穿，但是婷婷不定什么时候偏要全身穿上灰色衣裳，给人一种朦朦胧胧的美感。破旧衣裳，尤为时髦青年所不喜，可是婷婷不顾此种禁忌，偶尔穿上洗得发白的花布罩衫，但从不忘记在旧罩衫之内穿上一件大红衬衣，那就好像在一段破旧的墙头上开出一朵火也似的红花。总而言之，在这时候，我们的小女儿就像一朵自由的花儿，爱怎样开放就怎样开放。这表示着她对幸福的一种向往、为幸福的一种奋斗。——我只希望她能够得到真正的幸福才好。

有一天,我不得不板着面孔对女儿说:

"婷婷,你不小了,该懂点事了。你和小贾(我也'小贾''小贾'地叫起来!)的来往,是不是应该慎重一点?"

女儿听了这话,眼睛里闪出一种调皮的神情,突然来一个戏剧性的动作,抱住我的肩膀,在我耳朵边小声地说:

"好爸爸,你就安心看你的《文物》《考古》《文史论丛》吧! 我的事,你就别操心了!"

说罢,她把我推开,对我笑嘻嘻地看着。我简直莫名其妙,也只得对着她傻笑。这时,老伴叫她去试一件什么新装。她走了。

从此,我就只能以"观察员"身份注视事态的发展。那位高干子弟已经成为我家的常客。有时他一天来三趟,女儿和老伴就像迎贵宾似的接待他;有时他又保持一种清高、冷漠的态度,一个礼拜、两个礼拜,甚至一两个月不露面,这就把我女儿和老伴急死。然后,他再以满不在乎的姿态飘然而至,让她们像欢迎凯旋英雄似的欢迎他。据说,这是一种时髦的恋爱战术,叫作"冷处理",以区别于过去流行的"热处理"。这种"冷处理"挺厉害,可怜的小婷婷被感情所俘虏了。她的情绪完全随着那位高干子弟的态度而波动,有时候兴高采烈,有说有笑,唱唱跳跳;有时候愁容满面,叫人看了可怜;有时候整天不吃饭,躲在自己房间里哭。有一天夜里,我发现老伴不在屋里,仔细一听,她在女儿房间长时间小声劝说什么,偶尔夹杂着女儿一声哀怨的惊叫或是啜泣——这使我想起遥远的过去,在某个雷电交加的夜晚我老伴搂着吓得哭泣的小女儿,给她讲故事,唱歌,安慰她,逗她高兴,哄她睡觉。

以后,只要能找到理由,这个高干子弟就带着我女儿出去游山玩水。次数多了,我不免担心。然而老伴不让我管。每到放假,我正想催我女儿订个计划,认真读几年书,她总是不等我开口,就像大人物刚下飞机发表严正声明那样,宣称:她要跟她的"同学"(在这里,普通名词当作专有名词来用,"同学"指的就是小贾)到什么地方旅游,而且计划早已铁定,不容变更。于是,他们今天游少林寺,明天逛龙门,暑假去青岛,寒假上庐山,以至于北京、上海、杭州、桂林……他们的行踪，简直叫我眼花缭乱。每次他们倦游归来，女儿就带回一大批照片：有的是在山顶拍的，以朝霞或夕阳为背景，映出他们并肩的影子；有的是在海边拍的，他们穿着游泳衣，坐在沙滩上，两人之间立着一台录音机——那里边所放出来的调调儿是可想而知的。更多的是女儿的单人照：她摆弄着各种姿势，一会儿正面，一会儿侧面；有时侧着膀子，一会儿把左肩对着镜头，一会儿又把右肩对着镜头；有时又好像太乙真人"一气化三清"，自己一个人幻化成为许许多多的影子；再不然，就把自己的各种正面、侧面、不同姿势的照片，重新"回炉"翻拍成为一大张，叫作"集锦"。从这些迹象可以看出：他们尽情地游玩了，享受了，开心了，而且似乎关系也定了！

但我总隐隐约约感觉着有点不安，有点不对头。我就以家长的身份进行了干预。我和那个小贾进行了一次严肃的谈话，劝劝他既在大学里进修，总应该更多注意一下自己的学习才是。他客客气气地满口答应，走了。然后——再也不来。好，婷婷哭丧着脸来找我了。我也劝她在定关系之前要对自己的朋友做些认真的了解。她捂住耳朵不听，接着又是哭、又是嚷、又是跺脚——这个小丫头真是惯坏了，她发起脾气，就像法西斯一样，一点道理都不讲的。我老伴闻声赶来，也怪我多事，提醒我"不要当老法海"——显然，她对于当丈母娘这件事是劲头十足的。我想：我大概是真老了，落后了，对于恋爱婚姻这种微妙的问题，还是不要管了吧！

一两年的时间就这样过去了。

又到了一个假期。女儿高高兴兴地和她的朋友出去游玩了。我乘着闲暇闭门读书。然而，假期还没有过到一半，我女儿突然单独回来了。她推开门，一看见我，就大叫："爸爸！"然后"哇"的一声哭倒在我的肩膀上。我像触电似的立刻明白：自己变成了一场悲剧里的一个配角。

从女儿断断续续的哭诉中，我才知道事情很简单：那个小贾和我女儿的交往，不过是"老子高兴了玩一玩"。在他是"逢场作戏"，不负任何责任的。最近，他又认识了一个外号叫作"白牡丹"或"黑牡丹"或"红玫瑰"的年轻女人，那是他父亲任职地点的一个所谓"名流"（此处并非"社会贤达"一类的意思，指的乃是类似旧社会"交际花"那样的人物）。那个女人显然更适合这位少爷的口味。因此，他就把我们这个傻丫头抛弃了！

"鸟兽不可以同群。"一本外国科学读物里说过:在大森林中,每个动物都各有自己广狭不同的生存空间。人类大概也是这样。不同社会地位的人,生存空间是不同的。当然,"海阔凭鱼跃,天高任鸟飞"——自由也是令人向往的。然而,自由向人提出了更高的要求。人在不自由的时候,可以以他人的意志为意志;而人在自由的时候,都必须独立思考、运用自己的智慧和勇敢,来战胜生活中的风浪。不幸的是,我们的女儿对于自由仅仅怀有一种朦胧的幻想。尽管她生性娇惯、自尊心极强,实际上却是幼稚而脆弱,既不了解自己,也不了解社会。因此,她追求了,她迷路了,她受骗了,她受到了伤害。

四、书和人

"少之时,血气未定,戒之在色;及其壮也,血气方刚,戒之在斗;及其老也,血气既衰,戒之在得。"

孔夫子作证:他提出的这三条人生戒律,我一条也没有违犯。用外国人粗直的说法,我是一个"不活跃的动物"。我的少年时代,没有花,没有诗,没有什么值得一提的恋爱故事,更不用说什么决斗之类。我不是好斗的人。前些年乱的时候,即使有小孩子拿弹弓把我的窗玻璃打破,我顶多站得远远地喊两声:"谁? 谁?"绝不出去追打。至于"戒之在得"呢? 我自问学无专精,马齿徒长,当上四级教授也就足够。只有老伴爱在我耳边咕哝:"该提提了,该提提了!"我才不去争那"一日之短长"。"知足常乐"——这是中国人,特别是中国知识分子的信条。

在我一生中,我唯一执着的只有对于书籍的爱。当我面对我的藏书,我才觉得自己置身于最亲密的朋友们中间,呼吸特别舒畅,忘记时光流逝。爱书一念将与我身同在,一旦此念不存,我的生命也就无所依托了。

是谁点燃了我心中爱书的火花呢?

从遥远的、朦朦胧胧的儿童时代的记忆中,首先在我"心灵的眼睛"中出现的,是一只"乌云盖雪"的小花猫。这只小花猫是我小时候的游伴。我拍打它的脑门、揪它的尾巴,它从不咬我、抓我,只是非常可怜地叫一声"咪——噢!"表示埋怨。我觉得不好意思,把它抱起来,照它脸上亲一下。

接着出现的是小花猫的女主人——我姐姐的秀美身影。姐姐穿着那时女学生穿的斜襟白上衣和黑裙子。她苗条、白皙、温存,说话总是轻言细语——她是我少年时代真善美的化身,是我崇拜的偶像。每到放假,她从省城中学回家,给我带来光明、温暖、爱怜和文明。她走到哪里,我跟到哪里,好像是她的"尾巴"。大人们吃剩下的饭,我是决不肯吃的。但是,只有姐姐的剩饭,我总是高高兴兴地吃掉。后来,她吃饭的时候,我就站在她椅子旁边,可怜巴巴地等着,她也故意剩下一口饭,叫我替她吃掉。为此,母亲骂我是姐姐的"小狗"——因为,平时有了剩饭,常常倒在一只破碗里,让狗舔掉。

姐姐喜欢看书。在我小学上到三年级的时候,她替我订了一份《儿童世界》——这是我生平所看的第一种杂志。她还亲手把一本《国音小字典》装在我的书包里——这是我的第一本藏书。现在,我早年读过的《儿童世界》早已飞向了乌有之乡,姐姐也长眠在远方的土地上,只有她留给我的这本破旧、散页的小字典还放在我的书架上。我每天看见它,都要怀念我这位亲爱的启蒙者——是她用灵心慧手把第一颗文化种子深深播在我的心坎里!

"玩火,尿床!"已故的母亲斥骂我的声音又在耳边响起。在我小的时候,也和别的小孩子一样,爱玩水、玩火、玩沙土。

不知道真是因为小时候爱玩火,还是因为身体弱,我的"尿床史"非常漫长,从不记事起,一直拖延到初中毕业——也就是古代"中秀才"的时候。值得自豪的是,上了高中,我就再也没有犯这种毛病了,大概是人一旦"中举",文星高照,也就灾去病除,万事大吉。

这都是很早以前的事了。但玩火的习惯我有时还改不了。譬如现在,我用火柴点着一支香烟,又顺便燃起烟灰缸里的纸屑,一边吸烟,一边望着烟灰缸里那一堆小小的篝火自生自灭。在这轻烟缭绕之中,我脑海里呈现出这样的画面:冬日的上午,暖洋洋的太阳照着一个墙角,一条绳子上挂着我湿漉漉的棉被,满脸害羞的我坐在一条小板凳上,在我旁边站着一个好脾气的、穿着整齐的年轻人,他一手扶着绳子,向着我不紧不慢地说这说那。我听得入了神,忘记了我那倒霉的被子。

这是谁?

他是我的级任老师，教我们英文。他刚从大学毕业，比我们年龄大不了很多，还有点小孩脾气，调皮同学在班上捣乱，他就脸红。不过大家都同情他、喜欢他。因为我年纪小，是班里的"丑小鸭"，他爱找我玩，和我说话，给我讲文学故事，并不因为那让我丢面子的毛病而残酷地耻笑我，像有的同学那样。我们的谈话常常是在上午没有课的时候，在太阳地里慢悠悠进行。

有一天，他谈得高兴了，叫我到他住室。他拿出一大本精装的《世界文学史话》让我看。他翻开书里的插画，一幅一幅向我讲解：荷马、但丁、莎士比亚、歌德、雪莱、参孙、堂吉诃德、鲁滨逊……在我眼前展开了一派新世界，我简直惊呆了。我还没有看过这样好的画，这样好的书。我多么想借走看看啊，可是老师不肯让我拿走，这本书是他的宝贝，他的命根子，他舍不得。我恋恋不舍地离开那间屋子。

老师呀，尽管你对书如此小气，我现在仍然感激你。因为，是你把文学宝库的大门为我打开了一条缝，让我向其中的奇宝异珍瞥了一眼——虽然仅仅是短暂的一瞥，但所得到的印象却"永恒地"铭刻在我的心上了。何况，在你离开那个中学的前夕，你还真的赠送给我一本英文的画册 *LEO TOLSTOY*——因此，我对于你的怀念，也就不下于济慈对于他的老师克拉克的怀念了。

记忆的帷幕拉开，到了我的大学时代：一位身材不高、身穿灰布大褂、黑瘦而很有精神的老教授在给我们上课。这位老先生是著名的学者，中国古典文化和西洋古典文化、古典主义精神和浪漫主义精神奇妙结合的一个典型。他在一间破教室里向我们讲欧洲文学——从希腊罗马讲起。当他说到 Roman Empire（罗马帝国）这个字眼儿的时候，他那方正的额头发着亮光，他的眼神放出异样的光彩，他那穿着旧灰布长衫的双肩猛然一耸，他说话的调子高扬而自豪，好像那罗马就是他的"帝国"，他就是一个"恺撒"似的！这样一位方正的老教授，却不失童心，在课堂以外又是同学们的知心朋友，那些为爱情而受煎熬的年轻人到他那里一定能得到鼓励和安慰。他在这些倾心谈话中也一定要引用《红楼梦》，因为他除了是西洋文学专家以外，还是一位红学家，对这部奇书他熟悉透了，随口就能背出一小段。

这位可敬的老先生早已作古了。我每想起他身穿破大褂给我们纵谈世界文学的场面,仍然佩服他对于学术的那股可爱的傻劲、钻劲、愣劲,并且感激他在我心中点燃起的对于文学和历史的热情的火焰。

然后,就是在我几十年流动生涯中行踪所到之处所逛过的旧书店、旧书摊了:北京的东安市场,上海的福州路,西安的平民商场,杭州的旗下,苏州的观前,重庆的米亭子,开封的东大街……你们曾经看见我这微微驼背的身影在你们那书籍的海洋之中踟蹰穿行,你们知道我为了这一本、那一本破书所经历过的小小烦恼和喜悦!

一个黑脸大汉坐在几个破麻包上,面前乱七八糟摆着一大片破书。白天,这些麻包是他的坐垫;黄昏,他把那些破书统统塞进麻包、扛回家去。——这是我生平所逛过的第一家旧书摊,它就摆在我那个母校小学的大门口。书摊主人是一个教徒。他那又脏又破的衣衫,他那颧骨高耸、带络腮胡子的黑瘦方脸,表明上帝让他过的是一种艰难的日子。他那书摊上,除了一些破破烂烂的旧杂志和小学生课本、故事小册子以外,也没有什么好货色。因此,我到他那里几乎全是翻来翻去,买的次数很少。只有一回,我犹豫又决定、决定又犹豫,终于下决心要拿出两角钱(这在一个四年级小学生来说是一笔大数)来买他一本什么书。不幸,和我同行的哥哥(他是一个缺乏学术趣味、头脑实际的人)不耐烦了。他鄙夷地说:"买这个干啥?走!走!"不由分说,拉着我走开了。这就把几乎要成交的买卖打断。我听见背后那书摊主人恨恨地吐出一个字眼儿:"魔鬼!"——老朋友,这就是你的不对了。基督的精神在博爱。你怎么因为生意没有做成而口出恶言、咒起人了呢?大概是生计所关,就顾不得教义了。我为了自己六十年前的优柔寡断,向你表示歉意。因为,不管怎么说,当时我那稚弱的小手毕竟是从你那粗黑的大手里接过了第一批课外读物。

一个长着一双老鼠眼、几根小胡子的令人讨厌的三角脸出现在我眼前——这是我上高中时所遇见的一个旧书店老板,一个狡猾的小老头。他嘴巴极甜,是一个精明的生意人,懂得青年学生爱读禁书的心理,只要让他抓住一本鲁迅的书,他就拼命涨价。我吃过他的苦,这个刁老头!为了把一本毛边的《华盖集续编》买到手,我和他整整磨了两个钟头。我跟他讲理、争吵,走开又回来,回来又走开,但他是"看财奴硬将心似铁",分文不让。最后,还是我不得不忍住一肚子气，照他说的价钱把书买走。此刻，我想起他那带着狡猾小眼睛的三角脸，气又上来了——尽管他让我得到了一本鲁迅著作的初版本。

另一个——不能叫他"老板"了。这是解放后一家合营旧书店的负责人。他是一位身材高大、须眉如银、相貌清癯、谈吐文雅的老人。我们一见如故，忘记了买书卖书，而在他那店堂里没完没了地聊天。他是古书的真正内行。一提起宋版本，他的表情和声音就变得庄严而虔诚，正如宗教徒谈到了圣物。对于宋版书表示了最高的赞颂以后，他叹口气说："这样的书，毁一部，世界上就少一部。没有那样的纸、那样的墨，也没有那样的写家、刻家了！"他对于古书的感情，真叫我肃然起敬。他好像是古时候的什么"兰台令史"穿上了今天的服装。久违多年，恐怕已经作古了吧？

接着眼前出现了一个短小精悍的小伙子——这是新华书店古旧门市部的一个店员。"文化大革命"前我认识他的时候，他才二十多岁。他是一个大忙人：收书、卖书、裱字画、修古书——他全在行；拜访世家、学者，跑北京、上海——只要有书的地方，他都去。他自己文化不高，但是对于书和读书人，好像有一种天生的好感。在这个不大的城市里，几乎所有搞文史的人都和他是朋友。我认识他，是因为在60年代通过他买下一个被划右派的学者的一部分藏书。他和这个学者的关系介乎师友之间。他不避嫌疑，为他奔走帮忙。那时候他总是骑车匆匆而来，说："邬教授，你要的书来了！"丢下一包书，然后飞身上车而去忙得简直叫人看不清嘴脸。

还有一些人——怎么说呢？譬如说，我曾经从一个捡废纸的妇女那里花一块钱买到一部连史纸石印的《史记》，还从一个挑筐收破烂儿的汉子那里花一角钱买到林译小说《撒克逊劫后英雄略》的初版本。"宝之所在，心亦随之。"难道因为他们不是职业的书贩子，我获得好书的喜悦就减少一分吗？

几十年来，我的小小藏书，就是这样，by hook or by crook（千方百计地），一点一滴积累起来的。

我并不怎样看重那些花了大笔款子从书店里订购而来的崭新、威风的大部头，例如《十三经注疏》《四部备要》之类。当然，这些贵重丛书，我把它们安放在讲究的玻璃橱内，让它们躺在那里，"风雨不动安如山"，十年、二十年，不去打搅它们的好梦，听凭来访的客人望着这些堂皇的典籍赞叹。然而，在我自己内心深处所牵挂、梦魂之中所萦绕的，却是我在一生中各个时期，从地摊、从旧书店、从废品站、从旧货店、从挑筐小贩、拾破烂妇女那里东一点儿西一点儿、零零星星得来的那些破破烂烂、大大小小的本本儿。每当我摩挲着这些心爱的书本，在心里就要重温一下每本书如何得来的小小历史：譬如说，在书架第一层平放着的那部明版《东坡诗选》，是王世贞（或别人伪托他）编的。你猜多少钱买的？八角！下边那部装订式样古老、附有钢刻版画的司各特的《湖上夫人》原版，是 1812 年由这位苏格兰文豪和别人合股开的巴兰太因公司出版。这部书，我是在一家旧货店碰到的。那天，我翻开封面，一看扉页，心激动得几乎要跳出来。我尽量不动声色，装作冷淡地问问价钱。那个收购废品的人正在低头收拾什么东西。他连头也不抬，信口说一句："拿五毛钱吧！"我塞给他一张钞票，拿书就走，走出店门时的心情就像一个偷了人家宝贝的窃贼或是一个拐带犯。还有一本不到巴掌大的英文版《卡尔曼》，是从一家旧书店门口像垃圾一样的乱书堆中扒拉出来的，买来只花了五分钱！——我这样便宜地得到这本小书，就像罗塞蒂花一个便士买到了《鲁拜集》。因为，买旧书的乐趣，第一在于难得，第二在于便宜，如果难得而又便宜，那就是无上的幸福了。——这种幸福，只有如我似的书呆子才能享受。像这样使我心醉的好书，我颇有几本。它们是我文房中的奇珍。我的眼睛一看见它们就离不开，我的手一碰到它们就放不下。当我在书房独坐、翻阅它们的时候，每每感到一种"不足为外人道"的乐趣——此情此景，外国人称之为 literary honeymoon（文学的蜜月）。

总之，我用书本为自己建造起一座精神的城堡——对它，我称为自己的"蜗庐"，这是我的灵魂的栖息之所。我脆弱的灵魂躲藏在我的"蜗庐"里，正如蜗牛的软体躲藏在它的硬壳里。我的"蜗庐"既是有形的，又是无形的。有形的是我那些书橱、书架、书箱。无形的是这些书对我精神上的影响。书和我牢牢地结成一体。我走到哪里，我这精神上的"蜗庐"也就随着我带到那里去——好像我身上套着一只"看不见的笼子"。

第二篇　回首"峥嵘岁月"

一、在漩涡里

我的"蜗庐",现在仍然完整无缺地呈现在我"心灵的眼睛"里,甚至我那些藏书中哪一本放在哪个书架的第几格,我还记得清清楚楚。然而,我那"蜗庐"本身已经不存在了。我的全部珍藏,包括明版的《东坡诗选》、1812 年版的《湖上夫人》,以及我心爱的小本子《卡尔曼》……都在 1966 年抄家中"迷失"了!只有我这本《国音小字典》,当时虽被人撕成两半,扔在地上,还狠狠踩了几脚,总算保存下来。后来,我用自己笨拙的手艺把它粘粘补补,仍然放在书架上,作为往日藏书残留下的孑遗。

"蜗庐""砸烂"了,我像一只失去了硬壳的蜗牛,灵魂和软体统统裸露在风雨飘摇之中。

首先,我和许多教师进入牛棚。大家闷头干活,各想各的心事。从校园里大喇叭的吼叫声中可知:牛棚外的世界上不断进行着夺权、反夺权,进行着权力分配、再分配。我们这些"打入另册"的人,像犯人一样,不断从这一部分人手里转移到另一部分人手里。

那些年月,在知识分子头上高悬着一把"上方宝剑",就像外国故事里说的达摩克利斯之剑似的。谁抓住剑柄,谁就操纵着对于知识分子的生杀予夺之权。一批又一批的人高举着这把"上方宝剑",到学校里对知识分子进行改造。

改造,改造。——同样一件事,在不同人嘴里说出来是大不相同的。高尔基说过,他外祖母口中的上帝叫人觉得慈祥温暖,他外祖父口中的上帝却叫人感到残忍可怕。"改造"一词的含义也是如此。我们在牛棚劳动的时候,工人师傅分配任务都很通情达理,从不让我们为难。可怕的倒是一些半通不通的小知识分子——他们总要让我们吃些苦头方才心满意足。后来下乡,常和老农民拉家常,他们并不把知识分子看得那么"罪恶深重"。如果劝劝我改造思想,话也是这么说的:"老邬啊,看好咱的场。麦子是咱庄稼人一年的指望。夜里灵醒点儿,白天勤快点儿。咱庄稼人就喜欢勤快!"听了这种朴素亲切的语言,你能不受到感动吗?然而,在那些高举着"上方宝剑"的人嘴里,"改造"就是另一个味儿了。有一位二十多岁的军代表,参军前的初中生,每次对我们这些老头子训话,总是可着嗓子喊叫:"你们,住着工人盖的房子!你们,吃着农民打的粮食!解放军给你们看守大门!你们这些知识分子儿,不好好接受改造,对得起养活你们的人民吗?"听了这种充满"改造者"优越感的训斥,叫人只感到一种低人一等的屈辱。何况,有的人不仅是"改造者",他们简直是以"胜利者"的身份在"知识分子成堆的地方"横冲直闯、为所欲为。当然,他们自己的思想是不需要改造的。因此,在他们离开学校以后,就留下了一些很不愉快的口碑。

我从牛棚回到系里,性质定为"三类半"。不管哪一派、哪一个组织、哪一个人掌权,都不愿跟我这样的人沾边。为了熬时间,我就找一些"人弃我取"的差使干干,例如抄抄大字报,掂着糨糊桶跟着别人刷标语,或者打扫厕所,等等。我认定了:自己的人生地位就是做一个无足轻重、无声无臭的灰色人物。不管刮风下雨,我每天规规矩矩上班,既不缺勤,也不迟到。如果开会,我提前几分钟到场,找一个靠墙的位子坐下。人一到齐,凳子坐满了,就把我堵在一个不惹人注意的角落。开会当中,我能不发言就不发言。我知道,在那些场合,"口才是白银,沉默是黄金"。批斗什么人,大家喊:"老实交代!"我也跟着"唔唔唔"喊两声,但是谁也听不清我到底喊的是什么。到喊口号,发生过这么一个笑话:一天,系里的头头采用"车轮战""疲劳战"批斗什么人。夜深了,不仅批斗对象疲劳不堪,群众也疲劳不堪。有一位先生坐在椅子上睡着了。批斗结束,人被带走,头头已经开始做"战斗总结",那位先生还在梦乡。旁边一个好心人推推他。他眼睛还没有睁开,抢先喊了一声:"老实交代!"讲话的头头愣了一下,大家本来瞌睡得要命,这时却忍不住哄堂大笑了!

那时候,年年都要立个名目,刮起"十二级台风",揪出一些人,说他们是什么什么,还叫大家一个一个表态。

如果一个人什么也不想,"君子之德风,小人之德草",像《新世训》里说的

"应帝王"，倒也罢了。可是，如果稍微动脑筋想一想：事实还没有弄清楚，甚至根本没有那回事，头头一号召揪人，大家起哄响应，一批无辜者的前程甚至生命就断送了！这样浑浑噩噩，不顾别人死活，对吗？

落井下石的事，我不愿意干。可是我也知道所谓领导的厉害，何况又是"文化大革命"当中那种气焰万丈的领导！我岂敢得罪他们？我不是勇士，我没有那样高的精神境界。我只想在复杂的环境中，尽量不做事后内疚的事。

多天苦苦思索，我想出了一条乱世做人之道。在那政治运动年年搞、月月搞、天天搞的时代，要批斗什么人，我不参加会是不行的；参加会而不发言，也是办不到的。可是，在我不得不发言的时候，我决不在领导加给他的罪名之外，再独出心裁给他增加什么新罪名。我多听别人说，自己挨到最后发言，在那种种罪名之中拣那最轻松的一条来批。譬如说，别人批他"反党反社会主义的滔天罪行"，我只提他教学上的一两条错误，而教学上的错误总不至于要人性命。有时，我正这样一字一板地发言，头头突然把我打断，说："算了，算了！鸡毛蒜皮的事不要提了！"好，"趁坡下驴"，我的"任务"完成了。

欧洲人有句俗话：当一个人倒了霉，已经被剥去了一层皮，你就不要再去剥他第二层皮。

耶稣对于要用石头打死一个犯淫女人的一群法利赛人说道："你们当中谁是无罪的，可以用石头打死她！"那些气势汹汹的人想一想，沉默下来，一个个溜走了。然后，耶稣对那个女人说："女儿，去吧。不要再犯罪了！"我认为这故事透露出人性的光芒。怪不得鲁迅在《野草》里称耶稣为"人之子"。

做人不能不讲原则，但一切原则的最高目标是人类的幸福。一个对人怀着冷酷的心的人，很难说是一个好人。

这话，我自然不会对人讲的。

二、老同事们

经过"文化大革命"，再回头想想从前的事，我对于我们这些老知识分子的迂阔和天真只有感到惊奇。

我们那个教研室叫作理论教研室。这个名字有点含糊不清，其实是把一部分外国文学课和语言理论课笼笼统统包括在一起,无以名之,只好起了这么一个笼笼统统的名字。教研室里一共七个人,其中除了两个毕业留校的年轻人,其他五个都是老头子:田教授教欧洲文学,詹教授教英美文学,朱、潘两位讲师一个教语言学、一个教语法学,我则教教外国作品选读并忝为教研室主任。

夏目漱石在他的《克莱喀先生》一文中提到一位老学者因为一百年前有两位诗人吵过架而深表遗憾。这种"替古人担忧"的事,在我们教研室里也发生过。

如果在哪一篇课文里出现了某一个单词的新用法,或者过去被奉为金科玉律的哪一条语法规则被一个冒冒失失的作家不管三七二十一打破,那是了不得的事情,教研室里一定要认真讨论的。然而,更严重的还是文学方面的问题。据说,文学即人学,而人是复杂的,因而文学问题也就复杂起来。我记得,最激烈的一次争论是关于拜伦的为人。拜伦早在希腊的密索隆吉军中病故,想不到一百几十年以后,他身后影响的余波还在我们这个小小教研室里引起那样大的震动。

争论是这样引起的:一向安分守己教语法、并不怎么看文学书的潘老师,在教研室的办公桌上偶然碰到一本《雪莱传》。他随手翻了一翻,看到拜伦和克莱蒙小姐的故事,大为吃惊。他激动地问道:"拜伦没有跟这个什么小姐结婚,就、就生了孩子吗?"

"那有什么稀罕? 你看看这个!"答话的是教欧洲文学史的田教授。在我们这几个老头子当中,他是以豪放不羁出名的。让潘先生大吃一惊的那本小书就是他的藏品。他借这个机会跟老实的潘老师开个玩笑,又拿出一部厚厚的洋文书。大家悚然扭头、盯住那本打开的大书,原来是国外出版的一部拜伦传,其中插页上印了一大片外国女人的头像,包括拜伦的原配夫人、情妇和密友。

教语言学的朱先生,一个不苟言笑、"非礼勿言,非礼勿视"的人,见不得这个,把这一页掀过去,掀出一张复制的 19 世纪漫画,上面把拜伦画成一个和毒蛇、癞蛤蟆混在一道的恶棍。这幅漫画正投合他的心意。他用长长的手指叩击桌面,鄙夷地说:"拜伦号称诗人,其实不过登徒子之流耳!"

"朱先生,能这么说吗?"教英美文学的詹教授插进来一句。这是一位温文尔雅的老先生,即如不高兴,表达的方式也是慢条斯理的。他是拜伦和雪莱的崇拜者,爱在课堂上音调铿锵地朗读他们的诗篇,很受学生欢迎。他把书又掀到另一页,显示出拜伦那戴着花布头巾的英气勃勃的彩色画像。

引起这场争论的潘老师,觉得自己闯了祸,躲在一边,不敢言语了。

作为教研室主任,我不能不打个圆场。不过,此时开口也难。眼看着那一排排体面的外国女士们的"芳影",真凭实据俱在,对于拜伦的私生活,真也替他分辨不得。然而他毕竟还是一个诗人——这一点,谁也无法从历史上抹掉。诗人的事,难说了。想想李商隐的"昨夜星辰昨夜风",李白的"桃花一片天上来",甚至方正如杜甫,他那"青春作伴好还乡"的真正含义究竟如何,也都是谜。这么一想,对于外国诗人也不好"攻其一点,不及其余"。所以,我就含糊其词地说:"这种事嘛,自然不足为训。不过,拜伦还是拜伦。但是,这些故事在课堂上对学生还是不讲为好。然而,作为一个学术问题,在教研室里自然可以讨论。"等等,等等。——我用"但是""不过"加"然而"把这场争论平息下去了。

在人类历史上,这样的话题颇有几个。因而,我们这个小小教研室在繁忙的教学之余,也就不缺诸如此类的争论题目,半真半假地议论议论,稍稍搅动一下那沉寂的空气。

没有想到,多年以前这段小小的玩笑,给我们招来了一场灾难。"文化大革命"一开始,对我们教研室所贴出的第一张大字报就是揭发关于拜伦的这场争论的,大标题是:"看,理论教研室在贩卖什么货色!"五个老头子,除了"非礼勿言"的朱先生,四个人各自摊上了一条罪状:循规蹈矩的潘老师是这场争论的发难者,罪状定为"带头散布资产阶级腐朽影响",田教授则是"为资产阶级反动文人摇旗呐喊",詹教授是"顽固坚持资产阶级反动立场",我的罪状则为"在尖锐的思想斗争中折中调和,中庸之道,地地道道的孔老二的徒子徒孙"。

现在回想起这段往事,我不知该哭该笑,因为在我们教研室的五个老年人当中,现在只剩下我和朱老师两个人健在。

最先去世的是潘老师。这是个老实巴交的人,大学毕业以后,从旧社会到新社会,一直在中学教书,50年代后期,系里缺人,把他调来教语法——这门课倒也适合他那种对于一切条条框框(不管是谁定下的)都一老本等奉行不误、不敢"越雷池一步"的性格。可惜他口头表达能力不强,"茶壶嘴里倒不出饺子来",教课不怎么成功。他讲得磕磕巴巴,学生也听得非常吃力。多年以来,就这么维持着。到了60年代,给他提了讲师。不过,他之提升讲师,好像范进中举似的,有点可怜巴巴的。扮演周进那个角色的,自然是我。因为我觉得一个人教书教了好几十年,还是一个老助教,未免有点太惨了。

潘老师有点历史问题(解放前为了保饭碗,加入过国民党),在运动中受过一次审查。事情本来不大,但他一直"如临深渊,如履薄冰"地过日子。在教研室里,田教授爱跟他开玩笑,说他"不是兢兢业业地工作,而是战战兢兢地工作"。玩笑归玩笑,包袱他还是背着。他本来是个中等个子,身材并不算矮。但他低头耸肩成了习惯,看人总是由下往上,所以显得人有点低矮。他走路的习惯也和别人不同:别人走路,喜欢走正街、走大路,觉得心情宽畅。他却爱走背街小巷。如果迫不得已要从大街路过,他就在人行道上溜着墙根儿走过去,尽量不惹人注意。

"文化大革命"一开始,我和潘老师进了牛棚,挤在一间小屋里住。这时候,我发现他还有一种本领:他能够用一种非常轻柔的动作开门、关门,不弄出一点声音来。大学里一般用的是弹簧门。别人开门、关门都是顺手"嘭通"一声,震得墙壁一晃。潘老师却能做到一点响声也没有,不知他是怎么学来的。我看他那小心翼翼的样子,禁不住好笑。他神色紧张地说:"哎呀,什么时候了,你还笑,你还笑!"

他这样做,自然是为了尽量不惹人注意——这是他的"远害全身之道"。

然而,灾难并不因为他不惹人注意就不来对他光顾。他那已经做过结论("一般历史问题")的问题忽然又被重新翻腾出来。一夜之间,在系办公大楼里里外外到处贴出了声讨他的标语,最大的一条每个字足有一平方米,高高刷在山墙上:"把历史反革命潘顺卿揪出示众!"他被押到台上挨斗,吓得站都站不稳了。晚上,他偷偷回家,吃了什么毒药,可又没有死掉。接着,又批他"自绝于人民"。他在极端衰弱又极度惊恐之中勉强撑持着,终于也没有挨过半年,就从世界上销声匿迹了。

差不多同时离去的,是詹教授。这是一个非常安静、非常善良的老人,远离家乡独自在内地教书。在孤寂之中,他唯一的安慰和娱乐是读读中外古诗。另外,出于人在暮年的一点慈柔之心,他在课余培养一两个程度好的学生,给他们吃一点"小锅饭"。他说:"我不能把自己的学问带进棺材里!"

在生活上，他没有任何嗜好，只有一种几乎像《红楼梦》里妙玉那样清高、爱干净的习惯。虽是七十开外的老人，衣服鞋袜总是一尘不染，头发总是乌黑，脸色总是红润，眼神中总是带着那么一种清澈、洁净、慈祥的光芒。有时候，他那爱干净的脾气发展到了洁癖的程度：客人到他屋里，尽管受到礼貌周到的接待，但是只要在他那洁白的床铺上略坐一坐，人家刚一出门，他就立刻把床单揭下来，亲自浆洗得雪白，这才重新铺到床上。

这么一个与世无争、生活风平浪静的老人，"文化大革命"一开始被当作"反动权威"揪了出来。他那洁癖和好心，恰恰变成了打击他的武器。正因为他洁癖，那些人偏偏叫他去打扫厕所。但奇怪的是，这一关倒没有把他难住。我们一同打扫厕所的时候，我见他亲自下手，一丝不苟地把那脏得不能再脏的小便池打磨干净，使那被污垢覆盖的白瓷砖重新闪发出雪白的光亮。他一边打磨，一边喃喃地说："好好地使，这白瓷且能保持很长时间呢！……"原来，他个人生活上的洁癖这时候却升华成为对于公共卫生的关心了。

然而，更大的精神打击他却没有承受得住。

一天，一个大便池上的破木盖被改装一下，当作黑牌挂到他的脖子上，然后把他押上了"审判台"。而上台发言批判他"与无产阶级争夺接班人"的，恰恰是他平日苦心培养过的一个年轻人！

批斗会的当晚，他自杀了。命运还最后一次捉弄他，让这位爱洁成癖的老人只能在一个偏僻角落里污秽不堪的厕所中，偷偷用自己的腰带上吊了！

现在，我要回忆我的老朋友田中玉教授的遭遇——他已经在骨灰盒里结束了那杌陧不安的一生，而且连平反会也开过了。

田教授活着的时候，大家很少喊他"田教授"。我喊他"老田"，同事们喊他外号——"老作家"，因为他是一个不大出名的作家。他开始写作颇早，他的稿子曾经零零落落在大大小小的刊物上登载。然而，用一般的说法，他始终未能"在文坛上赢得一席之地"。后来，发表的艰难，稿费的微薄，生计的压迫，使他不得不放弃了靠稿费吃饭的幻想，从"笔耕"转为"舌耕"到我们系里教书，从解放前一直到解放后。如果他从此安于做一个可敬的大学老师，倒也不失为一个后半生安身立命之计。因为，以他的素养，做一个称职的文学教师，还是绰绰有余的。不幸，"写作是一种有黏性的事业"。他少年时代对于写作的热情并未因为进入书斋而自行消失。相反，它时时死灰复燃，使他不能安安静静过日子。当他教书的时候，他不能忘情于写作；而当他好不容易挤出时间写作的时候，他又摆脱不了教学事务的羁绊。而且，教学需要冷静，写作需要热情。心悬两地，冷热相激，使他既做不好教师，又当不成作者。事实上，大家叫他"老作家"，一开始虽然不无尊敬和羡慕之意，到了后来可就略有点开玩笑的意味了。

他的日子过得很辛苦。有课的时候他上课，不上课的时候他拼老命写稿子。他似乎年年都有自己的写作计划，那计划又非常之大，把他的寒暑假都挤得满满的却还不够用。我跟他开玩笑，问他："你又在写什么大作呀，忙成这样？"他说："这是秘密。"我说："你来不及写，把构思告诉我，我替你写。"他笑笑说："宁肯送你五十块钱，也不送你一个艺术构思。"

好，他总是伏案看呀，写呀，改呀，熬夜呀，星期天、节日、假日都不过，把自己关在屋子里做苦工。从他窗口经过，总见他那高高的身影像笼子里的老虎一样在那里走来走去，再不然就是一个人站在那里皱眉头、绞脑筋。有时候到他家串门，见他正对着抄写得密密麻麻的稿子出神——那是他刚刚完成的什么作品。日积月累，他的稿子一本一本堆放在他那大书架的最上层。

他这样勤奋，朋友们都期待着看到他的作品发表或者出书，让大家高兴一下。然而，他发表得很稀拉。有时候，一连多少年都是"白板"，出书更谈不到。

他老伴说："俺们老田哪，总是没明没夜地写呀，写呀，人都写迷糊啦！也忘了吃饭，也忘了睡觉。家里人跟他说话，他都听不见。可也不见人家出他一本书！"——田嫂言简意赅地勾画了丈夫的写作生涯。

搞创作，最重要的是生活基础。据我理解，一个作家应该一半是学者，一半是活动家。想写东西的人总得出去走走看看。但是，教师的生活方式就像一棵树——栽到一个园子里就不能再动。这对于创作很不利。而且，据说写作还要看"行情"，"行情"又是多变的。对这个，老田好像不懂——他只是"我手写我心"，根据自己的见闻和感受，兴之所至地写去，不看"行情"，不问路数，这就使得他的稿子发表系数很低了。所谓"关系学"，他更是一窍不通。有一回，他运气好，人家给他回信说："尊稿基础可以，但有这样那样的问题，如愿合作，可望发表。"（大意如此，原话说得要更"艺术"一点，没有这么直截了当。）这是"见一面儿,分一半儿"的意思,聪明人都知道该怎么办。老田的态度却是"石磙打架——硬碰硬",不干!"敝帚自珍",这且不去说他。有时候,人家只是提提意见:"一、二、三,"要求他改,或者由人家改。他却回答:"文责自负",也不干,索回原稿。——这就不能不说是他那臭硬脾气作怪了。

我替他着急,劝他:"老田哪,你怎么这样怪咧?你的稿子有价值,人家愿意跟你合作,你就跟人家合作嘛!作品先出来是正经。他要改,你就请他改。哪怕稿子改得一个字也不剩,只留下你田中玉这三个字,只要文章发表了,名字打出去了,以后你再发东西不就容易了吗?你想不通?历史系一位先生比你更倒霉。他的一篇考据文章寄出去,过了一年,附了一张油印小条退回。刚接到退稿,刊物上登出另一位先生的大作,论据和结论跟他一样。怎么办?吃了个哑巴亏拉倒。这种官司打也打不清。"

老田不听。

一来二去,他发表的东西也就寥寥可数了。

他的作品究竟如何?因为他自己秘之如珍,我仅知其名,无从拜读。我只能就学报上发表他的一两篇所谓论文谈谈印象。论文,对于大学老师评职定级是生命攸关的事情。论文该怎么写,大家也都知道。他写的论文却跟别人不一样:猛一看,也是洋洋万言;但是,仔细一推敲,就看出来他那文章里词藻多于论证,热情盛于思考,不大像正儿八经的论著,倒像是什么文艺性的杂感。说得不敬一点,就是:Neither fish, nor flesh, nor fowl.(既不是鱼,又不是肉,也不是鸡。——非驴非马)当然,文章作法,是仁见智。说错了,老朋友的在天之灵也不会怪罪我的。

不定什么时候,一个念头在我心头泛起,但我总是立刻把它压下去。因为,如果真是那样的话,命运也就未免太残酷了。那个念头就是:"老田那样拼命写作,是否仅仅是一种徒劳的勤奋,甚而至于(说得再直率一点)是一种生命的浪费?"当然,这种想法,无论在他生前身后,我对任何人也没有提起。然而,它仍然时时出现,使我困惑不安。显然,他的勤奋大大超过了他的成就——不管这是由于客观上的原因或是主观上的原因。这就像一个人的意中人已经同别人结了婚,而他(或她)还执拗地苦苦单恋、终身不娶。对于这一类的悲剧,旁人再同情也无法帮忙,只好说:时也,命也,"斯人而有斯疾也"!

文人默默无闻的著述生涯，在古时候叫作"藏之名山，传诸其人"。但这种"名山事业"和老田也对不上号了。他那些稿子，蝇头小字，密密麻麻，订得一本一本整整齐齐堆放在书架上层，标着各自的题目："试笔集"呀，"新春集"呀，"酸枣集"呀，"五十以后杂著"呀，等等，我是亲眼见过的。但是，现在都到哪里去了呢？

70年代，我在街上碰见他的老伴，顺便问问她："老田的稿子呢？""嘿，哪还有什么稿子？1966年都没有了。""一点儿也没有剩吗？""就是剩一点儿，1968年学校大搬家，也当破纸卖给废品公司了！"

即便有人像汉武帝下诏访求司马相如遗作那样，来搜寻老田的稿子，也不济事了。有用也好，无用也好，他的稿子都不存在于天壤之间了。在熟人的记忆中存留下来的，只有他对于文学事业的那种宗教徒殉道一般的虔诚。

成就如何，不必说了。芸芸众生，有成就没成就，也都这么活下来了，千千万万，世世代代，从古到今。

真正可悲的是，他在文学上尽管没有留下与他的勤奋辛苦稍稍相称的成就和名声，文学却在他的感情和性格上刻下了抹不掉的印记。以严正著称的朱老师在一次批评会上把老田的为人概括为这么一句话："他说的话、做的事，别人觉得奇怪；别人说的话、做的事，他觉得奇怪。"我想了又想，无以名之，只好称之为"文人脾气"。

什么叫文人脾气，具体也很难说。

一个当老师的人，应当在不大的活动范围之内把事情处理得井井有条，在有限的文化领域中把基础知识向学生讲得头头是道——这是一个教师的"本等勾当"。因此，一个教师应当头脑冷静实际、心如明镜止水。然而老田却是一个热情的幻想家，生活在云里雾里。他的一双眼睛常常带着爱幻想的人才有的那样朦朦胧胧的神情。他一个人尽在那里想着大计划，根本不能实现，实现了也无用，徒然占据着他的头脑，把他的心思弄乱，把他的日常生活搅得差三落四。我常常说他浪漫主义的东西太多了（按：指的是思想方法上，不是生活作风上——在感情上，他对于他的老伴是非常忠实的，或者说，不忠实的念头他根本就没有产生过，尽管他老伴是一个普普通通的家庭妇女），劝他读点历史、哲学或者政治经济学,最好学学数学,把他头脑中从文学那里吸收过来的那些不切实际的玩意儿冲刷冲刷。他跟我争辩,说是理论书念多了,就写不出东西了,因为世界上的事情如果都用逻辑规律来总结,最终不过就是那么几个条条框框,又何必写什么诗歌、戏剧、小说、散文? 数学更是与他无缘,他小时候数学常常不及格,上大学是靠一篇作文受到考官赏识而"混进来"的。我劝的次数多了,他有点感动。有一年放暑假,他洋洋得意向我宣告:他要攻读政治经济学了。他从书店里买回来一套三大卷《资本论》,一个人关在屋子里,拿着一支红蓝铅笔苦读,真有点改弦更张的劲头。对此我也抱着很大希望。开学时,我问他收获如何? 他一脸苦相,说:"实在啃不动。连句子的表面意思也看不懂。"我也没办法了。

鲁迅说过:"在中国,阴柔的人比较适于生存。"老田偏偏是一副"阳刚"的脾气。他一点也不会掩饰自己的感情,喜怒哀乐全都摆在脸上。六七十岁的人,还像一个小孩子那样任性、直来直往、冒冒失失,对人全抛一片心,在公共场合也是不看气候,"直抒胸臆"。上了年纪的人都懂得:愈是面临生活的关键时刻,头脑愈是要保持冷静,多听少说,"吉人寡言"。而他愈是到了重要关头,愈容易激动,一激动就说出一些触犯忌讳的话。说过,他忘了,人家却记在小本子上了。像他这种脾气,在过去那种年月,是很容易出问题的。而且,他又是那样任性,老朋友也拿他没法。1957 年他侥幸没有划上右派,是因为鸣放那一阵他恰好因病住院——害的是喉头炎。

"履霜,坚冰至。"

严酷的时代终于来了。

在那些日子,最洁癖的人偏偏落到最肮脏的地方,自尊心最强的人偏偏受到常人所不能忍受的侮辱,脆弱娇嫩的人偏偏受到狂风暴雨的无情打击,一帆风顺的人偏偏碰上暗礁、桅折船翻,虔诚的人偏偏受到愚弄,游泳家偏偏惨遭灭顶。对于这一切,我是逆来顺受、委曲求全。有时候,做人就得"橡皮"一点:人家要气死你,你偏不生气;人家想逼你死掉,你偏不死,这样才能活得下去。在这种环境中如何做人,大有学问。不幸,老田太单纯、太直了,他缺乏那种能够缓冲灾难伤害力的"精神胜利法",而这个在某种时刻是断不可少的——如果你想在险恶的条件下"明哲保身"的话。

早在批"三家村"的时候,嗅觉灵敏的人就躲在家里烧书了。到了1966年夏天,系里的头头动员教师交出自己的文稿时,消息灵通人士早把自己家里的一切白纸黑字消灭个一干二净了。我自己的一大半心血结晶也都是在那一两天"灰飞烟灭"。然而,老田对这种形势不但浑然不觉,而且偏偏在这个时候表现出非常人所及的"纪律性":他"响应号召",把自己写的东西一包一包全部"交给组织"。好,他平常无处发表的那些大作现在"问世"了。首先是诗。原来他暗地写了一批旧体诗(据精通格律的人说是平仄不调,只能叫作打油诗,虽然在他或许自认是呕心沥血之作),过去一首也不曾叫我看过,现在全部公之于众、赫然张贴在一个厕所的土墙上。"诗无定诂",正是罗织罪名的好材料。我记得,光他那首《寅年除夕感怀》就被"一批""二批""三批"地批了十次。结论是:"够了,够了! 仅从这首毒液四溅的黑诗来看,田中玉的反党黑心也就昭然若揭了。"等等。

　　我们这个系"破四旧"的"战果",以在老田家里的最为壮观。许寿裳在回忆录中写过,鲁迅在日本留学时,每见到旧书店里新添一大批文学书,就开玩笑说:"不知道又是哪一个小作家死了!"一个立志当作家的人,不管当得成当不成,一定先要买一大堆书。这是中外共同的。到了"破四旧",系里的人对于老田那出了名的藏书,才得亲眼见识一番。而且,还有这么一个插曲:据说,在那风风火火的抄家之际,当"小将"们一个个累得涨红了脸、喘着气把他老先生的藏书,像过去阔小姐出阁抬嫁妆似的,一大箱、一大箱浩浩荡荡从他家里往外抬的时候,老田却双手捧着一个破破烂烂的白纸本子赶出来,把它交给红卫兵头头。原来,在他那珍藏之中有一部古抄本,平常秘不示人,现在被抄走了。但在忙乱之中,其中有一本掉在地上,无人注意。老田把它拾起来,好心好意献出。他那意思是:红卫兵抄走,自然是交给国家珍藏,那么最好还是让国家得到全部手稿。——这是"君子贵其全也"的意思,他那用心倒是很苦的。

　　"书有自己的命运。"

　　"余生也晚。"秦始皇焚书到底是怎么一回事,我不知道。但是,当代的焚书,我是亲临其境了:院子中央乱放着一大片书,带着木夹板的线装书和烫金精装的大本洋装书纷然杂陈,一两只《四部备要》和《图书集成》的专用漂亮书箱滚落地上，跟其他乱书一样，不分贵贱，摆在露天地里。我们这些"牛鬼蛇神"低头站着，身边是红卫兵，四周是围观的人群。

一个头头念了一段语录，然后掂起一小捆书，扯掉绳子，书噗噗啦啦落在地上。他掏出打火机，烧着一本小册子，其他红卫兵就像续劈柴一样把乱书踢成一堆——焚书的篝火点燃了！

那个头头从书箱里抓起一本一本有罪的书，随口作出简单的判决，又顺手把它丢进火里："莎士比亚——资产阶级反动作家！""托尔斯泰——反动贵族，富农代言人！""《红楼梦》《西厢记》——黄色作品！"……接着，轮到了线装书："封建垃圾——烧！"我的眼睛茫然地望着愈烧愈大的火焰和落在脚边的纸灰，在麻木不仁之中，我似乎瞥见几个写了字的白纸本子丢进火里，纸边卷起，一页一页化为白色的蝴蝶，随风冉冉飘向天空……

"那不能烧哇！不能烧哇！"我耳边忽然响起一声嚎叫。一个头发乱蓬蓬的人疯了似的从我们的行列中跳了出来，从火堆里抓起一本烧着了的白纸本子，叫道："你们高抬贵手吧，这是海内孤本！"那个头头给他一个耳光，吼道："翻天了！你！"那人却不顾一切扑到火上，去保护他那心爱的古抄本。红卫兵拉他、踢他，他趴在火上就是不起来。

这个人就是老田。

古抄本自然还是化为灰烬，他白白挨了一顿毒打。——这一切都是在几分钟之内发生的。

挨打以后，他病了一场，瘦了许多，但总算活过来了。后来他也和我一样，"到革命群众当中跟班学习"。然而，他那说话不知进退，做事不看眼色的老脾气还是不改。因此，他那处境总是忽忽闪闪的，叫人担心。

譬如说，工军宣队刚刚进驻学校，大家都知道这是来对知识分子实行"专政"的，必须"夹起尾巴做人"。可是，在教师们表态的小组会上，老田竟然从秦始皇焚书坑儒、汉高祖以儒冠为溺器、元朝的"九儒十丐"、清代的文字狱，一直谈到蒋介石的思想统制，结论是："知识分子自古以来就臭。"这还得了！他立刻受到大会点名、全系批判。

他还有一种怪脾气：在运动中正受批斗的人，别人避之唯恐不及，他却不管人前人后，照常和他们说话、往来，还帮助专政对象的家属写申诉材料，不知道什么叫避讳。这么一来,可就触怒了掌权者,一有机会就整他。整的办法也很简单,就是"审查":各种名目的"审查",长长短短的"审查",不停顿的"审查","审查"的时候伴随着"群众专政",挨打挨骂是家常便饭。直到 1970 年"一打三反",还把他当作"现行反革命嫌疑"来"审查",武斗也特别凶。但他在历史上也好,解放以后也好,实在查不出什么构成"反革命"的罪过。他在解放前还支持过进步学生运动,他的知己好友当中也不乏地下党员。然而,到这时候,谁也不会提他这些事。待到领导宣布他为"人民内部矛盾",把他"解放"出来,他已经被"审查"得身患重病,躺在医院一间冰冷的房间里,而且医生立即发出了病危通知。

我硬着头皮去看他(我的处境也不比他强多少)。他见了我,挣扎着要坐起来。我连忙阻止他。他已经不会说话,双手合十,表示感谢,并且示意叫我坐到床边。我看他的脸已经瘦干了,一双眼睛显得特别大,但失去了往日那种热情的神采,而发出一种凄凉、茫然的暗光。

我向他问候。他抓住我的一只手,把它拉进被窝里、按在他的肚子上。我摸一摸,觉得他的腹部有硬硬鼓起的一大块,那就是他致命的症候——肝硬变。我喃喃说了一句:"老田,你多保重!"

他拉住我的手,用他的右食指在我手心里一遍又一遍地写着什么。我仔细辨认:他写的是"老九苦"三字。

他又在我手心里写。我又细看,乃是"你写"二字。

他的两眼灼灼地盯住我,像是将要熄灭的火焰迸发出的最后一点余光。同时,他连连摇着我的手。

我不敢回答。

他失望地闭上了眼睛。

写到这里,我放下笔,举起桌上的一只茶杯,祝告道:

老伙计,让我以茶代酒,祭奠你那天真、热情、倔强而悻悻然的灵魂!

你知难而进,奋斗了一生,由于天灾人祸,赍志而殁。我自己呢,却是知难而退,自己先解除了自己的武装。我什么也不写,对什么人也不去顶。可是,我们两个人"殊途同归",都是默默无闻、一事无成。不过,算起总账来,你总算有所向往、有所追求,对于自己认为对的东西,敢于执着、敢于坚持。你比我强。

然而,对于老朋友,我还要劝你一句:你也不要太委屈,以为自己就是唯一被埋没的人才。我告诉你,你不是第一个,也不是最后一个。不怕你不高兴,天下被埋没的人,比你高明的,有的是呢!就拿我来说吧,我也不比你笨哪!甚至可以说,我比你还稍稍通一点人情世故。可是,我不也是照样平平庸庸过一辈子吗?……

这个理,我也说不清楚了。

好在,很快我就要和你在一起。那时候,咱们老哥俩再来聊一聊其中的是非得失吧。——反正到那时候有的是时间。

三、街头巷尾

以我个人的感觉来说,十年"文化大革命"可以分为两段,每段各占五年:第一段,狂风暴雨,来势迅猛,批斗、抄家、牛棚、劳改、打人、死人、流血武斗,继之以大学搬家、"扫地出门"、上山下乡、无休止的审查、"学习班",人心惶惶、不知"伊于胡底"?第二段,从工农兵学员入校开始,教师重回城市,虽然仍要"开门办学",而且年年仍有运动,但是大家业已疲劳不堪,运动的劲头愈来愈小,渐渐推不动了。

从70年代以后,我也随大流回到学校。但环顾周围,老友凋零,悚然自念,一种凄凉落寞之感油然而生。在百无聊赖之中,做一点简单的家务事,买买菜、打打酱油醋,以消磨时光。偶尔上街走走,看看市容,重新尝尝本地小吃,从凉粉、切糕直到大锅牛肉汤。只是老伴严禁我喝酒,因为我的血压不知从何时起开始升高,外系有一位老教师刚刚回城,心里一高兴,喝了一杯老酒,不料突然中风跌倒、卧床不起。因此,老年人谈起"三酉先生"为之色变。

这时候,大抄家、大请罪、万人集会、满城欢呼的时期业已过去,市面变得较为冷静。我也有了余暇去看一下周围的生活变化。这也正如十万人大会开过以后,会场变得空荡荡的,一个拾破烂儿的老头儿独自捡拾地面上残留下的一点碎纸、几片果皮。

我注意到:城里的酒风有增长之势。当然,重体力劳动者在一天疲劳之后,

"抽"一小碗烧酒解乏，那不算什么酗酒。但是，年轻人无所事事，成群结伙聚在酒馆里吆五喝六，还轮流做东，在各自家里拉酒摊，使得母亲和妻子在厨房里怨气冲天，这却是一个不容忽视的社会现象。

而且，酒风也波及了学校，教职工中死于酒者，颇有所闻。一位老炊事员，因为技术无用、老婆离婚，喝酒愈来愈凶，醉了就躺到马路上。一位副科级干部，在"文化大革命"的两派争斗中受到刺激，天天以小酒馆为家，后来，偶然问起他来，不知什么时候已经去世了。一位音乐老师，抗日战争中参加过"演剧队"，受审查不完。审查一结束，他就开始借酒浇愁。每天，他骑着一辆破车上街，见酒馆便进，喝一碗才走，直到他的艺术才华和他的生命一同消溶在盛着廉价白薯干酒的小黑碗里。

一天，我沿着河边的小街闲逛，忽然一个身穿红袄绿裤、披头散发、面容黧黑憔悴的女人向我迎面走来。她这身不同寻常的打扮吓我一跳。我正要躲开，她却用一种极其亲热的口气向我问候："伯伯，你出来啦？上哪儿去呀？"我毛发直竖，不敢答腔，又不敢跑，嘴里"唔唔……"敷衍一下，尽快溜掉了。

从此，我才知道，在这个颇有古风的小城里，很出了几个疯子——

一个，姑且叫作"音乐家疯子"——这是一个脸色苍白，头发、胡子统统长得要命的青年。他有时在食堂、有时在甜食店，坐在板凳上，每进来一个人，他就向人家龇牙一笑，露出雪白的牙齿，说明他还是一个知识分子。他向我要饭，我板起面孔训他一顿，说："同志，一个知识分子，不为国家工作，出来要饭，是不光彩的！"他听了我的话，掉头而去，走向一群青年工人的酒桌。

那些年轻人乘着酒兴，和他攀谈："弟兄，你是干哪一行的呀？"

"学音乐的。"——一口纯正的普通话。

"好哇，给我们唱个歌儿吧！"

他立刻唱了一首语录歌："政策和策略是党的生命……"

"音乐理论，你懂吗？"

"懂啊！"

他又讲了一通"大调"和"小调"。

工人们笑了，给他一个馍，还夹给他一个肉丸子。

他文绉绉地回答："我不知道怎样表示我的感谢。"

这个年轻人原是某个音乐学院的学生,在"文化大革命"中因为"观点不同",和女朋友关系吹了,因而精神失常,落到这步田地。

有时,在马路边上站着一个老太太——她不像其他疯子那样咋咋呼呼、"舞马长枪",也不像其他疯子那样披头散发、衣履不整。相反,这是一位穿得整整齐齐、利利亮亮的老太太,若不细心观察,绝对看不出她是疯子。她只是安安静静站在路边,声音很低很低地自言自语:"俺那妞……俺那妞……"当一辆小汽车开过来,她才惊醒似的向马路上走过去一步,小声地向汽车打招呼:"同志! ……"那小汽车回答她:"嘟! 嘟!"屁股一冒烟儿,走了。那老太太一愣,退回原地,又呆呆地站在那里——她鬓角上的几茎白发在寒风中抖颤着。

这个老太太的女儿因为反抗包办婚姻而自杀了。然后,包办自己女儿婚姻的老太太也发了疯。

另有一条大汉,敞着破布衫,腆着肚子,手足乱舞,嘴里不停地吵吵闹闹,疯癫之状十足。但是,只要有人往他那手里塞一点吃的东西,他就停止发疯,忙于进食而不暇他顾。因此,街头评论家云:此君发疯之表现虽已相当充分,然而功利主义的动机过于彰明昭著,恐怕是以"佯狂"为手段,以达到乞食之目的,"滥竽充数",殊不得算作规规矩矩的神经病患者。至于此君来历,尚待好事者考证之。

在这些男女老少的疯子行列中,还夹杂着一个小疯子在那里凑热闹。这是一个六七岁的小女孩,她那小辫子有点乱了,但那一双大眼睛还是黑黑的,只是眼圈凹陷、有点发乌。这是一个乖孩子,虽然疯了,并不闹人,只是钻到食堂的桌子底下四手四脚地爬,抓到一根脏骨头,就往嘴里塞。别人问她话,她统统不答,只是眼睛瞪得大大的,望着人家。她的嘴角有一点脏土——此外倒也看不出有什么不正常的地方。她身上穿的花格小衣裳样式还很别致——很明显,这是一个受父母十分宠爱的孩子。然而,她的家在哪里? 她的爸爸妈妈呢?

自从那个红袄绿裤的女疯子叫我"伯伯"以后,我对于街上的任何疯子,不管他或她怎样闹腾,都一律站得远远地"作壁上观",以免卷进什么不愉快的事件里去。然而,看到这个小疯子,我实在受不了啦。当她走近我的桌边,我弯下身去,学着本地人跟小孩子说话的腔调,对她说:"乖,回家吧,回家吧!"

她眼睛瞪着我,不开口。

我想了一想,掏出一枚五分镍币,在她脸前一晃,说:"回家,就给你!不回家,不给!"

她的大眼睛闪了一下,用小手抓走那枚镍币,蹦蹦跳跳地走了。

我很高兴。我找到了我和小孩子之间的共同语言。跟小孩子说话,必须去掉一切架子、一切书本腔、一切不必要的修饰成分,只按照事物的本来面目老老实实去说,他们才听得懂、相信你——用王国维的美学理论来讲,这就叫作"不隔"。

四、单身汉老孟

我又见到了老孟。

老孟是我在解放前的一个老学生。记得他在班上平平无奇。他并不贪玩,也不活跃,每天坐在桌旁苦苦用功,但不知为什么考试成绩总在六十分到七十分之间徘徊,如果能得个七十五分,对他来说就算是高分了。我还记得,有时我正在家里安闲地喝茶、看书,门上传来轻轻的剥啄之声。然后他(孟天开)恭谨地走进来,捧着一部厚厚的大书,向我问一个古怪的字眼或者一个生僻的典故。我搔搔头,一下子答不上来,只得从书橱里搬出另一部更厚的大书,查出答案,再告诉他。有时候,他冷不丁提出这样一些问题,譬如说,"老师,文学到底有多大用处?""人生到底有什么意义?""人生在世,最好还是做出一番事业。老师,你看我做什么才好?""老师,我想写一部小说。你看我应该到哪里去找题材?"这种没头没脑的问题,叫人如何回答?不过,我还是一本正经给以答复,一则表示老师"有问必答"的耐心,二则维护老师"无所不知"的威信。答案,我自然记不得了。即使记得,恐怕和他那些问题本身一样笼统而且糊涂。

他在班里老老实实,不大说话,总是一个人自得其乐地在那里钻研什么。一天,我到班上辅导自习,走近他的课桌,见他正在那里埋头抄一本线装书,聚精会神,连舌头都伸到嘴边。我觉得好奇,拿起他抄的书一看,原来是一部古曲乐谱,什么"工尺四合上一""黄钟宫""大吕宫"之类。这种"天书",抄它做什么呢?我问他,他傻呵呵地、似笑非笑地咧着嘴,也不回答。真怪,他并不拉二胡,也不弹古琴，又不攻读古代音乐史，用学生们自己的语言来说，他身上没有一点"音乐细胞"，按简谱唱个歌，七个音符唱成了一个味儿。那么，他抄那古曲谱干什么呢？到现在想起来，我觉得还是一个谜。恐怕连他自己也说不清楚吧。

教师们谈起来，都对这个傻里吧唧的小男孩感到莫测高深，学生们则干脆叫他"小迷瞪"。"迷瞪"而"小"，则因为他那时年龄还小，而幼小与可爱似乎总有一点联系，哪怕是一头小猪、一头小驴子。

他们大学一毕业，就各奔前程了。战争时代，一隔若干年，彼此无消息。

再相见，已是50年代。在街上碰头，知道他来到这里一个中学教书。这时他年纪已在三十上下，中等身材，脸色黑红，略见苍老，但身体还算结实。过去的"小迷瞪"，"小"的迹象已经消失，还"迷瞪"与否，则因未及深谈，难以断言。而且，人家已属"而立之年"，理当刮目相看，怎好再提娃娃时代的往事？事实上，重新见面，我只有高兴，也未想到其他。

谈话中，我知道他的老家就在离这个城市数十里外的某县，"家庭成分有点儿高"。但他父母都已去世，兄弟各自独立，他一个人住在这里一个亲戚的家里。

听到此处，我问了一句："你还没有结婚吗？"

"结过婚，家庭包办的，离婚了。"

我淡淡敷衍一句："也好。你还年轻，再找一个就是了。"

就这样不即不离地联系着。多半是在街头相遇，站在路边聊上几句，说过了，各自走散。

50年代后期，系里缺人。外地大学分配来的毕业生名额很少。系领导打算在本市中学教师当中物色几个人。我想到了老孟，不管怎么样，他总是一个老毕业生，就向系里提了一下。但是，系里派人到他那个中学一联系，才知道他出了问题。据说，在大炼钢铁中，有一天，轮到一个干部领着他和另一个划了右派的教师在"小土炉"前值班。到了深夜，精疲力尽，三个人在那里打瞌睡。猛一醒来，不见了那个右派，大概是去解手了吧，但在当时是必须提高警惕的。那个干部叫老孟去找。他伸伸头，看见炉棚外一片漆黑，有点害怕，自言自语说了一句："有鬼乎？"接着，他不知为什么，竟然学着一位老渔父在昭关渡口呼唤伍子胥的口气，向黑暗的乱草丛中发问道："芦中人，芦中人，岂非穷士乎？"那个干部听见，第二天汇报上去，立刻当成一个严重政治事件进行批判。但在处理时，划他右派还不够条件,就稀里糊涂把他下放到他老家的一所农村中学去了。

我想:"这个老孟,什么时候!怎么说出这样的话?"不过,这倒让我回想起他小时候那种莫名其妙的脾气,叫人哭笑不得。

此后有很长时间,在城里见不到他。

到了60年代,他忽然找上门来,衣冠不整,面容黑瘦,已是一个地地道道的寒微中年汉子的模样。他来的目的倒很明确:求我帮他解决婚姻问题。我算算他的年龄,确乎该解决了,就嘱咐老伴在街坊邻居当中给他操操心。老伴也挺热心,一方面帮他物色对象,另一方面提醒他注意仪表。因为他似乎还保留着以往知识分子的老习惯,认为一个读书人的标志就是"不修边幅",再加上近几年的落魄,他穿戴上的那个窝囊劲儿实在够呛。

过了两三个月,我问老伴:"怎么样?老孟的喜事进展如何?"

"如何?介绍一个,不成;再介绍一个,还不成。"

"他实在该成个家了!"

老伴鼓起劲来又奔走了一番。

我再问她,她抱怨说:

"他自己年龄大,工作又在农村,人又邋遢,眼光可倒不低!人家愿意,他不愿意;他愿意,人家不愿意。"

我这才想起来,另一个老毕业生对我提过:老孟过去在一个中学教书,因为和一个女生接近,被学校"轰走"了。

我心想:如果他现在还有这种浪漫想头,那就麻烦了!但我仍然对老伴说:

"他再邋遢,总还是一个大学毕业生嘛!你做做好事,将来叫他请你吃大鲤鱼。"

"这条大鲤鱼可真难吃!"

我老伴尽了最大努力,最后,撂挑子不干了。她叹口气说:"你们知识分子的事不好管。"——言下之意,好像她自己当了几十年家庭主妇,已经和我这样的"资产阶级知识分子"划清了界限似的。

"怎么不好管?"

老伴笑笑,说:"你这位高足真有意思!几十岁的人,又是个大学生,谈对象的事一窍不通。二道街那个小李,三十多一点儿,带一个小女孩,多好的条件!人家跟他见了几回面,跑来找我诉苦:'邬婶,邬婶!你怎么给我找来一个神经病?'我说:'你这妞,人家老孟好好一个人,怎么神经病?''哼,阴阳怪气儿! 不说话像个木头疙瘩,说起话来云天雾地,没个完。热起来把人吓死,冷起来把人气死!'算啦,我是没办法啦。"

如此这般,进行几个,全吹了。老伴不管,我也泄劲了,老孟不来了,直到"文化大革命"。

"文化大革命"头一年,我自己正过活不得,把他忘了。1967年,我在街上意外碰见了他。想不到,他这时突然变得一身红卫兵打扮:头上旧军帽,上身褪色军装,下身却是一条破呢子裤,然而袖章红彤彤,一点也不含糊。我一认出是他,在一秒钟之内立刻决定装作没看见他,赶快溜掉。因为他这么一"捯饬",我说不了他是什么来头。本能告诉我:三十六计,走为上策。

"邬老师!"他却向我打招呼了。

我只得站住:"你现在——"

他指指袖章:"响应号召,参加'文化大革命'呀!"

"那么,你过去的事——"

"那都是'资反路线'!"

"哦,哦! ……"

他告诉我,在县里有一批从市里下放的中小学教师,成立了一个什么"战斗队",他参加了,并且当了一个小头头。他们的口号是:"跟着毛主席,回城闹革命!"

那时候,我这个"三类半"在系里非常孤立,只有进过牛棚的那一班朋友见了面点点头,"心照不宣",此外,凡是"革命派"都跟我不过话。我除了口袋里装的一本语录本,身上不带一点红颜色。现在,却出现一个佩戴红彤彤袖章的人,站在大街上和我进行平等友好的对话,还谈到了"革命组织的内部情况"!这真使我"受宠若惊"。但同时我也有点为他担心,生怕他再有什么闪失。因为我笼统感到"文化大革命"的"海洋"太大、太深,"下海"游泳恐怕不那么简单——虽然我也说不清楚。我只想出来一句话告诉他:"老孟,你要慎重一点!"

"我这是革命行动,没问题!"他说:"我到中央'文革'上访过。接待员说,'到了运动后期,一切问题都要解决。'我不属于'公安六条'里那几类人,我有权利参加运动。你看!"

他从口袋里掏出一大把红皮小本本,铅印、油印的传单,还掏出他自己的一本日记本,上面抄着种种讲话和上访记录,以证明他所言非虚。他急急翻开这些材料,让我过目。我扫了一眼。看到这些红红绿绿的印刷品,我正和二十多年前看到他抄的那些"黄钟""大吕""工尺四合上——"一样,心里只感到不知怎么说才好。

他说得兴奋,并不注意我的反应。他还透露:他已经和城里他原来那个中学的什么群众组织挂上了钩。那个组织的头头向他保证到"运动后期"一定帮他解决他那个政治问题,交换条件是,他那个小组织必须和他们联合起来斗倒那个中学的"走资派",而他这次进城就是为此而来。

在他所展示的这一片小小的政治风云之中,我只看清了一点:他想打着"造反"的旗号,为自己的问题翻案。对此,我隐隐约约感到有点不安。虽然我也说不清楚道理,我还是向他叮咛一句:"天开,你一定要慎重!"

他摆一摆手,扭头走了。

此后,偶尔在街上看见他和几个同他一样佩戴红袖章的中年人边走边谈、匆匆而过。遇到这种场合,我一律回避。只是心里不免要想:老孟这种"革命行动",不知究竟会"革"出个什么名堂来?

答案很快有了。一天上街,我看见他的名字突然出现在许多大标语之中,而且被打上××,再不然,他的尊姓大名的每一个字都被颠倒涂写,一个个好像拿大顶一样,头朝下、脚朝天。标语的内容则是:"漏网右派孟天开滚回农村去!""只许人民造反,不准右派翻天!"等等。下边的署名是城里那个中学的一个什么组织。

我眼前晃动着老孟让我看的那些红皮小本本和他对我谈话时那种自信的样子,心想:糟糕,"看起来像个高岗,站上去却变成泥坑!"

人都是事后才聪明。他胳膊上戴的红袖章把我耀花了眼,我也糊涂了。其实,他那么一种不尴不尬的政治身份——"因右下放",还硬要"造反",岂不等于自己伸出脑袋去挨打?无论哪一派,无论什么人,都不需要他这么一个"造反者"。

从此,很有几年没有见他。

70年代,我重新回到城市,这才又见面。

他老多了,而且又恢复了他学生时代对我的那种恭谨态度。我没有问他那"革命行动"失败以后的遭遇——那是可以想见的。我只问问他的工作。他说编制还在乡下,但他病休了。我又问他的个人生活情况,他还是"光棍一条",还住在亲戚家里。他再三邀我"到家坐坐"。我那时心情寂寞,而且在这个小城里也实在没有其他地方可去,就顺口答应有机会时到他寓所拜访。

关于独身生活,曾经有种种议论。据说,独身有利于专心致志从事某项伟大事业:要"立德",则可以"清静自守,独善其身";要"立功",则"匈奴未灭,何以为家?"正是一句为一切单身汉扬眉吐气的豪言壮语;要"立言",则可以"杜门谢客,以著述自娱"。这从思想史、文学史、艺术史上可以找到许多例证。拿外国来说,康德、叔本华是单身汉,吉本是单身汉,兰姆、伊尔文是单身汉,福楼拜、果戈理是单身汉,罗丹也是单身汉……这个名单还可以一直开下去。而且,这些都是规规矩矩的单身汉,并不包括那些打着"单身汉"的旗号,暗地却有情妇一大堆的那号人。

这些,自然让我这个早早就有了家室之累的人十分向往。

然而,当我走进老孟那"独善其身"的"幽居",首先看到的却是一片灰暗和混乱。他屋子里每一样东西都摆得不是地方:一张不知多大年纪的老式带斗方桌上,乱放着饭碗、药罐、刷牙缸和几堆破书,床上的被窝没有叠,和破袜子、脏衣服胡乱团到一起。他的每样东西也没有一个正经颜色,譬如说,毛巾应该是白的,却成了黑的;布鞋应该是黑的,却成了灰的;衬衣本来是浅蓝色的,却被他穿成了一块一块斑斑驳驳的暗红色,等等。他那小炉子半死不活,屋子里没有一点暖气。总之,屋子里的一切给我一个"乱了套"的感觉。所以,当他用他那边缘残破的搪瓷茶缸端来一杯水让我喝,我总担心那茶缸里边除了正常的水以外,还有一些属于他那屋子里所特有的什么成分。因此,尽管他再三再四热心敦劝,我还是不敢动他那杯颜色混浊的所谓"茶"。

我坐在他那高低不平、摇摇晃晃的破床上,恳切地说:"天开,闲话休提,书归正传。无论如何,你该结婚了。"

然而,他说,结婚问题还不急。他的当务之急是把工作从农村调回城市。

"调工作不是一句话的事。对象,在农村找一个也可以。你现在年纪大了,总得有一个老伴——"

不！据他说，他需要找的不是"老伴"，他要找的是一个"志同道合"的"知己"。

"年纪大了，不是当学生那时候了。罗曼蒂克的想法不现实了。"

不！据他说，他并不罗曼蒂克，他头脑很清醒、很实际。只要他调回城市，"知己"是一定能找到的——他信心十足。

我设身处地为他着想，他却把我每一条建议都顶回来，而且振振有词。我看出来：由于孤独，他一个人在屋子里自思自想，积压了一脑门子怪念头。他那些怪念头就如成熟了的橡胶，只要划开一个小口子，那汁液随时都能流满一大桶。所以，他这个过去少言寡语的人，现在变得健谈了。他滔滔不绝向我表明他为什么现在一定不能在外边找对象，一定非等工作调回城里不可，而调工作也并非那样困难，理由呢，第一，第二，第三……

我淡淡地插进一两句话，想往他那发热的头脑上洒几滴冷水，但无济于事。一个书呆子一旦拿定了什么主意，八匹马也把他拉不回来。我不想听了。他的话还没有说完，我向他点点头，站起来就走。他呆呆地跟我走到门口。

尽管如此，也许因为寂寞，也许因为无聊，也许因为我内心对我这个老学生还是觉得可怜，我不定什么时候还是到他那"幽居"去，希望再劝劝他快点结婚，因为像他那样生活绝非长久之计。

但是，在他那孤独、灰暗的生活的土壤上，层出不穷地产生着种种古怪想头和稀罕事件。让他自己来说，他这时不但不存在什么婚姻危机，相反，倒是正在交着"桃花运"。因为，据说，有一批年纪不小的"离婚头"正像雪崩似的向他劈头盖脑地扑过来，使他应接不暇。其中特别勇敢的是这么一位女同志——她把这个小城里出了名的老单身汉逐一调查之后，认定老孟这个人每月五六十元，单人独己、无牵无挂，乃是自己的最佳猎取目标，因而径以"未婚妻"的名义亲到几十里外老孟那个中学去进一步摸底。

"既然如此，你就跟她结婚吧！"

"不行！"老孟一口回绝。

"为什么？"

"有好机会。"

"什么好机会？"

老孟大有含意地摇摇头，不说。

然而，这种"机密"是不会保持很久的。我下一回到他那里去，他自己就憋不住了。他放低声音（虽然屋子里只有我们两个人）说："老师，你得给我保密：有人对我有意思了！"于是他告诉我某个商店的营业员，一位年轻姑娘，对他如何如何注意……

我打断他的话，训他："天开，你不要胡闹！"

"老师，你不知道，她的确对我有意思！"

他向我描绘人家对他"有意思"的种种迹象。在我听来，这些统统都是"莫须有"的事，根本不足为凭，例如，他所提供的最重要的事件不过是有一次人家在柜台上向他递过来一条毛巾的时候，似乎向他笑了一笑，他就认为好像真有那么回事似的。这时候，他甚至把英文也用上了，嘴里叼了什么："She is a beautiful girl. Her heart is very good."但他那发音可实在难听极了。

当他喷沫四溅纵谈着这一切的时候，我看着他那脸上左一条、右一条、横三竖四的皱纹。时间已经在他脸上冷酷地刻下了一个清清楚楚的"老"字，他却还在那里异想天开、做着好梦！

人到了这一地步，劝是无用的。我这个老师也拿他没办法。以后，我还习惯地到他那里去看看。但见闻所得只有两种、互相交替：

有的时候，他今天说这个女人对他"有意思"了，明天又说那一个女人对他"有意思"了，而在这种"意思"的鼓舞下，他把脸上的胡子一下子刮个精光，只露着发青的胡子茬；他把白发一下子染黑，突然"青丝复生"；他把脏被子叠得方方正正，屋子里的地也扫得清爽多了，好像真有点"掀开历史新篇章"的味道似的。

另一些时候，可就不同了：走进他那"幽居"，迎面只见烟雾腾腾，在这烟气缭绕之中，好不容易找到了躺在床上蒙头而卧的老孟。

他坐了起来，无精打采地招呼："老——老师！"又身不由主地歪了下去。

"你病了吗?"

我走近床边，闻得一股酒气。仔细一看，他染黑的头发业已长了上去，原来的白发又齐崭崭露了出来，脸上又变成了"密密的丛林"，屋子里的混乱状态又"复辟"了。而且，我觉得他那些破书、破家当也似乎少了几样。

看到这么一幅情景，我也不便再问，只劝劝他少喝点酒、少吸点烟，就离开了。

这样，又过了很多天。

有一天，走过他的大门口，我心里想道：“不知他这里今天又出现了什么‘奇迹’？只要能结婚，‘奇迹’也未尝不可。谁知道？世界上的事情很难说……”一面想，一面踱进他那个院子。

走进他的屋门，果然，有点不大一样：他的头发又染黑了，胡子又刮光了，脸上也干净了一些，说话声音也高了，眼神中带着一点兴奋的光芒，他甚至还穿上了一身不知从哪里“挖掘”出来的破呢子制服。这可不同寻常。我冲口问道：“是不是又有哪个姑娘——”

“哪里！”他正色反驳我：“现在正忙着大事。邬老师，你看！”

他从老式抽斗里拿出几页稿纸，接着又拿出一个大信封。

我看那大信封上红彤彤地印着省革命委员会什么局的官防。

他从信封里抽出一页信纸，摊开在我面前。信上稀稀拉拉两三行字，写道：“孟天开同志：来件收到。我们研究以后再答复你。”

我迷惑不解地看着他。

经过他说明，我才明白：那几页稿纸，乃是他给省革委写的一份条陈的底稿，而那个大信封里装的则是省里给他的回信。

这时候正当“批林批孔”末期。报刊上有些文章还在拼命翻着新花样，把法国的梯也尔、荣国府的贾政、茂源酒店的赵七爷，都拉来做孔老二的代理人，说得非常热闹，但在下边，运动已经冷冷清清了。然而，这种暴涨暴落的政治气候不知怎的又触动了老孟的某根神经末梢。他看到有人只要“一封朝奏九重天”，马上可以名扬四海、得到高官要职，自己也想找到一条捷径青云直上。他从“批孔”中得到了“启示”，认为“西洋的孔老二”就是——亚里士多德。因此，他在他那小黑屋里熬了几天几夜，拟出一个条陈，建议把“批林批孔”引向批判亚里士多德的轨道上，把“批儒评法”运动扩大到欧洲的文化、学术领域里去。而只要这一项建议被“上边”采纳，那么他就名望有了，地位有了，工作有了，老婆、房子有了，一切都有了。此刻，他正在等待“上边”通知他的好消息。

这一回，我简直顾不上吃惊了。我试探着问他：

“恐怕不行吧？”

他摆一摆手，意思说：你别管。

我也实在管不了他的事。因为系里已经给我安排了教学任务，用教师们自己的语言说，我已经"拉上了套"，再没有时间到他那间小黑屋里去听他那些傻话。

不过，我不去找他，他却找上我的门来，隔三差五，来借几块钱——似乎在他"一觉醒来，名闻天下"之前，吃饭问题仍然非常关紧。而且，可能还不仅是吃饭问题，因为他天天盼着"另有重任"的通知，而这事又遥遥无期，他在焦急等待之中不免多喝几杯烧酒。事实上，他来找我的时候，嘴里常常带着呛人的酒气。这使我的老伴很不高兴。

一天晚上，我送他出门，把一张钞票塞到他的手里，同时委婉地表示：希望他不要再到家里找我，"恐怕影响不好"。

他神秘地说："老师，告诉你一个绝密消息！"

"什么？"

他把嘴凑近我的耳朵，说："省里要派小汽车来接我了！"

我张大了嘴。

他解释说：这些天他等得实在心急，就自己买了一张车票去到省革委一问究竟。一个小青年接待了他，拍着他的肩膀说："回去吧，回去吧！省里研究好以后，马上就派小汽车去接你哩！"

原来如此。

我最后一次见他，还是在街上。

他踉踉跄跄走到我的面前，满面通红，脖子上胀着青筋，他的花白头发乱蓬蓬的，脸上不知从哪里蹭了很多土，隐隐约约似乎还有几处伤痕。

他一张嘴，酒气扑到我的脸上，结结巴巴地说：

"老、老师，小、小、小——汽车，快来了！"

"你少喝点吧。没有那回事。回家休息一下，清醒清醒！"我打算送他回家。

他突然发火了：

"你、你、你有什么了、了不起？不过是个四、四、四级教——授！"

小市民是好奇的，立刻把我们围上了。

我赶快松了手，离开他，心里想：

"可怜的老孟——他疯了！"

精神病不闻有传染之说。但是，不知道因为我在街头巷尾多次见到疯子出现还是怎么的，到了1975、1976年间，我的精神上也出了点毛病。

开始，我老伴发现我有时候自言自语，她觉得好笑，对婷婷说："你看你爸爸多有本事——能一个人跟自己说话！"

后来，我做噩梦、怪梦。睡到半夜，我觉得有一种我无力抗拒的、极其沉重的东西压在我心口上，还觉得有什么人掐我的咽喉、掐得我透不过气来。我拼命挣扎、大喊大叫，把老伴惊醒。她拉开灯，把我摇醒，连连问我："怎么啦？怎么啦？"我睁开眼、瞪着她，好久才清醒过来，身上觉得非常疲劳。

事情一直发展到出现幻觉：天快亮的时候，正睡得迷迷糊糊，往往听见一阵紧急的脚步声和敲门声："嘭！嘭！嘭！"男女杂沓、一群人喊叫我的名字："邬其仁！邬其仁！"我按照运动初期挨批斗时的习惯，连忙回答："有！"可是，睁眼一看——一派清晨的寂静，什么人也没有。

这样的事发生了几回，我就跑到郊区的精神病院去挂急诊。一位老大夫听了我的病情介绍以后，平静地告诉我：这只是一时的神经官能紊乱，而神经官能症在他们那里是不算什么的。三言两语，开了几片"利眠宁"，就打发我回来了。

我很失望，自己折腾了这么多天，原来"不算什么"！据说，医生们因为看多了人世间的生老病死之苦，对于病人的痛苦表现，不得不采取一种职业上的冷漠态度。要不然，一碰上病人们大人呻吟、小孩哭叫，就动了"妇人之仁"，心里只顾可怜他们，哪里还能看病？最明显的是经常动刀动剪子的那些外科大夫们。这说得也是。那么，给我看病的这位老大夫想必在病房里看惯了那些精神病人的种种热闹场面，对于像我这样的"小打小闹"不放在眼里，也就不足为怪了。这么一琢磨，我也就"豁出去"了。

奇怪的是，我一"豁出去"，那些毛病倒愈来愈少。过了1977年，简直什么事也没有了。

第三篇 坚冰之来

一、平静生活中的微波

现在，又恢复了"文化大革命"前那样和平的日子。

我功课不多（每周给高年级和研究生上几节课），每天大部分时间在家里度过。而且，自从搬进了所谓"教授楼"，只要儿子一上班，女儿一上学，老伴一上街，我在家里觉得分外安静。

有时候，我在屋里看书，听得外面好像有一个什么"小活物"在抓门。开门一看，原来是邻居的一个三岁小女孩串门来了。她叫我："老爷爷！"我把她抱进来，放在我的藤椅里，给她找几块糖果，让她趴在桌边看画报——直到她妈妈慌慌张张走来，把她抱走。

有时候，一个小男孩，头戴五星帽，身穿小军装，腰束皮带，皮带里一边插着木头手枪，一边插着木刀，这么样"武装到牙齿"地闯进了我的书房，大声宣布："我是解放军！"对于这位威风凛凛的客人，我只要赶快找来一本带打仗的小人书，他就会立刻安静下来、"偃武修文"。

这一类的来访者不会给我带来什么麻烦。

我的社会活动也不多。遇有重大政治事件，系里或学校通知我参加座谈会，我根据报纸、文件的口径，作一次简短、得体的发言。外校有人到系里讲学，我被邀请坐在前排甚至台上荣誉席中，微笑着努力做出洗耳静听的样子。不过，我承认：由于年龄之故，有时候听着听着就走了神，不知想到什么地方去了。偶尔有个别外宾来校参观。如果安排由我致词，我本着"大夫无私交"的春秋大义，把一位党员青年教师替我拟好的发言稿照念一遍完事。念完了，我不忘加上一句:"Thank you!"

除了这些事情,我就在家看书。

每个学期,在期考前后往往有一个繁忙高潮。考前,学生要来探问"复习重点",从荷马、但丁问到现代派、意识流:这个考不考? 那个考不考? 考后,又来探问考分——分数有高有低,走的时候有人笑嘻嘻、有人噘着嘴,但一般来说都是一走了之。只有个别考不及格的人还要单独找上门来,进行一两回双方都有点不舒服的会谈。不过,下个学期补考的时候,只要我看出他们在假期确实做了一番努力,就一律给他们画及格,以免以后在路上碰见他们,他们装作不认识,或者故意从一条岔路走开。我希望多看见年轻人高高兴兴,少看见他们愁眉苦脸。

有时还有少数爱写稿的学生登门打听"文坛行情"、发表门路,好像我是什么刊物的代理人,赋有"包投包用"的大权,虽然我深知自己根本没有那样的权力。尽管如此,只要不让我给他们一字一句地改稿子,我还是对他们鼓励一番。年轻人像豆苗一样向上生长,你能浇上一点水就浇上一点水——虽然只是很少几滴。

不过,当我只有这么几滴水的时候,我很害怕那种没头没脑的硬挤。对于自己的水平,我还有点自知之明。一言以蔽之:不怎么着。我感到自己就像一个爬山的人,还没有登上一个小山坡,就停在半坡上走不动了——我没有时间、也没有力气了。可是,不定什么时候,一位十分和善的陌生老太太突然领来一个留着长头发的小伙子,说她这个儿子"有文学天才",求我把他"培养成为一个作家"。老太太说到这里,顺便从手提袋里拿出一本稿子(我惴惴不安地扫了一眼,大概是一部洋洋数万言的大著),放到我的书桌上,说是"请多多指教!"同时,还对那个小伙子补充一句:"邬教授不但有学问,而且还是一位作家!"

好,"作家"的桂冠就轻轻地戴在我头上了,想推也推不掉。我想,真像萧伯纳说的:会做事的人自己去做,不会做事的人倒能教别人去做!

把客人礼貌地送走,我坐下来翻翻这位年轻天才的作品。第一眼的印象是:书法不佳,爱写自造的简笔字,而文句似乎也不怎么顺当。我泡好一壶浓茶、拿出一盒好烟,准备熬上半夜,用我这么一副老牛破犁来耕耘一下这块坑坑洼洼、夹着料礓石的荒地。

天才，是在一个伟大的历史时代所产生的全民族的"尖子"。譬如说，"五四"以来的思想启蒙运动给中国哺育了像毛泽东、周恩来那样的革命家以及像鲁迅、郭沫若那样的思想家、文学家。他们是中国现代史上最杰出的人物，但也是时代环境和个人努力最完美结合的典型。天才，不是什么人主观硬性培养的结果，像人工培养蘑菇或人工合成什么化工产品那样。在医药珍品中，"深山老参"之所以名贵，乃因为它是"山川灵秀之气"的自然结晶，人工培植的"洋参"就无法与之相比了。对于一个年轻人，不看他的资质条件，硬要放在一个什么玻璃房子里，一定要"培养"成为什么样的花朵，其结果倒可能使他本来具有的生机枯萎。

从社会来说，我们对于人才，有时太不爱惜、听其流失，有时又抓得太急、拔苗助长，而平时并不重视踏踏实实打基础的工作。

我觉得，我们目前正处于两个伟大的时代之间。从种种迹象来看，产生天才的时代现在还没有来临。在未有天才之前，首先需要造成"培养天才的土壤"。我们需要一个经济、文化长期稳定发展的社会环境——这对于多出人才、出现天才却是至关紧要的。

二、三个学生

这段札记是它自己冒出来的。我从书桌旁偶然抬起头来，瞥见窗外有三三两两的男女学生正沿着小路一边缓缓行走，一边专心致志地念书，于是，我突然想起了二十来年以前的这一件小事。

在50年代末或60年代初，我们系某班有三个学生：一个女生，两个男生，都是团员，都是从农村来的。那个女生叫辛软娥，是班里的团支书——一个二十岁左右的姑娘，总是穿一身黑中山服，裤筒又很宽大，叫人想起那些刚刚下地回来的农村闺女。她也确实是这样一个老老实实的农村姑娘，不多说话，学习成绩中上等，但一下乡劳动（那时候这种机会很多），不管锄地、犁地、收割、扬场、点豆、摘花、出红薯，她都是一把好手。另外，她对教师态度很好，不像某些"根红苗壮"、政治条件好、入校就当干部的学生——那些学生对教师一说话就流露出"我是无产阶级，你是资产阶级，必须和你划清界限"的那种味道，叫人感到紧张。辛软娥不是那样。为了班上的事,她偶尔到家来找我,不紧不慢地说着一口地地道道的南阳一带的口音,所谓"宛西方言",却一点也不让人觉得生硬刺耳。也许,正如法捷耶夫说过的,再土气的方言,从一年轻姑娘的嘴里说出来,都是好听的吧?至少,我和老伴都对这个同学留下了好印象,觉得她礼貌、诚恳、能干、安详。

那两个男生,一个叫石成,是从豫东来的,穿一件紫花布衬衣,浓眉大眼,剃着光头,一望而知,是一个性情直爽的农村青年;另一个叫周树岐,虽然也是农村青年,打扮可就跟石成大不一样:他留着小分头,穿一身整齐合身的制服(本县最高的缝纫水平),衬衣的白领子露出来一点点,黑眼珠子滴溜溜地转,透着"精能"——显然,这是一个机灵鬼。

这些学生上到三年级,我开始到他们班里上课。

他们这一届学生是在1957年反右斗争以后入学的。这个时期学校里的形势特点是党员干部地位提高,"书记"一词成为无上权威的同义语。在我们这个不怎么大的系里兴起了一阵"书记热",也就是说,只要能和这个头衔挨上边的人都以被人叫作"书记"为荣。当然,正儿八经的书记,例如党总支书记、党支部书记,被人称为书记,那是天经地义的事。团总支书记往往由党员专职干部担任,被叫作书记,也是理所当然。但是,流风所及,连学生当中的团支书(往往是像辛软娥和石成那样的小姑娘和小男孩)、党小组长以至于党员学生(如果凑巧班里只有他一个人是党员的话),也都"书记、书记"的乱叫起来。这样,"书记"泛滥的结果,发生了一个事件——事件就出在周树岐这个学生的身上。

原来周树岐这个机灵鬼来到大学里所感受到的第一个突出印象,就是"书记有权""书记厉害"。因此,他在入学以后所做的第一件事就是向年级辅导员打报告,申请把他自己的名字"周树岐"改为"周书记"。这看来好像是小青年幼稚可笑的行为,但任何行为都有一个动机,也许在他觉得这两个名字声音相近,只要把字面略改一下,他就可以安享权威的荣誉了吧?有时候,年轻人的怪想头,你是想也想不到的。不过,按政策来说,一个人改名字也不是不允许。而且,"书记"二字,正如"国庆""建军""和平""胜利"等一样,也是规规矩矩的好名字,没有什么理由不让人家去叫。于是,经过正常手续,由年级辅导员汇报到系里,系里汇报到校办公室,他的申请得到批准,他这个新名字就正式使用起来。

一开始，学生们跟他开玩笑——"周书记！周书记！"乱喊一气。他虽然本性是个活泼人，在这件事上却绝不儿戏。人家喊他"周书记"，他就一本正经地答应。这样叫来叫去，时间长了，大家习惯了，也就不开玩笑了。本来嘛，"书记"这个名字，正如"国庆""胜利"以及其他名字一样，终究不过是一个人的代号，叫惯了也就不足为奇。

不过，事情并非发展到此为止。

那几年，政治运动频繁，一个接着一个。他们班赶上了"拔白旗"运动：任课教师被一个一个分到各班，接受学生批判。他们那个班没有党员，运动由团支部领导，挂帅的乃是团支书辛软娥。

在"拔白旗"当中，首当其冲的是外国文学课。我既然教他们外国文学，他们这个班的批判对象自然就是我。我想了一想，刚刚给他们讲过几首彭斯的诗：《穷得有志气》是替穷人说话的，《苏格兰人之歌》是歌颂爱国主义的，大概没啥问题。糟糕的是还讲了一首《红玫瑰》——这是爱情诗，爱情题材的作品和黄色文学的界限常常划不清，最容易惹出麻烦。看来，一场火辣辣的批判是躲不过去了。

我硬着头皮去参加批判会。走进教室，我站在讲台旁边的一个角落里，主动做出一个被告接受控诉的样子。但是，耳边却听到一个年轻姑娘用温和极了的南阳口音喊道："邬老师，请过来坐下吧！"尽管"老师"一词并非什么特别高贵的尊称，而且我听别人喊我"老师"也不下成千上万次了，但是，在这样的时候、这样的场合，听见人用这样的口气喊我"老师"，我那眼泪就不知怎么着、没有出息地流出来了。我坐下来，掏出手帕擦擦眼镜片，打开小本，拿出钢笔，准备记录批评意见。我真心希望同学们对我的教学工作多多批评，因为我觉得凡是出自善意的批评，哪怕再严厉，我也能够接受，这也对我有益。但是，我听这个朴实的农村女孩儿说什么"邬老师备课认真……循循善诱……给我们介绍了不少有用的知识……成绩和缺点相比，是九个指头和一个指头……譬如说，彭斯的诗……"等等，等等。下边学生们的意见，我东一搭、西一搭地听着，精神不是多么集中。只有石成一开口说话，嗓门特别大，把我吓一跳。但我仔细听去，他的发言就像愣小伙子砍木头，东一斧、西一斧，常常不中腠理，大概十斧头当中有一两下击中要害。然而，归纳他的意见，不外是要求我在讲课中多给同学们介绍内容健康向上的作品。对于这一点，我当然完全赞成。只是他在发言中提到了《红玫瑰》，因为不会使用"爱情诗"这个名词，说成了"恋爱诗"，惹得学生们笑了起来。他涨红了脸，一口吃，讲不下去了。应该说，这个会开得和风细雨，我从心里感谢主持会议的通情达理的小书记。不过，当我离开会场，刚走到教室门口，似乎听见周书记大声说了一句话，好像是："今天这个批判会开得没有火药味儿！"辛软娥紧接着答了一句："对自己的老师，用不着枪、炮、火药！"两句话一来一往，只用了几秒钟。我听了，为之一愣，但接着就被离开教室的学生们一拥而出。我没有在意，"安步当车"、慢慢走回家去。

但是，不出三天，这个班又叫我去开会了。

来通知我的是周书记。他"嘭、嘭、嘭！"敲开门，伸进半个身子，只说了一句："邬教授，开会！"扭头就走。我觉得他那黑眼珠中闪动着一种不同往常的神色，似乎像是得意，又像是嘲弄，使我微微感到不安。但我来不及细想，匆匆穿好衣服，赶往教室大楼。一进教室，果然大不相同：会场内贴了许多标语，内容是"坚决肃清在教学领域中一切资产阶级流毒！""不让资产阶级思想过夜！"等等。迎面墙壁上是一条横幅："兴无产阶级志气，灭资产阶级威风！"再看看：满教室是肃然危坐的人群，年级辅导员也在其中——他显然是来坐镇的。空气紧张而又沉寂。我呆呆站在讲台旁边，没人给我让座。

宣布开会的是周书记。第一个发言的却是辛软娥。这个姑娘哭丧着脸，没精打采，眼皮红红的，像是哭过。她很费力地开了口，说："我在前一段担任团支书期间，辜负了组织的信任，犯下了右倾错误。以后班里团支部由周书记同志——"话没有说完，她就坐下来，把头埋在桌子上。辅导员用公事公办的口气补充说："这是正常的团内机构变动。辛软娥同志作为团员，仍要在班里发挥积极作用。现在开会吧！"

这次批判会的详情，就不必说了，总之一句话："火药味十足。"开第一炮的是新任团支书周书记。他把我在课堂上讲了《红玫瑰》一诗，说成是代表资产阶级向青年学生进行腐蚀毒害。他这句话刚说完，全班就响起了一片口号声："坚决打退资产阶级向青年一代的进攻！"领着喊口号的是石成——他激动起来，声音高得扎耳朵。我相信同学们是单纯、真诚的，对石成也无反感。我觉得自己的教学工作虽有缺点，但"罪不至此"，然而也没有辩白的必要。不过我对于辛软娥实在感到抱歉——她因为在批我的时候心软手软,在班里这次小小的"政变"中失去了团支书的职位,心里一定是非常委屈的。让一个学生因为我的缘故而受委屈,比我自己挨批判还叫我难过,但这时候也顾不得许多了。我一面断断续续听着几乎全班一个挨一个对我的控诉,一面构思着自己的表态发言。最后,我在四周一片寂静的沉重压力下做了检讨。我说:自己在讲授彭斯的诗歌当中,尽管也选了《穷得有志气》《苏格兰人之歌》这些有积极意义的诗篇,但是对于《红玫瑰》这首纯粹描写爱情的诗歌,还是不忍割爱,没有想到它不适于在课堂讲授。这是自己的资产阶级情调在教学中的流露,在同学中造成了不良影响。不过,我心里明白:这一切都是废话。因为无论何人讲彭斯的诗,如果对他那些大量的描写苏格兰山民的粗犷、质朴、坦率的爱情生活的歌谣一首也不提,那是说不过去的。然而,我不那样检讨,我就不知道该怎样检讨了,反正人到那个时候无论如何是要检讨的。

简言之,周书记这个学生从此就成为辅导员的红人,不仅当上团支书,而且很快入了党——用当时的流行说法,这叫作"火线入党"。他成为班里唯一的党员,团支部、班会、全班学生统统归他领导,一下子变成了名副其实的"书记"。这时候,学生们喊他"周书记",是怀着真正的敬畏,没人敢对他再开什么玩笑了。

以后,我教的课停了一两年。班里的事我无法亲眼目睹,只能得之于教师之间的传闻。

俗话常说,某某人是当什么的材料。这个周书记真是当"书记"的材料。他一当上全班的"书记",立刻按照"一朝天子一朝臣"的民族传统,组织起自己的一套人马:有人做他的参谋、助手,有人替他造舆论、"提高领导威信",还有人向他打小报告、汇报班里每个人的思想活动。如果哪一个学生对他流露一点点不满,立刻就要发动全班进行"辩论",而按照那时候"辩论"的方式,挨一顿拳脚是常有的事。他的"绝对权威"树立起来了,全班学生都看他一个人眼色行事。那个老实善良的农村姑娘辛软娥下台之后,埋头读书,百事不问,只要没人再找她的事,就算不错了。

这中间发生过一次波折。

那时候,大大小小的运动名堂很多,穿插进行。周书记上台以后,有过一次"战地整风"之类的小运动,允许群众对党团干部提提意见。这个班里也开展了这么一个运动。辛软娥向周书记提了一些意见,说他"自高自大""官僚主义""把个人凌驾在群众头上"。那种年头,政治气候变化幅度大,转折剧烈,人的情绪也很躁急。学生们对周书记提着意见,不知怎么动了真气。石成那个冒失小伙子大吵大嚷,竟然动手打了周书记一巴掌。要按当时"辩论"的习惯,这本来不算什么大事。然而,这一巴掌打在周书记身上,可就不得了啦。这件事震动了全系。辅导员报告系领导,系领导报告校党委,最后把它定为一次严重的"反党事件"。辛软娥作为这次"反党事件"的发难者,受到全系团员的批判,幸亏她是个女生,从宽处理,仅仅给予"留团察看"的处分。对石成的处分可就严厉了:他被划为"反党分子",开除团籍、学籍,由保卫科送去劳动教养。

周书记挨了一巴掌,"因祸得福"。在全系团员大会上,让他介绍自己和"反党分子"斗争的经验。他精神抖擞上台讲话,一宣布发言题目:"我们必须继续战斗!"立刻引起全场雷鸣般的掌声。

班里的"反对派"垮台,周书记的"权威"更加巩固。这时候,他的"书记"派头更大了:他有亲信、有仆从,亲信替他维持"威信",仆从替他干杂活。他早上起床,有人给他倒尿盆,有人给他端洗脸水,有人替他把牙膏挤到牙刷上,有人替他洗衣服、擦皮鞋。还有人巴结不上这些亲密的差事,就想办法送他钱、送他粮票、送他衣服鞋袜、送他吃的东西。只要他收下,送的人就很高兴。因为,据说,这一切是为了表示"对于领导的感情",这是"对党的根本态度问题"。总而言之,周书记变成了班里的一个地地道道的国王。最后——他强奸了同班的一个女生。有人说,这个女生是在单独向他汇报思想的时候被他强奸的;有人说,这个女生在病房住院,他以"书记"的身份亲往探视,表示"对群众的关怀",乘机把她强奸的。说法不一,但事情是确凿无疑的,因为这个女生怀了孕。事情掩盖不住,辅导员汇报到系里,系里汇报到校党委,党委书记大怒。周书记受到的处分是:党内取消候补党员资格(这时候大家才知道这个"书记"原来不过是一个尚未转正的候补党员),开除学籍,由保卫科送去劳动教养。

周书记下台,班里的团员要选举辛软娥再当团支书。她的答复是:"耽误瞌睡!"坚决不干。

打了周书记一巴掌的石成,还在劳教农场改造,案子尚未了结。因为,在研究他的案情当中,那位辅导员认为:周书记虽然"犯了错误",但石成犯案的时候,周书记还是一个党员和团支书,打了"书记"乃是原则问题,就他本人来说仍然有"反党"之嫌。所以,这件事就拖了些天。直到 1964 年,石成突然又在系里出现——他的问题在小范围内宣布平反。这个原来冒冒失失的小伙子,经过三年劳教,变得又黑又胖、五大三粗,完全成了一副乡下汉子模样,二十五六的人倒像三四十岁,而且人也沉默寡言,再不像过去那样单纯憨直、大喊大叫了。他在平反材料上签了字,悄悄离开学校,到一个公社中学教书去了。可谓从土地上来,回土地上去。

这个事件所留下的最后一点小插曲恰巧也发生在 1964 年:

某天,我听得有人敲门。开门一看,一个年轻人对我一鞠躬、一脸笑、一声"邬老师!"我定睛一看,此人非别,乃是周书记不期而至。他说他已经结束劳教,"回学校看看老师们"。我看他除了衣服稍稍破旧一点,机灵劲儿仍然不减当年。我印象中,他去劳教还是不久以前的事,怎么一晃就又"卷土重来"了,大概他那灵活的眼色头、他那一口伶牙俐齿、他那根据风向"要啥有啥"的本领,是所向披靡的,即如在劳教场所也容易得人欢心吧?他显然是提前释放回来的。在这一点上,石成还是比不上他。那个愣小伙子硬是结结实实劳教了三年。

周书记出来,想让我帮他介绍一个工作。从我内心来说,实在不想理他。但他嘴巴甜、死缠活缠,还掉一滴眼泪,简直叫我没法办。而且,我老伴在旁边听着,对他还产生了一点好感、可怜他,帮他说好话。我想:当老师的人,对于一个青年总要给他找一条出路,就答应想想办法。

我去找一个中学校长。他说可以让他先工作一段试试。但是,事情进行得有点眉目,再找周书记的时候,他却不见了。

一问,才知道他又出了事:他闲得无聊、去逛公园,遇见两个中学女生。他尾随着人家,乘人家走到一个僻静地方,竟然对一个女孩动手动脚。人家刚刚买了一瓶红墨水,一气之下,把一瓶红墨水全扣在他头上,流了他满脸满身。这时,恰好过来一个解放军战士,三个人把他扭送到派出所去了。

从此,我就再也不知道这位"书记"的下落。

回忆起这个故事,我觉得,这个周书记以他那非常原始的方式表明:在"左"的风气盛行的时期,少数刁钻的人是怎样取得个人权力并且利用这一点权力的。

三、两书记

大学里多么需要贤明的领导人!

想一想蔡元培吧——他给人留下的印象是胸怀阔大、兼容并包、尊重教师、爱护学生。几十年了,他办学的成果,大家看得清清楚楚。

我在这个大学待了三四十年,旧社会、新社会的领导人,见过了一批又一批。在旧社会,我们这些教员也常常议论那些校长、训导长以及什么什么主任,出他们的洋相(知识分子的嘴什么时候也闲不住)。譬如说,解放前有一位校长是以冬烘古板出名的。有一天,他到生物系参观实验室,看见台子上摆着一架架显微镜。他不知道那是些什么玩意儿,慌慌张张向随行人员问道:"这是试验小高射炮的吗?"这件轶事立刻在教师当中传为笑谈。但是,说实话,那时候长官统治的触角并不是那么无孔不入,教员们还能想办法在"万方多难"之中理出一个自己精神上的小天地。新社会就不同了:事无论巨细,干部是决定一切的。哪怕你是什么"学术权威"(上帝在上,我可不是),你从生到死,个人的荣枯、事业的成败,统统都由某个干部一句话、一点头来决定。干部的重要性不容你不去想他。

当我回想解放以来我们大学里干部领导的政绩,很自然地想起了我们的两位前任书记。为方便起见,我称这一位是甲书记,那一位是乙书记。

甲书记是在1957年反右斗争刚刚开始,为纠正原任书记的右倾从省里调来的。他来的时候还不到50岁,个子不高、精力充沛,两眼炯炯有神,说话果断有力、带有很大的鼓动性。看得出,这是一个有魄力的汉子。如果他的学问再高一点,简直就有点像基洛夫或日丹诺夫那种类型的人物了。他一来,两场报告、几番部署,就把反右斗争引向高潮。各个教学大楼里传出了一阵阵呵斥声和口号声,一个个垂头丧气、带点倒霉相的人物从教师和学生中被揪出来,划成"右派"分子。

甲书记是第一书记。他到校不久,省里又调来一位第二书记,加强业务领导。这种安排很恰当。甲书记原来是高中生,抗日战争一开始参加革命,一直从事党政工作,升为中层领导。乙书记则是早在30年代初入党的大学生,学有专攻，在老区从事学校教育，解放后又在教育战线上工作。让他到一所大学来抓教学业务，是很合适的。

由于经历、性格不同，这两个人的作风截然两样：甲书记是一个精干的政治活动家，但他身上没啥"学术细胞"；乙书记是一个知识分子气息十足的人，刚到我们学校怕已将近六十岁了，却仍然酷爱学问和书本，颇有点不知"老冉冉其将至"的味道。有人星期天到他家拜访，恰巧碰见他躺在藤椅里、把两只脚跷到写字台上、正在兴意盎然地阅读《中华活页文选》，旁边还有一本英文小说。总而言之，一个人一旦当上知识分子，那脾气就难改，入党多年也不行。譬如说，做报告吧，两个人的"文风"就大不相同：甲书记讲话，政治性强，火药味浓，一讲四个钟头，常常被"雷鸣般的掌声"和"此伏彼起的口号声"所打断，那坐满数千人的大礼堂里空气几乎一触即燃；讲话之后，政治运动呼呼啦啦就开展起来了。乙书记做报告，却是慢慢地拉家常，谈教学、谈总务、谈教师学生们的福利，说的都是"卑之无甚高论"的日常工作、日常琐事，一点也不像做大报告的样子，有时候还爱说句笑话。经过反右斗争，学校里知识分子成了惊弓之鸟——书不能不教，但上课动辄得咎、畏首畏尾。他鼓励教师大胆工作，说什么："教学当中出点毛病，顶多不过违犯某条'文法'，不犯刑法，没啥要紧！"说罢，自己在台上哈哈大笑一阵。他劝学生要爱护公共财产，天起风的时候一定要把门窗关好，因为"玻璃打碎一块就少一块，每一块都是国家拿钱买来的"——这自然也是一点也不错的大实话。

不过，他这种慈祥家长式的讲话态度，他这种"温情脉脉"的办事作风，和1957、1958年间那种雷鸣电闪、风狂雨暴的气氛很不调和。连我都隐隐然觉得他那作风太松散、跟时代太不合拍了。果不其然，他很快就"犯了错误"。原来紧接着反右斗争胜利，甲书记又搞了一次"反右补课"，做法是号召群众"向党交心"，保证"不抓右派"；但等到教师、学生暴露思想，交出了日记、信件，领导却以"只许交红心，不许交黑心"为理由，又抓了一批"右派"和"反社会主义分子"。这在甲书记来说是得意之笔。但是，乙书记到我们系里来做"向党交心"的动员报告时却说："一个人不管到了什么时候都要说老实话、做老实人。有就是有，没有就是没有；有一分就是一分，有两分就是两分；不要少说，也不要多说。党号召你交心，并没有号召你说假话。搞运动，不能不检举揭发，但党并不需要你坏良心、陷害同志。这是做人的道德问题。"——这岂不是提醒大家在那紧张复杂的政治斗争中既要爱惜自己的人格、也要爱护同志的政治生命,这不是和甲书记那种"引蛇出洞""陷人于不义"的办法唱反调吗?好,因为他这一类的言论以及其他党外人所不知道的事情,听说他在党内挨了批。有很长时间,他不在大礼堂露面。偶尔在校园中碰见,看他神情无精打采,在闲散之中带着点忧郁,人也显得老相。——以后才知道,一个领导干部处于这种状态,就叫作"靠边站"。

外国学者爱把人分成"多血型"和"文弱型"两种气质。如果乙书记这种软心肠的领导算是"文弱型"的话,那么甲书记这种"铁腕人物"无疑就是"多血型"了。他这种气质在我们那一段校史中得到了充分的发挥。在他领导下,我们的学校生活在1957、1958、1959、1960那四年,在不断的停课、劳动、批判、斗争中风驰电掣般地度过。每当学校里秩序稍稍安定一点,教师能够喘一口气,学生也能读几页书,一定很快就要来一个什么运动,把这安定的秩序打破,使得学校重新卷入一场政治风暴。其结果是:在教师、学生、干部中揪出了一二百名"右派分子";在"大炼钢铁"中,校园的树木几乎全被砍光,师生日夜奋战,炼出来许多黑不溜秋的铁疙瘩,堆成了一座座的垃圾山;所有担任主课的教师一无例外地受到批判,从此一蹶不振、处于被动挨整的地位。与此同时,甲书记的高大形象树立起来了。为他歌功颂德的"民谣"出现了:"甲书记,到工地,浑身上下添力气!""甲书记,到食堂,饭也香来菜也香!"等等。直到1960年下半年,教师、学生害病的害病,浮肿的浮肿,有的女教师、女学生悄悄煎药、医治由于不适当的体力劳动而落下的妇女病,那颂歌的调子才渐渐低了下来,后来无声无息地消散了。

随着困难时期到来,乙书记又在大礼堂露面了。这个老头子也怪,尽管坐了好几年冷板凳,一旦"解放"出来,仍然兴致勃勃地计划着办这办那,好像神话里的安泰,一接触大地劲头就来了一样。困难时期,粮食是"宝中之宝",食堂是大家的命根子。他打算对教师和学生的食堂进行一番整顿。他自己在家有老伴照顾,本可以在家吃饭,但他却见天提着饭盒上食堂,和教师们一同排队打饭。他找炊管人员谈话,检查食堂工作,派干部下厨房劳动、卖饭、查账、监督,防止多吃多占。但是,在一个几十年的老大学里,积弊难改,食堂尤其是一只马蜂窝,不动还好,一动惹下的麻烦更大:管理员生病,炊事员撂挑子,连一天三顿饭也开不下去了。他只好罢手。不过,在他当政期间,他还是来得及运用自己的权力给每一个教师发一把藤椅、给每一个学生发一顶蚊帐。

他当领导时发的这把藤椅,我还坐着——当然,它现在很破了,破烂得几乎要散架了,因为此后再也没有人给教师发过第二回。

不过,藤椅和蚊帐差不多就算是我们学校里教师和学生在"文化大革命"前所享受的最后一次"仁政"。因为,一当全国响应"千万不要忘记阶级斗争"的号召,学校里就又闹腾起来。甲书记又成为叱咤风云的人物,乙书记又退回原来那样无权的地位。

1966 年"文化大革命"开始,乙书记先被抛出来,作为"牛鬼蛇神的头目"来批;不久,甲书记也被当作"走资派"揪出来,受到很大折磨。——我们的两位书记在牛棚中"殊途同归"了。

粉碎"四人帮"以后,乙书记由于年事已高、作为光荣的老干部而离休;甲书记调离这个学校,到另外一所大学任职。听说他在那个大学当领导,作风变得实事求是,关心知识分子,为教师办了许多好事:改革食堂,合理分配住房,解决两地分居问题,等等,受到大家赞扬。有人说,这是由于年龄的缘故,因为人到老年思想就踏实了,脾气就平和了。也有人说,这是他总结了自己过去的经验,因为他毕竟是一个革命者。

斯威夫特说过,凡是能培植出双叶刍草的革新家,理应受到人民的尊敬。我也可以说,在学校里,凡是真正关心群众的领导人,只要为知识分子做过好事的,都不会被人忘记——不管是一把藤椅或是一间住房。

这两位书记现在都成为我们学校过去的历史人物了。但是,他们两位的影响却在我们大学里长远留存下来,特别是从现在学校里的干部身上还能够看到他们两位的影子,让人感觉到有些人不知不觉地以甲书记为模式来塑造自己的性格、培养自己的作风;另外一些人又不知不觉地以乙书记为模式来塑造自己的性格、培养自己的作风。

说句公道话,以乙书记为榜样塑造自己的干部在我们这个大学里是"吃不开"的。他们是党内的知识分子,和知识分子粘粘连连,有千丝万缕的联系,他们把学问和业务看得比官职和权力要重一点——这种知识分子气在他们的"仕途"上是一个沉重的包袱。作为干部，在过去的政治运动中他们也执行过"左"的东西，但比较起来，他们不是那么心硬手硬，所以每逢批"右倾"准有他们的份儿。所以，他们这样的"官"做得一点也不威风：他们没有权，有了权也不会用。如果他侥幸当上第一把手（我说的是在系里、处里或科里），他就被精通权术的第二把手把他的权力架空；如果他是第二把手，他就被独揽大权的第一把手把权力剥夺净尽，什么事也做不了主。他们的一套又一套的教学、科研计划总是落空。此外，凡是整知识分子的运动也往往要整到他们头上。"文化大革命"中进牛棚是少不了他们的。就是现在，他们还是不怎么得势。说得不好听一点，他们的形象和我们这些老知识分子一样，有点灰溜溜的，什么时候都是处在"靠边站"或"半靠边站"的地位。

相形之下，那些专门搞政治的学校干部可就威风得多了：从50年代末以后，学校里大部分时间是搞运动，他们过去的主要任务就是做政治运动的发动者和组织者——那时他们的学习榜样是甲书记。但是，现在他们的老上级的作风已经改变了，他们却仍然墨守成规、不肯改变，对于落实知识分子政策格格不入。这与其说是因为他们到现在还忠于老上级的既定之规，不如说他们忠于个人利益。无疑问，他们从过去的政治运动捞到不少东西：党籍、官职、愈来愈高的工资以及其他无形的好处。他们从过去的政治运动中也学会了一套升官、做官、保官之道，学会了压抑知识分子、排斥政治异己的官场权术。从实际生活来看，这一套不见经传的东西是积累起来了。在学校里，凡是和这一套作风打过交道的人，都知道它是多么可怕：一切生气勃勃的事业计划碰上这种作风就被拖得气息奄奄，半死不活，就像一朵鲜花沾上一滴盐酸。

我总觉得，直到现在，学校里这两种干部力量仍在互相矛盾、互相消长。我不知道这两种力量将来消长的结果究竟如何：也许甲排斥掉乙，或许乙能够取代甲，但我更希望双方互相取长补短、"合二为一"。过去，我曾经幻想过甲、乙两书记能够精诚合作把大学办好，但结果却使我失望——不知为什么，搞政治的人和搞业务的人总是"反门神——不对脸儿"。现在，我仍然希望由他们两位熏陶、培养过的两种干部能够很好地结合起来，首先希望党内的知识分子干部能够真正有权，施展其抱负，发挥其所长。——只有如此，大学才能真正办成国家学术文化的中心。

四、一次追悼会之后

我参加了一次追悼会,心头特别沉重。因为,在这个追悼会上,并非年轻人把某位德高望重的老人送进光荣死者的行列,而是由我这样年迈无用的老头子主持着,将一位还充满事业心的教学、科研骨干送入了永恒的沉寂。

死者正当有为之年——他是一个刚刚过了 50 岁的讲师。

他的妻子抱着他们两三岁的独生女坐在前排,低头无声地啜泣。

他是一个流亡学生,这就是说,在抗日战争时期,敌人打到他的家乡,他逃难出来,跑到大西北一个山窝里上学,在那里迎接他们这些无家可归的孩子们的,首先是寒冷、饥饿、疥疮和斑疹伤寒。有些人受不住这些恶劣条件的摧残,死去了,埋葬在朔风呼号的荒坡上。他总算活过来,但活得像个小要饭,食不果腹,衣不蔽体,冬天赤巴脚穿着草鞋,洗澡则要趟冰河跑到离城很远的一个天然温泉——来回 50 里。

他似乎是一个进步学生。因为,他告诉我:他曾经因为闹风潮,在高中毕业前夕被学校开除。好不容易以同等学力考上大学,又因为参加学生运动受到逮捕的威胁而不得不离校出走。但他并没有入党——不知道怎么回事,也许是知识分子的某种清高思想作怪吧?

1957 年 6 月,他调到这里工作。

他教书是受学生欢迎的。同时,他还在报刊上发表文章。我很高兴,对他抱着希望,以为他将来会成为我们系里的一根"台柱"。不幸,他来系不到半年,"大鸣大放"开始了。当那些真正有历史问题的人,明哲保身、"三缄其口"的时候,他满不在乎,自以为过去是靠近党的,现在响应组织号召、"帮助党整风",怕什么?所以,他逢会必发言,发言必慷慨陈词。好,不出一个月,他受批评了。再过两三个月,被划上"右派"了。第一次开他的批判会,我见他像一个罪犯似的低着头被人带进会场,心里猛然一惊。但在那时候,连我也不得不批他几句,虽然心里有点惋惜,觉得矛盾。他在"鸣放"中究竟说了些什么不得了的话,我也记不清了——不外是对哪一个领导干部提提意见,"官僚主义"之类。一个人有点才气就有点脾气,"语不惊人死不休",口角尖刻,被扣上了"反党"的帽子。

知识分子吃亏都在嘴头上和笔头上——他两头都占着。这也可以说是咎由自取吧!

划了"右派"以后,他被送到学校的农场监督改造。一去三四年,音信隔绝。这一段日子他怎么过的,就不知道了。

1962年,他摘了帽,又回到系里。

他刚调来的时候,还是一个毛头小伙子,人也长得蛮神气的。如果不出事,自然会有姑娘愿意找他。而且,我记得也的确有一位女同学常常到他房间找他——那时候大学里教师和学生谈恋爱是允许的。但当他一开始受批判,他就主动和那位同学结束友谊,并且送她一笔钱作为临别纪念。刚划了"右派",那个女同学还在星期六晚上悄悄到他迁居的半间小屋来看他。为了不连累别人,他婉言谢绝了。他们的关系也就彻底中断——这在当时是很平常的事。在电影里,一个人划了"右派",会有好姑娘接二连三找上门来,那只是电影——经过作家加了工的。生活当中少有那样的巧事。有一句话倒是说对了:"失去的,永远失去了!"

现在,他摘帽了。他的婚姻问题该解决了吧? 不行,他还是"摘帽右派"。运动搞得多了,人都胆小了。女同志尤其细心。谈对象,不敢相信自己的眼睛、自己的心,一定要到对方领导那里去了解。60年代就有一位女同志亲自跑到系里来了解他。当时不知道什么人在办公室里,对她说了一句:"1957年的老右派!"就把她吓跑了!

1957年反右斗争和1966年"文化大革命"——这是中国知识分子的"两关"。他的青春岁月被卷没在反右斗争的风暴里,他的壮年时代又被"文化大革命"所吞噬。在那十年当中,他每年都是运动对象——区别仅仅在于他的"罪名"一年一换。

1979年,当他的"右派"问题得到改正,他已经成为一个将近50岁的"小老头"。

他知道,在所谓"婚姻市场"上,自己是一个"滞销品"。他不愿过分贬低自己,也不愿勉强别人。"人生三十而未娶,不应更娶。"他像壮士断腕一样,断绝了婚姻之念,而把生命中残留下来的时间全部集中在工作上。他用拼命的精神又教课,又编教材。他的名字从学术界消失了二十多年之后,又重新出现在各地的报刊上。

这时候，一位将近30岁的姑娘，一个"老知青"，从远方向他伸出友爱的手。他们通起信来。不同的生活道路，共同的艰辛经历，使他们产生了"共同语言"。他们不顾通常习惯地结合在一起了——生活中本来是允许偶然性存在的。

她的到来，给他那凄苦的单身汉生涯带来了光亮和温暖。

为了报答她，并且通过报答她来报答养育自己的中国人民，他发奋编书。在他们新生的小女儿的啼哭和牙牙学语声中，他写出了自己著作的初稿。

现在，他最大的心事就是自己书稿的命运。

他在受压抑的岁月里，完全孤立无援地积累起自己教材的资料，又在病弱和繁忙中把它编写成书。教材在交流过程中受到兄弟学校中和他一样的"小人物"的欢迎。但是，仅有"小人物"的欢迎，书还无法问世。幸亏一份打印稿落到一位贤明的负责人手里，给予了支持，这才有一家出版社愿意接受出版。

于是，在整整一年之内，他又投入了修改书稿的劳动。

但他并不能撇开一切事务、专门修改。他要教课、改作业、改考卷，为人看稿子、改稿子，答复来信，接待来访，辅导熟人、生人的子女投考大学，指导大学生报考研究生。除了这些，他还有家务事——从上街拉煤到为小孩子洗尿布，他都要亲自动腿动手。此外，他要忍受周围心胸狭隘者的猜忌。因为，书还未出版，就有了传闻，说是出版社已经支给他"一万元稿费"(！！！)。他还要一一解释：书还没有影子，何来稿费？即使将来出书后有稿费，也许不过是想象中的十分之一、二十分之一。然而，对方不相信，悻悻然而去。甚至连骂骂咧咧都出现了。

在这么一种生活交响乐的伴奏下，他把书修改完毕。

他如释重负。在一次座谈会上，他激动地发言。他说他有几个"想不到"：想不到1957年被划为"右派"还能改正，想不到还有人愿意和自己结婚，想不到自己还能上讲台，想不到自己还能发表文章，想不到自己还能出一本书，为"四化"做出一点小小的贡献。——为了这几个"想不到"，他感谢三中全会以来中央的实事求是的方针政策。

然而，还有一件事，他没有想到，别人也没有想到：在1981年的一个冬夜，当他奋笔疾书写完书稿的最后一个字，刚刚放下手里的笔，说了一句："可写完啦！"突然脑溢血发作、昏倒在地，从此再也没有醒来。

现在,老年人能上讲台的,寥若晨星。中年人发奋工作,想夺回失去的时间。但是他们的健康已被以往无休止的政治运动所掏空,他们的精力又被目前种种不利条件所消耗,身心承受不起沉重的负担。只是由于某种纯粹精神力量的支撑,他们拼命工作,以病弱之躯在不断地"挑滑车"——

卡桑德拉大桥,年久失修,钢架受损,一旦重载列车驶过,桥身突然断裂!

对于中年知识分子,与其等他们死后在追悼会上赞美他们,不如在他们活着的时候,做些切实工作,保护他们,使他们能为国家多做一点贡献。

第四篇　早年的故事

一、早年的回忆

回忆是老年人的权利。

当我在灯下独坐,燃起一支香烟,少年时代的往事断片,有时在脑际浮现,像朝云、像春梦,断断续续,飘飘悠悠,互不粘连,自来自去——

我小时候大概是一个非常馋嘴的小孩,因为到现在我还留下了许多关于故乡小吃的记忆:

油茶——夜晚听得一声"油茶!"的叫卖声,很有点苍凉、悠远的意味。一二分钱一碗,嚼着里面的花生豆,觉得特别香。

玉米仁——玉米籽煮得开了花,粉茨糊糊是甜丝丝的。叫卖声:"白糖玉米仁儿!"大人说,里边放的哪里是真正的白糖? 不过是糖精。然而,对于小孩子来说,那也就够好了。

鸡血——"鸡血!"那叫卖声是高亢而尖厉的。盛在灵巧的细瓷小碗里,碗里的鸡汤上飘着黄澄澄的一层鸡油和鸡血小方块,以及鸡肚子里的小零碎儿。偶尔有三两个小鸡蛋(有时候还有一嘟噜很小很小的鸡蛋),那会使小孩子感到意外的喜悦。

"石花粉"——夏天,雪白的布篷,细瓷的平底线碗,在手里小小心心地端着。石花粉似乎是从什么海藻中提取的珍贵的淀粉,煮好冷却,凝成了透明结晶似的流体,加上玫瑰糖汁,色、香、味都很引诱人,真是一种清淡高雅的夏日饮料。非常珍惜地用小勺送到嘴中,不知什么时候已经下到肚子里没有了!

豌豆馅——柿饼切成碎片,和豆粉煮在一起,倒进陶盆里放冷,变成硬硬的一大块。买的时候，小贩用切西瓜的薄而长的刀切下一片，吃起来又凉又甜。

莲子稀饭——莲子稀饭是一种高级食品，我小时候没有吃过，但对它印象很深。因为，有一天，姐姐出钱，哥哥跑腿，买回家一茶缸莲子稀饭，为了瓜分均匀，两个人打了一架，把茶缸打翻，谁也没有吃成。我站在旁边看，更是尝不到。

牛肉汤——父亲带我去喝过，那碗和肉块之大，都够威风的。可是这种浓厚、补养的东西，小孩子并不喜欢。

还有，要饭的在背街打死一条狗，借个锅煮了，再找一个破瓦盆摆在桥头卖。囫囵囵的半只狗，还有狗头什么的，看了就叫人害怕，不要说买来吃。

……

和别的小孩一样，我也爱玩。

我小时候常和好朋友一起，到河里、坑里捉鱼。有一天，在那有名的"陇海花园"门外的大坑里，我钻进一个修下水道备用的很大的水泥圆筒，顺着圆筒里的水往前爬，右手忽然抓住一条有自己胳膊那么粗的大鱼，然而它泼喇喇地又逃走了！以后，这条失之交臂的大鱼连同我那得而复失的怅恨心情，不时出现在我的梦中，直到现在。

有一段时间，我非常想捉到一只蝉——蝉，在我们那里叫作"马吉了"。蝉在树上聒聒噪噪地叫，我仰起头看，抓起土块打它，打了很多次，好容易打中树干，惊动了它，它又飞到另一棵树上，眼睁睁拿它没法。待我知道捉蝉要用长竹竿，竿头绑上一块胶去粘它，已是很久很久以后的事了。

在民教馆里看到一件前所未见的东西：一片石头上印着一条完完整整的小鱼，鱼头、鱼尾连同身上每一根刺都清清楚楚、纤毫毕现。从此，我知道世界上有所谓化石。我每天傍晚到河滩去寻找，"念兹在兹"，终于找到一块带着树叶花纹的大石头，但是我只能蹲在河滩里欣赏一番，无法把它搬回家去。

……

我上小学的时候，我们家后院住着一个唱京戏的小姑娘。她长得瘦瘦小小、脸色苍白，一双机灵的眼睛总带着黑眼圈，大概是化妆留下的痕迹。我把她幻想成为一个被养父母禁锢的奴隶，巴望着有一天后院起火、房倒屋塌，我好奋不顾身地救她。然而这种机会始终没有来临。有一天早上，她该上戏园子去练功了，我故意坐在院子当中念英文（那时候小学五年级就开始学英文）——其实不过是把生字本里的单词翻来覆去地读一读。我这种可怜的自我表现竟然受到她的垂青。那个小姑娘好奇地站住了："您在干什么?"——说的是非常好听的北京话。"念英文。""外国话呀?"她那黑眼珠一翻:"哟,那可没人懂!谁知道您念得对不对呀?"她调皮地笑笑,走过去了。从此再没有下文。很快她也搬走了,因为她的父母要带她到另外一个码头去唱戏。我很失望,因为我再也没有机会在她面前表现自己的侠义行为。而且,后来知道,人家根本不需要什么人去救她,因为她的父母是亲生父母,对她也很娇,并非什么养父养母,对于小戏子动不动就打。这么一来,把我最后一点幻想也打破了。

……

似乎在我那稚嫩的童年,我就想要摆脱平庸、沉闷的生活,想要追求一些什么美好的东西,而又达不到目的,且留下一种幻想无法实现的怅惘心情。

二、从几页旧日记里走出来的故事

1979 年秋季某天,我正在书房独坐,听得门上有剥啄之声。开门一看,原是一位三十出头的年轻人。让进屋里一问,他说他叫侯难生,是刚考上的研究生,到我这里来报到。谈话当中,知道他原来是街道工厂的工人,业余自修文学和外语,以同等学力资格通过了我们系一出题的研究生考试。他愿意跟着我进修外国文学。我看他面色苍白,举止文气,说话木讷,神情略有些拘谨。大凡曾在社会底层吃过苦头、受过磨炼而又比较老实的青年往往具有这么一些特征。但他既然能够通过研究生考试,总要"有两下子"。现在大学招研究生,使得像他这样蛰居民间而有志于学的"寒士"能够"破土而出",我以为这是一件好事。因此,我向他表示祝贺和欢迎,并且拿高尔基、华罗庚这些自学成才的名人做例子,对他进行了一番鼓励。

我把对于一个新来的研究生第一次见面时应该说的话都已经说完,除了让茶让烟,再也想不起还要说点什么,但我这位未来的"高足"并没有起立告辞的意思。他沉默着,迟疑着,摩挲着他带来的一只破旧的黑色人造革提兜,半晌没有开口。我望着他,隐隐约约感受到在空气中似乎酝酿着什么要紧的事情。

最后,他慢吞吞地说:

"邬教授,有一样东西带给你。"

说着,他从提兜里拿出一个用绿色尼龙草捆着的纸包,放到桌上。

"这个——"

"我母亲让我亲自交给你。"

"你母亲——?"

"她叫侯玉芳。她说你们过去是老同学。"

"不错,不错。……谢谢。请你回去代我向你母亲问好!"

"我母亲已经去世了。她老人家临终前嘱咐我一定把这个纸包交到你手里。"

"……"

"邬教授,我母亲说你到我们家去过。"

"是吗?……"

"破四旧那时候。"

"哦!……"

他离开了。

我急忙打开纸包,在我眼前出现一本英文画册:*LEO TOLSTOY*!

一看见这本画册,我赶快去翻箱倒柜,寻找一件重要东西,没有找到——只找到一张旧报纸包着的几片日记残页:

国文堂上,M 老师讲《癸未去金陵日与阮光禄书》,全班为之动容。

海风社友小集。H 同学谈其家世。心窃慕之。

晨起,往海风社读英文。余以初中毕业时 W 师所赠画册转赠 H 同学。H 默然接受。

毕业前夕,全班聚餐。多人泪下。欲与 H 一谈而不得。

(高中日记)

有时在梦中,有时在伏案读书的间隙,眼前又闪动着那一双眼睛!

只怪那时候太不懂事了。

明亮、清澈、温柔的大眼睛！

你在哪里？也许，你把自己眼睛中的光辉传给了一个可爱的小女儿；也许，说不定你那秀美的眼睛早已永远闭上了……

（大学日记）

于东大街旧书铺购得《壮悔堂文集》一部，价一元整。归来摩挲翻阅，回首中学往事，百感交集。

（1964 年日记）

不知何时从炉膛灰烬中拉出来的这几片日记残页，像一根若断若续的淡淡的红线，把自己遥远的过去牵引到今天眼前。

记忆的帷幕拉回到中学时代。

我上高中的时候，和几个同学组织了一个文学团体，叫作"海风社"。——实际上，我们这些没有出过远门的内地少年，不少人连火车也没有见过，更不要说海洋。也许正因为如此，才对于海格外向往，想出了这么一个带着海洋气息的名字。然而，我们把这个文学小团体当作自己心爱的事业来办，十分认真地工作。我们每周开一次读书会，每两周出一次壁报。我们甚至还真的办起一个三十二开的铅印小杂志，经费是向老师们这个一块、那个五毛募捐起来的。杂志封面上神神气气印着两个古色古香的篆字："海风"——是请我们的国文老师写的。可惜只出了一期，因为经费无以为继和其他原因，小杂志就夭折了。

从文学史的例子来看，这种由青少年在家庭或学校里自己动手办的文学小团体和小刊物（一般是手抄的），曾经培养出俄国的普希金、别林斯基，捷克的伏契克，英国的勃朗特姊妹，等等。我国"五四"以来新文学的发展，也和当时各地青年自动组合的文学团体有密切关系。我们那个小小的海风社虽然并没有出过什么文坛知名人士，但它的种种活动却培养了我对于文学、对于历史、对于读书的浓厚兴趣。——那个时期，可以说是我一生学习和工作的"原始积累阶段"。那时候读书，就像那时候吃饭，不管粗粮、细粮、萝卜、白菜、豆腐，都吃得那么贪婪、那么痛快、那么香甜,而且吃下去之后都能消化得了,统统变成自己的血肉。

普希金提到过他小时候对于文学家的崇拜。在这一方面,我们那个小团体也不例外。可惜我们住在穷乡僻壤,跟当代名作家联系不上,年轻人一腔仰慕之忱无从排遣。幸好我们的国文老师(一位学识渊博的老先生)给我们上过几堂中国文学史课,讲了一些古代作家的籍贯生平——这就把我们对于文学家的崇拜引向了"发思古之幽情"的渠道。质言之,在我们海风社里流行着一种和历史上的作家、诗人拉"老乡"关系的文学游戏。因为,研究起来,我们这个以战乱灾荒出了名的省份,在古时候倒有不少体面的"老乡"哩!譬如说,唐朝诗人的"三李"当中,就有两个是河南人。另外,写"昔人已乘黄鹤去"的崔颢,不是"汴州人"吗?杜甫是巩县人,韩愈是河南河阳(今河南孟州南)人,也都使得我们感到"与有荣焉"。郑州在历史上虽然没有出过什么作家,但《李娃传》里那位要过饭的公子似乎是"郑人也"。从此,我们知道那"天地灵秀之气"也曾经钟集于中原,古时候的"文曲星"也曾经照临我们这块穷地方。这就大大满足了我们那天真的虚荣心。

一天,我们尊敬的国文老师在课堂上给我们讲了一篇文章,叫作《癸未去金陵日与阮光禄书》。作者侯方域写这封信时还只是一个二十多岁的书生。在国家危急存亡之秋,他出于热血青年的正义感,痛斥了误国害民的阮大铖。老师讲这一课的时候动了感情,声音提高了,脸也涨红了。我们听得很激动,对作者很佩服。

下了课,我们在自己的文学团体里议论起来,都说这篇文章写得好。尤其是其中这么几句:"士君子稍知礼义,何至甘心做贼?万一有焉,此必日暮途穷,倒行而逆施,若昔日干儿义孙之徒,计无复之,容出于此,而仆岂其人耶?"把那些权奸骂得很痛快。在抗日战争前夕,大家都反对国民党对外屈辱、对内高压的政策,痛恨那些官僚政客、贪官污吏,所以,我们这些少年人心里对侯方域的慷慨陈词很有共鸣之处。

海风社有一位女同志,白皮肤,大眼睛,性格文静,不爱说话。当大家正在七嘴八舌吵吵的时候,她一个人保持沉默,但是她大大的眼睛里闪出异样兴奋的光芒,嘴角含着微微的笑意。我们问她什么事情那样高兴?她腼腼腆腆地透露:侯方域是她的"老辈子"。我们一想:不错,她姓侯,叫侯玉芳。可是,书上说侯方域家在商丘,而这个女同学是省城人,怎么拉得上亲戚关系呢?她脸一红,说:豫东侯家是个大家族,老家在商丘,在省里也有户业。因此,她那位老辈子有时候也自称"梁园侯方域"。

看来,对于这位作家,她比我们知道的多得多。经过这一番考证,我们默认了她提供的家谱,觉得在跟文学家攀乡亲方面,谁也比不上她。因为,无论多么爱吹牛的人也不敢随便在古代作家当中去认祖宗的。从此,在我们海风社中对这个姑娘就刮目相看了。

在一般情况下,碰见一篇有血性的好文章,看看激动,想想感动,读过去也就算了,这封信的作者,明末才子侯方域,却有一位后代子孙,又是一个年轻姑娘,恰巧和我同班,还在我们这个小团体里,这就大不一样了。总而言之,我对于这个侯方域就发生了自己也说不清的强烈好奇心。学了《癸未去金陵日与阮光禄书》,我从图书馆借来一本侯方域的文选,把他那些名篇,像《李姬传》《与宁南侯书》《祭吴次尾文》等等,一口气都读了一遍。我觉得他的散文写得很带感情,很有气派,很适合年轻人的口味,对他的印象不错。以后,遇见关于他的书,总要看一看。

在搜读侯方域文章的同时,我和那位侯家姑娘也渐渐接近了。她那文静、腼腆的性格愈来愈吸引我。和她面对面接触,我觉得她那双眼睛里的瞳孔亮得像黑宝石,眼白又像了无纤尘的天空、带着一点淡淡的蓝意,显得又深邃、又纯洁。她穿的女生制服和姐姐穿的那样差不多,上身是斜襟白褂子,下身是黑裙子。白褂子看来要比姐姐那一件旧一点,但她把它浆洗得雪白、显得比新衣服还要洁净——虽然,若用更准确的语言,应该说是"更美"。不过,那时候我是一个十七八岁的懵懂少年,对于"美"这个字眼还不大懂得,即如懂得,也不敢承认。

在每个人心底里都深藏着对于某一个地方的珍贵回忆——这个地方藏在他心里最神圣的角落,不愿轻易触动。在我心灵深处也有这么一个神圣角落,那就是我们海风社的社址——一间小小的、普普通通的破草房。

每天清早,侯玉芳自己一个人到那间小草屋来念英文——这是她每天的习惯。不知怎么回事,也不知从什么时候开始,我也养成了这种习惯,每天早晨也到那里去念英文。

如果只是为了我们的英文老师，那位据说不但能把一部语法书、还把整整一部字典完全背下来的戴着宽边黑眼镜的古板老先生，我才不会那么起劲地念英文的。我把大部分时间用到读课外书方面去了，念英文、做作业都是马马虎虎的。那位英文老师上堂发还练习本的时候，常常不高兴地皱起小鼻子、扶扶眼镜框，用他那天津话责备我说："邬其仁、邬其仁哪，你看你写的那个字儿哟，哎呀！……"

　　可是，在那间小草屋里，我念英文的时候多么用心、多么下功夫啊！就叫我自己的耳朵听起来，也觉得又流畅、又好听！而且，很凑巧，念的课文又是法朗士写的一篇小说，讲一个小男孩和一个小女孩结伴走过一条小胡同，胡同里有一条恶狗，小男孩心里本是害怕的，但这天跟小女孩同路，他就尽量做一个保护妇女的勇士了。作者结论说：Without women, men would be less courageous.（世界上若无妇女，男子就不会那样勇敢。）

　　这一切，让弗洛伊德博士去解释吧。

　　两个年轻人在一间破草房里共读英文，自然是要说起话来的。这位文静腼腆的姑娘，平常少言寡语，一旦开了口，就像春天里开了冻的小河，说起话来又多、又快、又好听。我那时候人长得瘦小，女同学爱在我面前冒充"大姐姐"。她也跟我比年龄。算来算去，她似乎比我大一两个月，于是她就让我叫她"姐"。我脸红着，第一次怯生生地喊她"小侯姐"的时候，她高兴得用手绢捂住嘴笑。

　　慢慢地，她向我谈起了她的身世。这却勾起了她的哀愁。原来，尽管她的老辈子是历史上有名的人物，甚至还有先人做过大官，但是到了她父亲这一代已经非常破落。她的父亲在一个县政府里做文书，收入微薄，她上学很不容易，因为她是大姐姐，下边还有弟弟妹妹，一家人光吃饭就是问题。听到这里，我很难过，但我也帮不了她的忙，我也是个依靠家庭供给的穷学生——虽然她也并没有让我帮什么忙的意思，不过是年轻人单纯坦率，在一起说说心事罢了。

　　然而，一个年轻姑娘能够把对于别人不提的心事话，对我说出来，虽是懵懂如我，也感到这是莫大的信任。我模模糊糊意识到在我们两人之间渐渐萌发了某种尽管朦朦胧胧、却又使人从心眼里温暖起来的什么感情。为了这点朦胧的感情，我应该把自己最珍贵的东西献给她。这种心情很快发展成为一种强烈的渴望。

我想:自己到底有什么东西值得送给她呢?一床破被窝,一身旧衣服,几本破书,每个月从家里寄来一次的伙食费,此外什么也没有了——要有,就只有在初中毕业之前那位爱文学的 W 老师送给我的那本 19 世纪末出版的英文画册 *LEO TOLSTOY*。画册里印着大文豪托尔斯泰的各种相片和小说插图:"托翁"身穿白袍子躺在草地上看书;他在斗室中写作《战争与和平》;《复活》中的卡秋莎在法庭受审、一个兵端着上了刺刀的步枪在她身后监押着,卡秋莎被冤枉判刑以后回到女牢、弯下身去哭泣——她那肩头似乎正在抽动……这本精美的画册在我那可怜的小家当中无疑是最珍贵的财富。我没有地方放,只能把它压在枕头底下,每天晚上枕着它睡觉。

一天早晨,我双手捧着这本四四方方、深红硬布面的画册,送给小侯。赠送之前,我在扉页上规规矩矩写上:

玉芳学姊惠存

　　　学弟邬其仁敬赠

　　　　　　　　年　　月　　日

我用了似乎不是自己的声音,紧紧张张地说:"小侯姐,这——送给你!"

她抿嘴一笑,接受了我的赠礼。我心里想:年轻的姑娘,就像达·芬奇画中的蒙娜丽莎一样,脸上总是带着神秘的微笑,并不需要开口讲话的。

第二天,她回赠我一本夹着一片秋天枫叶的日记本。

在这以后,我接连看了好几本描写爱情的小说。我读着小说,把自己摆进去,今天想象自己是《少年维特之烦恼》里的维特,明天想象自己是《初恋》里的那个可怜的小少爷,后天又想象自己是《甲必丹女儿》里的格里涅夫准尉……同时,我开始写起少年维特那样热情而忧伤的日记。

此外还有什么事情呢?

哦,有的。还有一件小事:

有一天,我们念英文,我丢开书,望着她发愣。她说:"你为啥这样看着我?"

我鼓起了勇气,说:"一颗明珠掉在咱们这间破草房里啦!"

"在哪里,在哪里呀?"她故作惊讶,又天真、又调皮地在地面上、在桌子底下、在墙角里急急忙忙寻找:"我怎么找不到哇?"

"小侯姐,就是你呀!"我要抓她的小手。

"那可不行!"她笑着,挣脱了,走了。

"鸟儿飞喽!"我想。

我又想:见面的机会总会有的。

然而,这样的机会再也没有了。

在我们那个学校里,存在着两个禁区。即:思想"左倾"和自由恋爱。对于这两个方面,学校当局是严加防范的。他们对海风社比较注意,觉得这一批学生留着长头发、"不修边幅"、不怎么学功课、每个礼拜开会、不知干些什么?找我们一个一个谈话,看我们又是些小书呆子,不像是"图谋不轨"的样子,但又放心不得,免不了威胁一下,说什么:"你们爱好文学可以,但是共产党的话不可相信",等等。现在,不知怎么回事,我和小侯在一起念英文的事,也受到了学校的注意。

一天,训育主任叫我去谈话。这是个专干偷拆信件、检查书报的家伙,我们对他非常讨厌。他端坐在训导处的大椅子里,脸上死白、没有血色、也不带任何表情。以后,我读过一位诗人描写那些便衣警察,说他们"长着屁股似的脸"——我一看这句话,就想起我们那位训育主任的尊容。

他那薄薄的嘴唇一动一动,用一种没有抑扬顿挫的低沉的声音问道:

"你和侯玉芳是什么关系呀?"

一听到"关系"二字,我跳起来,像是被火烫了一下,脑子一震,脸也红了——我内心最圣洁的感情被这个粗俗不堪的字眼亵渎了,就像一片玉洁冰清、唤起人美好想象的雪原,突然被人野蛮地泼上一大桶脏水。我心里愤怒极了、委屈极了,但我说出的话却十分无力:

"什么'关系'? 同学关系!"

"同学关系? 天天在一起,谈些什么? 年纪轻轻,不要胡思乱想,对你自己没有好处! ……回去吧,好好学功课!"

我憋着一肚子气,回到教室,对谁也不能说,怕别人笑话。

下晚自习时,班里同学一个个离开教室。我也正要离开,忽然发现小侯站在我的课桌旁边。她扭过头去,装出一种平淡、轻松的口气,对门口的一个女同学说：

"月英，你等我一下，咱们一块儿走！"

她回过头来，对我急匆匆地低声说道：

"王主任找我谈话，不叫我跟你来往……"

"咱们在一起念念英文，有什么不对？"

"……"

门口催她：

"玉芳，快熄灯了。王主任还要点名！"

小侯匆匆离开了。

我知道，她说的这个"王主任"指的是女生管理部主任，校长的侄媳妇，但是大家传说她和她那个族叔关系暧昧，然而又偏偏是这么一个女人特别关心"男女之大防"：检查女生的信件、公布男生给女生的恋爱信，都是她的得意杰作。女生恨她、不敢吭声，男生都不客气，叫她"四眼狗"——因为这个女人为了俏皮戴了一副金丝边的眼镜。现在，这两个宝贝一齐出马：那个长着屁股脸的训育主任折磨我，这个"四眼狗"折磨小侯。

我用被角蒙住头，苦苦地想：怎么办？怎么办？……想不出好主意。

第二天清早，我去海风社，小侯不在；以后再去，还是见不到她。——海风社她很少来了。

我失去了每天早晨念英文的兴趣。

偶尔在路上相遇，她低头走过，装作没有看见。但是，我自己"心灵的眼睛"觉得看见了在她那低垂的黑发覆盖下，一双灼热的大眼睛在盯着我。

不久，我接到母亲一封来信，说她"年纪大了，身边无人照料。你也快毕业，该成家了。你二姨提了一个姑娘，相貌脾气都好。望儿回家一趟，把亲事定下，我也好放心"。

我因为小侯的事心里正在别扭。看了母亲的信，分外反感，一肚子气都出在这封信上。我回信道：

"来谕跪悉。所谕定亲之事，儿正在求学，不愿考虑。以后也可自己解决，不劳大人操心。信中说那位姑娘相貌很好，不知究竟如何好法？或则如花似玉,或则沉鱼落雁,何不请一个会写的人描写一番,儿也好猜想猜想。不然,素不相识,毫无感情,怎能与她结婚? 望大人再思。敬叩金安。"等等。

信寄出后,我以为母亲会来信把我骂一顿,可是她再也没有来信。过一阵,没有下文。我以为这件事就算完了。

不料,快放寒假时,突然接到一封电报:"母急病,速归。"我吓慌了,心想大概是我那封信把母亲气病了。一接电报,匆匆回家。

到了家,母亲笑嘻嘻地迎接我,什么病也没有。原来这是设下的圈套,哄我回家结婚的。

我自然不肯。母亲又哭又闹,躺在床上不吃饭,怎么劝也不行。

二姨到家来骂我:"不孝顺,一点不听大人的话。要是你妈有个三长两短,看你以后靠谁? 再说,人家那个姑娘脾气又好,人也长得不丑,有什么配不上你? 大人操碎了心,叫你安安生生娶上一个好媳妇,你倒不愿意! 愈上学、愈不知好歹了!"

我哭笑不得。

姐姐远在外地。哥哥自己结婚也是母亲包办的,他自然不会帮我说话。我这用《少年维特之烦恼》《初恋》《甲必丹女儿》等外国小说武装起来的头脑,碰上这种麻烦事,一下子被搅昏了。和小侯的来往,回到家里不知怎么根本说不出口。尽管书上说自由恋爱光明正大,在社会上、在家庭里它却是丢人的事。况且我和小侯的来往到底算什么呢? 我也说不清楚。总之,"洋学生"碰见老规矩,一点办法也拿不出来。最后,我糊里糊涂和一个脸色苍白、瘦瘦怯怯,像一只善良无害的小白老鼠的陌生姑娘结了婚。

婚后一周,我又回到学校。

同学们听说我结了婚,打闹着跟我开了一阵玩笑。几天过去,一切恢复原状。

这是我在高中的最后一个学期。因为快要毕业,海风社停止活动。我觉得生活很没有意思。

一天,我碰见了侯玉芳。她正要低头走过,我叫道:"小侯姐!"

她站住,没有开口。

我急切地说:"我想跟你再说说话——"

她低下头,说:"现在,还说什么?"

我难受地叫了一声:"小侯姐!"

她抬起头来,向我凄然一笑,说:"你已经是娶媳妇的人了,跟人家好好过日子吧!"

她扭头走了。

我心里揪着一块疙瘩,觉得对不起小侯姐。

毕业前夕,全班同学在一起聚餐。我想找她再说几句话,她远远躲开了。

我们就这样分了手。

毕业后,我考上北京的一所大学。不久,抗战爆发,我随学校辗转到了后方。这时候,我意识到"五四"以来就提倡婚姻自由,而自己屈服于"父母之命,媒妁之言",糊里糊涂结了婚,有愧于新时代青年的身份。于是,下决心给远在沦陷区的母亲写信,提出和包办的妻子离婚(为了她们的安全,我不提在后方上大学,只说"做小生意")。母亲管不住我,只好答应。女方开始不同意,后来又提出"离婚不离家",但终于还是走了。

这时候,我想起了小侯,打听她的下落。老同学们传说:她高中毕业回家,嫁给一个官吏,而以后似乎仍然住在娘家,家乡沦陷以后,就没有消息了。传闻异词,消息难真,但结过婚这一点大概是无疑的了。我想想高中时代来往的那些琐碎小事,虽然说不清究竟算是一种天真的友谊,还是刚刚露头的爱情,无论如何总是某种感情的幼芽吧。幼芽被践踏,总是令人惋惜的。如果那时我不是那么幼稚,也许会处理得妥善一点,避免事后的内疚。但事已如此,也没有办法了。大学毕业,我在西南某个县城教书,经别人介绍,和现在的老伴认识。她也是大学生,虽然专业不同,彼此条件倒相当,谈了一段,就结婚了。

1945年复员,我们全家来到这个大学,直到解放。解放后,虽然经过种种运动,我个人生活大体还算平静,主要活动范围不外书房、教室、图书馆、书店。

我爱在星期天逛书店,特别是旧书店。这个往昔的省城,历代曾是达官贵人、文人学士云集之地。作为文化遗存,留下来不少古董字画、线装图书。所以,逛旧书店成了我暇日消闲一大乐事。

60年代一个星期天,我在东大街一家旧书店里碰到一部木板的《壮悔堂文集》,价钱不过块而八毛,顺便买下,带回家去。翻了一下,多年以前的兴趣又复苏了。我便把文集中除了试策、奏议之外的散文细读一遍。在此以前,《桃花扇》我早已看过,中学时代学了一篇《癸未去金陵日与阮光禄书》就对侯方域片面崇拜的心情业已消失,对于李香君在政治和爱情两方面坚贞不贰的操守倒是有些敬意。现在,碰到侯方域的书,不由自主地还看一看,可以说是在原始基因已经不存在的情况下的一种"无条件反射",或者说是惯性作用吧?

客观来说,侯方域的一生也反映了明末清初一部分知识分子的命运。当时,社会动荡不安,知识分子当中的分化也很剧烈:有的在善恶矛盾和民族斗争中做了义士豪杰,有的则为新旧统治者做了鹰犬。侯方域不甘心做无耻小人,又没有勇气走他老朋友吴次尾那样坚强不屈的道路,于是,就在矛盾、苦闷中度过一生。他虽然文名甚盛,但一生当中似乎也只有在南京和阮大铖斗争那一回闪露一下光芒,其他时间就几乎全被失意的暗影所笼罩了。如果他只是一个庸才,"郁郁而终"也就完了,然而他偏偏又是一个才子。这么一来,从他那既动荡又压抑的生活经历中就产生出他那一批不算太多的散文作品,其情调则是一方面豪迈奔放,一方面又苦闷徘徊。怪不得他刚过 30 岁就白了头发、活到 37 岁就死去。——这是在动乱时代中一个脆弱的知识分子的悲剧。

……

读着《壮悔堂文集》,我禁不住怀念我高中时代的好朋友小侯,也怀念我送给她的那本英文画册 *LEO TOLSTOY*。一闭上眼睛,我又看见了小侯那一双温柔善良、凄然苦笑的大眼睛,同时,那本画册里卡秋莎受审和在牢房里哭泣的场面也在心中重现。我挂念着小侯的命运,不知她究竟流落何方? 她的丈夫到底是一个什么样的人? 她的生活是否幸福? 人在某种时候,盼望出现奇迹:时间、空间一下子全都缩短,能够看到自己所希望看到的人和事。在那个时刻,我正是如此。

当然,这是不可能的。

"文化大革命"开始,我刚进牛棚的时候,常被红卫兵押着去做示众材料。譬如说,批当权派"包庇重用牛鬼蛇神",我是例证;批"反动权威",我是"一丘之貉";批"封资修",我是活靶子;等等。这成为我每天的"政治任务"。

一天，我和其他一些"牛棚之友"又被押送出去，穿街过巷，走了很远的路，来到一条背街，进入一家宅院。这是一所浑砖到底的老式建筑，在门楣、照壁、屋檐、房脊上还保留着风格古老的种种雕刻。进去之后，映入眼帘的是小院地面上杂乱堆集的什物：书、纸本本、衣服、一堆堆的木片。猛一看，好像这户人家正在搬家。自然，在那个时候谁也不会这样误解。

　　人的神经活动是微妙的。也许因为像个犯人似的被押来押去、斗来斗去，次数一多，人就瘦了、腻了、走神了。也许因为一辈子注意图书文物的积习难改，虽在那样严酷的环境之下，一有机会仍然会不由自主地流露出来。总之，我在那个人命处在不可知状态的短短间歇，竟然还有余裕去细细观察从这家主人屋里抄出的那些破家当：看出来，这大约是一家穷读书人，只有不多几件老式的旧衣服，但旧书颇有几本，似乎还有一些抄本，说不定是某个寒微的作者生前无法出版的手稿。我感到特别好奇的是那一摞一摞、尺寸大小相同、薄薄的、长方形木板——这些板板，木料不像木料，搓板不像搓板，究竟是干什么用的？看起来上面高高低低、影影绰绰都是字迹……我猛然醒悟了：这是老年间的古书版片。那么，这家主人为什么保存这些玩意儿呢？

　　我兀自纳闷，一个高个子红卫兵从屋子里抱出来一摞线装书，往地上一摞："嘭！"书本乱了，有的书页散开。我望了一眼，那散开的书页显露在我眼前的竟是《癸未去金陵日与阮光禄书》这一行题目。"久违了，侯方域！"我心里暗想。接着，我把书页的版式、字体和地上版片的形状、大小在几秒钟之内迅速比较之后，立刻断定：这些线装书正是由地上这些版片所印出来的。而且，我还断定：这部书也就是《壮悔堂文集》。——我之所以敢于如此肯定，乃是因为我在东大街旧书店所买到的那部书正是同一个版本！

　　在我内心深处几乎是下意识进行的这一场隐蔽的小小考据活动，是在短短几分钟当中完成的。我一得出结论，紧接而来的自然冲动便是想要弯下身去，伸手抓起一本古书和一块版片，以便亲自验证一番。然而，我的身子刚刚倾斜一下，一只脚刚刚向前挪动了一点点，身后立刻发出一声吼叫："干什么？老实点！"随着话声，我后颈上挨了重重的一巴掌。

　　我悚然一惊，缩回身体，不动了，心想："再见了，侯方域！"

　　接着耳边又响起了吼叫：

"国民党县长的小老婆,滚出来!"

我怀着胆战心惊的好奇心抬起头来,只见一个文弱、苍白的小青年扶着一个老太太从屋子里走出来。这个老太太个子不高、身材利落、衣着破旧而干净。她默默走到院子当中站定,脸上毫无表情,既不惊慌、也不激动。像一般老太太一样,她的面颊和眼角都有了深深的皱纹,但她那文文静静的神气,尤其她那一双大眼睛中所流露出的凄凉无告而又平静的目光,给人留下难忘的印象,我似乎觉得有点熟悉。但我来不及细想,因为气氛接着就紧张起来。红卫兵对我们一个一个点名,好像"验明正身"似的:

"田中玉!"

"到。"

"潘顺卿!"

"到。"

"邬其仁!"

我应了一声:"有。"

点到我的名字,那个老太太似乎有点吃惊,看了我一眼,我也不由地看了她一眼,接触到她那平静而略带惊奇的目光。

然后,我们就被押出去游街。

队伍走到背街的出口,我无意中看见这条街的名字:"侯家胡同。"

"哦,这就是侯方域的故居!"

另一个念头也油然而生:"莫非那个老太太——"

一进入大街,自己的身体立刻像一片落叶飘入激流,被一种巨大而狂暴的力量所卷没了!

70 年代初,又回到城市。想起那天在侯家胡同的见闻,觉得几乎可以断定:那个老太太就是我高中时代的老同学。但是,经过了那么长的时间,彼此过得那么不顺心,而且政治运动的灾难也还没有过去,见面又说些什么呢?总得想出一个方案,在过去与现在之间搭起一个稳妥可行的便桥。

犹犹豫豫,几年时间过去了。

我安慰自己:既然住在一个城市,见面的机会总会有的。

青年时代非常简单的事,到了老年就变得复杂了。

直到 1979 年,侯玉芳的独生子以我的研究生的身份,把我在三四十年前送给他母亲的这本英文画册又送回到我的手里。

我翻阅着画册 *LEO TOLSTOY*:托尔斯泰躺在草地上看书,托尔斯泰在斗室中写作,卡秋莎在法庭受审,卡秋莎在牢房哭泣——她的肩头似乎正在抽动……这一切,又梦一般地再现了!

我急急地翻箱倒柜、寻找小侯送给我的那本夹着秋叶的日记本——它早被世事的旋风不知吹向何方。

我只能找到 1966 年烧剩下的几片日记残页。

我们系在调查研究生家庭情况当中,了解到我的老同学侯玉芳的遭遇真相:

侯玉芳的父亲是一个小知识分子,在旧社会一个县政府里当文书。侯玉芳高中毕业回家,因为贫穷,找工作又难,由她父亲作主,托人介绍给县长做私人秘书(这只是个名义)。不久,那个县长就诱骗了她,和她同居。——他在家乡有妻有子,却哄骗玉芳说他没有结过婚。

同居后,侯玉芳要求正式结婚,那个县长才说出他已有家小。玉芳痛不欲生。她的父亲(一个老实懦弱的穷书生)忍气吞声请求县长把女儿收为“二房”(妾)。县长又说:“家教甚严,父母不许纳妾。”(有些人的“家教”和道德就是这么讲的!)玉芳只能住在娘家,在屈辱中生下了一个儿子。

解放时,那个县长逃跑。

侯玉芳一直住在娘家。她父亲死后,她一人抚养独子,凄凉度日,直到解放。她本来是一个受国民党官僚所欺骗玩弄的可怜妇女,却落下一个“国民党小老婆”的恶名,定为“反属”,列入“四类分子”,受街道管制。她找不到正式工作,只能靠打零工的微薄收入过活。她的儿子自然也是在屈辱、压抑中长大的。

三中全会以后,给她平了反,但她已去世几年了。

我打开那本 *LEO TOLSTOY* 画册,翻到《复活》插图:卡秋莎在女牢中悲痛地弯下身去——她那肩头由于啜泣而抽动着……

我抬起头来,向空中喃喃叫道:

"小侯姐！……"

三、余波

我们的小女儿婷婷遭受那次打击以后，病了一场。我们老两口提心吊胆地照看她，就像她五岁那年突然遭到肺炎的猛烈袭击时一样——那时候，我们什么事也无心去做，一天到晚守在她的小床边，用一种虔诚而无助的目光呆呆盯住她那烧得通红的小脸、她那紧闭的眼皮、她那垂落在小枕头上的汗津津的、细细的头发，注视着她鼻翼的每一下翕动。每当她小小的身体抽动一下，口里发出一声微弱的呻吟，我们的心就像被一根曲柄拧紧、紧得就要滴血！谢天谢地，后来她总算转危为安了。我老伴伏下身去，不停地亲着她那可怜的小脸，庆贺女儿死而复生。我望着老伴那神经质的样子，也禁不住发出苦笑。

这一回，靠着她年轻的生命力，女儿又渡过了一关——她的病好了。但是，经过这场磨难，她从外形到内心都起了很大变化。病后，人显得黄皮寡瘦，原来烫成新奇花样的头发剪短了，简简单单束成两把小刷子。过去常和她嘻嘻哈哈玩在一起的好朋友，除了一两个，不知为什么都不来了。她常常一个人坐在那里发怔。每当这样，老伴就去陪伴她，母女进行悄悄的密谈。

我这个当爸爸的本来也应该跟女儿好好谈一谈的，可是，我想了想，没有开口。我觉得，在这种时候再去批评女儿幼稚，未免冷酷；用自己的处世教条去絮絮叨叨劝说她，也是迂腐；用空空洞洞的甜言蜜语去安慰她，更是无用。这时候，只有暂时保持一种同情而明达的沉默，让孩子自己去细细咀嚼生活的滋味，内心经历一番别人无法代替的痛苦思考，得出应有的人生教训。

我儿子明明的态度和我不约而同，他在家里对这件事也是一字不提，但我从他那铁青的脸色和执拗的沉默之中看出他憋着一股子气。我老伴告诉我：明明说他曾去"找那个小子算账"，但是那个小贾不知什么时候已经从学校里消失了——这种人自然不会待在学校里等着吃耳光的。对于他，在大学"进修"不过是一个幌子，在这里玩足玩够了，再换个地方还可以玩儿。

在相当一段时间内，我们家里好像霜打过的田野——一派冷清、肃杀之气。

我们老两口失去了往日那种饭后茶余聊家常的心绪。他们兄妹之间也没有了往日那种半真半假的戏谑的斗嘴——那能给平静、枯燥的家庭生活增添欢乐的活气，犹如一部冗长、沉闷的交响乐中响起几声清新活泼的牧童短笛。日子在沉默的压力下度过。

夜深人静，儿女各自睡下。我和老伴暗暗谈起这个不愉快的话题：灾难怎么会降临到我们这个与世无争的读书人家？

老伴抱怨说："谈恋爱，谈恋爱，哪能成几年只管谈下去？谈到一定时候，就得结婚。要是早一点——"

我打断她的话："糊涂！按你说，倒怪咱没有早点儿把女儿嫁给他！"

老伴害怕地碰碰我："你小声点儿！"

我气愤地咕哝着："宁可死，也不能叫他把咱婷婷骗到他家去！"这时，我"心灵的眼睛"几乎可以清楚看到如果女儿真的和他结婚肯定会出现的结果：过一两年七上八下的日子，婷婷蓬头散发、脸色憔悴地又回到我们身边——成为一个可怜的弃妇，我们老两口晚年愁苦的根源！

老伴打断我的思路："你说，到底是怎么回事？"

"……玩世不恭，不讲道德……"我心烦意乱地思索着，不知怎么蹦出了一句："电影里男女追逐的慢镜头太多了！"

"就这个呀？"老伴鄙夷地说，"哼，您太圣明啦！"

谈话中断。我们各自想自己的心事——直到进入梦乡。

不定什么时候，那个高干子弟面孔又闪现在我眼前。从他那满不在乎的微笑中我读出了这样的嘲弄："老家伙，你奈我何？"

我也真奈不了他的"何"。道德规范只能约束老实人，对于狡猾的人是没有约束力的。只有等他触犯刑律，法律才能治他。——然而，到那时候，好人已经被他害死过了。

时光像流水，无声地洗涤着人的心灵，使得痛苦化为忧郁，忧郁化为沉思，沉思转入宁静。当我看到女儿的情绪渐渐稳定，就乘机劝她把心思转到读书上来。对于婷婷来说，科学书是啃不动的，历史书又太古板，只有文学书才对她相宜。所以，我劝她把文学和外语重新拾起来。这是很必要的，因为她再过一年多就要大学毕业了。

我欣慰地看到：女儿那束着两把小刷子的头深深埋在书本之中。文学，过去对于她来说不过是印得略大一号的小人书，现在变成了抚慰她精神创伤的膏油。有时，我听见她念着英文诗歌：

"Don't tell me in mournful numbers
Life is but an empty dream…"
（切莫用悲伤的诗句向我抱怨
人生不过是空幻的梦境……）

这种"琅琅书声"，我听起来十分悦耳。

我的研究生侯难生（老同学的儿子）不断在我家出现。这个年轻人很懂事：如果来问问题，说话简单扼要，问完就走，绝不刺刺不休；如果前来借书，必先考虑非我常用、心爱之书方才开口，而且很快归还、并无污损。看出来，这是个老实青年——可惜小时候条件太苦，个子虽不算低，但人长得文弱、苍白，眼神也不怎么好，戴着近视眼镜。从他这样不幸的家庭和社会底层奋斗出来的青年，有他自己的特点：表面看，他貌不惊人，少言寡语，和别人在一起从不突出自己，自甘于寂寞的角落。但是，多次接触，会感到在他的默默努力之中，暗含着一种用自己的正当劳动争取自己的正当生存和发展权利的精神力量。文史哲方面的书，他读过不少，外文阅读能力也可以，但正如其他外语自修生一样，发音不怎么好。不过，一个没有毕业的高中生，街道工厂的临时工，能够考上研究生，也就难为他了。为了获得这些知识，他不知吃过多少苦头。"人生于忧患，死于安乐。"这样的人，至少比那些在"蜜罐子"里长大的青年更懂得时间的可贵。他没有关系、没有门路，要生活、要学习，只有依靠自己的双手和大脑——他的意志和能力也就这样锻炼出来了。自然，要说他现在就已经有了什么成就，那还谈不到。他的志愿是成为一个外国文学教师或研究人员。

婷婷的外语学得不踏实：女孩儿家口齿清楚、发音好，但读书能力不行——她过去太贪玩，功课只求勉强及格，能够叽里呱啦说几句嘴皮上的应酬话，就自以为满足。结果，知识面窄，没有完完整整读过任何一本书，一有困难就找我。其实，有些所谓"困难"，自己查查字典、再想一想，就解决了。可是她就不肯耐心查查字典、动动脑筋。等我解答了她的问题，她又说："懂了，懂了！原来就是这么个意思呀？"——懂了！为什么不肯自己下下功夫？下回遇着什么鸡毛蒜皮的问题，又慌慌张张来问，问得我好不耐烦！因为，我没有那么多时间去为她一点一点补习那些 ABC 性质的基本常识。

一天，我正在工作，婷婷又来问这问那。我批评她学习不刻苦，她噘着嘴、不高兴。

恰好，侯难生来了，站在旁边，他几句话解决了她的问题。从此，我得到了启发，把辅导女儿学习的担子推给了他。

到底是年轻人和年轻人容易接近。他们约好时间，每星期在一起学习。难生像个大哥哥似的帮助婷婷，婷婷也开始认真用功。房间里不时传来婷婷读英文的清脆的声音和难生向她娓娓解说的声音。

女儿消瘦的面颊渐渐露出笑影，家里响起了她小声哼唱的歌声。

女儿情绪好转，老伴也高兴了。

年轻的生命是值得赞美的。一棵小树，纵然暂时被狂风摧折，一旦扶起，它那旺盛的汁液仍会滋养它重新挺拔生长！

有时候，当我瞥见他们两人并坐学习的背影，不由想起三四十年前我和小侯在海风文艺社的破草房里共读英文的情景。难道人生真的走着循环不已的轨道吗？我的女儿和我老同学的儿子在今天的处境为什么与我自己的少年时代那样相似？

难道婷婷和难生……可能吗？

对于这件事，下结论尚早。女儿自己想法如何？老伴会不会同意？对她，我并未详谈自己的这段往事，只说难生是"一个老同学的儿子"。——这倒不是因为我有什么不可告人的事必须隐瞒，而是因为我不知道如何说明几十年来这一连串曲曲折折琐事的前因后果。生活有它自己的航道。让年轻人自己去接近、了解、决定吧。对于他们，我只怀着善良愿望，为他们的幸福前途祝福，希望他们不要重犯老一代由于糊涂、懦弱而犯过的错误！

随想断片（尾声）

右手麻痹——垂暮之年的信号。

用婷婷的话说，我现在是"夕阳非常好，但是到黄昏"了。——她跟着侯难生零零星星学了几句古文诗词，爱在我面前照猫画虎乱用，也不管对不对。

我觉得自己像一个没有完全烧尽的煤块，还有一点余烬。这点余烬，我愿为人民燃完。——虽然，所谓"燃完"，不过是再给学生上几节课，再写一两篇青年人最怕看的所谓"论文"，或者再对青年教师谈上一两次平凡至极的"教学经验"。不过，我本来就是一个平凡的老教员，我也只能做这些平凡的小事。

环顾自己的"小窝"，我感到基本满意：我和老伴总算基本上做到了和和气气、"百年偕老"。——"基本上"这个状语很有意思，它可以把一些不甚愉快的枝节体体面面地遮掩起来。

我们的子女呢——老大、老二早已独立，可以完全不必再为他们操心。小儿子明明呢——自从他在刊物上接二连三发表文章，他已经成为这里一些文学青年的"人物头儿"。他们把他捧为"近年来新出现的优秀青年作者"。不断有这个那个小青年找他谈"创作经验"，他忙得很。其实，据我看，除了他下乡看了几年电磨、乱看了一批小说，他能有什么"经验"？不过，他现在翅膀硬了，不能再用半揶揄的口气跟他说话了。虽然，这位"优秀青年作者"对自己的婚姻大事到现在仍然"按兵不动"，不知其意云何？——"儿大不由爹"，只得随他去了。对于以上三位公民，我可以听任他们"展翅高飞"了。我感到差堪自慰的是我们老两口没有给儿女们留下狡猾刁钻的脾气——他们的性格是属于老诚善良的类型，只要不过于轻信，想来在人生的长途上或许不致有太大的蹉跌。只有小女儿婷婷，为了自己的幼稚和轻信付出了代价。不过，事情过去了。而且，不付"学费"的功课是没有的。好在她总算有侯难生这个老实青年为她辅导学习、帮她走过这段艰难的道路。只要她能安安生生大学毕业,稳稳当当走上工作岗位,将来有一个可靠的伴侣,我们也就可以放心。算一算,她已经二十四五了,即如为了女孩儿家的自尊心,说得含糊一点,周岁也二十三四了。这就是说,连我们的小女儿也长大成人了。难道父母能像老母鸡一样,把儿女永远保护在自己的翅膀底下吗?

按我们国家通常的说法,"快去见马克思了!"

据回忆录,马克思每见生客,必先严加考查甄别——包括思想、知识和外国语。我很担心,不知他老人家可肯收容我? 因为我的一生虽极为平凡、所受的影响却甚为驳杂。解放前,我受的是资产阶级教育——并不彻底;解放后,我受的是马列主义教育——也不彻底,虽然,在正式场合我宣称自己是信仰马克思主义的。

在我的老同学当中,有革命烈士,有目前地位不低的领导干部——人家叫他"首长",也有国民党的官吏——跑到台湾去了,当然也有革命的落荒者以及穷困潦倒的寒士。在他们当中,我是一个平平无奇的中流人物。

我不能算是一个有学问的人:并非生于积学之家,缺乏家学渊源,也无一定的师承,读书只是随环境的影响、个人的兴趣,抓住什么看什么。借用《红楼梦》里某女士批评某男士的一句话,我一辈子"杂学旁搜"、浅尝辄止。所以,在哪一方面我也没有登堂入室。

多年以来,因为教学需要加上个人爱好,我在阅读方面自揄为"文不读托、莎二翁以下,心常在'浪漫''现实'之间"。但我毕竟是一个老中国人,而一个老中国人的灵魂深处总有一个孔夫子的牌位——口头上承认不承认,都是一样。

我父亲是一个土地主、破产的商人,他不读书,而且去世很早,所以,我从小并没有像小和尚念经一样哼唱那些《论语》《孟子》《大学》《中庸》。我能够记住几句古文,还是高中时代那位教过我们中国文学史的老先生给我启的蒙。

可敬的老师告诉我们:在先秦诸子中,老子最超脱,主张"清静无为,恬淡寡欲";墨子最无私,主张"兼爱""摩顶放踵以利天下";杨朱是一个自私的怪人,"拔一毛以利天下而不为";孔子折中诸家,主张中庸、调和。譬如说,书店里正卖着一本平时难得买到的好书:老子不理不睬地走过去了,因为他"不贵难得之货";杨朱呢,一旦把书抓到自己手里,就当作"枕中之秘",把知识垄断起来,不让别人知道;墨子是大好人,自己掏腰包把书全部买去,再"骑上自行车"一本一本送给别人;孔子呢,既不大公无私,也不绝顶自私——他买一本书自己看,如果好,就把消息告诉别人,让他自己去买。

我不知道我们老师的这一篇"诸子概论"究竟根据哪个学派的传授。我只说,如果老师的讲解不差,那么我是私淑儒家的学说的。道家太玄了,世上哪有清静的桃源之乡?人既活着,世上的诱惑太多了,想做到"恬淡寡欲"也办不到。做杨朱那样的人,自私得太露骨,难免要遭非议。做墨子那样的人,虽则可敬,但太苦、太难了。还是儒家的中庸之道,比较起来最为切实可行。就我自己来说,思想深处的儒家哲学并不是从读《论语》《孟子》当中学到,而是在几十年生活中自然然积累起来的。虽然这也不必向别人明说。

《贵族之家》里拉甫列茨基的父亲青年时代是一个时髦的法国派、卢梭的信徒,但到了晚年成为一个地地道道的斯拉夫主义者。

旧中国的留学生,在国外西装革履、洋气十足,回国以后还是要换上礼帽、长袍、马褂——因为这样舒服。

中国人年纪一大,灵魂里的孔孟之道迟早总会露头。

这是中国这块土地的"地心吸力"所发生的作用。

我可以在课堂上谈论什么文艺复兴、启蒙运动、浪漫主义(前期的、中期的、末流等等)、批判现实主义、革命现实主义,甚至畅谈国家富强康乐之道、现代化的美好前景,驰骋自己"老天真"的幻想。可是一到实际生活当中,我就成了世界上最无能的人。不要说社会改革这样的大事,就是对于课程提出一点小小的革新倡议,我说的话就没有人听,好像是对西北风说的一样。生活沿着老的轨道转圈子,我也只好跟着转圈子。"王老五夜思千条路,早上起来照样磨豆腐。"

统战部召开的老知识分子座谈会上,气氛是十分客气、愉快的。可是你在学校里办任何一件小事,不管是工作上也好、生活上也好,你总会像脑袋碰在墙壁上一样清清楚楚感觉到那冷冰冰的老问题:学校里的主要劳动者——教师是处于一个软弱无力的地位。

想来想去，这种局面是以往的政治运动造成的。一搞运动，知识分子就是"专政"对象。所以，"文化大革命"当中把大学变成兵营非常容易，那时候连我这"老家伙"也学会见了"班长"就立正。那样的办学方法，已经被事实否定了。但是，"左"的影响有时候仍还是一种无形的、千丝万缕的限制，像蜘蛛网一样，处处牵掣着你、阻挠着你，使你步履维艰、劳而无功，把你的热情和劲头一点一点消磨，使得你像格利佛在小人国里一样被无数根极其细小而又极其坚牢的绳索捆绑着手脚，听任一股莫名其妙的力量把你拉到哪里算哪里。

园丁，园丁。"园丁"在校园里是最没有权利的。

有些老实的通信人和来访者不知内情，叫我"教授"长、"教授"短，好像"教授"多么了不起似的。

我心想：什么是教授？在家里，老伴唠唠叨叨的耐心听众，女儿胡搅蛮缠的百依百顺的"好爸爸"，儿子眼里"斯亦不足畏也矣"的落后老头儿；在街上，小青年的嘲笑对象，扒手的光顾目标；在学校里，过去，政治运动的当然对象，现在，玩弄权术的"官长"手下的"老绵羊"。——把这些"个人特点"加在一起，就是你们可敬的"教授"！

人老了，自我控制力差了。心里存不住话，不觉地向儿子叨叨了几句。

明明冷不丁地说：

"大学需要改革！"

"什么？"我吃了一惊。

"改革！官僚主义，不正之风，大学的体制，都得改革！"

好大的口气！惊天动地的事，在他嘴里一说，就像闹着玩儿一样。我问：

"改革？你知道，改革意味着什么吗？"

"意味着'四化'早点来。仰着脸等着天上掉饺子，现代化能来吗？"

现在年轻人说话就会带这个冷嘲味儿。我也生气了：

"意味着——鲁迅的书，你大概也读过吧？你听听鲁迅是怎么说的！"我从书架上找出一本《鲁迅全集》，翻开，念道：

"'老先生们保存现状，连在黑屋子开一个窗也不肯，还有种种不可开的理由，但倘有人要连屋顶也掀掉它，他这才魂飞魄散，设法调解，折中之后，许开一个窗,但总在伺机想把它塞起来。'——怎么样?"

"鲁迅毕竟还是主张要开窗子的!"

"鲁迅在另外一个地方还说过:猴子们都住在树上的时候,倘有一只猴子要从树上下来,并且用两条腿走路,他的爬行的同类是要把它咬死的!"

"如果猴子不从树上下来,学会用两条腿走路,人类只好永远住在树上!"

争论以后,我心里很烦,许多现实矛盾在头脑里翻搅:一方面,我们这所作风陈旧的大学里有些事情真需要改一改、革一革;可是学过一点历史的人都知道,在中国,任何一项社会改革都会引起什么样的连锁反应;还有,一方面那些思想守旧的"官长"总想使学校和国家永远停留在以往"左"的轨道上,不愿有任何的革新;而有些小青年又跑得太远了,他们毫不掩饰地向往资本主义国家,特别是美国。——可是,美国那样的社会,流行的是 Nobody cares for nobody.(谁也不关心谁。)那未免太可怕了。所以,我夹在革新和守旧之间,左支右绌,十分难受。

也许,我老了,头脑里的条条框框太多,又习惯于安定舒适的生活,恐怕我只能做恩格斯说过的文艺复兴时代的那种"书斋里的庸人"。——这也是无可奈何的。

"他们爱呢——又害羞,对着偶像磕头。"

人年纪一大,恐怕是容易保守的。记得上中学时,我们有一位总务主任,一个圆胖脸、高个子的老头儿。据说,他是"五四"的老将,参加过火烧赵家楼、捉拿曹汝霖的义举。每年"五四",学校都请他讲演一回这一段光荣史。可是,平常日子他不过是个随波逐流的老头儿。开游艺晚会,他坐到台上摇晃着很富态的身体、闭着眼睛,手掌打着板眼,唱"杨正辉坐宫院自思自叹"。后来,终于被学生发现账目不清楚,有和校长通同作弊贪污之嫌,把他包围在办公室里。屋子里边,学生代表向他质问;屋子外边,学生群众喊打。——当年的学潮健将变成学潮对象了。

这也是几十年以前的事了。

人生这本没字的书,要比白纸印上黑字的书难念得多。会念白纸黑字的人不一定读得懂生活这本没字的书。有人胡子白了,对这本书还没有念懂;有人呢,年轻轻的,一下子就懂了。

"自己背着因袭的重担,肩住了黑暗的闸门,放他们到宽阔光明的地方去;此后幸福地度日,合理地做人。"

那些只知道留长头发、穿喇叭裤、哼哼唧唧唱着港台歌曲的小青年,且不去说他。我寄希望于青年一代中的佼佼者——各个领域中敢于开辟祖国"四化"道路的革新者,那些怀抱着远大理想的"清醒的现实主义者"。

(1983 年 4 月初稿,1984 年 12 月修改)

说明:这是一篇小说,外景、地名有所假借,人物、情节纯属虚构。特此说明。作者识。

老牛行状

小　序

为便于青年读者了解起见，特对题目中"行状"二字加以解释。所谓"行状"也者，乃是在往日当为一个死者举行葬礼之前，向各方亲友散发的一种帖子，记述死者一生的事迹，以志哀思的。"五四"以来的文学作品中，鲁迅先生的《阿Q正传》曾一用之。另外，诗人徐志摩翻译的一篇小说的题目中也用过，叫作《巴克妈妈的行状》，写的是一位英国穷苦老太太的一生。

一、老牛其人

老牛是我们这所中学的一个小职员。往年，他每天坐在教务处一张桌子旁边抄写报表，或者用粉笔往教务处门口的一块小黑板上写开会通知。有时候，老传达病了，老牛还要替他打打钟——说是打钟，实际上不过是拿一把小斧锤敲击那挂在院子里一棵大槐树上，不知何年、何月、何地、被何人捡来的一段破铁轨，而全校几百名学生和教师就按照这段破铁轨所发出的"嘡嘡"响声上课、下课、放学、回家。

老牛是个初师毕业生，大号叫牛顺兴，并无任何别名——这是有案可查的。档案上还有一张他刚从师范毕业时的照片。从照片上看来，他曾经是一个老实、纯朴的青年，固然面相有点愣头愣脑，但也总还有点朝气，在眉宇之间不无可爱之处。可以想象：在那时候，他碰见妇女、老人拉架子车上坡，总会自动去帮一帮车；遇见小孩子要饭，只要口袋里有一分钱，他总会掏出来塞到那伸出的小手里；在街上看见有人吵架，总要站在旁边看个谁是谁非，有时候忍不住还要帮助受欺负的那一方说句公道话。总而言之,他曾经是一个单纯的、有热情、有棱角的年轻人。据说,他刚到这个学校(那时还是一所完小)甚至还教过课,他曾经站在讲台上,面对着端端正正坐在教室里、瞪着一双双虎灵灵的大眼睛的男女学生说古道今、侃侃而谈,当过所谓"小孩王"。然而,这都是遥远过去的往事了,现在谁也说不清了。大家只能记得:老牛曾经是教务处一个个子不高、又黑又瘦、少言寡语、谨小慎微的小职员。一位数学老师,按照他那爱用统计数字来概括事物特征的职业习惯,曾经说过:老牛一辈子除了衬在里边的小裤褂以外,只穿过三种颜色的衣服:灰、黑、蓝。其实,严格地说,穿灰布衣服仅仅是老牛"风华正茂"即青年时代的事。刚刚过了 30 岁,他就觉得灰色的衣服穿在自己身上颜色有点太鲜亮、有点轻飘飘、不那么庄重、跟自己的年岁不那么相称。因此,他给自己规定:穿衣以蓝黑二色为限,而将灰色从自己的服色中排除。他原来穿过的灰制服——那套象征着他曾经年轻过、曾经像别的小伙子那样无忧无虑过日子、甩手甩脚走路的、穿得发白的破灰布制服,就交给老伴牛嫂处理,说清楚点就是:把它撕成碎片,或做小孩的尿布,或打成革褙化为一家大小的鞋帮、鞋底。

老牛一家五口,每月工资 36 元 5 角。像一切靠低工资过活的人那样,他每月过着"从手到口"的日子。但老牛花钱仔细却是出了名的。他每天一下班就回家,从不在学校食堂吃饭。只有遇到一种情况才是例外,那就是有了什么大运动,领导下了死命令:全体教职员一律在学校集中吃住。这时候,他才不得不在学校搭伙。在这种情况下,别的老师们为了弥补在运动中想问题、绞尽脑汁造成的身体亏损,总要比平常提高一点伙食标准,吃得好一点,即如生活费一时出现"赤字",也只好等过了运动以后再想法填补。然而,老牛却是恰恰相反:愈到运动紧张,就愈是他勒紧腰带、厉行节约的时候。每逢在学校食堂吃饭,他就给自己规定:除主食而外,一天菜金以一角为度,早饭菜金二分,午饭菜金五分,晚饭菜金不得超过三分;如果凑巧晚饭是汤面条,则菜金一项可以豁免。每晚结账,倘若当天菜金少于一角,老牛就把这当作一项小小的胜利而暗自高兴一番。

不幸的是,老牛这种节衣缩食的宏图常常碰到阻力——阻力主要来自炊事员老周。老周生着两道浓眉毛、一脸络腮胡,有一手做饭的好手艺,但由于终年在灶头烟熏火燎,养成了一点小脾气。伙员们为了他那可口的饭菜,对他那不定什么时候发作出来的脾气甘心情愿地容忍着。周师傅一片热心搞好伙食，这和老牛的节约计划碰到一块儿，不免发生矛盾，特别是在中午——这往往是周师傅大显本领的时候。这时，伙员们排成一字长蛇阵，老周嘴里叼着烟卷儿，一手掂着黑亮的炒勺，一手按着锅盖，马上就要亮出自己的杰作——就像诗人摆出了优雅的姿态正要开口朗诵他那得意的诗篇，艺术家正要揭开覆盖着作品的雪白的亚麻布、展示他那美丽的雕像的时候，老周怎么也没有想到：第一个把碗端过来的却是以省吃俭用出名的老牛！为了少费口舌，老周先把价钱撂明："炖羊肉，一份两毛！"

老牛已经把碗端了出来，后退不得，只得硬着头皮说："我来半份儿！"

老周的浓眉毛动了一动，说："不卖半份儿！"

"周师傅，我不爱吃肉。你随便给。给多给少，我没意见！"

老周要发脾气："后边儿！"

有人替老牛说好话："周师傅，给他打吧。老牛是出名的仔细人……"

也有人向周师傅呼吁："大家学习了整整一上午，肚子早就咕咕叫了！"

老周只好捏着鼻子给老牛盛了半份炖羊肉，同时发出警告："下回不卖半份儿！"

"下回再说下回的事……"老牛嘟嘟哝哝地说。要知道，他心里还憋着委屈哩。因为，在他那节衣缩食的大计划里还套着一个小计划：原来他那顶从一解放就戴起的旧干部帽早已被牛嫂撕掉打了革褙，他还想从一冬天的伙食费里再省出9毛5分钱买一顶新帽子。不料，他这个小计划还没有露头就被周师傅冲垮了，就像一辆破架子车撞上了一辆威风凛凛的坦克似的。

这样节衣缩食的结果，老牛永远都是那样又黑、又干、又瘦，永远穿着牛嫂为他裁制的上黑下蓝或者上蓝下黑的制服。而在牛嫂的缝纫艺术原则中，又是省钱第一、结实第二、美观第三。而且，哪怕一件新衣服，一穿在老牛身上，总是显得有点泡泡囊囊、不那么伸展。他走在街上，如果有人眼光偶尔落在他的身上，大概会认为他是一个勤杂工或者一个拉架子车的单干户吧。

关于老牛的"风采"，我再提示一点：当和别人说话的时候，他那黑瘦的脸上常常带着一种谦卑的微笑，同时嘴里发出一种低低的干笑声："嘿嘿！……"好像他为了自己的存在、自己的一切，向对方表示衷心的歉意。

二、牛嫂

老牛一家五口:他,牛嫂,加上两个男孩和一个女孩。

老牛的结婚很简单:解放前,他初师一毕业,就被父母叫回家跟从小订下的未婚妻结了婚。那时候的新派青年,遇到这种事总要有所反抗。但老牛既没有大哭大闹,也没有离家出走,更没有寻死觅活,而是遵照"父母之命,媒妁之言"的古老制度,从此"过起了一家人的生活"。而且,当他年龄大了,见的事情多了,听说不少关于自由恋爱的风波,他还暗自庆幸:当自己百事不知的时候,被父母"揪着耳朵"跟一个陌生女人结了婚,糊里糊涂绕过了那么一个危险的暗礁。

不过,牛嫂尽管一个大字不识,倒真是一个勤快的家庭妇女。她一天到晚、一年到头总是在家里忙着——她做饭,忙了上顿忙下顿;洗衣服,洗了一盆又一盆;缝衣服,做了单衣做棉衣,忙了小孩的又忙大人的,从来不知道什么是闲着。对于她来说,一边纳鞋底一边跟老街坊说说闲话,就算是"业余文娱活动"了。家里三个孩子,也是牛嫂管的时候居多。不过,她管小孩的办法有点糊涂。他们老大是个老实疙瘩,老二却是个小调皮鬼。有时候,弟兄俩一齐跑来告状,牛嫂正低头洗衣服、忙得头昏,把一只手擦干,本想不分原告、被告,各打一巴掌了事。但老二那张小嘴"叭叭叭"先说出一大片理由,牛嫂的心不觉软了下来;然而,老大哼哼哧哧老半天,也说不出个"小鸡叨米",牛嫂听得好不耐烦,那抬起的巴掌也就打到老大身上。老大挨了打,一急,再说句什么不知轻重的话,还得再挨一两下,这才带着一肚子说不清的理由,跑到外边去"呜呜呜"地哭。由此可见,牛嫂算不得什么"明察秋毫"的清官。不过,她认为小孩子家"狗鼻子猫脸""又哭又笑——两眼挤尿",挨了打,哭一阵,"嚎丧"一阵,就又自己去玩了。因此,她向来不把家里这种"冤假错案"当作一回事。至于那个还不懂事的小三妞,对于这些争吵,照例是笑嘻嘻地站在一边看热闹。——反正她是爸爸妈妈的心尖子,家里闹翻天,也不会打到她的头上。

牛嫂从小没有上过学。解放以来,她不断拿上正纳着的鞋底去参加街道学习会,但她总是低头纳鞋底的时候多,抬头听人家读报或发言的时候少。所以,她那学习也是隔三差五、丢东落西,勉强记住的几个政治名词,叫她用起来总是缠夹不清:譬如说,人家念着"形而上学",她听成了"小孩儿上学";人家说"反对形而上学",她就大惊小怪地问:"反对小孩儿上学,让他们在家闹人,那行吗?"人家提到一本书,名字叫作《哥达纲领批判》,她却自言自语发感慨:"又要批判小刚他哥哩!"这么一来,牛嫂的学习效果也就可想而知了。叫她发言,她说:"俺没文化,你们说吧。说啥俺都同意。"遇到非表态不可的会,她也总是说:"俺在旧社会就老老实实,俺在新社会还是老老实实!"领导小组会的是初中生王平。王平的妈妈是街干,本该她主持会议的,可是她公务繁忙,就让女儿"代拆代行"了。因此,王平在这一群婆婆妈妈当中就成了人物头儿。王平听牛嫂那么说,反驳道:"哎呀,牛婶,新社会是新社会,旧社会是旧社会,你怎么搅混一起呀?"可牛嫂就像那些固执的老实人一样,还是那一句:"不管新社会、旧社会,反正俺都是老老实实当老百姓!"这时候,恰好老牛在场。他赔着笑脸替牛嫂解围:"平,她是妇道人家,不懂个啥,你别跟她一般见识。"王平最听不得"妇道人家"这种词儿,马上抗议:"哎呀,什么叫'妇道人家'呀?"老牛发觉自己说漏了嘴,只好"嘿嘿嘿……"笑着。王平说:"你这个人脑瓜真是——"说了半句,也不好意思再说下去了。

尽管如此,牛嫂的这句话还是很起作用。因为,街坊邻居人老几辈都知道:解放前,牛嫂的父亲担挑卖菜,她母亲捡破烂儿,她自己从小帮助她妈妈拾掇破布打革褙;解放后,她当家庭妇女,还是拾掇破布打革褙,真是一身清白,挑不出任何毛病。所以,再大的政治运动,牛嫂凭她那一句话(姑且定名为"新旧社会都老实"论吧),都平平安安过去了。

三、老牛"干预生活"

老牛每天早上班、晚下班、一老本等地工作,靠着他那 36 块 5 一个月的工资,加上牛嫂洗洗补补、针头线脑的收入,勉强维持一家人低水平的生活。解放前,他父亲是个小职员,家庭出身没啥问题。他自己上学时集体加入过三青团,一解放就交代了,政治上没有欠账。像成千上万的中国老百姓那样,他安分守己地活着,没有任何非分的想头——直到 1957 年。

1957年夏天，"大鸣大放"的时候，学校的张书记兼校长大会号召、小会动员教职员给领导提意见。据一位教语文的高老师后来形象地打比方，那时候张校长很像一位电工拿着电笔这里试试、那里试试，检查看看哪根线上走火。50年代党风尚正、人心尚淳、物价尚稳、法网稍疏、言路较宽、文禁亦不如后来之苛，所以还有人敢说话。有的人本来就爱"放炮"，不用说了；有的人对个别领导或个别党员有意见，平时没有机会提，现在一听动员、跃跃欲试，再也憋不住了；还有一些心地单纯、政治上幼稚的小青年，慨然以扫清官僚主义为己任，领导叫提意见就提意见，毫无戒备之心；当然，也有人历史上有点问题，受过"肃反"审查，感到过分，心里委屈。鸣放中一动员，这些人"纷纷出笼"，学校里在政治学习时间不时传出慷慨陈词的声音，校园里贴出了不少大字报：有批评领导官僚主义的，有诉说自己受到过火的审查是冤枉的，也有人在"肃反"中挨了打、认为违犯宪法的。这当中还夹杂有几幅漫画、几首打油诗、讽刺诗，给这场鸣放加油、加醋、加辣椒。

　　教务处郑主任是一位30来岁的精明人，他非常和气地动员处里的职员提意见。团员小吴坐在旁边作记录，还打了一瓶开水，以便有人发言时润润喉咙。然而，发言者寥寥。因为，一来处里人本来不多，除了郑主任和小吴，只剩下老牛、老钱和老孙。二来职员不像教员们那样书生意气、容易激动、爱说爱写。排课表的老钱是个上了岁数的旧职员，平时就不苟言笑、城府很深。他在旧社会衙门里养成了两个习惯：一个是由于常年在办公室里泡，学会了喝茶；另一个是凡事看上司眼色行事、听上司口气说话。这两条，他在旧社会百试百灵，到了新社会照样搬用。鸣放中，他不知从哪里得到了天启，当别人喷沫四溅、慷慨发言，或者往墙上刷大字报的时候，他却从这种异乎寻常的民主泛滥中隐隐约约嗅到了一点不祥的气味。经过深思熟虑，他采取了以下措施：每天上班时，他给自己泡好一大茶缸浓浓的酽茶；开会的时候，不管别人叽叽什么，他除了一口又一口地品茶，只是眯缝着眼睛、似睁似闭、给它一个不开口。这时候，好像他的语言神经、语言器官、语言能力统统都不存在了。而他的两片厚嘴唇紧紧关闭，像是把嘴里的语言洪流闸住、上了锁、再浇上铁水焊死，谁也别想叫他把这道闸门打开。

　　负责收集教学情况的老孙也是个旧职员，自从"肃反"中受了一次审查，就成了"惊弓之鸟"。他当然不想找事,因此不管领导怎么动员,他也不开口。

老牛做人没有练到像老钱那样"心如古井"的地步,也不像老孙那样一天到晚战战兢兢。但他也没有发言。这是因为:一、老牛不是演说家、而是个拙于言词的人。二、他牢牢遵守着"不为福首,不为祸先"的古训,凡事绝不当"第一个",别人还没有发言,自己为啥要去抢先逞那个能? 三、也可以说,他有点自私。他小小心心做事、紧紧张张过活,这已经耗去他全部气力,哪还有多少心思去管国家大事? 总之,老牛绝不想去当什么"鸣放积极分子"。

然而,郑主任着了急:别的学习组都鸣放得沸沸扬扬、热闹非凡,教务处还是冷锅清灶、"水波不兴"。郑主任每天晚上检查开会记录本,除了开头两天记着"坚决拥护双百方针",或者"完全赞成开展大鸣大放"之类简明有力的表态词句以外,以后竟然完全是一片"白板"。这样一来,他在会场上勉强撑持的笑容渐渐换成了一副疲倦、失望的表情。这倒不是因为他没有听到群众的"宝贵意见"而"恍然若有所失",而是因为他没有完成上级交给的任务。

老牛回家吃晚饭的时候,顺便对牛嫂提了一句:

"领导叫大家鸣放——也就是提意见……"

"吃罢饭,你去挑两挑水。缸里没水了!"牛嫂是彻底的现实主义者。

"这是帮助党整风……"

"咱不管风不风。啥时候,咱都老老实实当咱的老百姓!"牛嫂坚持着她从10岁到40岁,积30年打革褙、纳鞋底、浆洗、缝补、做饭、管小孩之经验而总结出的人生哲学,毫不动摇。

老牛吃罢饭,往缸里把水挑满。

晚上,牛嫂一个本家二哥从乡下往城里拉菜,到老牛家投宿。夏天好办:牛嫂在院子里铺了一张破席,老牛跟二哥并躺着聊了几句闲话。那些年,人说话不像后来那样小心,一开口就得说"莺歌燕舞"。那位二哥又是个不识字的老农民,想到哪儿说到哪儿,谈起乡下的情况,发了几句怨言。说完,他就打呼噜。老牛累了一天,也呼呼睡了。第二天,吃罢早饭,二哥拉起架子车回家,老牛自去上班。

郑主任为了打开教务处的冷清局面,把张校长搬来了。这么一来,小组里两个领导加上一个骨干一起发动处里的三个职员——比例是三对三。

开始讨论之前，郑主任把"知无不言，言无不尽，言者无罪，闻者足戒"的16字真经念了一遍又一遍，然后又掰开揉碎加以阐明，恳求大家一定要"竹筒倒豆子"——把意见统统提出来，保证不打击报复、不给小鞋穿。

张校长在旁边插话说："向党提意见，这是爱护党、跟党一条心的表现嘛，啊？语文组的高老师，就是那个高个子、大嗓门、胖胖的高老师，大家都认识吧？他这些天表现得很好嘛！又写大字报，又积极发言，真是大鸣！大放！过火一点也不要紧。大家可以向他学习嘛！"

张校长说这一派话的时候，郑主任赶快看看他部下那三员大将的脸色，观察他们表情如何。老钱的脸就像木雕泥塑，看不出一丝喜怒哀乐、七情六欲的表示。老孙一见主任瞅他，吓得赶快低头，恨不得找个地缝躲进去。老牛本来也可以闭上嘴巴一声不响，或者如牛嫂后来埋怨他时说的那样："你不说话，也不会有人把你当哑巴卖了！"然而，不幸的是他具有那些愚蠢的老实人都有的两点坏毛病，即：轻信和心软。他听得两位领导说得如此苦口婆心、恳切动人，看到他们为了发动群众提几条意见竟然作了那么大的难，他心里真是感动极了、同情极了。他一激动就口吃起来："我、我——"

张校长提醒郑主任："老牛同志恐怕是有话要说吧？"

郑主任立即坐到老牛旁边，鼓励道：

"老牛，说吧！"又对小吴小声嘱咐：

"倒杯水来！"

一杯开水端到老牛面前了。

受到这样的待遇，老牛真有点诚惶诚恐。他想："要是再不提意见，可就太'那个'了！"然而，提什么呢？他愈急愈想不起来该说点什么。他说："我实在——"

郑主任一面给他打扇子、一面和气地安慰他："别急，老牛，慢慢说！"同时给小吴丢个眼色。小吴立刻把笔记本打开、把钢笔帽拧下来，做好洗耳恭听、认真记录的准备。

老牛在慌不择路之际，忽然想起昨天晚上那位乡下二哥的一番话，问道：

"乡下的事，可以提吗？"

"可以，可以，当然可以。"看来，这时候只要老牛开口，什么条件都可以答应他。

"那,我就提一条:有些农民对统购统销有意见,说是统得太死——"

虽然会场上没有录音机,小吴的笔头三画两画,这句话就记下来了。

"好,好,很好。竹筒倒豆子——你把要说的话统统说出来!"郑主任兴奋起来。

老牛搜索枯肠,又蹦出了一句:

"领导上是不是熟悉点业务……"

小吴又记下来了。

"对,对,说下去!"

老牛实在作难了。他木呆呆地承认:

"没有了!"

"没有了?"郑主任有点失望。

"先提这两条,也很好嘛!"张校长很体谅老牛的难处。

"行,行,以后想起来再提——多多益善。"郑主任不知为了什么竟高兴地跟老牛握握手。在这一刹那,老钱向老牛瞥了一眼。这道眼光一闪即逝,谁也说不清它表示的到底是怜悯还是幸灾乐祸。

张校长站起身,走了。郑主任、小吴也跟着出去。

一天的学习结束,剩下的人各自走散。老牛像往常一样回家。

四、后果自负

《圣经》上说:"有的时候要把石头丢掉,有的时候又要把它们捡起。"

过了几天,老牛去上班的时候,觉得处里的空气有点不大一样。有事去请示郑主任,郑主任脸上好像挂了一层霜,说的话像刀子切的一样,"鸣放"会上的笑容再也看不见了。小吴几天没露面,不知干什么去了。老钱态度不冷不热,脸上似笑非笑,说话哼哼哈哈。最奇怪的是老孙:老牛正要开口跟他打招呼,他却连忙用一只手捂着脸,两眼露出恐怖的神色,慌慌张张躲闪,好像碰见了鬼一样。这一切叫老牛心里纳闷、摸不着头脑,但又无法可想,只得照常做自己的事。

一天下午,老牛来到教务处,只见办公室里椅子全搬光了,心里正在奇怪,却见小吴站在面前。小吴说:

"老牛,叫你去开会!"

老牛向小吴看了一眼,只见他嘴角上好像挂着一丝摸不透的微笑。老牛呆呆地跟他走到一个大教室,门口大开着,向门里扫了一眼,屋里已经黑压压坐满了人。老牛硬着头皮走进去,一抬头就看见后墙上贴着一条横幅大标语:

"右派分子牛顺兴必须老实交代、低头认罪!"

老牛的头"嗡"地一下,像是挨了重重的一击——这一下打得很陡、很猛、没躲没闪、正打在顶门上,只觉得天旋地转。他又觉得好像是一下子反了胃,肚子里的酸甜苦辣全都要呕吐出来。他似乎看见郑主任摆了一下手,然后自己木呆呆地被小吴领到一个位子上坐下。

批判斗争开始了。

经过了"七斗八斗",头脑清醒过来以后,老牛的第一个直觉是:一场大祸躲不过去了! 第二个直觉是:"唉,我犯了什么罪了!"《圣经》里有"原罪"之说——人生下来就有罪:有罪的肉体,有罪的灵魂。从戏曲里看,中国老百姓一进衙门,第一个动作是跪下磕头,第一句话就是"有罪不敢抬头"——可见中国老百姓的犯罪感是与生俱来的。对于老牛来说,张校长、郑主任领着一屋子人来批判自己,这就是自己犯罪的铁证。要不然,为啥不批判别人?

但是,老牛再问自己到底犯了什么罪呢,脑子里可就乱糟糟、想不清楚了。他心里想说:"领导号召鸣放,没人开口。我看领导作难,才提了两条意见……"可是,到了这种时候、这种地方,你还好意思说这个吗? 人家现在批判你的是什么"恶意攻击""猖狂进攻",你倒想得轻松——"提意见"! 然而,真要承认自己犯了那样血淋淋的大罪吧——"凭良心说,真是没有。"正像一切愚蠢的老实人一样,老牛在最后拿出来保护自己的盾牌却是那个不堪一击的"良心"。如果人人都讲"良心",世界上就不会有那么多的谎言和欺骗、灾难与不幸了。

"不承认,这一关肯定过不去……承认了,也许会好一点……不认罪,成了反革命——那更厉害,唉! ……"老牛这样东一搭西一搭胡思乱想着。到最后一次批判会上,当郑主任叫他表态的时候,他疲惫而麻木地说:"我犯了罪,我低头认罪。"——在中国,老百姓对于自己的生死大事,往往处理得糊里糊涂、马马虎虎。这也不独老牛为然。

老牛认罪之后,刚开始受批判时那种极端惊恐、极端紧张的心情消失了,他稍稍松了一口气。

让他喘一口气也好，因为一连串的事情接着就要来了。

首先，处里的表格不让老牛抄了，而由老孙代替他。往小黑板上写开会通知，现在是小吴的事；而且小吴有时一边写一边扭过头来大有含意地看一眼老牛。等周围没人的时候，老牛偷偷看看小黑板，只见上面除了写着和平常一样的开会通知以外，还加上一条带括弧的条件状语："'右派'分子不得参加"。老牛看见这几个字，觉得脸上像是挨了一个耳光。至于打钟——这是向全校师生员工发号施令，更不能交给他了。总而言之，老牛被"解除处内外一切职务"，成了"化外之民"。现在，他来到办公室，没人理睬他，没人需要他，他失去了安身立命之地。他痛苦了，他向小吴叫道："小吴同志！"

"谁跟你是'同志'？"小吴狠狠瞪他一眼。

老牛，像是又挨了一耳光，沉默了。

类似的小事还多。譬如说，在路上走，碰见了一个熟人，说话不好，不说话也不好，经过一刹那难堪的思想斗争，终于还是把头一低，各自走过两便。再有，在公共场合，遇到什么高兴的事，当大家都笑的时候，自己笑也不好，不笑也不好，最后一想，还是保持沉默为好。这一切都是在默默之中进行，表面上不留任何痕迹，然而却在老牛心上刻下了一条一条伤痕。千百件这样的日常小事，一次又一次压迫着老牛的痛苦神经，像有一条无形的鞭子不断打在他的心灵上。老的伤口还没有平复，新的伤口又浸出血来——直到无数的鞭痕在他心灵上造成一层硬茧一样的东西，神经麻木不仁了，人像动物一样驯服了，终于安于他应该安心的处境。

过了很多天，小吴把老牛叫到一间小屋子里，拿出两张结论材料。老牛呆呆地看了一遍，写上自己的名字，还用右食指沾了红印油，在小吴指定的地方盖了一个指印，然后往自己裤腿上擦掉指头上残余的印油。老牛的案定了，罪状是："恶毒攻击党的农村政策，攻击社会主义道路"，以及"向党猖狂进攻，与说'外行不能领导内行'的'右派'分子一个鼻孔出气"；处分是："划为反党反社会主义的资产阶级'右派'分子，降级降薪，监督劳动"。

现在，老牛发愁的是如何向老婆说了。原来，这件事他一直瞒着牛嫂，模模糊糊以为即如自己在鸣放中说了两句"狂话"，批判一通也许就会过去。但现在

"右派"既已划定,那就不能不向家里说。他想:"我自己犯了罪,自己倒霉、受罪、活该!可是人家是城市贫民,跟我大半辈子,没享过一天福,倒受我连累当了个'右派'老婆,真亏!"想到此处,老牛不觉流下泪来。当晚,他慢吞吞地发话:

"小妞她娘,往后我得去劳动了……"

"劳动?那有啥?咱不是见天劳动吗?"对于牛嫂来说,劳动和生活是同义语。

老牛狠一狠心,把话说明:

"我划了右派了!"

牛嫂一怔,忙问:

"你犯了啥罪啦?"

"我啥罪也没犯。咱二哥那天来,说了几句闲话。领导叫我提意见,我就把他说的话提了一下……"

牛嫂迟疑了一阵,抱怨道:

"下力人骂个空,啥事没有。为啥倒霉事都叫你们这些念书人摊上了?"

老牛说不清——他心里也是又糊涂、又痛苦、又不敢说。

"我那天就给你说:咱啥时候都老老实实当老百姓。可你偏要穷叨叨!"牛嫂继续埋怨。从文化程度来说,老牛刚刚沾上个小知识分子的边,可是当知识分子的味道他也开始尝到了。

"因和尚恨及袈裟",牛嫂恨上了书:

"看书咧!学习咧!不念书,也落不了一个右派!现在倒好,你划了右派,一家人跟着你丢人,以后见人都得头朝下了!念书,念书,念那书干啥?"牛嫂说着说着,从桌上抓起一本书,"刺啦"一下撕成两半儿——这是老大的课本,可怜老大以后只好带着这两半本书上学了。

文化保护家说:撕书是不对的——完全正确。可是牛嫂是在气头上呀。况且,一有什么风吹草动,知识分子和书总是首当其冲要倒霉的——这是一条规律,也不独"牛嫂撕书事件"如此。

我们原谅牛嫂发脾气,还有一个原因:她现在面临一个重要的抉择,那就是:老牛划了"右派",她是不是要跟他"划清界限"——离婚呢?

原来,在我们这个拥有古老历史传统的国度里,一个人在政治上的升降浮沉决定着他的爱情、婚姻、家庭的巩固或破裂。所以,有些时髦妇女结婚如同做生意入股。一当丈夫地位不稳，她要赔掉老本，那就立刻"退股"、散伙。对于这种女人，外国叫作"la belle dame sans merci"（无情美人）。

不过，"患得患失"，总得有个条件：先要有所得、有所失，才能"患"。在旧社会，上层妇女有机会攀龙附凤，这才对政界升沉格外敏感，犹如商贩之注意行情一样。下层妇女求生之不暇，要攀高枝一无资本、二无条件，也就死心塌地安于贫贱。从旧戏里可以看出：固然有的女人一见男人遭祸就"阵前招亲"、另觅新欢；同时也有另一种女人，当丈夫吃了冤枉官司，手提竹篮、带上儿女去探监，甚至还有赶到法场去"大祭桩"，以表夫妻情义的。

像牛嫂这样的粗人，一辈子注定只有做一个终年劳累的家庭妇女，用她的话说："俺过去见天儿打革褙，现在还是见天儿打革褙。"她根本没有想过自己还会有一天以"牛夫人"的身份出国考察、观光，或者参加什么宴会。所以，她脑子里的"道道儿"也不像有的时髦妇女那么多。况且老夫老妻半辈子，儿女一大群了，这个婚怎么个离法儿？离了，三个孩子谁管？交给老牛——他管不了；留给牛嫂——她养不活。好也罢，歹也罢，这一家人就是这样了。

更现实的倒是经济问题。那天晚饭后，老实头老大和调皮鬼老二又像往日一样，为了占小方桌做作业而争吵、哭闹，小三妞还是像平常那样在一边嘻嘻嘻傻笑。但是，等他们都睡下以后，老牛两口在15支光的昏黄灯泡下小声商量了很久、很久。现在，好像他们住了多年的这间房子的屋顶突然塌陷了，他们需要从这天上掉下来的灾难中挣扎着活出去。老牛划了"右派"，那本来就微薄的工资又降了一级，以后可怎么养活这一家五口人？——这是他们最焦心的问题。"贫贱夫妻百事哀。"老牛不过是个小知识分子，牛嫂又是个粗人。但他们现在一下子陷入这么艰难的处境，即如感觉再迟钝、神经再麻木，他们也知道今后的日子一定不会好过。他们安排着未来生活计划的时候，心里带着一肚子哀愁，然而说话的声调却是低低的、平静的，就像任何一家夫妻在夜晚计算当天的花销和明天的用度那样。这是因为他们知道：再艰难的日子也得自己挣扎着去过，着急无用，更不会有人可怜你。

这一切都是因为老牛在"鸣放"会上说了那两句"狂话"而引起的。"后果自负"这短短四个字所包含的巨大威慑力量，只有亲身感受过的人才能体会得到。

五、"脱胎换骨"之一

老牛精神上带着"七斗八斗"的鞭痕,脸上带着麻木不仁的神情,心里怀着非常矛盾的思想,走上了"脱胎换骨"的苦难历程。

被划了"右派"以后,有一段时间,老牛仍然留在学校里参加政治学习。对这一点,老牛感到有点受宠若惊,认为这是领导对自己的"特殊照顾",甚至还因此产生了某种侥幸心理。他幻想自己也许在暗中受到了领导的"宽大处理",而自己所经历的从批斗直到签字、盖手印这一套繁杂的手续,都仅仅是领导为了"教育"自己才苦心孤诣地想出来的;只要自己接受了"教育",老实检查了,"右派"问题也就不存在了。想到此处,他立刻写了一个思想汇报,感激领导"还让自己这个对党犯下严重罪行的人留在人民队伍中学习"。然而,汇报交给小吴以后,毫无反响,领导上并无"殊堪嘉许"的表示。原来,让老牛还暂时留在学校,不过是郑主任想出来的一个高招——这样安排,可以在政治讨论中树立一个供大家批判的"活靶子"。每当老牛心旷神怡地享受着"人民内部"的政治权利,专心致志倾听别人发言的时候,不定什么时候在那发言中突然提到他的尊姓大名,并且在他姓名之前毫不含糊地冠以"右派分子"的头衔。每当这种时刻,老牛就像受到电光石火猛然一击似的浑身觉得毛骨悚然,使他从好梦中惊醒,明白自己的身份仍然不过是一个政治上不受保护的人,一个"不可接触的贱民"。例如,有一天,老牛在会上听老孙发言:老孙且痛且悔地进行自我批评,检讨自己在鸣放中思想上的动摇。但在发言中他忽然瞥见老牛也在那里呆头呆脑地听得入神。对此,老孙这个平常胆小怕事的人也不禁大为生气了。他立刻把话头一转、情绪激昂地把老牛批了一通,意思是说自己之所以犯了错误,乃是受了老牛这个"右派分子"的"侵蚀"和"俘虏"。老牛这时候的心情,就像一个被打倒在地的人,随便什么人高兴的时候可以跳到他身上蹦三蹦,不高兴了可以照他身上踢三脚。

这种零敲碎打的袭击,一点也不比专场批判好受。对于专场批判,可以大包揽,反正把一切倒霉事都算在自己账上也就是了——那就好像遇见排炮从头顶上打过去,赶快低下头、把身子弯下来甚至趴在地上,也就躲过去了。但不知何时袭来的冷枪点发,可就猝不及防、没躲没闪。总之,万炮齐轰也好,冷枪点发也好,老牛终于不得不面对这么一个冷冰冰的现实:"右派"划定了。

这时候,他心里油然产生了一种委屈情绪。当一个人倒了霉,失去了一切安慰,身外的世界就像被轧路机轧过的空地,每一棵寄托着希望的小草都被压死在泥土里,这时候就只剩下委屈情绪还能起一点自我怜悯、自我安慰的作用——如同一个人受了伤而又没有药膏可以涂搽,就只好用自己的唾液来涂抹一下那流血的伤口。老牛的那个老实头大儿子每当错挨了妈妈的打,总是先大叫、后哭喊以表示冤屈;打过了,也哭过了,就躲在一个什么角落里独自断断续续地数落、自怨自艾,肩膀抽动着,鼻子里哼咛着,埋怨着世界的不公平,可怜着自己的无辜被打。到了最后,什么动静也没有了,似乎陷入一种哲学家沉思冥想的状态,然后他就完全平静下去了——这就是委屈情绪的作用。它是弱者的最后一根精神支柱。

不过,老牛这种战战兢兢、仅藏于心的委屈情绪也很快就平息下去了——这要多亏那"一天等于二十年"的形势。

1958 年年底,这个学校的师生为了学习"大跃进"的形势,到郊区一个生产队劳动。老牛也跟着去了——带他去是为了就地改造,不老实了可以当场批斗。他们在那里吃着掺糠的红薯叶团团、拉了一个星期的犁耙,然后参加了一次关于农村形势的辩论会。引起这场辩论的是这个村子的生产队长,因为他说:根据本村多沙、常旱的特点,小麦的一般收成是一百多斤;如果科学种田,能打二三百斤就算不错,最多四百斤也就"到顶"了;而别人说的什么一亩地能打三四千斤小麦,根本办不到,是吹牛。这一下子可就冒犯了那种号称"人有多大胆,地有多大产"的"跃进哲学"。大队支书说:"那就辩论辩论吧!"于是,就开了一连串的"辩论会"。

会场设在队里的饲养室里。老牛怀着一种战战兢兢的好奇心跟着别人去了。他尽量找一个不引人注意的角落坐下。晚饭后,人陆陆续续到齐。那个生产队长也被带进来,站在汽灯底下。老牛看那个人有 30 多岁,但长得老相、一脸皱纹、又黑又瘦,上身穿一件对襟小黑袄,下身穿的是打了补丁的棉裤,赤巴脚穿了一双单鞋,头上则按照当地农民的习惯扎着一块蓝印花土布手巾——总之,完全是一个普普通通的农民。

辩论会开始,主持会场的大队支书叫他先发言。他把自己的观点小声重述一遍。于是,积极分子一个接一个抢着质问他:"你说一亩地打不了三千斤,为什么到处都放了'卫星'?"被辩论的人小声说:"别处的事我不知道。""那么,报上的消息、号外都是说瞎话吗?你说!""我说不了……"这时大队支书点了一句:"大家听听,他连党报都不相信了。"质问的声音猛然高涨起来:"你不相信党报,相信谁?相信蒋介石,相信右派、反革命?""说!说!说!"这时,质问的人群把生产队长包围起来,你把他推过来、我把他推过去,像打排球似的,而且还有人嘴里不干不净地骂着,顺便朝他头上扇一巴掌,把他头上的蓝印花手巾也打掉了。推推搡搡很快发展成为拳打脚踢,被辩论的人终于倒在地上,拉起来又是拳打脚踢。如此循环往复,直到辩论会无法收场的时候,大队支书才慢腾腾作结论:"大家停停吧。你看(这是对那个队长说的),这就是群众对你们这些右倾脑袋瓜的答复。何去何从,你自己想想吧!"

那个被打倒在地的生产队长站起来,拍拍身上的土,走了,神色还相当平静——大概他对于这种中国式的"辩论"经历得多了,觉得人生天地之间总是难免要让人家这样"辩论"来、"辩论"去的,因此也就"安之若素""甘之如饴"了。

然而,老牛可吓坏了。他在会场上,心里一直念叨着:"哎呀,老天爷,快结束吧!对人家生产队长还这样'辩论',要是对我——还不定'辩论'成个啥样子哩!……哎呀,可不敢再胡思乱想了,还是认了吧!"

这比什么"和风细雨"都灵,老牛吓得再也不敢有什么委屈情绪了。

更幸运的是,回城里以后老牛听了一个"理论家"的报告,这才真正解决了他的思想问题。

这个"理论家"是大人物,当然不可能到这个小城市来。他在某大城市做了一个报告,这个小城市的教育局长想办法弄到了报告的录音,组织大家收听。老牛也沾光听到了。报告很长很长,从上午到下午整整要听八个钟头。老牛听过之后,别的内容都忘记了,但牢牢记住了其中的一句话,而这句话乃是整个报告的精义所在。这句话就是:"社会主义革命,就是革知识分子的命。"——对这句话,教育局长又加以注解,说:"大家要想通,要甘拜下风,不然就要犯错误、划右派!""理论家"这个论断和教育局长的注解虽不见于任何革命经典,但在当时以至于以后相当长一段时间却是屡试不爽的真理。别人对此如何贯彻暂且不论,老牛听了以后就像得到了上帝的启示一样,每当自己有了什么委屈心情,只要一默念"社会主义革命就是革知识分子的命"这句真言,心里就豁然开朗、精神上进入了一个"乐天知命"的境界。老牛思想一通,文路也为之大开。他一天一汇报、一周一检查、月月有小结、年年有总结。这时候,监管人员才感到老牛写的检查材料的分量和重量。

1957年反右斗争以后,报纸上发表一位诗人的检讨文章。当时南斯拉夫一家报纸评论此事,称之为"诗人的忏悔"。的确,那时的中国,不仅是诗人、作家、艺术家、教师、教授,也包括全体知识分子,似乎都进入了一个漫长的"忏悔时代":交代、检查等表示"忏悔"的文字材料大大膨胀起来。老牛所写的材料也丰富了这个时代的"文学遗产"。当我们今天有机会翻看老牛这些作品,会发现不少贯穿着"时代精神"的奇文:作者那种不惜"往自己身上开刀、再往伤口上搽盐"的献身精神实在令人惊叹——他不但把自己的思想言行全部连皮带肉挖了出来,而且由于"勇当革命对象"的精神所鼓舞,把自己的父母、兄弟、老丈人、小舅子的陈年琐事全都"一锅端"揭发出来,甚至连牛嫂的"新旧社会都老实"论也没有放过,真正做到了"六亲不认"。他这种自我糟践的精神直追韩文公的名言:"臣罪当诛兮天王圣明。"

人真是奇妙之极。当他捞不到"清白无辜"的荣誉桂冠时,他就通过"忏悔"这个下水道拼命往"罪孽深重"的阴沟里爬。而且,更奇妙的是,这样也能得到某种精神上的满足甚至自豪。因此,在外国,教徒为自己有罪的肉体、有罪的灵魂而向上帝忏悔时,能够捶胸顿足、痛哭流涕,所使用的语言有时竟能达到了诗歌艺术的高度。在中国,阿Q只要能够得到自轻自贱的"天下第一",就洋洋得意、飘飘然,全不管那"天下第一"的实际内容到底是什么。

六、"脱胎换骨"之二

包括老牛在内的被划为"右派"的教职员终于都被集中起来监督劳动。

一开始,他们可以说是非常幸福,因为派来监督他们劳动的第一任领导并非别人,而是伙房的周师傅。周师傅尽管长着浓眉毛、络腮胡,有点叫人望而生畏,其实一离开对他那脾气产生显著作用的灶火,他倒是一个软心肠的人。不知道是出自他那善良的本性，还是因为这些人原来都是熟人，多年来"低头不见抬头见"，现在他们虽然倒了霉，还不好意思一下子翻脸不认。总之，周师傅没有训斥他们、没有难为他们，只是"精兵简政"地给他们派派活，也就是说，先叫他们自己选一个头儿（自然选上了那个精力旺盛、爱说爱动的高老师），然后交给他们一辆大马车，让他们自己每天去郊区拉沙子——这是翻修食堂要用的。周师傅的这种安排实在使老牛他们感激涕零。因为，现在他们怕见别人，别人也讨厌见到他们，而一旦拉着车子上路，随即"人我两忘"、摆脱了学校里的一切纷扰。

驾辕的还是那个高老师。真如常言说的："时势造英雄。"这时候才发现这位高、大、胖的语文老师，不但嗓门大、爱"放炮"，套在车上还是一匹出色的辕马。几乎一吨重的大马车，驾在他那宽宽的肩膀上简直又稳当又轻省。他一边驾着辕、一边还对自己吆喝着："嘚儿！喔、喔……吁！"又矮又瘦的老牛在他一边拉着帮套，紧跟紧赶，真有点疲于奔命。

每天吃罢早饭，8 点钟集合，拉着空车上路——一半人跳上车去压重量，另一半人轻轻松松地拉车。车拉到一个打麦场边停下，方便的方便，休息的休息。然后，一口气拉到目的地——近郊一个小村外的沙窝里。车上的人跳下来，大家操起铁锹，七手八脚往车上装沙。车装满了，老高驾起辕试试轻重。这可要卖力气拉了。车来到一个十字街口，正是午饭时间。于是各人按照自己的经济能力，有的买稀饭、油条，有的买包子、胡辣汤，真是人人口味各有不同。老牛总是静悄悄一个人走到一个小茶摊坐下来，花两分钱买一碗用干苹果叶煮成的大碗茶（据卖茶的老汉说这苹果叶喝起来色味俱佳、比真茶叶还要好），掏出用旧手绢包着的一块花卷馍——这就是他的午餐。等他们把车拉回学校，天差不多下午 5 点钟左右。卸了沙子、还了车，各自回家、洗脸、吃饭，天天如此。他们兴致蛮好，在拉车的休息时间还围着老高，听他天上地下地吹牛——对此，老高幽默地称之为"御前会议"。

然而，这种"田园牧歌"般的生活，一到沙土拉得够用，也就中断了。接着监督他们劳动的换成了学生。学生有种种。有的学生勤奋好学，监督"右派"时不忘带上一本书。"右派"劳动，他坐在一边安详地读书。这样"无为而治"——当然很好。有的学生态度认真，要亲眼看一看"右派"分子的劳动情况，谁不卖力气就当场给以批评。这样也很好——赏罚分明。有的学生警惕性高，生怕有人捣乱破坏，不停地来往巡查。这尽管使得正在干活的人凭空觉得"如在其上，如在其下"，精神有点紧张，但只要大家"规规矩矩，不乱说乱动"，总归也不会出什么事情。最叫老牛他们手足无措的却是两种学生：一种是俗话所谓"属西北风的"——脾气一会儿一个样。他一会儿耐不住闲看别人劳动的单调乏味，出于年轻人爱动好玩的本性，忍不住拿这些"又算老师，又不算老师"的"右派"分子开开玩笑；一会儿又猛然醒悟立场问题之严重性，认识到这样"混淆敌我矛盾"的玩笑万万开不得，为了纠缠，立刻又把老牛他们劈头劈脑骂一通。这时候老牛觉得自己好像变成了掂在一个小孩儿手里的一只猫——当他高兴的时候把自己头朝下打提溜；而当他一旦不高兴，就用火烧自己的尾巴。更可怕的是那种"有仇报仇，有冤报冤"的学生。有一天，老牛去劳动，吃惊地发现前来监督他们的竟是一个被他得罪过的学生——原来这个学生年龄较大、功课不好、接连留级，曾有一门功课不及格，找老牛想办法帮他改改分数，理由是："对你们老师，分数算什么？又不能吃又不能喝！你在教务处，这点忙还帮不了？"老牛不肯——这就结下了仇。不料现在"狭路相逢"了。这天，老牛干活加倍努力、言行格外小心。然而，那个学生在总结当天劳动情况时仍然把老牛狠狠剋了一顿，老牛一口气也不敢吭。但这还只是"杀威棒"，厉害的还在后头。第二天，任务是抬土。土方活本来就重，干了一天，老牛累得腿都拉不动了。好容易挨到下班时间，那个学生把别人全都放走，单单把老牛和另外一个棒劳力留下"扫尾"。他轻松地对老牛说："你们卖点劲儿，再抬两筐，就下工！"老牛只得拼出最后一点力气干活。在若明若暗的暮色中，他们苦撑苦干，抬了两筐、又两筐、又两筐……那个监工的学生就是不说下班。直到天色黑透，眼前的路一点也看不清了，那个学生才懒洋洋地说："回去吧，明天好好干！"老牛一瘸一拐地回家，倒在床上，两条腿好像断了一样地疼，从此跛了好多天。

老牛他们劳动的第三阶段拖的时间很长。这时候，学校把他们集合到郊外的校办农场集中吃住，派了保卫科一个干部专管监督他们劳动。这个干部不到40岁年纪，个子不高，脾气却很坏。他参加工作时间早，但不知何故连个科长也没有提上，心里有牢骚，爱喝杯闷酒以解心烦。现在领导叫他来管"右派"，是出于"非常之事须用非常之人"的意图。但这实在是一种又辛苦、又麻烦、又难显出成绩的差事,就像古时候押送犯人充军发配的差官那样。这个干部憋了一肚子气,每当借酒浇愁,想来想去,结论是:妨碍自己提升的就是眼前这些"右派"。于是这些改造对象在农场两三年没有少挨骂,也没有少挨巴掌和拳头。打人骂人当然是一种坏毛病。然而,这位干部既然心有怨气,而这些"右派"挨骂不能还口、挨打不能还手,况且自己又喝醉了——那么,发生一些类似普希金在《郭洛亨诺村纪事》中说的农奴"因天气不好被打"的事,又有什么奇怪呢? 也只有在这个时候,老牛他们才真正尝到了"改造"的滋味。他们回顾起在周师傅领导下拉大车的日子,无限怀念,就好像陶渊明先生向往着那"葛天氏""无怀氏"的时代似的。

然而,老牛的劳动态度却是无懈可击的。不管谁来监督,也不管有没有人来监督,他真做到了"当着领导和背着领导一个样",总是把全部力气都用到当天的劳动上,下工时精疲力竭,只有靠着一夜的自然恢复,第二天才能再有力气上工。挖沟、抬土、拉砖、炼钢、种菜、拾粪、赶大车、管厕所等等,什么脏活、重活他没有干过? 而且,再严厉的监督人员也不能说他干活不卖力气,顶多看他说话太少,怀疑他"居心难料",对他暗暗留意,但也始终没有发现他有什么不轨之处。

这一批划了"右派"的教职员现在完全脱离了"拉大车"时代的那种雍容揖让、悠闲自在的生活了。终年不断的沉重劳动,监管人员的呵斥和打骂,恶劣的饭食,失去了人的尊严和人与人之间正常的交往,"摘帽"的希望之渺茫,改造对象之间因为一点点小事就爆发的毒骂和恶斗,终于把这些人"改造"得和《格列佛游记》里说的"牙虎"差不多了。特别到了夏天,他们裸露着身体在旷野干活,一个个晒得像是黑人,身上只留下一片小裤头遮盖着凡是脱离了原始群的人类都要遮盖的那一部分。偶有路人走过,远远望见地里这样的一群人,仿佛觉得回到那"率土之滨,莫非王臣"的古老时代——那时候在田野上常见到一个工头拿着皮鞭监督奴隶劳动的景象。

不过,这时正是一个不平常的年代。不要说老牛他们这些"右派",就是属于"人民内部"的正儿八经的好人,也都被一阵旋风卷进了那富有时代特征的"伟大的疯狂"里。就拿我们这个学校来说吧,事情的变化就叫人脑筋来不及转圈儿:今天,为了炼钢,校园中被称为"八景之一"——悬挂着老牛敲过的破铁轨的那棵大槐树被砍倒当作劈柴烧掉;明天,要收缴一切金属器皿用作炼钢原料,一位过单身生活的老教师眼睁睁看着他做饭用的一座精致的煤气炉子被扔进了"小土炉";后天,在校园里又要种"八八试验田",也就是说,要在 8 分地面上撒下 80 斤麦种、收获 8000 斤小麦。这时候,人人都觉得思想赶不上这种不可思议的形势,然而人人都拼命地赶。这是一个需要离奇的空想、也产生离奇的空想的时代。时代的风云人物是那些比托马斯·莫尔还要敢于空想的"乌托邦主义者"。

　　一年冬末,张校长灵机一动,号召全校师生过一个"革命化的新年",把学校大门外的大操场改造成稻田。于是,从元旦到春节,学校里"男女老少齐上阵"了。但不幸的是,原来修建操场的那些工程师、体育老师和工人实在过于认真,不但在运动场的表面满满灌浇了一层柏油,而且还在下边厚厚地垫上一层夯得结结实实的砖块和炉渣。这么一来,改造稻田的工程就弄得非常艰巨:用铁锹去挖,把铁锹别断了;用洋镐去筑,只能把那结实的柏油地面筑成坑坑洼洼的"麻子"。这时,张校长提出了惊天动地的口号:"眼熬烂,摸着干! 腿跑断,爬着干! 大干、快干、拼命干,誓把操场变良田!"于是,群众再鼓干劲,运动场被挖得东一个沥青块的小山,西一个炉渣、砖块堆,出现了好多大坑。然而,这时才发现:要把这些坑里的无数大大小小的碎砖和炉渣全用铁锹挖个干净,却是根本办不到的。而这也就决定了这些大坑绝不能用来插秧、种稻。要按普通老百姓的常识来判断,这可实实在在没法了。

　　但领导是会"绝处逢生"的。张校长对着愁眉苦脸向他汇报的施工人员说:"不能种稻就不种嘛,改成养鱼池不也很好嘛!"干部们恍然大悟,把口号又改成:"大干、快干三十天,鱼池工程提前完。"于是,学校里男女老少又跳进大坑里挖起了鱼池。固然,舞台上的魔术师吹一口气、再向空中抓一下,就能从自己的大衣口袋里抓出一缸金鱼,还带着水草。可是,要在学校门口一下子出现"金鱼鲤鱼满池塘"的动人景象确实不容易。因为,现在运动场上由沥青、砖块和炉渣所构成的厚厚的硬壳固然已经打破,但在这层坚硬结构的下面却是自然土层,再往下挖就要出水,于是学校里的干部、教师、职工、学生全都陷入了烂泥塘。

　　这时候,老牛他们这一批人被调来了。当这一群打着赤膊的、一个个好像"黑人牙膏"似的"短裤帮"出现在鱼池工地时,好像从但丁的"炼狱"里突然放出来一批黑色的鬼怪,把有些斯斯文文的女教师吓得连忙躲到一边,有一个年龄很小的女生竟吓得"噢"地叫了一声。然而,这一群"右派"在挖鱼池的工程中却是指到哪里打到哪里,哪里最艰巨就冲到哪里去,以非人的努力担负着最困难的任务,起到了突击队的作用。他们自然也是人,要在没膝深的水里挖泥,每一锹都是要付出浑身力气的。而且,用劲小了,只能挖出半锹泥水;用劲太大,铁锹又陷在泥里拔不出来。这时候,就连那大洋马似的老高也颇有些愁眉苦脸了——这位高老师早已失去了他那乐天的脾气、健谈的雅兴;他原来那高大魁梧的身材早被无休止的肉体和精神折磨摧残得变成了一副长长的骨头架子,他现在的尊容叫人想起的是一匹不折不扣的陷在烂泥里的瘦马。然而,老牛呀,老牛呀,他这时候却真像一匹又干又瘦的、在水中犁田的水牛。他不但以非人的努力从那没膝深的泥水里挖出一锹又一锹的烂泥,而且还要和另一个年轻人抬着一大筐一大筐湿淋淋的烂泥,踩着那又窄又长、颤颤悠悠的木板条一步一步走过去,把筐里的烂泥倒在坑边那山一般的土堆上。

鱼池终于挖成了。庆功报喜的大会也开过了。然而,这时候人们发现根本没有水源:靠挑水来养鱼当然不成,从黄河引水先得从几十里外铺管子,更是不行。于是,挖好的鱼池就摆在那里,谁也不再管它。夏天雨水多,它变成了一个蚊虫孳生的臭水池;冬天水枯了,它又变成一口生满白花花碱土的干坑,好像是什么人擎着一口大大的空碗,在向老天爷要水、要鱼。

不定什么时候,偶尔有人来到坑边张望,好像凭吊古战场似的,凭吊这全校千把名男女老少曾经滚在烂泥里在此苦战一冬、老牛他们也曾在此拼命干活的"战地"。

七、老牛怎样变成了"诗人"

老牛不但不知道贺敬之、郭小川,也不知道艾青、田间。如果他记得中国古时候有个诗人叫作苏东坡,那也是从他家老二不知从哪儿捡来的一本撕得没头没尾的《今古奇观》中,看到一篇《苏小妹三难新郎》才知道的。关于他怎样和诗歌发生了关系,有一段小小的插曲——不了解这个插曲,你就放过了老牛生平的一件重要轶事。

原来,当老牛他们在烂泥塘里苦战的时候,全国正处于一个"放卫星"的时代:不但小麦、钢铁天天"放卫星",而且诗歌也天天"放卫星"。据说,跟当时数以十万、百万、千万计的诗歌比起来,屈原、李白、杜甫的作品全都相形见绌了,甚至这些诗人的在天之灵看到当时到处摆下的"赛诗台",吓得连连表示认输,再也不敢写诗了。

对于诗歌界这一飞速发展的形势,这所学校也跟得很紧。张校长动员全校开展一个"赛诗运动",办法是:在挖鱼池的紧张工程中,每个人在当天劳动之后,晚上必须写诗一首。这些诗歌除了在黑板报上发表,还要汇集起来,由工地上的油印《战地小报》择优刊登。《战地小报》由小吴主编,还有一个学生当中的笔杆子做他的助理编辑。

且说老牛自从听了前边说的那位"理论家"的讲话录音而思路大开以后,文思也随之勃发。在鱼池劳动之余,他偶尔看一下黑板报和《战地小报》。当时弥漫全校的"赛诗"之风也触动了他的诗歌神经。正像他发现了"脱胎换骨"之路就拼命自轻自贱一样,他又发现了写诗的窍门就是把豪言壮语加上韵脚。于是,他在干了一天重活之后,整整有大半夜不睡觉,按照当时流行的七言民歌体,构思了一首歌颂挖鱼池劳动的诗歌。第二天早晨一起床,他抓一张纸片记录下来,揣在口袋里。在劳动当中,他碰到小吴正在工地上"采风",就把自己的作品顺便塞到小吴手里。为了满足读者的正当好奇心,需要介绍一下老牛这首诗的内容。十分可惜的是,诗的原稿早已散失,只好借助于"口碑"来"钩沉索隐"了。经我访问了有关同志,他们对于该诗的开头四句还有印象:前两句是"东风万里红旗飘,凯歌声声冲云霄",第三句好像是"全校师生齐上阵",第四句清清楚楚记得是"鱼塘工地掀高潮"。然而,第四句以后却像《红楼梦》的后四十回缺文一样永远"迷失",成为文学史家的千古遗恨了。

再说小吴在工地上接过这张纸片,以为大概是老牛交来的个人思想汇报或者什么交代材料,因为小吴也管着这方面的工作——虽然他觉得按照组织手续,老牛写的材料不应该直接交给自己,而应该通过农场的监管人员转来才对。但在工地上一切事情都是匆忙忙、乱糟糟,他也就马马虎虎接了过来,顺手塞进了公事包。等他回到办公室,打开公事包,才发现老牛交来的原来是一首诗稿。他看也不看,就把它扔进了字纸篓。

《战地小报》的那个做助理编辑的学生是一位小书呆子，年纪轻轻就戴上了近视眼镜。他只要碰到一张带字的纸，都要拿到脸前细读一遍的。这一回，他生怕埋没了什么不朽之作就把那张纸片从字纸篓里又拣出来。拜读之后，他倒成了老牛的知音。这位助理编辑向小吴说：就诗论诗，这个作品内容无懈可击，而且合辙押韵，读起来朗朗上口，遣词造句也富有时代气息，跟当时报纸杂志上刊登的同类诗歌相比并不逊色；而且发表之后，还可以作为歌颂全校师生鼓起冲天干劲、大挖鱼池的纪事诗而载入校史。——这个学生有点诗人气质，容易激动，说话的时候一次又一次扶正他那摇摇欲坠的近视眼镜。

小吴最初以为他这位副手不过是一时好奇或者仅仅是开开玩笑，不料听他愈说愈不对头。小吴经过1957年以来的锻炼，已经颇知在政治风浪中的做人之道，为了爱护他这位部下，就向他严肃地讲了一番"编辑之道"，大意如下：如果编辑部同时收到两篇稿件，内容和写作水平完全相同，但作者的身份不同——第一篇的作者家庭成分、个人历史、社会关系"四面光八面净"，而第二篇的作者家庭出身不好，或者亲戚中有人有问题，或者作者本人犯过什么错误，那么一定要采用那个"好人"的稿件而否定那个"有问题的人"的作品。——这是当编辑的起码的政治常识。

助理编辑问道："如果'好人'的那篇稿子写的水平不如那个有问题的人，怎么办呢？"

主编回答："那好办——把'好人'的稿子经过编辑加工、提高到能发表的水平。这是一个扶持谁、压制谁的立场问题，也是编辑工作中的阶级路线问题。"

助理编辑偏爱"打破砂锅问到底"，又问："如果刊物需要发表某一类稿件，来稿中又只有那个'有问题的人'写的那一篇合适，又该怎么办呢？"

小吴听到这里，沉默了。他用一种大有含意的眼光打量着那个学生。那个学生似乎从这无声的眼光中感到某种不祥之兆，也就不敢再追问下去了。

因此，老牛生平唯一的诗歌作品就这样消失在字纸篓里。

老牛的诗歌创作活动还留下一点余波。挖鱼池的劳动结束，老牛他们又回到农场。在全体改造对象大会上，那个爱喝酒的干部在训话中顺便说道："树欲静而风不止。阶级斗争不以我们的意志为转移。我们一边改造你们的资产阶级反动思想，你们当中有的人资产阶级个人主义还只管抬头、想冒尖儿。有的人还写诗、想当作家哩! ——尿泡尿照照你那脸儿!"

八、红萝卜地的风波

岁月荏苒。老牛默默挨着他那不轻松的生命路程,不觉到了 1960 年年底。时当隆冬,早已纷纷扬扬下过两场大雪。即使不下雪,那天空也是灰灰的、暗暗的,像是哭丧着脸。

这时正当"暂时困难时期",粮食不够吃。平常看见馒头大,如今只觉馒头小。领导派到农场来做饭的,偏偏又是那个老胡——这个老胡,有人说他解放前当过小土匪、劫过路,但这只是传说,并未证实;不过他那相貌和脾气都很凶,这倒是真的。他一到农场,就发表观感说:"看着这些右派分子一个个都不顺眼。要按我的意思,就不叫他们吃饭!"然而,"上天有好生之德",不叫人吃饭当然不行,但是老胡有法子治他们。每逢"右派"分子站在窗口排队打饭,老胡就在馍筐里慢慢地拣,专拣那小一点的、被水泡得发白的馒头拿给他们。次数多了,有的年轻人沉不住气,不免小声嘟囔,这马上引起老胡的斥骂。每逢发生这一类的冲突,老牛总是走向窗口恭顺地说:

"胡师傅,我饭量小,大馍吃不了。你把那个小馍给我吧!"

"给你就给你!"老胡毫不客气地把馒头扔给老牛。

由于老牛老实听话,出公差的事常常落到他的头上。有一天,胡师傅叫老牛拉着架子车到 30 里外的农村去拉菜。老牛不但一声不响地把车拉到目的地,还把白菜装满了车,然后低头坐在地边(他带的一个馒头早在出发时就下了肚)。老胡一边吃着馒头和煮鸡蛋,一边顺手从地里捡起一个带土的白菜疙瘩扔给老牛。老牛感恩不尽地接在手里,三口两口把它啃光,然后拉着满载的架子车一口气走了 30 里,回到了农场。

然而,老牛毕竟不是"不食人间烟火"的神仙。一天,他突然发觉自己抬腿很费劲,腿肚子沉甸甸地像是灌满了铅。从此,他就只能拖着步子慢腾腾地走路。——据说,这就叫"浮肿"。

雪后放晴的一天,一个农场干部来到"右派"分子们住的棚屋,叫老牛去看菜地。老牛听了吩咐,穿上破大衣就走。刚推开门,一股冷风呼地一下把屋外的雪花刮进来,刮得老牛身子一歪,打了一个趔趄。他退回屋里,找了一根麻绳把破大衣拦腰捆住,又掂了一根小棍儿,再推开门,艰难地向菜地走去。

说是"菜地",其实地里的菜早都陆陆续续收光了,只剩下一小块红萝卜地——甚至连这一小块红萝卜地也已经收过了,只是还没有复收,不定在什么地方也许还残留着抓钩来不及刨干净的几根红萝卜。老牛的任务是看守这一小块尚未复收的红萝卜地,在地头上一个用高粱秆搭起来的三角小棚便是他守望的据点。

看守的任务不重,因为地里的油水实在不多了。然而红萝卜在那个年头毕竟是珍贵的东西,所以这很小的一块地仍然有一定的吸引力,每天总有三三两两的人来到这里徘徊流连。

老牛按照自己办什么事都认认真真的老习惯,忠实地履行着自己的职责。他先在自己看守的地块里巡察一遍,发现有半截红萝卜还留在地面上,看了四下无人,就弯腰把它拾起来塞进口袋。他一回到小棚,偷偷把这半截红萝卜吃掉,一边吃一面告诫自己:"下回可不敢这样了!……"

一天下午,有一个40来岁的妇女带着一个小女孩来到这里。这个妇女提着一只篮子,篮子里除了一把小抓钩以外什么也没有。这母女二人默默站在地边,向着红萝卜地里东看看、西瞅瞅。老牛慢慢走过来。他看看那个妇女,那个妇女也看看他。在他们那沉默的目光交流中好像进行了一场无言的对话:

"她大叔,让俺们进去给孩子挖一根红萝卜吧!"

"唉,那怎么行? 这是公家的地,我可不敢犯规矩!"

那个妇女轻轻叹了一口气,招呼小女孩离开。但是小女孩把一根手指伸到嘴里,两眼呆呆地直望着地里、一动也不动。突然,她不顾一切地扑到地里,用两只小手扒拉着什么。老牛和那个妇女同时惊叫了一声向小女孩跑去。等老牛跑到跟前,那妇女已把小女孩揽在怀里。老牛看那小女孩不过四五岁,头上梳了两根冲天小辫,说明尽管在这艰难时候,她妈妈对她还是很娇;她那一双黑眼睛睁得大大的、瞪着老牛,两只小手却抓住一根很小很小的红萝卜紧紧不放。老牛看着她、看着她,不由想起了自己的小三妞。他慌慌张张对那个妇女说:"快走! 快走!"于是,那妇女抱着小女孩离开了。

那个妇女和小女孩走了以后,老牛回到小棚,想起了自己的孩子——他和他们很久没有见面了。这里不过是一个校办农场,主要任务是种菜,管教"右派"只是附带的事。除非到了紧张的种菜、收菜季节,学校师生来突击劳动以外,平时几乎没有什么人来。"右派"的家属也不来,大概因为怕丢人,或者怕看见被划"右派"的丈夫或父亲、子弟像犯人一样过日子而伤心;当然,也可能还有别的什么原因。总之,老牛现在既不能回家,家里的人也难得来一次。很久以前,牛嫂曾经派老大捎来一件新绒衣、一双新布鞋。老大到了农场,不敢去找爸爸,只是像个小傻瓜一样拿着东西呆呆站在那里。有一个人问他找谁,他说他找他爸爸。那个人问他爸爸是谁,他说说老牛的名字。那个人说:"你把东西交给我吧,我转给他。"于是老大把东西交给他,就回家了。过了很多天,牛嫂结记老牛,硬着头皮跑到农场,见了老牛,提到捎来的东西,老牛却根本不知道。牛嫂回家追问老大,老大也说不清到底把东西给了谁;问了半天,他只能说交给了"那个人"。牛嫂把他骂了一顿,只好用迷信来安慰自己,说什么"谁穿了那件绒衣、那双鞋,叫他好不了!"从此,老牛家的人就再也不来了。老牛现在一个月只剩 30 块钱,老牛自己用 10 块,牛嫂她们用 20 块。在那种困难时候,牛嫂拿这20 块钱怎么养活她们这 4 口人,真是个值得研究的奇迹。

老牛在他那小棚里乱糟糟地想心事,忽然听得外边有说话的声音。他出来一看,地里来了 3 个十一二岁的男孩子。跟刚才那母女俩大不一样,这 3 个半大孩子个个长着"橡皮脸",一看就明白:他们是出外游游逛逛"打野食"的。其中有一个很神气地戴着一顶叫作"三块瓦"的破绒帽,那两只帽耳朵一只朝上、一只朝下,帽带子扑扑甩甩地耷拉下来,好像将军头上的盔缨。这个孩子手里拿着篮子,另外两个则除了嘴和肚子以外什么工具也不带,那意思是说:不管捞到什么可吃的东西,一律随手塞进自己的"皮口袋"里——有多少都装得下,所以也就用不着拿什么篮子。他们 3 个走进红萝卜地,如入无人之境,不管什么"禁区"不"禁区"。

老牛提高了警惕,喝问:"你们干什么?"

"干什么? 找食吃!"

"出去!"

"出去就出去——!"戴绒帽的小家伙拉着长腔回答。他一边慢腾腾地走,一边注意瞅着脚下的地里。不知因为他今天的运气特别好,还是因为他确是一个"打食"的老手,他那右脚竟像灵敏度极高的"扫雷器"一样探到了一根红萝卜。他三脚两脚就把那个红萝卜踢腾出来,迅雷不及掩耳地抓起来就往嘴里塞,而将平时进餐之前的洗呀、切呀、炒呀、炖呀、加作料呀等的一应麻烦手续统统省去——他那手脚之敏捷令人目不暇接,只有在那特定的时代环境下少数靠在街上抢别人手里的食物为生的"专家"的特技才能与之相比。

老牛来不及跟他多说,只是推推他:"快走!快走!"

"推我干啥?这不是走着的嘛!"小绒帽老练得很,他一点也不着急。他滋滋润润地啃着红萝卜,还故意大声咳嗽着给他那两个同伴做鬼脸——不用说,他是这3个小孩当中的头头。

老牛好不容易把小绒帽押送出境,拐回头来,却看见另外那两个男孩还在地里紧张地扒拉什么。等到老牛赶去,他们已经手里各自拿着一根红萝卜了。接着,这3个小家伙就跟老牛玩起了"捉迷藏":老牛去赶这一个,那两个进来;等他去赶那两个,这一个又进来;如此等等,循环不已。老牛回到棚里掂了小棍子来追,3个调皮家伙不但不跑,反而站在地里等着老牛来到面前。老牛气呼呼地把棍子举起来、快要打到他们身上,他们才像鸟儿一样突然跳跳蹦蹦地跑掉,而且还装出挨了打的样子叫道:"哎哟!哎哟!哎哟——!"老牛恼了,拼了命追上去,好不容易抓住那只篮子,跟小绒帽展开了一场争夺战。这时候小绒帽又变成了好人,他委屈地说:"他们俩偷你的红萝卜,你抢我的篮子干啥?"老牛再也不跟他多说,一心夺下那只竹篮当作他们的罪证,所以把它死死抓住不放。不防小绒帽猛一松手,老牛"哎呀"一声跌倒在地、摔了一个"屁股蹲儿",把篮子摔出去好远。小绒帽趁机抢了篮子就跑。老牛坐在地上,骂他们:"滚!滚!滚!"3个男孩逃到了安全地带,远远地站着,还学着老牛的腔调回骂他:"滚!滚!滚!"同时挥动着各自偷到的红萝卜,像是挥动着胜利的旗。

这场"红萝卜地之战"以老牛的惨败而结束了。

过了一两天,从学校来了一班学生。他们拿着小抓钩、小铲子把这块地连刨带吃复收了一遍,这才结束了因为这一小块红萝卜地所引起的种种纠纷。

然而,老牛因为这件事所受到的牵连并没有结束。按照"事事必汇报"的规矩,老牛把"红萝卜地事件"向农场写了个报告。农场又把他的汇报送给管"右派"材料的小吴。尽管老牛在材料里写到这次冲突时小心翼翼地使用了"争吵"

和"争夺竹篮"之类比较温和的措词,但小吴一分析,马上判断出在红萝卜地肯定发生了打架事件,认为这不是一般问题,立刻又向郑主任作了汇报。

郑主任听了,眉头一皱,严肃地说:"右派分子殴打革命后代!你去查一查。"

小吴赶到农场,把老牛叫到办公室,先交代一番"坦白从宽,抗拒从严"的政策。老牛连连答应"是!是!"把事件经过口头汇报一遍。小吴追问那3个小孩的姓名、家庭、住址,老牛全答不上来,只记得那个拿竹篮的男孩头戴一顶绒帽。小吴命令他把这3个小孩找来对证,不然将来出了什么问题唯老牛是问。

这一下,老牛可作了难。那3个小孩当然是本城人。但是这个城市虽小,总有好几万人,到哪里去找?要说是拿着小篮儿到地里找食吃的小孩,那时候男的女的、三五成群,可太多了!老牛找了3天,也找不出下落,只得如实汇报。"事出有因,查无实据",小吴也不知该怎么落案,就叫老牛写一个检查。

写检查,对于老牛来说是轻车熟路了。他当晚就写出了"关于我和三个小朋友打架的检查材料"——其中最关键的一句话是:"我跟这三个小朋友打架,是我再一次向党和人民猖狂进攻的新罪行。我请求领导给我严厉处分。"

检查交上去,郑主任觉得老牛认识得还算深刻。等了几天,并没有哪家大人前来告状。这样,红萝卜地所引起的风波才算最后平息了。

九、归队

1962年春节以前,小吴(这时已提升为教务处副主任)代表领导到农场宣布了一部分"右派"分子摘帽的名单——其中也包括了老牛。

第二天,牛嫂叫老大去接他爸爸回家。老牛把破行李一卷,叫老大扛上;自己还穿着那身上黑下蓝的旧制服,再披上破大衣,这就开路。回到了家,牛嫂为他举行了一次"家宴",也就是说,在吃午饭的时候,叫老大拿个小黑碗到门口小酒铺打二两红薯干酒,还炒了4个鸡蛋。老牛一辈子难得有几回这样的享受。他端起小黑碗,先抿了一口酒,咂咂嘴,轻轻哈一口气;然后再端起小黑碗,一饮而尽,又咂咂嘴,长长哈了一口气,夹了一点菜;然后把鸡蛋拨到老大、老二、小三妞的碗里,于是低头吃饭——"家宴"就到此结束。

牛嫂问:"受罪总算到头了吧?"

老牛叹了一口气——这几年日子过得实在紧迫而苦痛，但又没法说清楚。他想了一想，回答说："领导说，帽子摘了，改造还不能停，还要防止翘尾巴！"

　　这又轮到牛嫂来叹气了："上那两天学，当个芝麻大的小知识分子儿，事儿真多！"

　　的确，老牛的"事儿"并没有完：帽子虽然摘了，但他的身份跟别人还是不一样——现在人家提起他，不过是把"右派"的头衔前边加上"摘帽"二字。

　　从 1957 年以后，学校里人与人之间的关系起了很大变化，主要的一点就是知识分子被摆到一个当然改造对象的地位。这么一来，人人钳口，谁也不敢再说真心话。政治学习会上的讨论，统统都是按照报纸社论、领导报告的统一口径复制下来。在小组里发言，每人轮流拿一张稿子照念，好像是在什么国际会议的谈判桌上发表外交演说。离开稿子即席发言是绝对大忌。有时领导做出民主姿态，让大家"自由讨论"，也只有两种人敢说话：一种人口若悬河、滔滔不绝，全是响亮的革命词句，例如："伟大祖国的航船斩涛劈浪、乘风万里"，"敌人在革命风暴面前犹如秋风中的落叶、一扫而光"，等等，说得喷沫飞溅、语惊四座。但是别人听了半天，也听不出他先生的个人意见到底是啥。——这可称为"革命的克里空"。还有一种人，话匣子一开，上天下地、信口开河，"宇宙之大，苍蝇之微"，无所不谈。大家哄堂大笑之后，冷静一想：他们谈的跟讨论题毫无关系。——这些人可以叫作新的"谈天衍，雕龙奭"。

　　除了这两种人，其他人可就很少开口了。这些年来，老孙胆子更小了。一开会，他在心里就念叨一句座右铭："不说，不说，就是不说！"老钱呢，实在不能不发言，就掏出写好的一小片纸念上一两分钟，然后又半闭上眼睛慢慢喝茶。

　　这还不算那些女同志：她们逃避发言的办法很高级——这办法来自她们那种"两个女人一台戏"的天才。在会场上，她们一碰头就立刻悄悄密谈拉家常：谈小孩，谈蔬菜市场和花布市场的最新动向，或者互相检查正在编织的毛绒衣和桌垫儿，或者议论街坊上婆媳争吵的是非曲直，等等，等等。如果有一方的小孩生了病，那就更是谈得两眼噙泪、缠绵悱恻，可动感情啦。她们谈知心话之前总先选好一个既舒服、安全，又不妨碍别人的角落，而且她们说话的声音又是那样悄悄密密、若有若无，像柳絮、像蒲公英的茸毛、像润物细无声的微雨。她们这些悄悄话说得那样难解难分、撕扯不开、旁若无人，言外之意好像是说："你们那些高谈阔论爱怎么说就怎么说,让你们说足说够。俺们的家务事可比你们那些空话要紧得多啦!"就这样,直到会议结束,她们的密谈才悠然中止,各自提着网兜买菜去了。

当然,你可以说:这是落后的表现。不错,落后。可是,如果你手里总是拿着棍子,连小狗小猫也要躲开你,何况是人呢?

老牛就在这个时候"归队"、回到了学校。他照常又在教务处抄写报表,还是像过去那样做事,一丝不苟、认认真真。然而,人们看得出来:他样子老多了,不但又瘦又黑的脸上添了许多深深的皱纹,头发几乎全白了,而且身体也不知出了什么毛病,走起路来有点歪歪斜斜的——说得不好听,就像一只随时都害怕人打的病狗。他说话的声调也有那么一点不正常:有时猛然提得很高,声音都直了,把人吓一大跳;有时又嘟嘟囔囔,叫人听不清楚,而且不定什么时候还发现他一个人在那儿自言自语——像哈姆雷特似的。

老牛刚回学校不久,就赶上了"神仙会",口号叫作"三不主义"。领导为了让大家能够畅所欲言,把教务处这一组和外语教学组合并一起开会。在会下,老孙忧心忡忡地请教老钱。老钱闭着眼睛慢悠悠地说:"三不主义——说得好听。不定什么时候再来个运动,就又不算啦!"于是,老孙往自己嘴上再加一个"不能说话"的封条。

但是"三不主义"却给那些新的"谈天衍、雕龙奭"们开放了绿灯——他们的嘴里早就闲得痒痒了。从此,小组讨论会很热闹了一阵,好像变成了这些雄辩家的表演专场似的。一天,开会的时候,一位戴眼镜的英语老师(他是个爱钻研机械的人,常在做梦中开汽车、开飞机)说:每一架新飞机刚刚生产出来,为了稳定重心,需要往机舱里填塞许多大石头,方能维持飞机于不坠,否则飞机飞到天上就会因为失去重心而跌下来。另有一位戴眼镜的女老师,虽然她已经是三个孩子的母亲,却还像她的小女儿那样天真,听了吃惊地说:"哎呀,那可要往飞机里装多少大石头呀?"但是另一位不戴眼镜的英语老师对这件事根本就不相信。于是,小组就分为两派,展开争论。对于飞机与大石头的问题还未达成结论,那个不戴眼镜的英语老师又提出新的议题——这是关于军事方面的。据他说,印度人打仗不用战马而用骆驼。这一回,却轮到那个戴眼镜英语老师来反驳他了。于是,又爆发了一番激烈争论。小组里别的人呢,除了老孙和老钱(他只是喝着茶笑眯眯地观战），各自参加一方，真是七嘴八舌，热闹非凡。

然而，不管别人怎样海阔天空地瞎扯，老牛总是像一段木头那样呆坐着，绝不随便说话。他若发言，也是按照他那写好的稿子一字一句规规矩矩地念。在他的发言稿里，他检讨着从出生直到眼前的全部"罪恶"和错误，包括刚刚萌芽的一闪念，一笔一笔，毫无遗漏。所以，无论小组里的空气多么热烈、活跃，只要他一开口，会场马上鸦雀无声、沉寂下来。刚才激烈争论的双方很快都打着呵欠，心想："糟糕，煞风景！"那个戴眼镜的女老师忍不住小声埋怨："哎呀，这个人真有点儿神经！"组长小吴也想："念检查也不看看时候，真是！"总之，各人都有感受，只是谁也不说。老牛在难堪的寂静中把发言稿念完，抱歉地向大家笑笑："嘿嘿……我说完啦。"但没有一个人欣赏他的谦逊。组长说了一句："散会！"大家各自走散。

可是，很快大家就看出老牛这样不停顿地检查自己的"优越性"了。原来，没有多久，全国的口号又变成"千万不要忘记阶级斗争"，大家又该补上前一阵由于在"神仙会"上高谈阔论而放松的改造那一课了。正是在这个"风口浪尖"上，老牛的表现给大家留下了极为深刻的印象，甚至引起大家的衷心感激。

有一天，张校长和郑副校长都来小组会上坐镇，人人正襟危坐，个个轮流表态，凡属于安全线这一边的话都已讲完，下边就该"人人过关"，或者说"刺刀见红"了。屋子里黑压压坐满了人，但却寂静得连咳嗽的声音也没有，真是掉下一根针都能听见。组长小吴和气地催着大家发言，可是教员、职员们你看看我、我看看你，再瞅瞅组长的脸，谁也不愿打这"第一炮"，就好像要带头上绞架似的。老孙早就吓得脸色苍白、心里绷得紧紧的，不断对自己念叨："不能说！不能说！"就连胸有城府的老钱也不能不暂停品茶的雅兴，而把两眼睁得大大的，观察今天周围的形势，以便琢磨对策。

小吴见两位领导在座而小组里偏偏无人作声，不免十分生气，就拿出最后一手："点将。"这时候，老孙拼命把头低下去，两肩却抬得很高，活像一只为了逃避追捕而钻头不顾屁股的驼鸟。此刻他恨不能有一员天将下凡救他渡过这一道难关。不料组长偏偏点了老孙的名，叫他发言。老孙一惊，吓得竟把心里正在念叨的那一句安身立命的格言大声喊叫了出来："我不说！我不说！打死我也不说！"这一下可把大家逗得哄堂大笑。老孙自己清醒过来，也脸色苍白着、不好意思地笑了。

笑过了，大家又把脸绷起来。这时候不知为什么，都不约而同地把期待、恳求的目光投向了老牛。组长也鼓励地望着老牛，好像说："怎么样，你还打第一炮吧？"大家那意思似乎认为老牛既然划过"右派"、劳动改造过五年，那就应该具有"我不入地狱谁入地狱"的觉悟、不怕承当天下的一切倒霉事。老牛被大家的目光和四周寂静的空气压得透不过气来。他喃喃地蹦出了半句话："那，我——"组长脸上露出了笑容，大家也松了一口气。接着老牛就发了言。

说实在话，老牛讲话的"文风"不怎么样：他想说得面面俱到，结果事无巨细一一罗列，简直成了"报豆腐账"，而且，他的词汇量也不够，有时候词不达意，用名词张冠李戴，颇有其妻牛嫂之风；他又有说半句话的习惯，说了上半句，却没有下半句，吭吭哧哧，不知所云；更不好的是他还带点儿私心杂念，说了一句什么话，又怕大家误解，拼命解释了又解释，一直叫人听得厌烦。因此他那发言，若从修辞学的角度来说，只好给他"絮絮叨叨，叠床架屋"八个大字的评语。然而，要从另外一个角度来看，就可以看出，他的发言却是十分完整的一套：这里有刻骨的交代，有痛切的检查，有最高的"上纲"，有自请的处分——总之，事实、口供、情节、性质、危害，一应俱全，立即可以立案、判罪。而且，他真是以教徒似的虔诚，来搜索自己灵魂深处的一切"罪恶"；有时候，连他自己也怀疑自己说的话是不是太重了，他觉得有一种把尚未愈合的伤疤又重新撕裂的痛彻心扉之感，但他还是狠下一条心，把它连皮带肉地撕开，因而他那旧的伤口又一次地流出了血。然而，他相信把这些话统统说出来，他的思想就"改造好了"，正如天主教的祷文里说的："话说完了，我的灵魂就得到了拯救。"因此，他的发言从内容到形式有点像《圣经》里的某些诗篇：对自己的恶毒咒骂，对上帝的至高赞美，再加上语言的冗长和啰唆。

老牛发过了言，有了带头承担罪责的人，下面的会就好开了。于是全组的人，一个接一个，针对老牛的检讨进行分析批判，有的慷慨激昂，有的鞭辟入里，有的夹杂一点儿讽刺、挖苦或者小小的俏皮话——总之，会场又活跃起来了。老牛呢，只是低着头、吃力地一笔一画作着记录，好像那"红白喜事"的管账先生在记着一笔一笔收下的礼品。这时候，老孙脸上的苍白颜色消失了，代之以怯生生的笑容。老钱又恬然自得地半闭着眼睛品尝他那香味悠远的龙井。组长小吴也长长出了一口气:坚冰打破了,难题解决了。

经过五年改造,老牛变成了一架"驯服工具"。有时候,这个"工具"还真起作用,简直像一匹训练有素的马:"令,行;禁,止。"譬如说,打扫厕所。要在别人,如果实在推不掉,也不过是捏着鼻子干几分钟就尽快离开。但若叫老牛去干这件事,他只要钻进那个美妙的地方,不把里边彻底冲刷、打扫干净,"绝不收兵"。因此,这个差使有一段时间就干脆包给他了。(遗憾的是,自从老牛过世,那个厕所很快又变成了"奥吉亚斯的马厩"!)问题在于,隐藏在他那一丝不苟的脾气背后的是一种莫名的恐惧:他战战兢兢地守在"人民内部"和"敌我矛盾"的分界线上,像是站到架在一个万丈深渊之上的独木桥上一般,生怕一不小心再跌入"敌我矛盾"的深渊!

十、迎接"峥嵘岁月"

不知道从什么时候起,老八路的那种"官兵一致"的平等同志关系以及地下党员和老百姓的生死与共的联系不见了,而代之以层层叠叠的等级制度。在一个单位里,人的尊卑贵贱大致可以分成这么一些等级:书记—副书记—委员—一般党员—出身好的非党员积极分子—出身不好的非党员积极分子—一般群众—两类矛盾之间的"边缘人物"—"老运动员"("右派"及"摘帽右派"等等)。在这个阶梯图中,"老运动员"是阶梯的最底层,各种倒霉的事随时都可能落到他们头上。一个人一旦沦为"老运动员",那么他之所以活着,就仅仅是为了在一切运动中充当"反面教员"。正像在云南发现的一面铜鼓上铸造的那个古代奴隶——他之存在,就只是为了在某个时候被拉到神坛上去做"人牲"。

从1957年到1966年的10年间,老牛靠着别人的手,也靠着自己的手,把自己塑造成为一个名副其实的"老运动员"。他不但自己甘于这种地位,而且认为只有自己这样忍辱负重、逆来顺受的处世态度才算是"老运动员"的"正宗",而对于学校里那些处于同样地位而不能自安、有所挣扎、有所不平的人觉得反感,甚至有时在背后打小报告揭发他们。——一句话,现在老牛自觉自愿地"背上了十字架",他的"老运动员"的性格已经完成了。

"久病成良医。"像老牛这样多年当运动员的人,好像培养出了一种对于政治气候的"第六感觉"。老牛家里自然从不订报。但是,仅在办公室里扫一眼大标题也就足够了。1965年冬天,老牛一见报上登出了一大篇批判《海瑞罢官》的文章,心里一惊,立刻就有了某种预感,很有点"一叶落而知天下秋"的味道。他并没有看这篇文章的内容,但他凭直觉知道:在那些年头,每当一张报纸只登一大篇什么文章,剩下一点点篇幅再登几小段表态性发言——这多半就是要搞大运动的信号。因此,过了年,《评"三家村"》一发表,老牛对形势就毫不怀疑了,连自己应该采取的响应运动的计划也想好了。当天晚上,孩子们一睡下,他就对牛嫂说:

"你给我收拾个小包袱!"

"干啥?"

"又来运动了——不会小!"

"咱管它运动不运动!你不是摘帽了吗?"

"摘帽也不行。还是自觉点好。"

"你都胡想些啥?这跟你又有啥关系呀?"

"你不懂。是祸躲不过。你给我打点个小包袱,准备再去劳改……"

牛嫂见他说得认真,不由得不信,只得给他收拾小包袱,但嘴里还嘟囔着:

"哎呀,你到底犯了多大罪呀?像个犯人一样,一天安生日子也不能过!"

当晚,老牛把自己在农场写的"右派"改造总结底稿翻出来,借着15支灯泡的黄光,把自己"罪状"那一部分规规矩矩写了下来,前边加上"认罪书"三字作标题,然后叠好、压在枕头底下。

第二天上班时间,老牛掂着小包袱到学校去。他一见小吴,双手捧上"认罪书",说:

"吴副主任,又来运动了。我低头认罪。这一回到哪儿集中?"

老牛这一手,小吴可没想到。他心里说:"哼,你倒跟得紧!运动还没到,你就来'投案自首'了。连我自己还不知道明天是风是雨哩!"

小吴搔搔头,考虑一下对于老牛这种人说话应该采取的适当措词,回答说:

"上边还没有安排。不过,你这种态度很好:随时不忘改造——就是要这样才对。'认罪书'你先自己拿着,过几天再说。就这样吧,好不好?"

此后,老牛过了几天"想当运动对象而又当不上"的日子,心里很不是滋味

儿,吃不下,睡不着。牛嫂安慰他:

"不会有啥吧? 咱又没有干啥坏良心的事……"

老牛不听她那些"妇道人家说的话"。他模模糊糊感觉到在冥冥之中有某种抓不住、摸不着的命运在掌握着成千上万像他这样的小人物的生死存亡。这一回,他本能地感觉着一场大灾难又要来了,他要再一次向这不可抗拒的命运低头膜拜,心底盼望它垂念自己的虔诚,或许能够减轻一点自己所要受到的苦难;如果自己实在罪不容赦,至少赐给自己一点老实服罪以后的自我安慰之感。于是,他把自己的"认罪书"抄成大字报贴在家门口。在大字报的末尾,他加上一句:"欢迎革命群众批判教育。"

好,要来的很快就来了。这正是"文化大革命"的第一阶段,口号是"横扫一切牛鬼蛇神!"一天中午,老牛全家正在歇晌,突然有一大群人奔跑的脚步声"刷刷刷"地来到门口。接着什么人大喝一声:"老牛,造你的反来啦!"牛嫂和小孩们吓得缩在屋里不敢动。老牛走出门口,只觉得有一片红颜色在眼前晃动,马上就有人给他挂上黑牌、戴上高帽、叫他低头。有一个戴红袖章的女生向他宣读"勒令"。老牛脑子里乱烘烘的,高帽又太大、盖住他的眼睛,只断断续续听见:"把你打翻在地,再踏上一只脚! ……不许乱说乱动! ……砸烂你的狗头! ……勿谓言之不预也!"等等。老牛连连答应:"是,是,是。"

下一项程序本来是抄家。但"小将"们拥进屋子里一看:除了一些破烂衣物就是一些破烂家具;墙上挂着一张"全家福"——那还是老牛和牛嫂抱着刚满百天的老大照的,装在一个破镜框里;桌上扔着一本破书,就是那本没头没尾的《今古奇观》——那是老牛全家唯一的一本"闲书"。"小将"们拿棍子往桌、椅、床、柜上砰砰啪啪敲打一阵,把《今古奇观》抓起来一撕两半,又把破镜框从墙上摘下来"啪"地一下摔在地上,然后像一阵旋风似的押着老牛走了。

老牛被押到校门口,看见学校里好像教职员都站在那里,也和自己一样头戴高帽、胸挂黑牌。老高自然跑不脱——他那黑牌上写着"老右派,老反革命";还有老钱——他那"光喝茶、不开口"的老皇历现在也不灵了,他胸前的牌子上清清楚楚写着"罪大恶极的历史反革命";老孙也战战兢兢夹在这些人里边;最惹人注目的是那位有了三个孩子的戴眼镜的女老师,不知为什么她那黑牌子上竟写着"资产阶级臭小姐"还加上"狐狸精"——为了证明这一点,叫她反穿一件皮大衣、大衣后边还吊着一条狐皮围脖。此外还有一些教师,各有各的名目,全都毫无表情地站在那里。

现在把他们这些人集合到校门口,是为了举行一次"牛鬼蛇神大游街"。但在出发之前,发生了两个小插曲,不得不在此交代几句。原来老牛这两天在家里"闭门思过",不知道学校里已经发生了重大变化:一是吴副主任当了校"文革"主任,正掌握着这个学校的运动大权;二是学生当中成立了两个红卫兵组织,同时都向"牛鬼蛇神"们下"勒令",而他们的"勒令"往往互相出入,这就引起不少纠纷。例如,关于老钱的头衔,甲派根据他在旧衙门干过事,给他定的是"历史反革命",而乙派却说他的主要问题是解放以后"老奸巨猾、态度暧昧",应该给他定为"地地道道的现行反革命"。又如,老高要戴的高帽子,甲派命令他自制三尺高帽,而乙派却命令他一定要戴五尺高帽。现在,"牛鬼蛇神"们已经集合起来,只待小吴发出命令就要出发,但两派学生组织却提出先要检查一下"牛鬼蛇神"的披挂是否合乎"勒令"的规定。甲派看老钱的牌子上写着"罪大恶极的历史反革命",通过了,但乙派提出了强烈抗议。然而,等乙派学生气呼呼赶到老钱面前准备当场批斗时,老钱立刻"迅雷不及掩耳"把黑牌向外翻了一个面儿,原来在背面还写着"地地道道的现行反革命"。"小将"们猛然一愣,接着恍然大悟,不由得笑了起来,说:"哎呀,到底是反革命老手!"老高在这方面的聪明也不亚于老钱。甲派去看他的高帽大致三尺,点点头表示满意。乙派去检查、正要发作,老高马上把高帽取下,用手一拉,三尺变为五尺——原来他那自造的高帽是有伸缩性的,可高可低。这样巧妙的工艺水平,两派学生都只好"叹为观止"了。

校"文革"主任小吴发表了简短的动员令,红卫兵就押着这一支光怪陆离的队伍去游街。为了吸引观众,还特地找来几件打击乐器来助兴,叫"牛鬼蛇神"们一边走一边敲锣、打鼓、拍钹,走到闹市还要他们一个一个自报姓名、罪状,再各说一段"三句半"。总之,这些心地单纯的孩子们,一戴上红袖章,有点陶醉,在少数心地不那么单纯的大人支配下,为一股他们自己也不怎么清楚的政治狂热所鼓动,尽着他们的聪明小脑袋想出了种种办法来折腾这些可怜的老师,结果把这"史无前例"的第一幕弄得悲剧不像悲剧、喜剧不像喜剧,而成了一场乱七八糟的闹剧。

那些被折腾得狼狈不堪的"演员"们在"表演"之后,反应各不一样:老钱是"曾经沧海"了,他回家脱去高帽、取下黑牌,照常吃、喝、睡觉。老高大大咧咧惯了,回家以后还对老婆孩子再来一番"汇报演出",惹得家人哭笑不得。老牛早就有了"勇当革命对象"的准备,所以并没感受太大的痛苦,只是额头被扎高帽的竹篾划破,流了一点血。只有老孙(其实他不过是"赔罪",后来就没事了)简直吓破了胆,回家后病了一个星期;病后,别人一提这事,他还摇头、发抖、嘴里"哎呀、哎呀"地不停叹气。最严重的是那位女老师——她一回到家,就像死人一样倒在地上,从此瘫痪了10年。

十一、画像的最后一笔

那是一个"勒令"满天飞的时代。好像一时之间太上老君派了他的"羽客""真人"和"仙子",靠着他一纸"急急如律令",要把这个还有无数缺陷的世界一下子荡平似的。在大游街之后,老牛又接到一道"勒令":一、即日起,进入牛棚劳动;二、停发工资,每月给予生活费15元,"以利改造"。老牛连连答应:"是,是,是。"

劳动——老牛不怕。经过农场三年,世界上凡是人所能干的活儿,老牛都能撑得下来。但是,拿15块钱来养活一家五口人——那是无论谁也办不到的。所以,老牛在"是,是,是"以后,接着就是发愁。牛嫂本来一直在街道服务组,为学校、机关里某些单身职工洗洗补补,有一笔小小的收入。但是"破四旧"以后,发现这个服务组的"大方向"有问题,是"为资产阶级服务",因此"彻底砸烂"了,而同时也就砸烂了牛嫂的这笔小小"外快"。他们商量来商量去,只是一个没有法儿。最后,话题就落到卖东西上来了。

卖东西,首先要有东西可卖。老牛抬起头来,把自己的"家当"巡视一遍。屋子里最显眼、最体面的家具就算一个大立柜了。这个立柜是牛嫂的妈妈和牛嫂自己两代人的陪嫁之物,由于年深日久的积垢,从上到下变成一片混浊的黑色,原来到底是什么颜色已经无从查考了。它那对开的两扇门上本来钉有两个锁鼻儿,锁鼻儿下还吊着一对金叶似的亮闪闪的薄铜片,每次开柜门的时候,薄铜片摇摇摆摆撞着柜门或互相撞击、发出清脆好听的声音——但现在锁鼻儿和铜片都没有了，只在两扇柜门的边沿上留下两个圆圆的小窟窿，表明它们往日的存在。这座立柜黝黑、方正、古老、沉重，即使动员全家大小把它抬得出去，也没有人会买——除非哪位学者能考证出它是古代什么名人的遗物，就像传说中的曹雪芹的书柜那样。然而这根本不可能，所以卖柜子的事也就不必说了。其次是书，如果有一大批，即使论斤卖也可以救救急。可惜老牛不但没有《二十四史》《十三经注疏》《四部备要》《古今图书集成》之类的成套大书，连《古文观止》《唐诗三百首》也没有。他的"藏书"就是几小捆学习文件——那还是1957年以前公家发给他的，一直塞在床底下，现在许还能卖个块而八毛的。其他"动产"计有：大木床、小木床各一张，和立柜同样古老的方桌一张，小饭桌一张，有点变形的破椅子两把，小木凳两个，小竹凳一个，夏衣全在身上，破棉衣、夹衣塞在破柜子里。房子——是赁公家的。

15瓦灯泡的暗淡黄光已经变成刺眼的白光，老牛还是想不出有什么可卖之物。最后，还是牛嫂有了主意，她说：

"那件呢子制服——还要它干啥？能卖个十块八块的，先救救急！"

老牛猛然醒悟，说："对！对！"

这里需要说明：原来在刚解放那几年，县级干部时兴穿蓝呢子中山服。经济上有点底子的一般干部也模仿着做上一套，平时不好意思穿，逢年过节偶尔穿上一次，别人也不以为怪。不知怎的，这种"时装"也被牛嫂注意到了，但她丝毫也没有要给老牛做一套的想法。然而，真是"天赐良机"。一天，有一个老头挑着担子来收拾破烂儿。牛嫂把一大堆破鞋、旧瓶子交给他以后，却发现他的破筐里有一件暗黑色的破呢子上衣。这是一件老式的制服，袖头上各钉着三个小小的扣子，还有两大块厚厚的垫肩，显然是过去旧衙门里哪位科员的"官服"，但是袖肘已经磨出窟窿，肩部也磨得发白，放在亮处一看，后背东一块西一块稀稀拉拉地就要"化"了——然而它毕竟还保持着一件呢子制服的"架子"。牛嫂对这件衣服打上了主意，跟收破烂儿的老头缠磨了很久，除了那些破鞋、旧瓶，又翻腾出一堆准备打革褙的烂衣服，终于把那件破呢子制服换到手里。牛嫂拿出自己缝补衣服的最高本领，把袖肘补一补，把后背上那些要化掉的地方织一织，然后又买了一包蓝靛把这件制服染了一回。染过之后，牛嫂趁着心里高兴，叫老牛穿上试试。粗粗一看，它倒也有点像一件新的呢子制服，不过要叫那种眼尖的人仔细研究起来，立刻就会下结论说它是"麻包"——它和某些油画杰作有类似之处：只可远看、不可近瞧。不过，这件制服尽管费去牛嫂不少心血，老牛生平却只穿过一回。那是很久以前一年元旦后去上班的时候，老牛一高兴就穿上它到学校去了。他一进教务处，小吴瞅见他这身新装，立刻开玩笑说："嗳，'牛主任'来啦！"老牛本来心里就惴惴不安，小吴这么一说，他一上午手脚简直不知往哪儿搁才好，抄公文抄到"制度"二字，竟糊糊涂涂写成了"制服"，把抄得工工整整的一件公文都报废了。他在办公室里昏头昏脑待了半天，中午下班一回到家，就把这件呢子制服脱下来、扔到床上。要按牛嫂的意思，只要遇到什么喜庆大事或者偶尔到外地出差，还是可以把它当作"礼服"穿出去的。然而老牛说什么也不穿了。从此，它就一直和那些破棉衣一起塞在柜子里、挤得皱皱巴巴而且沾上数不清的棉花毛。所以，现在牛嫂一提起要卖这件衣服，老牛马上赞成。接着，商定了其他要卖的东西是：两三件旧夹衣，几小捆旧书，一包生锈的铁钉以及那个平常吃饭用的小方桌。——要卖这个小饭桌，老牛估计小孩们是会哭闹的，然而牛嫂认为"小孩子家狗屁不通，知道个啥？"主张对他们的叫喊一概不理。这样，老牛两口的应急措施计划会议就圆满结束了。

第二天是个星期天。老牛起来，胡乱喝了半碗稀饭，就动手把要卖的衣服捆起来。然后，他扛上衣服，老大扛上小方桌，老二提着书。那包铁钉，小三妞抢在手里、吵着也要跟去，但牛嫂说啥也不叫她去。老牛顺手把铁钉塞进自己口袋里，就和老大、老二一同去了。

老牛摆摊的地点定在东城门外的路旁。这个"东门"已经是历史上的名词了，城门早不存在，只剩下一个城豁口，腾出了一片空地，正是设摊贩卖的好地方。在"三年困难时期"，这里曾经繁盛一时，当时有人开玩笑说：在这里的自由市场上"除了机关枪、大炮，什么都卖"。后来，自由市场有时取缔、有时开放，这个小小豁口倒也经历过几起几落。然而老牛既要卖东西，也确实只有找到这个地方。父子三人把他们的"货"搬来以后，老大天生胆小，把小方桌一放，立刻拔腿就走。老二平常爬树上房、打狗赶鸡、天不怕地不怕，这时候竟像个新媳妇一样扭扭捏捏、死也不肯陪他爸爸一块儿做这趟生意。老牛说了一声："你们都回去吧！"弟兄俩一溜烟跑了。老牛把东西归置一起，大体上摆了一个旧货摊的模样，自己蹲了下来，开始了他这生平头一遭的"商业活动"。

老牛平时在街上碰见别人做小买卖的，简直不计其数了。见得多了，他就不以为意，心想：做买卖，还不是那么一回事？可是，这一回轮到自己"投笔从商"了，才知道——哎哟，做个小生意还挺不容易哩！首先，他拉不下那个脸来。原来，老牛虽然算不得什么正儿八经的知识分子，可是"万般皆下品，唯有读书高"的流毒在他身上还不轻哩。他蹲在他那些破破烂烂的"商品"后边，缩着脖子，低着头，拼命把身体缩小，生怕让熟人碰上难为情。不过，这一层倒是多虑。因为现在正是"大抄家""大游街"的日子，大小知识分子一个个兀自过活不得。尤其家里有几本破书、平时爱记个日记、写篇稿子的人，这时候都正躲在家里偷偷烧书焚稿、消灾免祸、连饭都吃不下，谁还有心上街来逛、管老牛的闲事？对老牛做买卖真正不利的倒是另外一些因素；第一，他没有什么像样的商品。这时正骄阳似火，谁要买什么夹衣？那件呢子制服呢——真正讲究穿戴的看不上，不讲究穿戴的用不着；小方桌不过是柳木的，样式既粗糙，小孩子趴在上面做作业把那薄薄的漆皮蹭掉不少，露出白茫茫的木茬原色，桌面上还有老二用小刀划的坑坑洼洼的刀痕；那几捆破书更不行——这正是书和读书人倒霉的时候。因此，现在的老牛就像俗话里说的："猪八戒背个破棉套——要人没人，要货没货。"第二，凡在街头摆摊贩卖，都要手脚勤快、口齿伶俐，一边展览商品，一边进行宣传。就说那些卖胡辣汤、卖豆沫、卖油茶的汉子们那洪亮的声音，卖烫面角的妇女的尖嗓子，吆喝起来有板有眼，加上食品的色、香、味，引得过路的人"目迷五色，耳迷五音"，单单为了他们那语言的艺术性，也不好意思一样东西不买就硬着心肠白白走过去。就是卖茶水的老汉那一声"大碗热茶！"也自有它对口干舌燥的路人不可低估的宣传效果。然而，老牛蹲在那里一声不响，加上他那些破破烂烂的东西，却活像一个"告地状"的叫花子。最重要的，现在市面上惶惶不安，干部没心办公，教师不能上课，学生不能念书，商店的人没心做生意。街上只见一小队、一小队红卫兵挺威风地匆匆忙忙走过来、走过去。他们走过以后，街上的人探头探脑地望着，然后你看看我、我看看你，不知天下要发生什么事。说实在话，这真不是一个做买卖的好时候。老牛在那里蹲得腿酸，干脆盘脚坐在地上。他觉得时间过去了很久，却没有一个人光顾他的生意，只有两三个小孩子围着他看稀罕。老牛给他们一个人一个铁钉叫他们玩去了。

小孩子们走了不久，老牛忽然看见有一只手抓起了他那件"呢子制服"。待他满怀希望地抬起头来，满心以为有什么顾客到来，却发现他面前站立着一个红卫兵——他认识的一个学生。这个红卫兵颇感兴趣地打量着老牛，老牛也惶惑地望着他，但从他脸上看不出什么答案，又不敢问他。那红卫兵猛地扔下那件制服，扬长而去了。

　　老牛想了一阵，也想不出这个红卫兵的来而又走到底意味着什么。所以，他仍然呆呆地坐在那里。有人事后说这是因为老牛遵守着"君子之国"的淳朴民风，即使"画地为牢"也决不逃跑。但事实上老牛根本就没有想到以后要发生的事。因为，他到这个时候仍然按照老框框想事、过日子。他认为自己已经规规矩矩认了罪、老老实实接受了批斗，叫挂黑牌就挂黑牌，叫戴高帽就戴高帽，因此自己就取得了安分守己做运动对象的资格；而现在只是为了糊口、卖几件自己的破烂衣物，这又碍着什么呢？因此，他像一个无罪的人那样，低着头一动不动地守住他那寒碜的小摊子。

　　老牛孤陋寡闻，不知道学校里的红卫兵乘着"大抄家、大游街"的余威，正在今天对于"牛鬼蛇神的捣乱破坏活动"进行突击检查。刚才来的那个红卫兵就是巡逻的侦察员。而且，在这之前，红卫兵的队伍刚去袭击过老钱的家，但老钱嗅觉灵敏、闻风远扬了。红卫兵扑了一个空，大为生气，一接到关于老牛在豁口摆摊的情报，立刻就把队伍开来了。

　　红卫兵的头头，一个高中的男生，质问老牛说：

　　"牛顺兴，你在这儿捣什么乱？"

　　"没、没捣乱……卖几件破东西……"

　　另一个红卫兵呵斥他：

　　"卖东西？出社会主义制度的洋相，这是破坏活动！"

　　老牛哆哆嗦嗦、愈急愈说不出话。

　　在那些日子，这一类事件向来是以狂风暴雨的方式来处理的。红卫兵头头命令老牛穿上"呢子制服"。老牛穿上了，但在慌忙之中他扣错了纽孔——这就使得领子一边高、一边低，那件制服歪歪扭扭，更显示一副滑稽的狼狈相。有一个红卫兵匆匆跑过来，双手掭着一大张报纸，报纸上的墨汁还滴滴啦啦往下流，上写："右派分子、现行反革命牛顺兴"。这个红卫兵喝令："拿着！"老牛呆呆地拿着。接着就念语录，然后是批斗。然而，在老牛卖东西这件事上可说的话实在有限，而中学生也不耐烦多说废话，因此呼了几次口号之后就开始了推推搡搡。老牛又不敢丢掉那张书写着他的罪状的报纸，所以身子被推得歪来歪去，终于碰到了哪个"小将"的身上。那个红卫兵解下皮带就打——接着就成为一场乱打乱斗。老牛手里的报纸已经丢掉、踩在脚下。皮带、拳头、脚不停地落在他的头、背、胸、腰和腿上。这时候，观看的人围成了大群。

正在难解难分之际，走过来一个汉子。这人五大三粗、满面通红、嘴里哈出酒气——分明是一个醉汉。他问道："干什么？"

一个人扭头回答他："打人。"

"打什么人？"

"右派，反革命！"那人不耐烦地说，头又扭过去了。

"闪开，闪开，叫我来安置他！"这个汉子像个坦克车一样冲进人窝，伸出一只大拳头，照老牛头上狠狠打了一拳，而这一拳恰恰打中了老牛的太阳穴。这就给老牛那灰色的人生画面涂抹了最后一笔——他连哼也没有哼一声，头一歪、倒下去，死了。

老牛一死，红卫兵一哄而散。那个醉汉也溜了。只剩下老牛那具上穿旧呢子制服、下穿破单裤、口角流血的尸体躺在地上。

过路的人自然免不了停下来围看、议论。有的人听说打死了一个"五七年的老右派"，结论只有两个字："活该！"有的人笑老牛没有眼色："自己有问题，还到大街上卖什么东西？那不是找死！"当然也有心软的人暗暗叹气——但是在那个时候有谁会听见他的叹息呢？

不知什么人把消息告诉了牛嫂。牛嫂借来一辆架子车，和老大把老牛拉回家里。一家人围着老牛的尸体闷声地哭。哭了一阵，牛嫂呆呆地坐着，不知道以后的日子怎么过。

十二、尾声

1979年3月，这个学校的教务处开会研究给错划"右派"改正的问题。翻出了给老牛划"右派"的原始档案材料，看来看去，定案根据就是"有的农民对统购统销有些意见,认为统得太死"以及"领导是否熟悉一些业务"这么两句话。现在看来,这实在算不得什么"反动言论",所以给老牛改正的事不需要讨论就通过了。而且老牛早在13年前已经死去,这件事只用在一个什么会上顺便宣布一下就完。但是有一个新来的干部贸贸然提了一个问题:"牛顺兴死了,是不是应该开一个追悼会?""开什么追悼会?"吴主任(即原来的小吴)反问说。"他家里一个人也没有了。"他这么一说,大家就详细地问他。原来1966年夏天老牛一死,牛嫂就带着小孩们离开了。到什么地方去了呢?街坊邻居说法不一。有人说她回老牛的老家了,也有人说她回自己娘家了。但往两个地方打听,并没有打听出她们这一家人的下落。后来又有人说她们也许是到什么边远地区,因为那里地广人稀、需要劳力,只要肯干活就能混上饭吃。然而这也无从查证。况且,牛嫂一个"妇道人家"、拖儿带女,未必能够跑得那么远。大家研究来研究去,感到为难。因为凡开追悼会,都少不了一项程序,就是"慰问死者家属"。但老牛一死,连家属也找不到了。会开得时间太短了,郑校长(即原来的郑主任)打了哈欠,说:"那就算了吧!"于是,老牛生命的最后余波,就被时间的滚滚浪涛卷去,从此永远没有了声息。

老牛的故事说完了。按照我们的规矩,当一个人调动的时候,都要给他作个鉴定,评出经验教训,以励来兹。老牛是从这个世界"调动"到另外一个世界去了,怎样来给他鉴定呢?这可很难。因为他的一生,既非英雄遭难,又非才人落魄,尽管他从1957年到"文化大革命"初期,曾随着政治的风浪载浮载沉,但除了那些微不足道的平凡经历,再无任何事迹可说。然而,倒霉的事情、不公正的待遇、错误的处理、专横的作风……一开始总是先从老牛这样的小人物、从没有任何自卫能力的弱者身上实行起来的,就像在医学试验中总是拿白老鼠之类的善良小动物来开始一样。而且,老牛这个人脾气又非常认真——在那种时代,他这种认真的脾气恰好把他一步一步引向最后的毁灭,准确得就像钟表一样。但是,倒霉的事情一旦开了头,就要按照自己的规律发展下去,产生一系列的连锁反应。有一天,过去站在高坡上拿着长鞭子打人的人,自己也被站得更高的人所打;有的人旁观挨打的弱者狼狈之状,感到好笑、好玩,甚至自己也去推他两下、骂他几句,曾经博得嘉许的,后来自己也受到了嘲笑。终于,原来的挨打者、打人者、嘲笑者一下子都变成了挨打的对象。"群众运动,'运动'群众",最后"玉石俱焚"了。这真是历史的悲剧。

但愿老牛这样的人以及造成这样人物的社会因素,早一点在我们国家消失吧!

(1980 年 8 月 30 日初稿,1980 年 12 月 8 日修改,1983 年 6 月 16 日重抄)

天上飘来一朵白云

——记 M 君谈话

由于空间的距离造成了时间的差错，我到了四十几岁还是光棍儿一条。

1976 年初秋，一天午后，我在我那半间小屋里，正笨手笨脚地往一件破制服上缝着一只扣子。门"嘭"的一声被人踢开了，接着，我的肩膀上又挨了一拳：

"快请吃糖——你小子桃花运到了！"

这是我们中学的王老师，教体育的，黑凛凛的一条傻大个儿，嗓门也大。同事们开玩笑，爱说他"四肢发达，头脑简单"。那时候政治运动多，大家说话都是轻言细语、慢慢吞吞，每一个字都要掂掂分量，生怕说出去就收不回来。只有老王脾气戆，不管这一套，说话总是喊，总是叫，"小胡同赶猪——直来直往"。不过，相处久了，大家对他也有一定了解：第一，他天性如此。第二，他出身农村，家庭成分好，说话再直，也没人抓他的小辫儿。第三，他心地憨厚，没有歪心眼儿，不会害人。不但如此，替人跑跑腿儿，办办事，还相当热心，也不图个什么，事情办成了，看见别人高兴，他"嘿嘿嘿"一笑。这种人，在那连年运动、人人自危的时代，可算难得。而且，一下乡，他这种人的优越性就更突出：他力气大，干农活内行、麻利，老乡们很欢迎。另外，他还是一个"土外交家"：到农村，他能在牲口屋的土炕上跟老饲养员一递一袋烟、"喷"到大半夜；到第二天早起，老饲养员拉他到家吃饭，还叫自己的小儿子喊他"干爹"。——这一手，我怎么也学不来。

70 年代，我们到了农场。劳动之余，人的关系稍稍松动。他曾经对我开着玩笑说："什么时候回城，也给你这个'老大难'找个对象！"这种话，我听得多了，并不在意。因为，在乡下，大家同吃同住同劳动，关系亲密，对我表示表示关切，是很自然的。可是，一回城里，各有老小，自己的事忙个不了，哪有工夫为我操心？所以，老王的话，听过去也就忘了。不料，他好像真要"兑现"。

首先,我得声明:我这个光棍汉绝不是因为划了"右派"而摊上的。1957年,我在大学念书,是个规规矩矩的学生,不乱说话。不过,从政治上、业务上也都不算突出,所以,毕了业就分配到外县公社里教书。那时候,我的老母亲还健在。一放假我就回来,平常每个月给她寄钱,老太太身子也硬朗,日子还可以维持。但是,我们母子不在一处,终究不是办法。所以,调回城市,母子团聚,就成为我最大的心愿。至于婚姻问题,我想:只要回到城里,老婆还能找不到一个?主意既定,我就横下一条心,一步一个脚印,韧性战斗:先跑县教育局,从公社调到城关,从城关调到县中;然后,再跑市教育局,从县里调到本市远郊,从远郊调到近郊;最后,从近郊调进市里。按照我的行动计划,坚持不懈,终于达到目的:我在市里一个中学工作了。可是,回头一看:人从二十几变成四十几,老母亲也不在世了。她老人家临终前,用一种叫我永远忘不了的期待眼光看着我——我知道,她最大的遗憾是没有看到我结婚、给她抱一个小孙子!

这么多年,自然不会没人介绍。可是,农村姑娘吧,我想回城,户口不好办;城市姑娘吧,我是"老九",人又在外县,在婚姻上"行市"很低;现在,我回城了,人家又嫌我年岁大了,而且收入也不高;至于离过婚的,我心里又觉得别扭。所以——就拖到这时候。

老王大声说:

"这一回,看你怎么谢我?——我给你领来了一只凤凰,现在就在你大门口等着!"

"啊!"——我一听这话,急了。

原来,他到省城参加运动会,在归途的火车上碰见一个邻座的姑娘,三谈两谈,人熟了。这姑娘说:她父亲本来在北京当干部,"文化大革命"一开始就被"隔离",她母亲下放外省。她自己是高中生,先回家乡劳动,后当民办教师,尽管课内课外什么工作都受表扬,但不属于正式职工,生活没有保障。因此,她只好到我们这个小城投奔一家远房亲戚,看看能不能在这里找一个工作——

"这跟我有啥关系?"

"我把你的情况向她介绍介绍,她说可以认识一下。这不是一个机会吗?"

我搔搔头,说:

"怕不合适吧？第一，人家不是来找对象，而是来找工作——我能给人家找工作吗？第二，就是找对象，谁知道人家怎么想的？第三，她的父母同意吗？——"

"第四，第五！'拎不清'的人总有一大堆'拎不清'的理由！（他不知从哪里捡来这句上海话？）说吧，你见不见？不见，我马上把她带走。反正人家还急着到亲戚家去哩！"

有啥法儿？在那种年月，什么事都是这么一惊一乍的，让人连个思想准备也没有。老实说，对老王说的这件事，我心里很勉强。光为从外县调回本市，已经磨掉我小半辈子。加上一次又一次介绍对象，在"个人条件"方面一条一条讨价还价，更把我的心磨得木呆呆的。对于小说电影里说的那种"艳遇"，我早就不感兴趣了。把希望寄托在那上边，可真像俗话里说的："叫花子看戏——忍饥，挨冻，耽误事儿！"

正这样想着，老王把人已经领来了。我这间小屋，三个人站不下。所以，老王只在门口说一下这个姑娘的名字（我没有听清），然后再说一句"你们谈吧！"就走了。

这是一个身材不高、衣着朴素、神情有些拘束的女孩儿。人家刚下火车，总得招待一下。可是，我屋子里一没有水果，二没有糖，桌上只有半盒"铁塔烟"（我不抽烟，这半盒烟是为偶尔来串门的男同志准备的）——烟，自然不能拿来招待一个小姑娘。我倒了一杯白开水，端到她面前，她也不喝。我再三动员，她才拿起茶杯，也不知碰着嘴唇没有，就又放下了。

客人来了，总得说话。我按照自己当班主任跟学生进行个别谈话的方式，问问她的父母、家庭、学历等等。她的父亲，根据我的感觉，在北京大概属于"中层领导"，不过，要是下放到我们这里，可就算是"大干部"了。然而，那时候他正"靠边站"，命运未卜。她母亲正在外省一个学校里看大门。她哥哥支边去了。她自己——正为衣食饭碗而奔走。

我也谈了谈自己的学历、经历以及为什么年龄这么大了还没有结婚（这是谈对象中必须"老实交待"的）。

我的第一印象觉得她还是个小女孩儿。其实，一谈话才知道：她已经25岁了。尽管如此，我仍然比她大——20岁。可是，人家给我们摆好的关系却是

"准对象"。对此，我有一种负疚之感。然而，如果脱离了这种"关系"，我和她之间就再也不存在任何关系了：亲戚？不是。熟人？不是。同事？不是。师生？也不是。连街坊邻居也不是。只能说是"同志"，可"同志关系"又太泛了——街上任何一个人，只要属于"人民内部矛盾"，都可以叫作"同志"。

我心里一边这么琢磨着，一边找话说。"会谈"在一本正经的气氛中进行。大半个下午过去了。我留她吃饭，她无论如何不肯，只要求我送她走。我把她送到她亲戚家的大门口，彼此分手。

回到自己屋里，我才想起，人家风尘仆仆，也没有给她打盆水洗洗脸。

我另一个想法是：我帮不了她什么忙，小冯（她叫小冯）大概不会再来了。

但是，过了半个月，她又来了。

在我们这个小城市，找工作本来不容易，何况她又是"可教子女"？进国营单位，连门儿也没有。靠亲戚帮忙，她才进了一家街道工厂当临时工，这比在农村当民办教师也强不到哪里去。而且，住在亲戚家也非长久之计。所以，她很苦恼。她来找我，是为了"倒苦水"的。因为，在这个小城里，她再没有别的地方可去。

不过，这一次来，她一进门，我觉得屋子里猛然一亮——原来，经过一两个礼拜的休息、梳洗，穿衣服又略略整齐合身一些，她恢复了她那年轻女孩儿的本色，人显得小巧、好看了。可以想见，在那十年间她受过不少罪。但是，从她那白白的皮肤、她那透着聪明（偶尔还流露出一点儿调皮）的眼神，特别是从她在大地方、在高层社会里熏陶出来的既文明又能干的"风度"，我仍然隐隐约约感觉出来：这不是一个天真无知的"小孩儿"，也不是一个平平庸庸的女孩儿，而是一位不同一般的姑娘。——对这一点，我一时还说不清楚。想了很久，我才笼笼统统想起了杜甫《哀王孙》里的一句话——也许这叫作"龙种自与常人殊"吧！

从此，我就跟这位秀秀气气的小绢人儿似的姑娘打起了交道。一开始，彼此生疏。以后，来过几趟，在一块儿吃过几顿饭，她说话就随便一点儿了。这时候，我才发现，这位小绢人儿倒是一肚子学问哩。首先，她懂外语，叽里咕噜地给我又是背俄语、又是说英文。这，我可傻了脸——对外语，我是一窍不通。其次，她不但能把林黛玉的《葬花词》从头到尾背下来，自己还会作新诗。她给我留下好几首她自己写的诗,可惜现在不知丢到哪里去了。说实在话,对诗,我也不在行。你要说:"你不是在课堂上把诗歌讲得头头是道吗?"我告诉你:那些都是固定的课文,固定的教案,教过多少遍,都背下来了。反正不外乎主题呀、结构呀、艺术特点、语言特色呀,记熟就行了。我不是说那几首诗不伟大。可是,再伟大的诗,如果经过分析,一一还原成为"诗歌元素",也就没有多大意思了。好像一个大活人,如果光从化学元素的角度来进行"定性分析",刨去水分,最后还不过是多少克磷、多少克钾、多少克钙,等等吗?从根本上说,我对诗歌产生不出激情,因为在生活里只有"散文"。

她是个细心的姑娘。她看出来我不是坏人,慢慢地把她的高干家庭情况、她自己从小到大的经历都告诉了我。这就是年轻人的好处:不滑头,肯说心里话。从上年纪的人嘴里,想掏出一句实话就难。她从小在子弟学校上学,是个优等生。因为父母的关系,她在北京认识一些政界、文化界的大人物,这些人的名字我过去只在报纸上、书本里碰见过。有一位赫赫有名的大人物的小孙子曾经淘气地给她起过一个名号:"白雪公主姐姐",因为她皮肤很白,那位大人物吵他孙子,不许他乱叫。谈起这段往事,她有些得意。我也尊重一个女孩儿家的骄傲。如此这般,谈得多了,我们之间也就慢慢有了一定的友好之感。

可以断言:我绝不是她心目中的恋爱对象,如果不发生"文化革命",我也根本不可能和她认识。但是,怎么说呢?人都是血肉之躯。我们这样两个年龄、条件、经历、性格都很不相同的人,在那么一种特殊环境中"狭路相逢",相处在一个屋顶之下,而且在双方关系上又只有一种选择,有什么办法呢?她是个感情细腻的姑娘,我也不是木头疙瘩,两个人在一起次数多了,不定什么时候,感情碰撞的事总会发生的。不过,用《聊斋》里的话说:我们"不及于乱"。我可没有欺负她——你也不要把我们单身汉看得那么下三烂。我们,至少,我,是"有所不为"的。我只想规规矩矩地结婚,并不想按照列宁的一个有名的比喻,"用一只肮脏的杯子喝水"。如果你非逼着我"坦白"不行,我只能说:大概有一回两回,她也吻过我。但那也不过像是什么人拿着一朵小红花在我鼻子、嘴跟前绕了一下,我还没有闻到那究竟是一种什么香味儿,那朵花儿就拿开了。现在,我只能回忆起这一点。可是,花香能回忆起来吗?

命运的潮水把她的人生小舟冲到我们这个小城里来,潮水退去,她那小舟

"搁浅"了。我这只笨重的木船却是一直困守在这里。于是,小舟和木船就碰在一起,等待潮水再来。

单身汉解决吃饭问题的办法是怎么简单就怎么来。最好吃食堂:开饭铃一响,端碗就去。可惜我们中学太小,摊不起一个食堂,我只好自己做饭。顶方便的是下面条:烧开半锅水,丢进去一把干面条,再点两次滚儿,把锅端开;然后,用炒菜勺盛一点菜油,煎一点儿葱花,葱花煎得黄灿灿的,连油带葱花往锅里"嗞啦"一倒,搅两下子,最后,把面条盛进一个大碗里——我吃面条爱用大碗,"嗞喽嗞喽"吃起来痛快——这就是一顿好饭。

一开始,我就拿我这大碗面招待这位娇贵客人。

她抿嘴笑了:"你做饭哪,还不如我呢!"

于是,她就夺了我的掌勺大权。

虽说是粗茶淡饭,让她一做,还真添了滋味。就说下面条吧:她做的面条,汤喝起来要鲜一点儿,葱花切得要细一点儿,萝卜丝炒得要香一点儿。再譬如说,搅面汤。你也许会说:"面汤,谁不会搅?"可是,你搅一搅试试? 我敢说,你的办法大概跟我一样:水多了加面,面多了加水,最后煮成了一锅糨糊——顶多有稠稀不同而已矣! 可是,面汤让小冯一搅,可就与众不同了:她会把面糊打成一丝一丝的穗子,开水翻滚的时候倒进锅里,那真好看——那不是面汤,简直是花朵在水锅里开放! 喝起来那个利口就不用说。

遗憾的是:我的家底太薄了。那时候给我们供应的粮食标准一般是粗三细七,粗粮又是白薯面。关于白薯面,虽然有种种做法:粗粮细做,"吃白薯不见白薯",等等,反正怎么做也不会好吃。这且不说。原来我一个人吃饭,现在我们两个人吃饭,当然要买高价粮。这就是说,光吃面一项就花掉我工资的五分之三。那么,剩下的钱也就只能买青菜、萝卜、大葱了。这也就是说,我们只能完全吃素。

由于小冯的到来,我的半间小屋里有了一种"家庭生活"的气氛。我觉得日子过得轻快了。

可是,有时候也发现她一个人发愣。

一天,她正吃着饭,放下了筷子,对我说:

"咱们吃点儿肉吧!"

我发愁了:

"肉? 那怎么吃得起? ……"

她立刻打消了自己的建议:

"算了,还是有什么吃什么。"

她头一低,很不好意思地笑了。

有一天,她看看我那比陈景润6平方米的小屋更大的房间,皱皱眉头,问我:

"你就只有这半间房子?"

"是呀,半间草屋做新房嘛!"

"你不能去要一套大一点儿的房子?"

"找谁要? 谁给咱?"

她那小嘴噘起来了。

我想啊想,想了好几天,才想出一个要房子的办法。我下了很大工夫,写了一篇文章:《论单身汉职工的分房问题》,里面引用了恩格斯《论住宅问题》里好几段话,还按照当时流行的方式,把恩格斯的话一个字一个字描成粗黑体,再用红墨水在句子下边画了线,表示特别特别重要。论文最后,我在括弧里加上一句按语:"请领导火速给单身教师某某分一间15平方米左右的房子。"

我拿着自己的万言书找到有关部门,先问传达室:"申请换房,找什么人?"老传达指了一下,我来到一个办公室,里边有三四个年轻人正在打扑克。我问:"谁管分房?"正打扑克的一个小青年嘻嘻哈哈地指着另一个手里拿着牌的人:"他! 他! 想住房,找他!"我一看,这一位的两个脸蛋儿和脑门上各贴了一张小纸条——这是他们激烈牌战的战绩。他顺手把三张小纸条刷下来,面孔一板,问:"什么事?""申请换房!""有报告吗?""这是——""好,拿来吧!"——说着,他就把我的论文夺过去,往抽斗里一塞:"研究研究!"

过几天,我去问,回答:"还没有研究!"

再过几天:"还在研究!"

再过几天——稿子不见了。

我把这一切都告诉小冯。她说:

"要是我爸爸——"说了半句话,停住了。

我笨嘴拙舌地学着那时候能看到的唯一一部外国电影里的一句台词,安慰她:"会有的!会有的!一切都会有的!"

她摇摇头,眼神里显示了忧愁。

我想去拉她的小手,她轻轻地推开了。

当然,这些都是很小很小的事,如果不是今天特别回忆起来,我早就忘了。

然而,不定什么时候,她说的话又把我吓一跳。

譬如说,她在我屋里骂过江青,说:"江青不是好人!"

我吓坏了。我是很守规矩的,凡是中央没有公开宣布的事情,我不敢乱说。所以,我慌忙阻止她:"千万不能乱说话。'一打三反'那年,有一个小学教员就是因为骂了江青,被当作'反革命'枪毙了!"

她却说:"唉,你什么也不知道!"

日子就这么过着。她三天两头来找我,天黑了,再回到亲戚那里去。我也照常上班。学校里运动也没有停。只是大家懒懒散散,没有那么大劲头了。院子里的地面上飘散着枯黄的落叶和大字报碎片。

她还为自己的事奔走。有时候,她跑到省里去找她的一位什么伯伯——她父亲的老战友,打听"中央精神"。她这位伯伯叫她等待,说是只要她父亲能恢复工作,一切都好办了。

她父亲的问题是因为一本书——不是他自己写的书,他只是支持这本书出版,而这本书却是在报纸上点名大批特批过的。这就麻烦了。她父亲什么时候能恢复工作,谁也说不上。上边的事情,我是不去想的。

我住的是大杂院。同院住的都是两三辈子的老街坊。每家每户的根根梢梢,同院都知道。小冯出出进进的,大家自然也都看在眼里。

隔壁,有一对老夫妻说闲话。

老大爷说:"小 M 的婚事该成了吧?"

老大娘说:"嗯,看样子差不多啦!"

也许,"旁观者清"。我可是"心中无数"。

10月上旬,小冯又去了省城。这一趟,一去好几天。回来的时候,一进门,她就跑过来,扑在我的肩膀上。我也有一种与亲人久别重逢的感觉。人心毕竟是肉长的呀!

冷静下来,我问她为什么这样激动? 她说:"江青抓起来啦!""别乱说!""千真万确,可靠消息。"

我不敢相信。她撒娇地说:

"不管怎么说,今天非改善伙食不可!"

我只好出去买了半斤肉,我们包了一顿饺子。

吃了饺子,刷了碗,她坐在那里,半晌没有说话。

她看看我这6平方米的房间,看看我这杂乱放着红墨水瓶、蓝墨水瓶、作业本、学习文件的书桌,看看挤在屋里、快要散架的自行车,看看脚下潮湿的地面上的一只生锈的小水桶、两只装着旧书旧杂志的纸箱,看看没有窗户、只贴着一张大红语录的土墙,最后,再看看我这单人床上的破被子、破床单。然后,她轻轻叹了一口气,说:"M老师,咱们两个社会地位不同,不是一个阶层的人!"

我吓了一跳——这种话,我还是头一回听说。

"新社会嘛,人人平等,只有分工不同,没有等级之分。怎么又冒出来不同的'阶层'?"我照着学习的大道理反驳她。

她只向我做一个鬼脸儿,调皮地笑笑。

哪本书里说过:男人不懂女人的心思,就像大猩猩拿着一把小提琴。

过了一两天,她急匆匆地来了,带着她的随身提包,说她母亲来信,叫她快去见她。

我送她到车站,给她买了一张车票——她客气着不叫我买,我坚持给她买了。

开车前,她说:

"你回去吧……只要能来,我再来……"

她走了。

过了一个星期,收到她两页来信,主要说她母亲无论如何不同意我们之间的事,"我也认为,你在本地解决可能更幸福"。最后一句话是:"M老师,你是一个好人,谢谢你对我的关心帮助。"

"好人"——这就是她对我的"鉴定"。

在电影里,凡是谈对象的女方用拳头使劲捶打着男方,同时骂他"真坏! 真坏!"那潜台词倒是"亲爱的"。一到女方一本正经地说"你是好人"的时候(也许是出自真心的赞扬),那就该"拜拜"了!

月底,学校里才传达了"四人帮"垮台的消息。

很多天以后,教体育的老王突然来串门了,第一句话就问:

"你跟小冯的事定下了没有?"

"定什么? 人都走了!"

"没来信吗?"

我把小冯的信递到他手里。

他一眼把信看完,又还给我:

"她平常对你说过什么?"

"她说她想吃肉。"

"你让她吃的啥?"

"还不是:馍,汤,菜,面条!"

"好嘛! 我给你引来一只凤凰,你把人家饿跑了! 你呀,你呀,叫我说你啥才好?"

"我有啥办法? 一个月五十多块钱,两个人光买面就得三十多,只剩下十来块钱,还敢吃肉?"

"倾家荡产也值呀! 你这个家伙,太寒酸!"

"人家从小是吃冰激凌、奶油蛋糕长大的,我是吃窝窝头、白薯长大的,怎么能跟人家比? 况且,人家也说我跟她不是一个阶层的人!"

听到这里,老王也愣了。

我乘机发挥了一下:

"鲁迅不是说过吗:焦大是不会爱林妹妹的。他也不敢爱。第一,他养活不起。第二,林妹妹一哭,焦大连劝也不知道该说点儿啥。"

"你倒想得开!"

"捡到篮里才是菜,拾到筐里才是馍。既然结不了婚,拉拉扯扯,浪费时间,不是毫无意义吗?是儿不死,是婚不散。有什么可惋惜的?"

老王哈哈笑了起来。他使劲儿拍了一下我的肩膀,大声说:"高!高!佩服!佩服!"

他这话到底是赞颂还是嘲笑,我也不去管它。

几年过去了。我还是一个人。

不定什么时候,我发现自己在屋里喃喃自语:"小冯,现在工资涨了,咱们可以买肉吃了!"

这话一说出来,我就清醒了,心想:

"人家恐怕早已出国了吧?"

一只小天鹅,在狂风暴雨中受了伤,落到我们这片沙荒盐碱之地。我用一点儿粗食喂了它几天。它稍稍恢复体力,整理一下羽毛,仍然向往着蓝天白云。天朗气清了,它扑扑翅膀,向高空飞去。我抬头仰望,它愈飞愈高,愈飞愈远,直到看不见它的踪影。而我仍然留在这片平凡的土地上,过着自己平凡而孤独的生活。

(1989 年 8 月 30 日,上海)

李春光和王慎学[①]

　　在高中的时候,我有两个同班的朋友,一个叫李春光,一个叫王慎学。他们两个都很"进步"(按照一般的说法),不过两个人脾气不同,正像俗话说的:"反门神不对脸",所以他们俩常常闹别扭。

　　李春光,年纪小,有十七八岁,人很聪明。可能是因为爱好文艺,自然免不了那种艺术家的浪漫习气,比如说:头发不梳,又长又乱,衣服上掉了扣子也不缝上,走路总是连跑带跳慌慌张张,不管对谁说话都是冒冒失失,像吵架一样;还有:花钱没有一个计划,做事急躁马虎。不过,他为人的确热情,每逢有什么不平的事,总是先听见他吵起来。

　　王慎学可是跟李春光完全反一板儿,他的年龄比李春光大几岁,见的事情多一点,而且从小生活就很困难,所以他很稳重,对事情尽管心里有数,可不爱开腔,衣服虽然破旧,穿得却很整齐,最初他是光头,总是剃得净光,后来见大家都留长发,他也留起偏分,总是把头发沾上水,梳得很伏贴,不让它蓬蓬勃勃。他不爱运动,整天只见他伏在桌上克书,因此,他是班上大家公认的"老夫子"。

　　对于学校的功课,李春光是完全置之不理,只要先生不点名,他就不到课堂去上课;到课堂也是不听讲只埋头看小说,至于数学习题,当然不做不交,因为:他"不知道为什么要学这些伤脑筋的数学"。同学们一天到晚做数学题,但还是演不完的习题,虽然羡慕李春光的洒脱,但却明白他的办法实在不稳当,因为:不会做习题就不能升学,而如果不能升学,又能做什么呢? 王慎学也是不赞成这种"不做不交"的办法。他说:"功课总得对付过去呀!"他把一切笔记都誊写得干干净净,把一切习题都做得仔仔细细的,久而久之,他就完全钻入功课里去了,而且,因为他朝夕的用功,他的脊梁都有点驼了,他走路也总背着双手,像一

---

　　① 少作,载于重庆《人物杂志》1949 年第 3—4 期合刊,笔名李之楚。

个十足的大人。

　　我们学校的校长,是个想以办学校而"向上爬"的官僚。公家发下的钱,他都借各种名目扣下来不发给我们,所以他惟恐学生不服气,就派他的一个内亲做训导主任。为了镇压学生,常常用记过或扣公费来威胁我们。逢到这一类事情,李春光总是事情还没有弄清楚就写条子往墙上贴,而且在班上吼起来。但王慎学晓得班里面有两位同学是校长的乡亲,同学们一有什么动静,他们就向校长打报告。他听到这类事情以后,先瞅一瞅那两个人在不在教室,如果不在,他才敢叹息两声,然后又埋头去搞那些 XY 之类的东西。

　　当李春光一听到教室外面有人吵架,他都要丢下他自己正在做的事情,急头怪脑地跑出去,本着"人生以服务为目的"的精神,不管三七二十一地参加到别人争吵的漩涡里去调解,直到他自己叫喊了大半天,双方都为他的热心感到厌烦的时候,他还是不清楚到底是发生了什么事呢——他的"服务"总是这样不着边际。

　　王慎学常挂在嘴边的一句话是:"不要把事情看得太简单了!"当然他的意思是说"一切事情都是很复杂的"!开班会的时候,王慎学守着"明哲"之道,一句话也不说,只听见李春光一个人说话。他提议:班上要出壁报;壁报内容是综合性的,包括文艺、论文、时事等等;还要组织读书会和文学研究会。照例是没有反响。王慎学读过的书很多,他深觉得李春光"太露锋芒",常常在开会以后,他就带着一副怜悯的神气,对李春光说:"现在还是充实自己的时期,值不得太突出",以及"环境"(这好像是一个不可知而又无限可怕的东西)是如何如何的"复杂",等等,惹得李春光讥笑他:"充实到什么时候才够?"王慎学也不分辩,只摇摇头,意味深长地说:"反正,事情并不是那么简单!"说了这句话,他就好像后悔耽误了一大段时间似的,急忙回到自己桌旁去克功课了,李春光噘着嘴走开。

　　有一天,训导主任扣留了我们班上订的一份报纸,因为报上登了我们校长贪污的消息,训导处扣留信件和书报。本来是公开的秘密,但这次他不小心把报交给另一个职员,被同学们见到了,报纸边上还写着我们班的名字。同学们都很生气,但又不敢说话,李春光尤气愤,他拍着桌子,说:"看吧!训导主任连报纸都不给我们看了,以后放个屁他也要管啦!"大家都觉得他说的有理,但谁也不愿出头抗议,王慎学觉得李春光太傻,自己是一句话不说。

同学们看见李春光吵得最凶,就选他当代表,去见训导主任。本来大家选的王慎学,因为他说话平和一点,但他坚决不干。

训导主任早就有心腹学生报信,知道李春光在教室骂他,心里本来就怀恨,两个人没有说上三句话,训导主任就一变脸,发起脾气来了——

"你怎么这样桀骜不驯?你对哪个说话?一点礼貌都没有!我早就知道你,(训导主任威严地翻一翻点名册)我知道你平常就思想'左倾',喜欢骂学校。教育部前几天还来公事,叫学校调查'左倾'的分子……"说着说着,训导主任照着办公桌"啪!"狠狠地捶了一下。我们这时都站在窗外看,替李春光捏着一把汗。

"刘主任!你当先生,说话要负责,什么叫'不驯'?什么叫'左倾'?说话不是放屁——"李春光气得眼都瞪圆了,他也顾不了自己说了什么话。

"什么?'放屁'?——这还得了!学生骂先生!"

"你随便栽人'左倾',不是放屁?你随便骂人'不驯',不是放屁?"李春光激动得浑身打战,冲出办公室。

大家都觉得事情闹大了,李春光难免被开除。我们替李春光发愁,因为假使他被开除,他年纪还轻,往什么地方去呢?学校倒还在其次,到什么地方找碗饭吃呢?李春光自己倒还没有想到这一层,他只想:"妈的,真混蛋,连报都不叫看,还说我'左倾'!他先骂我,不准我还嘴!开除?就开除吧!离开这混蛋地方也行!"

下午,开除李春光的布告出来了。这是训导主任的得意笔法,每逢开除人,他就要写一篇四六体的布告——"查某某班学生李春光平日即思想乖谬,桀骜不驯,复于今日上午在办公厅辱骂师长,大肆咆哮,若不严惩,校纪何在?故着将该生开除学籍,以儆效尤。"大家看了这得意洋洋的布告,都非常难过。

王慎学现在可陷在苦闷里了,他往常虽然和李春光吵嘴,嫌他太"幼稚",而且自己又害怕"环境",可是他对学校也是同样不满:"这一回如果我去和训导主任办交涉,也许事情不会这样糟。"他觉得自己懦弱得可耻了,同时又埋怨李春光太动感情不会说话。

李春光平时不大理会同学们,但这时同学们都同情他了。虽然大家都穷,仍然掏腰包给他凑了一点路费。

　　走的那天早晨,好几个同学抢着替他打行李,王慎学还送他很远一段路程,真像对自己的兄弟一样。这时,李春光突然有点留恋,他说:"原来同学们也很热情呀!"

（1949 年 1 月 18 日抄）

附录:关于小说《老牛行状》等作品的评论

一、柴与人(本名柴俊杰,高中时代同学老大哥,离休干部,曾任广州军区政治部副主任)

赠书和随后的来信都收到。……你的书我刚读了散文随笔篇章的大部分,其他作品待以后慢慢阅读。我对你写的这些散文随笔非常感兴趣,认为这是真正老牌正宗(我也要用一用这个词儿,但决不包含当今商界做广告时用这个词儿的意思)的文学作品。这些文章饱含情感,在写你的经历、见闻的同时,袒露了你的心灵,表达了你的喜怒哀乐。你的文笔很有特色,纯朴,明快,自然,流畅,形象。我深感你驾驭文学语言的功底深,读你的那些随笔篇章,使我想象到你提起笔来一定是一股脑儿随手写下去的,就像淙淙奔流的泉水那样,中间没有停止过(这是我的感觉)。你读过大量外国文学作品,你还专门研究和翻译了英国文学作品,但是你在自己的文章风格上没有受外国文学的感染,始终保持了中国风味。你的文章中有许多句子很简练,但又很形象、生动。我前面说你的这些随笔篇章是老牌正宗文学作品,也就是指的这种传统的中国风味。

读了你这些作品,把你在人生旅途上的艰辛苦难历程连贯起来,我不禁赞叹再三。我赞叹你读书之多,赞叹你多才多艺,更赞叹你生命力之强而又强! 一个曾被塞进棺材又救活的病弱之躯,在漫长的岁月中,经受了几多风雨,几多磨难,居然越活越结实,越活越刚强——你像是从炼钢炉里熬炼出来的,从荆棘丛中滚爬出来的……不论遇到什么逆境、险境,你都能挺得住,并且继续往前走。你的生命力又焕发出丰富的创造力,你那丰厚的知识积累都在争着为你效命了! 在这方面,从你的文章里语言之丰富多彩,运笔之娴熟,又给我以深刻感受。可惜你没有分身术,无法同时用等量精力去编莎氏大词典,又做英国文学研究,又从事文学创作呀! 不论在哪一方面,你本来都可以施展才华的呀!

(1994 年 3 月 4 日)

你的几篇小说确属大手笔之佳作。……我觉得,若从典型的完整性和故事情节的连贯性来说,当然应把《老牛行状》列为榜首。"老牛"这一典型,塑造得很成功。这篇小说具有纪念碑式的意义,也可以说它就是一座纪念碑——为遭受劫难的一代知识分子立的一座纪念碑。把"老牛"定型为小知识分子实在妙极了! 这样,既可以充分展示他那种带有农民气质的性格特征,又使他有"资格"得到同所有知识分子(不论大小)一样的"政治待遇"。淳朴憨厚的个性,辅以真正的牛一样的气力,同那种奇特的"政治待遇"结合起来,就形成特别惨重的悲剧。老牛被乱棍打死,这是小说中具有千钧之力的一笔! 鲁迅笔下的阿 Q 是糊里糊涂被拉去枪毙的,老牛比阿 Q 有文化,有头脑,但他来不及想一想"这是为什么",就死在乱棍之下了。当然,你是把这个大"?"留给了读者。不知道我说得准不准:我仿佛觉得你的小说受有鲁迅的影响,具有冷峻、浑厚、深沉的风格,特别是《老牛行状》这篇作品,是颇具深广的社会意义的。……反正我总朦朦胧胧地觉得你的小说中有近似鲁迅作品中那样的"风味"。

《书房的窗口》,我总的感觉是构思奇特,思路深广。特别开头类似"心灵独白"的章节中,不时引用古今中外圣哲、作家的警句,使我感觉到,那些众多的思想家、文学家都一齐跨越时空界限,前来你的,而不是"邬其仁"(无其人)的麾下报到,听候调遣。《天上飘过一朵白云》是小说,但又饱含散文美,且幽默感特强。当我读到那一段描写若即若离、似是而非的"一吻"时,不禁哈哈大笑。

(1994 年 9 月 1 日)

说起你的小说,我也正是联想到《阿 Q 正传》《孔乙己》才感受到你的作品富有鲁迅风格的。我曾把老牛同阿 Q、孔乙己这两个典型形象联系起来考虑,但没有想清楚,所以上次没有具体谈及。我只把这三个典型的结局加以比较,想到老牛作为阿 Q、孔乙己的后代人,他所处的时代和社会已经向前发展了近一个世纪,可是他的命运竟比阿Q、孔乙己更加悲惨百倍。孔乙己只是被人抓去挨过打而已;阿Q被枪毙,但他本人是糊里糊涂而死去的,大概也说不上是否痛苦的问题;只有老牛是在头脑清醒中被乱棍打死的,他是带着一个大"?"而含冤离去的。

我也曾联想到果戈理。我感到果氏同鲁迅的风格相近,这除了本质的因素外,可能与鲁迅的译笔有关。

(1994年11月13日)

二、林伯野(本名常耿武,高中时代同学好友,现为离休干部,曾任国防大学马克思主义研究所所长)

怀着喜悦的心情,我在不到十天的时间里,从头到尾读完了你新出的《异时异地集》。

首先是感到亲切。我们相识五十多年了,青年时在一起生活过两年多,后来一分别就是四十多年。不管你被划成什么,我对你的印象,虽信心从未动摇过,但你具体的经历我了解不多,这次算是补上了,从离开十中到现在,对老朋友的一生经历更了解了。更了解,也就更亲切了。

再就是感到真切。你的记忆力真好。对万先生、周先生,对几十年前与许多人的交往,你记得生动而真实,除了对我的赞词我觉得受之有愧,其他人的,都非常真实。

再就是恳切。这是你高尚、善良、诚恳、朴实心灵的自然流露。你好多篇散文、小说的结尾处,往往有一两段精彩的文字,使人如读《史记》时读到某篇最后的"太史公曰……"把你对某人、某事的精彩观点画龙点睛般地写出来了(如P67,P107,P116,P227,P286—287,P302)。

一滴水可以反映一个太阳,你的集子也反映了一个时代。从40年代到70年代,中国的普通的知识分子的命运、遭遇,使人惋惜,使人同情。你和他们一道浮沉、一道挣扎。我们是虽受了苦难,终于活到了今天的幸存者;50年代后期到70年代后期这20年,正是我们30岁到50岁的黄金时代,我们的才华被压抑了,摧残了。三中全会后,我们在60岁前后又作了点努力,我干到1990年,便因家中不幸无法笔耕了。而你的确是宝刀不老,大器晚成,一本又一本地把果实奉献于人民。从中年看,我比你遭遇的苦难少些;从老年看,你比我在看书、写作方面有更多的幸福。我为你高兴,为有你这样的友人而骄傲。

你的散文,《桌子》最好。小说《老牛行状》我更欣赏。……你的剧本,两个都好,我更喜欢《商君传奇》,但似乎把我们今天的历史观也给了商鞅了。许多话,是20世纪马克思主义者的观点和语言,传达了作者自己的心声。

你在译诗方面才华出众,不论是译外文的还是古文的,都举重若轻,高人一筹。

莎翁词典,工程浩大,但愿大功告成。

(1994 年 2 月 4 日)

按:以上二位都是在旧社会做穷学生时代的好朋友。当时我们共同参加进步活动,阅读鲁迅和俄苏文学作品。几十年来,无论彼此命运如何,我们始终保持着手足般的友谊。我的这些拙作,受到老朋友的理解和欣赏,我很感动。特别是柴大哥在忙碌之中,不顾年迈体衰读了我的小说,帮我进行了细致的分析,更使我非常感谢。特别是他提到了鲁迅和果戈理,正是几十年前我们在学生时代共同喜爱的作家,还曾在一起讨论过。我写《老牛行状》时确实对于《阿 Q 正传》和《外套》重新学习,所以看了他的评语感到高兴,觉得"实获我心"。但是高兴归高兴,对于他和伯野的溢美之词却不敢"照单全收",权当作老朋友的鞭策,以鼓励我继续做我应该做的工作。

(2007 年 12 月 1 日)

剧本
JUBEN

商　鞅

（话剧）

时间：秦孝公元年至二十四年（公元前 361 年—前 338 年）

地点：雍都—咸阳—商邑

人物：

商鞅　原名卫鞅、公孙鞅，后封于商，故通称商君。初上场时约 30 岁，最后
　　　出场时 54 岁。

商鞅夫人。

商鞅的女儿。

尸佼　大夫，商鞅的助手，年岁较商鞅稍轻。

秦孝公　第一次出场时 22 岁，第二次出场已属中年。

太子驷　孝公子，约 15 岁。

公子虔　奴隶主，贵族元老，太子师。

公孙贾　贵族，太子傅。

管家甲、乙　公子虔的家奴头子。

小冶　冶铁奴之子，后为工师、卫尉。

女庚　年轻女奴。

老奴隶　后为自由农。

众田奴。

景监　孝公内臣。

武士、宫女、太监、狱吏。

奴隶主贵族们。

市场上的众小贩、各种看法令者、破落贵族、游说客。

地主、农民、农妇、男女壮丁。

秦军的步尉、骑尉、车长。

公子卯　魏国将军。

魏国的军使、随从、女乐。

分场：

第一场　入秦

（渭水之滨。

（一群奴隶艰难地伐树。）

歌声：嘿哟嘿哟把树砍，

　　　　砍倒大树放河边；

　　　　河水清清流不断，

　　　　奴隶的日子苦连连！

　　　　奴隶们下地你安闲，

　　　　凭什么千捆万捆往家搬？

　　　　奴隶们打猎你不沾，

　　　　凭什么山珍野味吃不完？

你们喝着我们的血，

你们榨着我们的汗，

不干活来白吃饭，

不干活来白吃饭！……

（管家甲拿着鞭子上。）

管家甲：快砍树！快砍树！（看见一老奴隶干活艰难，斥骂）

老家伙！（一鞭子打在老奴隶脸上。）

（老奴隶以手护脸，血淌下来，慢慢倒地。

（众奴隶跑来扶他，有人怒视管家甲。）

管家甲：怎么着？还敢不听话？（鸣鞭）快干活！

（奴隶又去砍树。

（年轻女奴女庚携篮上，管家乙随上。）

管家乙：（催促）快点！快点！别磨磨蹭蹭的！

管家甲：（对乙）来啦？辛苦辛苦！

管家乙：彼此彼此。

管家甲：（对众奴隶）快吃了干活！

众奴隶：（向女庚招呼）你来啦！

女庚：一人一个野菜团子，快吃吧！干活还有大长一天呢！

管家甲：真是一群牲口！什么活也不干，白吃老爷的东西！

管家乙：（向甲招手）公子虔待会儿要来……（把甲拉到一边，两人耳语。）

管家甲：嗯，嗯，明白啦。跑不了！咱们先一边儿歇着去。（斥骂奴隶们）快吃了

干活！（二人下。）

（奴隶们活跃起来。）

奴隶甲：（向管家甲、乙的去向）呸！看家狗！

众奴隶：（对老奴隶）老大爷，你伤得不要紧吧？

老奴隶：不要紧，不要紧。

（年轻奴隶小冶为之揩拭伤处。）

老奴隶：好孩子，不要紧，停停就好了。我们尽管受罪，比起你父亲来，总算强多

啦，唉！

小冶:（掩面）父亲！

众奴隶:他父亲怎么啦？

老奴隶:小冶这孩子命苦,他才来不久,你们不知道。他父亲本来是公子虔府下的一个冶铁奴。那可是一个能工巧匠,不管什么犁锄镰铲,还是刀剑戈矛,他全会造。有一回,公子虔叫他铸一把剑。他整整用了三年时间,铸成了一把举世无双的宝剑。可是,就在他献出宝剑的那一天,万想不到那狠心的主人公子虔竟然拿他当作试剑的靶子！

小冶:（大叫）父亲！……我真想再铸一把宝剑,为我父亲报仇！可是公子虔把我赶出了冶铁坊,当了田奴！

老奴隶:（掩其口）轻一点！这话可不能叫他们听见。（对奴隶乙）去看着点！

（乙下。）

奴隶甲:我真盼着再出一个柳下跖,把这些贵族老爷们都杀光！

众奴隶:老大爷,你再给我们讲讲柳下跖的故事吧。你讲一回,我们心里就痛快一回。

老奴隶:（振作精神）好,我就讲。说起来也不算太久。我小时候听我爷爷说,鲁国出了一个大英雄,名叫柳下跖。柳下跖身材魁梧,仪表堂堂,领着一大批像咱们这样做牛做马的奴隶,拿起镰刀、斧头、大刀、长剑造反！打仗的时候,他冲锋在前,撤退在后。他的九千人大军,把那些贵族老爷们杀得哭爹叫娘、丢盔撂甲。柳下跖的队伍打到哪儿,那儿的奴隶主就像夹了尾巴的狗一样,关上城门,不敢应战。这时候孔丘——

奴隶丙:孔丘？

奴隶甲:就是那个专替贵族老爷出主意想点子的孔老二！

众奴隶:别打岔！往下说！

老奴隶:孔丘看见柳下跖一造反,把奴隶主的天下搅得乱七八糟、神鬼不安,他就动身去找柳下跖,想把他拉过去。柳下跖不理他。可是孔丘死乞白赖非要见面不行。柳下跖火了,说："叫他来吧！"孔老二进了大帐,施礼打躬："鲁人孔丘,闻将军高义,愿为将军造大城数百里,尊将军为诸侯。请将军归马华山之阳,与天下共休息！"

众奴隶:那可不能听他的！说得好听,一罢兵,什么都完了！

老奴隶： 你别急。柳下跖可没有那么傻。他大叉着腿，两眼冒着怒火，一手按着宝剑，一手指着孔老二的鼻子尖儿，把他痛骂了一顿："你是叫孔丘的不是？我看你不耕而食，不织而衣，翻嘴弄舌，挑拨是非。你专走奴隶主头子的门路，拍王孙公子的马屁，想混个官儿当当，图你一身荣华富贵。我看你呀，不该叫孔丘，你该叫盗丘！你别来恭维我，我不吃你这一套！你口口声声说仁义、讲爱人，少正卯不是你杀的吗？当面说好话，背地下毒手。别跟我来这一套！不要说你给我造大城，让我当将军，你就是让我当国王，我也不稀罕。我一定要让天下的奴隶都大翻身，眼睛想看什么就看什么，耳朵想听什么就听什么，嘴里想吃什么就吃什么，心里想干什么就干什么。你说的那些圣帝贤王，不过都是些奴隶主头子，我活着不能把他们打倒，死了也要拿金锤砸碎他们的脑袋瓜！你那些陈谷子烂芝麻、破铺陈烂套子就别在我跟前卖弄了！你呀，快点给我滚蛋！"骂得孔老二眼发怔、脸发白，出门摸不着门口，上车抓不住马缰，灰溜溜滚蛋了！

众奴隶： 哈哈哈哈！……

老奴隶：（指一边）嘘！

众奴隶： 后来呢？

老奴隶： 后来，柳下跖带着这九千人横行天下，从鲁国打到齐国，从齐国打到卫国，从卫国打到晋国，从晋国打到秦国。我小时候还听说柳下跖在咱们秦国什么地方藏着呢！

众奴隶： 柳下跖死了没有呢？

老奴隶： 没听说。兴许没有死。

众奴隶： 他要是再打到咱们这儿，那才好呢！

奴隶乙：（急上，警告）来人了！

（管家甲、乙上。）

管家甲： 公子虔来了。你们都给我站好，放规矩点！

（奴隶们站在一起。

（持戈戟的武士上。

（拿锁链的爪牙上。

（抬着祭祀用品的仆人上。

（公子虔由随从陪同上。）

管家甲、乙：（垂手而立）公子！

公子虔：这些田奴们，今天做工还规矩吗？

管家甲：禀告公子，托公子的威德，加紧看守，他们不敢有什么不安分的举动。

公子虔：嗯。（对奴隶们）今天给你们讲几句话，你们听着：你们祖先不敬天命，犯下了大罪，你们也犯下了大罪。我们家把你们抓起来，当家奴、当田奴、当工奴。这是天意。我不杀你们，给你们房子住，给你们饭吃，让你们做工。这是对你们天大的恩惠。只要你们安分守己，好好干活，老天爷会可怜你们，你们会得到好处的。不过，谁要是不顺天命，犯上作乱，我就要收回他住的房子，收回他种的地！我就要砍他的脑袋，杀他的全家！

管家甲：（对奴隶们）公子的话，都好好听着。谁不听话，就是自己找死！

公子虔：（对管家甲）那两个小奴子，都来了吗？

管家甲：来了，公子！

公子虔：我要看一看。

管家甲：小冶，女庚，站出来！

（小冶、女庚困惑地走出来。）

公子虔：（带着恶毒的好奇，对二人从头看到脚，表示赞许）嗯，身个、长相，还可以。祖先看了会高兴的。（对二人）你们命里有福气，我家今天祭祖，要用用你们当金童玉女呀，哈哈！（二人惊叫。）给我捆起来！

（拿锁链的爪牙来抓小冶、女庚，二人挣扎、反抗。

（众奴隶骚然。）

众奴隶：公子，你不能这样啊！两个聪明能干的孩子！

老奴隶：（上前）老爷，你不能再这样了。我们奴隶做牛做马干活，动不动还把我们像牲口一样杀掉做陪葬的牺牲。女庚的妈妈就是这样死的。小冶的父亲也被你当作试剑的靶子。现在，这两个无父无母的苦孩子刚刚长大成人，你又要——

公子虔：（阴毒地）这么说，你是可怜他们喽！那就拿你先开刀吧！（拔剑欲刺老奴隶。）

众奴隶:(保护三人)你不能!

公子虔:(怒)那就把你们统统杀光!(向武士们示意。)

    (武士们持戈戟逼向众奴隶。

    (马蹄、马铃声。

    (内人声:"请让开!请让开!"

    (商鞅、尸佼上,见状,会意。商鞅上前询问。)

商鞅:(向管家甲)请问,这可是上雍都的大道?

管家甲:是。快走开!

商鞅:(向公子虔施礼)请问王孙高名上姓?

管家甲:这是我秦国的元老公子虔!

商鞅:失敬失敬。敢问这些甲士不在战场效力,却向一群田奴耀武扬威,所为何
    事呢?

管家甲:我们老爷杀奴祭祖,不关你的事。快走路,别多嘴!

商鞅:此言差矣。古人说:祭天、祭地、祭祖先,都是为了活人能过上好日子。现
    在,却要把活人杀了来祭祖先,这又能对谁有好处呢?况且,不管田奴、工
    奴,也像你我一样,都是人。人就有用。尤其是像他(指小冶)这样年轻力
    壮的人,驾着犁能耕田,拿起干戈能上阵打仗。有了成千上万这样的人,只
    要法度立、赏罚明,把全国的人力都用在耕战一个方向,那就能使国家走上
    富强的道路。为什么要把对国家有用的人力当作牲口一样白白杀掉呢?

公子虔:这是我的家奴,我想杀就杀。

商鞅:我听说,老王献公一即位就宣布了"止从死"的旨意,不许再拿活人来殉
    葬,更不许拿活人当牺牲来使用。公子不会不知道吧?老王刚刚晏驾,太
    子即位不久,你就公然违犯先王遗旨,这叫作"大不敬",官府是要追究治
    罪的。如果大王知道了,恐怕对公子有所不利吧?

公子虔:(语塞)——你是什么人?

商鞅:(拱手)魏国来客!

公子虔:你到我们秦国作甚?

商鞅:闻听大王下令求贤,特来贵国进献富强之策。

公子虔:哼,不速之客,希图猎取功名富贵而已。

商鞅:(微笑)岂敢岂敢。

公子虔:你叫什么名字。

商鞅:敝人公孙鞅!

　　（马蹄声。）

管家甲:公子,宫中有人来了!

　　（一太监上。）

太监:大王有旨,宣公子虔进宫计议兴革大事!

公子虔:遵旨。

　　（太监下。）

公子虔:(对众奴隶)今天便宜了你们!（率众下。）

　　（众奴隶为小冶、女庚松绑,并高兴地围近商鞅。）

　　（幕徐徐闭。）

第二场　廷辩

　　（孝公六年。雍都秦宫。

　　（孝公坐,景监侍立。二宫女在旁收拾案几。）

孝公:(对宫女)你们下去!

　　（二宫女施礼,下。）

孝公:(对景监)你举荐的这位客人还不错,我们很能谈得来。

景监:大王高兴见他,我就放心了。原来我生怕他说话不称大王的意。

　　按照咱们秦国的规矩,举人不当,是要负责任的!

孝公:(笑)哈哈,你不必担这个心了。公孙鞅真是个人才。不过,这不是一下子
　　就看出来的。一开始他跟我谈话,我只觉得这个人善于辞令,说话有条有
　　理、层次分明。后来我觉得他说的富强之道很有道理。最后,我才看出来
　　这是个有见识、有才干、有魄力的人。我即位不久,正需要这样一个人,帮
　　助我担当治理国家的重任。

景监:大王赏识他,总算我为陛下尽心尽到了家。可是,大王恐怕还不知道,他
　　这趟到秦国来,经过可不简单哪!

孝公: (好奇)哦? 这么说,这里面还有什么曲折的故事?

景监: 是这样:公孙鞅在魏国,原来是老相国公叔痤府下的一名小官儿。公叔痤知道他有才干,但还没来得及重用他,自己就病倒了。有一天,魏王去看望公叔痤,问他:"公叔年岁大了,万一有个三长两短的,寡人的江山可托付给谁呀?"公叔痤说:"我那个中庶子公孙鞅,别看他年轻,倒是个人才,国家大事可以交给他。"魏王听了没吱声。公叔痤看他不在意,就把左右支走,又对他说:"陛下要是不用公孙鞅,最好把他杀了,千万别放他到外国去!"魏王说了句"行啊",就走了。公叔痤心想:这不是把公孙鞅害了吗? 于是,他又把公孙鞅叫到跟前,说:"今儿个大王来了,让我推荐宰相,我推荐了你。大王不想用你,我就先公后私,对大王说要是不用你,千万不能放你走。大王答应了。咱们平日相处不错,我不能不给你打个招呼:你快走吧,不然就走不了啦!"

孝公: 这个老头子心眼真多。那么,公孙鞅怎么说呢?

景监: 公孙鞅听了他的话,一点也不着急,说:"没事。大王既然不听你的话让我做大官,又怎么会听了你的话就把我处置了呢?"

孝公: (哈哈大笑)真聪明! 要是换了别人,一定吓得不知怎么样呢。他马上离开了吗?

景监: 没有。后来,公叔痤死了。公孙鞅看魏王始终不肯用他,听说大王下令求贤,他就马上动身来了!

孝公: (高兴)好哇! 这样的人才,魏国不要,我们秦国要! 来呀! (侍者上。)召魏国客卿公孙鞅入宫! (侍者下。)

景监: 小臣告退。

孝公: 也好。待会儿公子虔、公孙贾也要来。商议完事情,还要设宴。你先去张罗一下。(景监施礼,下。)

(侍者引商鞅上。侍者下。)

商鞅: (行礼)客臣公孙鞅拜见陛下!

孝公: 寡人在此专等。先生请坐。

(商鞅施礼后就座。)

孝公: 先生休息得好吗?

商鞅:谢谢大王。我在宾馆休息得很好。

孝公:到秦国来,还看得惯吗?

商鞅:秦国民风淳朴,吃苦耐劳,这是国家兴旺的预兆。

孝公:先生喜欢我们秦国,我很高兴。秦国是个偏僻的国家,山高地寒,人民劳苦,又与西戎为邻,一直被中原各大国所轻视。先君在世,一生以发奋图强为念。寡人年轻,初登大位,望先生多多赐教。

商鞅:大王过谦。常言说:"有土者不可言贫,有民者不可言弱。"秦是形胜之国:西有陇坻之险,东有殽函之固,北有甘泉之塞,南有泾渭之地,金城千里,民强兵勇。这是很好的条件。但是有了很好的条件,还要励精图治,才能富强。富强,富强!如何才能富?怎样才能强?种田才能富,打仗才能强。要想国家富强,就要奖励耕战。要想奖励耕战,就要集中民力。要想集中民力,就要赏罚分明。要想赏罚分明,就要实行法治。当务之急,在于制定法令,使百姓明确奋斗方向,把全国的力量拧成一股绳。令行,禁止;战则胜,不战则富。陛下的雄图就可以实现。离开了法治,要想富强,就像想过大河而不要舟船,想走远路而不要车马,不过是痴心妄想而已矣!

孝公:(兴奋)说到法治,这就说到我心里了。今天召见先生,就为商讨变法大计。公子虔和公孙贾也要来,我们可以一同商议。

商鞅:只要能对秦国富强有利,客臣愿献一得之见!

(侍者上,引公子虔、公孙贾上。)

侍者:公子虔、公孙贾奉召来见。

公子虔、公孙贾:(行礼)大王陛下!

(宫女上,安置座位。)

孝公:(介绍)这位是魏国来的公孙鞅先生。这两位是我国的元老重臣公子虔、公孙贾。

(商鞅施礼。公子虔、公孙贾傲不为礼。)

孝公:都请坐吧!

(三人施礼,就座。宫女下。)

孝公:今天,请你们三位来筹划国家大计,希望多多贡献高见。(三人欠身示礼。)我们秦国地处西陲。列祖列宗披荆斩棘,开拓疆土,历尽艰辛。从前穆公在位,修内政,平外乱,把国土从雍岐之地扩展到大河之滨。可惜百年以来,我国庶长专权,挟持国君,内乱频繁,无暇他顾。魏国乘机夺去我河西之地。几个中原大国也幸灾乐祸,歧视我们,骂我们是"戎狄之国",不许我们参加诸侯的盟会。这是我们秦国的奇耻大辱!先君一生以励精图治为念。寡人初登大位,思念先君的遗志,常想洗雪秦国百年来蒙受的耻辱。我在求贤诏中已经说过:无论宾客或是群臣,凡能出奇计使秦国富强者,寡人一定封官重用!

三人:陛下明断!

孝公:当前最重要的事就是变法图强。但是改变法制,牵动全国上下,非同小可,需要慎重计议。希望你们三位各抒己见!(拱手。三人行礼,又坐下。)

商鞅:臣愿进一言。

孝公:请讲!

商鞅:常言道:"疑行无成,疑事无功。"大王实行变法,就不要怕别人议论反对。愚昧的人,事情已经碰到鼻子尖上,还是看不清楚。聪明的人,新事物尚在萌芽状态,就已经敏锐觉察。所以,要成就伟大的事业,不必去听那些守旧的人们喊喊嚓嚓。法令,是为了保护人民而制;制度,是为了便利国事而定。因此,圣君贤王只要能使国家富强,不必墨守旧法;只要能对人民有利,不必拘泥旧礼。

公子虔:不对。

孝公:公子虔,说说你的看法。

公子虔:古语说:"圣人不易民而教,智者不变法而治。"教化老百姓,不用改变老规矩,就能发生功效。治理国家,按照老制度办事,上上下下都习惯、都省心。如果轻言变法,动不动就要改掉祖宗的老规矩、老制度,恐怕要引起国家动荡、大家反对!

商鞅:恕我宣言。墨守祖宗的旧章法,对于老规矩、老习惯、老制度不敢稍有触动的人,不足以谈论国家大事,更不配谈论变法。

公子虔:"利不百,不变法;功不十,不易器。"变法,变法,谈何容易!

公孙贾:"遵先生之道而过者,未之有也。"这句话你不会没有听说吧?

商鞅:反对变法的人总是抬出"先王之道"来吓唬人。中国自有生民以来,"先王之道"很有几个。请问：你们要我们遵循的是哪一个"先王之道"呢？有巢氏时代，人住在树上；燧人氏时代，钻木取火；伏羲氏时代，播种百谷；黄帝尧舜、禹汤文武，时代不同，做的事各不一样，实行的制度也各不一样。可是礼法因时而定，制度各顺其宜，治理天下并没有一套万古不变的办法，只要有利于国家，也就不必效法古代、因循旧章。所以，改变古代的制度，不见得就错；遵循古代的礼法，也不见得就对。如果时代到了夏代，还有人非要爬到树上去住；时代到了殷朝，还有人一定要钻木取火；那就要为夏殷时代的人所耻笑。同样，到了今天，诸侯并起，争霸天下，如果竟有人不去变法图强，一味向往尧舜禹汤，泥古不化，那也就只能成为迷恋骸骨的可怜虫！

公子虔：（大气）诽谤先圣，荒谬，荒谬！

孝公：（哈哈大笑，对商鞅）说下去！

商鞅：其实，革故鼎新是一股不可抗拒、滔滔不绝的洪流。自从中国发生了"强凌弱，众暴寡"的时代变化，各国的变法是一直没有停息的。郑国铸了刑鼎，晋国又铸刑鼎。鲁国实行了私田收税，秦国也实行私田收租。管仲宰相在齐国大兴渔盐之利，李悝先生在魏国也大讲"尽地力之教"。吴起在魏国改革法制，又到楚国改革法制。这说明变法图强是人心所向、大势所趋。在今天这样的形势下，还死抱着古圣先贤、旧法旧制不放，只能使得国家一天天削弱、一天天贫穷。势必有一天，"人为刀俎，我为鱼肉"！所以，守古不变，绝非富强之道，而是祸国之道、亡国之道！不知二位以为如何？

公子虔、公孙贾：（气得语不成声）诡辩！诡辩！

孝公：（笑笑，结论）今天的辩论很有意思。现在看来，变法图强是刻不容缓的事。寡人不再犹豫了。我任命公孙鞅为左庶长，筹划变法大业，由他便宜行事！

商鞅：（起立行礼）臣一定尽心竭力，不辜负大王的重任！

孝公：好。左庶长，你就速速拟出法令，颁行全国！

（商鞅向孝公施礼，孝公微笑。

（公子虔、公孙贾狼狈地站立一旁。

（幕。）

第三场　立信

（秦国雍都市场大门口。早市正热闹的时候。

（担柴的农民走过来，放下柴捆，擦汗。

（市民、商人在集上游逛着。

（各种小商贩起劲地叫卖着。）

卖狗肉的：狗肉！狗肉！生的、熟的都有！两个圆钱一斤，一个圆钱一块，半个
　　　　圆钱不卖！今儿不买明儿就坏咧！

卖浆者：喝浆吧，甜浆！清泉水，蜂蜜糖，要是不甜你试尝！喝甜浆咧！

一个市民：（走过去）真甜吗？没隔夜发酸吧？

卖浆者：哪能隔夜？集不散就卖光了！你尝一口！

卖枣者：雍州大枣！雍州大枣！不甜不脆不要钱！

果贩：林檎！林檎！华山之阳的林檎果咧！

　　　　（一个穿着破烂绣衣的贵族走过。）

破落贵族：（醉醺醺地喃喃唠叨）

　　　　想当年，住的是，宫院高楼，

　　　　到如今，破瓦房，勉强将就；

　　　　唉哟哟，变了时候！

　　　　想当年，吃一顿，四个大盘，

　　　　到如今，害得我，碗底朝天；

　　　　唉哟哟，我要玩儿完！……（哼哼叽叽走下。）

市民甲：（议论）这不是公子龙的儿子小乙吗？

市民乙：可不是嘛！又喝猫尿啦！老子一死，弟兄们一分家，大块井田分了小豆
　　　　腐块。地里的出息少了，还放不下贵族派头，穷打锅喽！

市民甲：这种人，就靠投胎投到贵族家里享福。应该让他们尝尝饿肚子是啥滋味！

市民乙：那是！……（走散。）

　　　　（商贩们叫声复起。）

卖铁器的:卖铁犁,卖铁锄,镰刀、铁锸、开山斧!

卖陶器的:买陶盆儿来买陶罐儿,能装豆子能装面儿!

卖铜镜的:铜镜子,铜镜子,锃光瓦亮的铜镜子!

大姑娘挑,小媳妇要,拿回家去照一照。西施拿去照一照,脸上能添

三分俏;东施拿去照一照,把她自己吓一跳!

(众人哄然大笑。)

卖兵器的:卖兵器,卖兵器!

兵器好,兵器好,上阵打仗离不了!

有盾牌,有戈矛,你要哪样自己挑。

拿这铜矛去上阵,刺透盔甲穿透盾;

拿这盾牌上前线,再好的铜矛也别断!

一个市民:(开他玩笑)喂,卖兵器的,你这矛、盾都这么结实,拿你这根矛照你这

盾牌上试一下怎么样?

卖兵器的:(窘)去,去!哪有你这么买兵器的?看你也不像个能上阵打仗的样子!

(集上的人大笑。)

卖兵器的:(继续吆喝)兵器好,兵器好,上阵打仗离不了!……

(二武士抬一根木柱上场。他们把木柱靠在市场大门一边,放稳,并张贴

告示。然后持戟在两旁看守。)

(市场上的人们注意力马上被吸引过去。)

市民甲:瞧,大门上出了告示!

市民乙:过去看看!(人愈围愈多。)

市民甲:(问武士甲)这是干什么呀?

武士甲:告示上写得清清楚楚,你不会念哪?

市民甲:它认识我,我不认识它。(对市民乙)老兄,你念过几年竹片书,给念一下!

市民乙:好,我念。(读告示)"左庶长鞅令——"(说明)这是新上任的左庶长公

孙鞅下的命令!

群众:(议论)公孙鞅是谁呀?

就是从魏国来的那个客卿。

一当上左庶长就下命令。

新官上任三把火呀！

别乱吵吵，听听命令说什么！

往下念！

市民乙：（念）"左庶长鞅令：大王欲行变法，无信不立，特置此木，能够至北门者，赏予十金。"完啦！

群众：完啦？这是什么意思呀？

怀疑者：（考虑）搬一根木头，就给十两金子？这种事可是从来没有过。说不清是怎么一回事……

研究者：（走近木柱）八成这根木头与众不同？（摸摸）不是。这是一根平平常常的木柱子。我家就有。……兴许特别沉，搬不动？（用指头弹弹）也不是。这木头挺"糠"，不会很重。（摇头）不明白。（问武士甲）这到底是什么意思呀？

武士甲：告示上写的什么，就是什么。左庶长给我们的命令就是在这儿看守。有人搬走，就向他报告。

市民甲：（向一个老者）先生，你到东边儿留过学，读过诗书。你给我们讲讲，到底是怎么一回事？

老者：（拒绝）非礼勿视，非礼勿听，非礼勿言，非礼勿动。"子不语怪力乱神。"今天这事有点怪。"君子于其所不知，盖阙如也！"（走开了。）

（破落贵族小乙也挤过来看。）

市民乙：小乙少爷，你不是吵着没钱喝酒吗？把这根柱子搬到北门去，马上就给你十两金子！

小乙：（看看告示，看看木柱，鄙夷地）我们家是王孙贵族，为这几个糟钱出一身臭汗、搬木头？哼，犯不上！还没到那一天！（摆着神气十足的架子，走了。）

（过来一个举止活泼、口齿伶俐的人。）

游说客：借光！借光！今天出了什么新闻，这么热闹？

市民甲：喂，你先生是从中原来的游说大家。你跑的地方多，见识广。什么齐国的临淄，赵国的邯郸，魏国的大梁，楚国的郢都，你都跑遍了。这趟到我们秦国，你也没捞上一官半职，行李也卖得差不多了。这件事你来办一办，足够给你挣个盘缠钱回家！

游说客：我得先研究研究。（念告示）"左庶长鞅令：大王欲行变法，无信不立，特置此木，有能移至北门者，赏予十金。"（摆手）不行不行。我们干游说这一行，光动口不动手。舌头一动，步步高升；嘴巴一开，富贵齐来。下力的活，我不干。我还是回到店里去攻读孟子之术，学学他的论辩术。有朝一日说动一国之君，不愁捞个卿相大臣！诸位，回见回见！（下。众骚然。）

（马蹄声。尸佼上。）

二武士：（行礼）尸佼大夫，左庶长有什么吩咐？

尸佼：现在我来宣布左庶长的新命令：（宣读）"左庶长鞅令：为立信于民，再增赏金，能将木柱移到北门者，赏予五十金。"

一个商人：大夫，请你再说一遍！

尸佼："能将木柱移至北门者，赏予五十金。"（对二武士）你们把这道新命令张挂起来！

（武士甲、乙把新告示覆盖到旧告示上面。

（众围观。

（管家甲、乙押小冶等奴隶上。）

管家甲：（命令）你们停下来！（众奴隶停步。）

（问商人）什么事，围了这么一大群？

商人：新上任的左庶长公孙鞅下了一道命令。他说大王要实行变法，为立信于民，不管是谁，只要能把这根柱子搬到北门去，赏给五十金。（羡慕地）搬一根木头就净拿五十两金子，这可比我做生意赚得多呀！

（商人说话时，小冶一直注意倾听。

（以下：商人与市民甲、管家甲与管家乙同时说话。）

市民甲：（对商人）那么，你怎么不去捞这笔外财呀？

商人：不知道这变法要怎么变法儿？我闹不清。冒险的事我不干。可别为了赚这五十两，赔掉我那八百两老本呀！（下。）

管家甲：（对管家乙）这个新上任的左庶长公孙鞅，不就是我们前几年在河边碰上的那个魏国人吗？

管家乙：不一定吧？天下同名同姓的人多得很。

管家甲：要是他，可就糟喽。说不定要给咱们老爷招来什么麻烦呢！

（走近看告示。）

小冶：（独白）公孙鞅？这不是在渭河边上碰见的那位先生吗？他现在当了官，该不会像公子虔这样，把我们当牛当马看待吧？他下命令，叫把这根木柱子搬到北门去，这是什么意思呢？这位先生，看起来是个好人，跟公子虔不一样。他要变法，怎么变呢？对我们这些奴隶会不会有点好处呢？他说叫把这根柱子搬走，总该有些道理吧？没有人敢搬，我就去搬。搬一根木头，值什么？做一个奴隶，累死累活，还戴着锁链、挨鞭子，随时都会叫主人杀死。反正不管怎么变法，奴隶的命运总不会再坏啦。我死都不怕，还怕搬一根木头吗？不管怎么变，奴隶失去的只有锁链！好，我豁出去了！（大声）我来搬！（跑上前去。）

（全场震惊。管家甲、乙惊呆了。）

（小冶抓住木柱，扛起就走，下场。）

管家甲、乙：（惊叫）别让他跑了！他是奴隶！

（市场上的人群跟下。）

尸佼：（对武士甲）快去请左庶长来！

（武士甲下。幕急闭。）

（幕再开：原景、原人。）

（商鞅在场。）

商鞅：（对小冶）如果按照"刑不上大夫，礼不下庶人"的老规矩，今天的赏金就没有你的份。不过，我不是这样。治理国家要信赏必罚。刑不避亲贵，赏不遗匹夫。你今天按照国家法令办事，做得很对。所以，我也按照法令办事。（命令）把五十两黄金赏给他！

（尸佼把一袋钱交给小冶。）

小冶：（推开）我不要！

商鞅：你立了功，应该赏你！

小冶：一个奴隶，连命都顾不住，要钱有什么用？

商鞅：那么，你要什么？

小冶：我不是牲口，我要做人！

管家甲:你要干什么？要造反吗？（习惯地举起鞭子。）

商鞅:（制止）这里没有你的威风！（考虑后,对小冶）这么办:这五十两黄金交给你的主人,作赎你的身价,让他烧掉你的丹书,免除你的奴籍！

小冶:那太好了！（砸断锁链）我活了这么大,今天才是一个人！（奴隶们高兴。）

管家甲:左庶长,这不行——

商鞅:现在你把这钱拿走,交给公子虔。他有什么话,让他对我说。

管家甲:（接钱,快快地）好吧,出了事,你担待！（转身,对其他奴隶）走！（与管家乙等下。）

商鞅:（对小冶）你干过什么活？

小冶:我父亲是冶铁奴。我跟他学过打铁。铸铜也见识过。

商鞅:冶铁、铸铜！这对耕战都有用处。你就留在左庶长府,当一名冶工,铸造农具兵器。

小冶:我还要干我那父亲那一行——铸剑！

商鞅:铸剑,铸剑？——那好。现在国家正需要刀剑,内除奸民,外胜强敌。不过,（对尸佼）你先领他回去,换换衣服。

尸佼:好。来吧！（领小冶下。）

商鞅:（对人群）父老兄弟们！刚才这个人遵照法令,搬走了木柱,受到了奖赏。这是一件小事。可是我特意安排了这件小事,来表明国家言出法随,说话是算数的。我们秦国要富强,就必须变法:劝耕织,奖军功。人民努力本业,收获粮食丝帛多的,是农民豁免劳役,是奴隶消除奴籍。杀敌之功,奖给爵禄。贵族世家没有军功的,消除特权。一切不劳而食、不战而荣、无爵而尊、无禄而福的人,一律加以取缔。还要开阡陌,垦荒地,壹山泽,禁奸市,把全国的土地山林之富统统掌握在国家手里,不许私家贵族任意控制。为了保证这些措施,就要立法度,明赏罚。刑法不分贵贱等级。无论王公、大臣、官吏、庶民,犯了国法,一律治罪。这样才能把全国力量统一起来,使秦国走上富强之路！（命令）现在,把变法的命令张挂起来！

（二武士把一大幅变法令张挂在市门旁边。）

（人群拥过去,兴奋地看着、念着、议论着。）

（商鞅高兴地看着变法第一天的收获。幕。）

第四场　风波

（咸阳左庶长府。时在变法后第十年。）

（小冶向商鞅呈上一个刚铸成的铜方升。）

小冶：左庶长，这是你吩咐铸造的铜方升。

商鞅：（高兴）已经铸好了吗？让我看看。（拿起细看。）

小冶：完全按照你设计的尺寸铸造的。材料是铸鼎用的好青铜，一千年也不会坏。

商鞅：（拿一根铜尺来量）长……宽……高……好。这个方升铸造得不错。它可以做一个样品。等我向大王请示以后，就向全国推行。（对小冶）你铸造铜器这么准确，手艺是怎么学的？

小冶：这还是我父亲给公子虔当工奴的时候，他天天铸铜炼铜，我给他打下锤、鼓橐囊，看着学来的。可是也没有学多久，我父亲就被杀害了！

商鞅：这个我知道。我们秦国人民并不笨，能工巧匠也不少。可惜都像你父亲那样，被那些私门贵族埋没、糟踏掉了！要是能把私家的工奴都解放出来，集中到官府来做工，为国家打造戈矛剑戟、犁锄铲镰，那该多好啊！

小冶：是的。只要我们能站起来做人，别说是一个方升，就连什么编钟大鼎、宝刀宝剑，我们都能铸造出来。我们能做的事还多着呢！

商鞅：好，方升先放这里，你回工府去吧。需要大批翻造的时候，我再给你命令。

小冶：是。（下。）

商鞅：（拿起铜方升，沉思）你这小小的方升，当你在全中国通行的时候，中国就不会像今天这样四分五裂、战乱不已，而是一个四海合一的新天地了！公子虔唠叨什么"功不十，不易器"。让他唠叨去吧！人民都用这个方升来量米、量豆子的时候，他们都会感到方便的。"法，所以利民也。"……

（商鞅夫人和小女儿悄悄进来。）

女儿：（天真地）阿爸，你一个人在这儿玩铜子吗？叫我也玩玩！

夫人：（笑骂）你这孩子，光说傻话！你阿爸忙着变法，什么都顾不上了，哪有工夫玩呀？（对商鞅）你还在研究你那"平升斗丈尺"的大事业吗？

（此时女儿跑到商鞅跟前摸弄方升。）

商鞅:工师小冶把这个标准方升送来了。我再细看一下,好向大王请示。

夫人:(关心地)你可真够操心了,到家也不闲着。

商鞅:大王说过:"代立不忘社稷,君之道也。错法务民主长,臣之行也。"我能遇到这样锐意革新的君王,对我又如此信任,怎能不竭诚尽智去做呢?

夫人:用你的话说,"以日治者王,以夜治者强,以宿治者削"。(开玩笑)我看,干脆你就"以日夜并治而独霸天下"吧!

商鞅:(笑笑)及时努力,那一天总可以来得快一点儿!

女儿:(忽发奇想)阿爸,这个铜盒真好,让我拿它装水玩儿吧!

商鞅:(抱抱女儿)那可不行,小女儿。这是国家的东西,装粮食,不能装水。

女儿:能! 我要装水玩儿!

商鞅:这可不是好玩儿的。四楞四正,还带个把儿。一不小心,砸着你的脚指头!

女儿:我小心,不砸!

夫人:(制止)别闹啦,阿爸正忙着。(对商鞅)为设计这个方升,你也忙了不少啦。

商鞅:嗯。现在天下四分五裂,各国升斗都不一样。就是一个国家各地贵族也都有自己的"家量"。有圆的,有扁的,有方的,真是五花八门,对官府、对人民都很不方便。所以,我想用这个容器统一起来,先在我们秦国使用,以后随着大王统一事业的进展,再推广到全中国。我只希望,到我们小女儿长大的时候,我这个理想能够实现!

夫人:(对女儿)听见了没有? 等你阿爸这个方升通行全国的时候,你就能到全中国各地方随便玩啦!

女儿:那好,那好!

商鞅:有了秦国这样好的国土,这样好的人民,那一天是一定能到来的!……
（尸佼上。）

尸佼:公子虔家里一个女奴要见左庶长。

商鞅:(考虑)嗯……叫她进来吧!
（尸佼下,领女庚上。）

尸佼:(对女庚)这是左庶长!

女庚:(行礼)女庚拜见!（尸佼下。）

商鞅：你是公子虔家里的人吗？

女庚：是。我是他家一个奴婢，左庶长还救过我的命哩！今天抽空出来，有几句
　　　要紧的话要告诉左庶长。

商鞅：你说说看。

女庚：左庶长变法，有一条叫"告奸有赏"。我可不是为赏钱，我只为左庶长是好
　　　人，变法是好事。公子虔天天跟公孙贾一块儿嘀嘀咕咕，商量反对变法的
　　　事。你可得防着他们一点。这些天，还来了些不三不四的老爷们，到家里
　　　和公子虔他们鬼鬼祟祟不知干些什么。左庶长，你多注意吧！

商鞅：你这样做，很好。以后看到什么，还可以来。

女庚：要是左庶长有事叫我，给小冶说也行。我们都是一块儿长大的奴隶。他
　　　现在当工师了，我还在火坑里。

商鞅：你回去吧。（女庚行礼，下。）

夫人：这个女奴出来告发她家主人，冒着很大危险。你要注意对她保护。

商鞅：对。我要向小冶交代一声。

　　　（门外吵嚷声。尸佼上。）

尸佼：左庶长，公孙贾领了一群人找你来了。看样子来意不善。

商鞅：（考虑）一群人？什么人呢？……（对夫人）你们到里边去吧！

　　　（夫人、女儿下。）

　　　（吵嚷声近。）

声音：我们要见左庶长！为什么不让我们进去？

公孙贾的声音：我们要和左庶长面谈！

声音：让我们进去！

尸佼：（对商鞅）他们来啦！

商鞅："既来之，则安之。"让他们来好了。不过，你快去集合武士，以防万一！

　　　（尸佼下。）

　　　（公孙贾领着一群奴隶主遗老遗少吵吵嚷嚷地上场。）

商鞅：（拱手）公孙大夫！

公孙贾：左庶长，今天我们专诚拜访来啦！

商鞅：这是些什么人？

公孙贾:他们都是各地来的陇秦大老、关中贵胄！

商鞅:各位不在家享福,到咸阳来有何贵干哪？

贵族们:(闹哄哄地)我们"为民请命"来啦！

商鞅:老百姓有什么苦,劳动你们操心哪？

贵族们:变法引起了秦国大乱,不停不得了！

公孙贾:(对贵族们)一个一个说。让左庶长听听百姓们的意见。

贵族们:公孙大夫,我们听你的。一个一个说。

老年贵族甲:公孙鞅先生,你是外邦人。你到我们秦国做官,得按我们秦国自古以来的规矩办事,不能乱来。可是,你才来了几年就弄得全国人欲横流,神鬼不安。你先生闹的乱子大矣哉！大矣哉！

老年贵族乙:"天下本无事,庸人自扰之。"什么变法？什么耕战？兴师动众,劳民伤财,统统是白费力气而已矣！

老年贵族丙:仁义道德,立国之本。你先生动不动就讲刑法。一个贵族老爷打死一个奴隶,算得了什么？现在也要受罚。这太不合"仁爱之道"啦！

商鞅:(抬手示意讲话)你们说的都是虚词浮说。人身上生了虱子,就对人身体有害。一个国家里讲仁义、说道德的人多了,就像是虱子成群,国家就要变穷、变弱。不客气地说,你们这些人就是虱子。你们这些人结成了群,国家才会大乱！

贵族们:(哗然)怎么？说我们是虱子、害虫？我们把国家弄乱了？这还了得！

公孙贾:大家不要吵。(对商鞅)你说的话颠倒了上下尊卑之序。古语云:"刑不上大夫,礼不下庶人。"可是你一变法,我们这些金枝玉叶的公子王孙,就跟那些下贱人一样,不种地不能吃饭,不当兵不能做官。就连那些臭奴隶动不动也想翻身。这些乱七八糟的事,还不都是你变法、变法、变出来的！

众贵族:(重新被煽动起来)可不是吗？乱就乱在变法上了！

老年贵族甲:变法取消了我的爵位！

老年贵族乙:变法剥夺了我的特权！

老年贵族丙:变法减少了我的封地！

众贵族:这可叫我们怎么活呀！

中年贵族甲：变法，变法，把人限制得死死的！往街上倒灰也要受罚！出个门也要证件！这不是把人手脚拿绳子捆起来吗？

中年贵族乙：肉也贵了！酒也贵了！山里水里的出息，国家都管起来了！做生意交那么重的税，让人一点好处也捞不着，还怎么过呀？

商鞅：（平静地）你们还有什么话要说？

老年贵族甲：变法惊动了老天爷，晚上常常出现扫帚星……

老年贵族乙：大白天，从天上往下掉大石头！

老年贵族甲：渭水河都发红了！

老年贵族乙：这是不祥之兆哇！

老年贵族甲：（神秘地）人人都说：前些天，有一匹母马生了一个人。那个人一生下来就开口讲话："变法不停，大乱不止！"

商鞅：（拍案而起）这都是胡说八道！天是天，人是人，日月星辰跟人事代谢有什么关系？怎么能搅混到一块儿？说"马生人"更是造谣惑众、莠言乱政！

（尸佼上。）

尸佼：（行礼）左庶长，甲士开到！

商鞅：叫他们进来！

（尸佼挥手，甲士队伍上，把众贵族挤到一个角落。群众也来了。）

商鞅：（对众贵族）你们说要"为民请命"。现在请你们自己看一看，你们到底为谁请的命？（向老年贵族甲）你家井田不少吧？

老年贵族甲：我、我……脑筋不好使，记不清了。不是八千亩，就是九千亩。

商鞅：（向中年贵族甲）你家有奴隶吗？

中年贵族甲：当然有啦。家奴、田奴、工奴，都有。除了打死的、饿死的、病死的、殉葬用的、祭祖用的，总还有两三千吧！

商鞅：（向中年贵族乙）你家有私山私矿没有？

中年贵族乙：不多，有几十个山头。有铜矿、铁矿，还有丹砂。当然，我们谁也不去钻矿铜，那是臭奴隶们去干的！

商鞅：这就清楚了。你们这些人，就靠出身于王孙贵族之家，一生下来就继承下大块的井田、大片的宅院、一座座矿山、一家家作坊。有无数的田奴、工奴、家奴给你们干活，侍候你们。你们吃饭太容易，骄奢淫逸，不干好事。

现在大王实行变法,你们就跑到咸阳来造谣诽谤、扰乱人心。农民种田,战士打仗,国家才能富强。你们一不种田,二不打仗,就仗着世爵世禄,白白糟踏国家的财富。庄稼生了螟虫、蚜虫,人民就要受灾、挨饿。你们这些游惰之民,就是国家的螟虫、蚜虫、害虫! 来人! (甲士们向前)把这些乱法的奸民押送边疆开垦荒地,违抗者一律处死!

甲士们:是! (对众贵族进行监押。)

公孙贾:(想溜)左庶长,我只是顺路拜访,碰上他们……

商鞅:请你留步! (命令)把刚才造谣的那几个人押过来!

(甲士们把三个老年贵族押到商鞅面前。)

商鞅:(审问)你们刚才说的谣言,是从哪里来的?

老贵族们:那是……那是……(偷看公孙贾。)

众:说!

老贵族:那是公孙贾叫我们说的。

商鞅:哦! (对公孙贾)公孙贾,你官居大夫,又身为太子师傅,这样领头破坏变法,该当何罪?

公孙贾:这……这……

众:说!

公孙贾:这不是我一个人的主意。这……

商鞅:押下去,听候审问!

甲士们:是! (押罪犯下。群众欢腾,随下。)

尸佼:让这些乱法之人尝尝法令的滋味!

商鞅:他们敢再犯法,滋味还在后头咧!

(一侍者上。)

侍者:工师小冶领人抬来一个受伤妇女,要见左庶长。

商鞅:叫他们进来!

(小冶领二冶工抬受伤的女庚上。)

小冶:左庶长!

商鞅:怎么回事?

小冶:她被人刺伤昏死过去,扔在野地里。(喊)女庚! 女庚!

女庚:(苏醒,抬起身来)左庶长……我到你这里,大管家看见了……我回府,公子虔说我造反,拔出剑杀我!……(昏过去。)

商鞅:这个女奴告奸有功,留下养伤。(命令)对外不许声张!(对尸佼、小冶)把她送个安全地方!

(尸佼领小冶等抬女庚下。)

商鞅:(沉思)公子虔、公子虔!……

(幕。)

第五场　廷训

(内廷。太傅公子虔正对太子驷进行教读,面前摆着一册竹简书。)

公子虔:殿下,这是鲁国孔夫子编订的《春秋》。孔夫子是出名的大人物,专门给中原各国君侯讲仁义道德、治国平天下的大道理。

太子驷:他干吗不到秦国来?我叫父王请他来。他要钱,给他钱。父王有的是金子银子。

公子虔:殿下,他不能来了,他已经死了一百多年了。就是他活着,也不能来我们秦国。

太子驷:为什么?

公子虔:现在秦国让一个人给封锁了。

太子驷:谁?谁这么厉害?

公子虔:殿下,先不说这个。先念书。

太子驷:你给我说说,再念书。

公子虔:你先念书,我再告诉你。

太子驷:你说谁把我们封锁了?

公子虔:还能有谁?就是那个魏国人——

太子驷:你说的是公孙鞅吗?

公子虔:不是他还有谁?过去,咱们这些公子王孙,有井田,有势力,想要什么有什么:要粮食,奴隶种;要器具,奴隶造;要金银铜铁,奴隶开;想吃吃喝喝,奴隶端来;想听听曲子看看跳舞,奴隶给咱们解闷儿;谁死了,奴隶陪葬;要祭天祭祖,奴隶当牺牲;奴隶不听话,杀!那种太平盛世多称心哪,多如意呀!……现在,那个外邦人一来,全变了:奖军功,世爵世禄全不算一回事了;赏告奸,贵族连说句话也得小心了;改县制,贵族在地方上一点势力也没有了;开荒地,把井田都开乱了。听说以后田地谁种归谁。这不是把祖宗留下的制度连根挖掉吗? 殿下,这全是公孙鞅一个人变法变的呀!

太子驷:老师,你别太伤心了!

公子虔:这个出身微贱的布衣小人,一步登天,当了左庶长,掌握了秦国的大权,把王孙贵族踩到脚底下,倒把那些种田做工的下等人抬举到了天上。这绝不是好兆头。现在秦国大人小孩子都在议论公孙鞅之法,而不说是大王陛下之法。他公孙鞅成了秦国之主,大王反而听他的话。连大王还是这样,你年纪轻轻的,将来还是他的对手吗?

太子驷:我杀了他,又怎么样? 就跟你一剑戳死那个女奴一样。

公子虔:殿下,那可不一样。那个女奴不过是一个奴隶,杀了她没事。对公孙鞅可不行。一来,他现在有权;二来,大王还信任他。现在还不行。

太子驷:哼,我长大了再说!

公子虔:哎,这就对了。"小不忍则乱大谋。"

太子驷:老师,天天念书,都腻了。你不是说要带我到郊外去打猎吗?

公子虔:(假意拒绝)哎呀,我都没心啦!

太子驷:老师,老师,带我去吧!

公子虔:大王问起来,你怎么说?

太子驷:我一定不说你。你告诉我的话,我对谁也不说。

公子虔:那好吧。明天出去,一来是打猎,二来也带你去看看:现在咱们秦国叫公孙鞅糟踏成什么样子了!

太子驷:这么说,你答应了? 老师,你真好!

　　(内传呼:"大王驾到!")

　　(二人整装准备迎接。

　　(孝公上。)

太子驷:(行礼)父王!

公子虔:（行礼）大王！

孝公: 我来看一看。阿驷,你们在干什么？

太子驷: 太傅教我读书。

孝公: 好,读吧。做一个太子、嗣君,应该好好读书,将来才能担当重任。公子虔,你对教育太子,要多多负起责任来。

公子虔: 臣尽力在做,不敢怠慢。

孝公: 你身为太傅,要引导太子多多学习富国强兵之道。儒学那些虚词浮说,无补实际。孙武十三篇,李悝的《法经》,吴起兵法,这些倒是切合实用的学问。还有左庶长颁布的法令,都是重要的文件,你也要让太子学一学。不要舍近求远,引他一味钻到古书里。也不要因为变法之初,你和左庶长意见不同,就耿耿于怀,废其言而不用。

公子虔: 是,陛下。

孝公: 读书先停一下。我要跟太子谈一谈。

（公子虔行礼,下。）

孝公: 阿驷,你身体还好吗？

太子驷: 很好。有他们侍候着,我想念书就念书,想玩就玩。

孝公: 也不要太贪玩了。

太子驷: 是,父王。

孝公: 阿驷,从变法以来,因为国事繁忙,也没有多和你说话。现在你慢慢长大了,我很关心你的教育。你是太子,将来担子很重,要早一点知道治理国家的艰难。我们秦国祖先原在西北边陲之地,艰苦创业。到了穆公,打败了晋国,向东发展,才能饮马黄河。不幸后来几代,大权旁落,一些元老贵族把持国柄,任意废立国君。魏国乘我国内乱,夺去了我国经营了三百年之久的河西之地！关东诸侯欺我偏远,骂我们是"戎狄之国",不许我国参加中原诸侯的盟会。十六年来,我继承你祖父的革新事业,要使秦国富强起来,洗刷我国受到的奇耻大辱。左庶长虽然是魏国人,但他辅佐我变法革新,一身无二虑,尽公不顾私,为我们秦国出了大力,变法收到了很大成效。这是我们秦国走向富强、成就王霸之业的基础。阿驷,你要体念创业的艰难,守成之不易,要懂得变法革新的深远意义。现在我很关心你的教育。公子虔、公孙贾是世族元老,按身份说可以做你的师傅。但是他们对变法有不同看法。我担心这会对你的教养不利。我在考虑是不是让左庶长做你的老师。

太子驷:(忙推辞)不,父王。谢谢你的关心。左庶长国事太忙,恐怕没有时间教我读书。况且我也跟两位师傅熟了,别再换人了。父王想让我学兵法,就再加上一本《孙子兵法》好了。

孝公:关于谁来教你的事,我再慎重考虑一下。

(侍者上。)

侍者:左庶长求见大王!

孝公:请他进来!(侍者下。)

商鞅:(上,行礼)大王!(向太子驷拱手)太子!

孝公:左庶长,有什么事吗?

商鞅:是这样:刚才有人送到我那里一个受重伤的女奴,是公子虔家里的。她向官府报告了公子虔的违法活动,公子虔听说以后,就把她刺杀了!

孝公:竟有这样的事?

太子驷:公子虔是我的老师,他是有身份、有地位的人,不会随便杀人的。

孝公:阿驷,你小孩子家,不要乱说!

商鞅:太子,这件事我查问过了,千真万确。

太子驷:就是真有这事,杀了个把奴子,又算得了什么?

孝公:胡说! 想当年你祖父献公在世,一即位就废除了拿人殉葬的陋习。这表明了先君爱惜人力的遗愿。你小小年纪,什么时候养成了这种草菅人命的坏习气? 现在变法以后,任意杀奴是有罪的。

(太子驷不高兴地走到一边。)

商鞅:(继续报告)还有——

太子驷:左庶长,人家都说你不讲仁义道德,"刻薄寡恩,专以刑杀为威"。你到我们秦国做官,可别随便冤枉好人哪!

孝公:(生气)你放肆!

商鞅:大王息怒。(对太子驷)殿下,你这些话,都是谁告诉你的?

太子驷:没人告诉我。我这么大了,我自己还不会说话吗?

商鞅:陛下,太子年龄小,刚才这些陈词滥调,不像是他自己的话。一定是有人拼命用孔丘那一套向他灌输,把太子教坏了!

孝公:阿驷,刚才那些话,是公子虔教你的吗?

太子驷:(边说边后退)不是他教的!不是他教的!是我自己说的!

   (在后退中,碰落案几上的竹简书,哗啦一声掉在地上。)

孝公:(命令)拾起来!

   (太子驷把竹简拾起,交给孝公。)

孝公:这是你今天读的书吗?(翻阅)《春秋》!——这种鲁国旧史,断烂朝报,读它何用?

太子驷:老师说,这是好书!

孝公:孔丘讲的是仁义道德那一套空话。当今诸侯力争,用他那一套空泛道理来治理国家,是要亡国的!

   (太子驷局促不安。)

商鞅:陛下,孔丘这种书本来就是害人的东西。一个人受了它的毒,害了一个人;一家人受了它的毒,害了一家人;一个国家受了它的毒,就害了一个国家!(太子驷溜下。)

孝公:对。这种误国害民之书,不能让太子再读!(将竹简书丢在地上。)

商鞅:陛下,最近一些仇恨变法的奸民聚集咸阳,起哄闹事。我已经把他们抓了起来。其中有公孙贾。经过审问,他们招认:公子虔是暗中操纵的主使人!

孝公:哦,还是他!

商鞅:陛下,那些不法贵族最怕废除井田制。我们正是要废除井田制。开封疆阡陌的法令已经拟好了。是不是颁布出去?

孝公:愈快愈好。先在咸阳附近实行,再通行全国。

商鞅:(兴奋地)好,这样一来,那些不法贵族活动的基础就连根铲掉了!

   (孝公点头。幕。)

第六场　惩奸

   (咸阳郊外。临大路的一处井田,入口处有两根方柱,因年久失修,略有歪斜,上刻"先王所赐,子孙永葆"等字;破烂的围墙向两边伸展,墙外有壕沟。

（管家甲押众奴隶上。）

管家甲:站住!（众奴隶零零落落站了一片。）

（在井田入口处张望一阵)这道门年头多了,该修修了!

奴隶甲:(顶他一句)修它干啥? 拆掉算啦!

管家甲:谁说的?

奴隶乙:(又顶一句)几百年的老古董了,塌就塌了吧!

管家甲:老古董? 这是公子虔祖传家业的老根儿! 修这两根柱子的时候,多隆重啊! 几十个人打根脚!

奴隶甲:根脚下还埋着两个奴隶的人头!

管家甲:不管怎么说,总是你们成辈子干活的地方。

奴隶乙:这也是老爷们吸我们血、吃我们肉的地方。

管家甲:(要发脾气,忍住了)好了好了。如今变法了,你们有点儿放肆。给你们说多了,你们也不懂。这就叫"礼不下庶人"。只要你们好好干活,公子不会亏待你们。

奴隶甲:变法都多少年了,还叫我们戴着这个(指铁颈锁),我们不干!

管家甲:这怨你们的命嘛! 况且,当奴隶的戴着铁锁干活,也是自古以来的老规矩。

奴隶乙:"老规矩"? 为什么小冶就能打破呢?

管家甲:那是我没防备好,五十两金子让他抓到手里了。你们别再做那个梦了。再变法,也不能给你们每个人都赏五十两金子!

奴隶甲:我们不要金子,只要自由!

管家甲:你们是鬼迷了心窍了! 公子虔说了:凡是破坏祖宗法制的人,都不会有好下场。你们看吧,小冶跟着人乱来,将来准要倒霉!

奴隶乙:只怕公子虔要倒霉!

管家甲:(恶狠狠地鸣鞭)都给我干活去!

众奴隶:(指颈锁)不把这个去掉,我们不干!

（马蹄声。）

（小冶领二武士上。）

众奴隶：小冶！小冶！（把小冶围了起来，管家甲被挤到一边。）

小冶：大王有旨：取消井田制度。左庶长命令：先拆掉公子虔的井田封疆！

众奴隶：（欢腾）好啊！盼望的日子可来到了！再也不能把我们当会说话的牲口啦！（一齐拿出农具）等什么？快动手吧！

管家甲：（目瞪口呆）你们要造反吗？

　　（奴隶们向他举起铁锄、铁锸、铁铲。）

管家甲：慢！慢！慢！（且叫且退。）我禀告公子去，看他怎么收拾你们！（逃下。）

众奴隶：（向着他）呸！

小冶：来呀，先把井田的这两根门柱拆掉！

众奴隶：（挖门柱根基，边干边议论）当牛马的日子到头了！这样变法，变得好！看他公子虔还怎么横行霸道？叫那些贵族老爷哭爹叫娘去吧！

小冶：（从腰里取出两根长绳，结两个绳套，灵巧地把绳套上掷，套住两根方柱的上端，拉紧绳头）来呀，弟兄们，把劲儿使到一块儿！

奴隶甲：（高兴）嘿，小冶有办法，当了工师，人也聪明了！

奴隶乙：原来就不笨嘛！

小冶：弟兄们，拉绳！

　　（众奴隶合力拉绳。）

小冶：（领唱劳动号子）弟兄们齐动手，拉紧绳子头；

　　　　　　　推倒井田制，拆掉这门楼；

　　　　　　　门楼根脚下，埋着奴隶头；

　　　　　　　井田不铲除，仇恨不罢休！

　　　　　　　奴隶做牛马，公子住高楼，

　　　　　　　喝的奴隶血，吃的奴隶肉；

　　　　　　　吃着我们的肉，骨头还榨油；

　　　　　　　贵族老爷们，欠我们血海仇！

　　　　　　　弟兄们齐动手，掀翻这门楼；

　　　　　　　推倒井田墙，填平井田沟；

　　　　　　　从此奴隶们，再不做马牛！

　　　　　　　从此奴隶们，再不做马牛！

（两门柱摇摇欲坠。

（奴隶们称心大笑。

（一些农民、新兴地主等人闻声而来，发表议论。）

一个地主：对呀，这才对呀。要早知道，我也来帮个忙。井田制最碍事啦！井田里边，荒草胡坡，别人眼睁睁看着不能动；井田外的地荒着，不能随便开。这么一变，把阡陌封疆一开，井田一平，地谁种，归谁。奴隶也脱出身来啦。人手也有了，地也有了，这太好啦。我拥护！

一个农民：你拥护？你怎么不自己动手干活呀？还得我们脸朝黄土背朝天，给你们干！你们还不是白吃我们的血汗？

地主：不管怎么说，总比你们当奴隶强吧？

农民：那当然！要不然，我们为什么拥护左庶长变法？不过——

（公子虔的叫声："住手！住手！谁敢毁我的井田？"

（场上人群波动。

（公子虔、管家甲及其他随从上。）

公子虔：这是怎么回事？

管家甲：（指点）这都是他们（指众奴隶）干的！还有他（指小冶）！

公子虔：（对小冶）你？

小冶：我又怎么样？

公子虔：你为什么毁我的井田？

小冶：左庶长的命令：井田都要平掉！

公子虔：你们不能平，我家的井田是"先王所赐"呀！

小冶：去你的"先王"吧，现在不灵啦！

公子虔：我要禀告大王！

小冶：左庶长就是奉大王的旨意行事！

公子虔：（对管家、随从）你们都是死人！把那些犯上的奴隶抓起来！

小冶：（抽出宝剑）左庶长有令：抗拒新法者，立即处死！

（奴隶、农民等站在小冶身边。

（管家等退缩。）

小冶：（对众奴隶）没事，干你们的！

（奴隶们推二门柱，"嗨！嗨！嗨！"呼喊。

（二门柱倒塌。

（群众欢腾的笑声。）

公子虔：（颓然倒地）皇天后土、列祖列宗呀！这可怎么活下去呀？

群众：怎么活下去？去开荒！不能光吸我们的血汗！

（马蹄声。

（太子驷及随从上。）

太子驷：老师！老师！我等着你打猎，你怎么不来？

公子虔：殿下恕罪。有人把我的井田扒啦！你看！

太子驷：谁这么大胆！

小冶：（向太子驷行礼）太子，拆井田是大王的旨意，任何人不得违抗！

太子驷：（顿足）真扫兴！我出来打猎玩儿，偏偏碰上这种倒霉事！（对公子虔）老师，起来！井田值什么？等我做了国王，赏你一块，比这个还大！走，跟我打猎去！

公子虔：打猎？（想主意）对，对。（起身）殿下，我们打猎去！

太子驷：到哪儿打猎呀？

公子虔：（一指）现在天高气爽，苗长兔肥，这些田野里有的是野物，不是到处都可以行围射猎吗？

太子驷：好，好，走！打猎去呀！（下。公子虔及随从急下。）

农民等群众：太子，田地里有庄稼，不能打猎呀！（急追下。）

小冶：走，把他们追回来！（率武士等下。）

（静场片刻。

（马嘶，人叫，杂沓的脚步声。

（太子驷又上，公子虔等随上。）

太子驷：（生气，把马鞭往地下一摔）嘿，这些下贱老百姓，连我打猎也拦着！

公子虔：（挑拨）这都是变法、变法，把人心变坏啦！

太子驷：真可恨！

公子虔：殿下，"乱臣贼子，人人得而诛之！"

太子驷：（手按剑柄）对。今天非杀他几个不可！

（小冶及其他人上。）

群众：（惋惜地）方圆几十亩庄稼完了！

农民：（双手捧着被马踏坏的田苗，向太子驷）太子，这是我们全家累死累活、辛苦一年的血汗哪！

地主：殿下，我们开这些地可费了不少本钱哪！马队这么一蹿，这一年的出息可完啦！

太子驷：（生气地沉默着，突然拔剑左右刺去）去你的血汗！去你的出息！（二人受伤倒地）我叫你们犯上作乱！

群众：太子杀人了！太子杀人了！

小冶：（拔剑）太子，住手！

公子虔：哈！你这个贱奴，敢对太子动武？

太子驷：（举剑向小冶刺去）我杀了你！

小冶：（以剑挡之）王子犯法，与民同罪！

（二剑交叉。

（车轮、马蹄、脚步声。

（传呼声："大王驾到！"

（武士上。

（侍从上。

（尸佼上。

（商鞅上。

（孝公上。）

孝公：阿驷，你不在宫中读书，一早出来干什么？

太子驷：（纳剑入鞘）父王，儿臣出来打猎！

孝公：（指地上受伤的人）这又是怎么回事？

太子驷：这、这——

商鞅：（向小冶）这里出了什么事情？

小冶：左庶长，我们奉命来拆除井田封疆，公子虔抗拒法令、百般阻挠。后来太子赶到，公子虔又引诱太子到私田里行围射猎，把大片庄稼踏坏。老百姓向他们说理，太子拔剑把那两个人刺伤了！

孝公：(正色)阿驷,这是真的吗?

太子驷：(不以为意)不错,人是我刺伤的。

孝公：你要对这件事负责的。

太子驷：我恨不得杀了他们! 谁让他们扫我的兴?

孝公：阿驷,你大胆!

公子虔：陛下,左庶长任意毁坏先王赐给我家的井田,老臣与他们讲理,被他们百般辱骂。太子赶来,这班下贱老百姓向太子指手画脚,自己碰到太子的剑上。这不怪太子!

商鞅：事情真是这样吗?

群众：不是! 不是! 公子虔不许官府拆井田,又挑唆太子杀人!

商鞅：是非自有公论。公子虔,开阡陌封疆、废除井田,是大王的旨意。你心里有鬼,挑唆太子犯法,以此阻挠大王的变法事业。用心毒辣之极! 至于你平日的犯法活动,还要我一一列举吗?

公子虔：大王,老臣忠心耿耿为陛下效劳。左庶长诬陷好人,按律是应该反坐的!

太子驷：公子虔天天教我念书,没有犯法活动——

　　　　(孝公瞪他一眼,他不敢再说下去。)

商鞅：公子虔,你身为重臣,为何知法犯法,私自杀害奴隶?

公子虔：那个女奴在外招摇生事,处死她是我的家规!

商鞅：你在家纠集不法贵族,向官府起哄闹事,该当何罪?

公子虔：你擅自改变祖宗法制,引起公愤,与我何干?

商鞅：你招揽亡命之徒,和六国诸侯私通关节。你无视盐铁收归官府的法令,私营奸市,盗窃国家财货。你违抗先王献公"止从死"的遗旨,私自用奴隶作牺牲。今天,你又挑唆太子杀人。公子虔,你罪行如山,还不认罪吗?

公子虔：(向孝公)陛下,我是秦国的元老贵族,决不甘心受一个外邦人任意摆布。他公孙鞅是魏国人,跟我们秦国不是一条心。请大王三思!

孝公：十年来左庶长所作所为,都有利于我国的富强,而且也都得到了寡人的准许。我不容许你这样信口雌黄,为自己开脱罪责!

公子虔：陛下! ……

商鞅：你还不服罪吗? 好吧。(对孝公)大王,公子虔杀人灭口,掩盖罪行。他要杀死的那个女奴,经过抢救,已经脱险。是不是让她当面对质?

孝公:也好。

商鞅:(对小冶)领她到这里来!

(小冶下,复上,领女庚上。)

女庚:(行礼)大王! 左庶长!

商鞅:你说说你知道的事情!

女庚:我在公子虔家里侍候那些老爷们,近几年总看见公子虔和公孙贾一块儿商量反对变法。最近有一大群不三不四的老爷们在家里进进出出、吵吵嚷嚷,一会儿吵着"天上出了扫帚星"啦,一会儿又吵着"马生了人"啦,看他们那样子,干的不是好事。我知道变法有一条:"赏告奸",我就抽空报告了左庶长。可是一回家,公子虔就拿剑杀我。别的我就不知道了。

商鞅:好,你先回去吧。(女庚下。)公子虔,你有什么话说?

公子虔:一个臭奴隶的话,不足凭信。

商鞅:一个奴隶,只要能够种田做工,也比一个祸国殃民的不法贵族要强。好,(对小冶)把那两个人带来!

(小冶下,复上,押老年贵族甲、乙上。)

商鞅:(对二贵族)你们说的那些谣言,都是从哪里来的?

老年贵族甲:都是在公子虔家里编的。那个"马生人"的谣言,是公子虔自己出的点子!

商鞅:(对公子虔)你还有什么话说?

公子虔:他们推卸自己的责任……

商鞅:(对小冶)把他们两个押下去,带公孙贾!

(小冶押二贵族下,带公孙贾上。)

商鞅:公孙贾,你们二人怎样串通破坏变法,从实招来!

公子虔:(对公孙贾)你不要诬告好人!

孝公:(呵斥)你不许开口! 让他自己说!

公孙贾:大王重用左庶长变法,一开始我和公子虔就反对。这些年变法一直不停,我和公子虔更仇恨。从外地到咸阳那一大批人,是我和公子虔派人去搜罗的。那些谣言,是在公子虔家里编好、派人传到四面八方去的。

　　　　我们还想让太子——

太子驷: 你胡说!

孝公: 阿驷!（对公孙贾）你说下去!

公孙贾: 我和公子虔商量:什么事尽量让太子出头,使左庶长法令推行不动,变法变不下去。

商鞅: 公子虔,你还有什么话说?

公子虔: 我、我、我——（理屈词穷。）

太子驷: 父王,公子虔虽然有过,念他教儿有功,请父王对他宽恕!

孝公: 这件事没有你开的口,只能由左庶长衡罪量刑。（对商鞅）左庶长,今天太子的过错也不小,对他也不可放纵!

商鞅: 陛下,"法之不行,自于贵戚"。太子是有过的。但太子是嗣君,又属年幼无知,受奸人唆使,所以只要太子知过,也就不必用刑了。但是公子虔、公孙贾身为太子师傅,竟破坏大王的变法大业,不可不罚。我准备对公孙贾处以刺面之刑、对公子虔处以割鼻之刑。公子虔罪行严重,他的井田收回,财产入库,奴隶一律放到官府做工。请大王明断!

孝公: （赞许）好,就这样办吧!

商鞅: （命令）把罪犯押下去!

　　　　（小冶、武士押公子虔、公孙贾下。）

　　　　（群众欢腾,随下。）

太子驷: （哭着）老师! 老师!（欲追下。）

孝公: （呵斥）回来!（太子驷退回）你这个不成器的儿子! 回宫去!

　　　　（太子驷下。）

　　　　（场上只有商鞅、孝公和侍从。）

孝公: （对商鞅）以后,不管王亲国戚、贵族元老,破坏变法的,一律治罪。

商鞅: 是。……陛下,现在变法十年,奸民受到应有的惩处,民力已经集中到耕战这一个方向。今天我们秦国可以说兴兵而伐必取,按兵不动必富。魏国久占河西之地,是我心腹大患。现在可以考虑出兵伐魏的事了!

孝公: 不错,是时候了。左庶长,我任命你为大良造,总揽军政大权。伐魏的事,由你通盘考虑!

商鞅:是,陛下!

（幕。）

第七场　东征

（秦魏边境。秦军营帐。

（尸佼检查战备,正询问步尉、骑尉、车长。）

尸佼:这次秦魏之战,关系重大。大良造亲自挂帅出征,魏国也派了公子卯督阵。大战一触即发,大家不要放松战备。

步尉、骑尉、车长:是!

尸佼:下边有什么看法?

步尉:弟兄们摩拳擦掌,剑拔弩张,早就等急了!

尸佼:那也不必。大良造在兵法里说过:"兵大律在谨。"现在按兵不动,是为了观察敌人,寻找战机。

骑尉:既然这么说,为什么两国的军使又客客气气、你来我往呢?

尸佼:这不很简单吗?你们都是老行伍出身,对于战和的关系应该有点通权达变。就以我们秦国过去和晋国、现在和魏国之间,还不都是今天歃血为盟、明天兵戎相见吗?大王七年刚和魏王会盟、八年魏国就打我们,他打败了,这才讲和。明白这些,就不要因为一时没有打起来就认为太平无事了。随时都要做好战斗准备!

三军官:是!

尸佼:车令长!

车长:在!

尸佼:你回去马上检查车马辎重,一声令下,随时出车!

车长:是!

尸佼:轻骑尉!

骑尉:在!

尸佼:你回去马上检查鞍辔马匹,随时准备驰骋疆场!

骑尉:是!

尸佼：步兵尉！

步尉：在！

尸佼：你回去告诉战士们准备好弓箭刀矛，随时和敌人短兵相接！

步尉：是！

尸佼：听大良造一声令下，都要奋勇出击。如果放松战备，贻误军机，你们知道大良造的军法是严厉的！

三军官：是！

尸佼：回去准备吧！（三军官下。）

（商鞅兴奋地走上。）

商鞅：给公子卬的邀请书，魏军方面有回信吗？

尸佼：早就派人送到魏国军营，还没有收到回音。不过，前些天大良造以老朋友身份向公子卬建议各自罢兵，他既已欣然同意，这次宴会，他也许会来。

商鞅：他同意罢兵，也是形势所迫。自从吴起受排斥、出走楚国以后，魏国一天天走了下坡路。他连年打了不少败仗，在元里、安邑、固阳三个地方都败给我们。他想在赵国身上捞点便宜，却被齐国打败，已经占了邯郸，不得不吐出来，还赔了一个太子申和大将庞涓。现在正是他国势不振的时候，他巴不得我们退兵，他好舒舒服服占住我们的河西之地。所以公子卬同意罢兵，倒在意料之中。不过我们邀请他赴宴，他到现在还没有回信，这里边大概有点名堂。

尸佼：会有什么名堂呢？

商鞅：估计他部下当中有人阻梗，不赞成他到我们这里来做客。不过这也关系不大。他来赴宴，我们以智取；他不来赴宴，我们以力取。总之这次是一定要把他打败的。步、骑、车兵都准备好了吗？

尸佼：我刚才又安排了一下，叫他们随时准备进攻。你估计公子卬会来吗？

商鞅：我想他会来的。我在魏国跟他打过交道。这位先生的脾气我了解：是一个迂阔的滥好人，笃信孔孟那一套。这些年他官运亨通，养尊处优，爱好声色之乐。这种公子王孙式的人物，对于打硬仗总是头疼，只要碰上轻轻松松、吃喝玩乐的机会，十之八九是召之即来的。

尸佼：哈哈，大良造对于敌方的了解真是入木三分。

商鞅:孙子说过:"知己知彼,百战不殆"嘛!

尸佼:你的兵法里也说过:"论敌察众,则胜负可先知也!"

（二人笑。

（小冶上。）

小冶:魏国军使求见!

商鞅:传他进来!

小冶:(向外)传魏国军使!

（魏国军使上。）

军使:(施礼)公子卬命我向大良造敬表谢意,并说立即前来赴宴,以叙昔日友情。(呈信)这是公子卬的亲笔回信!

商鞅:(接信)请你向公子卬致意:秦营上下恭候光临!

（魏国军使行礼,下。）

商鞅:(对小冶)甲士准备好了没有?

小冶:全副武装,枕戈待命!

商鞅:(命令)进帐!

小冶:(向外)甲士进帐!

（武装甲士持剑盾入帐,列队肃立。）

商鞅:(动员)这次东征,关系大王富强大业的成败。一定要打败魏国,洗雪三晋侵夺我河西之地的耻辱。魏军主帅公子卬马上就来赴宴。你们听我号令。他以文来,我以智取;他以武来,我以力敌。见机行事,不得有误!

众甲士:是!

商鞅:(向小冶)歌舞准备好了吗?

小冶:练过很多遍了!

商鞅:准备欢迎贵宾!

众甲士:是! （小冶领甲士们下。）

尸佼:今天要有一场好戏!

商鞅:鼓乐笙箫齐备,专候主角上场!

（小冶上。）

小冶:公子卬来到营门!

商鞅：请！

小冶：是！（下。）

（内传呼声："大良造有请魏国贵宾！"

（音乐声。

（人声由远而近。

（公子卬由魏国随从、武士等陪同上场。

（商鞅、尸佼迎接。）

公子卬：（拱手）公孙兄，久违久违！

商鞅：（拱手）公子别来无恙！我们恭候多时。

公子卬："君子一言，驷马难追。"他们不让我来，说什么"军阵无父子"。我对公
　　　　孙兄是信得过的。既然信誓旦旦，歃血为盟，不打仗了，朋友还是朋友。
　　　　你说是不是呀，老朋友？

商鞅：公子说得很对。今天邀请你来，就为畅叙友情。请坐！（命令）摆酒！

（二人入席。秦国武士摆上酒壶、酒觞、食鼎，下。）

公子卬：你我老朋友几几乎乎兵戎相见，今天总算"化干戈为玉帛"！

商鞅：公子！（指魏国武士）贵军这些弟兄们一路辛苦，是不是让他们到外边，和秦
　　　　国战士一起热闹热闹？这样，他们不感到拘束，你我说话也可以开怀畅饮！

公子卬：老兄关心士卒，不愧和吴起将军同师学道。好，既然两军罢兵，那就用
　　　　不着剑拔弩张这一套。（命令魏国武士）你们给我撤下去，到外边休息！

商鞅：（对尸佼）你去吩咐战士们好生招待客人，不可怠慢！

（尸佼领魏国武士等下。）

商鞅：公子，一别二十余年，彼此各奔前程，今日会面不易。现在我先以主人身
　　　　份祝酒。（持觞）我这一樽酒，敬祝秦魏两国国君政躬康泰，社稷绵长！
　　　　（干杯。）

公子卬：（持觞）我这一樽酒，敬祝魏秦两国世代和好，永息刀兵！（干杯。）

商鞅：
公子卬：（同持觞）我这一樽酒，敬祝 公子／公孙兄 诸事顺遂，早日还朝！

（干杯。）

公子卬："登高能赋，可为大夫。"我这趟来，带了一班能歌舞国风的女乐。我知

道你老兄治军严饬,叫她们在帐外待命,先要听候你的吩咐!

商鞅:我虽说学的是李悝先生的《法经》,也不反对听听各国的音乐和歌谣,可以领略一下不同的风土人情嘛!

公子卬:好啊!(命令其亲随)叫女乐进帐!

(魏亲随向外挥手。

(魏国女乐上,歌舞卫风《木瓜》。)

魏女乐:(歌舞)送给我木瓜,

拿佩玉来报答。

不是要报答,

表示相好永不差!

送给我鲜桃,

拿佩玉来还报。

不是要还报,

表示你我永相好!

送给我甜李,

拿佩玉来回礼。

不是要回礼,

表示你我好到底!(女乐下。)

公子卬:戎马之间,难得歌舞。请老兄发表高见!

商鞅:诗歌一道,我缺乏研究。不过既然公子不耻下问,我也随便说上几句。国风是各国民谣,从政的人通过它来了解一些风俗人情,未始不可。不过我反对有人牵强附会,妄解诗义,把明明是描写个人私情的一首小诗,硬说有什么微言大义,甚至用来解决国与国之间的大事。这就相差不止千里了!比如刚才贵国所歌唱的《木瓜》一诗,作为男女之间的情爱之词,当然无可厚非。但是,如果拿它来处理军国大事,则不免"风马牛不相及也"!两国不和,两军对垒,那就不是"投我以木桃,报之以琼瑶",而是"投我以刀剑,报之以戈矛"。公子,你说是不是?

公子卯：哎呀，公孙兄，听一首民歌，你说起来就是这么一大套，还是离不开你那
《法经》。真有你的，哈哈哈！

商鞅：妄加评议，恕罪恕罪。"来而不往，非礼也。"看了贵国优美的歌舞，也请公
子看一下我们秦国粗犷的歌舞。不过按照秦国的军法，"女不入军市"，所
以军中没有女乐。只好让战士们暂时当当演员喽！

公子卯：倒也别致，倒也别致！

商鞅：（向外挥手）传歌舞进帐！（内应："是！"）

（小冶领秦甲士持剑盾入帐。）

秦甲士：（歌舞秦风《无衣》）

谁说没有衣裳？

我的斗篷，咱们伙着披。

国家出兵打仗，

长矛修得尖又利。

你的敌人，也是我的仇敌！

谁说没有衣裳？

我的汗衫，咱们伙着穿。

国家出兵打仗，

长矛修得利又尖。

大伙一心，都跟敌人干！

谁说没有衣裳？

只要我有，就是咱们都有。

国家出兵打仗，

快点修好甲胄。

整好队伍，咱们一齐向前走！（下。）

公子卯：有趣儿！有趣儿！大家都说秦国尚武，连唱歌跳舞也是雄赳赳的！这
倒是你老兄奖励耕战的功劳。

商鞅：见笑见笑。

公子卯：你这些年把秦国治理得井井有条,连我们魏王也后悔当初没有听公叔痤的话重用你,而让你轻轻跑掉了!

商鞅：那也很难说。假使我现在还留在魏国,也许不是穷愁窗下,就是死于非命吧? 在山东六国,搞变法革新的人往往很难受到重用。比如说在魏国,像吴起那样的大兵法家、政治家,又立了大功劳,最后还是受排斥、待不下去,不是跑到楚国了吗? 就连西门豹那样闻名天下的贤明官吏,不也是得不到提拔一生屈居下僚吗?

公子卯：这么说,只有在秦国才能做到明君贤臣、风云际会喽? 怪不得你的官职从左庶长升到大良造,贵为卿相,还军政大权独揽呀,哈哈哈哈! ……(说得口角生风,也有点醉了)公孙兄,你我老朋友,恕我直言:你搞变法,逼着贵族去开荒,不是弄得太紧张了吗?

商鞅：(风趣地反驳他)没有人种地,你吃什么呢?

公子卯：……你只搞富国强兵。"争城以战,杀人盈城;争地以战,杀人盈野。"太残酷了!

商鞅：你们魏国几百年来占住秦国的河西之地,不打仗,你们肯走吗?

公子卯：……我们大王想邀请孟老夫子到魏国讲学。我很欣赏他的理论:"五亩之宅,树之以桑,五十者可以衣帛矣。鸡豚狗彘之畜,无失其时,七十者可以食肉矣!"(陶醉于自己的幻想之中)这种田园之乐多么安宁,多么太平,多么富有诗意呀! ……你搞的那一套太紧张了,太刻薄了,太无情了!

商鞅：(微笑)"道不同不相为谋。"我们还是各怀其志、各行其是吧!

(一魏国武士急上。)

魏武士：公子,我们魏国来的人都被缴械了!

公子卯：(从梦中惊醒)啊?

魏武士：我们魏国来的人都被秦国的甲士抓起来了!

公子卯：(对商鞅)老朋友,这是怎么回事?

商鞅：(大笑)哈哈哈哈! ……

公子卯：秦营酒非好酒,宴非好宴。本帅告辞!

商鞅：请公子留步!

公子卬：不行！我要走！

商鞅：（挥手）

（小冶率甲士急上，将公子卬包围。）

公子卬：老朋友，这是什么意思？

商鞅：两国之间，"大夫无私交"。这一点，我刚才在评论歌舞的时候，已经向公子讲过了！

公子卬：我抗议这种欺诈行为！

商鞅：这只能怪你自己。现在，我们两个人并不是同在魏国私人宴集，而是代表秦魏两国对垒交战呀！

公子卬：这太不讲仁义道德！

商鞅：将军，你们从秦国夺走河西之地，本来就不合仁义道德。现在秦国要夺回自己的土地，还需要讲宋襄公那种受人嘲笑的仁义道德吗？

公子卬：（小声嘟囔）无论如何，《太公兵法》没有这一条……

商鞅：我学的是《孙子兵法》。里边有一句话，叫"兵不厌诈"。现在请你到咸阳走一趟吧，我们大王也想见见你。我们秦国接待过不少三晋客人，说不定大王还要重用你咧！（公子卬垂头丧气地被小冶等押下去。）

尸佼：大良造，这场戏算是演完了！

商鞅：不！这只是开头。我们还要接下去把它演完！（命令）卫尉、步尉、骑尉、车长进帐！

（小冶与三军官上。）

商鞅：这一战关系大王统一大业的成败，也是洗雪国耻、收复失地的大好时机。现在敌人主帅已经被我俘虏，魏军指挥无人。抓紧战机，立刻出动！

（众亮相。幕。）

第八场　异变

（商邑。商君府外。）

（背景：民房，田野，远山。

（清晨。）

歌声:商君来西秦,变法图富强;

教民用法令,举国耕战忙;

尸位公卿废,游食之徒亡;

智取河西地,可笑公子卯!

(二三农民荷锄、锤之类农具上,互相招呼,下。

(一老人——即原来的老奴隶——携粪箕、铁铲上。

(一农妇提水罐汲水归来,见老人,招呼。)

农妇:你老人家这么早就出来了?

老人:是啊,拾点粪上地。商君叫我们务耕战。年轻人下地的下地,操练的操
练。我老了,还想出一把力。

农妇:你老这一辈子过得可不容易呀!

老人:是呀。要不是商君变法,我这把老骨头早就不知道填到哪个贵族老爷的墓
坑里喽! 还能活到今天?……你是从河那边搬来的吧?那边日子怎么样?

农妇:嘿,天下的老爷都是一样狠,种地户都是一样苦! 在河东更厉害。日子过
得一年不如一年。

老人:现在到了这边怎么样?

农妇:我们在那边也听说商君变法,秦国这边地多人少,欢迎三晋老百姓往这边
搬。我们全家一商量,就跑过来了。果不其然。凡是从那边搬来的新户,
开了地自己种,三辈子不当兵、不出差,打了粮食归自己。这才知道商君
说话算话,对咱们种地户有好处!

老人:这么一变,总算把人当成个人,不能想杀就杀。要不然,连性命都难保,谁
还有心干活呀?

(歌声:《无衣》。)

农妇:(倾听)小冶领着那些小伙子,又在操练呢!

老人:这孩子自从消除了奴籍,出息得愈来愈能干了,又当工师,又做军官。这
都是变法的好处啊!

农妇:是呀!……(询问)老人家,听说商君到咸阳去了。回来了没有?有什么
消息吗?

老人:听说大王病了。

农妇:哎呀,商君变法,就是靠着大王撑腰。万一大王有个什么三长两短,事情不知道又怎么变呢?

老人:不出事最好。

农妇:唉,老百姓才过上几年好日子!

老人:我想,商君总会想办法的。

农妇:那是。我该把水提家做饭去了。

老人:我也该遛遛啦!(分下。)

　　　　(马蹄、车轮声由远而近。

　　　　(一些随从上,把行李搬入高君府。

　　　　(商鞅、尸佼上场。)

尸佼:大王这一突然去世,影响可就大啦!

商鞅:(面色沉重,不答。)

尸佼:现在就看太子怎么样了?

商鞅:我已经向太子上书告归!

尸佼:他答应了吗?

商鞅:(点点头。)

尸佼:(沉默。)

商鞅:(回忆)……大王在病危之际,仍然关心着变法大业。他屏退左右,跟我谈了很久的话。他深深担忧,恐怕他一旦去世,太子不能把变法继续下去。……他说:"商君,唯有你能把变法图强的重任担当起来。人亡政息,实非我愿。如果在我一瞑之后,变法事业会遭到中断,我宁愿传位给你!"……

尸佼:君侯是怎么回答呢?

商鞅:尽管大王有这种心意,我身为大臣,怎能考虑到这一步? 我当然不肯。

尸佼:君侯这种胸怀,可昭日月。不过太子过去一向听信公子虔的话。现在大王晏驾,太子即位,万一他态度依然如旧,那么国家的政局可就会有一个异常的变化!

商鞅:(沉默片刻)……虽然太子年轻,过去受公子虔等人包围、蒙蔽,对变法不了解。但我仍然希望由于大王晏驾,太子在悲痛之余,能够重温大王的遗旨,以富强大业为重,不去打乱新法。至少,也许能体察我一心为秦国富强的赤诚之心,不至于翻脸无情,视为寇仇吧?……

(歌声《无衣》由远而近。)

(小冶上场。)

小冶:(招呼)商君! 尸佼大夫! (转身,向后)队伍解散! (回身,对尸佼)你们从咸阳回来,有什么消息?

尸佼:大王死了!

小冶:啊?

尸佼:大王临死的时候,想把王位传给商君,商君推辞了!

小冶:干吗要推? 要是我,就干脆把王位接过来,变法接着干!

尸佼:君侯身负重任,不能像你那样随意行动。

小冶:太子呢?

尸佼:即位了,现在是秦王。

小冶:有什么新的命令?

尸佼:现在还没有。商君已经告归。

小冶:告归?

尸佼:(嘱咐)你要加紧练兵。这几天说不定会出事!

小冶:明白了。(对商鞅)君侯,如果太子遵照大王的旨意不变,那就不说。如果他一头栽到贵族老爷们怀里,谋害君侯,那就领着队伍,跟他干!

商鞅:打仗是大事。不能轻易动兵。

小冶:"当断不断,反受其乱!"

尸佼:还是让君侯从长考虑——

(马蹄声近。女庚急上。)

女庚:(向商鞅)君侯,你一离开咸阳,那个八年不出大门的公子虔又出来了。他对太子说你要造反,领着京城的人马抓你来了!

小冶:来,就跟他打! 守不住,就学柳下跖,拉出大旗造反!

商鞅:我是一国大臣,不到万不得已,不能和太子的军队作战!

女庚:现在公子虔打着太子的旗号,宣布你几大罪状,领着大军就要打过来了!

尸佼:(提醒)君侯,公子虔和你是死对头,看来一场恶战不可避免!

商鞅:(下决心)那当然不能坐等他打上门来! (命令)小冶,你把男壮丁集合起

来,再把所有官私奴隶都放出来,发给武器,准备迎战。女庚,你去集合女
壮丁,准备防守。另外,老弱也集合起来,运送军粮。好,你们去准备吧!

(小冶、女庚下。)

商鞅:(对尸佼)不久以前,儒生赵良找上门来,对我说什么"恃德者昌,恃力者
亡",劝我隐退。我没有理他。看来那是一个信号。可惜平时我只想大王
春秋正富,对太子也抱着好心,希望他能改过。不料大王刚一过世,太子
就完全倒向公子虔一边。现在事起仓猝,就感到准备不足了!

尸佼:现在形势虽然紧急,但君侯十八年来变法,在老百姓中间还是有威望的。
只要充分动员,光商邑一地老百姓集合起来就能抵挡一阵。等战事好转,
再派人到各地去说明情况,时局也许还可以挽回。

商鞅:我们就这样尽力而为吧。……不过,现在太子掌了权,公子虔裹胁了不少
的人。敌我悬殊,胜败是难以预料的。

尸佼:这一点,我也想到了。

商鞅:(考虑后,严肃地)尸公,你还是赶快离开吧!

尸佼:君侯!……

商鞅:我留在商邑,指挥军民作战。现在还没有打起来,时间还来得及。你离
开,可以隐退到一个偏僻地方。(考虑)再不然,干脆离开秦国,到蜀地去。

尸佼:君侯,你怎么能说这样的话?既然我们一同筹划变法,如果今天打败了,
那就让我们一同为变法献出生命吧!

商鞅:不必。我们不讲匹夫之勇,多牺牲于事无益。让你到蜀地去还有重要事
情。像公子虔那样的人,平时还对变法事业那样攻击、诬陷,今后不知更
要说得多么可怕。我们两个,一定要留下一个人,把我们的主张和事业写
下来,向后人作个交待。……公子虔对我是志在必得,我是走不了的。但
是你想想办法,还可以脱身。那么,今后著书立说之事就偏劳你了。请你
不必推辞了!

尸佼:(悲痛地点头)……

商鞅:我平时草拟的法令档案,都在咸阳。这里还保存有一些底稿,你快去找一
找带走。实在不全的,将来就用你的记忆来补充吧。专以此事为托,珍重
珍重!

(战鼓声起。)

尸佼：君侯,那就告别了!

(二人庄严地行礼。

(战鼓声紧。

(尸佼毅然转身,进入商君府。

(商鞅望之久久。

(小冶领男壮丁、女庚领女壮丁上。群众随上。)

小冶：君侯,敌人已经很近。他们一进入商地,见人杀人,见房烧房,叫嚷着一定要抓住你!

商鞅：(向众拱手)诸位父老兄弟姊妹们! 公子虔领兵前来,不单是为我商鞅一人,而是要颠覆秦国的变法事业,使大家陷于水深火热之中,再为元老贵族做牛做马! 秦国的富强统一大业的成败,我们大家的生死存亡,关键在此一战!

(一股黑烟烧过来。

(喊声:"不要让商鞅跑掉!")

小冶：(挥剑)先叫公子虔吃我一剑!

众：保护商君! 保护变法事业! 杀!

(众摆出战斗阵势。

(幕。)

第九场　殉职

(囹圄——秦国的监狱。

(商鞅及其夫人、女儿被关在一间牢房里。门外有武士持斧钺看守。

(商鞅面带伤痕、身系铁链,坐在牢床上。其女儿偎在他脚旁。)

女儿：(向商鞅继续讲战斗情况)……打起来的时候,三个敌人扑向了女庚。她很勇敢,杀死了两个暴徒,自己受了重伤,也牺牲了!

商鞅：啊!

女儿：小冶看见敌人来抓你,他用剑劈倒了几个,冲过来救你。可是敌人太多了,把你团团围住了。他没有冲进来……

商鞅:敌人把我围起来,我正跟敌人厮杀的时候,听见小冶从远处向我喊了一声,以后我就什么也不知道了!

女儿:小冶武艺高,敌人要想抓他,是办不到的。在混战当中,他杀死一个敌人,抢了一匹马,跑掉了!

商鞅:(高兴)好!

女儿:可是老百姓被杀死的太多了,妇女、小孩都有。

商鞅:这就是他们的"仁政"。……女儿,如果你能活着出去,你一定要找着小冶,他会保护你的!

女儿:阿爸,我一定!

夫人:(一直在旁边听着父女间的谈话,怜惜地)女儿,你让你阿爸歇歇吧。他受了那么重的伤。

商鞅:夫人,我应该向你告罪。尽管有人骂我"刻薄寡恩""不行仁义",可是我平常对那些狡猾阴险的不法贵族,还是想得太善良了,对于他们现在这一手没有做好准备,今天连累了你们。

夫人:君侯,你这是什么话?变法本来是好事,你做的没有什么不对。要恨,只能恨那些害国害民的不法贵族。他们使得老百姓和我们全家遭受这样大的苦难。我想,有一天总会有人替我们报仇的。至于你我的命运,变法成功,我们全家和老百姓一起高兴;变法失败,我们全家和老百姓一同受难,说不上谁连累谁。

商鞅:(拱手)夫人有这种胸襟,商鞅就是死,我也放心了!

(门响,狱吏开门进房。)

狱吏:不要说话了!你们这些变法的人,坐在牢房里还是说不完的话,怪不得你们在外边要闹出那么大的乱子来!别说了。公子虔看你们来了!(向门外)老爷,请进来吧。慢一点。

(公子虔进牢房。)

公子虔:(环顾四周,竭力掩饰自己的得意)商君,你们受委屈了吧?(沉默。)不太好受吧!(沉默。)怎么样,公孙鞅先生,我们的辩论,现在可以说是到此结束了吧?

商鞅:没有结束。

公子虔:没有结束? 应该说是到了该下结论的时候了。你失败了——这就是结论。

商鞅:一次战斗的失败,并不是整个战争的失败。一个人的死亡,也不是整个事业的死亡。

公子虔:你总是善于辞令的。不管怎么说,你的变法变不下去了。十八年前,我就说过:"毁弃先圣之道,没有好下场。"现在不幸而言中了吧? 变法的结果怎么样呢? 我公子虔,不错,丢了一只鼻子。可是,你呢? 一辈子忙忙碌碌,到头来——(指点商鞅一家)你、你、你,你们全家(以手势作杀头状),哈哈哈哈! ……

商鞅:我死了,变法事业不会死的!

公子虔:别想什么变法了!"人亡政息",这是自古以来的老规矩。以后谁再搞变法,你的下场就是他们的榜样!

商鞅:只要你这种人还存在,搞变法的人总会出现的!

公子虔:我就把你们统统杀光!

商鞅:你们不是讲仁义道德吗?

公子虔:"乱臣贼子,人人得而诛之!"

商鞅:变法十八年,民富国强,妇人孺子都能言我商君之法。你们怎样向秦国交待呢?

公子虔:那还不好说? 你的罪名有的是:(从怀中掏出帛书"罪状",读之)"天资刻毒,残忍成性;刑杀大臣,侵暴公族;攻伐邻邦,以诈取胜;权倾国君,图谋不轨;煽奴叛主,败坏纲纪;兴兵作乱,反叛新君"……这还不够吗? 哪一条都能构成你的死罪而有余!

商鞅:哈哈哈哈! ……你真把天下后世都看成蒙昧无知的愚民了! 难道凭着你们一纸空文就可以把是非曲直全部颠倒,就可以河山永固了吗?

公子虔:不管怎么说,新君听我的话,刀把子在我手里,笔杆子也在我手里。你一死,就将你的罪状传谕天下。你一辈子受人咒骂,还要写在历史上,让后人世世代代咒骂你!

商鞅:请问,既然你们把我的"罪状"诏告天下,你们敢让我到城乡老百姓那里去说理吗?

公子虔: 你是罪人,不许你再煽惑百姓!

商鞅: 你们不敢!因为秦国老百姓对变法是拥护的,他们对我是支持的。目前,在高压下,他们还不能说话。但是,"肺腑而能语,医师面如土"。总有一天,他们不仅要用言语,而且要用刀剑来表示自己的意见。那时你们和你们的子孙就要为你们的倒行逆施付出代价!总有一天,后世子孙要"山呼万岁",庆贺你们的灭亡和国家的统一!

公子虔: "后世","后世"!明天你就要被当作罪犯处死!

商鞅: 千古功罪,不是由你们这些倒行逆施的人来判定的。明天的中国,不是属于你们,而是属于我们!一切为了中国的变法革新事业而流过血、出过力的仁人志士,都会受到后人的纪念。你们这些人的命运不过是身败名裂、言行两亡!也许有人会想起你们,那也不过是当作历史上的丑类!

公子虔: (气急败坏)你、你、你……明天把你车裂示众,全家杀光!

(公子虔下。狱吏随下。)

(夫人和女儿向商鞅走来,三人靠近。)

商鞅: (沉思)少正卯在鲁国宣扬变法主张,被孔丘杀害了。吴起在楚国实行变法,被贵族大臣们乱箭射死了。……看来在变法革新的道路上,每一步都沾有志士仁人的鲜血。我们全家的遭遇不是第一次,恐怕也不会是最后一次。……只要我们的鲜血能照亮华夏神州统一富强的道路,我们所流的血就是值得的。……千千万万老百姓会明白我们商鞅一家是为什么而死的。子孙后代会记得我们,记得我们的成就,也记得我们的血的教训!

女儿: 阿爸,我完全相信你的话!

夫人: (心疼地)女儿,可惜你像一朵刚刚开放的鲜花,就被一阵妖风摧折了!

女儿: 阿妈,我们不会死的。我们死了,也像花瓣儿一样,落在地上,变成了春泥,滋养着新生的花朵。我们永远活在中国的阳光、雨露、鲜花和人民的欢笑之中!

商鞅: 我很高兴的是,尸佼和小冶他们两个人还活着。他们两个,一文一武,在我们身后,一个继续传播我的变法主张,一个继续用刀剑和奴隶主贵族进行斗争。四分五裂的中国一定会统一起来。中国总有一天会按照我们的理想,成为一个统一富强的伟大国家!

（三人靠拢着。

（商鞅以戴着铁链的手指向远方。

（感人至深的群像，久久，幕闭。）

说明：本剧根据《史记》《商君书》《秦会要》等古籍演绎构想写出，并曾据已故史学家孙作云教授所提意见，对个别历史事实进行订正。修改时参阅过 1987 年群众出版社出版的《商鞅的法律思想》一书。创作时主要把商鞅这个历史人物作为一个代表新兴地主阶级的改革家，写出他运用变法手段打击奴隶主贵族、消灭奴隶制、开始统一度量衡、为中国的统一打下基础等历史贡献。当然，商鞅是两千三四百年前的人，他所实行的严刑峻法是一把双刃剑，既镇压奴隶主贵族，也压制普通人民。对于他这种局限性，在今天必须注意加以分析，将民主与法制结合起来，才符合时代潮流和国情民意。

（1989 年 8 月 19 日改定）

李信与红娘子[①]

（京剧）

剧中人物

红娘子　卖艺女,后起义,称红帅,23 岁

邢　二　其伯父

伙计甲、乙

小　霞　15 岁,后起义,改名红霞

其　父　农民

其祖母　老农妇

李　信　30 岁

汤　氏　其妻,28 岁

李　牟　其弟

李　升　其亲信家人

王二发　卖油茶的小贩

钱百万　乡绅,50 岁

管　家

打手甲、乙

宋县令

孔把总

捕快甲、乙

狱　吏

---

① 1978 年 12 月北京风雷京剧团排演本。

陈永福　明副将

明将甲、乙

饥民、观众、家人、丫环、门子、书吏、衙役、明兵、旗牌官等。

第 一 场

（在沉痛而凄凉的乐曲声中幕开：钱府门外。远处钱百万家的大门富丽堂皇，周围却是荒沙蔽野，一派凋敝的农村景象。间有一二小树，光秃秃的枝丫伸向灰暗的天空。）

（钱府打手甲、乙押众佃户背粮上，进入钱府大门。其中一人——小霞父停下来。）

小霞父：（哀求）尊管，这是我们全家老小的活命粮呀！

打手甲：什么粮也得交出来。欠老爷的租子，一笔一笔都得还完。走！

　　（打他一鞭子。）

　　（小霞父下。又上，喘息、拭汗。）

　　（小霞与其祖母上。）

小霞：爹爹！粮食呢？……都交给钱百万，咱们吃什么呀？现在，连树皮都剥光啦！

小霞父：唉！

　　（捕快甲、乙押民夫上。）

捕快甲：快走！快走！（指小霞父）把他也抓走应差！（捕快乙抓小霞父。）

小霞祖母：（上前）老爷，你开开恩吧！你把他抓走，俺们全家都活不了啦！

捕快甲：杨阁部有令，剿寇火急。带走！

　　（捕快甲、乙押小霞父等下。）

小霞：（欲追下）爹爹！

小霞祖母：天哪！（眼急瞎了）小霞，小霞！天怎么一下子黑洞洞的？

小霞：（哭）老奶奶，你怕是眼一下子急瞎了吧？

小霞祖母：小霞，小霞！从今以后，你就是奶奶的眼睛啦！（祖孙哭下。）

　　（众饥民逃荒过场。）

主题歌声：崇祯年，灾难不断，

茫茫中原少人烟。

官府豪门，虎暴狼贪；

敲骨吸髓，火焚油煎。

苦连连，血流干，

穷人尸骨堆成山。

灾难何时尽？

西望潼关，西望潼关——

闯王来，救我脱苦难；

闯王来，好过太平年！（众饥民下。）

红娘子：（内唱）背弓箭跨鞍马穿州过县——

（红娘子、邢二、二伙计蹚马上。）

红娘子：（接唱）穷人苦苦不断泪湿衣衫。

东西闯闯不出这无边的苦难，

南北走怎走出这饥饿关？

空有这满身艺赤胆一片，

不能够救穷人也是枉然！

王二发：（背油茶壶上）邢二哥，你们来啦？

邢二：二发，你也出来啦？油茶生意怎么样？

王二发：还说呢！老百姓连树皮草根都吃不上啦，还顾得上喝油茶？你们要卖艺呀，那边有个地方宽敞，我领你们去。

邢二：红丫头，咱们跟你王二叔到那边去吧！

（红娘子等随王二发下。）

小霞祖母：（内唱）老天降下杀人剑！

（扶着小霞上，接唱）穷人饿死有谁怜？

手拉着小孙女沿街讨饭——

（夹白）好心的君子，赏我这瞎眼老婆子一口饭吃吧！（打手甲、乙上。）

打手甲：嗳，这个巧劲儿。正要找你们讨租，你们自己倒来啦！

小霞：老奶奶，又到了钱家门口了！

小霞祖母：（接唱）小孙女莫乱跑站我身边。

打手甲:你们家欠老爷的租,老爷说了:把这个小丫头领到府上顶账,赏她一碗饭吃。这也是老爷对你们的恩典!

小霞祖母:尊管老爷,如今我两眼双瞎,这小孙女儿就是我的眼睛。望你们开开恩,放了她吧!

打手甲:放了她?要是都抗租不交,老爷吃什么?别啰嗦,滚开!

小霞祖母:你们这样苦害我们穷人,我与你拼了!

打手甲:嗬,你这老东西,到这儿拼命来啦?你想想,你禁得起我这一鞭子吗?你要想死,我给你说个地方:一出镇口,有俩乱葬坑。见天儿都有你们这一号人,三五个,七八个,往那儿一躺就不动啦。不用席裹,也不用箔卷,多省事呀!你要找死,就到那儿去吧!(推小霞祖母欲倒,小霞扶持。打手乙来抓小霞,祖孙相抱不放。)

打手甲:你这丫头片子,不教训教训你,你也不懂得规矩!(举鞭打小霞,小霞祖母扑过来。打手甲对她连踢带打。)

小霞祖母:小霞,小霞,小孙女儿呀!(倒地死去。)

小霞:老奶奶!(抱尸痛哭。)

打手甲:(拉小霞)别哭啦。一到老爷家,你就有饭吃啦!

小霞:我死也不进这个大门!(挣脱。)

打手甲:(追打)我让你跑!

(小霞忍痛抓鞭,咬打手甲的手。)

打手甲:哎哟!……(举鞭狠打)看我打不死你!

(看卖艺的群众被吸引到这边来,三五上场。)

红娘子:(内喊)住手!

(红娘子、邢二、二伙计上。)

红娘子:干吗欺负这个小姑娘?

打手甲:嘿,半路杀出个程咬金。你们是干什么的?

红娘子:你管不着。不许你欺负人!

小霞:(跑向红娘子)姐姐!

红娘子:小姑娘,怎么回事?

小霞:俺家欠他们的租,他们要抓我,还打死我奶奶!

红娘子：(对打手甲)你们凭什么打死人？难道就没有王法吗？

打手甲：王法？在杞县，我们老爷说句话就是王法！

邢二：(拉拉红娘子)红丫头，咱们新来人家杞县，还是少管点儿事吧！

红娘子：(不高兴)二大爷，你总是这样。小姑娘这么可怜，咱们能见死不救吗？

打手甲：(一直注意红娘子，打坏主意)哦，哦！……好哇，既然你要为这个小丫
　　　　头打抱不平，你就跟她一块儿留下来，见见我们老爷吧！请！请！

邢二：(拉走红娘子)走吧，走吧！这年头，这种事多啦，咱们管不了！

打手甲：走？没那么容易。这个大门口，不是想来就来，想走就走。叫你留下，
　　　　你就得留下！(抓红娘子。)

红娘子：(气极，打)狗东西！(打手甲后退，欲再动手。)

红娘子：(抽弓，打弹弓)叫你尝尝"嘣嘣豆儿"！

打手甲：(捂脸)哎哟！

打手乙：这小娘们儿会打人！

打手甲：嗳，你行，敢在这个大门口打人！有种，你待着！(与打手乙下。)

群众：哎哟，打了钱百万的人，这可惹祸了！(退下。)

红娘子：这么欺负穷人，(握刀把)我真想跟他们拼了！

邢二：丫头，你怎么总是这么个火爆子脾气呀？咱们卖艺吃饭的，凡事得忍着点
　　　儿。况且，你全家都让财主逼死了，就剩你一个苦命丫头。你可不能轻易
　　　玩儿命啊！

红娘子：哼，都怪你！去年在豫西山里，碰见了闯王的队伍——

邢二：(急止之)说话留神！(四顾，近旁无人，始放心)唉，你这丫头！

红娘子：那时候，要是你不拦我，跟高夫人她们走了，今天还受这份儿气吗？

邢二：孩子，别埋怨啦。都怨二大爷我总想吃碗安生饭。可是咱们这一行本来
　　　就不易，加上你这种脾气，哼，日子怎么也安生不了！

管家：(内声)谁这么大胆，敢在钱老爷门口打人哪？

　　　(领众打手上。群众又上。王二发随上。)

打手甲：(指)就是这个小娘们儿！

管家：你们是干什么的？

邢二：尊管，我们是走江湖卖艺的，您多维持。

管家:老头儿,你们卖艺,懂规矩吗?

邢二:尊管,什么规矩呀?

管家:不管谁来到杞县这个地方,都得先拜望我们家钱百万钱老爷!

邢二:我们初来乍到,先混碗饭吃。您多包涵。

管家:不先拜望我们老爷,还打了老爷的人。你们知道犯什么罪吗?

王二发:(上前劝解)尊管,人家是外乡人,出来不容易。您高抬贵手,他们就过
        去啦!

打手甲:你小子一个臭卖油茶的,狗咬耗子——管得着吗?滚!(推开王二发,
        顺手抓两个烧饼。)

王二发:干吗抢我烧饼!

观众甲:(低声劝王二发)喂,别嚷嚷啦。没砸了你油茶壶,就是你的造化。别吱
        声,快走吧!(下。)

管家:把这个卖艺丫头带进府去,听凭老爷发落。

        (众打手上前。)

红娘子:你们敢!

        (唱)狂徒狗才无赖甚,

            姑娘岂是受欺的人?

        (拔刀,唱)手握钢刀气难忍——

邢二:(急阻止)丫头,千万不能动这个!

众打手:走!

红娘子:呸!(接唱)哪一个胆敢近我的身!(僵持。)

李信:(由李升陪上,唱)饥荒遍地烈火样,

            出寨来只为劝赈忙。

            催马扬鞭钱庄上——

众:(议论)哎哟,这事儿可闹大喽!

李信:啊?(接唱)那旁为何闹嚷嚷?

众:李公子来啦!

李信:(走近)你们在此吵闹,为了何事?

邢二:公子!

（念）老汉开言道，公子您是听：

我们穷苦人，卖艺为营生。

来到贵宝地，镇边练武功。

他们打死人，姑娘抱不平。

说话不相投，打他一弹弓。

拦住不让走，您看公不公？

管家：李公子，您不知道。她打了我们的人，得见我们老爷去。

李信：（观察红娘子等，了然于怀，劝解）外乡卖艺之人，得罪尊管。这是李某名帖，还有劝赈歌帖一张，一并交与你家老爷。少时李信亲到府中说情，还要与钱老爷商议救灾之事。

王二发：这个小姑娘，奶奶死了还没埋，她自己也没着没落儿，怪可怜的！

李信：李某愿出棺木一口，将老人家发送。

红娘子：这个小姑娘，就让她跟着我们吧！

打手甲：不行。我们老爷吩咐下来，叫她当丫头顶账！

小霞：我不去！我死也不去！

李信：这一小姑娘暂到钱府。（对管家）禀告钱老爷，不必难为于她。

管家：（悻悻然）好，既然公子说了，我们禀告老爷，看老爷怎么说吧！把这个小丫头带进去！（与众打手下，小霞哭叫"奶奶！"下。）

（王二发领人将小霞祖母尸首抬下。）

邢二：公子，叫您费心啦！不是您帮忙，那几个小子不定跟我们闹到什么时候呢！红丫头，过来谢谢公子呀！

红娘子：公子！（唱）多谢公子解围困。

李信：兵荒马乱，灾难四起，年轻女子还是不在外面漂流的好！

红娘子：（接唱）家贫穷无奈何四方飘零。

邢二：还不是没法子吗？

李信：（唱）卖艺女见不平还救人危困，

风尘中最难得这侠义之心。

邢二：为了她这爱打抱不平的脾气，老汉我可担了不少惊，受了不少怕呀！

红娘子：杀杀那些个狗奴才的威风，我这抱不平打得好！

李信：好倒是好，只怕你这一弹弓就打出祸事来了！

红娘子：想我红娘子走江湖、闯四方，纵横一匹马，来去三尺剑，无牵无挂，什么也不怕。公子是有身份有家业的人。今天您这么一发善心，管了这档子事，恐怕要给您惹下麻烦了吧？

李信：（寻思）这个？……料也无妨。李升！（李升上前）与他们一些银两，暂作盘费。

邢二：公子，这可使不得。让您费心解围，已经感谢不尽。怎好再受您的银子？

李信：在家千日好，出门一时难。些许碎银，不必介意。

饥民数人：（上）李公子，我们几天没吃饭了，您也帮帮我们吧！

李升：大公子今天上县有事，没法儿再打发各位。他已然拿出二百石粮食放赈。请大家改天到李家寨去吧！

饥民：公子，这可是真的吗？

李信：自然是真。

饥民：那好。咱们明天就到李家寨去！（下。）

李信：唉！（唱）乡亲遭难实可悯，

　　　　　　开仓放赈表寸心。

　　　（对邢二）是非之地，不可久停。

邢二：我们明天就走。

李信：少陪了！

邢二：公子慢走！（李信、李升下。）

红娘子：呀！（唱）这公子多慷慨为人忠恳，

　　　　　　乱世里难得见这样的好人！

邢二：得，一天乌云散。今天这场灾难总算躲过去了。伙计们，快找个客店歇着。日子比树叶还稠，明天还得奔明天的事儿呢！（同下。）

第 二 场

（二幕外）

钱百万：（管家陪上唱）可恨李信太不仁，

开仓放粮收民心；

劝赈帖儿到处散，

煽动饥民压乡绅。

红娘子在钱庄打人犯禁，

李信他从中作梗讲人情。

这样的行事颠倒岂能忍？

去到县衙禀县尊！（下。）

（二幕开：县衙二堂，县令在座，书吏衙役侍立。）

县令：（念）蝗旱连年不停，寇氛迩来正紧。

不与皇王分忧，怎为七品县尊？

左右，传孙把总！

衙役：有请孙把总！

把总：（上）县台大人！

县令：孙把总！只因张献忠又反谷城，杨阁部督师追剿。闯贼今冬窜入豫西，盘踞熊耳山一带，有大举模样。省宪来文，命我等严加防范。县内必须守好监库钱粮，不得有误。

把总：遵命。

县令：速速安排去吧！

把总：是。（下。）

门子：（上）钱乡绅求见。

县令：快快有请！

门子：有请！（下。）

钱百万：（上）老父母！

县令：钱老先生来了，请坐。

钱百万：谢座。

县令：今日来衙，有何见教？

钱百万：岂敢。生员有要事告禀！

县令：（对左右）尔等退下。（书吏、衙役下）请讲！

钱百万：公祖！

（念）寇乱正蔓延,饥荒遍地燃。

　　　　奸人来扰乱,严防最当先!

县令:莫非县中有什么奸人活动不成?

钱百万:那李信以赈灾为名,拿出粮食二百石,笼络人心。因此,那些无赖饥民,
　　　　到处哄抢大户。

县令:嗯,此风断不可长!

钱百万:李信近日又散发劝赈歌词,逼迫大户出粮。（呈歌帖）大人请看,这不是
　　　　煽动饥民,又是什么?

县令:李信之事,本县早有觉察。只因他是世家公子,又有省试功名,不便对他
　　　　怎样。

钱百万:李信沽名钓誉,心怀叵测。大人不可轻看。

县令:嗯!……

钱百万:今日县内突然来一红娘子,在生员门首行凶打人。那李信竟然对她百
　　　　般袒护,不许下人拿她治罪。

县令:那红娘子是何等样人?

钱百万:乃一年轻卖艺女子。

县令:莫非钱兄又动了少年之兴?

钱百万:哪里哪里!

县令:（笑）哈哈哈哈!……

门子:（上）李公子求见。

县令:哦!……请。

门子:是。（下。）

钱百万:李信前来,我在此有些不便。

县令:钱兄且到屏风之后稍待。（钱百万下。）

李信:（上）老父母!

县令:李公子,请坐。

李信:谢座。

县令:听君一席话,胜读十年书。公子前来,有何见教?

李信:岂敢。大人,如今哀鸿遍野,饿殍载道。望大人速速赈灾,解民倒悬!

县令:赈灾赈灾,要钱要粮。县内钱粮俱无,本县有何法可想?

李信:大人!

　　(念)家家断炊四壁空,

　　　　　百姓都在水火中。

　　　　　赋税压顶千斤重,

　　　　　暂停征敛救灾情!

县令:公子!

　　(念)杨阁部飞檄雨下,

　　　　　催征调令如山压。

　　　　　若误了剿练二饷,

　　　　　有何人敢试军法?

李信:(念)灾荒万分危急,

　　　　　黎民怨声四起。

　　　　　若不速停征敛,

　　　　　大人! 岂不是为丛驱雀、为渊驱鱼?

县令:公子此言,莫非说朝廷逼民造反不成?

李信:心所谓危,不敢不言!

　　(唱)积怨如火休轻看,

　　　　　一旦点燃势燎原。

　　　　　催赋如同助火燃,

　　　　　征敛不停火冲天!

县令:(翻脸)你说此话,简直是——

　　(内群众声:"我们要见县太爷!")

门子:(上)大人!

县令:何人喧哗?

门子:饥民衙前鼓噪!

县令:拿本县令牌,晓谕饥民速速解散。

门子:是。(举令牌下。)

县令:哼,这还了得!

（内喊声又起："我们要见县太爷,为什么拿大令来压我们?"）

门子:（拿着打碎的令牌又上）饥民打碎令牌,冲进来了!

县令:快快挡住他们!（门子下。）

（对李信）啊,公子,本县有心救灾,怎奈饥民围衙不散,叫本县如何措手?

李信:老父母速定赈灾之计,饥民自散。

县令:望公子劝饥民散去,赈灾之事可以商议。

李信:如今唯有暂免赋税,并劝富家出粮官粜。除此之外,再无安民之道。

县令:公子所言,一一照办。今日务请鼎力相助,为本县解围。

（门子、衙役退下。众饥民冲上。）

饥民甲:大老爷,闹了几年灾荒,当官的不救灾不说,还加征钱粮。这让穷人怎么活呀?

饥民乙:家里一粒粮食没有,财主照样逼租逼债。这不硬要逼死人吗?

饥民丙:你们只管大吃二喝。老百姓成千上万地饿死,你们知道吗?

县令:大家不要吵闹。有话慢慢地讲!

饥民丁:我们反正要饿死。当官的不管,我们就自己想办法啦!

县令:适才本县正筹办赈灾之事。倘若不信,李公子可以为证!

众饥民:听听李公子怎么说!

（县令推推李信。）

李信:众位父老,听李信一言!

（唱）众父老遭饥荒苦难受尽,

　　　　铁石的人儿也酸心。

　　　适才间在此商量定——

众饥民:怎么商量呢?

李信:（唱）大老爷应允救灾情。

众饥民:光口头答应不行,得拿出办法呀!

李信:（唱）大户出粮减价卖。

众饥民:这时候才把粮食拿出来。不见棺材不流泪呀!

李信:（唱）一应钱粮暂免征。

众饥民:早就该免喽!饿死人的年月,还是苛捐杂税收个没完。这不是硬从穷人骨头缝里榨油吗?

李信:(唱)劝乡亲早早回家转——

众饥民:答应的话算不算哪?

李信:(提醒县令)老父母!

县令:大家一散,一切照办! 一切照办!

李信:(接唱)救灾之事定施行!

饥民甲:县太爷,我们听李公子的话,回去啦。如果你说话不算话,我们还来!

　　　　(众饥民下。)

李信:(对县令)此事急如星火,老父母万勿迟疑!

县令:公子回府去吧!

李信:告辞。

县令:请! (李信下。)

钱百万:(急上)老父母,生员之言如何?

县令:(拭汗)哎呀呀,这样下去,如何得了?

钱百万:大人速定对策,免生大变。

县令:今后一有动静,速来衙前商议。

钱百万:遵命。大人,白莲教匪平息未久,那红娘子来路不明,在县活动,终是一患。

县令:料她年轻女子,难成大乱。兄台可略施小计,既可消除隐患,又能将她笼
　　　　络到手,岂非一举两得?

钱百万:大人此计甚妙。生员告退。

县令:请! (钱百万下。)

县令:哼哼,李信勾结乱民,聚众要挟……来人!

　　　　(书吏、把总、二捕快、衙役上。)

县令:孙把总!

把总:卑职在。

县令:再有饥民鼓噪生事,立即弹压。为首者格杀勿论!

把总:是。(下。)

县令:赵师爷!

书吏:父台!

县令:连夜写文,呈报省宪:李信图谋不轨,必须严加查问!

书吏:遵命。

县令:附上这一劝赈帖儿,以为干证。

书吏:是。(下。)

县令:李捕快!

捕快甲:在。

县令:命你二人对李信行踪,严加访查,随时禀报!

捕快甲:是。

县令:这还了得!(幕。)

第 三 场

(二幕外:邢二、红娘子上。)

邢二:(数落着)李公子嘱咐过了:是非之地,不可久停。可你非要见见李公子才走!

红娘子:李公子给咱们解了围,咱们怎好不辞而别、撒腿就走呢?

邢二:你这丫头,这时候倒懂得客气啦!昨天在钱庄,瞧你那厉害!你要真动起刀来,那得了吗?……唉,要说呢,像你这样的年轻闺女,要生在有钱人家,从小娇生惯养,在绣楼上扎针描云,头门不出,二门不迈,当个千金小姐,哪儿能跟刀枪挨得上啊?可是你这丫头命苦,生到穷人家里,为了挣扎个活命,从小就练刀练枪、跑马射箭,跟着我这个苦老头子走南闯北,把性子也就跑野了。你自己是个苦人儿,看见别人受苦,偏爱插个嘴、打个抱不平。可这世上不平的事儿多啦,你一个人能打得完吗?

红娘子:二大爷,您老人家甭说了,我小心就是。以后我再看见穷人家受欺负,把眼睛闭上。我这嘴呀,光吃饭,不说话。

邢二:对呀,这才是好孩子。咱们走江湖,风打头,雨打脸,不就是为混碗饭吗?

红娘子:我呀,以后再不动嘴了,我要学闯王、高夫人那样,跟那些财主恶霸拼个你死我活!

邢二:啊,还要动刀动枪啊?

红娘子:咱们见天儿动刀动枪,你不让我动刀动枪,你让我使绣花针哪?

邢二：可——你这孩子！见了李公子，说话放斯文点儿！跟公子告个别，咱们马上离开杞县，一天也不多待！（同下。）

（二幕开：李家寨李信宅。）

李升：（上，念）饥民来求赈，报与大官人。（向内）有请大公子！

李信：（上唱）叹中原遭凶年愁云弥漫，

田园荒人四散不见炊烟。

租税重生路断恐有大变，

忧国事倒叫我寝食不安。

何事？

李升：大公子，二百石粮食已经放完了，今天又来了一大帮饥民。小人做不了主，候您的示。

李信：再拿出一百石，发放与他。

李升：是，马上就发。可是，大公子，这么大的年景，要饭的成千上万。照您这么打发，何时是了哇？

李信：唉，略表心意而已！

李升：不是小人多嘴，别说您拿出三百石，您就是倾家荡产，也填不满这么个大窟窿啊！

李信：我自有道理。

李升：嗳，看您什么办法吧！（下。）

李信：（唱）三百石难救千万命，

一杯水怎扑灭烈焰腾腾！

已命二弟去劝赈——

李牟：（上）兄长！

李信：二弟！（接唱）今日归来可有好音？

李牟：兄长！（唱）连日来四乡去劝赈，

劝赈的帖儿送豪门。

一个个哭穷来推托，

家藏万石不出分文。

好话歹话都说尽，

怎说动冥顽不灵的铁石心？

李信：（唱）看起来这劝赈也非平坦路径，

大户们竟不讲天地良心！

二弟辛苦，歇息去吧！（李牟下。）唉！

汤氏：（上唱）高皇爷打江山四海大定，

我汤家保大明世代簪缨。

自幼儿习礼义忠孝为本，

与公子结良缘相敬如宾。

连日来大公子辛勤放赈——

李信：唉！

汤氏：呀！（接唱）只见他面忧愁叹息声声！

公子为何长叹？

李信：夫人有所不知：我与二弟多日到大户之家劝赈，不是哭穷推托，便是一口回绝。家财万贯，一毛不拔，全不以千万饥民为念。岂不可叹？

汤氏：公子博览经史，明于治乱。岂不闻：善财难舍，乃是人之常情？况公子已然拿出三百石放赈。君子尽其在我，但求无愧于心而已矣！

李信：夫人之言，自是有理。怎奈今天天灾人祸，万分危急。更有那等为富不仁之辈，不顾百姓死活，乘灾荒之机，巧取豪夺，横行霸道。昨日路过钱庄，见那钱府恶奴，打死人命，抢夺幼女，还拦住卖艺女子，无理纠缠。为夫上前说情，那一女子才得脱身。似此无法无天，怎不令人气愤？

汤氏：缙绅之家，偶有不轨之事。公子念在乡谊分上，劝说几句，也是好的。但那钱百万乃是全县首户，县官尚且怕他三分。公子切不可言词激切，开罪于他，日后不好见面！

李信：长此以往，真不知伊于胡底！唉！

汤氏：公子！

（唱）劝公子遇事且宽心，

愁闷太甚伤自身。

灾荒虽重有时尽，

何必忧天学杞人？

李信:夫人!

　　　(唱)昔日杞人忧天倾,

　　　　　　今日李信忧苍生。

　　　　　　天生我身有何用?

　　　　　　做一个炼石补天人!

李升:(上)大公子,大奶奶。门外一老一少求见公子。

李信:却是何人?

李升:红娘子跟她伯父。

汤氏:红娘子又是哪个?

李信:便是方才对夫人说的那一卖艺女子。此女虽是江湖中人,颇有侠义之风,
　　　夫人不妨一见。

汤氏:平日无来无往,不见也罢。

李信:夫人请便。(汤氏下。)请他们进来。

　　　(李升领邢二、红娘子上。)

邢二
　　　:公子!
红娘子

李信:二位为何还在此地停留?

邢二:本来今天要走,可是我们丫头一定要来见见公子,一来辞别,二来表表我
　　　们爷俩感激之意。

李信:区区小事,万勿介意。二位安全要紧,还是速去为是。

邢二:拜别公子,即刻就走。

李信:如今天下不宁,道途险阻,年纪轻轻,在江湖奔走,终非长久之计!

红娘子:唉,公子!

　　　(唱)女儿家谁情愿抛头露面,

　　　　　　卖艺人一腔苦满腹辛酸。

李信:家住哪里?为何落得卖艺为生?

红娘子:(唱)家住在大名府长垣小县,

　　　　　　祖辈辈受苦人佃种薄田。

　　　　　　一家人做牛马拼命流汗,

秋风起收租来颗粒榨干!

邢二:一年忙到头,算盘子儿一扒拉,一颗粮食籽儿也不给你剩下。叫穷人喝西北风啊?

红娘子:(唱)只因为连年旱把租拖欠,

　　　　租变债、债滚利永难还完。

　　　　积德堂不积德催逼债款,

　　　　逼死我一家人负屈含冤!

邢二:一家人死绝啦,就剩下她这个苦命丫头!

红娘子:(唱)剩下我红娘子单根独线,

　　　　随伯伯习弓马江湖颠连。

　　　　走南北闯州县难得饱饭,

　　　　还须防那恶奴才、刁乡官、横暴野蛮、无理纠缠!

邢二:本来嘛,这年头混饭就不易。老百姓自己没饭吃,谁还有心看我们走索儿翻筋斗、跑马射箭哪!这且不说,那些财主老爷,见了我们丫头,不安好心,欺负我们。昨天您不是见了吗?

红娘子:(唱)昨日里蒙公子救我急难,

　　　　与伯伯到府上拜谢尊颜。

李信:唉!(唱)凄凉身世讲一遍,

　　　　少女漂泊实可怜。

　　　　难得你虽遭难有肝有胆,

　　　　不愧是江湖上女中英贤!

红娘子:公子夸奖。

邢二:那可不敢当。您多指教。

李信:二位四方奔走,见多识广。不知听得什么稀罕新闻?

红娘子:不曾听得稀罕新闻,倒在途中学得一只新奇的歌儿。

邢二:嗳,有什么好听的歌儿,给公子唱唱也好!

红娘子:公子!(唱)迎闯王,迎闯王,

　　　　闯王来时不纳粮。

　　　　穷人百姓喜洋洋,

开了大门迎闯王！——

李信：（吃惊）你这歌儿从哪里听来？

红娘子：去年在豫西山中听百姓们传唱。

李信：官军报道，那李自成在南原战败之后，仅余十八骑之众，突围之后，早已不
知去向，困死山中了！

红娘子：百姓传闻，并非如此。

李信：你且讲来！

红娘子：公子！（唱）潼关南原一血战，

闯军奋勇齐争先。

直杀得天昏地也暗，

突重围进了商洛山！

李信：在山中做些什么？

红娘子：（唱）李闯王，智谋远，

在山中练兵又屯田。

兵强马壮旌旗展，

义军声威震中原！

李信：事关军情，你何从听见？

红娘子：我不但听见，我还见过高夫人呢！

李信：（大惊）高夫人？

红娘子：公子！（唱）李公子莫惊诧听我言讲，

这本是真情话并无夸张；

去年间在豫西寒冬初降，

卖艺中遇寨主存心不良；

依仗他狐群狗党要把我抢，

我四人杀出寨逃奔他方。

狗强盗领家奴紧追不放，

眼见得寡不敌众要遭祸殃。

危难中忽听得人马喧嚷，

猛抬头闯字大旗迎风飘扬！

众义军,声威壮,

呐喊一声、吓退豪强。

高夫人救我恩义广,

亲亲热热问短长;

临行时还把财物赏,

送我出山高飞远扬。

风尘中见惯了魑魅魍魉,

何曾想这慈爱情好似亲娘?

若非是二伯父将我阻挡,

早随了高夫人去投闯王!

李信:(背躬)呀!

(唱)听罢言来暗心惊,

怎知她还有此隐情?

(夹白)红娘子!

(唱)这番话万不可轻易谈论,

他人面前莫出唇!

邢二:丫头,公子这话是为你好。见了别人,千万不能这么"竹筒倒豆子"——什么全捅出来呀!

红娘子:公子!

(唱)一路上众百姓纷纷议论,

李闯王军纪明深得民心;

若能够得贤士辅佐军阵,

龙遇水虎生翼际会风云!

李信:李某也风闻李闯王军纪严明、秋毫无犯。但此事甚大,不可轻谈。红娘子,你要言语谨慎,他人面前万万不可出口。若被做公的听见,其祸非小!

邢二:公子,您放心。刚才那些话,我们红丫头对谁也没说过。今天见了您,她话才说这么多呢!

李信:是非之地,不可久停。

邢二:丫头,咱们走吧!

红娘子:公子保重。

李信:请！

　　（红娘子、邢二下。）

李信:(唱)红娘子一番话发我深省，

　　　　　她道出国家事变幻风云。

　　　　　看起来李闯王旗鼓重振，

　　　　　红娘子也非是碌碌之人，

　　　　　最可叹朝纲坏时局不稳，

　　　　　灾难紧租税重民不聊生。

　　　　　到如今群雄起乱局已定，

　　　　　但不知靠何人重整乾坤？（幕。）

第 四 场

　　（二幕外。）

小霞:(急上,唱)钱百万与县令把诡计盘算，

　　　　　　小霞我听此言心如火燃。

　　　　　　眼见得红姐姐遭此危险，

　　　　　　怎能够出门去把她阻拦？

管家:(上)小霞,你怎么乱跑？今儿个老爷堂会,快摆宴去！（小霞无奈,下。管
　　家向另一方,下。）

　　（红娘子、邢二、二伙计急上,蹚马。）

红娘子:(唱)辞别公子他乡往，

　　　　　急煎煎走出是非场。

　　　　　地茫茫,天苍苍,

　　　　　干净土,在何方？

　　　　　我好比失群鸟,

　　　　　我好比迷途羊,

　　　　　头上鹰鹫打盘旋,

豺狼虎豹身边藏。

何处是我立锥地?

普天下哪有太平乡?

恨不得双手劈开这天罗网!——

管家:(内喊)站住! 站住!

(红娘子等勒马停下。)

管家:(上)今天我们老爷堂会,县大老爷也来,命你们献艺!

邢二:尊管,我们要赶到外县求个活路。

管家:不行。今天这个堂会,你们非去不可。现在县内各处路口都把住了,正拿白莲教匪。你们要是不去,就抓起来查办!

邢二:(失去主张,看红娘子)这——

红娘子:(下决心)也罢!

(接唱)就是那阎罗殿也去去何妨?

(坚决地)去!

管家:还是红姑娘干脆。去了,有你们好处。

邢二:(无奈)去,去。(请求)尊管,我们去献了艺就走。

管家:(敷衍地)行,行。让你们走,放心吧。走!

邢二:走,走。(不动。)

红娘子:给公子打个招呼。

邢二:对,对!(向伙计甲使个眼色。伙计甲下。)

管家:走!

邢二:走。

红娘子:走!(同下。)

(二幕开:钱府客厅,张灯结彩,陈设华丽。管家监督小霞等男女仆人摆宴。)

管家:(检查摆设,向内)有请老爷!

(钱百万陪县令上,二人揖让,入座。)

钱百万:大人,请!

(唱)今日欢宴饮酒浆,

任他水灾与旱荒。

停杯不饮把妙技来赏——

（向管家挥手示意。）

管家：红娘子献艺呀！

红娘子：（内声）来了！

（红娘子盛装与邢二、伙计乙上。）

红娘子：（接唱）红娘子含悲愤穿廊进堂。

府门外尸骨累累无人收葬，

画堂上华灯美酒丝竹悠扬。

走南北过州县到处一样：

黑沉沉哪得见一线阳光？

何日里为穷人驰骋疆场？——

（舞剑。音乐。）

（接唱）也不枉红娘子习武一场！

（收剑，亮相。）

钱百万
县令 ：（同笑）哈哈哈哈！……

钱百万：（唱）红拂女果然自天降！

县令：（接唱）怪道色艺不寻常！

久闻红娘子芳名。今日一见，果然色艺双绝。钱兄，学生佩服你的好眼
力呀！

钱百万：把聘礼拿上来！

（管家指挥二男仆抬上聘礼。）

钱百万：邢二，我有意将你侄女留在府下。从此你们二人可在我府享个清闲，不
再东飘西荡，受那风霜之苦。此事你们料无推辞的了！

邢二：老爷，我们人穷志不穷，卖艺不卖身！

钱百万：呃，什么卖艺不卖身？老爷有钱买艺，也有钱买她的身。

邢二：你们不能这么不讲理呀？

红娘子：二大爷，咱们快走！

钱百万：不识抬举，来人！

（众打手上。）

（邢二被管家推下。）

（伙计乙上前，被二打手拦阻，打下。）

钱百万：（走近红娘子）嘿嘿，看你走到何处？还是顺从的好！

红娘子：呸！（打钱百万。踢开聘礼。）

钱百万：来，与我拿下！（众打手逼近红娘子。）

（人声嘈杂。一衙役急上。）

县令：何事喧哗？

衙役：饥民要求放赈，在门口大闹！

县令：大胆红娘子，你名为卖艺，实乃白莲教匪，串通饥民，聚众造反！来！（衙役高举大令）哄抢大户，格杀勿论！

（众打手包围红娘子。）

（红娘子拔剑，钱百万拿刀，开打，双下。）

县令：（对衙役）快命孙把总前来平乱。快去！快去！

（与衙役下。）

（邢二奔上，管家追上，邢二拔刀，追管家下。）

小霞：（急上）哎呀，他们人多，红姐姐人少。这可怎么办哪？（寻思）有了。我去把后门打开，领乡亲们进来，助红姐姐一臂之力。就是这个主意！

（下。）

红娘子：（内唱）一腔怒火三千丈！——

（仗剑上，接唱）离家乡、奔四方、才出虎口、又遇豺狼！

早随了高夫人起义闯荡，

怎有这忍辱受屈、无尽无休、件件桩桩？

钱百万：（内声）红娘子，哪里走？

红娘子：（唱）今日里钱百万逼我头上——

（钱百万率管家、打手追邢二、伙计乙上。）

钱百万：（对红娘子）放下宝剑，饶你不死！

红娘子：呸！

（接唱）要我低头——除非是日出西方！

（厮杀。）

红娘子：（唱）要活命,唯有闯,

拼出性命斗豪强。

白刃闪闪贼胆丧,

宝剑一举贼命亡!

（小霞领众饥民上,参加战斗。）

（打手甲、管家被杀,其他打手逃下。）

红娘子：（唱）穷人的血海仇今日要报——

（小霞帮助红娘子抓住钱百万。）

钱百万：红娘子,你敢造反?

红娘子：造反就造反!（杀钱百万。）

（接唱）杀出个太平世界、穷人欢畅、永过好时光!

（亮相。）

小霞：杀得好! 杀得好!

红娘子：小姑娘,你叫什么?

小霞：我叫小霞。我全家都叫钱百万害死啦。我要跟你造反。

红娘子：好。你就随我的名字,叫红霞好不好。

小霞：那太好啦!（站在红娘子身边。）

众饥民：红娘子,我们跟你造反!

钱府男女仆人：（奔上）红娘子,我们受够了财主家的气,也跟你造反!

红娘子：好。咱们一块儿造官府财主的反,造朱家朝廷的反,杀出一个太平世界!

众：我们大家奉你为红帅!

红娘子：哟,那可不敢当。

邢二：丫头,大家抬举你,你就当呗! 什么事不是人干的? 听说人家李闯王也是放羊娃出身,不也成了义军的领兵大元帅了吗? 现在事情既然到了今天这个份儿上,谁给咱们做主哇? 还不得靠自己吗? 要是非要找个文官武将的,这种时候你就是用八抬大轿去请人家,人家也未必肯来呀? 红丫头,你就领这个头吧!

红娘子:好,这么说,千斤担子我就挑上啦! 有什么事,大家出主意。头一条,钱
百万这么多家当怎么办?

邢二:分! 粮食财物都分给穷人,能搬动的快搬!

红娘子:好,分啦!

（有人搬粮食、有人拿衣物,一片欢腾。）

（李信随伙计甲急上。捕快甲悄悄尾随上,又隐藏下。）

李信:红娘子!

红娘子:李公子!

李信:你们今日为何这等模样?

邢二:公子,您来迟了一步。钱百万这小子要霸占我们姑娘。红丫头把他杀了,
我们大家造反啦!

李信:哎呀,红娘子呀红娘子,此事你做得太莽撞了!

红娘子:不管怎么说,那个窝囊气我是再也不受啦! 官府财主随便欺压我们穷
人,不造反,活得了吗?

李信:此事非同小可,必须三思而行。

红娘子:一不做,二不休。让我再走回头路,是办不到啦!

王二发:（急上）二哥!

邢二:二发,什么事?

王二发:把总带兵往你们这儿开过来啦! 快走!

红娘子:王二叔,谢谢你! （王二发急下。）

（命令）撤出钱府!

邢二:（对李信）公子,您也只好跟我们走啦!

李信:（着急）使不得! 使不得! （众人将李信一拥而去。）

捕快甲:（从隐蔽处走出）好哇,李公子! 原来你也跟红娘子一块儿跑啦! 跑了
和尚跑不了庙。禀报县太爷,叫你吃不了兜着走。哼,走着瞧吧!

（捕快甲下。二幕闭。）

（二幕外:红娘子及李信上。）

红娘子:唉,行啦。离县里远了,就在这儿点点人吧。

（对李信）哟,风是风火是火的,怎么把您这位大公子也带到我们队伍里来

啦。"既来之,则安之。"李公子,您平时就惜老怜贫,不如今日也随我们穷人一同造反,您看怎么样啊?

李信:哎呀,万万不可。

红娘子:怎么不可呢?

李信:想我李信幼读孔孟之书,忠孝为本,怎敢反叛朝廷?况我生于斯,长于斯,世世代代皆缙绅之家,祖祖辈辈无犯法之男。倘若随你们造反,不惟令祖宗地下不安,也为亲友所不齿。红娘子呀红娘子,此事断难从命。

红娘子:我们穷人受人欺压,被逼造反,光明正大。我那屈死的爹娘,倘若地下有知,也只会高兴,不会怪我丢了他们的人的! 不过,公子不愿,也不勉强。哪有"牛不喝水——强按头"哇? 可是,人人都说公子文武双全,给我们出个主意,总是可以的吧?

李信:唉! (唱)杀人造反事关天,

此事我不便多插言。

邢二:公子,大家推我们红丫头挂帅。您想想她年轻轻的挑这么重的担子,没人给她出个主意,那怎么行啊?

李信:哎,也罢!

(唱)须防官军紧追赶——

红娘子:怎么办呢?

李信:红娘子!

(接唱)休恋战、远城关、偏远之地整人马、兵精粮足才安全!

告辞了!

红娘子:慢着! 平日公子劝赈,开罪官绅,今天又出了我们这档子事儿。公子这一回去,千万小心!

李信:料也无妨。

红娘子:如此,公子保重!

李信:红娘子保重!

红娘子:后会有期!

李信:请! (分下。幕。)

第 五 场

（幕开：李家寨李信家。）

汤氏：（上唱）多日来大公子奔走劝赈，

历风霜受辛苦尽瘁乡邻。

只恐他性刚正言语不谨，

一心的救灾民得罪了豪门。

还须要劝公子做事谨慎——

李信：（上，接唱）回家来见夫人细说分明。

汤氏：公子回来了？

李信：回来了。

汤氏：公子在外可好？

李信：我在外倒好，只是县内出了大事了！

汤氏：什么大事？

李信：夫人哪！

（唱）出寨去听得人呐喊，

猛抬头钱庄起尘烟；

红娘子杀了钱百万，

带领人马奔东南。

汤氏：哎呀，这不是造了反了？

李信：自然是造了反了。

汤氏：那红娘子乃一江湖绳伎，想必轻狂浮躁，疯疯癫癫，以致今日竟敢杀死乡绅，聚众造反，犯下滔天大罪！

李信：（反驳）呃，红娘子虽是卖艺之人，倒也聪明慷爽，并不轻狂疯癫。今日之事，皆因钱百万欺压良善，行事不端，才逼得红娘子杀人造反。唉，这也是钱某为富不仁，自食其果！

汤氏：虽然如此，自有官府秉公而断。倘若黎民百姓，动辄造反，朝廷法度何在？

李信：唉！

（唱）如今哪有秉公断？

　　　　官府豪门相勾连。

　　　　百姓们死活无人管，

　　　　民怨积成火燎原。

　　　　这才是朝政不纲国事乱——

李升：（急上）大公子！

李信：（接唱）只见李升在面前。

　　　　何事？

李升：公子，不好了。外边来了大队官兵，把李家寨团团围住了！

李信：竟有此事？

捕快甲、乙：（上）李公子，我们有礼啦！（李升下。）

李信：你二人到此何事？

捕快甲：（递捕文）您瞧瞧这个就明白啦！

李信：待我看来。（拆读捕文）"杞县正堂宋，为清除匪患，命捕快李、张二人，速
　　　　至李家寨，将通匪要犯李信缉拿归案，不得有误。"不得有误！（扔捕文于
　　　　地）岂有此理！

捕快甲：（拾起捕文）我说李公子，您别冲着我们哥俩发这么大的脾气。我们是
　　　　上命差遣，概不由己。有什么话，您还是到衙门口给我们大老爷说去！

李信：去去何妨？

捕快甲：那就快走吧。县大老爷还等着跟我们要人呢！

汤氏：（扑向李信）公子啊！

　　　　（唱）大祸天降雷轰顶，

　　　　　　想必是为劝赈惹下罪名。

　　　　　　此一去到公堂多多保重，

　　　　　　遭官司须权变谨言慎行。

李信：（唱）奔走劝赈行事正，

　　　　　　耿耿此心日月明。

　　　　　　诬陷岂能把罪定？

　　　　　　到公堂定要据理争！

捕快甲:走吧!

李信:走!(二捕快押李信下。)

李牟:(急上)哎呀,嫂嫂! 兄长怎么被捉将官里去了?

汤氏:二弟快与李升到省城打点营救。

李牟:即刻就走!

汤氏:速去速回,免我挂念。

李牟:是。(下。)

汤氏:闭门家中坐,祸从天上来。唉,这是哪里说起?

　　(下。)

第 六 场

　　(二幕外:开封街头。)

李升:(上,念)大公子被抓走,二公子来汴州。

　　　　　　跑了衙门口,又求高门楼,一点儿办法也没有。

　　　　　　菜根香封了门,宋门里暂等候。

　　(李牟上,垂头丧气。)

李升:二公子,搭救大公子的事,有个眉目没有哇?

李牟:唉!(唱)连叩三门俱不应,

　　　　　　平生至交冷如冰。

　　　　　　世态炎凉都谙尽,

　　　　　　救我兄长靠何人?

李升:哎哟,这么说,亲戚朋友也靠不住喽?

李牟:连求三家,俱遭冷眼。如今我口干舌燥,且到菜根香歇息片刻,再作道理。

李升:菜根香酱园子可是回不去喽!

李牟:却是为何?

李升:现在纷纷传言:红娘子要攻打省城。抚台大人说大公子是通罪要犯,菜根
　　　　香是贼窝。陈副将派兵查封了菜根香。查封的时候,把酱红萝卜抢啦,把
　　　　咸菜缸砸啦,把伙计们打啦,把掌柜的抓啦,我要是不跑啊,把我也杀啦!

李牟:啊,如此厉害?

李升:厉害?官兵还要开到杞县去抄咱们老窝呢!

李牟:哎呀!(唱)听此言急得我忧心如焚:

　　　　官府上下起毒心!

　　　　到如今怎救得兄长性命?

　　　　兄长啊!

　　　　恨上天无有路入地无门!

　　(白)也罢!不如回到李家寨,将全家开至县城,把我兄长劫出牢狱!

李升:二公子,你也是急迷糊了!家里头吃闲饭的多,有几个能拿得动刀枪啊?

　　这时候,要是能找到红娘子,她倒能帮上大忙啊!

李牟:(转忧为喜)是了!

　　(唱)一言将我来提醒,

　　　　救我兄长在此人!

　　　　快快回县去探问——

李升:马上就走!

李牟:(接唱)但不知红娘子何处进军?(同下。)

　　(二幕开:杞县郊外一古庙,从其破墙缺口可见远方城头灯火点点。)

　　(红娘子与义军战士在庙内待机而动。)

红娘子:(唱)狗赃官害公子凶狠狂妄,

　　　　弟兄们听此信怒满胸膛。

　　　　远望着杞县城心怀激荡,

　　　　今夜晚这一战事非寻常。

　　　　岂为了救危扶困恩难忘?

　　　　义军中,得英才,如虎生翼,才得坚强!

　　　　二伯父与红霞出外探望,

　　　　查明了虚实情再作主张。

　　(邢二领李牟、李升上。)

邢二:红丫头,你看谁来啦?

红娘子:二公子!

李牟:红娘子!

一战士:现在是我们的红帅啦!

李牟:啊,红帅!

红娘子:(向战士)多嘴!(对李牟)二公子,您这个时候到哪儿去呀?

李牟:去到汴梁营救兄长。怎奈四处求救俱遭冷眼!

李升:不光那个,连酱菜园子都封门喽!

红娘子:我说二公子,找那些大官儿财主们干吗呀?滑得跟琉璃球儿似的,能升
　　　　官发财就往前凑合,没便宜可捞就缩脑袋。到这个节骨眼儿上,他们肯
　　　　帮你这个忙吗?

李升:二公子还说要赶回李家寨,召集全家,攻城劫狱,去救大公子呢!

红娘子:二公子,现在回李家寨,恐怕来不及啦。您看,咱们一块儿想法子救大
　　　　公子,行不行啊?

李牟:只要救得兄长,愿在红帅麾下效命。

红娘子:先别讲究这个那个的,现在是救人第一。

红霞:(上)红帅!

红娘子:红霞,打探得怎么样?

红霞:红帅!(唱)城头上刀枪闪灯火明亮,

　　　　　　　　看起来在城内早有提防;

　　　　　　　　强攻城那官军必然抵抗,

　　　　　　　　只恐怕害公子反遭祸殃!

李牟:不可明攻,只有暗取!

红娘子:对!

王二发:(内声)热油茶!

邢二:(色喜)二发从城里出来啦!

王二发:(上)红帅!

红娘子:王二叔,快说说城里的消息!

王二发:城里的穷人说:李公子为咱们的事入了狱,咱们就是拼命,也得把人家
　　　　救出来!

红娘子:说得好!

李牟:民心可用,机不可失,里应外合,攻入城里!

红娘子:可是又怎样进城呢?

王二发:西北城角有一暗道。咱们的人就在城墙那边等着!

红娘子:就从暗道进城怎么样?

王二发:暗道甚小,勉强容身,恐怕大队人马难以通过!

红娘子:那么?(思索)好!(命令)王二叔,红霞,你们二人先从暗道进城,会合
　　　　饥民,只等三更梆响,里应外合,打开城门,攻衙劫狱,救出李大公子!

王二发
红霞　:是!

　　　　(众亮相,幕。)

第　七　场

　　　　(二幕外:捕快甲提灯引县令上。)

县令:传孙把总!

捕快甲:把总大人!

把总:(上)县台大人!

县令:孙把总! 红娘子攻城甚紧,李信为我心腹之患。今晚本县到狱中去见李
　　　　信,命他写信劝说红娘子退兵。写信之后,便以通匪之罪将李信除掉,以
　　　　绝后患。

把总:倘他不肯写信呢?

县令:抗命不遵,更好杀他。

把总:大人此计真妙。

县令:少时你与二捕快埋伏狱中,本县一出李信牢房,你们便可下手。

把总:遵命。(把总下。县令、捕快甲下。)

　　　　(幕开:李信在狱中。)

李信:(念)昨日倜傥士,今入囚禁门。

　　　　　　隔窗望飞鸟,羡他自由身!

狱吏:(上)李大公子!

李信:狱官来了。宋县令送省详文,可曾抄下?

狱吏:说了一大堆好话,才从红笔师爷那儿抄来了。您那十两银子,一下就塞给他八两,还剩下——(李信摆手)那就谢谢您啦。李大公子,这就是县太爷为您这个案子,给省里送的详文。(递抄件)您老过目。

李信:(接详文)待我看来。

　　(唱)上写本县贼情紧,

　　　　为清匪患呈详文:

　　　　杞县举子名李信,

　　　　私散家财收民心;

　　　　勾结女贼红娘子,

　　　　聚众叛乱杀乡绅。

　　　　乱源不除祸难泯,

　　　　拟将李信问斩刑!(怒极无言。)

狱吏:详文上说的是够厉害的。不过省里还要送刑部审批。您别着急,自己先掂算掂算吧!(下。)

李信:官府寸刀杀人,定要置我死地。我还在那里奔走豪门,劝赈救灾,忧国补天,如在梦里!想那红娘子,虽一江湖女子,倒能分善恶,明是非,横暴临头,拔剑而起,为天下受苦百姓一吐不平之气。李信哪李信,你枉读诗书,不明大义,看来你不如那红娘子也!

　　(唱)红娘子虽女流深明大义,

　　　　李信我读诗书反受人欺。

　　　　读详文勾起我万千思绪,

　　　　到如今朝政坏万事全非!

　　(沉思,唱)为什么赤地千里人饿死,

　　　　　　征赋税剿饷练饷苦不息?

　　　　　　为什么王孙公子一掷千金富无比,

　　　　　　百姓们草根树皮也难充饥?

　　　　　　灾民们为求活命讨赈米,

　　　　　　为什么捉将官去又打又杀无人惜?

　　　　　为什么豪门不法有加无已，

　　　　　直逼得穷苦人揭竿而起举义旗？

　　　　　怪不得义军遍地起，

　　　　　越剿越强、转战南北如披靡！

　　　　　我李信劝赈救灾非为己，

　　　　　为什么官绅看我如大敌？

　　　　　为什么志士忧国含恨死，

　　　　　叩阍无门——天意冥冥总难知？

　　　　　国家事乱丝一团何人来理？

　　　　　猛想起宋献策曾对我提：

　　　　　他言道旧朝将尽新圣起，

　　　　　莫非那李闯王他要开创新基？

　　　　　一池秋水波澜起，

　　　　　何日里冲破牢笼见天日！

内声：(鸣锣)鸣锣通知！县太爷有令：十万火急！十万火急！贼匪离城不远，各
　　　家丁壮，一律上城！不许闲人上街走动！聚众鼓噪者杀！私通贼匪者杀！
　　　鸣锣通知！鸣锣通知！(声渐远去。)

李信：(吃惊)啊？

　　　(唱)忽听得大街锣声紧，

　　　　　不知哪家发来兵？

　　　　　莫非是袁老山把兵西引？

　　　　　莫非是一条龙又来攻城？

　　　　　莫非那李闯王大军东进？

　　　　　千里遥岂能够插翅飞行？

　　　　　这不是那不是令人纳闷，

　　　　　人喊叫锣声急定有原因！

狱吏：(急上)李大公子，县太爷来探监啦！

李信：更深夜半，到此何事？(自语)其中必有跷蹊！……

狱吏：(旁白)是死是活，就看这一夜喽！(下。)

（县令、捕快甲上。）

县令：李公子！

李信：老父母！犯人镣铐在身，不便行礼。望老父母海涵！

县令：唉呀呀，本县再三嘱咐，对公子必须格外优待。下人无知，公子多受委屈了！（对捕快甲）混账！还不快将公子手铐取下来！

捕快甲：是。（为李信取下手铐，下。）

县令：请坐。

李信：谢座。

县令：公子身系牢房，实非学生本意。本县多次飞禀上宪，为公子开脱。耿耿此心，唯有天知。今晚探监，有急事相商。

李信：老父台有何见教？

县令：伯言兄！（唱）风声鹤唳军情紧，

      红娘子今晚来攻城！

李信：（旁白）原来如此！（对县令）她来攻城，关犯人何事？

县令：嘿嘿，与公子大大有关哪！

 （唱）她在城外发号令，

    要救足下出牢门。

    此事已然传到省，

    天大的干系你脱不清！

 明日陈副将大军一到，只怕你灭门之祸就要临头！

李信：纵然如此，李信身系牢房，又有何法可想？

县令：有办法，有办法，你是有办法的呀！

 （唱）只消公子一封信，

    利害之事说分明：

    红娘子救你反害你，

    劝她快快收了兵。

    只要公子写此信，

    天大罪情能减轻。

李信：此事难以从命。

县令:啊?

李信:想李信当初劝赈救灾,一心为国,他人尚且陷我入狱。今晚倘写此信,他人岂不说我李信串通贼寇、攻打城邑?到那时我浑身是口,也难分辩,死无葬身之地矣!

县令:不然不然。只要公子劝得红娘子退兵,本县立即飞禀上宪,保公子一身无事,还要本奏朝廷,举荐公子做官。

李信:犯人一字不写。

县令:兄台平日急公好义,今日为何不为全城百姓着想?

李信:犯人自身难保,如何救得全城百姓?

县令:公子身家祸福,在此一举。你要三思!

李信:陈副将大军一到,红娘子自可剿灭,何需犯人写信?

县令:今晚乃你立功赎罪之机。公子写信退贼,一天云雾自散。若不写信,哼哼,只怕你性命难保!

李信:李信问心无愧。自入狱以来,早将生死置之度外了!

县令:放肆!(呐喊声起。火光。)

一衙役:(急上)大老爷,红娘子从西北城角打进来啦!

县令:哎呀,不好!(逃下。)

(把总、二捕快冲上,逼向李信。)

(李信抓椅抵挡,开打。寡不敌众,李信被围。)

(把总举刀欲杀李信。门外一弹弓打落把总手中的刀。)

(红娘子、红霞、邢二、李牟、李升等人冲上。)

红娘子:大公子,俺来救你!

(开打。把总、捕快甲被杀。捕快乙逃下。)

李信:二弟,莫非梦里相见?

李牟:兄长啊!(兄弟相抱。)

红娘子:我们一步来迟,大公子,叫您受委屈啦!

李信:红娘子——

李牟:(纠正他)红帅!

李信:啊,红帅,若非你们来救,李信险遭毒手!

红娘子:只要把您救出来,大家就放心了。别的客气话也甭说啦。快给大公子去镣!(李升为李信去镣。)

李信:二弟,你从何而来?

李牟:到省城四处求救,俱遭冷眼。万般无奈,只得回县。路遇红帅,随她一同前来。幸喜兄长脱险,真乃是——

众:好、好、好!

李信:好虽好,只是不了!

李牟:朝廷无道,官绅勾结。若非杀官造反,怎救兄长出险?

李信:列位呀!(唱)若非列位来相救,

　　　　　　　　李信早早一命休。

　　　　　　造反事关系大切莫急骤——

红娘子:大公子,您说"造反事关系大切莫急骤"。在您也是一理。可是今儿晚上要不是大伙来得快,当官儿的早拿刀把您杀啦!我们想救您也救不成啦。遇事要都像你们念书人那样蝎蝎螫螫,前怕狼后怕虎,又怕烫着,又怕冰着,前思后想,左顾右盼的,什么事儿也办不成——不是净耽误工夫吗?您一人有难,大伙豁出性命来救您,一来为您平日惜老怜贫,是个好人,二来为您是个有用之才,能给我们当个好参谋。您自己打算怎么着?说话。别老站在这儿发愣啊!

李信:哎呀!(接唱)听此言倒叫我面含羞。

　　　　　　　　原只说奔走劝赈把民救,

　　　　　　　　怎料想官绅看我如寇仇?

　　　　　　　　到如今杀官造反事已就,

　　　　　　　　我好比舴艋小舟入洪流!

　　　　　　　　与朝廷恩义断岂容回首?——

王二发:(急上)红帅,省城的官兵已经出动啦!

红娘子:那就撤出县城。可是,又到何处扎营呢?

李信:红帅!(接唱)快去到李家寨同把计谋!

　　　　就请红帅速将义军开赴李家寨,再定长久之计。我与二弟先回寒舍,将家务之事作一安排,也好迎接义军前往。

红娘子：二位公子先走一步，队伍随后就到。（李信、李牟、李升下。）

红娘子：弟兄们，兵发李家寨！

众：啊！（亮相。幕。）

第 八 场

（二幕外：汴、杞途中。）

（鼓声：陈永福率二明将及明兵上。）

陈永福：李信与红娘子勾结作乱，我等前往剿贼。在省城临行之时，巡抚大人有
谕：此去杞县，能拿得李信、红娘子者，立奏朝廷，封官重赏。众兵将，杀
奔杞县去也！

明兵将：啊！（过场，下。）

（二幕开：李家寨李信家。）

汤氏：（上，唱）自那日大公子被捕以后，

　　　　　每日里泪洗面满腹悲愁。

　　　　　命二弟到省城前去求救，

　　　　　到如今信杳然是何根由？

丫环：（急上）夫人，大公子、二公子都回来啦！

汤氏：当真？

丫环：您看，大公子不是过来了吗？（下。）

汤氏：（唱）公子脱险回家走——

　　　　啊，公子哪里？

李信：（上）夫人哪里？

汤氏　　　　公子啊！
　　（抱头）
李信　　　　夫人哪！

汤氏：（接唱）鸟儿出网鱼脱钩！

　　　　　从此后我夫妻偕老白首——

李信：夫人，只怕从今以后你我再不得安然度日了哇！

汤氏：却是为何？

李信：夫人不知。红娘子亲率义军，攻城杀官，将我救出牢狱。为夫已然与她一同起义造反了！

汤氏：哎呀！（唱）听此言吓得我心急担忧！

这反叛的罪名怎承受？

灭门大祸就要临头！

公子呀！想公子乃是宦门之后，世受国恩，诗礼传家，乡试成名。岂不闻：君子不立于岩墙之下？怎能与那穷民百姓一般，一怒之下，挺身走险，落个不忠不孝之名？公子，你要再思啊再想！

李信：朝政昏暗，官绅横行。昨晚若非红娘子来救，哪有我的命在？事到如今，讲不得什么"诗礼传家""世受国恩"，唯有一同起义，再无他路可走。官军就要杀来，军情正紧，夫人不要乱我方寸。少时红帅到府，夫人还要拿出主妇身份，好生款待。

汤氏：妾身自会款待于她，不消公子挂心。

丫环：（上）大公子，大奶奶，红帅来啦！

李信：夫人，你我迎接红帅。

汤氏：丫环，将我贵重衣饰，拿出几样，以为见面之礼。

丫环：是。（下。）

红娘子：（上）大公子！

李信：红帅到了。夫人，快与红帅见礼！

红娘子：大奶奶！

汤氏：（不自然地）红——红帅！（二人互相打量。）

（旁白）呀！

（唱）我只说红娘子她粗人模样，

却原来是一个戎装女郎！

平日里闲杂人将她乱讲，

我看她：言语大方性豪爽、举止间并无有半点轻狂。

拼死命救公子恩深难忘，

我且把一腔愁暗自隐藏。

红娘子：（唱）汤夫人果然是大家闺秀，

悲愁中不失礼强压悲愁。

为公子遭灾难她容颜消瘦，

强欢笑遮不住愁锁眉头。

李公子与义军一同奔走，

不知她心儿里作何计谋？

汤氏：请坐。

红娘子：唉，咱们大家都坐着。（坐。）二位还没商量好呢？两个斯文人儿到了一块儿，话就长啦！（对李信）大公子，官军已经从开封出动啦。有话快说，有事快办。不能文绉绉地迈八字步。要是等人家打到跟前，路上就不好走啦！

李信：红帅不必担心。少时将家事作一安排，即日便可起程。

红娘子：那好。

汤氏：红帅鞍马劳顿，正要为你设宴洗尘。

红娘子：军情紧急，不能喝酒。

汤氏：总要闲叙几句。

红娘子：好，正想跟您说说话呢。有什么话，你们就接茬儿说，时间可是不多啦！

李信：红帅并非外人，有话但讲不妨！

汤氏：唉，公子！（唱）公子本是宦门后，

贡院成名品学优。

岂能够因小忿作乱为寇，

落一个叛逆臣污名长留？

李信：夫人！（唱）"叛逆"二字莫出口，

官绅把我当寇仇。

若非是众义军舍命来救，

为夫我早已是身葬荒丘。

因此上同起义与官府争斗，

有道是逼上梁山难回头。

红帅，夫人深居闺中，少问外事，若有言语不当，多多原谅。

红娘子：哪里哪里。公子说得好："逼上梁山。"人上梁山，都是朝廷、官府、财主

们逼的。百姓只要有块窝窝头吃,谁也不想掂着脑袋去造反。可是有
些人偏偏连穷人手里的半拉窝窝头也抢走,那能怪穷人造反吗?说到
大公子,他不愁吃不愁穿,当然用不着造反。可是他千不该万不该心眼
儿好,怜惜我们穷人,放粮劝赈。因此上那些有钱有势的人恨透了他,
非把他害死才放心。所以风风火火、一差二错的,大公子也跟我们走到
一条道上,这也是官府财主们逼的,一点儿也不怪大公子。况且,现在
已经退不回去了。埋怨也没用啦!

汤氏:纵有官绅陷害,省城还有至亲好友,总可打点求情。有道是:"屈死不造
反,饿死不做贼"!

李信:夫人好无分晓! 前者二弟去到省城,遍求世交好友,俱是闭门不纳。如今
已然杀官劫狱,罪在不赦,谁肯出面救你?

汤氏:公子!

（唱）且莫道骑虎势成难回首,

还能够隐名埋姓奔他州。

但等得三年五载后,

仍做良民乐无忧。

只要是你我夫妻能厮守,

纵然是荆钗布衣、茅舍草棚,也胜似流荡为寇、令亲友满面含羞!

李信:你又来了! 朝廷现已发出海捕文书,画图查拿。四海茫茫,何处望门投
止? 时至今日,你还想做什么"太平百姓",真是糊涂,唉,糊涂得很哪!

汤氏:红帅,你乃巾帼英雄,女中丈夫,平日大公子时常夸奖于你。事到如今,红
帅若对公子进得一言,他必言听计从。望红帅劝他逃奔他乡,暂避一时。
待事定之后,再做良民百姓。如此,我一家大小终生感念红帅的大恩哪!

红娘子:大奶奶,这个话我可没法儿说呀。您想想,现在朝廷已然发出文书,到
处捉拿。大公子、二公子是大家子弟,斯文一派。人家一看他们那模样
神气,一听他们那家乡口音,马上就猜出他们是什么人啦! 逃到哪儿能
瞒得了哇? 干脆一句话,事到这个份儿上,大奶奶您也别东想西想了,
只有大家一块儿造反,才是一条活路!

汤氏:哎呀(唱)一盆冷水浇心头,

眼见得良辰美景一旦休!

我纵然化烟云也含笑身后,

怎保得大公子无灾无忧?

（暗自拿定主意。）

李信：红帅在此少坐。李信安排家务,去去就来。

红娘子：公子请便。（李信下。）

汤氏：请坐。

红娘子：咱俩都坐着。

汤氏：红帅救我公子出狱,恩深义重。若不嫌弃,愿与红帅结为姊妹。

红娘子：哟,您是名门闺秀,我是穷卖艺的,那怎么成啊?

汤氏：你乃救命恩人,哪里顾得许多?

红娘子：那就高攀了。你是姐姐!

汤氏：贤妹!（二人施礼）请坐。为姐有几句话儿,不知当讲不当讲?

红娘子：有话请说。

汤氏：贤妹呀!想那大公子、二公子乃是官宦子弟、世代书香,不料今日途穷道
尽,走上反叛朝廷之路! 木已成舟,悔之无及。但皇恩浩荡,有朝一日朝
廷发恩招安,还望贤妹你们莫失良机,务必改邪归正,不要断了生路。

红娘子：我的大奶奶! 您说的是这个呀? 那可办不到。我们既然造了朱家朝廷
的反,就不打算再走回头路,非打出一个太平天下不可!

汤氏：既是如此,也不勉强。备得几样薄礼,望贤妹收下。

（对丫环）拿上来!

（丫环捧上衣裙。）

（唱）一赠你红粉妆绣金织锦,

这是我到他家陪嫁衣裙。

贤妹你生就了如花人品,

怎能够战场上度此一生?

有一日狼烟息四海平稳,

贤妹你脱战袍、换钗裙、还是女儿身,欢天喜地还要过上几春!

红娘子：夫人,难为您替我想得太远啦! 我们造反之人,领兵打仗,说不定什么

时候战死沙场。就是等打出一个太平天下,那时候我也老啦。你想想,一个满脸皱纹的老太太,穿上这些花不溜秋的衣裙,岂不成了老妖精了吗?说现在嘛,穿上这衣裳,扑扑甩甩的,走道儿一不小心,就得绊脚栽跟头。不行,用不着,搁一边儿吧!

(丫环捧上首饰匣。)

汤氏:(唱)二赠你首饰用珠翠瑶瑾,

俱都是我两家祖传奇珍。

贤妹你用它们佩身插鬓,

打扮得如花似玉、千娇百媚——你本是俊俏之人!

红娘子:哎哟,大奶奶!现在我们见天儿不是行军,就是打仗。这些嘎七嘎八的小零碎儿,戴在身上不方便,不是净耽误事吗?也搁一边儿吧!

汤氏:丫环,拿古剑来!(丫环捧剑。)

(唱)三赠你剑一口望妹珍存,

此宝剑来历大千金难寻:

昔日里梁红玉佩它上阵,

封就了安国夫人——你比她不差毫分!

红娘子:(拿剑在手,高兴地细看,挥舞)这真是一把好剑哪!

汤氏:呀!(唱)只见她爱此剑我心庆幸,

大公子有了个贴身之人。

红娘子:(唱)这宝剑赛龙泉寒光森森,

用它来杀出个太平乾坤!

这把宝剑,我不客气收下啦。别的我都不要。

汤氏:衣裙首饰,也望贤妹收下。

红娘子:大奶奶,我说不要就不要。您要是再客气,我连宝剑一概奉还!

汤氏:贤妹执意不肯全收,不好勉强。(丫环捧衣裙首饰下)为姐还有一事相求。

红娘子:夫人请讲。

汤氏:贤妹呀!为姐蒲柳之质,体弱多病,又逢战乱,忧愁度日,料是不能长久的了!望贤妹在戎马之中,不离公子左右,保得公子无灾无病,福寿康宁。为姐纵在黄泉之下,也不忘贤妹的大恩哪!(哭泣。)

红娘子：大奶奶，您年轻轻的，说这种丧气话，多不好哇！以后我们打仗，我派兵保护您，绝不让官兵碰一碰您的轿子。您跟着队伍跑跑，风吹日晒的，身子骨练结实了，还要活大岁数呢！您识文断字儿，在营里帮大公子写写算算，记个账，管个粮草，也不错嘛！大公子文武双全，更不用您操心啦。包在我身上，等打完仗，还您一个囫囫囵囵的李大公子，还不行吗，我的大奶奶？

汤氏：贤妹说好便好。

红霞：(上)红帅，官军已经到了县城啦！

红娘子：知道了。(红霞下)夫人，我到队伍上看看去。这些日子，您担惊受怕的，先回屋里歇着。队伍走的时候，我让她们来请您。

汤氏：贤妹请便。

红娘子：我走啦。(下。汤氏独自在场，徘徊不安。)

李信：(内声)众家人这边来！

李升：(内声)大家过来吧，大公子要安排家务。

汤氏：且听他对家务怎样安排！(以下暗场——台上仅听见话声。)

李信：李信业已起义造反。家人奴仆去留自由。青年丁壮愿投军者，编入义军。老弱给银回家。大家意下如何？

众：听公子一言。

青年家丁：我们愿意投军。

李信：站过一旁。家中粮食财物，除军用所需，一律分与穷苦亲友。

众：大公子分得公平。

李信：各自安置去吧！(众声下。静默。)

汤氏：哎呀！(唱)大公子——散财已尽，

　　　　　　万贯家——化为灰尘。

　　　　　　好梦碎——肠断寸寸！

　　(夹白)公子呀公子！

　　(接唱)到此时各人自找自己门！(下。)

红娘子：(急上)大公子！大公子！

李信：(上)红帅，何事？

红娘子:省城来了一个人,非要见你不可!

李信:你我一同见他!

红娘子:(向内)叫他进来吧!

（二义军战士押明旗牌官上。）

旗牌官:李公子!

李信:你来做甚?

旗牌官:抚台大人有谕:只要你们兄弟二人悬崖勒马,既往之事,一概不究。这
是抚台大人手谕。公子请看!（递公文。）

李信:(接公文,拆开,匆匆一瞥,撕碎)哼,你来迟一步。我们弟兄已与朱家朝廷
一刀两断了!

旗牌官:公子若能回心转意,抚台大人还可保你们做官。

红娘子:得了吧,你。你回开封,给李巡抚那个老狗捎个信儿:他兵来将挡,水来
土屯。别跟我们再来劝降的这一套花招啦!

旗牌官:不敢,不敢。

红娘子:把他押出寨去!（义军战士押旗牌官下。）

李牟:(急上)兄长,官军离此只有五里之遥!

李信:叫人去催你嫂嫂与弟妹二人,即刻起程!

丫环:(急上)大公子,大事不好啦!

李信:何事惊慌?

丫环:大奶奶自尽啦。这是她写的。（交绝命词。）

李信:(大惊,读)"三千勇士刀枪明,

　　　　　金鼓喧天起远征。

　　　　　控鹤玉京遵别路,

　　　　　仍将后约订来生。"

　　哎呀!（唱）伉俪十载相亲近,

　　　　　一朝撒手两离分!

　　唉,夫人哪!（拭泪。）

红娘子:唉,这是怎么说的? 大奶奶读书识字儿,在营中帮个忙该多好啊? 没想
到年轻轻的,走了那条路啦! ……

红霞:(急上)红帅,官兵已经向李家寨打来啦!

李信:来,将夫人遗体盛殓起来,暂存李氏祠堂。待事定之后,再行安葬。

丫环:是。(下。)

红娘子:大公子,要走的都走啦,现在就剩下咱们这些人啦。

李信:红帅快快下令动身!

红娘子:大公子,您在豫东一带早有威望,还是您当主帅。

李信:红帅领兵有方,还是你为主帅。

红娘子:时间这么紧,别为这个磨嘴皮子。大公子,您就多偏劳吧!

李信:军情紧急,不可迟延。如此,众家弟兄听令!

众:在!

李信:家眷财粮先行,大军殿后,将旧宅一火焚烧。冲出寨去,向西南开出县境!

众:啊!(亮相。火光。二幕闭。)

　　(二幕外:明军过场,下。)

　　(二幕开:义军行军途中。)

李信:(内唱)三千人举大旗起义造反——

　　(李信、红娘子率义军上。)

　　(接唱)都只为除昏君、杀赃官,为民伸冤、解民倒悬!

　　　　涸辙鱼入江海投明弃暗,

　　　　心头亮只觉得地阔天宽。

　　　　催动坐骑往前赶——

　　(战鼓声。)

王二发:(上报)官军来到!

李信:迎敌!

　　(陈永福领兵上。)

李信:杀!

　　(开打。李信、红娘子率义军奋战,将明军打退。)

红娘子:官军败退。李公子,大主意快拿!

李信:三千人马必须定一去向!

红娘子:只有开往豫西,投奔闯王。

李信:久闻闯王深得民心,李信愿与红帅一同投奔闯王!

众:(唱)迎闯王,迎闯王,

　　　　闯王来时不纳粮。

　　　　穷人百姓喜洋洋,

　　　　开了大门迎闯王,

　　　　昏君赃官一扫光!

(亮相。幕。剧终。)

说明:本剧取材于郭沫若《甲申三百年祭》、姚雪垠《李自成》及其他有关史料。在编剧过程中,曾蒙马彦祥同志对初、二两稿写出修改提纲、进行指导。河南省京剧团曾提供条件,使我得以顺利改出三稿。三稿写出后,北京风雷京剧团导演陈瑞峰同志提出修改意见,使剧情更为紧凑、集中。还有一些老朋友和文艺工作者,或者热情提供资料,或者帮助提出修改意见、方案。——对这些同志,在此表示衷心的谢意。

(1978 年 12 月 4 日四稿于北京)

白求恩在中国

（五幕十二场话剧）

时间：1938 年春至 1939 年冬

地点：中国晋察冀边区

人物：

白求恩　50 岁，加拿大共产党员，晋察冀军区卫生顾问

方大夫　27 岁，八路军卫生干部

李院长　30 岁，八路军后方医院院长，后为卫生部长

小邵　17 岁，通讯员

老张　50 岁，炊事员

小贾　女，护士

徐连长　23 岁，八路军连长，受重伤

王大娘　50 多岁，村干部，拥军模范

冯医生　女，25 岁，王的儿媳，八路军某游击区医院的医生

柱子　儿童团员，11 岁

二妞　儿童团员，10 岁

民兵队长　30 岁

李大伯　老农民（序幕）

小孩

猛子　男孩，5 岁

猛子妈

八路军排长（第二幕）

八路军官兵、伤员、哨兵

民兵和其他农村群众、抬担架的民工

日寇官兵

伪军

序　幕

（1938 年春。

（白求恩从延安奔赴晋察冀的中途。

（夜晚。中国北方农村一所普通的房屋。屋内收拾得干干净净。土炕上
放着药箱和医疗器械,墙上挂着旅行包和摄影机。

（白求恩正在桌旁聚精会神地打字。他时而停下来,凝视房子中央毛主席
在陕北戴红星军帽的大幅照片,然后继续打字。打字机的剥啄之声。

（打字结束）

白:（站起来,整理打好的信件,深情地念着最后一段）

"亲爱的老妈妈,我在加拿大的时候,向您解释过为什么要来中国。也不知
道向你说清楚了没有。你说我刚从西班牙回国,年纪也大了。这并不能使
我有权利安安静静呆在蒙特利尔的诊所里。正因为我到过西班牙,我再不
能像过去那样生活下去了……"（放下信,闭眼沉痛地回忆）西班牙,西班牙,
一眼望不到边的逃难人群……被法西斯匪徒炸死的孩子、妇女、老人……街
垒旁向敌人扔出最后一颗手榴弹的战士……西班牙的灾难是我心上的创伤,
它在淌着血……（又拿起信来念）中国和西班牙是一条战线上的斗争。我来到
中国,是因为我觉得中国最需要我。只有在中国我才能有用。现在我对这件
事更清楚了。因为,在不久以前,在延安的时候,我见到了毛泽东!……

（通讯员小邵端茶上。）

邵:（放茶）白大夫!

白:唔,小鬼。去睡吧。现在不需要你。

邵:我在隔壁,听着你那个写字的机器一直"嘀嘀嗒嗒"地响,心想"白大夫什么
时候才睡呀?"白大夫,骑着马跑了一天,该休息啦!

白:小鬼,我不要紧。不累,我心里只有高兴。刚踏上中国土地的时候,在南边,
在国民党统治的地方,看到的只有肮脏、混乱、无能和官僚政治,但是一到延

安,我就看到了光明和希望。在毛泽东主席领导的边区,人们都奔向一个目标,那就是夺取民族解放战争的胜利。为了这一个目标,大家都在工作着、战斗着。这一切,我要告诉给国外的亲人和同志,让全世界都知道。

邵:你写信呢?

白:是呀,给我老妈妈写信。

邵:老太太岁数不小了吧?

白:七十多啦。

邵:她一定很想你的。

白:是的。这次我到中国来,她抓住我的手说:你这么大年纪了,你到过西班牙,你又要到中国去干什么?她希望我留在她身边。老一代的人很难了解我们。所以,我写信告诉她我为什么要来中国。最重要的是,我告诉她在延安的时候毛主席对我的谈话。小鬼,你记得吧,那是我刚到延安的第二天……

邵:记得,记得,怎么会不记得?那天晚上,你到枣园见毛主席,你们谈啊谈啊,我坐在窑洞外面等着,看着满天星星,听着延河水哗哗流着,等了很久很久。你出来一碰见我就大声说:"光荣,光荣! 中国人民有了毛泽东就是光荣! 幸福,幸福! 中国人民有了毛泽东就是幸福!"

白:(微笑)是的,我太高兴了。(珍贵地回忆)在那个窑洞门口,毛主席紧紧握着我的手。我们面对面坐下来。毛主席谦逊地向我提出一个又一个问题,他慢慢地做着手势。他对西班牙的形势了如指掌。他为中国的民族解放战争指出了胜利的道路。他关心着世界上进步事业的每一个胜利。他关心在战场上每一个受伤的战士,思考着怎样抢救他们的生命。他支持我在中国组织战地医疗队的计划和战地输血办法。我听着毛主席从容不迫的谈话。我们谈着谈着,不知不觉三个钟头过去了。可是他送我出来的时候,还是那样精神饱满,神采奕奕! ……(忽然想起)小鬼!

邵:(醒悟过来)嗯,白大夫!

白:你见过毛主席吗?

邵:怎么没有? 你来延安以前,没多久,我还见过!

白:在哪儿?

邵:那天,我去杨家岭送材料,看见毛主席跟两个小八路说话。那两个小鬼跟我大小差不多,打着绑腿,整整齐齐一身八路军的军装。毛主席拉着一个小鬼的手,一笔一画教他写字。我在旁边看哪看哪,觉着毛主席的大手也在我手心里写字一样……旁边一个干部问我:"小鬼,你是哪一部分的?"我才想起来送信的事,只好走开了!

白:这么说,我们都见过毛主席……

邵:是呀!

白:那么,我们都是最幸福的人了。因为,毛主席是世界上最伟大的人物之一,他是我们这个时代的巨人!

（二人沉浸在对毛主席崇敬的感情之中。

（片刻沉默。

（飞机声由远而近。）

（幕后喊声:"同志们,老乡们! 敌人的飞机来啦! 赶快灭灯! 防止敌人投弹、扫射!"

（关门、关窗声。

（敌机俯冲扫射。）

白:（向敌机方向怒视）哼,法西斯强盗!

邵:我们八路军会跟你们算账的!

（八路军向空中开枪射击。

（敌机投弹。

（近处起火。）

白:小鬼,快,救人。

邵:（向室外）小贾,快去救人!

贾:（答应）哎! （护士小贾上。三人向起火方向奔去。）

（八路军开枪射击。敌机逃窜。）

（幕后:"同志们,快救火去呀!"）

（人声、脚步声由远而近。

（白求恩双手抱着一个受伤的小男孩上,小贾随上。

（小邵扶着小孩的父亲——一个老农民上。

（一些老乡上。

（两三个八路军战士持枪上。）

白：（痛惜地爱抚着受伤的小孩）好孩子……我们马上就看，我们马上就看，乖孩子！（对贾）贾，快拿听诊器、绷带、药品！

贾：哎！（从药箱中取治疗用品。）

（白慢慢地把小孩放在炕上。）

贾：（检查伤情，听诊，表示惊恐，默默将听诊器交给白求恩）白大夫……

白：（检查，听诊，沉痛地）孩子牺牲了！

老农民：（扑在儿子身上，小声抽泣）孩子！……一个能说会讲、活蹦乱跳的孩子……一会儿工夫就……

众：（同情地议论）李大伯一辈子给地主老财扛活，红军来了才成了家。就这一个独生子，还叫鬼子炸死啦！

唉。该死的日本鬼子。

（白安慰地抚着李的肩膀，扶他站起来，紧紧握住他的手。）

八路军战士甲：大伯，我们替你报仇！

李：（拭泪）狠狠地打日本鬼子！他们不滚出中国，就不让他们过一天安生日子！

战士乙、丙：（宣誓似的）消灭敌人，替大伯报仇！

白：（像是对自己宣誓）我恨不得有一千只手，每只手里握着一千支枪。枪里每一颗子弹都瞄准一个屠杀孩子的法西斯匪徒。让枪替我说话，替我控诉法西斯匪徒的罪行。为了纪念这个无辜孩子的牺牲，我要活得像一个钢铁战士。因为只有钢铁战士才能消灭法西斯，保卫人民，建设一个新世界！（对邵、贾等）天亮立即出发，到五台山！

（幕急落。）

第一幕　初到晋察冀

时间：1938 年秋天。

地点：军区的一个后方医院。

第 一 场

（晋察冀军区一个后方医院的一间病房。

室内粉刷一新，病床上被单雪白。迎面一条横幅大红标语："热烈欢迎白求恩大夫！"

（幕开时，青年医生方大夫正在结束打扫，拿着扫帚直起身来，检查一下是否还有不干净的地方。

（两张病床上躺着伤员。）

一个伤员：方大夫，你歇歇吧。

方：扫扫地没啥。

伤员：（欠起身）你忙了一大会儿了。让我来帮帮你的忙！

方：你别动。你伤还没好。

伤员：我不像他（指另一伤员），我是轻伤。

方：你的胳臂不能动。新伤口，别叫感染了。地也扫完了。你别动了。

（放扫帚。）

伤员：为了欢迎白求恩大夫，你们忙了几天了。

方：是呀。白大夫是从延安毛主席那儿来的。他到咱们医院，对咱们是很大的帮助。应该好好地欢迎。

伤员：那当然。

方：（指另一伤员）这位伤员现在怎样？

伤员：夜里有时候听见他哼哼。好像还不见轻。

方：（考虑）嗯……白大夫来了，征求他的意见……（对伤员）你们休息吧。

伤员：好。（躺下。）

（炊事员老张上。）

张：方大夫！

方：张师傅！

张：白大夫什么时候来呀？

方：刚才司令部来电话，白求恩大夫就要到了。李院长领着医护人员和老乡们都到村口迎接去了。饭准备得怎么样了？

张：饭、菜、酒都准备好了。白大夫一到，说开就开！

方：嗬，张师傅不简单，连酒都预备上了！

张：人家白大夫是外国人，到咱们晋察冀来，可实在不容易！什么香槟、白兰地
的，咱办不到。老高粱弄他两瓶，表示个意思嘛！

方：行！

张：村里民兵送来一条大鲤鱼，是他们在河里现摸的。今天专门送来，让白大夫
尝个新鲜！

方：大叔，这就看你的手艺喽！

张：没错，方大夫。

方：咱们医院才办不久，条件差。人家白大夫是世界闻名的外科医生，又带来一
大批药品、器材。到咱们医院，可得招待得像回事呀。

张：放心吧。看咱们医院，里里外外打扫得像过年一样。病房里白单子都洗得
雪白。白大夫见了，一定高兴。

（幕后：马蹄声。口号声。唢呐声。鞭炮声……警卫员上。）

警：报告！白求恩大夫已经来到村边。李院长叫我先来打个招呼！

方：家里准备好了。报告李院长，请白大夫快来！

（警卫员敬礼，下。）

方：张师傅，我到办公室。你快把准备好的东西端到办公室去！

张：没错儿！

（方、张分头下。

（静场片刻。

（脚步声。

（后方医院李院长陪着白大夫上。小贾及另外两个护士跟上。）

李：（劝说着）白大夫，你从延安来，翻山过河走了两个月。今天刚到我们五台
山。最好还是先休息一下，吃吃饭，再开始工作。

白：不。我不累。我来中国是工作的，不是休息的。还是先看伤员。

李：（只好答应）那好吧。

（二人走近病床。）

李:(介绍情况)这个伤员,是昨天送到的。手臂负伤,还没有动手术。

白:(漫应着,动手检查伤势。用药棉棒探探伤口,伤员动了一下)痛不痛?

伤员:不痛!

白:(伸大拇指)你是个勇敢的小伙子!(看看药棉棒,放在鼻子跟前嗅一嗅,不高兴地皱眉,摇摇头)化脓了,不好!

李:(解释)前线离这里远。担架走了三天,才送到这里。有点耽误。

白:准备动手术!

(李做了一个手势,两个护士抬第一个伤员下。)

(白走向第二个伤员。)

李:这个伤员大腿重伤,经过初步治疗,还不见好转……

白:(问伤员)孩子,你好!

伤员:(费力地)白大夫,好!

白:(伸手摸他的头,手缩回)他——发烧!

护士:是的,从前天起,他就——

白:(做手势叫小贾打开绷带——)

(小贾小心翼翼地拆开绷带。一失手,伤员痛得抽动一下。)

白:当心!(推开贾,自己轻轻拆开绷带,绷带里掉下几根秫秸秆,白抓起,奇怪地问)这是什么?

贾:秫秸秆。

白:(扔掉秫秸秆,仔细检查伤腿,发现什么问题,生气,转身,挺立,把镊子往搪瓷盘里"当啷"一扔)这个伤员是谁负责的?

(众沉默。)

白:这个手术是谁做的?

李:这是一个医生——

白:我要知道这个医生是谁?

(方大夫恰恰走到病房门口。听出了是怎么回事。)

方:(勇敢承担责任)白大夫,是我!(进病房。)

李:(连忙介绍)白大夫,我给你介绍一下。这是我们医院的方大夫。(方敬礼。)

白：（默默与方握手）方大夫，对不起，请你解释一下：这个伤员的腿为什么变了形？

方：白大夫，这个我有责任！

李：（想为方解释）白大夫——

白：（责问）你怎么能让他的腿部伤口恶化到这种地步？你当一个外科大夫，懂不懂得大腿重伤要上夹板？

方：懂！

白：那么为什么不给他上夹板？

李：关于夹板的事，我有责任。医院里的夹板用完了！

白：用完了？这不是理由。如果我们的战士没有武器，他就从敌人手里夺过来。如果一个外科大夫没有夹板，就应该自己制造。没有钢的，用木的！要知道，我们抢救的是战士的生命呀！

（方大夫难受地背过身去。）

白：（对伤员，惋惜地）耽误了，有锯掉的危险呀，我亲爱的孩子！

伤员：白大夫，这不怪方大夫，这……

白：（命令）抢救！

李：把伤员抬到手术室！（众抬伤员下。）

白：（对方）同志，我们当医生的，要把伤病员放在最前头，如果你不把伤病员看得比自己还重要，你就不配当医生——说实在的，也不配当八路军！

方：（沉默）

白：方大夫，你是什么大学毕业的？

方：（无法回答）我——

（白不等回答，气呼呼地下。）

方：（自言自语）我是什么大学毕业的？我是什么大学毕业的？……（沉思。）

李：（安慰地按方的肩膀）方大夫！

方：走！先去抢救伤员！（方下。李跟下。）

（暗转。原景。当天下午。

（手术结束。穿着橡皮围裙的白求恩和李院长走进病房。）

李：（招呼）白大夫，到这儿休息一下吧。方大夫他们在处理手术后的扫尾工作……

伤员这条腿总算保住了。可把你累坏了。

白:不要紧。越忙越好。(取烟,让李,点烟,吸了一口)李,今天这个伤员伤口恶化的事,使我想了很多。看来,我们的情况比我原先想的还要困难。

李:(诚恳地)白大夫,咱们八路军的卫生工作,的确面临着不少困难。我们缺乏设备,我们缺乏医生。这种情况一定要改变。作为一个卫生干部,我是有责任的。

白:(考虑)最大的困难,还是缺乏医生。八路军里受过专门医学教育的医生太少,还有一个是外国人……(想起来)伤员检查完了吗?

李:完了。我们医院就这35个伤员。

白:战斗正在进行,为什么伤员这样少?

李:火线离这里远,大部分伤员都在前线收容站,还没有送来。不过,很快也就该来了。

白:哦,这样不行。我们不能在这里等待。一个医生,坐在家里等着病人来敲门的时代已经过去了。医生应该跑到病人那里去,而且愈早愈好。根据游击战争的条件,我们应该组织流动医疗队。不打仗的时候,就巡回检查;打仗的时候,就上前线。我相信,这样才能大大减少我们的伤亡!

李:这个建议太好了!今天就向司令部请示,马上把流动医疗队组织起来。白大夫,我希望和方大夫都能够参加!

白:方大夫?不行。他不能参加。他工作能力不行,不可能成为一个好的外科医生!

李:方大夫暂时技术水平比较差,这是事实。但他是一个贫农的儿子,对党忠诚,工作不讲价钱,是一个好同志。组织上对他寄托着很大希望。相信他是能培养成为一个党所需要的好医生的。

白:今天这个伤员的伤势恶化,他要负责任!

李:因为没有夹板,造成伤势恶化,当然是很大的损失。方大夫也很痛心。不过,我们还要问一问,究竟是谁造成了这种损失?是谁造成了我们这种极端缺药、缺器材的现象?是日本帝国主义和汉奸反动派对我们的疯狂"扫荡"和封锁。国民党顽固派在这方面为日本帝国主义帮了很大的忙——他们的百万大军不去打敌人,却专门用来监视、包围八路军。他们不但不给八路军补充弹药、供给药品,还把外国朋友对八路军的支援物资扣压下来,这样就造成了八路军在物质条件方面的极端困难。我们八路军的卫生人员,按照毛主席的教导,艰苦奋斗,"逐步克服困难,开展顺利局面",为抢救伤员,进行了不懈的努力。没有探针,我们用铁丝;没有羊肠线,我们用缝衣服的线;纱布,我们洗了又用,用了又洗;没有夹板,我们用秫秸秆;没有手术锯,我们用木匠的锯子;我们的伤员,靠着顽强的革命毅力对待疼痛。白大夫,我们是在这样的情况下进行工作的。今天的事故,难道能叫方大夫一个人负责吗?

白:(感动)是的。八路军的卫生人员,是在令人心碎的原始条件下,进行着神话般的斗争。要从西方的医学观点来看,这一切简直是不可想象的事……不过,作为一个外科大夫,总要严格负责,这样他才能有效地工作,才能抢救伤员的生命。如果他不负责,那会发生什么情况呢? 那就要有伤员用自己的胳臂、大腿甚至生命来为他付出代价。事情不正是这样吗? ……我总觉得,大腿重伤要上夹板,这是任何一个医科大学毕业生应有的常识,方大夫怎么会不知道呢? 李,请你告诉我:方大夫是什么大学毕业的?

李:(微笑)要说到上大学的话,包括我这个院长在内,我们上的都是高尔基牌的大学!

白:高尔基?

李:就是高尔基上过的那种大学!

白:(惊奇地)你的意思是说——

(炊事员老张上。)

张:李院长! 哎呀,白大夫啥时候吃饭哪!

李:(高兴)老张来了正好。老张,过来,刚才白大夫问方大夫是什么大学毕业的。你来说说吧!

张:(摸不着头脑)我? 方大夫——大学毕业?

李:你跟方大夫是一个村的人。你就把他的出身来历,给白大夫说说吧!

张:是这么回事呀! 要说方大夫上什么大学,我可从来没听说过的。要说他的出身来历,谁也没有我清楚。(掏出小烟袋,回忆)我们住在一个村,我看着他长大的。我在地主家做饭。他爹给地主扛长工——活活累死啦! 方大夫哪儿上过大学? 连大学门朝哪儿开他也不知道! 他一小点儿大就给地主放牛,根本没进过学校门,只会放牛。托毛主席的福,红军解放了我们那个地方。方大夫十三岁参加了红军,在部队里当"小鬼",上火线,抬担架,背伤员,什么都干。在革命队伍里,他才读书识字,当上了护士。组织上看他老实肯干,培养他当护士长,又提拔他当了大夫。他当大夫,哪里是上大学学来的呀?不是,他是在咱革命队伍里一点一点锻炼出来的。别人动手术,他在一边看着学,不懂就找别人问。最近我还看见他起早搭晚"叽里呱啦"念外国字,说是学了外国文,才能更好地向白大夫学习哩!

白:(震动)这是可能的吗?一个不识字的放牛娃到了八路军里,靠着自学,成了一个外科大夫!

张:在咱们部队里,不识字的放牛娃,别说是当大夫,就是当连长、营长、团长、师长的,也有的是,多啦!

李:老张说得不错。咱们八路军就是这样!"不是先学好了再干,而是干起来再学习。"用毛主席的话说,这就叫"从战争学习战争!"

白:(沉思)唔,是这样……

张:(催促)白大夫,李院长,快吃饭去吧!这顿晚饭都要开到明天清早了!

李:(对白)看,老张都提意见了。快去吧!

白:请你们先去。让我一个人留下来一分钟。这个问题很重要。

李:好,老张,你去准备一下。我去叫方大夫!(李、张下)

白:(独白)一个放牛娃成为一个医生——这是世界上从来没有的事……我对中国还不够了解,对八路军的奇迹,知道得太少了……毛泽东所领导的中国革命,像暴风雨一样震撼着穷苦的乡村,把一个放牛娃卷进了革命的队伍。他离开共产党、八路军就无依无靠。革命——这就是他的一切。革命战争的需要,使他成为一个医疗人员。不懂就刻苦学习。就这样,放牛娃成了"方大夫"。就这样,中国千千万万的放牛娃、童养媳、煤矿工、奴隶,从饥饿和压迫中走了出来。他们在革命队伍中受到锻炼,成为农会主席,成为县长,成为将军!就这样,四亿人民,在毛泽东的旗帜下,形成一股不可战胜的力量!他们为了打败敌人,如饥似渴地要求学习,把工作做得更好……这是我的兄弟,我的人民,我的冠冕,我的骄傲呀……我曾经在日记里写下毛泽东的名言:"要做群众的先生,先做群众的学生。"但是,看起来我还没有做到……

（幕缓缓闭）

第 二 场

（幕开：原景。

（深夜。煤油灯光照着病房。

（两个伤员动过手术，睡下。

（方大夫进来查病房。他把一个伤员露在被子外的胳膊轻轻塞进被子里，又帮他披好被窝。另一个伤员在睡梦中想转身，因伤重而不能，口里轻微呻吟。方过去用手轻轻地帮他翻过身去。伤员睡稳了。）

方：（搬过来一只"马扎"，坐在煤油灯旁，把灯头拧小一点，就着微弱的灯光，努力地学英文，边写边小声地念）Chairman Mao，毛主席。Long live，万岁。Long live Chairman Mao！毛主席万岁！Doctor Bethune，白求恩大夫。Learn from，向……（谁）学习。Learn from Doctor Bethune. 向白求恩大夫学习。Learn from Doctor Bethune. 向白求恩大夫学习。向白求恩大夫学习……（念着念着，伏在小桌旁睡着了。）

（一道手电筒的白光照进病房，一个披着军大衣的高大身影进来——白求恩来查病房。）

白：（看见伤员安睡，点头表示满意。）很好。（发现方大夫，走过去，看见方学英文的小本子，拿起来，很感兴趣地看着，小声地念）Long live Chairman Mao！Learn from Doctor...（深受感动。把身上披的大衣脱下，轻轻搭在方身上。）

方：（醒来，惊喜地）白大夫——

白：（用手指唇制止）嘘！——（用手指假意威吓地指方）方，你要休息——明白吗？

方：（急与白握手，把大衣又搭在白身上。）

（白抱着方的肩膀。二人合披着一件军大衣，国际主义的崇高情谊在两颗心里交流。

（幕缓缓闭。）

第 三 场

（后来一天清晨。

（旭日东升,光照大地。

（一条小路从医院通向村庄。大小两棵青松枝柯交加地挺立在路旁一个
土坡上,坡下有几级台阶,正当通道。

（幕开时,白求恩和方大夫在树下谈心。

（二三痊愈的伤员,经过小路散步,锻炼身体。）

伤员:（打招呼）白大夫早! 方大夫早!

白、方:同志们早!

（伤员下。白、方继续谈话。）

白:（兴致勃勃地说着）方,这些天,我想了很多很多。我强烈地感到我需要了解
中国革命。我需要学习……（嘲笑地）在西方,有人写了一大本一大本的书,
说什么"中国人爱面子"。可是,八路军就不是这样。"面子"在八路军里没
有地位。我们有自我批评这个武器。……（抱方的肩膀）方,请你原谅我,过
去对你,有不正确的看法。

方:（感动地）白大夫,你这种行动本身,对我就是很大的教育。我不知道怎样才
能把心里的话说出来。

白:做一个外科大夫,是不容易的。我学医的时候,比你年纪大。老师是加拿大
有名的大夫,技术好,脾气不好。开始的时候,我有肺病。老师把我从手术
室里推出去,说我不能成为一个好外科大夫。我心里也不舒服得很,可是我
坚持下来了,克服了肺病,也感动了老师……

方:（关心地）白大夫,你的肺病好了吗?

白:谢谢,好了。肺病好了。可是后来我脾气也不好。外国,很多事情使我生
气……少数人有钱,穷人害了病不能治,治好了也是替老板卖命……光看
病治不了劳动人民的苦难……所以我参加共产党,到了西班牙,到了中
国,和同志们一起战斗。我感到从来没有的高兴,我要改变我自己。但是
我的脾气还留在我的身上。有时候就爆发出来,特别是看到伤员有痛苦

的时候……

方：(诚恳地)白大夫,对于那位伤员的伤口恶化,我是有责任的。没有夹板,应该想办法。因为水平低,也没有估计到会发生那样严重的后果……

白：所以,小伙子,不学习是不行的。你要把不懂的东西统统补起来!我不提醒你,就是对你的欺骗。明白吗,方?

方：(深受感动)白大夫,为了党的事业,为了你的帮助,我一定要赶上去,一定要补起来!如果能有机会学习学习,那多好啊!

白：(考虑)让我们想想办法……把你带到身边……

方：如果能和你一起工作,我一定好好向你学习……(展望未来)我有一个儿子,到他长大的时候,中国穷苦工农的孩子们就全能上学了……万一我不能成为一个好大夫,无论如何我也要让我儿子成为一个好大夫!

白：(不高兴)为什么要等你的儿子?民族解放战争要求你现在就成为一个好大夫!你自己先成为一个好大夫,才能给你儿子树立一个好榜样。

方：好,白大夫,我答应你。我一定要成为一个党所需要的好大夫。不过,对我儿子,需要找一个比我好一点的榜样,那就是诺尔曼·白求恩同志!

白：方,你真是一个幽默家!(二人大笑。)

(散步的伤员回来。)

白：(立起)同志,一天的工作开始了!让我们回去吧!

伤员们：(走到台阶处)同志们,小心,这儿有一个窟窿!(互相搀扶,下。)

方：(走到台阶一停,跳下。关心地)白大夫,小心!

白：(招呼)方,别走!

方：什么事,白大夫?

白：你看,这是伤病员每天要走的路。应该给他们铺好。你把那块石头搬过来!

方：(去搬石头)嗨,嗨,嗨!(太重。)

白：(走下来)我们一起来搬吧!(二人搬石头。)

(李院长上。)

李：嘿,你们两位在这儿哪!(走近一看,明白)哦,正确!(参加)

(三人搬石头,垫好台阶。)

白：(踏上试试,满意)好了,伤员可以走了。团结就是力量。两个中国人加上一个外国人,就能搬一块大石头,为伤员做一件好事。不是吗?

（三人大笑。）

李:白大夫,好消息来了!

白:好消息?药品、器材?加拿大寄来了?

李:不是。司令部刚打来电话:流动医疗队,批准了!

白:（高兴）呼啦!（抱方）我要把方带走,和我一起工作。要把他培养成八路军一个优秀的外科大夫!

李:真羡慕你们。可惜我还得留下,在这儿看家。

白:李,把名单定下来,今天就上前线!

李:今天准备一下,明天出发吧!

白:好,明天一早就走!

李:别急。还有一个最大的好消息——

白:什么?

李:用中国的老话说,这叫"大喜临门"。毛主席给军区打来一个电报!

白:毛主席!

李:毛主席在电报里同意你担任晋察冀军区卫生顾问——

白:这是中国人民给我这个外国老头子的最大荣誉!

李:并且指示军区,每月发给你一百元生活补贴。

白:（摆头）这是另一回事。我要马上回电。我想,在回电里我要这样对毛主席说:（考虑）"延安毛泽东同志。感谢你和中国共产党对我的信任,但我拒绝接受每月一百元的生活补贴。作为八路军的一个战士,考虑到八路军官兵每天只有几分钱菜金,我当然不应该享受任何特殊的待遇……"

（幕缓缓闭）

第二幕　深入河北平原

第一场　（二幕外）

（1939 年春。

（封锁线上。深夜

（铁路旁边的一片树丛。

（八路军一个排长和两个战士持枪监视铁路线上两个方向的敌人。

（方大夫上。

（排长走过来行礼。

方:有什么情况?

排长:还没有发现敌情。

方:严密监视!

排长:是!（回原地。）

（方向树丛后招手。

（老张、小邵护送着白求恩嗜烟斗上。）

方:（介绍情况）白大夫,这就是敌人的封锁线:南边是火车站,北边是鬼子的碉
堡。过去这条铁路线,就是冀中平原——咱们的根据地。

白:（指着远方）那个高高的黑烟筒,就是敌人的工事吗?

方:是的。鬼子就躲在那个乌龟壳里。这个地方白天是敌人的,到了晚上就是
我们活动的天下了!

白:我相信,很快地这个地方,不论白天晚上都要属于我们!

方:一点不错。现在司令部在铁路两侧,都布置了我们的队伍。我们要迅速通
过这条铁路线!

白:谢谢! 你们安排得很好。

方:过封锁线的时候,不能说话。另外——（踌躇一下）白大夫,你这个烟斗,是
不是考虑?

白:没有什么考虑。我服从八路军的命令！（把没有抽完的烟丝倒出来，一脚踩灭。把烟斗装入口袋。）

（八路军排长做手势表示有情况。）

方:隐蔽！

（众人隐蔽于树丛中。

（敌人的装甲车由远而近开过来的声音。

（一道贼亮的白光。

（装甲车声由近而远。

（众由隐蔽处走出。）

方:（细听）现在正是通过封锁线的好时候。这个时候，注意紧紧跟上，不要掉队。（命令）过路！

（八路军战士严阵以待。

（白、方等向铁路线走去。

（谁的脚把一个小石子踢到铁轨上，发出一声清脆的金属声。

（远处敌人一声吆喝:"什么人？"）

白:（拉方一下,低声）方,停下来?

方:（果断地）不,快走！（拉白急走。）

（众人穿过铁路线。

（一道白光打过来,照来照去。

（机枪扫射声。）

邵:（向敌人碉堡的方向）呸！照着路,放着鞭,还给老子送行哩！

方:别看敌人咋呼,这时候他不敢出来！

白:（对方,感动地）方,你真是一个老兵！

方:哪里。不过在敌人鼻子底下走过两趟就是了。

白大夫,走吧！

（白向护送的八路军战士招手致意,下。

（幕。）

第 二 场

（八路军在冀中一个村庄的医疗室。室内简朴整洁，有一些医疗器材和一张病床。

（幕开：小邵正帮着老张择菜。二人边干边谈。）

邵：这么说，鬼子的"扫荡"开始了！

张：鬼子想来捡便宜，没他好吃的果子！咱们有毛主席的领导，有晋察冀的老百姓，八路军撑开了布袋口，让他来吧，叫他吃不了兜着走！（想起，问）小鬼，白大夫呢？

邵：到病房去了！

张：（开玩笑）小鬼，你怎么搞的？上级派你照护白大夫，你看现在老头子累成什么样了？这回枪一打响，他就忙着动手术、瞧伤员，两天两宿不睡觉，眼都累出了红丝。你是怎么完成上级交给你的任务的？

邵：（急了）哎呀，看你说的！我就不着急呀？他忙得那个样，我在一边也是毛焦火辣的。可是我刚嘟囔一声"大夫，该休息啦！"他就说：（学白求恩的腔调）"小鬼，我来中国是工作的，不是休息的！要把手术做完，我才能休息！"

张：唉，白大夫一个心眼都在伤员身上！

邵：你忘了，在五台山那件事？那时候，白大夫在后方医院给伤员动手术，四十个钟头连轴转，谁劝也不休息。司令员听说了，打电话请白大夫到司令部"开会"——

张：啊？

邵：白大夫一听有命令，才撂下手术刀，上马动身。我背枪、上马，紧追紧赶，跑了二里地，才赶上他！

张：他急着开完会，回来照护伤员呢！

邵：到了司令部，老头子一脸不高兴："难道这个会不能等一等再开吗？现在战斗正激烈，有很多伤员！"司令员问他："你多少钟头没睡觉了？"老头子一听，扭头就走。司令员也假装生了气："你是我的部下，我命令你去睡觉！那个屋里有一个炕。你到那儿去睡。没有我的命令，不许离开！"老头子没办法，耸耸肩膀,把两手一摊,只好进屋子去啦!

张:哈哈哈哈!……(敬佩地)别看人家白大夫是外国人,对咱们八路军一点不
外气。干起活来,真是没说的!

邵:你笑! 你这个大师傅干了些什么呀?

张:唉,白大夫这个人,真拿他没办法。本来行军打仗,条件就困难。想法弄一
点菜,他不是说太好了,就是说太多了。年岁这么大,工作这么重,见天动手
术,动刀动枪的,光吃点小米、土豆片,怎么行啊!

邵:瞧。你这个老兵也发愁了吧?

张:发愁? 今天我可想了个办法。

邵:什么办法?

张:你等一下。(起身进内,捧出一个小锅)看见了吗?

邵:这是什么?(掀开锅盖)嘿! 让我闻闻!(闻,笑)好香! 行,行。待会儿老
头子来了,得想法让他吃一点啊!

(脚步声。

(白求恩抱着一个男孩进来。后面跟着一群男女小孩。

小孩们:八路军! 八路军!

白:(把小男孩放在床上坐着)坐下吧,我的小客人!(顺手掏出一块糖给他。)

(张、邵走过来。)

邵:哟,这不是小猛子吗?

一个女孩:是猛子。这个外国人把他抱来了!

白:我是外国人,你怕不怕?

女孩:不怕。(指其臂章)你是八路军。你家在哪儿呀?

白:家在加拿大,隔着一个大海。

女孩:哎呀,那可远啦。你跑这么远,到我们这儿,干吗呀?

白:我来和你们一起打敌人!

女孩:那好极了。你是外国的好人!

白:让咱们先看看这个小孩的脸。

女孩:他叫猛子。

白:(摸猛子的脸蛋)猛子,猛子,你下巴怎么长了一大瘤子呀?

女孩：他这个瘤子是去年长的。刚长的时候，像个小枣。愈长愈大，现在跟个鸡蛋一样啦！

白：（对张、邵）我要把他这个瘤子去掉！

邵：白大夫，现在天不早了。待会儿恐怕伤员要来。是不是过两天再给小家伙治？

白：不行。他这个瘤子愈长愈大。拖延下去，就不好治了！（外边一个妇女的喊叫声："猛子！猛子！……"）

张大嫂：（进门）猛子怎么啦？到底出什么事啦？

女孩：张大婶！

张大嫂：让你们领着猛子玩，你们把他弄到哪儿啦？

小孩们：（七嘴八舌地解释）我们在路上玩，这个外国老伯伯看见他，就把他抱来啦！

邵：（说明）大嫂，白大夫要给猛子治瘤子。

张大嫂：（明白，高兴）那敢情好。为猛子脸上这个瘤子，我正发愁呢。早就想找咱们八路军的大夫看看，村里正闹大生产，地里忙，抽不出工夫来。

（白求恩给猛子听诊。）

张大嫂：（经过犹豫之后）这位外国老大夫，您好哇！猛子这瘤子好治吗？

白：好治好治。打点麻药，割一个小口，就取出来了。来，请你帮帮忙，让猛子躺下来。

张大嫂：（扶猛子躺下）猛子，乖，躺下，别动。外国老伯伯给你治病。

白：（对邵）来，小鬼，当助手！

（白给猛子打麻药，割掉瘤子，上药膏，最后把一片雪白的纱布贴在猛子的下巴颏上。

（张大嫂照顾着猛子。小孩们围着。又来一些妇女，在门口看着。

（邵收拾器械、药品。张下。）

白：（摸摸猛子的脸）好啦，我把敌人这个炮楼拔掉了。（问猛子）疼不疼？

猛子：不疼！

白：（伸大拇指）你是个勇敢的小伙子！（对张大嫂）他不哭，不闹，可爱的孩子！

（嘱咐）以后，隔一天，给他换换药，就好了！

张大嫂：（抱猛子，把纱布轻轻拍拍）猛子，谢谢外国老伯伯！

猛子：老伯伯！

白:（高兴地摸摸猛子的头）不要谢我。我们是毛主席领导的八路军,告诉老乡们,以后有了病,就找我们八路军的医生,看看就好了!

邵:（向妇女们自豪地介绍）白大夫是从延安毛主席那儿来的!

妇女们:（议论开了）毛主席! ……哎呀,毛主席共产党真好! 这么老远的,派大夫给咱穷人们治病! ……

张大嫂:白大夫,您忙着!

白:再见!

张大嫂:猛子,跟白大夫再见!

猛子:再见!

白:再见。好孩子!（众下。）（老张端鸡汤上。）

张:白大夫,忙了半天,该饿了吧?

白:（奇怪）这是什么?

张:你瞧瞧!

白:（打开锅盖）鸡汤?（闻闻,高兴地）很好很好。

邵:（凑过来）那你就尝尝吧。看看张师傅的手艺怎么样。（白端锅向门外走去。）

张:（不解地）白大夫——?

白:赶快送到伤员那里去!

张:这是给你做的。

白:我身体很好。不要喝什么鸡汤!

张:这是组织上照顾你,专门给你做的。

白:（幽默地）革命友爱,不分中外。组织上可以照顾我这个老战士,难道我就不应该关心自己的伤员吗?

张:（关怀地）白大夫,你工作这么重,也该照顾自己的身体呀!

白:（放下锅）我很好,不要紧。（见张难过,抚着他的肩膀,安慰、解释）我的好朋友,我告诉你:（幕后《东方红》乐曲起。）我在延安的时候,在那间没有陈设的窑洞里,见到了毛主席。毛主席对我谈了很多很多。我想到长征,想到毛主席怎样领导红军,挽救了中国……毛主席津贴很少,过着朴素的生活。八路军官兵,一天几分钱菜金。我是来支援中国人民的民族解放战争的。我要过八路军战士的生活。你们给我弄肉吃,不是很好地招待我。我要吃好的、穿好的,就留在加拿大不来了。明白吗? 亲爱的朋友?

张:(为难)白大夫……

白:(把锅端给张)去吧,去吧,给伤员送去吧! 伤员要吃得好一点。他们吃了,
跟我吃了一样。去吧! (张勉强接着,端走。)

白:(用一个指头假意威吓地指指小邵)小鬼! (邵向张做个鬼脸,二人下。)

（白看他们出去,为革命友爱所感动,联想到在西班牙的战斗生活,哼着一支
西班牙革命歌曲)

"西班牙有个山谷叫雅拉玛,

人们都在怀念着它;

多少个英雄倒在山下,

雅拉玛开遍鲜花! ……"

（脚步声。

（一位老农民和另一青年农民抬一伤员急上。）

（方、贾及其他护士和一些村里群众跟上。）

方:白大夫,前线送来一个紧急伤员,右臂重伤,昏迷不醒。

白:检查!

（担架放好。白、方一同检查伤势。）

白:(摸脉,听诊,摸伤员额头,手退回)发冷! 检查右臂! (护士把伤员衣服解开,
白检查臂伤,考虑,拿定一个主意,问方)方,你看这个伤员应该怎样治疗?

方:根据伤势,必须马上动手术!

白:但是病人失血过多。在严重贫血的情况下,如果立刻动手术,就有生命危
险,怎么办呢?

方:(坦率地)对于这种病例,我还没有完全的把握……

白:方,我想通过抢救这个伤员,上一堂小小的课,为了提高我们医务人员的技
术,也为了让更多的人参加抢救伤员的斗争。

方:那太好了。我正需要提高自己,更好地抢救伤员。

（护士、民工、邵、张和一些群众围过来。）

白:(像一个诲人不倦的教师,和蔼、恳切地讲课)同志们,这是我们八路军的一
位战士。他为了保卫祖国、解放全人类,在前线受了重伤。(向民工点头示

意)这两位同志,不怕辛苦,走了很久的山路,把他抬到我们这里。一路上,敌人加在他身上的伤口,一直在流着血。请看:他躺在我们面前,面色苍白,昏迷不醒。如果我们不采取紧急措施,这位战士就会永远地闭上他的眼睛。

群众:(看着伤员,关切地议论)他脸都刷白啦……一点血色也没有……

抬担架的老农民:大夫,你无论如何也要把他救过来呀!

白:(点头)同志们,我们能够救他。他现在昏迷不醒,不仅因为他的伤势严重,而且因为他流血太多。伤重,不要紧,可以动手术。但是没有血,他就支持不了手术。地里没有种子,就长不出小米;人没有血,生命就维持不住。所以,我们必须把他失去的血,给他补起来。有了血,再加上治疗,这个战士就能重新站起来打击敌人!

一个老大娘:那怎么办呢?

白:有办法:先给他输血,再做手术!

(一听"输血",全场踊跃献血。)

方:白大夫,我要求用我的血!

贾:用我的血!

邵、张:用我的血!

白:(摇头)不行。应该让我输血!

抬担架的老农民:(高举自己的胳臂)大夫,抽我的血吧!

青年民工:大夫,抽我的血。我身强力壮,抽点血没啥!

方:白大夫,你年纪大了,无论如何不能输血。还是用我的血吧!

白:(解释)同志们,输血需要检查血型。我的血是 O 型,万能输血,不用检查。革命友爱,不分中外。大家不要争了。抢救伤员要紧。

(对方)方,准备输血工具!

(方准备输血工具。)

(音乐。

(围看的人愈聚愈多。)

白:(手持针管,边做边讲)输血是这样进行的:先在手臂上消毒(自己用棉球消毒)。再把针尖插进血管里(把针尖插进自己的血管)。血就从针头流入针管(拔出针尖,再用棉球擦手臂。),请看:抽出了 300CC 的血,我还是和平常一样(握拳,举臂示意),不是吗? 现在,再倒过来,(把针尖插入伤员手臂上)这样,看,血就流进了战士的血管里!

(观看的人愈围愈紧,急切地注视伤员的脸。)

(静场。

(大家看见伤员脸色好转,活跃起来。)

众:(惊喜)哎呀,嘴动了,醒过来了!

伤员:(睁眼,抬头)白大夫! ……

白:(抚摸他的胳臂)小伙子,你好一点吗?

伤员:(吃力地伸出手,与白握手)白大夫,谢谢你!

白:(命令)抬到手术室,准备动手术!

(方领民工抬伤员下。群众把白围起来。)

老大娘:大夫,我的血,什么时候用,什么时候给。只要能救活八路军的伤员,别说是血,就是把我这条老命都搁上,我心里也高兴!

张大嫂:(抱着猛子)白大夫,你给我检查检查,啥时候要用,啥时候就给!

群众:(争说)用我的血! 用我的血! 用我的血!

白:(受到极大感动和启发)你们的意见太好了! 我们可以组织一个"志愿输血队",把愿意输血的人,名字和血型都登记下来。什么时候需要,什么时候用。成千上万的人民组成了取之不尽用之不竭的血库——这是世界医疗史从来没有的创举。正像毛泽东同志说的:"真正的铜墙铁壁是什么? 是群众,是千千万万真心实意地拥护革命的群众。这是真正的铜墙铁壁,什么力量也打不破的,完全打不破的。"……同志们,愿意把自己的血献给我们八路军伤员的人,请把名字登记下来!(小邵准备纸笔、记录。)

群众:(争说)写上我的名字! 写上我的名字! 写上我的名字!

(在献血的热潮中,幕闭。)

第三幕　游击区的一天

第　一　场

（1939 年秋。傍晚。

（接近敌占区的一个小村庄。路口有一棵大树。

（一眼望去，可以看见一条公路和远处的敌人的炮楼。

（儿童团员柱子和二妞手持红缨枪在树下放哨。）

二妞：（唱歌）"红缨枪，红缨枪，

　　　　枪缨红似火，枪头放银光。

　　　　拿起红缨枪，去打小东洋。

　　　　山沟里，山顶上，

　　　　游击战争干一场！……"

柱子：二妞！

妞：哎，哥哥！

柱：别只顾唱歌，瞧着路！

妞：瞧着哪！

柱：奶奶说了。八路军叔叔要来，叫咱们好好放哨。雾大。留点儿神，别让鬼子汉奸溜进来。

妞：哎！

柱：有生人来，问清楚了，才能过去。

妞：（发现前面来人）哥哥，看见了没有？来人啦！

柱：在哪儿？

妞：（指）前面！

柱：看见啦！前头那个人是大高个儿。嘴上捂个大口罩。

妞：后面那两个是庄稼人……

柱：那可不一定。鬼子汉奸可刁啦。有时候，打扮成老百姓，专坑害人！咱们先躲起来!

（柱、妞藏到树后。

（白、方和八路军排长上。白穿便服,戴着口罩,方和排长换上土布褂裤,头上勒白毛巾。）

白:（取下口罩）怎么,方,还在生我的气吗?

方:因为你坚持意见,司令部才同意你来。不过我始终不赞成。我认为,你这样冒险是没有必要的。这里是游击区,离敌人只有一二十里地。敌人说来就来,很危险。

白:危险? 伤员放在这里,就不危险吗?

方:他们换上老百姓衣服,平常不出来。

白:你看,我不是也化了装吗?

方:你这化装——没用。别人一看,就知道你是外国人。敌人已经听说八路军有个外国大夫,出了一万块钱抓你!

白:（感兴趣）嗬! 一万块钱吗? 还不少呢。这是他们给我定的价钱吗?

方:（摇头）唉,白大夫,你真难说话。

白:方,既然我难说话,你就不要再争论了。无论如何,我要亲眼看一看伤员在游击区是怎么生活的。

（柱、妞从树后跳出来。）

柱、妞:（横枪拦路）站住! （白等站住。）

柱:哪儿来的? 路条!

白:（惊喜地打量着两个小孩,笑着）方,两个小勇士向我们提出了挑战。看样子得进行一场认真的对话。

方:（对柱）小家伙,我们是八路军。

柱:（一丝不苟）哪一部分? 怎么没有路条?

妞:（观察许久,偷偷拉柱的袖子）哥哥,这个老头儿是个外国人……

白:我这个外国人和你们同行,也是打鬼子的。哈哈哈哈……

（幕后王大娘喊声:"柱子! 二妞!"）

柱、妞:奶奶,快来吧! 来了几个人!

（王大娘和民兵队长上。）

王:(招呼)方大夫,你们来啦!

方:(介绍)这是王大娘,这是游击区医院的负责人。

白:老人家,你好。

方:这是白大夫。

王:白大夫,您这么大岁数,大老远地跑到我们山里来,太辛苦啦!

白:不要紧。没什么。

王:(介绍民兵队长)这是我们村的民兵队长。

  (白与队长握手。)

方:(介绍八路军排长)这是负责掩护的三排长。

  (队长、排长握手。)

白:(对王)老人家,你们这两位小哨兵真厉害,差一点把我当敌人抓起来!

柱:(悄悄问王)奶奶,他是——?

王:柱子,这是白大夫——打延安毛主席那儿来的!

  (柱、妞看一眼白求恩,害羞地跑了。)

白:不要跑,我的小英雄们! 我们做朋友,好吗?

王:(对柱、妞)别乱跑了! 白大夫来了,你们到前头十字路口上放个哨。有什么
  动静,快点回来报告你大叔!

  (柱、妞回来,把红缨枪交给王。)

白:(把红缨枪拿在手里比试一下,又摸摸柱、妞的头,喜爱地)可爱的孩子们,我
  把自己放在你们的保护之下,非常放心!

王:两个孩子,可淘神了!

白:我小的时候,也很淘气。(回忆)十岁的时候,我看我父亲游过了海湾,我也
  偷偷去游海湾,差一点淹死。可是后来我到底游过去了……这都是很久很
  久的事了!

王:(对柱、妞)快去吧,多留点心眼!

柱、妞:哎!(走开,二人互看,然后对白大声地)白大夫,再见!

白:再见,亲爱的孩子们!

  (柱、妞下。)

方:大娘,警戒——?

王:布置过了。民兵队长亲自出马。

队长:暗哨一直撒到鬼子炮楼底下。

方:那好。(对排长)三排长,警卫工作,你跟队长多商量!

排长:是。(向队长)三个班的战士马上赶列!(握手。)

王:白大夫,那就走吧!

　　(齐下。

　　(幕。)

第 二 场

　　(一所普通的农村院子。

　　(屋内家具简单而整洁。

　　(炕上躺着两个青年农民。一位年轻的农村妇女在纳鞋底。

　　(粗粗一看。完全是一个平常的农村家庭。

　　(白、方、王来到大门。

　　(王在门上敲了三下。

　　(青年妇女停止纳鞋底,细听。静场片刻。

　　(方有点着急,伸手要敲门。)

王:(笑笑,阻止)不能乱敲。我们有暗号。

青年妇女:(走到门口)谁呀?

王:掌柜的!

青年妇女:(开门,对王)来啦?

王:来啦。(对白等)请进来吧!

　　(白等入大门。)

王:(对青年妇女)这是白大夫、方大夫!(对白、方)她是我儿媳妇,娘家姓冯。

　　在咱们这个小医院照护照护伤员。

方:冯医生!

冯:白大夫,您辛苦了!

白:谢谢。没有什么。你们辛苦。

冯：好说。

王：到屋里去吧！（众进入屋内。）

冯：（向白等介绍情况）这是医院的第一小组。

白：谁是病人？

冯：（笑笑，指炕上躺的人）这不是！

（两个青年农民坐起来——他们就是伤员。）

白：（明白）原来这样。（向伤员）哈喽，同志们，好不好？

伤员甲：好！您好！

伤员乙：什么都好。就是大娘把自己舍不得吃的好东西，都给我们，不吃她就生气。

方：王大娘是老拥军模范啦！

王：瞧你们说的！都说到哪儿去了？这种年月，都叫鬼子糟害苦了。咱家还拿得出什么好东西来？不过是玉米饼子、小米粥，热乎乎的，表示大娘个心意罢咧！

（在他们说话时，冯医生打开伤员的绷带，白、方检查。）

白：（指伤员甲）换药！

（冯从炕下面一个暗洞里取出换药工具，熟练地给伤员甲换药、包扎。）

白：（指伤员乙）他腿上伤口化脓，先包一下。等检查完了，给他们两个动手术。（问冯）还有什么医疗器材？

冯：（在一面墙上轻轻一推，推开一道暗门；转过来，是一个药架，上有一格一格的药瓶、药包、泡着镊子剪子的药水缸以及其他简便器材）白大夫，请检查吧！

白：（赞叹）太奇妙啦！在外国怎么也想不到八路军还有这样的创造！（问冯）你学过看病吗？

冯：（不好意思）没有。

王：（解释）她小时候，上过几年学。一打仗，俺小子参加了八路军。她有孩子扯着腿，不能去。医院一安到俺村上，就叫她照看伤员，学着看病。工作需要呗！这不，连我这个老婆子也管起医院来啦！反正，这也不是侍候别人嘛！

白：（满意地）老人家说的很好。我对于这种医院很满意。（思考）看起来，是一家老百姓。实际上，是伤员、医生、护士。像这样的医院，恐怕全世界也没有吧，哈哈哈哈！……

伤员乙：白大夫，住到大娘家，多亏冯大夫天天给我换药、洗纱布，大娘一口水一口饭喂我，这才慢慢好利索。

王：好孩子，别这么说。咱们都是自己人，再怎么着也是应该的。俺家那个小子也在部队里。他要是挂了彩，到了你家，你娘还不是一样得照应他吗？倒是人家白大夫，大老远地打外国来，为咱们伤员操了多少心哪！

白：老太太，我们八路军伤员住在你家，给你们添了很多麻烦。要谢谢你们！

王：这不算啥，不算啥！你给咱八路军治好了多少个伤员，真该谢谢你哩！

白：不要谢我。你们反对日本法西斯。我们加拿大人民、美国人民、英国人民，也反对日本法西斯。我们都是革命同志。我给战士们治伤，这是应该的。

伤员们：你们不要客气。我们都应该谢谢白大夫，谢谢王大娘，谢谢冯医生！

方：（笑着说）叫我说，谁都别谢了。我们中国人民、外国人民、八路军、老百姓，都是一家人。一家人不说两家话嘛！

白：说得好。一家人，对！（笑。）

（大家哄笑起来。笑声充满了病房。）

（伤员乙哼着《大刀进行曲》。）

白：这是什么歌？

方：《大刀进行曲》。

白：（学唱）"大刀向——鬼子们的——头上砍去，
　　　　全国——爱国的——同胞们！……"

（赞赏）这个歌很好听！

伤员乙：白大夫，给我们唱个外国歌吧！

方：（笑着支持这个意见）白大夫，可以答复这个要求。你不是很喜欢唱歌吗？

白：（想一下）好吧，我试试看。……（沉思）今天夜晚，我坐在这里，想起世界上千千万万为人类解放而战斗的人们。他们像你们一样，为了人民今天和明天的幸福生活而流血奋战。我特别自豪地回忆在西班牙英勇斗争的战士们。所以，我给你们唱一个在西班牙战争中的歌曲。这是在马德里，国际纵队里大家爱唱的一个德国歌，名字叫作《台尔曼联队之歌》。

（开始低低哼着，然后大声唱了起来）

"西班牙天空闪耀着灿烂的星光，

高悬在原野里我们的战壕之上。

远远的天边升起了黎明。

召唤我们重新走上战场。……"

（大家高兴地听着。在歌声中幕缓缓闭。）

第 三 场

（原景。伤员已转到手术室。）

（白、方检查回来，进到屋内。王关门，下。）

方：白大夫，这个村的伤员检查完了。

白：我们一定要在离开之前做完手术。

方：伤员已经抬到手术室。冯医生去准备了。

白：很好。（兴奋地）方，八路军的卫生工作，真是一个奇迹，伤员放在老乡家里，原来我不放心。可是今天我亲眼看见，在老百姓家里，护理得很好。伤员恢复很快。在游击战争的条件下，群众组织这样严密，工作进行得有条有理。这是世界上从来没有的奇迹。中国人民的智慧（伸大拇指）太伟大了！

方：这是因为"战争的伟力之最深厚的根源，存在于民众之中"。

白：这是毛主席的话。《论持久战》，对吗？

方：对。

白：（深情地）毛主席，毛主席，中国人民有了这样的领袖，多么幸福！

方：白大夫，你也给了我们很大帮助。你的名字在我们部队已经成为一种战斗力量。有的战士高呼着你的名字，向敌人冲锋！

白：（微笑）我能够在八路军做一个五十岁的老战士，感到十分自豪。我曾经上过医科大学。我还是英国皇家学会外科学会的会员。可是，我真正上大学，受到有益的教育，是在毛泽东的部队里。

方：是的，我们都是毛主席的学生。

白：（抱着方的肩膀）方，我们是这个大学里的同学，哈哈哈！

（二人笑着。王大娘端饺子上。）

王：白大夫！（把碗放桌上）咱们山里，没什么好的，包几个鸡蛋饺子，请你尝尝！

白:（感动）老人家，你们吃小米、野菜，给我吃这个，不好！还是留着让孩子、伤员吃吧！

王:给他们留的有。你来得不容易，吃一点，别客气！

方:（劝说）白大夫，这是老大娘的一番心意，不吃不好！

白:谢谢！

（三人坐下。）

王:（往白碗里拨饺子）白大夫，多吃几个！

白:谢谢，不要这么多！（看王和方用筷子，赞叹）中国人是天生的外科大夫！你们的手——太能干啦！（费力地用筷子夹饺子，滑来滑去，夹不住。三人笑。）

方:你使筷子不方便。找个小勺吧！

白:不，我要用筷子！（终于夹住一个饺子，送进嘴里。非常高兴）你看，坚持就是胜利！

（三人随便谈话。）

王:白大夫，家里还有什么人哪？

方:白大夫家里还有个老妈妈。

王:岁数不小了吧？

白:七十多啦。

王:老太太身体还扎实吧？

白:谢谢。她身体很好。

王:老人家一定很想你的。

白:是的。

方:军区已经同意白大夫年底回国一趟，向加拿大、美国人民宣传毛主席怎样领导抗日战争，再为咱们八路军买些药品、器材。顺便看看老太太。

王:那敢情好。咱们医院里药实在缺得慌。

白:（考虑）是的。现在我们开刀没有麻醉药，消炎药也很少。只有六把血管钳子和一把手术刀。我必须回去一趟，让外国人民明白这里的真实情况。我回去一定要弄到必需的药品！

王:白大夫，你回去可要早点回来呀！

白：我很快就回来。我不能让战士们长久地等待我。估计回去以后,到各地讲演、募捐经费、购买药品器材,有三个月就够了。顶多半年,就可以回到中国。能早一点回去,可以早一点回来。

方：咱们的检查工作,很快就结束了。总结也不费很长时间。如果国民党不扯皮的话,你坐飞机到美国也会很快的。

白：(沉思)是的。假如飞机顺利,我可以赶上和我的老妈妈一起过圣诞节……当然,回去要先向加拿大共产党汇报一下工作……不过,时间还是足够的。

王：白大夫,见到老太太,替我问个好。就说咱们中国山里头一个老婆子也惦记着她老人家,谢谢她养了这么一个好儿子,对咱们中国人、八路军这么赤诚,这么尽心!

白：(感动)谢谢,谢谢!

(冯医生穿着白大褂上。)

冯：白大夫,方大夫,手术已经准备好了!

白：(起身)方,我们去吧!

方：好!

(三人下。

(王收拾碗筷,下。

(静场。灯光转暗又明。

(紧急敲门声。

(王上,去开门。民兵队长领柱子、二妞进门。)

柱、妞：奶奶!

队长：大娘,鬼子刚才奔咱们村来。柱子把他们支应到别处去啦!

王：柱子、二妞,怎么回事,说清楚点!

柱：我说!

妞：我说!

柱：二妞,我知道得清楚!

王：(对妞)二妞,听话。叫你哥哥说!

柱：(叙述)我跟二妞在公路边上放哨。满地里都是雾。我们正割着草,"嘟嘟嘟"一阵汽车响——

妞:鬼子的汽车就来啦!

柱:我看见鬼子来了,就叫二妞先跑回来——

妞:我才不呢! 干吗叫我回来? 我才不怕鬼子呢!

柱:我是叫你先回来报告大叔。说半天,她不动。真急人! 我说:"我是儿童团长,听命令!"她才先回来!

妞:(撅嘴)哼!

柱:接着,鬼子们就来了。那个鬼子军官拿着望远镜东瞅瞅,西瞅瞅,啥也瞅不见。"小孩!"我就过去了。"小孩,大王庄的哪里?"我给他往那边(比画)一指。"你的,实话?"我说:"我在这儿住,还不知道大王庄?""八路军的外国大夫,来了没有?"我说,"中国的,外国的,我的不懂!"鬼子军官就生气了:"滚开!"拿指挥刀一指:"大王庄的,开路!"他们就滚蛋啦。我把他们引到小李庄那边去了,哈哈哈哈! ……(众笑。)

队长:大娘,看来鬼子很快就会拐到咱们村来的!

王:(点点头,对柱、妞)快告诉你妈跟白大夫!

(柱、妞跑下。)

队长:(对王)鬼子这趟来得不善,还向柱子打听"外国大夫",可能听到点白大夫的风声。你告诉白大夫赶快准备转移。我去通知乡亲们坚壁、疏散,再召集民兵护送白大夫!

王:好吧,就这样吧! (队长下。)

(王收拾屋里的东西。白拉着柱、妞上。)

白:谢谢你们,我的好孩子们! 以后,我到了外国,就可以说:当日本人出动大批人马来找我的时候,引我脱离险境的不是什么长翅膀的仙女,而是一个拿红缨枪的中国小男孩和一个扎小辫子的中国小姑娘!

(方、冯上。

(一声枪响。

(队长领两副担架上。)

队长:敌人到村西头了! 冯医生,你领着伤员下地道。三排长领战士们牵制敌人。我带民兵送白大夫从东边出村。大娘,你跟孩子们快下地道!

冯:白大夫,再见!

柱、妞:(偎着白求恩)白大夫!

白:(抱抱他们)再见,我的小英雄、小女英雄! 谢谢你们!

　　(白、方出门,下。

　　(队长掏枪护送,下。

　　(枪声渐密。

　　(冯指挥抬担架,王、柱、妞帮助照顾伤员。

　　(枪声近。冯等抬担架下,柱随下。

　　(王和妞去上门。门被踢开。一声吆喝:"不许动!"

　　(几把刺刀逼进来。日寇官兵、伪军进门、进屋。)

日军官:(审视屋内)老太婆,年轻人哪里去了?

王:村穷。逃荒去了!

日军官:哼哼!(向妞)小孩,过来!(二妞看他一眼,不动。)

日军官:(掏出一把糖)小孩,你的米西米西!(妞不接。)八路的外国大夫,到你
　　　　们村里,你的知道?(妞摇头。)我的知道。你的说实话,糖大大的给。
　　　　不说实话,(抽出指挥刀)死了死了的!

妞:(叫)奶奶!

王:干吗吓唬孩子? 小孩子知道什么?

日军官:(走近王)老太婆,你的说! 八路的外国大夫,在什么地方?

王:什么外国大夫,俺们这穷村子,连中国大夫也没有!

日军官:你的说实话,大大的赏! 一万元金票,大大的给。明白?

王:钱是不少哇? 俺们穷人家没那个福气,花不了!

日军官:不说实话,死了死了! (日伪兵举枪。)

王:(讽刺地)糖的,不知道;金票的,不知道;死了死了的,还是不知道!

日军官:(气急了)拉出去埋! 快快地埋! (日伪兵去拉王。)

妞:(跑过去)奶奶! (被踢开)奶奶!

　　(枪声大作。一伪军急上。)

伪军:太君! 我们被包围了!

日军官:突围! 快快地突围! (日伪兵夺路而出,下。)

日军官:(气急败坏)统统的八路! (向王慌忙打了一枪,未中,下。)

（妞抱住王。）

王：（蔑视地）哼，想找白大夫，想瞎你们的狗眼！

（祖孙相抱。幕。）

第四幕　古庙里的战斗

第　一　场

（1939 年秋。八路军的反"扫荡"激战中。

（冀西山区。

（机枪声、手榴弹爆炸声。

（幕开：敌人在一个桥头上的机枪阵地。

（日寇军官正在指挥一个机枪手和两个日本兵向冲过来的八路军射击。

（一颗手榴弹落在桥头上，日寇机枪手被炸死。

（喊声："白大夫就在我们身边，同志们，冲啊！"

（日寇军官跑近机枪。

（八路军徐连长冲上桥头。

（日寇军官举起手枪，开枪。徐连长晃了一下。坚持站住，还两枪，打死日寇军官。日兵逃窜。我军占领桥头。

（侧翼又响起机枪声。）

徐连长：同志们，把那个坟头阵地拿下来，冲啊——（按住肚子。）

一个战士：徐连长，你！

徐：轻伤，没啥！冲！（领战士们前进。）

（一阵枪。徐连长再次受伤，倒地。战士们过来扶他。）

徐：（愤然阻止）管我干什么，把阵地拿下来！

（王大娘率一担架上。过来抢救。）

战士们：徐连长受了重伤，王大娘，你多照护一点！

王：放心吧，交给我啦！（急急包扎。）

战士们:同志们,给连长报仇,冲啊!(下。)

(徐挣扎着支起身体,望一下前方,又倒地。被扶上担架。)

王:白大夫就在宋家庄,快!(率担架下。幕。)

第 二 场

(冀西山区宋家庄。

(八路军的一个前线救护站,设在村外一个庙院里。门外一片平地。庙内正殿用白布档隔开,便是手术室。室外军用电话机一部。

(远山叠叠,炮声隐隐。

(殿内正在进行手术。

(小邵守着电话机,不时隔着布档向殿内窥看。

(抬出一副担架,由庙门下。

(电话铃响。邵接。)

邵:(打电话)司令部吗? 等一下。(向殿内)白大夫,司令部的电话!(白求恩出。方、贾随出。)

白:(打电话)哈喽! ……我就是白求恩……回国的日期吗? 我决定推迟了……我要求参加反"扫荡"的战斗! ……不,我现在不回去! ……我一定要亲眼看到战斗结束,再回去向加拿大和美国人民报告中国人民抗日战争的伟大胜利! ……我身体很好。不要紧。就这样吧……唔,我军正在粉碎敌人的进攻,很好! ……这是对东方法西斯匪徒的沉重打击! ……我军也有一些伤员? ……请赶快送来! ……好,立刻抢救!(对贾)准备!

(贾下。)

方:白大夫,关于你的回国日期——

白:这件事就这样决定了:等战斗胜利再走。(转话题)方,我很高兴,你的技术现在有很大的进步。你做的这些手术都没有出什么事故。

方:这跟你一年多来对我的帮助分不开。

白:不,这要归功于你自己的刻苦学习。方,我告诉你一个秘密——

方:什么?

白:在晋察冀这一年多,使我懂得了八路军一个特点。

方:嗯?……

白:八路军打仗,有什么武器,用什么武器:没有机关枪、大炮,用步枪;没有步枪,用大刀;什么武器都没有,向敌人夺取!(风趣地唱)"没有枪,没有炮,敌人给我们造",我们什么都有了!

方:(笑)哈哈哈哈!……

白:不要笑,这是真理。

方:很对。

白:所以,我们外科医生也要向八路军战士们学习有什么器材,就用什么器材:没有手术锯,就用木工锯;没有夹板,就用木板、高粱秆。只要能抢救伤员,用什么工具都是"现代化武器"!

方:用战士们的话说,这就叫"马列主义,灵活运用"。

白:"到什么山上唱什么歌。"

方:这是毛主席说的。(二人笑。)

  (担架队来到门口。)

一个民工:(进门)报告:伤员到了!

方:(闻声而出)在门口排好!

民工:是!(出门。)

白:马上工作!

方:(向门外)一个挨一个抬进来!(白、方进入手术室。)

  (抬进一个伤员。

  (手术在进行着。邵等向殿内关心地张望。

  (哨兵持枪上。)

哨兵:报告:发现敌情!(方出。)

方:怎么回事?

哨兵:北边山上发现敌人,向我们这个方向移动。中间只隔着两个山头!

方:(到门口瞭望。命令)监视敌人行动,注意四周情况。有什么动静,马上报告!

哨兵:是!(下。)

方:(向内)白大夫!

白:(出)方,怎么回事?

方:北边高山上发现敌人。那个方向没有我们的部队。敌人想抄我们的后路。救护站需要转移。

白:敌人现在有多远?

方:有十里地。

白:步行到这里,要多少时间?

方:四十分钟。

白:四十分钟?……(看手表,走到门口看伤员数目,计算)大部分是轻伤,可以做完!(向手术室走去。)

方:白大夫,这儿有危险。最好转移一下。

白:危险?八路军战士在火线上都不怕危险,我们怕什么?伤员越早抢救越好。晚了就会造成损失。现在有十个伤员。布置三个手术台,一齐来做,可以在敌人到来以前做完!

方:白大夫!

白:就这样吧!(命令)一次抬三个。重伤员先做。做完一个,马上转移。(想起对方)村里的伤员,赶快送走!

方:(对邵)快去老乡家通知一下!(邵下。)

白:脑部、胸部、腹部受伤的,马上抬进来!(进手术室。)

方:(对门外)一次三个,快!

　　(方、贾进内。

　　(音乐。

　　(送走一个动过手术的伤员。抬进三个伤员。

　　(二幕闭。

　　(二幕外:王大娘领民工抬徐连长上。

　　(一个民工擦汗。

　　(王抢着替他抬担架,民工又夺回。)

王:离宋家庄只剩五里地了。今天一定要赶到。快!

　　(抬下。)

　　(一声枪响。

（二幕开:原景。

（手术进行完毕。抬走最后一个伤员。

（白、方等出外。）

白:伤员都走了吗?

方:全都送走了,村里的伤员也转移了。

白:很好! 我们能把战士们的手术做完,这是我最愉快的事!

哨兵:(上)报告:敌人继续向我们这个方向移动!

方:严密监视敌人,有紧急情况,立即报告!

哨兵:是! (下)

方:打好药箱、器材,准备出发!

（众收拾东西、上驮。

（急促的脚步声。

（王大娘领担架上。）

王:(进门)哎呀,可赶到了! 快抬进来! （担架进门）白大夫!

白:(高兴)老人家,你好! 怎么回事?

王:白大夫,这是咱们八路军徐连长。今天早上一打响,他领着小伙子们小老虎
似的往鬼子阵地冲,一连夺了鬼子两个机枪阵地。鬼子夹着尾巴窜了,可是
徐连长受了两处伤,一直淌着血! 伤太厉害,叫人担心,我就跟来了!

徐:(费力地伸出手来)白大夫……（昏厥过去）

白:(向徐招呼)你好,勇敢的小伙子! （命令）打开药箱、器材,检查!

（有人打开药箱,有人掀被子、解徐的衣服。

（白、方检查。）

哨兵:(急上)报告:敌人的便衣上了村北的小山了!

方:继续监视! （哨兵下。）

方:白大夫!

白:我知道!

（电话铃响。）

白:(抓住耳机)哈喽! ……我是白求恩……唔,什么? 敌人离这里不到四里,已
经派部队监视敌人行动。很好……嗯,立即转移……立刻……好! （挂上电

话,对方)……快做手术,做完了就走!

方:(坚决地)白大夫,徐连长的手术,请你一定交给我。你和其他同志先走!

白:为什么?

方:情况很紧急,这里实在危险!

白:同志,做军医就是要跟敌人抢时间,跟死亡做斗争。牺牲了也是光荣的。我在西班牙的时候,上有飞机,下有大炮,照样工作。(坚决地)怕什么,做下去!

(紧张地进行手术。

(枪声紧急。)

哨兵:(急上)报告! 敌人已经下山。村里的民兵正在阻击敌人。白大夫,快走!

白:(埋头做手术)知道了!(哨兵下。白对方)方,快做!

(紧密的机枪声。手术不停。

(徐连长用最大努力撑起身子。)

徐:白大夫,我、我不动手术了!

白:为什么?

徐:你快走!

白:那怎么行? 现在动手术,好得快。不然要化脓的!

徐:化脓,可以慢慢治。你要紧,快走! 你可以治更多的人,白大夫!

白:(轻轻按下徐的头)躺下,躺下,小伙子! 很快就好了!

徐:(恳求)白大夫,我一个不要紧。不能因为我……白大夫,你走吧,别管我!

白:我们死,死在一起;活,活在一块。我不能把你丢下。快点! 动完手术,我们一块走。来得及!

(枪声。

(一颗炮弹在庙院附近爆炸。烟尘笼罩庙院。

(白保护徐,众保护白和王大娘。

(烟尘消散。)

方:(夺白的手术刀)白大夫,快走! 我替你!

众:(恳求)白大夫,你走吧!

白:(下最大决心)我是晋察冀军区的卫生顾问。我要求你们执行我的意见!

(众不再反对。

（手术紧张进行。

　　（音乐、伴唱。

　　（舞台上形成吴印咸同志的著名摄影作品《白求恩大夫》那样的画面。

　　（机枪声密如爆豆。）

白：（在紧张手术中叫了一声）糟糕！

方：怎么啦？

白：（不答,看左手。）

方：看,指头上划了一个口子。你又没戴橡皮手套！

白：不要紧。不戴手套,取弹片更方便！（继续工作,结束手术。）

白：（放下手术器材）把徐连长抬走！准备出发！

　　（王大娘等抬徐下。

　　（众收拾行装、上驮。）

白：（怀着对敌人的极大蔑视）哼,敌人还想抓我这个外国人吗？办不到！

　　（在紧密的机枪声中夹着一声炮弹巨响。庙院的墙被炸塌了。

　　（方等掩护白求恩。

　　（火光把古庙映得通红。

　　（步枪、机枪、炮声响成一片。）

白：出发！

　　（全场人作出造型。

　　（幕后作战口号:"白大夫就在我们身边,同志们,冲啊!"

　　（幕后欢呼声:"八路军来了!""把鬼子打退了!"等等。

　　（枪声渐疏、渐远。

　　（音乐。

　　（一队八路军战士开来,停在庙门口。村里的民兵、群众跟上。）

领队：（进门,向白）敬礼！

　　（白行西班牙举手礼。）

领队：报告,司令部派我们监视、阻击敌人。现在敌人已经溃退,我军正在追击！

白：同志们,感谢你们。你们是我们八路军的英雄战士！

领队：司令部的战报:在今天的反"扫荡"战斗中,消灭敌人 500 多名,缴获敌人许多机枪、步枪和军用物资。

白:这是个令人鼓舞的消息。我要把它带到美国、加拿大,让世界人民都知道:
　　毛泽东同志领导下的中国人民是不可战胜的。小伙子们,为了我们共同的
　　伟大事业,勇敢战斗吧!

（白求恩向战士们微笑、招手。

（战士们和群众把白围起来,欢呼。

（幕缓缓闭。）

第五幕　活在人民的心里

第　一　场

（1939 年隆冬。

（冀西山村的一个院子。

（大雪下得正紧。

（男女老少群众、村干部和民兵挤在院子里。有的在忧心忡忡地议论着,
　　有的关切地掀开门帘向屋里窥看,有的围着小邵急切地询问。装着各种
　　吃食的篮筐、盆等摆在屋门旁边。

（王大娘挎着篮子上。）

王:（向外喊）快进来吧!

（柱子抱着一只老母鸡、二妞拿着红缨枪上。）

柱、妞:（一眼看见小邵）小邵叔叔! 小邵叔叔!

邵:（高兴地走过去）哎呀,柱子、二妞! （向王）大娘!

柱、妞:小邵叔叔,白大夫在哪儿?

邵:（指）白大夫在屋里。你们这么远来了,瞧,还抱来一只老母鸡!

柱:奶奶说白大夫病了,叫我们一块儿来看他!

王:（对柱、妞）好孩子,别嚷嚷。白大夫病了,别大声吵吵!

柱、妞:（听话地）嗯!

王：(对邵)孩子,白大夫呢?

邵：(指指屋内)正歇着呢。

王：让他好好歇歇吧。打来咱们晋察冀,他一直都是瞧伤啊、治病啊,哪闲过一天?(关切地)他的病到底怎么样啊?

邵：(小声地)指头上那个刀口子还没有好,左胳膊也肿起来了!

王：这是怎么说的? 没多天,白大夫在我们家看伤员,动手术,还跟二妞他们有说有笑的。鬼子来找他,让我们顶回去了。怎么几天工夫,就病成这样了?

邵：自己本来有病,还不肯闲着。一连七天走山路,到这儿到那儿动手术。病耽搁得大发了!(其他人围过来。)

一个八路军伤员：白大夫抢救了那么多伤员,难道就让一个小小的刀口子——(难过得说不下去。)

张大嫂：(抱着猛子)白大夫给咱瞧病可赤心啦!上回他住在俺村,瞅见俺猛子下巴颏上出个疙瘩,没吭声就把猛子抱走啦。上点麻药,切个小口,就把疙瘩去了。孩子不哭不闹,没出几天,全好了! 一点没落麻儿!

一个老大娘：白大夫医道高,有病能治好,快死的人也能治活。要是他留一点点本事给他自己,把自己的病治好,那就好啦!

(方、贾拿着药品、医疗器材上。)

(大家把他们围起来。)

众：方大夫! 方大夫!

方：(打招呼。对王)大娘,你也来了?

王：方大夫,白大夫的病,到底怎么样啊?

方：(耐心说明)大娘,白大夫这病,本来是上回动手术指头上划个口子。他忙着工作,没放在心上。一连几天顶风冒雪,到处给伤员探伤口、开刀,感染了细菌。手指头愈肿愈粗,治也不见效。现在连胳膊也肿了。病成这样,白大夫还不愿意躺着,总是念叨着上前线。我们劝也劝不住。

一个民兵：大夫,要说到打仗,咱啥也不怕。敌人来了,跟他干! 敌人烧房子,咱盖新的。敌人占了村子,咱上山打游击! 早晚要打败小鬼子。可是白大夫这病,真叫人揪心。无论怎么着,也不能让白大夫——(说不下去。)

方：同志们,党中央毛主席指示军区大力抢救。我们一定要治好白大夫这个病!

（门外一队八路军开到。

（口令声:"立定! 稍息!"）

领队：(进门,向方)报告! 我们奉命向前线出发,听说白大夫病了。全体战士表了决心,要打一个漂亮仗,来报答白大夫对我们八路军战士的关怀!

方：很好。我一定把同志们的心意转达给白大夫。这对他也是最大的安慰。

领队：敬礼! （下。队伍开走。）

邵：(忍不住,对方)方大夫,看样子,我们又要打胜仗了!

方：(一板脸)小鬼,关于战事的消息,一个字也不许在白大夫面前说。说了要受处分! （邵吐吐舌头。）

方：(对贾、邵)来吧!

（三人进屋。幕。）

第 二 场

（幕开:白求恩在山村的住室。他躺在躺椅上昏睡,身上盖着毯子,左臂吊着绷带,露在外边。左手中指缠着纱布。身边生着一盆炭火。

（方、贾随侍在侧。

（邵、张忧虑地看着他们。

（窗外飘着雪花。

（一阵隐隐的炮声。

（白求恩惊醒。）

白：方,是炮声吗?

方：不是,白大夫。

白：我好像听见了一阵炮声。

方：没有炮声。今天下雪,没有什么战斗。

白：(问贾)贾,真的吗?

贾：真的,真的,白大夫。你休息吧!

白：(嘟囔)奇怪! 刚才听见好像是……

方：那是因为——（一阵清晰的炮声）

白：哈！这是什么？不是炮声吗？你们为什么骗我？

方：白大夫——

白：好吧，这个问题以后再说，前方明明有战斗，你们为什么把我像一个病人一样留在后方？

方：白大夫，你病了！

白：我没有病。我什么病也没有！

方：你的手指、胳膊——

白：（掩盖左手）我的手完全好了！

方：你的手还没有好。就是好了，也要休息。

白：休息？前方有战斗，我们医生怎么能休息？方，你不让我工作，我要到司令部告你！

方：司令部命令我们照顾你的健康！

（又一阵激烈的炮声）

白：战斗这样激烈，你们让我在这里当逃兵吗？不行！（穿好衣服。）

方：白大夫，你的病很重了，已经烧到四十度以上，无论如何不能工作了！

白：我不是古董，摆在那里好看。你们要把我当作一挺机关枪来使用！赶快打电话给前线，电话打不到，派人通知，把伤员一律送到张庄。我要求医疗队全体集合，立即出发！——（触动伤手，一阵剧痛，昏厥过去。）

（方、贾急救。邵、张走过去）

邵：（建议）方大夫，把我的血抽给白大夫吧！

方：（摆头）不是那样的病，用不上！

张：白大夫两三天没吃一点东西了。给他做点吃的吧！杀个鸡好不好？

方：他吃不下。停停再说吧。

张：唉！……（贾拭泪。）

（马蹄声。李部长——原后方医院院长，上。）

方：（迎接）李部长！（握手。）

李：方大夫，白大夫好一点吗？

方：（沉重地）还不见轻。你来得正好，等一会我们商量一下。（走向白，轻轻地)白大夫,白大夫……

白:(睁开眼睛)方……

方:李部长代表军区看你来了!

白:(吃力地伸出手来)谢谢……(握手。)

李:党中央、毛主席知道了你的病。中央指示军区立即把你送到五台山治疗。白大夫,希望你快点好转,尽早动身!

白:毛主席……谢谢……请转告毛主席,谢谢他和中国共产党对我的关心!

李:广大指战员和群众都在等待着你病好的消息。

白:谢谢同志们,你们正在进行着那样艰苦的斗争,还关心着我的病……遗憾的是,我不能做出更大的贡献……

李:白求恩同志,你为中国人民做了很多的事情。你在中国的工作产生了深远的影响。中国人民是不会忘记你的。

白:谢谢。在中国这两年生活得很有意义。我是幸福的,毛主席所领导的八路军教给我怎样做一个人民所需要的战士……我希望在病好以后还能和你们一起工作。

李:白大夫,请你安心养病。我们已经派专人到北平、保定弄药去了!

白:谢谢……可是,怕来不及了! ……李,美国人民每个月寄到延安的钱,收到了没有?

李:好久没有听说了。

白:加拿大支援中国委员会寄出了三批药品,收到了没有?

李:都叫蒋介石扣起来了!

白:(愤怒)简直是无耻! ……八路军用小米加步枪抵抗着日本法西斯的几十万现代化部队。可是,受了伤手术,连麻醉药都没有! 我要回到美国、加拿大! 我要亲自把药品带回边区! 要是蒋介石敢阻挡我,那就叫他试试看! 我要闹得全世界都知道他破坏抗日的肮脏罪行! ——(病又发作,转为呓语)我的手已经好了! ……手指感染不算什么……把脑部、胸部、腹部受伤的战士赶快抬来! ……方,你不要跟我再争论了! ……我不要紧……快抬来呀! ……
(邵、张、贾急忙过来照护。)
(方、李小声商量。)

方:(对李)看来,只有采取这个办法了!(李点点头。)

(方取手术器材。

(一阵炮声。)

白:(醒来)亲爱的同志们,谢谢你们。我多么希望还能和你们一起工作啊!

方:(下最大决心)白大夫,请你允许我对你的左臂做一次手术!

白:孩子,现在已经晚了。如果可能的话,我愿把我两只手臂去掉。只要能为中
国人民继续工作,我什么都愿意。可是,现在已经不是一个手指、一只手臂
的问题了。血里有了毒,败血病,不能治了……

方:(恳求)白大夫,让我治一治,也许……

白:(微笑)孩子,你现在已经成为一个好外科大夫。你的手术已经达到第一流
的水平,超过了许多医科大学毕业生。我完全相信你。我为你感到骄傲。
如果行的话,我很愿意让你给我动手术。可是,我很清楚……(下断语)已经
没有用了。谢谢你,亲爱的孩子!

(方悲痛地低下头来。)

白:我十二分忧虑的是在前方流血的战士。我的心、我的手是属于他们的。可
惜,我不能再为他们工作了……

(贾哭出声来。)

白:贾,哭什么? 战士——总要负伤的!

(马蹄声。

(徐连长挂着一把日本指挥刀进来。)

徐:白大夫! ——(看到白的病情,愣住了。)

白:徐,勇敢的小伙子! 又打了什么胜仗? 快告诉我!

徐:咱们反"扫荡"取得了大胜利,消灭敌人四千多,打死了敌人的一个中将。这
把日本指挥刀,是司令员特意送给你的!

白:谢谢。这是从东方法西斯匪徒缴获下来的战利品,很有意义。李部长,请转
告司令部,这把指挥刀,要送到美国、加拿大,让外国人民也看到八路军的伟
大胜利。

(李接刀。)

白:(用尽最后的力气,深情地)同志们! 千千万万加拿大、美国和英国劳动人民

的眼睛,遥望着东方,怀着钦佩的心情,注视着你们在毛泽东同志领导下进行的光荣斗争……你们打仗,不仅为了挽救今天的中国,而且为了实现明天的伟大、幸福、没有剥削压迫的新中国。那个新中国,也许你们和我不能活着看到;但是,我们正用今天的鲜血和战斗,帮助了她的诞生!……即使我们不能活到胜利的那一天,我相信,我们以后的人将有一天聚集在我们战斗过的地方,不只是欢呼一次战役的胜利,而是来庆祝解放了的中国人民的伟大共和国的成立!……(疲劳地闭上眼睛,然后睁眼,吃力地从怀里掏出自己的手术刀,看看,吻了一下,依恋地自语)我的小刀子……我的小助手……我的小伙伴……(下定决心,对方)方,我用这把小刀子,救过许多伤员的生命。现在我把它送给你。你还记得我们在那两棵松树下面的谈话吗?

(方悲痛地点点头。)

白:方,我很高兴。你现在已经实现了你的诺言,成为党所需要的好大夫。孩子,向着伟大的事业,开辟前面的道路吧!

(白求恩把手术刀交给方大夫——伟大的国际主义战士把未竟的无产阶级事业交给了可靠的接班人。)

(在这庄严的"交班"中,幕缓缓闭。)

尾　声

幕开。

第二场原景。

(大雪下得正紧。

(男女老少群众、民兵、八路军伤员、村干部等肃然站在大雪之中,形成了庄严的群像。

(方大夫拿着白求恩的手术刀,从屋内出来。他看一眼在大雪中殷切期待着的人群,悲痛地低下头去。

(全场的人急急向方走去,把他包围起来。

(海潮般的乐曲,表示出人民的悲痛和激荡的心情。

(在一派红光之中,白求恩的英雄形象再现。

（庄严的乐曲。）

毛主席语录的朗诵声音：

"一个外国人，毫无利己的动机，把中国人民的解放事业当作他自己的事业，这是什么精神？这是国际主义的精神，这是共产主义的精神，每一个中国共产党员都要学习这种精神。"

"我们大家要学习他毫无自私自利之心的精神。从这点出发，就可以变为大有利于人民的人。一个人能力有大小，但只要有这点精神，就是一个高尚的人，一个纯粹的人，一个有道德的人，一个脱离了低级趣味的人，一个有益于人民的人。"

（天幕上映出白求恩的高大形象。他微笑着，向我们招手。

（幕缓缓闭）

（根据有关文献史料编写。1974年初稿，1991年修改眷清。剧作者识）

刘炳善　著

刘炳善文集

The Collected Works of Liu Bingshan

Ⅱ.散文随笔卷 Ⅰ

河南人民出版社

图书在版编目（CIP）数据

刘炳善文集 . Ⅱ, 散文随笔卷 . Ⅰ ／ 刘炳善著 . —
郑州 ：河南人民出版社，2022. 10
ISBN 978 - 7 - 215 - 10765 - 6

Ⅰ. ①刘… Ⅱ. ①刘… Ⅲ. ①中国义学 - 当代文学 -
作品综合集②散文集 - 中国 - 当代 Ⅳ. ①I217. 2

中国版本图书馆 CIP 数据核字（2017）第 022778 号

河南人民出版社 出版发行
（地址：郑州市郑东新区祥盛街 27 号 邮政编码：450016 电话：65788072）
新华书店经销　　　　　　河南文华印务有限公司印刷
开本　710 毫米 × 1000 毫米　　　　1／16　　　　印张　19
字数　311 千字
2022 年 10 月第 1 版　　　　　2022 年 10 月第 1 次印刷

定价：296.00 元（全四册）

目　录

回忆

怀念

书话

杂感

回忆
HUIYI

50 年前的郑州

这里说的"50 年前",指的是从我记事起到我于 1939 年秋离开郑州这一段时间。此文大致可以说是留在我记忆中的关于 30 年代郑州一些琐事的印象。

一

50 年前郑州闹市的中心是德化街和大同路这两条连成"⊥"字形的大街,再加上东大街和西大街,以及从德化街与大同路交叉处向南一直通向乔家门的一条长街,就是当时最繁华的市区。此外好像没有什么热闹的街道了。

德化街北口路东有一家"鸿兴源"酱菜店,由此向北,有一条东西流向的"金水河",名字挺漂亮,实际上又脏又臭,是郑州的"龙须沟"。过桥再向北,是很大一片空旷地带,俗称"河北沿儿",稀稀拉拉地有些破房子,那是卖破烂儿的穷人摆荒摊的地方;偏西边有些席棚,那是说书、说相声、玩把戏、拉洋片的艺人们的活动中心,它单独有个地名,叫"老坟岗"。

我记事以后住在西大同路南一条叫作"通商巷"的背街。"通商巷"是它的"官称",老百姓口头上却叫它"戏园后",因为这条小街紧挨在一家戏园子后面。这家戏园相当破旧,也不算大,能容纳的观众,连坐票带站票加在一起也不会到 500 人,但在当时就算是郑州最大的剧院。因为它毕竟是一座砖瓦结构的建筑。跑码头的京戏演员和蹦蹦戏(评剧)演员来到郑州就在这里唱戏,而河南梆子演员只能在西大街西口上的一家席棚戏园里演出——当时最出名的演员

"老坟岗"耍老杆的艺人

是唱"红脸"(须生)的周海水。

周 海 水

通商巷的这家戏园当时叫作"万福舞台"。现在想来,它实际上就是"二七大罢工"中铁路工人开会会址"普乐园"的后身。今天,"二七纪念堂"就建在这个地方。由于街道改建,"通商巷"这条街现在已经消失了。

当时的通商巷可算是一个戏窝。在这条小街上住着不少唱配角或"垫戏"的演员(即所谓"底包"演员)。我家院子里住了一位唱京戏老旦的黑金亮,演员们常来常往。记得有一个唱三花脸的人一到他家就乱嚷乱闹,还拿胡子扎他家小女孩小三儿的脸,小三儿嗷嗷叫,印象颇深。我们北隔壁住着一位艺名"白牡丹"(不是荀慧生)的女演员,唱武生戏《白水滩》之类,在台上跑圆场的时候一条腿有点拐,听说是被她"师傅"(养父)打瘸了。有时星期天上午,我跑到园子里看那些学戏的小孩子练功:他们得从垒起来的三张桌子上翻跟斗跳下来,师傅拿着鞭子在下边等着,谁跳下来身子站不直就得挨一鞭子。我这个人从小就笨,看见这种阵势,再也不想学戏。不过"近朱者赤,近墨者黑"。住在戏窝,自然与戏接近。我跟一位跑龙套的演员(一个很爽利的河北小伙子)交上了朋友。吃过晚饭,一听见戏园里"打通"(开台锣鼓),我就往后台门里边跑。我的朋友正在化装,看见我二话不说,就把我拉到台口边上趴下。这样,我"开后门"看了不少戏,京戏中看过的有须生黄智斌唱的猪八戒戏,旦角徐碧云唱的《盘丝洞》,扮相极"帅"的李万春唱的《天霸拜山》《宏碧缘》,蹦蹦戏(评剧)则看过姚小冬的《杨三姐告状》,偶尔还看过早期话剧"文明戏"(类似现在的喜剧小品)。

通商巷南口向西一拐,另一条背街上有一座古代墓园,其中有石人石马,墓门横额上刻着"大明右副佥都御史王公之墓"(印象如此)。当时传说这位"王公"就是京戏《玉堂春》里的王三公子。不过,最近看阿英《玉堂春故事的演变》,其中有详细考证,指出上述传说不确。这个墓主是明代刑部侍郎王斌,而王三公子乃是永城县的王三善,小名王金龙。

二

和我童年时代关系密切的另一个地方是东临德化街的小胡同裕亨里，因为我姥姥家住在这里。

一提裕亨里，我首先想到的是当年这个胡同里的拾粪工人老张。他是个高高瘦瘦、稍有点驼背的"河北人"（豫北人），在胡同口的上方搭起一间小小的木屋，每天到各家各户淘粪，完工后，就攀着梯子爬进他那鸽子窠似的小木屋。很多年，他一直这样过日子，直到抗日战争。他的生活来源大概是各家按月给他凑一点钱。

我姥姥家住在裕亨里三号。隔壁是一家菜贩，他的女儿叫江豆，我们小孩子当面规规矩矩喊她"江豆姐"，背后却调皮地拿她的名字编了一个顺口溜："江豆、绿豆、喀啪石榴！"再隔两家有一个老头儿开了一个杂货铺，卖些小孩们吃的梨膏糖、大刀糖、花生仁、兰花豆之类，也卖大人们用的烟卷儿、洋火（火柴）、吸水烟时卷纸眉子用的细草纸等等。有一年，开杂货铺老头儿的独生女出嫁，戴礼帽、插金花的新郎官身披红纱来迎娶，新娘子跟她老父亲哭别以后出来了。新人对拜时，新郎猛然抬起头来，想看看新娘漂亮不漂亮，因为那时候男女结婚自然是"隔布袋买猫"，谁也不知道对方长得啥样。但是主持婚礼的人很鬼，拿红毡把两个人隔开，不让他看，于是响器吹吹打打，把这对新人送走了。

又一回，胡同尽尽西头，另有一家人结婚，我也去看了。但这次婚礼使我一辈子想起来都感到憎恨——原来是一个50多岁的妓院老板娶了一个13岁的小姑娘！

我姥姥家住在三号后院。前院是一家裁缝铺，老板姓苑，雇有一个小伙计。常见这个小伙计嘴里噙着一根很长很长的洋线，往针眼里穿，低头在案前做活。他见人总是笑眯眯的。但是，做活累了，嘴里也念念有词，发表内心的烦闷，说道："长出一口气，心里不乐意；要想死喽吧，舍不得大闺女！"

这家小裁缝铺后来飞出了一只俊鸟。老苑有一个女儿，小名"丫头"——那时候也真是一个平平常常的小丫头。抗战爆发，裁缝铺发生经济危机，"丫头"停学，被送到周海水那里学戏。解放后"丫头"成了豫剧名演员苑桂芳，她父亲不当裁缝了,跟着女儿当管事。——这是我离家十几年后重回郑州时才听说的。

豫剧名演员苑桂芳

裕亨里临着大街,自然会经见许多热闹事情。最热闹的是每年阴历年(春节)的"社火",不管是龙灯、狮子滚绣球、旱船、高跷、"抬阁"(把一个化了戏装的小孩儿绑在木架上高高举起)都要在德化街人人表演一番。有时天旱祈雨,还有惊心动魄的"起码子"(?——名称记不准了):一个像神侠似的人物,扎着头巾,身穿麻花纽扣的布衫,赤脚踩着一个大铡刀的锋刃,两眼微闭,高坐在一张大桌子上,被许多人抬着走过大街,有时停下来,手指掐诀,口里念咒,表演惊险动作。——这是一种带有神秘恐怖色彩的迷信活动。

只要时势稍稍太平,老百姓是很会自寻其乐的。抗战前那几年,裕亨里的小孩儿、年轻人有不少自己的体育娱乐活动。我舅舅那时候就是这方面的一个人物头儿——他年轻、聪明,一表人才,手脚利索,踩高跷、踢毽子、放风筝、骑自行车,都是好手。我哥哥跟着他学。我笨,只能看他们玩得高兴。

每到夏天的晚上,说书的艺人拉着弦子游街串巷。只要有人给他凑点儿钱,他便停下来自拉、自唱、自说(也有一个人拉、一个人唱的),大家搬了小板凳围着听。我记得当时说的是《刘罗锅私访》,即《刘公案》中的一段。这种说书的特点是故事细节拖得很长,一到主要人物的生死存亡的关键,书就停下,明天再来。用艺人的行话,这叫"拴马桩"——即文学理论中的"悬念"。因此,听这种书总叫人觉得没完没了,可以"永远"说下去。不过,这不正是最好的消夏方式吗?

说书是专业艺人的事,居民还有自己的业余说唱活动。夏秋之夜,街门口摆一张桌子,放一盏汽灯,一个人照着一本题为《宣讲拾遗》的书,又说又唱地表演。内容是"目连救母""刘全进瓜""杀狗劝妻"一类的劝善故事,连说带唱,也很能吸引听众。我想,这是从敦煌的唐代"讲经""变文"发展下来的民间宗教文学活动,历史相当久远。但"宣讲拾遗"虽说是业余说唱,但它使用的那种特殊的朗诵和吟唱的调子,恐怕得有传授才行,并不是随便哪个人都会的。记得有一个比我大的男孩看别人说得有板有眼,他也想出出风头,自告奋勇跑到桌前照本去念,但念了几句,没腔没调,就被大家的笑声轰下台了。

三

50年前,郑州曾经有过一个大人小孩儿都可以去玩一玩的公园——陇海花园。

陇海花园是铁路上办的,规模不小,里面的设施相当可观:林阴路、荷花池、石凳、坐椅、假山、儿童游戏场,应有尽有;孔雀、锦鸡、吐绶鸡、珍珠鸡、猴子、狐狸、大灰狼、豪猪、斑马等等珍禽奇兽,以及种种好看的花木,种类不少。狮子、老虎,不记得有没有,金钱豹好像是有的。但我对于陇海花园印象最深的是其中的“三大”:一、门口站着穆铁柱似的一位黑凛凛的大高个儿的职工,身穿深蓝色铁路制服,头戴大檐帽,虽然铁塔似的一条大汉,说话却格外和气。他的职司是收门票。不过,我想,这位把门的巨人的主要作用恐怕还是为公园做招徕游客的“活广告”。二、公园里有一副巨大的石头象棋,每个棋子儿都是一个石墩,一个人休想搬动,须得两个人抬,而棋盘足有一个篮球场那么大。这一盘棋不是那么好下的。但也竟有好事之徒不怕腰酸臂疼去尝试一下。不过,挪动一两个棋子儿,也就只好罢手。三、还有一条巨大的鱼,准确地说,是一条一丈多长的大海鱼的全副骨架,装在铁丝笼里,任人观赏。当时有人说这是鲸鱼。那当然不是。鲸鱼要大得多,公园这个“小池子”装不下。

陇海花园门外西北边有一个大水坑。一年夏天,我和小学同学到那个水坑里游水玩儿,游着游着,钻进了一个铁路上修涵洞备用的巨大水泥管子,突然抓住一条约有我的手臂那样粗的鱼。我已经把它抓在手里,但它拼命扭动,从我手里挣脱,跳进水里飞快溜掉,连影子也没有了。我心里的懊丧简直无法用言语形容。直到50岁以后,我偶尔还梦见这条得而复失的鱼,并且在梦里重温一回几十年前懊丧的滋味——虽然今天冷静想一想,这条鱼也只是斤把来重,到市场去买,两三块钱足矣,有啥了不起的?因为它绝不可能是什么珍稀品种,而不过是“白条”“草混子”之类。

陇海花园在抗战中荒废。50年代,在郑州北站与东站之间修建过一所铁路文化宫,那里也许就是陇海花园的旧址。

四

我的小学母校是郑县五小,校址在老县城"小西门"外的一个土坡上,校园里有许多无花果树丛。今天,校园和树丛都没有了,但那个土坡还留下一点点残余痕迹。

一二年级在混混沌沌中过去,什么也不懂。只记得有一天上体育课,不知道哪个愣小子用铅球砸伤了同班一个很娇气的女同学公静涛的脚,公静涛大哭,我们都"傻脸"。同班同学里还有一位唐玉润,现在是著名书法家,郑州市到处有他写的匾,于我亦有荣焉。

三四年级以后,脑筋稍微"透点儿气",开始懂事。当时小学生实行童子军编制,我还荣任过小队长,不幸我从小就不是当官的材料,很快就被"罢官",为此还哭过鼻子,可见尽管不是当官的材料,"禄蠹"之念并没有荡涤干净。我的功课很一般,成绩大都在六七十分左右。偶尔得一回八十分,我就当作一百分来高兴。我最怕算术,因为教算术的宋暴轩老师打人很厉害。每上算术课,全班战战兢兢。他上课的第一个环节是发批改过的作业本,凡是被批了"下""劣"或者写得潦草者,都得挨手板;如果谁在挨打时手疼得缩回去,则用板子从下边往手背上狠打,直打到乖乖伸开手心自愿挨打为止。此外还有拿教鞭打头、用拳头"凿栗子"等体罚,斥骂则是小意思。由于宋老师的板子太凶,学生们在课后常常研究的题目是:如何挨板子而不觉得疼。有一位同学传授他的经验,说:"尿垫底儿,醋垫二,酒垫三。"——搽上这三种防护液,挨板子就不疼。我没能试验过,所以挨板子总是疼的。不过,由于学算术挨板子产生了逆反心理,我一直不喜欢数学,尽管我知道"学会数理化,走遍天下也不怕"。

那么,我喜欢什么呢?我喜欢自己看书。从四年级开始,我养成了读课外书的习惯——这是我自己的精神小天地。

此外,不知怎么的,我喜欢自己唱唱歌。大概小孩子天性中总有喜爱美好事物的因素。这种天然爱好,只要大人不去任意摧残,稍加培养,总会自然流露、表现出来的——虽然这并不意味着无论什么人都能成为歌手或画家,那是两码事。五小的音体老师赵沧泠先生教给我们许多好歌——我现在能看着简谱开歌，还得感谢他给我打下了最初的音乐基础。更有意思的是：回想一下上小学时陆陆续续学会的歌曲，还可以多少看出当时时代的变化趋势。我们在三四年级唱的歌儿是黎锦晖谱写的《桃花江是美人窝》《小小画家》，还表演过他写的歌剧《面包》（我演"小要饭"张阿大）；可是到五六年级就唱开了《大路歌》《开路先锋》《卖报歌》《义勇军进行曲》《救亡进行曲》等爱国的和进步的歌曲。

上到五年级，可以看报了。从报纸上陆陆续续知道了中国的大事。一开始是"殷汝耕当汉奸，冀东独立"——为此郑州的中小学生集合起来到日本领事馆门口游行示威。此后的重大新闻是"中国文豪鲁迅逝世"以及"双十二西安事变"，最后则是"卢沟桥的炮火"。

抗战的时代来到了。从上海来的抗敌演剧队到我们学校教唱救亡歌曲。明新中学、扶轮中学的学生在街头演出《放下你的鞭子》等爱国话剧。"战地服务团"的画家在大街的墙壁上绘制大幅抗日宣传画。书店里摆满了种种抗日的、进步的书籍：《朱德传》《毛泽东传》《抗日三字经》《八路军大战平型关》等等。

这是一个沸腾的时代。我这颗幼稚的心也被搅动了。我也想像大人们那样干点什么。当时最羡慕的是"战地服务团"。他们驻在郑县一小，我找他们，要求参加他们的工作。他们笑笑，说我还小。

1938年，日本飞机对郑州大轰炸，死人很多。小学停课。我家逃到乡下躲飞机。后来又回郑州。我失学在家，自学画画。

30年代的郑州大同路

在开封上中学的姐姐回来了。她在爱国进步思想的推动下,去过陕北,在安吴堡青训班学习毕业,想在郑州做抗日工作。她见我学画,想把我送到延安鲁艺。这两件事都没有成功。她去了洛阳,到一个部队宣传队工作。

我留在家里待不下去,生平第一次尝到"苦闷"的滋味,闹着要去找姐姐。我哥哥没法,就瞒着母亲,帮我搭上火车去洛阳。当时的郑州火车站是一排法国式的红砖房子。我在火车站碰上郑州的几名警察押送一个军法官。这个军法官好像犯贪污罪要被送到洛阳受审。我就和这些特殊的旅伴走进同一个车厢。从此,我就踏上了流亡的道路,投入了一个大时代,经受了苦难的折磨,但也见识了更广阔的世界,直到1951年才重返家乡郑州。

(1992年9月8日,开封)

流亡生活中的好朋友们

"我所亲爱、所想念的弟兄们，你们就是我的喜乐、我的冠冕。"

——《新约·腓立比书》第四章

1939 年冬，日本人占领了豫北和开封，威胁全省。数千名从七八岁到十几岁的河南学生们汇集洛阳，坐上"闷子车"，沿着陇海线，向西逃难。那时，敌人占领黄河北岸，不断打炮，灵宝以西火车不通。我们在一个叫作阌底镇的小站下车，一个大小孩儿拉着一个小小孩儿，准备"闯潼关"。拉我上路的是一个名叫王泽民的中学生，郑州人。我们的队伍在古函谷关的山道间蜿蜒行进。开始，一切平静。但是，天一黑，我们刚走到潼关城外，北岸突然闪了一下红光，大家连忙趴下，跳进壕沟，只听炮弹"嘶嘶嘶"地从空中飞过，然后在远处什么地方爆炸。当时潼关城内一片黑暗，在混乱中我们究竟怎样闯出这一片火力交叉的战地，已经记不清了。现在只记得过了潼关，走上大路，我疲劳极了，一边走路，一边打瞌睡，走着走着就站在路上睡着了。这时候，王泽民就使劲推推我，我再迷迷糊糊地往前走。一直走到华阴县，上火车，到西安，住了两个月"灾童教养院"，再往西，到宝鸡，再到甘肃清水县，进入国立十中，上了小学六年级。这可以说是我做流亡学生的开始。

一

流亡学生的生活是多灾多难的。首先是——虱子。我们睡在铺着稻草的潮湿地面上，大家都染上了虱子：身子什么地方痒了，一抓就是一个。可是，这小小的虫子很快就使我们害上了疥疮。害疥疮的经验，还被总结为一段顺口溜:"疥是一条龙,先从手上行,腰里转三圈儿,屁股上扎老营。"更可怕的是斑疹伤寒——这也是虱子带来的,不知有多少同学被它夺去了生命,我自己的小命也差一点搭进去。我昏迷不醒地躺在县西关外药王洞的简陋医院里,只剩下一丝游气在生死线上无力地飘动,据说已经被人塞进了棺材,在那危急关头,多亏一位姓焦的老大夫把我抢救出来。

我一个小学生,与家里失去联系,百分之百的穷光蛋,又处在那样"不适于生存"的条件下,到底怎么活下来了?——现在想想,也觉得奇怪。这既要归功于顽强的青春生命力,又要归功于我所遇到的许多好朋友。

在"大难不死"之后,我所留下的第一个回忆就是和一块儿住院的同班小学生段东战蹲在一只小沙锅旁边煮面条。那时候,我身体还非常虚弱,只能呆呆地看着他用他那生满疥疮的小手掰开一个鸡蛋壳,把鸡蛋打进面条锅里。

段东战是我的第一个好朋友。他是偃师人。那时豫西还未遭战争破坏,他有经济来源。我大病之后,是靠着他的鸡蛋面条复原的。后来,我们成为一同搞木刻版画的"战友"。

1944 年在清水,与同习
木刻的段东战合影

伤寒病害过去了,身上还留着疥疮。县里有一个温泉,可以去浴疗,但是得跑路——来回 50里。有些天,我和另一个同班同学石守约住在温泉洗疥疮。洗完澡,我们坐在外面晒太阳。他拉着我的手说话,谈他家里的事,谈他爷爷、奶奶、父亲、母亲,一边说话,一边咬咬我的手指头,从大拇指到小指,一只只各咬一下,表示亲热友好之意。我们"像一对小狗那样",玩得高高兴兴。不久前,"死亡曾向我招手",我完全忘记了。我们吃饭,一般是啃一块干馍,再舀一碗温泉水,就算一顿。偶尔,石守约出钱,到温泉门外买一碗面吃。那个开饭铺的老汉会唱歌,他一边快快活活地唱着"余音绕山"的歌儿(后来知道那叫"花儿"),一边把一小块白面拉来拉去,拉成长长的面条,丢进正在翻花起泡儿的开水锅里,捞出来就是一碗面——简直像变魔术。

石守约是我第二个好朋友,偃师孙家湾人。后来,在郑州还未失陷以前,我回过一趟家,还替他捎过家信。我到了洛阳,搭帮到孙家湾,找到他家住的窑洞。石守约的老爷爷看见一个小男孩走进门来,就叫道:"守约回来了!守约回来了!"然后站在那里,脸上不出声地流着眼泪。守约的父亲(一位身材高大、文文气气的乡村教师)怕我受到惊吓,连忙安慰我:"你甭怕,他上岁数了。"其实,我并不害怕。老人对孙子的爱,使我心里产生一种暖乎乎的又亲切又难受的感情,巴不得自己真是守约才好。

二

流亡学生很穷。唯一的生活来源是当时政府每个月发的伙食贷金,而这笔贷金又常被校长克扣,我们就靠着这少而又少的一点儿钱活命。伙食很坏,衣服破烂,比叫花子强不了多少。但是,我们物质上穷,精神上富。同学们之间患难与共,亲如手足,学习风气浓厚。我在这刻苦上进的学风中接受了初步的进步思想启蒙。

1941年,我在初中。同学们当中来了一批身穿破灰布军装的人,一问——是从西安劳动营里放出来的。原来,他们本是各地的失学青年,流落西安街头,被收容到劳动营里。但这个劳动营后来完全变成关押政治犯的集中营,于是就把这些学生又放出来,送到我们学校。然而,"近朱者赤",由于在劳动营里跟政治犯接触过,他们倒是真沾染上"不安分的思想"了。他们当中有一个陕西小伙子,叫王锡成,脾气倔倔的,不爱说话,但一个人爱偷偷地哼唱《抗大校歌》:"黄河之滨,集合着一群中华民族优秀的子孙!……(大概是从政治犯那里学的吧?)每天也见他用功,但用功的内容不一样——他从重庆买来不少革命书籍,用雪白的蜡纸一本一本包起来,细细地读。这个犟牛似的小伙子还写得一笔好字,用很秀气的蝇头小楷把进步刊物上的文章整整齐齐抄在自己的本子上。

"跟着啥人学啥人。"我也读起了进步书籍——《大众哲学》就是从王锡成那儿借来的。我也学他抄书——抄鲁迅的小说。此外,我们还一同给远在重庆的王昆仑先生写信,把我们画的本地风光速写寄给他,请他帮我们买生活书店的书。当时进步人士都有一个好传统——爱护青年。

另一个从劳动营来的同学叫严振,陕西平利县人。他也是个沉默寡言的人。别人对他说话,他常常只是凄然一笑。我跟他接近后,才知道他的身世很苦:他的父亲是北大学生,很早参加革命,曾在陕南创建苏维埃,失败后牺牲了。

据他说，他父亲被捕时，国民党县长不让他说话，因为他有学问、人能干、口才也好，讲道理说不过他，不容他开口就把他杀害了。他父亲没有留下什么财产，他母亲非常艰难地把他们兄妹养大。母子三人穷得只有一床被褥。后来，他母亲也病死了。临死前，为了把这床破被褥干干净净地给他们兄妹俩留下来，她自己宁肯睡光席。他母亲一死，妹妹送给人家做童养媳，他自己成了无家可归的流浪儿。他进劳动营是为了找碗饭吃。但这碗饭也不是好吃的，他又被送到我们学校。

严振（初中时代同学好友）

像他这样的人，对于学校里那一套功课自然学不进去。有时候，我听见他用私塾里念古文的调子念书，走近一看，他念的原来是进步杂志上介绍马克思恩格斯的文章。

严振给我讲过不少关于劳动营里的事情，例如政治犯们如何偷偷传阅被国民党扣留下来的革命书刊；又谈过他们在私下里如何议论蒋介石——看守向他们训话，批评共产党的"拥护蒋委员长抗战到底"这个口号，说："拥护就拥护好了，还要带上一个'抗战到底'的尾巴！"他们就在下边悄悄说："你不抗战到底，拥护你个球！"

严振"穷得当当响"，除了一身破衣服，啥也没有。他年龄比我大，加之从小受过大罪，人更显得老相。尽管大家都是穷学生，他还是尽一切力量给我不少帮助。由于我害过大病，身体虚弱，直到上初中，我还有尿床的毛病。每次尿了床，我都羞愧得抬不起头。严振就帮我晒被子，给我鼓励安慰，像兄长一样。

严振有一桩大心事——他要为父亲报仇。他说，他一直在寻找杀害他父亲的那个凶手。但是，茫茫人海，哪里去找？即使找到了，当时是国民党的天下，岂能容他下手？他又想到陕北去，却苦于找不到门路。

初中毕业，我和严振分手了：他去四川上学，我升入本校高中，通了很久的信，后来联系断了。我想，他那杀父之仇大概也没有报。不过，1949年解放，中国人民终于胜利了。

三

"文学是有黏性的事业。"它最容易黏住年轻人。由于在初中养成的兴趣，我在高中成了文艺活动中的活跃人物。同学们当中有一批热爱文学的人，都是我的好朋友。在这里，只说说其中的三位。

首先说柴俊杰。他是高三学生，我上高一下，本来不认识。可是，年轻人很容易"一见如故"。一天，他谈他写的一篇作文，给我留下很深的印象，从此我们就成为好朋友。

原来，柴俊杰家在汜水农村。1941年河南大旱，饿死人无数。他根据亲身见闻，写了一篇寓言，题目叫《饥饿》，大意是："一个奄奄待毙的人躺在路边，饥饿走来，向他要东西吃。他把左眼交给它。饥饿拿去了他的左眼，仍然不走。他又把右眼交给它，它还是不走。然后，这个人把自己的手、脚、身体的各部分一件一件都交给它，饥饿还是不放过他。最后，这个人的整个身体都被饥饿拿去了。"

柴俊杰（柴与人，高中时代学长）

柴俊杰（柴与人）与其老伴及外孙女近影

20世纪80年代在京与常耿武（林伯野）合影

流亡学生虽穷，毕竟不像劳动人民那样穷到刻骨、上顿不接下顿，甚至饿死。就我个人来说，只有一次真正饿得头晕眼花——那是因为我没有钱，还要"穷开心"，自己身上"一文不名"，竟然跑120里地，一个人到天水去"旅游"。结果，在归途上饿得简直走不动了，在山里捡树上掉下来的野果子吃。但柴俊杰的这篇寓言，只有真正在饥饿死亡线上体验过的人才能写得出来。在我看来,它像珂勒惠支描绘饥馑的版画那样动人心魄。

洛阳人常耿武是我们当中的哲学家和诗人。那时候,我们在一起办读书会,讨论《阿Q正传》,读哲学书。说到哲学,我只有粗通《大众哲学》的水平,他那时已经精通唯物辩证法了。一个场面至今仍清清楚楚留在脑海里:我们在一间空教室里举行秘密读书会,常耿武向我们讲解《新哲学大纲》的种种问题。他穿一件破旧的黑棉制服,扎上一根小皮带,说话兴奋了,就站起来,两手插在小皮带里,模仿着列宁的样子。

那时候有些文艺青年(像我),往往放弃功课,特别是不喜欢数学。常耿武却是学业优良,文科理科俱佳。他原在洛阳上学,大约在1943年转到十中。他告诉我,在洛中时,因为他功课太好了,老师替他担心,告诫他:"人家考及格都不容易,你自己这么突出,干啥?"原来,这里边有个政治上的原因:当时洛阳特务很多,专门盯住功课好的学生,因为他们认为功课差的学生自顾不暇,而功课好的学生有了余力就"不安分"——这真是鬼蜮逻辑。

穷学生有一个长处:精神上没有负担,不怕,尽管身无分文,做起事来倒像"世界就是我们的"。高中上到二年级,我突然想起来:应该自己办一个铅印杂志。为什么不呢? 同学们当中有的是"诗人""小说家""散文家"。稿子一集中,一印,不就是杂志吗? 于是,我就找同班同学于型篯商量。

于型篯是诗人,笔名"戈今",性格豪放,坐不住,爱活动,爱交朋友。他家远在沧州,来到甘肃山窝里,他感到拘束得慌。他心烦,常常把两只手插进裤袋里,一个人唱歌。有时候,他愁闷地唱:"生活像泥河一样地流,机器吃我们的肉……"有时候,他又扯开嗓子唱:"沙漠像黄色的海浪,波涛引向远方! ……"我一跟他谈办杂志的事,他说:"行!"钱呢? ——"募捐呗!"于是,向老师们这个五毛、那个一块化缘,钱居然凑齐了。(我想,老师们也是对小县城里那种单调乏味的生活腻透了,想看看我们能闹腾点儿什么出来。)稿子不缺,请国文老师万曼先生看一看。他高高兴兴为我们的刊头写下两个篆字:"驼铃"。剩下还要过两关:审查,付印。这可要靠于型篯的活动能力了。他那豪放的脾气是"所向披靡"的,检查通过了。可是,当他把稿子拿到天水付印时,天突然下起了大雨,山洪暴发,道路不通。我和万老师既担心杂志的命运,又担心型篯的安全。但雨过天晴,《驼铃》出版了——这是一个很小的文学杂志,一大张土报纸,折成

32 页,第一页是封面带目录,其他都是正文:戈今的诗,杨翱、李风的散文,我的小说《陶发鸿》,等等。

但是,小杂志只出了一期。我们缺钱,难以为继。而且,统治者对于新文艺活动总是侧目而视、心怀嫉恨。《驼铃》刚一出来,就听到风声:有人要查它的"经济来源"。所以,那一期既是创刊号,也是终刊号。

不久,我们的诗人就"投笔从戎",通过参加"青年军"到了重庆,然后,又脱离"青年军",投奔解放区。

解放后,常耿武(现名林伯野)真成了哲学家,柴俊杰和于型錤也都成了革命干部。"求仁得仁",毫不奇怪。我常常怀念我们中学时代的友谊。那时候,我们互相鼓舞着追求进步,使我初步懂得了生活中的是非、善恶、美丑,并且打下了我一生从事文学事业的基础。

2002 年 9 月在京与高中同学好友合影

(自左至右:林伯野、于型錤、作者、徐民、刘挥、张棍)

四

1945 年 5 月,因为参加了反对校长贪污的学潮,我被开除,离开了十中。同学们情深意厚。在离开清水之前,同班的忠厚老实、文理兼优的进步同学张棍把他家里给他寄来的一双新布鞋特地送给了我。我穿着这双鞋,到凤翔,到宝鸡,7 月间到了重庆。当时我正对木刻艺术入迷,以"同等学力"投考美术院校。当我从重庆往盘溪中央美专去报名的时候,半路上天上下起了大雨,布鞋湿透了,穿在脚上泡泡囊囊的很不舒服。我就把鞋子一下、两下甩到稻田里,光脚丫子走在石板小路上,好不痛快!可是,到了美专,先要面见大名鼎鼎的画家关良教授。进门前,我留了一个心眼,把两条裤腿拼命往下拉,想把光脚遮盖住。但走进屋里,当我欣赏关良先生挂在墙上的仿佛是用"小孩儿画的笔法"画的京戏人物图《女起解》时,他却一面客客气气跟我说话、一面盯住我的脚看——"欲盖弥彰"。

水墨画《女起解》

考美专素描及格了,但差一分半不到分数线,没有录取。流亡学生失学即失业。我进了设在一个乡镇上的"战区学生收容所"。这里收容各地到重庆考学未取的学生,给一碗饭吃。但是"僧多粥少",开饭时,吃了第一碗,第二碗就得"抢"。往往等我赶到饭桶边上,桶里的饭已被刮得干干净净。我还在端着空碗发呆,收容所的一大群男女官员也赶到现场"制止骚乱",而我正好代替抢到饭吃的人"听训"。

尽管如此,我还要"苦中作乐",按照上高中时的习惯,每天拿着一支铅笔、一个纸夹,到外边画速写。我画白布缠头的农民、耕田的水牛、围着我看热闹的小孩儿。有一天,我到镇上,那里正在唱戏。我钻到戏台下面,看见那些聚精会神、仰脸看戏的观众,表情非常生动。我拿出铅笔、打开画夹就画,忘记了一切。可是,猛然间,我的手被人抓住了。两个满脸横肉、如狼似虎的保丁没收了我的画夹,不容分说,架着我就走。过去,我仅在旧戏、旧小说里看到过"捕快"一类的人物。不料自己竟无意中落到这种人手里了。他们不顾我的挣扎、抗议,架着我几乎脚不点地、不由自主地在街上跑着,不知要到哪里去。在我四顾无援之际,过来了一个人——

这是个什么人呢?需要稍费解释。

这也是我们收容所的一个学生。但是,他从哪里来?不知道。听口音,他说的是一种带西北人腔调的"官话"——但他究竟是陕西人、甘肃人,还是青海人,我说不清。他年龄不小了,怕有 30 岁了,个子矮小,又黑又瘦,穿得破破烂烂,有点儿像严振他们那些从劳动营里放出来的人,再不然就是一个老流亡学生,多年漂泊在社会上,既无学校,也无职业,从这个收容所到那个收容所——

那时候这种人有的是。他平时总是孤零零的，不跟别人说话，别人也不跟他说话，有时候见他一个人自言自语，脸上还挂着微笑。所以，别人都说他"有神经病"。我向来没有跟他说过话，甚至在心里对他还有点儿看不起。

但是，在紧急中援助我的却是他。

他偶然上街碰上这件事，一看见就赶过来了。我急急把事情告诉他，他立刻帮我解围。但那两个保丁不理他，只管架着我朝前走。他也不急，默默地跟着他们走，走到镇公所，走进镇长办公室。

见了镇长，我愈急，愈气，愈是说不清楚。他也不听我的。

保丁向他报告，说他们已经注意我很多天了，我天天到处画，不知画些什么。说着，把我的画夹呈上去。

镇长用眼瞪着我——现在，事情严重了，仿佛我在进行什么"秘密活动"，就是查清楚，也得先关几天。

这时候，那个"有神经病"的同学替我说话了：

"镇长，不是那么回事！"

镇长问他："你是什么人？"

"我们是同学！"他说得沉着、清楚、有力。"他是画美术的！"说着，他从镇长手里拿过画夹，一张张翻开让他看："你看，这都是速写画嘛！他是学画画儿的。学校里上美术课，都要画速写。你看，他画的都是牛呀、小孩儿呀、人呀，别的什么也没有。"

镇长看过来、看过去——的确找不出什么"图谋不轨"的证据。

"好好，误会误会。"这才把我放了。

走出镇公所，那个"有神经病"的同学又交代我一句："以后再出来画画儿，给同学们说一声！"

说罢，他就走了。我也回去了，连一句感谢的话也没有说。大家都是穷光蛋，连"感谢"也是一种多余的负担。

这一切都匆匆忙忙发生在大约一个小时之内。但是，在那短短的一小时中，他的为人、说话、处事，一下子显得那么正直、沉着、敏捷、干练，没有说上几句话，就帮我脱出了困境。要知道，在那样的时代、那样的社会里，如果没有他在场，我究竟会碰到什么倒霉的事情，是很难估计的。

从那以后，无论别人怎么说，我再不相信他"有神经病"了——他是一个有着聪明头脑的好人。

为了表示抗议，画速写，我仍然继续着。但是，收容所终非久留之地。不久，我和这位同学就各自走散了——我既不知道他叫什么名字，也不知道他从哪里来、到哪里去。

五

第二年，我总算在重庆考上了大学，不在社会上流浪了。但是，重庆是国民党严密统治之地，又是抗战以来的进步文化中心，斗争一直很尖锐。"超然物外"是不可能的。所以，从1946年冬"沈崇事件"起，我作为普通一员，参加了重庆的学生运动。既卷进了时代的大潮，就难免受到风浪的波及。重庆解放前夕，我竟一度成了"政治流亡者"。

事情很突然。1949年6月底，学校就要放暑假。本地同学们已经开始三三两两回家，我也准备在学校里安度炎夏。一天午饭后，我从饭厅回宿舍。半路上，迎面走来一个人，一把拉住我说："我找你好久。再找不着，我就要走了！"这是我的好朋友董夏民，重庆商场的一位能干的"小稽核"，也是一位地下革命者。我们到一棵大树下，他说，据可靠消息，我已经上了黑名单，必须赶快离开学校——他是冒着危险来通知我的。说罢，他匆匆离去，还叮嘱我："快走。不要开玩笑！"

我自认为属于"克书"型的学生，并不爱惹是生非，仅仅出于年轻人的正义感和爱国心，在学生运动中做了一点平凡的小事。可是，官府自然不跟你讲这种道理。小董的话，不能不信。然而，我人地两生，又往哪里去呢？

在这个节骨眼儿上，我要赞美同学之间那种极纯朴、极可贵的友谊了。因为，在紧急中，一位普通的同学向我伸出了援助的手。他叫成世明，我们同班，又住在一个寝室。不过我们平常来往不多，交情一般，因为在我心目中他还是个小孩儿，年龄大约有十七八岁，长了个红扑扑的圆脸，总是笑眯眯的。当时多数同学都参加过罢课游行，他自然也参加过，不过好像并不"过激"。他是本地人，家在哪里，我不知道。但眼前再无别人，我只好一试。

我先用轻松的口气对成世明说:"放暑假了,我想到你们家去住几天,行吗?"

他笑笑说:"欢迎,欢迎。"不过,他办什么事都得先跟他哥哥说一声——他哥哥是银保系的学生。

他出去又回来,说他哥哥叫他问我,到底为什么要到他们家去住。

看来,他哥哥是个细心人。

我直言相告:"特务要抓我,想到你们家去躲一躲。"

成世明又出去一阵儿,然后又回来,说:"我哥哥说可以。我也正要回家。我们可以一块儿走。"

信任是重要的:你信得过人家,人家才信得过你。

另外,我之所以敢于明说,是因为当时同学们(只要不是"特殊学生")都恨特务抓学生,在这件事上大家同仇敌忾。

成世明家在江北农村,需要到江边搭船。为了安全,他哥哥(一个面孔黑黑的、敦实稳重的青年)先到校门外探探路。他回来说没有发现什么动静,我和成世明才动身上路。

在成氏兄弟保护下,我脱离了险境。

我在成家住了一个月。他们家还有老母亲和小妹妹。老太太很慈祥,待我像儿子一样,给我谈了不少他们家里的事。我才知道:成世明的父亲是乡村建设派的一位骨干人士,已经去世了;成世明还有一位大姐姐,早在1927年重庆"3·31"惨案中失踪——这是老太太最伤心的一件事。

在成家住了一个月,白吃饭,我感到过意不去。成世明说:"你在这里,我们不过是多摆一双筷子。"这时,我才知道他是很懂事的,并不像他外貌上那样的小孩儿气。闲着没有事干,我就念英文——我带了一本莎士比亚的《朱理亚·恺撒》。

一场政治灾难躲过去了。

不久,像在漫漫长夜里盼到了天亮,听到了解放军的炮声——重庆解放了。我也很快结束了流亡学生的生活,回到了北方。

六

回顾自己的学生时代,我在旧社会坑坑洼洼的道路上跌跌撞撞地走过来了——遇到了不少灾难,可也遇到了不少好朋友。那时候,大家都年轻纯洁,我接受朋友们的帮助时并不觉得它有多么宝贵,也根本不存将来要报答他们的心思,只认为那不过是人与人之间应有的正常关系罢了。但是,随着年龄的增长,我愈来愈感到自己所承受的这一切情谊的分量了。在十年流亡学生生活中,与这些心如纯金的同学好友患难与共、互切互磋,我从他们那里所得到的东西是不能用金钱来计算的。"蓬生麻中,不扶而直。"如果没有他们无形之中的影响,我今天可能完全变成另外一个人。同时,我也很遗憾地说,从那以后,愈来愈难于碰到像他们那样无嫌无猜、肝胆相照的好朋友了。究竟是自己失去了"赤子之心",变得自私了、怪僻了,所以好人都远远离我而去了呢,还是由于过多的政治运动,"七斗八斗",使得人人自危,各怀戒心,而近年来又"一切向钱看",使得人与人的关系变得复杂化了呢? 我实在说不清楚。我只知道,过去我当流亡学生时所遇到的那些情逾手足的好朋友、好兄弟,现在再也遇不到了。这使我感到莫大的悲哀。因此,今天我常常怀念他们的友谊,正像怀念失去的无价之宝。

(1988 年 10 月 27 日初稿,开封;1989 年 8 月 28 日重抄,上海)

看书·买书·卖书

一、第一次买书和卖书

当我幼小时,刚认识不多的字,就开始看课外书。在我们那个小学旁边有一个旧书摊,花三分五分钱,拣一两本《小朋友》《儿童世界》之类的破杂志。它们让我知道了丹麦有安徒生、德国有格林兄弟、阿拉伯有《天方夜谭》、俄国有普式庚,使我初次感到看书的喜悦。

也看《七侠五义》之类的武侠小说。当时流行的武侠小说中有《三侠剑》者,写老英雄"金刀胜英",最为名贵,不下于今日之《射雕英雄传》。书为天津大公报馆刊行,连出多部,每部大洋一元,非小学生所敢企及,偶于冷摊得到一本缺页少皮者,即视为珍宝。

小孩子没钱,很少买新书。某年旧历除夕之夜,得压岁钱几角,我立刻跑到大同路东头(我是郑州人),敲开一家书店的门。在守岁的店员们惊奇的眼光下,我买了一部上海"一折八扣"版的《水浒》,抱回家半懂半蒙地看。我这样喜爱《水浒》,主要是因为梁山好汉的那种"大碗喝酒,大块吃肉"的生活方式对我很有吸引力,另外,鲁提辖拳打镇关西叫我看得很解气。至于看了"林教头风雪山神庙"而落泪,那是很久以后的事。

我们小学里有报纸。当时的最大新闻,开始是"殷汝耕当汉奸",然后是"文坛巨星鲁迅逝世",然后是"张杨双十二事变",最后是"卢沟桥的炮火"。抗战发生后,街头流行《朱德传》《毛泽东传》《八路军大战平型关》,还有冯玉祥的《抗日三字经》"人之初,性忠坚;爱国家,出自然;国不保,家不安……",等等。出于儿童的好奇心和爱国心,我也买过、看过。

不久,日本飞机轰炸郑州,死伤甚众。我家准备逃到乡下暂避。母亲收拾衣物,我也收拾自己的家当———一堆破书。有些大人在街头变卖衣物家具,我也模仿他们在德化街南头路西人行道上摆了一个小小的书摊。摆了两三天,《小朋友》《儿童世界》之类竟然一本也卖不出去,只得收摊。逃难前,我把这堆破书藏在后院一个墙角里,再用麦秸盖好,以为万无一失。逃难归来,我首先去找它们,已经一本不剩,不知为何人席卷而去。

俗话说:"从小看大。"我小时候这个"看书—买书—卖书"的三部曲,仿佛就是我几十年来人生道路的缩影。因为我个人的命运似乎始终是和书的命运纠缠在一起的。

二、流亡生活中的读书

读书如吃饭,胃口以青年时期为最佳。因为人在青年时期消化力最强,不管粗粮细粮、萝卜白菜,以至于窝窝头、糠饼子、柳絮儿、榆钱、地曲连、刺角芽,都能吃得津津有味,且有助于长身体。读书亦然。年轻人求知欲旺盛,于书无所不读,记忆力又好,读了能够记住,是一辈子的受用。因此,从初中到高中这6年非常宝贵,乃是一个人一生事业中的"原始积累阶段"。

我很庆幸,小学上到六年级就当了流亡学生,走出家庭的小圈子,远去西北上学,接触广阔的世界。在流亡师生组成的学校里,老师同学患难与共,情逾骨肉,大家生活虽苦,精神上进,进步空气活跃,是培养人成长的好环境。

我自觉读书的第一次高潮就在中学时期。当时精力充沛,不知疲倦为何物,学习兴趣广,读书杂而不精。社会科学书中最喜欢读的是《大众哲学》和考茨基的《资本论解说》,因为能够看懂,而且文字比较生动活泼。内心里最喜爱的还是文学。无钱买书,自己心爱的作品就动手抄。当时抄过鲁迅的小说和《野草》、普式庚的诗歌和小说、莱蒙托夫的"诗选"和《塔曼》、苏联小说《第四十一》(连插图也照画下来),还抄了一本艾青、田间、天蓝、绿原、孙钿等中国诗人的诗歌——我不会写诗,只是爱读。

中学时代很少买书,但看书不少。来源何处? ——这要感谢当时进步同学当中自然形成的"原始共产主义的书籍流通方式"(这是我杜撰的名词):不管谁有了一本好书、一本好杂志，自己看罢，就拿给别人看，让它在所有进步同学当中流传，传来传去，最后也不知到底是谁的书了。通过这种渠道，我看过不知多少书籍刊物。由于我是同学中搞读书会、文艺社的一个活跃人物，等我升到高三，我那破木箱里就积存下一大堆这样的书刊。我被开除离校，这一箱书又留给别人。

当时还看"禁书"，即革命书籍。它们从哪儿来的？至今不明。但也绝不是上帝从天上降下的"吗哪"，而是一些无名的"普罗米修斯"们暗暗送到我们手中的。这样的书，我看过的有《共产党宣言》和《新民主主义论》，都是用很小的铅字印在很粗的土纸上。印刷虽然粗糙，但读时的那种兴奋激动的心情，好像是在无边的暗夜中看见远方的一点火光。现在的政治学习，说实在话，不知为什么，无法和那时读革命书籍的心情相比。

书的另一来源是向老师借，但肯借书给学生的好老师不易得。我庆幸自己有两位恩师：一位是初中时的英文老师，地下党员，他借给我30年代上海出的《译文》合订本两大卷——这是我学习外国文学的启蒙书；另一位是高中时的国文老师、"五四"时期的老作家，他曾送我一部英文版托尔斯泰画传。它成为我"藏书"中的珍品，给我带来极大的精神享受。

对托尔斯泰，当时仅笼统地知其伟大，限于生活经历，对他那博大精深的作品还无力攻读。那时欣赏的是屠格涅夫。读《初恋》时，心里很嫉妒那个用鞭子抽打季娜伊达而仍为她所爱的地主，暗暗骂他"老混蛋"，因为我读着读着，把自己混同于那个爱情幻梦破碎、大病一场的可怜小男孩了。

三、嘉陵江畔念英文

我的大学生活在重庆沙坪坝度过。巴山青青，江水碧绿，真是一个读书的好地方。这时候，我穷得连被子都没有，借同学中一位好朋友的被子盖了两年。但是求知的欲望与青春之火一同燃烧，不可遏制。我上的是外文系，看书以英文为主。啃的第一本书是英文版《联共（布）党史简明教程》（从学校大门对面一家旧书店花几角钱买来的）。我把这本红皮子的危险书包上一张白纸皮，算是保护色，于是搬着字典啃起来。用了一年时间啃完，对于俄国革命历史大体有了一个概念。但是这本书的后半部关于党内斗争的记载在我内心深处留下一个大问号，即布哈林这些人到底是不是反革命？——这个问题，解放前不好问，解放后也不敢问，无法解答，沉甸甸地在我的心里压了40年，直到前几年看到布哈林的遗嘱，才算有点明白。

英文版《圣经》

啃的第二本书是英文《圣经》，花一块钱从青年会买来，当文学书看，我啃了一两年。听说《圣经》的英文（"钦定本"）是地道英文，我读得很用心，从《创世纪》到《启示录》，除了那些律法条文，我都读了。最喜欢的部分是《雅歌》《箴言》《传道书》《约伯记》和耶稣讲的那些小故事，还在书上写了些眉批目注，把《圣经》与中国先秦古籍相比。我不信教。上帝作为一个文学形象，严酷、古板而絮叨，不像希腊诸神富有人情味儿，让人爱不起来。耶稣是一个复杂的形象，其中既有严厉抨击压迫者、剥削者，为苦难的人民大声疾呼的成分，但也掺有奴隶道德的说教。后来看了用历史唯物主义研究基督教的书，才明白是怎么一回事。

那时候最大的赏心乐事是坐在嘉陵江边的石栏上读《金库诗选》《彭斯歌谣》和莎剧《罗密欧与朱丽叶》，为之陶醉入迷——那时我才20岁，这也是很自然的事。

最大的苦恼是遇见好书没有钱买。

曾在沙坪坝商务印书馆看到孙大雨译的《黎琊王》，两大本，书前有译者的代序《论素体诗》，上册为译文，下册为详注，真是一部好书。但一看书价：大洋5元。只得怅然离去。

沙坪坝南头一家旧书店，不知从哪里弄到一部精装本《苏联版画集》。老板把它当作宝贝供在摊子上，迎门摆着一块大广告牌，文曰："真正木刻，大洋四十元。"——当时虽大学教授，求"大洋四十"，岂易得耶？况穷学生乎？

重庆米亭子是一条旧书店街，挨门挨户、满坑满谷都是书，叫人心摇神驰、目不暇接。曾见一部开明书店出版的《世界文学史话》，精装一巨册，彩色插图精美绝伦，但价钱也吓人。从此不敢再去米亭子，怕对书"相思"成病，无钱可医。

但是,无钱买书的人却能享受到另一种乐趣——那就是站在书店里看书。我曾站在"沙坪书店"(不知是不是《红岩》里提到的那一家?)一口气念完了长诗《王贵与李香香》。回到学校,凭着新鲜印象,画了一组十六幅的《王贵与李香香》连环画(当然说不上是"杰作"),登在我们自己办的壁报上。

四、在逆境中读书

在旧社会,我一直是个流亡学生,颠沛流离,动荡不安,到一个地方,攒书一小批,离开时丢下;再到一个地方,再攒一小批,离开时又丢下。这好像"狗熊掰棒子"——什么也留不住。所以,对书的私有观念很淡薄。解放后,生活安定,有了收入,买书成为习惯,日积月累,渐拥有百卷以至千卷之富,"藏书"的概念油然而生矣。

50年代,祖国新兴,时光太平,工作之余,颇得读书之乐:或冬夜围炉,手持心爱的作家文集一卷,细细品之,如含橄榄,其味淡远深长;或夏日正午,赤膊短裤,横卧于地板凉席之上,随手抓来不管什么小说一本,掀开就看,扔书便睡,以此消磨永昼,最为适意。

然而,只有在逆境之中,人与书的友谊最深。英谚云:"患难中始见真朋友",于书亦然。人在得意时,忙于种种应酬,心粗气浮,读书难以专心。只有处在太史公所谓"西伯拘羑里,孔子厄陈蔡,屈原放逐,韩非囚秦"一类的境遇中,亲友交疏,举目无援,日夕唯与几本破书为伴,这时才知"精神食粮"之可贵,而其所以可贵,固不在于"黄金屋"与"颜如玉"也。

1957年错划"右派"后,独处于半间小屋之中,每日除劳动、检查之外,挑灯夜读为必修之课。大部分名著,平时偷懒不看,这时才横下一条心一部一部攻读:先读《苦难的历程》,再读《静静的顿河》,然后《战争与和平》《复活》《安娜·卡列尼娜》以及《堂吉诃德》,都是在5年改造中熬夜苦读的。沉浸于伟大作品之中,不觉更深夜静,有一次竟到了凌晨3点。

读《战争与和平》,长久不能忘记的是一个很小的插曲:在关系着俄国生死存亡的菲利军事会议上,库图佐夫是孤立的,其他将军都反对他的战略部署。只有高高躲在炕头上偷看下面开会的一个九岁小姑娘玛拉莎,凭着儿童的天真纯洁的直感,同情库图佐夫,觉得他是好人,而反对他的那些将军都是"坏人"。——伟大作家真是胸怀博大、心细如发,与人民的心息息相通。

一天,挑着箩头上街拾粪,在回民老汉杜大胡子开的旧书摊上瞥见一部"古逸丛书"版《杜工部草堂诗笺》,打开一看,就被吸引得走不动了。遂倾囊中所有购之,放在牛马粪之上,一同带回斗室,从此成为凄凉生活中的良伴。深夜暗诵,才知杜甫常常挨饿,在荒山丛中流亡奔走,遇见一个什么小地主留他吃一顿饱饭,他就感激不尽:"誓将与夫子,永结为弟昆!"读到这些地方,仿佛有所会心,得到一点儿安慰。

"文化大革命"中经历过一次奇遇:1966 年酷暑中,忽被挂黑牌、戴高帽游街,然后勒令与一位老先生同住一室,此即所谓"牛棚"。遭此大辱,痛不欲生。忽见架上尚残存儿童文学书几种,盖红卫兵抄家时以其为"小孩儿书"而不屑一顾,幸得保全。此时信手取下一本,忽被吸引,于是由盖达尔的《革命军事委员会》、张天翼的《大灰狼》、罗大里的《洋葱头历险记》以至马雅可夫斯基的《好啊,孩子们!》(可惜《阿丽思漫游奇境记》不知弄到哪里了),越看越入迷,竟忘记身在"牛棚",而仿佛与中国的、外国的一群纯洁可爱的孩子们作伴游玩,不觉哈哈大笑,吓得同屋住的老先生连说:"你还笑!你还笑!"此时读书之乐,胜过平日百倍。

五、卖书

卖书——这是读书人的末路,就像"当铜卖马"是秦叔宝的末路一样。

我卖过四次书。解放前那一次,已经说过了。解放后则卖过三次书。

第一次在三年困难时期。那时候口粮 26 斤,一切吃的东西大幅度涨价。我那降低了的工资全吃光了,还填不饱肚子,屋子里没有别的东西,就打那一堆书的主意。我搜罗了几十本中英文书,抱着它们出去,心情正像范进抱着他家的下蛋鸡去卖一样,最怕熟人看见,偏偏在校门外被我班上的一个学生碰上了。这个学生老实而倔,非要看我的书不可。看了,他又要买下两本。我送给他,他不要;请他走开,他不走。拉拉扯扯好一阵,他把书夺走,又硬把钱塞给我——我也就厚着脸皮收下了。

我卖书的消息不胫而走。我的另一位高足登门来访。他代表四位学生要求我卖给他一批英文书。我说:有了饭吃,书不卖了。但这个学生很会说话,他说:"老师,你的书多,把你用不着的卖给我们,就是帮我们学习了。"这句话打动了我。我又挑出了几十本,把价码标得低低的,交给他。过几天,他又来了,说:"老师,书价虽然已经划得很低,我们还是买不起。"这又勾起了我自己做穷学生无钱买书的回忆。我说:"算了,书都送给你们,你们四个人分了吧!"

我自以为对青年人做了一件好事——我当学生时可没有碰见这种好运气。可是,"文化大革命"开始,贴我的第一张大字报就是《×××用封资修黑货毒害青年!》,这一下可把我打懵了。"国步维艰,人心惟危。"我这一次卖书,比我上小学那一次卖书失败得更惨。

命运决定,我还得卖一次书。1968年终,大学"连锅端",教师"扫地出门",迁到山里,个人书物"自行处理"。废品公司在学校门口专门设了一个收书站。我拉了一车书,以每斤一角三卖掉,得款15元。

卖书,卖书,说得我要打冷战了。

六、逛旧书店

读书人的最大快乐莫过于逛旧书店。旧书店给人的快乐是说不尽的。首先,你可以随便翻,随便看,在书山书海中无拘无束地游荡,突然——像古时候航海家发现了新岛屿——发现了什么奇书秘笈,那意外的高兴非言语所能表达。某年到上海出差,百事不顺,困居旅店,正是《易经》里所谓"羝羊触藩,不能退,不能遂"的境地,心里像是塞了一块石头。在郁郁不乐之中,偶到四马路闲逛,信步走入上海旧书店,忽然瞥见一本袖珍西书夹在一排旧书之中,书脊上印着两个烫金英文字:SHAKESPEARE LEXICON——这不是多年来梦寐以求的莎士比亚词典吗?获此一书,多日不快一扫而光。归来后,亲手重新装订,题词云:"购置在沪,重装于汴,读莎之金钥而于无意中遇之,平生得书之快意者,无过于此矣!"

买旧书的另一个好处是便宜。读书人买书的最高理想是又便宜又好。此种理想很不现实,但可偶尔实现于旧书店。"文革"前曾在开封东大街王继文旧书铺发现一部明版书:王世贞手编《东坡诗选》,两卷,价仅 8 角。可恨当时身无分文。次日取钱再来,书已为他人购去。懊丧之余,在写小说时把它算作自己的"藏书",用阿 Q 精神聊且快意。

在旧书店里还常常会碰到名人的藏书。我在重庆一家破烂店曾买到一本周作人《谈虎集》上卷,是散文家黄裳的旧藏,衬页有题记,大意云:某日饮大曲四两(或二两),购此书于米亭子。我自己在米亭子买过翻译家伍光建的一部英文版《法国革命史》,书里有老先生用铅笔写的英文批注。又在东安市场买过梁实秋所藏英文《丁尼生研究》;还买过一本英文《织工马南传》,扉页上有用变色铅笔写的"光来"二字,疑是我国已故莎学家楼光来教授的遗物。

直到 60 年代,我国旧书业还薪传不绝。一场"文化大革命"过去,我国旧书业不可闻问了。曾记得 1966 年"破四旧"第一天,前云杜大胡子的旧书全被堆在街上烧掉,其他可想。

但是,旧书业凋零,终非长久之计。旧书,如文物,乃是一个国家自然形成的文化积淀。一个国家不可无旧书店,正如它不可无历史博物馆。旧书店——这是新旧文化之间自自然然交流、继承和发展的一种渠道。新书店和旧书店,是一个国家书籍市场的两翼,缺一不可。但愿我国的旧书业还能重新恢复起来。

作为"一介书生",在书堆里折腾了这么多年,我琢磨着:书和读书人的命运,仿佛跟国家的命运很有点儿关系。当读书人既无钱买书也不能安静看书的时候,多半也就是国家遭到不幸的时候;当读书人既有钱买书又能安静看书的时候,多半也就是国泰民安的时候;而当读书人虽开始有钱买书又为了难明究竟的原因,不但不能看书,甚至连书也得当作废纸卖掉,多半是国家出了什么问题——从前若干年内我国文化科学落后,未始不和这种情况有点关系;而今天我国文化、艺术、科学、技术各方面专家大批涌现,也未始不与国家形势安定,读书人又开始有钱买书、安静看书有关。无论如何,在中国,再不要发生读书人不得不卖书、烧书的事情了。

(1988 年 3 月 12 日初稿,1992 年 5 月 2 日抄改)

抄 书

　　小时候家庭生活枯燥，没有多少娱乐，爱自己一个人看书、画画——照着旧小说上的"绣像"插图仿画，其实不过"涂鸦"而已。抗日战争后，流亡到甘肃上学，每逢放假，特别是在漫长的暑假，有家可回的同学都回家了，我无处可去，就自己抄书打发日子。

　　开始是抄国文课本上的课文，譬如说："人之为学，有难易乎？曰：为之，难者亦易矣；不为，易者亦难矣。"（彭端淑：《向学》）还有《古文观止》里的短文，像李白《春夜宴桃李园序》、刘禹锡《陋室铭》等。不过，有些文言并不怎么懂，只是抄着玩。

　　上初中以后，由于老师的鼓励，兴趣渐渐转移到文学方面，于是就抄鲁迅的作品。先抄他的小说。《阿Q正传》太长，没有抄，但《呐喊》《彷徨》里的短篇都抄过。抄归抄，并不见得都读懂了。印象最深的是《孔乙己》《故乡》《社戏》，因为其中写了小孩子的生活，心灵相通；《白光》写一个想发财想疯了的穷读书人，《离婚》里写了"老畜生""小畜生"，还写了古人入殓时的"屁塞"，觉得很可笑；《狂人日记》《在酒楼上》和《头发的故事》里面写的人和事都怪得叫我有点害怕；至于《伤逝》，就更不懂得说的是什么了。——一个初中学生的理解不过如此。

　　《野草》全本抄完，对内容也是有的懂、有的不懂。最能接受的是《风筝》；对《好的故事》，觉得从小船上看水中流动着的岸边风景写得很美；对那有名的"两棵枣树"自然觉得有趣，但《聪明人、傻子和奴才》的警世意义却看不懂，也不知道《这样的战士》指的就是"荷戟独彷徨"的鲁迅以及他那样的先驱者。

　　高中时我打算从事文艺的想法已经相当明确，所以这两三年我大抄过一阵文学作品。由于鲁迅的影响，当时酷爱的是俄罗斯古典文学和苏联文学，而最崇拜的对象则是普式庚（普希金）——对于他，我是夹杂着少年人不知天高地厚的嫉妒心崇拜着，因为他14岁上写的诗就已经使得大诗人震惊，而我当时已经17岁了。所以，我把他的长诗、抒情诗、短篇小说，抄了一大本。《上尉的女儿》读过之后，兴犹未尽，还改编了一个一万多字的缩写本。对莱蒙托夫的小说《塔曼》（当时还没有《当代英雄》的全译本）也佩服得不得了，连同他的诗歌抄成一本"选集"。苏联作品，我抄过的是《第四十一》。——不但全义抄写，连亚历克舍夫的一套插图也全部摹画下来。

这都是学生时代的往事了。抄书，一开始是不自觉的；后来，随着个人兴趣的发展，有选择地抄书帮助我培养起对文学的酷爱和对文学事业的追求。

过去书缺，抄书也是一种补充知识的办法。现在书多了，一般来说没有抄书的必要。但回想起来，凡是青少年时代的正当、健康的精力投入，总会在一个人后来的事业中产生良好影响的。

譬如说，由于过去抄过书，对于抄抄写写的事也就养成了耐心和习惯。拿写作来说，重要的稿子多抄一遍往往就是一种自自然然修改提高过程，但如果没有耐心和习惯，也会感到是一种难以忍受的负担。

另外，遇到难得一见的好文章，何妨把它抄下来以便长期欣赏呢？50年代，曾读过钱锺书先生所译海涅关于插图本《堂吉诃德》的长文，觉得活泼优美，非常喜欢。后来恰巧在《哈佛古典丛书》德国哲学论文集中发现那篇文章的英译本，机会难遇，就抄在笔记本里，至今还保存着。

抄抄写写的习惯对于教学和科研也很有帮助。边读作品边写下有关词语和典故、背景的资料，加工整理后就可能成为系统的注释。就某个课题不断抄写资料，积累到一定程度就可能成为撰写论著的"物质基础"。鲁迅选抄的《古小说钩沉》是他编写《中国小说史略》的原始资料准备。他在晚年谈论中国文学史的撰写工作还提到过"史"与"资料长编"的关系，而资料长编又离不开对于原始资料大量的、有选择的抄写工作。——当然，真正的科研论著需要有才、有识，仅有资料是不够的。但从认真读书当中有意识地选抄、积累资料却是不可缺少的第一步。只要不停留在这第一步就好了。

即使在今天的条件下，我也不反对自觉的、以热爱为中心支柱并且经过精心选择的抄书。所以，我能理解手抄《红楼梦汇校本》等等名著者的苦心。至于鲁迅手校的《嵇康集》和编订的《唐宋传奇集》早已是公认的学术典籍,这两部书的手写稿也成为祖国文化的瑰宝了。

(1997 年 8 月 10 日,上海)

古币·化石·石头

　　想不到,在自己内心深处还潜伏着一点点"考古癖",不定什么时候冒出来。

　　起源是在少年时代。"卢沟桥的炮火"以后,我流亡到陇南清水上学。这是个很小的县城,百姓很穷,四周都是荒山,可玩的地方不多。但据古书记载,它曾经是秦民族的发祥地、西汉屯田名将赵充国的家乡,还发现过李唐先人的墓葬,甚至成吉思汗据说就在远征西夏时死在这块穷乡僻壤的营帐之中。也许是因为环境太闭塞了吧,乡民在日常谈话中还带有秦汉时代口语的孑遗。例如他们说"说话"是"言传",说"明白"是"了然",说"小伙子"是"少年"(不是指"小孩子",而是指王维《少年行》中那样的"少年")。在集市上,樵夫和买柴者讨价还价时一问一答:"然否?""然。"——就是"行不行?""行。"听他们的谈话,仿佛听到了一两千年前古人的声口。

　　古钱币是随处可见的。我就从街旁的破摊上用两三分钱买到几枚秦汉古币"半两""五铢""货币""货泉"等,自己玩了很久。特别记得那枚"半两",经过两千多年的磨损,成了薄薄的小铜片,只是上面的古篆"半两"二字铸造得非常拙朴可爱——比那些机械的美术字好看得多。

　　物质生活很贫困,缺吃少穿。但少年人的求知欲也总在寻找"突破口"。一天,我惊喜地发现,县城文化馆的玻璃柜里赫然摆着一个鱼化石:在一个石片上齐崭崭印着一条小鱼的全副骨架,每一根刺都纤毫毕现,好像这条小鱼正在水里欢蹦乱跳、自由自在地游动,不知发生了什么天崩地裂的巨变,一下子被封闭在泥沙里,又经历了千万年的沧桑变化,成为由造化之手绘出的这么一幅"工笔画"。

　　被鱼化石所吸引,我在课后的下午就不断到县城北边的乱石滩上徘徊,想找出一块化石。其实,到河滩找化石是一种"方向性的错误",也许到山中残壁断崖间或者什么洞穴里去找更有希望。不过这是后来的觉悟,当时不懂。那时候在河滩上念兹在兹、寻寻觅觅很多天,总算发现了一块有蕨类植物印痕的大石头。但是大石头又不是豆腐或馒头,即使带有化石也不能切一块下来,只好白白看一阵,然后怅然地离开。——我的"课余访古"也就到此为止。

这是我初中时代的事。那样毫无知识基础的寻觅,自然也不会有什么结果。此后,上高中,考大学,正式工作,我有了自己明确的专业,差不多完全忘记了自己还曾经怀有那么一份"思古之幽情"。

不料到了70年代中期,也就是"文革"后期,传为曹雪芹的《废艺斋集稿》的发现轰动全国。由于长时间对知识的饥渴而又缺书看,我大看了一阵当时能够出版的《文物》《考古》《化石》等刊物。文物考古中有多少奇迹啊!且不说马王堆西汉帛书和秦兵马俑这些大事,商代一件铜鼎上浮雕的一幅活灵活现的人脸就使我们一下子与三千年前的一位古人"面面相觑";在陕西发掘出一批鼎鬲之类的食器还带着两千七百年前的炊烟,使人可以想象当初犬戎打到镐京时,那一家西周贵族在逃奔洛京前夕惶惶然埋藏贵重器具之状(也许还准备返回);山西深山发现的一只铜罐里所藏的"绝密军事文件",使人看到北宋灭亡后河北抗金义军的艰苦斗争及其与南宋的秘密联系,甚至知道当地什么人当了"汉奸"!……还有那世界之谜的"神农架"——假如真存在"野人"的话,我们就能与活着的远古类人猿甚至猿人见面了!

我那沉睡了三十多年的兴趣,突然复醒了。

1976年冬,我随毕业生在太行山区实习。每天上山下山,在路上不时碰到一些样子奇奇怪怪的石头,看起来好像有点什么"秘密"。我心里闪出了两个字:"化石!"于是就陆续捡了几块,拿回屋子里"研究研究"。

那时候,我只是"人到中年",小孩子们还来找我玩。山里的小孩子跟城里的小孩子一样可爱。他们先是给我说谜语,用稚拙的笔法给我写了许多小纸条,都是用山里人质朴的语言描绘他们所熟悉的日常事物的谜语。它们表明:即使在生活条件非常艰苦的山村,人的智慧仍然在发光!

孩子们见我屋子里放着几块石头,就提出领我到山上去捡。一个星期天上午,我们这支浩浩荡荡的大军出发了!这些孩子都是爬山的好手,到了山高、路窄、陡峭的地方,他们用小手拉着我,保护着我走过去。到了山上,那就是他们的世界了！他们欢笑着，呼叫着，跑跑跳跳，从四面八方捡来大大小小、各种各样的石头，让我挑选。我们满载而归。

孩子们走了。我运用自己很可怜的自然地理知识，对这些石头进行"考证"，结论是：巍巍太行山，在遥远的过去倒很可能是一片汪洋大海。因为我们所采集的石头的构造大多数都是层层叠叠、蓝黄相间，显然是"水成岩"。何况，我还采集到一块真正的化石，那是斑斑驳驳挤满了许多贝壳小动物的一大块黄泥巴变成的！这使我明白了什么叫"造山运动"和"沧海桑田"。

实习结束，我带回来沉甸甸的一包石头。"文革"之后，生活安定了，我把这些石头摆在书架上，作为纪念，也作为装饰。其中我最欣赏的是一块小小的石头，体积不过鸡蛋那么大，但底层敦实、厚重，整体层叠有致，而且气势不凡，假如放大若干万倍，就是一座形体巍峨、气象峥嵘的大山。它是我书房中的骄傲。

我这些从小到老的零零星星业余活动自然不足以称为"考古"，甚至连"玩儿票"也算不上。不过，通过这些小打小闹，加上粗浅的学习，我也明白了一点：文物考古工作的蛊惑主要在于一下子揭开了历史和远古世界的秘密。

(1997 年 8 月 9 日，上海)

学 木 刻

近年来,兴之所至,陆续买了一批中外黑白木刻选集、明代版画以及汉代石刻画像,翻阅欣赏之余,使我想起了少年时代学过木刻的往事。

60 年前上高中时,在 1944—1945 年间,因为爱读鲁迅先生的书,受他提倡木刻版画的影响,也因为小时候看上海出的漫画和连环画,学着乱画过一阵,有这么一点基础,就起劲地学起木刻来。首先,向重庆生活书店邮购了一套木刻刀,有三角刀、平刀、圆刀等。当时条件非常困难,全靠着年轻人一股热情冲劲去克服。譬如说,木板——在我那个上学的陇南小县,哪有专供学习木刻之用的木板呢? 在学校里,只有修理桌椅板凳、双人床的木匠师傅那里才能捡几块木材下脚料,还得说好话,求他帮忙刨平。一开始,参考书也不多。抗战期间,有一本《木刻手册》,另有一两种木刻家的手拓作品集——今天想来,都比较粗糙;不过看看它们,刻木刻的 ABC 总算知道了。于是,凭着几把木刻刀、几块木板、一把破牙刷、一点油墨,就没日没夜地刻过一两年木刻。

当时我上的是抗战时期的流亡中学,师生之间、同学之间有一种同甘苦、共患难的感情。我对于功课,除了国文、英文,不爱学习,只凭着个人兴趣爱好看书、搞文艺活动,可以说"不务正业",但大家看我干的也不是什么坏事,所以都怀着好意,采取"不干涉主义"。特别是进步的老师同学们还用各种方式支持我。所以,我刻着刻着,一两年工夫,不知从什么渠道,我手头竟积攒下从报纸、刊物上剪贴下来的一大批中国的、苏联的木刻画,还有陕北边区的木刻画,甚至不知是谁给了我一本《珂勒惠支版画集》(好像是根据鲁迅自费印本复制的选本)。我最欣赏的木刻家是古元,对他的前后作品揣摩之余,曾写了一篇《古元论》草稿,认为他早期的作品如《牧羊少年》《丰收》等深受珂勒惠支的影响,后来的作品如《离婚诉》等则吸收陕北窗花、剪纸的风格(至今觉得这种印象大致不错）。到我高三时,看到《群众》杂志上陆定一介绍古元的文章,知道古元是延安鲁艺美术系的学生,曾经起过到鲁艺去学木刻的念头。这自然不可能,因为那时延安已被国民党严密封锁。

古元:运草(古元为作者学木刻时的典范)

再回到学木刻的题目上。

我的木刻习作最初是仿刻别人的作品。苏联的木刻家克拉甫兼珂、法复尔斯基虽为我所佩服,但他们的作品构图复杂、刀法细密,不易模仿;但毕斯凯莱夫的《铁流》插图篇幅小、构图简练、黑白分明,容易临摹,曾经仿刻两幅。我最想刻的是高尔基像和鲁迅像。有一幅高尔基的侧面木刻像,作者为署名"A.C"的苏联木刻家,当时常在文艺书刊上见到,似乎是高尔基在中国的"标准像",我一直想仿刻,在木板上画了几次,总画不好,放弃了。鲁迅的木刻像,以力群的最流行,我也想仿刻,但刀法复杂,也未成功。

索洛维赤克:高尔基像(高中学木刻时的范本)　　力群:鲁迅像(高中学木刻时的范本)

但这些尝试,工夫并未白费。因为我仿刻了一段作家像,接着又为同学和老师刻像——照着相片在木板上先画后刻。记得刻过同学老大哥刘绍祖和同班好友、诗人于型篯的像("文革"后和他们见面,谈起这段往事,彼此亲切回忆。于型篯还说他当时曾把木刻像寄回他的家里)。为物理老师李成钟也刻过像——别人看了说"有点像"。对这些同学老师比较熟悉,也就不经意之间把个人印象带进木刻里了。现在回忆起来,这些人像刻得相当夸张,近乎漫画,倒不是有意的艺术加工,而是当时技巧止此。

后来想起:应该到校外写生。于是带着铅笔和白纸本到街上和城外画速写。在那个陇南小县最常见的是赶着毛驴进城卖柴的农民,我常常跟着他们画毛驴,还到郊外画背着背篓捡柴草的农民少年,也在城里画当地居民。画这些速写对于我学木刻是一个促进,因为我可以从仿刻进入到自己的创作了——我根据白纸本上的速写,刻了一幅抱小孩的居民画像,一位老师看了,说很像当地人(清水县人)的神气;用"单线平涂"风格刻了一幅一个背背篓小孩看我在郊外画画的"自刻像",另一位老师看了,说"画面清新";又"仿古元"刻了一幅《野外小景》,野外一头小毛驴靠着一棵树,寄给远方的同学好友,他拿给一位美术老师看,被赞许为"接近发表水平"。

木刻刀在木板上刻熟了,有一天,或许是受鲁迅高度评价汉画的启示,我突发奇想,试试刻砖头。这很好办。我捡了小半块砖头,洗净磨光,按照鲁迅先生的一幅侧面像,采取"大写意"的方式,在砖头上刻了一幅鲁迅像,印出一看,不但神似,而且在朦胧之中颇有点古朴苍劲之风。后来还用砖头为我们读书会办的壁报刻过一个篆字报头"励学"和一个专栏标题"匕首",别有风趣,至今尚为读书会的好友念念不忘。(顺便一提:参考汉唐石刻画像,发展砖刻,大可继续试验。据孙犁回忆,著名木刻家马达解放后曾致力于砖刻,惜未见他这方面的作品。)

在我高二、高三那两年,大部分时间投入到学木刻当中去了。不但白天,而且在晚自习时仍在小油灯下画呀、刻呀、印呀,忙得不亦乐乎。我的"作品"印出来,送给同学老师欣赏。一位老师问我:"你天天刻木头呀?"我说:"是呀!"他既同情又感叹地说了四个字:"锲而不舍。"

学习木刻中渐渐发现了问题。首先是"正、反"或"左、右"的问题。因为刻版画正如古时刻书版,刻出的画或字是反的,印出来才是正的。版上的人脸如果是左侧,印出来却是右侧;版上的左手,印出来却是右手;画刻时如果掌握不好,印出来就显得很别扭。这就要求作者画刻都得有扎实的功底。另外,只刻画头像还比较好办,但要刻画全身就不那么容易,特别是"画人难画手"。无怪乎有的大画家曾经专门对手画过许多素描。我在高中时只凭一股热情,自己摸索,当然无法解决这些复杂问题——美术课上也不会讲。还是鲁迅先生说得对:木刻是一种绘画艺术,要刻好木刻,必须先学好素描。我当时没有这种条件,只随意画些速写,还缺乏正规的素描训练。

高三毕业前夕,我因参加学潮、反对校长贪污学生的伙食费而被学校开除,空身离开,个人仅有的书物包括所刻的木版、所写的《古元论》草稿,都丢给了一位同学好友。不久,他也面临被开除、受迫害的威胁,投奔解放区。我刻过的木版、印出的画,都不知飘落何方。我自己几十年来生活动荡不定,上世纪50年代初,偶尔见到胞兄保存下来的两幅习作:《清水抱小孩的居民》和《郊外写生自刻像》——但在后来的政治运动中,这两幅习作也不知去向了。

对于那些幼稚的习作,有时还有点怀念,它们代表了个人少年时代对于美好事物的追求。不过,60年过去,它们早已不存在于天壤之间,所留给我的只是一点"锲而不舍"的精神,这点精神,至今对我仍然有用。

(2006年12月20日)

纸
——抗战中的一点回忆

抗日战争中的大后方，人们常挂在嘴边的一句话是："抗战期间，一切从简。"我现在只谈一点关于纸在战时的变化。

抗日战争之前，我上小学，从来没有注意过纸。不过，回想起来，那时读的课本起码也总是白报纸印的吧？

开始注意到纸的问题，是到了抗日战争中，由于日本对我国的封锁，进口的白报纸变得稀缺了。我在西北山区上中学，初中时，学校里是靠战前的旧课本来应急：林语堂的《开明英文》，丰子恺插图，印得相当好看，李唯建的《初中英语》，还是中华书局用雪白道林纸印的。到了高中，课本就发生了困难。吕叔湘等编的《高中英文选》一册拆开、订成两本，供两个年级使用；后来，这样也不行了，只能讲一篇抄一篇。从此以后，所有的课本、书籍、报纸和杂志，都一下子变成了土纸印的。那种土纸大概是用秸草造的，颜色很黄，既粗又薄又糟，几乎用力一掀就破，印字也不甚清晰。抗战胜利之后，再也不见这种纸印的书了。但是，在1942—1943年间，我国第一部《战争与和平》全译本四大卷，就是在重庆用小五号字密密麻麻印在这种土纸上。那对于读者的眼睛可真是一种严重的考验。

在困难条件下，有些造纸厂因地制宜，想办法改进土纸的质量。例如四川老作家李劼人就在成都办了一个造纸厂，以稻秆为原料，生产一种"嘉乐纸"，纸色褐黄，质地较为坚韧，不像土草纸那样"吹弹得破"。我上高中时的国文课本，就用的这种纸。另外，在广西和福建，以竹子为原料，制成一种比较厚实的竹纸（薄竹纸不能用于印书），颜色乳白，不透明，比较结实，印书很好看，摩挲起来，手感也舒服。桂林的文化供应社曾用这种纸印过《鲁迅语录》和《野草》月刊。

永安的改进出版社用这种纸印过孙用译普希金（当时叫普式庚）的《上尉的女儿》。开明书店的《中学生》杂志和一部分书也是用这种纸印的。我不知道这种纸叫什么名字。但在那苦难的岁月里，看这种纸印的书是一种难得的精神享受，给我留下很美好的印象。我私自给它起名为"战时书玉纸"（以区别于战前上海良友书店印文学小丛书的那种"书玉纸"）——它是中国造纸业在战时困难条件下的创造，是当时书籍用纸中的上品，是在战火中诞生的一朵洁白的莲花。

不过，上述"嘉乐纸"和厚竹纸并不多见，也许跟产地偏远和产量有限有关。在印象中，当时在大后方所读过的书刊大部分是用土草纸印的。但是进步的出版工作者想尽办法，使得用粗糙的土纸所印的书不但内容好，形式也尽量美。当时白报纸难得，就用白报纸做书刊封面，请著名画家绘制封面。至今留下深刻印象的封面画是刊物《文艺阵地》上李桦的木刻，《七月》上王朝闻的毛笔画，《中苏文化》上荒烟的高尔基像，《野草》上余所亚的漫画以及重庆美学出版社所出中外文学丛书封面上特伟、廖冰兄的彩色画。尽管物质条件困难重重，进步的文艺工作者继承鲁迅的传统，非常重视文学书籍的插图，正文用土黄纸，插图用好纸。当时戈宝权译的一本莱蒙托夫诗选，插入几幅小小的版画，其中一幅画着童僧与豹子搏斗的场面，简直精美绝伦。

再就是在版面上下功夫，设计得不落陈套。譬如说，尽管用的仍然是黄黄的土纸，生活书店和文化生活出版社所出的书就各有自己的版面风格，给人一种正派、大方、亲切、不俗的印象。

革命回忆录提到过：车耀先在敌人的集中营里曾经为难友们管理过图书，其中有文化生活出版社出的屠格涅夫的小说《罗亭》等，由于多人翻读，土纸书页已经破烂不堪。他把这些书一页一页粘补起来，并写上一句话："书好纸坏，读时爱惜！"

上高中时，曾经传到我手中两本禁书：一本是《共产党宣言》，一本是《新民主主义论》，都是在延安用马兰草造的土纸印的，纸是淡淡的灰绿色，小号铅字排得很密。我在秘密阅读时心情激动，好像在暗夜中望见遥远的火光。在重庆上大学时还在民生路《新华日报》营业部买到一本延安印的歌剧《白毛女》，用的是一种稍稍泛红的土纸，附有曲谱。买回来，就在松林坡学生宿舍学唱其中的歌曲《太阳出来了》等等——我们那个房间里没有特务学生。

在我印象中，重庆《新华日报》一直都是用那种黄黄的土纸印的，但是字迹很清楚，版面有自己的风格。真理穿上朴素的衣装，仍然闪耀光芒。《新华日报》的报童一到我们学生宿舍，就被同学们围上了。与此对比，《中央日报》有时是用难得的白报纸印的，并且堂堂皇皇张贴在报栏上，却很少有人看，还被同学们轻蔑地称为"造谣日报"。

在二战中由于战乱破坏，遭遇纸荒的自然不只是中国一个国家。

就我所知，当时的英国由于德国的轰炸封锁，就经历过严重的纸张危机。这从二战中英国所出版的书上可以看出来。我买过一本菲尔丁小说，是著名的"万人丛书"版，一改战前的烫金布面精装，成为开本缩小的布面简装，纸张明显较差，并且在版权页印有战时节约用纸的说明。又读过战时"企鹅丛书"版的吴尔芙《普通读者》。"企鹅丛书"虽属于价钱便宜的"纸面本"（Paperbacks），但这套小本子名著在战前印得相当漂亮；到了战争期间，不得不因陋就简，纸张粗糙，颜色灰暗——不过字迹印得还是很清楚，版面依然保持"企鹅丛书"的优美样式。这使我想起一个比喻，好像大家闺秀一旦逃难，只好换上寒素的衣服。

第二次世界大战对于文化的破坏是巨大的。世界上的有心人考虑过如何弥补由于战争中缺纸缺书所引起的精神断粮问题。欧美各国在斯德哥尔摩组织书商出过一大批英文名著，叫作 Zephyr Books（西风丛书），一律绿色纸面简装，印得不算美观，但书价较低，有利于文学经典的流传，解决了一部分精神饥荒。我国大后方大学里念英文的莘莘学子，很少没有读过这套书的。二战中还有人不忘文化传承、不忘人的精神需求，总是一件好事。

说到这里，想起美国在二战中也出过两种战时版的丛书：一种叫"海外版"，专收当时"有代表性的美国图书"，非营利性地发行于欧亚各国，纸面简装，开本稍小；另一种则是专供美国兵阅读的英美文学作品，薄纸小字，印成横长条的小册子，便于装进士兵的口袋里，随时携带。战争结束，这两种小书成为处理品，以极低廉的价钱流散于我国各地的旧书摊上。我曾买到一本"美军版"的英国小说《吉姆爷》（*Lord Jim*），书上列有该版的书目，从《坎特伯雷故事集》到《汤姆·索亚》和《哈克贝里·芬》，一应俱全。我所买到的"海外版"的书，则是洁斯特的《公民汤·潘恩》（*Citizen Tom Paine*），至今还在寒斋。《公民汤·潘恩》在抗战期间曾出过柳无垢的译本，大概是根据《读者文摘》的删节本；尽管如此，这个译本在当时进步人士中曾流行过。我的一位朋友告诉我,他就因读了此书很佩服汤·潘恩,而为自己起了一别名"钦培"("培"是潘恩另一译名"培恩"的简称)。潘恩那种为欧美各国的民主革命事业而无私奋斗的国际主义精神,对当时渴望民主解放的中国知识分子也是一种鼓舞力量。这部用小说形式所写的小说还有一个全译本,吕叔湘先生校订,开明书店出版,但似乎未大流行。洁斯特从二战到战后本是进步作家,中国也出过不少他的作品译本。苏共二十大以后,他转向了。不过,对于一般读者了解美国独立革命和潘恩本人,《公民汤·潘恩》还是一本可读之书。——不过这是题外话了。

(2007 年 12 月 7 日改定)

关于三联书店的回忆

我在抗日战争时期是一个流亡学生,1938—1939 年间有一大批河南的中小学生逃难到甘肃清水县,成立了一个国立十中,我就在那里从小学六年级一直上到高中三年级。我接触、阅读过去三联书店出版的书刊就是从那个时候开始的。

在 1940—1942 年间,我上初中时,有一位进步老师做我们的教导主任,鼓励同学们阅读课外书。在那两年中,我们看了大量的进步书籍,例如《大众哲学》(读书生活出版社)、《表》、《书和故事》、《文件》(生活书店)等。当时同学们的杂志有《文艺阵地》、《理论与现实》(生活书店)和《读书月报》、《学习生活》(读书生活出版社)。那时候,我和一位同班同学和在重庆的王昆仑先生通信,托他买书,他帮我们买过《社会发展史纲》、《拿破仑第三政变记》(生活书店出版)。有一次,我直接寄钱给重庆的生活书店买剧本《凤凰城》(吴祖光写的),盼了半年,寄来了,因为风吹雨淋,书皱皱巴巴,但我当作宝贝一样珍藏着。韬奋编译,生活书店出版的《革命文豪高尔基》一书在我们同学中间产生过很大的影响。那时候,只要一看书上印着"生活书店"或者底封中心的"生活"二字,就有一种感情,觉得这个书店印的都是好书。

上高中以后,继续看这些进步书籍,只是范围更扩大了,譬如说,从《大众哲学》进一步看《新哲学大纲》(仍是读书生活出版社出的)。由于爱好文学,读了茅盾写的《创作的准备》、张仲实译的《给初学写作者的一封信》、以群译的《新文学教程》、鲁迅等译的《外国作家研究》以至于抗战前夕出的老《译文》杂志(这些都是生活书店出版的)。这时我开始学习写作,写了一篇小说《陶发鸿》寄给重庆读书生活出版社《学习生活》编辑部,很快收到回信决定发表在"习作之页"。可是,过了一段时间,编辑来信表示歉意,说是《学习生活》被国民党政府勒令禁刊，"大作只得奉还"，我心里的气愤可想而知。不过，因此倒和《学习生活》的编辑结下了友谊，以后又通了几次信。

受鲁迅著作的影响，我上高二时爱上了木刻。从进步刊物广告上得知生活书店可为读者代买木刻刀，我和另一位木刻爱好者就把钱寄到重庆生活书店。不久木刻刀寄来了。我们就用这几把刀刻起木刻来。我们的木刻习作后来出了几期小画刊。还把搜集的中外木刻画连同我们幼稚的作品办了一次展览会。

这时已到1944—1945年，由于国民党的迫害，邹韬奋先生早离开重庆，生活书店似乎办不下去了。我们学校的进步同学向重庆买书都和新知书店联系。有的同学因为买书和书店的工作人员建立了个人友谊。我现在回想起来，还记得新知的一位办理邮购的店员常用豪迈挥洒的笔迹给我们写回信，内容自然主要是算购买账。有时我们寄的钱不够，书照样寄来，只是来信说还差几角几分，我们立刻补上。彼此是互相信任的。现在回忆，从笔迹、从写信口气来看，这位店员当时恐怕和我们年龄也差不多，不会到20岁。

1945年5月，我因反对十中校长贪污，参加学潮，被学校当局开除，历尽艰苦到重庆考学，又害了一场病，次年才考上重庆大学，在沙坪坝住下来。每次进城，我都要到民生路去逛一逛，因为这里正是生活书店、读书生活出版社和新知书店所在之地，在我心目中是进步文化的中心。后来这三个书店合并成为三联书店。抗战胜利后，《读书与出版》在上海出版，内容、印刷、装帧都臻上乘，印象中好像是继承着《读书月报》。这在解放战争时期对于全国读者是一份质量优秀的好杂志。我曾经看见一位进步青年，住在鸽子笼式的小房间里，生活极为艰苦，暗淡的房间里除了一张床，桌子上只有几本《读书与出版》。我顺便看看桌上摊开的那一本：嘿，杂志上每一页都密密麻麻圈圈点点，天头上还有批语，说明他对这本杂志一字一句都不放过，非常认真仔细，甚至可说是十分虔诚地阅读着。

我在重大的好朋友曾经介绍我认识一位姓李的进步同学，他说他在重庆生活书店当过店员，有一个国民党的文化特务伪装进步，混进了生活书店，被他识破了，为此他曾受到胡绳的表扬。

我还认识一位曾在武汉三联书店当店员的革命青年，在1947年"六一"大逮捕时被国民党抓去，释放后回到重庆，继续从事革命活动。

提到三联书店,牵动我青少年时代的许多往事回忆。

我只是三联的成千上万普通读者当中的一个。而且,遗憾的是,我和当年在三家书店中为读者服务的工作人员只有买书卖书的信函来往,未能交上一个朋友,但是,通过这些平凡的联系,我深深感到这些同志是可敬可爱的无名英雄,他们当年在千千万万人民群众中进行着革命思想文化的启蒙工作。解放前三联书店为青年、为人民所做过的工作应该永远载入中国人民革命的史册。

如今,在新的条件下,三联书店恢复了自己的正常业务,继承着老一辈三联工作人员的优良传统,为祖国的四化大业进行新的思想文化启蒙工作。从《读书》的办刊方针,从现在所出的书籍,我感到三联的出版事业给读者带来一种清新的、开放的精神营养,将严肃的启蒙工作与生动活泼的方式结合起来。一个书店(出版社)出的书实际上代表着这个书店(出版社)的品格。现在有的出版社乱出坏书,玷污了新中国出版人员的信誉。三联的好风格不用说了。当前的新三联的出书作风正派,将思想性、知识性、可靠性和美观大方的装帧结合起来。对于这种出版方针的做法,我是拥护的。作为一个老读者,祝三联书店在新的时期更加兴旺发展。

(1986 年 6 月 20 日于开封)

我与戏剧的缘分

这个题目是从丘吉尔那里套来的。他写过一篇文章，叫作《我与绘画的缘分》。"缘分"这个词儿，根据英文原文，也可以翻成"历险记"——我就采取它这么个意思。

一

我小时候住在一条叫作"戏园后"的小街上。离我们家几十步就有一座当时在郑州算是数一数二的戏园子"万福舞台"。街坊邻居当中唱戏的可不少。我家同院就住着一位唱老旦的北京人，叫黑金亮。他家来来往往的都是演员。有一个唱三花脸的最活跃，一来就逗他的女儿小三儿玩，还拿胡子扎她。我们北隔壁住着一位女武生，艺名"白牡丹"，一条腿不知被什么人打瘸了，在台上演戏，身子总是一歪一歪的。南边隔几家还有一个唱河北梆子的，他儿子小孬和我同上小学。这些都是 30 年代的老话了。后来又搬来一位唱大花脸的，叫刘大刀——他平常说话就瓮声瓮气，嗓门儿很大。抗战刚开始，有一天，大家躲日本飞机轰炸，发现附近有人给敌机打信号弹，刘大刀大吼一声："抓汉奸哪！"——那吼声至今想起来还觉得震耳朵。

我是小孩儿，跟这些大演员说不上话，就往那些跑龙套的穷艺人那儿凑乎，看他们怎样在戏园外的墙根儿支起破锅做饭：先拿一个大子儿（小铜元）买一把面条，再拿一个大子儿买半小碗芝麻酱加咸菜丝，面条煮熟了，盛在大碗里，一拌，就是一顿好饭。在他们当中，有一个很机灵的小伙子，高个儿漫长脸，是个口齿伶俐的河北人——他爱跟他那些穷同行开个玩笑。有一个冬天的上午，我跟他站在一个阳光照射、暖洋洋的墙根儿，看一个跑龙套的老头儿蹲在墙角里、脱下破棉袄捉虱子，捉了一个又一个，连我身上也觉得痒起来了。这个小伙子对那个老头儿静静地看了很久，然后带着又怜悯、又挖苦、又俏皮的口气说："您也太难啦!"我觉得他这个人说话怪有意思的，一下子就跟他交上了朋友。

所谓"交上了朋友"，就是说：从此我就找他带我看戏，而他也从不拒绝。

原来，我这位朋友虽说也跑龙套，但比一般跑龙套的好像还高着那么一点点儿，不光是打着旗，"嗬……"在台上走一圈儿。不定什么时候，他还能有个"角儿"，有两句"词儿"。不过，他这个演员到底属于哪个剧种、哪个行当，我可说不清。因为，不管京戏、河北梆子、"蹦蹦戏"(评剧)、文明戏，他都演——后来，我才知道，这种艺人叫"底包"，即戏园里常备的配角演员。我记得，他演过的最大角色是在一出文明戏里演一个傻瓜——这个人上街去买肉，买了一大块五花三层的猪肉，走到半路上，肉被狗叼去了，可他还高兴地蹦起来，笑得挺欢——他从怀里掏出一张纸条(上面写着菜谱)，说是狗把肉叼走也是白搭，因为它不识菜谱，不知怎么做!

有很多次，我吃过晚饭，听见戏园里"打通"，就溜到后台门口找我这位朋友——他已经开始化装，一看见我，就拉着我的手，把我带到台口一边，让我蹲下来。这样，通过"开后门"，我就看了不少"白戏"。我看的戏，以京戏为多，像《武家坡》《女起解》《空城计》《喝豆汁》《白水滩》《贺后骂殿》等等，不知看过多少遍。还有河北梆子(往往放在京戏前边做"垫戏")，以《探寒窑》印象最深，因为王宝钏妈妈就是小孬的爸爸演的——他尖嗓子哭叫的那一声"儿呀，儿呀，我的宝钏儿呀"，现在还记得真真的。至于评戏，印象最深的则是《杨三姐告状》。

因此，我早年接受的可以说是"京派正宗"的传统戏剧文化。不过，"下海"唱戏的意思，我可一点也没有。因为，我知道当演员很苦。星期天，我曾到园子里看戏班的小徒弟们练功：他们要一个一个从两张甚至三张摞起来的方桌上往下跳，脚着地的时候，身子不许歪，更不许摔倒——师父一手叉腰、一手拿着鞭子，在下边站着，谁摔倒了，就给谁一鞭子。

这就打消了我学戏当演员的念头。不过，由于耳濡目染，京戏我也能哼哼几句。在相声里，戏迷有"台上红""马路红""澡堂红"之分。我属于"屋里红"。

二

　　我的"舞台生涯"不多。上小学时,跟着别人一起上台唱过歌。四五十年前,唱歌时动作简单:大家站在台上,像一片安静的林子,只有唱到什么要紧地方,需要表示一下感情的起伏,大家的身体才像微风中的小树似的摆动两下——这有啥?何况,唱不好,还可以光张嘴不唱。

　　抗战以后,我流浪到了甘肃,进入国立十中,在初中部上学,地点离县城90里,在大山环抱中的一个小镇,与世隔绝,生活非常单调。

　　一天,在学校西北方的一个山头上突然响起了锣鼓声,我们循声去找,原来在那荒山上还有一座不知什么朝代留下来的古戏台,而这时从西安来的一家戏班(警钟剧社?)要在那里演戏了。于是,一下课我们就往那个山上跑,看了不少秦腔戏,像《柜中缘》呀、《打金枝》呀、《白蛇传》呀等等。演员都是跟我们大小差不多的男孩儿,最小的只有9岁。他们唱得真好,那与荒凉的西北高原十分协调的高亢的歌喉震动了我们这些远离家乡的少年的心。他们是一家小戏班,在大城市维持不住了,才流浪到山区演出。然而,这完全是一种野台子戏,观众自来自去,没有人买票,也没有看见有人拿钱给他们——至少,我口袋里一分钱也没有,只是站在台下仰着脸看戏,看完就走,也不知那些可怜的小演员们是靠什么活着。有一天,戏班揭不开锅了。戏刚一演完,班主就走到台前,向观众作揖要饭吃。我们学生给他们抬去了一筐馍——那是我们自己的口粮。为了表示答谢,那些小演员到学校来看我们,还教我们当中爱唱戏的同学学表演和化装。这些演员尽管在台上打扮得花花绿绿,下了台却穿得破破烂烂,跟我们一样,像小要饭的。

　　戏班离开了,山上的锣鼓声沉寂了。

　　但作为余波,在同学们当中兴起了一股"唱戏风",大唱了一阵"洛阳曲子":"走一山又一山山山不断,过一岭又一岭岭岭相连哪……"——这种粗犷的戏词和曲调倒跟我们那种生活环境非常合拍。

　　后来,院子里传出我久违了的胡琴声。一打听——这是新来的一个军训教官拉的。他初到生地方,烦闷无聊,拉京胡消遣,还自拉自唱,而且光唱《捉放曹》里曹操唱的"恨董卓专权乱朝纲"那一段。说实在话,他拉的、唱的都很"火爆",说明这个人脾气不好。况且,军训教官一上操总爱叫我们在大太阳底下练"正步走",绝不是什么让人高兴接近的人物。但是,生活太单调,京胡对我有一种无形的吸引力,我和其他两三个同学就到他屋里唱戏玩儿。这才知道:教官姓梁,河北人,是从西安军校裁下来的,因为"脑子有点儿这个"(精神病)——他一面说,一面"嘿嘿嘿"憨笑,还用手指指自己的太阳穴。至于他脑子里的"这个"是怎么得的,老师们当中有一种奇怪的说法,这里只能存疑。我们只是到他那里去唱几句戏。但这个梁教官虽然远远离开了西安,来到这穷山窝里,他毕竟在军界官场混过。他不甘寂寞,而且很快把我们这几个学生也派上了用场——他领着我们去到小镇上给税务局长"唱堂会"。开始,我不懂,傻乎乎地觉得很好玩儿,还有东西吃。可是,对我寄以"当作家"的希望的国文老师王若虚先生一听说,马上把我叫去狠狠训了一顿。小孩子有时聪明有时糊涂,经老师一点,才觉得不对头——这个梁教官把我们当"小戏子"使唤,去巴结做官的了。过几天,他又派人叫我去唱戏,我不去。他大叫着,自己到教室找我,我跑到王老师屋里躲着不出来,他拿我没法儿——这毕竟是学校,不是兵营。从此就断绝了与梁教官的来往。

不久,我们搬回县城。这才知道学校里早已成立了一个京剧社,因为全校几千人,教职员中颇有一些戏迷。京剧社里锣鼓家伙齐备,只是"行头"难办。一位教英文的樊老师演《女起解》,找不来"罪衣罪裙",就借哪位"女太太"的破旗袍一用,说是这叫"时装苏三"。后来,居然借来了几件戏装,也不知从哪儿弄的。因为县城很小,并没有剧团。

我会哼哼京戏的事,京剧社知道了。另一位教英文的宋老师(不知为什么,那时候英文老师当中爱好京戏的特别多)叫我去吊嗓子。他把琴弦定得高了再高,我居然能一直跟上去——那时候还是"童音"。于是,通过了,叫我演戏。

我在京戏社演了三出戏。第一出是《三娘教子》。我演的就是三娘所教的那个"子"——薛倚哥。戏不复杂:出场,在台上走一圈儿,唱一小段,回家,见三娘,诉说自己在学校被同学笑为没娘的孩子。三娘(高中学生许涛演的)生了气,要打。自己拉开脸,说:"你要打,就去打自己的儿子,不要打别人的儿子。"三娘哭了,老薛保来劝,以后就是他们两个人的对唱,直到最后的"和解"。这是我"下海"的第一炮。剧场效果如何？有一位同学老大姐现在还可以作证。她说，当时看了我的演出，她只留下一个印象："嗨，真是个小孩儿！"

第二次上台还是以小孩儿演小孩儿——在《珠帘寨》里演"太保儿传令把队收"的那位大太保。戏更简单：接了令箭，吆喝一声，就完。可见，我那时候只是当"本色演员"。可是，一表演与自己的身份性格完全不同的人物，我就不知所措了。所以，当我第三回登台，在《鸿鸾禧》里演一个配角——莫稽的一个"同年"时，就"露了馅儿"：我站在台上，无法"进入角色"，看着台下的老师同学一个个张着嘴看我，一慌，道白动作统统忘了；台上演莫稽的老师瞪瞪我，我更慌，嗓子眼里一下子失去了声音，怎么也憋不出那句词儿来——后来也不知到底怎么糊弄过去的。总之，这一回是"砸锅"了。

看来，上台可不像在台下看着那么容易，虽然那时的舞台不过就是平时校长、主任们站上去讲话的很低的一个小土台子。

过了很久，京剧社的老师又给我一个任务，叫我演《打渔杀家》里的萧桂英。这可是个重要角色。我也很想出出这个风头。可是，上次演砸了，使我产生了"怯场"心理。另外，一个"男子汉"演一个小女孩儿，心里总是觉得别扭——尽管一位对京戏内行的体育老师还给我讲了半天"手眼身法步"之类。思想斗争了几天，还是推了。后来，这个角色让另外一个男同学刘奇文演了——他演得不错，有啥说啥。

只能演自己，不会演别人——算得了什么演员呢？我接受一位可敬的老师的劝告，"息影舞台"。

三

但是，戏剧对我的蛊惑可不是那么容易就完全消失的。上大学以后，对戏的爱好不知从什么时候起又悄悄转化为写戏的兴趣。解放前夕，学生运动沸腾，我写活报剧。解放初期，一度参军，我又写宣传小戏：行军120里，刚住到老乡家，趴在一条板凳上就写，写到天黑看不见，第二天接着再写。这些剧本都是"急就章"，需要就写，写完就排，演完就扔，但是写作热情很高，"精神可嘉"。

1951年，我结束了在外流浪的生活，回到家乡。那时候，郑州是一派戏剧的海洋。我去过不少地方,没见过像河南人这么戏迷的——有一种说法:陌生人到河南乡下,对于农民所崇拜的演员,千万别说个不字,否则就会挨打——而50年代初又是河南人最爱戏的时期:街头大喇叭下,经常站着一大群人听常香玉的《花木兰》;学校、街道、工厂纷纷组织业余剧团,先演《白毛女》《穷人恨》《血泪仇》等等"土改戏",再演《小二黑结婚》《新条件》《小女婿》等等"婚姻法戏"。那时候,整个社会有一种初解放的欢乐气氛、开国的兴旺气象,而戏剧活跃是其反映之一。在这种空气的感染下,我也跟别人合写一个地方小戏《李凤娥》,参加婚姻法宣传。

所以,1953年冬,当我处在生活的十字路口,我毫不犹豫地选择了戏剧工作岗位——搞地方戏。从此,在"梨园行"里真的混了3年。

回顾这一段生活,有快乐,也有苦恼。

最大的快乐是跟从小就抱有同情和好感的演员艺人们平起平坐、交上了朋友。

我学唱河南梆子的第一位开蒙老师是一个拉板胡的盲艺人,他教我唱了一段《凤仪亭》——他那沙哑苍凉的嗓音仿佛还在耳边,他那饱经风霜的黢黑面孔仿佛还在眼前。

著名演员刘九来在洛阳一家澡堂里,乘休息时间教我唱了一段《走马荐诸葛》:"我有个大师兄名叫庞凤雏,论才学他比我也不差;他在那街前摆八卦,天到午时方回家……"九来已经作古了。以我看来,他是一位"悲剧型豫剧须生"。他热情饱满,在我改编的《李闯王》里演崇祯,把那个疯狂的皇帝演得淋漓尽致。

我这个戏属于"话剧加唱"的类型,道白跟传统戏的白口大不一样,演军师宋献策的是一位文化不高、人又极老实的老艺人。为了抠那几段台词,把他难为得不轻,可念得还是很生硬,受到导演批评、同行讪笑。其实,这该怪我。但他毫无怨言,演出之余还把他辛辛苦苦编写的小唱本儿拿给我,叫我帮他修改。从他身上,我看出来:地方戏老艺人实际上就是穿上戏装的农民,他们演的老戏是农民心目中的历史,他们演的人物是农民心目中的好人和坏人。农民加上市民则是地方戏的基本观众。

我常常想起河南戏曲界的一杰——"老杨哥",即《朝阳沟》的作者、豫剧现代戏的奠基人和名导演杨兰春同志。1953年,我在他手下受过一段戏曲训练。

关于他,有种种传说,听起来有点儿滑稽可笑,仔细想想又能悟出一个戏剧家艰苦奋斗的历程。我最欣赏的是他这么一件小事:1952年,他在洛阳当文工团团长,碰上整编,业务尖子都拔到省里去了,一些不适于搞文艺工作的则遣散回家。有一位"没有功劳,只有苦劳"的演员,离开文工团,没着没落儿,就在街头"卖艺"。但他又是个非常老实的人,既无口才,也无唱腔,浑身劲儿都使出来,也挣不了几个钱。有一大,他正在游艺场穷折腾,让他的老团长碰上了。老杨要帮这位哥们儿一把,当场拿出"老八路"宣传员的看家本领,从地上捡起两片瓦片儿,拿在手里,像大鼓艺人的梨花简一样敲起来,随口"即兴式"地一面编、一面说,说了一阵快板。观众愈围愈多,"钱像雪片一般落下"。老杨把钱一收,交给这位同志,鼓励他几句,劝他回家,再找一个更合适的工作。

这件事就跟莫扎特在维也纳街头替一个瞎眼的老乞丐拉小提琴挣钱一样令人感动。我觉得,它比任何虚名浮利都更能说明老杨哥这个人。

还有,50年代一块儿搞戏的老伙计们,省戏改会的弟兄们,我能把你们忘了吗?那时候,除了王镇南——王老,我们五六个人都是年轻人,小干部,可是对于"祖国的戏剧遗产"(用那时候常说的一个名词)都抱着满腔热情。看戏、写剧评、"下剧团"、开座谈会、为基层作者看剧本改剧本、自己也写戏……就是我们的日常工作——用《芙蓉镇》里的说法,我们是"吃快活饭的"。我们精力充沛,经常熬夜。冬天,早饭前几分钟才"爬起来",一面披上棉袄,一面揉着眼直奔办公室——那里,大家共用的一盆洗脸水温在煤火上,后到的人只问先来者:"水还热不热(不问脏不脏)?"……真是"同吃一锅饭,同洗一盆水"的交情。唉,多么纯朴的同志友谊呀!

四

现在,再说说写戏人的苦恼。

写戏,作为一种艺术创作,不消说是很苦的。我认识一位剧团的编剧,他写了一辈子的戏,可是一个也没有在舞台上"立起来"——可见其难。但我想说的还不是这个,而是在艺术之外却又不容忽视的一种苦恼,那就是领导的不理解。前边提到了《李闯王》,我就谈谈这个戏。正如当时的一般剧本编写,这个戏也是"遵命文学":1954年,省会一家剧院即将建成,领导命我根据阿英的话剧《李闯王》改编一个豫剧,作为新剧院开张的第一个节目。这当然是个光荣任务。

阿英的《李闯王》是老解放区的戏,解放后多次演出,是有定评的。它以《甲申三百年祭》为主要依据,补充以作者对晚明史的研究,主题则是按照毛主席在进城前的指示,以李自成在攻下北京以后的失败为历史教训,"叫同志们引为鉴戒,不要重犯胜利时骄傲的错误"(《学习和时局》)。文献资料齐全。我自己又看了《甲申传信录》一类的史料,参考了俄国布加乔夫、尤拉也夫等农民起义的历史,以牢固树立农民起义的正义性的观念。

在改编过程中,领导再三提醒:一定按照阿英的话剧改编,不要大动。对此,我忠实执行。原剧的人物、情节未作任何改变,就连原来的对话,我也尽量保留,或者改写为唱段,或者经过压缩,用作戏曲道白。所以,改编后的豫剧就成了"话剧加唱"。尽管如此,由于原剧基础好,人物性格突出,故事性强,演员也很卖力,戏排出来在洛阳、开封、郑州演了近一百场,受到观众欢迎,文艺界也反映较好。这样,我总算完成了领导交给的任务,还受到团组织表扬。

不料,在平静无事中突然掀起了大波。

从北京来了两位局级干部,我们领导请他们看我改编的这个戏。他们究竟提过什么意见,我到现在也不知道。我只知道他们看过戏以后,我们领导紧张起来了。局长召集剧团团长、导演和我开会,说是戏的内容有问题,其中李闯王从北京撤退前下令"烧皇宫"一场和后来听信谗言"杀李岩"一场必须砍掉,因为它们突出了闯王的"破坏行为"和"残暴性"。

我说明:那两场都是阿英话剧原有的,并不是我的创造。撤退前烧宫类似库图佐夫撤离莫斯科时的"坚壁清野"或者八路军破坏日本人的铁路运输线。至于李闯王的杀李岩,在剧中的处理,他很大程度上是听了牛金星的谗言。因此,这两场戏绝不是为了描写李闯王的"破坏行为"和"残暴性"。

我进一步解释:阿英的《李闯王》,是按照郭沫若的《甲申三百年祭》的精神创作的,主题在于接受历史教训,自然不能不写到李闯王的缺点错误。但剧本内容没有问题。领导原来也叫我根据这个本子改编,怎么能一下子把自己的话完全推翻?

局长说我提到郭沫若,是拿"大人物"压他。他这么一说,我自然不好再说话了。

会后,有人讽示我把"烧宫"和"杀岩"两场砍掉算了。我说:把那两场砍掉,《李闯王》这个戏怎么写?

于是,戏就停演了。根据当时的习惯,一个戏正演着突然停演,就意味着"犯了错误"。

我想不通,认为领导只要把阿英的话剧和我的改编本看一下,再看看《甲申三百年祭》和毛主席的文章,事情本来是很清楚的。所以会得出那种武断的结论,是因为领导对这些基本材料并没有看,只听别人说一句什么,就认为"出了问题",怪罪下边。

那时候,我还是一个少不更事的团员。《人民日报》刚发表了一篇《不要用粗暴的行政手段领导文艺》的社论,刘少奇也号召团员要像"放礼炮"那样轰击官僚主义。我就直接找局长,提出疑问:"领导是不是还不熟悉业务?"

这可了不得了!说他"不熟悉业务",就是"反领导""反党"。接着,"反胡风"时,批我"站在了地主阶级立场上,歪曲了农民领袖的形象";1957年,又批我"在改编本中,顽固地表现了对农民革命领袖的反动看法"——这当然就构成了"立场问题"。于是,我也就"理所当然"地被划成了"右派"。

1962年,"右派"摘帽。组织上征求意见,我写了一个申诉,希望澄清对豫剧《李闯王》的评价问题,连同我的剧本底稿一同交了上去。过了几个月,剧稿退回,没有任何答复。此时正是初冬,我把一束剧稿当作引火劈柴生炉子了。

但是,申诉材料却仍留在档案里。"文化革命"一来,它又成了我"妄图翻案"的罪证,使我遭受漫长的批斗。

1979年,错划"右派"问题终于改正,申诉材料又退回到我的手里。面对着这几页用三年困难时期的粗糙的黑纸所写的材料,再看一看我当时用拘拘谨谨的字体所写下的可怜巴巴的申诉,我想:为了那么一个说不上有什么独创性也实在没有什么问题的改编剧本,从1954年到1979年,我的25年岁月被消耗掉了!

与此同时,我想做一个"剧作家"的梦想也就破灭了。

五

现在,我早就不唱戏,不写戏,甚至也不看戏了。不过,50年来,从小养成的爱戏的这一点儿痴念头,曾使我经见过种种可喜、可悲、可怀念、可沉思的人和事。俗话说:"戏台小天地,天地大戏台。"我总算是由此进行过一番对于真善美的追求,增长了见识、丰富了思想。因此,至今我仍然感激着在50年前拉着我的手、把我领到舞台口看戏的那位穷艺人。遗憾的是,小孩子跟大人交朋友,不懂得要先问问人家的名字,只记得"这个人""那个人",所以,到现在我连他叫什么也不知道。

(1989年7月28日,上海)

附：关于我编豫剧《李闯王》的前后经过说明

上世纪 80 年代，编辑《河南省戏曲志》的一位同志到开封登门拜访，约我写一篇关于 1954—1957 年间个人编写豫剧《李闯王》的遭遇的材料。当时我不想多回忆这件沉痛往事，未写。事后，一位好心的同志劝我：还是该写，对各个方面有好处。但我仍未专写这件事，只是在写《我与戏剧的缘分》时顺便把它提一下。现在想一想，觉得 50 年前的豫剧《李闯王》事件，不仅在我个人的命运中是件大事，即使在解放后我省戏曲工作的发展道路上也并非无关痛痒的细枝末节。但我已无力再写专文详细追述，只能把当时及稍后个人所写的三份有关材料附在这里，以供读者参照：一、二两篇是在 1956 年下半年中央贯彻"双百方针"时应《河南日报》编辑约稿所写的一文一诗，但当时不知何故并未发表；直到 1957 年 5 月，"反右"即将开始时才予以刊出，恰好成为对我划"右"的触媒，现在把它们从旧报中复印下来。另一篇是 1962 年我"右派摘帽"后，组织上一度准备进行"甄别复誉"，找我写一份说明材料，我写出后连同豫剧《李闯王》原稿交上，但"甄别复誉"并未实行，我的申诉材料却留在档案里，到了"文化革命"中又成为"翻案"的证据。三份附录，说的都是四五十年前的事了，留下一点痕迹，作为历史教训吧。

刘炳善

2007 年 8 月 23 日

一、向省文化局负责同志进一言

趁着"百家争鸣"的机会，我想就自己亲身经历过的河南省文化局一些负责同志的领导作风，说几句话。

1954年7月间，我当时在河南省戏改会工作，省文化局艺术科科长胡广文命我执笔把阿英的话剧《李闯王》改编为豫剧，并且再三强调："要照着话剧改，只要能用梆子戏演唱就行，不要大动！"我即按照这种意图把剧本改出来，经过戏改会讨论，又经艺术科批准，就带着剧本到原省人民剧团去排演。这时候，省文化局局长陈建平到剧团视察，还问我《李闯王》是不是照话剧改的？我说"是"，他表示："好，好。"剧团就正式排演了。

我所执笔改编的豫剧本，在基本内容上并没有对话剧本做大的更动，原因是：第一，领导上三令五申强调按照话剧本；第二，我自量历史常识和写作水平很有限，不能改得比话剧更好。因此，改编本也就是把话剧的场子加以精简，把适合歌唱的部分改为唱词，对过于现代化的语言略加改写，使之近于戏曲的韵白。对这个改编本我自己感到水平不高，但是大体上还传达了原剧的思想内容，据看过东北人艺演出《李闯王》的人说，我所改编的豫剧本，精简的情形和话剧演出差不多。就1954年年底在郑州和开封演出后，普通观众的反映来看，并没有起到什么消极的政治效果。在剧本中自然批判了李闯王和他部下的骄傲自满和有些大将的腐化情形，但从整个剧本的效果来看，不论阿英或者我这个改编者也好，都没有把李闯王当作"反面人物"来处理，而是把他们的失败作为可痛心的历史教训来描写的。

这个戏在改编、排演中，省文化局的领导同志一直没有表示什么不同意。但是在1954年11月间，《李闯王》在郑州彩排时，陈局长陪同中央文化部的王冶秋、夏鼐两同志来看戏，这两个同志看戏时说把李闯王写成了反面人物。于是陈局长在散戏后，立刻把剧团团长、导演、改编者、演员都叫来，连说："你们怎么搞的？你们怎么搞的？"并命令："把王局长、夏院长的意见回去消化消化，改好了再经过审查，才能公演。"为这个戏，剧团和我本人工作了四五个月，还未公演就被扣上大帽子，对于我自己是当头一棒，一夜没有睡着。

第二天，陈局长召集剧团团长、导演、演员、改编者谈话。他先提出来："烧宫"和"杀岩"必须删掉，因为那两场写李闯王"杀人放火"。我解释那两场并不是把李闯王当坏人处理的，李闯王从北京撤退时因为不愿让皇宫的财宝被敌人所利用才下令烧掉；杀李岩这件事李闯王自己当然有思想责任，但也是受了牛金星的挑拨——这一点剧本里也提到了。局长还提到李闯王在杀李岩时为什么哈哈大笑，我解释说那时候由于军事上的失利，他精神上已经有些不大正常了，这一点阿英有说明，我还提出了郭沫若、阿英的有关考证。

但这些解释，只被陈局长认为是拿郭沫若的名字压他，并说"无论如何不能照这个样子来演"。我恐怕戏被下令停演，几个月的心血劳动一下子作废，就提出修改一些场面（如突出牛金星的罪恶等）。这样陈局长才答应，可以暂时上演。

但不久我们才知道陈局长对于我和导演的争辩很不高兴，他回局里召开了一个科长会议，说"领导的意图贯彻不下去了"。艺术科副科长庄义顺就到剧团里来。庄科长自己说，他听了陈局长的话，最初以为我们真的把剧本大改改坏了，但看了演出也看不出什么大毛病。不过，也像他自己后来说的，他还是"捏着鼻子（自然是我和导演的鼻子——刘炳善）"又改了一些地方。

只是"烧宫"和"杀岩"两场，并没有删去。因为我觉得如果把那两场砍掉，《李闯王》就不成个戏了，也太对不起原作者了。

然而也就因为这样，陈局长和艺术科的负责同志对我很不高兴。《李闯王》到开封演出，胡广文科长去看时，如临大敌地说："看看，是不是把李闯王写成反面人物了？"结果他也提不出是在什么地方把李闯王写成了反面人物。

虽然《李闯王》在郑汴两地演出，观众还是愿看的（连演了三十多场），但是这个戏还是不明不白地被停演了。庄义顺科长事后曾经对我说过："不能用行政命令？有时候就是要用行政命令！《李闯王》就是局里不叫演的！"但是"百家争鸣"时我提意见，他又不承认。但是，从1954年年底以来，剧团再没有演过《李闯王》，这个事实说明什么呢？

对于这种粗暴的领导方式，我很痛苦。在1955年年初戏改会鉴定时，我提意见说不能用这种行政命令的方式来领导文艺，陈局长不应该人云亦云，发脾气，但是当时戏改会的负责人把我提的意见说成"反领导"汇报上去。庄科长把我叫去，教训说"对领导提意见，特别是有关首长威信，要考虑场合"。而且他还说：《李闯王》就是局里不叫再演的，有时候就得用行政命令。

我被扣上这个大帽子，思想上更痛苦。我就找陈局长谈我的思想情况，重复了我在戏改会中提的意见。陈局长对我关于《李闯王》剧本的意见，答复是：

剧作者对自己的工作应该谦虚,不让人提意见是不对的;王局长(王冶秋)的意见和张柏园同志的看法,都是一致的,都应该重视。

我因为这一连串的刺激,觉得省文化局的一些党员负责同志不是老老实实研究业务问题,所以才人云亦云,朝令夕改。思想上这些疑问,我也向陈局长提出说:"是不是党还不熟悉文艺业务?"陈局长立刻说我认为党不能领导文艺,是错误的。我也觉得说整个党都不熟悉文艺业务是不对的,承认了错误。不过我还是认为省文化局的党员负责同志对文艺业务是不熟悉的,而又不肯学习,也不愿承认。

但从此以后,在文化局就散出了空气,说我向局长说"党不懂文艺,党不能领导文艺",而且《李闯王》问题也被领导当作"侮辱革命领袖",理由是:写了李闯王烧宫杀李岩,就是说他"杀人放火";李闯王是农民革命领袖,因此剧作者就是污蔑了革命领袖。在肃反学习中,这两件事都被这样扩大,当作政治上的"罪状"。但是我心里明白,我被打击,不为别的什么,就因为我"不听话",得罪了陈局长。

去年秋天,《河南日报》约我把省文化局用粗暴行政手段领导文艺的情况写一下。但是最后《河南日报》的编辑却又说"我们做不了主"没有发表那篇稿子。而在那时候戏剧界对省文化局的意见很多,像《刘胡兰》那种轰动全国的问题,是非分明,而且牵扯到的作者、导演,是不容易一棍子打死的,省文化局的领导同志才勉强表示了一下。但是对于《李闯王》一剧被粗暴停演,而且一连串的压制批评,省文化局的领导同志却一字不提。这又为何?

希望河南省文化局的负责同志有以自省。

二、局长看戏

局长去看戏,
主任一同去,
科长旁边坐,
科员陪末席。

台上一台戏，

台下一台戏。

台上看表演，

台下看着局长贵脸皮。

局长嘴角有点笑，

主任陪着笑眯眯，

科长跟着连点头，

科员也说"真有趣！"

局长突然皱了眉，

说声"这戏有问题"，

主任笑容变怒容，

科长立刻红脸皮，

科员连忙改口说：

"我看也是有问题！"

台上散了场，

主任叫科长，

科长叫科员，

科员找团长，

导演跟了来，

作者也着忙，

艺术家变成犯罪人，

战战兢兢见首长。

局长一言定了案：

"立刻停演！修改再上场。"

修改一月不彻底，

局长冒火发脾气，

动员了主任、科长和科员，

上上下下扣帽子：

你说，作者有毛病，

他说，政治上有问题！

层层帽子垒成山，

压得作者难喘气。

剧本从此被禁演，

剧团赔钱搭力气。

三、关于豫剧《李闯王》的改编问题

（1962 年 8 月 30 日写的申诉）

从 1955 年到现在，这是对我各方面影响最大的一个问题，说起来是一言难尽的。在我看来，造成这种情况，一方面是省文化局领导同志对这个剧本的改编以及我个人思想本质缺乏了解，因而对剧本下了武断的结论；在我自己这方面，因为缺乏组织纪律性，遇到意见矛盾，不能冷静对待，在言论上对领导同志不够尊敬，因而使矛盾裂痕扩大，造成难以弥补的损失。

现在，就这件事情的主要分歧之点进行说明：

1. 首先，省文化局领导认为我一开始对于改编这个剧本就是抵触的："他（指我——刘）认为这样就影响了自己的创作。"（引自 1957 年 9 月 15 日《河南日报》刊载叶川（即庄义顺同志——省文化局原艺术处处长）等同志所写《斥刘炳善的诬蔑》一文；以下括弧中所引，均见于此文）——实际上，我在改编《李闯王》剧本时，并没有任何其他创作打算。在改编的过程中，从 1954 年 7 月底直到 12 月间上演为止，始终是在按照领导指示，认真努力地把话剧《李闯王》改编成豫剧，并不断修改。幸好那一年的日记还在，对于剧本改编经过，时时有记录，必要时组织上可以审查。例如在 1954 年 7 月 29 日日记上记着：

"为了《李闯王》，我心里很矛盾，原因是对它不满意，但是一时还想不出具体办法来提高它。"

另外，在 1954 年 12 月 29 日，省文化局团支部大会上，团支书在总结工作中,曾对我改编《李闯王》一剧中努力钻研历史,进行了表扬。这说明我在改编工作中是认真努力的,对这一工作本身并没有抵触思想。

2. 省文化局有的领导同志认为我"在改编本中,他顽强地表现了他对农民革命领袖的反动看法"(引自上文,下同),好像我在改编当中,就安心要对农民革命领袖进行歪曲、诬蔑。事实不是这样。例如在刚改编时,有一天(7月29日)的日记这样写道:

"晚看《尤拉也夫》影片(苏联电影,描写俄国一农民革命领袖的事迹——刘注),使我认识到农民起义所以往往伴随着大规模的流血,是由于农民受压迫的残酷性,因而他们一旦奋起,统治阶级的人物就要大倒其霉。农民军砍掉官吏的脑袋,是因为官吏早已使他们流血成渠的缘故。今天参看李闯王的史料,翻到刘宗敏'拷掠降官'时,心里多少有点戚然;看过电影后,知道这不过是农民报复一下统治者对他们的屠杀和压迫而已。如果说'拷掠降官'不对,那也是从革命的策略上看,而不是从单纯人道主义的观点来看。

"布加乔夫(另一俄国农民革命领袖——刘注)起义在一七七几年,而李自成起义则在一六几十年,后者比前者尚早一百多年,而比较起来,却取得更大胜利,并有更大的组织性纪律性。在我国长期封建社会中,农民革命的经验是极为丰富的,从原始'揭竿而起'到实行'均田制度'都有。"

在我8月1号的日记中又记道:

"昨夜,看《甲申传信录》(记录闯王进京情况的一种史料——刘注),乃知明降官被拷掠致死者大多为勋戚大臣,而拷掠后或未加刑笞即释放者实占十之八九。且观闯王退出北京后,官绅即纠合而杀戮守军(闯军——刘注),可知拷掠行为实际乃是对统治阶级一种镇压办法,对剥削者的打击,有似'打老虎'者然。"

由此可知当时我对我国农民起义是抱着同情、赞美的态度,而对于闯王部下刘宗敏拷掠降官的问题,是从各方面来研究分析,找出正确答案。所以,在改编本中,将剧中被拷掠的降官处理成丑角。

关于李闯王思想性格中"农民思想""流寇思想""帝王思想"三种成分,这是话剧《李闯王》作者阿英同志的分析结果,并不是我的意见。阿英这样分析的理由,俱见话剧《李闯王》的附录,请组织参阅、审查。

至于在肃反运动中我个人对于《李闯王》改编思想的检查，说是"站在地主阶级立场，歪曲了农民领袖的形象"等提法，实在是在肃反中领导同志先那样提出，我因运动的压力，勉强作出的。实际上我自己改编《李闯王》时思想并不是那样，而且在肃反中自己内心对领导的提法也不同意，只是在运动当中勉强承认的，因为那种检查并不能解决创作中实际发生的问题。

3. 在豫剧《李闯王》受到领导批评后，我曾作了不少修改，但当时陈局长曾指示叫把"烧皇宫""杀李岩"两场都去掉，认为这两场戏是突出闯王的"破坏行为"和"残暴性"。此外，领导上对于剧中有的场面中描写了闯军入京后纪律松弛的情况，如罗虎抢费宫人、有一个兵士抢东西后被闯王下令斩首，认为"不应该把许多脏事搬上舞台"。

在这件事上，有一个问题需要澄清，就是：《李闯王》剧本的主题思想究竟是什么？如果是一般的歌颂农民起义，那么从闯王出身写到打下北京就够了。但是阿英原著话剧《李闯王》及其豫剧改编本都是以说明骄傲自满、享乐腐化对农民革命的危害性为主题。既然主题是这样，就不能不写到闯王本人的某些失策（胜利后的骄傲情绪，在革命胜利时听信了牛金星的挑拨，杀了李岩），以及他部下的某些错误（刘宗敏进京后拷掠降官；牛金星在闯王和李岩之间挑拨离间、破坏革命内部的团结；一些下级官兵违反纪律）。如果丝毫不写到这些缺点，那只有另外再重新创作一个剧本。一开始，领导上三令五申叫我按照话剧本来改，而话剧本又只有这些内容；领导所不满意的这些场面，没有一点是话剧原本所没有，在这些方面我一点情节也没有增添，连对话也尽量照用话剧原文。而剧本这样改编以后，领导上又叫把这些情节去掉，这的确叫创作干部无法动笔。

关于李闯王从北京撤退时下令烧皇宫（这是话剧中原有的一个细节），并不是如有些同志所指责，是为了突出他的"破坏性"。他那样做，是出于对敌人的痛恨，不让皇宫中的珍宝再被敌人所利用。如果找比方，就像在战争中撤退时要把桥梁炸毁一样，是为了不使敌人加以利用。在"杀李岩"那一场，在改编中我尽量突出牛金星的破坏作用；但李闯王听信谗言、猜疑大将，也有一定的思想责任。这件事是令人痛心的，但是这个教训也是深刻的，而且也是话剧本和改编本中一个重要场面，用以说明骄傲自满会给革命带来多大的损害。关于这些问题，话剧《李闯王》的作者阿英同志都有说明，可以参看话剧本《李闯王》的附录。

叶川等同志所写《斥刘炳善的诬蔑》一文中,把不是我说的有些话,说成为我的言论。如有机会,希望得到组织了解。

1957 年 6 月 15 日《河南日报》上发表了我在 1956 年中央贯彻"双百"方针时应邀为该报所写的《向省文化局负责同志进一言》一文,对于豫剧《李闯王》改编过程,说明较详,仍盼组织研究参考,以澄清事实。

我对于省文化局领导同志的意见,主要是因为对于《李闯王》的意见分歧发展下来的。甚盼组织上将这一事彻底查清。这是我最大的希望。

（按:这个申诉材料,连同我改编的豫剧《李闯王》,1962 年当时交给组织,后来"甄别复誉"无下文,仅把剧稿退给我,申诉材料到"文革"中成为我"翻案"的一个证据,直到 1979 年我错划"右派"改正之后才退给我。）

谢谢你们，介绍人！

结婚4年矣。从此，结束了那一块冷馒头、一只干烧饼加上一杯白开水当作一顿饭，脏衣服、破袜子统统扔到床底下的老光棍儿生涯。如今，家中井然有序，夫妻"相敬如宾"……自然，我还希望能有一个小孩儿，最好是小女孩——当然，小男孩也一样可爱，但我更喜欢小女孩，因为我怕小男孩长大了会闹腾得叫我受不了。

生活的小舟停泊在平静的港湾。一个人独坐的时候，心里常常念叨着一句话：谢谢你们，介绍人！

我得说明：我所要感谢的介绍人，指的不是介绍我的妻子跟我认识的人——非也。我跟我爱人的婚姻——用我那可敬的老岳父笑骂我们的话来说——完全是"瞎猫抓住死老鼠"，自己碰在一起的。我在这里所要感谢的，乃是在此以前，当我长期身处逆境之中，那些"知其不可而为之"，而且简直可以说是"前仆后继"地帮我介绍对象的人们。

"早岁哪知世事艰？"小时候受外国文学的"毒害"太深，脑子里灌满了一大堆"罗密欧和朱丽叶"、阳台会、小夜曲、花园里的密约，甚至"一路跑"（即私奔）——总之，灌满了浪漫的传奇故事或者传奇式的浪漫想头，对于恋爱婚姻还要靠人说媒介绍，一律嗤之以鼻。解放前，我在外地上中学，我那已故的母亲曾经口授给我那做小学生的妹妹，对我下了一道"慈谕"：命我回家，给我"说媳妇"。我回信对母亲大大挖苦一顿，断然拒绝——我的婚姻绝不靠"父母之命，媒妁之言"。那是落后，那是倒退，那是对"五四"的背叛，那是对我人格的侮辱！后来，我上了大学，这种信念更为坚决。现在看看那时候的照片，略带卷曲的黑发覆盖在高高的额头上，眉宇之间带着点儿稚气和英气，公平地说，长得不算丑。那时候，好心肠的师母或者高年级的老大姐不断提出要给我介绍女朋友。

尽管被介绍的也都是我们系里低年级的善良无辜的女孩儿，但我一听"介绍"两个字就讨厌，所以统统谢绝了。顺便说一句：那时候，在我脑子里只有"爱情"这个热烈美好的概念，而"结婚"对我来说还是一个非常遥远而模糊的影子。

青年时代在好梦中过去了。然后，解放—出了校门—参加工作，但是学生气不褪。不消几年，充满幻想的脑袋就受到现实的敲打。1957年，自己在毫无思想准备的情况之下跌入了陷阱。当时自己的感觉：开始受批判的时候自认为是受到母亲责骂的儿子，到真的被划上"右派"的时候则觉得自己是被赵匡胤错斩的郑恩。幸亏那时还年轻，30岁不到，不怕劳动，不怕改造，干活真卖力气，心地也纯洁无瑕。有一两位姑娘暗地对我表同情、跟我接近，我很自觉地回避了，不愿连累人家。当时高悬在心中的只有两个金光闪闪的大字："摘帽"。

施耐庵在《水浒·序》里说："男过三十未娶则不应更娶。"1962年一摘帽，我首先面临的就是这么一个问题。五年的改造使我的头脑明白了一点：如果自己还想结婚，就不能墨守外国小说里的框框，走"认识—交往—发生好感—有了感情—谈恋爱—定关系—订婚—结婚"这么一条漫长曲折的道路，而必须"用夏变夷"，走多数中国人习惯的"介绍—谈对象—结婚"这条简便易行的道路。

于是，我就站在婚姻介绍的天平盘子里，任人称量。

60年代初，我30岁出头。拿今天的话说，那时候我算个"大龄青年"——大则大矣，年尚轻也，何况还是一个大学生，找个"老婆"岂有难哉？我这样想，别人也这样想。热心的同志纷纷登门了。

第一个介绍人是一位演员，而且是一位很"红"的演员——她在台上演红娘，在台下也乐于当"红娘"。我过去爱看戏，偶尔写写剧评，认识了她两口子（她丈夫是导演），算是老朋友。我摘帽后，他们立刻帮我找对象。她为我介绍了一位青年演员——那是她学艺时的师妹，至于人才长相嘛——她武断地说——"你就不用挑啦！"一天下午，她刚排完戏，兴冲冲来到我们单位，给对方挂电话。她一手按那部老式电话机，另一手按着曲柄使劲地摇，"呱呱呱呱"摇了一遍又一遍，没有打通。她拿出小手绢擦擦汗，命令我："过来，给我打通电话！"我也"呱呱呱呱"摇电话机，打通了。她和对方约定见面时间、地点。

见面了。那位演员的"条件"真是"不用挑"。介绍人还转达了她的回答："愿意考虑。"介绍人很乐观，夸口说作为师姐，"能当她一多半家儿"。

"这倒比张君瑞省事!"我想。

可是,事情并不那么美妙。时间一天、两天、一周、两周过去——再没有下文。我登门去找介绍人。演员不好意思地说:人家原来愿意谈,可是一打听我"犯过错误",就不谈了,还埋怨她说:"姐,介绍个这样的人你还不如不介绍哩!"

我愚蠢地问道:"我不是已经摘帽了吗?"因为,在宣布对我"摘帽"的大会上,领导明明讲过"以后就一视同仁"了。

演员脸一红,说:"我也不知道怎么回事儿……"

类似的经历还有几次,都是这样先喜后忧,不了了之。

一位基层女干部(女同志当中的热心人特别多)见我"傻得不透气儿",就对我把话挑明。她说,一位领导干部向她亮了底:所谓"摘帽右派",意思就是说这个人虽然摘掉了右派帽子,仍然属于"内专对象",一有运动,还要"揪出来"——"咱们不外气,这话我才对你说,你想想,这么厉害,谁敢跟你结婚?"

不过,也有人不知道害怕。在经济困难那个时期,有一些家境不好、文化不高的姑娘不怎么顾虑我的"摘帽右派"问题。但是,遇到这种情况,问题又出在我身上了——知识分子即使倒霉了,"落魄"了,一旦处境稍有好转,由于"食洋不化"或者"食古不化"而留在头脑里的"混账话"仍然要飘浮起来;尽管在现实的铜墙铁壁上碰得头破血流,"本本主义"还是难以彻底改掉,内心深处还在想着"郎才女貌""志同道合""共同语言"等等。结果,就像另一位介绍人替我总结的:"你愿意,人家不愿意;人家愿意,你又不愿意!"

摘帽后三四年平静的年月就在这"愿意""不愿意"的交错中过去了。

"文化革命"开始,我果然立即被"揪出来",头上被扣上的帽子一顶比一顶可怕。这几年的处境使我非常怀念1957年那"和风细雨"的批斗。

然而,在连年的急风暴雨之中,喜事的光芒也曾在我面前一闪。

1968年冬,我正在"清队学习班"里写着自己的"罪行交代材料"。一天傍晚,红卫兵通知我:有人找。我以为是外调。跟他到办公室一看:原来是我过去认识的一位在街上摆茶摊的老太太,在她身边还跟着一个年轻媳妇。这位老太太是城市贫民,所以她敢在那种时候"如入无人之境"地直闯"白虎堂"!

老太太给我说媒来了。她说:这个媳妇"过门"以后一直受气,被她男人"打神经"了,刚离了婚,求她给她找个人家。她马上想起了我。老太太说:"你们俩怪般配! 你一个月 50 来块钱,两人也够花!"

我看看那个年轻女人,她头发散乱,脸色黄瘦,眼神绝望无助,一副典型的"挨打受气小媳妇"形象,跟我倒真"般配"。可是——

我对老太太说:"你看,我还受着审查……"

"坦白从宽,抗拒从严嘛!"老太太顺口给我讲讲政策——这大概是红卫兵预先教她说的;但她又赶快对我进行前途教育:"犯错误改了,就是好同志!"——老太太好心好意,还把我当"同志"。

我不知该说什么。

可是,站在旁边的小媳妇发言了。看来,尽管老太太说她被"打神经"了,她在关键问题上一点也不"神经"。她抬起头瞅了我一眼,很清醒地向老太太提出抗议:"他怎么那么老呀?"

老太太大概对她隐瞒了我的年龄,听了这话,猛然一愣。

小媳妇说完那句话,就把身子背转过去。停了一刻,她低着头慢慢走了。老太太也跟她走了。

我摸摸自己的脸——胡子两个月没能刮,厚得像一片片的毛毡。

我忘了自己什么时候已经过了 40 岁!

从 1966 年到 1971 年,就这样在不停的批斗和"审查"中度过。奇怪的是,生活一安定下来,就有人从四面八方把温暖的关怀送到我身边来。

一位老画家在农场慨然答应给我帮忙,甚至连对象都选好了——可惜,我们回城,正碰上春节,他一高兴,喝了一杯老酒,突然中风去世。一位退休的戏曲演员,身患重病,叫我到她家,把她的亲戚(一位回乡女知青)介绍给我。因为我"成分不对"(这在农村是最关紧的问题),没有谈成。不久,这位演员也病故了。

一位园艺工人介绍我认识一位上过大学的技术员。她很坦率地告诉我:"你划过右派。我又心软。要跟你谈,很可能就会同情你。可是一同情你,连我也掉进去了!"——"掉进去"当然可怕。

我的婚姻太不顺利了。一位老先生给我介绍对象时,叫我写个"简历",还特别嘱咐我"一定要用带红道道的纸",好取个吉利。可是,"带红道道的纸"也帮不了我的忙。

还有人动员我算一卦。我说："自断此生休问天！唯物主义不信命运！"可是我心里也嘀咕："天道无亲，常与善人，是耶非耶？"——这是司马迁的话。

　　在这里，我不能不提到一位有古侠客之风的介绍人。他是一位锅炉工，生得浓眉大眼、五大三粗，好一条虎彪彪、黑凛凛的汉子！简直是从《水浒传》里走出的人物。一天，他闯进了我的斗室。他那种横冲直闯惯了的粗壮身体进入我这间狭窄的小屋里显得很受拘束，他那大声喊叫惯了的高嗓门在我们这个大家屏声息气的"知识分子成堆的地方"显得太肆无忌惮。他来，是受人之托，要为我介绍一位离婚的女同志，先来"相亲"的。可是，跟我谈了一阵儿，他主意改变了，提出来干脆把他自己的妹妹介绍给我。他说："按规矩，不兴这样。我看你是老实人，咱就不管那一套！"

　　他的妹妹——一位20多岁的姑娘，脾气跟她哥哥一样热情豪爽——也和我见了面。她哥哥把我的"条件"都向她交了底。她愿意和我见面。我们在一起谈得很好。我想这一回大概可以"谢天谢地"了吧？不料，有一天见面，她哭了。问她，不肯说。第二天，她哥哥来，气愤地告诉我："你们单位的人对你不说一句好话！"原来，当这个姑娘为了想"明确关系"高高兴兴到我们单位进行一次最后的了解，听到的评语是："右派！神经病！"——刚刚产生的好感的萌芽被野蛮地摧毁了。

　　我不可能把所有的介绍人都一一写出来，因为在那20年间向我伸出援助之手的人太多了。不过，有一点是共同的：他们的好心都落了空。这一大半怪当时那种政治环境，一小半也怪我自己，因为在婚姻问题上我对自己要求的还勉强得不够。我觉得：人自然必须从少年时代的好梦中走出来，但是，人毕竟是一个人，总不能像"一头公牛加一头母牛"那样配合。因此，我的光棍儿生活就一直拖到50岁以后。

　　三中全会以后，我的"右派"问题改正了。这时候，我本来应该马上结婚的。但我想抢回一点儿工作的时间。我拼了命写出我的第一本书，直到1983年，当我56岁时，我才像一个正常的中华人民共和国公民那样结了婚。这时，我发现：结婚其实很简单。过去那样复杂的过程本来是可以避免的。

　　现在，那些在我逆境之中帮助过我的人，有的已经不在人世了，有的仍然健在，但年纪也不小了。我永远怀念他们，感激他们。他们的面影一个一个重新出现在我的眼前,渐渐地,他们形成一座高大而亲切的群像——我猛然醒悟,这不是我们正直善良的人民吗? 我们的人民是多么好啊! 当一个微不足道的知识分子陷入困境时,他们毫无自私自利之心,一个接一个伸出手来拉他,尽自己一切力量扶持他能够过上正常人的生活。

想起他们,我感到自己欠着人民太多的债。这个债恐怕今生今世是还不清了。写此小文,只是为了向上边提到和没有提到的、故世的和健在的一切关怀、帮助过我的人们,总的说一句:

谢谢你们啊,介绍人!

《谢谢你们,介绍人!》书影(《随笔》1988 年第 1 期)

(1987 年 9 月 17 日,曾刊于《随笔》1988 年第 1 期)

在重庆大学读书

我的母校重庆大学建在嘉陵江边,校园环境优美,其中有些建筑和道路至今仍清楚记在心里:理学院是中国传统的飞檐大屋顶古典建筑,工学院则像一座西欧的中古城堡;文科各系的学生上课和课外活动以小山头松林坡为中心,松林坡下自然形成了一条腰带似的环状小马路,是同学们散步之地,到了傍晚,男女同学在此谈情说爱,路旁卖"担担面"的小贩表示凑趣,在担担面里放进两个"抄手"(馄饨),叫作"鸳鸯面",因此这条小路也被戏称为"鸳鸯

1931 年建成的重庆大学理学院

路"。松林坡俯瞰着中央大学复原后所留下的大礼堂,是同学们演戏、唱歌的舞台场地。理学院门外的大操场既是运动场,也是解放前重庆学生运动的中心。松林坡附近的学生饭厅门口有一片"民主墙",是大家自由发表意见的园地。

一

我于 1946 年暑假考重大中文系。上中学时我的数理化没有好好学,只凭一篇作文录取的。主考官是著名古音韵学家张世禄。口试时他问我最喜欢哪一篇文章,我答:荀子《劝学篇》。他让我背,我一紧张,一句也背不下来,连开头的"青出于蓝而胜于蓝"都忘了。但还是录取了。当时中文系初创,请了两位赫赫有名的大学者,即张世禄和古文字学家商承祚。他们的讲课内容都忘记了,但是记住

古文字学家商承祚

了他们的风度和各自在课堂上讲的一件事:张先生身材高大,说话幽默。他说在古汉语里有像英文中"play"这样的复辅音,并举了古汉语中"笔"音"不律"为例。商先生个子瘦弱,面相清癯,谈吐文雅。他说甲骨文中的"僕"字上带了一串啰啰嗦嗦的东西,原来不知道是什么;后来有一次坐汽车,在半路上"抛锚",看见司机的助手修车,腰间别着一把鸡

古音韵学家张世禄

毛掸子,这才恍然大悟:甲骨文"僕"字上那一串东西可能是当时奴仆做家务劳动时所经常使用的工具。张、商二位老先生是各自专业的头号权威。他们在抗战期间滞留在大后方,日本投降后复员经过重庆,被挽留下来,但都只在重大中文系教了一学期,就离开了。

我自己在中文系也只读了一年,而且主要的活动是跟爱好新文学的同班同学张存志等人组织了一个"野风文艺社",出壁报《明天》,演话剧《沉渊》(林柯作),还参加"海风合唱团",总之,兴趣在于课外活动。当时最得意的一件事,是到街上沙坪书店,把香港出的《王贵与李香香》一口气站着读完,回到学校凭印象画了16幅连环漫画(当然无法和后来周令钊的那一套插图相比),发表在我们的壁报里;可惜只在松林坡下的报栏里登了一天,夜里就被人撕掉了——大概是特务学生干的。

有件事值得在此一记:约在1947年上半年,朱自清先生曾在重大校区的基督教青年会有一次讲演,我去听了。讲的内容是当时白话散文的两种风格,举何其芳的散文和冯雪峰的散文著作《市风和乡风》为例,前者风格清新明快,后者行文晦涩而有哲理意味。朱自清先生身穿黑色旧西装上衣,说话声音不高而条理清楚,是名教授兼名作家。当时我刚读过他的《伦敦杂记》,非常喜欢。他到重大讲演,可能是从西南联大复员回北平路过被邀。

二

1946年年底,圣诞节之夜,发生了"沈崇事件":北大女生沈崇被一个美国兵强奸。全国各大城市爆发了抗议美军暴行的学生运动。从这时到1947年上

半年,我投入重庆市的"抗暴"运动。重庆大学的抗暴是由几个进步学生酝酿发动的。张现华、潘青、王永毅等同学在基督教青年会一间房子里开会,我也被约参加了。张现华(后来担任重大学生会主席),一个个子细高的山东小伙子,微笑着说:"我们在这里开会,那些没良心的人(指特务学生)也在那里开会!"王永毅(后来知道,他属于民盟)说:"这次抗暴运动的性质仍然是反帝反封建的斗争!"我仅在会后参加了抗议书的签名活动(后来这份抗议书登载于重庆的《新华日报》)。由于日本投降以后,蒋介石撕毁政协决议,打内战,学生们普遍对国民党不满,加上驻华美军以胜利者自居,在中国横行霸道、奸淫妇女多次发生,"沈崇事件"成为导火线,抗暴运动一触即发。重庆市的大中学生的游行队伍冲向市区,市民蜂拥街道两边观看助威,还为学生们提供饮食。印象最深的是,当我们游行到闹市中心时,"中华剧艺社"的演员们向我们抬出了一大筐橘子和面包。(30年后我偶然碰到该社的演员彭湃同志,他告诉我:这些橘子和面包是他们节衣缩食、用省下来的钱买的——当时的进步演员也都很穷。)游行中最吸引群众的是陶行知的育才学校学生表演的节目。他们运用"王大娘补缸""赶旱船"等民间形式演出讽刺国民党政府投靠美帝、丧权辱国的内容。有一个"打莲箫"(北方叫"打花棍")的节目唱道:"有一帮人最可耻,他给洋人当舅子,跟在洋人屁股边,吐把口水他说甜!"唱得大家哈哈大笑。

接着成立了"重庆学生抗议美军暴行联合会",简称"抗联"。"抗联"出了一种小报《抗联通讯》,编辑部设在化龙桥育才学校。我参加了编辑工作,因此认识了育才的学生苏觉和王轶伦。(王轶伦患有严重肺病,编辑小报时在一起吃饭,我不小心受了传染,也患上肺病,1949年秋发作,解放后不断治疗,直到1970年才"钙化"。这是后话。)

1947年上半年,是重庆学生运动的高潮。到1947年6月1日晨,国民党就在全国各大城市对学生和进步人士进行报复性的大逮捕。仅在重庆一地就逮捕了大中学生、教师、记者100多人。6月1日那天大清早,武装特务到重大学生宿舍按校内特务所提供的黑名单抓人。同学们都惊醒了。特务们押着被捕同学从松林坡下走过,我们大家呼喊着紧追,追到附近的西南工专校内,特务开枪,大家才停止追赶。

重庆大学的同学中被捕的有张现华、王永毅等。同学们进行了营救活动,敦促学校当局出面向重庆市政府交涉放人。在全市各界人士的抗议声援下，国民党政府不得不把大部分被捕人员释放，但仍狡猾地扣留下学生运动中的少数骨干，张现华同学就是其中之一。他被关在中美合作所的监狱中，直到重庆解放前夕，于1949年11月下旬在特务大屠杀中牺牲。

三

在参加这些爱国的学生运动中，我至今还留下关于进步同学们之间的亲切回忆：一件事是在准备大游行时，大家都到理学院的礼堂去写标语、画漫画。我画了一大张美国兵的丑态，因为技术差，画得不好，没有采用——这倒不必说它。我还写了许多标语，后来也完全没有用。标语内容是按照学生会拟定写的，为什么不用呢？当时思想不通——等于白忙活了几天。后来一想，明白了，是因为我写的是一种"小孩儿字"，让特务一看就认出是我的笔迹。因此，主持游行宣传准备工作的高年级女同学黄英大姐，为了保护我的安全，就完全不用。但在我兴致勃勃画呀写呀的时候，她在旁边并不阻挡我的"积极性"，只是默默地看着——完全出于好意。另一件事，是在声援营救被捕同学的晚会上，我朗诵了自己急就写出的一首诗。这诗，现在一句也不记了，反正都是抗议反动派抓人的口号——这也不值得多说。留下的温馨回忆是，我朗诵诗歌后留在后台，和两位同学守摊，等候晚会结束：一位是化学系女同学曾紫霞（后来知道她是刘国志烈士的未婚妻），另一位是教育系女同学叶孟君。曾紫霞像一个姐姐，叶孟君年龄小，单纯而老实。我们三人小声说些闲话打发时间。叶孟君说了一个很文雅的谜语："花已化成灰，秋风半边吹，夕阳一点向西垂，相思心碎，怕是马蹄归！"打一字。我一点一点猜，只猜出一部分，但凑不成整个的字。她说是（繁体的）"蘇"字。进步同学们之间，为共同追求解放的理想而一同参加爱国学生运动，相处中有一种像兄弟姊妹一般的纯洁情谊，虽然现在已事过整整60年，仍然感到值得怀念。

但是，时过不久，叶孟君同学突然失踪了！据当时进步同学之间传说，情况是这样：叶孟君在进步同学当中虽然显得性情温和单纯，她其实是一个嫉恶如仇的女孩子，而且毫不掩饰自己的感情，有话就直说出来。这种性格在那种特务如毛的险恶环境中是很容易遭敌人暗算的。在她那班里有一个跟特务关系接近的女生，从事破坏学生运动，叶孟君常跟她争吵。那个女生怀恨在心，不知道通过什么渠道，使国民党特务把她绑架了。

听到这个消息，我深感痛惜；苦苦思索之后，写了一封抗议信，到重庆大学校长张洪沅（张群的本家亲戚）住宅，叫开门，把信交给一个女仆，信中礼貌地请张洪沅出面营救，但如石沉大海，毫无下文。从此叶孟君就消失了。

几十年来，我以为她已遭到不测。但到上世纪80年代，偶然从《重大校友通讯》所刊登的重大"六一社员名单"中发现她仍然健在，放下了几十年来心上的一种负担。叶孟君同学是川西崇庆人。那么，遥祝这位共同参加爱国学生运动的老同学一生平安吧！

<h1 style="text-align:center">四</h1>

我的大学生活是在学生运动和用功读书的互相交错中度过的。这就是说，出于一个青年学生的爱国心、正义感和对于民主、自由、解放的向往，凡有爱国进步的学生运动，我一定自觉、积极地投入——虽然仅仅是以一个普通学生的身份参加，做一点力所能及的工作；但一旦学生运动的高潮过去，我又以旺盛的求知欲投入用功读书的生活。这本来是一个青年学生很正常的两个方面。当然，还有第三方面，那就是对于幸福爱情的憧憬——不过幸福爱情可遇而不可求，而且对于我这个从十二三岁就逃难出来的流亡学生来说，是一种奢望。

我在重庆大学，前后共读了一年中文系、两年外文系。在中文系，我的主要活动是与好友张存志（自流井人）参与组织了"野风文艺社"。对于功课，包括张世禄和商承祚两位大师的课，乃至于系主任颜韵教的朱光潜《文艺心理学》，都没有好好听。只是对于郭子钧老师教的中央大学编的大一英语有兴趣。当时我做的是"作家梦"，想提高自己的英文程度，通过英文阅读外国文学名著，以便学习文学创作的本领。因此我对于郭子钧老师所教的大一英语

作者在重庆大学读书时所摄

(Freshman English)情有独钟。郭老师听口音好像是南京人,当时只是助教,但他教书认真仔细,我也读得很起劲。课文都是 20 世纪的英国散文和短篇小说,其中的 *Sunday Before the War* 和流浪汉作家 W. H. Davies 的小说,我都能背。郭老师在堂上说过一句话:"You are hard workers. I must be a hard worker, too."(你们用功,我也得用功。)我认为他看过我的作文,冲我说的,心里很得意。

1947 年秋,我干脆转入外文系。在外文系,我对功课比对中文系的功课更加重视。但我不把功课看得高于一切,我更重视课外的自由阅读。自由阅读范围很广,还包括自己所一直爱好的以鲁迅为代表的"五四"新文学、社会科学著作和通过《新华日报》报童送来的革命文件《窃国大盗袁世凯》《中国四大家族》等等。在英文方面,我苦于自己掌握词汇量太少,只能逐步提高读英文书的能力。一开始我读英汉对照的英译小说,如高尔基的 *Twenty-Six Men and a Girl*,*My Fellow-Traveller*,德国反法西斯作家 F. Wolf 的 *Jules*,苏联历史剧 *Field-Marshal Suvorov* 等,认真查字典。进而读英国的儿童文学原著 *Alice's Adventures in Wonderland* 和狄更斯的 *A Child's History of England*,都读得津津有味。读的第一部正儿八经的英国名著则是 Goldsmith 的 *The Vicar of Wakefield*。为了攻破生字难关,我往往把生字一个一个查出、写到本子上,功夫下得不少。但后来发现:仅仅把生字抄下来并不是好办法。(这只能安慰自己:我把它们抄下来,大概记住了!)根本的办法是多读原文书,遇到不懂的地方查字典,通过多读,头脑中长期积累,提高阅读能力。

在进修英国文学方面,日籍爱尔兰作家小泉八云(Lafcadio Hearn)和我国英语界前辈范存忠先生对我影响较深。前者强调英文圣经"钦定本"(The Authorized Version)在英国文学中的重要地位,促使我以一年的工夫攻读此书,并以其中一些部分与中国的古代经典比较;但我只是把英文《圣经》当作文学典籍来欣赏,并不相信基督教,这是与教徒对待《圣经》的态度截然不同的,正如我也爱读中国古书但并不相信儒教一样。范存忠教授的《英语学习

范存忠

讲座》一书对我从一般英语学习过渡到学习英国文字起了一种桥梁作用。特别是书中所讲的斯蒂文森如何通过模仿阿狄生的文章学习写作、康拉德如何从一

个波兰水手通过艰苦努力成为一个英国小说家的故事,曾对我触动很大,使我曾想学习用英文写作。为此我把平时阅读英文作品最喜欢的几十段诗文片断背诵下来,发现这对于我的英文作文大有帮助,最后的结果则是在 1952 年所写的一篇英文短篇《逮捕》,描写重庆"六一大逮捕"中的一个事件,获得世界学联的征文一等奖——但也仅此而已,至于以英文写作为事业,谈何容易?

现在想来,我在重庆大学最高兴的事,是坐在工学院门外、嘉陵江边的石栏上细细品读《金库诗选》《罗密欧与朱丽叶》和彭斯的歌谣——打下了我一生喜爱英国文学的基础,这就够了。

五

在我生平,中学老师对我影响最大。这可能因为,一方面,人在少年时代头脑最单纯,上进心强,热爱学习,另外因年龄关系,对老师的依赖性大,在不知不觉中受他们熏陶;另一方面,当时也确实遇到几位品德高尚、思想进步、业务过硬、多才多艺的老师,他们以大公无私、任劳任怨的精神爱护我们、培育我们。因此,可以说我一生中思想和事业两方面的根子在中学时代已经扎下了;此后的几十年只是在这个基础上随着年龄、环境和条件的变化而发展和具体化。在这方面我已写过文章,此处不再重复。

大学老师当中留下印象最深的是外文系的吴宓和朱文振。关于吴宓先生,我已写过回忆文章,现在只谈朱文振先生。

朱文振先生是著名莎剧翻译家朱生豪的兄弟。他在 1950—1951 学年教过我们英国文学史,用的是美国 Neilson and Thorndyke 编的教材。现在还记得他在班上用稳重而低沉的口吻一字一句复述《贝奥武甫》(Beowulf)故事的情景。但英国文学史只讲到乔叟就停止了,因为 1950 年冬天我们都下乡到沙坪坝附近的农村,去参加土改前的减租退押运动。运动结束回系,文学史也没有继续,他改教英文作文。现在想想,他在课堂上并没有教我们很多东西,他对我的影响主要在于课外的潜移默化。

朱文振先生跟他那著名的兄长一样,都是典型的江南读书人。他学养有素,中外兼通,温文尔雅而又坚毅执着,在教书和著译两个相辅相成的领域中耕耘一生。我作为一个酷爱文学的学生,对于他这样清寒自守的老师深为敬佩。他教我们作文课极为严格认真,有他自己的一套方法。关于教学方法,记得好像是贝多芬说过:善于教钢琴的人,当学生正弹得兴会淋漓时,不要因为一些小错而不断打断他,以便让他保持旺盛的学习劲头,最好在他弹完之后再从大方面给以指点。我还听一位老教授谈过他改学生英文作文的秘诀:可改可不改——不改。但朱先生改作文的方式却恰恰相反:一篇抄得整整齐齐的作文交上去,下周上课发还时,本子上勾勾画画加上改写,已经面目全非,而且在文章末尾还有他密密麻麻写下的一大段批语。这说明他在每一篇学生作文上都花费了许多心血,对于文章中一切大大小小的"不妥之处"都不放过,都要改掉。他自己是如此严格认真,如此吃苦,却并不讨学生的好。至少就我个人来说,看了他改过的作文后,写作文的兴致就被打消了一大半。但朱先生对学生也不乏幽默感。有一次他监考,时间结束了,同学们还拖延着不肯交卷,他耐心等待一会儿,同学们还不动,他笑着说:"各位大文豪,请交卷吧,好不好?"大家也笑着交卷了。他的微笑很有特点:那是极儒雅的、冷隽的,稍含一丝嘲弄的意味。我感觉他是一位正派认真的学者,他对学生严格完全是出于好意,所以在课外有时找他聊聊。

朱先生当时住在重大的教师宿舍"行字斋",环境幽静而阴凉。房间设备简陋,只有一桌一椅一床,是典型的书生寒斋。在靠窗的书桌上摆着一部 *Concise Oxford Dictionary*(《简明牛津词典》),并非原版,而是抗战期间龙门联合书店的土报纸影印本,好像雨水泡过似的,纸页膨胀了,厚厚的,像一块四四方方的大松糕,封面还用纸粘补过——看来用得很有些年头了,这是他最常用的工具书。书桌上还放着一摞莎士比亚戏剧的译稿。谈得高兴了,他就向我介绍他翻译莎剧的经过。那时朱生豪译的三大卷莎剧集早已由世界书局出版,未及译出的几部历史剧由他续译出来,而他正在认真完成亡兄的嘱托。他让我看那些灌注着他心血的译稿,那是他最神圣庄严的事业成果,我对此只有感到敬佩和叹服。但从他谈话中,我也感到他似乎并不以其兄的译法为最好,仿佛打算先把缺译的历史剧补足,然后再用自己的方法重译莎剧全集。原来他认为莎剧从写作时代和语言特点来看,应该采用中国传统的戏曲语言,即从元明杂剧、昆曲、京剧中提炼出来的语言来译才合适。他为贯彻自己的这种译莎主张而日夜辛勤工作,对于自己的译稿一遍又一遍地修改、誊抄。

从朱文振先生身上,我仿佛看到他的胞兄朱生豪怎样在家乡沦陷的艰苦条件下,躲在乡间默默从事莎剧翻译的一部分身影。他们兄弟二人为学术事业、为莎剧翻译而执着献身的精神是一致的。但他们工作的结果却因时代背景的差异而大大不同。朱生豪由于他在抗战前与世界书局有老关系(他曾参加缩写世界书局所出的《英汉四用字典》),并在 1935 年就与世界书局签订了《莎剧全集》译本的出版合同,他的莎剧译稿在抗战胜利后的一段时间"空当"中得以出版,解放后又由人民文学出版社先后两次出版,辛劳的成果总算完整保存下来,足以寿人寿世。朱文振的译莎结果却没有这样幸运。据我所知,他补译的几种历史剧业已完成,在解放之初他的《莎剧译例》也发表于《翻译通报》。但他那采用中国传统戏曲语言翻译莎剧的主张没有得到当时学术界的理解,因而他的几部译稿也未能出版,最后全在"文革"中毁掉。我认为这是学术上的一种损失。因为,以莎剧之博大精深,以中国新旧戏剧形式之多种多样,尽可以根据"百花齐放"的精神,采用不同的方法来翻译。朱文振的译稿倘得保存下来,说不定会提供一种有独特风格的"另类"译本,有助扩展译莎的思路。

无论如何,朱氏兄弟身上都体现了对于学术事业的虔诚庄严的追求。

六

1949 年 11 月底重庆解放,我参军当了半年多的宣传兵。1950 年秋,因肺病发作又回重大外文系复学;除了在 1950—1951 年冬春之交作为工作队员参加了一段农村减租运动,我仍想继续学习英国文学,主要想攻读莎士比亚,但对于他的原文全集只读了四五个剧本,感到语言太难,又缺乏详注的好版本和工具书,只好中断,但心灵深处留下一个有朝一日一定要读懂莎士比亚的愿望。

这时候系里来了几位从美国留学归来的新老师。我在课外对他们一一拜访。

有一天,教作文的陈楚珩先生问我平时读过什么书,我说我读过英文 *Bible*。她说从作文看,我还读过别的什么。我说我读过 Macaulay 的 *The Life of Samuel Johnson*(《约翰生行述》)。她大不以为然,说:"Macaulay? Historian! You should read Arnold, Matthew Arnold!"（麦考莱？历史家！你该读阿诺德，马修·阿诺德!）于是她立刻从书架上取下美国 Charles Scribners 出版的一本阿诺德批评文集，借给我看。我仔仔细细拜读了 *On Translating Homer*（《论翻译荷马》）等等。阿诺德确实是学问渊博、深思熟虑的雅士，对资本主义社会、"维多利亚盛世"有自己的独到见解，对于唯利是图、粗俗颟顸的市侩主义（Philistinism）深致不满，而文风优美蕴藉、淡而有味。他的批评论文是值得让人在天朗气清、惠风和畅的氛围之中，在明窗净几之间慢慢品读、细细琢磨的好文章。与之相比，麦考莱的书就显得不足。麦考莱的优点在于文笔流畅生动，他的书一掀开就吸引人读下去，直到篇末；但是读后想想，他写的内容肤浅，给人留不下余味。此外，批评家对于他写的历史和传记中的政治偏见也表示不满。尽管如此，碰到他的文章，由于文字中的吸引力，我还是爱读。这种思想不深刻，甚至内容也有偏差，但文字生动而不枯燥的散文作家，在中国也是有的，不必当作经典，只当作一种散文读读，大概也无碍大局。

我还去找过从美国归来的王棣先生。他向我推荐法国文学，特别向我推荐伏尔泰的 *Candide*（《天真汉》），把他的一大本印得很漂亮的欧洲文学选读借给我。我明白他是向我启蒙，想让我除了绅士气太重的英国文学，思路开放一点。但我那时还欣赏不了伏尔泰，以为他只是哲学家。那时我最欣赏的法国作家是法朗士，特别是他的《泰绮思》（*Thais*），以冷隽智慧的笑声摧毁了假正经、假道学的伪善面具。小泉八云所译的他的《波纳尔之罪》我也非常爱读。至于王先生向我推荐的 *Candide*，多年之后我读了，而且也很欣赏——它确实是一部振聋发聩、惊世骇俗的启蒙小说。

另一位刚从美国归来的欧治梁老师教我们口语。他特别欣赏丘吉尔的口才，向我们放过丘吉尔在美国国会的一次讲演，大概就是所谓的"富尔顿演说"吧？我现在还记得丘吉尔用老年人含混重浊的口音说出的"from time to time"这个短语片断。不过那时我对丘吉尔没有好感，一则因为他在二战中对于中国的抗战不但没有帮什么忙，还对中国指手画脚，说什么"该大国作战不力"云云；二则因为他在二战后镇压过希腊人民的反法西斯游击队，而且在镇压之后还坐在坦克车里伸出两个指头作"V"字状，炫耀自己的胜利。刚解放时没有读过《毛泽东选集》，我还不知道他在英舰"紫石英号"干涉南京解放时所发表的言论,否则我对他还会更反感。

应该说,这些老师对我学习英文都有一定帮助。但我从抗战开始到1951年一直作为流亡学生从河南到陕西、从陕西到甘肃、从甘肃到四川,整整流浪十来年。到1951年暑假,我下决心回到北方,第三次(也是最后一次)从重庆大学北上,到北京去报考北大转学生。

(2006年10月7日,开封)

第一次去北京

1951 年 7 月,我第一次去北京。

先说一下背景:从 1939 年到 1951 年这 12 年,我从河南到甘肃,又从甘肃到四川,大部分时间是做流亡学生,或者说,在动荡不安的生活中见缝插针地上学念书,从一个懵懂无知的少年成为酷爱文学的大学生。我在重庆大学读了一年中文系、又读了两年外文系,一心想把英文学好,攻读英国文学。1948 年冬,由于服从革命需要,放弃了一个到牛津大学留学的机会。1949 年 11 月底重庆解放,出于革命热情,我参加解放军,做了大半年宣传工作;因病复员回校,又在外文系读了一年。当时解放不久,政策宽松,大学生可以通过考试转学,我下决心再次休学北上,到北京大学考转学。

对于北京大学,我除了从书中知道它是"五四"策源地和"全国文科最高学府"以外,一无所知。行前只匆匆忙忙找到吴宓先生,拿他写给汤用彤、朱光潜、卞之琳三位先生的一封介绍信。

穷学生没有什么家当,不过单衣薄被、几本破书,卷起就走;拿不动的书,就由两位同学好友王世垣、高国沛瓜分了。

结伴同到北京的,除了我,还有其他三位重大同学:外文系的王若驹,银保系的女同学李会燕,以及另一位忘了名字也忘了什么系的黑黑瘦瘦的高个子李同学。他们去北京可能也是为了转学,但现在记不很清了。王若驹是长得瘦瘦怯怯的一位白面书生,家在重庆市内,去汉口的船票就是他代买的,他经济条件大概不错,买了不少英文书,行前还送我一本。(这本书是牛津大学出的语法练习小册子,对我一点用也没有,但是人家好意赠送,我不好意思扔,一直带在身边,直到 1969 年,所在大学"连锅端"上山下乡,才和别的书一起当废纸卖掉。)

为了上船方便,出发前,我跟着王若驹到他家住了一夜。这才知道,王若驹家不是一般老百姓:他父亲是解放前夕中美合作所大屠杀中的一位幸存下来的民主人士,在他家墙上还挂着一幅中堂,是一位已遭杀害的民主人士楚某(恕我年久失记)平时写的一首赠诗。尽管这次大屠杀已过了一年半之久,但从王若驹母亲的谈话中仍可感到她为自己丈夫虎口生还而喜出望外的心情。两位老人很热情,请我吃了一顿重庆风味的南瓜粉蒸肉下饭。王老先生一派儒雅,是见过大世面的人,但并没有谈他自己遭难的经历,只是提到他曾在上海见过瞿秋白。这么推断起来,他应该是参加过新民主革命时期进步活动的一位前辈。可惜自己当时拘谨幼稚,或者因为行色匆忙,竟没有问一问他的名字。

次日我们就从重庆上船。我在重庆上了几年学,这还是第一次到著名的朝天门码头,不知走下了多少级石板台阶,才到长江边的码头。我们三个男同学没有人送,李会燕却有她的妈妈来送。李妈妈是一位个子不低、白白胖胖、很富态的老太太,而且一见她马上就看出李会燕真是她妈妈的好女儿,长得一模一样,只是小一号。在码头上意外发现另一位经济系的女同学瞿宁凤也来送她父亲去北京。瞿宁凤同学很文静,在重大学生会广播站当广播员,我做过编辑,因此有"同事"之谊,而且有一次因为工作还收到她从播音室窗口递给我的一张小纸条,所以应该不是陌生人。但我尽管自命为进步青年,而且从所读的英国伊丽莎白时代和浪漫主义时代的诗歌当中也吸收过一点自由奔放精神,然而内心深处仍藏着"男女授受不亲"一类的影响,所以竟然与瞿宁凤同学未交一言。上船之前,瞿宁凤的父亲对李会燕的母亲说话,我才注意到他是一位个子不高、清癯文雅、眉宇间略显忧郁的老先生。他们两人像是很熟,小声地说着话,大概是道别。我在旁边,听见他们提到了冰心,李妈妈还指着瞿宁凤的父亲对我说:"他过去写得可好啦!"我突然明白:这两位和冰心一定是"五四"时代燕京大学的老同学;但也没有往下想,就上了船。

在船上,我跟瞿宁凤父亲之间倒有一点小小的接触。我买的船票是最便宜的"统舱",出来到甲板上透气,顺便买了几个梨,拿着就啃,一抬头,碰见这位瞿先生,我礼貌地让他也吃一个,他很客气地拒绝了,还关心地问了一句:"那能吃吗?"我也就不好意思地走开。此后与这位老先生再没有个人联系。(事隔多年,我才明白自己与一位文学界老前辈"擦肩而过"。读了《赤都心史》《饿乡纪程》,才知道瞿宁凤的父亲就是瞿秋白的堂叔瞿世英即瞿菊农,"五四"时期与郑振铎等人同为"文学研究会"的创始人,曾与冰心同时翻译泰戈尔的诗歌。后来他离开文坛成为"乡村建设派"的活动家。我猜想在1951年偶然与他相遇时,他可能因为"乡建派"作为改良主义而受到批判而心情不好。他回到北京在何处工作,非我所知。但同样凑巧的是,我后来在编写英国文学史教材时,无意中买到和读了他所参加翻译的两本书:《人民的英国史》和《1381年的英国起义》,都由北京三联书店出版。这大概是他在京所从事的一项事业吧?详情不得而知了。今天回想起来,倘若在船上有机会请他聊聊"五四"的往事该多么好!不过当时彼此心中最挂念的是各自在新社会如何找到适合自己的立足点或"坐标",他恐怕也无心多说文学方面的闲话吧。)

坐船顺流东下。心中急于出川入京,一路上竟顾不得观赏三峡风光。到汉口下船,码头上混乱不堪,买赴京车票不易。我们三个小伙子束手无策,只能当"甩手掌柜",一切难题都靠着李会燕这个胖胖的北京姑娘的口才和交际手段(在今天说就叫"公关才能")解决,我们才坐上了开往北京的列车。

火车把我们拉到北京的时间是在傍晚。王若驹和李会燕在北京各有去处,一出站,他们就没影了,只留下我和姓李的那个男同学,站在前门楼子下面。大前门,过去只在香烟盒子上见过,现在我们惶恐地站在它那黑咕隆咚的影子里,不知如何是好。我们只知道那年到北京投考的学生都住在西什库的一个收容所。但是西什库是什么地方?我们怎么度过这一夜?又如何在天明时去到西什库?我们两眼一抹黑什么都不知道。我脑子里忽然蹦出来鲁迅的两句诗:"专车队队前面站,晦气重重大学生。"我们自然不是坐"专车"来的,但这时真有点"晦气"的感觉——胡为乎来哉?在没抓没挠之际,我们发现前门下面的影子里有一个拉洋车的小男孩儿歪在他的洋车里打盹儿。我们把他叫醒,跟他商量,请他不要走开,就坐在那里陪着我们,一直到天亮,把我们送到西什库。小男孩儿很爽快地答应了,我们才如释重负。这个主意,现在想想很可笑,但在当时当地一点也不可笑,是我们解决难题的唯一办法。(后来知道,西什库是北京一个有名的地方,它曾经是明清两代皇家的"贮藏室",存放家什杂物的地方,而且还是罗马天主教或希腊东正教最初传入中国时修建教堂之所在。)

我们在西什库附近用作考生临时住所的一处旧房里住下,等待考试日期。吃饭,是自己到外边街上买着吃。最方便的是街上小摊卖的凉调面。凉调面分两种：芝麻酱拌黄瓜丝的，五分钱一碗；炸酱面，一毛钱一碗。来吃的都是一些光着膀子下力气的人，我跟他们坐在一条长板凳上，"刺溜刺溜"地吃，一碗又一碗，非常舒服。时有工人一边蹬着三轮，一边有滋有味儿地唱着当时正流行的评戏《刘巧儿》从街上走过去："巧儿我自幼儿许配赵家，我跟柱儿不认识怎能嫁他呀？……"我感受到刚解放时那种轻松欢快的气氛。

但有一天在街上也碰上一个不同寻常的场面：一队解放军战士押着一个人匆匆走过。路边的市民小声议论那是一个日本间谍——后来报上登出了关于这个间谍和他同伙一个叫"李安东"的意大利人的审讯记录。

考期到了。我到红楼北大，把吴宓先生的介绍信交给北大教务长汤用彤教授。老先生看看信笑了。这就报了名。

考西语系转学的只有我一个人，卞之琳先生主考。考试很简单：他叫我当场写一篇英文作文，说说自己怎样学英文。我背诵过几十篇英国诗文片断，写作文毫不费力，一挥而就。卞先生看了我的作文，把我录取了，但是纠正了我的一处错误：动词 confront 用作伴随动作状语时，应该用被动式 confronted with 等等，不该用 confronting。

卞 之 琳

我和卞先生还有一次不期而遇。恰巧在考试后的第二天早晨，我出来吃早饭，在北大校外碰上一个挑担卖"羊双肠"的小贩。"羊双肠"即灌了羊血的羊大肠，加上羊小肠以及另外一些杂碎一起煮在锅里，是一种比"羊肚肺汤"还要低一等的食物，我在郑州上小学时吃过，已经久违多年，不料在北京重见。北京"羊双肠"中，灌血的大肠与郑州的不同，特别粗，切开了像一片片红红的圆蛋糕，使我想起了拉伯雷写的"巨人"胖大官儿吃的"纽伦堡血肠"，我非常想尝一尝，看看它跟我小时候吃的有何不同。正向小贩去买时，却看见卞之琳先生从北大的边门走出来。他一眼就认出了我，同时也发现我正在干什么，立刻皱了皱眉头说："这个东西能吃吗？"我这个饮食上素不讲究的流亡学生碰见了一位生活上非常讲究的清高文雅的诗人，非常尴尬。他说完这句话就走过去了。我对"羊双肠"的兴头自然被一下子打消，更遗憾的是：这就是我与卞之琳先生的最后一面。（卞先生说那句话，自然是以老师的身份对学生的善意劝告，我应当感谢。我在事后多年想起自己这件"轶事",还曾在想象中对卞先生做一个"幽默"的辩解:想当年,约翰生博士不得第时,不是也曾在伦敦的地下室大嚼鹿肠子以果腹,而且也吃得很有滋味吗?但从50年代到70年代都无缘相见。直到80年代末,在上海开会,才承黄梅同志告知卞先生在北京的住址。我曾两次下决心到北京拜望卞先生,并准备把买到的1947年出版的他的译作《窄门》作为见面礼,但总想做出一点像样的成绩再去见他,更有意义。这样迁延再迁延,卞先生已于2000年去世。这个愿望永远无法实现了。只能在这里表示一下对于主考老师的怀念。)

在考转学期间,我对北大顺便作了一番观光。印象最深的是在红楼下一间屋子里看到墙上有郭沫若写在一张不大的白纸上的一首五言诗,其中两句说:"红楼弦歌处,毛李笔砚在。"

我住在北大三院的学生宿舍,大门前临着一条干河沟。一天,有个挑筐收破烂的人从门前经过。我看他筐里有书,叫他停下,从他那里买了四本英文书,都是Everyman's Library版,每本三角钱:一本拉斯金的《芝麻与百合》附《金河王》,一本狄更斯的《儿童的英国史》,两本麦考莱的批评文集——这四本书我都很喜欢读,《金河王》还有名贵的插图(《福尔摩斯侦探案》作者柯南·道尔的叔叔理查·道尔画的);更可喜的是,50多年了,它们至今还在我的书架上。

我千里迢迢从重庆到北京,考北大转学生,录取了,但却没有上成。原因是我解放前感染上了肺病,在北大入学时叫我到"防痨协会"去检查,发现肺病未愈。北大教务处叫我休学,我争辩了一下。有一位女职员拿话激我:"一个青年人,上不上北大,有什么关系?"我一赌气,没有再坚持,就办了休学一年的手续。

北大未上成,实在扫兴;休学回郑州老家,又不甘心。当此之际,碰上高中时一同参加进步文艺团体"北海文艺社"的同学老大哥孙炳奎,他不知什么原因改名孙融,参加革命,在国家水利部人事处当干部。他认为我来一趟北京不容易,不如到水利部工作。我说:"我还要上北大。"他说:"干一年,明年再复学好了。"我才答应到水利部工作一年,再回北大复学。但是我到水利部之后,瞧他们那意思是打算让我一直在那里干。(当时解放不久,各部门都需要人,所以我这个"不第秀才"仿佛还有点用。孙融想先用"一年以后可以复学"来稳住我,然后再想法把我一直留下来。——大概是这样。)我向孙融说:我不懂水利,一辈子只想做文学工作。孙融不愧是人事干部,对我做思想工作,给讲道理说:水利部管全国的水利事业,工作范围大得很,也包括文艺工作;譬如说,修淮河就需要文艺宣传工作,到时候可以把我调去搞文艺工作。我一听,这更是叫我在水利部门干下去,就要求离开水利部,回郑州家乡,明年开学,再回北大。孙融还想让我到河南省黄河水利委员会,我不同意,他只好放我走了。

因此,我在水利部只待了两个月,即九、十两月。但回想起来,在这两个月里,我也长了不少见识,譬如说,听过李葆华副部长关于一个什么运动的报告——由于我当时还不懂什么叫政治运动,没有在意。最大的事情是自己曾以水利部人员的身份参加 1951 年北京的国庆大游行。游行前,大家练唱王莘作词作曲的《歌唱祖国》:"五星红旗迎风飘扬,胜利歌声多么嘹亮!……"——这首歌就是从那年国庆开始唱起来的。游行时,水利部的人高举着"一定把淮河修好"的巨大标语,从天安门前走过,回到部里以后兴奋地议论说毛主席注意到了这幅大标语。

当时有些重要报告会和演出活动都向各部发票。我叨光分到了三次票。一次,去听中国科学院院长郭沫若的报告。我自然想听他关于文学的报告,但那次报告的内容全是关于科技方面的规划,只听懂了他说的一句话,大意是:苏联专家对中国使用铜的情况提出意见,说铜比较稀缺,但中国人做什么东西都爱使用铜,连做一个门把手都用铜,太浪费。报告会主席台上坐了一排人,应该都是文理方面的大人物,可惜我一个也认不出来,印象中只留下郭老讲话时那种带四川口音的普通话腔调。此外还拿到两次重要演出的票子:一次是李伯钊编的大型歌舞剧《长征》,其中最高潮是于是之所演的毛主席从一个山洞里走出来,向出发攀爬铁索桥的十八勇士挥手,说了一句:"同志们,祝你们成功!"——我的座位靠前,看得比较清楚。另一次是金山、白杨演的话剧《屈原》,我坐在高高的后排座位,只看见台上一些古装人物在动,既看不清也听不见,谈不上什么感受。

在那两个来月里,最高兴的事是在星期天逛东安市场,一进门,往右边一拐,是长长的一排旧书摊,各种各样的中文书、外文书,简直是书的海洋,可以随便翻、随便看!看到过周作人收藏过的关于一茶的一本厚厚的精装日文书,书上有他的印章。又看过刘半农译的英国使臣马戛尔特尼朝见乾隆皇帝的纪事。

更感兴趣的是那满坑满谷的英文书,有成套的莎士比亚全集！可惜身上钱太少！只能拣最便宜的买一点,买了一本袖珍版的 *Alice's Adventures in Wonderland*,买了一本美国中学生读的"*As You Like it*",还用五分钱买了美国 Little Blue Books(小蓝皮书)版、只有巴掌大的小小一本 *Carmen*(《卡门》)。

1951 年 11 月,我带着从北大三院门口和东安市场拣来的这几本英文书,黯然离开北京,回到阔别十多年的家乡郑州,为了维持生活,到市教育局找了个临时工作,说明只能工作一年,明年暑假要回北大复学。管人事的女同志陈希儒说:"复学? 好嘛,明年让你走!"于是在中学教了一年英文。第二年暑假,该去北大复学了,却碰上开展"中学教师'三反'思想改造运动",教育局改口不让走。回北大的路子断了!

"公鸡头,母鸡头,不在这里头,就在那里头!"不留在水利部,就得留在郑州,从此就留在河南了。

这可不是用"失落感"三字就能打发掉的。我晚上哭湿过枕头。我太想上北大。我太想念北京。

北京话多么好听! 那是北京作为中国首都,作为文化中心,几百年积累下来的口头文化!

在北京街上或胡同里向碰见的老人问路,他们是多么慈祥、厚道! 北京的孩子多么聪明、可爱、有礼貌! 北京的姑娘(在我现在的岁数,说说不妨)——落落大方,说话不卑不亢,侃侃而谈,冷不丁地说句挖苦人的俏皮话,也是听觉上的享受:一个公共汽车上女售票员看见乘客乱挤,说"别挤了,别挤了,人都快挤成相片儿啦!"多形象!

我带着"北大梦"第一次去北京。这个梦碎了,梦碎后的痛苦渐渐被时间抚平。

后来,由于种种事情,我一次又一次去北京,越来越眷恋着北京。北京,祖国母亲的心脏,我每一次去北京,都像是在母亲的胸怀里接受一点温暖,抚慰我这既脆弱又常常受伤的心灵。北京博大、深邃、丰厚、宽容,如同大海,哪怕从这大海中只汲取一滴水,都像灵丹妙药,给我精神力量,鼓舞我生活下去,坚持我的工作。

(2006 年 10 月 8 日,开封)

开封的叫卖声

　　古今中外作家对于自己周围商贩的叫卖声好像都很感兴趣。阿狄生的《伦敦的叫卖声》一文曾把 18 世纪伦敦各行各业形成的"市声"描述得相当热闹，据说不仅有"声乐"，还有"器乐"的伴奏。法朗士在《波纳尔之罪》里曾记下 19 世纪那不勒斯卖西瓜小贩的吆喝："花三个铜板，你就有吃，有喝，还可以（拿西瓜皮）洗脸！"中国的诗文里也不乏这方面的记载。陆游诗："小楼一夜听春雨，深巷明朝卖杏花。"——这不是描绘卖花姑娘叫卖的一幅"声像画面"吗？在周作人的散文里曾记下"周德和豆腐干"的叫卖声——那豆腐干我虽没有吃过，可那具有独特风味的吆喝却留在我的印象里。

　　我在开封住了 36 年，差不多算是大半个开封人了。作为文化古城，开封是有自己特殊的叫卖声的。记得抗日战争中，日本人占领开封，河南学生逃到甘肃，成立了一个流亡中学。一天，师生晚会上，有人唱戏，有人唱歌，有人说笑话。有一位老师突然站起来，学了一句他在开封老家的胡同口听熟了的一种叫卖声："烫面角儿！烫面角儿！烫面角儿！"听他摹拟的那又尖、又亮、又急促的吆喝声，我仿佛看见一个性格爽朗、动作麻利、口角灵巧的卖烫面角的妇女——好像"快嘴李翠莲"出来摆小摊似的。这种不寻常的口技表演引起我们的悠悠乡思。

　　解放后长期在开封住，脑子里积存的叫卖声不算少，没事的时候常常对它们嚼磨。所谓叫卖，不外是一种"有声广告"，而是否需要这种广告，则视行业特点而定。大门面的店铺，譬如绸缎庄、服装店、金银首饰店、牛羊肉商店等等，一般不需要什么吆喝——它们"靠东西招人"。只有饭店例外——它们既靠饭菜、也靠吆喝招人。在我小时候，小孩子的顺口溜里就模仿过饭店跑堂的吆喝："炒肉丝儿，炒肉片儿，一个鸡子儿剁八瓣儿！"以形容其口齿伶俐。实际上，跑堂师傅的吆喝艺术，只有相声演员的摹拟才能得其神采。那是一种"双向的实用口头艺术"：一方面，它起着"肉电话"的作用，向掌灶的厨师通报顾客对饭菜品种、花色、数量的要求；同时那一口滚瓜烂熟的菜名，悠扬嘹亮的声腔，还起着愉悦顾客的作用，使他高高兴兴地在座上等待。因此，对于大饭店来说，嘴上功夫过硬的跑堂师傅绝不可少。解放后，开封饮食业的这种传统依然保留，只是吆喝的风格出往日的花哨俏皮一归于实用，娱乐性的"噱头"少了。尽管如此，一副好嗓子仍很重要。前两年，一家大饭店的跑堂师傅退休了，转业卖了针线。开始，他积习难改，走街串巷时还像在大饭店里那样亮亮嗓子。不过，渐渐地他吆喝的劲头就小了。原来，跑堂师傅的吆喝，要在饭菜热气香味的氛围里，在厨房里锅碗瓢勺的伴奏中，才格外显得珠圆玉润，正像那夜莺一般婉转的花腔女高音，或者声入云天的男高音歌唱家，倘失去了舞台的配合和乐器的伴奏，他们独唱的魅力恐怕就会失去一半。

小商小贩的叫卖自然不需要这么复杂的"演出条件"，但也不全是毫无依傍的。一般说，凡在街头巷口摆摊设点、经营方式相对稳定的商贩，叫卖时往往伴有一定的装置或"道具"。开封有一种别处似乎没有的冬令小吃——煮梨，主料是一种深褐色的山梨，俗名红梨，加上冰糖、蜂蜜同煮，在锅中心滚得开花的汤汁里还有一些红枣，锅沿上再摆着几大块冰糖——这正像卖馄饨的摊子上摆着一只肥大的母鸡，属于"实物广告"。卖煮梨的吆喝是："熟梨又烂又甜……热熟梨，热熟枣噢……"把商品的内容和优点都交代得很清楚。买时（过去是每碗五分或一角，如今则是五角或一元），小贩往碗里盛上一只熟梨（大小随给钱多少而定），顺手用筷子夹为两半，再添两个熟枣，然后浇上几勺浓浓的梨汁，连筷子带碗递在你手里。冬天这么又甜又暖和地来上一小碗，据说可以止咳化痰兼助消化，深为老年人和小孩儿所喜爱。

"做官不为民做主，不如回家卖红薯。"在河南话里，"红薯"与"白薯"同指一物，而开封人叫它为"白薯"的似乎更多，遇到红心的则称为"红瓤白薯"。卖白薯分煮、烤两种。卖煮白薯的多半临街倚门而市，因为锅灶搬运不便。那吆喝是："白薯干面！"——"干""面"都是形容词，"面"的意思是"富于淀粉"。"富于淀粉"有什么好处？可以挡饥。过去，豫东农村，从秋后到麦前，"白薯半年粮"。在三年困难时期，煮白薯曾在开封身价大增，每斤一元二角，其实平日不过是贫寒市民花几分钱果腹之物。如今，白薯易得，居民尽可自己买来煮吃，所以煮白薯这一行生意无形中消失了，只有烤白薯一行依然不衰，因为烤白薯专用的那种形似大铁桶的炉子，不是一般人家能有的。至于卖烤白薯的吆喝则为："趯白薯！""趯"，音"tēng"，本义"蒸热"，但与吆喝的这个字发音相同，遂拉来借用，而它在此处的意思乃是"以文火慢慢烤熟"。烤白薯中又有"白瓤"与"红瓤"之分，前者以"干面"见长，后者因"软甜"而更为人所爱吃。

开封还有一种特殊的地方小吃——油茶（并非"酥油茶"），是用炒面、芝麻、花生仁做成的咸羹，源自豫北武陟县。卖油茶必备有一种特制的铜壶，样子像一只尖嘴长颈的巨型扁茶壶，裹以蓝棉布套，装上襻带，可以背，也可以放在地上。当小贩给你倒油茶时，先将铜壶侧着摇晃两下，使沉入壶底的花生仁漂起，顺着壶嘴与油茶一同流进碗里。这是劳动人民发明的一种既实用又有趣的器具。卖油茶者，以携有这种特制铜壶再加上一声带豫北口音的吆喝"油——茶"才算正宗。我小时候，半夜里常听到这种苍凉悠远的叫卖声，跑出门看，就见到一个小贩背着一个大油茶壶、提着一个放碗和小勺的篮子踽踽而来。这实在是一种很辛苦的小生意。但据说，往年有的小贩背着一只油茶壶，可以一直跑到新疆，甚至还有出国跑到阿拉伯和埃及的。（这倒是挺别致的一种出国方式——如果只讲"幽默"、不谈辛苦的话。）解放后，不见油茶久矣。改革开放，油茶又出现于开封市面。一天，我在鼓楼夜市上碰见一位老人卖油茶，欣然买了一碗。当他从大铜壶里把油茶倒出来，连碗带小勺递在我的手里，我似乎还感到有点什么不满足，而他马上就会意，微笑一下，立刻仰起脖子用地地道道的武陟口音吆喝了一声"油——茶"，我这才心满意足地喝下去。

"汴梁西瓜"远近闻名。但暑天卖西瓜的小贩只喊一声"西瓜"或"沙瓤西瓜"。不像北京卖西瓜的吆喝得那么有板有眼，更没有像相声里说的掂着西瓜刀唱上一段——哪怕是唱一段河南梆子。

由于职业需要，叫卖声最丰富多彩的要属那些走街串巷的流动商贩，而在他们之中，又数废品收购者最为活跃。有一位收破烂儿的老人是这么吆喝的："收废品的来啦！啤酒瓶，辣酒瓶，罐头瓶，易拉罐儿；杂志，报纸，书本儿纸；烂纸箱，烂纸背儿；碎铁，碎铜，烂锅铁；破衣裳，碎布头儿，麻绳头儿——啥都要哇！"这是一揽子的商品明细表，风格写实主义，意思清清楚楚，绝不像有些新潮论文那样费解。这位老人的经营范围包罗万象，"啥都要"。随着生活的细致多样化，近年来废品收购有分工的趋势，如专收酒瓶的，专收纸张的，专收自行车或高档家具、家用电器的，等等，各有各的吆喝，不再一一细述。

豫东盛产白薯，白薯加工的一个重要渠道是做成粉芡和凉粉，所以，在开封卖凉粉的很多。卖凉粉（指未经烹调过的凉粉），吆喝的词儿有冬夏之分：夏天喊的是"凉粉管切！"因为夏天吃凉粉要切片凉调；冬天喊的则是"凉粉管炒！"因为冬天吃凉粉要热炒。现在，卖炒凉粉成为一种热门生意——据说这生意一直做到北京，还赚了大钱。不过，卖炒凉粉的都太忙：平锅里是凉粉，锅下是火，旁边是油、盐、酱、辣椒，还有碟子、筷子、抹布、水盆等等，这一切都得由他一个人照应，所以总见他低头忙乎，只听得炒铲在锅上刮擦的声音，难得听他一声吆喝，想吃的人须自己围了上去排队——正所谓"桃李不言，下自成蹊"。从前，有好几年，在鼓楼西南角，"赵麻子剪刀店"门口，常见一位妇女坐在街边卖颜料，吆喝着："卖颜色！卖颜色！黑咧、红咧、又——蓝……咧！"那声音悠扬悦耳，好像是用唱戏的调子唱出来的。但是细听起来，声调中带有一点哀伤的余音——即妇女文学中常常带有的那种凄婉情调，也许是因为"生事不易"吧！

有一个送牛奶的小伙子吆喝得很精彩，只有两个字儿："拿，奶——"他年轻，底气足，嗓子好，第一个字"嘎嘣脆"，第二个字儿洪亮而拖得很久，"气贯长虹"。在十冬腊月清晨，当人们还赖在被窝里不想起来，他这一声吆喝很有点"振聋发聩"的作用。我想，这个小伙子要是学戏，也许能成一个好武生，唱唱《挑滑车》《长坂坡》吧！

开封地当交通要道，不断有外地人来做生意，陆续留下他们带有各自乡音的叫卖声。印象最深的是：50年代初，有一位北京老师傅在开封卖豆沙切糕，他的吆喝很简练："馅儿好！"地道的京腔，清脆嘹亮，加上切糕好吃，碗碟干净，连手推车上遮阳的布挡子都洗得一尘不染，所以他这一声"馅儿好"相当有号召力。做生意当然主要靠货真价实，光吆喝好，没用；但商品本身过硬，再吆喝得好，就是锦上添花、好上加好。

近些年横向联系多，在开封出现了"上海服装店""广州发廊""四川饭店"以至于（由"西北风"刮来的）"兰州牛肉拉面""正宗陕西凉皮"等等。但这些买卖都不吆喝，可以不去说它。且说有一天我正在房间看书，忽听楼下仿佛有人喊我的名字,不禁纳闷,因为自从"文革"结束,很少听见对人再连名带姓地大呼小叫。我跑到阳台往下看,原来并不是喊我,而是有什么人在吆喝:"Xiu ru-san!"——其中第一个字和第三个字的韵母恰和鄙人姓名中第一个字和第三个字相同,引起了错觉。后来才弄清楚:开封来了一批十几岁的安徽少年,他们吆喝的是"修雨伞!"说实在话,他们这一行要想混碗饭吃可不怎么容易,因为人们在晴天常常忘记雨伞的用处,而到了下雨天这些小孩子又得躲在什么地方避雨(他们自己似乎并没有带伞,只带了很少一点修伞工具)。这种"反差"注定他们生意清淡。我简直没有见过居民找他们修过伞,也不知他们到底靠什么过日子。我真想找一把伞叫他们修一修,可惜我自己那把黑布伞几年来"顽健如常",我爱人那把折叠式花伞也保护得完美无损。每当再听到"Xiu rusan!"的叫声,我心里总有点抱歉,只暗暗希望这些小男孩早点回到家乡父母身边,不要流落外地过这种下雨天自己无伞可打、不下雨又无伞可修的生活。

以上说的都是带吆喝的流动小贩。不管"艺术水平"如何,他们都把自己经营的买卖交代明白,让顾客自由选择。但近年来也出现一些流动商贩,并不吆喝,但咄咄逼人——他们直接闯进楼门,一层层、一户户敲住户的房门,缠住居民买他们的东西。我碰见过一个年轻妇女卖丝棉,软磨了很久,不买不走;经坚决拒绝,才悻悻而去。一位老太太还碰见一个彪形大汉,手拿两把菜刀,堵在门口,说是"卖刀",吓得她飞快把门关上——这种经商方式实在有点可怕。

这使我想起:往年有一种并不吆喝的流动小贩,不但不可怕而且相当可爱——他们本小利微,摇着"拨浪鼓",专卖针头线脑碎布头,给家庭日常针黹刺绣带来方便,受到一般妇女的欢迎,俗话称他们为"货郎"。河南曲子戏里有一出小喜剧,叫《货郎翻箱》,说的是一个年轻货郎游乡卖货,遇到一位漂亮姑娘,竟忘记了 Business is business(生意就是生意)的商业原则,自作多情起来,把做买卖变成了向"女神"奉献,把他自己的货箱翻个底朝天,全部倒在姑娘脚下;不料,这情景被一个刁钻的老太婆看见,赶来跟他歪缠,货郎只好逃走。这位小货郎跟《铁木前传》里那个杨卯儿是很好的一对,弱点都是感情过剩了一点,都反映了货郎生涯中喜剧性的一面。在戏和小说里尽管也开开他们的玩笑,其实老百姓倒是欢迎他们的。解放前,河南多灾多难,往往有年轻货郎背着一个小包袱,沿着陇海线,一直跑到甘肃、新疆,并在那里扎根安家,娶妻生子。因此,这真是一种大有"吉卜赛"色彩的行业,虽然没有留下什么美妙的吆喝,仍然值得一记。

(1991 年 2 月 17 日,上海)

"文革"前的开封旧书业

开封,或称汴京,作为古代几朝帝都,那辉煌已在反复改朝换代的战火硝烟中消失,成为遥远的往事。但从元明清几百年来,它作为省城,总该留下不少文化遗存吧? 我想说的是旧书。

1953 年,我在河南省文化局戏改会工作(当时省会还在开封)。省文化局文物科收到一批古书,清理后把淘汰下来、认为价值不大的一些残本书当作废弃物品送给戏改会处理。这些"废品"是什么呢? 我曾好奇地翻看了一下,其中有:带有元代年号的历书,元朝让汉族人学"北文"(蒙古文)的课本;木版的明太祖白话上谕,是对一个功臣后代的训话,说什么"李善长吃我杀了",命这个孩子"每年来与我磕头"云云。还有一本线装的怪书,叫《素女经》,我翻到中间,讲的是什么"房中术",赶快把它合上,心里想:"都是些什么乱七八糟的书?"

多年以后,我看过一点古书,增长一点历史知识,知道那些残本都属于历史资料,譬如元代历书和蒙古文课本,就像敦煌发现或吐鲁番出土的户口簿或屯军花名册,说不定还很有研究价值。由此推测,在开封,不定什么角落,还藏着一些稀罕的旧书。

其实,不用远求,就在开封市面上,从旧书店、旧书摊,甚至废品店,只要稍稍留意,就可以找到一些重要的古书和外文书——这是我在"文革"前淘旧书当中所发现的。

"文革"前开封的旧书店集中于东大街,有三家。最大的一家是王继文书店——这个店名是我私自给它起的,它并没有招牌,只是一大间门面房,门外摆书摊,店内有几个书架,全由掌柜一人经营,名叫王继文,豫北人。书架上排列整齐,多半是线装古书。曾见有一部清末有正书局石印的《文选》,印刷精美,想买而稍为犹豫,被别人购去;又见有署名"王世贞"手编的明版《东坡诗选》,上下二册,价仅八角,当时身边无钱,次日携款往购,又被别人买走,惋惜不止。王继文很大气地安慰我:"下回再来,书有的是。我这里什么书没有啊?"的确,他那店里,清版书不用说,明版也不缺。一套明版大部头《世说新语》就高高摆放在书架顶上,俯瞰全店,仿佛是他的"镇店之宝"。

书店门口的铺板上胡乱摆放着各种旧书。但是切莫小看这一大堆乱书——其中有宝。因为我从那堆书里很便宜地(一两毛钱一本)买到了未名社出的《穷人》,鲁迅译的《出了象牙之塔》《文艺政策》和他的《华盖集续编》,而且都是毛边本。

王继文是一个精明的中年人,有一定文化。我听他谈话中提到过"朱竹垞",又说过施闰章是《施公案》中施仕纶的父亲,等等。

东大街东头另有一家旧书售点,并不开店,只是一家叫"老魏"的住户,但开封的读书人都知道他颇有古书,可以径直进去选购。我曾去过一次。老魏当时五十来岁,黑黑瘦瘦,正戴着眼镜在读一部《楚辞》,见我进去,连忙声明:"这部书我还要读,不卖!"据说,这位老魏解放前当过县长,解放后成为一个亦儒亦商的人物。他也是豫北人。

开封另一位重要旧书商是一位回民老汉,人称"杜大胡子"。他解放前就干旧书这一行,一辈子卖旧书。他的书分上下两层,摆在右司官口(街名)路东一家住户外边一条很窄狭的门面里。老杜个子高大,一副红铜色脸膛,白胡子飘在胸前,每天坐在他的书摊旁边,风吹日晒,饱经沧桑,总是面带微笑,简直是开封历史文化的一位见证人。

杜大胡子没有多少文化,但他几十年经营旧书,深通旧书行市,什么书值钱,他都"门儿清",不要想从他那儿"捡漏"。我原来对他并未重视。1958年"大跃进"时,我的劳动任务是拾粪。有一天,我挑着两个箩头上街拾牛马粪,路过他的书摊,突然瞥见一部带夹板的大套古书,看样子非比寻常,心中一动,放下粪挑去看,原是清末驻日公使黎庶昌在日本所刻"古逸丛书"《杜工部草堂诗笺》,版式宽阔,字体不俗,一下子就把我吸引住了。杜大胡子要价9元,我口袋里正好有9元钱,立刻买下,放在箩头里,挑回住处,成为我的心爱之书。

杜大胡子除了卖书,兼卖字画。我们外语系的老主任以三元价钱从他那里买了清末画家改琦的一幅《秋荷图》,我很羡慕。后来他摊上有一部明代版画

《十竹斋画谱》，要价太高，我买不起。

"文革"前，在开封卖旧书的并不限于旧书店。我曾在寺后街的寄卖商店买过一部带有木夹板的乾隆本《唐诗别裁》，价仅六角；还买过一部牛皮面精装、朱墨双色、醒目大字的"钦定本"英文圣经——此书较贵，三元，相当于当时半个多月的伙食费。卖书的售货员是一位个子高高、相貌清癯、谈吐文雅的老人，我私下觉得他颇有古代"兰台令史"的风度。

鼓楼街东口向南拐角处原有一家废品店，我曾在那里买过三种书：康熙版、王琦编的《李太白全集》，只有上半部，所以很便宜；还有 Andre Maurois 的 *Disraeli* 和 Emil Ludwig 的 *Bismarck*。法国的 Maurois，德国的 Ludwig 和英国的 Lytton Strachey，是 20 世纪欧洲的三大传记家，用小说手法写名人传记。这三部书现在都不在我手里。《李太白全集》送给一位诗人朋友；*Disraeli* 送给北京老诗人朔望，因为他要写李鸿章传，需要参考一下；不过，让他参考 *Bismarck* 一书也许更合适，可惜这部厚厚的《俾斯麦传》，因"文革"中大学"连锅端"搬到山区，处理多余书物，已经以 1 角 3 分钱一斤又卖给了废品公司。这也许跟我在潜意识中对这两位首相的感情稍有差别也有点关系：当时我觉得俾斯麦只是"铁血宰相"，而迪斯雷利不仅是维多利亚女王的"宰相"，还是一位小说家。

我进行过一番小小的考证，尝试追溯一下过去开封旧书的来源，结果如下：

首先，线装古书，原来的主人大概是世宦之家或老读书人。譬如，上述《杜工部草堂诗笺》，盖有"漆阳刘氏"的长方篆字藏书印，而且在这一套八册线装书的底部，还有这位刘先生亲笔注明"古逸丛书"三十九到四十六的序号，说明他收藏了全部"古逸丛书"，《杜工部草堂诗笺》只是从他藏书中流散出来的一种。也不排除他所收藏的不仅是"古逸丛书"。

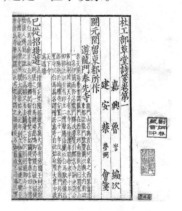

《杜工部草堂诗笺》藏书印

一部分外文书原来的主人大概是 19—20 世纪之交老留学生的遗物。我有一套 40 本红色硬布面精装袖珍版的莎翁全集，*The Century Shakespeare*（缺 *Love's Labour's Lost*），是我的一位当导演的同学替我在开封旧书摊上买的。这套书出

Dr. F. J. Furnivall(ed.) : *Complete Works of Shakespeare* , 1910

版于 1908 年,主编为弗尼瓦尔博士(Dr. F. J. Furnivall,1825—1910)。弗尼瓦尔是《牛津英语大词典》的奠基人之一,在 19 世纪末创建了许多英国文学学会,包括"新莎士比亚学会",而且还是马克思和恩格斯的朋友,曾赠给恩格斯一部 17 世纪的"怪书"《忧郁的剖析》(*The Anatomy of Melancholy*),恩格斯看了大感兴趣,又转送给马克思看——事见《马恩全集》的通信。在弗尼瓦尔主编的这部莎翁全集每一册空白页上都盖有一个圆形"荣"字红印。后来,我在王继文旧书店的乱书堆中还以五角钱买到一部盖有"荣"字红印的 *Nuttall's Encyclopaedia*。这部 1907 年在伦敦出版的小百科全书,收罗了不少截止到 19 世纪末期的文史掌故,有些属于不经见的资料。譬如说,从其中我查出了为罗斯金的童话《金河王》(*The King of the Golden River*)画过插图的 Richard Doyle 乃是《福尔摩斯侦探案》作者柯南·道尔(Sir Arthur Conan Doyle)的叔父。河南大学图书馆和外语系资料室也有这位"荣"先生收藏过的英文书。我推断,他应是 19—20 世纪之交在英国留过学的开封人,可惜不知道他的全名。

还有些英文书是外国教会留下来的。我手头有一本老阿登版(The Arden Shakespeare)的 *King Lear* ,盖着现已不存在的"开封本笃修女院"(Benedictine Sisters Library)的印记;另外,我从废品店买的那本 *Disraeli* 盖有"北平辅仁大学图书馆"的印记。——这些应该是从天主教会的藏书中流散出来的。

往日的政治运动也为旧书店提供了货源。在河大被错划"右派"的诗人李白凤的藏书有不少流散在开封市面上。我曾在王继文书店买到他的一本《果戈理是怎样写作的》，文化生活出版社出版，上有他的批注："作者为苏联同路人作家。"又在新华书店古籍门市部买到他的两部英文书，都是诗集：*Longfellow's Poems*，*Songs of Robert Burns*。前者已失，后者尚存寒斋，其中 *Auld Lang Syne* 一首歌谣的插图，画一个小男孩和一个小女孩在小河中蹚水游戏，天真可爱，我已采用于拙编《英国文学简史》之中。

有些旧书由于其他方面的原因流散出来。在上世纪 60 年代初，从寄卖商店买到美国 Charles Scribners 所出英国诗文选三种，分别为"伊丽莎白时代""浪漫主义时代"和"维多利亚时代"，出版于 1929—1933 年间，与"荣"先生无关。原书主名章擦掉，但书中字里行间留下大量铅笔小注，可见书主很用功地读过。有趣的是，对"伊丽莎白时代"和"浪漫主义时代"两册批注特多，而"维多利亚时代"一册则干干净净，说明他对于前两个时期的诗歌情有独钟。这三册外文旧书当时标价 4 元，相当贵，可见书主是内行。我想，应是某位高中英文老师的藏书，三年困难时期为饥饿所迫，不得已寄卖的。开封的重点高中，尽有早年从北大、北师大等名校毕业的高才生。在王继文书店还看到过河大中文系温绎之副教授的一部线装书《山带阁注楚辞》，上有他的许多恭笔小楷眉批，属于他细心精读过的藏书，何以流落于旧书店？在心中一直是个不解之谜。"文革"开始，我与温先生同入"牛棚"拉车，也无暇问他；"文革"后，他于 80 年代去世。听中文系的老师说他是范文澜教过的学生，能开《文心雕龙》课，未展所学，十分可惜。

以上仅就个人见闻所及，谈谈开封往日的旧书业，难免挂一漏万。

实际上，开封，几百年省会所在，由于历史积淀，成为中原藏书中心要地，在"文革"前，一直是苏州、上海古籍部门访书、进书的货源之一。

"文化大革命"开始，"破四旧"中，杜大胡子的那一批古书、字画全被人在大街上烧掉，王继文书店也未能幸免。新华书店古籍门市部早已悄悄关门。到"文革"末期的 70 年代，我偶然在惠济河上一个残破的桥头上碰见王继文，他一个人很闲散地在那里散步，我向他打打招呼，他喊我一声"刘先生"，算是熟人；杜大胡子也还坐在他摆摊的那个地方，只是没有了书——他手里摆弄着一些针头线脑一类的碎货，聊以为生。

开封的传统旧书业，以 1966 年 8 月"破四旧"而画上了句号。想用 8 角钱买一部明版《东坡诗选》或用 9 元钱买一套"古逸丛书"《杜工部草堂诗笺》的时代，永远过去了！

拐回头来，再说说 1953 年省戏改会的那批残本书。1957 年我调到河大，约在 1960 年我与中文系一位老教授闲谈，偶然提到那些书，他大感兴趣，托人到省里打听，结果是下落不明。

罕见的古书，就像古代文物，偶尔"浮出水面"，倘未受到重视保存，就会又无声无息地消失。

（2006 年 12 月 24 日，开封）

英语学习：回忆与感想

我的学生时代在战争和流亡中度过，跨越到解放之初。总的来说，生活、学习条件非常困难，也没有什么物质享受。但正因为如此，青春活力也就全部倾注于读书上进之中。

谈到学习英语，离不开课本和老师。1939—1945 年间，我在陇南一个小县的一所战时中学上学。上初中时最先读的是李唯建编、中华书局出版的英语课本（李唯建是女作家庐隐的丈夫，译过 Lytton Strachey 的 *Eminent Victorians* 一书）。教我们的是女老师于华珍，北师大毕业。她从字母、书法（圆体草书）教起；课文从一两个简单句慢慢学到成段的小文章；课后有 Memory Work，需要背诵，还有 Drills，是笔头作业。于老师戴一副黑边眼镜，说一口北京话，待我们亲切和蔼，教课耐心细致。我们都很敬爱她，初学英文又充满新鲜感，所以很高兴学她教的功课。考试的时候，她总是开玩笑说："你们别看我是近视眼啊，谁作弊我都看得见！"其实，谁也不作弊。每天早晨，大家背单词、念课文，人声鼎沸，学得很起劲。直至今天，我耳朵里还保留着当时一位同学背单词的声音："Word，Word，Word！字儿，字儿，字儿！"于老师是我学英语的第一位引路人。可惜，她只教我们一个学期就离开了，据说她去了陕北。

接着教我们的是热爱文学的赵以文先生。赵老师换用了林语堂编的《开明英文课本》，课文里采用《天方夜谭》中的故事《渔夫和妖怪》，希腊神话（普罗米修斯，潘多拉的盒子），以及安徒生童话《卖火柴的小女孩》，还配有丰子恺的插图。这本教材很能吸引我们的兴趣。书后还附有 50 条 Synopsis of English Grammar，简明扼要。我们对英语语法的基本根据就是从这短短 50 条打下基础的。

在初三教我们的是多才多艺的周震中老师。他业务很棒：发音好听（漂亮的美国音),板书规范(极流利的草书体),语法熟练(备课使用的山崎贞的一大部《英文文法大全》),还常在黑板上画出当时流行的语法"图解"来说明句子构造。

周老师教书严肃、认真、负责,课内课外学生有问必答。课本用中华书局《初中英语》第三册,其中一篇寓言故事"The Miller, His Son, and Their Donkey",至今记忆犹新。我们对这位老师非常佩服。由于受到他讲课能力和青年朝气的吸引,我学习英语的兴趣从此巩固树立起来。

我们在高中使用的课本是吕叔湘等先生编的《高中英文选》(中华书局出版)。这套教材也是三册,课文全部为文学作品。第一册稍浅,大部分是英译作品,如都德的《最后一课》等。有一篇课文是古希腊哲学家萧夫拉思图斯的五则《人物小记》(*Characters*),为国内其他教材所未见。第二册则除了莫泊桑的《项链》之外,都是英美作品,如兰姆写的莎剧故事《威尼斯商人》,欧文的《吕伯大梦》(*Rip Van Winkle*),英诗《缝衣曲》附有刘半农的五言诗译文。第三册则全是经典作品,其中拜伦的《哀希腊》(*The Isles of Greece*)还附有苏曼珠和马君武古色古香的译文。

解放前的高中英语教学大致分为三派:教会学校与上海等大城市有些名牌中学重听说,采取"直接教学法",老师讲课一律用英语,课堂上学生不许说中文;内地一般高中老师中有的重文学阅读,有的重语法分析,随教师个人兴趣特长而定。《高中英文选》是一部很有代表性的重文学阅读的教材,内容和语言偏深。我们上到高三,只学了两册,老师也只挑一部分课文讲。一般老师先宣布要讲哪一课,我们在课前查生字预习。另外,由于语言远较初中课文艰深,课堂上就增加了对难词难句的语法分析。教我们的郗树勋老师专给我们开过语法课,讲课不带书,边讲边把语法规则连同例句一条一条写在黑板上。我们在课外则看林语堂的《开明英文文法》,因为这部语法写得生动活泼,书中所使用的英语和举出的例句也都不深。

由于初中和高中的英语课六年一贯,没有间断,总的说高中毕业时已经具备了语法基本知识,也积累了一定的词汇量,应该能够看一些浅近的英文书了。可惜我们当时处于偏僻山区,英文书很少。我在高中时曾从老师那里借到Charles Kingsley 的 *Water Babies* 简写本(王实味注释,中华书局出版),觉得很有趣,但可惜仅此一本。

就个人印象来说,解放前中学英语教师一般来说业务能力较强,其中一个重要因素是:大学外文系毕业生才具备中学(包括初中)英语教师的资格。更重要的是全面文化素质较高。譬如上述《高中英文选》,曾在上世纪三四十年代流行全国,编者就是苏州中学的英语教学组。

当时的中学英语课本的确编得很好,能够引起学生的学习兴趣。那时候各大书店(出版社),如商务、中华、开明、北新,都不惜重金礼聘外语界的大师名家编辑英语课本,互相竞争,各有特色:初中课本除林语堂、李唯建编的之外,还有林汉达编的;高中课本当中,林语堂曾编过《开明英文文学读本》,因内容过专(只收英国文学作品),没有怎么流行,后来开明又出了柳无忌编的《高中英语》,内容更广泛多样,在抗日战争中各地使用过。

解放前中学英语教学中的共同缺点是不对学生教语音知识,遇到讲生字的发音,只是按照"韦氏音标"(美国 Webster 字典的注音方式)标一下重音,讲讲哪个"母音"(元音)字母该发"长音"或"短音"——但关于"韦氏音标"也不系统讲解。因此,学生只能跟着老师念,老师念错了跟着错。记得一位老师讲 water 一词中 wa 的发音时,只是打比喻说:"嘴里就像吞下一个滚烫的丸子,张得那么大!"我还听见另一位老师总是把 Robinson Crusoe 说成是"Lobinson Clusoe"。其实,当时国内已有关于语音学的书,国际音标中的 48 个音素也不难掌握。但老师们不是只重文学,就是只重语法,不教语音,所以学生往往发音不准。范存忠先生曾在一本书里说他在中央大学松林坡居住时,每天早晨听学生们从窗下念英文走过,都带有各自家乡的方音,因此想了一副对联,"一间东倒西歪屋,几个南腔北调人!"

我于 1946 年考入重庆大学。第一年读的是中文系,但我的兴趣在于新文学和外国文学,为了多读些外国书,第二年我转入外文系。上中文系时,英语课读的是中央大学编的 *Freshman English Prose*,内容全是 20 世纪初期的英国散文和短篇小说。郭子钧老师教书勤勤恳恳、认认真真,我也努力学习,曾把第一篇课文 Clutton-Brock 的散文 *Sunday Before War* 和流浪汉作家 W. H. Davies 的一篇自叙小说背下来。转入外文系后,系主任熊正伦先生讲精读和语法,熊正瑾先生讲语音,用张沛霖编的《英语发音》一书。这是我第一次学国际音标。周考成先生教英诗。朱文振先生教英国文学史,使用的是 Neilson and Thorndyke 编的美国教材。解放前夕,吴宓先生到重大,教过我们欧洲文学史和英国小说选读。50 年代初,从美国留学归国回来一批新老师,如陈楚珩、王棣、欧治梁等先生,他们各有所长。从每位老师那里,我都学了一些有益的东西。但在治学精神方面,对我影响最大的是吴宓先生和朱文振先生。这种影响不是来自课内,而是来自课外的接触。

吴宓先生是一位只要见过一面就忘不了的前辈学者,他外貌古板方正,其实有一颗赤子之心,待学生古道热肠。我曾在回忆他的文章里写道:"每想起这位可敬的老人身穿破大褂给我们纵谈希腊罗马文学的情景,我就不禁佩服他对于学术的那种纯朴的挚爱,并且感谢他在我心中所点燃的对于文学和历史热烈爱好的火焰。"

朱文振先生奉其兄遗命,补译朱生豪先生未译出的六部莎翁历史剧。我曾亲眼看到他在清寒的条件下,如何严谨认真地进行着译莎事业。他那堆在书桌上的改了又改的莎剧译稿,以及那部经过千万次查阅、翻破了又粘补、几乎散架的(抗战期间龙门书局翻印的)《简明牛津词典》,至今仍留在我的脑海之中。朱先生译莎,有自己的独到见解。他认为从时代背景、语言特色来说,莎剧类似中国古典戏曲(包括昆曲、京戏)。因此他用"仿戏曲体"的中文来译莎剧,把朱生豪未译的历史剧全部译出,并在解放初期的《翻译通报》上发表了他的《莎剧译例》,征求意见。可惜他的翻译方法当时没有得到同行的理解和支持,译稿未印,全部在"文革"中毁失。朱先生已于前些年逝世。我从他那里看到一位真正的学者怎样献身于学术事业。

中学时代学习英语的方式主要靠老师讲、学生念。大学时代就不同了。一个大学生如果仅仅满足于老师的讲课,那就基本上等于没有上大学——至少我是这样看。因为我上大学时,只要功课考及格,在课外的时间里就完全独立思考,根据自己的兴趣爱好,尽情开展自学活动。并且在这个基础上树立自己一生事业的奋斗目标。

具体到英语学习上,从中学生到大学生的变化就是如何从依赖老师讲课文、语法转变到自己独立阅读英文书籍。这是一个重大的转变。如果转变成功,就能进入自由阅读英文书的愉快境界,否则就永远失去阅读外文书的人生乐趣,最后英语程度越来越下降,几乎等于白学十年。因为无论中文英文,识字的乐趣就在于看书;不能看书,与不识字差不多。我们中国人从认识汉字到一本一本看书的过渡,一般从小学高年级到初中就开始,大概还要经历一个半懂半不懂、"连懂带蒙"的摸索阶段,最后到上高中时就完成了。这比较容易,因为汉语是我们的母语。但学英语就不同。英语是外国语,要学会能自由看英文书就不那么简单了。英语语法知识上中学时已经学过,虽不足以应付高深书籍的难句,但还可以在不断看书中逐渐提高。最头疼的是生字。脱离开课本独立看英文书,第一道难关便是满篇生字。课文里所学过的那些单词是远远不够的。而大量补充词汇又不是一蹴而就的事,必须经过相当一段时间的艰苦努力才能奏效。

我读过吕叔湘先生写的一本讲英语学习方法的书:《中国人学英文》。它本是针对高中生的,谈怎样查字典、学发音、学语法、选择适合自己阅读的英文书等等。对这本书,初升入大学的人也不妨看一看,总结一下中学六年学习英语中的经验教训。

回顾自己上大学时一直坚持课外自学、阅读各种英文书籍,经历了一个迂回曲折的过程。用一句话概括,就是:锲而不舍,循序渐进,由短到长,由浅入深。

进入大学后,我为自己树立的第一个目标就是:"要看懂一本英文书!"为了不被过多生字所难倒,一开始看的是英译文学作品,特别是中短篇小说。当时出版有一些英汉对照的小册子,像高尔基的 *Twenty-Six Men and a Girl*,*My Fellow-traveller*,契诃夫的 *The Bet*,歌德的 *The Sorrow of Young Werther*,斯托姆的 *Immensee*,还有德国进步作家 F. Wolf 写的中篇 *Jules*,都多次看,遇到生字记下来。又从苏联出的《国际文学》上读过 *Field-Marshal Suvorov*,印象很深,至今记得那位战无不胜、功高震主、遭到贬斥、郁郁而死的苏沃洛夫大元帅,以及他那位忠心耿耿但有点傻气的勤务兵叶戈尔及其未婚妻、一位快嘴快舌的随军卖饼女贩斯捷潘尼达。

但上面说的都是小册子,还想读大本书,可是找不到适合自己的书。当然,还有一个穷学生买不起贵重书的问题。这时看了陈原先生的《外国语文学习指南》(桂林出版)。他建议读苏联外文书籍出版局出的《联共(布)党史简明教程》英文版,因为其中词汇量有限,而且大多是社会科学方面的术语,容易查,容易记。我那时是一个进步学生,认为"苏联的今天就是中国的明天",觉得他这个建议切实可行。《联共(布)党史简明教程》当时虽是禁书,在重庆并不难找。我就在重庆大学校门对面一家旧书店以 3 角钱买到一本,用一年的课余时间,查着字典看完,从英语学习方面记住了不少政治、经济、哲学、历史方面的词语;在内容上大体了解了俄国革命的历史进程。但是看到后半部,对于斯大林的大清洗在心里却留下一个大问号,即使后来看了美国记者写的《反苏大阴谋》,也未能释然——不过这是另外一个问题。

另一本容易得到的英文书是《圣经》。我花一元钱从重大青年会买了一本《钦定本圣经》(Authorized Version),又用了一年多的课余时间,从 Genesis 一直读到 Revelation。在《圣经》中我最感兴趣的是《雅歌》《箴言》《传道书》《约伯记》《耶利米哀歌》那一部分,把它们比作中国的《诗经》《道德经》和《离骚》等古书,还在书边写下批注。在《新约》里,我喜欢耶稣讲的那些小故事,特别是"浪子回家"。《哥林多前书》第 13 章把"信""望""爱"联系在一起,而把对人的爱看得高于一切,闪烁着人性的光辉,我以为这是很美好的人生哲学。英文《圣经》是我爱读的第一部英文书。但我不信教,只是从学习英语的角度,把它当作一部文学书来读。日籍爱尔兰作家小泉八云(Lafcadio Hearn)曾说过《钦定本圣经》乃是英国文学的一部经典作品,使用了 6000 个纯正地道的英文单词,风格质朴而庄严。

从此,我就进入攻读英国文学的领域,在两三年内阅读了一批原文英国作品。读的第一部小说是哥尔斯密的《威克菲牧师传》,书中那位古板而善良的老牧师,"君子可欺之以方",屡受恶绅欺凌而安贫乐道,还有他那个憨态可掬、赶集卖马受骗上当的儿子摩西,成为我心中长久不忘的人物。更使我倾心的小说是狄更斯的《大卫·科波菲尔》,可能因为我从小学六年级起就一人流亡在外、历尽磨难,所以对于小大卫的身世感到共鸣。萨克莱的《名利场》也曾下功夫苦读一遍,但我不喜欢 Becky Sharp 这个人物,这部小说里几乎没有一个好人,充满了人与人之间的尔虞我诈,使我不想再看第二遍。对于 David Copperfield 则不断看。

读英诗的启蒙书自然是 *The Golden Treasury*。打开书,第一首 *Spring* 就吸引了我。诗集的第一部分文艺复兴时代的那些直抒胸臆的爱情诗也是一读就心领神会,无需太多的笺注。但是读到弥尔顿,就不那么好懂了——直到后来在大学教文学课,找到一部剑桥版,才把弥尔顿诗集啃了一遍。可见读内容高深的作品,需要从语言到经历各方面的修养。

读英文文学书的愿望实现了,我曾想接着攻读莎士比亚。上高中时,我偶然读了曹禺译的《柔蜜欧与幽丽叶》,深为那优美的译文所表达的火热爱情所陶醉。因此,在大学里阅读一批英国诗文之后,立即去读原文 *Romeo and Juliet*,由于内容早已铭记在心,并不感到太难;*Two Gentlemen of Verona*,同样是有关爱情纠葛的戏,况且有 Launce 的插科打诨,也觉得不难懂;*Julius Caesar* 中勃鲁托斯和安东尼那两篇讲话译文,在中学时曾当作"模范演说"看过,还误认为真是古罗马的演讲记录,读原文剧本才知道它们都是莎士比亚的创作。这一发现也鼓舞我读完了全剧,并深为勃鲁托斯这位罗马贤人的最后壮烈自刎而深深惋惜。不过,当我读到第四部莎剧 The Tempest 时,我才清醒地感觉到:以自己当时的英文水平、知识领域和生活阅历,要想通读原文莎氏全集是很困难的。诗人徐迟在为袁水拍所译彭斯《我的心呀在高原》诗集写的序里提到:要读懂莎士比亚,必须有详注的好版本和工具书。我到重大图书馆找过,没有。宏大的读莎计划只好放弃。不过在内心深处埋下一个志愿:有朝一日,我一定要看懂莎士比亚。这一心愿像一颗种子,在心里生根,50 年后发芽、开花、结果,编出了一部莎士比亚词典。

范存忠先生的《英语学习讲座》一书,在我从笼统的英语学习转到攻读英国文学的过程中,起了关键性的推动作用。特别是书中谈到斯蒂文森如何从模仿名家入手学习散文写作,以及康拉德作为一个在英国船上服役的波兰水手,怎样通过刻苦自学竟能成为一名英国小说家。他立志写作时所说的那句话"I will write the English well! You see, you will see!"深深刻印在我的心里,使我也想学习英文写作。为此,我挑选平时最喜爱的诗文片断,如 *The Vicar of Wakefield*,*Pride and Prejudice*,*Alice's Adventures in Wonderland* 的第一章,王尔德的 *The Happy Prince*,*Freshman English Prose* 中的散文和短篇小说,*The Golden Treasury* 中的

Spring 等短诗,《圣经》中耶稣的 *Parables* 以及《哥林多前书》第 13 章,都一一背诵下来。当然,这距离"当作家"非常遥远,不过背文章对于英文写作确有很大帮助。在校时,曾模仿 Max Beerbohm 的散文 *Seeing People off*,写了一篇思念离别之友的短文 *Yearning for a Friend*,刊登在成都的《华英半月刊》上。初离校时在 1952 年还写过一篇英文小说 *An Arrest*,反映解放前的重庆学生运动,在国外得了个一等奖。

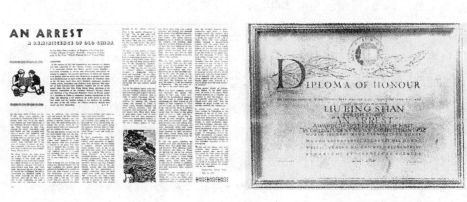

获奖英文小说 *An Arrest*　　　　　　　　*An Arrest* 获奖证书

An Arrest 获奖通知一　　　　　　　　*An Arrest* 获奖通知二

大学时代还曾喜爱英国散文。一天，在沙坪坝旧书店买到一本麦考莱的 *The Life of Samuel Johnson*，还是民国初年在商务印书馆出的《学生英语杂志》上连载过、而被某位读者一期一期剪下来合订为一册。此即杨绛先生的亲戚裘剑岑译、批、注的《约翰生行述》。裘氏用浅文言翻译，批注带有点幽默风趣，我读得爱不释手。教我们作文的陈楚珩老师有一天问我："你平时读些什么书？"我说："*King James Bible*。"她说："不光读过 *Bible*。从你作文看得出来。"我说："还有 Macaulay 的文章。"她听了大不以为然，说："Macaulay？ Historian！你应该读 Arnold, Matthew Arnold！Arnold 的文章淡而有味。"她马上从书架上抽出一本美国 Charles Scribners 出版的阿诺德批评文集借给我。我读了 *On Translating Homer* 等等，感觉阿诺德的文章的确含蓄高雅、"淡而有味"，麦考莱的文章太直截了当，一览无余。不过，对于麦考莱的传记散文我还是爱读，因为他的文章流畅生动，有一种气势。你只要打开他的书，就不能不一直读下去，欲罢不能。这是文笔的力量。

后来，我又买到一本旧书：梁遇春译注、英汉对照的《英国小品文选》，内容只有短短 10 篇，却使我尝到异味似的第一次感受到 Addison, Steele, Lamb, Hazlitt 等英国随笔名家的魅力，从此对英国散文发生了强烈兴趣。在大学期间我曾休学教过一年高中英文，利用夜晚时间翻译了哥尔斯密、斯威夫特、吉辛、赫兹利特、F. 汤姆逊等作家的一批散文，发表在 1948—1949 年间重庆《新民报》《国民公报》副刊。那是我从事文学翻译的开始。

为了系统攻读英国文学，在 1948 年我曾有一次留学牛津的机会，但因故未能成行。因此，我对于英国文学的学习，长期以来主要是以对文学的强烈爱好为动力，采取课余或业余自学的方式来进行的。

借《外国语》征文之机，我对于自己学习英语和英国文学的历程进行了一番回顾，这才发现：改革开放 20 多年来个人在教学、科研、翻译方面所做的一切工作，莫不是自己学生时代的阅读、习作、翻译尝试在新的历史条件下的延续和发展。而且只有自己真正喜爱什么、熟悉什么，也才能使学生和读者对它们感兴趣和有所了解。"种瓜得瓜，种豆得豆"，这是丝毫不差的。假如没有学生时代所培养起来的对于英语和英国文学的浓厚兴趣和打下的基础，即使碰上在改革开放形势下施展个人才能的际遇,也只能两手空空、坐失良机。

近12年来我全力以赴,进行《英汉双解莎士比亚大词典》的编纂、校印工作。此书已于2002年6月出版。这件事总算圆了个人学生时代渴望(至少从语言表层上)看懂莎士比亚的梦。同时也希望此书能对我国学生有用,帮助他们克服攻读莎剧原文中的词语困难。编这部词典,历时漫长,烦苦万状,我用"在学中干,在干中学"的方法,以中原人民在太行山中用双手挖出"红旗渠"的精神为榜样,硬是把词典编出来了。在这部词典中凝聚了我对于文学的挚爱,也凝聚了我对于在人生道路上曾经教诲过我的所有中学、大学老师的真情回报,更凝聚了我对于养育我的祖国人民的一种报答。

我不知道自己这些经历对于今天的学生和教师有无可供借鉴之处。因为我的学生时代是在战争、流亡、革命、解放的历史时期度过,与今天学生所处的改革、开放、现代化建设的时代大不相同。对于21世纪我国的英语教学来说,除了接受有益的历史经验,还需要在新的条件下进行新的改革和创造。

大致说来,解放前的英语教学,中学时代侧重语法讲解和课文翻译,大学英语专业则侧重文学,而教学方法多数采用汉语翻译,少数直接采用英语讲解。总的教学效果则是培养了学生的英语阅读、作文和翻译能力,而听说能力较弱。解放后,中学和大学英语教学重视了语音学习、广泛采用了国际音标,为学生锻炼听说能力提供了方便。遗憾的是在相当一段时间内受政治形势的影响,一开始中学英语改为俄语,后来中学俄语又改为英语,到了"文化革命"时"外语无用论"泛滥,中学外语完全瘫痪,使得我国外语教学长期处于停滞不前的状态。新时期以来,外语教学大为改观,由于国外图书资料、教学设备的大量引进,由于外籍教师的聘用,由于我国教师出国进修机会增多,同时由于学生就业、考研和出国留学的迫切需要,推动了外语教学的极大发展。大致而言,目前外语教学的优点是:文化视野较前有所扩大,对国际学术界新动向比较敏感,教师重视对学生听说能力的培养,学生(特别是大学生)学习外语的积极性空前高涨。这些对于在新世纪中发展外语教学都是非常有利的条件。

现就英语教学,略谈个人对一些问题的感想:

(1)任何发达国家,甚至一些后殖民地国家的学校里,外语教学都是从初中、高中到大学"十年一贯制",并没有出现过由于"外语无用论"的泛滥而任意砍掉外语课的现象。希望我国接受历史教训,把中学、大学的外语教学一直衔接下去。这才能保证我国各个专业的学生外语基础扎实、学好管用。

（2）小学开设外语,应是我国21世纪外语教学的发展方向,但需有步骤分批实行。北京、上海、广州、武汉等经济、文化、教育发达的城市可先实行,总结经验后向有条件的城乡推广。关键在于合格师资队伍的培训。小学生学外语,应从儿童身心特点出发,着重启发他们的学习兴趣,培养他们正确发音和简单的听说能力,而不必要求太高、负担太重。

（3）中学的外语教学是打基础阶段,关系到我国学生的整体外语水平。学好语音、语调,锻炼听说能力,乃是基础的基础——这个基础必须在青少年时代就打好。同时也应掌握一定数量的词汇,并学好基本语法。对于高中生应鼓励其阅读生字不多、程度浅易、内容生动有趣的外文书籍。

（4）在高等学校,对于文、理、工、商、农、医等等专业的学生,在外语学习方面,除了巩固在中学已学的外语知识技能以外,应该着重培养他们独立阅读外文书籍（包括本专业和一般外文书籍）的能力。不可把学生的外语知识视野仅限于课堂上所教的讲义——那些知识虽然重要,但范围有限。能独立阅读外文书,才能真正尝到学习外语的乐趣,巩固学习外语的成果,并有助于自己一生的事业。

（5）外语教师队伍的建设,是一个带有根本性的问题。除外语专业水平之外,中外文化修养和思想品德都很重要。从我个人经历来说,中学时代受国文（语文）老师和英文老师的影响最大。好老师之可贵,主要不在于教给学生几篇课文、若干知识,而在于以自己的人格力量启发学生的潜在才能,唤醒他们对于人生和事业的追求。

（6）语言学到能读书的程度,不读文学书籍是一个很大的损失。英语学习和中文学习道理一样。这不仅因为一个民族语言的精华结晶于她的优秀文学作品（包括其他文史哲作品）之中,学习语言的最高阶段是攻读文学作品;阅读文学作品也是人生受用不尽的一种高尚乐趣。不过在阅读英语文学作品时需要注意以下几个方面:

①从方法上要由浅入深,由易到难,由短到长。

②按照个人兴趣,选择自己喜爱的作家、作品。一开始不一定非啃"经典"不可,儿童文学、通俗小说都不妨高高兴兴读一读。即使是"经典",啃不动就放弃,另找其他适合自己的书。

③以个人欣赏为主,不要刚开始看文学书就先存一个"研究"的主见。欣赏是一种乐趣,"研究"则是另一回事。而且,真正的文学研究要建筑在个人长期对于作家、作品的爱好、欣赏、潜心研读、深有体会的基础之上。否则,"研究"就变成一种赶任务的苦差事,也难于写出有独创性的论文。

(7)对于英语专业的学生来说,在学好英语的同时,还要学好祖国语言——中文,并且读一些文艺理论方面的书。

怀 念
HUAINIAN

姐　　姐

　　姐姐在 1945 年去世,到现在已经 44 年了。对于姐姐的回忆深藏在我心里,成为一种隐痛。我怕去想她,但又常常想到她。

　　我生在一个破落下去的地主家庭。我小的时候,我们家住在郑州的一条叫作"戏园后"的背街。父亲去世很早,母亲拖带着我们兄弟姐妹四个,勉强维持着拮据的日子。母亲是个没有多少文化的家庭妇女,管家的办法不多。常听她唉声叹气,不知该用哪一项收入去填补哪一项开支,急了就把父亲留下的破字画一件一件卖掉。记得有赵驼(？)画的一条大鲤鱼,据我留下的印象,那条鱼简直像活的一样,至少该有一二十斤重,母亲说是很珍贵,但也"三分不值二分"地卖给小贩——自然也于事无补。后来,连"戏园后"的房子也卖了,全家搬到延陵街,租别人的房子住。从此,一家生活就更是没有保障。

　　对我来说,没有什么"黄金般的童年"。我的童年是在一片灰暗凄凉中度过的。唯一的一片光亮、一点欢乐,全是姐姐带给我的。

　　我曾在一篇作品里记下姐姐的早年影像:

　　"从遥远的、朦朦胧胧的儿童时代的记忆中,首先在我'心灵的眼睛'中出现的,是一只'乌云盖雪'的小花猫。这只小花猫是我小时候的游伴。我拍打它的脑门,揪它的尾巴,它从不咬我、抓我,只是很可怜地叫一声'咪——噢!'以表示埋怨。我觉得不好意思了,就把它抱起来,照它鼻子上亲一下。

　　"接着,出现的是小花猫的女主人——姐姐的秀美身影。姐姐穿着那时女学生穿的斜襟白上衣和黑裙子。她苗条、白皙、温存,说话总是轻言细语——她是我少年时代真善美的化身,是我崇拜的偶像。

　　"每到放假,姐姐从省城中学回家,给我带来了光明、温暖、文明和爱抚。她走到哪里,我跟到哪里,像是她的'尾巴'。大人们的剩饭,我是死也不肯吃的。

但是，姐姐吃剩下的饭，我总是高高兴兴地吃掉。后来，她吃饭的时候，我就站在她椅子旁边等着，她也故意剩下一口，叫我替她吃掉，好像我是她的'小狗'——因为，平时家里有了剩饭，总是倒在一只破碗里，让狗舔掉。"

这里写的都是"戏园后"的往事。那只小花猫也实有其物。可惜，它后来被街上的狗咬死了。一天晚上，我们发现它躺在大门外，把它抱回家，放了一夜。第二天，它的身体僵硬了。为了"小花"的死，姐姐难过得三天吃不下饭，说是做梦还梦见它。

我尽量搜寻关于姐姐的早年回忆。不知为什么，有两件事都是和"莲子稀饭"有关的。现在看，一碗莲子稀饭算什么稀罕物儿？可是，在30年代，对于我们来说，它仿佛是什么"玉粒金波"似的，难得尝上一口。一天，姐姐出钱，哥哥跑腿，买回来一茶缸莲子稀饭。我站在旁边看他们分，希望姐姐从自己那一份儿中给我留一口。可是，他们两个分着分着，不知怎的，竟打起来了，茶缸打翻，莲子稀饭泼在地上，谁也没有吃成。——那时候，姐姐还是一个不脱稚气的小姑娘。

姐姐最喜欢我。第二天，我自告奋勇，替姐姐去买。那天下着小雨。姐姐把她的小洋伞交给我，我端着茶缸出去了。但是，甜食店究竟在哪里，我自己并不知道。我走到德化街，碰见一个刚放学的陌生男孩子，就问他。他说他知道，愿意领我去。但他要先回家，放下书包。于是，我跟他走入一条背街，再拐到一个胡同口。他说他的家就住在那个胡同里，让我等他。说罢，他就借去我的伞打着走进胡同了。我站在那里等呀、等呀，再不见他出来。这才发现那个胡同很深，也不知道他住在哪一家。天黑了，他还不出来。我只好一个人哭着、拿着空茶缸回家。

莲子稀饭没买到，倒丢了一把伞。姐姐没有骂我。她给我擦擦眼泪，笑笑说："还好。总算没有把你也丢了！"

那时候，我是初年级小学生，第一次上当受骗——只丢了一把伞。以后的上当受骗，失去的可就不只是一把伞了。

姐姐善良温柔，重感情，爱幻想，喜欢看书。我常常见她一个人坐在矮凳上静静地看书，轻轻地掀过一张又一张书页。我自己爱书、爱文学的脾气，恐怕一开始就是在无形中受她的影响。

卢沟桥的炮火燃烧起来，抗日战争爆发了。这时，姐姐在开封上高中。她和其他爱国的同学们一起投入了救亡运动。她走出校门，远离家乡，到了陕此。她曾从"安吴堡青训班"给我们来过信。青训班毕业，她到杨虎城的部队里工作。在1937—1938年间，她给家里来信的地址有时在陕西，有时在山西，信封上写着对我们完全陌生的地址："永济县""风陵渡"等等。——这时候，姐姐一下子从一个单纯的中学生变成一个在抗日战场上的宣传战士了。

日本人占领开封，郑州的小学停课，我失学在家。在街上，中学生演着《放下你的鞭子》等活报剧，穿军装的"战地服务团"往墙上绘制着巨大的抗战宣传画。我很羡慕"战地服务团"，去参加，人家嫌我小，不要。我很"苦闷"，一个人待在家里学画画——照着几本旧小说的绣像画"老包审案""黄天霸亮相"等等。

就在1939年上半年，姐姐突然回到郑州，同来的还有她的女同学、漯河人吕荣华。吕荣华好像也去过陕北。她们到郑州，目的是找当地政府给她们安排抗日救亡工作。她们很忙，天天在外边跑，回到家又热烈地讨论着什么。闲的时候，姐姐曾让我看过她在"安吴堡青训班"的毕业证。

吕荣华身材结实、矮矮胖胖，是个直爽爱说话的人。她总叫我"小弟弟！小弟弟"，跟我说这说那。她问我："你知道毛泽东不知道？"不等我回答，她就对我说毛泽东是一个师范学生，后来成了一个大人物。——其实，郑州书店里早就卖有《毛泽东传》《朱德传》和《八路军大战平型关》，这些事情我已经知道一点儿。

我乱画的画儿，也被她们发现了。她们很高兴，说"小弟弟有美术天才"，给我找来了一位老师。这个人也是郑州人，高中生，到延安"鲁艺"去过，但是又跑回来了，说生活太苦，"两个月没有吃肉"。他看了一下我的"作品"，说是"缺乏时代气息"，当场给我画了一幅铅笔画作的示范——画的是一个披头散发、不像男人也不像女人的人像，他说这叫"自由神"。

他走后，我们三个人就欣赏他画的"自由神"。我看不懂，姐姐和吕荣华说是"画得不咋着"，然后又笑他"两个月没有吃肉"那句话。

她们认真讨论我的出路问题,结论是:要把我送到延安"鲁艺"去学画画。

我一下子就被"鲁艺"吸引住了,只想快去。

但我不知道:到鲁艺去,可不是那么简单的事。

那时候,姐姐常到县政府办交涉。有个王秘书到我们家来过几次。这个王秘书是个"怀串儿"(豫北人),穿一身黑中山服,说话客气之中透着官的派头。他每次来,母亲跟他打打招呼,就由姐姐跟他谈正事。我们小孩子躲到一边。他们谈的什么,我不知道。我所关心的只是什么时候能到"鲁艺"去,天天想,简直入了迷,他和姐姐正谈着话,忽然瞅我一眼,说:"他想去鲁艺?——好,好,一定帮忙。"

后来,我懂事以后,想起这件事,心里埋怨姐姐:为什么把这件秘密大事告诉那个王秘书?不过,仔细想想,也不奇怪:第一,那时候国共合作,这一类的事不太忌讳。第二,姐姐尽管穿上了军装,骨子里毕竟还是一个单纯的学生,王秘书对她那么客气,她可能就把自己心里的想法告诉他。另外,她也可能想争取他的帮助,因为千里迢迢地把我从郑州送到陕北,也不是一句话的事。

纯洁的爱国青年很难看透官僚的心思。姐姐她们和官员们打交道完全没有结果——县政府什么抗日工作也不给她们安排,吕荣华不久离开了郑州。

我还在眼巴巴盼着去鲁艺,一见姐姐就催问。

一天,我回家,看见门锁上夹着姐姐留给我的一张小纸条,只有一句话:"去鲁艺事不果,怅甚。"

姐姐看我想得太苦,不忍当面看我伤心,采取这么一种方式通知我。

以后,她和我再也没有提这件事。这是我第一次梦想的破灭。

我心里隐隐约约地觉得这可能是王秘书使了坏。

过了一阵,有一天,姐姐不在家,王秘书又来了。我发现他和我母亲两个人在长时间地商量什么。他们那种鬼鬼祟祟的谈话神气引起了我的怀疑。我在一边注意偷听。从他们谈话片断中,我听出来了:王秘书是来和我母亲商量,设下一个圈套,要把我姐姐嫁给一个师长。

王秘书说着话,还瞅我一眼,向我母亲问了一句什么,母亲狠狠瞪我一眼,说:"他敢!"

母亲是个不幸而糊涂的女人。她把子女养到十几岁,就不知道怎么办了。对于姐姐,她认为能给她找一个"有钱有势力的人",就是"正理"。但我凭直觉感到这是把姐姐往火坑里推。我要救姐姐。

那天姐姐偏偏回家特别晚。我一见姐姐,就拉她上街。我们从延陵街走进德化街,我心里紧张得说不出话。姐姐觉得得奇怪。走到一个路口,她停下不走了。我抱住姐姐,哭了。

"怎么啦?"

"姐,他们要害你!"

说了这句话,我哭得更厉害了。

姐姐用小手绢给我擦擦眼泪,在路口的小摊上买了一碗馄饨,叫我吃完馄饨,再慢慢说。

眼泪掉进馄饨碗里,我哽哽咽咽把事情告诉给姐姐。

她点点头,说:"这件事我知道了。"又安慰我:"不要紧。"

以后的事,我就不知道了。我只知道王秘书的阴谋没有得逞,母亲总算也没有打我,姐姐很快离开了郑州。

姐姐走后,我的日子更苦恼了。后来知道姐姐到洛阳,在一个部队里当宣传员,我闹着要去找姐姐。哥哥想办法送我去了洛阳,在姐姐那里住了几个月。到1939年秋,她实在无能为力了,只好把我送到设在洛中的河南流亡学生登记处。

姐姐送我走的时候,我一路上绷着脸,没有说话。

姐姐不高兴了。她说:"怎么啦? 我还有什么对不起你吗?"

这是我们姐弟相处当中,她对我说过的最重的一句话,所以我记住了。的确,她已经为我尽了最大的力量,因为她那时候不过是一个小小宣传队员,怎么能长期养活我呢? 不过,我也不是埋怨她,只是舍不得离开姐姐——她是我从小最好的朋友、最亲的亲人。

从此,我踏上流亡学生的"征途"。

前年，三姨从西安来，告诉我：姐姐在 1939 年冬再次往陕北，要去延安上抗大，半路上被国民党扣下来，留在西安。——这一点，我过去不知道。三姨虽是长辈，年龄却和姐姐差不多，她由于反抗包办婚姻离家出走，和姐姐一同参加抗日工作。所以，她对姐姐的情况，比我了解得多。

这样，就把我对于姐姐的片片断断回忆衔接起来了：当我在 1939 年冬流亡到了甘肃清水国立十中，因为生活条件恶劣，身患重病，在生死线上挣扎的时候，姐姐也在人生道路上遭受了重大挫折——她要到延安投身革命，却因国民党截留，被迫回到西安，到胡宗南办的战干团会计训练班学习。

我总算从大病中活了过来，又升入初中。一年寒假，我回西安，到姐姐那里住了些天。这时，她在战干团当了会计。我在那里也碰见了吕荣华——她们大概是一同被扣留下来的。吕荣华在谈话中提到战干团里的长官总怀疑她"思想不稳"。姐姐也提到有一个国民党军官想叫她介绍认识西安劳动营（集中营）里的一个女政治犯，姐姐对他说："我可不做红娘！"但这时候，姐姐再也不提延安、鲁艺、抗日救亡了。她在自己的小日记本里用纤细的笔迹抄下许多缠绵感伤的歌曲，其中这几句是她常哼唱的："我难忘你哀怨的眼睛，我知道你沉默的情意，我和你相逢在一个梦里，我却在别个梦中忘记你！……"现在我明白了：姐姐那时候心情很苦闷，她在爱情生活上可能是遭遇过痛苦。但是，我还小，这些事她自然不会跟我说。

1942 年暑假，我们姐弟在郑州又见过一次面。假期结束，我们一同西行。那时候，郑州到洛阳那一段不通车。我们沿着陇海线，在唐诗中歌唱过的"京洛之间"仆仆奔走。那一段铁路隧道特别多，一个接一个。我们每进入一条黑暗漫长的山洞，总是一边走一边互相打着招呼；走出洞口，我们就拉着手笑，好像分别了很久才又见面似的，心里觉得又难受，又甜蜜——这大概就是亲人在一起的幸福之感吧！

在这里，我想在对姐姐的不尽哀思中插入一段"小插曲"：离开西安回甘肃时，姐姐给我找了一个同伴——她的一位女同事的妹妹，也是我们那个流亡中学的学生，她在高一，我在初三。姐姐让我喊这个女孩儿为"姐姐"。我跟她以及她的两三个女同学结伴返校，在秦陇高原上步行了四天。小孩子心如白纸一样纯洁，我真把她当作自己的一个小姐姐来对待：她走山路走得累了，我给她唱歌、唱戏,给她打气;在狭窄的山道上迎面闯过来一匹大马,挡住我们的路,她吓得惊叫,我勇敢地走上前去,抓住马笼头,把马拉开,让她走过去。回到县里,我们分手了:她回高中部,我去初中部,相距90里。我们以姐弟相称,通了很久的信——实际上,这可以算是当事人自己并不知道的一次洁白无瑕的"初恋":它像春天的梦一样朦胧而美好,但也像春天的梦一样了无痕迹地消失了。

上高中以后,再没有和姐姐见过面,通信也是稀稀落落的。现在才明白:她在这个时期思想很痛苦,心情很烦乱,而我这个不懂事的弟弟当时不理解她的处境,也不能给她任何帮助。从信里知道:她离开战干团,到豫西一个高中复学,想取得一张文凭考大学。没钱买书,她手抄了《范氏大代数》。她苦苦挣扎,想脱离国民党军界,靠自己努力,争取一种更好的生活。即使在困境中,她也没有忘记她的"小弟弟",来信说也要为我抄一部《范氏大代数》。不过,对于大代数,我已经学不进去了。这时候,我正忙于读社会科学书和进步文艺作品,并且参加了反对校长贪污横暴的学潮。

姐姐已经20多岁。这在旧社会,对于一个年轻姑娘就意味着踏上一道不可逾越的年龄界限。尽管她抄了一本又一本的教科书,恐怕对于那些"XYZ",她也未必能学得进去吧?

她是否拿到了高中文凭,是否考过大学,我不知道。只是高三时,突然接她来信,说她结婚了。此后很长时间,她没有来信。到高三下,突然又接到舅舅自西安打来的电报,说:"你姐病故,已殡葬。"对于这个打击,我茫然不知所措。不久,我自己也遭到一次生活突变:因为参加学潮,我被十中当局开除。我匆匆赶到西安,见了哥哥,才知道姐姐与一个小军官李某结婚,婚后才发现为其所骗,原来此人在老家早有妻子,姐姐在怀孕中连气带病去世了——那时她才25岁。

由于战乱,姐姐没有一片纸、一张照片留下来。她的一生是一个悲剧:在时代的大潮中,她曾勇敢地冲出家门,向黑暗做斗争,摆脱了虎狼之辈的威胁,但却由于自己的善良性格终为狐鼠之流所欺——姐姐是被万恶的旧社会所害死的。

一只白天鹅展翅飞向高空,不幸受伤跌下,陷在污浊的沼泽中,她想摆脱,翅膀已无力腾飞,终于为烂泥塘所吞没了!

在西安城外西南方某个角落走过的行人,请你脚步放得轻些,因为在那片土地下埋葬着一个洁白的灵魂!

(1989 年 6 月 4 日晚)

附:梦亡姊(2003 年某晨)

长安城南拜坟茔①,从此人天两飘零。梦中乍见喜如在,姐弟抱头哭出声。

---

① 时为 1945 年 5 月,坟在西安城南偏西处,今恐早已不存。

作家·学者·老师

——回忆万曼先生

1942 年下半年,在甘肃省清水县国立十中,我刚升入高中第一部上学。一天,校长在南城墙外那个大操场向我们"训话"。结束时,他不无夸耀地宣布:作家万曼要到我们学校来教课。

不久,我在县城西门里街头上碰见一位过去从未见过的中年先生,高大身材,穿一件带皮领的灰布大衣,端庄的长脸,留着大背头,头发略卷,高高的前额,鼓鼓的大眼睛,总之,样子很气派。——别的同学告诉我:这就是作家万曼。

不过,光听校长介绍,是引不起我们接近这位作家的念头的,因为,在同学们心里,对那个校长有一定看法。

万曼先生遗照

在这里,需要加一条长长的注解来说明背景——

抗日战争爆发以后,战区学生流离失所。1938—1939 年,一批又一批河南流亡学生,沿着洛阳—潼关—西安—宝鸡这条路线,向西逃难,辗转千里,攀过陕甘边境上那"遥望秦川,肝肠断绝"的"陇头流水"(那时叫"关山"),来到清水小县。这几千个从六七岁到十多岁的河南孩子,就成为国立十中的学生。我是1939 年冬到清水去的。清水,据《史记》记载,是秦国的发祥地。在县城北边的山头上,矗立着西汉著名的屯田将军赵充国之墓;西有麦积山,北有莲花城,都是古代的名胜。可惜,当时一眼看到的只是一派荒凉和贫穷,四面山头上一年四季几乎看不见青草,老百姓穷得不少人家炕上只铺着一片光席,全家人只有一条破被子。老百姓苦,我们这些流亡学生也苦。一到清水县,迎接我们的是虱子—疥疮—斑疹伤寒,几乎每个学生都经历过这个"灾难三部曲"。许多同学尚未来得及上课,就葬身在荒山坡上。我自己就几乎被斑疹伤寒夺去生命,多亏一位姓焦的老大夫在那生死关头把我抢救过来。

十中的第一任校长是一位美国留学生,标榜自由主义。他上台讲话,一开口就是:"孩子们嘛!"在讲演比赛上发奖,他和得奖学生行握手拥抱礼。训话当中爱插几句英文,例如,"Work while you work,play while you play",等等。——这些都是美国派头。但自由主义掩盖不住尖锐的矛盾,1940年爆发了一次相当大的学潮:几千名学生列队前往天水城下请愿,军队向学生开枪。学潮以两个学生被枪杀、几十名学生被囚禁而结束了。

第一任校长下台。1942年,派来另一个人来当校长——此人非别,就是被姚雪垠写在短篇小说《选举志》里那个商四亭的原型高维昌。

这个高维昌,连他前任的那种自由主义外衣也不披了。他是一个赤裸裸的恶棍。他一来,第一件事就是在全校胁迫教师参加国民党、学生参加三青团。他的另一项"德政"是大搞贪污,办法是把教师每月的薪水、学生每月的"贷金"(即生活费),除了最低限度的饭钱,全扣下来交给他那个尖嘴猴腮、姓赵的总务主任,拿到天水、兰州去做生意赚钱。在那通货膨胀、物价不断上涨的情况下,老师和同学们靠着这一点七折八扣的钱,只能过着吃不饱、饿不死的生活。同学们冬天穿着单裤、赤脚穿麻鞋是平常的事。

另一方面,十中学生当中也有着追求进步的传统。进步的种子首先是由1940年领着同学们闹学潮的高年级同学播下的。学潮虽被镇压,进步的传统并未断绝。地下党员周振中老师、进步教师赵以文等在学生当中做了许多思想启蒙工作。在那些年里,《全民抗战》《读书月报》《文艺阵地》《理论与现实》等等进步刊物,《大众哲学》《社会发展史纲》《新哲学大纲》《铁流》等等革命书籍,始终在同学当中传阅。学校里的进步力量,像地下水一样默默地、不停地活动着。历届校长所头疼的学潮,始终在酝酿着,隔一段就要爆发一回。

这样,就出现一种复杂现象:校长是地地道道的恶棍,学校中的进步力量又始终存在,两者冰炭不容,而又同时并存。这中间有一个微妙的因素值得指出。对于高维昌来说,在他统治下的这几千名像小要饭的衣不蔽体、常常挨饿的学生,既是他的压迫对象,又是他的"衣食父母"——他要靠着从他们身上贪污榨取所得,到"陪都"重庆去活动,谋取更高的官职,因为国立十中校长一职不过是他活动河南省教育厅厅长的一张跳板。如果学生们真的闹起学潮,他的升官梦也做不成。因此,只要学生不去触动他那一根经济命脉——贪污校款问题,他对于学生当中的进步文艺活动、读书活动,平时不去镇压,其意若曰:你们让我过得去,我也让你们过得去。当然,这种"宽容",仅仅是表面上的。遇到重大政治事件,他随时露出凶恶面目,毫不含糊。而且,一旦学生对他的残酷压榨,实在忍无可忍,提出"经济公开",要求查账,他立刻在大会上像一个十足的流氓,用脏话大骂学生——高维昌就是这么一个坏蛋。这里还不说他和他侄孙媳妇的那种众所周知的下流关系——有一位受学生欢迎的历史老师刘紫平就是因为在私下闲谈中不小心提到这件事,被高维昌赶走于宝鸡贫病而死。

由于这种种原因,学生们对于学校当局怀着一种强烈的敌忾情绪。所以,高维昌在大会上宣布万曼先生到来,虽然引起了同学们的好奇心,却不能使得大家因此去接近这位老师。

后来,学生们和万曼先生所结成的亲密、深厚的师生情谊,和高维昌为了给自己增光的夸耀、恭维无关,而是在漫长的岁月里,通过事实的检验,通过多次接触,逐渐形成的。当青年们一旦看出万曼先生的确是学生们的好老师、好朋友,大家就满怀着赤诚的敬仰之心,登门求教了。

记不清何年何月,我作为一个爱好文艺的幼稚中学生,开始去到清水县西门外营房旧址下面那个小院里拜访万曼先生。

最突出的印象是:那间堂屋里面安静极了。苏先生(我们这样称呼万师母)没有一点声响地做着家务事,万先生(我沿用十中同学们对他的一贯称呼)自己则坐在西窗之下静悄悄地看书。他那时看的是一本比城墙上的大方砖还要大的书——开明书店出的精装巨册、蝇头小字的《二十四史》。这部书我很面熟:我们平常到县城公园里去玩,一直看见它威风凛凛地陈列在县民教馆的大玻璃柜里,纯粹是"展览品",排在那里吓人,从来不曾有人把这部"天书"从它那"神龛"里请出来。可是万先生却有本领把这部庞然大物借出来,摆在自己的桌子上,成年累月地当作一部普普通通的书来看。书桌上,还摊着另一本用当地土麻纸订成的大本子,是一边看书、一边摘录用的。我伸出头去看,只见那本子上密密麻麻抄满了字。他写的字笔画是尖劈形的,很别致,好像一枚枚小钉子,又好像巴比伦的楔形文字。还发现大本子的封面上画着一幅万先生的漫画像,嘴里叼着烟斗看书,那烟圈儿袅袅上升——据说是美术老师杨默也画的。

过些天又去看他,桌上放的是一大本稿子,封面上用篆字或者隶字(我那时还分不清篆隶)写着"平準书笺证"——什么意思,不懂。

这一切,对我来说,都很神奇。

一年冬天,万先生来给我们上国文课。他还是穿着那件一直盖到脚面的灰色大衣,戴着当地出产的光板老羊皮手套。天太冷,讲课时就用戴着手套的指头捏着粉笔往黑板上写字。他讲课,从来不起高腔,声音总是低低的、沉静的、从从容容,如同小河的水不停地向前流动着。没有一句多余的话,没有一句故意逗笑的话。然而,不定什么时候,"谈言微中",说出一句幽默的话,同学们"哄"地笑了,课堂上活跃起来,很快又复归平静。我们很快感觉到:站在讲台上的老师是一位真正的学者。他对学生的态度也是慈祥、和蔼极了。

我很幸运,在万先生的课堂上听了大半部中国文学史,从先秦讲到唐代,是配合着课本上的选文讲的。没有讲义,学生们一边听,一边随手做笔记。我从小没有念过古书,脑子里"不知有汉,无论魏晋"。不料竟在流亡生活之中,在穷山窝的破教室里,受了一年多的古典文学训练。万先生讲的文学课新鲜别致,当时课堂上的警句,有些至今还能记得——

譬如,讲到儒墨之辨,他打比方说:如果书店来了一本好书,儒家只要对你说说书店在哪儿,你要想看,就自己去买;墨家呢,则把好书买下来亲自送给你。——对于这种"墨家之徒",我们穷学生自然是很欢迎的,很希望天上掉下来一位这样无私的侠客送给我们几本书,可惜碰不到。后来,万先生自己倒是送给我一本书,但那是后话了。

讲老子,对于"大爱必大费,多易必多难"解说道:爱得愈强烈,付出的牺牲就愈大——爱就意味着牺牲。一个人把什么都看得很容易,一定要碰大钉子。讲着"暴雨不终朝"的时候,天正好下着瓢泼大雨。老师望着窗外,幽默地说道:"要是天尽管这么下,一直不停,我们岂不都要化为鱼乎?"

讲荀子"大天而颂之,不如执天命而用之",顺口说出了富兰克林的名言:

"人是会制造工具的动物。"

讲到"'离骚'者,遭忧也",顺口说出英文成语"fallen in sorrow",以资比较;讲到王粲《登楼赋》中"假高衢而骋力"时,对"高衢"一词则用英文"highroad"来说明。

这些讲解,新旧互证,中外结合,我们觉得新奇有趣,真是茅塞顿开。

讲到杜甫一生颠沛流离、生活贫困,他顺口背出"二年客东都"那首诗,又顺手往黑板上写下"野人对腥膻,蔬食常不饱"十个字。——对于这位"诗圣",说老实话,我们本来是毫无所知的。可是,他这两句诗,我们一下子就懂了,不需要什么"千家注""百家注"。因为,校长贪污我们的伙食费,对于"蔬食常不饱"的滋味,我们的体会是非常深的。饥饿,使我们和伟大的诗人并肩站在一起了,从此对于杜甫再不感到陌生。

这样,在潜移默化之中,老师对我们进行着文学训练,好像一位老练的舵手带领一群少年,一面操舟绕过急流险滩,一面指点着岸上的山川形胜,"两岸猿声啼不住,轻舟已过万重山"。无知的少年获得了知识和技能。不知不觉地,对文学的兴趣就在我们内心深处扎下了根。少年时代能够遇到这样的语文老师,实在是一种幸福。

他那讲课艺术,使我太倾心了,我想过应该把它录下音来。可这在40年以前是办不到的事。我只好一字一句地记。关于老子、庄子那两部分,他讲得妙趣横生,我也记得特别详细,整理出来,订成了两小本。国文老师要改作文。万先生对于学生作文,不作琐碎的圈点、批改,除了必要的改错,他常抓住文章的内容写出指导性的批语。但他这种批语往往一针见血、十分精辟,能起到启发学生思路的作用。我记得有一次作文,我曾针对国民党政府在皖南事变以后压制言论自由、迫使邹韬奋自重庆出走一事,写了一篇时评。作文本发下,老师在我这篇作文后边批了11个字:"就事实立论,乃觉刀光闪闪!"看了这条批语,我觉得眼前一亮,11个字就像用刀刻似的铭记在我的心上了。其实,回想起来,那篇作文很短,内容也平平常常,不过是一个小学生从幼稚的向往民主自由的心理出发,发几句议论而已,实在当不起这样的表扬。当时万先生那样批示,恐怕仅仅是肯定我关心时事这一点。真正说起来,直到今天,我也没有达到老师对我的殷切期望。

应该说明:万先生对于学生们的指导帮助,绝不限于讲课和改作文。他实际上担当着任课和不任课的班里学生们的各种课外文艺、学术活动的义务导师。学生们写稿子、出壁报、办读书会、成立文艺团体、编刊物、演戏、画画,以至于生活中有了什么烦恼、出了什么问题,都要找他。学生们自自然然找到他的家里,他总是放下正在看的书,作出要言不烦的回答,给以力所能及的支持。他在清水县的那三四年里(1942—1945)住过两个地方,不论是在那旧营房脚下的安静小院,还是在那高高营房上的那间小屋,都留下了年轻人纷至沓来的足迹。

我们给老师找的麻烦实在太多了,现在想起来真是十分抱歉!

我刚升入高一的时候,跟随着高年级同学张华棠、李风、杨翱、张境清、刘天文、孙炳奎、刘绍祖……参加一个文艺团体"北海社",导师就是万先生。北海社每周在万先生家里开读书会,讨论过《阿Q正传》、契诃夫小说《路斯加尔的胡琴》等作品。《北海》壁报定期出版。1942年10月里,我们出了一期鲁迅纪念特刊,除了北海社每个同学以外,万先生和地下党员周震中老师、进步老师赵以文都写了文章。这期壁报贴在走廊里,占了整整一面墙,规模很壮观,封面和插图(美术老师杨默也画的)也很吸引人,对于烘托学校里的进步文艺活动气氛,影响是不小的。

听张华棠他们说:万先生在南阳教他们时,师生一起办过一个文艺刊物《前哨》。《前哨》,我见过一期,封面刊头之下是万先生的一篇国际评论,抨击希特勒法西斯,笔名是"冶夔离"。

张华棠那一届高三同学毕业了。我和同班同学于型籛办起了一个铅印小杂志《驼铃》。经费是向老师们化缘,这个一块、那个五角捐起来的,万先生高高兴兴为我们当编辑。小杂志出版了,登了于型籛(戈今)的诗,杨翱和李风的散文,我的短篇小说《陶发鸿》,封面上"驼铃"二字是万先生题写的两个篆字。可是,在旧社会,新文学活动是受统治者忌恨的,小杂志只出了一期,就被迫停刊了。所以,那一期既是创刊号,也是终刊号。

另一位高年级进步同学柴俊杰毕业离校,把他办的壁报《励学》交给我。我和几个爱读进步书籍的同学常耿武(现名林伯野)、丁建堂(葛林)、张炳晃、周钦、牛子彦(张节中)、段东战等,把这个壁报接着办下去,并把它扩大为"励学读书会"。办壁报时,我去找万先生为我们题刊头。他那天兴致很高,先写了两个篆字"励学"，又给壁报的短评专栏写了"匕首"二字。他一边写，一边向我解释：在古代象形文字中，"首"就是人脑袋；"甲"是鱼眼，"乙"是鱼肠子，"丙"是鱼尾巴。我仔细瞅瞅他写的篆体"首"字，果真像一个有头发、有鼻子、有眼的人头；心里想：老师的学问真大！

万先生题写的篆字"励学"和"匕首"，我用木刻刀刻在两块砖头上，每期出壁报，用油墨印出来使用，显得朴拙有力、古趣盎然，很富有特色。40年后，常耿武（林伯野）同志成为一位哲学工作者，他还念念不忘在破砖头上刻的这几个篆字。他著的《毛泽东军事著作中的哲学思想》一书要出版时，要我再用砖头给他刻一个封面。可惜，万先生早已去世了，我那刻砖头的本领也早丢光了！

顺便说一下，我上到高二，因为读鲁迅作品所受的影响，对木刻入了迷。从重庆（通过三联书店）买来一副木刻刀，又去求木匠师傅赏给我几块梨木片，我就没明没夜地刻起来。刻印出来一幅，立刻兴致勃勃地送到万先生和周震中老师那里，请他们鉴赏。周老师说我缺乏艺术才能（这大概是真的），不赞成我搞木刻。可是青年人一旦对什么事入了迷，那劲头大得很。我还是画下去、刻下去，而且简直成了一个"多产艺术家"，把作品源源不断地往两位老师家里送。然而，我的作品很少受到老师表扬。有一次，我去送"作品"，万先生问了一句："你天天刻木头呀？"我作了肯定回答。他轻轻说了四个字："锲而不舍。"

刻来刻去，次数多了，似乎也有了一点点进步。有一次，我刻了一幅当地小景，画面上是野外一个背着背篓的本地小男孩看一个学生在画画——这是我自己出外写生的实况；手法是模仿陕北的有些木刻——民间年画式的单线平涂。这幅木刻得到周老师的嘉许，说是"画面清新"。后来，我又刻了一幅高尔基与托尔斯泰在一起的肖像，根据的照片模糊不清，只看出大轮廓，我也"大而化之"，把高尔基那穿长大衣的身体刻成了黑乎乎的一片。然而，万先生对这一幅似乎有点喜欢，把它压在玻璃板下面加以欣赏。——这，对我来说，就是最高的奖赏。

我这样不停地画呀、刻呀，闹个不休，又刻过托尔斯泰的像，毕竟引起了万先生的共鸣和同情了（我想他大概是特别喜欢托尔斯泰的）。有一天，他竟把自己在流亡生活中珍藏在身边的一大本英文版的托尔斯泰画像送给我了。我真傻眼了。我，一个小要饭似的穷学生，哪见过这么漂亮的外国画册呀！在那四四方方的大红色硬壳封面上印着一行粗黑的英文字"LEO TOLSTOY"，一翻开，里面是"托翁"生平各个时期的照片和画像，还有他小说里的许多插图。这本书，我当作最宝贵的财富珍藏着，每次翻看都是我生活中最高的精神享受。可惜，我没能保存多久。一位朋友把它借去了。恰巧他那时追求一个女同学（他年龄比我大几岁），竟拿我这部宝书"借花献佛"，献给他的"女神"了！我跟他大吵一架。然而，书是要不回来了——他那恋爱后来也没有成功，白白赔进去我这部宝书。

这件事形成我终生的一种遗憾，因为这本画册凝聚着敬爱的老师在那苦难的岁月里对于我的一片深情厚谊。现在，书虽然不知流落何方，里面的图画：托尔斯泰做青年军官时的照片，留着大胡子的照片，穿着白袍子躺在草地上看书的照片，列宾画的托尔斯泰在斗室中伏在一张小桌子上写作的画像，《复活》的插图中卡秋莎由带枪的士兵监押着面对法庭受审，她被判刑后回到牢房中弯着腰痛哭，肩膀似乎正在抽动……这一幅一幅画面，直到今天还像40年前一样清晰地刻印在我的心上。后来，我为了减轻一下对这本画册的怀念在我感情上所留下的负担，我把它当作一个细节写进我的一篇小说里，让它反复出现，好像一首故事歌谣里的叠句。

不论在课堂上讲课也好，在课后和学生单独接触也好，万先生从来不谈自己的往事。我们这些在抗日战争中长大的少年，对于从"五四"到30年代的文坛掌故，就是懵懵懂懂，不甚了然。但奇怪的是，就连那西北偏远角落里的清水小县，也同样经受过"五四"以来新文学运动的洗礼。在那全县城唯一的一家旧书摊上，陆陆续续摆出了不少战前的文艺书刊。到那小书摊上去一翻，好像坐在一条溪流的边上，看见水面上一会儿漂过来几片树叶，一会儿又漂过来几片花瓣，表明在远远的上游生长着茂密的树林和繁盛的花朵。这样，我们在书摊上除了看到鲁迅和其他知名作家的作品，也在文艺书刊上断断续续发现了万先生的名字。譬如说，我们发现过他早年的一本抒情散文集《淡霞与落叶》（启智书局出的），发现过30年代《小说月报》上刊登的他描写码头上流浪儿的小说《小不点儿》以及一篇独幕笑剧（farce），还看到北新书局出版的《青年界》上登的"青年作家万曼近照"，使我们得以目睹老师在翩翩少年时代戴着眼镜、西装革履的丰采,又从一本《抗战文选》上看到他写的关于他在抗战爆发后如何只身从天津流亡到大后方的长篇纪实文章。这也就表明着:从"五四"到抗日战争的漫长岁月里,万先生一直勤奋地写作着,他在老一辈作家当中是他们一位踏实工作而又谦逊淡泊的同行。(这篇回忆文章写出后,在北京周震中老师那里看到了万曼先生30年代从上海到河南教书时写的一首短诗,引录如下,以见他那时的心境:"东抹西涂迫半生,中年何故避声名?才流百辈无餐饭,忽动慈悲不与争。")

万先生教我们国文大概有一年半之久,后来就不教我们了。但他的教学在我们心里留下的印象是永远不会忘记的:他讲课时声音是低低的、清晰的,态度是沉静的、安详的,总的来说给人的印象是细水长流、深邃有力,使我想起列维坦的名画《秋天的溪流》。

万先生不教我们以后,担任了高中第二部的主任。高二部的同学告诉我说:万先生当了主任不过是把书斋搬进了办公室,每天坐在办公室里看自己的书。我们很好奇,希望知道老师有什么"德政"。不久,他的一段"施政演说"就从高二部传到高一部:原来,每当学年开始,学生们照例要重新分配一次寝室,而寝室不幸有向阳与背阴两种,住进向阳者皆大欢喜,分入背阴者则坚决不干,互相争执,悬而不决。作为主任的万先生召集学生开会,演说道:"当然,谁也知道向着太阳的房子比背着太阳的房子要好。不过,好在我们晚上睡觉的时候并不需要太阳。"学生们听了,嘻嘻哈哈笑起来,事情也就了结。——万先生用英国式的幽默平息了一场小纠纷。

高二部一些进步同学马玉明、董万章(董向远)、杨翱等等组织了一个读书会。万先生支持他们,给他们讲了一次《离骚》、一次元曲《陈州粜米》。这两次讲课,我也去听了。《离骚》的讲义似乎还是我刻钢板油印的。

然而,当时十中是一个是非蜂起之地。万先生要一直坐在办公室里安静看书,是办不到的。马玉明对我说过一件事:有一天,高二部一个同学因为什么事情和总务主任在办公室门口吵了起来,这时万先生正在办公室里看书,大概觉得吵架不是什么大事,没有出来。后来事情闹到高维昌那里,这个学生被开除了。马玉明对此有些抱怨,我也觉得遗憾。因为,对于流亡学生,失学即等于打破饭碗,那高尚的求学之心是和低微的生存要求密切结合的。但不用说,发生这件不幸的事,责任自然不在万先生,而在那视学生如仇的学校当局。不过,从这件事也可以看出:一位纯正的学者担任那么一个主任的职务,恐怕是很难把事情摆平的。

然而,万先生毕竟是爱护青年的——这一点不久就得到了证实。

1942 年以后,十中有些高年级同学毕业到了重庆。他们在重庆看到了《新华日报》,不甘独享,还把报纸上的重要材料剪寄给远在清水的十中同学。所以,我们在 1943—1944 年间能够读到毛主席的《文艺讲话》,即重庆《新华日报》上刊登的《在延安文艺座谈会上的讲话》摘要,以及《新民主主义论》,还有《群众》杂志。这些革命书刊都是在重庆的毕业同学辗转寄来,在十中进步同学中间秘密传阅。然而,对立的势力也没有睡大觉。有一个姓王的军训教官,据说是从天水派来的特务,他到十中一看,大吃一惊,说:"高维昌这个家伙是怎么搞的?学生公开看《大众哲学》!教室里公开挂着高尔基、鲁迅的像!"有一个女生,是从西安战干团来的。有一天,她在教室里突然像蝎子蜇了似的大叫:"哎呀,怎么有共产党的报纸!"——原来她在另一个女生的抽斗里翻出了一张《新华日报》。这么一来,学校当局就加强了防范措施。另一个姓王的军训教官,"偃武修文",脱下军装,换上便衣,坐在训导处,专干偷拆学生信件、检查学生日记的勾当。这时候,在重庆的毕业同学照常往十中邮寄革命书报,很快出了问题。训导处在寄给高二部进步同学杨翱的邮件中查出了一卷《新华日报》,清水的以至于天水的国民党当局也都知道了,并且向十中要人。情况很紧急。万先生以高二部主任的名义去斡旋,杨翱才算没有被逮捕,而是迅速从十中退学,到重庆去了。如果不是万先生出面营救,当时的后果实在不堪设想。——而且,补充一句:在旧社会的白色恐怖下,凡涉及类似的事件,敢于挺身而出保护进步青年的人是不多的。

在此以前,约当 1944 年,十中部分进步同学在地下党员周震中老师家里,为庆贺万先生的 40 岁生日开了一个小会。在会上,杨翱同学介绍万先生到清水以来的著作内容,记得有《史记平准书笺证》《吐谷浑书》和《司马相如赋论》等等。万先生向我们第一次谈了他自己的早年经历:小时候在学校里跟"黄马褂"(保皇派)打架,"五四"时代他是天津南开中学的学生,为天津学生会编过刊物——说到这里他随口淡淡提到当年天津学生运动中的几位著名风云人物,在那时是曾在一起活动过的;后来,他到上海从事写作;抗日战争以后,他完全退入课堂和书斋。在同学们带着欢笑的催促下,万先生用低低的声音唱了一段京戏——那出戏,我从来没有听说过,虽然我也算是一个小戏迷。总之,那是十中的进步师生很少有的一次欢会。地下党员周震中老师最后讲话,大意说:万先生的为人,从表面上看是淡泊的,但是他的淡泊就像画中国的写意画,疏疏朗朗的几笔,着墨不多,然而却有自己的间架和风格——寥寥数语,含蓄地指出了万先生在那腐败的旧社会,并不是随俗浮沉、同流合污的庸人,而是一位有爱憎、有操守的正直知识分子。杨翱事件,证明周老师对于万先生的评价是公正的。

在那黑暗的年月里,这两位可敬的老师为十中同学做了许多好事。在1942—1945年,他们实际上是十中的进步文艺学术活动的中心。在他们的启迪之下,不少同学从阅读进步文艺作品入手,进而攻读社会科学理论和马列主义著作,走上了进步的与革命的道路。两位老师为此而默默付出的心血是无法计算的,他们也自然地受到多数十中同学的尊敬和怀念。

大约在1945年年初,万先生离开清水。他打算到当时大后方的进步文化中心重庆。这时,高维昌也要到重庆去活动自己的事。他邀万先生跟他一同从兰州坐飞机到重庆去。万先生拒绝了——他要沿着杜甫从甘肃到四川的路线,一路上找些临时工作,靠自己劳动所得,一步一步走到重庆。他从清水先到了天水——即杜甫诗里写过的"秦州"。不久,我接到他从天水寄来的一卷《陇南日报》——他在那里似乎担任了主笔。这是一张篇幅不大的报纸,大概有现在的四版小报那么大,但万先生在编辑工作中尽量使它有点进步内容。我记得在他寄给我的报纸上,在《文化简讯》那一栏里,发表了郭沫若的一首题画诗:有位画家画了一个老农妇精心养猪,亲自动手给一个舒舒服服躺在地上的母猪搔痒。郭沫若题诗云:"母猪身上痒,有人抓虱子。可怜文化人,饿死有谁知?"万先生没有忘记我那幼稚粗糙的木刻,来信叫我为他的报纸副刊刻一个刊头并且写稿子。我刻了刊头,写了一篇介绍木刻艺术的短稿,寄去了。很快,收到我那篇文章的剪报，但刊头不能用，因为木块和铅字的厚度不一致，无法印。

1945年5月，我因为参加学潮，被十中当局开除。为此，万先生曾向十中教务主任郭某抗议（高维昌离校由郭代理校长）。后来听说，万先生在天水编报也不顺利。有一个叫张跛子的国民党特务，缠着万先生发表一篇什么臭小说，万先生就是不给他发。于是，编辑干不下去，他入川，到梓潼师范教书。

再见面，已是1946年下半年。我在重庆大学中文系上学，他从梓潼到了重庆。一接他的信，我就从沙坪坝到重庆去看他。

万先生住在民生路的一条小胡同口上，离三联书店不远。那是很小的一间房子，连门牌都没有，门口贴着一张纸，上写"特一号"三个大字，以便邮差送信。我进去，首先看见苏先生（万师母）怀里抱着一个"小不点儿"——那便是初生的万宁。万先生向我解释说：按他自己的意思，是不想要孩子的。因为生活流动、不方便，可是苏先生非常想要孩子，所以——可是，这种解释我根本不想听。万先生家里添一个小孩，不是更热闹吗？我只有觉得高兴。

接着，我问万先生的著作。他拿出几部手稿，题目有《杜甫传》《韦应物传》等。翻开一看，用的还是在清水时由他自己设计、刻字匠刻版、印成的红格稿纸，他那尖劈形的小字抄得整整齐齐，显然已经定稿。他说，他要写一套唐诗人传，40种。我想起他在清水时的豪语："我身体很好，活到80岁没有问题。打算读书读到50岁，从50岁起开始写书，写到80岁，至少要写它30年。"这几部稿子大概就是他那宏大写作计划实现的开端。在进行这套计划的同时，他写的《司马相如赋论》等论文这时正在开明书店出版的《国文月刊》上发表。他写的《儒林外史人物论》也正在重庆的进步刊物《人物杂志》上发表。

我们谈起了文学写作的问题。他说："光希望当作家是空的。要读作品，要写。现在出的好书不少，像《高老头》等等。跟别的物价比起来，书不算贵，可以买来看。"不知怎么，谈起了托尔斯泰（好像他是很喜欢托尔斯泰的），他说："像托尔斯泰那样的作家，文学史上也没有几个。他有那样大的成就，有自己的条件，一般人达不到。"——这句话说得很实在，对于我那空有作家之志而又懒于写作，读书漫无计划、浅尝辄止的坏毛病，是很好的批评。

我又问他："中国的古书怎样才能看懂？"他说："从刚会看书的时候就开始

看,而且不间断,一直看到 40 岁,才能看懂。"我一听这么难,就说:"算了,我干脆不看了。"——这样虽然"干脆"却是一种自甘无知和愚蠢的态度。

我虽然上了大学,还是"一贫如洗",连盖的被子也是借自一位家住自流井的好朋友。平常很少上重庆来,饭馆简直没有进过。可是,一二十岁,正在长身体,嘴又很馋。怎么办呢?我灵机一动,想起万先生编过的那个小报(或是别的什么小报)上曾登过一则"文坛花絮",说是在重庆某一条背街,开着一家大众化的牛肉铺,卖着牛肉汤、牛肉面以及牛身上从牛头杂碎直到牛尾巴一切可以吃的东西,更要紧的是价钱非常便宜。这原本是船夫、抬滑竿的苦力和穷苦市民花很少一点钱也能尝尝荤腥的地方,后来不知怎么被重庆的作家艺术家们发现了,纷纷前往光顾,郭沫若还为这家牛肉铺题写了招牌。这真是爱好文艺的穷学生最理想的解馋的地方!我每次进城,都留意寻访这家"雅俗共赏"的牛肉铺,"念兹在兹",数年之久,兴头不亚于"踏雪寻梅"的雅士,但始终未能找到。一天,无意之间在上清寺院附近碰上一家牛肉铺,虽然不是报纸上盛传的那一家,聊胜于无,不妨去尝试一下吧。可是,进门一望,那店里的餐桌、案板、肉块上都黑压压地覆盖着一层苍蝇;在那煮肉的大锅的上空,也有苍蝇成群结对地在那腾腾雾气中盘旋;连大锅的肉汤里都漂浮着一圈一圈"为嘴伤身"的勇士们的遗体。那店里的景象,好像是黑头苍蝇国的国王正在举行盛大宴会,不仅他那龙子龙孙、文武百官,似乎举国百姓都在那里"大酺",连"红头国""绿头国"的大使也偕夫人、随同一同前去观光助兴。我吓得只好逃走,寻访"文艺牛肉铺"的兴致也就到此为止。

这件"雅事",自然不好向万先生提起。但他很了解穷学生既缺嘴又缺钱的心情。他向我慷慨地吩咐:"缺钱用,说话!"又向我介绍价廉物美的吃饭地方——原来他已经考察过,在民生路附近有一家饭店卖的"猪油菜饭"便宜实惠,可以去吃。"身教重于言教",说罢,他立刻领我去品尝。时间过去三四十年,那猪油菜饭的味道自然毫无印象了。但在那个饭店里发生的一件小事却至今未忘:我和万先生坐在那里等饭的时候,一个穷人来到我们桌旁——这个人蓬头垢面,身上穿的长衫又脏又破,那样子活脱脱是一个不带辫子的孔乙己。这个人捧了一叠杂志,问我们买不买。说着,就把一本送到我们桌上。我一看,是一本早已过期的杂志,心里奇怪:这个人卖这种破杂志干什么?万先生马上递给他一点钱，顺手把杂志还给他，用他那低低的、沉静的天津口音对那个人说："不看你的书！"我才醒悟：原来这是一个沦为乞丐的小知识分子，所谓"卖杂志"只是他"巧要饭"的一种求生手段。万先生如此对待他，真是恰当极了。这不但表明他对社会生活的明彻了解，也流露出令人感动的人情味。

其实，当时万先生的处境也不很好。他的谋生之道不过是教书和写稿，即"舌耕"和"笔耕"。投稿的收入靠不住，主要还得靠教书来维持生活。他在梓潼师范教了一年书，少有积存，这才来到重庆。不用说，光靠那一点钱，在重庆也住不了多久，还得另找工作。但在那时候，教师找工作，叫作"六腊之战"，可见其难。除了一般的难，还因为思想进步而受到排斥。万先生在"五四"运动时代本是天津南开中学的学生，在爱国学生运动中是一个活跃的笔杆子。抗战后，南开中学迁到重庆沙坪坝，校长是万先生的老同学。万先生去找他，想到南开教学。以万先生的学问、经验，又是老校友，教教中学国文难道还有什么问题吗！但是他被拒绝了。万先生对我说："人家说我是'左倾'，对我不放心。"

幼稚的我，自告奋勇，想为万先生"助一臂之力"。我在重庆大学中文系参加一个学生文艺团体"野风文艺社"。我们以"野风社"的名义邀请万先生到中文系来演讲，请系主任来听。我想以此为手段"拉"万先生到中文系来教书。万先生来了，讲演的题目是："杜甫的清狂"，内容深入浅出地概括介绍杜甫的生平和性格，我听起来觉得比在清水听的讲课更为深入、更带点学术气。讲演后，我探问系主任的口气，他冷冷地回答："我请的人，得听我的话！"我很生气，觉得这是对于我尊敬的老师的侮辱——凭什么听你的话？去重庆时我对万先生谈了，他淡然置之。

我为万先生遭受这样的待遇感到不平。其实，在当时的中文系，固然也有少数名流学者因复员路过重庆，临时任教，但滥竽充数者也大有人在。有一位先生，在重庆的几乎所有公私大学、学院都兼着课，学生们私下给他排排课表，发现他即使每周每日不分上下午八小时全部排满，也上不完那么多的课——且不说还要跑路！他的教学法叫作"轮流停电"，即轮流旷课：按一定顺序，这一周在这个学校缺课，下一周在那个学校缺课，周而复始，因而在任何一个学校他都是"蜻蜓点水"，薪水照拿，对学生就不负责了。他在中文系教的是"目录学"，课本是别人写的《汉书艺文志讲疏》，但他从来不讲书。上课时匆匆赶来，先诉说忙，然后吹自己写了"一万首诗"，然后在黑板上写出自己的一首大作，高声朗吟，一字字加以详细评讲，话愈扯愈远，直至下课。还有一位先生，课程是"楚辞"，一篇《离骚》整整讲了一个学期，到底也不知道他讲完了没有，只记得他对于"念灵修之浩荡兮"的讲解说："浩荡"就是"混蛋"。讲的是《离骚》，他却大谈自己最欣赏的"韩灰子"（韩非子——这位先生是湖南人），因为"蒋总裁"欣赏"韩灰子"那一套治国之道，接着就颂扬"蒋总裁"如何"杀人如麻、爱才如命、挥金如土"……这样的人物占住大学讲台，"固若金汤"，而像万先生那样踏实治学、认真教书、爱护学生的优秀教师却进不了学校的门，我真为老师感到悲愤。

1946—1947年，是全国学生运动的一个高潮。一进入1947年1月，重庆学生抗议美军暴行的怒潮就爆发了。重大进步同学征集签名，我在一封抗议书上签了名，不久，这封抗议书发表在《新华日报》。我见万先生时，他说他看到了，对我表示鼓励。他还说：真正革命的人，并不是"独善其身"，还要把大家组织起来。——这对于我仅仅凭着个人的正义感参加学生运动，是一种及时而正确的指导意见。

这次见面以后，大约为了减少费用，万先生从重庆搬到北碚。不久，发生了国民党政府对进步学生的"六一"大逮捕。十中进步同学杨翱因《新华日报》事件被勒令退学，到重庆乡建学院上学，在学生会里工作，积极参加抗暴运动，在"六一"那天被国民党军警抓走。乡建的进步同学进行营救，想找杨翱的家属出面保释，但杨翱家在河南，远隔千里。紧急之中，他们找万先生商量。万先生在北碚赋闲，人地两生，为了营救杨翱，毅然以师生关系的名义出头进行保释。

我参加了重大方面营救被捕同学的活动。1947年暑假，我和一个朋友到自流井暂住。这时和万先生还保持着通信联系。他在一封信里说："杨翱事甚扼腕。我曾设法保释，但一时还不能出来。"这是他第二次营救杨翱，但这次没有营救成功。先生为自己的学生身陷魔窟、无力挽救而怅恨痛惜的心情溢于言外。后来知道，万先生这次营救杨翱，国民党方面不但不准保释，还对万先生发生怀疑，连他本人也受到特务威胁，在北碚无法再住下去，只得离开四川。

忠厚老实、做事勤恳的杨翱同学被关在中美合作所，在1949年11月重庆解放前夕不幸被国民党特务杀害。

在自流井接到万先生那封信后，我就和他失去了联系。1949 年冬，解放前夕，偶然在沙坪坝青年会的图书室看到一本从未见过的学术刊物《学原》(Scientia Sinica)上刊登着"下期目录"预告，其中有万先生的一篇论文。老师又有文章发表，我自然高兴。但当时解放在即，时事鼎沸，只能匆忙一看，连题目也没有记住。

解放前，我和万曼先生之间的师生来往，大致就是如此。

在清水期间，我们编壁报，遇到空出来的刊面，常常抄些短小的格言警句作为补白。同学们最爱摘录的是艾青的《诗论》。万先生则爱从古书里抄引一两句话做题词。例如，他在补白里抄过庄子的话："涸辙之鲋，相濡以沫，不若相忘于江湖。"这句话在我的印象里非常之深，觉得两条小鱼陷在干涸了的车辙里，相互用唾沫湿润着挣扎生存下去，这种情景是挺有意思的。然而，什么是"相忘于江湖"呢？那我就不懂了。

解放以后，才明白：在那暗无天日的旧社会，正直的、进步的知识分子，在高压之下，互相鼓舞着、支持着，追求着真理和光明。这种患难与共、互勉互助的情谊，不管表现为师生情谊、同学友谊或其他形式的情谊，确实是非常真挚、非常温暖、非常宝贵的。但是，只有到了人民革命胜利之日，大家才能得到真正的解放——到这时，知识分子之间"相濡以沫"的情谊，比起革命阵营的汪洋大海来，就显得微弱而渺小了。也许，这就叫作"不若相忘于江湖"吧？

解放以后，万曼先生大部分时间是在河南大学中文系教文学理论课。他光荣入党，担任副系主任的职务，并且继续从事研究、写作。他在"文化革命"中，在 1971 年 7 月下旬去世。十一届三中全会以后，中华书局在 1980 年出版了他的遗著《唐集叙录》——这部书探索唐代诗人作家的著作版本源流，我以为当是他那早在解放前就拟定的 40 种唐诗人传的宏大写作计划准备工作的副产品。可是，他那一整套的唐诗人传本身，除了 50 年代由湖北出版社出的《白居易传》，家属现在保存着的《杜甫传》手稿，以及可能遗失的部分稿件以外，恐怕全部计划终于未能完成——这，对于文学事业，对于万先生本人，不能不说是一个不小的损失。

从"五四"到 60 年代，这位善良正直的老作家、老学者，无论在爱国学生运动中，在文坛上，在课堂上，在书斋里，为祖国的文艺、学术事业，整整工作了 50 年，只有"文化革命"的浩劫才夺去他手中那支勤奋的笔。他的生前著述在家属手中保存有遗稿 11 种——这自然远非他的全部作品。他的不少作品散见于"五四"以来我国的种种文艺、学术出版物之中。此外，遗稿还有一些散文。譬如，据家属亲友回忆，他在解放前夕曾将一部历史著作《吐谷浑书》手稿交给商务印书馆，并已订了出版合同，但此后未见该书出版，不知这部遗稿尚在人间否？

现在，我国出版事业繁荣发展，甚望出版单位对于这位老作家、老学者的遗稿，给以应有的重视。

万曼先生虽然不是声名显赫的作者，但从他一生的言行中也可以看出我国"五四"以来老一辈作家身上的一些可贵的特点：他们爱好广泛，学识渊博，博古通今，学贯中西；能创作，能研究，能翻译（万先生在清水时曾通过英文翻译过苏联莎金娘等人的作品，发表于西安的文艺刊物上）；进可驰骋于文苑，退可在课堂、书斋进行教学和研究；他们治学严谨，写作勤奋，学风正派，不搞歪门邪道；在做人方面，他们正直、善良、实诚，向往光明，追求真理，与时俱进，总是和人民、和进步力量站在一起；作为教师，他们爱护青年，无私地支持学生当中的一切健康、进步的文艺学术活动。他们的优良品质，也正是勤劳、善良、勇敢的中国人民的优秀品质在知识分子身上的体现。

成千上万这样的优秀知识分子，是我们祖国大地上的盐，是无私的文化播种者——他们所留下的有形的和无形的精神财富，与劳动人民的优良品德和智慧创造汇成一股洪流，形成我们伟大祖国的精神文化传统。

回忆万曼先生，还因为他从 30 年代起大半生是在河南文化界和学校里度过的。他为河南学生做过许多好事。受过他教诲的学生至今还在怀念他。

敬爱的万曼老师，你活在你的学生们的心里！

（1985 年 1 月）

往 事 历 历

——怀念周震中老师,兼及其他一些个人回忆

  我是一个资质驽钝的人,但很幸运,生平曾遇到两位好老师:一位是高中时代的国文老师万曼先生,另一位是初中时代的英文老师周震中先生。他们在早年对我的教诲影响了我的一生,我们之间的师生情谊持续了几十年。万先生早在"文革"中的 1971 年去世。我曾写出《作家·学者·老师》一文,以寄哀思。今年 2 月,周震中老师也不幸在京病逝。几个月来,一种沉痛的失落感一直压在心上,想写点什么,却心绪烦乱,难以成文,只能随手记下一些零星的回忆片断。

  关于周先生的最早记忆,要追溯到 1942 年初,在陇南山区清水县的国立十中。1940 年,在此曾发生过一次相当大的学潮。学潮镇压下去之后,我上学的十中初中第一部一度搬到离县城 90 里的张家川镇。当时进步老师赵以文先生是我们的教导主任。他办学作风民主,鼓励学生读课外书、搞课外活动。在他主持下,我们在那几乎与世隔绝的环境中,相当自由地读了两年进步书刊。这对于幼稚的我,可以说是接近革命思想文化的一个初步启蒙时期。1942 年,国立十中换了新校长,我们初一部又搬回县城。

  刚回清水的一天晚上,我正走在县城东街(这个小县只有一条东西街,像一根直肠子似的贯通全城),忽然有三四个人从我身边走过。从谈话声中我听出来其中有一个人是赵以文先生,他一边走一边和另一个人说话,李培义先生(赵师母,初一部图书管理员)也插进来跟那个人开玩笑,戏谑地说了一句:"那还能叫你们'老两口'分家呀?"接着,一个陌生人就爽爽朗朗大笑起来——他那笑声,他那动作麻利、匆匆走过的身影立刻吸引了我,使我感觉到这是一位非常年

轻、非常乐观、朝气蓬勃的人。

不久,就有一位新英文老师给我们上课——他就是那天晚上我偶然碰到的那位陌生人,也就是周震中先生。

算起来,周先生只在初三下教过我们一个学期。但他教课给我留下的印象很深。首先,他业务很棒,发音(漂亮的美国音)、板书(极规范、极流利的草书体)、语法(用一大部山崎贞的《英文文法大全》武装着,对于当时流行的语法"图解"也很熟练)、写作(他常给学生壁报写英文稿),全是过硬的。改作业认真负责,课内课外学生有问必答。课本用的是中华书局李唯建编的《初中英语》,其中一篇寓言故事《磨坊主、他的儿子和驴子》特别有意思。但有一篇小剧本,是写英国革命的,却站在保皇派立场上讽刺清教革命者 Roundheads(圆颅党人)。编书人为什么要选这么一篇课文?周先生讲课时表示了不满。这表明他尽量向学生灌输进步的历史观点。很快,我们都对这位老师非常满意。至少在我自己,由于受到老师讲课能力和青年朝气的吸引,就提高了学习英文的兴趣,还曾在课外向他求教。

1942 年秋,我升入十中高中第一部。此后虽未再直接听周先生讲课,实际上个人接触倒是更多了。因为,我们一直在"课外活动"这个更广阔的领域里密切来往。首先是唱戏。原来,我小时候住在一家戏园附近,"近朱者赤,近墨者黑",这样就学会哼几句京戏。小孩子又爱出风头,到了十中我就加入了老师们组织的京剧社。周先生是京剧社的一个主唱,唱须生戏,像《打棍出箱》《平贵别窑》等等,还唱小生戏《鸿鸾禧》,甚至唱过武生,因为有的同学说曾看他演出过《天霸拜山》,不过近视眼演这种武戏毕竟不方便,很少演。我才知道周先生不光是个很棒的英文老师,还是一位内行正宗的京戏演员。

我曾经很荣幸地作为配角和周先生同台演出过《珠帘寨》和《鸿鸾禧》这两出戏。不过,我有个"怯场"的毛病,上了台,看见台下黑压压一大片人,精神一紧张,就唱不出来了。尽管如此,听见京剧社锣鼓一响,还是想往那儿凑。这么一来,就有相当多的时间泡在京戏里。

一天,我正在十中图书馆一间屋子里呆呆地看京剧社排戏。周先生突然把我拉到一边(他自然早就从赵以文先生那里知道我在张家川的情况了),他很严肃地问我正在读什么书,我说正读着曹伯韩的《通俗社会科学二十讲》。他板着脸低声告诫我说:"不要到这个地方来唱戏了!"

我原来没有想那么多,认为唱唱戏不过是好玩儿。老师说得这么严重,我就不去了。不过,思想上也反复过一次:京剧社的老师要演《打渔杀家》,叫我演肖桂英。我考虑了两天,拉不下脸演小女孩儿,拒绝了。从此就再也没有唱戏。

现在想起来,周先生对我的课外活动起了一个"端正大方向"的作用。要不然,以我小时候那种浮浮漂漂的脾气,不好好读书学习,就有可能成为一个"空头小戏子"。当然,这话是针对当时的社会环境和我个人的条件说的,并不是说小孩子学戏不好。譬如说,像"鸿六"(严凤英)那样的天才儿童当然以坚持学戏为好,而我则说不上有什么戏剧天才。

这里需要说明的是,解放后我才知道:周震中老师早在抗战前夕,在河南大学读书时,就经邓拓同志介绍,参加了革命。抗战后,他们到了延安,在鲁艺工作,后来到国统区与杜绣箴老师结婚,然后打算从西安同去延安,但国民党严密封锁,就经组织指示到国立十中,以教英文为职业,做党的地下工作。

十中京剧社另一位主演樊仲芷先生也是英文老师,和周先生在河大是同学,对他的情况自然有所了解。据说,周先生初到清水先去看望这位老同学。樊仲芷先生一见他,大吃一惊,说:"你不是到陕北去了吗?……"周先生说说笑笑,不知用什么话把这个问题搪塞过去了。好在都是老同学,樊先生也不是坏人。他只是爱打麻将,又爱唱京戏,还把女儿樊镜梅(也是十中学生)也培养成了小戏迷。有一回,樊镜梅演《女起解》,樊仲芷先生亲自为女儿打鼓。锣鼓三通之后,苏三还未到场。樊先生一面紧急地敲着边鼓,一面向帘子后面不断催喊:"梅!梅!上台了!快!快!"——可见这父女二位戏迷的程度。

周先生是地下党员。他到京剧社唱戏,主要目的是为自己涂上一层"保护色"。所以,他一方面自己"假戏真做""文武带打"地演唱着,另一方面又爱护我,不叫我在那里边瞎混。——这是他的苦心所在。

当然,对于这一切,我是解放以后才明白过来的。那时候,我只知道周先生是一个好老师,听他的话没错,不唱戏就不唱好了。好在我在文艺方面的兴趣广得很——写稿子,办壁报(本班的、"同人的"),参加读书会、文艺社、歌咏队

（《黄河大合唱》等等），演话剧——忙得不得了。说起来罪过，我并不是一个规规矩矩的、课堂上讲什么我就学什么的好学生。从初中起我就向文学方面"一边倒"了。进入高中，除了国文、英文这两门，别的功课我简直没有怎么学。上大代数，我看小说（这真不对）；上地理课，我跑到教室后编自己的壁报（这太过分了）——老师不得不声色俱厉地令我回到座位上。不过，总的来说，老师们都原谅了我。因为，大家都是千里迢迢远离家乡，"同为流亡人，相怜益慈柔"（拙诗）。另外，他们知道，我也不是懒骨头，而是"有所为"的——我是学生会文艺活动中的一个活跃人物；我也不是不用功读书，只不过读的都是文学书和各方面的进步书刊而已。

在这些课外活动中，我得到了周先生的多方面支持。开始，他和万曼先生同院，住在清水西关营房脚下一所幽静的院子里，万先生住北屋，他住南屋，后来，他搬到县操场西边的一个小院。三年间，我不知到他那里去过多少次。有一段时间，我和同班同学宋铭鼎找他为我们补习英文，他叫我们背英文《最后一课》（"I went to school very late that morning and was afraid the teacher would scold me…"）和《吕伯大梦》（*Rip Van Winkle*）。更多时候是找他借书：我向他借过中华书局出版、王实味译注的英文童话《水孩子》，读了很久，觉得很有意思；还借过一本讲苏联集体农庄的英文小册子，也查着字典读完了。最重要的是借过他珍藏的鲁迅、茅盾主编的《译文》合订本——这厚厚的两大卷杂志，连同生活书店的一本《外国作家研究》，是为我学习外国文学打下基础的启蒙书。那时候，我正对俄罗斯文学入迷，从《译文》里我抄下了普式庚的长诗和小说，连木刻插图也临摹下来，《上尉的女儿》则缩写成为一万多字，还抄下了莱蒙托夫的《塔曼》和《童僧》，以及萨尔蒂柯夫的《一个农夫养活两个将军》，等等——真是一心扑在文学上，用青年人的如火的热情去拥抱文学。

在无数次的接触当中，我发现周先生的多才多艺是惊人的：他是一位非常出色的英文老师，这在前面已经说过了。作为戏剧工作者来说，他是抗日战争初期活跃在河南省会剧坛上的一位重要人物，京戏只是他的一个方面，他还是话剧的演员和导演。作为外文系的高才生，他翻译的小泉八云的一部书曾与商务印书馆联系出版，在清水时译过托尔斯泰和果戈理的小说。在中国古典文学方面,他少年时代就曾攻读韩愈的文集,并精通旧体诗。作为文学作者,他曾在抗战初期的《风雨》周刊发表作品,而到了50年代,他已担任领导工作时,还以"邹雨辰"的笔名为武汉的《思想杂谈》写作杂文。此外,他还写得一手端庄、凝重的颜字——直到1988年10月,他给我的最后一封信上,虽然写时手已抖颤,但那毛笔字的间架仍然不散。

更难得的是,周先生尽管多才多艺,做人做事的作风绝无散漫的"才子气",他为人严肃、负责、踏实、认真。在清水时期,他是一位非常尽责任的老师。他的工作非常繁重:他要教课、改作业、当级任导师(相当于今天的班主任)——这些是他分内的工作。课外的事则更多:他要指导学生们的种种读书会、文艺社,为他们讲解外国文学(屠格涅夫、托尔斯泰等等),为学生们的种种壁报写中文和英文的稿件,为学生们导演话剧、排练文艺节目,为不断找上门来的学生们解决种种问题。他的"工作量"是无法计算的,而他都用一个"向学生负责"(实际上也就是今天说的"为人民服务")的一种精神担当起来。

同时,不应忘记,当时他也是青年,酷爱读书,酷爱文学。在他家的床头上挂着一条横幅,是他从高尔基《苏联的文学》中抄录下来的一段话:"在原始人底观念中,神并非一种抽象的概念,一种幻想的存在,而是武装着某种劳动工具的完全现实的人物,神是某种手艺底能手,人民底教师和同事。"我还看见他阅读苏联文艺理论家铎尼克《马克思主义的美学观》(刊于《中苏文化》)的笔记。他热爱托尔斯泰的作品,不远千里从重庆邮购了一大套四大卷的《战争与和平》——这部书号称"白报纸精印本",其实那是一种土法制造的很粗糙的报纸,白得刺眼,字体又极小,看这么一大套书对于近视眼来说真是苦事,但他仍然挤出一点一滴时间把它攻读完毕。

不用说,这一切工作和学习都是在抗日战争中国统区的艰苦生活条件下进行的。那时教员待遇微薄,物价飞涨。我们学生穷则穷矣,好在无牵无挂、不必发愁。可不知道当时周先生和杜老师是怎样用低微的收入来维持一家三代人的生活的。我还记得他们那时候有一本家用流水账,封面上赫然写着"周杜堂"三个大字。不过,我相信,那个堂名可能只是穷教员的一种"幽默"——因为在他们那个"堂"里绝不会有什么"万贯家财"。有一天,我偶然听见杜老师很忧愁地向周先生诉说:他们刚刚会走路的女儿小凝又"罢饭"了,因为她不肯吃那天天要吃的玉米糊糊——是的，在那个时候、在那个地方，哪里有牛奶、蛋糕之类的东西给她吃呢？

这一切工作上、物质条件上、精神上的负担已经沉重得足以把脆弱的人压弯了腰，甚至压垮（在那三年中，十中有两位老师自杀、一位老师被迫害而死）。但是，只有再把当时大家都不知道的一个地下党员的神圣任务加在以上那一切负担之上，才能真正明白周先生在清水时肩上所承受的全部重担的分量。

年轻人的兴趣爱好就像一股旺盛的山泉，打开一个口子，它就会汩汩冒出来。我的兴趣主义很严重。从高二到高三，我又迷上了木刻。这是受鲁迅的书的影响，小时候对美术的爱好又迸发出来了。在那穷乡僻壤，古希腊和文艺复兴时代的杰作见不到，偶尔看到一些图片，都是模模糊糊的影子，看不出什么名堂来。但是，木刻版画黑白分明，一下子唤醒了我的强烈美感。我向重庆生活书店邮购了一副木刻刀，就刻起木头来。还通过王昆仑先生介绍，向木刻家刘铁华先生写信请教，得到他的热情支援。周先生的《译文》合订本里有不少精美的版画，像苏联木刻大师克拉甫兼柯为普式庚《埃及之夜》所作的插图，我都用心临摹下来。已毕业到重庆的柴俊杰兄给我寄来从《新华日报》和《群众》上剪下来的许多陕北木刻。经各位师友支援，我把搜集到手的中外版画剪贴了厚厚的两大本，作为学习木刻的珍贵资料。

1944—1945年，我没明没夜地刻着，并把自己一幅又一幅习作送给周先生和万先生看，渴望听听他们的意见。但两位老师对我学习木刻这件事的意见不同：万先生的态度比较宽容，认为学学不妨，还送我一本画册；周先生的态度则是相当严格，认为我既缺乏艺术才能，又缺乏基本训练，不赞成我搞木刻。但我正在兴头上，哪里听得进去？只管没完没了地刻下去。后来稍稍有点进步，一幅高尔基与托尔斯泰像受到万先生欣赏，一幅"单线平涂"式的自我写照受到周先生的赞许，另一幅"仿古元"式的《野外小景》被一位远方的美术老师评为"接近发表水平"——不过，也只是"接近"而已，并没有真的"发表"。我的"美术创作"的最高成就是在《联合画报》上发表过一幅讽刺法西斯统治的漫画。

"人贵有自知之明。"现在，应该老实承认：我的确缺乏艺术才能。周先生在鲁艺是专攻文艺理论和美学的，他看得很准。但是，作为"历史教训"，两位老师对我学木刻一事所表示的不同意见,也提出一个教育学上的重要问题,即在培养学生成材过程中如何对待他的兴趣爱好。万先生认为:一个学生若在某一方面显示出强烈的兴趣,只要那兴趣是健康的、正当的,不必过早地给以遏制,尽可让它自自然然发展一段时间。周先生则认为:当一个学生并未表现出某一方面真正的艺术才能时,不可在这个方面付出过多的精力,以免浪费时间,应该及早停止徒劳的努力。对于这一点,解放后周先生曾对我举例说明:在延安时,鲁艺师生到南泥湾参加劳动,现已成为著名诗人的某同志那时还是一个年龄很小的学生,他给留校的同志写了一封诗信,虽然并不是为了发表的作品,但已经显露出突出才能的光芒了。这个例子很有启发作用:搞文艺工作就得有才能,光靠"拼命"是不行的。

我想,两位老师的意见都有道理:宽,适用于一个学生的发展初期;严,适用于一个学生的发展中期。拿种棉花来说:当棉籽发芽、出土、刚刚长出枝条,应当让它自自然然生长一段时间,不要过早掐它的枝叶,因为它还幼嫩;但是,一旦青枝绿叶,长成一株小树,则必须及时打杈,否则就会"疯长",结不成棉桃。

问题是:自知很难,承认自己"不行"更难。然而,只有勇敢承认了自己在某一方面"不行",才有可能在另一方面"行"。

这一教训,还是留待教育专家去总结吧!反正,那两年我是沉醉在木刻艺术之中了。那时候,我的崇拜对象是古元。我从重庆的刊物上看到他的《牧羊少年》《丰收》《离婚诉》,后来又从赵超构的《延安一月》里看到他采用陕北窗花风格刻出的种种小画,各有其妙,使我五体投地地佩服。我决心要写一篇《古元论》,为此进行着构思,记下了体会,写出了一些草稿。我将古元的前期作品与珂勒惠支的作了比较(说来也怪,在那闭塞的条件下,我竟然弄到了好几幅珂勒惠支的版画,自然是复制品,也不知是哪位好心的老师、同学悄悄支援我的),从直感出发,觉得从作品风格和艺术气氛上,古元是接受过珂勒惠支那种沉郁凝重的画风而又加以中国化了的。——然而,这可不是一个简单的问题,我也忘了我到底把这一点说清楚了没有。

从那时的一期《群众》上读到陆定一的一篇文章,知道古元一直在延安鲁艺。这使我想起了小时候曾经向往过鲁艺的事来。有一天,我向周先生谈心事,说:要是能到鲁艺去学木刻多好!他冷静地告诉我:如果仅仅是想学木刻,恐怕那里也未必是安安静静学美术的环境（大意）。——他这话大有深意，想对我有所启发。可惜那时候我在政治上幼稚懵懂，对他的话并未深思。说实在话，当时我想到鲁艺，只是出于一种"小资产阶级的幻想"，佩服古元，想学木刻艺术，思想上还不具备参加革命的觉悟。即使对于周先生自己，尽管知道他很进步，尽管在我们谈话中曾经涉及陕北、延安、鲁艺，而且他都表示出对那里相当熟悉，好像到过那里似的，我竟然没有想到眼前这位密切来往的老师正是一位曾经到过延安并且在鲁艺工作过的革命文艺家和地下党员！

自然，现在回想起来，迹象是很多的：他在学生当中做了大量的革命思想启蒙工作，支持学生的一切进步活动，与万先生一起商量营救进步学生杨翱脱险，并曾帮助进步学生常耿武进入解放区（后者是解放后才知道的）——这些，许多十中同学都知道。一般人不知道的是他还曾在十中的教职员以至清水县的各界人士当中广交朋友、进行工作。譬如说，他和校医郑颉云先生关系很好，说过那位张（？）局长是一位正直的人，对国民党表示过不满；他还和在当地福音堂的英国牧师宋德石交上朋友，他们谈到中国人民所受到的苦难时，那位农民出身的苏格兰人曾引用一句英国谚语，说："就是一只蚯蚓也是要翻身的。"靠着种种关系和渠道，《新华日报》《群众》《新民主主义论》《在延安文艺座谈会上的讲话》《共产党宣言》等等革命书刊曾在十中同学当中传阅。韬奋逝世、民主同盟成立等等的消息，都是从"地下"渠道传到我们当中。有一阵，在清水街头的书摊上出现了一些进步书籍，例如《一个美国人的塞上行》（《西行漫记》的一部分）和苏联出版的一些英文小册子。——在这些事情当中，都饱含着周先生作为地下革命者的许多心血。

解放后，我听说这么一件轶事：十中学校当局曾经命令教员全部参加国民党。大部分人为了混一碗饭吃，也就稀里糊涂地参加了。然而，对于一个共产党员来说，这可含糊不得。但又急如星火，必须马上表态。怎么办呢？这时候，周先生的古文功底派上用场了。他用四六八股文体写了一篇"呈文"，说是祖上世代做官做伤了心，告诫子孙不得参加任何党派，因此，为了不违"家训"，实在不能参加国民党，等等。"呈文"交给十中训导主任晁敬孚，这位老先生摇头晃脑把文章锵然铿然地朗诵一遍，认为作者"孝心可嘉"，受到感动，事情也就作罢。

这说明周先生作为一个处于复杂环境下的地下党员，能干机智的一方面。

当然，他的"左倾"（用当时国民党的政治语言来说），后来学校当局也终于有所觉察。1945年以后，他就发现当他和学生谈话的时候，曾有校长的亲信"崔秃子"其人者在门外偷听。而且，后来他终于被十中解聘了。——这事发生在我离校之后。

我沉浸在自己的"艺术事业"中，构思着自己的《古元论》。但是，现实生活中爆发了一场突变，一下子结束了我在十中的延续了六七年的安静学习生活。

我在回忆万曼先生的文章里，曾经提到十中的进步同学们和学校当局之间那种微妙的关系：在一般情况下，只要学生们不去触动校长高维昌那根经济命脉——贪污校款问题，他对于学生当中的进步活动也暂时不去镇压，而进步师生也就利用这种特殊条件开展了许多公开的和秘密的活动。但是，到了1945年上半年，这种表面上的"和平共存"状态维持不下去了。因为高维昌太贪婪了，他把学生的伙食贷金、教师的薪水以及其他校款统统拿到天水、兰州去做投机生意，赚了钱中饱私囊，再到重庆去活动更高的官职，而数千师生的死活他完全不管。教我们大代数的老师冬天还穿着单衣，上课时冻得发抖，同学们看不过去，大家捐钱，为他做了一件棉袄。教我们英文的老师全家大小实在活不下去，不得不跑到校长家里，向他下跪，求他赏给一条活路，然而竟遭到一顿训斥。因此，师生的怨气愈来愈大。有些毕业生就在重庆揭发他的贪污罪行。高维昌想了一个对付的办法——要在十中成立"校友总会"来控制全国校友。十中同学们针锋相对提出："校友总会"要由大家民主选举。他不能不答应。于是，学生们选出了自己的代表。双方围绕选举展开了斗争。我是一个学生代表，曾在全校大会上向高维昌提出质问，后来又作为学生代表被选为校友总会委员。这样就成了他的眼中钉。

一天，有人在走廊里贴出一张重庆出版的《大学新闻》，上面登着揭发高维昌贪污的消息。下了课，同学们都围着看，我也去看了。十中训导主任柴森林是高维昌的连襟和亲信，他赶去禁止。大家和他争吵。他要把《大学新闻》撕下来。大家更气愤了。我在激愤中喊了一声："什么东西！"不防背后有一个训导员张某正在监视我。他诬赖我说："你怎么骂柴主任'他妈的'！"我说我没有骂。柴森林叫我向他道歉,我不向他道歉。于是,我就被开除了。

这是 1945 年 5 月的事——离高中毕业只剩两个月。

事情发生得很突然。但是细想起来,我早就受到黑暗势力的监视了,不过自己幼稚、浑然不觉罢了。在此以前,发生过这样两件事——前边提到过的那两本剪贴的木刻版画,是我心爱的宝物,我把它们放在我的枕头旁未加锁的木箱里。但是有一天突然被人偷走了。偷盗者还在我的破木箱里留下一张小纸条,上写:"刘同志,祝你远走高飞!"——很明显,这是某个鬼蜮小人干的,而且,他这句话里还包含着阴险的暗示。

再说那个训导员张某。他是高维昌的亲信,我和他曾打过一次意外的交道:1945 年上半年,高维昌贪污校款的事已经败露,学生中沸沸扬扬,有人提出要查他的账。这可触到了他的痛处。一天下午,他跑到高一部,召开大会,像流氓一样把学生们大骂一顿。我气极了,晚上写了一字条,找了一点剩面汤,半夜里走出寝室,要把我的"小字报"贴到学校的布告栏里,给高维昌这个恶棍一个"回敬"。不料,刚把字条贴上去,就听见背后咳嗽一声,扭头一看——就是那个张某,原来他就住在布告栏对面的一间屋子里,不知什么时候已经把我盯上了。我赶快把字条揉成一团,握在手心里。他瞪着我,我瞪着他,谁也没有说话。然后,我一扭头,又回寝室睡觉。

这个张某,人倒长得高高大大,可惜却做了某种黑暗的动物。

自然,现在想想,我这种自发的反抗行为,也实在太幼稚可笑了。

开除布告刚贴出来,我在学校门口碰见周先生。他温和地批评我太冲动、冒失了。但既被开除,我一天也不想在学校住了。他让我搬到他家里暂住。我在他家住了三天,当时天热,给他和杜老师添了麻烦。而且,我以"有罪之身",在他家"避难",也使他担了相当的风险。因为,好像还有人在附近鬼鬼祟祟地窥探。校方也在猜测我为什么要住到周先生家里,好心人替我们解释,说他是我的英文老师,因为我喜欢文学,所以感情较好,云云。

清水我是待不下去了。我把未完成的"《古元论》草稿"和一箱子破书都丢给好朋友常耿武,只身奔凤翔"战区学生辅导处"而去——命中注定,我是要在流亡学生收容所一类的地方跑来跑去的。

7月，我和搞木刻的好朋友段东战"联袂入川"，考美术学院。美术学院未考上，还大病一场。1946年夏，才考上了重庆大学。约在同年冬，曾接周先生一信，说他老母亲去世，他为办理丧事长途奔波，十分辛苦。后来又接他一信，说已离开十中，到开封施育女中教书。此后，就失去联系。

解放后，周先生先在开封市、后在河南省宣传部门担任领导工作；60年代初调到北京，担任我国驻瑞士大使馆文化参赞。

50年代初期，我在开封工作，常去他家。那时周凝、周炳二位还是中小学生，我也童心未泯，和他们在一起玩儿，买到我所喜欢的儿童文学作品，像罗大里的《洋葱头历险记》，自己先看，然后送给他们。我知道周先生喜爱托尔斯泰的作品，就把作家郑克西送给我的《安娜·卡列尼娜》英译本转送给他，他很高兴地收下了。然后，他又回赠我一本英文版《托尔斯泰戏剧集》，也成为我爱读之书。——在那一时期，有一种初解放的欢欣愉快的气氛，我们无拘无束地来往，保持着非常纯朴的师生情谊。

但是，以后政治运动频繁，我自己也好像被卷入了"永动机"，生活再也无法安定。渐渐地，我和周先生的联系中断了。"文化革命"中听说他也受了不少折磨，后来下干校劳动。三中全会以后，我们师生之间才恢复来往。1979年冬，教育部在开封召开我编的《英国文学简史》审稿讨论会，他还远道赶来参加，给他这个老学生以支持。会议结束时，一天，我们正好同坐一辆汽车，他不知为什么突然对我说："炳善，我快去见马克思了！"我听了一惊，慌忙说："为时尚早！"——在我内心的情感世界中，两位敬爱的老师是常在的精神支柱。万先生的去世已经使我长期陷于哀痛，我觉得自己实在经不起再失去一位敬爱的老师了。

几年来，我一直庆幸周老师的健在。每次进京，我都要到西郊拜访，轻轻松松谈一谈往事——我们师生之间的话总是说不完。

1988年9月，周先生和杜老师，由周炳同志陪同，从北京来到开封，突然光临寒舍，使我喜出望外。我和爱人请他们吃了一顿午饭——算是学生对老师的唯一一次的"答谢宴会"。从他说话、动作来看，我觉得他精神还不错。所以，我很高兴。不料，病魔无情，这竟是我们师生的最后一面。

过去,从个人愿望出发,我曾悬想以周先生的多才多艺和酷爱文学,假如他在解放后能做文艺工作多好! 特别是因为在 50 年代他曾兼任过河南省文联副主席一职,更使我产生过这种幻想。但我只是在心里想一想,没有敢提出。他倒是对我说过:他初到宣传部门工作时,一位在国外留学的领导同志,根据自身的体会,特别嘱咐他既担任了行政工作,就得"把想当作家、学者的念头放一放"。从此,他就一心一意从事党所交给他的工作。历史就是这样走过来的:一大批富有种种才华的革命知识分子,为了党的需要,默默放下了自己的兴趣爱好,奉献出自己的一生。

　　恩师长往矣。在漫长的岁月长河里,我常常为我的老师的英勇机智和才华横溢而感到骄傲,我也常常为我自己的幼稚和庸碌而感到惭愧。十年来,我总觉得自己能向老师请教的机会还多。然而,现在,这种想法已成为过去。我只能写下这些琐碎的回忆,以表达衷心的怀念。

　　　　　　　　　　　　　　　　　(1989 年 7 月 3 日,开封;9 月 4 日晚,上海)

想起了杨刚

我没有见过杨刚。但是,少年时代因为投稿和她的一段通信联系,在我心中留下了难忘的回忆。

抗日战争期间,有一大批河南学生从战火中逃出来。那时候我是一个小学生,跟其他中小学生一起,沿着洛阳—潼关—西安—宝鸡这条路线,向西越过"关山"(即"遥望秦川,肝肠断绝"的古"陇头流水"),来到甘肃清水县,在国立十中上学。

当时生活条件之苦,在今天是难以想象的:到了学校,大家睡在铺着秸草的湿地上,首先迎接我们的是虱子、疥疮、斑疹伤寒——每个人都亲身经历了这个"灾难三部曲"。不少同学,还没有来得及上课,就葬身在城外的荒山坡上。我自己也几乎被伤寒病夺去生命,多亏一位老大夫把我从生死关头抢救过来。

由于校长贪污,同学们过着吃不饱、饿不死的生活。洗一次澡,要跑到25里以外的温泉——来回走50里路。冬天,穿着单裤、光脚丫子穿麻鞋,在我们是常事。

物质生活虽这样苦,我们的精神生活可不贫乏。我们如饥似渴地读着每一本能弄到手的好书。鲁迅作品,苏联和俄罗斯文学,当时西南大后方的进步书刊,是我们主要的课外读物。

1944年上半年,我上高二,正读着李广田的散文,为之入迷。在他影响下,我写了一篇以自己为模特儿、略加夸张发挥的散文,题目叫作"桌子"。写后,"自我感觉良好",就偷偷寄给了重庆的《大公报·文艺》副刊。使用的笔名是"李而文":李,是我母亲的姓;"而文",取"行有余力,而以学文"之意,表示我是个学生,在课余写稿子的。另外,"而文"二字也和我喜爱的美国散文作家 Irving 读音相似。——想不到一个中学娃娃,脑子里想的事情倒挺复杂的。

不记得过了多少天，我到图书馆阅报室去，见案子上摆着一张用黄黄的土纸印的《大公报》。一看，在那《文艺》版的"头条"上居然印出了我的那篇《桌子》。我紧张得忘记了高兴，匆匆地从头到尾看了一遍。

　　与此同时，我收到了《大公报·文艺》主编杨刚的来信。她肯定了这篇稿子，指出我写作的优点是对于日常生活中的小事比较敏感，并能由此加以联想，建议我读一读高尔基的《人间》和狄更斯的《大卫·科波菲尔》，"当会有益"。——适夷翻译的《人间》，正是我平日喜爱之书，放在枕头旁边，不知看过多少回。《大卫·科波菲尔》则未读过，接信，找到一部许天虹的译本，从此，它也成了我心爱的伴侣。

　　《桌子》是我发表的"处女作"——那年我17岁。

　　年轻人劲头大，脑子来得快。一受鼓励，接二连三又写了几篇散文寄出去了。但是，这几篇稿子运气可不那么好。说老实话，它们都没有经过好好酝酿，只是一见《桌子》能发表，脑袋一热，随便抓一点题材，采用类似的写法，匆匆忙忙赶出来，希图多多发表的。所以，它们"理所当然地"被杨刚退回来了。不过，她一篇一篇都提了意见：这一篇，她不客气地说，"没有多大意思"；那一篇，她指出某一段"有点意思"，但全篇不行。稿子里的错字、漏字，她都帮我改了、补了——因为，我虽然想当"作家"都想疯了，可惜还是个中学生呀！

　　杨刚帮我改稿子，还有这么一个小"插曲"：我寄给她的有一篇散文，写的是小县城的早晨。我说我大早起来到城外遛着弯儿，觉得一切都清新明快，甚至看见一个进城赶集来的农民在城墙角拉开裤子撒尿，也觉得挺新鲜有趣的。抄稿子抄到这一句，我灵机一动，觉得对于一位女编辑先生，这么写"不大礼貌"，就把那"不登大雅之堂"的四个字删去了，认为让它"含而不露"较为妥当。不料，接到退稿一看，杨刚把我有意删掉的那个细节又给我补上了，添上的恰好还是那四个字。我看了她那大笔一挥、毫不含糊的增补，不禁吐了一下舌头，心想：这位女作家好厉害呀！她把我写稿子时候的心理活动都看透了。对她，写稿子马马虎虎，是糊弄不过去的。

　　于是，我头脑就冷静一点了，写作就认真一点了。寄去的稿子，经过她的淘汰，把一两篇"有点意思"的"留下来再看看"。

　　她重视"有点意思"，即有重要内容的稿子。恰巧，有一位高年级同学毕业，托我替他转信,必要时可以"代拆代回"。一天,我拆开了他的一位朋友给他的来信。那是一位进步青年,信里不满黑暗、向往光明、而又乐观、有信心。我觉得信写得情文并茂,就自作主张,当作一篇"有点意思"的稿子寄给杨刚。

文化生活出版社的书目上有杨刚的书(不记得是不是《桓秀外传》?),我写信向她要。她回信说:那本书写得不好,手边也没有,以后再说吧。

我们前后通了几个月的信。我按照学生的规矩,称她"老师",她称我"同学"。她在信里谈的都是稿子、写作方面的事,并未涉及政治。但我凭着直觉,感觉她是"进步的"。

同学们知道我跟著名女作家杨刚通着信,都羡慕我。

不过,这种叫人羡慕的通信联系只持续了一个学期光景。后来,《大公报》的另一位编辑(好像也是一位女编辑先生)给我来信,说:杨刚先生到美国去了,行前把你的稿子交给我处理,望联系。

但是,跟这位编辑只通了一次信,没有来得及熟识。因为,我在1945年由于反对校长贪污,参加学潮,被十中当局开除,离开了甘肃。我先到凤翔,又到宝鸡,然后历尽艰苦,辗转入川,又害了一场大病。次年,才考上重庆大学,在沙坪坝居住下来。

在这期间,十中的好朋友来信告诉我:《大公报·文艺》又发表我一篇散文。我转去的那封远方来信也发表了。

发表这两篇东西,我想,都是出于杨刚去美国之前的安排。从此,和杨刚就失去一切联系了。

小孩子看人有一个简单的标准——把人分成"好人"和"坏人"。解放前,在相当一段时间内,我只觉得杨刚是爱护帮助过我的一位"好人"。这种认识自然太笼统了。但少年人的心真像一张白纸,一位性格不同凡响的女作家一旦对它留下了影响,是很不容易抹掉的。所以,从解放前到解放后,我的"心灵的眼睛"一直追寻着杨刚的踪迹,哪怕只是一鳞半爪——

在沙坪坝商务印书馆,我遇到一本《傲慢与偏见》,杨缤译,吴宓教授校阅。一打听,杨缤就是杨刚在学生时代的名字。这才知道她是燕京外文系的高才生。她向我推荐《大卫·科波菲尔》跟她翻译《傲慢与偏见》是一脉相通的——英国文学本来就是她的老本行。

后来,大约在 1948 年,突然在《大公报》上登出她的一篇《给顾祝同将军的公开信》,控诉国民党统治者杀害了她的哥哥、国际时事评论家杨潮。——她这封信似乎是在美国写的。那时候,由于国民党的镇压,重庆的民主运动陷入低潮,所以,她这封信给我留下了很深的印象。从此,我明白了一点:她和她哥哥大概都是革命者。

解放初,在一本纪念史沫特莱的小册子当中见到杨刚写的一篇文章。我读着她关于史沫特莱性格的描写,从字里行间感到杨刚自己的脾气大概也有点儿像史沫特莱——也是热情而又刚强的。杨刚写的《给顾祝同将军的公开信》,在那时候站出来向国民党的军政大员进行正面斗争,这跟史沫特莱为驳斥麦克阿瑟元帅的诽谤而写的《我控诉》不是非常相似吗?

50 年代中,从报上知道她担任了《人民日报》副总编,心里很高兴,暗暗希望着什么时候能到北京见一见我这位文学写作的引路人,当面向她表示感谢。

但是,那也是我所能够知道的关于她的最后消息了。

1985 年年初,一位听我谈过杨刚的青年朋友,将一部《杨刚文集》作为新年礼物送给我,我才从照片上第一次看到杨刚同志的面貌,了解了她一生的经历,以及她在 1957 年的不幸逝世。

《圣经》里有一句话,我稍加改动,用在这里,以表示我对于杨刚同志的前后认识:往日,仿佛对着镜子观看,模糊不清;如今,却是面对面了。——现在,我明白了:在 1944 年,杨刚同志作为《大公报·文艺》的主编,对于我这个幼稚的中学生所给予的关怀和指引,乃是她作为一个胸怀阔大的革命者、一个严肃负责的革命作家的全部工作当中很小的一部分,而且,从她那热情豪放的脾气看来,很可能会觉得是微不足道的。但是,从我这方面所受到的深刻教益,并不因此而减少。杨刚同志对我既热诚爱护,又严格要求,我把她当作未见面的文学老师而深深敬爱、终身不忘。

她亲手发表的我的那篇散文《桌子》,1944 年我在十中阅报室匆匆一阅,再未寓目。40 年后,我心血来潮,向重庆市图书馆试问:能不能帮助找一找那份报纸? 不料,随着回信,那一期《大公报·文艺》的复印件居然寄到我的面前。这真像是"拉洋片"似的转瞬间把 40 年的时间推到一边了,让我一下子面对着自己的"处女作",看着自己"光屁股,舔指头"时代的"少作"而发愣:"这真是我自己的作品吗?"——可是,题目、笔名、文字俱在,一点也不假。那就硬着头皮再看一遍吧!原来,它写的是那时候中学生当中一个调皮的小家伙:他不爱学功课,连"临时抱佛脚"也不肯,考试了就厚着脸皮作弊;读书不知道用心,做事冒冒失失;一心想当"艺术家",画画,刻木刻,可是美术本领并没有学到手,高兴起来拿木刻刀在桌面刻来刻去;生活上窝窝囊囊,鼻涕抹在桌腿上,墨汁撒在桌面上,把一张书桌弄得一塌糊涂……——哎哟,这不是自己小时候的"尊容"吗?从内容说,扣一顶"空头艺术家"或是"小资产阶级的自我表现"的帽子,是很现成的。多谢杨刚同志宽容,没有给我扣帽子,念及我是一个中学生,耐心进行正面引导。她先肯定了我的小小优点,但不让我满足于此,更不许我只图发表、粗制滥造,还建议我读与我气质相近的文学作品,并且指引我尽量从周围生活中多看出一点"有意思"的东西,即使40多年以后来看,也不能不佩服杨刚同志意见高明。就是拿到今天,这样的文学编辑也不可多得呀!但是,自己此后碌碌无为,却怪不得老师。"师傅领进门,修行在个人"嘛。

(1987年2月8日,开封)

附：桌子

李而文[1]

从小时候就有这种想头：如果把现在的一件东西埋到地下，经过几千几万年，不知道变成什么样子，或者像保存着的中国古画一样，虽然原来灿烂的颜色早已褪去，但作者的笔势是可以见到的吧？

这学期的开头，我和同桌又换了一张桌子，当然是别人坐过的旧桌子。桌面非常脏，我又恰巧坐到那不干净的一头，不知怎么着"考古"的思想又闪到我的脑筋里，因为我看过《福尔摩斯侦探案》之类的小说很不少，那些侦探们能从一个手纹来推断那事主的身世和为人，或者从这桌子上可以发现些什么吧？

下面，便是我对于这个桌子的"考古"：

这个桌子相当低，从前说不定就在第一排，那么以前坐这位子上的人会是个聪明小男孩吧？看，真不错，在这一块墨最大的地方，他用铅笔抄了一道算术题，大概是为考试作假用的吧？听说凡是聪明的人总不甘于做一个书呆子，成天做功课。这位先生大约就是这样的一个人了。他平时不愿用功，分数不及格又不行，临时也不想抱佛脚，临考只好干这一手了。

那么，他的兴趣和聪明向哪里发展呢？——画画吗？唱歌吗？做个文学家吗？他大概是画画的，而且会木刻，他用刀子把桌面正中间刻了一个人脸。就是鼻子大了，不过没有关系，本来是"漫画"，他也不会喜欢工笔画的，画什么总是三笔两笔就抹成。别人笑话他："看你把眼都画歪了！"他一定睁大了眼，脸红红地和人家吵："你懂个什么呀？——这是漫画，这是艺术！"这个小艺术家，平常干什么也大概总是慌慌张张，在教室里不是碰倒人家的墨水瓶，就是撞掉人家的笔记本……

---

[1] "李而文"是我在解放前40年代一段时间发表文章采用的笔名。——刘炳善

看这桌子脏的程度，他也相当窝囊了。桌面和桌斗里常常忽然抹一两笔黑墨，一定是画画时墨汁太饱——随便拉别人的墨盒，用笔使力，挤墨的缘故，所以就顺便抹到桌子上了。真是，就拿不爱惜公物这一条说，他的操行分数不会太好的。更奇怪的是桌上很多木刻刀的刀痕，有时集中一片，刻得很整齐，有时却零零碎碎，不但我这里，连同桌的那一头也有好几下，好像他很顽皮，故意突破别人的防线来刻几下。但和他同桌的可不像他那样毛手毛脚的，把他刻到自己桌面上的刀痕都用墨抹住，怕老师看到……

桌腿上还有刀痕呢。他也许有时很无聊，于是就用刀子乱刻一气，或者刻木刻有点乏，于是随手往桌子上刻个花样，刻个曲线条，这桌面上裂了三条细缝，他就用木刻的圆口刀给它镶上花边。在他同桌的桌面上，有几个大圆口刀刻的痕，有一个刀痕像是他越界去刻，他同桌阻止他，他只好把刻进桌子的刀拔出来，只在桌面上留下一个半圆伤口，那块儿要掉下来的木片仍留在那里做见证，向它的好主人述说他的坏邻居的虐待……

这一张桌子就有这么两种"景观"：一半是刀痕，墨迹，漫画，算草，组成一个乱七八糟的图案，不过如果大略一看，只见半个黑桌子而已。但他的同桌却真老实，桌面上干干净净，黄油漆仍然好好的，没有一点儿墨。他大概和他同桌脾气不合，是"反面神不对脸"的，人家不成问题的很用功，说不定他两个还不断地吵架，冲突过，因为如果同桌给他"打怕司"，他不会把算题抄到桌上的。我发现了，他两个在分桌子了，真有意思！一定他时常"越界"捣乱，人家不高兴，嘟噜着不愿意，说：

"咱们分桌子吧？……"

他不在乎地说："分就分！"于是用米达尺顺着桌沿量好，在桌子的二分之一地方，横画一条直线，这样，以后，谁也不许越过谁。而且，这位小艺术家多小气！他在那条线这边写了几个字："谁过这条线就是个狗"，下面还画了一个大大的惊叹号！

属于这位先生的两个桌腿也倒霉得很，抹的墨不说，还有鼻涕呢。他平常鼻涕一定很多，整天鼻子都呼隆呼隆的，看着鼻涕要流到嘴里了，于是用袖子一抹，或者用手擤一下，随手，看！这么一下就抹到桌腿上。你看桌腿这一段，黄漆都褪了，换上了白的干鼻涕，真脏！——但你看人家的桌腿桌面都好好的，莫非他不是个和人家一样的学生?

桌斗里面,好家伙,有一层土,还有花生瓜子皮。他大概是个小少爷之类,花钱不在乎,乱吃零食,吃东西不小心……

这位先生的样子大概是:

一望就知道是个聪明的小孩子,有一对鬼灵精怪的乱窜的小眼睛。偏分的头发也乱糟糟地堆到脑瓜上,走路是一跳一跳,黑头发也一跳一跳,也不好好梳一下,只是乱得太不像样的时候,才用手那么拢几下。身上的衣服永远不会干干净净,就像他的桌子一样,东一块墨,西一块油。他大概好看书,但从来只是翻翻,不会耐着心去一页一页地看,干着这事情,忽然又想起别的事来……

不过他的年龄好在还小,如果走了正路,是很有希望的……

我的"考古"就是这样完了。如果这张桌子能保存千万年之后,成为化石,叫考古家得到,那么,他的结论该怎么做呢? 一定是——

"根据以上之证明,我们断定:

1. 该时代考试制度已有流弊;

2. 该时代木刻艺术相当发达(已为普通学生所爱好);

3. 该时代同学间关系甚为恶劣(已有分桌子之类的事);

4. 该时代……"

我曾见过些鱼化石都完完整整,好像是正在水里游泳得自在,忽然被土压在下面,就如制标本一样成为鱼化石。如果不等这桌子遭受这种福气,这所房子就发生像"遭了一把天火"之类的事,可怎么办呢? 桌子不用说变成灰了,那么将来的考古家也失去了一个好参考……

而且,即如是现在,我还得用个干干净净的桌子,所以我必须用些碎纸破布湿了水把这桌子上的墨迹,算题,一齐揩去。然而究竟有这位小艺术家的刀痕在,如果桌子能成为考古家的对象,他也不会太失望的!

(据 1944 年《大公报·文艺》复印件,1992 年 1 月重抄)

忆吴宓先生

　　我是吴宓先生晚年的一个学生,于 1949—1951 年在重庆大学外文系听过他的课,课外也找过他。从那以后,将近 40 年过去了,仍然不断想到他,觉得他是一位值得怀念的老人。

　　上中学时,就知道吴宓这个名字,那是从关于"五四"时代新旧文学之争的文章里碰见的,知道他那时是"学衡派",属于守旧的一方。因此,留下的印象里有一定反感,因为我是拥护"五四"新文学的。另外,还见过中华书局出的一大本《吴宓诗集》,翻一翻,看不懂。此外,也从报刊上看到过关于他的零星小故事,多半是从西南联大传出来的。

吴　宓

　　真正与吴宓先生见面、认识,却是到了 1949 年秋冬之际,在解放前夕的重庆大学。那时候,我是外文系的学生,刚休过一年学,在梁漱溟先生办的北碚勉仁中学教了一年英文,又回重大复学。听说吴宓教授上我们的课,我就去听了,还曾留下这么一段印象记:

　　"一位身材不高、身穿旧灰布长衫、黑瘦但很有精神的老教授在给我们上课。这位老先生是著名的学者,中国古典文化和西洋古典文化、古典精神和浪漫精神奇妙结合的一个典型。他在一间破旧的教室里向我们讲授欧洲文学——从希腊罗马讲起。当他说到 Roman Empire(罗马帝国)这个字眼儿的时候,他的眼神闪出异样的光彩,他那穿着旧灰布大褂的双肩猛然一耸,他那说话的调子高昂而自豪,仿佛那罗马就是他的'帝国',他自己就是一个'恺撒'似的!这样一位方正的老学者,却不失童心,在课堂以外又是同学们的朋友。年轻人到他那里，谈谈自己的心事，一定能得到一些鼓励和安慰。在谈话中，他常常引用《红楼梦》，因为他除了是西洋文学的权威，还是一位红学家，对这部奇书熟极了，随口就能一小段一小段背下来。

"每想起这位可敬的老人身穿破大褂给我们纵谈希腊罗马文学的情景，我就不禁佩服他对于学术的那种纯朴的挚爱，并且感谢他在我心中点燃的对于文学和历史热烈爱好的火焰。"

提到他那件破旧的灰布大褂，我曾听有的女同学笑着说：吴宓先生一回到住室，总要把它折叠得方方正正、整整齐齐，压在枕头下面；可是，那件大褂是"整而不洁"，因为吴先生长期一个人在外过着单身生活，自己照顾自己，生活上的事也就不可能料理得那么周到了。——这从一个侧面透露出他个人生活上的清苦和孤单。

他那时住在松林坡上一个非常简陋的房间里，我曾去找他请教过关于读书方面的问题。当时我正读着英文《圣经》，对其中的文学部分感到入迷，特别是对《传道书》《雅歌》和《耶利米哀歌》，觉得那简直就是外国的《道德经》《国风》和《离骚》。同时，我还读着在我国民间流传甚广的一本怪书——《增广贤文》，这是一本关于中国社会人情世故的谚语格言杂集，简直像是《圣经》中的《箴言》，不过不像《箴言》里说得那么高玄，而是完完全全把鼻子贴住地面、贴住世俗。吴宓先生对于《增广贤文》也颇感兴趣，他把我带去的那一本留下看看。关于《圣经》他向我介绍了牛津大学出的 *Helps to the Study of the Bible*（《圣经研读指南》），但那本书我没有找到。

再次与吴先生接触，就到了解放以后 1950—1951 年间。他给我们上"小说选读"，教材是 Zephyr Books（西风丛书）中的 *Pride and Prejudice*（《傲慢与偏见》）。他和这部小说好像关系不浅，因为早在抗战以前，他就曾校阅过商务出版的杨缤（杨刚）译的中文本。

这时候，解放前夕的混乱早已过去，学校里秩序安定下来了。我们除了听他的课，还在课外找他，不管学习方面、生活方面的事，都去问他，而他也竭诚以告。在这些接触中，我觉得吴宓先生是一位非常可敬可爱的老师，"垂老能游少年群"，可以说是一个有"赤子之心"的老人。但总是以平等的态度，直率、认真地提出自己对问题的看法，绝无摆出教师架子训人之事。当时我曾学写英文诗,把自己拙劣的作品拿给他看,他认真地批改,用红笔标出哪一行 Not in rhyme(韵不合),又批示道:"多读少写"——这话太对了,至今我认为它仍是学诗的一条金科玉律,无论是对中国诗还是外国诗。有一次,我陷入到青年人的灾难——恋爱的苦恼之中,用英文写出自己当时极端痛苦的心情,题目是 A Cup of Bitterness(一杯苦酒)。吴先生看了,表示同情。他先说了一句佛语来开脱我:"我不入地狱,谁入地狱?"我不接受,心想:"为什么要入地狱?我要幸福!"但没有说出口。吴先生似乎理解我的心情,又在我的小文章后边写了一句富有哲理意味的批语:Remove the cup yourself(自己把杯子拿开吧)。他还解释说:解铃人还是系铃人。——生活中遇到诸如此类的个人痛苦,要消除,自然得有一个"理智化"的过程,但归根结底是需要"自己解放自己"的。现在,事情自然早已成为过去,不过,回想起来,我仍感谢吴宓先生的这种对青年人理解和爱护的态度。

师生关系接近了,有时候,出于年轻人的调皮心理,就想给老师开开玩笑。有一次,同学们出墙报,我用英文写了一篇小文章,题为"Prof. Wu Mi"——实际上是用文字为老师画一幅漫画像。在文章里,我把吴先生比为一座古堡,在这座古堡里,亚里士多德与孔夫子握手,菲尔丁与曹雪芹聊天。我怕他不高兴,发表前先拿给他看看。他倒挺感兴趣的,改动了个别文字之误,并把题目中的省略词 Prof. 改为 Professor,就让我发表了。不料,这篇小文章发表后,却惹恼了办公室里一位助教先生。他把我叫去,一脸愠怒地说我把吴先生比作古堡,讽刺他是"顽固堡垒"云云。这是从哪里说起?用王尔德的话来说,碰上"缺乏想象的人",真没有办法。不过,上帝作证,我对吴先生绝无不尊重之意,"古堡"这个比喻对我来说也不含任何贬义。重庆大学的工学院就是按照欧洲中古城堡的风格建筑的,那是母校的一景,恰与理学院的中国古典建筑风格互相辉映,同样为我所欣赏。况且,吴先生自己并没有说什么,我们之间的师生感情根本没有因为这篇小文章而受到任何影响。

"生命之树常青,理论是苍白无力的。"——由"学衡派"而引起的反感,在与吴宓先生本人的实际接触中早已不知不觉地冲淡了。说得再明白一点:即使在某些问题上各有自己的看法,老师仍然是老师。

1980 年 5 月,在杭州开会,偶然和戴镏龄先生谈起吴宓先生。戴先生也说:

"吴宓先生外表是古典的，内心是浪漫的。"——我甚至觉得凡是既受过中国古典文化熏陶，又接受过西洋文学影响的老一代中国知识分子恐怕或多或少都具有这种特点，只是这"古典"与"浪漫"两个名词的含义，自然应该是广义而非狭义的。

我的大学生活过得很不安定。到 1951 年暑假，"游子思归"，我思念起我那北方的家乡了，于是离开四川，到北大考转学生。行前，我向吴宓先生告辞。他为我写了一封介绍信，让我去见他在北大的三位老朋友汤用彤、朱光潜和另一位先生。在一片四四方方、比巴掌略大的白纸上，密密写满了他那方方正正、一笔不苟、带点朴拙味道的毛笔楷体字，没有信封。我把这一页信从重大带到北大（那时还在沙滩），交给当时担任北大教务长的汤用彤先生。老先生看看信，笑了。

转学考试主要是写一篇英文作文，卞之琳先生主考。我录取了。但是，由于肺病未愈，不能入学，只得回到河南，从此就结束了我那断断续续的大学生活。

远在重庆的吴宓先生仍然记挂着我这个学生。凑巧，在破纸箱里保存着一封旧信——重大外文系同学王世垣在 1951 年 10 月 8 日写给我的，其中说：

"吴宓先生听说你考上了北大三年级，立刻喜形于色，而且顿足，说：'刘炳善这个学生到底是好！'再听说你因病没有入学，他就叹息，认为北大太无情了。"

吴先生对我的关怀，至今仍使我深深感动，他对我的夸奖只能使我惭愧。我这个人心粗气浮，长时间生活不安定，功课实在没有学好，而且现在想补也补不起来了。

去年，见到朱虹同志，她说她在 50 年代初从辅仁转到北大，也曾因病不让入学，但她力争了一下，就入学了。我想：当初真该也"争"一下，进北大再念念书的。不过，那时候北大教务处一位女职员拿话激我："一个青年人，出路多的是。上不上北大，有什么关系？"我一堵气，就回河南了——好，这一回，就是38 年。

从那以后，我也就失去了与吴宓先生的联系。

又听到他的点滴消息,是在"文革"后期的 70 年代。河南大学的李敬亭教授(老北大毕业生,也是吴宓先生的学生)告诉我,他的一位老同学说:吴宓先生在重庆,后来和他的一个女学生结了婚,生了一个孩子,但这个女同学身体很弱,去世了,接着他们的小孩子也死了。还说:吴宓先生 70 年代曾到北京,洗了几十张他自己的一寸相片,见了老朋友,一个人送一张,并且说:"I am a man of few books."——这件事、这句话,倒很像是他的脾气、他的口吻。不过,我可没有资格去翻译他的那句英文。

1979 年冬,见到重大外文系老同学江家骏。他告诉我吴宓先生的另一件轶事:三年困难时期,吴宓先生在重庆西南师院中文系讲古汉语,举例时冲口说了一句:"三两尚不足,况二两乎?"——诗人"情发乎中,而形于言"。但在那时候可不管什么"诗言志,歌咏言",立刻受到批判。

1987 年春,在太原拜访常风教授。他告诉我:吴宓先生晚景凄凉,眼睛失明,从四川回到陕西,依靠一个老妹子照顾他,最后死于西安。我听了很觉得难过。

前几年,从李敬亭教授处抄过吴宓先生抗战初期写的一首旧体诗,转录如下——

大劫(一首)
廿六年十二月于南岳　吴宓

绮梦空时大劫临,西迁南渡共浮沉。

魂归京阙烟尘黯,愁对潇湘雾雨深。

入郢焚廪*仍苦战,碎瓯焦土费筹吟。

唯祈更始全邦命,万众安危在帝心。

(*原注:顾亭林诗:"楚人已焚廪,庶几歆旧祀。"用《左传》。)

李敬亭教授评云:"吴师的诗,忧国忧民,对国难深重,深为关注,笔力雄厚,如真金璞玉,真不愧为老手。"

我以为,从这首诗可以看出吴宓先生作为一个爱国知识分子的炽热感情。

吴宓先生是一位严谨、方正的学者,一位慈祥、热情的老师。仅就我国外国文学教学研究领域而论,好几代人都曾受过他的教诲,至今,无论是年迈苍苍、名满中外的专家学者,还是像我这样才学浅陋、微不足道的人,都难以忘记这位既有独特个性而又心地纯朴善良的老人。现在,他已经成为古人。作为一个历史人物,对于他在现代中国文学史、学术史、教育史上的地位,我们应该给以全面、公正、实事求是的评价。他的遗著,应该认真搜集、整理、出版,以供研究。作为吴宓先生的一个学生,我觉得,我应该从老师身上学习他所具有的一切好的东

吴宓

西,而不应苛求他所没有的东西,这样才能从前辈那里吸收到更多的精神养分。

(1988 年 10 月 12 日写于开封,1990 年月 1 月 26 日抄改)

哀 李 桦

李　桦

　　5 月的北京传来噩耗：我的表弟、剧作家李桦因患癌症去世了。一个刚到 54 岁的中年人，正在勤奋地劳动、繁忙地收获，却突然倒下——对于这件事，几个月来我一直无法接受。它像一只苦果，卡在我的喉咙里，堵在我的心窝里，吞咽不下去。

　　在我心中的祖国首都戏剧界的天空塌掉了小小的一角——诚然，这只是小小的一角，然而，一旦塌掉，女娲再世也无法把它补起来了。

　　《芙蓉镇》里把搞文艺的人叫作"吃快活饭"的。的确，由于艺术活动的特点和文艺人的脾气，他们所从事的工作很容易被人误认为是在那里"玩儿"。表面上看来，他们是在那里"快活"地写呀、演呀、跳呀、唱呀，实际上他们是辛辛苦苦地进行着高层次的劳动，用一个知情者的话说，他们是在"无声地流着血"。可惜，对于这一点，我自己也是明白得太晚了。

　　30 多年来，他又当演员，又搞写作，"双肩挑"，总是忙。60 年代初，他害病了，却把住院当作业余写作的"黄金时间"，撰写论文参加关于狄德罗《论戏剧艺术》的学术讨论。焦裕禄去世，他写了《贫农忆亲人》，创造出"对口词"这种表演艺术形式。但是，对他来说，这些还只是创作准备时期的"小打小闹"。三中全会以后，他拿出全部生命力和创造力"碰硬"了，写出一部又一部大型话剧，还敢于"触电"。其中，话剧《被控告的人》要算是我国最早反映经济犯罪问题的重要剧作，曾引起首都戏剧界的轰动，由《人民日报》报道，还改编成电影，由北影拍摄。他的电影剧本《朱德与史沫特莱》则由"八一"搬上银幕。

　　我是教书的，本行是外国文学，他是"科班出身"的演员和剧作者。他曾开玩笑说我们是"两股道上跑车——走的不是一条路"。不过,在所有亲戚当中,只有我们两个人迷上了文学,所以哥儿俩一见面就要聊聊写作、特别是写戏——虽然,在写戏方面,他是内行,我只有失败的教训。

表弟小时候聪明活泼,学生时代起就是文艺活动中的活跃分子,唱歌、跳舞、演戏、朗诵诗,样样来得,性格乐观开朗,有活动能力,广交朋友,走到哪里很快就能打开场面,不像我这样"书生气十足"。他这种脾气一直保持着,50来岁的人一点不显老。这对他演戏、写戏自然大有好处。但同时他这种说说笑笑、"举重若轻"的脾气,也掩盖了他刻苦钻研、勤奋工作的那一面。在为他创作成功而感到喜悦之中,连我也常常忘记了他这10年来曾经付出多少艰巨的劳动才取得一系列的成果,因此也就忘记提醒他注意保护自己的身体。要知道,写一部戏、立一部戏,写一部电影、拍一部片子,谈何容易。用另一位剧作者的话说,那是要"蜕一层皮"的呀!可惜,当我清醒地想起这一点的时候,已经太晚了。

1981年秋天,他从北京到开封来看我,走上我们那所旧宿舍楼的静悄悄的走廊,大声喊叫着我的名字,闯进我的斗室。那时,他身穿一件式样讲究的米黄色风衣——长城牌。他说,在火车上有人对他这件风衣表示羡慕,问他是从哪里买的,言下颇有那么一点炫耀自己男子汉风度的意思。我看看他:高大的身材,尽管稍稍发胖了,但配上这件风衣,确实还显得满"帅"的。我自己早就不考虑什么"风度"了。他这么一说,倒引起我的"逆反心理",想跟他开开玩笑:"风度?"在舞台上,屏幕上你光演反派角色,话剧《桃花扇》里的豪奴啦,某个电视剧里的走私集团头子啦,说不定还串过《被控告的人》里的那个滑头港商,台下再"风度"也是可惜了儿的。——不过,这话当然没有说。因为我们好久不见了,有正经话要谈。

他那次来,是为了写《被控告的人》到深圳去,那个戏快完成了,他在考虑下一个戏该写什么,找我叨对一下。——他写戏,向来是"一环套一环",这个戏还没写完,就琢磨下一个戏,连轴转,一点儿时间不肯耽误。这可能是戏剧界的"竞争机制"养成的习惯,把他赶得这么紧。

在那一阵,舞台、屏幕上正流行"中外友好热"。有的作者似乎写得太急了,抓一个什么故事,带点"传奇性",用"中外友好"的框子一套,就完了,也不管合适不合适。有一个电视剧特别使我反感,那内容好像说:为了"友好",国难家仇可以统统不算,一笔勾销。那怎么行?

所以,李桦一问我下一步写什么,我就建议他写一写史沫特莱——中国人民的真正朋友,一个"比有些中国人还更爱中国"的外国人。

他答应考虑。

此后,关于写史沫特莱的事就成为我们通信中的主要话题,直到他写的《朱德与史沫特莱》被拍成电影。现在,我翻阅着他从1981年到1985年给我的来信,一个活跃、能干、繁忙、刻苦的中年戏剧家的身影就又出现在我面前。在这个电影剧本的《作者后记》里,也说他写史沫特莱就"像一个不会'打扑腾'的旱鸭子跳进了大海去游泳"。然后,经过长时间的苦干,他竟然把这个戏"磨"出来了,作了多少难,吃了多少苦,虽然不知其详,却是完全可以想象的。

一开始,他想拉我合作,再三动员。我是倡议者,又是学英文的,跟他合作也是应该。但我没有。主要因为我知道自己缺乏对舞台艺术和戏剧界的真正了解,应有自知之明,"知难而退"。另外,那时候我正全力以赴编写一本教材——那就像推着一个石磙上山,有进无退了。所以,除了关于戏的设想说了几句空话,我什么忙也没有帮他。

李桦电影剧本《史沫特莱》文稿

但是,李桦的毅力是极可佩服的。他自己去跑材料、找专家学者、访问史沫特莱的中外好友,渐渐史沫特莱的形象"像磁铁一样"吸引着他,使他"欲罢不能"。此后是艰辛的写作修改,多方的奔走联系,长久的痛苦期待——从剧本构思到拍片,这是5年的劳动,在其间他把自己作为剧作者的艺术才能和作为"事业家"的活动才能,一句话,把自己的全部能量都奉献出来了,终于第一次让史沫特莱的艺术形象在中国银幕上出现。不仅如此,他还在盛年,剧本还要一部接一部写下去。然而,就像某位古代的艺术家使出全身气力硬把一块大理石凿成一座活灵活现的雕像,而当人们欣赏雕像的时候,艺术家却手握雕刀,累得倒下了!

过去,看电影《人到中年》,看到病危的陆文婷默默躺在病床上,我的眼泪曾经随着慢镜头不停地流。今天,到我要哭表弟的时候,我又没有了眼泪。这些年来,中年知识分子正当事业兴旺如日方中突然死亡的事发生得太多了:作家方之,工程师罗健夫,科技专家冯钟越,数学家张广厚……都给人留下不尽的哀思。现在,又轮到我的表弟李桦。(而据报载,在李桦之后还有青艺演员王尚信。今后,又怎么样呢?)

目前从四五十岁到五六十岁这一个年龄档次的知识分子似乎特别不幸。他们的青壮年时期全被过去无休止的政治运动侵占、消耗掉了。三中全会以后,他们不甘无所作为,奋发工作,愿为祖国振兴效力。但是,他们年虽不老,身心已在以往多年的折腾中受到极"左"的暗伤,而现在又工资低、家务重、生活工作条件不利,加上落实政策的缓慢和梗阻,官僚主义、不正之风、人际关系中的"内耗",他们心情常常郁闷。当他们排除一切障碍,以超人的努力投入工作,刚刚取得初步的成就,癌症、心脏病、脑血栓之类的恶疾却不知在什么时候早已暗暗侵入他们的身体,加上医疗的延误,遂使各方面中年业务骨干突然死亡一事不断发生。

一方面祖国的现代化事业急需人才,另一方面壮年有为的人才又过早死亡——这种类似卡桑德拉大桥中间断裂的现象,难道应该听任它继续下去吗?在为表弟的死而哀痛之际,我忍不住要再一次呼喊出这个问题。

(1988 年 10 月 10 日,开封)

萧乾先生印象
——一位厚道的老北京人

萧乾先生在 20 世纪最后一年去世。我曾打过一个电报表示悼念。但事后总觉得应该再写点什么,对于他多年对我的无私帮助表示谢意。今天才找到机会把想说的话写下来。

萧乾先生

搜索个人几十年来与萧乾先生有关的回忆,首先是高中时曾读过他自己也许忘记了的一篇译文,即发表在 30 年代老《译文》上的俄国作家萨尔蒂柯夫的一篇讽刺小说《一个农夫养活了两位老爷》。那时我沉醉于俄罗斯文学,所以这件事我一直记得,甚至还做过一点小小的考证:他根据的大概是英美出版的一部世界文学作品选中的英译本。

然后,在大学时代曾在书店站看他编选的《英国版画集》。我学过木刻版画,所以对此印象很深。我认为,他这部版画选,大概受过鲁迅选的《苏联版画集》的启发。(《苏联版画集》,我也是在一家旧书店"站看"。)而且,我还发现这两部版画集的内容"异中有同":《英国版画集》中的《春》,画着草地上一只小牛犊伸出鼻子去嗅刚刚开放的一朵小花,与《苏联版画集》中《熊的生长》中画着一只憨态可掬的小熊正在树枝上稚拙地攀爬,都令人生出一种怜爱

约瑟琳·克劳:《春》
(载于《英国版画集》)

幼小者的感情,这说明两位编选者都深藏着一片"赤子之心"。

接着就是解放以后,1954 年夏天,我在河南省文化局一个休养所养病,和一

位青年作曲家同室居住。萧乾译的《好兵帅克》刚在新《译文》上发表，我们两个人传着看，每看一部分，就互相学着帅克的傻相逗笑，寻开心。《好兵帅克》的译文连同拉达那精彩传神的插画给我们提供了极大的愉快，我后来还寻找萧乾翻译所根据的"企鹅丛书"英文版来看。

1957年上半年，我到大学工作，订阅了萧乾主编改版的《文艺报》，从原来的直排杂志改为横排报纸，形式上更活泼。但很快就看到《文艺报》上登的"大鸣大放"文章。印象中最突出的是马克·吐温翻译家张友松的一篇文章，题目好像是《我们必须战斗》，雄赳赳气昂昂，其实不过是天真文人出出傻气，但事后付出的代价却是惨重的。我不知道萧乾本人当时发表过什么文章，只记得别人对他批判中提到一个"猫案"。

从那以后，大家都"相忘于江湖"，关于他，我什么也不知道了。

因此直到"文革"结束之前，萧乾的作品，除了他翻译的《好兵帅克》，我都没有读过。想想也不奇怪。因为在我中学时代，我所读的文学作品是鲁迅、俄苏文学和抗日战争时期的诗和短篇小说为主；我在大学时代，除了埋头啃英文书之外，读了几本解放区的作品，像《王贵与李香香》《李有才板话》《荷花淀》；在书店虽碰见过他的《人生采访》，从《大公报》也见到过"塔塔木林"写的《我家有个哭夜郎》，但都擦肩而过了。

然而，"文革"结束之后，我不断买到并很感兴趣地读了萧乾的不少散文，像《搬家史》《改正之后》。（我还特别喜欢他那本老北京味儿十足的《北京城杂记》）这也很自然。因为从1957年到"文革"这20多年，我和他的命运基本一样，对于他所写的事情和写作心情有所共鸣。尽管如此，并没有机会认识。认识的契机，是在1987年北京三联出版了我翻译的《伊利亚随笔选》，而据三联老总沈昌文先生谈，萧乾先生对此书的出版表示了关心。因此我来北京时由于三联的联系，受到了萧乾的约见。在1988年夏天，我按时来到复兴门外他家。那时他已年届八旬，在门外贴了一张小纸条，上写："请来客谈话不超过十分钟。"我事后记下了见面的第一印象：一敲门，走出一位身材高大、很有风度而又非常和气的老先生。萧老亲切、坦率地告诉我："外国古典作品，译起来很难。譬如说，英国18世纪的东西就很不好翻。至于兰姆的作品，翻译《莎士比亚戏剧故事集》还可以参考莎士比亚全集中译本，要译《伊利亚随笔》就得独立工作了。"

萧乾先生以委婉的语气对我的翻译工作给予肯定。实际上,他在"文革"前已译过菲尔丁的巨著《汤姆·琼斯》和《大伟人魏尔德传》等等,早已译著等身。他对我那样说,不过是以译坛长者的宽厚态度对我这个初出译作的后学进行奖掖罢了。

正谈话中,进来一位中年知识分子模样的人,和他小声谈了一阵,离开。萧乾先生说,这是一位医生,教他如何保健;然后又像是有点不好意思地向我解释说:"(他想)尽量延长(生命)……"当时我对他的坦率有点惊讶,后来明白:他的意思是打算一面保护健康,一面尽量多做些工作,"跑好人生的最后一圈"。

此后我与萧乾先生建立了大约十年的通信联系,偶有赴京的机会,又到他家去过两三次。

作为燕京大学毕业生,《大公报》驻英特派员,在伦敦大学教过课,在剑桥做过研究生,萧乾受过西方文化的熏染,说话文雅和蔼,待人彬彬有礼,言谈举止中让人感到他有点英国绅士的风度——这是在与他接触中可以感触到的。举一个小例子:前面说过他因年老体衰"请来客谈话不超过十分钟"。但一说话,往往超过这个时间。遇到这种情况,即使他有事着急,他也绝不会不客气地下逐客令,而是采取很含蓄委婉的方式向你客气地暗示。有一次我到他那里,谈了一阵话后,他很和气地问我:"你害过荨麻疹没有?"我说:"没有。害荨麻疹很痒吧?"他说:"很痒。也疼。"我马上明白了,随即礼貌地告辞。——我以为这是一种尊重别人的方法。

不过,从另一方面说,萧乾先生身上绝无高贵士绅的那种矜持倨傲、老气横秋的样子,更多的倒是保持着一副年轻人的脾气:思路敏捷,说话坦诚,做事麻利——这可能跟他长期做新闻工作的训练有关。这种脾气他保持了一生。他像一个长跑运动员一样,几十年一直活跃在新闻界、文学界、翻译界、国际文化交流场合;直到20世纪90年代后期,还在翻译《尤利西斯》这部"天书"。他可以说是非常丰富多彩地度过了一生。对于别人,譬如像我这样一个1957年后与他命运相似而又同在英国文学园地耕耘的人,虽然素昧平生,一旦见面认识,他也是满怀热情地对我编的《英国文学简史》、译的《伊利亚随笔选》和《英国散文选》给予热情鼓励。并且每次见面,他总是想办法实实在在帮我一个什么忙,有时一边说话,一边写一封介绍发表文章的信,等话说完,信也写好,递到我的手里。通信也是如此，不说空话，总是建议我该做什么、该译什么。譬如 1991 年 2 月 4 日的来信就提醒："Virginia Woolf 死于 1941 年，今年是 50 周年忌"，建议我把已译出的她的散文寄给《世界文学》。

80 年代末，当我正在翻译英国散文的兴头上，出版界突然发生困难，我徘徊在十字路口，经过反复思索，最后横下一条心，决定编莎士比亚词典，为了自己、也帮助中国学生读懂莎士比亚原著——这本来也是我几十年的宿愿。我向萧乾先生透露过这个意图。一开始他认为"搞莎剧的人太多"，不怎么同意。但我既下了决心、订出了计划，他仍然帮了我的忙。他寄来他给英国大使馆文化处写的一封信，请他们给我提供些资料。但我鉴于过去求人难的教训，担心对方未必答应，没有把信寄出。他

> 2, June, 1993.
>
> Dear Mr. Edwards,
>
> It was very nice to have been seen again at the Ambassador's dinner party but regret did not have a chance to talk to you. However, our translation of Ulysses is progressing well — now on chapter XIV of the total 18 chapters. So, by June, 1994, we should be able to finish it.
>
> I am now writing for my friend Prof. Liu Bing Shan of Honan University (Inf. Dept) who is the author of History of English Literature (in English) & he is the brilliant translator of Charles Lamb. Now, he is compiling a Shakespeare dictionary for the Chinese readers & is anxious to have the assistance from the Consul. I am therefore writing this letter for him & hope the Consul will render him help as you usually do.
>
> Best regards,
>
> Yours Sincerely,
>
> Xiao Qian

萧乾先生为作者编莎士比亚词典所写的英文信（1993 年 1 月 2 日）

又给美国福尔杰莎士比亚图书馆写了一封推荐信，想让我争取一笔经费，到那里去研究莎剧。信寄出了，但未成功。我冷静下来。考虑觉得还是走"自力更生，艰苦奋斗"的道路可靠。经过十来年努力，词典总算出来了。但萧老的一片心意，我仍然感激。

尽管萧乾先生待人温和，他的性格中还有较真、执着甚至"倔"的一面。因为曾经长期受到贬抑和屈辱，他在"改正以后"，对于个人的尊严就特别敏感而且较真。就我所感觉到的，他特别耿耿于怀的是"猫案"和《新路》两件事。对于"猫案"，他的港版自传中有所披露，但未在内地发行，我未见到，仅凭回忆 1957 年批判文字中的印象可以得其大概。我个人的看法有两点：一、就此事本身而论，我认同于李文俊同志在《我所知道的萧乾》一文中所说，"感情天平是稍微朝萧乾一方偏斜的"。二、作为一个文学爱好者，我内心对于所有对祖国文学发展做出过贡献的前辈作家都怀着敬意。我也多少知道在当代文学史上存在

着这样那样的恩恩怨怨，这些恩恩怨怨也各有是非曲直，而且从思想感情上也曾卷入了这些恩怨。然而，"天意君须会，人间要好诗"。从一个爱好文学的后进者的心情出发，不管前辈之间有何恩怨芥蒂，尽管对于其中的是非曲直自己并非没有自己的看法，但对于双方的作品，仍从"文学的眼光"去看，尊重每一个作家的劳动。这样不至于把文学上的正面成果都埋没在恩怨的纷争之中。因为，说到底，人的养育成长，主要靠的是五谷杂粮的健康营养，而不是辛辣苦酸的调味。——我这种观念，是经过几十年才体会到的。因为在我几十年坎坷曲折的经历中，种种文学作品、各种好书支持我渡过一个又一个人生的难关。如果只记住争议和恩怨，而忘掉了文学，则等于"把孩子和脏水一齐泼掉"，损失未免太大。我的意思是最好采取"两分法"：争议的是非是一码事，每个人文学上的业绩是另一码事，不必互相掺搅。这样，前人的正面文学业绩，后人都可以安心继承，以利未来。

另一件事则是《新路》，即被上纲到"第三条道路"的事件。这件事我本来完全不知道。有一次去北京，萧老告诉我河南出了一本书，提到这件事和他的关系，言下有愤愤不平之意。我非信息灵通人士，不知道那是一本什么书。但我爱逛书店，特别是打折扣的特价书店。后来竟在新华书店处理的滞销书中发现了：那是一本（大概80年代初的）政治课教辅材料，我翻了一下，果然提到萧乾。我认为编书者根据的还是过去政治运动中的旧材料，不应该在新时期再翻腾出来使用。另外，萧乾先生作为曾在国外留学和工作的知识分子，"未带地图的旅人"，有点民主自由思想，不足为怪，至于《新路》一事，只是别人拉他，而经杨刚提醒，他并未参加，不应算作他的问题。况且，萧乾在解放前夕参加了香港《大公报》的起义，并且在解放后担任过《人民中国》和《北京周报》的重要职务，为对外宣传做了许多工作，已经用实际行动表明他对新中国的态度。所以，看到这本书后，我向萧乾先生表明我的看法："中国封建时代太长，封建传统太深重，知识分子过去向往民主自由，不算什么错误！"而且，后来萧乾先生也与那家出版社取得联系，出版社还出了他的一部书信集。可见萧老非常妥善地处理了这件事。

萧乾先生不但很执着于维护他自己的尊严，当他认为别人的尊严受到侵犯时，他也会立即为之打抱不平。有件小事与我有关：北京一家刊物约我写稿，但稿子寄去,一两年既不登,也不退。写信问也不理。这种"三不主义"实际上是那种"三月内未通知刊用,作者可自行处理"的冷冰冰稿约的必然发展,我已习以为常,更不敢幻想过去老一辈编辑那种"来稿必看,不用则退,发表不问有名无名"的优良传统会重见于今日。所以,我没有把这件事放在心上。不料我那傻乎乎的夫人在赴京时告诉了萧老,他听了大为生气,打电话要那家刊物的编者向我道歉。编辑先生(萧老的熟人)很快发了我那篇稿子,还真给我来信道歉。我倒不好意思了,赶快向萧老写信,为惹他为小事操心而道歉;又向编者写信解释:这事实在不值一提。

萧老热心快肠,来信总是督促我多做点实实在在的工作。他曾有意让我为民盟刊物《群言》写点杂文。我不是没有杂文的题材可写,更不是不愿写,其实我在解放前就有民盟方面的朋友。但是从 50 年代中期到 70 年代中期我的青壮年时代全被政治运动吞噬,到"文革"结束,我的身心已被摧残得遍体鳞伤,所剩精力实在有限,只能"单打一",全部投入到当前的科研项目中去。另外,知识分子虽然常被批为"走白专道路",实际上过去许多年当中,真正能够安心读书进修的时间并没有多少,专业知识荒废了。对于我来说,"文革"结束时所面临的最大问题是:怎样重新拾起专业,甚至从零开始,一点一滴把知识重新积累起来。《伊利亚随笔选》24 篇的翻译工作,就是在三个年头当中,几乎一天不停地紧张劳动,这才完成;最后写译序时,我已无力把准备好的兰姆材料仔细重读一遍,而是凭着原来阅读印象信手写下来交卷。但萧乾先生热情地称赞我这本第一次出版的译作,来信说:"译得十分流畅,而且很有随笔味道。序言写得也深得原作精髓。"此后他不断来信鼓励我继续从事文学翻译工作。1990 年 2 月 25 日来信说:"我认为目前出版界的低潮是暂时的。只要有货色,迟早会见天日。重要是孜孜不倦地写下去、译下去。"1994 年 2 月 25 日来信谈到他和夫人一同翻译《尤利西斯》的艰苦奋斗:"我们二人在为《尤利西斯》而拼搏,年三十及初一照样起早贪黑,希望今年能抢出。"当他完成了艰巨的《尤利西斯》翻译之后,壮心未已,还向译林出版社推荐让我翻译乔伊斯的另一部巨著《芬尼根守灵》(*Finnegans Wake*)。萧老可能出于对我译《伊利亚随笔选》的赞赏,过高估计了我的力量。《芬尼根守灵》是比《尤利西斯》更"天书"的"天书",我绝对没有那个本事翻译,况且我已经承担了编纂莎士比亚词典这项工程。所以,我一接到译林老总的约稿信，赶快礼貌地回信婉谢："沪宁想必另有通人高才，定能当此重任也！"

　　写这篇文章时，我重新看了萧乾先生用他那"流利而潦草"的笔迹所写给我的十来封信，感谢这位曾无私地帮助过我的老人。在新旧世纪之交，我们失去了好多位文学界、学术界的前辈——他们不仅著述等身，值得我们学习研究，他们的精神风貌也引起我们的长久怀念。就我对萧乾先生接触中的印象来说，尽管他所接受的主要是西方的教育、西方的文化，半个世纪以来又做了大量的外国文学翻译工作，但从他的为人处世作风来看，他的性格乃是一位厚道的老北京人。写下这点粗浅的印象，略表对萧乾先生的怀念。

（2007 年 12 月 16 日）

追思王元化先生

5月9日，王元化先生突然辞世。当晚上海亲友电告了这个消息，我为之震惊。经过一段冷静思考，首先涌现心头的是"学习"二字，即应该细读先生的著述，了解他所留下的精神成果；然后心里又涌现出"追思"二字，即应该梳理一下自己的思路，想一想自己从这位学问渊博的思想家身上学到了什么，并且今后又该怎样对待他的精神遗产，才不枉在他晚年曾与他会见、谈话，并蒙惠赠大著，且为拙书题词。因而写此小文，以表怀念。

王元化先生

一

2003年暑假赴沪，有一个宝贵机会，于8月26日拜访王元化先生。第二天的日记，写下了访问经过：

"昨天上午与国蕾拜访著名学者王元化。在大厅等候半点多钟，引见人、《文汇报》编辑陆灏先生来到，即同上楼，见到久已仰慕的这位大学者。王先生已80多岁，但精神爽朗，态度谦和。我送他大词典及译文集，他送我近著《九十年代反思录》及《一切诚念终将相遇——解读王元化》二书。谈话开始主要关于《七月》《希望》往事(吕荧、彭柏山等)。他答应为《英汉双解莎士比亚大词典》题词并在《思辨随笔》增补新版出书后赠我。

"在谈话中，我发现王先生记忆力极好。当我提到卢卡契的文章，我还是从《七月》上第一次看到，他马上说：'题目是《叙述与描写》。'当他谈到彭柏山下放到河南,是在'文革'中被打死的,说话时举起拳头比划一下,脸上带着凄然无奈的表情。(听到此事我也感到难过,虽然我完全不知道,而且当时自己也身在'牛棚'。——彭柏山是30年代鲁迅关怀的革命青年作家,解放后在上海担任文艺领导工作,因胡风冤案受牵连遭难。)见面不易,我提出一个自己所关心的问题:'知识分子希望21世纪中国能出现一个文艺复兴,先生以为怎样?'他说:'不容易。文化滑坡。'我谈了个人经历,说:'只有"文革"结束后,这20多年才能做点事。'他说:'我也就是这20来年做点事。'(按:他做的是思想、文化方面的大事。)他关心到我编大词典的事,说:'现在做这种事的人不是完全没有,但很少了。'我说:'我按照鲁迅先生说的,寄希望于未来。'他低头想了一下,又抬头说:'我也是这样,不做点事,也无聊。'谈话近一小时,即辞出。归来细想,我与王先生的学术方向至少有四点共同兴趣:莎士比亚,京戏,鲁迅,红楼梦。至于康德、黑格尔、《文心雕龙》,我还有待学习。

"见一面还是非常值得的。稍稍遗憾的是:时间仓促,没有多准备些问题,向他请教。"

过两天,在日记中又写下感想:

"能从苦难中通过学习、思考,成为学者、思想家,不仅摆脱个人苦难的阴影,还进而对于中国近现代的历史经验教训进行反思,这是王元化先生的成功之处——就像凤凰涅槃一样。实在难得。"

需要说明一下:在这次谈话中我提到"文艺复兴",这是在个人头脑中考虑很久的一个问题,即我国能否在经济建设发展的同时,也有一个文化上的大振兴。我作为英国文学翻译研究工作者,对于莎士比亚情有独钟,又受恩格斯关于欧洲文艺复兴时代"需要巨人而且产生巨人"的名言所鼓舞,不免怀有这种憧憬。为此,我在1989年专门抽出半年时间攻读布克哈特的《意大利文艺复兴时期的文化》原著 The Civilization of the Renaissance in Italy,想对文艺复兴时代先有一个概念。而且我向王元化先生提出这个问题,头脑中所想的实际上包括欧洲近代史上宗教改革、文艺复兴、启蒙运动的全过程,希望在我国能"毕全功于一役"。这设想未免太高、太大、太天真。元化先生的一句话,使我清醒下来——不是那么简单。

回汴后不久，收到王元化先生为拙编《英汉双解莎士比亚大词典》的题词，并有短简，即回信致谢，并略述阅读先生赠书的体会：

王元化先生为《英汉双解莎士比亚大词典》题词

"承赐墨宝，真不知怎样感谢才好。题词除了在词典'续编'及今后的两卷合编中使用，我们将裱起来，挂在书房，作为长者对于我们工作的鼓励。

"8月26日拜访后，我一直在读《九十年代反思录》及《一切诚念终将相遇》二书。您的书体大思精。内容中一些方面，如黑格尔和《文心雕龙》，我的知识几乎等于零，不能赞一词。有些问题，如对于杜亚泉的评价，我还得继续思考。但是至少在关于'五四'、鲁迅、京戏、莎士比亚、曹雪芹这些问题上，我敢说自己的兴趣、'兴奋点'是与您一致的。尽管对于我来说，您是我所仰慕的长者，但我们毕竟都是首先由'五四'和鲁迅先生的精神乳汁所养育起来的。对于'五四'和鲁迅先生进行'反思'，对于我们来说，就是触动我们内心深处最珍贵的角落。这才是真正的'触及灵魂'，比起历次政治运动以至'文革'中的'触及灵魂'甚至'触及皮肉'，要痛切得多。因为这是几代中国进步知识分子安身立命之所在。但细读您的文章，我开始有点明白：一切真理，必须经受历史实践和理性思考的检验。真金不怕火炼。火炼后去掉杂质，仍然是金子，那才是纯金。

"我最佩服先生的是：通过'反胡风'直到'文革'的磨难，您用精研黑格尔和康德，进入理性思辨的领域，不仅脱出个人苦难的阴影，而且对于中国近现代的历史经验教训进行反思，提出许多精辟的见解，发人深省，令识者觉悟。'有学问的思想家'，当之无愧。

"您曾说过：'尽管身边还有大量让人生气的事，但我可以负责地说，就学术文化研究而言，现在可能进入本世纪以来最好的时期。'这段话非常重要。假如一天到晚为过去的、现在的有些事生气，那就等于白白受了那么多的罪，也很可能糊糊涂涂地耽误了这'最好的时期'。

"先生的书，我当继续细读，并对有关问题继续思考。"

2003 年岁末,曾寄贺卡,希望先生能到河南大学讲学。先生请人代笔,回信说因年老体衰,不能前来。此后每年以贺卡问候。2007 年冬,从报上得知张可夫人的《莎士比亚研究》又出新版,遂写信祝贺,并谈及阅读新出《清园书简》的感受。本想今后或可在攻读先生著作之中,再去请教,不料今年 5 月惊悉噩耗。

<h1 style="text-align:center">二</h1>

王元化先生的著作和他编的刊物,我从上世纪 80 年代中期陆续购得《文心雕龙创作论》《思辨随笔》和《新启蒙》两辑。《新启蒙》所体现的是他"第二次反思"的观点,我买到在前,读却在后。《思辨随笔》是他"第三次反思"的结晶,我倒在上世纪末先读,感觉到元化先生学问的渊博、观点的新颖(如关于杜亚泉文化思想的探讨),以及分析的深刻(如关于毛泽东思想的早期来源、鲁迅思想的不同阶段)。但我读书粗疏,不能从总体上了解作者的思想要旨所在。2003 年会见之后,我才感到对于先生的著作应该更认真地细读,对于他的思想要旨应该更确切地了解。几年来,除了读他所惠赠的《九十年代反思录》,又陆续购读他的《清园书简》和《思辨录》。从《清园书简》,可以更亲切了解先生一生的"心路历程",特别是解放后半个多世纪中他三次反思的背景和脉络。《思辨录》则是他晚年最完备的思想结晶汇辑。二书对照阅读,可对于先生反思的要旨有所了解。

目前我只能谈一点初步体会。

从 20 世纪 30 年代后期以来,王元化先生作为一个"以天下为己任"的中国知识分子,由于时事的翻天覆地的变化,连续经历了反思。"反思"指的是"对自己的思想进行反省和检讨"。他这样解释:"这种反省之所以发生是鉴于自己曾经那么真诚相信的信念,在历史实践中已露出明显的破绽。"他的每一次反思,都是在现实政治巨变的震动下,经过凤凰涅槃一般的过程,由痛苦思索转入理性思辨,进而获得精神的新生。第一次反思发生在"反胡风"之后的 20 多年,第二次反思发生在"文革"之后的 10 年,而他自己认为最重要的是他的第三次反思,因为这时候他的理性思辨的范围,已超越了个人苦难和个人对现实政治生活的直接感受,而深入到中国近现代历史、文化发展的全局,而且探索了像"文革"这样给国家民族造成巨大创伤的政治运动之所以产生的历史文化根源。

王元化先生在第三次反思中对于五四运动的精神遗产进行了梳理、分析，指出了其中应该继承的精神核心以及不应该继承的历史教训。简言之，他认为五四运动最可宝贵的核心思想是"个性解放"和"独立精神，自由思想"，而五四运动中所表现出的缺点，像意图伦理、激进主义等，则不可继承而应在今后避免重演。对这些缺点，元化先生举出"五四"先驱们的思想言论，加以说明，指出了它们对后世的负面影响。譬如说，"意图伦理"作为一种思维模式，在解决思想问题时不是依靠理性的认识，而是先要解决"爱什么，恨什么，拥护什么，反对什么的立场问题"，结果"使学术不再成为真理的追求，而变成某种意图的工具"。陈独秀在提倡白话文时曾说："白话文的问题不许讨论。"白话文此后固然占了上风，但这种思维方式和独断作风却留下有害影响，直到我们所熟悉的"舆论一律"。

激进主义指"态度偏激、思想狂热、趋于极端、喜爱暴力"。谈到激进主义，元化先生有一个表态："我反对对于那些因改革屡遭失败与社会过于黑暗而成为激进主义的革命者加以嘲讽，他们往往是很高尚的，他们为此付出的巨大牺牲也往往能够启迪后人。"这种态度表示了后人对先行者应有的敬意，但也不能不指出激进主义所带给后人的负面影响是非常严重的。从中国现代史上在革命的名义下屡屡出现的"肃反"扩大化，从解放后连续不断的政治运动以及"文化革命"中出现的骇人听闻的种种残暴行为，我们不难看到激进主义的幽灵。质言之，激进主义是极"左"思潮的精神基础。

在王元化先生对五四运动精神遗产的反思中，不可避免地提到了鲁迅的一些论点，如"遵命文学""少读，或竟不读中国书""拿来主义"等。对这一方面，学界尚有争议。就我个人而论，我还在思考鲁迅说这些话的历史背景和本意究竟如何，是否存在误读、误解。

"五四"和鲁迅都是大题目。"五四"和鲁迅，是我们几代追求进步的中国知识分子心中的两个庄严、光辉的名字。我们是从旧社会的苦难中，经过长期摸索，接受了"五四"和鲁迅作为我们启蒙的源泉和安身立命的精神支柱。无论是在旧社会的反动统治下，还是在解放后 20 多年的坎坷道路上，我们总是靠着这两盏明灯指引着我们前进。对鲁迅和"五四"的反思是一场关乎大局的思想文化活动,需要严肃、认真、负责地对待,同时也还有一个分寸、尺度问题,以免为"开倒车"者所乘,因为反封建的任务对于中国还远远没有彻底完成。反思"五四",并不等于从根本上否定"五四"的"科学与民主"精神;作为中国人,对于中华民族的五千年传统文化,当然是要继承的,但这继承是有分析地继承,是要贯彻"双百方针",对于诸子百家都要有分析地接受其民主性的精华、抛弃其封建性的糟粕,而不是"凡旧皆好",更不是回到"尊孔读经"的老路——"读经"也不妨,但不是"罢黜百家,独尊儒术"。这应该是反思"五四"的底线。越过这个底线,"开倒车",不利于中国的社会主义现代化建设。这些话好像不必说,但却是不能不说的。

三

在此我说明一点个人的情况。首先,从 1955 年"反胡风"开始直到"文革",整整 25 个年头(除了 1956 年贯彻"双百方针"的下半年之外)都被政治运动吞噬了。"文革"结束,我几乎不用想,唯一的念头就是抓紧工作,"抢回失去的时间",但是"失去的永远失去了"。于是,30 年来,一直都在忙于自己的业务工作,50 岁做 30 岁应该做的事,60 岁做 40 岁应该做的事,70 岁做 50 岁应该做的事,直到 80 岁还在做 60 岁应该做的事。就这样,30 年过去了,书虽是出了几本,但是看看周围社会风气和人际关系的变化,觉得自己好像变成了美国作家华盛顿·欧文所写的那个吕伯(Rip Van Winkle),在山中做了一场大梦,回到家乡,发现不仅风物非旧,而且人物全非。这时我才感到着急。为了一个知识分子的"求知欲"也好,"知情权"也好,"追求真理"也好,在繁重的业务工作之余,我总得了解周围的世界。于是硬挤休息时间读一点书。一开始读散文、杂文,了解当代社会和文坛学界状况;到 1995—1996 年间,读了王元化先生的《思辨随笔》,心中为之一震,对于几十年来自己所经历的许多事,这才开了一点窍,开始有点醒悟。因此,我同意李辉的话,王元化先生是一个启蒙主义者。

环顾海内,当今各行各业兴旺发展,名家辈出。这是改革开放、和平建设的可喜结果。但转型时期,价值多元,问题丛生,也需要关心祖国前途、人民命运的思想家,对于关乎全局的问题,审时度势予以指引。一个国家民族之振兴,往往借助于思想家的先知、先觉、先导。质诸中外昌明盛世的经验,往往如此。换句话说,一个国家民族,若缺乏思想家的引导,纵然三百六十行纷纷出状元,若不能齐心协力,拧成一股绳,兴国大业可能事倍功半。尤有甚者,假如各行各界,界内业外,均以眼前利益为重,仅知竞争,并且不正当竞争泛滥,则必消耗民智国力于无益有害之处,那么欲图腾飞,将会障碍重重。

四

从上世纪 80 年代起,国内学术界有一点值得注意,即"更多回向'五四'前一辈人"。细想,晚清(19、20 世纪之交)时期内忧外患交织,为救亡图存,朝野各方有识之士形成一种"万类躁动"的大气候:或热心洋务,或变法维新,或为中国现代化写文章、译书、造舆论,同时也在开始进行文学改革。晚清实际上是"五四"的酝酿时期,正是陈、李、胡、周的"学徒时代"(apprenticeship)。今天学术界念及晚清,因为当前中国现代化的进程与晚清相似,都是面临一个十字路口。何去何从?"全盘西化"?"中体西用"?"西体中用"?"中西融合"?在这个十字路口,特别需要有思想家的指引,以有利于我们进一步的思想解放。

王元化先生不是一披上学者的华衮,就成为庙堂圣人那样的人物。他的思想直到最后仍是鲜活的。他始终保持着鲁迅式的"清醒的现实主义"。阅读他的著作,常有一种"复调"的感觉,即学识渊博,但有一种悲悯的情怀;德高望重,胸中仍保持着年轻人的热情;著作等身,千言万语,都是为一百几十年来在现代化道路上历尽坎坷的祖国、饱经苦难的人民着想,思考着今后怎样才能少走些弯路、少受些苦难。这是一种兼有学者的卓识、思想家的胸怀和诗人的热情,"三位一体"的文章。

王元化先生"是一个活得很认真、很严肃的人"(夏中义语)。他如此严肃认真地对待历史、文化、思想问题,值得我们学习。我能与元化先生在他晚年与他见面、谈话、通信,是促使我学习他的著作的起点,今后还要细读他的书,并且重新攻读鲁迅,以提高自己作为一个中国知识分子的觉悟。

书 话
SHUHUA

串 味 书 话

小引

所谓"串味"，指的是内容由读某书往往连类而想到个人往事。

一、读张中行散文

张中行老先生的《负暄琐话》《负暄续话》《负暄三话》，近年来陆续购读。张中行的书是辛辛苦苦一辈子的一个中下层知识分子（属于"老百姓"阶层），写他的所见、所闻、所历、所感、所思，文中所记多明清名士才女、民国以来北京学界闻人以及京、津、保一带城乡奇人寒士，适合我这样地位、这样年纪的人来读，并且读后思考。

读《负暄三话》，印象最深的是《孙毓敏》一篇。孙原是河南省京剧团的演员，工荀派花旦，"文革"中因与一香港青年谈恋爱，被关在三楼上，搞逼供信，她跳楼自杀，把腿摔坏了。后来治伤，咬牙苦练，说："只要不疼死过去，就练！"结果出了奇迹。"文革"后回北京，仍演《红娘》，并且唱红，当了戏校校长。更难得的是她还写了一本自传，叙述学戏的坎坷经历。此书我未见。但关于孙毓敏"文革"中的事，我听省戏研所李慧同志谈过。现住在我楼下的姜文英大夫（河南医大毕业生）说过孙的一件轶事：她骨折后到省医院看病，一开始因为她是自杀受伤，"自绝于人民"，不敢给她认真看。她说："我给你们唱一段吧！"连唱带表演，医生护士们都喜欢她，就给她好好看了。伤治好以后，她自己苦熬苦练。"台上要唱红，台下得拼命！"

看了这篇文章,深受感动。不管干哪一行,都得有这点精神才行。

最近在电视上还看到孙毓敏表演了一段别开生面的《红娘》:先用京戏唱,再用豫剧唱——学常香玉,河南腔调十足,看了令人忍俊不禁。可惜河南竟容不下这么一位聪明有才华的演员。

二、读孙犁

孙犁的书,最早看的是 40 年代末香港出版的《荷花淀》,很喜欢那种清新、淡远的风格。50 年代末又看他的《铁木前传》,极为欣赏;书为天津百花出版,硬纸面简精装,裘沙的插图也很精彩——尤其是画小满儿那幅,活脱一个泼辣的乡村美人儿。从此孙犁就成为心中最喜爱的作家之一。60 年代曾买到中青社所出他的小说散文选《白洋淀纪事》,仔仔细细读了一遍。"文革"后期,一位青年木工帮我修窗,向我借书,就把这本书推荐给他,借走一去不回。"文革"过后,曾托人在天津买《孙犁文集》,说已售完。1982 年冬赴川,在成都买到川版孙犁中短篇小说选集,返程中读此书以消磨漫长的长江航程。后又购谢大光编《孙犁散文选》。其实孙犁的中短篇小说和他的散文浑然一体,小说也是抒情散文的风格,并非以故事情节吸引人。晚年他多写小品散文,读读亦有味。偶听一二文学青年对他有贬损之语,盖属于蚍蜉撼树之类。根据个人 50 年来读孙犁作品的印象,觉得他是"五四"以来新文学有独特风格的一大家。

(一)《孙犁文集》印象

翻阅买来的八卷《孙犁文集》,印象是:早期(抗战至解放初)作品以短篇、中篇小说最好,晚年("文革"后至搁笔)以杂记最好;前者写其在抗日战争中的农村生活中所亲见亲闻的人物、故事,后者写其晚年读书、思考的心得,文章短小而精粹,实为其一生的经验教训之浓缩结晶,读来觉得有味、有益,足以启发人去细细体会。收入的孙犁信札多写在"文革"以后,从中可见新时期以来文坛的人和事。

(二)孙犁的晚期散文

孙犁的文风,早期如荷花,清新幽香,晚期如古树,根干不倒,都耐人寻味。

我很喜欢这种扎根于中国土地、朴实无华、淡而有味的文章:有一说一,有二说二,不虚假,不夸张,没有"故作什么之状"。与他这种风格一比,有的散文卖弄学问,有的散文上下左右地"侃大山",有的散文"以谦吻作夸语",属于最高水平的"广告艺术";还有掌权者的文章,有文化商人的文章,有富贵闲人的文章,有无知无畏、恣肆灭裂的文章;有不断升值、可以拍卖、动辄数十百万的书稿,也有为评职称、去求编辑、自己掏腰包买书号的"敲门砖"之书。

孙犁的书不属此类。这是老实、清寒的知识分子所写的书。也是适于老实、清寒的知识分子所读的书。在忧患之中、寂寞之中,读这种文章,可以使人(像他一本书的名字所示)心情"澹定"。

从《曲终集》里看出他和一位新进作家有一场笔墨官司,打了三年之久;又有几篇关于当今文坛的短文,可见当今文场风气一斑。我的同情和想法,是在孙犁一边的。

书中读书笔记亦好。其中有些做人处世道理。例如:"文人与官员交,凶多吉少。已为历史所证明。"——这是至理名言。我自己也是经过几十年的沉痛教训,很晚很晚才明白这一点。谁也没有明明白白说过这句话,只有孙犁说了。可见真话难以听到。

(三)读《孙犁传》

孙犁属于"三八式"老干部,60年来担任基层文艺、新闻工作者,不求闻达,默默耕耘,过的是一般老百姓生活。爱人是不识字的农村妇女,生有一男三女,加上老母在堂,解放前虽已是著名作家,但生活一直困难,有时甚至吃不饱。解放后也非显赫人物,最高官职是"天津日报编委"。他的作品几乎全是描写农村里的普通人、普通事,但能把这些人物、故事写得如此吸引人,令人难忘,那是因为他当年是以全部青春热情投入普通冀中人民的火热斗争,有深切体会。可见在文学创作中,作者青少年时代的生活积累、感情积累是最重要的,是起到核心作用的。

看《孙犁传》,找到《铁木前传》最初构思的萌芽。另外,《风云初记》中高翔的生活原型是李之琏——此人在1957年因同情丁玲而被打成右派(这事我听黎辛同志来汴时也谈过)。

"戒行之方为寡言,戒言之方为少虑。""祸事之发展,应及时堵塞之,且堵且开,必成大患,当深思之,当深戒之。"(孙犁座右铭)

孙犁的婚姻问题是从小按农村习惯平平凡凡解决,几十年安然无事。解放后因养病,偶有感情波动,但自觉克制。老伴死后,曾由友人介绍,"文革"后期与一知识妇女结婚,过了大约二三年,性格不合,离异。

他对女性之美是敏感的,但感情含蓄,"发乎情,止乎礼义"。

基本性格是朴实而倔,但不乏智慧与热情。他的文学修养主要是:鲁迅,俄苏文学,中国古书。

(四)《铁木前传》为何没有"后传"

孙犁从50年代中期20年内没有作品,原因是周扬在文代会上批判孙犁的长篇《风云初记》"脱离了斗争的旋涡"。(茅盾看了《风云初记》,却认为它是一部"有诗意的小说"。)另外,孙犁在"反胡风"和"反右斗争"中受了刺激,犯了病。他长期休养,《铁木前传》只有"前传",没有"后传",匆匆结束。

不过,《铁木前传》没有"后传",也许倒是不幸中的大幸。假如作者按照当时的政治口径,把"后传"写成了铁匠与木匠响应号召,如何学习政策、提高认识,成立"铁木合作社"为农村生产做出光辉贡献,等等,那将把一部《铁木前传》降低为"政策图解",作为一部艺术作品就大大失色了!

这也正像老舍的《茶馆》初稿,本来是当作"新旧对比"的"序幕"来写的,但在北京人艺朗读后,演员们凭着艺术家的敏感,看出了这个"序幕"本身倒是一部戏剧杰作的苗子,尽可由作者凭其对老北京的深厚了解,将这一题材充分发展。老舍接受了这个正确建议。这才给我们留下了一个完整的戏剧艺术瑰宝。

对于文学作品,还是应该像鲁迅说的,要"用文学的眼光"来看。那就是说,总得首先是一部优秀的文学作品。

(五)看《风云初记》

《风云初记》是他唯一的一部长篇,写七七事变后冀中农村抗日斗争初期种种情况。印象最突出者为春儿和芒种一对青年农民,从朴实的农村孩子渐渐成为战士的经过,并写了他们的纯朴的爱情。与之相对的则是俗儿与高疤,从荡女、流氓(虽然一度参加过抗日)终于堕落成为反共爪牙的经过——他们之间的关系也是肮脏的。《铁木前传》中的小满儿还不像俗儿这样坏,但在阅读中隐隐感到后者似乎是前者由于性格上的缺陷而在战争的特殊条件下向更坏的方向发展。

孙犁很善于用含蓄的笔法描写冀中农村人物,特别是农村妇女的细腻感情——春儿托变吉哥给芒种写"情书",是神来之笔。

书中描写抗日女县长李佩钟,其父为县内绅士,其母为京戏艺人、被其父霸占,她本人为大学生,被迫嫁给反动地主田大瞎子之子田耀武(后为国民党专员)。但抗战爆发后,她投身革命,参加八路军,当了县长。书中对她各方面的描写比较细腻。最后她在日寇一次突然"扫荡"中牺牲——在投井自杀时还有意识保存下她手中的机要文件。作者对她虽有微词,但看出是把她当作肯定的正面人物。

书中对反面人物(包括田大瞎子和反共"摩擦专家"张荫梧)并未使用夸张的漫画手法,而是当作"人"来写,因而读了有真实感,尽管作者的爱憎是清清楚楚的,而且读者也受到感染。

总的来说,这部长篇不如作者的中短篇精彩。长篇不容易写:一个困难是结构复杂;另一个困难是总有些过程需要交代铺垫——这就难免(有时候)离开形象思维而进行平铺直叙。

(六)孙犁逝世

从报上得知,孙犁逝世。孙犁与杨绛是我最欣赏的两位当代散文作家。尤其孙犁,可说是一位土生土长的平民作家,早年作品朴实中有优美诗意,晚年作品则朴实中富有人生哲理。他一辈子过的是平凡、质朴而正直的生活。我非常佩服他,可惜无缘识荆。不过即使有机会在他生前见面,除了表示佩服也说不出什么,而他又是一个不爱多交往的人。总之,一位大作家过去了。

孙犁也许像苏联的普里什文(Mikhail Prishvin),一生淡泊,文章风格冲淡。人最难得的是,无论遭遇如何,总保持一颗平常心。

三、《红楼梦新证》

元旦以来,因看电视剧《雍正王朝》,想知道雍正皇帝究竟是何等样人。从书架取下购置已久的《红楼梦新证》,查阅其中有关康、雍、乾三朝的历史材料,因知雍正并不像剧中演的那么善良仁厚,而是一个城府甚深、工于心计、对政敌心狠手辣、对臣下软硬兼施,而且反覆无常的封建统治者;对于老百姓则严主奴、贵贱之分,并无什么可爱之处。电视剧把他理想化了,坏事都归于其他人。

近些年不断大演清朝皇帝后妃,正说、戏说,花样翻新,不知何故?影视明星们轮流着过"皇帝""太后"瘾。难道还嫌中国社会上人们思想中的"封建余毒"少吗?

周汝昌的这部大著上下两大卷,太厚,过去怕看。另外也怕陷进"红学"的考证海洋之中。即使这一次,开始也是只想看看同一作者的《曹雪芹小传》附录二《曹雪芹家与雍正王朝》一篇。但一发不可收,把《红楼梦新证》中的史料看了两三天,觉得作者把有关《红楼梦》和曹雪芹的原始材料都汇集在一起,体大思精,自是有用之书。书大,不能一下子看完,可以根据个人需要,分开一部分、一部分地看。

另外,感到做学问就要这样"迷"、这样认真、这样"打破砂锅问到底",否则不可能有什么结果。"红学"如此,"莎学"也如此。

看《红楼梦新证》中关于"脂砚斋"和《红楼梦》八十回后内容的考证。大意云:"脂砚斋"即史湘云之原型,与曹雪芹为夫妻关系,因此才能对于《石头记》的创作、修改起到那样大的作用,并且对其内容才能有那么亲切深入的了解和评论。我觉得这种推断有可信之处。

但是,关于曹雪芹与《石头记》创作素材的关系,尚有一个问题。据《红楼梦新证》,雍正五年(1727年)十二月,曹頫被抄家时雪芹四岁;次年,曹家被押送到北京,雪芹五岁;此后曹家即败落。然则雪芹对曹家在江宁之盛况,何以知之甚稔?虽则有可能根据家人回忆所记之印象,但按照创作规律,毕竟很难如书中所写那样细致、亲切、感人。因此,戴不凡的"'石兄'初稿,雪芹修订"说,开封赵国栋"曹颋初稿,雪芹修补"说,非为无因。不过,这是针对深究创作过程而言,《红楼梦》作者仍应说成为曹雪芹。这和莎士比亚与莎剧的关系一样:莎剧之中有在别人剧本基础上改写者、有与别人合作者,但就整体而言,仍应该当作莎士比亚的作品。

四、鲁迅三题

(一)买《鲁迅选集》(第三、四卷)

我书架上有1957年版《鲁迅全集》。书店中这部选集只有三、四两卷,属于所谓"残本书",或可不买。但因物美价廉,而且平时翻阅方便,还是买下了。三、四两卷,无小说,无《野草》《朝花夕拾》中的散文,也无《热风》至《而已集》之间的杂文,但包括1927年以后的"后期杂文"代表作,在没有时间通读全集时,平时浏览,还是有用的。同时,也稍稍表示一下,在"后现代"和"解构"成为新潮的今天,少数无知之徒向祖国的"民族魂"泼脏水,我个人对鲁迅先生充满崇敬之心。一个没有英雄的民族是可悲的,一个糟践自己民族英雄的人是可鄙的。

我上中学时,曾以手抄方式学习鲁迅先生的作品,抄过《呐喊》《彷徨》中的短篇小说和《野草》全书。但当时印象较深者仅仅是《鸭的喜剧》《故乡》《夜戏》《离婚》《孔乙己》和《风筝》等篇,因为这几篇写到了小孩子,我能够理解。对于《阿Q正传》只觉得可笑,又因为太长,就没有抄,可见认识浅陋。不过从此也引起了对鲁迅作品的兴趣,只要能碰见就看,理解渐渐增加。高中时,受先生影响,进而学习他所提倡的木刻艺术,虽未学成,对先生的感情日益加深。解放后买到《全集》,大致读了一遍。但过去有一种错觉,以为先生所写都是往日的历史,如今天地更新,旧社会的弊端应该都属于过去了。其实,"日月出矣,而爝火不息"。对于中国的历史、社会、人生,鲁迅的书是烛照百世的。

先生人格伟大,在复杂的历史社会条件下,学起来很难,有时甚至不可能。但"高山仰止,景行行止,虽不能至,心向往之"。不能因为自己的微末而否认伟人的存在。学习鲁迅,自然不可能得到什么高官厚禄,也许倒很可能招灾惹祸。

恐怕这就是某些人"反其道而行之","以辱骂为战斗"的根本原因吧？

（二）读张承志《再致先生》

《读书》1999 年第 7 期载张承志《再致先生》一文，以激越的感情呼唤鲁迅。文中提到近年来对于鲁迅曾经有过一阵贬低的喧嚣和一轮"研究热"。但这一贬和这一研现在都过去了，鲁迅仍是鲁迅，"两间余一卒，荷戟独彷徨"。伟大作家不是时装，一会儿流行曳地长裙，一会儿流行"比基尼"。不知道有些年轻文人为什么要贬低鲁迅？我想，第一，他们也许认为把一个伟大作家否定掉了，自己就可以比他更"伟大"了。其实这是可笑的。20 世纪初，俄国也有一些年轻诗人、作者要打倒普希金、托尔斯泰。喧闹了一阵，普希金、托尔斯泰照样伟大，那些"英雄"们倒销声匿迹了。原因很简单——他们自己并没有足以屹立人间的作品。第二，有些人跟在国外少数人屁股后边学舌。比如说，有一个日本人考证出《摩罗诗力说》中哪些史料出于 19 世纪末什么人的书，于是国内就有人跟着嘀嘀咕咕什么"抄袭"云云。应该说，《摩罗诗力说》是鲁迅学生时代的作品，论文中吸收当代信息资料是自然现象，不能与"抄袭"混为一谈。何况，生于清末的一位一二十岁的青年，能够从时代潮流出发，立足于民族发展需要，吸收外国文化中的先进精华以启迪国人，这种胸怀抱负，岂是今天追逐势利的轮才小慧之徒所能望其项背？

张承志《再致先生》发表后，在《读书》2000 年第 4 期得到河南读者刘军的响应。近年来上海何满子以最高的敬意指出鲁迅在许多方面的"不可及"，而且随着时间的前进，将会发现鲁迅遗产对于中国的更深刻、重大的意义。世纪之末，中国大陆和香港的调查材料表明：许多人仍以鲁迅为 20 世纪中国文学之第一人，香港还在广场树立了鲁迅的铜像，可见中国人的社会良知并未失去，也不会失去。对此，热爱鲁迅先生的人当会感到欣慰。

（三）《鲁迅致增田涉书信选》

此书为何？鲁迅先生致日本友人之部分书简也。书简非刻意为文，信笔写来，而先生风范自然流露于字里行间；时有隽言妙趣，则令人破颜一笑，几忘先生日处乎万家墨面之白色恐怖中也。读其书，想见其为人，不自知鄙吝之心顿

消。初阅一过，欣然题此，藏之以为传家之宝。时当七五年七月六日，余在
汴市。

五、胡风三题

（一）读梅志《胡风传》

买来梅志写的《胡风传》，昨天晚上看了一二百页，今天早晨一起来又看，忘
记了火上的牛奶锅，牛奶全烧干了、烧黑了。

这本《胡风传》，大概是根据胡风几十年来的日记编写的，整体印象觉得太
琐碎，但仍然可以看出三点：1. 凡是写到鲁迅的地方，都是情文并茂，非常细致
而充满感情，让人读了，有"虽不能至，心向往之"之感。2. 20 世纪二三十年代
以来，文坛中的人际关系真是错综复杂，一言难尽。3. 鲁迅、胡风和周扬之间的
关系并不能用"革命阵营中意见之争"一句结论简单了之，实际上代表了尽管都
以"革命"为安身立命之所，但处事做人却迥然不同的两种人（two races of
man），一种是文化官员，一种是一老本等的正直作家；质言之，也就是：知识分子
和官员之区别。

对这一点，过去大家都忽略了。而看不到这一点，正是作家或知识分子倒
霉的根源。你诚心实意地"从工作出发"，对官员肝胆相照地提提意见，而他却
把你当作"异己者"，甚至要置之死地。真是可怕的悲剧！

阅读《胡风传》，还可以看出：在二三十年代，文坛中最突出的人物是鲁迅；
到抗日战争中，指导着进步文艺工作的领导人，在解放区是毛泽东，在国统区则
是周恩来。也就是说政治领导渐渐起了主导作用，进步作家不再是"自由职业
者"；"讲话"的领导作用越来越突出，解放后则成为指导一切文艺工作的唯一方
针。尽管胡风主观上认为自己一直是追随革命的，但他那非正统的文艺思想却
不能不撞到铜墙铁壁上。周扬等的宗派主义自然起了很大的作用，但周扬不过
是上面意图的执行者。到了"文化革命"，大家都"一锅烩"了。

看过《胡风传》,不禁再翻看鲁迅在60多年前写的《答徐懋庸并关于抗日统一战线问题》其中关于胡风"鲠直"、周扬"左得可怕"之语,使我深深叹息。胡风太戆、太倔——其实这也是知识分子的通病。

(二)《胡风晚年作品选》

工余偶看《胡风晚年作品选》,感想——

第一,两个口号之争,虽然"组织结论"是"革命文学阵营内部的争论",但双方一直各说各理,并且几十年来影响到双方有关者的命运,并波及许多方面。以个人粗浅印象,"国防文学"是一种统战口号,而"民族革命战争的大众文学"则是革命作家和进步作家在抗日战争中的创作方针。

第二,胡风对鲁迅的感情很深。他首先在《七月》上发表了毛泽东论鲁迅的讲演(我高中时读过,记得发表时还附有毛主席在抗大讲演的照片)。但同样高度评价鲁迅的两个人,在新中国成立后,一个竟成了另一个亲自点名的"钦犯"——这是20世纪中国文化史上的一个谜。

第三,胡风的文章,除了他写的《七月》编后记之外,凡是正式论文(特别是抗日战争以后写的)都很不好懂。我上高中时曾攻读过胡风为他编的《民族形式讨论集》所写的长篇序言,即感到他文字晦涩难懂,不得要领。不过他确实培养了一批有才华的诗人、小说家和包括吕荧在内的文艺评论家——后者的《人的花朵》(对艾青、田间的评论)给我留下深刻的印象。胡风对艾青和田间的发现和支持是对中国新诗发展的重大贡献。他在《〈胡风评论集〉序言》中关于田间在抗日战争中的作品和解放后的作品的分析,是符合实际的。据个人阅读印象:田间的诗集《给战斗者》(收入《七月诗丛》)中的诗歌,以奔放的热情、自由的形式歌颂祖国、人民的正义战争,在抗战时期起到很大的鼓舞作用,曾作为墙头诗、诗传单流传于延安和其他抗日根据地,也受到大后方文学青年的热爱和闻一多的赞赏。而他在解放后花费多年工夫所写的长诗《赶车传》则显得过分受到民歌体和五言诗形式的拘束。个人曾专门抽时间对之细读,却不能受到很深感动。艾青的诗歌形式一直比较自由开放,因而解放后的创作仍能长期吸引读者。

第四,鲁迅是20世纪中国文学中的最大存在。这是谁也无法否定的。他的影响至今仍在发展。最近中央电视台《美术星空》播放了旅法艺术家熊秉明的雕塑《鲁迅像》，仍然震撼人心。旅美作家柳无忌在英文《二十世纪世界文学百科全书》中称鲁迅为"中国的良心"（the conscience of China）。

（三）《胡风研究》读后感

买北大博士王丽丽《在文艺与意识形态之间——胡风研究》一书。我与胡风，虽然毫无个人联系，但我之连续成为极"左"政治运动的对象，却是从胡风案件开始。高中时期，曾读过《七月》《希望》以及与之有关的诗歌和小说，包括艾青、田间、绿原、天蓝、孙钿等人的诗，以及丁玲、孔厥、蒋弼等人的短篇小说。路翎的小说《饥饿的郭素娥》是在大学时期读的。另外，读过吕荧写的论艾青、田间的一本书《人的花朵》，译的《普式庚论》和《欧根·奥涅金》。至于胡风的论文，虽买过《民族形式讨论集》，但觉得他那篇长序文字晦涩，没有看懂。只读过他的翻译作品（高尔基《回忆契诃夫》、日本须井一《棉花》和中国台湾杨逵《送报夫》）。与所谓"胡风分子"的联系，仅在1945年冬，收到过当时复旦学生冀汸的极短的一封信，只有一句话："爱好文学，主要是不要懒惰。"我也很客气地回了一封短信，如此而已。

到胡风案件发生后，响应当时省文化局领导的号召，我抱着对党忠诚老实的态度，把上述情况如实交代了，本以为并没有什么问题，仅仅是上高中时爱好文学作为一般读者读过《七月》《希望》而已。不料，受到的却是"如临大敌"似的追逼、恐吓、斗争——并因而成为"肃反"对象，被关在河南豫剧院楼上，像犯人一样，一年间失去自由（1955年夏—1956年夏）。

1956年夏，恢复自由后，由于党提出"双百"方针，《河南日报》约稿，对于"肃反"中所受待遇，写一篇申诉文章，交给编辑，被当时省文教领导压下，又写《局长看戏》一诗，揭露省文化局领导的官僚主义，更不能发表。——奇怪的是，一年之后，一到"反右"开始，一诗一文，到这时候才拿出来，发表于《河南日报》副刊，作为被批判的靶子。于是省文化局文艺处处长在《河南日报》发表文章对我歪曲批判。省文化局局长又派一个演员到河大外语系坐镇三天，定要把我划为"右派"——于是造成了20多年的政治灾难。

《胡风研究》一书的作者采用西方马克思主义者阿尔都塞的意识形态"询

唤"理论,分析"胡风现象",读时既感到"现象"本身的惊心动魄,也感到作者研究之深入。

六、贾植芳《狱里狱外》

近年来,因年龄关系,爱看老年人写的散文,开始是孙犁,后来是张中行的作品,多半为回忆性质或读书杂感一类。渐渐碰到贾植芳的书。他译的《契诃夫手记》早就买过,"文革"中消失了;"文革"后再版,又买,现在书架。胡风一案,现已"尘埃落定":李辉写了纪实专著,湖北出了胡风全集。想起个人因写豫剧《李闯王》被原省文化局长陈某妄称"歪曲农民领袖形象",不容分辩,到1955年"反胡风"时我说了"上高中时读过《七月》《希望》",立即被作为肃反对象审查批斗;1956年解除审查,在贯彻"双百方针"时,我写了一篇申诉文章,不能发表但被扣下,到1957年此文被当作"右派"言论批判,把我划为"右派",直到1979年改正,度过25个年头的苦难生涯。此书作者为当年所谓"胡风集团骨干分子",实际上为一进步作家学者,因"胡风案"遭冤。他在解放前坐过国民党的牢和日伪的牢,解放后又坐过新社会的牢。"胡风案"平反后,他回忆一生,以"狱里狱外"为书名,可谓贴切。书到手时,已破烂不堪,书脊散裂,书页发霉,经国蕾重新粘补,才能掀看。今日一边看,一边逐页擦去霉斑,将书看完。

表弟李桦(原河南省话剧团演员,后为北京剧作家)曾告我:1955年省话剧团领导传达中央"反胡风"文件时(当时省话演员在北道门路东院内),团内唯一大学生出身的女演员朱光向其他听讲的演员笑笑说了一句:"来了!"大有"一叶落而知秋"之意。——不知她后来命运如何?表弟已逝,无从再问了。

此书为初版,还有1999年花城增订新版。——又记。

七、读《话雨录》,想起冯雪峰

业余看适夷《话雨录》,特别对于《茅公和〈文艺阵地〉》一文深有感触,因为当年在清水上高中时,《文艺阵地》是我最爱看的杂志之一,不料其编辑、印刷、发行过程竟如此艰难曲折。适夷所译高尔基《人间》也是我高中时多日耽读之书，其中情节至今不忘。个人青少年时代受惠于革命、进步作家者实多，而当时蒙昧无知也。

《话雨录》中最重要的一篇文章是《为了忘却，为了团结》，其中照亮了冯雪峰正直遭冤的悲剧性格。雪峰早年为杭州"湖畔诗人"，参加革命后为马克思主义文论的早期译者，与鲁迅的关系介于师友之间；后赴苏区，并参加长征，瓦窑堡会议后代表中央与鲁迅联系，鲁迅病重时曾为其笔录重要文章；抗战后，因皖南事变被国民党囚禁于上饶集中营，患肺病几死；保释至重庆，写《乡风与市风》等论文（1946 年我曾听朱自清先生在重庆大学青年会讲当时散文两大派，举冯雪峰和何其芳为代表）；解放后 50 年代初期曾任《文艺报》主编和人民文学出版社社长，但自 1957 年后，即灾厄频频。他曾打算写长征，不准；又计划写太平天国，因患癌症，亦未实现；以被开除党籍之身含冤而逝。死后虽获平反，但仍被1957 年诬陷他的人抓住不放，哓哓不休。适夷忍不住为雪峰辩诬。这是"逼得老实人不能不说话"。（蛰居武汉的吴奚如也曾在 80 年代的《芳草》上发一篇小文章替胡风说了一句公道话。）呜呼，文坛之险恶亦如官场。怪不得孙犁先生曾有"离文学要近，离文坛要远"之语（大意）。

以雪峰参加革命资历之久，与鲁迅关系之深，对革命文艺贡献之大，而建国后遭遇如此之苦，我长期不得其解。现在只明白了一点：他太老实、太直，不会做官。

八、《编辑忆旧》

挤休息时间看赵家璧《编辑忆旧》一书。其中除对鲁迅敬重仰慕以外，作者对徐志摩情意殷殷，写了两三篇长文，其中关于编辑《徐志摩全集》的一篇特别有意思，谈到了胡适、陆小曼、凌叔华、林徽因等人为了徐志摩留下的一包日记（他们称之为"八宝箱"）而引起的种种纠葛。这包日记终于未见天日，据卞之琳后来提供的一点暗示，最后在"文革"初期，"并不是因为打砸抢"，毁失了。

女士们的关系（当然也不光是女士）有一种说不清道不明的东西。但这也不能完全怪女士们。徐志摩好像在林、陆之间有一种"三角"关系，与陆结婚后，只得把"八宝箱"交给凌保管,而胡适为讨好林,逼凌交胡;胡答应不给林而仍将其交林,林秘不示人。最后销毁于"文革"之初。

撇开这一切纷扰,读赵文感觉徐志摩是一个热情的诗人,待人厚道,教书受到青年学生的喜爱。赵家璧是他的学生和朋友,对他满怀深情,一生以能出版他的全集为大愿。香港商务所出全集是由陆小曼供稿而由他编定的。

"天意君须会,人间要好诗。"书的出版本身就是一个动人的故事。

九、读邵燕祥

(一)鲁迅·聂绀弩·邵燕祥

我读杂文,是从鲁迅开始,对鲁迅的崇敬,自少及老,未曾稍衰。鲁迅之后,则对抗战中桂林的《野草》诸家印象最深。特别是聂绀弩,他的《韩康的药店》(从《野草》上读的)、《记康泽》和《打倒爸爸》(写蒋经国在莫斯科中山大学,聂和康、蒋曾在莫斯科同学——这两篇在1948—1949年从重庆《人物杂志》上读到,以后则再未见过,十分可惜),使人有拍案叫绝、石破天惊之感。但不知何故,他从香港回到北京,杂文创作戛然而止。近些年来我则渐渐喜爱邵燕祥的杂文。邵氏以诗人改写杂文,除开始所写《绿灯小辑》稍嫌浅陋,以后则愈写愈好,喻为当代"小鲁迅"亦不为过。因此我对他的杂文集几乎是见一本买一本,以至于在北京买了他的三大卷《文抄》。在埋头窗下故纸堆中,挤休息时间看几篇杂文,稍知当代世事,头脑可以清醒一下。优秀杂文作家是社会的良知、人民的喉舌、当代的董狐,才、学、识、勇、仁,缺一不可。余老矣,无能为矣。读一读好杂文,不要使自己的良知和正常人性被歪风邪气所淹没、所泯灭,如此而已。

(二)读《沉船》

把邵燕祥《沉船》一书大致翻阅一遍。总的来说,他和我被划"右派"前后的"心路历程"是一样的。稍有不同的是:他的过程较为曲折,因为他在划右前已是一位著名青年诗人,发表过许多作品,参加过许多社会文化活动;我则经历简单,只是一个学生,从校门到机关,划右的根本原因是写了一个豫剧《李闯王》，因与某一领导同志意见不同，说了一句"错话"，因而惹起麻烦，陷入一连串政治运动，沿着"错误"—"反动"的运动逻辑不断上纲，而自己还步步紧跟，以至到了"文革"当中，"右"错"左"更错，以至于不知如何才好，使我得到这么一个印象：政治运动好像是一个无底洞，让人经受无休无止的批斗，而且永远"态度不老实"，永远背着"有罪"的包袱，没有出路，最后是"一批二养"，做一个废人活着。

我与邵另有一点是共通的，即对于党的号召十分拥护，对于单位领导的话十分听从——特别在50年代前期的"知识分子思想改造"，"忠诚老实运动"，创作配合政策需要，"遵命文学"，直到响应党的号召"大鸣大放"，都是如此，终于掉进别人设好的陷阱里，无以自拔，也不能申诉（申诉则罪上加罪）。划右后，为改造自己，除检查交代外，劳动改造和学习马列毛著也极为认真——但并未真正学好马列主义的真理、真精神（至今我仍相信马克思主义），而是按领导批判我的口径由"右"转变为"左"。但为了这个"左"，完全丧失了自己的独立思考和进取动力。如果没有三中全会后的改革开放政策，一生将只能碌碌无为地度过。因此新时期标志着我的新生，我才能够开始作为一个中国知识分子体现自己的人生价值。

十、读黄裳三题

（一）《珠还记幸》

这本书是1998年进京时沈昌文先生所赠。当时沈兄刚从三联经理兼总编的位子上下来，暂住朝内166号人民出版社一个房间里，为辽教的"新世纪万有文库"挑选书目，拟收入拙译萧翁《圣女贞德》一剧。我则极力向他推荐解放前徐蔚南所译法朗士《泰绮思》及孙用从世界语译出的普希金《上尉的女儿》（对天发誓，绝无私心杂念，仅因往日读过并佩服其译文优美，"为艺术而艺术"而已——但至今仍未见收入"文库"，不免耿耿于怀）。沈氏房内简陋，仅一床、一桌、一凳、一书架，架上有辽教和三联新旧样书三四排，略示出版人之业绩。谈话中他让我随意自取架上之书。我发现架上有刘师培的《中古文学史》和梵澄所译《母亲的话》，当作"出土文物"取下。当时《读书》编辑部三女将之一吴彬女士在场，见我小手小脚、不好意思多拿，立即抽出这本《珠还记幸》给我，一本好书才未失之交臂。归而读之，略窥黄裳先生的丰厚学养和优美风格。

（二）《锦帆集》

看黄裳的《锦帆集》。他在1942—1944年间，从沦陷中的上海，取道南京—徐州—商丘—漯河—洛阳—宝鸡，到成都、重庆，一路向朋友写信，叙沿途见闻、感想，后由巴金集成此书。他的前一半路程，与我入川时不同，但宝鸡—褒城—广元—成都—重庆一段，则与我大致相同，但同中有异：我到广元后，经三台，到重庆。解放前后我虽在四川五六年，始终在川东，曾到江津、自流井，未到过成都。仅仅在1982年11月，随河南作协参观团，沿宝成铁路到成都两三天，还因参观都江堰丢了作协公款160元，弄得很狼狈。然后再到重庆，回母校重大转了一圈，一个熟人也未碰上。只到川外会会老同学王世垣，他请我在沙坪坝吃了一顿饭。然后坐川江轮船经武汉回豫。

战争时期，人在流亡途中，心情往往落寞、孤寂。当时在大后方，梅派名剧《生死恨》风靡一时，因为它唱出了战时"国破家亡"的感受。直到今天，听到《生死恨》唱腔，特别是"四平调"："夫妻们分别十载"那一段，心中仍不由为之恻然。

黄裳《白门秋柳》一篇，写汪伪统治下的南京，极富历史时代情调，令人感慨唏嘘。

（三）《书之归去来》

与黄裳先生曾有一段"书缘"：当年在沙坪坝读书时，一天在重庆街头一间很小的废品店买到他所收藏过的一本《谈虎集》上册，有题记"饮大曲四两后，购于米亭子"云云。此书今已不存。米亭子为重庆著名旧书集中地，在渝五六年间曾去一次：由大街沿石板路拾级而下，两边旧书铺鳞次相连，但见满坑满谷，一片书海，令人眼花缭乱。惜穷学生无钱，仅购得法国历史学家Michelet《法国革命史》英译本一册，原书主为老前辈翻译家伍光建，书中尚留有他的铅笔批注，想系抗战胜利后复旦回沪时伍蠡甫先生所处理者。此书亦不存，1951年7

月离渝赴京考北大转学时，连同其他带不动的书，都由老同学王世垣和高国沛"瓜分"了。

黄裳先生之文，有学问，有文采，有风骨，值得细细品味。

读《关于〈饯梅兰芳〉》一文，知作者与另一位老作家曾有一次争论。因找出《饯梅兰芳》（见《过去的足迹》）细读之，觉得其中充满对于大演员晚景的无限深情和感慨，并无他意。近些年我购听四大名旦的录音盒带，凡较早录存者尚好，而老年录者效果实在不理想。此非关艺术造诣，自然规律而已。忆小时偶听梅氏唱片，印象美妙无比。50年代在戏剧界工作，王镇南老先生曾谈他看梅氏早年演《穆柯寨》印象：人未上场，仅在帘内一句清脆的道白"喽啰们，下山哪！"就使得全场掌声雷动。近年所拍梅氏连续剧，曾放他《宇宙锋》初上场四句西皮原板，珠圆玉润，无怪乎鬼子军官为之倾倒。盖此乃数十年前上海"百代""高亭"唱片，非五六十年代录音可比。

总而言之，无论男旦、女旦，五六十岁后实不宜再演少女少妇。自然规律所限，主要只好授徒传艺了。

绘画不同于表演艺术。老画师倘为精力所限，仍可于尺幅小品中见功夫；枯藤老树，败荷残梗，一花一鸟，小鱼小虾，自有其美，所谓由繁华入于简约者也。

十一、读宗璞《铁箫人语》

我性急而粗疏，不喜欢看细腻的写景文字，所以宗璞这本散文集里的类似文章，照例掀过去。但我喜欢看写人物的文字，所以对于作者带着深情写她父亲、小弟、好友、外国客人、外国作家的文章，很有兴致地一一细读。（《哭小弟》一篇早在1987年就从《新华文摘》上读过，并深受感动。）同时想起80年代初我系研究生刘红瑞赴京查找关于英国女作家曼殊斐尔的资料，回来后她说她到北大找了宗璞。我问她有何发现？她很天真地说：在宗璞家里正说话时，里屋有一个"老头儿"问："跟谁说话咧？"宗璞回答："老乡来啦！""老头儿"又问："怎么没有说河南话？"——原来刘红瑞说的是普通话（mandarin）。我问红瑞："你知道这个'老头儿'是谁?""不知道。""他是当代中国的大哲学家。"

后来,到 90 年代,一天偶然在系办公桌上发现从美国 Princeton 寄给 Fung Yulan 的一封信,不知怎么寄到河南大学来了。仓促之间,我拿办公桌上的一支蘸水钢笔,很潦草地在信封上写"转北京大学"。事后想想很不礼貌。也不知冯老先生或宗璞见到没有。

十二、《耻辱者手记》(摩罗思想随笔)

这本书是在星期天上街偶然买到。阅读之后,感到震惊,在两三天内不能自已地对全书读了一半,心情是沉痛而且沉重的。摩罗代表了近年来个人完全陌生的一些青年作家(大抵二三十岁左右),他们对 20 世纪后半期中国文人、作家和知识分子忍辱含垢的状态很不满意,给以严峻的批判,要与这种"耻辱者"的身份地位决裂,走出自己在 21 世纪的新人的道路。钱理群称摩罗承续了"鲁迅所开创的,已经中断了的精神界之战士的谱系"(见钱序)。

像自己这样多年来埋首书案的人,几乎与世隔绝,仅从电视、少量报刊和散文、杂文中略知时事,正需要从这种尖锐、痛切、大喊大叫的文章中得到一些震动,使头脑清醒一些,关心周围的世界。作者对中国历史、社会和现实生活中的痼疾的直陈,并非向壁虚造,有其依据。他对于我们这些以"老黄牛"自足的老知识分子的指摘也有其合理性,因为仅以"驯服工具"作为做人准则今后显然无法自立于市场经济下的竞争机制,更不要说在严峻的国际形势下对祖国命运和文化建设做出什么积极贡献了。因此我也希望摩罗的这种文化批判能起到振聋发聩的作用,有益于中国知识分子的精神觉醒和素质提高。老一代或两三代的知识分子也确应反思自己精神上的缺陷,作为个人和历史教训,即使个人已无力自拔,也可引为后人的鉴戒。

但事情还有另外的方面:青年人也不可满足于痛快地批判别人,也要检视自己身上的毛病,就像鲁迅所说:"既解剖别人,更无情地解剖自己。"这样,整个知识界才有弃旧图新的希望,并进而有助于民族思想文化素质的提高。

在痛切批判之中也要防止虚无主义。20 世纪中国文人学者所积累起来的积极文化学术成果,仍需要用"拿来主义"的眼光加以继承,不能仅仅"勃然大怒,放一把火烧光"。这就不像批判那样痛快,而是"要这人沉着,勇猛,有辨别,不自私"。至于企图以骂倒别人以表示自己"伟大"的人,则不足以语此。

十三、读聂绀弩

（一）

近年来陆续购读聂绀弩先生的各种文集(北京三联《蛇与塔》,人民文学出版社《脚印》、《聂绀弩散文》、《散宜生诗》,文汇出版社《冷眼阅世:聂绀弩卷》)。初读聂老杂文在1943—1945年上高中时(那是我知识增长、思想启蒙的"原始积累阶段"),从桂林的《野草》读过他的名篇《韩康的药店》和《兔子先生的发言》。《韩康的药店》是鲁迅"故事新编"式的讽刺小说,把《金瓶梅》和《水浒传》中西门庆的人物形象拿出来与抗日战争中"皖南事变"后的时事相结合,巧妙地讽刺国民党反动派封闭进步书店、查禁进步书刊,而自己又拿不出像样的东西,种种倒行逆施。《兔子先生的发言》则是一篇萨尔蒂柯夫·谢德林式的寓言,借兔子在狮虎豺狼的宴会上战战兢兢、无话找话的发言,讽刺国民党时代的假民主、伪自由。聂老出身黄埔,又曾在南京供职,对于当时官方社会熟悉了解,揭露出来,使大后方(国统区)读者感到痛快淋漓。

1949年上半年,四川解放前夕,从重庆出版的《人物杂志》上意外读到聂老的《记康泽》和《打倒爸爸》两篇奇文。大家只知道康泽是国民党特务头子,但想不到聂老与他还是老同学,立场不同但有"私交"。抗战爆发后,康泽一度要上前线(实际上没有),竟找聂老为他写传,以备"流芳百世"。而且康泽出于他那特殊的职业习惯,对于聂的行踪一直了解,可能偶尔由于"寂寞",还会突然找聂聊聊闲话。——聂老从这些侧面,写了康泽不为人知的另一面,并不把他丑化,但更真实地写出他从1925年直到1948年作为战犯被解放军俘虏的生平面貌。《打倒爸爸》则写蒋经国在苏联的往事。聂老与他在莫斯科中山大学同学,亲见他1927年在"四一二政变"后写大字报控诉蒋介石的反革命行为,还附带揭发蒋怎样虐待原配毛氏夫人,等等。聂老写此文也当在1948年。其时,蒋经国已经担任过赣南专员,渐渐成为其父的接班人。聂老重提他的往事,或有以老同学的身份讽劝之意。这两篇奇文，非聂老那样特殊的人生经历，别人谁也写不出来。但解放后一直未见于他的作品集中。现仅在他的外孙方瞳（大概是海燕的儿子吧？）所编的《冷眼阅世：聂绀弩卷》一书中看到《记康泽》一文。

我感到奇怪的是，1949年上半年，解放战争节节胜利，蒋家王朝面临崩溃，重庆处于白色恐怖之中，这两篇对国民党方面两个炙手可热人物"揭老底"的文章，怎么会发表出来？这也是一个谜。总不会因为聂绀弩是他们老同学而不好意思翻脸吧？

重庆《人物杂志》不知何人编辑，从其内容看，自然是一个进步刊物。另外，经回忆，《冷眼阅世：聂绀弩卷》中《记康泽》一文，似对我在渝所读《人物杂志》中的文本稍有修改。

初读聂老旧体诗，在1986年5月的上海。先于福州路书店见摆有《散宜生诗》，不知何人之作，"散宜生"似《封神榜》中人，何以有诗？颇奇，未看。后读报载何满子《聂绀弩诔词》，始知作者为聂老，急往觅购一册，归寓快读。聂老以杂文大家写旧体诗，与邵燕祥以诗人写杂文，并为当代文学两大奇观。读聂诗，喜则大笑，悲则泪下，其关于阿Q精神之论尤其精辟。自作打油歪诗一首，步聂公赠卢何原韵：

怪道宦海水争流，布衣何曾傲公侯？

名书纸上原是虚，利止腹果即到头。

闹市大贾惯作伪，陋巷寒士唯解愁；

习得太极一二招，养身独为文字酬。

（二）

聂绀弩是20世纪中国的一位奇人。他的命运中充满了矛盾：黄埔军校二期生，参加过讨伐陈炯明的"东征"，应该是军人，但一辈子又是不折不扣的文人；到莫斯科中山大学留学，但不学俄文，只把中大的全部中文藏书（"五四"时期的书刊）读了一遍；老同学中既有刘少奇，也有蒋经国、康泽、邓文仪；所交朋友当中三教九流都有，即使在我早年的朋友、熟人中（如勉仁中学时的事务员小董和音乐教员梁清颂）也有人认识他；他所写的杂文揭露国民党反动统治可谓深入骨髓，"哪壶不开提哪壶"。但从《记康泽》来看，他和康泽又有点"私交"，康泽在抗日战争中要上前线时还托他为之"写传"——这实在是一种微妙的关系，透露出中国社会之复杂。他的杂文和旧体诗是独特的，他的个性也是独特的；他既和胡风、雪峰、萧军是好朋友，又和夏衍关系也不错——这从夏衍写的回忆文可看出。聂划"右派"后在北大荒伐木，因在窝棚中为难友们烧炕失火，大祸在即；周总理过问此事，夏衍曾为他说好话："他自由主义是有的，但决不会放火。"——这句话非常重要，否则，以聂当时的"右派"身份，如果扣上"现行反革命"的罪名，后果可能非常严重。

《随笔》所载夏衍的回忆文言简意赅，但最重要的是上述那句话救了他。周总理曾说聂是"大自由主义"。抗战初期，聂曾到新四军，做过一段工作，但后来据说陈毅有一次同他下棋后，对他笑笑说：他不适合在部队工作（大意）。——这是知言。文人不适合军队的严格纪律，也不是当领导做官的材料。陈毅元帅年轻时曾从事文学创作，他对文人是了解的。

（三）

聂老的杂文，其视角和写法都与众不同。且以他信笔写来的一篇短文，谈妇女问题的《蛇与塔》自序为例，说明一下他的杂文艺术。这是一篇几百字的小文章，从平平淡淡的家常话入手，看似闲文，但说到末了，突然提到解放初期，在一次《红楼梦》讨论会上，聂说些有关妇女问题的话，有位"显者"说："说《红楼梦》时只注意妇女问题，未免小看了《红楼梦》。"聂氏引用了傅立叶一句话："一国文野，看其妇女所处地位。"然后，他像相声艺人"甩包袱"似的下结论："几句话就成为历史上的大思想家，而在中国则是小看了《红楼梦》，信乎中国文化水准之高。"这种"杀回马枪"的写法能使对方瞠目结舌、哭笑不得，而使读者振聋发聩。但这种杂文艺术，非来自所谓文章技巧，而是作者一生读书、阅历、思想、观察所提炼出的结晶。聂绀弩对中国的社会、历史、世故人情太了解了，加上他的独特个性，使他具有这种不同凡响的眼光和文风。怪不得邵燕祥说他："此老成精。"

关于聂绀弩的独特个性，即使孤陋寡闻如我，也略知一二。据萧军书信记一次鲁迅请客，聂氏夫妇与萧在座，见有美酒，别人当着鲁迅的面不好意思去碰，聂氏则揽在自己面前，与周颖二人自斟自饮，且指点桌上佳肴，与夫人同享。又据说他在香港做穷文人时，突然提出请一位朋友吃饭（当然也是一位进步人士），这位朋友（大概经济状况也不怎么宽裕，但还不是精穷）欣然赴宴。二人吃饱喝足之后，聂起身便走，说："这次账，你付了！"那位朋友只好"埋单"。另一件不寻常的轶事发生在他被划"右派"、发配到北大荒劳动的时候。在伐木中，一棵树倒在他身上，不能动弹。当难友们七手八脚忙着解救他时，他躺在地上，从容不迫地从身上掏出火柴抽一支烟。——这三件轶事都可载入《今世说》。如果前两件可以当作他"风流大不拘"的故事说说，轻松一笑，第三件可就有点心酸，只能使我们"含泪微笑"了。

聂绀弩先生一生经历曲折，性格独特，但实在是一个好人，一个正直的人。但愿哪一位有才识的作家能写一部不同凡响的聂绀弩传——那将可与英国的《约翰生传》比美。也希望中国出一部像样的聂绀弩诗文全集——最好带注释。

十四、看木刻版画

（一）买中外木刻版画集

买了解放前国统区与解放区木刻画选二本，可以看出：抗战前及抗战初期，我国木刻家受苏联木刻（克拉甫兼柯等）、比利时麦绥莱勒及德国珂勒惠支的影响很明显，而自40年代以后，在延安木刻家的带动下，趋向于适合我国人民欣赏习惯的明快风格。过去我对延安木刻家只钦佩古元，对国统区木刻家则只钦佩李桦。二人诚然不错。但延安尚有彦涵、力群、江丰、马达等，国统区尚有罗清桢、荒烟、新波等，都是佼佼者。正如这套小丛书编者所云，中国的新兴木刻运动，完全是在鲁迅先生亲自指导下发展起来的。大哉鲁迅！

还买了其他各国木刻选集，更使我大开眼界。日本的栋方志功更是我前所未见——既"现代派"，又极富民族特色和个人特色，是一位大艺术家。

1944—1945年，我在国立十中，曾习木刻，日以继夜，锲而不舍，多方收集中外木刻版画，曾剪贴为两本，珍藏在一木箱中，后突然被一反动学生（我怀疑是刘随年，他曾在班会上大骂共产党）偷走，还在箱内留下一个纸条，上写："刘同志:祝你远走高飞!"特务语言,用心险恶。

现在买到这批中外木刻,算是五十多年之后,历史对我的补偿,稍稍圆了我少年时代的版画之梦。只是如今我眼花手颤,不能再刻木板了。

(二)抗日战争与木刻艺术的发展

30年代我国木刻为抗日救亡大声疾呼,内容自有历史价值,而艺术上比较粗糙;但自抗战爆发后,三四十年代当中,由于抗日救国需要,我国木刻有很大发展,作者增多,艺术上也有很大进步。解放区和国统区各有一批木刻艺术名家出现。八年抗战为我国木刻艺术提供了历史时代的巨大动力。胜利后,开明书店出版过一部《抗战八年木刻选集》,我曾买过,今已不知何在。

大致印象:解放区木刻,当以古元为代表,而彦涵、力群等亦为佼佼者;国统区木刻当以李桦为代表,而杰出者也不少,如罗清桢、陈烟桥、刘岘、江丰、马达、梁永泰、黄新波诸家。其实"国""解"之分并不严格,因为所有这些木刻家都是在鲁迅教导下的进步艺术家,思想一致。另外,像刘岘、马达都从国统区到延安鲁艺,各自作品内容、风格都是前后一贯的。罗清桢作品工细、艺术水平很高,可惜英年病逝。黄新波、马达各有独特风格,一看便可辨认。犹记高中时看到山西民大一本校刊载有马达一幅木刻《皇军的忧郁》,漆黑之夜空,仅有一弯残月,一日军士兵身裹大衣抱枪蜷缩在黑夜之中,极富特色,但未收入此画选。马达的画风学苏联法复尔斯基,得其黑白对比强烈和装饰性强之趣。据孙犁文章,马达解放后居住天津,钻研砖刻,但未见其砖刻作品。我高中时曾用砖头刻过一幅鲁迅像,颇有古朴之趣。什么时候有机会,很希望看看马达的砖刻作品。也很希望买到古元的木刻集(高中崇拜古元)。

十五、汉唐石刻和砖刻画像

前天买了两册汉唐石刻、砖刻画集——仅略翻,就感到,正如鲁迅说的,汉唐气魄"雄浑博大"。

山东所出汉石刻画像多描画历史人物,因悟到:司马迁写《史记》,对于他来说,战国时代为近代史,秦始皇、楚汉相争及刘邦称帝、吕后专权、七国之乱等为现代史。荆轲刺秦，对于他来说，就如民初老人回忆张文祥刺马一样，尽管夹杂想象，但若无"现代感"，则写不了那么具体生动。

晚上睡前看了一阵汉画像，真是一个神奇的艺术世界。分阴刻与阳刻二种，尤以河南南阳、洛阳一带的阳刻画像（类似单线木刻）为最好，真是 nice，great，wondeful！

十六、从莎学在德国的发展想到中华莎学

读德国学者哈比希特（Werner Habicht）所写论文 *Shakespeare and the German Imagination*（《莎士比亚与德国人的想象》），此文叙述 19—20 世纪德国人译介莎剧始末，初由歌德等盛赞，把莎士比亚当作浪漫派文学的旗帜，同时因为盎格鲁－撒克逊人与德意志民族同为北欧民族，几乎把莎翁当作德国民族诗人看待，客观上给德意志帝国的民族主义思潮增添了力量。这就是莎士比亚在 19 世纪德国成为显学的历史背景，而施莱格尔和蒂克的德译本遂成为德国莎学的丰碑。也可想见施密特的《莎士比亚用词全典》（Alexander Schmidt：*Shakespeare Lexicon*）乃是在此背景下 19 世纪德国莎学研究的一个产品（同时还有莎氏语法等）。总之，德国文化界想把莎士比亚当作"文化民族主义"的一面旗帜，促使德国产生自己的"莎士比亚"，不过最后：仍得依靠自己本土的诗人和创作来繁荣壮大自己的文学事业。但德国并没有因此吃亏。就现当代国际莎学而论，德国与英美并为莎学三大中心，而居于第三位。

德国学者为文，往往旁征博学，多用哲学词藻，读时须"慢慢啃"。但优点是内容扎实，确有学问。从此文大致可知莎士比亚在一个国家的被介绍、传播、接受与"磨合""归化"过程，往往与该国的历史、政治、社会、文化的发展需要有不可分割的联系。总而言之，这是一个"外为我用"的过程。

中华莎学情况如何？"五四"前后，莎剧被介绍到中国，也是适应新文化运动的需要，有益于启蒙。不过莎士比亚迄今还未在中国引起过像在德国、法国那样大的"轰动效应"，而是在一百年来，细水长流地不断在传播之中。中华莎学的发展当会对中国的现代化有益。但 21 世纪中国是否会出现一个像欧洲文艺复兴那样的轰轰烈烈的文化运动？还是一个未知数。因为从目前看，人们头

脑太实际了,考虑切身利益的多,既少"浪漫幻想",也缺乏"崇高理性"。因此,"文艺复兴"还难产生。

十七、燕卜荪评莎士比亚《维纳斯与亚都尼》等诗

又读 W. Empson(燕卜荪)对《维纳斯与亚都尼》和《鲁克丽丝受辱记》两首长诗的评论。他将这两篇名诗的题材都归之为"Myth of Origin"(原始神话)的发挥。据说"Libidinous undergraduates are said to have slept with it(i. e. *Venus and Adonis*)under their pillows.""A young man who felt prepared to take this Venus on would find the description positively exciting."["青春骚动的大学生据说把它(《维纳斯与亚都尼》)塞在他们的枕头下面。"想看《维纳斯与亚都尼》的年轻人定会发现其中的描述极富刺激性。"]审查通过《维纳斯与亚都尼》出版的大主教因此受到伊丽莎白一世的贬抑。关于《鲁克丽丝受辱记》的结尾,罗马贵妇人鲁克丽丝被塔昆王子强暴后,以自杀表示对丈夫的忠贞,长诗即戛然而止,使读者感到有些突然。燕卜荪则认为鲁克丽丝的亲族赶走塔昆王族,古罗马的帝政结束,而莎士比亚为避免反对王权之嫌,不得不含糊了之,草草结束。因为当时英国,Censorship(书刊审查制度)和 Thought Police(思想警察)虎视眈眈,诗人、剧作家都在其威胁之下。《鲁克丽丝受辱记》的结尾带有作者所处的时代烙印,不得不然。关于 *A Lover's Complaint*(《情人怨》),燕卜荪说得更有意思。他认为:莎士比亚写此诗正如写《十四行诗》,完全像写私人日记,并不准备发表。其心理背景则是:其保护人潘布鲁克伯爵对他疏远(忙于与艾塞克斯伯爵策划起事,无暇他顾),另外,写完《亨利五世》,福斯塔夫已死。两者结合起来,莎氏有严重失落感,觉得自己就像被亨利王子所抛弃的福斯塔夫,然后从福斯塔夫一转而又像弃妇(forsaken mistress)。因此才能把被人"始乱终弃"的少女心情描写得那么细致入微。

国外学者对莎氏一剧一诗、一人物、一细节都研究得非常细致。而且三四百年来,众说纷纭。不读不知莎学之深邃。但读不胜读,精力有限,只好看一点算一点。我的任务主要是把字典编全,为中国学生尽修桥铺路之力。

十八、莎剧与《红楼梦》的相似之处

拿莎剧与曹书相比,有一些相似之处——

1.没有绝对的好人或坏人,读者所认为的"好人"(宝玉、黛玉、晴雯、尤三姐)身上也有很大的缺点(莎剧中亨利五世、哈姆雷特等亦然);读者所认为的"坏人"(贾珍、贾琏、薛蟠)也不是一无是处(莎剧中的麦克白、理查三世亦然)。

2."反面人物"(如麦克白、理查三世、格特茹德)也会说出一些真理或美好的话。

3.悲剧之中有喜剧(如《哈姆雷特》中哈姆雷特与掘墓人的谈话,《李尔王》中李尔与小丑的谈话),喜剧之中有悲剧(晚期喜剧又称"悲喜剧")。《红楼梦》中"搜检大观园"的悲剧也是由"傻大姐"拾到"妖精打架"所引起的。

4.坏人也有值得同情的一面(如《威尼斯商人》中的夏洛克)。

凡是世界级的文学巨人,都是不受机械论"绳墨"所约束的。他们的艺术作品只按照千姿百态的人生、自然的客观实际状况来写。同时,他们又能把握住历史发展的脉搏,并非不分"西瓜、芝麻","胡子眉毛一把抓"。这是文学巨人之不可及处。

十九、莎剧翻译问题

晨起,悟到莎剧翻译所遇到的是两大问题:首先是学术问题,即解决莎剧语言和内容中的一切难题;而在动手翻译时所要解决的是艺术问题,即如何运用一切艺术手段(包括中文的语言艺术),把莎剧的博大精深内容和巧妙的艺术表现恰当地传达出来。而贯穿在两者之间的则是译者的才、学、识。另外,译者最好是一位诗人。质之几十年来的国内成就突出的莎译家,像田汉、朱生豪、孙大雨、卞之琳、方平、屠岸都是诗人。而曹禺和吴兴华虽不以诗人而著名,但曹禺的《柔蜜欧与幽丽叶》实在是一部优美的现代汉语白话诗,而吴兴华的诗才除了见于他译的《亨利四世》,还散见于他对朱生豪译本的校订之中。

二十、弗尼瓦尔博士主编的莎士比亚全集

编词典,注释《约翰王》第二幕第一场 184—190 行一段,遇到困难。这一段,由于"plague"(*n.* &*v.*),"sin","injury"(可分别译为"惩罚","罪恶/孽种","伤害/伤害行为")等词义交叉,被莎剧编订者公认为晦涩难懂,但又不能回避。只好耐下心来,一个词一个词去抠,且把一个词组、一个词组分别注释,先理出头绪。最后靠着 1954 年老同学崔东江在开封旧书摊代买的弗尼瓦尔博士(牛津英语大词典的奠基人,马克思、恩格斯的朋友,基督教社会主义者)所编的 1908 年版莎翁全集以及威尔逊(John Dover Wilson)对这段台词的 paraphrasing(串讲),大致弄懂了意思。但也半日踌躇,费尽脑筋。

一个惊喜是:弗尼瓦尔博士的"The Century Shakespeare"(世纪莎翁全集)买了整整 50 多年,一直搁置,以为没有多大用处,但最近在工作之余翻一下,才发现有不少条注释非常有用!

这套莎氏全集 50 多年来也经历了坎坎坷坷:"反胡风"学习时,托省豫剧院李慧同志寄存在豫剧院贮藏室。我在"反胡风"学习中被打为"肃反"对象,一年之后,寄存在贮藏室的行李(包括 *World Student News*——《世界学生新闻》1952 年奖状)全部失去。只有这套莎氏全集居然幸免,但李慧还我时,原有的一个装书的小木箱失去,后来检查,*Love's Labour's Lost*(《爱的徒劳》)等一二单行本遗失(未必是有人懂行、顺手牵羊,而是因为书不值钱随意弃置)。

代购此书的老同学崔东江和我是因导演和编写豫剧《李闯王》一剧而被河南省文化局局长陈建平划为"右派"的同难者。他在"文化革命"中的 1967 年暑假(我从北京躲避武斗回校时)还到开封匆匆一见。但后来听李慧说,他下放到栾川县,竟在两派武斗中惨死!

李慧同志也已于前两年去世。

这部莎集也遇到过识货者。记得 1982 年左右,一位莎学教授曾到我斗室访问,看到此书,竟问我:卖不卖? 我说:不卖。

前些年,编莎氏词典中,遇到一个单词,查遍各书不得其解,个人感觉应该作某一解释,不敢断定,而一查弗尼瓦尔的版本,竟不谋而合,遂写到卡片上。

事后,曾告诉李赋宁教授,他也感到高兴。

书中有些插图(如福斯塔夫画像)曾用于《英国文学简史》。但对这套书一直没有"重用"——主要因为这套全集为普及版,书后词汇表收词太少,且节省篇幅只注页码而不注幕、场、行数,查找不便。最近才发现这套书的最大用处是其中的 Notes(注文)。

二十一、苏格兰大诗人麦克迪尔米德

休·麦克迪尔米德(Hugh MacDiarmid)为继彭斯(Robert Burns)之后苏格兰的最大诗人。他信仰马克思主义,崇拜列宁。但他又是个独立不羁的大诗人。他在诗里写道:"I must be a Bolshevik/Before the Revolution, but I'll cease to be one quick/When Communism rules the roost"("我在革命之前一定要做一个布尔什维克,但是共产主义一旦当家作主,我就不再做布尔什维克了。")又说:"My real concern with Socialism is as an artist's organized approach to the interdependencies of life."("我之所以对社会主义持关切的态度,是出于一个艺术家对于人生的互依互赖。")他提出的是一个比较复杂而微妙的问题,即艺术与政治,艺术家与政治家的关系。(海涅也表示过类似的困惑。)

王佐良教授在《论契合》一书中关于休·麦克迪尔米德的论文中,对于这件事有所解释。此处不抄。

二十二、装订彭斯诗歌集

(一)

因读麦克迪尔米德诗中苏格兰方言甚多,从藏书中检出两种彭斯的版本,使用其中苏格兰语的词汇表(Glossary)。但两本书都破旧不堪,封面裂开,不得不进行重新装订。我先动手装订一种较大版本,其事甚繁难,几乎弄到午夜 12 点。但彭斯为我大学时代爱读的诗人,为他辛苦一下也值得。笨手笨脚,不会用剪刀,烦国蕾巧手剪红绒布为封面。然后大粘胶水。这才结实、牢固了。

（二）

昨晚用一块红绒布把一部彭斯诗歌集装订起来，今晨起来，翻看着自己装订过的书很高兴。下决心把另一部1902年圣经纸精印的英国袖珍版彭斯诗歌集也重订一番。原烫金封面很美，不忍毁掉，粘上一块绿绒布把书脊保护起来。

两本书各有来历：小本子是1951年离开重大前，一位外文系同学汪时蔚送的（其实是另一位同学李佑华在重庆米亭子买了，转送他）。此书是我所爱之一，当时曾坐在重大工学院门外石栏上捧读，遇到生僻的苏格兰语，则查书后的词汇表，对书中的爱情歌谣十分欣赏，青年时代，与诗人心灵相通，并不感到有什么语言隔阂。另一部美国大字本则是1964年在开封旧书门市部所买，价洋8角——原是诗人李白凤之物，李被划右劳教，藏书流散出来。同时所买还有一部朗费罗（Longfellow）诗集。我对朗费罗的诗不甚爱看，未保存，但这部大字本彭斯诗歌集一直保存着。

忙里偷闲，做了一件高兴的事。彭斯是我从大学时期起就喜爱的歌手，还曾三次译他的歌谣。把他的两部快散架的诗歌集重新装订，总算对得起这位36岁就英年早逝的苏格兰大诗人了。今后倘有机会，我还想译彭斯。

二十三、读卢卡契《在流亡中》

近来挤休息时间看卢卡契的长篇答问《在流亡中》，相当于他个人政治与学术经历的自述。我感兴趣的是他提到一些过去知道的人名：如拉科西、贝拉·库恩，前者是匈牙利解放后的领导人，后者则于《斯大林全集》中见过，最后好像在"大清洗"中被镇压了；还提到匈牙利两位革命作家：贝洛·伊勒什和贝洛·巴拉日，前者是小说家，他的《喀尔巴阡山狂想曲》在解放前清水见过，但太长未读；后者是戏剧家，其剧本《安魂曲》（写莫扎特）由焦菊隐据《国际文学》法译本译出，抗战中在重庆演出，由曹禺演主角莫扎特，我在解放后读过剧本，极受感动。遗憾的是卢卡契跟他们两人关系都不太好。另一个遗憾是匈牙利共产党人在1919年革命失败后，在维也纳、柏林、莫斯科流亡，除了受国内外反动派迫害，党内还分为三派，矛盾不已：在党内库恩派是"正统"，而库恩观点与季诺维也夫接近,最后牵连被杀。而卢卡契本人也被认为思想"非正统",最后在莫斯科被捕,幸亏及时毁掉了早期与托洛茨基的通信,这才幸免于难。——主要因为"大清洗"高潮已过去,杀人的疯狂劲小了。所以他事后说了一句轻松的幽默话总结此事——可惜这句话我记不清了。

卢卡契还提到两个苏联学术界人物:一是梁赞诺夫,十月革命后的马恩研究院院长,马克思专家,主编了第一套马恩全集,但最后竟在"大清洗"中消失;二是里夫希茨(也是匈牙利人),即苏联版《马恩论艺术》的主编,但解放后在匈牙利也默默无闻。

二战后匈牙利革命政府的文化部长里瓦伊(文中提及)的文论,50年代我从《文艺报》上读过译文。

我感到极为遗憾的是:党内同志间的不同意见,为什么不能通过"团结—批评—团结"的办法来解决,而要"残酷斗争,无情打击",以致镇压?

从个人读过的材料来看,列宁在这方面是伟大的——他具有革命导师的博大胸怀。斯大林在这方面则做得很坏——苏联的解体,他要在政治影响上负主要责任。暴虐无道,草菅人命,对个人和国家都要付出沉重代价的。《史记》中说:"(酷吏)王温舒死,而民不思。"信然!

卢卡契在美学方面抱有雄心壮志,志在继承发展马恩所开创的马克思主义文艺理论。在这方面,他把普列哈诺夫都不放在眼里,更不必说卢那察尔斯基。其中的是非曲直且不管他,我采取一律学习的态度。

我对卢卡契的兴趣主要在于他的文论。上世纪80年代出有范大灿所译他的两卷文论选集,可惜失之交臂,甚盼重印,以便购读。卢卡契关于现实主义的论著,也希望能有专家学者翻译出来。

二十四、麦考莱的文章

英国麦考莱(T. B. Macaulay,1800—1859)的文章(主要是历史和传记散文)的观点,无论在史学界、文学界和读书界,也无论是无产阶级革命导师、资产阶级的学者或普通读者,从过去到现在是一直受到批评,甚至严厉批评的。但是批评尽管批评,只要有机会读到他的原文文章的人,仍然会情不自禁地读一读,而且一旦读了起来,就会放不下,直到读完为止——然后才冷静下来,想一想他文章里的"错误和缺点"。

这根源就在他的行文风格流利畅达、一气呵成,有一种吸引人非读下去不可的力量。

打一个不恰当的比方,就像郭沫若所写的有关历史和历史人物的文章——即便你知道别的历史学家也许在某些问题上比他分析得更详尽、更深刻或者更准确,但他那流利活泼的文风总能吸引你读下去,从《中国古代社会研究》直到《李白与杜甫》都保持着这种特色。

这种文风有一种好处,就是便于把历史知识通俗化,把艰深的古书,复杂的历史现象、历史人物以轻松活泼的方式介绍给普通读者。

但是麦考莱文章的缺点也很明显:首先从观点上说,他的辉格党人偏见太明显,他的褒贬尺度太夸大,他的文字虽然流利,让人一看非读完不可——但读完后会觉得"一览无余",内容缺乏思想深度、缺乏人生哲理,缺乏余味——不过再碰上还想再读——这就是麦考莱的文风特点。上大学时,一位老师对我说过:"麦考莱?历史学家!你该读阿诺德!阿诺德'淡而有味'。"不过阿诺德的文章需要明窗净几、正襟危坐去读,而麦考莱的文章拿在手里翻开就可以读——他的文风实在太流利了。他的《英国史》写得像小说一样为人爱读。

二十五、看《储安平文集》

抽暇看《储安平文集》,先看下卷,主要为重庆《客观》、上海《观察》中的文章,作者对于国民党政府的抨击可谓义正辞严、痛快淋漓、尖锐泼辣(同时流露其刚烈个性),显得是一位杰出的政论家。下卷主要为《英国采风录》和《英国人、法国人、中国人》,由作者留学英国伦敦大学政治学院的读书笔记整理写作而成,对于了解英国历史、社会、制度、风习有用。

储安平对英国感情很深,思想受费边社会主义(Fabian Socialism)影响,比较欣赏英国的虚君、立宪、议会、内阁制度。不过,不管相信 Fabian Socialism,甚至 Marxism,理想主义的知识分子恐怕在现实生活中都难免要碰钉子,只是钉子的来处、形式、大小不同而已。可叹。

储安平办《客观》《观察》二杂志，显然受阿狄生和斯梯尔（Addison and Steele）的《闲话报》和《旁观者报》（*Tatler and The Spectator*）影响，学英国18世纪文人办刊评论社会、文化、政治。但储安平主要是政论家，他想"文人议政"，解放前后均在中国碰壁，遭难。

从图书馆借来 *The Spectator*（《旁观者报》）文集三卷。想有朝一日选译一小部分出来。——这是看《储安平文集》的个人收获。

我译英国散文，主要目的在于想使我国散文作家有所借鉴，把文章写得更有文采，更能吸引读者爱读，少些"八股调"、教条气。

二十六、《阿斯彭信札》与赵萝蕤

到小书店买亨利·詹姆斯《阿斯彭信札》原著（Henry James, *Aspern Papers*）一本。此书已由北大赵萝蕤教授译出，载《世界文学》，内容讲（用假名）19世纪末，一好事者到威尼斯寻找由拜伦情妇克莱尔（Clare）收存的拜伦一批文稿的轶事。

1982年5月曾在昆明"英美文学教材会议"上见过赵萝蕤先生，并闲谈过一次，内容是关于她的父亲、原燕京神学院长赵紫宸解放前出版的《耶稣传》有一个特点：每章开头都引用杜甫的诗句。

赵教授是杨周翰《欧洲文学史》的主编之一，她在新时期译有惠特曼《草叶集》和T. S. 艾略特《荒野》，都是难译之书。她前几年已经去世，身后所留一些信件文稿，被当废品卖掉，出现于"潘家园"，又被好事者当文学资料收购。她译《阿斯彭信札》，难道有身世之感吗？（她是诗人陈梦家的妻子，陈被划右派自杀。据报载，她在"文革"后说："陈梦家脸皮薄，死了，我脸皮厚，活下来了。"）名教授、名翻译家身后如此。

二十七、法朗士的《泰绮思》

最近看《泰绮思》（*Thais*）英译本，把陈西滢《闲话》中有关法朗士的两篇看一看——写得太简单了。法朗士（Anatole France）作为一代文豪，自有他的历史地位。他继承法国启蒙大师的传统,是一位清醒的理性主义者,对人类社会看得很透,因此不肯轻易盲从,但核心仍是良知。冷隽的反讽是他揭穿假道学、伪善的手段。《泰绮思》中这一个长句很精彩:"The virtues which the Anchorites carefully embroider upon the tissue of their faith are as fragile as they are magnificent:a breath from the world will tarnish their beautiful colours."("苦行的修道士在他们信仰的薄绢上所刻意绣出的德行尽管绚丽动人,却禁不起尘俗的微风一吹,就会污染而失去它们灿烂的光辉。"——中国古代也有类似的说法:"翩然一只云中鹤,飞来飞去宰相衙。")这部小说就是专门揭穿披着宗教外衣的禁欲主义、假道学和伪善,以及其丑恶本质的。此书的徐蔚南译本,我上大学时读过,极为欣赏,并找法朗士的其他作品,但只找到商务出的一本《在白石上》,内容记得是哲理散文。黎烈文译过他的《企鹅岛》,我未见。

法朗士和毕加索、德莱塞一样,晚年都加入了共产党。

巴比塞有一篇文章(英译文载 1957—1958 年英共刊物《新世界》),印象中批评居多,埋怨法朗士没有为革命做多少事。这大约是真的。不过那时法朗士已是 70 老翁,你要求他做什么事? 他加入法共,只是表明他的思想倾向。

二十八、乔冠华与叶公超

《万象》上有一篇文章,谈到乔冠华与章含之在"文革"末期的一段往事。我对章含之不了解,但对乔冠华甚同情。我在学生时代读过他在《世界知识》与《新华日报》上所发表的国际评论,署名先为"乔木"、后为"于怀"。曾记上世纪40 年代从某期《世界知识》读他写的一篇国际评论,提到西班牙内战结束,西班牙国内民主力量和国际纵队被弗朗哥勾结德意法西斯势力残酷镇压。当时进步人类为之痛心疾首。这一国际大事在他笔下写得饱含革命激情,读得我热血沸腾,在此影响下画了一幅漫画,画中小矮子弗朗哥坐在一堆骷髅上(后来刊登于舒宗侨编的《联合画报》)以表示愤慨。那时国内传唱一首歌曲:"拿起暴烈的手榴弹,对准杀人放火的弗朗哥! 起来,起来,全世界的人民!"巴金先生主持的文化生活出版社还出过一套揭露弗朗哥暴行的画册。可见大家对法西斯同仇敌忾。当时国内能像乔冠华那样把国际评论写得文采斐然、使人爱读、热情洋溢、鼓舞人心,称为"党内才子"者,举世无两。(二战中国外写国际时事,特别是战争形势最有名者,为苏联的爱伦堡和美国的威尔纳。)不仅如此,《希望》的创刊号首页还登有他译雪莱的一首诗。可见他的文学造诣。这些印象,使人感到他是一位才华横溢的文人。

乔冠华以学哲学的德国留学生参加革命,擅长于国际形势分析,解放后担任外交官职,自是顺理成章之事。他代表中国满怀豪情在联合国发言,既是他外交生涯的峰巅,也为中国扬了眉、吐了气。当然后来在政治上的蹉跌,也令人惋惜。

文人从政是一个复杂问题,结果有幸有不幸。中国本来有"学而优则仕"的传统,文人往往不甘寂寞,一有机会登上仕途,就坐不住冷板凳,自古历来如此。恰好,中国另一位著名文人也做过外交部长,那就是新月派作家叶公超。叶公超本是在北大讲莎士比亚的名教授,抗战爆发,北大南迁到昆明,教授生活太苦(洪深在复旦大学做教授时曾因生活困难全家自杀),叶即投身国民党政府,赴台后官升到外交部长,但似不适应官场,且曾受蒋介石申斥。而叶作为一位有才华、有学问、有分析眼光的文学批评家的生命也过早结束了。出人意料的是,在鲁迅与梁实秋激烈论战中,最能赏识鲁迅的文学成就的对方新月派批评家,竟是叶公超!

现在,叶公超的文集在台湾和大陆都已出版。我孤陋寡闻,不知在大陆上为乔冠华出过文集没有? 我想,他不仅有国际评论和《方生未死之间》,还应该有其他作品,例如诗歌之类。

买《杜工部草堂诗笺》

"你的财宝在哪里,你的心就在那里。"(《圣经》中语)

我一直到 30 岁,没有读过线装书,更没有买过线装书;之所以买了、读了这一套木板线装书,完全是由于偶然的灵机一动,而这"灵机"也不是从文学出发,而是从"审美"(即书的外形之美)出发。1958 年,我被错划"右派",处分是降职降薪、留校监督改造,有一段的劳动任务是拾粪。最初我在校内厕所淘粪,与市里环管工人撞了车。一位个子高大的淘粪老工人笑我:"大学老师,还跟我们抢粪?"于是我就决定到大街上去捡牛马粪。为此我买了一对粪箩头和一根扁担,每天挑着箩头上街。郊区农民经常赶车进城,街上留下一摊一摊牛马粪。这比在学校里淘粪收获更大。

一天,我挑着箩头经过右司官口(开封街名),瞥见回民老汉杜大胡子的旧书摊上有一大套带夹板的古书,引起好奇心,放下粪挑去看,原是清末驻日公使黎庶昌在日本仿刻宋版的"古逸丛书"《杜工部草堂诗笺》,大而别致的字体、宽宽的天地头,我没有见过这么好看的古书,唯一的念头就是"买"。掏出身上所有的钱买下,放进箩头,挑回学校。

划"右"后,我从教师宿舍搬进一个原是贮藏室的半间小屋,仅容一桌一床,以床为椅,书物都塞到床下。每天的日程是上、下午劳动,晚饭后到夜晚十点开会学习、检讨。我买了《杜工部草堂诗笺》,非常想看,只有挤夜里十点以后熬夜看书,持续多天,把《杜工部草堂诗笺》"啃"了一遍。

我的隔壁住着一位叫加林娜的"苏联老太太"。老太太在十月革命后曾在红军俱乐部管电影,见过伏罗希洛夫。她嫁给一个姓张的中国商人,随他到新疆;但这个商人抛弃了她,她流落到内地,当时在河大外语系做俄文打字员,年纪大了，实际上是养老，俄语老师常常找她聊天。老太太提到那个老张，咬着牙用生硬的中国话骂他"坏蛋"。不过她对外语系的老师，包括我在内，都很慈祥。我天天熬夜看书，老太太有所察觉。有一天，她见了我，带点夸张地举起拳头对我晃一晃，说："不吃饭！不睡觉！"——她那意思是好心劝我要好好吃饭，好好睡觉。老太太也是爱读书的人，常把系资料室的俄文小说一大本一大本地借去看。有一

《杜工部草堂诗笺》书影

回，我见她戴着老花镜正读的小说是《十二月党人》。

　　这且不提。我说我把《杜工部草堂诗笺》"啃"了一遍，是因为我没有接受过正规的中国古典语文的系统训练。关于杜甫，我只是在高中国文课本中读过"国破山河在，城春草木深"，"剑外忽传收蓟北"等几首诗，现在一下子跳到通读他的全集，等于是"开生荒"。如果在平时，看书遇到难懂的地方，就把书一扔，不看了。但是划"右派"后的劳动改造也磨炼了我，逼着我学习迎着困难上。有一天劳动任务是挖地——挖的是原来河南省贡院的废址地基。那可是得付出浑身力气的一场"硬活"，一锹下去，只能在砖地上划出一道白痕，几百年前的古人虽然没有水泥，却能想办法把地基夯得像石头一般坚固。但挖开它又是"任务"。我只得开动脑筋，想办法，找砖缝，先在好挖之处使地基松动。这样一点一点居然把那一片地基挖开了，一身大汗自不必说。通读杜甫的诗，我也是采用这种办法，"分别对待"：有些诗好懂，读起来顺口，像"纨绔不饿死，儒冠多误身"，"朱门酒肉臭，路有冻死骨"，"安危大臣在，不必泪长流"，"公若登台辅，临危莫爱身"，高高兴兴欣赏就是；有些诗句很美，像"自来自去堂上燕，相亲相近水中鸥"，"信宿渔人还泛泛，清秋燕子故飞飞"，等等，全诗大致好懂，有些句子夹杂一些难字。对这两类，我都在题目上标个很小的红点，以后慢慢欣赏、琢磨。但有些诗，特别是那些"排律"，堆砌了许多难字和典故，只好放过去，以后再说，用这种办法，我走马观花地把这部书读了两遍，对于杜甫的生平，获得一个大致的印象。

　　杜甫，正像封建时代的一般读书人，走的是"学而优则仕"的道路。他在长

安曾经多方找门路,想登上仕途,甚至一度"彩笔干气象",引起皇帝注意,但终玄宗一朝,始终没有在朝廷做上官,只是经过"安史之乱",肃宗登基,他"麻鞋见天子,衣袖露两肘",才蒙新皇帝垂怜,让他做了一个职位不高的"左拾遗",但不到一年,就因上书言事,替人抱不平,被贬职离开朝廷。

诗人从政,不免理想主义。杜甫的政治理想是"致君尧舜上,再使风俗淳"。但皇帝往往信任佞臣太监,不欣赏书生气十足的知识分子。杜甫离开官场,大半生在贫困中颠沛流离,连基本生活都没有保障。在他的诗里,不断出现关于饥饿的描写:"野人对腥膻,蔬食常不饱";"入门闻号啕,幼子饥已卒";"痴女饥咬我……故索苦李餐";等等。在流浪途中,故人孙宰请他全家吃了一顿饱饭,他就感激地写道:"誓将与夫子,永结为弟昆!"

杜集中的早期作品,有不少为图仕进、颂扬皇上、投赠大臣之作,但他与那些高官贵胄是互相隔膜的。他真正的朋友是李白、高适、岑参和郑虔等诗人才士。他怀念李白的那些诗篇是抒写深挚友谊的千古绝唱。

杜甫后半生一直生活在底层,他有不少诗篇描写他与普通老百姓的亲密关系,非常动人。由于他自己深受战乱流亡之苦,他对于生活贫困的下层人民深切关怀。《再呈吴郎》一诗中对于那个曾在他旧居"堂前扑枣"的无食无儿的贫穷妇人的同情便是一例:"不为困穷宁有此,只缘恐惧转须亲;……已诉征敛贫到骨,正思戎马泪盈巾。"

我自己经历过抗日战争中的流亡生活,曾经处于饥饿线上以及其他种种困苦,所以,尽管当时对于许多古词古语、历史典故还不熟悉,但杜诗中所描述的饥饿和苦难,仍然力透纸背,直接唤起我的共鸣,使我对杜甫其人其诗产生好感,愿意钻研下去。

后来知道,"古逸丛书"《杜工部草堂诗笺》并不是初学杜诗的合适版本,又买来《杜诗镜铨》,作为补助。

现在,距我最初购读《杜工部草堂诗笺》整整 50 年过去了。杜甫已成为我的固定喜爱之一。每当我生病住院或是在家伏案之余绕室闲步,我常常背诵杜甫的《秋兴八首》《咏怀古迹五首》及其他律诗,以咀嚼、琢磨诗中的细微含意,自觉稍有会心。

杜甫的诗,"沈郁顿挫",特别适合身处忧患中的人诵读。读书,也像交朋友,要看是不是对脾气,有一个"个性"问题。同时环境也有很大关系。西谚云:"患难之交才是真朋友。"读书亦然。我怎么会喜爱杜甫的诗?开始是懵懵懂懂的。今天想想,也很简单:那时候人在逆境,举目无亲,只有无言的书籍才肯跟我交朋友。乍见一部印制精美的古书,激起爱美之心。济慈说:"美好的事物是永远的欢乐。"审美是人类求生存的一种本能需要。斗室寒灯,唯此是伴,怎不发奋苦读?终于发现了一位可与之心情相通的诗人。

人应该找三两个"对脾气"的经典诗人作家,慢慢欣赏,细细钻研。与他们打交道,是一辈子的事情,不是为了"研究",不是为了当"学者",仅仅是为了自己内心的需要——这便是一辈子的快乐,一辈子的幸福。

读《呼兰河传》

　　《呼兰河传》是在"文革"后期从一位作家朋友那里借的。由上海新文艺出版社出版，借时已很破旧，作家用不会做针线活的男人的手，"粗针大麻线"把它重新装订起来，包上一张厚厚的白纸，又用非颜柳欧赵的随意"作家体"写上书名。这是他心爱之书，听我说只知道萧红写过《生死场》，不知道她还有《呼兰河传》，这才借给我，并且叮嘱我一定要爱惜。

　　《呼兰河传》借到手，一口气读完了。这本书对我有强烈的感染力，故事、人物仿佛曾经发生在我眼前，促使我想一想自己小时候所见闻过的人和事。作者用女性作家特有的细致笔调，带着低回的眷念，淡淡的哀愁，也不乏幽默的揶揄和冷隽的嘲讽，描述她童年的见闻。阅读中，我时时惊奇于作者的早慧、敏感和超人的记忆力，能在卧病香港中把自己童年的经历写得那么具体、生动、意味深长。

《呼兰河传》书影

　　应该说，作者童年的"生态环境"实在不太好。1910 年代呼兰河小县居民的生活状况，可以拿书中对于"大泥坑子"的描写来作为说明。"大泥坑子"是作者童年居住的"东二道街"行人来往要冲之处的一个泥坑，下雨时成为苍蝇蚊子滋生的渊薮，水涨到一丈深，行人不得不手摸着坑外的墙边，胆战心惊地走过去，一不小心还会掉进坑里；天旱时泥坑表面结一层硬壳，看来仿佛无害，实则成为更可怕的陷阱，赶大车的人走过，连车带马都要陷进去，帮忙的人，费尽九牛二虎之力才能把车马抬出来。这种事情不断发生。它对周围居民的影响却只是提供一个说闲话的题目，给他们那淡而无味的嘴巴添一点盐，此外再无作用。"一年之中抬车抬马，在这泥坑子上不知抬了多少次，可没有一个人说把泥坑用土填起来不就好了吗？没有一个。"小市民的这种呆滞、麻木、恶性循环的生活状态，可以叫作"大泥坑子现象"，是旧中国的痼疾，也并非呼兰河县才有。

作者幼小时在自己家里的处境也不是怎么好。因为封建家庭重男轻女，她缺少父爱。但一个四五岁的天真小女孩，只知道一个人疯玩儿，哪会管得这个？何况善良慈祥的老爷爷还爱护着她？跟着老爷爷到后园子里浇花、种菜、摘樱桃、采黄瓜、扑蝴蝶、看云彩、往爷爷草帽上淋水——这些都是最大的快乐。跟着爷爷玩儿，学唐诗、背唐诗，是她最幸福的日子，回忆起来，"不知哪里来了那些高兴"。如果要再补充一点什么，那就是小孩子另一件最最高兴的事——有好东西吃：一只小猪掉井里淹死了，老爷爷叫人捞出来，涂上泥巴烤熟，让小孙女吃。可馋嘴猫的小孙女吃了还想吃，以后还到井口闹着不走，等着再有小猪掉进井里，"守井待猪"。——这是作者童年一件大事，写得有声有色。

萧　红

除了老爷爷之外，在家里能领她玩玩的，只有她的有二伯了。有二伯不知跟她家沾点什么亲戚，无家无业，依附在她家，勉强混口饭吃。看他闲着，拉他上街。但小孩子到了街上，总想买东西吃，但有二伯穷得当当响，拿不出钱给她买糖吃，玩得也没意思。有二伯穷急了，不免小偷小摸，去后房偷铜盆，正碰上作者也在那里偷"墨枣"吃："他偷，我也偷，所以两边害怕。"又一次他偷大澡盆，也被作者看见："好像那大澡盆自己走动了起来似的。再一细看，才知道是有二伯顶着它。"——这些场面，作者写的时候怕是忍不住要笑吧？有二伯在她家，有点像焦大在贾府，好像早年还有点什么功劳，那是在她的长辈"跑毛子"（日俄战争中逃避沙俄军队）的时候，替他们看过家，但他们如今"吃香的，喝辣的"，早把他"忘到九霄云外去了"。所以他像焦大骂贾府似的骂他们"狼心狗肺"，"兔羔子，兔羔子……"偷东西，骂人，挨打。他哭着要上吊、跳井，而又舍不得真上吊、真跳井。结果是孩子们编了顺口溜："有二伯上吊，白吓唬人；有二伯跳井，没那回事。"

有二伯这样的人，在别人眼里是个可笑的滑稽人物，在他自己则是一个一肚子苦水倒不出来的寄人篱下的"穷亲戚"。亏得作者在20多年之后还能把种种生活细节回忆起来，写出这个性格复杂的小人物。

让人不忍卒读的是"小团圆媳妇"的命运。小团圆媳妇是一个12岁的童养媳，卖给了作者家的房客——做买卖的老胡家。她到老胡家没有几天就开始挨婆婆的打，"给她一个下马威"，一连打了一个月；她哭着要回家，就被吊在房梁上用皮鞭抽；再说回家，又用烧红的烙铁烙她的脚心——活活把一个有说有笑的小孩子摧残得"吓掉了魂"。接着是一连串奇奇怪怪的治疗：跳大神，周围人们七嘴八舌出主意，半疯子提出"秘方"，云游道人"抽帖子"，最后是把小团圆媳妇丢进盛满滚热的热水的大缸，烫了三次，直到把她烫死。

活在这样人间地狱里的小团圆媳妇，仍不失童心（她本来就是个孩子嘛！），见了五六岁的作者，两个孩子还避开大人，说她们自己的悄悄话。小团圆媳妇在临死之前，好像说别人怎么玩儿似的，告诉作者那些人会怎样摆弄她，然后，作者眼睁睁地见她挣扎着被一群大人丢进了大缸！

主导着这个惨剧的，是小团圆媳妇的婆婆——她的一段自述很能表现出这个狠心老太婆的性格：她愚昧，虚伪，爱面子，冷酷到了人性扭曲、虐待狂的地步，把一个"黑乎乎，笑呵呵的"女孩子活活折磨死，她说起来还有一套一套自以为是的道理。这是封建伦理传统加上小私有者习惯势力所熏陶出来的一个愚昧而野蛮的人物。

在小团圆媳妇周围忙活着出馊主意、看热闹的那一群男男女女，在她死后的丧宴上吃吃喝喝，走的时候，只是一抹嘴，说："酒菜真不错，鸡蛋汤打得也热乎！"——人啊，为什么这样麻木不仁！

也许是为了想从自己童年时唯一一个小同伴悲惨而死的哀痛中走出来，在小说最后，作者写了另外一个人物冯歪嘴子。冯歪嘴子是一个被人雇佣的磨倌。他脾气善良老实，每天打着梆子，赶一头小毛驴磨面，磨了面做成黏糕去卖。作者在门口玩，他推车路过，切一片给她；她也把后园里长的黄瓜摘下来隔着窗户递给他。他可以说是作者小时候的一个大朋友。

冯歪嘴子跟赶车人的女儿王大姑娘二人自主结婚，生了孩子，大冬天住在冷冰冰的磨房里。东家骂他们"破了风水"，撵他们搬家。作者在老爷爷面前为他们说好话,让他们搬进一个草棚子,大人孩子铺草盖草,这才活了下来。

一个穷磨倌结婚生子,给那些爱看热闹的闲汉闲婆娘提供了一个说三道四、嚼舌头的好题目。还有人盼着他出事儿,造谣说他"要上吊""要自刎"。但冯歪嘴子既不上吊也不自刎,而是踏踏实实地活着,把孩子带大。他的老婆又怀了第二个孩子,但在产后突然死了。那些看笑话的人认为冯歪嘴子这回一定"完了"。但他安葬了老婆,每天照常担水、磨面,把家撑持起来。他的大儿子长大了,小儿子也会拍巴掌笑了!

小说看到最后,觉得作者好像怕读者会感到她的家乡呼兰河县的生活太停滞、太沉闷、太缺乏温暖、太没有希望,因而通过冯歪嘴子这个人物的顽强生命力,给大家透露一点希望的光芒。

萧红在她的晚年,在战云密布的香港,困在病床上,回忆自己天真烂漫、无忧无虑的童年,写下了《呼兰河传》。说是"晚年",其实她才30出头。书稿写完,没有多久,她就怀着"半部红楼还没有写完"的遗恨,离开了多难的祖国。《呼兰河传》是她的"天鹅之歌"。

萧红是值得我们怀着惋惜来纪念的一位女作家。她的早逝是中国现代文学史上的一道伤痕。茅盾先生在《呼兰河传》序中把这种感情表达得很清楚。

更不能忘记的是鲁迅先生与萧红近乎父女之间的联系。在所有关于鲁迅的回忆当中,萧红那一篇是感情最深挚、最优美动人的——给我们留下一幅晚年鲁迅最真实感人的素描画像。她在鲁迅家里做东北小吃韭菜合子。鲁迅吃了还想吃,问许广平:"我再吃一个,可以吗?"这个温馨的场面,永远定格在我们心中了!

回忆《盖达尔选集》

　　《盖达尔选集》，中国少年儿童出版社 1958 年出版，上下两册，收入苏联儿童文学作家阿卡尔狄·盖达尔的长、中、短篇小说，曹靖华、李俍民、任溶溶等译。

　　西方人常说："儿童文学是写给从 8 岁到 80 岁的儿童看的。"这话不假。哪怕人活到 80 岁，只要未失"赤子之心"，遇到儿童文学作品，看一看，也会打心眼儿喜爱，正像碰到天真可爱的小孩子跟他们说说话、玩一玩，会打心眼儿里高兴——这是一种心灵的净化。

　　回忆起来，我开始读儿童文学，是在小学时读《阿里巴巴和四十大盗》。此后，上初中时从英文课本读《卖火柴的小女孩》，读鲁迅翻译的《表》、胡愈之翻译的《书的故事》和徐调孚翻译的《木偶奇遇记》。上高中时从老师那里借读王实味注释的《水孩子》（Water Babies）。上大学时，先买到赵元任译的《阿丽思漫游奇境记》，读了大为喜欢，又读英文原本 Alice's Adventures in Wonderland，后来在北京东安市场买了一本麦克米伦公司的袖珍本，附有 John Tenniel 的版画插图。多年来，每当心情烦闷时，读读这本小书，翻翻那些风趣十足的插图，不觉烦闷一扫，心情为之一快，好似吃了什么灵丹妙药似的。

　　不过，盖达尔的儿童小说与上面说的儿童文学作品不同。西方的儿童文学大致以美丽的想象和天真的幻想取胜，而苏联的儿童文学，大概沿袭了俄罗斯古典文学的现实主义传统，落实于现实生活——盖达尔的作品就是如此，他的儿童小说是写实的。西方的儿童文学给人以美的享受，使人沉浸于轻松的幻想；而盖达尔的作品，由于历史时代不同，往往在严峻的历史背景下描写孩子们的命运。另外一点，西方的儿童文学，往往爱写小女孩，阿丽思便是最突出的例子，写得活泼可爱。但盖达尔却是一位写男孩子的高手，他笔下的男孩子，从

《革命军事委员会》中的箕姆卡,《鼓手的命运》中的那位少先队鼓手,到《盖克与丘克》中那两个躲在衣箱里睡着、使妈妈几乎急死的两个小家伙,都写得活灵活现。

当然,盖达尔也写到了女孩子,像《铁木尔及其伙伴》中那个站在高楼窗台上擦玻璃的大胆小女孩和她的"金娜姑姑"(年龄属于"大姐姐"一代)。他也写了母亲,如《革命军事委员会》中箕姆卡的妈妈:生活在十月革命后内战(拉锯战)中的农村,一个红军的逃兵藏在他们家里,白吃白喝,还打死了箕姆卡心爱的狗,箕姆卡躲在被窝里哭,善良的母亲疼爱地安慰悲伤的儿子:"箕姆卡,箕姆卡,为一条狗,值得这样吗?……"(大意)——看到这里,让人如同身临其境。狗,作为男孩子的玩伴,也常出现在盖达尔的笔下,而且在不同作品中的狗,给人的印象并不重复。

自然,盖达尔写得最精彩的,还是那些性格鲜明的男孩子。在我心中留下最深刻印象的是《革命军事委员会》中的箕姆卡和《鼓手的命运》中的那个少先队鼓手。

箕姆卡和他的母亲生活在十月革命后内战中心的一个小村庄。在那红军与白军拉锯战交织的腥风血雨中,一个九岁的孩子怎么活下去?想一想,都叫人心疼。光是饥饿和吃饭问题,就让他母亲焦虑,还在半夜里不时听到枪声——不定哪里枪毙人。那个红军逃兵逃到他家,箕姆卡的狗向他汪汪叫,被他开枪打死。这个逃兵不但赖吃赖喝,还威胁着他们母子的生命安全。一个小孩子,碰上这种生存环境,又怎么办呢?箕姆卡一个人跑到河边,嘴里噙着一根草棍儿,一副悲哀的神情,茫然看着远方——插图画家杜宾斯基画出了这个情景,题目叫《忧郁的箕姆卡》,令人产生怜爱之心。后来,箕姆卡与另一个苦孩子携手合作,想办法帮助一位受伤的红军政委回到部队,政委特别为这两个孩子开了一张通行证,让他们在出外流浪中遇到红军,顺利通过。通过箕姆卡,写了十月革命后内战中儿童的命运。他们过的日子还不如《表》中的流浪儿彼蒂加,因为彼蒂加生活的时代已是内战停止后的"新经济政策"时期,开始了和平建设,又在城市,即使流浪儿偷东西吃,也有市场可以去偷(当然偷东西不好——这是要教育的)。箕姆卡,虽然得到了红军政委给的通行证,而且盖着"革命军事委员会"的大红印章,但那不过使他能出外流浪以乞讨为生。

《鼓手的命运》中那位少先队鼓手（小说用第一人称，没有写出他的名字），生活的时代已经是苏联和平建设时期。他的父亲是干部，比较能干，升了官，与原来的妻子离婚，又娶了一个年轻姑娘——这就是鼓手的后妈。但鼓手按照外国习惯，并不叫她"妈"，直呼她的名字（名字我没有记住，书送给我认识的一个男孩子了），她也不以为忤——这比中国少一点麻烦，暂且不提。且说鼓手这个后妈倚宠娇惯，生活奢侈，开销大，她这位老丈夫的工资不够她挥霍，开始贪污公款，暴露了。根据瞿秋白《赤都心史》，在十月革命初期，贪污分子是要枪毙的，幸亏这时已是和平建设时期，鼓手的父亲只是被判了徒刑，送到矿山去劳改。这样一来，小鼓手的命运就起了大变化：失去了父亲的呵护，等于屋顶塌掉，自己暴露在风雨飘摇之中。他那个年轻后妈，不再把这个家当作家，飘然而去，把这个十几岁的半大孩子一个人留在这个空巢之中。我们看他怎么过日子吧：他饥一顿饱一顿地买饭吃。为了吃饭，他胡乱找这一件、那一件值钱的东西拿出去卖，而又不知道价钱。有一天，他拿出父亲给他后妈购置的一件狐皮大衣，碰上一个收破烂的小贩。那个小贩就用一种典型的俄罗斯人的说话方式哄他："这件大衣也许值得更多，我不跟你争辩。不过，现在你收下这 5 卢布，把大衣交给我，这事情就完了！"十几岁的孩子半糊涂半聪明，他也想多要点价，但又不知道大衣真正值多少。于是，昂贵的狐皮大衣就以很低的价钱卖给了那个小贩。鼓手没人管，不上学了，最初到另一个男孩子家去玩。那个男孩子因一条腿受伤，也退学在家——他父亲是机械工程师，担任着保密的设计任务。这倒没啥。但当鼓手不小心碰上了坏人，又看到他们的秘密，被坏人追赶，跳进一条河里，他那心爱的狗也跃入水中，保护它的小主人。当他游泳快到岸边、筋疲力尽，眼看灭顶时，一位警察救他上岸，而狗已在河中心淹死。鼓手很伤心，警察安慰他说："想想看，如果它碰上一个狗贩子，把它剥了皮，难道比它因为保护你而淹死更好吗？"——好像人死有"泰山、鸿毛"之别，狗也有好死、赖死之分一样。

盖达尔不仅是一位优秀的作家，他的一生更是个传奇。十月革命后，他 16 岁当了红军的团长，孩子气还未褪，有时坐在团部，看有孩子们在院子里玩，他恨不得脱下军装，跟那些孩子们打一架。内战结束，他打报告退役。酷爱文学的伏龙芝将军看了他的报告，发现他有文学天赋，鼓励他搞创作。转业后他专写儿童文学作品。

苏联小说家巴乌斯托夫斯基和盖达尔是好朋友。他们常在偏僻安静的乡村小院作伴写作。巴乌斯托夫斯基说,盖达尔写小说有一个"绝活":他不是坐在屋里写,而是先在院子里一边散步一边自言自语给小说"打初稿"、修改,等完全"定稿"之后,再回屋子里把"定稿"誊写下来。他另外一个"绝活"是:他能把自己刚完成的小说一字不漏地背诵下来。作家们不相信,跟他打赌,结果总是他赢。

盖达尔有一部晚期作品——《铁木尔及其伙伴》,写的是苏德战争期间,一个名叫铁木尔的少先队员率领他的一群小伙伴在后方为军属做好事,类似我国在抗日战争中的儿童团。据巴乌斯托夫斯基说,盖达尔本人就是一个"小孩王",他身边总是有一群孩子做他的"部下"。一次,巴乌斯托夫斯基的儿子得了急病,缺一种药,买不来。盖达尔听说,用电话,把他麾下的孩子们召集起来,命令他们分头找药店。盖达尔像指挥官一样守住电话,听汇报,下指示,很快买到了药,治好了巴乌斯托夫斯基儿子的病。

关于盖达尔的传奇故事很多。苏德战争中,许多作家上了前线。盖达尔指挥一个在敌人后方活动的游击队,一次与希特勒匪徒的遭遇战中,被德国法西斯的机枪射中牺牲。他不仅是杰出的儿童文学作家,也是一位真正的男子汉,一位英雄。

我非常喜爱《盖达尔选集》这本书,根据自己30多年前读时的印象,写下这篇小文。也许印象中的细节与原书有出入。书已送给一位男孩子。希望能再买到,再读一遍,纠正印象。

杂 感
ZAGAN

装 订 旧 书

我从小爱看书而不知道爱惜。常用的书,像字典之类,封面脱落了,只是找一片纸,拿糨糊粘一下,再破了再粘。多年来就这么马马虎虎对付着。

后来,这种懒惰习气就受到了惩罚——

那是在 50 年代末到 60 年代初,我好不容易从北京邮购到一部"企鹅古典丛书"版的《战争与和平》,挤出白天劳动、晚上学习之余的深夜时间,把书通读了一遍——一直读到聪明活泼的小女孩娜塔莎变成了一位模范贤妻良母。但刚一读完,就发现两本厚厚的书不知什么时候都从脊背上齐崭崭裂成了两半。据说,这种 Paperbacks(纸面简装书)是外国人买来在飞机火车上随便看着玩、看过就扔掉的。但我可没有那么阔气。当时我简直是"心痛欲裂",通夜未眠,无师自通地想出了一个修补的方案。第二天弄来牛皮纸、胶水,把两本书重新装订起来,还用硬纸板给它们做了一只匣子。30 多年过去了,这部书至今仍穿着我给它做的"新装",结结实实屹立在我的书架上。

从此也就开始了我修补旧书的业余活动。譬如说,我有一本小巧可爱的原文《阿丽思漫游奇境记》,那是 1951 年暑假到北大考转学生,在东安市场花 4 毛钱买的。它那衬页上还留着当时我正上幼儿园的侄女所写的我的名字(第三个字笔画多,她不会写,是我握着她那稚嫩的小手写的)。这本小书陪着我度过了多少风雨春秋。每当我心情低落,对于一切正经八百的书都不想读了,只要一翻开它,看看插图中那个天真烂漫的小姑娘、那些傻乎乎的小动物、那个拿大顶的威廉老爹,就忍不住笑,高高兴兴念起来。40 多年了,我把它当作"开心果"来念,当作英文范本来背(但怎么也学不会它那种仿佛出自天籁的绝妙文章),不知读过多少遍。渐渐地,它那精装布面上阿丽思抱着小猪的烫金画像黯然失色了,它的书脊和封面分家了,最后,书脊上那一条烫金漆布不知什么时候失落了,露出了白花花的脊背。我终于下了决心,拿一小块红的确良把它重新装订起来,并且在衬页上写下我对这本小书的衷心喜爱。

我还有一本心爱的书——那是十多年前从上海外文书店买的1876年版兰姆文集,是他的演员朋友肯特编辑的。它算得是我小小的藏书中的一件珍品。从外表看,它那古色古香的封面金光闪闪,但稍一翻检,就发现书页早已黄脆,像一片片枯叶,必须轻掀轻放,不然就会碎裂。我把它插在书架最上层,很少惊动它,需要看兰姆文章时,只使用那些"大路货",如万人丛书本、现代丛书本等等。可是有一回,偶尔高兴,想翻翻它,又懒得从椅子上站起身,只用手向书架上抓,一不小心,它竟从高高的书架直跌到水泥地板上。我惊出了一身冷汗,捧起一看,它虽未化为齑粉,但那本来就有些残缺的书页又摔掉了几片边角,封面也完全脱落了。痛定思痛之后,我使出自己修补旧书的最大本领,把它装订结实,并在衬页上写出我深深的歉疚。

对于我亲手修补过的旧书,我怀有一种特殊的感情。在旁人看来,它们大概毫不起眼。但在我心目中,它们比国外的什么"金碧抄本"、什么"格罗里埃式装订本"还要珍贵。因为我这几本旧书曾经跟我这个人共过命运,它们在我颠簸不平的生活道路上曾经给过我欢欣、鼓舞和抚慰。

如果问我还有什么感悟的话,那就是对于印刷装订工人的敬佩。只要你修补过旧书,你就会发现工人装订手艺之高明。即使拿一个最简单的工序——在书里加一张衬页——来说吧,要把这片纸裁得尺寸丝毫不差、边缘完全整齐,就不是那么容易。另外,在修补一本旧书时,把它原来的封面从书脊上一撕开,就会发现:不管书是"穿线订""锯背订",也不管是精装、简装,虽然所使用的材料不过是几根线或者是一条麻布、一片纸条,那手艺都是既精巧又简单——但是人类为了摸索出这一套简便有效的装订书籍的办法却经历了几百年甚至上千年。仔细想下去,书的印制就跟任何神话故事一样奇妙而耐人寻味。

我自知自己修补书的技术非常粗笨,而且,我这偶一为之的活动仅仅是不得已时的"亡羊补牢"。保存书籍最根本的办法还是平时爱惜。现在,每逢购置了重要的书,我总尽可能给它们配上塑料封皮。去年到美国洛杉矶参加第六届世界莎学大会,在大会书展中我发狠心买了一部莎剧全集1623年第一对开本(First Folio)——莎翁的"庚辰本"——影印版。为了"防患于未然",我一回到学校,就托一位装裱内行的朋友把这部纸面简装的大书改成硬面精装,并且为它做了一个坚牢的书套——这是我的"镇斋之宝"。

(1997 年 8 月 2 日)

站　　读

　　所谓"站读",就是在书店看书,同时还有另外一个含意,就是"看而不买"。这是穷学生的一种习惯。

　　我的站读史可谓久矣,要从小学时代算起。太久远的事,且不去说它。只说 1947—1948 年间在重庆大学上学时曾到沙坪书店,站读香港出的大众文艺丛刊,把《李有才板话》《荷花淀》一本接一本看;一口气读完《王贵与李香香》之后,还趁着新鲜印象,回到学校画了 16 幅连环画(4 张明信片,一裁为 4),登在我们自己办的壁报上,好不高兴。不过,壁报只张贴一天,不知道是被"知音"拿去收藏,还是被特务学生撕掉上报了? 次日早晨就无影无踪。

　　现在当然不能说穷得买不起书("金版书"之类除外)。但学生时代养成的站读习惯至今不改。仔细想想,站读也有几样好处。金克木教授对书有"看相""望气""把脉"之说。站读是淘书中的一种筛选方法。看看序跋,翻翻内容,大概就知道这书对不对自己的脾气、该买不该买。此其一。考验长篇小说写得好不好,有一个妙法,就是随便翻到哪一页,品品味道如何。这最适于站读——据我个人体会,只有《红楼梦》等少数经典经得起这种考验。现在散文、随笔、杂文集太多,也可用此法检验。另外,杂志也适于站读,因为最精彩的文章可能只有一两篇。有一次,我在河大门口的书店,用此法看了一本《读书》,出于礼貌,问了一句:"我看了不买,你们有意见没有?"那位女老板也很有礼貌地回答:"没意见。"不过那脸上的表情有点勉强。

　　对于只站读而不买书的读者,古今中外的书店老板都有点心中不悦而无可奈何。开书店而没有"人气"、门可罗雀不行;但只有"人气"而不赚钞票,岂不喝西北风? 这是个 paradox。没有办法,只好请书店多一点宽容,读者多一点体贴,各让一步。多年前,我到上海,在一家新华书店站读一本关于毛主席的回忆录,看的时间大概不短,我自己腿都站得酸痛了,还丢不下书。一位中年女售货员走过来,一边清理这一排书架一边说:"老同志,现在流行的是邓小平的书了,明天就要摆出来!"我从阅读的痴迷中猛醒过来,心想:"你这位同志真是'圣之时者也'!"但马上明白,她的言外之意是出于营业上的考虑。于是把回忆录放回书架,买了一本外国抒情歌曲集,以弥补因我站读而给书店造成的营业损失。

有一种书店对于站读的读者特别宽容。我指的是旧书店。直到"文革"前,北京、上海以至开封的那些旧书店,都是听任我们这些读书人既要买到称心如意的好书,又要那书便宜得让人跳起来,而且可以随便翻、随便看,买不买都行,想起来真是叫人感谢。但是这些旧书店已随时光流逝。可喜的是近些年来悄悄兴起一些"特价书店",把新华书店和各地出版社滞销的"正版书"以"出厂价"批发后,又以优惠折扣卖给读者。如今这些特价书店大概各地都有。寒舍附近已有三家,平时外出散步,进去逛逛,有时,看的多,买的少,书店老板并不介意;站读时间长了,还发扬"人文关怀",搬个凳子,让我坐坐。这就使我的站读习惯得以保持到80岁而不衰。不过我也得补充一句:近些年来,我从这三家书店买的书还不算少。因为读者与书店的关系是"一荣俱荣,一枯俱枯"。这个道理彼此都明白。

站读,虽没有什么固定目的,不搞"研究",也不想找到什么"发财"的诀窍,但往往能获得意想不到的信息。譬如说,最近我在"天府图书"(特价书店)站读《艾芜传》,才知道汤先生(艾芜本名汤道耕,曾任重大中文系教授,并曾介绍发表我的小说)解放后虽谨小慎微,仍不免碰钉子,"文革"中且在成都入狱。这才知刚解放就有"根据地作家"和"白区作家"之分,尽管艾芜是曾受鲁迅指导的著名"左翼"作家。又在"浪淘沙"(另一特价书店)看到一本文选里章诒和的一篇文章,写她小时候偷听她父亲章伯钧划"右派"后与民盟中央她的一些叔叔伯伯私下讲的悄悄话——那是别人怎么也听不到的。此外还从什么书里看到宋美龄年轻时在美国上学,爱好英国文学,能成段背诵莎士比亚剧本——这比从文史资料中看到关于她的另一些轶事更叫人高兴。在站读中也碰到叫人不愉快的事:袁世凯的亲戚为他辩护,说他并没有出卖谭嗣同和戊戌政变,他称帝也怪别人挑唆;大汉奸的子孙因为鲁迅批评过他们的先人,抓住一件小事跟鲁迅算账,仿佛他们祖宗出卖祖国倒不算什么。

在书店随意浏览中弄清了一件事：新中国成立前夕，冯玉祥将军离开美国，转道苏联，回国参加新政协，在黑海游艇上看电影，竟在火灾中遇难。此事一直感到奇怪。最近在站读中才知道，系国民党特务暗害。

站读中的感受也是喜怒哀乐、甜酸苦辣，五味俱全。

特价书店是件好事。

安得特价书店千万间，天下站读的哥们儿俱开颜！

也 谈 吃

首先,对题目解释一下:"谈吃"就谈好了,为什么还要加上一个"也"字?原因是这样:我小时候家境不是太好,从抗日战争时起又当了十来年流亡学生,出校门再进校门工作,几十年来一直吃大锅饭,饮食很随便,有啥吃啥。因此本来没有资格谈饮馔之道。不过,最近读了一篇关于猪头肉的考证文章,心想:猪头肉既可上书,何物不可谈乎?吃过几十年饭,总是有些感受吧?所以就写了这篇谈老百姓平常吃食的文章。这就是"也"字的意思。

一、馍

馍,就是馒头,又叫馍馍。不过,"馒头"似乎是"雅号",而"馍馍"似乎又像南方话。在河南,它干脆就叫一个字:馍!

馍是河南老百姓饮食中的"中流砥柱"。长期以来,河南普通人家的饮食结构主要有两种,即"馍、汤、菜"和"馍、面条",两者都以馍为其支柱。[例外只有豫南信阳一带,号称"小江南",为鱼米之乡,以吃"饭"(米饭)为主。]

想一想,这也是必然。一方水土养一方人。河南处于中原黄土地带,是粮食大省,盛产小麦等五谷杂粮。因地制宜,人民自然以用这些粮食做的食物为主食。馍,用小麦面做的,叫"白馍";用高粱面做的,叫"黑馍";还有玉米面做的,叫"黄馍";但"白馍"是主要的。这里谈的,就是白馍。

馍用酵头发面蒸成,所以或称"蒸馍",我曾听一位南方人把它叫作"面包",那是误会。面包是烤的,虽然也要发面。两者"吃口"不同:一贵硬、干,一贵软、虚(河南话念"暄")。

蒸馍的好吃与否,关键在于和面。首先,放水要适量:少则太干,多则太软。

过去粮食由国家统购统销,蒸馍卖馍由粮站统一管理,对分量有所规定;特别在粮食困难时期,馍的大小分量万目所注,关系非小。现在市场开放,私人也纷纷卖馍,有的人偷工减料,蒸馍时多放水,蒸出来看上去不小,但拿手一搦,就像棉花糖,吃起来软不叽叽,不挡饥。粮站与私人竞争,卖馍时在招牌上大书:"粮站的馍(一尺见方大字),又白又大!"靠的是不多加水,分量足,以增加号召力。

蒸馍和面还讲究多揉。面揉得好,蒸出的馍掰开一看,那面是一层套一层,吃起来有筋力。粮站蒸馍,大批量生产,用机器和面,很难揉得均匀。因此私人蒸馍行家就抬出"人工馍"的招牌,又称"杠子馍",面硬好吃。在这方面,国营企业又略逊一筹了。看来,蒸馍市场的竞争也十分激烈。

前文说的"馍、汤、菜"中的"汤",并非"菜汤"(soup),而是指一种稀粥。过去多半是"面汤",做法是:面粉放在碗里,加水,手搦两根筷子不停地搅拌,"面多了加水,水多了加面",直到把面糊打出面筋,等锅中水滚翻花,把面糊一边搅一边倒进去,再拿饭勺在锅里搅一搅,滚熟即成。这是我小时候看我母亲做饭时见到的。其关键是必须把面打出面筋,做出的汤里有一条条像鸡蛋丝一样的面丝,喝起来也爽口;否则,手一懒,面糊随便打几下就进锅里,煮出来就成了糨糊。

过去也用小米熬汤,熬得好能出"米油",喝起来很香。

解放前,河南大米很少。(郑州凤凰台虽出大米,全国闻名,但产量很少,在过去又是"贡品",老百姓吃不上。)解放后引黄河水种稻田,大米多了,所以河南人的饮食结构中又增加了"大米饭菜"一种,与"馍、汤、菜"和"蒸馍、面条"鼎足而三。

从应急的角度说,馍最方便,拿过来就能充饥(再来一块咸菜更好)。笑话里说:有一个人穷得当当响,还到馒头店门口充阔气,说他"什么都不怕,就怕馒头!"一些闲人就偏偏逼着他吃馒头,吃了一个又一个,直到肚子撑饱了,倒在地上喘气,这时又问他:"还怕不怕馒头?"他说:"不怕了。现在就怕一壶酽茶。"这大概是南方的笑话。南方人初到河南,真有吃馒头咽不下去的。但河南人绝不会怕馍。

千百年来,馍支撑着中原人民的生存,在漫长的岁月里起过举足轻重的作用。至今,当有人帮助别人找到一种谋生门路时,还说:"我给他找了一个'大馍'。"

我曾认识一位善良的劳动妇女,1938 年她刚结过婚,丈夫就参加抗日工作离开,一去杳无音信。她独自守着一个独生女儿在家,一年又一年地等待,整整等了 38 年,赖以活命的唯一手段就是——蒸馍。她自豪地说:"我一天能蒸五袋洋面,挣一点儿水钱!"靠着这一点儿"水钱",她把女儿养大,供她上学,直到工作、成家,一直到 38 年后她的丈夫归来团聚。

馍也是解放前河南人民苦难生活的见证:1941 年的大灾荒中,在郑州,拿一个馍就能领走一个大闺女。

即使是在解放后,也并不是人人都能吃上白馍。在相当长的时间内,豫东农村是靠红薯度过春荒,只要能吃上"净面馍"(即不掺菜叶的杂面馍)就算好日子了——白馍只能在收麦种秋农活最忙时吃上几天。

三年困难时期,开封出现过"抓馍的"("抓",方言借用词,音 chua):你在街上买馍,突然会有个蓬头垢面的汉子从你手里把馍抓走,飞快地塞进嘴里。后来,街上干脆看不见卖馍的了。偶尔有人卖红薯、红萝卜、茯苓饼(把茯苓根胡乱团在一起蒸一蒸),一出现,就被一群人围上。

现在学校的食堂里,常见大块的馍被扔掉。有的年轻人可能觉得一个馍算得了什么? 他们不知道:有的时候,拿钱也买不到馍。

二、面条

过去下乡劳动时,一位农民老汉曾经对我说:"我只要有蒸馍面条就中。天天吃,也吃不俗,嘿嘿!"

这话说得很实在。河南人居家,离不开面条。只有到了夏季大热天,把汤面条改成干捞面。但捞面条仅在夏天吃,汤面条则是"正宗"。

汤面,古称"汤饼",至少也有一千年的历史了。如今汤面之在中国,似乎不分东西南北都在吃,但重视的程度不同。四川人对面只是"吃着玩",江南人把面叫作"面点",都不把它当作正餐。不可一日无此物者只有河南人。

多年来"走南闯北",南方面条、北方面条都吃过。大致说来,河南的面条一般是用比较软的面轧成扁平条状,其中又有宽细之分;江南的面条则是用比较硬的面轧成像饸饹那样的圆条。此外,煮法也有不同,简言之,江南的汤面是"清汤面",河南的汤面是"浑汤面"。江南的做法是把面、汤、浇头各自分开,面煮熟后从锅里捞出放进肉汤里,再加上浇头。这样的优点是:清汤利水,吃起来爽口;但有一个缺点,把浇头(譬如说,一块排骨或几条鳝丝)一吃掉,碗里只剩下光面,就没啥想头了。在河南,饭馆里卖的面为了省事,也是这样,但居民下面条并不如此。他们是先炒菜,菜炒好,盛出放在锅边,然后趁热往锅里边嗞嗞啦啦放水,水沸时下面,点过两滚,把炒好的菜倒进锅里,用勺搅匀,才盛进碗里。这样做的面条,面、汤、菜浑然一体,吃起来,从头一口到末一口,一直有"整体感"。这种汤面也叫"炝锅面",例如肉丝炝锅面、鸡蛋炝锅面等等。

但是,河南的普通老百姓吃面条并不一定贵乎要用肉丝或鸡蛋。凡是青菜、白菜、茄子、嫩豆角之类均可下面。开封盛产西瓜。吃过西瓜后,把瓜皮削去青皮和残瓤,再切条、晾干,以甜面酱为佐料,下面条别有风味,叫"瓜皮面"。农村秋收后,用红薯梗下面,据说"强似老豆角"。野地里的"灰灰菜"含碱,下面吃起来光溜溜的——这是小时候躲日本飞机轰炸跑到郑州郊外,归途中母亲领我采集野菜时教给我的。

"浑汤面"特别适宜于冬季。三九天,捧着这么一大碗热汤面,"嗞嗞喽喽"地连吃带喝,浑身舒服暖和。这比郑板桥盛赞过的碎米熬粥、"佐以咸姜一小碟"要美得多。

三、猪头肉和羊肉汤

在孟子所设计的理想社会里,70 岁的人才有资格吃肉。可见,古时候若不是肉太少,就是肉都被高高在上的"肉食者"吃光了,能留下给老百姓的只有那么一点点。我小时候,家里虽不算精穷,可也愈来愈不济。所以,能记得起的吃肉印象也就是大年三十夜的一顿肉饺子和新春头三天吃的那种把猪肉、白菜、油炸豆腐、金针、海带炖在一起的荤素"大锅菜"。抗日战争中,上流亡中学,六年中经常吃的是"三黄",即玉米面馍、玉米面汤和白水煮黄豆芽——一年到头吃下去,真是"嘴里淡出鸟来"!好不容易到重庆上了大学,靠每个月五块钱的伙食贷金生活,每天吃饭都得"抢"。我笨,抢得慢,每顿只能吃上一碗饭。那时候我听说重庆哪个小巷子里有一家专卖牛头、牛杂碎的牛肉铺（好像叫"老四川"），价钱很便宜，抗战期间是穷文人常去解馋的地方，郭沫若还为它写了一块匾。我对这家牛肉铺非常向往，念兹在兹，每次到重庆市里都去寻找，但找了四五年也没有找到。

就这样，靠着粗茶淡饭，靠着年轻人的生命力，我熬过了漫长的苦日子。一个人青少年时代的生活方式往往给他一生的生活习惯打下了基础。因此，即使参加工作、有了收入，我对于饮食也没有什么过高的要求。

我读过冰心老人的一篇回忆，说她年轻时在家里曾叫她弟弟到街上为她买猪头肉吃。我读了觉得很高兴。因为我也是喜欢吃猪头肉的。多年前，一位老炊事员曾向我推荐说："开封7毛钱一斤的猪头肉，切成大片儿，用葱、蒜苗、小磨油一拌，吃着可地道！"我的体会是：猪头肉不宜热吃，因为刚出锅时有腥气，也腻，而要等它放凉了，切片吃才香、才爽脆。更可喜的是：它便宜，7毛钱一斤的价钱一直维持到80年代初。这是普通老百姓喜欢猪头肉的"秘密"所在。这也跟读书人爱逛旧书摊一样，因为旧书价廉物美。用想不到那么便宜的价钱买到简直从天上掉下来的好书，乐何如哉！要是旧书比新书还贵十倍百倍，甚至是拍卖时的"天价"，就没有人（除非"大款"或"老外"）敢去买了！

我非常怀念70年代末到80年代初的饮食价格。那时我出差到北京，"东来顺"的羊肉饺子1毛2分钱一两，羊肉饼1毛5分钱一个，红豆粥9分一碗；"沙锅居"的小沙锅炖肉6毛钱一锅；前门外"成都饭店"（有朱德、郭沫若的题词）的豆瓣肘子8毛钱一碗——美美吃一顿，花不了一块钱！现在想起来真像做梦。

穷知识分子吃饭的"黄金时代"过去了。

开封从过去的帝都和省会沦为现在的小城市，市民收入低。但是由于传统"饮食文化"的余荫，留下的小吃还有几样，总算还给下层老百姓保留着以较低代价尝尝荤腥的一片小天地。我特别要提出的是羊肉汤。

羊肉汤，即羊肉鲜汤，古时候叫作"羊羹"。汤馆在门口支一口大锅，炉膛内火光熊熊，锅中雾气腾腾，煮着大块羊肉、羊骨头、羊肚、羊肺、羊肝等——这实在是对羊肉综合利用的好办法。这一饮食品种大概是从我国西北少数民族地区传到中原来的。但奇怪的是，我在甘肃、陕西时看不见羊肉汤馆，只有羊肉泡馍馆;而在开封,羊肉汤馆遍布全城。其实羊肉泡馍与羊肉汤大同而小异:同者,都需要由顾客把"馍"(不是蒸馍,而是烤熟的硬面饼,开封叫"锅盔",也就是新疆的"馕")自己动手掰成碎块,放进碗里;异者,是羊肉泡馍的下一道工序是由泡馍馆厨房加料加工烩制,而羊肉汤的顾客则需要根据自己口味往面前的羊肉汤里放盐、辣椒、芫荽。有这点"小自由",价钱也比羊肉泡馍便宜。也许正是为此,才使得羊肉汤受到开封市民的特别欢迎吧。

我在国内任何地方都没有喝过像开封这样好的羊肉汤。所谓好,不外乎是鲜美、味正、没有膻气。羊肉汤的烹制看似简单,实则在选肉和火候上大有讲究。有没有经验,熬出来的汤是大不一样的。多年前,我在郑州去过一家羊肉汤馆,大锅里煮了一锅龇牙咧嘴的羊头,而那汤喝起来简直像刷锅水。

开封人喝羊肉汤成了瘾。无论春夏秋冬的上午,常见男女老少坐在汤馆的一排排长条桌旁,每人面前一只大碗,缩颈而啜,有滋有味,蔚为街头的一道风景线。年轻人喝羊肉汤脾气更怪,愈是在大热天,愈是多要肥油,多放辣椒,满碗血红,辣得嘴里不停地"嘶嘶哈哈"。据说这样出一身大汗,喝后浑身舒畅。当然,喝羊肉汤的最佳季节自然还是冬天。凌叔华在伦敦,怀念北京的烤白薯。开封人到了国外,大概会怀念开封的羊肉汤吧?

四、小吃种种

家乡的小吃是一个人一生的蛊惑。对于它们的回忆,总是魂牵梦绕地伴随着自己一辈子。

那多半是些微不足道的东西,譬如说:少年时代在郑州,临上学前母亲给一毛钱在小学门口买一盒烧饼油条,再喝一碗玉米仁甜汤;或者在家里听见外边的吆喝声,就缠着母亲要五分钱,跑出去从走街串巷的小贩那里买一小碗鸡血汤——如果汤里带有一串很小很小的鸡蛋,就感到极大的惊喜。这些都永远留在记忆里了。

再有,就是在人生各个阶段偶尔留下的零星印象:

在穷苦的陇南小县读书,心目中最美好的食品是县城西关的羊肉泡馍。但在六七年中只有一位同班同学请我去吃过一回,当时觉得简直是珍肴美味——

50多年来，它所留下的无穷回味，连后来在鼎鼎大名的西安"老孙家泡馍馆"吃的也无法相比。

上重庆大学时，穷得冬天没有被子、夏天没有蚊帐。那时偶尔去光顾的是中渡口的排骨面。有一家小饭馆的胖老板是河南荥阳人，见我去了，就大声嚷："老乡来了，排骨炸得大一点儿！"可是端来时，我总觉得放在面上的那块排骨不是大而是小——不知道是因为我的胃口太大，还是他"口惠而实不至"。

更多的印象则是在开封的长期单身汉生活中打游击式吃过的种种小吃：水煎包子、豆沫、胡辣汤、炒凉粉和冬天的"热煮梨"。

我觉得，关于饮食文化，最重要的还是那句老话："饥者易为食，渴者易为饮。""汗流满面才能得食"的人，天生就有一副好胃口，同时祖国的饮食文化传统也为普通老百姓准备了能够用不多的钱吃饱吃好的食物。相反那些天天吃请不断、连一席千金的酒宴都吃腻的人，仅仅靠着一种"占有欲""猎奇心"或者"优越感"催赶着他们奔赴一个接一个的宴会，最后恐怕只有把他们的正常胃口吃得倒胃完事。千百年来，人民就是靠着以家常便饭为主、以街头小吃为辅，维持着自己的生存，并且在这生存的基础上创造着物质文化和精神文化。"宫廷酒宴""满汉全席"，自有其顾客。但饮食文化也要"以人为本"，百花齐放。我自己本来就是普通老百姓，在我的感情天平上，在饮食方面，还是向家常便饭和街头小吃倾斜。因此，我主张，当政者在建造"四星""五星"级的豪华大饭店之余，更应该注意一下怎样办好关系着亿万普通老百姓生存的大众饮食文化事业。

苏 州 三 题

像我这样对于苏州了解甚少的北方人,提起苏州,除了重复一下"上有天堂,下有苏杭"或者"苏州——东方的威尼斯"以外,恐怕最好是保持礼貌的沉默。但是,由于两位老同学(其中一位已经不幸于去年底突然作古)在苏州工作并安家落户 40 多年,我也有机会在前些年到苏州暂住。这么一来,对于这座名城,要说毫无所感,那也不合事实。现在就来谈谈个人的点滴感想吧——不过,谈起来总免不了要联系北方的事情,因为我毕竟对于北方知道得多一点。

一、从大饼油条说起

前两年,上海报上说:贝聿铭先生从美国回到苏州时,念念不忘寻找他早年在家乡吃过的"大饼油条"。这使我很受感动:原来,在这位世界著名的大建筑家身上还存在着如此浓厚的乡情和人情味。

"大饼油条",在北方叫"烧饼油条",是一种大众化的传统小吃,配上一碗粥或豆浆,就是很方便的早餐。

不过,细分起来,由于地区口味不同,江南之大饼油条和北方的烧饼油条还不完全是一回事。简言之,江南的烧饼一般做得小巧精致,单独为食,就是很好的点心,而北方的大烧饼一般做得薄而空,作用类似"三明治"的那两片面包,必须夹点什么才"出味"。至于油条,实在还是北方的好,特别是有一种"四批油条"(这是开封的名称),细细长长的四根,葱管似的中空,两端粘连在一起,弯成椭圆形,夹在大烧饼里吃,酥脆而香,没有话说。

然而,苏州烧饼之美,我也亲有体会。1982 年于苏州小住。一天下午,我在观前书店看书归来,半路上突然遇雨,躲到街旁。这时肚子饿了,附近正好有一家烤饼炉。我顺便买了几只小烧饼，站在屋檐下，一边吃一边看那绵绵下着的细雨，觉得这些小烧饼很好吃，咸中带甜，是地地道道的"南味"。后来，老同学段东战告诉我：这种小烧饼叫作"蟹壳黄"——这个名字也很艺术，把烧饼的形状、大小、颜色都描绘出来了，甚至（至少我这样想）连烧饼的香味都暗示出来了。

不过，在苏州的小吃中，最使我怀念的还是"朱鸿兴"的面、"黄天源"的糕团——它们是我客居苏州时多次果腹之物。可是，读了小说《美食家》，才知道在一碗面里有那么多的学问，我就不敢谈"朱鸿兴"了。就笼统印象说，江南的"面点"对汤很讲究，不但"清汤利水"，吃起来爽口，而且汤味鲜美，留下回味；另外，浇头的名堂多，把一碗面翻出许多花样来。此虽小道，却如南方其他更重要的产品一样，都显出精巧细致的工艺。"黄天源"那些用糯米粉或大米粉做成的形形色色典型的江南糕团，只好请本地内行人细讲。

地方小吃往往具有一种令人意想不到的精神凝聚力。女作家凌叔华在伦敦住了40年，常常怀念的却是北京的烤白薯。开封前些年国营食堂曾经大卖过一阵"全牛汤"，即将屠宰厂的剩余物资——牛头肉、牛杂碎、牛骨架放在大锅里煮成肉汤，每碗一角五分，便宜实惠，深受市民欢迎。但由于种种原因，汤店经济亏损、有意停业；当时市领导人考虑到市民的需要，特别下令不许停业。后来，撑持多年，汤店还是关门。但那项指示不失为关心群众、体察民情之举。

苏州传统小吃海内外闻名。我之所知挂一漏万，而且还是前些年的情况。想来今天一定更有一番兴旺景象吧？

二、买旧书

读书人都爱逛旧书店，原因在于旧书店能使你在无意之间以相当便宜的价钱买到一本向往已久的好书。"文革"前，我曾在开封一家旧书铺发现一部明版书：王世贞手编《东坡诗选》，上下两卷，标价8角，便宜得叫人要跳起来。可惜身上未带一文，等取钱再来，书已被人购去。怅恨之余，只好在写小说时把它算作自己的"藏书"，用阿Q精神聊且快意。

苏州的旧书店，闻名已久。每次到苏州，都要逛逛旧书店。经济力量有限，我不敢奢望什么奇书秘笈,只求能买上几本自己喜欢看又买得起的书就心满意足。

1964年5月,我曾在观前的苏州旧书店买得许广平在抗战前夕影印的《鲁迅书简》。这是我第一次看到鲁迅先生的书信手迹,价1元5角,不算便宜,出于对于先生的崇敬感情,仍然买下了。书已破损,硬纸封面和书页分了家,回开封后把它装订牢固,多次捧读,一直珍藏到今天。

我还到过人民路古籍书店。一进门,就看见三面靠墙的高大书架上分门别类摆满了线装书。那时候,明版书似乎并不怎么稀缺,一部崇祯末年印、陈仁锡作序的《史记》就夹在众多古书当中,价钱也不高,但部头太大、不便携带,我没有买,只买了一部道光甲申扶荔山房版的两卷大字本《史记菁华录》。这书自然算不得什么稀罕古董,但从"比较文学"的观点来看,道光甲申(1824年)正是拜伦病逝希腊军中之年,论时间书也一百几十岁了,对于"思古之幽情"也可稍稍满足。何况,这部书天地头宽大,又是朱墨双色套印,给人美感。所以,我一见就买下了,回到开封,还为它做了一个布套保护起来。在"文革"中,它伴我度过一段苦闷的日子,使我得以耽读太史公的奇文,了解一下古老中国的历史,给我很大的精神享受。

那一阵,我还是一个"快乐的单身汉",工资虽低,花钱随便。置身于书海之中,想买的书太多了,尽管再三"割爱",新书、旧书还是买了一大堆。而且,我还乘高兴在玄妙观买了一些木头做的小磨子、小杵臼、小水桶,泥巴做的戏曲脸谱、小泥人儿——准备自己玩一玩再送给认识的小朋友。这么一来,半月过去,口袋就空了。本来还想"赴沪一游",只好作罢。买一张车票,"满载而归"。

开封,作为往日的帝都和省会,积存的古书本来很多。但一场"文革"过去,旧书店荡然无存。1982年重游苏州,人民路的古籍书店却依然存在。苏州的文化底子太雄厚了,再不然,聪明的苏州人即使在"文革"当中也许对书籍暗中采取过什么保护措施。所以,我才能又买到两部木版书:《随园诗话》和《壮悔堂文集》。更大的收获是一部东涧老人(钱牧斋)手抄的《李商隐诗集》——尽管是影印书,看了古抄本里根据宋本校改时随手涂抹的墨迹,却一下子把人的想象拉回到300多年前的明清之际,引起种种联想。但这两本书在乱书堆中放得太久,封面污秽不堪,买来后请东战托人用磁青纸、白丝线重新装过。东战还以其别具一格的书法挥毫题签,并写了一段题记。破旧的书,这么一装潢,成为一部很像样子的古书了。

三、祝愿

苏州的传统文化遗产太丰富了。整个苏州城简直就是一座浓缩了的历史博物馆。且不说玄妙观、拙政园、狮子林、虎丘、寒山寺等等古迹名胜,就说那一条条巷子里的路,全都是一小块一小块石头干干净净、整整齐齐铺起来的,表明了历代劳动人民为了建设这座美丽的城市曾经付出多少血汗!

人一到苏州,就不禁想起吴王夫差、伍子胥、韦应物、刘禹锡、况钟、唐伯虎、五人碑、金圣叹、李秀成等等历史人物、历史事件。到那些名园古刹中,哪怕随意浏览一下,都会突出感到自古以来,特别是明清两代在苏州留下的历史遗迹。

"吴中盛文史,群彦今汪洋。方知大藩地,岂曰财赋强。"千百年来,吴中富庶之地,形成了丰饶的文化土壤,培养出一种优美、细腻、雅致、蕴藉的地方文艺风格——这从苏昆和评弹中看得最为鲜明。若拿北方的戏曲、曲艺,譬如说,拿河南梆子和河南坠子来与苏昆和评弹来比较吧,那就像"大江东去,浪淘尽,千古风流人物"与"杨柳岸,晓风残月"差别那么大——或者,拿当代的演员来比,就像常香玉与王文娟的艺术风格那样不同。

因此,几年前我曾想过:苏州的旖旎风光,苏州的丰美文化,苏州人民的特殊生活方式,应该产生一种带有浓厚苏州特色的地方文学,正像北京所产生的以老舍为代表并有一大批后继者、创新者的"京味儿文学"一样。这不仅符合苏州本身的需要,也符合当代中国文学发展的需要。

后来,我读了中篇小说《美食家》、看了电视剧《裤裆巷风流记》,感到衷心的高兴——这正是我所希望产生的苏州地方文学,并且希望这种文学能像"荷花淀派""山药蛋派""湘军""大西北派"等等其他地方文学流派一样繁荣发展。优秀的地方文学不仅能走向全国,也一定能走向世界。谨以区区此意,向《苏州杂志》、向苏州市文学界同行祝愿。

（1990 年 4 月 10 日,开封）

谈 王 宝 钏

从小听京戏，最熟悉的一句戏词是《武家坡》里的"一马离了西凉界"，但是习焉不察，只是跟着哼哼罢了。近些年，买了些京剧磁带，倒把有关王宝钏的几出戏，像《彩楼配》《三击掌》《平贵别窑》《母女会（探寒窑）》和《大登殿》都收集在一起，从头到尾听了几遍。据专家考证：薛平贵和王宝钏的故事是从唐代名将、号称

京剧人物：王宝钏

"三箭定天山"的薛仁贵的事迹演变出来的。我对此毫无研究，只能就听戏的印象，谈谈个人感受：我觉得王宝钏这个戏剧人物代表着古代中国一般妇女的憧憬或者说精神向往。

王瑶卿的《彩楼配》，我只看到曲谱，没有亲耳听过。我听的磁带是陈德霖的一个唱段："梳妆打扮出绣房。"这大概是他晚年的录音，只能留下一点历史的痕迹，已经听不出他那"音要妙而流响，声激越而清厉"的辉煌了。使我深受感动的是李玉茹和周信芳演唱的《平贵别窑》以及黄桂秋和李盛泉演唱的《母女会》：第一次听，催我泪下；以后再听，也都受到震动——这是一个人的心灵对于人性中至情至爱的自发感应。

在《平贵别窑》中，王宝钏一听她心爱的丈夫要出门远征，立刻晕倒，因为薛平贵是她感情和生存中的唯一支柱；失去这根支柱，她就失去一切——连与她父亲的"三击掌"也失去了基础和意义。在接着的一连串对唱中，王宝钏的唱腔表示出的是哀婉深情、离愁别绪，最后则是撕心裂肺的生离死别。这一切都非常感人。薛平贵在"别窑"中的表现也不错，很够男子汉气魄：他强忍着离别爱

妻的巨大悲痛（且不说接着还有张士贵的嫉贤妒能等待着他——错了,把戏曲里的薛平贵和薛仁贵两个人物搅在一起了;应该说是:背后还有王丞相的人为压制和苏龙魏虎的无情打击),把他作为一个"大头兵"所仅能拿出的"干柴十担米八斗"留下,尽量体贴地说些宽心话,来安慰这位舍弃荣华富贵下嫁给他的三小姐。这一段对唱,一刚一柔,艺术上可说是珠联璧合、无懈可击。周信芳演的薛平贵,在夫妻难舍难分、最后时刻不得不决然离开时,用马鞭敲靴的那一下重击,即使从磁带上仍听得真真的,简直就像敲在听者的心上。古人常用"力透纸背"来形容文字的力量,薛平贵的这一记鞭子真可以说是"穿越磁带的局限"了。

在《母女会》一折,黄桂秋演的王宝钏和李盛泉演的老夫人配合得也很好。这场戏把王宝钏在寒窑中的凄苦日子刻画得非常感人。黄桂秋的唱腔,不同于梅派的雍容华贵,也不同于程派的如泣如诉,自有他的特点。他在《母女会》中的西皮唱腔,低沉而稳重,似乎稍带沙哑,很能表现王宝钏在长期苦难中所煎熬出来的坚毅而沉稳的性格,而正由于其坚毅而沉稳,更深刻地表示出这种性格的悲剧性。老夫人刚进寒窑一看,那一声惊呼"哎呀!"把王宝钏所遭受的苦难,不需任何话语,全透露出来——在我第一次听到这一声惊叫,眼泪立即夺眶而出。这如果不是因为我的感情太脆弱,就是因为戏曲艺术"以一当十"的简练手法太有力了。

在《母女会》中,王宝钏一方面立场坚定、与相府划清界限,同时又"识大体,顾大局"对老母关怀备至,不愿因父女关系破裂而影响二老的感情,母女之情表现得真挚动人。

但是,在把有关王宝钏的几出戏全部反复听过几次之后,我对《武家坡》这一出戏产生了反感。这出戏经过近百年来的千锤百炼,从艺术上可以说是炉火纯青。其中薛平贵的几段唱腔,如"一马离了西凉界""八月十五月光明""提起当年泪不干",也都脍炙人口。但是我不喜欢《武家坡》中所反映的大男子主义,特别是"戏妻"那一段。《武家坡》中的"戏妻",和《秋胡戏妻》,以至元稹《莺莺传》中的所谓"始乱终弃",体现了一种极为可恨的中国式的封建思想糟粕。中国男人,往往希望女人"浪漫",以便他自己去当"风流人物";但满足了他的"风流潇洒"之后,他又把被他玩弄过的女人看作"下贱货",或打或抛。薛平贵在武家坡就打算先勾引为他苦守寒窑18年的王宝钏,如果她上钩,就把她杀死(解放后经过戏曲改革,杨宝森的戏词改为"打马就走"),然后一马回到西凉。这种残忍思想,说他是"没事找事""神经病",还嫌太轻,只能说是冯东山式的"淫虐狂"。

说到这里,我想起小时候作为流亡学生在西安住过。有一天大家一起参观西安南郊的一排古代窑洞,传说其中有一处就是王宝钏住过的寒窑。同时还听说另一种民间传说:王宝钏在寒窑苦守18年当中,后来日子实在过不下去,有一位好心的猎户不时接济她,渐渐地她就和这位猎户在一起过了。最后薛平贵回来,王宝钏羞愤自杀。

这有点杀风景,仿佛是王宝钏故事的"后现代"、解构主义的版本。不光头脑古板的男人要反对,恐怕多数老实的妇女也接受不了。所以,几十年来没有听谁公开提过这个"另类"的故事结尾。因为,善良的中国妇女往往拿王宝钏苦守寒窑18年作为榜样,以砥砺自己对于丈夫的忠贞不渝。

不过,仔细想想:薛平贵在西凉国一十八年,"停妻再娶",跟代战公主高高兴兴过日子,要不是天上一只大雁用"半幅血罗衫"捎来的消息,他不是把在寒窑中苦等他的王宝钏忘了吗?那么,即使发生了前面说过的事,也无损于王宝钏的高贵品格,因为她已经尽了一个弱女子的一切力量。按照实际生活的逻辑,"干柴十担米八斗"是维持不了18年的,正如戏词里说的:"不要说吃,连数也早数完了!"王宝钏要活下去,不外有三条出路:一,替街坊邻居缝缝补补,挣几个针头线脑钱,但这点收入不足以长期维持生存;二,老夫人暗中接济,但碍于王丞相的阻力,只能偶尔为之,无法改变女儿根本命运;三,假如有一个儿子也好,像《汾河湾》中的柳迎春有薛丁山为她打雁度日,可惜王宝钏无此福气——她是孤独的,那么靠猎户日常照顾就可能是唯一的生路了。但这条传说中的生路又导致传说中的最后无法立足于社会,她只得羞愤自杀。由此可见王宝钏故事中所蕴涵的深重悲剧性。

与《平贵别窑》《母女会》中深重的悲怆情调形成强烈对比,《大登殿》一折场面热闹、唱腔华丽,王宝钏的全部悲剧一下子转变为一场欢闹的喜剧:薛平贵从"西凉国王"当上了大唐皇帝,王宝钏从寒窑苦守的贫妇当上了"正宫娘娘",一切矛盾都已化解。但是,"悲苦之语易好,欢乐之词难工"。"大登殿"这种乐观的大团圆,除了让人哈哈笑笑,已经说不上怎么感动人了。这种从天上掉下来的"好事",不但于史无据,而且作为艺术的夸张也未免太离谱,不符合历史规律,怎么可能? 是不是剧作者瞎编的?

长期以来,我对于王宝钏戏曲中前几折的悲剧情调和最后的喜剧性甚至闹剧式的结尾,颇不理解。经过思考,才明白:中国的古典戏曲反映了老百姓对于历史的朴素的阐释和衷心的希望。他们希望受尽苦难的王宝钏能得到好报,而在古代社会中所能想象出的最大的好报就是那样。"大登殿"的结局尽管极端夸张,在现实生活中绝不可能,但老百姓看了仍然高兴。

《王宝钏》这部戏是人民集体艺术想象的产物,它是老百姓对于古代中国妇女的一曲颂歌。王宝钏所代表的并不仅是反对"嫌贫爱富"、坚持婚姻自主的宰相之女,她的苦难也正代表了所有在历史上含辛茹苦、为了自己的丈夫儿女的生存发展而操劳一生、受苦一世的平凡中国妇女——正是千千万万这些平凡妇女的默默奉献支持了中国人的生存发展。

正如看莎剧《李尔王》,普通观众所关心的焦点并不在于李尔这个国王、考黛利亚这个公主,而在于他们父女的悲剧命运中与普通人民的命运共同的地方。

如果再深入一层去想:王宝钏毕竟是中国封建社会所产生的一位艺术典型人物。她与涅克拉索夫在《俄罗斯妇女》中所歌颂的十二月党人的妻子们是不同时代的人物。那些高贵的女性是现代社会的产物,是具有现代思想觉悟的人。她们情愿跟随因反抗沙皇专制而受难的丈夫一同流放到西伯利亚,完全是为了先进理想而献身,并不幻想丈夫"衣锦荣归"、自己也随之"夫荣妻贵"。但这应该是另外一个值得思考的题目。

(2001 年 9 月 28 日上午)

女教师、红卫兵和锯木工

1966 年秋。K 市模范女教师、英语教学尖子 L，被打入"牛棚"，监督劳动。这时，戴高帽、挂黑牌、游街等等热闹的高潮已经过去。管制她的那些红卫兵，也就是她所教过的中学生，天天看着她扫地、清理厕所，看得腻了。正好有一天下大雨，这一下他们可找到好玩的事情了，就勒令 L 在校院里学狗爬。

L 头上淋着瓢泼大雨，在泥水里爬了一圈又一圈。

红卫兵们站在屋檐下催逼着、斥骂着、笑着，玩得很开心，很"投入"。

L 艰难地爬着、滚着，不知道还要爬多久。

这时候，有一个拉大锯的木工 Y，一个高大粗壮的汉子，正在学校里干活，碰上了这一幕，看不下去了。他向红卫兵大喝一声：

"××××，你们干什么？"（××××代表敝省的"省骂"，比"国骂"多一个字，因文不雅驯，故隐去。）

这一吼，比最高指示"要文斗"还管用。几个红卫兵立刻逃窜。女教师不爬了，走到屋檐下，浑身湿淋淋，一副狼狈相。

锯木工怜悯地责备她："L 某某，你怎么这样窝囊？"

女教师满腹委屈地说："Y 师傅，你不懂……"

锯木工力大无比，他能锯倒一棵大树，并且把树分解成一条一条的木板，但他不懂怎么会发生这样的事：十几岁的孩子像狠心狼一样糟践这个像他们妈妈一样的女老师，而这个老师也这样听话、忍受他们的侮辱？他看看女教师，看看阴雨的天，看看院子里的泥水坑，发了一会儿愣，就又低头干活去了。女教师自去收拾一身的脏衣服。

以后呢？

以后——这件事是在发生了三四年之后，我偶尔听这位锯木工酒酣耳热之际说的,他没有说下去,我也没有再问。因为,说实话,在那个"峥嵘岁月",这种事发生得太多,让人产生一种感觉,仿佛在天地之间就该如此这般似的。

但是,今天想起这件事,我倒非常担心、非常后怕。

担心什么呢?

自然,我用不着为那位锯木工担心。因为虽然他当时干预了红卫兵的"革命造反行动",颇有"袒护牛鬼蛇神"之嫌,但由于他那"响当当"的工人身份,红卫兵也不敢再去找他,清算他的"右倾机会主义错误"。况且,今天说来,他那一声大吼,总算发自中国普通老百姓的健全良知。用鲁迅曾经打过的比喻,这一点良知乃是中华民族赖以生存和延续、中国赖以不亡的"火种"和"脊梁"。所以,对于这位锯木工(尽管他那一句"省骂"不免是"白璧微瑕"),我只想借用现在流行歌曲里的一句话说:祝"好人一生平安"吧!

我有点担心的首先还是那位女教师。因为,虽然工人阶级一声吼,暂时把那几个红卫兵吓退,但是锯木工的活一干完就得走人,红卫兵再去对女教师"踏上一只脚",是极容易的。不过,冷静一想,这种担心又有点可笑,因为"弹指一挥间",31 年已经过去了,即使"再踏上一只脚",也早已踏过了,担心也是无用。而且,也不妨来上一点"革命浪漫主义":女教师当时由于"触及灵魂"加上"触及皮肉",大概锻炼得"宠辱不惊",早已由委屈归于平静了。中国知识分子对于政治运动的承受力是众所周知的。据一位在 1957 年曾经与老伴一同划过"右派"的可敬女学者说,她老伴因为"脸皮薄",死了,而她因为"脸皮厚"活下来了,而且,客观地说,后来活得质量还很高。所以,我们大有理由假定:那位女教师也有同样的修养,她活下来了,而且,按照"大难不死,必有后福"的老例,肯定现在正在儿孙绕膝之中安度晚年。

我真正担心的、考虑得更多的,倒是那几个红卫兵。说是"红卫兵",其实不过是十四五、十五六岁的孩子。他们在有野心的大人们煽惑之下,在幼稚无知之中扮演了"披着狼皮的羊"的角色,把他们的老师大大折磨了一番。以后呢?以后,我当然愿意设想:他们长大了、成熟了,认识到自己学生时代的荒唐,并且引以为戒,从此好好做人。那位曾受他们折磨过的女教师恐怕也会这样想的。我曾听 K 市另一位女教师谈她自己在"文革"中的遭遇:1966 年 8 月中旬某一天,突然有一批北京的中学红卫兵冲到她那个中学去煽风点火,对"牛鬼蛇神"

实行专政,其中一个女红卫兵揪住她就拿皮带没头没脑地抽。但这位女教师(她是一个有两个儿子和一个女儿的母亲)回忆起这件事的时候,不经意地带着一丝温柔的微笑,轻轻地说了一句:"那个女孩子长得可漂亮了……"——善良的人即使对于曾给自己带来痛苦的人,也往往是怀着善良的心去想的。

但是,在中国,也不能不正视事情的另一面:那些动辄给别人制造痛苦甚至灾难的人是从来不自省的——他们没有"自我批评"的习惯,他们总是爱"忘记"过去。譬如说,对于从"反胡风""反右"以来包括"文革"在内的政治运动,有些人就从不提这些事,也不愿让受害者提,仿佛这些事从来不曾发生过;偶尔不得不提,也用"那是历史造成的"这么一句话搪塞过去。至于"历史"是怎样形成的,自己又在这"历史"中起过什么作用,他们就不愿提一个字。

联系到那几个红卫兵,只要他们长大后知道过去错了,接受教训,那当然再好也没有——"年轻人犯错误,上帝原谅他们。"但他们如果也仿效了上面说的那些人的榜样,那么他们也就只会为自己没有挨上锯木工的拳头而沾沾自喜,因而把"欺软怕硬"当成处事做人的准则。这样的恶习蔓延下来,就会形成一种不良的社会风气,造成很坏的后果。

这是耸人听闻吗? 不是。因为社会风气都是由于人的行为习惯先横向扩展、再纵向传递、一代一代积淀下来所形成的。好的风气是这样,坏的风气也是这样。就拿殴打大、中、小学教师来说,近些年来就仍然屡有所闻。而报刊、电视、广播的报导中有关"欺软怕硬""欺老害幼""见死不救"的现象更是层出不穷。原因何在? 其中一个重要原因就是从50年代中期以来一连串极"左"的政治运动及其最高峰"文革",在长期内摧残了宪法所规定的人民权利,破坏了人民内部的正常关系,造成了由上而下的道德滑坡和素质下降。现在社会风气的败坏其实就是从"文革"开端的。

历史教训应该吸取。吃历史的"夹生饭"只能拖延现代化前进的步伐。为了吸取"文革"的教训,巴金先生曾经提出过"建立文革博物馆"。或因工程浩大吧,这建议恐怕暂难实现。在此我愿提出一个简便易行的小小建议:凡从"文革"中过来的四五十岁以上的人,每个人都可以在心里"过过电影"、回忆一下:自己究竟在"文革"中怎样度过的? 扮演过什么角色? 对自己光彩的那一面要想一想,不光彩的那一面也要想一想;自己所受的痛苦和损失要想一想,自己给别人造成的痛苦和损失也要想一想；然后用党历来所教导的原则和中国人的做人道德（不管新道德和旧道德都可以）当作准绳，自己给自己做个"鉴定"，"发扬成绩，纠正缺点"，以利于今后正正当当做人处事。这种自我剖析，只要凭着自己良心去做就成，不要写出来，也不必对别人说。我想，大家经历过那么多的政治运动，即使自己没有做过检查交代，别人的检查交代总看过、听过不少；那么，在自己心里反思一下过去，对于每个人不过是"小菜一碟"；况且这对于个人的社会形象也丝毫无损，绝不会影响到今天的升官发财，而其效果：一可以净化个人灵魂，二可以清除"文革"遗毒，三可以接受历史教训、加快祖国现代化步伐。有此种种好处，想必各方志士仁人一定乐于采纳并且付诸实行吧？

（1997 年 8 月 15 日）

"快乐的单身汉"

一

"单身汉,好快活,

无忧无虑度日月;

光棍哥们儿结一伙,

有说有笑天天乐。"

(英国民谣,译其意)

外国作家常把打光棍儿的男人叫作"快乐的单身汉"。据兰姆说,独身生活有利于"安心精研专业之奥秘"。但我发现他说的这种"快乐"是装出来的。因为从他的传记看,他曾因青梅竹马的女友嫁人而痛苦得发疯,后来暗恋过一位邻居姑娘,而邻居姑娘早逝,他又向一位女演员求过婚,那位演员不愿与他的疯姐姐住在一起,结婚无望,他才不得不一生未婚。即使如此,他的梦中还幻想着自己不但与早年恋人结了婚,而且还生下一双可爱的小儿女。可见兰姆对于婚恋和家庭幸福始终没有断念,只是条件太不顺利,只好独身过一辈子,硬撑着说说大话,其实心里是很苦的。原因也很简单:人要吃饭,也要结婚——这是自然规律,正常的人都要走这条人生道路,无论中外,大概都是如此。

上面说的那些话,是因为一件小事所引起:最近在学校门口看见一张讣告:一位过了一辈子独身生活的老师,71岁,去世了。他是单身汉,大家都知道,但已经71岁,在养老院里突然去世,却使我有点吃惊。因为这位老师外号叫"小孙",据"文革"前的印象,是个年轻、白净、文质彬彬的北京人,平时绝不会想到他会直到71岁还一个人打光棍，并且孤零零死在养老院里。究竟怎么回事呢？同事们议论起来，才知道他是名牌大学出身，又是北京人，"文革"前就想回北京，不愿在本地找对象，但调动不易，"文革"中更动不了，据说，"给他介绍过一百个"，他都不同意；这样就一直拖下来，孤孤单单，生活不能自理了，住进养老院。偶尔还听在校园里散步的退休人员说他的一件轶闻。他在养老院里，见人就问："你今天读毛主席著作没有？毛主席著作要天天读！"精神有点不正常了——仿佛是《芙蓉镇》里的一个人物。大家当作笑话听听——虽然这种笑话有点凄凉。现在他死了，我算一算，他"文革"前30岁，那么40岁、50岁、60岁、70岁，可不是吗，他已经成了71岁的老头！

小孙的去世引起了我关于单身汉的回忆和思索。

二

"文革"后期，运动还在有气无力地进行着，人们稍稍松了一口气。这时候，人们开始有点来往，串串门子，说说闲话。我自己常来往的是一些单身汉教师。从50年代后期以来，政治运动频繁，知识分子总是对象。这种政治倾斜对于知识分子的婚姻也有所影响。"文化革命"中，关于婚姻状况，老百姓有一句话概括："大学教师不如中学教师，中学教师不如小学教师，有文化不如没文化，大老细不如大老粗。"

一个人从一个年轻小伙子渐渐变成了"老大难"的单身汉，除了社会的原因，也有他本身的原因，就是说，他本身也存在着一定的思想障碍，脑子里有一套框框，这一套框框还很牢固，长期保持，不肯改变，婚姻问题就拖延着，直到几乎无法解决。人们对于这种人往往简单地称之为"神经病"。其实他们脑子一点毛病也没有，只是因为社会和个人的原因，被生活挤到一个偏僻的角落，想事、处事也就不免有点偏执而已。

前面说过，在"文革"后期直到近些年，我有幸与几位年龄偏大的单身汉来往，现在我把他们中的三位当作老朋友来回忆、怀念一番。

三

　　第一位是老郑。老郑是抗战时期在一所内迁的国立大学外文系毕业,著名翻译家傅东华是他的老师。据他闲谈中说傅的老婆年轻漂亮,我无缘得见,且不必说。他还说他在学生时代译过莎士比亚的长诗《鲁克丽丝受辱记》,内容叙述古罗马一位贵夫人被霸主之子所强暴之后自杀,引起公愤,推翻霸主王朝。老郑不翻莎翁名剧,专翻这篇长诗,怕是弗洛伊德说的"里比多"在起作用。这也不必深究,只说他解放后的事。老郑50年代初在北京一个大单位当翻译,做的是文字资料工作。解放前大学外文系重文学轻口语。我与老郑接触当中,除了偶尔听他嘴里迸出一两个英文单词以外,没有听他说过一个囫囵英文句子。他说他在北京工作时谈过对象,但是他家有老母和一个姐姐,需要他养活,他很孝顺,就调回家乡了。于是他先从北京到省城,又从省城到本市。起初他在大学教书,口头表达能力虽然不强,名牌大学出身总还能对付下来,后来却因一件小事下放了。原来在"三年困难时期",他饿得发慌,想靠吸烟来压压饥饿,而买烟需要烟票,他私自用钢版蜡纸刻了几张假烟票,被揭发出来了。在那个特定年代,对于知识分子往往处分从严,于是老郑就被下放到外县公社中学。(他只私刻了烟票,处分还算轻的,如果假造粮票,那就可能要划"分子"、判刑。)他个人的成分大概是"破落户子弟",家里有一套房子,在本市工作,还可以安定过日子,一调到乡下,从此就"不遑宁处":为了照顾老母,他每周末总得赶回城市;为了保住饭碗,他周一又得回到乡下。他自然想再调回本市,但这事极难。老郑为了调动,不知道在城乡之间折腾了多少年。等我又见到他的时候,他才调回了本市郊区,但是他的老母亲、老姐姐都死了(他那套房子也没有了,大概为了补贴家用已被卖掉),他自己蛰居在一间发霉的小黑屋里,成为一个六七十岁的老单身汉,而且总是喝得醉醺醺的。关于他上大学时翻译过《鲁克丽丝受辱记》,就是他在一次醉眼陶然之中当作生平得意杰作向我吹牛时告诉我的。不过,翻译莎士比亚长诗是一回事,找老婆又是一回事。找老婆"功夫在诗外",莎士比亚帮不上忙。所以在那时候,老郑和我神聊的时候,除了说了些酸话以发泄他内心的渴望之外,没有任何办法。

"文革"结束以后，"政治挂帅"很快又变成"金钱挂帅"，老郑更没有了希望，因为他已经成为年逾古稀、靠退休金活命的老光棍汉了！有一天，我甚至看见他倒在大街的人行道上。我把他拉起来，闻到他满嘴酒气，扶着他踉踉跄跄地回到他的小黑屋。

以后，我没有再见他。

四

老郑的一位老同学说他有点"缺心眼儿"，要不然他也不会一辈子混得老光棍儿一条。据我印象：老郑无论酒醉、清醒，说的话还是思路清晰、并不糊涂的，他之酗酒，即使不算"佯狂"，也是一种"苦闷的象征"。

我的另外一位朋友，既不酗酒，也不"缺心眼儿"，倒是很精明能干，但也成了一条光棍汉。这就是小安。老郑是从北京到省城，从省城到小城，从小城到农村，折腾了几十年。小安没有他那么复杂，他大学一毕业就分配到了农村——好像跟"成分"有一点关系。那时他才二十多岁，心高气盛，浑身是劲儿，教书之余，有的是精力。他不甘心在乡下找对象结婚、把户口一辈子窝在农村。于是他一有时间就活动，从公社调到县城，从县城调到市郊，从市郊调到市内，从市内初中调到高中，从普通高中调到重点高中，目的是为了取得在本市找对象的过硬条件。我每次碰见他，他都向我报告一步一步调动的胜利消息，我一次又一次为他高兴。他总是匆匆忙忙飞车奔驰在城乡之间，后来从一个小伙子变成了又黑又瘦的中年人。我想：他回到城里，户口没有问题了，总该成家了吧？不行。为了充实结婚的条件，他不能一直住在父母家里，必须申请自己的住房；好容易有了几米的半间小屋，他想换个好房子。这可不是容易的事。他一直忙到父母双亡，这才听他说分到了一套房子。不过算算年龄，他已经60出头了！

有几年不见。最近听一位朋友说，小安还没有结婚。据说他在琢磨着想找点门路多挣点钱，为婚后奠定更充实的经济基础。

小安这三四十年，一直在为创造结婚条件而奋斗，结果这些条件变成了一连串的奋斗目标，而真正的目标却隐藏在渺茫的远方！

从表面看,老郑和小安一样,都把岁月消耗在城乡之间的道路上。其实大有差别。老郑之岁月蹉跎,关键在于他私刻烟票、"犯了错误",否则他本可以安然留在城里;但在那个年代,人一旦"犯错误",一切做人的权利都失去保障——婚姻随之泡汤。小安则不同。他是在计划经济体制下,由"国家包分配",一开始就分到农村,他不甘心在农村找对象(这牵涉户口等一连串问题),而经过不断奋斗、回城之后,又赶上了市场经济,"一切向钱看",他心高气傲,不"打造一个十全十美的家园",绝不谈婚论娶。好,两个相隔一代的知识分子殊途同归,都进入了老单身汉的行列。

五

悲剧中的悲剧是老李。老李是南方一所名牌大学的高才生,他的老师都是名流学者甚至大师级的人物。除了专业知识之外,他记了一肚子近现代官场学界的遗闻轶事,说起来头头是道。在当年出书难的情况下,他出过不少专业小册子,业务是过硬的。他唯一的不幸在于他的长相。为了尊重亡友,我对此不便形容。只说他自己曾揽镜自嘲道:"猪八戒!"我客气一点,恭维他"有点像朱元璋"——只是并没有当上皇帝。老舍为关良的京戏画《游龙戏凤》题过一首诗,大意说:"自古有恋爱,但苦不自由;不如做皇帝,微服四处游;酒店见美女,龙涎顺嘴流,……呜呼皇帝得自由,呜呼皇帝得自由!"人,当了皇帝,就像阿Q说的:"我要什么就是什么,我要谁就是谁!"但是,千万不要忘记,这是皇帝,跟老百姓不沾边。

不幸的是,老李在业余时间专爱看所谓"艳诗丽词",沉浸其中既久,对于过去那些达官贵人、名公雅士的风流韵事就不免艳羡;艳羡倒也罢了,如果在自己的婚姻问题上照搬学样,就十有八九要碰钉子。

我也是在"文革"后期认识老李的。那时候,大学里的老师学生除了松不拉唧地开会,在校园里溜溜达达看看大字报以外,没有多少要紧事。在这段时间,我不断看见有女同学在他屋里坐。我以为这多半是因为生活无聊,或者也因为好奇,想知道这位光棍汉老师每天在想些什么、做些什么,因为年轻女孩子好奇心很强,而且特别爱跟单身的老师开开玩笑,然而对他不可能怀有什么别的心思——虽然在大学里从政策上说并不严格禁止师生恋爱。

记得当时去找过他的一位女同学,被他起了一个外号,叫"柯湘",长得有点像《杜鹃山》中女主角的扮演者。这位"柯湘"跟他保持了一段联系。这就让他"念兹在兹"了很久。有一次"柯湘"放假回家,给他来了一封信,信里谈了些平淡琐事,只在信的末尾写了两个外文字母:"W. N."。老李怎么也破解不出何意。他千里迢迢跑到杭州灵隐寺,去请教一位高僧。老和尚看了信,合十答道:"阿弥陀佛,此乃是华言也!"老李恍然大悟:原来这两个字母是汉语拼音"wen ni",两个字的缩写,即"吻你"。这就更使他"匪夷所思"。事情发展到最后,"柯湘"从千里之外的一个大城市打电报叫他马上去,说见面有要事。老李把仪表大大整顿了一番(他平时跟我一样,是个邋遢鬼),穿上自己最漂亮的衣服,兴冲冲搭快车赶去了。下车住下,"柯湘"穿得漂漂亮亮地来见他,告诉他:请他参加她的婚礼。

这是"文革"后期的事。

类似的故事在新时期仍然继续着。不过结局也都差不多。有一位思想新潮的女同学在他的屋子里大谈"性爱"问题。但是当老李稍稍有所表示,那位女同学马上冷冷地说:"让我为你做出这么大的牺牲,你有什么了不起的条件?"

"世界上没有无条件的爱。"

后来,他的工作调到了省城。我以为省里机会多,也许便于他解决婚姻问题。过了两年,我去看他,他仍是一个人,而且因为不会料理生活,人也更邋遢了。我想他应该赶快找个老婆帮他做做饭、洗洗衣服,劝他说:"千万不能按照'艳词丽曲'写的风花雪月办事。咱们不是什么风流皇帝、名人雅士。咱们是普通老百姓,只能靠粗茶淡饭过日子!"他虎着脸说:"粗茶淡饭,难以下咽!"

我看他仍然是一门心思,希望"天上掉下个林妹妹",想再说的话都咽到肚子里了。

一个老单身汉,一旦形成自己固定的思想框框,很不容易听进别人的劝告。

此后多年没有见面,忽然听说他死了。据说他临死的时候把 3000 元存款赠给最后照料他的两位护士。他父母早亡,只有一个表妹远道而来,把他房间里一床被褥、几件衣服、一些旧书、一些残稿,收拾收拾,带走了。

老李从人世间消失了痕迹。

六

曾记得，几十年前，我上大学时为恋爱问题所苦恼，在嘉陵江边的小马路上徘徊，碰见先师吴宓教授，向他讨教解脱之法。他先说了一句佛语："我不入地狱，谁入地狱？"我心想："我为什么要入地狱？我要幸福！"他又从《红楼梦》引了一句话："解铃人还是系铃人！"我仍茫然不解。他就用大白话告诉我："一个人饿了，就要吃饭；没有干饭，就喝稀饭；没有稀饭，至少也要喝点水；如果连水也不喝，那就活不下去了！"

现在明白，吴宓先生好心好意，说了一句实在话。他的意思用今天的新潮语言来说，就是"换位思考"。可惜，我当时就听不进去，所以做过不少傻事。老李"赍志以殁"，老郑不知去向，小安只顾忙着他的大计划，即使我来得及向他们转告先师的遗训，他们大概也不会听。

以世界之大，自愿的独身主义者也是有的。阳春白雪，曲高和寡，像妙玉似的一辈子生怕被尘世俗人玷污他们的高洁，自然悉听尊便。但当果戈理临终前焚稿之际，怕也不免有凄凉孤独之感吧！

我是个俗人。在我这俗眼所见的范围内，单身汉多半是由于主客观条件的限制，陷于尴尬的苦境，在常人看来也许有些可笑，但在他们的内心深藏着无法对他人说的悲哀。外国作家侈谈"快乐的单身汉"，怕也是旁观者的戏言。就我所知，远非如此。单身汉是弱势群体中的少数几个畸零人，值得同情，即使不能给他们以援手，也大可不必嘲笑、戏弄他们。

（2007 年 12 月 4 日）

苍白的小脸,深陷的黑眼睛……

近几年来,一件往事的回忆搅得我心神不安,只好把它写下来。

这还得从"文化革命"说起:1970 年是个非常恐怖的年头。那一年搞的运动叫作"一打三反",街头上贴着各地的布告,每张布告上宣布一批死刑判决,都是"反革命"案件。我曾看到本地的一张布告:罪犯是一个街道青年。在"文化革命"中,有一天,几个年轻人在他家拉酒摊,大家在毛主席像下喝酒,酒酣耳热之际,说话放肆,议论起国家大事,把林彪、江青笑骂了一通。吃罢、喝罢、说罢,大家散去。可是,1970 年春节一过,"一打三反"开始了,这件事揭发出来,大家都把责任推到他头上,于是这个青年就被当作"罪大恶极的现行反革命"判处了死刑。

我自己也在这场运动中倒了霉——虽然没有如此严重,可也不是那么轻松。由于我在 1957 年被错划"右派",平时流露过委屈情绪,幻想有朝一日也许会"平反",从 1967 年起不断为此受到审查、批斗,到 1970 年又重新进了"学习班"。专案组对我威胁、辱骂,逼我交代在那几年所说过的话、做过的事,一直逼得我把脑子用坏,失去了我那原来极好的记忆力,还落下一个头疼的毛病。等我昏头昏脑地从"学习班"出来,又轮到要走"五七道路",下农场劳动,直到 1971 年回城。

由于上述原因,我一直过着单身汉的生活。这时,我的一位朋友,一个中学老师,关心起我那久悬未决的婚姻问题来。一天,我到他家串门,他们夫妻说要给我介绍对象,女方的丈夫死去不久。我顺便问了一下:她原来的丈夫是什么人?

"就是去年被判刑的——"他说的正是我在布告上看到过的那个名字。

"不行,不行!"我连考虑也没考虑,就回绝了。

我的朋友很不高兴,狠狠瞪了我一眼。他爱人也不以为然,冷冷说了我一句:"这跟你有什么关系?"

她话里的"潜台词"是:"你自己不也是'摘帽右派'吗?"

我得说明:别人也许以为既然我在1957年被划过"右派",我的思想一定是很"右"了。其实,我自己清楚,我的思想本来就不"右",倒是挺"正统"的,而且从划"右派"以后愈改造愈"左",到了"文化革命"当中,我已经"左"得僵化了。所以,那时候,不管什么人,只要以"革命"或"无产阶级"的名义讲话,我都唯命是听,做了许多蠢事,还自以为是"向革命人民靠拢"。所以,对我朋友所提的事,我的态度很坚决。内心的潜台词是:"'右派'的帽子已经把我压得抬不起头了,再加上'反属的丈夫',不变成'双料运动员'了吗?"

事情也就到此为止。不料,后来命运跟我开了一个小小的玩笑,这件事的余波竟然跟我纠缠了好几年。

在一个单身汉的生活中,最容易积累起来的是脏衣服。这样,我很自然地认识了一位洗衣服的老太太。

这位老太太是城市贫民,解放前在孤儿院里长大的,解放后一半靠着政府救济,一半靠给人洗衣服拆被子,勉强维持生活。我多次找她洗衣服,成了熟人。老太太人虽穷,心肠很好,看我一个人过得窝囊,很可怜我,让我去找她的一位"老姊妹",是解放前跟她一起住过孤儿院的,请她给我介绍对象。

我就去了。

她这位"老姊妹"住在一条比较偏僻的小巷里,是一位身材瘦瘦,个子不太高,样子相当精明的老太太。她衣着整齐,言语举止爽利,看得出是见过世面、有些社会经验的人。一问,果然,她在街道上工作过,因为女儿有病,她自己身体也不太好,所以退休下来,家也搬了,为的是图个清静。她家也没有别人,只有一个十多岁的女儿,上初中,现在因病休学。说着,她把女儿叫过来。我看了看,这是个斯斯文文的小姑娘,长着一双孩子才有的、纯洁的、大大的黑眼睛,只是脸色有些苍白、眼窝深陷,眼圈周围似乎有些发乌,怕是真的病了。一听说她是中学生,引起了我这"好为人师"的职业感情。我问问她学过的功课,对她说了几句鼓励的话。退休街干让她叫我"哥哥",她很不好意思地、声音低低地叫了一声。我很高兴——我那可怜的小妹早在抗日战争中家乡沦陷时去世，现在能有这么一个上中学的小女孩儿做妹妹，我当然高兴。

我们谈得家常而亲切。我如实谈了自己的"摘帽右派"的身份——这是鉴于以往多次婚姻介绍都是因为这个问题而"功败垂成"，还是"主动交代"，免得彼此浪费时间。她对此倒不介意，说是"问题不大"，因为她打算给我介绍的是她的外甥女——"我可以当她一多半的家！"她给我约定时间，叫我再来，和她外甥女在她家见见面。

事情相当顺利。我起身告辞。

她送我到了门口，顺便说她女儿要到医院看病，向我借 20 块钱。我高高兴兴答应了。

过几天，我再到退休街干家去，身上带了 20 块钱。划"右派"后，我的工资降了一级，而且多年来被剥夺了提升工资的权利，所以我的收入从"宏观"上说是很低的，但作为一个单身汉，没有家庭负担，从"微观"上说，我的"平均收入"又不算很低。20 块钱，我挤一挤就拿出来了，何况人家小姑娘还叫了我一声"哥"！

可是，退休街干的外甥女并没有来。来的是她外甥女的母亲——她的老姐姐，一位身材高大、相貌端庄、性格极稳重、说话极有分寸的老太太。我猜这意思，人家是要"相一相"我。本地老门老户的闺女说对象，往往先要由各位家长和至亲好友轮番与男方见面，反复进行端详、考察、了解，直到各方亲友一致满意，才让女儿出面相见；倘有什么异议，则女儿是始终不露面的。用俗话说，这叫作："隔布袋买猫。"习惯如此，只得从众。

我和这位可敬的老太太在庄严肃穆的气氛中进行着会谈。她向我提出了一连串实质性的问题，我一一作了回答。问答结束，她就把我的年龄、家庭出身、学历、工作经历、政治条件、经济收入以及有无家庭负担等等情况，都了解得一清二楚了。这位精明干练的老太太，她那"高屋建瓴"式的谈话做事态度，真叫我打心眼儿里佩服。可惜我没有来得及问问她的职业。假如她凑巧也和她的妹妹同行，那么，我敢说，倘若她妹妹是个居民组长，她至少应该当街道办事处主任，因为她的水平实在比她妹妹高着一头。

对我考察结束，老太太开门见山说：

"这个事情，我们不愿意进行。你不必操心了。"

婚姻介绍，需要两厢情愿。不成也没啥。

但这位老太太有点儿厉害，她还继续追问，"扩大战果"：

"她都向你答应些什么？"（指的是她的妹妹，退休街干。）

"没有答应什么。"——我不能让好心帮忙的人吃亏。

"她向你借钱了没有？"

"说过——钱还没有给她。"

"钱不要给她。给她，也是白搭。这件事，我们根本就不愿意进行。"

接着，出乎我的意料之外，而且，直到今天我也不明白到底由于什么原因，她这个姐姐竟揭开了她妹妹的底儿：原来，她这个妹妹当街干的时候，碰上"一打三反"，那个街道青年的"反革命案件"，正是她主办的，揭发呀，批斗呀，她非常积极，一直把那个青年"送上了断头台"。那个青年被枪毙之后，她不敢再住原来的街道上，就退休下来，搬得远远的。

听了这番话，我心里的反应很复杂：一方面是吃惊——这位退休街干竟是这么厉害的一个人；另一方面，也有些生气——她姐姐家压根儿就不愿意进行这门"亲事"，她为什么还要说那些好听话来哄我？

这么一想，那20块钱就不拿出来了。

过了很久。一天傍晚，我独自沿着大街小巷散步。突然听得有人轻轻向我打招呼。转身一看，原来是那位退休街干。我赶快还礼，只见她比原先瘦了，人也显得有些憔悴老相，不像先前那么精神了。

打完招呼，我不知说什么好。

她凄然地说："你那个妹妹不在啦！"

我一愣，明白她指的是她的女儿，连忙说：

"唉，这是怎么说的？年龄那么小，怎么就……我……要知道这个，早该把那20块钱送来。"

"送来也不管用。她得的是白血病。"

"唉！……"

我走了。

又过了很久。我到洗衣服的老太太家里去送衣服,顺便谢谢她的好意。她说她又见她那位"老姊妹"了。我问了一句:

"她还在那道街上住吗?"

"她死了。"

"死了?"

"她得了乳腺癌。我听说她得了癌症,去看她。她叫我坐到床边儿,拉着我的手,说:'老姐姐,幸亏你来了。到底还是咱们老姊妹亲。你来了,咱们还能再说说话。明天你再来,咱就见不着面儿了!'我说:'看你说的!怎么会见不着面儿!'当天夜里,同院的人找不着她。第二天清早,有人打水,才知道她跳了井。把她捞出来,已经不行了。那口井也废了。"

"她为啥要跳井?"

"她疼啊!疼得她在床上打滚儿,整夜整夜睡不着觉。她就寻了无常。"

这些琐事很快就过去了。我也忘记了。在那时候,每年、每月、每天都有人揭发人、人自己"交代罪行",然后根据这些揭发、交代材料给人定罪、判刑。今天,甲打倒乙;明天,丙又打倒甲;后天,甲乙丙一齐被打倒。这样的事,见得多了,听得多了,人也就像阿Q似的,觉得"人生天地间",大约就应该如此吧?至少,我自己那时候就是这样麻木混沌地生活过来了。

但是,近几年来,这件事不知怎的又常常在脑子里翻腾,把它前前后后贯穿起来,我才醒悟:我曾经在无意之中经历了一场很悲惨的事件,它表明一种悲惨的命运曾经笼罩着我们每一个人,笼罩着我们男男女女、大人小孩,不仅仅是好人无辜受害,也不仅仅是坏人胡作非为,就连有些本质不那么坏的人也会因为盲目迷信或者懦弱自私而做出很残酷的事情,事后明白了,又感到内疚——然而,连他们自己也统统不免于悲惨的命运。

萧伯纳在《圣女贞德》一剧中曾写了这么一个人物:一个英国神甫出于狂信,把法国女英雄贞德推向火刑架;但当他事后认识到自己行为的残酷和荒谬时,他精神分裂了。他说:"在你什么也不懂的时候,信口开河是最方便了。你用言语使自己激怒起来，你让自己犯罪，往自己像地狱一样的怒火上浇油，仿佛是很冠冕堂皇的事情。"——过去，在"文化革命"当中，我们也曾经在政治骗子和野心家的胁迫或引诱下，出于愚昧自私和自以为是"革命"的虔诚，给自己、给别人的"罪行"夸大上纲，造成了不幸的后果。现在想来，很惭愧，我们也不比这个神甫高明多少。

我觉得，最无辜的要算是那个十几岁的小姑娘——她纯洁无瑕，什么罪也没有，不管是实际的罪或是虚构的罪，但在那疯狂的年月里，受到她完全不明白的命运的折腾，她过早地死去了。而我在应该帮她一下的时候，由于麻木和自私，却把自己的手缩回去。我自己也在无意之中做了一件非常冷酷的事。

不定什么时候，因为失眠，半夜里突然醒来，或者在工作之余，那个小姑娘的苍白的面孔和深陷的、怯生生的黑眼睛又在我眼前闪现——像是快要燃尽的蜡烛，在黑暗中发出了绝望中求生的光芒！

我谴责自己——当时为什么要吝惜那 20 块钱？应该无条件地拿出来。即使她的母亲真的对自己说了假话，也应该把钱交给她。因为抢救女儿的生命是一个母亲的天性。何况，对于我这个单身汉来说，人家总算怀着好意。

这成了我一件长久的恨事。对它思考当中，我觉得自己心里好像有两个"我"在那里争论：第一个"我"是个打抱不平的勇士，他毫不容情地责骂我：

"你这个家伙，人家小姑娘害着白血病，缺 20 块钱不能看病。而你明明有钱，不肯拿出来。你还算什么知识分子？小气鬼！"

第二个"我"却是个善于自圆其说的滑头。他也毫不示弱、反唇相讥：

"你现在说得好听。那是什么时候？第一，她母亲首先对我说了假话。不把钱给她，在道理上也是说得过去的。第二，当时我也不知道小姑娘害的是白血病，认为不过是头疼脑热之类。所以，从道义上说，我也没有什么责任。第三，那时候，我的日子也不好过——"

他正在振振有词地辩解着，不防又冒出了一个"第三者"——原来，还有一个第三个"我"。这个"我"好像是一位"托尔斯泰主义者"，他藏在我的心灵深处，平时不露面，只有遇到使我下不了台的事情，他才大包大揽，"清楚不了糊涂了"，以求得良心上的平静。这时，他用悲天悯人的口气说："算了，算了，别吵啦！人都想树立自己'一贯正确'的形象。这种事，在今天，谁肯认这壶酒钱？

小姑娘的死,都怪我,好不好?——我有罪,我背这个十字架。行了吧?"

有三个"我"在那里吵架,我心里已经够烦了。不料,还有一个"第四者"——他像鲁迅笔下的范爱农似的蹲在我内心一个最偏僻的角落里,突然冷冷地说:

"无罪的人不明不白地死了。说这些空话,还有个屁用!"

他迸出这么一句,把前三个"我"都噎得说不出话来——鸦雀无声。

只有小姑娘那一双孩子才有的、纯洁的、大大的黑眼睛在幽寂之中看着我,默默无言地向我提示:保持健全的人性,保持良心洁白,保持正常的是非善恶之心,对一个人来说比一切都重要。

是的。即使在今天,时代已经根本改变了,要做到这一点,仍然是要自觉努力的,有时候还需要花费很大力气,甚至付出相当代价。

(1988 年 3 月 6 日)

"内行"·"外行"·"好人"·"坏人"
——迟到的感想和补充

王蒙同志不当部长以后,写了一些纵谈时人时事的文章。由于他那不同于一般作家的经历,对于上情下情都有一定了解,能言人所不能言(例如关于胡乔木、周扬、丁玲的回忆),加上他那明快犀利的京味儿语言,让人读了觉得耳目一新。他发表在《读书》1995年第4期的《想起了日丹诺夫》一文,就引起我内心的震动和一些有关的联想。

日丹诺夫那篇《关于〈星〉和〈列宁格勒〉两杂志的报告》,我是在刚解放时就从老区出版的书里读到了。当时,对于阿赫玛托娃连名字也没有听说过。但左琴科的小说,通过曹靖华的翻译,倒是读过几篇,觉得都是写苏联社会里小人物的日常生活,常带点"幽默";印象中最深刻的一篇是《哑爱》(见《苏联作家七人集》),写一个受市侩流氓欺负的哑巴姑娘,表现了对弱者的同情。记得左琴科还写过一本《列宁故事》,在抗日战争时期翻译过来。"幽默作家"心灵敏感但缺乏思想深度,这是恩格斯说过的;但要说左琴科多么"反动",却丝毫没有印象。然而日丹诺夫在报告里对他们二人用极严厉的语言做出了政治上的"终审判决"。从50年代,国内文艺界也开始进行种种批判(例如田汉在解放不久就因《金钵记》而受批判),口气也往往是绝对化的,被批判者只有做检讨的份儿,没有分辩的权利。因此,对于日丹诺夫的报告,我也像对于国内的类似文件那样,当作"当然正确"(虽然心里并不真正理解)接受下来了。

现在总算明白:日丹诺夫把左琴科和阿赫玛托娃的作品"上纲"到那么吓人的高度,乃是"杀鸡给猴看",压一压苏联的文艺界乃至全体文化人和知识分子的独立思考,其效果对于当时的苏联文学、艺术和学术事业则是灾难性的。想一想吧,举世闻名的音乐大师肖斯塔科维奇在那时苏联的处境就是岌岌可危,其他人就不用说了。

日丹诺夫是联共中央领导人之一,但如王蒙文章所说,他对文学艺术并不"外行",他在做报告批音乐家时能够一边弹钢琴,一边批判。由此王蒙联系到1957年发生在我国的关于"外行能不能领导内行"的那一场"大辩论",进行了回顾和反思。五六十岁以上的人当会记得:那场"辩论"是以55万各行各业的"臭老九"们被打入另册、22年不得翻身为"结论"的。其实,在今天看来,"外行不能领导内行"这种提法虽然也笼统地反映出解放初期刚"坐江山"不久的领导干部和知识分子之间的关系问题,但这种领导关系如何"理顺"却远不是用"内行"和"外行"所能完全说清的。王蒙文章指出了在"内行""外行"之外,还有"好人""坏人"的因素在起着更为重要的作用,并且进一步分析出"好人内行""好人外行""坏人外行"和"坏人内行"这四种领导结构。这是他这篇文章中最精彩的部分。正如我开头说过的,只有具有像他那样经历的人才能把事情说得这样透辟,而一般的"五七"遭难者对此则往往"感情用事"或"就事论事",尽管吃了22年的苦,却说不出一个"子丑寅卯"来。

王蒙指出:"一切排列中最糟最糟的是坏人内行领导内行。"痛哉斯言,真是一针见血!河南有句俗话:"内行整内行,整得很在行。"正因为他内行,他懂得在哪个地方下手能把人整得趴下。内行看得准,命中率高,杀伤力大,一下子就能使你的积极性创造性来不及开花结果就被扼杀在摇篮里;他又有权,能压住你多年的心血和劳动成果,使它见不了太阳;如果剽窃你的成果,他也知道哪一部分是"精华",哪一部分是"糟粕",而且做得"不显山不露水";他更会想出一个招数,譬如说"排座次",把你压在五行山下,在本单位永远出不了头——这还是在不搞政治运动的时候。

勃兰兑斯在《十九世纪文学主潮》中有一句名言:"The envy of the men of letters is by far the most venomous."(文士的妒忌心最刻毒。)这种妒忌心在"坏人内行"身上能发挥到最大限度,而且能促使他采用最毒辣的手段。

我对于王蒙的观点的无保留的赞同到此为止。

王蒙文章里还说:"坏人外行领导内行,当然不好,但也坏不到哪里去。他外行,还有什么可怕的?"对这话,我不得不说:此言差矣。我理解他说这话的"语言环境":他身处京都大邑,往来皆高士,无人不内行,他就不怎么知道下边可怜的"老九"们所受不学无术的土霸王、"地头蛇"荼毒之惨重,因此才那么"潇洒地"把这个问题打发了。固然,外行的坏人,论业务,他一窍不通,在这方面他拿不出什么武器。但是,不要忘记,他"功夫在诗外"。你得承认,他的智商并不比你低。当你把自己的全部智商都用在文学、艺术、学术上的时候,他把他自己的全部智商都用到整人的歪点子上了——而你在这方面丝毫没有动过脑筋,毫无防御能力。这么一来,他就以十比零的优势把你整垮。人整垮了,业务云乎哉? 这就是"坏人外行"的厉害。

高尔基的小说《福玛·高杰耶夫》写俄罗斯外省的一个正直能干的青年看不惯本地一伙商人的胡作非为,向他们进行斗争,成为他们的眼中钉。那些商人并不跟他正面较量,只是想歪点子"消遣"他,在背后造舆论丑化他、气他,还把他当作"疯子"扭送到精神病院。最后,这个青年就真被折腾得精神失常了。小说里有两幅插图,很能说明问题:第一幅画着年轻的福玛·高杰耶夫挺身而立、慷慨陈词,痛斥面前那伙猪一般颟顸卑琐的奸商,此时他大义凛然、英姿风发;第二幅画着故事的结局:福玛衰老憔悴、神色萎靡、衣衫褴褛,佝偻着身子,在凄凉寒冷的背街上蹒跚行走——人被整成一个"瘪三"了,你再蹦跶去吧!

坏人的能量是不可小觑的,无论他是内行还是外行。实际上,1957 年所辩论的"内行"和"外行"倒是次要的问题,真正重要的倒是领导究竟是"好人"还是"坏人"。因为"好人外行"只是稍待时日提高业务领导水平的问题,而"坏人"则是品质问题,他的"内行"或"外行"只影响到他干坏事的方法和形式,其害人则一也。

举两个有关的例子:在"文革"中,1966 年盛夏,一位大学教师被打入"牛棚",在烈日下劳动,当他口渴难忍要水喝时,却被命令去喝刷糨糊桶的脏水;当时,另一位中学模范教师于大雨中被命令在校园的泥水坑里学狗爬——像这种刻毒的侮辱人的办法,都不是"外行"的普通劳动人民所能想得出来、做得出来的。

另外,还要看到在新形势下出现的新情况,即"坏人假内行"。因为,时至今日,百分之百的"坏人外行"比较少了,即使有,他也不可能在"知识分子成堆的地方"长期混下去并且成为领导——时代毕竟前进了嘛。他得把自己"包装"一下。真的业务本领他是没有的,要学习提高呢,他吃不了那个苦,"含金量"也太低,但是凭他在官场混的本领,他可以"要啥有啥":要"年轻化"——可以把年龄改小;要"革命化"——他"一贯正确";要"知识化"——可以在速成班里混一张文凭;要"专业化"——可以把自己的名字塞到别人的书上,捞一个职称,等等。好人出一本书、评上职称,需要"十年寒窗",但他呢,只是一个"官场运作"问题,"眼睛一眨,老母鸡变鸭"! 对他这一套戏法,老实人只好干瞪眼,还得照样受他"领导"。就这样,他在专业上尽管骗不了内行,但是足够糊弄住上级。何况,现在个别领导人又有个爱听奉承话、爱占小便宜的毛病,正好给他提供吹吹拍拍、行贿送礼的机会——于是,他在上级眼里就成了"好人内行",官运亨通。这就是"坏人假内行"。

当然,所谓"好人"和"坏人"都是带有主观感情色彩的名词,一用到实际当中就免不了发生"假作真时真亦假,无为有处有还无"等缠夹不清的问题。那不就成一锅粥了吗? 不过,"群众的眼睛是杆秤"。凡是经历过近四十年风云变幻的人,都会明白前边说的话并非向壁虚造,而是以多少万人的身家性命为代价所换来的历史教训。根本问题是:怎样才能优化领导结构,尽量使"好人内行"(即德才兼备者)当上各级领导呢?

在这里,我想说一个小故事。苏联女作家薇拉·英倍尔写过一篇小说,鲁迅译为中文,题目是《拉拉的利益》,说的是十月革命后俄罗斯社会天翻地覆,人们天天忙于开会,讨论兴革大计。小孩子也学大人开会。一幢公寓里的孩子们串通了管电梯的男孩米什卡,钻进一部电梯里,电梯开到半路停下开会。大家七嘴八舌发言,都对自己的爸爸妈妈表示不满。最后,他们做出了一个决议:"孩子们啊,要慎重选择你们的双亲!"

这当然是十足天真的孩子话。父母是"别无选择"的。但是,经过几十年的折腾,我们憋在心里的一句话,也想说出来:一个单位的群众对于自己的"父母官"——顶头上司,可以不可以选择呢? 从理论上说,我们实行的是"从群众中来,到群众中去"的民主集中制,人民群众对于干部的任命和提拔,是有发言权和参与权的。但是,由于从50年代中期到70年代中期频繁不断的政治运动,政治生活不正常,实际情况是集中多、民主少,甚至只有集中、没有民主。群众对于决定着本单位成败兴衰、个人荣辱生死的顶头上司,是完全没有选择余地的。单位领导的任命,完全是"隔布袋买猫",由上边派定。对于群众来说,只有凭运气:给你派上个好人是造化,给你派上个坏人该倒霉。加上多年来不正之风和腐败现象居高不下,少数单位的领导位子很容易被那些不学无术但善于钻营的"官场耗子"所窃取——他们做官的目的压根儿就是以权谋私、权钱交易。这对于改革开放事业的危害,对于党在人民群众中的威信所带来的损失,是有目共睹的。

真正地而不仅仅是文字上、口头上地健全社会主义民主,使人民群众真正享有议政权、参政权和民主监督权,以便让更多德才兼备的干部走上领导岗位,以避免历史悲剧的再演——这是摆在当政者面前的一个重大课题。

(1997 年 8 月 22 日,上海)

谈 谈 厕 所

因为几件小事，想起了这个题目。

1957 年错划"右派"之后，和几个命运相同的大学生一起劳动。我们每天从城北向城南、再从城南到城北拉着大车运沙、运砖瓦。沿着十里长街一北一南有两个公共厕所，恰好做我们的天然休息站，使大车暂停，我们可以得到片刻喘息和安静。多次如此，出于"条件反射"，我对于这两个厕所就产生亲切之感。现在，时过三十来年，南边那个厕所已经消失，北边那个还在，路过时不知怎的总不由得要进去一下，尽管里边并没有什么值得"流连忘返"的东西。

后来，"文革"蹲牛棚，派我和一位老教授打扫厕所。这位老先生天生的洁癖，就像《红楼梦》里的妙玉一样，平时有人到他房间，如果不小心一屁股坐在他的床上，客人一走，他就把床单拉下来，浆洗得雪白，这才重新铺上。红卫兵叫他打扫厕所，意思是想"消遣消遣"他：让你跟粪尿打打交道，看会不会把你脏死、气死！不料，接受这个任务之后，老先生竟把个人爱干净的脾气一下子"升华"成为对于公共卫生的高度责任心，拿刷子、小铲、去污剂把污秽不堪的小便池刷洗得洁白发亮。在他的带动之下，我也对打扫厕所发生了兴趣。不过，一当我们被召回批斗，厕所很快就又变成了"奥吉亚斯的马厩"。

近几年，也碰到两件事：一天，去拜访同事，顺便拐进他们楼内的厕所，刚一踏上便池的边沿，脚就"刺溜"一下差点儿滑倒——原来那白瓷砖砌成的便池，由于大家胡乱便溺，里里外外积满污垢，好像厚厚生了一层"润滑油"，人踩上去一旦摔倒，弄得一身脏臭不说，说不定还会造成骨折。然而，大家也就这么听之任之。

另一次，到一家医院去看病人，那个医院的厕所叫我吓一大跳——脏乱得没有"立足之地"，苍蝇多得"黑云成阵"，使得医院本身就成了"病源"。

就是这些小事促使我写这篇文章。

谈厕所,是不是"有伤大雅"?

不妨引经据典——

抗日战争中,重庆成为"陪都","下江人"初到山城,常常苦于找不到厕所。为此,《新华日报》曾经发表专文介绍重庆市内公共厕所的分布情况。

新中国国家主席接见过淘粪工人。

《史记》讲到那些帝王将相钟鸣鼎食之余,还不时提到他们"如厕"——也就是"上厕所"。在剑拔弩张的鸿门宴上,厕所还帮过刘邦一次大忙——他就是利用"如厕"的机会逃之夭夭的。

《世说新语》里也记载过魏晋间的阔人上厕所时,用红枣塞住鼻子,以免闻到臭气,但有个冒失鬼在厕所里却把枣子当点心吃了,等等。

近年来,日本有"厕所文化"一词,其意云何,不得其详。但这种提法有一定道理。因为,不管从人类学、考古学或社会学的角度来看,凡与人类生活有关的一切,所谓"衣食住行""吃喝拉撒睡",都属于文化的范畴。那么,既然"吃喝"是文化,"拉撒"之道又何尝不是文化? 如果只是大谈美酒、美食、美歌、美舞,而厕所脏乱得不像文明人类(生活中曾有这样的事:单位里有了外事活动,不得不为外宾特辟一个厕所。偶尔准备不及,外宾闯入普通厕所,往往宾主为之尴尬),那么,我们的生活中至少就还有这么一个重要环节处于落后状态。

我在这里说的厕所,主要指的是城市里的一般公共厕所。因为它们对于千家万户的"生态环境"和卫生健康影响极大而又容易被主管部门所忽略。至于那些高级楼堂馆所里的厕所,由于"经济效益"和"观瞻所系",比较容易受到重视——虽然,放任不管也会"退化变质"。

现在,城市里的公共厕所,从建筑规格来说较之过去已有很大提高,问题是缺乏认真管理。在我居住的这个城市里,常常看到旧厕所停用翻修。但是,建筑工人半年数月修成一座漂亮的新厕所,一投入使用,没有几天,就变得污秽不堪。即以我前面提过的那个多年来"念兹在兹"的北厕所而论,过去它不过是一个破土墙、旧瓦顶的老式小厕所,只因为里边比较干净,就能给人一点清静安适之感,使人在精神上暂得休息。今天它已经改造成为一所现代式的水泥建筑,还加上一座民族风格的月亮门,但是卫生状况并未随之提高,里边尿水横流,有时还有人往便池里丢垃圾甚至死猫死老鼠,把好好的公用设施弄得不像样子,看了叫人难受。

因此,厕所方面的事,实在应该认真管一管了。

自然,有些大城市已经在管了。管得最切实的是上海:每个厕所,有专人驻守,进厕收费,一张草纸一分钱(这是前几年的价钱),厕所内清洁、安静,"秩序井然"。北京大街小巷的厕所也不少,里边看不见管理人员,然而清清爽爽、文明卫生。对此,我曾经天真地想:北京为"首善之区",市民讲文明不必说,就是各地同胞一到首都,大概也像小学生到了学校,自自然然就守起规矩来,不好意思像在自己家里那样乱来。后来冷静一想:恐怕这正是北京之为北京,怎么能没有人管?只是并不"显山露水""为而不为",管理人员不像上海那样出面办公就是了。最有意思的是苏州:前几年在苏州街上修过一座青砖瓦、白粉墙、古色古香明清式建筑的厕所,我曾经去光顾过,外部的美观不必说,里边的雅洁程度大概开一个小型画展也够资格了。

我想,这三个城市对于公共厕所的管理,上海是"现代企业式",北京是"无为而治式",苏州是"江南才子式"。从实际出发,内地中小城市自以参照学习京沪两地的办法为妥。但我内心向往的却是苏州式,因为它不仅把厕所当作一种文化,而且提到了艺术的高度。有艺术水平的厕所实在太罕见了。如果最容易弄脏的场所都能变得那样漂亮,以此类推,我们的祖国不就变成一座处处美好的大花园了吗?

这种想法在目前也许还太理想主义。普通民用厕所应以实用、卫生为主,不必那样考究。那么,就落实一下:希望今后凡有爱国卫生检查团到一个城市检查卫生,千万不要忘记检查那里一般居民的公共厕所,因为公共厕所最能显示一个城市公共卫生的真正面貌,同时也很自然地代表着居民的文化素质和公共道德水平。

（1991 年 12 月 14 日抄定）

关于人贩子

人贩子——这种人间的鬼魅已经在当代中国出现。

余生也晚，在旧社会待的时间不长。对于人贩子，我只是在书上见过。譬如说，《红楼梦》里，老爷们需要丫头和小老婆了，于是通过"人牙子"去买；再不然，府里哪个丫头不听话了，交给"牙婆"领走"配小子"。这些"人牙子"和"牙婆"就是人贩子。印象中，在妇女买卖这一行里，女贩子似乎比较活跃，她们以女人骗女人，容易使单纯善良的女子上钩。但是，主要的黑手自然还是那些凶神恶煞的男人——他们以暴力劫持、毒打、凌辱那些被骗的妇女，强迫她们就范，或做婢妾，或沦为娼妓。《日出》中的黑三就是这种人物。这些披着人皮的豺狼，互相勾结，形成一帮恶势力，无辜的幼女、少女，一旦落入他们的魔爪，就如身陷虎狼窝，往往在受尽摧残之后，像《日出》中的"小东西"那样悲惨死去。

1949 年中华人民共和国成立，大家曾经激动地听过、唱过《妇女自由歌》，兴高采烈地宣传贯彻过《婚姻法》——中国妇女解放了！

然而，近些年来，中国妇女好像又遇到了一些新的灾难。作家张一弓几年前写过一篇小说《流泪的红蜡烛》。它反映了我们农村里还盛行着买卖婚姻。而在城市里，由于求爱不遂或者婚后女方提出离婚，男方杀害女方的事，似乎也多起来。现在，又遇到了——拐卖妇女。这表明：古老封建僵尸的鬼魂仍然困扰着我们这个"龙的传人"的国度。

回想起来，贩卖妇女这股阴风是在 70 年代中期，先从西南地区刮起来的。那时候，由于"文革"的破坏，素称"天府之国"的四川农村竟然弄得没有饭吃，于是有人以"介绍对象"为名将一些妇女从四川转卖到湖北、河南、安徽、山东等省，传闻那时的价钱是"已婚者二百，未婚者五百"。近些年，这股风愈刮愈大了："据一项不完全的统计，拐卖妇女的活动遍及 14 个省及数十个县市。在被拐卖的妇女中,有农民、工人、城镇待业青年,大、中、小学生和研究生,有已婚妇女、孕妇和年逾七旬的老妇人。拐卖价格日涨,仅南方地区的统计,在过去五年中从二三百元升至三四千元。"(据中新社北京 1989 年 3 月 8 日电)

从一些报道来看,现在人贩子拐卖妇女的手段仍是女骗子出头引诱、男打手暴力胁迫——这和旧社会中"牙婆"与"黑三"相勾结、软硬兼施,迫使弱女子上钩,并没有什么两样。不同之处在于以下几点:(1)用上了"现代化"的交通工具:在人贩子特别活跃、简直可以称为"中国妇女拐卖转运中心"的徐州车站附近,有的出租汽车司机帮助人贩子把受害者押送到转卖地点,并从这种"人肉筵席"中"分一杯羹"。(2)有的党员干部也支持了这种罪行。徐州附近一位农村干部公开赞扬贩卖妇女,说是当地村民靠人贩子买来"老婆"以后,"提高了生产积极性",个别干部还从拐卖妇女中尝到了"甜头"——这种置宪法于不顾的干部,不知与旧社会的保甲长有何区别?(3)还有一个人民警察也参与了这种活动:当一个被拐卖的女子向他呼救的时候,他反而"笑嘻嘻地"帮助人贩子把她拖到他自己堂兄家里"成亲"。(4)人贩子本是黑暗中的动物,即如在旧社会,他们也只能在阴暗角落里活动。但今天的人贩子却很神气。他们成了"专业户",赚了大钱,而且"拿了卖女人的钱再花到其他女人身上",这且不去说它。有一个人贩子居然还向记者大谈他的"经济理论",说是"什么商品赚钱,我就卖什么;女人赚钱,我就贩卖女人"。(按:他说的"女人"是不是也包括他自己的母亲、姐妹、妻子和女儿?)还说什么贩卖妇女赚来的钱,可以用来开公司、"发展经济"云云。——按照这种说法,拐卖妇女的"事业"似乎还要大大发展下去。

这是胡说。查《资本论》第一卷里有一章,叫作《资本的原始积累过程》,讲到过奴隶买卖这种灭绝人性的罪行,那乃是资本主义发展的初期阶段积累资本的一种手段——殖民主义者拿着枪炮,到非洲去,将大批黑人劫持绑架,运到美洲,卖为奴隶,而自己则从这种"无本生意"中捞到大笔"资金"。这使我们知道"资本从它初生之日起,从头到脚每一个毛孔里都浸满了鲜血"!按照那个人贩子的说法,难道我们社会主义国家的商品经济也要像资本主义原始积累阶段那样,靠着"国内的奴隶买卖",从我们中国人自己的姐妹同胞的血泪中榨取"资金"吗?这真是鬼蜮逻辑!

拐卖妇女活动猖獗,实为民族之耻、国家之羞。凡是稍有人性的中国人都不能不对此感到气愤。少数愚昧自私的人会说:"不管拐来的、买来的、抢来的,只要是女人,就能为我生儿育女、传宗接代。"对于这种麻木不仁的人,我们只需问他一句:如果你自己的母亲和姐妹被人贩子拐卖,做了人家的"老婆",你又该怎么想呢? 严重侵犯人权,是要负法律责任的。山东一个农民靠金钱从人贩子手里买下一个"媳妇",强迫"拜天地,入洞房",结果不是以"强奸"罪被判刑5年吗? 由拐卖妇女而造成的强迫婚姻,是野蛮加奴役的痛苦结合,它所生下的不过是奴隶的种子,只能败坏我们中华民族的素质,且不说成千上万受害妇女为此所付出的血泪代价。

包办婚姻、买卖婚姻,拐卖妇女——这些现象大量存在,说明了我们的婚姻制度和政法制度还存在着不少漏洞和弊端。我们不相信一个背负着沉重的封建负担的民族能够进入社会主义现代化国家的行列。在搞活商品经济的时候,不能只看"钱"不见"人"。健全婚姻制度、保障妇女权利实属刻不容缓。目前,必须立即采取措施,制止拐卖妇女的罪行,斩断人贩子的黑手! 即使在旧社会,对于人贩子也无宽纵之说,因为过去的统治者为了维护他们"为民父母"的假象,也害怕担当一个包庇"拐卖人口的匪类"之恶名。今天,为了维护人民的权利和新社会的尊严,更应该对于人贩子这种社会害虫依法严惩,绝不允许这些阴暗角落的丑类把我们的姐妹和女儿像牲口一样卖来卖去!

(1989年3月15日,上海)

按:1994年,为了迎接世界妇女大会在北京召开,我国曾进行过一次大规模打击拐卖妇女的行动。此后少见有关这方面的报导,我天真地认为人贩子已受到歼灭性的打击。不料进入新世纪的第一年,又从电视上看到关于拐卖妇女的节目,而且从报导内容来看,这一现象不但没有绝迹,而且还在暗中蔓延。呜呼,空文何用,我只好掷笔长叹了。

(2000年3月26日,开封)

"叫劲"乎? 叫卖乎?

——《风格的魅力》一文读后

这是一篇我不愿写的文章,但我不得不写。

80 年代的大部分个人时间,我用于英国散文的翻译工作,其中包括了兰姆随笔的翻译。兰姆的"伊利亚随笔"包括初集、续集两本书(*Essays of Elia and Last Essays of Elia*),有大大小小 68 篇文章;通读之后,参考有关兰姆的传记、评论,并从多方面考虑(名篇、内容重要性以及对中国读者的可读性),我选出 32 篇代表作,进行翻译;为帮助读者理解欣赏,还选译沃尔特·佩特的一篇论文作为全书附录。对于兰姆的语言风格以及如何翻译,我进行了反复思考,并在翻译中进行探索试验,心得体会具见于《英国散文与兰姆随笔翻译琐谈》(《中国翻译》1989 年第 1 期)。翻译兰姆,我付出了三年劳动。

但这三年劳动总算没有白费。《伊利亚随笔选》一书于 1987 年 11 月由北京三联出版(到 1992 年 6 月,印行三次,共 19000 册)。出版后,北京的《读书》《散文世界》,上海的《文汇读书周报》,西安的《散文百家》,发表了书评,《中国日报》发表了简讯。从那时起,直到现在,国内所出版的外国散文选集、专集、丛书,对《伊利亚随笔选》中的译文先后选载的,据历年所见,不下 20 种之多,出版地区则包括京、津、沪、穗、渝各市,以及东自安徽、西到四川新疆,北自黑龙江、南到福建贵州,中有湖北等省。选载的译文包括《伊利亚随笔选》32 篇中的 15 篇,而以《读书漫谈》《退休者》两篇最受欢迎。香港中文大学翻译学系主任卜立德教授称我:对英国散文的翻译为"爱的劳动"。我确实喜爱英国散文,特别是兰姆。为这本兰姆文选,3 年间我天天埋首书案,字斟句酌,反复推敲,日出成品 500 字,最后汇集为 24 万字的国内首次兰姆随笔选译本。古诗云:"不惜歌者苦,但伤知音稀。"兰姆一生不幸,"伊利亚随笔"是他在苦中作乐所写,是他含泪的微笑。现在,他总算在中国找到了知音,我作为译者,也感到庆幸。

但我所译出的只是一个选集,内容仅为兰姆二书的少半,对于作者和读者不免是个遗憾。谷林先生在他的书评中指出:"有了选本这个基础,也许不能阅读原著的人可望终将能得窥全豹。"(《兰姆的时间财富》,见《书边杂写》第20页)这分明是提醒我应该译完全书。但是我从1989年冬以来全力投入了一项繁重的项目。因此,我衷心希望能有哪一位志士仁人把兰姆随笔完整地译出来。

所以,1999年,当我从《中华读书报》看到广州花城所出《伊利亚随笔》的封面书影,心里真有"空谷足音"的高兴。我从书名来猜测,以为这个译本也许是兰姆随笔初集、二集的全译(那当然最好),要不然就是《伊利亚随笔》初集的全译(那也很好),至少也是一种新的选译本,增加一些新的篇目内容。但是,到2000年,我从一位同志手上看见了这本花城《伊利亚随笔》,一翻目录内容,篇目竟完全照搬三联本的原样,连附录也不放过,不禁大失所望,感到这样做太取巧了,自己在选编方面的心血及劳动成果被人狡狯地剽窃,深感痛心。但当时工作太忙,无法往下多想。

最近读到《中华读书报》8月22日第14版刊登的秦某《风格的魅力》一文。秦某是花城版《伊利亚随笔》的责任编辑。他这篇文章是针对我翻译、北京三联出版的《伊利亚随笔选》的。文章开门见山就说:

"高健译的《伊利亚随笔》是个重译本(花城出版社1999年3月版),所选篇目与10多年前三联书店出的那个本子完全一样。这种选法本身至少有这么一种含意,不满意从前的译本,跟旧译本叫劲,要超越它。"(着重号为引者所加。)

这一小段是全篇的纲领。它首先提出了"选法"。花城版《伊利亚随笔》采取的是怎样一种"选法"呢?秦某自己说得够明白了,那就是"所选篇目与10多年前三联书店出的本子完全一样"。这真是 curiouser and curiouser! 自己一篇也没有选,把别人选的所有文章、连同附录一齐"连锅端",居然大言不惭地说是自己的"选法"。谁都知道,一部文学作品选译本所包含的工作不外两个方面:一曰选编,二曰翻译。选编本身也是一种精神劳动,选出的文本也是一种劳动成果。具体到拙译《伊利亚随笔选》来说,它是先从兰姆 Essays of Elia 和 Last Essays of Elia 两书68篇文章中选择"可以大致代表兰姆所写的各种题材的随笔作品 32 篇"(参见谷林书评)。在我国,首次将兰姆这些代表作品选编、翻译出来,这是三联版《伊利亚随笔选》向全国读书界所做出的贡献。而花城版译本把别人的选目和编排全部拿过去,当作自己的选本,这是对于别人劳动成果的剽窃和抢夺。如果这也算是一种"选法",那么这种"选法"实在太伟大了!你可以把《古文观止》的编者名字和序言等等去掉,说是你编的;你也可以把《宋诗选注》的编者名字和序言去掉,说是你编的;因为,"这种选法本身至少有这么一种含意":你要跟吴调侯、吴楚材以至钱锺书"叫劲"!适合应用这种"选法"的,还有一部外国书,那就是 Sir Arthur Quiller-Couch 编的 *The Oxford Book of English Prose*,因为那部书里全是选文,你只用把编者的名字和 Preface 去掉,写上你的大名,就算你的"选本"了,还可以振振有词地说:这就是我的"选法",我要向 Sir Arthur Quiller-Couch "叫劲"!

"叫劲"的意思似乎是"叫阵"。秦某身为花城《伊利亚随笔》的责编,自然属于文人学士一流,怎么冒出这么一个武林用语? 在下也属于"爬格子的族类",从来没有站在什么擂台上自称"拳打南山猛虎,脚踢北海蛟龙",怎么招惹了哪位武林高手要跟我"叫劲"、过招? 本人不过爱好英国散文,翻译了一本《伊利亚随笔选》,出了 19 000 本,总算还有人爱看,此外胸无大志,并不想当"英语翻译界首屈一指的大家",倒很愿向一切同行专家学习,今后把书译得更好;只有一种人除外,那就是假虚名浮誉、行侵夺他人劳动成果之实——对于这种人,我是不会向他学习的。我的生平追求,只是在文学事业中"永远做学生"! 对我"叫"的是哪门子的"劲"?

当然,要是干了什么不那么光明正大的事,又要遮遮掩掩,就只好"以攻为守",作英雄好汉状,来"叫劲"。不过,如果真是什么英雄好汉,余勇可贾,尽可以先把两集"伊利亚随笔"全译出来,叫起劲来不是更响亮吗? 不此之图,在别人斩荆棘、披草莱,以数年心血开生荒、经营出的庄稼地上种上自己的树,吃了现成饭,还要把开垦者赶走,以便"独占鳌头"。这究竟算一种什么行径呢?

接着,就说到"超越"了——这才是"终极目的"。秦某在文章里说,"《伊利亚随笔》的译本与旧译本相比是一个超越",并且"大大超越了从前的译本"。凭什么"超越"呢? 据说是凭着花城译本中"风格的魅力",于是举出六段译文,说哪一句是"神来之笔",哪一段"曲尽原文之妙"。不过,光有一边倒的赞美,还不能形成"超越"的局面。因为所谓"超越",总得一边有"超越者",一边有"被超越者",而且对比之下必须显出"超越者"多么高大,"被超越者"多么渺小。具体到拙译《伊利亚随笔选》,就不那么好办。该书 24 万字,总不会没有一些所谓"脍炙人口"的句子、段子。举例对比时必须十分小心,否则对比多了,说不定就会有为"旧译本"评功摆好之嫌,岂不要穿帮、露馅儿,把心里揣的小算盘砸个稀里哗啦吗? 于是精挑细拣,只举出三联译本里《梦幻中的小孩子》的一句来示众,与花城译本中"舞女(dancer)碰上了癌魔(cancer)"比较,作为兰姆文字游戏译法优劣对比的例子,问道:"哪一个像兰姆?"

其实,问题并不这么简单。风格乃是作家个性经过一定思想文化陶冶之后、通过一定语言手段的自然表现。每一个能写写文章的人都有自己的风格。作家如此,译者也如此。而不同的人风格也不会一致。这是常识。至于上述花城译本的六段译文,我拜读过了。它们代表译者个人的风格,那是毫无问题的;但它们对于别人有没有"魅力"、"魅力"有多大,那还要另说。那么,三联译本的风格又怎么样呢? 手头有冯亦代先生的一篇文章,其中说:"北京三联书店出版了《伊利亚随笔选》,诵读之下,不禁击节三叹。刘氏的译文可说已吃透兰姆的三昧,这是本不可多得的译本。"又说:"译文不但忠实于原作,而且创造出一种恰当于兰姆原作的风格来。这是难能可贵的。"(《撷英集》第 235 页)原来三联译本自有其受读者喜爱、专家肯定的风格。正因为如此,这部被人不怀好意地称为"旧译本"的《伊利亚随笔选》才于 1991 年荣获全国优秀外国文学图书奖。国家的奖励,不是轻易得来,是三年间以对于文学翻译事业虔诚的心、独立钻研、艰苦工作的结果,其中并无投机取巧可言。

总而言之,国内读书界对于三联《伊利亚随笔选》自有定评,非信口雌黄所能贬低。

说到"文字游戏",三联《伊利亚随笔选》倒有一个更好的例子。索性再引一段书吧:

> 兰姆的文章很难译,要译出风格更难。刘译忠实于原文,而且译文流利,基本表达了兰姆散文的风格。《"家虽不佳仍是家"辩》这篇短文,原文题名叫作"Home is Home though it is never so Homely",就很不容易译出。

现在译文题目中两个"家"字,一个"佳"字,正对应于原题中两个"Home"一个"Homely",颇具匠心。(梁永:《兰姆笔下的"家"》,载《散文百家》)

凡是音义双关的"文字游戏",要译,就要译得音义双关,才见精彩,否则不如不译。拙译"家虽不佳仍是家"的译法,由于音义双关,就"超越"了"舞女碰上了癌魔",因为后者没有做到音义双关,读者就品尝不出"文字游戏"的味道。请问:"哪一个像兰姆?"

可见,从"风格的魅力"上看不出花城译本在什么地方"超越"了"旧译本",因为"旧译本"的风格受到读者喜爱是客观存在的。至于"魅力"倒可有可无。文学翻译又不是玩魔术,要什么劳什子"魅力"!

但从秦某文章里说得玄玄乎乎的"魅力"迷雾中,也看出一点漏洞。他提到一篇兰姆随笔,叫作《麦庄访旧》,这个题目,我有点面熟。查原文,是"Mackery End, in Hertfordshire"。这篇文章,花城译本的译者在80年代译过,记得那时的题目叫《马克利安》,其意不知云何,现在改成《麦庄访旧》,意思清楚了。不过,对照原文,只有"麦庄",并无"访旧"。那么这两个字是从哪里来的呢?原来,在拙译《伊利亚随笔选》中把这篇题目译作《在麦柯利村头访旧》,"访旧"二字是拙译在原文之外的发挥,而这种小小发挥被人照搬过去,这才把《马克利安》改成了《麦庄访旧》。此外,我翻一下花城译本的第一篇《南海所追忆》,惊讶地发现,译文第一句话就把我"一名之立,旬月踟蹰"、好不容易想出的"Reader"一词的译法"看官",也照搬过去了。这就表明:花城《伊利亚随笔》不仅在篇目的"选法"上把三联译本选目完全照搬过去,"连锅端",而且还从拙译当中挖走了一些东西,又不说明,"哑巴吃饺子——闷逼"!(对这方面的问题我还来不及细查,否则还会有更多新发现)不加说明,大家心照不宣倒也罢了。现在反而倒打一耙,由责任编辑做文章,宣布他们这个译本"大大超越了从前的译本"。请问:这种"超越",同某种市井小贩的欺行霸市行径有何区别?

看出了秦某《风格的魅力》一文的来龙去脉,对于文章里说的什么"选法""叫劲""超越""风格""魅力"等等冠冕堂皇的词句究竟有多大分量,也就明白了。只有一点还不明白:花城版《伊利亚随笔》既然已经"超越"了"旧译本",而我这个"旧译本"的译者从该书出版两年以来一直忍让着一声不响,应该说花城译本已经大获全胜,成为兰姆随笔翻译中的 classic;为什么两年以后的今天,花城责编突然雄赳赳地冲出来"叫劲"呢?

在百思不得其解之中,偶然到阅览室翻杂志,从一本《随笔》里发现一张漂亮的优惠售书广告,才知这本"对兰姆文章中情感、幽默、机智、谐趣的表达上,都大大超越了从前的译本"的"《伊利亚随笔》新译本"正以对定价四八折的优惠价大力促销。我这才豁然开朗:原来秦某这篇大文,名曰为"风格的魅力"而"叫劲",实际上是责任编辑为他编的书进行叫卖:"有心的读者不妨找来两个译本,对照英文原本比读一下。"要读,当然就得买他这本书。不过,在"两个译本"中,拙译只是被"超越"的参照系,不买也行,因为秦某已经对它做出"终审判决":

> "我是法官,
>
> 又是陪审团;
>
> 整个官司,
>
> 由我说了算;
>
> 你的死刑,
>
> 也由我宣判。"
>
> ——《阿丽思漫游奇境记》中的一段小诗

我也当过编辑。作为一个责任编辑,看到自己编发的书堆在仓库里卖不出去,就像压在心头的一块石头,促销、叫卖,这都是值得同情的。况且事关个人的奖金、福利等等,情急之下,把商业对手贬得一文不值,属于吸引买主的促销手段,因此把三联版《伊利亚随笔选》偷偷摸摸地加以宰割、利用之后再贬称之为"旧译本",对它糟蹋一番,也完全正常、必要。只是,我不明白:这种行为有没有"风格",有没有"魅力"?

闲话少说,要紧的是把压在仓库里的"《伊利亚随笔》的新译本"早点卖出去,而且再版、三版,成为 classic,并且像兰姆说的"版藏宇宙之内,不断重印,源源不绝"! 阿门!

(2001 年 9 月 13 日,开封)

影视印象七则

一、《小井胡同》（1998 年 2 月 4 日—12 日）

　　春节期间开封台播放了电视连续剧《小井胡同》。演员是北京人艺的，继承着《龙须沟》《茶馆》《骆驼祥子》的表演传统，演出北京一个小胡同从解放前直到"文革"的生活百态；人物是新旧社会北京的各色人等，主要是大杂院里的下层老百姓。王姬的张妈，陈宝国的查六爷，马小宁的小顺子，演得令人叫绝。其他大小角色也都演得很好——人人有戏，并不是戏不多就傻站着。这是人艺的一大特色。开纸扎铺的旗人查二爷初露面时自拉自唱的那半句《哭祖庙》["进祖庙不由人（心中悲惨）"——]，就韵味十足，够让人嚼磨一阵。寡妇张妈向院里妇女们公开宣布她和查二爷"婚外恋"的那段台词，大有尤三姐向贾珍、贾琏、尤二姐自述本志的那种泼辣之风，高屋建瓴，侃侃而谈，用词儿"粗细搭配"、生冷不忌，说得那些平日对她冷嘲热讽、指桑骂槐、不断捣脊梁骨的婆娘们哑口无言。王姬把这一段表演得不瘟不火，属于她的"精彩十分"。围城期间，粮店老板一边自夸"南城第一家老粮店"，一边指使小伙计往面粉里掺白土，同时表示"昧良心出于无奈"，让人既没法儿说他是真坏人，又没法儿说他是真好人。在属于坏人里边的，旧警察乔脖子实在坏得"头顶上长疮，脚底板流脓"。在数九寒天把"路倒"死尸搬到纸扎铺门口进行讹诈，但其动机不过是饿得发慌，骗一盆白面糨糊塞肚皮而已。这表明他人品虽坏，但仍是在下层社会折腾的小人物——只是谋生手段太恶劣。流氓小顺子没有乔脖子那样恶劣，但也坏得可以——他不但蹭吃、蹭喝，连嫖窑子也揩油。刚解放时，他还假积极。但流氓本质决定，他干不出好事来。政府改造妓女，他擅自找一批老太监去硬拽妓女出妓院,闹得军代表哭笑不得;把他送去劳教,他唱"林冲发配"——这是典型的北京无赖。北京人艺的男女老少演员把这种种人物、种种世相演得活灵活现,看了十分过瘾,觉得这是一次酣畅的艺术享受。所以,看完第一遍,又看了第二遍。

个人孤陋寡闻,在看《小井胡同》之前,不知道陈宝国演得这么好,把一个正派精明、但又有点怪癖的旗下子弟查二爷演出了独特个性、演出了"味儿"来。真是失敬失敬。演小顺子的马小宁,在其他影视里也出现过,都是演个小特务什么的,没戏。可见,没有好剧本、好导演,演员再有本事也发挥不出来。

北京人艺把北京人、北京生活表演这么好,真想拍个电报表示感谢和祝贺。

二、《新乱世佳人》(1998 年 2 月 4 日—12 日)

余秋雨策划的《新乱世佳人》,不同于《小井胡同》,是"南味儿"电视剧,以抗日战争和解放战争为背景,写南方人、南方故事。既然是"乱世佳人",看后留下印象最深的自然是几位女人,特别是女主角董心碧及其女儿们。

高等妓女出身的董心碧,大概是"乱世佳人"中的佼佼者。她柔情似水,聪明细心,但性格内向而工于心计,既缺乏美国"乱世佳人"郝思嘉的那种"大气",也缺乏《城南旧事》中英子的那种"厚道"。当她自己受到坏蛋钱县长威逼时,只算计着用女戏子何凤娇当替罪羊,答应让何做她丈夫的小老婆,实际上是欺骗她,害得何凤娇投水而死!——在董心碧心目中,认为她自己已是正派的阔太太,而何凤娇是下贱女人,倒霉活该。

心碧的大女儿绮玉性格褊狭、急躁,爱逞小聪明,对人无情无义。她参加新四军,自负有革命性。但她的"革命性"只表现为视革命工作如儿戏,不顾群众安危,任性子去烧日军的篱笆栅栏,致使老百姓多人被杀,受到批评,还自认为理所当然。在护送干部时,她不懂装懂,充英雄去炸电厂(为了断电,掩护干部过境),结果未炸到要害,反使新四军官兵暴露于敌人探照灯下,多人伤亡。当她丈夫、新四军指导员王千帆落入国民党军官、她妹夫冒之诚手中,传闻已被杀害时,她不听同志劝阻,也不仔细了解情况,就单独行动,去找冒之诚报仇。其实冒之诚因亲戚关系,已将王千帆暗中释放。而她却不分青红皂白蛮干,绑架了冒之诚的父亲(董心碧一家的老友)冒银南,还俘获了自己亲妹思玉;在形势复杂的紧急关头,她不听思玉和之诚的解释,一味"报仇",要打死亲妹,结果双方开枪,她和思玉双双惨死。

董家五姐妹中,四个姐妹都非自然死亡。唯一的儿子克俭堕落为大烟鬼。对于这种苦果,董心碧的为人性格负有一定责任。她对儿女溺爱、娇纵。当她儿子已发展到为吸鸦片不择手段弄钱时,别人好心告诉她,她还偏袒,说什么:"他是我的儿子,我不相信他,相信谁?"最后她自己也受克俭之害。

总的来说,董家对别人的态度缺乏厚道。冒银南和薛慕紫(医生)都是善良的知识分子,关心同情董心碧,却因董家之过而遭牵连受害,真是呜呼哀哉!

当然,日本军官、钱县长、日伪特务范宝昆都是十足的坏蛋,死有余辜。新四军方面的王千帆和刘县长也各有缺点。

最深的印象是:剧情中这些"乱世佳人"时时以小心眼儿互相争斗,并以之对付大事,结果不仅造成人与人之间的不可挽回的损失和悲剧,也把有关抗日、革命的大事弄得一团糟。越看到后来,就越感到无法排除的痛心和遗憾。

所谓"历史教训",应该既包括宏观的国家、民族、党和人民的教训,也包括微观的个人思想、性格、品质、处人处事作风的教训。

褊狭、小心眼儿,在杨绛的散文中曾被叫作"细腻恶心",其害处在《新乱世佳人》中表现得淋漓尽致。

当然,这些是很难解决的"国民性"中的问题。粗直和轻信有时也会造成损失、错误和人生悲剧。

三、《血誓》(1998 年 8 月 21 日)

电影《血誓》,通过抗战时期一个到张自忠部队某团当政训处主任的大学毕业生的自述,来写国民党军队中官太太与勤务兵私通现象以及官兵之间的复杂关系,并写出表面凶暴的团长内心的深层人性,以及下层官兵当中自我保护的义气关系网,等等。大学毕业生自以为在奉命审判那一对生死鸳鸯时已经很讲人道主义了,实际上他所标榜的浮浅"人道主义"只是从书本上得来,他并不了解人际关系中真正有血有肉的内情。在经历了一场惊心动魄、出乎意外的事件,而且他自己也几乎为此丧命之后,他才受到一次人性的启蒙。那位团长随即也在抗日前线为国捐躯。

恰巧,前天我也从电视上看到由莱蒙托夫小说改编的苏联电影《当代英雄》。特别高兴的是看了其中《塔曼》一段——这篇可以看作独立的短篇小说的中译文,还是50多年前上中学时看的,到50年代又从英文版《当代英雄》里读过。但过去只是当作一篇浪漫传奇故事来看,其中的深层含意,看电影后才比较懂了:青年军官毕巧林是在无意之中闯入一个最底层的穷人世界——一小群以玩儿命为谋生手段的替人卖命的走私者。他出于个人好奇心加上逢场作戏的猎艳心理,竟破坏了这些无辜穷苦人的生活门路,自己也几乎葬身海底!

"中国之君子昧于知人心。"偶尔碰见底层的特殊人物,听见、发现他们的特殊谈吐和心态,使人大吃一惊,或者猝不及防地由于他们而吃些亏,我也是经历过的。但这些还无大碍。追悔莫及的是因为自己从书本上得来的条条框框,对于陌生的事物本不了解,却自以为是,头脑发热,给别人造成了损害——这比个人吃亏更使我痛苦,长期引为憾事。

四、《辽沈战役》(1999 年 7 月 13 日)

近几年陆续看过一些描写解放战争的影视片,特别是关于辽沈、平津、淮海三大战役的电影,大开眼界。解放战争的胜利,是毛主席战略战术的得意大手笔。从1946年蒋介石撕毁"双十协定"、推翻旧政协,号称"半年打败共产党",但他以美式装备的500万大军,海陆空俱全,竟在三年半的时间内被没有飞机、大炮、军舰的人民解放军打得惨败。这真是战争史上的奇迹,中国革命史上最辉煌的一页,为被压迫的中国人民扬眉吐气!

从电影中可以知道:打仗最需要辩证法,必须因时制宜、因地制宜,根据具体条件,迅速做出判断、采取正确对策和措施。头脑教条、僵化,很容易吃大亏,甚至弄得全军覆没。其实,人之一生也是如此:必须在变化无常的种种复杂关系中,找出自己的生存、发展道路,取得尽可能的成功。

《辽沈战役》中特别突出塑造了林彪的个人性格,当时他不失为一位帅才。我最欣赏的一段是:当廖耀湘在杜聿明和卫立煌互相矛盾的指挥下陷入进退失据的困境时,我军与敌军形成犬牙交错的混战状态;当报告说:东野部队"军找不到师,师找不到团",林彪回答:"我不管军找不到师、师找不到团,只要找到廖耀湘就行!"——这句话的灵魂是:在复杂情况下一定要抓住主要矛盾,"抓住牛鼻子"。生活中也是如此。人生必须有一个精神中心。跟着纷纷扰扰的世风瞎跑不行。

现在受商业大潮影响,人们很容易陷在浑浑噩噩追逐个人小利的漩涡里,生活过得卑琐无聊。看看历史的大场面,看看伟大人物(包括大作家、大艺术家、大思想家、大科学家)的传记,从中得到些启示,很有必要。

五、《燕子李三》(1999 年 8 月 28 日)

两三周来,看电视剧《燕子李三》。前些年曾看过同名连续剧,那是根据河北省女作家柳溪(纪晓岚后代,孙犁文中曾提过她)小说改编的。所写李三是真人真事,为民初大侠,劫富济贫,反动统治者必得之而甘心,为一师兄所出卖,被害。看后痛心扼腕。现在这部新连续剧写的是李三死后他的师弟李显及其三个徒弟李云飞、李云馨(其女)、李云龙的故事,比原来那部戏更曲折动人。最近看此剧成为我暑假中每天的"功课"。其中轻功极精彩,不必多说。只说其中三点遗憾:一、大师兄李云飞明知师妹一心爱他,却装得像梁山伯一样愚蠢,害得李云馨柔肠寸断;他还雪上加霜,和白小姐仿佛有什么拉扯不清的神秘关系,又不解释一句,惹得女侠暴躁不安,一肚子气无处发泄,又不知道找谁去拼命。二、师姐李云馨明知师弟李云龙痴迷地爱她,而自己并不爱他,却还跟他亲热打闹,仿佛自己完全是个"狗屁不通"的小女孩,惹得李云龙由于"恋姐情结"而酿出性变态、淫虐狂、杀人狂。其实女孩子早熟,绝不会像婴宁一样"情盲",应该提醒师弟早断妄念。(当然,李云龙之变为恶魔,有其主客观两方面的原因,兹不赘述。)三、李显和李云龙这两位正派人物在和敌人生死搏斗的紧急关头,常摆出大侠亮相式的威武姿态,达数秒钟之久,作为艺术夸张则可,作为实战招式则不可。如果刑警在和歹徒恶斗中也这么干,那就很容易被坏人钻空子一枪打翻。外国的战斗片就很少这样的"亮相",因为当时间不容发,来不得半点花架子。

《燕子李三》看到后来,明白了:随着历史发展,江湖义气解决不了民族危亡、社会更新等大问题;功夫再高,还是敌不过机关枪、大炮。从历史片中看到:清末义和团抗击帝国主义之英勇,可算惊天地、泣鬼神;但在敌人的洋枪洋炮面前,一大片一大片阵亡,令人目不忍睹。因此,为保卫祖国,非有人民军队和新式武器不可。

另外,中国武功门派是在古代封建社会中形成,其正面作用是使得下层民众拥有自卫防身的手段和团体。但门派家法中的封建性和行帮气很重,一旦被反动派和黑社会所利用,对社会的破坏性也很大。在近现代史上,孙中山曾争取过南方的哥老会,李大钊争取过北方的红枪会;但清廷也利用过义和团,蒋介石也利用过青红帮。这是个有两面性的现象。

六、《中原虎啸天》(1999 年 10 月 5 日)

这是一部电视记录片,以原始影像资料描述淮海战役。此役蒋军被消灭 55 万余人,我军亦牺牲 13 万人。这一战真是惊天动地,决定了南京蒋家王朝的最后失败。最近中央所放革命历史片多有过去未公布的内容,淮海战役之惨烈即为从前所不知。蒋介石在 1946—1949 年间在政治上倒行逆施,在军事上独断专行瞎指挥,美国贷款和美式装备再多,也不够他挥霍。他手下的将军都是黄埔高才生和日、美、德军校留学生,但在他刚愎自用的指挥下,加之内部矛盾重重,弄得兵败如山倒,将领若不起义,则一个个被俘或阵亡。当时国统区经济崩溃、人心失尽,也确实大势已去,无可挽回。

记得解放前夕,在重庆北碚梁漱溟先生所办的勉仁中学教书时,梁先生每周到勉中主持一次教师小会,学习他的《中国文化要义》一书(书名记不准了),持续时间大约从 1948 年冬到 1949 年春(此后形势紧张,这种周会停止)。一次周会中,我恰巧坐在梁漱溟先生旁边,听见他对另一位老民主人士鲜英说:"局势发展这样快,真是历史上少有?"(大意)鲜英也表示同意。两位老先生的谈话引起我的好奇,不由伸头想听听他们再说点什么。但梁先生一看我注意听,就不再说了。——这算我生平偶尔碰上的一个小小历史插曲。

20 世纪的中国历史翻江倒海、波澜壮阔,血泪与欢笑、苦辣与酸甜交织。估计在 21 世纪应该出现文学上的大手笔来写这段历史，铸造出真正的文学丰碑。

七、《李克农》(1999 年 11 月 2 日)

近几天，看电视剧《李克农》，知道了一些过去不知道的事。李克农跟潘汉年一样，是传奇式的人物。两人在解放前的隐蔽战线上都曾做过常人所做不到的事，但两个人解放后命运不同。这非我们普通老百姓所能说清。

回想起来，自己倒与李克农见过一面。那是在 1953 年 9 月—10 月间，我从河南被临时调到朝鲜开城的志愿军翻译队，准备做英语口译工作；但只待了一两个月，做点杂活，就回国了。回国前，李克农（当时叫他"李队长"，实际上他是外交部副部长）跟每个人谈一次话，规定 5 分钟；但如果被接见者是军人或党员，则只说一句话就打发走。对我倒真谈了 5 分钟，问我在国内做什么工作，我说："戏曲改革。"他挺感兴趣地笑笑，说："很好啊！"还解释了一下：不需要这么多人，准备送你们回去，等等。李克农还有点幽默感，他对大城市来的女同志开玩笑说："这里要打仗了，不安全！"吓她们一下。女同志对我们学的时候还撇一撇嘴。

根据个人印象：张晓林演的李克农，形象忠厚勤恳有余，机警干练不足。电视剧片头李克农身穿将军服的正面像与我的印象相符。记得他谈话时略带微笑。当然，在这微笑之中蕴涵着不平凡的经历。我对于只能谈 5 分钟，嫌太短了。但在那种时候、那种地方，像他那样的人物，能跟你谈 5 分钟就很难得了。

在开城，还听过杜平将军对我们讲过一次话。他那豪迈的警句是："ABCD不用学，只要记住 Yes,No！"

当时乔冠华也在开城，大家叫他"乔队长"。我未见过他，只知他每周末必跳舞。我不会跳舞，未参加过舞会。

50 年代初，上下关系比较融洽，领导作风纯朴踏实。从朝鲜回到北京，外交部还特别为我们举行了一次会餐，由人事处处长王倬如主持；还举行过一次舞会，我仍未参加。全国各地的翻译们在散伙之前，由一个北京人主办，大家出钱（每人 1.6 元），在东来顺吃了一顿涮羊肉。

电视剧《李克农》结尾，有董老咏李氏一首七律，云："能谋颇似房仆射，用间差同李左车。"老一辈革命家的古典文化修养也非常人所及。

（2000 年 5 月 27 日整理）

刘炳善　著

刘炳善文集

The Collected Works of Liu Bingshan

III. 散文随笔卷 II

河南人民出版社

图书在版编目（CIP）数据

刘炳善文集．Ⅲ，散文随笔卷．Ⅱ ／ 刘炳善著．—
郑州 ：河南人民出版社，2022.10
ISBN 978 - 7 - 215 - 10765 - 6

Ⅰ．①刘… Ⅱ．①刘… Ⅲ．①中国文学 - 当代文学 -
作品综合集②散文集 - 中国 - 当代 Ⅳ．①I217.2

中国版本图书馆 CIP 数据核字（2017）第 020608 号

河南人民出版社 出版发行

（地址：郑州市郑东新区祥盛街 27 号 邮政编码：450016 电话：65788072）
新华书店经销　　　　　　　河南文华印务有限公司印刷
开本　710毫米×1000毫米　　1/16　　印张　26.25
字数　429千字
2022 年 10 月第 1 版　　　　　2022 年 10 月第 1 次印刷

定价：296.00 元（全四册）

目　录

纪实

随感

交流

杂诗

纪实
JISHI

香港有座文化山

一

1992 年 9—10 月,应香港中文大学盛意邀请,到那里进行了为期五周的学术交流访问。

这是 40 年来第一次出境,心情很是兴奋而好奇。9 月 18 日上午 11 时,飞到香港,走到飞机场出口,看见一位高高瘦瘦、样子精明利落的外国先生举着写有我名字的一大张纸——这就是邀请我的主人,香港中文大学翻译学习系系主任卜立德教授。卜先生是英国汉学家,研究的主要课题是中国散文,我们曾因中英散文方面有共同兴趣而通信。去年我

1992 年 9 月,赴香港中文大学
翻译学系学术交流时所摄

曾应他之约为香港的一部书写过一篇题为"英国散文翻译"的文章。他热心为我联系了这次访问。

卜先生亲自开着他的小汽车来接我,这很使我感谢。对他这辆车,他戏谑地称之为"老爷车",说是已经用了 10 年,还是不想"更新换代"。我看了看,这辆黄色小轿车,当年肯定金光灿烂,不过如今颜色变得确乎有点暗淡了。但是"老爷"身板还硬朗,路上并没有撂挑子、抛锚。我们一路顺风,用英语加中文谈得十分愉快。从谈话中知道卜先生是剑桥中文系出身,又在美国斯坦福得过博士,论文是周作人研究。他一边开车,一边向我介绍沿途风光,同时很敏锐地从我说的普通话中听出来有一个字声调特殊,问我怎么回事。我说这是我说的普通话不标准,夹杂着河南腔调,所以"露了馅儿"。从这件小事,可见他对汉语研

究得十分细致。

　　小车穿过街区,进入山乡,迤逦开进中文大学。卜先生安排好我的住处,请我一顿午餐,就忙他的工作去了——原来他也是刚从英国回校,那天上午才接到学校通知,急急忙忙到机场接我的。

　　下午,翻译系的吴兆朋老师来看我。吴先生是香港本地人,斯德哥尔摩大学博士。她开车领我游览了校园,热心地为我指点哪里有食堂、哪里有商店和书店,又领我到图书馆。我灵机一动,就想起向往已久而从未谋面的 17 世纪英国散文名著——罗伯特·伯顿的《忧郁的剖析》(Robert Burton: *The Anatomy of Melancholy*),试着问一下此书能借到否。吴先生立刻拿出她的借书证,竟把这部像一大块城墙砖似的庞然巨著给"请"出来了。一位年轻女馆员抽出书卡,看看上次的借书日戳,笑着说这本书整整有三十年没人借了,这正和她的年龄一般大。可见这本书是多么"冷"。兰姆也说过对这本书不必翻印,反正它不会使书店老板发财。不过英国文学史里都提到过它和蒙田随笔一样,都是散文作家的"枕中之秘",对英国随笔发展起过重要作用。恩格斯也说过它是可以"经常吸取乐趣"之书。我们借到的是一部很好的美国版,注释详细,还把书中的拉丁文段落一律译成英文,读起来很方便。在港期间,这部书伴我度过一些愉快的时光。它表面上仿佛是"忧郁症诊断大全",实际上像蒙田随笔那样,通过大量历史文学掌故,夹叙夹议,剖析人生万象,是一部散文奇书。希望将来有人能把它译成中文——自然,这很不易。

二

　　香港中文大学的整个校址都在海湾旁边的一座山上。校舍建筑是依山就势而设计建造的。校内的公路曲曲弯弯、盘山而上,把校本部和四个书院连系起来。学生每天靠校车上山下山,教师多半有自备汽车代步。此外,一层层校舍之间还有石阶小径相通,与公路交错,形成一个复杂的交通网。尽管如此,由于管理有方,校园内整洁、安静、文明、秩序井然。印象最深的是公路、小路都不见尘土飞扬。没有路和房子的地方长着树木和绿草。整个学校像一个大公园。

　　香港,由于它的特殊历史和地理条件,成为中外经济交流的枢纽。香港中文大学,作为香港的第二所最高学府,在中外文化交流中具有独特的优势——它能够和国内、海外许多大学和学术机构经常保持着广泛联系,经常了解到各种学科的动态信息,以便博采众长。每期校讯都载有这方面的消息。就拿我在一个来月的访问当中所遇到的国内来此讲学、研究、交流的学者来说,就包括北大、北师大、中国社科院、中国科学院、天津师大、复旦大学、兰州大学的十多位教授、研究员、副教授、讲师,专业则包括语言、文学、历史、教育、数学、化学、经济管理等。

上面说的是短期访问交流,从一周到三个月,不超过一个学期。至于聘请教师,中文大学更是不惜重金。据说香港方面为了延揽人才,教师工资比美国还高。其详不得而知。不过,从中文大学教师的待遇来说,确实使得国内教师望尘莫及。在这里,讲师的"进档工资"是每月25000元港币。曾经和我同桌进餐的一位刚从美国得到博士的年轻经济学讲师,每月就拿26000元港币。教授据说每月5万元港币。不过,为了平衡一下国内学者的心理反应,我也得加上几个"但是":第一,这种高薪是给能在香港定居的知识分子的,首先是香港本地的学者,然后是台湾和外国学者,内地学者能在此固定工作者寥寥,而来此短期访问的学者只是客人,待遇不在此列;第二,中文大学办学基本上是英国方式,拿有国外博士学位者方能担当讲师,资深讲师可提升为高级讲师(不含副教授),而教授名额控制很严,一个系往往只有一两个教授;第三,对教师待遇高,要求也高,每人要教三门课,同时不断要有研究成果发表出版,"优胜劣败"的竞争在不动声色中进行;第四,工资高,物价也高,譬如说,吃一碗面,要花十元以上,房租很贵,房价也是高得吓人。——当然,不管怎么算,香港教师工资还是比国内高得多。这样,生活上无后顾之忧,才能安心进行教学科研。

三

住定以后,卜立德先生举行一次午餐会,介绍我与翻译系的老师们认识,还为我在系里找了一个临时办公室。从此,我就每天上午到翻译系"上班"。我的硬性任务不多,主要为研究生讲两次,为本科生讲一次,然后在"研讨会"(seminar)上讲一次,题目都是关于文学翻译和散文翻译。我到系里,有时准备讲稿,有时和卜先生联系事务,有时和其他老师交谈。我也带了几本自己的书,"以文会友",得到几本赠书。通过这种灵活自由的交流方式,我得以拜读了翻译系一些老师的著作或翻译作品:金圣华女士对于加拿大诗人布迈克(Michael Bullock)景物哲理小诗的中译,陈善伟先生对于台湾高阳小说的英译,卜立德教授关于鲁迅杂文和当代中国杂文的论文,张佩瑶女士对于韩少功小说的英译,王宏志先生的专著《鲁迅与左联》,以及吴兆朋先生的专著《陈敬容诗歌研究》。读后的总的印象是:香港学者在翻译工作上发挥了他(她)们在英语水平方面的优势,着重于将中国作品译为英文,向海外弘扬中华文化;而在研究工作上则着重于严谨的事实考订,钩沉索隐,发前人未发之覆。吴兆朋先生的《陈敬容诗歌研究》一书可为一例。这是她的博士论文,一部皇皇巨著,包括了我国当代女诗人陈敬容的传记、全部创作和译作的综合评述、250 首诗歌的英译及对每一首诗的内容风格分析、生平年表,末附书目资料索引。以我的寡闻,在国内外对陈敬容似乎还没有更详实的研究专著。

香港学者久沐欧风西雨,沾染的"洋气"该比国内多。但我读他(她)们的书,觉得他(她)们做学问倒很有我国传统学者的朴实学风,著译质量都结结实实,并没有国内有些论著过多炫示国外时髦术语的浮华习气和翻译书的粗制滥造作风。这确实是一个有趣的现象。

四

上文谈到翻译。香港非常重视翻译,也是翻译工作非常发达的地方。中文大学既设置了翻译系,又在它的中国文化研究所里成立了一个翻译研究中心。一天,卜立德先生约我去拜访翻译研究中心主任。我按照在国内的"思维定势",心想这位主任大概是一位德高望重的老先生或者戴着黑框眼镜的可敬的老太太。谁知走进办公室,只见写字台后坐着一位年轻姑娘——这就是孔慧怡小姐(Miss Eva Hung)。她担任着翻译研究中心主任的职务并主编着刊载古今中国文学作品英译和评论的大型英文杂志《译丛》(*Renditions*),和一套像北京《熊猫丛书》那样的《〈译丛〉纸面丛书》(*Renditions Paperbacks*)。说起《译丛》,卜先生过去曾寄赠我一本,那是一期"鲁迅专号",刊有他译的《在现代中国的孔夫子》。孔小姐说:"那很早了!"立刻起身另找两本新近的送我(卜立德对我说:"没有白来吧?"):一本是"中国古代散文专号"(好,连六朝骈体文和明代八股文都译成英文了!),另一本是"中国现代意识流小说"(穆时英、汪曾祺、王蒙)和"当代后朦胧诗"专号。《译丛》印得这么漂亮,纸这么好,看了真叫人眼红。印这种只能让"幸运的少数"highbrows 看的杂志,钱从哪儿来? 孔小姐说杂志是靠着一位银行家捐助的一笔基金才办起来的。(真希望这样乐善好施的财主在世界、在中国多有几个,并祝他们健康长寿!)我问问孔小姐的学历,她说在港大毕业,又到伦敦大学读博士,论文题目是艾青。我上高中时也是艾青的崇拜者,把他《诗论》里的话当作"格言"抄在我们的壁报上。孔小姐在北京见过艾青,说他爱讲笑话。我也谈了从《文学报》上看的艾青近年来讲的一句笑话——他右臂麻痹住院,记者访问他,他说:"我这个人毛病总是出在右边!"说罢,我们三个人都笑了。孔小姐是王安忆的译者,译过她两本小说集——她们年龄差不多,都是"聪明小姑娘"类型的作家和学者,她翻译她正合适。我问她英文怎么学得这么好? 她说从小受过严格的训练;另外,精神上没有负担。我忝为作协会员,承她下问现在国内作家都在干什么。这是个大问题,我知之甚少,只能笼统回答:"十多年来,作家一开始写短篇小说,但因为长期积累的东西太多,写短篇不过瘾,就写中篇,前些年中篇有很大发展。现在听说作家们都在埋头写长篇,想写出纪念碑式的作品。"孔小姐听到"不过瘾"三字,做出一副调皮的鬼脸,说:"'过瘾?'对! 一'过瘾',就写得长。真希望作家们写得短一点!"她这话是从汉译英的角度说的。的确,由于中国方块字内涵丰富微妙,中文一经翻成蟹行文字,篇幅难免膨胀,作家如果愈写愈长,翻译家就要"苦也"。孔小姐做鬼脸,是有道理的。特志与此,以供有志于"走向世界"、参加"文学奥林匹克"的作家们留意焉。

五

像我这样40年没出过境的北方人,到了香港,就是进入一个生活方式完全不同的世界。行前对穿戴做了一些准备,外套、西裤、领带应有尽有。初到香港,"行头"都穿到身上。可是很快发现,至少在中文大学,男老师穿衣服很随意，并不是不分时间、场合一律"周吴郑王"、西装笔挺，平时不过穿着衬衣西裤在房间办公，上课时加一条领带，只有参加宴会或盛典才西装革履、"全副披挂"。我很快"入乡随俗"，倒也轻松自在。因此，带来的衣服倒有四分之三用不上，成为上下飞机的累赘。

1992年9月，摄于香港中文大学招待所

对于吃饭，我行前没有放在心上，认为不管中餐西餐，吃到嘴里就是了。其实，"纸上得来终觉浅"，看来此事须躬行。我过去没有正经吃过一次西餐，在香港碰上西餐招待就"出洋相"。尽管"下机伊始"，在卜立德先生的午餐席上向他请教过用刀叉的规矩，但真正使用起来总是不顺手，吃得慢，很尴尬。饶是这样，偏偏叨扰了一回庄重、地道的西式宴会。这是到港十天的一个傍晚，翻译系老师张佩瑶女士请卜立德先生，邀请我作陪。我以为这是一般的便餐，就去了。卜先生领我从中大车站坐广九铁路火车，又转两次地铁，在自动楼梯（escalator）上上下下几回，走出隧道口，进入了灯火辉煌的香港闹市区。然后东绕西绕，才找到饭店，上到八层楼。我生平头一次走进这么富丽堂皇的大饭店，明晃晃的大圆柱、玻璃门，像水晶宫——这是香港最豪华的港华饭店（Hotel Conrad）。我眼花缭乱地跟着卜立德走，进入一个玻璃房间——女主人已经端坐在宽大餐桌的上方，一派大家风范。我没有想到竟是这么一种场面，赶快表示：作为一个 provincial scholar，受到如此厚待，实在不好意思。女主人客气地称我是"贵客"。餐厅里不知从哪里轻轻奏出柔和的音乐。我悄悄对卜立德说："像这种饭店，十块钱大概进不来！"卜立德说："十块钱，连水也不让你喝！"头戴红帽子的侍者拿来菜单，女主人让我们点菜，菜单是英法文对照。我请卜立德替我点，他点了一盘蜗牛，好像是故意要我的"好看"，我也不好拒绝。我觉得最有意思的是在饭前一边喝酒一边慢悠悠地闲聊。张女士也是香港人，英国留学，先在肯特郡坎特伯雷大学念书，后来又到伦敦，有一阵子，天天晚上去看戏。我傻乎乎地问："那安全吗？"卜立德说："这位女士很勇敢。"张女士爱好戏剧，到北京人艺访问过，谈到《狗儿爷涅槃》；还因为我是河南人，她由"河南梆子"连类而及"河北梆子"，于是我们又谈了一阵多才多艺的裴艳玲。她对内地其实相当熟悉。跟这样有高度文化教养的女士谈话真是一种高尚的精神享受,使人超越了现实中琐屑的纷纷扰扰。菜端上来以后,女主人知道我对付不了蜗牛,通情达理地把她的一盘鲑鱼换给了我,解了我的围。我看看那盘蜗牛,原来并不是随便什么在地上乱爬的蜗牛,而是一种特别喂养的食用大蜗牛,圆鼓鼓的,像一只只小螃蟹,吃的时候要用小银锤把壳敲破。不过即使鲑鱼,我也吃得很慢,而卜立德却吃得又快又干净。我说他吃饭习惯好,"多快好省",他说他这种习惯是在二次大战中养成的,那时候英国人把一切能吃的东西都吃光了!——原来英国也遭遇过"三年困难时期"。晚十时席散,我和卜立德都去抢桌上的印制精美的火柴盒留作纪念。

香港的学者,尽管生活水平很高,他(她)们在事业上却是很勤奋的。就拿张佩瑶博士来说,除了教学以外,她出版过一部韩少功小说的英译,翻译的刘索拉小说集正在出版,而且目前还在从事当代中国话剧选的翻译工作。

六

10 月 20 日是该我主讲"研讨会"的时间,会址安排在中国文化研究所会议室。中国文化研究所内环境很优美:一进楼厅,摆着两排雅致的明式家具,玻璃柜里展示着中国文化研究中心和翻译中心出版的各种印制考究的中英文书刊。天井里是一个大鱼池,金鱼在水草间游来游去。从一楼上去,还有一个展厅,正展览着一批明末清初书画家的作品。整个环境明净雅洁,真是研究文化学术的好地方!卜立德先生为我拟了一个很好的演讲题目:"从翻译的角度看英国随笔"。在研讨会上,我除了谈谈英国散文翻译中的体会,也谈了自己对于英国随笔这种文学体裁的看法:第一,英国随笔为"五四"以来的中国现代文学提供了一种活泼自由、便于表现作家个性的散文形式。第二,梁遇春是本世纪在中国翻译介绍英国随笔方面最有贡献的人。第三,几十年来证明,英国随笔是为中国知识分子所喜爱的一种文学作品形式。郁达夫说:"英国散文的影响,在我们的知识阶级中间,是再过十年二十年也决不会消灭的一种根深蒂固的潜势力。"这话在今天看来依然真实。第四,只要处在一个和平安定的时代环境,只要处在一个散文创作发展的时期,中国的作家和读者总会想念英国随笔,总会有人想翻译它们,翻译出来也总会有人愿意出版。我发言后,大家交换了一些意见。讨论比较热烈的是文学翻译中译者自己的文章风格和原作者风格的关系问题。我认为译者应该注意辨别并在译文中设法传达原作者的风格,不要完全让自己的风格压住原作者的风格,免得在翻译不同作家时,译出来都是一个味儿。有的老师不同意这种提法,认为译者不必压制自己的风格,听其自然好了。我说这是为了避免让译者自己的风格代替原作者的风格。一位老师说:"何必避免?只要选择与自己风格相近的作家就行了。"当时香港电视台正放映《乱世佳人》。我说:"费雯丽之所以是大演员就在于她在《乱世佳人》中演的角色和在《魂断蓝桥》中不会一样。"另一位老师立刻反驳:费雯丽总是费雯丽!这可将了我一军。所谓风格也者,就同幽默之类一样,是很难说清楚的,最好用"模糊数学"来对待。我提出这个问题,等于捅了"马蜂窝"。幸好时间到了,我就"趁坡下驴"。现在想想,这个问题只能由每个译者在工作中根据自己的理解,"各尽其能"地解决。

七

离港前不久,收到一个小小的信封,里面装着一张美观小巧的请帖——翻译研究中心的孔小姐和卜立德先生邀我参加一次野餐会。一天午后,如约在中文大学图书馆门口集合。参加者除了孔、卜二位,还有翻译系的吴兆朋和张佩瑶二位女士,英文系的系主任、加拿大诗人安德鲁·帕金教授夫妇,教莎士比亚的何少韵女士,以及岭南学院一对老教授夫妇。大家分乘汽车,开到山下海边一个

中外友人海滨话别

清幽的竹林。主人拿出面包、火腿、葡萄酒、橘子汁、餐刀、杯子,放在石桌上,个人随意取食,三三两两聊天。我则和卜立德先生、帕金教授夫妇、孔小姐、吴先生围桌而坐。谈话上天下地地进行着。卜立德先生想让我"露一手",朗诵斯蒂文生《为闲人一辩》(*An Apology for Idlers*)中的一段,凑个趣。但我看大家正谈得热闹,实在不愿用我笨拙的表演打断这种轻松的、无拘无束的 small talk。可

是当谈话转到"人鱼"这个题目的时候，我禁不住插嘴，提起国内在"文革"后期兴起的一阵"人鱼热"：一张小照片传来传去，看样子像是一条有胳膊、有腿、有头的"人鱼"，可又模模糊糊。（后来有人"辟谣"，说那只是一条大鱼，被切削成人形拍照。）这引起我也进行了一番"人鱼探索"，翻出一部19世纪的《大英百科全书》，里边说全世界各国几乎都有关于人鱼的记载，并说中国南海里也有美人鱼，还会织绸子。听到这里，大家来了劲儿。卜立德问："真的吗?"我说："现在证明，那只是一种大鱼，叫'儒艮'。"卜立德说："'儒艮'不是鱼，而是海生动物。"这么一说，大家有点扫兴。看来中国人、外国人都巴不得世界上真有安徒生童话里的那种长着鱼尾巴的美人儿。我想再鼓起大家的兴头，就说点"真格的"，谈起神农架的野人。但是一说到据传有一个当地妇女被野人"绑架"到深山里，而且还生下一个小野人时，孔小姐和吴先生都吃惊得跳起来了！

天色渐渐暗淡。我们收拾东西，乘车回校。在卜先生的汽车里，我和加拿大诗人余兴未尽，又接茬儿聊了一阵爱尔兰诗人叶芝苦恋著名美人、女演员莫德·戈恩（Maud Gonne）的故事。帕金先生是研究叶芝的专家，我听过他一堂关于叶芝版本考证的讲课，看过他在课堂上散发的叶芝手稿影印件，其中有他早年的也有晚年的手稿：早年的好认，一笔不苟；晚年的笔法写到"出神入化"的境界，许多词儿只有开头一个或两个字母清楚，其他部分只随意勾画一下，"意到笔不到"，如果不对照释文，简直不知写的是啥。大作家灵感来了，"笔走龙蛇"，研究他们的手稿真是一门学问。曾见一部英文新书，研究莎士比亚的书法特点，把同时代的名人手迹和此字帖都罗列比较。可见国外对作家手稿的研究多么认真细致。我国古代作家的手稿留存下来的如凤毛麟角，绝大多数都"迷失"了。中国现代文学馆重视搜集"五四"以来著名作家的手稿，这是大好事，虽然研究工作还有待发展。

香港的晚宴和野餐已随时间渐渐隐去，但那些娓娓清谈还使我回味不已。我联想到欧洲文化史上曾经起过重要作用的"沙龙"。文化创造需要在有着高度文明教养的环境中才能得到更好的孕育和滋养。自然，我国还不富裕。而且，对于我们苦日子过惯了的知识分子来说，高级饭店、西餐大菜也并非追求之物。现在，哪怕只有一杯清茶、两盏淡酒，只要风和日丽，窗明几净，能得三五知己,在温馨、安详、轻松、美好的气氛中,就文化、艺术、学问上的问题进行无拘无束的漫谈;那么,学艺方面一些新的创造构思说不定会从中萌发出来。当然,富裕产生文明,在文明的基础上才能产生文艺学术——这一个社会发展基本方向还是不可违拗的。

（1992 年 12 月 4 日,开封）

为了莎士比亚

——1996 年赴美杂记

　　1996 年 4 月至 5 月上旬,应邀到美国洛杉矶参加第六届莎学大会,并到俄亥俄、密歇根、华盛顿探亲访友,前后 40 天,随手写了日记。这是生平第一次出国,有些新鲜印象,现稍加整理,留作纪念。

April 2　行程及预算

　　此次赴美参加第六届世界莎学大会,准备年余:1995 年 2 月接到国际莎协通知及中国莎研会推荐信,此后即办各种手续;所幸 1992 年赴港护照尚可使用,但为了办签证,国蕾便赴郑三次,为购机票又返沪两趟;而经费之解决,拖延时间最久,为此筋疲力尽,国蕾与我各病一次,而蕾病至今未痊愈。其间写论文两篇:*Compiling a Shakespeare Dictionary for Chinese Students*(《为中国学生编写一部莎士比亚词典》)及 *Marxist Shakespeare Criticism and Its Spreading in China*(《马克思主义莎学评论在中国的传播》)。3 月 22 日,自汴来沪,曾上街购书三种:钱锺书《槐聚诗存》,梁实秋散文集《槐园梦忆》及《世界散文精华》(其中选拙译二篇)。在沪大部分时间阅读讨论会("Shakespeare after Marx"即"马克思之后的莎学")成员论文及提要,初步印象:多采用卢卡契及其他西方马克思主义观点分析莎剧问题并引用马克思原著,同时亦使用心理分析及解构主义方法,个别对马克思主义莎学研究持反对态度。读后觉得分析角度与国内不同,但有新意,唯个人对于许多国外学术用语不熟悉,需查词典。开会期间,将能见到 Saginaw Valley State University(萨吉诺州立大学)王裕珩教授(1993 年在武汉大学国际莎学讨论会上认识),并拟联系洛杉矶 Huntington Library(亨廷顿图书馆)研究项目,结果难知。开会后计划于 4 月 15 日晚登机赴 Columbus(哥伦布市)往访 Ms. Cameron(罗德美夫人),在彼处讲学并暂住,然后到王教授处,盘桓三四日,再回哥伦布市。倘无其他友人邀约,则全部在美时间不过一月左右,即返国矣。

预算:

I. Los Angeles(在洛杉矶)

1. 会费:$ 175

2. 房费(与他人同住,April 5—15):$ 1100(暂定,实只应交 $ 550)

3. 伙食费:$ 440

4. 看戏:$ 35

5. 其他活动:$ 100

6. 电话、出租:$ 200

共约 $ 2050。

Ⅱ. Columbus(在哥伦布市)

还 Ms. Cameron 机票费 $ 202。

此行于公于私所费不赀,心亦惴惴。但事已至此,只有"潇洒走一回"。明日下午 3 时登机。下机已是太平洋彼岸另一个世界了。

April 5　从上海到洛杉矶之航程

下午 3 时乘东航 583 班机离上海飞洛杉矶,航程 11000 多千米,飞行时间 10 小时半,于洛杉矶时间 9 时 40 分到达洛杉矶。飞机在上海升空 500 米到

1996 年 4 月,摄于洛杉矶
Biltmore Hotel

1000 米,因飞机波动,身体稍感不适。后越升越高,到 10100 米稳定下来,一直平稳飞行,感觉尚好,但犹如坐在硬座火车中,困倦而不能睡,乃觉疲惫不堪,且眼前不断放中外电视剧(只能看而听不清,其目的也在不令人睡觉),须一直熬夜到底。快到洛杉矶上空时,飞机从高空下降,大约也是降到 1000 米以后,感觉很不舒服,恶心、出汗。下机出飞机场时因拿错入关申请表,有一段阻挡,后终无事。在机场遇上

海戏剧学院孙福良副院长与曹树钧老师,同乘其友人汽车到 Biltmore Hotel(旅馆)。机场之大,距离城区之远,高速公路之洁净(犹如水洗)都令人感到惊奇。住下,午后,向 Ms. Cameron 打一电传,云已到洛,将去哥伦布。

下午,试与黄曼(外语系毕业生,康永彪老师的儿媳)打电话,竟然与她家打通。晚 9 时左右,黄偕夫携女来访,并赠食物一包。我还赠《书和画像》一册。在室内谈一时许,走时又开车领我参观洛杉矶夜景,谈笑甚欢。他们答应为我询问 Los Angeles—Columbus—Los Angeles 机票确认一事,并将与 Ms. Cameron 商量改在 14 日夜 1:30 登机(即 15 日凌晨)赴哥伦布市。

April 6 一场虚惊

昨日黄曼夫妇领我看好莱坞夜景后,我用旅馆的纸片钥匙开门不顺利,后在孙院长指点下门才打开。但今天上午突然发现纸片钥匙丢失,再三寻觅不得。下午,与 Huntington Library(亨廷顿图书馆)的 Miss Renner 打电话,谈 8 日到彼处参观时询问研究基金之事。晚上黄曼来电话谈关于她与 Ms. Cameron 商谈改于 14 日晚乘机去哥伦布事。其间忽发现准备日常花费之若干美金不见了,倾箱倒匣找了很久,以为遗失,忽见装钱的破信封正在床旁小茶几上,虚惊一场,心始安定下来。同室孙、曹的一位同学罗燕(电影《女大学生宿舍》主演)来,与他们谈话后,共照了两三张相。罗在此经营一项影视事业,似想在好莱坞立足。

April 7 莎学大会开幕式

1996 年 4 月,世界莎士
比亚大会的代表证

上午无事。中午见王裕珩、M. Levith 二先生,畅谈长久,由 L. 做东请客于唐人街。归来,参加 Opening Ceremony(开幕式)。主持人为一位年轻的女士,说话像吟诗,她乃是国际莎协执行委员会主席安·詹奈莉·库克(Ann Jennalie Cook, Vanderbilt University)。三四人发言后,由一位演员以独角戏形式表现莎翁的戏剧生涯,表演能力很强,但时间过长,未免单调。我因受凉感冒,压着咳嗽,又恐影响大家,所以无心看戏,又不好意思离开,最后还是不得不由一排座位中间移到旁边。夜晚失眠很久,大约凌晨 3 点才入睡。

April 8　参观亨廷顿图书馆

晨 8 时半被曹叫醒,吃了两三块点心,即匆匆参加会议。会议间隙,与国际莎协主席 S. Wells(威尔斯),国际莎协秘书长 R. Pringle(普林格)等合影。中午来不及吃饭,即搭车赴亨廷顿图书馆。首先参观该馆珍藏的古书版本,有中世纪彩绘手抄本、欧洲早期古登堡印书、莎士比亚的 First Folio(第一对开本)及 Quartos(四开本)、Ben Jonson(本·琼生)的 Fair of St. Bartholomew(圣巴托罗缪集市)古本等,极为宝贵。然后到该馆草坪上吃点心、喝橘子水,随意闲谈,极其轻松愉快。此时又与 Stanley Wells 合照两张相。然后我抓紧时间找到亨

1996 年 4 月,在洛杉矶第六届世界莎学大会上,与国际莎协秘书长普林格先生合影一

廷顿图书馆的 Miss Renner 谈话并赠送三本书给该馆。谈话非常顺利愉快,她给我申请研究基金的材料三份,并答应将我的情况报告给负责人。从她谈话中的态度来看,似有意支持。但此事需在 9 月份写出申请书,并请三人推荐,然后由一个小组讨论决定。她非小组中人,因此结果如何,也很难说。

1996 年 4 月,在洛杉矶第六届世界莎学大会上,与国际莎协秘书长普林格先生合影二

April 9　莎士比亚书展

上午本有大会报告和短篇报告,但我听说有莎士比亚书展,遂逃开会场,专门看书。书展有牛津、剑桥、企鹅、霍顿·米福林、哈珀柯林斯等大出版社的摊位,展出图书美不胜收。例如新剑桥版、新企鹅版、新鹈鹕版、万人丛书版等各种莎集,还有缩小影印的 First Folio,其他还有两种著名的 Concordance 词语索引(Spevack 和 Bartlett),Spevack 的 *Shakespeare Thesaurus*(《莎士比亚同类词汇编》),以及莎剧的音像制品。光是许许多多摆在那里白白赠送印得很漂亮的图书目录看了就叫人眼花缭乱。走马观花看了一遍,有许多书想买,但一看书价,望而生畏,而且我还要继续上路,不敢再给行囊增加分量,只得拿了几份目录回来。特别感兴趣的有一位英国画家,他把关于莎翁而创作的一套八大幅铜版蚀刻画装了框子,摆在书展会场出售,每幅(带框)500 美元,我自然买不起。我小时学过木刻,跟他聊了一会儿木刻和铜刻及英国木刻、欧洲版画,画家出于同好感情,把他的作品目录送给我,我们还交换了名片。中午,王教授和 Levith 在唐人街设宴招待孙、曹二位,请我作陪。饭后乘车而归,我疲困欲睡,干脆不去开会了。因为还要养精蓄锐,对付今晚 9 时的大会招待会。接下去最重要的事就是:①准备好小组讨论会的发言。②按照黄曼与 Ms. Cameron 的通话商量,如何北上哥伦布。

April 10　讨论小组的碰头会

上午,与曹树钧到会场,先找美国莎协主席 David Bevington(大卫·贝文顿)寒暄、照相;又为曹与 R. Pringle 谈话(送剧照)做翻译,接着孟宪强也来,一一与 R. P. 照相,然后 R. P. 离去。

下午,准备明日发言,但室内时有干扰,只读了耶鲁博士生 Steve Mentz 一篇论文,写得有个人创见,我比较欣赏。其他论文未及再读。

下午,5:30—7:00,与讨论组同人在 Rendezvous Court(小会议厅)开碰头会。组长剑桥大学 Dr. Kiernan Ryan(吉尔南·瑞安博士)热情豪爽,见我即谈

1996 年 4 月,在洛杉矶第六届
世界莎学大会上,与美国莎协
主席贝文顿教授合影

他原为英国共产党员,英共原受苏联资助,现已解体,并鼓励我们发言时不要担心,他会帮我们解决问题,并说要送我他的著作。晚上,黄曼打电话来说将我赴哥伦布的机票签为 12 日深夜(即 13 日凌晨)1:30 登机。

抽空踱到旅馆隔壁一家名叫 Caravan(商队)的旧书店,问问有没有兰姆的书。老板慢悠悠从角落里走出,指给我一套兰姆的七卷集,索价400 美元。我又问有没有便宜点的,拿出一本 *Tales from Shakespeare*(《莎剧故事集》),索价 100 美元。我不再问。这是一家专门掏阔佬腰包的书店。老板一脸书卷气,同时也是一个极精明的生意人。[后来我把这事告诉 Ms. C.,她只说了一个词:"Villain(恶棍)!"]

April 11　买书和发言

因明日要走,上午到书展会场看书,早想买 First Folio(第一对开本)影印本,但价昂而书太重,犹豫不定。在书展大厅为大会服务的一位老太太向售货员替我说话,以半价 25 美元卖给我,非常高兴。又找版画家 Graham Clarke(格雷厄姆·克拉克)攀谈,对他说:"I hope you will be as great as William Blake, but never as poor as he!"(我希望你像布莱克那样伟大,但不要像他那样穷!)他很感动,把一本画册 *William Shakespeare, Gent., His Actual Notebook*(《威廉·莎士比亚君亲笔手记》)和他的铜刻连续画的说明书送给我。(按:这是一场小小的误会。我把售画者当作版画家 Graham Clarke,又因他衣着寒素,认为他是一位穷画家。其实售画者乃是英国版画家 Graham Clarke 在美国的代理人 Neville Langley,而 G. Clarke 在英国南部开着一个家庭画作坊,一点也不穷。——这些都是后来才知道的。)

下午,4:00—6:00 在讨论会上发言。因房间里太闹,临去时把发言稿和讨论会程序表都忘在宿舍,只夹着皮包进场。在主席台上坐下后,却发现最重要的两件东西不在,在众目睽睽之下找来找去,好不急人!最后,再也找不到,只得镇静下来,考虑对策。遂在自己脑筋中冷静构思发言内容。后来,到大家讲完,我举手要求发言。主席看我像是丢了发言稿,出于好意,装着未看见我,不作表示。我仍举手,台下有人要求我讲,主席才表示同意。我从容讲了个人看法,又对自己最欣赏的两位代表的论文结合历史和现实,发表个人看法,说一句笑话,引用一句谚语"running from the frying-pan into the fire"(从煎锅又掉进火坑),等等。当场引起一阵轰动。讲后,坐在旁边的一位荷兰代表,Dr. Helga Ryan(海尔珈·瑞安博士),对我说:"你讲得很好!"(You've made a fine speech!)一位瑞士代表 Rick Waswo(瓦思沃)过来问我关于考德威尔和卢卡契在中国的情况,另一位日本代表等着跟我说话,后来一位澳大利亚代表约我次日中午吃饭。然后组长瑞安先生约我到 Lobby(休息室)茶话。后曹、孟来,荷兰代表海尔珈同坐。曹、孟拉瑞安和海尔珈到服务大厅照相。照相后,海尔珈突然在我两边面颊上各吻一下,这一意外动作,把我吓了一大跳。然后 bye-bye。(我与瑞安交换送书。)

April 12　告别 Biltmore Hotel

上午整理行装。再到书展处看一回,恋恋不舍。一位义务卖书的老年人听过我昨天的发言,对我说:"I appreciate your speech."(我欣赏你的发言。)我说:"I dare not buy more books—"(我不敢再买书了——)他接着说:"Because your bags are heavy and hard to carry."(因为你的行李很重,不好带。)为大会服务的男女老少都是来自大学的师生,待人亲切和蔼,透露出文明教养,令人感动,只是不知他们的名字。

结账时,服务台的一位小姑娘直对我笑,我知道为了昨晚那个滑稽场面。我对她说:"You are a good girl!"(你是个好孩子!)她不等我交回房间钥匙就把余款退给我了。这个大旅馆服务质量很好——虽然费用也很高。

中午,到一个广东小饭店吃了一份米饭和炒猪肝,5 美元。

下午,暂到孟宪强房间稍息,4:30 到楼下服务大厅等候。5:00 康伟驾车来,接我到黄曼公司,6:00 黄下班,同到一中国餐馆吃饭,并照相。二人送我到机场,黄为我办手续,并托机场人员对我照顾,至 9:30 许,二人始离开。这一对年轻夫妇实在是好心人。(康伟和黄曼是原在外语系工作的康永彪老师的儿子和儿媳,赴美前曾蒙康老师嘱咐他们给予帮助,盛意可感。)

April 13　机场闲话

深夜至凌晨,在洛杉矶候机室与一对老夫妇闲谈,丈夫为一电话公司老职员,退休金每年 7 万美元,妻子情况不详,只说他们各有子女,我说他们是"联合政府"(coalition government),他们大笑,登机时老太太对我十分照顾。Delta(三角航空公司)航班在 Dallas(达拉斯)停留,二老人下机,又有一对老夫妻上来,也略有交谈。11:40 许到哥伦布,罗德美夫人(Dorothy)与亲戚李橦夫妇在机场候接。登车至一中国餐馆,由李橦做东,请吃火锅等。饭后,Dorothy 回家,我则随李氏夫妇到其家住下。

1996 年 4 月,到美国哥伦布市
探亲访友时所摄

[13—16 日在李家安住,并计划此后日程。罗德美夫人(Mrs. Cameron)曾在河大外语系任教,彼此关系友好,她家专有一个房间,招待河大外语系同事。准备在她家住数日,并由其介绍到有关学校讲演,然后再到密歇根莎学专家王教授处访问参观。]

April 17　讲《莎士比亚在中国》

9:30 左右由 Mrs. Cameron 陪同到 Ohio Dominican College(俄亥俄州多米尼加学院,她在此校任教),先由其外事负责人 Mr. Herbricht(赫布利希特先生)接待。为打发时间,Mr. H. 操作电脑向我表演 Internet,即国际互联网,向国外及国内搜集莎士比亚的文字图像资料信息,其中有德国科伦大学的莎士比亚图书及美国阿拉巴马州的莎剧演出,等等。

下午 1 时许,由 D. C. 副院长及其他负责人、H. 和莎剧课老师 Dr. Hall(霍尔博士)盛宴招待,甚为隆重。

下午 3 时,在 D. C. 礼堂作 *Shakespeare in China*(《莎士比亚在中国》)报告,报告后回答种种问题。又与霍尔博士谈论《麦克白》《科利奥兰纳斯》二剧的内容。我说麦克白是野心的悲剧,麦克白夫人起了坏作用;科利奥兰纳斯则是自尊心过强的悲剧,并给合林彪的覆灭与麦克白比较。她感到满意,言将在讲课中引用,云云。

晚,随 Dorothy 参加由一批老教授及其夫人们所组织的一个戏剧晚会,D. 导演他们演出《驯悍记》(*Taming of the Shrew*),态度相当认真。演出后,我漫谈莎剧在中国的演出情况,他们很感兴趣。在座有一位从格鲁吉亚移民美国的女舞蹈演员。晚会后,D. 与我高兴而归。

1996 年 4 月,在哥伦布市
Dominican College 讲演
《莎士比亚在中国》

April 18　为美国大学生讲课

上午 12 时,在霍尔博士班上讲 *Marxist Shakespeare Criticism*(《马克思主义莎士比亚评论》)。这篇讲稿本为第六届世界莎学大会的讨论会而写,在讨论会上未及宣读,不意竟在一教会学院使用。讲前担心会听到异议,但霍尔博士不以为忤。我讲完一半左右停止,由霍尔博士和学生提出种种有关莎剧在中国演出以及有关演员的生活待遇等问题,我一一如实回答。当谈到中国演员的生活待遇时,我说一般演员与普通老百姓一样,但影视女明星在广告片中 smile a beautiful smile(嫣然一笑)即可赚几十万人民币,学生们大笑。讲后,学生与我握手。霍尔博士向我伸出大拇指,说"Great!"(真棒!)并用小信封装一黄金或镀金的小天使送我作为礼物。我与 Dorothy 高高兴兴驶车而归。

Dorothy 说,要赠我书,任我挑选,我选了插图本 *Adventures of Huckleberry Finn*(《哈克贝利·芬历险记》)。下午,翻阅此书。

April 19　对美国高中生讲话

上午,随 Dorothy 到 Arbor Arlington High School(阿伯尔－阿灵顿高中),向高三毕业班(三个班)讲话,漫谈我从事英国文学和莎士比亚教学和研究的经历,讲后由该校莎剧教师及学生提问、由我回答。我最初担心秩序不好,但讲话中听众秩序井然,仅有一学生将腿跷到前面座位上,然并无一人说话或捣乱,似比中国学生更守规矩。讲后,有两个男生向前与我握手,对我的讲话表示欣赏。一教师问我莎士比亚戏剧对人能有什么影响,我只笼统回答:好的文学作品对读者的影响是微妙的,你很难说出它们的具体影响,但一个长期热爱文学的人总会感到自己在思想、感情、精神方面受到了相当大的影响。一个终身热爱健康文学的人大概不会成为一个坏人。(A person who loves good literature all his or her life most probably cannot be a bad person.)学生离去后,莎剧教师问我对于美国的感情。我说:美国的富裕、科技的现代化和高度文明,都是我们中国人需要学习的。她说:高度富裕未必是好事。似有感慨。未及深谈,因她还有课,即告别分手。

April 20　参加哥伦布市的美中友协的座谈

下午 4 时,在哥伦布市的 Arlington Library(阿灵顿图书馆)参加由 Ohio China Council(俄亥俄州美中友好协会)主持的座谈会。除了我与 Dorothy 之外,约有七八人参加[Mr. Fisher(费歇先生)为该会主席,此外为老太太二人,老先生二三人,香港来美之江老师,中国兰大来美之张太太和北京人艺演员田冲之女田薇]。他们问到有关抗日战争及我个人经历、文学生涯,我如实回答。后问到什么力量使我坚持生活过来,我答:一为信心,一为读书及文学。兰州女士问现在国内许多学生都不想读书,莎士比亚究有何用? 另一美国先生问:现在中国一般人是否还读中国古典文学? 我答:"文革"结束后相当一段时间,读书风气很盛,无论中国古典、外国古典都很受欢迎,出现读书热潮。但近些年来,受商品大潮冲击,又出现一种"读书无用"的社会潮流。知识分子感到困惑。但最近有识之士提出：知识分子应该眼光远大，而不应该随波逐流，降低到与自私的庸人（philistines）一般见识，而应有自己的理想抱负。言不尽意。会后，主席费歇先生宴请于中国餐馆，合影留念。

兰大张太太现在哥伦布 Wesleyan College（卫理公会学院）图书馆工作，已在美国 10 年，口语听说运用自如。我们谈到水天同教授，她曾是水老先生的学生。或因此故，在会上会下，对我十分照顾，到餐馆时，赠我饼干两盒，后来又说打算向她们学校联系邀我讲演一次。

餐后，费歇先生开车送我到 D. 家。

近两三天，与 Dorothy 之房客约翰谈得很好，今天又见到他和他的哥哥比尔。美国青年高大、英俊、齿白唇红、性格开朗，都像大孩子，十分可爱。今天我与他们大谈儿童游戏，如踢毽子、跳绳、弹玻璃球儿、打弹弓、放风筝，发现中美儿童的游戏方式竟如此相似！

April 21　参观中文学校

9 时起床。从今天起再也没有讲学任务，心情比较轻松。上午，与约翰高高兴兴到附近公园去拍照，刚选好一棵开花的树下作为衬景，并由约翰给我拍了一张，突然发现原来的数码 20 仍然停在那里不动，我不知怎样转过去，约翰拨弄了两下，竟倒回去，停在一个红"S"字母上。我们不知如何是好，只得颓然而返。D. 尚未出门，答应说明天拿到商店去检查一下。我担心这下会把原来的20 张全部曝光了，D. 说不会。

下午 4 时，随 D. 到市内找俄亥俄州美中友协的 Mr. McNutt（麦克奈特先生），由他领我参观一个中文学校，先见该校的董事长（一位年轻女士），据其介绍：此校系为在美的中国内地、港台、华裔父母的子女而设，每周日下午让他们的年幼子女到此学习中文和中国文化，包括幼儿园和小学各班。我们参观中看到幼儿班正在学拼音，其他班有的正在学识字（采用简体字），有的正在写作文。最后有一个班是为外国孩子学中文而设，一位女老师正在教三个孩子用汉语拼音文字写对话。我看见一个叫 Alexandra（亚力山德拉）的小姑娘写的一段话是"你叫什么名字？我叫亚历山德拉"等等。据老师说这位小姑娘学得最好，还有一个黑人小男孩学得也可以,另有一个脸相有点调皮的小男孩"懒惰不用功",学得不好。我摸摸这个孩子的头发,开玩笑说:"Lazy birds eat no worms."(懒鸟吃不到虫子。)我觉得这些老师的努力十分可敬:在整个英语文化的大背景下,竭力让中国孩子不要忘掉中文和中国文化,并且尽量在外国孩子当中传播中国文化。

参观后,Mr. M. 领我到 Worthington High School(沃星顿高中)大礼堂去看Nan-ni Chen Dance Company(陈南妮舞蹈团)演出的舞蹈,其中两个节目与中国京戏有关:一为《挑滑车》中高宠的上场亮相及其他身段、圆场——演员是从中国大陆出来的武生演员;另一节目是在京剧流水音乐伴奏下的四位女演员的舞蹈,另外有一段红黄蓝三色彩绸舞。其他有中国少数民族舞蹈和太平洋岛民土风舞。最后为《桃花村》舞,采取陶潜《桃花源记》大意,描写中国古代对于"世外桃源"的理想,但其中演员的服装似为亚澳其他国家或地区的风格,很难看出是中国古代的人物。据说明书解释,这是将东方风格与西方风格相融合,云云。该团团长陈南妮是中国台湾基隆人,自幼习舞,1982 年到美国纽约定居并创办这一个舞蹈团。

演出结束后,Mr. M. 开车送我回 D. 家。坐定后,电话铃响,一接,原是华盛顿 Mrs. Buzacky(薄佐奇夫人)打来,遂与他们夫妇在电话中谈了很久,最后他们约我在 5 月 4 日到华盛顿找他们,Mr. Buzacky(薄佐奇先生)还准备替我到华盛顿 The Folger Shakespeare Library(福尔杰莎士比亚图书馆)问一问有没有研究基金。薄佐奇先生于 1987 年在美国驻北京大使馆担任文化参赞,从 *China Daily*(《中国日报》)上看到关于我的报道,趁往河南参观时顺便到开封对我访问,经组织同意,见面一谈,并在寒舍便餐招待。我这次访美机会不易,想多看一看,行前与他写信并告知罗德美夫人的电话地址,因而接到他们的来电。我希望薄佐奇先生能帮我联系华盛顿的福尔杰莎士比亚图书馆,想到那里从事一段莎剧进修研究工作,因为该图书馆是世界上两大莎学研究中心之一——另一个是英国的莎士比亚故乡 Stratford-upon-Avon(爱汶河上的斯特拉福德)。

April 22　读《哈克贝利·芬历险记》

今日无事。上午,读 D. 所赠《哈克贝利·芬历险记》一书之长篇序言,其中详述 Mark Twain（马克·吐温）创作此书的经过，以及此书发表出版的曲折遭遇，褒贬常大相径庭；书中对于教徒的伪善颇有嘲笑之处，受到正统人士的攻击；有趣的是马克·吐温的爱妻（富家出身）爱女对书中有些内容也不赞成。直到 20 世纪 70 年代仍有争议。在种种争议之中，马克·吐温本人有时也随俗写一些适合一般市民趣味的关于汤姆·索亚与哈克贝利·芬的故事（如"续书"之类），但这些"续书"都像《红楼梦》的种种"续书"，只是"续貂"。经过百年争论，评价终于澄清，海明威一言定鼎："近代美国文学之鼻祖始自《哈克贝利·芬历险记》。"到 D. 家居住以来，无事即读此书。

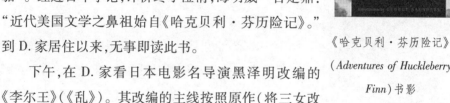

《哈克贝利·芬历险记》
(*Adventures of Huckleberry Finn*) 书影

　　下午，在 D. 家看日本电影名导演黑泽明改编的《李尔王》（《乱》）。其改编的主线按照原作（将三女改为三子）贯穿全剧，但并不拘于莎翁原作故事框架，而是把改编者对于莎翁其他作品的感受以及对于日本历史的感受都结合起来，形成一种具有创造性的改编。除了保留老王横暴颟顸，轻信阿谀奉承的长子、二子，怒逐直言面争的三子，结果遭受二子翻脸、冷遇、侮辱，然后发疯，最后第三子来救，不幸父子同死，等等情节之外，又增加了老王在争夺权力时曾使两家敌手覆灭：其中一家其他人均死，仅余一女一子，一女嫁与老王次子，一子则被刺瞎眼睛在黑暗中度过痛苦的一生；而另一家之女嫁与老王长子。老王让位后，其长子、次子除共同虐待老王之外，还争权夺利。次子杀死长子后，长子妻与次子私通，然后调唆他杀死其妻。次子佯允，而不忍下手。但此妇终使次子与第三子在战场相拼。老王发疯后在荒野漫游，其弄臣与 Kent 相随，大致亦同原作。但其第三子死于与次子战斗之中，稍不同于原作；老王亦因之悲痛而绝。结尾则是年轻的瞎子徘徊独行于暮色苍茫的荒野之中。这部电影结构严谨，人物性格鲜明，气魄宏大；我虽不谙日语，仍可一边观看剧情、一边看屏幕上的英文解说词，感到这是一部高水平的、富有独创性的莎剧改编电影。

　　5 时左右，随 D. 到一公共图书馆，其中特辟有儿童读物专架，又有专供研究人员安静读书、思考的一个角落。D. 此去专为还借录像磁带，我顺便查一下，架上有巩俐的《菊豆》《秋菊打官司》。

April 23 取相片,逛书店,参加莎翁生日晚会

下午 5 时许,随 D. 到市内,先到一照相馆取 D. 在罗马尼亚及我来哥伦布后所拍的照片。前天与约翰拍照未成后,我担心此前所拍照片全部被洗掉,但 D. 说无妨。照相馆有一洗印机,可供顾客洗印底片,尺寸大小及颜色浓淡均可随意选择,5 分钟就可以自己动手洗出来。另一印相机,则连底片都可不要,只消把照片塞进去,便可照样印出来,也只要几分钟。高科技产生高效果,也由此见之。这个照相馆是几十年老店,D. 说曾光顾它 40 年。有一店员帮助 D. 洗相,非常殷勤。因我来自中国,又搬出一本拍摄西藏风光的相册让我翻看。取相后,同到市内 Little Professor(小教授)书店看书。图书琳琅满目,许多书令人爱不忍释,特别是

1996 年 4 月 23 日,在哥伦布市莎士比亚诞辰晚会上,
与美国友人促膝谈心

一部插图本《美术史》(价 39.9 美元),还有《前拉斐尔派画家作品集》《琵亚词侣画集》,以及 Lewis Carroll(卡洛尔)全集(12.99 美元);实在想买,考虑到财力与时间,只得割爱,仅买了三本莎剧和莎诗全集,其价共计近 15 美元。到美国后,对于时差倒无所谓,但对于美元于人民币兑换率却有切肤之感。所以吃一顿饭,花 5 美元,马上想起 5×8 = 40 元人民币,买书则 10 美元即 80 元,所以超过 10 美元的书,很少买。

傍晚,与 D. 参加她几位友人举行的 Shakespeare's Birthday Party(莎士比亚诞辰晚会)。晚会在一位莎剧老教授(演员兼导演)和他的老伴家里,来客有一对中年夫妇,另有一位年轻女画家和一位男青年。晚会在非常轻松、愉

1996 年 4 月 23 日,在哥伦布市
莎士比亚诞辰晚会结束时,
与美国友人合影

快、友好的气氛中进行，客人随意边吃边喝进行友好的关于莎士比亚、萧伯纳（特别是《圣女贞德》一剧）和关于中国戏剧、美国戏剧（阿瑟·弥勒，奥尼尔）的谈话。最后，大家站在一起，让老教授捧着打开的第一对开本的莎翁肖像共同合影留念，这才恋恋不舍地告别。我的告别词是：I must thank Shakespeare for this happy gathering！（我要为这次快乐的聚会而感谢莎士比亚！）多么友好的美国人民！多么愉快的聚会！

我与那对中年夫妇谈得特别友好，我们谈中文和英语，我们谈二次大战，我们谈莎翁的历史剧，我们谈《圣女贞德》。老教授向我谈他在美国

在莎士比亚诞辰晚会上
与美国友人促膝谈心

《圣女贞德》书影

福尔杰莎士比亚图书馆和爱汶河上的斯特拉福德的研究工作，如数家珍。临别时，我说："Our talk about Shakespeare might be endless."（我们关于莎士比亚的谈话会是没完没了的。）他说："It must be."（应该没完没了。）这是一次非常愉快而值得记忆的聚会。老教授朗读了《理查三世》中的一段和一首十四行诗。我因莎士比亚词典编得太累太苦，想偷点懒，问老教授："Are there any minor works in Shakespeare's plays?"（莎士比亚的剧本中有没有次要作品？）他斩钉截铁地回答："Shakespeare has no minor works. His works are major and major!"（莎士比亚没有次要作品。他的作品都是重要而又重要！）老教授是 Dr. Robert Spanable（罗伯特·斯潘纳伯尔博士），那对优雅可爱的中年夫妇是 Ellen and John Slukenberg（爱伦和约翰·斯拉肯堡）——约翰为一具有高度文化教养的商人。

April 24　旧书店访书

昨夜读《哈克贝利·芬历险记》，很晚入睡。今早 11 时才起床。下午 3 时随 D. 到俄亥俄州立大学附近旧书店访书。在第一家购得美国莎学大师、哈佛教授 Kittredge and Ribner(吉特里奇与理布纳)合编《莎翁全集》一部，15 美元多；又在另一家购得 *Shakespeare Companion*(《莎学手册》)及 *King John*(《约翰王》)二册，价 5 美元多。现在已获得三巨册书籍：First Folio, Kittredge and Ribner 与详注大本 *Adventures of Huckleberry Finn*。另外一些书，除编字典急需自己带走以外，只好丢下来。

傍晚，薄佐奇夫人来电话，云机票已订好，5 月 3 日下午 3 时，自哥伦布市动身，5:30 左右到华盛顿。在华府待两天，于 5 月 5 日晚回哥伦布市。

李橦、蓓蓓来，在 D. 家包饺子、吃饺子。

April 25　告别暂住客居

今日下午 5:30 李橦来接我，因此上午 9 时起床，早餐后即收拾所携行李书物，准备搬家。在 D. 家居住 10 日，蒙其细心安排，在不同场合讲话 6 次，工作、活动也很有意义；其余时间则在其家休息、看书、看电视，与约翰闲聊，忙碌与安静相结合，似亦习惯此处生活，但"梁园虽好，不是久恋之家"。现将离开，在李家稍停一两日，又需奔走于哥伦布与密歇根道途之间矣！

下午 5:30 李橦夫妇来接，遂至其家。同饮啤酒、晚餐、闲话，并给王教授和黄曼打电话，我回房间，修改将交给福尔杰莎士比亚图书馆的为申请研究项目之简历材料，改完已到夜 11:35。

April 26　计划在美后段日程

昨晚住李家。与王教授通话，确定：①明日(27 日)由李驾车送到 Ann Arbor(安·阿倍尔)，住其友人家两晚；②29 日晨，外甥女文文开车到李友人家来接我，再到密歇根大学中文图书馆，看书等候；③29日中午，王教授开车到密大图书馆来接我，并到其家；④我在王家住三个晚上，再由李把我接回，于星期四（5月2日）回到哥伦布市；⑤我于5月3日下午3:00到哥伦布市机场，4:30登机，5:30到华府薄佐奇夫妇处；⑥在薄家住两晚，于5月5日傍晚登机，于9:20回到哥伦布市；⑦5月10日，从哥伦布市登机赴洛杉矶转返上海，回国。

从昨晚到今天上午，收拾行李，准备赴密歇根及华盛顿进行两次短期访问，以赴华盛顿为重点，因在华盛顿还要参观福尔杰莎士比亚图书馆。

April 27　从哥伦布市赴密歇根途中

晨6:30起床，早饭后于7:30由李橦开车，4小时后3人到达Ann Arbor（安·阿倍尔）。见文文，在其宿舍楼前照相，然后到其宿舍，由一韩国女孩为我们4人照相。然后文文开车到她打工实验室，我给她和她的小豚鼠guinea pig照相。豚鼠肥胖浑圆，毛色黄白相间，憨态可掬。然后她送我到“金翠湖”饭店，由李橦以茶点宴请诸好友。饭后，李、蓓一同开车在East Michigan University（东密歇根大学）及University of Michigan（密歇根大学）漫游照相。6时许到其同事小黄家吃饭，住下。

作者与文文合影

April 28　杂记亲情和偶感

昨晚与今晚均宿于李橦朋友黄昀家，黄氏夫妇招待甚为周到殷勤，小黄本人尤为善良忠厚，其父曾任复旦历史系主任，研究中国现代史，尤以汪伪时期历史为重点。黄今年33岁，为上海同济硕士生，来美6年，又获美国硕士学位，现在一医药公司工作，夫妻年薪均为4万美元以上，现各有汽车并共有新居小洋楼一座，房后以植物园丛林为背景，室内上下两层，布置雅洁大方，设施现代化，居其中若神仙中人。今晨起，早餐后，即随李、蓓出车漫游购物，蓓为我购药茶一盒。我自今春以来，感冒咳嗽不断，鼻炎影响及右耳重听，屡吃药而不愈。前不久，D. 以美国所产草药 Chamomile 两包泡茶，饮用两日即觉较前症状减轻。今蓓购此药即为继续治病。

午后，同到文文所住密歇根大学学生宿舍楼，李外出为文文洗车修车，我、蓓留在室内。我看文文拿出的传教小册子 *Discoveries of the Genesis*（《〈创世记〉的发现》），书中以汉字组成的偏旁、部首等部分拆开分析，以证明《创世记》关于上帝造人、伊甸园传说等为真实，但其中一大漏洞是认为中国人源自 2500 年前的美索不达米亚（今伊拉克两河流域），而"北京人"生活年代为 50 万年以前，其说之谬了然可见。记得郭沫若访苏日记中曾提到美国学者曾认为商代铜器形制源出巴比伦，此即"中国人西来说"所根据。但"北京人"已有 50 万年历史，近年南方发现某一人类化石早于 50 万年，岂能以 2500 年包括之哉？

又看美国所出版 *The Heritage Dictionary* 附录关于印欧语系的说明，甚觉有趣。继看《世界日报》关于大陆港台的新闻。5 时许，李回。文文要搬家。（目前所住宿舍每月 700 美元，与一韩国女孩同住，每人 350 美元。自 6 月 1 日起搬往另一宿舍一人居住，月房租 500 美元。）与李、蓓同帮忙搬书物。然后同驱车到黄家。李、蓓同车回 C. 市。文文则回校（尚需准备考试）。黄氏夫妇为基督徒，今晚 7—10 时要与教友一同祷告。我则一人留下翻阅书报。在此一夜，明晨文文开车前来接我到密歇根大学，等候王裕珩教授接我到其家拜访居留二日。

美国一唐人街中餐馆的一副对联：

上：已有博士洗碗

下：不缺教授端盘

横批：斯文扫地

April 29　往访王裕珩教授

晨 7:30 起，文文已到。在黄家早餐后，由文文开车送我到密歇根大学东亚图书馆坐下看中文杂志，有中国内地《中国青年》《中国妇女》《瞭望》，也有港台刊物。找一本《争鸣》，载有署名"京游子"的自美回国的北京人所写在北京与其"大哥"合组公司捞钱失败的故事，全文以"侃爷"口吻写出，十分活泼有趣；这代表着目前在北京一些青年的生活、心态和谈吐方式。又知现在已有一批中青年作家在美、加定居，如孔捷生等。

12:30 王教授来，文文自回宿舍。王邀我到金翠湖吃午饭。饭后，王领我逛密歇根大学街上新书店，看见我前在洛杉矶所购 First Folio，标价 45 美元，又见几年前在上海旧书店所购之 *A Pocket Shakespeare Lexicon*（《袖珍莎剧词典》）最近放大影印本，知此书尚有价值。（按：此一《袖珍莎剧词典》实为 19、

1996 年 5 月，在密歇根州与王裕珩教授合影

20 世纪之交 Temple Shakespeare 全集的总词汇表，我于 1987 年冬在上海意外购得原版，插图精美，开本小巧可爱，唯不知何人所编。此新影印版署有编者之名，系一女士；但我已有此书原版，不再购买，遂并其姓名亦未记住，稍稍遗憾。另外，由此事也可看出海外近百年来对于新莎氏词典之编写工作很少有人重视，所以只对旧词典不断影印。）又见 A. Schmidt: *Shakespeare Lexicon* 纸面新印本，价近 20 美元，家中已有未买。有几批廉价书，无可购者，仅有一种牛津所出硬面精装本 *Hamlet*，价近 3 美元，王大呼"快买!"即买下两本，一本赠我。然后同车北上，下午 9:30 抵其家，王夫人告我李樘曾先打电话询问，我与李通话告知安抵王家。饭后，10:30 到卧室，因看王教授主编 *Perspectives of Contemporary Chinese Literature*（《当代中国文学展望》），夜深始入睡。

April 30 小镇图书馆

上午 11:30 才起床，午饭后，王驾车领我参观 Saginaw Valley State University（萨吉诺州立大学）及 Midland Public Library（密德兰镇公共图书馆）。据云 Midland（密德兰）为一仅有 3 万人口的小镇，但公共图书馆拥有 25 万册图书，其中包括儿童读物 10 万册，还有各种音像读物。又有廉价书售书处，其中有精装本 *A Sentimental Journey*（《感伤的旅行》）及 *The Best of Clarence Day*（《克拉伦

斯·戴精选集》），售价仅各 1 美元——这些都是居民不用的书，贱价卖掉，几乎等于白送。夜晚，王的朋友金先生来谈，问及京戏与西方歌剧的异同，我就信口开河讲了一通四大名旦的风格特点以及新中国成立后的"张派"青衣、"杨派"须生及"裘派"花脸等等。但此公好辩，往往钻牛角尖、扭住不放，所以谈到很晚才散。上床后很久才入睡。

May 1 参观密歇根首府及州立大学

上午 10 时才起床，早餐成为午餐。金先生来，三人共至密歇根首府 Lansing（兰辛），到州政府大厅一游，建筑古色古香，华丽典雅，在州长办公室门口照相，又到州议会厅，正值开会，在会场高处上方坐下旁听（一句也没听见）。金先生讲解美国参众两院的区别，我也讲讲国内的政治制度，引起了缠夹不清的辩论。然后驱车去参观 Michigan State University（密歇根州立大学），据云原为农学院，后扩充为综合大学，校园很大，有河有桥有树有花圃，并有雕像，风景优美，照了几张相。然后在附近逛一家旧书店，因我爱书，王教授买了一大本二战中美国所出插图本《堂·吉诃德》送我。然后到一家中国餐馆吃饭，金先生招待。有一位打工姑娘招待亲切殷勤，一问是北京人，陪其先生来此求学。归来时已很疲劳，王的邻居李氏夫妇来访，李太太个性强而好问好辩，而李先生则善良和蔼，谈到夜 12 点始散。我不敢再看书，仅略翻《堂·吉诃德》插图赶快睡觉。

1996 年 5 月，到密歇根州，在
莎学专家王裕珩教授寓所合影

王教授为美国莎协年刊 *Shakespeare Survey*（《莎学一览》）关于中国部分的编辑，他准备为拙编《英汉双解莎士比亚大词典》写一条目，我将该词典英文自序交他备用。我拟申请到福尔杰莎士比亚图书馆进修研究，需有三位学者推荐，我请他写一份推荐书，他已答应，以后寄给我。

May 2　旅途小记

上午 9 时起床,饭后,与王氏夫妇同车于 12:15 到 Ann Arbor,在密歇根大学东亚图书馆等候约 1 时,李橦来,据云 12 点前即到此,未见我们,以为不在此处等候,下车寻找,以致错过。然后,到金翠湖午饭,王先生破钞。饭后于门口照相二三张分别。李橦驱车接我回哥伦布市,行程很长,约 4 个小时才到。并顺路接蓓一同回家。美国幅员辽阔,交通发达,个人若无汽车或不会开车,寸步难行。我不会开车,坐车也笨手笨脚。但到哥伦布市以来,坐汽车次数多了,坐车也"老练"了,看到美国高速公路路面干净,两旁常有树林和草地,田野开阔平整,房屋色彩鲜明犹如积木搭成的房屋玩具,觉得好似置身于一个大公园之内,心旷神怡,感到这是一个很文明的国家。

归来,看到黄曼用电传打来的回国航程路线。

向华府打电话,薄先生接话。

王教授打来电话,殷勤关怀。这是位忠厚友好的先生。

May 3　从哥伦布到华盛顿

上午 9 时起,整理赴华府需带的衣物。午后 3 时,李送我到哥伦布机场。我询问 Delta 航空公司关于归国时托运行李能否直接运到上海,而无需在洛杉矶取出再运,工作人员回答:"We can do that."(我们办得到。)

ValuJet(瓦卢杰特航空公司)航班误点,于 6:15 起飞,约 7:30 抵华盛顿。薄氏夫妇在机场已等候了两个小时。即同车而行,在中国餐馆"喜相逢"晚餐后,抵薄家,我送了随身所带的礼物和我的《异时异地集》(从前送过《英国文学史》和《伊利亚随笔选》),谈文学至 11:15。睡下后,看薄太太的文评集至深夜才入睡。

May 4　游览华盛顿各景点及福尔杰莎士比亚图书馆

全天在不停的参观中度过。Mr. Buzacky 领我参观了 White House(白宫)、

Capitol Hill(国会山)、Jefferson Memorial(杰弗逊纪念馆)、Lincoln Memorial(林肯纪念馆)、Folger Shakespeare Library(福尔杰莎士比亚图书馆)、Library of the Congress(国会图书馆)，并在各处照了相。我特别感兴趣的是 Folger Shakespeare Library(福尔杰莎士比亚图书馆)，其中正展览着 17 世纪英国的传单和小册子；Library of the Congress(国会图书馆)正展览着德国德累斯顿图书馆收藏的原由 17—18 世纪萨克逊选帝侯家族收藏的古书手抄本和古活字印刷书，其中最宝贵的是马丁·路德

1996 年 5 月,在美国首都华盛顿留念

的《圣经》德译本(1534 年)以及 1498 年出版的有丢勒木刻插图的《我主耶稣的受难》一书。此外,华盛顿的洁白方尖纪念碑竖立在波托玛克河对岸,高耸入云,象征着华盛顿的丰功伟绩和高洁品格。薄先生向我谈华盛顿作为美国独立后的首任总统,担任两届之后,尽管全国要求他连任,他仍然辞职退休回家。我说:"Few people can do this."(很少人能这样。)参观林肯纪念堂时,想起他解放黑奴的贡献,南北战争后被人刺杀,默诵纪念堂一侧墙上镌刻的 *Gettysburg Address*(《葛底斯堡演说》),不禁感动得泪下。每到一处,薄先生一直引导、陪伴着我,还不辞辛劳地为我照了许多相。华盛顿天气多变,时雨时晴,跑了一天,我们都累了。我的伤风感冒未好,特别是喉中多痰、不断流鼻涕,不能不多次往手帕和纸里吐痰和擦鼻涕,右脚鸡眼又疼。所以精神总是处在不安之中。

上午出门时,因一处石阶踏空,摔了一跤,倒在地上,经薄先生扶起。这一跤摔得不轻,幸好,后遗症只有右膝盖有点疼,右胸前稍有疼感,还无碍行动。

May 5　在华盛顿逛旧书店,返程中遇大雨

因昨日太累,Mr. B. 和 Mrs. B. 叫我今晨多休息。9 时起床,早餐时,桌上有一份报纸 *Washington Post*(《华盛顿邮报》),一条消息说克林顿总统对那些十几岁就做了"小爸爸、小妈妈"(teenage parents)的美国中学生发出警告:如果他

们靠着政府的津贴混日子、不复学,便停发津贴。薄先生问我有何感想。我说:"It's beneficial to these boys and girls. They don't know what they are doing. If they continue to be out of school and jobless, they will become a social problem."(这警告对这些孩子们有好处。他们不知道他们在干傻事。如果他们一直不上学也无工作,他们就会成为社会问题。)午后,与 B. 夫妇同到一旧书店看书,我花 13 美元买了一本莎学用书,S. Schoenbaum: *Shakespeare's Lives*;薄氏夫妇买了厚厚一大本《金瓶梅》英译本 *Chin Ping Mei*,6 美元。门口书架上摆着一套《狄更斯小说集》原版,标价 500 美金,可见国外旧书珍本已大大升值——我连碰一下的勇气也没有。然后三人同到福尔杰图书馆看莎剧演出 *As You Like It*(《如愿》):Arden Forest(亚登森林)布景非常优美;演出本约等于原剧的一大半,自然有些删节,例如 Rosalynd, Celia and Touchstone(罗塞琳、席丽亚与试金石)的逃亡途中那段精彩对话等就一带而过;服装则基本上现代化,Duke Frederick, Oliver and Touchstone(弗雷德里克公爵、奥利佛和试金石)都穿当代西装、打领带,仅弗雷德里克公爵(身穿大红袍服)、老公爵、老牧羊人等人穿戴上略略点缀一下古代服饰;我因熟悉剧情,对演出内容能看得懂,觉得这出戏演得不错,演罗塞琳的女主演是欧洲出生的人,大眼睛,漫长脸儿,罗马鼻子,像是意大利人,仅从表情动作就看出她演技熟练,动作活跃。据薄先生说这些演员都是 professionals(专业演员)。

散戏后,回薄家,途经一僻静河边,薄先生特意将车停下,让我再远眺华府,在绿树掩映中,但见华盛顿纪念塔的方尖塔在远远的天空中屹立,给人一种非常优美、圣洁的感觉。

到家,收拾行李后,即与薄家 3 人(儿子叫 Andrew)同车去吃晚餐,特意请我吃 Kentucky Fried Chicken(肯塔基烤鸡),烤鸡外酥里嫩,又喝一杯咖啡。照了相,开车奔向机场时下了雨,而且愈下愈大。进入机场后直到把登机票拿到手,他们 3 人才回。仓促中四人合照一相(请一位女旅客代拍)。薄先生即将到雅典赴任,目前又忙于学习希腊文,薄氏夫妇对我盛情接待,使我非常感激。

ValuJet Airlines(瓦卢杰特航空公司)的飞机本该在下午 8:15 起飞,但因误点,于 9:00 才起飞,而飞到空中,半途又因倾盆大雨,飞机返回华盛顿,改乘另一架飞机,于 11:30 才到哥伦布,下机后见李橦在等候,他已经等了一个多小时。我因疲劳、焦急,说话嗓子都哑了。

May 6　休闲的一天

今日无事。下午李、蓓晚宴,猛吃猛喝一气。晚上,给薄氏夫妇打电话表示感谢。一位移居美国的外语系毕业生来电话,告诉蓝馥庆的女儿李婉宜自杀的噩耗,并向我传教,说了很久,被我拒绝。我从文学的角度爱读英文《圣经》,特别是 The Authorized Version(钦定本英文《圣经》),但我不信教。信仰各有自由。

May 7　游子思归

上午,将赴美以来个人购买、朋友赠送、必带的书籍归置一起,装入箱中,掂量一下,分量不轻。其他时间则读 Mrs. B. 之短篇小说,觉得《老大夫》一篇最好,语言大有老舍的地道京味(她是生长于北京的美国人),而风格颇似契诃夫的沁人心脾的忧郁情调,读后难忘。傍晚,与李橦到 Dorothy 家,观看她十几年前(1981—1982)在开封拍下的幻灯片(其中有地理系社达请她吃饭、我在座时所拍的三四张),勾起我思归的情绪。

May 8　整理归途行装

今天无事。上午整理行装,把重要必备书籍连同棉夹克、毛衣、毛裤等物装入大皮箱,其他衣物装入红牛津包中;这样临走前再把一些小东小西塞进红包两旁即可托运。其他零星小件之物,装入手提袋随手携带即可上路。下午 4时,Dorothy 驾车来,接我到哥市一游,并至一 31 层楼上餐厅小饮,然后送我回李家,并约我明日再参观哥市政厅及俄亥俄州政府。

May 9　参观俄亥俄州政厅和艺术馆

昨夜有龙卷风警报,D. 来电话,电视上也有警示,据说夜 10:30 风已过去,因此只是虚惊一场。

明日即将离此而走上万里归程，今日需将所携行李打好。D.9 时来电话，云头疼，将于 11 时来。

D. 于 12:30 左右来，领我参观 Ohio State House（俄亥俄州政府），讲解员非常殷勤地导游、讲解美国制度中的 check and balance（制衡）。然后参观 Art Museum（美术馆），主要看图画，较好的是 19 世纪末至 20 世纪印象派如 Henri Matisse（马蒂斯）等的作品，也看到 Engres（盎格尔）和 Corot（柯罗）的原作，还有文艺复兴时期的意大利绘画，但并非大家名作。参观后，到 D. 家喝茶，看了《菊豆》录像一半。回李家，晚饭并闲谈一阵。明晨 5 点即应早起赴机场。此次美国之行即到尾声。

May 10—11　记归程之一

10 日晨 4:30 起床，早餐后，约 5:30 驰赴哥伦布机场，李、蓓同往，到时 D. 已在机场。Check in（检票）时，我最担心者为行李（一箱一包）托运，中途换机能否随行到沪问题，但一提出，Delta（三角航空公司）服务小姐即答说："Your luggage? Shanghai!"〔你的行李吗？到上海（没问题）！〕完事。然后，在候机室略停，即与三人告别上机。飞机需在 Cincinnati（辛辛那提）停下，换另一飞机到洛杉矶。到辛辛那提下机时，向一空中小姐顺便一问："I must go to Los Angeles. Where to check in?"（我要到洛杉矶。在哪里检票？）"I will check for you."（我领你去检。）随即引我到一个带滑轮大长椅前，让我坐下，命一工人大汉推我和另外几位年长者（seniors）到 Delta 航空公司服务台，下椅稍待，即持 Boarding Pass（登机票）上机。到洛杉矶后，由美国国内机场出来，经向工作人员问路，转向国际机场，再找 China Eastern Airlines（中国东航公司）服务台。为我检票者，好像是一位印度或巴基斯坦小姐，向我要在哥伦布托运行李时的收据，我在慌乱中不记有这收据，但找出 Delta 机票封袋，才知两张小收据已用钉书钉钉在里面。〔黄曼为我把航程安排好，所以并无困难。在机场向她打了两次电话，没有打通，恐误了上机时间，只得匆匆到 Gate 106（106 登机门）上机，但此次赴美，Amanda（黄曼）确实对我帮助不少。〕另一感想是：外国航空公司人员办事利落，工作效率高,外国乘客也按照先来后到规规矩矩排队,秩序井然,上机比较顺利;相形之下,中国航空公司(东方)则似乎工作不太熟练,办事慢,而中国乘客则挤成一团,秩序混乱,给人增加了"行路难"之感。几个日本空姐在一旁"作壁上观",令人感到可叹。

May 11　记归程之二,旅行结束

凌晨 1:30 起飞。东航班机 584 这次航程可能因天气关系,未从洛杉矶直飞上海,而是绕道沿美国西海岸北飞,经加拿大—俄罗斯—日本—北京—上海,整整从 10 号 7:10 到 11 号下午 9:00 才飞到上海,路途令人疲惫不堪。5:30 到北京办理入关再上机,9:00 到上海虹桥机场降落后,不知何故,很久才能下机。入机场后,我们这一批旅客的行李迟迟未来。幸亏最后终于到来。我这两个行李经哥伦布—辛辛那提—洛杉矶—上海,一日之内要经三次转运上机,而竟能随机到上海,可见美国人办事效率之高,而最后迟迟不能领取,是因为虹桥机场或东航的延误。

从机场租一推车,将一箱二包推出机场时,蕾蕾早在门口等候。随即搭出租车到田林,到家时已经 11:00 多。这趟美国之行也就到此结束。

后　记

这一组日记写于 1996 年夏,在匆忙中记下当时一些原始印象,质木无文,但原汁原味没有雕饰,回头看看,觉得还不妨予以保存。现在需要说的是:从那时候起,11 年过去了。在这期间,发生了许多大事,特别是"9·11"事件、伊拉克战争,现在美国如何? 是否还像 1996 年那样平静安详? 我不了解,不能多说。况且我非观察家,在一个多月当中走马观花,所得印象不过是浮光掠影,对个人来说,只是"立此存照"而已。

1996 年去美国的目的,除了到洛杉矶开会、北上探亲访友之外,还希望能在亨廷顿图书馆或福尔杰莎士比亚图书馆争取到一笔研究经费,好有一个进修研究莎剧的机会。事后,这个希望完全落空,坚定了我"自力更生,艰苦奋斗"的决

心:把"为中国学生编一部莎士比亚词典"的科研项目完成,直到出版。

(2007 年 10 月 15 日,开封)

附:家信(April 15,1996,写于哥伦布)

蕾蕾:

时间过得真快!今天我已在李橦和蓓蓓家住了两天了。现在给你写信,先把重要的事情说一下。

1.从上海飞到洛杉矶,路上没什么,只是从洛杉矶机场上空降落时感到有点恶心、出汗(穿得太厚)。

2.出机场时,因为匆忙,把入关申报表送错了一张,被移民局官员支到一边等了一会儿,后来弄清楚,没有事。

3.出机场,是上海戏剧学院孙福良副院长的朋友用车送到 Biltmore Hotel(比尔特摩旅馆)的。

4. Biltmore Hotel 是四星级著名

作者与蕾蕾合影

旅馆,我所住的房间每天 99 美元,由我和孙、曹三人同住,分摊住宿费。房号 907。

5.洛杉矶机场极大,而且看来机构复杂,我恐怕去哥伦布时摸不着头脑,考虑再三,还是试着给黄曼联系一下。电话打通了,她和康伟(康老师之子)于 4 月 7 日一同来看我,还送我一包食物。黄曼在洛杉矶机场附近经营一家专卖"便宜机票"的公司,和各家航空公司都很熟。因此托她办机票方面的事,最为方便。他们夫妇也很热心。所以在机票方面,就全仗她帮忙了。我送她一本《书与画像》。

6. Biltmore Hotel 极为豪华,厅堂像宫殿,服务也很周到,不管什么事要帮忙,工作人员(不管白人、黑人)非常殷勤、诚恳。但房费和饮食也都很贵。我住的房间一天近 100 美元,还是因为莎士比亚大会特别优待的价钱,实际上平时要 250 美元一天! 在里边吃东西也贵得惊人。孙副院长刚住下,要一瓶矿泉水,端来一玻璃升水,还有一堆冰块,两个杯子,价格是 9.5 美元! 晚上,我们同到一个酒吧吃点心,孙、曹二人各要一块汉堡包,端来两盘,一块汉堡包外加一堆土豆条、一杯饮料,一人23美元! 我只要一杯可乐,2.75美元。(其中包括小费15%。一位像是亚裔的女侍者向我要小费,我因感到意外,犹豫了一下。她随即做了一个很优美的半跪下的乞求姿势,我笑笑,当然得给她。)

到美国,一花钱,就不由把美元和人民币换算,1美元等于8元人民币,10美元就是80元人民币,因此买东西花10美元以上总有 heartbroken(心碎)之感。所以,我居住期间,只到附近一家广东餐馆吃面条(4.28美元一碗)和米饭(5美元)。

7. 大会在4月7日晚上开幕,此后每天有大报告和小报告、分组讨论,还穿插着看莎剧电影和莎剧演出。由于莎剧演出需预先用信用卡(credit card)订票,而我未能订上,故未看。

8. 4月8日下午,到亨廷顿图书馆(Huntington Library)参观。我在上海时曾给该图书馆写信联系申请研究资助之事。4月7日下午,我先给一位馆长 Miss Virginia Renner(伦那尔女士)打电话,她约我8日到 Huntington Library,先参观它所收藏的珍贵古书,其中有莎士比亚生前的原版剧本和1623年第一部莎剧全集对开本(First Folio)。然后,当代表们都休息时,我赶快去找人,找了两次,Miss Virginia Renner 来了。我们谈了大约一个小时,谈得非常融洽。我把《英国文学简史》《伊利亚随笔选》《书和画像》送给他们图书馆,并一一说明,她非常感兴趣,特别对 Virginia Woolf(维吉尼亚·吴尔夫)感兴趣,因为她自己也是女权主义者(Feminist),和吴尔夫观点一致。然后,我把简历和莎氏字典的计划交给她。她表示:①到现在为止,亚非学者向这个图书馆申请研究奖金的已有23人,竞争比较激烈。②研究奖金申请工作,在今年10月—12月进行,我要在9月给图书馆写申请信。③申请时,要有三个人的关于研究项目的推荐信。④申请书由图书馆的一个五六人的文科专家组研究。研究结果于次年4月1日通知。⑤Miss Renner 本人不参加专家小组,但她可以向他们反映情况。⑥当我征求她的意见:"莎氏字典"和"散文史"两个项目哪个更有希望? 她说"莎氏字典"。我们还对编字典当中的问题交换了意见。我们谈得很愉快。她把有关该图书馆和申请研究奖金(每月约1800美元)的4份说明书交给我。

9. 抽开会休息时间,我跟国际莎学界的著名学者 Stanley Wells(斯坦莱·威尔斯）、David Bevington（大卫·贝文顿）和国际莎士比亚协会的秘书长 Roger Pringle（罗杰·普林格）在一起照了相。我在大会发言时，曹树钧也替我照了一张相。

10. 我的发言是在 4 月 11 日下午。开会前本来准备得很好，但临离开房间时别人在旁边乱糟糟，我匆匆走开。我到会场主席台上一坐，发现写得很好的发言稿没有带来，急得我一头汗。后来镇静下来，脑子里想了想，整理一下思路，想到什么就讲什么。这样反而讲得比较自然，还带点"幽默"，说一两句玩笑话。讲时下边听众反应热烈，还有笑声。讲完后，日本代表团、澳大利亚代表团、瑞士代表团都来找我谈话，荷兰代表（一位女士）对我说："你讲得很好！"还照我面颊吻了两下，把我吓了一跳。（后来为此一个服务员小姑娘见了我直笑。）总而言之，发言是成功的。而且，在中国代表团中，我这次是唯一一次产生轰动效果的发言。发言后，曹、孟二人活跃起来，和澳大利亚的代表、日本的代表酝酿，准备建立"亚澳莎学学者联谊会"的机构。

11. 一些国际知名的学者，像 Stanley Wells（斯坦莱·威尔斯）、David Bevington（大卫·贝文顿）（他们就是最近我得到的两部《莎士比亚全集》的编者）和 Roger Pringle（罗杰·普林格）都很和蔼可亲、平易近人，没有架子，给我留下很好的印象。我给 Roger Pringle 送了一本《英国文学简史》，他和我照相时就把书放在胸前，脾气很随和。但是这次大会，中国学者没有一篇论文在全体大会宣读。我开始不明白怎么回事。辜正坤说在莎学方面外国人是不会让中国人跑在前面的，中国人还是搞好自己的事，不必希望他们多么看重。（大意）后来我发现大会日程表最后有两页捐款名单：其中也没有一个中国人。——这就明白了。从另外角度来看，中国莎学学者毕竟出国与世界各国莎学专家接触，结识外国学者，对今后中国莎学发展有利，当然应该肯定。对我个人来说，发言还是成功的，认识一些外国朋友，今后可以建立联系。亨廷顿图书馆的研究奖金是一个好机会，应该按照他们的规定办法去一步一步争取——这是个适合我的机会。但能否成功，现在还不好说。

大会期间，有一个书展，好书很多，许多英美大出版社都设了摊位，琳琅满目，我去了三四次，恋恋不舍。经过慎重选择，只买了一部国内见不到的莎士比亚戏剧全集 1623 年的"第一对开本"（First Folio）复印本。在大会服务的一位美国老太太向售书员说好话,给我打了对折,半价25美元卖给我。此外拿了一本不要钱的"企鹅出版公司书目提要"。意外收获是在书展会场认识一位英国画家格雷厄姆·克拉克(Graham Clarke),他刻画了一套八大张莎士比亚画传,每张标价500美元,在会场出卖,买的人不多。他的画是铜版画。我跟他聊,谈起了英国的木刻家、欧洲各国的版画家,谈得很投机。我对他说:"希望你能像威廉·布莱克那样伟大,但千万不要像他那样穷!"("I hope you will be as great as William Blake, but never as poor as he!")他很感动,把他的一本画册送我作礼物,还和我交换名片——他是一位在欧、美、日本都很出名的版画家。以后我要跟他通信,还想请他为我们的字典画一幅莎士比亚漫画像,印在封面上。

12. 本想到4月15日离开洛杉矶。但黄曼在帮我确立离开洛杉矶的时间时,把我的航班安排到4月12日深夜即4月13日凌晨1:30。因为他们只有这个时间方便。12日下午5时,康伟开了汽车到旅馆接我到黄曼的公司,然后一同照相、吃饭,送我到机场替我办了一切手续,并再三叮嘱机场人员对我照顾,还告诉我若有急事怎样给他们打电话,直到9:30左右,他们才离开。他们对我真是关心得无微不至。以后我们再到洛杉矶,一定得对他们表示谢意。

13. 从洛杉矶坐Delta(三角航空公司)飞机到哥伦布,中间到Dallas(达拉斯)要换一次座位,然后经Cincinnati(辛辛那提)到达目的地,等于从美国西南

2002年9月9日中午,
在北京翠园招待所,夫妻碰杯

到东北斜飞过去。洛杉矶气候温暖,哥伦布气候常有小雨,不久前还下小雪。

在机场候机,跟一对老夫妻谈了很久:老头是一家电话公司的退休职员,干了35年,退休后每年拿7万美金,他和老太太都是后婚,各有子女,我开玩笑说他们"组织了一个联合政府",他们哈哈大笑。老太太很关心地照顾我上飞机。他们到 Dallas 下飞机。又上来一对老夫妻,我们接着聊,到哥伦布下机时,这位老先生问我有人接没有,我说有,他拍拍我的肩膀说:"Good luck to you!"(祝你好运!)

14. 下机后,李橦、蓓蓓和 Dorothy(多萝西,即罗德美夫人)三人来接我。我住下后,李橦、蓓蓓请我和 Dorothy 在一家中国餐馆吃了一顿火锅,花了60多美元。

15. Dorothy 为我在哥伦布安排了三次讲学,还有一些宴会、讨论会等等。她已经尽了最大努力。题目也不难,我会讲好的。

16. 李橦昨日开车领我去看了他们不久将搬去的新居模型:两层小楼,使用面积250平米,其中的布置漂亮极了;又去看看地皮,已经开始挖地基,8月盖好。我们自然要谈到文文,她现在在密歇根大学生化系就读,很忙,星期六、星期天都忘了给他们打电话。

17. 从明天(4月16日)下午起,我就要搬到 Dorothy 那里去住,然后是一个礼拜的讲学活动。

大约4月20日后离开 Dorothy 那里,回李橦家再住一两天,然后到密歇根州立萨吉诺大学莎学专家王裕珩教授那里。

18. 从以上各方面情况看起来,总结如下:

我这次到美国,不必多待,大约5月初(或上旬)就可回国。

此行最大的收获是找到了向亨廷顿图书馆申请研究奖金的机会。这要到回国后再一步一步进行,争取成功。

亨廷顿图书馆并不是普通的图书馆,而是美国最著名的学术研究机构之一。它的藏书主要是供高层次的学者研究英国和美国文学之用的。对于研究人员的选择,条件非常严格,并不是什么人都能申请,也不是轻易可得的。不过我的研究项目正好对口(莎士比亚),而且从 Miss Virginia Renner 谈话来看,似乎对我的条件(包括过去的研究成果)比较满意。

亨廷顿图书馆环境非常优美,馆内有几个大花园,还有可供野餐的大草坪。

莎学大会代表们4月8日在这里吃过一顿便餐,心旷神怡,真像"世外桃源"。但申请在此研究,结果难定,因为"善财难舍"。

不必回信,等候我回国的日期。

写得潦潦草草,从洛杉矶一下飞机就不安定,现在住下两天,稍后,就该挪窝了。

刘君

1996 年 4 月 15 日下午

蕾蕾和我们的莎士比亚词典

——书背后的故事

恩格斯曾提到:在历史发展中,许多不同走向的力量会形成一种"平行四边形"似的合力,这种合力推动历史采取了既不依这个人意志为转移也不依那个人意志为转移的某种走向,促成了某一事件的产生。在我个人的平凡经历中,也碰到过来自种种不同方向的因素:既有正面因素,也有负面因素;既有国内因素,也有国际因素。这些因素综合起来,在"文革"结束以后的新时期形成一股强大的动力,促使我下决心要编一部我长久向往的莎士比亚词典;而倘若没有蕾蕾的参与,我自己一个人也不可能编出这部词典。这是一个长长的故事,需要慢慢地讲。

一、蕾蕾

蕾蕾是我妻子的小名,她家里的人——爸爸妈妈、阿姨舅舅、哥哥姐姐都这样叫她。我和她结婚以后,也这样叫她,以至于今。

蕾蕾 1948 年出生于上海;她父亲是上海新闻界一位前辈,《文汇报》创办人之一;母亲是毕业于暨南大学的大家闺秀;姐姐姐夫是北大的硕士和博士;哥哥嫂子也都是大学毕业——总而言之,这是上海的一个高级知识分子家庭。

新中国成立,她父亲到外贸部工作,蕾蕾随父母到了北京,进了为干部子女办的幼儿园,至今她还记得坐在接送孩子们的"小房子车"里,和小朋友们一齐调皮地高喊"季叔叔,加油! 关叔叔,加醋!"与另一个车里的小朋友比赛。巧的是,她当时的照片还上了《人民日报》。

《文汇报》复刊,他们全家又回上海。她在上海上了小学。

从老相册中,我看过蕾蕾小学时代的照片:依偎在父母身边,梳着两根短辫儿,一双天真无邪的大眼睛,圆圆的脸,是一个可爱的小姑娘。

岳母曾对我说:"蕾蕾小时候很淘气!"

有事实为证——

家住在很讲究的"圣保罗公寓",她一个人在楼板上跳皮筋儿:"嘣嘣嘣嘣!"楼下的白俄老头用棍子狠敲天花板,表示抗议。

到外公家住,她跑到三楼,扒在窗口看街上的行人,看远处的高楼大厦,吓得外婆在下面喊:"蕾蕾呀,快下来!"

蕾蕾(后左一)小时与父(前右一)、
母(前右二)、兄(后右一)、
姊(后中)的合影

父亲送她上学,走到半路,她突然"罢课",蹲下来提条件:不给一块钱,不上学!老父舐犊情深,拗不过她,掏一块钱给她,买了两块"东方红"巧克力,跑跑跳跳上学去了!

不爱写作文。老师出了题,拿回家,叫爸爸替她写;写了,还说写得不好,要怎么改怎么改——于是,《文汇报》的创办人还得听这个小学生指点改作文。

"三年自然灾害",粮食紧张,家家都为吃饭发愁。父母哥姐都自觉节食,唯有她小,不顾一切,见饭就吃。最后,母亲不得不把饭一碗一碗分开。此外,她还从母亲准备送人的礼盒的十块点心中偷出一块吃掉。母亲只好再买一块补上。因为这些任性的越轨行为,她的发育未受影响,个子长得比姐姐还高,被少年体操队选去训练,学游泳,练体操,准备让她参加体操队。但母亲嫌体操队太苦,心疼女儿,没有让她去。

初中,上的是上海重点中学,同学中不乏名人子女。她和副市长金仲华的外甥女是同班好友,一同到金仲华家里看电视;金端苓的丈夫、海员出身的诗人刘火子嘴里叼着烟斗,叫她:"蕾蕾,蕾蕾!"

上海就是上海。小孩子玩的东西也多。她和小伙伴开了一个剧场,玩提线木偶,演出《大灰狼》。小观众们来看,门票五分钱一张!

少年时代的蕾蕾是幸福的。

人生的第一次大转折发生在1957年。蕾蕾的父亲在新闻界座谈会上说了一句"希望老报人归队"，被划为"右派"，从编辑部下放资料室。蕾蕾不懂事，还到资料室去玩，不知道自己的命运已经发生了重大变化：初中毕业后，她不能升高中，而被分配到半工半读的技术学校。

蕾蕾的青春时代

"文化大革命"开始，她父亲受到冲击。但她自己成了工人，还当了红卫兵，戴着红袖章串连，为了接受毛主席检阅，扒火车上北京。一下火车，街道干部就送上夹香肠的火烧；住在招待所，解放军战士送上用暖水瓶保温的鸡蛋面。去了一趟北京，身上带的五毛钱一分未花。关于检阅的盛况，她说：游行队伍过去以后，天安门前留下一大片鞋子。

蕾蕾的红卫兵时代

"破四旧"时，北京红卫兵打人很厉害。我问蕾蕾当红卫兵时打过人没有，她说绝对没有，倒是踢过一个人。那是因为上海一个男红卫兵不知什么原因，踢了她哥哥一脚，她就踢了那个男红卫兵一脚。但这一脚倒踢出了那位勇士的好感，后来找她套近乎——她当然不理他。这也可见上海的红卫兵小将带有上海特点：刚中有柔，在革命行动中还不忘向女孩子献殷勤。

"文革"初期，上海兴起"支援边疆"的风潮。蕾蕾热血沸腾，响应号召，报名支边。母亲心疼女儿，劝阻她，不听。技校的师傅出于爱徒之心，也劝阻她。按当时政策，她年龄小，父母年迈，本可照顾。但她反而给师傅贴了一张大字报。于是，她就远赴乌鲁木齐，在一个工厂一待就是十年。冷静下来后，想回上海，可就没有那么容易了。靠亲戚帮忙，她才从新疆调到开封，在工厂当技术员，打算作为"中转站"，有机会再回上海。但"回沪政策"未定，一等又是几年。直到上世纪80年代之初，她仍滞留开封。

以上就是蕾蕾的早年往事。

二、我的梦，我的命运

说罢蕾蕾的早年经历，该说我自己了。

我没有"黄金般的童年"。我虽是我父母的小儿子，但父亲早逝，家道败落，母亲勉强撑持着艰难的生活，所以我不知道"娇生惯养"是什么滋味。不过小时候"不爱上学"这一点倒与蕾蕾相仿，只是受到的待遇不同：如果要赖不去上学，不但不会有什么巧克力给我吃，反倒肯定要挨母亲掂着笤帚追打。记得我小学三年级时，有一天上午逃学，把书包扔到母亲的蚊帐顶上，对她撒谎说学校放假不上课。母亲老实相信了，我就在一边玩。倒霉的是这时候二姨来串门，她比我母亲聪明，用怀疑的眼光瞅瞅我，望来望去，发现了帐顶上的书包，结果可想而知——我捡起二姨扔到地上的书包，赶快逃往学校。

高中时代的作者(左)

如果不是日本人打到开封，郑州吃紧，小学停办，我很可能一辈子就以"逃学鬼"终身了。但是抗日战争改变了我的命运。我随河南的一大批流亡学生跑到甘肃上了一个战时中学。按说上学的机会很不容易，但奇怪的是：我小时爱逃学的脾气转化成了不爱学功课，只爱看自己喜欢看的书。原因是在周围老师同学的影响下，我强烈地爱上了文学，并成为学校里文艺活动中的活跃分子，参加文艺团体，办墙报，写作投稿，等等，一度还迷上了木刻版画，课外忙得很。对于"正经功课"，对不起，除了国文、英文认真读一读，历史、地理稍微学一点，数理化则干脆不学。

按说像我这样不用功的学生，考大学极难，但是一位鼎鼎大名的学者凭我一篇作文，把我录取进入大学中文系；在中文系读了一年，不想学那些"老古董"，又转到外文系，认真啃了几本英文书，特别是那些"离经叛道"的富有浪漫情调的作品，这才对我的胃口，拴住了我的"心猿意马"。

从中学到大学，从少年转入青年，正是我一生中充满青春幻想的时代，浪漫情调的作品读得太投入，自然会产生许多梦想。

我在学生时代所做过的，主要是两个梦，即爱情梦和文学梦。这两个梦搅在一起，说不清究竟是哪一个梦助长了哪一个梦。只有一点很清楚：这两个梦搅在一起、藏在心里、生根在脑子里，使我长久不得安宁。譬如说，在高二时我17岁，正是所谓青春萌动期的"人生花季"，我没头没脑地爱上了俄罗斯文学，抄了一大本、一大本的"普式庚诗选""莱蒙托夫诗选"，还读了屠格涅夫的《初恋》。曹禺译的《柔蜜欧与幽丽叶》也是这时候读的。于是我按照自己的一段"爱情狂想"，模仿《少年维特的烦恼》，写了一篇有头无尾的小说，拿给一位刚从大学毕业的年轻历史老师（后来才知道当时他也在做着"爱情梦"，其狂热不亚于我）看。他看后笑笑说："写不下去了？再写没有经验了！"他倒真是说对了。

作者 1957 年 1 月初到
开封师院（现为
河南大学）所摄

上大学时，攻读英国文学，读的第一部莎剧原著就是 *Romeo and Juliet*，还读了《金库诗选》中伊丽莎白时代的抒情诗、彭斯歌谣和一本《雪莱传》（*Ariel*）。然后，带着这些诗歌所激起的浪漫幻想去追求自己认为的幸福爱情，又做了一些傻事，在老师同学中间引起了一阵"轰动效应"。不过这还并无大碍，因为"年轻人犯错误，上帝原谅他们"。

但是，出了校门，走入社会，仍然带着浪漫幻想，可就要碰钉子了。因为这时候"爱情""恋爱"已经悄悄变成婚姻市场上"找对象""找老婆"这一类俗而又俗的冷冰冰的现实。这一转换过程，我在《谢谢你们，介绍人！》一

作者 1962 年所摄

文中做了如实交代。那是我的"爱情梦"彻底破碎的忠实记录。文章在《随笔》发表后，为至少两家杂志转载，在读者中引起另一阵"轰动效应"。河大一位年轻有为的学者看后对人说："不要看这篇散文好像很轻松，其实是经历过许多痛苦才写出来的！"是谓知言。

我上初中时读过《大众哲学》，相信唯物主义，不相信命运，认为世界上不存在什么神秘莫测的命运。但是经历了一

些人生的曲曲折折之后,眼见得每个人都有不同于别人的命运,对于"性格就是命运"这句话有点相信了。确切地说,个人性格碰上客观环境的种种条件,即"大气候"加上"小气候",不免受到撞击,碰撞之后的结果,就形成了一个人的人生轨迹——这就叫作"命运"。譬如说,一个中国知识分子,性格老实直戆,"人家给他个棒槌,他就当针使",心里藏不住话,或者"能说会写"(这,在过去长时期不断的政治运动中,是人生大忌),在1957年那种气候下,老实响应号召,大鸣大放,百分之百会被划上"右派"。

作者1978年在
北京访友时所摄

我就摊上了这种命运。既交了这种命运,整个青壮年都搭了进去。所以,我的婚姻问题直到55岁还没有解决。

三、"天作之合"

关于我和蕾蕾的结婚,我那现已故世的老岳父曾说是"瞎猫捉住死老鼠"——这是老人家的笑谈。我的一个侄女的说法则是:"俺叔找了那么多年,这个不中,那个也不中,就是等着俺婶儿咧!"

准确地说,我和蕾蕾相识于1982年。那时,我以病倒两场为代价(一次50天,一次30天),出版了我的第一本书《英国文学简史》。事后身心俱疲,深感孤苦无依的单身汉日子实在糊弄不下去了,而伊人何方仍茫然毫无头绪。一天,我到一位朋友家闲坐。这是一位性格豪爽的青年画家,原来也是单身汉,我们常在一起穷聊,有时一块儿到羊肉汤馆大碗喝汤,大块吃肉。他曾用粗犷的笔触为我那《英国文学简史》画过几幅插图。到1982年他已结婚生子,我还给他那新生的儿子起了一个不雅的小名"小狗"——我是开玩笑顺口一说,他倒真采纳了。却说这一天,我们仍在"喷空儿",聊着聊着,他忽然灵机一动,说他们楼下住着一位上海姑娘,三十多岁了,父亲是学者,"不知道给刘老师介绍介绍怎么样?"画家的妻子下楼去问,很快回来了,说是这位姑娘要回上海,不愿在开封结婚——事情也就到此为止。但我自己留了一个心眼,心里想:上海人——也许开通一点?父亲是学者——也许有共同语言?自己再去试试吧。第二天,我拿上一本《英国文学简史》(她在婚后的说法是我"头上顶着一本《英国文学简史》")自己登门拜访。当时的印象好像是去探寻"一位困居在山洞中的美女"。说"山洞",因为她那时居住的条件实在太差了:楼内一片黑暗,上楼时脏水沿着台阶往下流;她住的那间小屋最多有4平方,光线暗淡,白天也开着灯。只有屋里住的这个人使我眼前一亮:三十多岁,当然不是小女孩儿了,但仍保持着一位年轻姑娘的风度,大大的眼睛,瘦瘦高高的个子(据说只有上海人才有这样的身材),尤其她那白皙的脸色闪着白瓷一般的光。一个念头在我心头一闪:就是她了!

接着,省作协组织部分作家到西安—成都—重庆参观。我在旅途中每到一站,给她写信一封,以求"感动上帝"。

旅行归来,又开始了在我们学校和她们工厂之间的奔走,多半在下午下班之后的傍晚。谈话后已到夜晚10点,有时一人从市区穿大街走小巷在昏黄的路灯光下匆匆回校,有时在市郊外环路上的树影婆娑中踽踽独行,偶有一小青年骑车飞驰而过,不知何故,突然大叫一声;当时市面尚还安静,但更深夜静,心亦不免惴惴。

我们在1983年定了关系,并在那年12月结婚——她35岁,我56岁。

那时候蕾蕾是厂里的技术员,为了取得一张电大电子专业的毕业证,正在苦读高等数理化,经常起早睡晚,不吃早饭就去上课;尽管后来拿到了毕业证,但营养不良,劳累过度,血小板严重减少,甚至发生过突然昏倒。

婚后,她身体仍然虚弱,我心疼她,多次劝她一定注意多吃饭,增加营养。还问她:"1977年大学招生,你为什么不考大学?"因为我觉得她既然能下那么大功夫,连微积分都攻下来了,当时只要把高中功课补习一下,考大学应该没有问题。如果考上大学,当是另一种前途。攻读高等数理化自然有用,但为文凭短期突击所硬记的知识不能巩固,很可能文凭拿到手,那些知识也就丢在一边,渐渐淡忘了,远不如上四年大学,循序渐进,扎扎实实学一门专业知识,终身有益。

她的回答是:"我那时候上了大学,还能跟你结婚吗?"

…………

四、诺言

蕾蕾经过 10 年支边和 7 年滞汴,渴望回上海的心情真是"归心似箭";我从 1957 年元月调到这个学校,经历了从划"右"到"文革"的整个过程,1979 年"右派"改正之后,也渴望离开这个使我受尽痛苦之地。所以,在我们结婚之前,蕾蕾提出"调到上海"作为唯一条件,我完全同意,并且共同向领导提出调动要求。领导答应得很爽快。系党总支书记和系主任到我们家里,说他们代表校党委、校行政以及系总支和系行政宣布:只要我们二人登记结婚,马上放我到上海去!——因为,如果我们没有登记,就不算夫妻关系,领导想照顾也不能照顾。

这话说得有理,又是校系两级党政领导的决定,我们当然相信。

我征求一位老干部的意见。他劝我慎重一点。我有 1957 年的教训,也生怕不牢靠,对不起蕾蕾,因此犹豫了 3 天。但是蕾蕾急了,她怀疑我有别的什么想法,催我登记。于是 1983 年 12 月我们到办事处办了登记手续,领了结婚证。我们是"超晚婚",没有举行婚礼,没有婚纱,也没有西装革履,只是买了些糖果,谁来祝贺给谁抓一把;系里的同事给我们送来两盆人造花果——它们不会凋谢,24 年了,至今还摆在我们家里。

结婚后,我们高高兴兴到上海找工作。那时改革开放不久,百废待兴,各方面正需要人。上海高教局介绍我们到上海师大。上海师大刚成立一个文学研究所,欢迎我去担任专职研究员,并且给我们提供两个上海户口、一套三居室的房子,也安排了蕾蕾的工作——这是难得的机会。我们回汴等待调动。但是,当上海师大人事处的干部小顾来河大联系调我,河大人事处却说:"我们并没有答应放刘老师走!"我们去找当时河大的校长,正校长说:"我们要放刘老师走,就成了'历史罪人'!"一位副校长又对蕾蕾许愿说:"只要你们留下来,让刘老师做专职科研人员,你的工作就是在家做他的科研助手,不用上班,工资等照发。"蕾蕾说:"这样不合适,别人也会有意见。"副校长说:"有意见,我们做工作。"

按照当时的调动手续,没有河大的调令,上海师大不能接受。我们只好一边继续争取调沪,一边等待。这样等待了不到半年,领导的口径又变了:新上任的系主任说蕾蕾不上班"群众有意见"。她去找副校长,副校长说由他向系主任"做工作"。但不知道"工作"是怎么做的,系主任采取扣发奖金的办法强迫蕾蕾上班。这个时候校领导什么"工作"也不做了。而那位系主任还在背后幸灾乐祸地说:"这一下可把他套住了!"

上海师大方面还在等待我们,上海的户口和房子还为我们保留着。我们在焦急不安中过日子。蕾蕾一面上班,一面求她父亲在上海想办法。但他父亲一介书生,无权无势,能有什么办法? 拖到1988年,上海师大不能再等,把工作、户口等给了另一个人。我的年龄超过60岁,已失去了调动的机会。那位系主任则一方面在背后对人说:"刘XX没有用了!"另一方面又在系教工大会上宣布:"谁要走,我热烈欢送!"

从此,我们就陷入了一种进退两难的尴尬境地。

我们不知道,1983年河大校系两级党政领导答应放我们调沪的话究竟是"诺言"还是"谎言"。那位系主任玩弄那种两面手段欺压知识分子,究竟符合不符合中央关于"尊重知识,尊重人才"的方针政策。

五、品西瓜和烤白薯

结婚以后,我的单身汉生活结束,进入两个人的"小世界"。在日常生活中,油盐煤米酱醋茶,电灯电扇电冰箱,一样也不能少。对于前者,我偶尔插手采购,缺点是往往买得贵又买得不好;对于后者的购置安装,我完全外行,顶多只能在一边搬搬凳子、打打下手。很快所有这些没完没了的家务活都交给她,而她总是办得又快又妥当,充分显出了一个能干妻子的优越性。我的一位恩师从北京来看我们,回京后曾对他老伴称赞蕾蕾做事"麻利!"在这里我不得不解释一句:一般人看到上海人身材细高挑儿、行止文雅、说话轻言细语,往往会以为他们可能耽于逸乐、害怕艰苦。其实这是误会。我从共同生活中看出了蕾蕾身上所表现出的上海人的优点:勤劳、认真、精细(这正是"上海产品"质量保证的人文根源)。实际生活中的"技术活",她一学就会。织毛衣、轧窗帘不必说;每年夏天将至安电扇,秋天已到卸电扇,都是在我还不知道的时候,她一个人搬个凳子上去安好,在卸下电扇后用布一叶一叶擦干净。她本来自己不做饭,在工厂时吃饭都是极简单地对付，但婚后我实在不会做饭，她对于北方的几种主要饮食，如包饺子、蒸卤面、包包子、做馅饼，甚至炸绿豆面丸子，都一一学会了，鱼虾等南方菜更不在话下。另有一个有趣的例子：我们有一段时间吃早饭都是买信阳人到开封摆摊卖的鸡蛋灌饼，蕾蕾买过几次，看他们怎么做，自己也学会了，而且做得比他们卖的还好吃，而且做得越来越好，外面酥脆、里面软香，成为我们家常饮食的"一绝"——自然，油放得比小贩放的也要多，这是不言而喻的。

与蕾蕾合影

　　既然说到了吃，不妨再说两件小事。开封土壤多沙，不宜种小麦，而适于种西瓜和白薯，"汴梁西瓜"是有名的。每年一过五月，西瓜丰收。过去人们收入低，都是到西瓜摊上看着小贩现切现买它一块两块。如今人们收入提高了，都是把囫囵个儿西瓜买回家自切自吃。这就有个挑拣的问题。内行说：凡是长得饱满滚圆的西瓜，托在手里，轻轻地拍两下，微微颤动者才是好瓜——所谓"好瓜"，指的是"脆甜红沙瓤"。作为"老开封"，对此我当然内行，所以每到夏天，总是让我挑瓜。但后来她慢慢"青出于蓝"，自己也挑。每次买西瓜回来，我拍她也拍，拍了再猜好不好。但后来又发现：不一定，拍着颤动的不一定是"脆甜红沙瓤"，拍着不颤动的倒许是"脆甜红沙瓤"——西瓜里边的学问也大得很，不能死搬教条。

　　冬天吃烤白薯，原来也是从街上买。后来家里有了一个烧蜂窝煤的大铁皮炉，构造独特，在炉口和炉盖之间有一个空当。蕾蕾想起可以利用这个空当烤白薯:把生白薯放在炉口四周的铁皮边上,盖上炉盖,正好是很方便的烤箱。白薯分白瓤、红瓤两种:白瓤者烤出来干甜,红瓤者烤出来软甜。烤的关键在于掌握火候、及时翻动。但我只会在"理论"上总结,实际上全由她存乎一心、实际操作。经过一段摸索,她烤出来的白薯,白瓤者干甜如糖炒栗子,红瓤者软甜似蜜,绝不亚于卖烤白薯的行家。

但是世事多变,我们这两样家庭乐事也不能不受影响。

先说西瓜。上世纪50年代初,开封作为省会,四通八达,西瓜远销武汉等地,"汴梁大西瓜"赫赫有名,优良品种保持到80年代。当时郊区农民瓜车入市,大家围上来七嘴八舌挑瓜,只要看来长圆饱满,拍一拍,拿回家去,口味一定不错。但随着开封地位变化,交通不便,逐渐闭塞,西瓜外销减少,内需有限,市民买瓜竞相压价,好瓜卖不上好价钱。曾听卖瓜人叹气说:"种瓜种伤(心)了!"瓜农积极性受挫,施肥不肯下大本钱,即使优良品种,种出来的瓜徒有其表,尽管大而且圆,拍着微微颤动,买回家切开也是"红沙瓤",但吃到嘴里一股怪味儿,过去的"脆甜红沙瓤"味儿不见了。到后来,瓜车拉来的瓜越来越小,我们失去了夏天买西瓜的兴趣,偶尔想起买一个,也不过为了"消暑降温"罢了。

另外,冬天烤白薯的乐趣也到1996年冬天戛然而止——这是因为住房条件改变:在那以前,我们住的房子是洋灰地板,使用铁皮炉烤白薯无妨;从那以后,我们搬进了木地板房间,做饭改用煤气,铁皮炉送了人,冬天再也不可能自己烤白薯了。

六、"磨合"

如果我们的家庭生活一直都像脆甜大西瓜或红瓤烤白薯那样,又该多好!可惜,不可能。

斯蒂文森在一篇文章里说得好:"真正爱情的故事是要从神坛之前(指婚礼——引用者)说起的,因为在这时候结成夫妇的这两人之间开始了一场美妙动人的智慧和雅量的竞赛,一场为了某种无法实现的理想而终身进行的斗争。这理想难道无法实现吗?唉,肯定无法实现,原因就在于他们是两个人,而不是一个人。"

我和蕾蕾：一个是新中国成立前颠沛流离、新中国成立后坎坎坷坷、书生气十足的河南知识分子，一个是从小娇生惯养、任性使气的"上海小姐"；一个多年流亡在外、到处为家又处处不是家、生活散漫、饮食随便、物质上无所追求而视"文学"为神圣，一个是"上海情结"雷打不动，身在开封心在上海，念念不忘淮海路南京路、"杏花楼"的叉烧包子、"冠生园"的奶油蛋糕；一个是嗜书如命、日夜埋头于书堆之中、乐此不疲，一个是小时候不给钱买巧克力就不上学，"读书弗来事、爱白相"（上海话：贪玩、不爱读书）；一个青年时代学文科、理想主义、大而化之、白日梦（用我已故胞兄的话说，"整天云天雾地瞎想"），一个青年时代学理工，思想精密到 hair-splitting（一根头发丝也要再分）；一个脾气马虎，一个性格精明——脾气马虎者仅顾其大，性格精明者苛察于小；一个 56 岁，一个 35 岁。这样的反差，生活在一个屋顶下，时间长了，矛盾和冲撞是免不了的。这需要双方运用"智慧和雅量"互相"磨合"和适应。我们 24 年的婚后生活正是这样一个长期的"磨合"过程。

到龙亭一游

　　单身汉对于女性和婚后的生活往往只怀着一种天真的幻想，其实是茫然无知。结婚以后，最初由于互相陌生和新奇，有相当一段时间，日子过得很平静，相敬如宾。但接着问题就出来了。

　　婚后所面临的最大问题是"调到上海"。这是我在婚前对蕾蕾的诚心诚意的许诺，也是校系领导信誓旦旦的诺言，一旦领导言而无信，它便成为我们婚后生活中的一个"震源"，随时会在我们两人之间引起大大小小的"地震"，成为她和她的家人对我指责的话柄。她的家人因老人年迈，每到寒假暑假必催她回沪；我则或奔波于沪汴之间或独自留汴勉强度日，年年不得安生。对于这种尴尬局面，蕾蕾有怨气，我也有委屈，但我们属于弱势群体，怨气和委屈郁积在各人心里，在日常生活中随时会因鸡毛蒜皮的小事爆发出来。这时候我才想起我们初结婚时岳母对我说的一句话："蕾蕾是老实人，但脾气不好。"真是"知女莫若母"。原来，在这个文静优雅的"上海小姐"身上还潜伏着一种暴烈的脾气，平时隐而不发，一旦发作，势不可挡。这时我自己的"男子汉大丈夫"的思想也出来了。于是你有来言、我有去语,甚至你摔一个碟子、我就摔一个茶杯,然后气呼呼地睡了。第二天醒来,一想起昨天的事,又心痛如绞。共同生活已在感情上结成千丝万缕的联系,撕扯起来是要心上流血的。夫妻间因爱生怨,言语冲突,最能伤人;因为这种冲突是由自己爱对方而怪对方不理解自己而引起,情急之中,口不择言,既伤对方,也伤了自己——这种痛苦,无法用言语说清。

前边说过,我们在婚后一段时间,曾经过了几年安静的日子,我感到生活的小舟驶进了平静的港湾。在那些日子里,我虽然时有病恙,但身体内仍保留着壮年人的健旺魄力,每年都给自己提出新的工作任务并努力完成:《英国文学简史》之后,翻译出版了《英国散文选》,并在1985—1988年接连译出《伊利亚随笔选》和《书和画像》,体现了自己埋藏胸中二三十年的对于英国随笔散文的喜爱。这些工作,我是高高兴兴、踏踏实实地做;蕾蕾也是一点一滴、勤勤快快地为书稿打字、复印、剪贴、抄写,尽了一个忠实助手的责任。我们的合作是愉快的,也是卓有成效的。如果从祖国的大气候来说,我这点小小的成绩是受改革开放之赐,那么从我个人的生活小范围来说,则是我的爱妻那瘦瘦的肩膀所支撑的结果。

但生活本身并不是文学,更不是诗,它是平凡的散文。两个年龄、乡土、经

作者与蕾蕾在校园散步

历、习惯、性格、脾气都不同的人,在漫长的共同生活中,必会因种种琐事发生矛盾,这种矛盾要由岁月慢慢磨合,磨合必然会伴随着痛苦。但我不同意有些年

轻人爱说什么"夫妻之间的战争"。因为"战争"是你死我活的"敌我矛盾",而夫妻间的日常冲撞,"碟子碰着碗",只能用爱心来解决——这就是说,一定要找出彼此都高兴接受的"共同语言",一定要找出一个"双赢"的解决办法,两个人有共同追求的目标,生活才能平静和谐地进行下去。

七、两个人的梦

已故的胞兄,一个务实而敬业的公务员,曾说我"整天生活在云里雾里"。其实我不过是痴迷文学罢了。我小时家庭生活暗淡,初识字就耽于看书;到甘肃上学,山区苦寒,文学给了我温暖;上了大学,攻读英诗莎剧成为我最大的乐趣。青年时代曾想搞创作,"作家梦"做得很久,为此碰的钉子也最大、最痛;但直到"文革"结束,仍然残梦未消。当时全国创作高潮"井喷"一般爆发,我受此鼓舞,拾起久已搁置的写作之笔,写剧本,写小说。然而我用力最勤而且自认为与他人相比并不逊色的作品,总是由于文学以外的原因发不出来:剧本彩排之后,因剧团领导之间闹什么矛盾而不能公演;小说即将发表,被某位领导一句话否决而被撤下,只把编辑红笔加工过的原稿退还给我。文运不通。适逢大学招生,英美文学课恢复,我"趁坡下驴",回到我的职业本行,把"文革"中侥幸未被红卫兵抄走的英国文学讲义整理写完、出版成书。从那时起我就以编写文学教材、翻译文学作品作为我的正业——这也算圆了我的一部分"文学梦"。

五十多年前,我在重庆大学正为一场"爱情梦"而痛苦时,先师吴宓先生在嘉陵江边一条小路上,用吃饭作比喻对我开导说:"饮食男女,人之大欲。人总不能不吃饭。没有干饭,总得吃稀饭;没有稀饭,也得喝点水;如果连水也不喝,人就活不下去了。"最近《吴宓日记(续编)》出版,记着这件事,意思是劝我"另找对象"。诚哉斯言。"文学梦"亦如"爱情梦"。想当作家无罪,痴爱文学有理。不能搞创作,搞翻译(翻译也是一种再创作);不能搞翻译,还可以编教材、写评论——只要围着"文学梦"转,就好嘛。梦醒了,只有空虚;一个人不能没有梦。所以,我的"文学梦"还要做下去。

蕾蕾另有她自己的梦。她做的是"上海梦"。

中国人"安土重迁"。背井离乡、在外地工作的人都不免或多或少患有"怀乡病"。但是对于乡情最执着的怕是上海人吧？他们身在异乡，无论十年八年、二十年、三十年，梦魂所系总是上海，最后总要千方百计回到上海——哪怕回去只能和亲戚们挤住在很狭窄的房子里。我有一位上海同事，在我们这个学校工作了二十多年，房间里一张床、一条被子、一张被单，桌上摆着一本教材、一本字典和从图书馆借来的少数几本书，二十多年没见他自己买过一本书，因为他觉得他是一个"异乡漂泊者"，上海才是他的家，随时准备回上海。他这样"卧薪尝胆"地过了二十多年，"文化大革命"结束，户口稍一松动，他马上想出办法，回上海了。

我的故家本来就没有什么可留恋的地方，从小又当流亡学生，东西南北流荡，淡薄的家乡观念早被几十年一路风雨冲刷干净了。但蕾蕾是一个上海的女儿，从小又受父母宠爱，她的"上海情结"是十分牢固的。即使在新疆时，只要一有机会，她也要千里迢迢回上海一趟，住上十天半月，然后还要把大包小包的上海特产带回乌鲁木齐；在开封工厂，也是从不放过出差回沪或驻沪的机会，厂领导体谅她的家庭困难，也不断照顾她。她之所以不愿在外地结婚，正是为了能够回上海。我们结婚，她把全部希望寄托在我那本《英国文学简史》上，好像觉得那本小书是什么具有多么高"含金量"的硬通货，能保证她顺利回到上海。我同情蕾蕾的经历和处境，诚心诚意答应她的要求；而且，说实在话，我也巴不得离开这个待得太长久的地方，到南方去换个活法。所以校系两级领导答应让我们结婚后一同调到上海，我们是怀着感激的心情到上海去联系调动的。但是当上海师大人事处的同志来办理我们的调动手续，我们的领导否认了自己说过的话，我们就失去了唯一的一个调到上海的很好的机会。

人常说上海人精明，但上海人也认真，听人家说什么就是什么，信以为真。"人家给他个棒槌，他就当针使。"所以精明的上海人到了外地也有受骗上当的时候。

可怜的蕾蕾想靠我们结婚调回上海的打算落空了。领导对于自己说过的话是可以不负责任的，但我作为一个男人，对于自己婚前向我妻子的承诺必须负责。在婚后23年的"磨合"过程中，我千百次地考虑着一个问题：怎样才能把我们两个人的两个梦结合起来变成一个梦，既实现我的"文学梦"，又实现蕾蕾的"上海梦"？

八、莎士比亚，莎士比亚！

我对莎士比亚的喜爱要从高中时代说起。对我启蒙的作品是曹禺译的《柔蜜欧与幽丽叶》：那漂亮、优美、琅琅上口的台词，那震撼一个17岁少年之心的爱情悲剧，那一个个活灵活现的人物，使我大为迷醉。我像蜜蜂吮吸花蜜似的尽情吮吸莎剧的甜美芳香——那是我生平所体会到的最大艺术享受之一。

从此，莎士比亚就像一个精灵，深藏在我的心里，一有机会就在我眼前出现；有时我好像把他忘了很长时间，但不定因为什么事情的触动，他会突然出现，搅动我的身心，提醒我必须为他做点什么。

上大学时，当我能阅读英文原著以后，我就想读原文莎剧。首先抓来的，是一本印得很漂亮的小册子 *Romeo and Juliet*，由于曹禺的译本给我的印象太深，内容"一见如故"，读起来觉得相当顺利。于是我就想进一步读下去。有一个月，我经济困难，没有伙食费了，向系主任借了5块钱，走在校园里，忽然看见一个冷摊上有一部牛津版莎士比亚全集，我毫不犹豫地用那5块钱买下那部书。（到现在我也想不起来那个月的伙食到底是怎么糊弄过去的。）我打算通读这部莎士比亚全集，在书上写下自己的决心："Read four pages every day!"从书的开头 *The Tempest* 读起，接着读 *Two Gentlemen of Verona*，后来还读过 *Julius Caesar*。读这几个剧本，我觉得内容并不难懂而且很感兴趣，特别是喜剧，但是莎士比亚原文的语言太难了，"拦路虎"太多，书后边的 Glossary 只有薄薄几页，不解决问题，那些难字难句在一般字典、语法书中也查不到。诗人徐迟说过："要读懂莎士比亚，光有白文本不行，必须有带详注的好版本和专门工具书。"而这两种书在学校图书馆里都找不到。我的通读莎剧的计划只好停下来。

学生生活结束，出校门，我做了与英文无关的工作，自以为再没有机会钻研莎士比亚原著，就把那部牛津版莎士比亚全集送给一位教过我英文的老师。但是，一位老同学不知怎么知道我喜爱莎剧，偏偏从开封的一个冷摊上替我买了一套40本（稍有残缺）的莎氏全集，是牛津大词典初创者之一、著名学者弗尼瓦尔博士（Dr. F. J. Furnivall）在19、20世纪之交编订的。我没有工夫看，把它放进乱书堆里。此后历经多次政治运动,我的衣物书籍经过不止一次抄没和丢失。奇怪的是,这部莎士比亚全集历经半个多世纪的劫难,至今居然奇迹似的仍然在我的书架上,仿佛一直在暗中提醒我:不要忘了莎士比亚。

后来我又回到大学,做了英国文学教师,由于工作需要,重新拾起莎剧。此时北京、上海的旧书店尚存有不少外文旧书,零星购得一些注释较多的莎剧单行本,学校里也有"耶鲁版莎士比亚"和"企鹅版莎士比亚"的散本,还有一些莎评名著如布莱德雷的《莎士比亚悲剧》,等等。最重要的是,从同事那里借来诗人于赓虞的遗物,他在爱丁堡留学时所购读过的阿登版《哈姆雷特》,这是我长期以来所遇到的最好版本,遂将其中的详注择要转抄到弗尼瓦尔博士编的本子上。在中国学者的著译中,阅读过卞之琳的《论〈哈姆雷特〉》和他的《哈姆雷特》译本。特别喜爱的还有吴兴华译的《亨利四世》,因为译者学识渊博、才气横溢,把剧中的市井俚语、流氓黑话、插科打诨都译得生动传神。在这一时期我非常想找到上大学时曾偶尔一见的孙大雨用"素体诗"翻译并注释极详的《黎琊王》(这部体大思精的名译在新中国成立后似乎长期没有出版,直到1993年才在上海问世),但未能如愿。

这样,在困难条件下,经过几年摸索、钻研,我于1964年编写出英国文学史讲义中"莎士比亚"一章。它作为教材,虽不过在前人研究成果的基础上,经个人集纳、改写、概括而成,但其中凝聚了个人对于莎剧的挚爱以及将莎学知识以浅显易懂的方式介绍给中国学生的一片心意。

九、寻找一部莎士比亚词典

"文革"十年,学术事业停顿。

"文革"结束,英美文学课程开始恢复,从1978年起忙于写完、修改我的第一本书《英国文学简史》。此后本想把工作重点转向莎士比亚,但因长期政治运动的折磨,身心受损,加上为赶写书稿,取消休息,累得卧病两场,倘再猛然转入莎学,深恐力有不支,因此冷静考虑,从1982年起致力于英国散文的翻译研究——这一课题同样是我学生时代的爱好,只是稍为轻松。

英国散文翻译,出书三种,尚受读书界欢迎,本拟继续翻译下去。但1986

年发生了一件文艺界的大事：上海举办了中国莎剧艺术节，报上把推广莎学提到"提高我国民族文化素养"的高度。当时我恰在上海，看了用昆曲演出的《麦克白》——《血手记》和越剧《第十二夜》，受到很大鼓舞。回校后，我立即写出《莎剧演出中国化述评》一文，记下我对于莎剧节的印象。

上海莎剧节唤醒了我久藏于心的"莎士比亚梦"。凑巧，1986 年 11 月，本系一位外籍教师从美国寄赠给我一部"河滨版莎士比亚"（Riverside Shakespeare）——这是我在三十多年当中所得到的第三部原文莎士比亚全集。我又一次产生了通读莎氏全集原著的愿望。这次是从 The Comedy of Errors（《错中错》）读起。一细读，发现仅靠 Riverside Shakespeare 一书的注释仍不能解决莎剧原文语言中的所有困难，学生时代的老问题再次摆在我的面前。

带着这个问题，我向一位我所尊敬的权威学者请教。他顺手指一指他书房中的三巨册词书，回答我说："莎士比亚所使用的词语，全在这三本书里！"这就是二十卷《牛津英语大词典》的三大卷缩印本。

他的话当然不错。正如你要读一部中国古籍，遇到难词难句，去查最最详尽、包罗无遗的古汉语大词典，大概都能找到解释。不过那就像在大海里捞针——什么时候才能读完一部莎士比亚全集啊？必须找到一部专用的莎士比亚词典才行。

由于长久渴望着能找到一部莎士比亚词典，我不禁怀念起一位"怪老头"来了！

此位"怪老头"非别，正是鲁迅翻译日本夏目漱石一篇回忆录所写的"克莱喀先生"，也就是 1905 年牛津版《莎士比亚全集》编者和阿登版《莎士比亚全集》第一任主编，爱尔兰莎学家 William James Craig（1843—1906）。夏目漱石除了写到这位老单身汉学者的古怪脾气之外，还提到他不满意于德国学者施密特所编《莎士比亚用词全典》（Alexander Schmidt：Shakespeare Lexicon），所以一生中一直在编一部新的莎士比亚词典，"一有空一有隙，便将写在纸片上的文句，抄入蓝面簿子里"，词典的原稿写进了"十来册长约一尺五寸、阔约一尺的蓝面的簿子"，那是他"一生的娱乐"。

后来我翻译的英国散文家鲁卡斯（E. V. Lucas）的《葬礼》（A Funeral）一文，所写的死者正是这位老学者克莱喀先生，并且也提到他那"关于莎学的无与伦比的知识"以及他一生心血所注的莎氏词典原稿："尽管它是一部未定稿,但是,有朝一日若能问世,世人将会对这一学界奇珍刮目相看。"可惜这部词典原稿因为作者笔迹难认未能出版。直到现在,这部莎氏词典原稿究竟下落何在,仍是莎学史上的一个谜。

我深深关心着这位爱尔兰学者所留下的词典原稿,多么希望他这部宝贵遗稿能够在英国妥善保存下来,并且整理出版,好让像我这样的莎剧爱好者使用!

这自然是幻想。在 20 世纪 80 年代,即使是克莱喀所不满意的施密特《莎士比亚用词全典》,我也无缘得见。

十、从寻找莎士比亚词典到自己编莎士比亚词典

寻找莎士比亚词典,一直在摸索中进行。

1987 年冬,因他事到上海出差,事情不顺,困居旅店,正是《易经》里所谓"羝羊触藩,不能退,不能遂"的处境。在郁郁不乐之中到福州路上海旧书店闲逛,忽然瞥见一本西文书夹在一排旧书之中,书脊上赫然印着两个烫金英文字:SHAKESPEARE LEXICON——这不是多年梦寐以求的莎士比亚词典吗? 获此一书,胸中郁闷一扫而光。归来,多日把玩,十分喜爱。这书的全名为 *Pocket Shakespeare Lexicon*(《袖珍莎士比亚词典》),实际上是 19、20 世纪之交英国出版的 Temple Shakespeare(圣殿版《莎士比亚全集》)各单行本所附词汇表的合编。我所买到的是 1913 年版本。书印制得小巧精美,插图丰富,是一本十分可爱的书,也是自己到手的第一部莎氏词典。我们夫妻对此书有一番小小的讨论。蕾蕾看我喜欢它,建议我把它翻译出来。经我仔细查阅、认真考虑,觉得它篇幅太小,远远不能满足自己读莎的需要,但那些描绘中古时代英国和欧陆种种风物的插图很好,可备书房清玩。

Pocket Shakespeare Lexicon,
1913(到手的第一本莎氏词典)

在上海访书后,又到北京查书,在北京图书馆收获很大,发现了四种莎士比亚词典,终于见到久闻大名的

Onions' *A Shakespeare Glossary*（奥尼恩斯《莎士比亚词汇表》）、Schmidt's *Shakespeare Lexicon*（施密特《莎士比亚用词全典》）和其他两种词典——它们全是巴金先生捐赠的出版于 20 世纪初的旧版书，大概是新中国成立初萧乾先生建议巴金从北京东安市场搜购之物。感谢北图的工作人员热心服务，为我把这些宝贵工具书复印下来备用。

坚冰既已打破，信息较前灵通，其他渠道也一一畅开。通过外文书店邮购、国外亲戚代买、国际友人赐赠，也包括校系馆藏，到 20 世纪 80、90 年代之交，我居然拥有相当一批新旧莎剧全集、单行本，Onions 和 Schmidt 也买到了新版本，好像一下子成了"暴发户"！

几十年来寻求莎士比亚词典和权威莎剧版本的目的在于通读莎士比亚原著。既有了这一批莎学典籍，我便开始攻读，并边读边查，写下详细的词语笔记。奇怪的是，一种新的想法油然而生：图书资料既已具备，并准备下大功夫通读莎翁全集原著，何不趁此机会既为自己也为中国学生编一部实用性的莎士比亚词典？为自己，是实现个人几十年来渴望读懂莎剧原著的宿愿，而一边读一边把莎氏全集的 41 部作品的难词难句（参照国外第一手材料）一一注释出来，岂不是最切实的攻读？为中国学生，是因为我，作为一个地方大学的英国文学教师，深知我国英语专业的学生阅读莎剧原文的困难，急需这样一部词典帮助他们。

带着这个问题，我征求过一位同行学者的意见。他建议我把 Onions' *A Shakespeare Glossary* 翻译出来。这个办法看似简单，真正要做起来却非常复杂，因为它要求译者的头脑里必须装备三部书：一部标准原文版莎士比亚全集，一部英文版莎士比亚词典和一部按原文分行的莎士比亚全集中译本。而译者的脑子要像电脑一样，一个指令，就映现出某个词汇的英文注释、莎剧例句及其中文翻译——我不知道，世界上谁有这种"特异功能"。

想来想去，只有一个办法可行，那就是：按照莎士比亚全集原著从头到尾，from cover to cover，通读下去，将难词难句一一列为词头、词目，根据现有国外第一手材料，挑出英文注释，举出莎剧例句，将二者译成中文，再加必要说明，写为词语卡片，最后将全部卡片按字母顺序编成词典。鉴于莎士比亚全集的规模及语言上的难度，这将是一项非常艰苦的工程。但唯有如此，把莎氏全集原文

"啃"一遍、注释一遍,才能达到编这部词典的目的。

设想既已明确,便不再犹豫。1989年冬订出编写计划和体例,大意如下:

"当前中国莎学实处于青黄不接之势:老一代莎学专家早年留学海外、学贯中西,翻译研究,硕果累累,对于中华莎学有奠基开拓之功;但对于一般英语专业学生和青年教师而言,莎剧原著仍为一部封闭的'天书',根本障碍在于莎士比亚用语的特殊性。盖莎士比亚生当四百年前,其所使用的语言为处于中古英语向近代英语过渡时期的'早期近代英语'(Early Modern English),词形和词义与当代英语差别甚大。同时,莎剧中还包含伊丽莎白时代的大量俗词俚语。这些构成了我国学生阅读莎剧原文的极大困难。因此,很有必要根据我国学生的实际情况,编出一部适合他们需要的英汉双解莎士比亚词典,以解决他们攻读莎剧原文中的这种特殊困难。"

十一、自我论证一

莎士比亚生活、创作在文艺复兴这个思想文化大转变的时代,当时英语本身正处于从中世纪英语向近代英语转变的过渡期,即"早期近代英语"时期,创造新词是时代的需要和潮流。而莎士比亚本人性格自由无羁,才华横溢,思路敏捷,运用和创造新词常常出人意料,有时又巧用中世纪英语的遗存,文风简古,其微言大义须从上下文字里行间细细揣摩,始可领会。本·琼生就埋怨过莎士比亚运思奇特,下笔神速,文不加点,恨不得让他把他的天才收敛一点。但莎士比亚自然不会受此拘束。因此他那"文本"的语言就形成一种戛戛独造的文字。

对于莎士比亚原作的编订注释工作,经历了三四百年的漫长过程。在莎士比亚生前及整个17世纪,他的剧本主要被当作演出中雅俗共赏、极受欢迎的舞台脚本,先被人传抄私印,后由剧团中同行好友搜集起来印为"第一对开本",但并未被当作"高雅"的文学作品,他的作品原稿没有保存下来,而在传抄、印刷中的错讹、遗漏、擅改不可避免,这就使他作品中的语言留下了不少"千古之谜"。

直到18世纪,作为戏剧诗人的莎士比亚才受到德来登、蒲柏和约翰逊的高度重视,后二人曾编辑他的戏剧集,并对他作品中的疑难词句进行部分校勘和注释。在整个 18 世纪当中，连续出版了多部莎氏戏剧全集并开始出版包括诗歌的莎氏全集，出现了以马隆为代表的莎士比亚作品的专业编辑家，因而形成了对莎剧文本进行细致校勘和注释的第一次高潮。

到了 19 世纪，欧洲浪漫主义文学运动崛起。德国的"狂飙运动"以莎士比亚为旗帜，英国的浪漫派诗人作家对莎士比亚全面推崇、热烈赞扬，奠定了莎士比亚作为英国民族诗人和世界伟大戏剧家的不朽地位。在此推动下，编订更精、注释更详的莎士比亚全集相继出版，对莎剧词语的阐释日益深入细致。19 世纪后期，对于 18、19 世纪的莎剧词语阐释，出现了集大成的工作：在德国，施密特于 1875 年编出《莎士比亚用词全典》；在美国，从 1871 年开始出版了莎士比亚全集的分卷"新集注版"（New Variorum Edition）。另外，在英国，出版了《莎士比亚语法》（E. A. Abbott：*A Shakespeare Grammar*，1870）。

进入 20 世纪，英国出版了多部莎士比亚词典，最著名的是奥尼恩斯的《莎士比亚词汇表》（*A Shakespeare Glossary*，1911），其他还有《莎士比亚词书》（*A Shakespeare Word Book*，1908）、《新莎士比亚词典》（*A New Shakespearean Dictionary*，1910）等。这就是说，在 19、20 世纪之交形成了对莎剧词语阐释的第二次高潮。

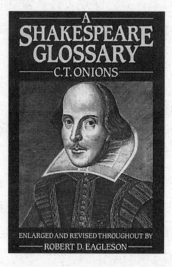 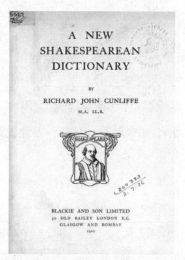

A Shakespeare Glossary 书影　　　　　　*A New Shakespearean Dictionary* 书影

截止到 20 世纪 80 年代之末，我所能看到的，就是上述 19 世纪末到 20 世纪初国外出版的一批详略不等的莎士比亚词典。其中奥尼恩斯的《莎士比亚词汇表》为各词典之冠,在整个 20 世纪一直为世界莎学界所使用。编者是《牛津英语大词典》的主编之一,他在编辑牛津大词典的过程中,把从莎剧中所引用的例句,连同其有关单词、短语,汇编为一书,注释简练精当,具有经典性,可惜篇幅太短、收词过严,虽可供高水平的莎学专家查检,但对于今天的一般学生和普通读者而言远远不能解决语言困难问题。这部莎剧词典和上述《新莎士比亚词典》一样,仅仅收录莎剧中所使用而为现当代英语完全不用的古词废义,加以注释。这样做当然有一定道理,但实际效果并不理想。因为,从莎士比亚所使用的"早期近代英语"到现当代英语,虽然隔着三四百年,但莎士比亚向现当代英语的过渡之中仍然存在着不同层次、千丝万缕的血肉联系,编词典时竟然采取"一刀切"的办法,把两者完全截断,并不利于当代的学生,特别是今天中国的学生攻读莎剧原著的需要。在编词典时,应该更耐心细致一些,为他们提供更多语言上的铺垫,使他们更容易接近莎士比亚,而不是把他们一下子推向完全陌生的难词难句,使他们对莎士比亚原作望而生畏。

在现有的国外莎士比亚词典当中,收词最多、解释最详的要属施密特的《莎士比亚用词全典》。这部上下两卷的辞书可以说是一座莎剧语词的矿藏。当你攻读莎剧原文遇到语言困难时,它可以为你提供很多帮助。到目前为止,它可以说是一部必备的莎学工具书。但是这部书编成于 1875 年,虽在 1902 年经过部分增补,距今也一百多年了。我在查阅当中,发现它虽称"全典",其实仍有些难词失注,而且有些词语的注释显得笼统模糊;加之德国学者素有爱建构理论体系的哲学家脾气,有些词条编写得像是词汇学论文,是描绘性的说明而非注释。这些也许就是爱尔兰学者克莱喀对之不满而要另编新莎氏词典的原因吧。不过这是历史的局限,因为在 130 年前,莎剧中许多词语还不可能得到确切的解释。

在 20 世纪发生了英语词语研究的一件划时代的大事,那就是《牛津英语大词典》(*The Oxford English Dictionary*),原名《按历史发展原则编的新英语大词典》(*A New English Dictionary on Historical Principles*)的出版。这部大词典完成于 1928 年,1933 年增订。它收入英语单词 41 万多个,并按历史顺序,对每一个单词在不同时代、不同期间(例如古英语,中世纪英语,某一世纪的早期、晚期等)的词义变化,进行详细注释并举出例句。这部具有权威性的英语大词典,为莎士比亚词语研究提供了丰富的第一手信息资源。20世纪的学者依靠它,辅以其他有关历史资料,对过去没有解释或者解释不清的莎剧词语作出补充解释或者重新解释。这些解释散见于20世纪以来英美出版的许多新的莎士比亚全集或戏剧诗歌单行本之中。这是普及莎学的一大进步。但相形之下,为当代学生和普通读者攻读莎剧所急需的新的莎士比亚词典编纂工作,却显得落后了将近一个世纪。因为如上所述,我们现在所看到的莎士比亚词典都还是由19、20世纪之交所出版的,不足以解决今天的问题。

有鉴于此,我认为,从世界范围来说,迫切需要编印一部体现20世纪莎氏语学发展的新莎士比亚词典——这一任务主要应由西方学者来承担;而从中华莎学发展前途来看,则应该编出一部为中国学生所需要、有中国特色的英汉双解莎士比亚词典——这一任务当然应该由中国学者来承担。

十二、自我论证二

环顾国内外莎学状况,经过几十年摸索和反复考虑,我觉得这样一部为中国学生所需要的莎士比亚词典,由我来编是比较合适的。

作者与李赋宁(右一)合影

我当然知道,以中国之大,在通都大邑,有的是早年留学英美、亲得名师(如英国 John Dover Wilson,Peter Alexander,美国的 George Lyman Kittredge 等)传授的莎学专家。但在我计划编这部词典时(上世纪80年代末),这些老先生年事已高,我只能向他们驰书求教。他们,特别是北京大学的李赋宁教授和中山大学的戴镏龄教授,也曾经对我编词典的事给予长者的鼓励和中肯的建议,但编词典的重担不能烦劳他们。中青年学者(主要指大学教师)自然精力充沛,但不能不考虑到在市场经济激烈竞争的条件下,他们要为各自的职称、待遇、生活条件、事业前途而奋斗;而编这么一部词典,工作极其繁琐沉重,旷日持久,可能会延续十年八年,甚至一二十年,而稿酬又低,缺乏现实效益,他们未必会高兴为此枯燥、沉重而漫长的苦役而付出自己的宝贵青春。

还有一个因素也得考虑进去：业已精通莎学的专家学者自己不需要这样一部为莎剧初学者所编的词典，更不会考虑自己动手去编；对于莎剧没有强烈爱好的人更不必说。

那么，只有像我这样对于莎剧从青年时代到老年都痴迷的人，刚进入老年、六十出头，比比我更老的人尚多一点精力，比年轻人多一点耐心，应该编这部词典。更主要的是：我深知从事这样一项学术工程，必须对于莎学事业具有一种宗教徒似的虔诚精神，一种革命者一般的奉献精神，一种老黄牛似的忍辱负重、默默奉献的劳动态度。我自己，作为一个河南知识分子，深受中原人民在太行山上用一凿一钎挖出一道红旗渠的大无畏精神熏陶，自信具有这种精神准备。

《圣经》中说，在信、望、爱三者之中，爱是最重要的。在对莎剧热爱的感情方面，我自信不比任何中外学者差。我渴望直接面对莎士比亚，也相信以莎士比亚那样的博大胸怀，断不会拒绝一个如此热爱他的作品的中国学者去接近他。

对于"学者"一词，我有我自己的看法：在英语中，"scholar"一词兼有"learned man"（有学问的人）和"pupil"（学生）两个意思——原来"学者"和"学生"是互通的。我不把自己当作莎士比亚学者，而是当作莎士比亚的作品的一个学习者（learner）。我愿意从零开始，一点一滴地向三四百年来国外学者专家所积累的学术成果学习，向我国老一代的莎学专家学习，以弥补自己学识上的不足，"人一能之，己百之；人十能之，己千之"，不回避问题，用硬功夫踏实认真地解决面临的一切问题，首先为自己，同时也为像我一样渴望读懂莎剧原著的中国学生，编一部英汉双解的莎士比亚词典。

十三、"主编"和"助编"

词典计划制订之后，曾按照惯例，向一位系领导报告。他说："要成立一个班子。"我觉得，学术项目非同行政领导，不必成立"班子"，一成立"班子"，容易陷入人事纠纷——这是我最害怕的。另外，多年来所积累的一份图书资料，一

作者在工作中

且分散，势必影响编写质量；而且分头编写词条，将来成千上万张卡片风格不一，如何理顺？所以，我觉得还是由我一人对莎翁全集原著从头到尾通读，从第一部作品到最后一部作品，遇到难懂的单词、短语、句子，定为词头，然后根据国外的权威工具书和可靠版本，选出最佳释义，并引原文例句，两者译为中文，再加上必要说明，写成一张张莎剧词语卡片——这是一个很笨的办法，很繁重、很琐细、很累、很苦，但也是最可靠的办法。

从1990年动手。一开始，词头、英文注释、注释中译、英文例句、例句中译等等，统统由我自己手写。蕾蕾看我一个人这样工作，很辛苦，提出由她分担我一部分工作，让我指定词头和例句，由她先打在卡片上，我再把其他部分编写出来，这样工作效率可以更高。这个办法，我没有想到。原先认为她学的是理工，文学非她所长，"莎士比亚"她插不上手。其实"莎士比亚"虽非理工专业，但编一部词典包含着大量技术性问题，需要有科学头脑的人帮忙！而这是学理工者的特长。

作者在编莎剧词语卡片

事实证明，这倒真是找到了充分发挥她特长的"用武之地"。在此后的18年，她担负起这部词典编写中的全部技术工作，不但打字，而且还为我写的每一张卡片校对莎剧例句原文和我的译文笔误，等我做完一个剧本的卡片，她再按字母顺序加以编排，此外还编辑附录和常用词表。

蕾蕾把卡片按字母顺序，
编排合成（1997年暑期）

经过她的参与，我们二人形成一种我负责学术质量、她负责技术事务的"主编"和"助编"的工作关系。日常工作形成有条不紊的流水作业，每天各据一桌，分工合作。偶有朋友来寓，为蕾蕾面窗打字的背影拍下一照，留下她默默工作的纪念。

编写全部完成，她把 41200 张卡片——按字母顺序编排合成，"一个萝卜一个坑"，对号入座，装入 24 个方便面纸箱，然后到上海帮助出版社联系排版——众所周知，当时上海印刷三厂是排印双语词典的最佳单位，而到上海办事，又是她的长项：由于家庭教养，常陪伴老父外出讲学，也由于她曾支边，"走南闯北"，蕾蕾到什么地方都不怯场，甚至"说大人而藐之"，所以，她能打开局面，使得几万张卡片顺利地排成了一部词典。

这一切流露出她作为一个上海女儿的勤奋、认真、精细、能干的脾气和她作为一个技术人员的科学素质。

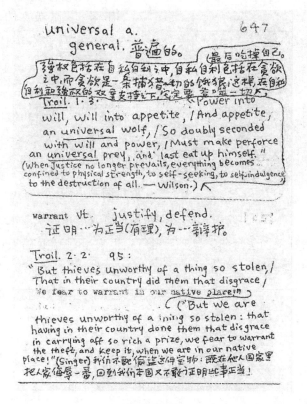

两 张 卡 片

余秋雨写过上海人，认为上海人过于精细，而"察其小者失其大"。这未免有点遗憾。但细心若用到正经地方，则是一个优点。

对于蕾蕾的细心，我在婚后很快就发现了。原来在婚前曾有"不许抽烟"的约定,这是对我的爱护,我无异议。她防我违反,收缴烟灰缸不用说,细致到检查簸箕里有无烟头、有无烟灰。一天,一位老朋友来访,他让我吸烟,情面难却,吸了一支。朋友走后,我小心地把烟头扔掉。但蕾蕾回来,听说老朋友来过,立刻检查。在地板上发现一点点烟灰后,采取断然措施——烟缸没收,我也就从此再不吸烟。其实我本来不会吸烟,抽上了烟,开始是因为过去下乡,晚上一开会开到半夜,困得"头都要掉下来了",只好抽支烟提神。后来则因为"文革"中进"牛棚",受煎熬不断,心情痛苦,才大抽其烟——只是一种"苦闷的象征";至于因为抽烟、在烟气缭绕中灵感忽来、文思勃发的事简直没有过——其实我根本不会抽烟,抽的烟气从嘴里进鼻子出,并不吞进肚子里。但抽上了就改不掉。好,蕾蕾一发脾气,"快刀斩乱麻",把我的烟瘾打掉,从此再也不犯。

主编与助编

蕾蕾的勤劳细心对于我们编词典所起的作用从一个统计数字可以看出:《英汉双解莎士比亚大词典》550万字,其主体由 41200 张语词卡片构成,蕾蕾打字、校对和编排合成的工作量是 $41200 \times 3 \times n$(每张卡片上的字数)。想一想,这是一个多么大的劳动量!词典出版后,到我们学院来访的外校客人不止一位向她表示赞扬甚至致敬。美国密歇根的华裔莎学教授王裕珩先生来汴时,在寒舍看到我们的工作状况,不禁对我说:"You are lucky!"("你真有运气!")

我是北方人,性格粗疏;她是南方人,脾气精细;粗疏者略知其大,精细者明察其小;优优合作,做成了这一件事。

十四、"正编"和"续编"(上)

前面说的话是"妻颂"。现在该说说我自己。

莎士比亚全集包括 37 部剧本、4 部诗歌,共 41 部作品。词典完成的时间,我最初的估计是大约 5 年。可是一做起来,才发现这是一场没完没了的"马拉松",大大超过了估计,实际上不是 5 年,而是 18 年。18 年可以分为两个阶段,各占八九年,并且不得不把一部词典分为"正编"和"续编"两卷。

词典酝酿于 1988—1989 年,编写计划制订于 1989 年底,1990 年动手编写,核心工作是编写莎剧词语卡片。那年我 63 岁,我给自己定的指标是每天做卡片 30 张。

一开始比较顺利。第一个剧本是《错误的喜剧》,又译《错中错》,情节是二主二仆两对孪生子闹出的滑稽喜剧,篇幅又短,注释起来很愉快,写了不到 600 张卡片。第二个剧本《维洛那二绅士》上大学时读过,也不长,注释卡片不到 700 张。《罗密欧与朱丽叶》和《如愿》《第十二夜》《仲夏夜之梦》等剧,虽然篇幅稍长,需注释 1500 张左右,但都是我平素爱读的激情悲剧和青春喜剧,还有充满喜剧色彩的《亨利四世》上下集和富于英雄气概的《亨利五世》,每部都需写卡片 2000—2500 张,但内容对我有很大吸引力,所以对这些剧本工作起来丝毫不感到麻烦。只有两个剧本做得特别吃力:一个是《驯悍记》,我对其中内容不大喜欢(尽管有人为它辩护),总觉得它有"大男子主义"气味,而且剧中那些马病名词也太冷僻,只好当作不得不啃的"硬骨头"把它啃完;另一个剧本是《爱的徒劳》,虽说是喜剧,但喜剧性不强,不像《温莎的风流娘儿们》那样活泼俏皮。约翰逊博士和赫兹利特把这个剧本贬得很低,我把它比作"一个不怎么可笑的相声段子",篇幅又不短,工作情绪就受影响,一天写不了几张卡片,拖了很久。晚上收工时,心烦,把做完的卡片往书桌上敲得啪啪乱响。蕾蕾在隔壁打字听见,就发话了:"敲什么敲?敲得再响,也就是那么几张!"正处于欲罢不能的尴尬之中,碰上一个转机:《读书》约我写一篇文章对梁实秋和朱生豪的莎剧翻译做一个比较。好,我就拿《爱的徒劳》这个剧本来说事儿,写出《从一个戏看莎剧的两种中译本》。为此把全剧原文结结实实啃一遍,文章写出来,编词典的僵局也打破了。

编着编着,就到了"四大悲剧",兹事体大,必须全力以赴,一字一句,一个字母、一个标点,都容不得半点马虎,要以硬功夫对待,扎扎实实地工作。肩上的担子沉重了,但抱着"有进无退"的态度,遇到问题,遍查诸家典籍,逐一解决,绝不回避困难。我给自己规定的进度指标是每天写词语卡片 30 张,白天写不完,就夜以继日。此时,我的年龄正处于从 63 岁到 70 岁这个阶段,已饱尝人生悲欢哀乐,经过尘世的起落沉浮,既赞赏喜剧中的欢声笑语,为之欣喜,也略知悲剧中的深层教训,为之感叹。因此我为个人能在生命的秋天把莎翁全集细细攻读、一字一句注释,实现几十年来的宿愿,而深感庆幸。

    注释莎士比亚的作品,没有一部是可以省心的。因为每一部莎剧都有自己的特殊内容和特殊用语,所以每开始编写一个剧本的第一幕的语词卡片,必须从零开始,亦步亦趋地跟着作者走。这是最困难的阶段,需付出最大的耐心。从第一幕到第二幕,则需要通过语言特点逐渐熟悉人物性格,并了解剧情发展的脉络。做到第三幕,对于人物、情节和语言特点熟悉了,工作确实稍微轻松一点了。但是,从第四幕到第五幕,不定什么时候还会突然出现一些"难题"(cruxes),使你出一身冷汗,必须翻遍群书,绞尽脑汁,才能找到一种"说法"。因此,我把编写一部莎剧的语词卡片比作攀登一座大山:从第一幕做到第三幕,是上山;上山最吃力,每一步都必须使出全身力气,累得气喘吁吁、浑身是汗,才能登上山顶。到山顶了,稍轻松一点,但也不要以为下山就可以掉以轻心——不行,俗话说:"上山不美,下山顿脚!"每一步还得留神,不能踏空,不要绊倒,更不能停留,必须坚持走到宿店,旅程告一段落,才得稍事休息。

    有没有一部莎剧可以省点力气? 我带着这个想法,曾在美国问过一位莎剧老教授:"Which of Shakespeare's plays are his minor works?"(莎士比亚的剧本里有没有次要作品?)他斩钉截铁地答道:"His plays are all major of the major!"(他的剧本全都是重要而又重要!)

    "重要而又重要!"好吧,41 座大山,那就一座一座接着攀登吧!

    好心的朋友曾经劝我用电脑编词典。我考虑之后,没有接受。因为,对于莎剧中的每一个单词,究竟如何注释,需要遍查各种工具书、参考书和不同版本,再经过个人反复思考,才能确定,绝不是凭着电脑屏幕一闪而过就能解决的。况且现在还没有在瞬息间就把所有必需的莎剧资料都调给读者的万能电脑。更重要的是,还有一个对于莎剧的个人感情问题——我要用自己的心、脑、手去亲自体会和触摸莎士比亚语言中的奥秘。这就好有一比:尽管《红楼梦》的各种版本已经出版了成千上万,今天中国的不同角落仍有不少爱《红楼梦》入迷的人把《石头记》连同"脂批"亲自一遍又一遍地抄写、阐释。将心比心,我完全理解这些"红迷"们的心情。

十五、"正编"和"续编"（下）

这样计日程功,工作到 1996 年,应中国莎士比亚研究会推荐和国际莎士比亚协会邀请,于该年 4 月赴美国洛杉矶参加第六届世界莎学大会,并递交论文《为中国学生编一部莎士比亚词典》(*Compiling a Shakespeare Dictionary for Chinese students*)。此行已有专文记述,不赘。

5 月上旬回国到沪,即回开封投入工作。因在美国时仆仆于道途之间,甚感疲惫,顺便在医院做一次体检,并以 X 光拍了鼻喉照片。医生看片后表情有异,诊断书上写着"喉部左侧有占位性病变"。我不知何意,经蕾蕾询问,才知这个医学术语指的乃是"喉癌"。蕾蕾对我温言安慰,我脑子里一片茫然,不知怎么想起普希金的一句诗:"在我写完这篇诗之前,不要让我——"

蕾蕾陪我又赶回上海,靠亲戚帮忙,到华东医院住院一月,进行复查,经耳鼻喉科诊断为"长期鼻炎引起喉炎和中耳炎",排除了"喉癌"。我松了一口气,不知怎么又想起了《水浒传》中林冲的口头语:"天可怜见!"

重回开封。癌症虽然排除了,但给我提了一个醒:为安全起见,最好把已经做过的卡片整理出来,先出成书,免得以后有什么闪失,一大堆卡片变成废纸——那可就像克莱喀先生的未完稿一样成为永远遗憾了!

于是,把没有编完的剧本抓紧编完,写导言,加附录,再全部合成。1997 年暑假一统计:八年间共做 41200 张莎剧语词卡片,包括早期喜剧和悲剧、六大喜剧、四大悲剧和八部历史剧,一共注释了 23 部莎剧。卡片装入 24 个方便面纸箱,此后则是在汴—郑—沪—京—宁进行长达四年的排版、校对、印刷,直到 2002 年 7 月出版为《英汉双解莎士比亚大词典》。

《英汉双解莎士比亚大词典》书影

下一步呢? 自然是接着编剩下来的希腊罗马题材剧、晚期喜剧和《十四行诗》《维纳斯与亚都尼》《鲁克丽丝受辱记》等诗歌。这是从 1998 年直到如今又一个八九年的工作，只是我的年龄已从 70 出头到了 80 岁，工作进度不得不从

2002 年 9 月 18 日，河南大学国际莎学研讨会全体合影(前排左四为作者)

每天 30 张降为每天 20 张或稍多一点。这部分卡片即将完成，在一二年内交稿，出版时，准备命名为"续编"，而把已出的大词典当作"正编"。"正编"和"续编"，二者所涵盖的内容各有不同，不相重复，都可独立使用。"续编"里增加了"莎剧版本述略"和"历代莎评辑要"两个重要附录，因而篇幅要大于"正编"。

全书杀青在即，可以稍谈编词典当中的体会。

1. "正编"和"续编"，是 18 年的劳动成果。在这 18 年中，我在自己所写的将近 9 万张卡片中，贯注了我对莎剧的痴迷和热爱。日复一日、月复一月、年复一年，我一点一滴地体会和欣赏着莎翁的奇思妙语和微言大义，感觉好像是考古工作者在田野上用小铲一点一点剥开泥土，露出一个又一个细节，最后在眼前突然出现一座巨大的古代雕像。

2. 在攻读莎剧中，印象最深的是莎翁对人性、对人心灵深处的洞察，例如在亨利五世的独白中所揭示的封建帝王内心世界的复杂性，在《约翰王》和《理查二世》中所透露的封建君臣之间那种口头上彬彬有礼、转眼间你死我活的互相倾轧的虚伪关系，令人震撼，读到此处往往搁笔惊叹。

莎翁对于他所赞佩的正面人物，并不掩饰他们的缺点。关于哈姆雷特由于犹豫、延宕而几乎耽误了复仇大业，已为许多学者指出。此外，像亨利五世是莎

剧中的理想君主,在《亨利五世》中的阿金库尔一场有很辉煌的描写。但他在加莱城下向被围的法国军民的喊话却也表现出一个侵略者的凶狠面目。间或也窥见大大有名人物的"软肋"。例如在《安东尼与克莉奥巴特拉》中发现这位"埃及艳后"还会吃醋、闹小性子,不觉为之失笑——这算是在艰苦劳动中的一点小小"乐子"。

3. 做文学作品的语词卡片,免不了受个人感情的影响。对于《罗密欧与朱丽叶》《如愿》《第十二夜》《仲夏夜之梦》以及《亨利四世》这些自己喜爱的作品,往往流连忘返,多做几张卡片。对于自己不大喜欢的作品,例如《亨利六世》上、中、下三集(其中对于圣女贞德的丑化,我很反感),做起来则兴趣不高,但鉴于"凡莎翁之作无不重要",仍得硬着头皮做下去,啃完这三颗"硬壳果"。

特别喜欢的《十四行诗》,做得时间很长,半年多;也因为其中有些单词,像"will",为多义词,在诗中文义双关,注释起来需要多查多想。

莎翁的晚期喜剧,又名悲喜剧或传奇剧,如《冬天的故事》等,好像"庾信文章老更成",情节起承转合更为圆熟,回肠荡气,写好人忠而遭冤、信而见疑,历经艰危、终得昭雪,想系莎翁晚年对人生的感悟和心愿,也符合古今中外的世道人心,因而细细品味,注释的时间也比较长。

文学是人学,是作者和读者之间的情感互动。注释莎剧也是如此。

4. 对莎剧的词语成千上万次查阅注释,时间久了,会自然产生一种"语感"(speech feeling),感触到专属于莎士比亚的"语境"。每天早晨开始工作时可以感觉到自己在进入莎士比亚以其特殊、独创的语言所构成的精神氛围,久而久之,产生一种敏感,在攻读莎剧中不致放过一个应该注释的单词。当遇到一句话,从字面看,每个单词都常见,但全句怎么讲,弄不清楚,其中必有意思特殊的"拦路虎",必须找出这个"拦路虎",认真查出究竟是什么意思。顺便举个例子,《维纳斯与亚都尼》526 行有这样一句:"No fisher but the ungrown fry forbears."关键在"but"一词。"but"作为连词,在这里如果当"但是"讲,就讲不通。细查奥尼恩斯《莎士比亚词汇表》:"but *conj.* used as a negative rel. = who not."可知上句的意思应该是:There is no fisher who does not spare immature young fish.(直译:没有哪个渔夫会连未成长的鱼苗也不饶过。)这才能解释清楚。

5. 莎士比亚的手稿(除了《托马斯·莫尔》剧稿中的三页——据专家说是他

的笔迹)没有保存下来。他的作品,由于传抄、印刷中的错误、遗漏或他自己写作匆忙中的笔误,留下不少的难解词句。三百多年来,经过一代又一代专家学者的辛勤校勘,这些难词难句的大部分得到了订正,比较好懂了;但是仍留下一些"难题"(cruxes),国外学者绞尽脑汁对它们作出一些"揣测"(conjectures),供读者考虑选择;然而还剩下极少数"难题"则是死结,无从解释;遇到这种情况,在词典中只好从缺,并加以说明。

6. 这部词典的宗旨本在于帮助中国学生了解莎剧词义,对于莎剧例句的翻译一般采用贴近原文的直译。但有时遇到莎翁妙语如珠,有所会心,叹赏之不足,随兴之所至,偶或技痒,也放手译他几句,译后自吟自娱,文人积习如此,想不为读者所怪。

7. 莎学浩瀚。莎剧词汇本身就是一派汪洋大海。我们所做的工作不过是在海外学者三百多年来所积累的莎剧词汇研究资料的海洋中汲取一勺之水,冀于中国有志攻读莎剧原作的初学者有用。至于高深的莎学研究,还需要进一步直接钻研国外学者的其他专著,超出我们这部词典的作用范围。我们这部词典只要能对中国学生起一种引领入门的作用,也就达到目的了。

十六、一幅莎士比亚画像的来历

关于词典的主要方面,该说的都说过了。现在说一个轻松的话题,即装饰和美化。

英国版画家
Graham Clarke 的名片

受鲁迅先生提倡文学书籍插图的影响,我出的书尽量加入插图。《英国文学简史》便是如此。事实证明,这样做受青年读者欢迎。我也不愿使《英汉双解莎士比亚大词典》变成学生们望而生畏的"高文典册",所以,对于词典插图早就操上了心。我首先为它选中了《袖珍莎士比亚词典》里从早期手抄本复制下来的许多古器物小画以及那些古印本书上朴拙的小木刻画,像"牵狗的乞丐""钟夫""戴鸡冠帽的小丑""罗宾汉和小约翰""圣乔治和毒龙",还有雕刻着"打小学生屁股"的校印等,它们能渲染出中世纪英国的时代氛围。尾花则采用《十四行诗》的一组木刻插图,想用它们烘托一下莎士比亚作品中的诗情画意。

剑桥版《新莎士比亚全集》纸面本上有毕加索的一幅大写意莎翁画像,夸张而传神。我很希望也有一幅类似的莎翁画像,用到我们这部词典的硬布封面上。但到哪里去找合适的画像呢?事有凑巧,1996年在洛杉矶参加世界莎学大会期间有一个书展,除了展出琳琅满目的莎学图书外,墙上还展览着一套八大幅彩色铜版连续画《威廉·莎士比亚先生的生平和时代》,作者叫格雷厄姆·克拉克。一位中年人站在画下张罗卖画。我想他就是这套连续画的作者了。画每张500美元,我自然买不起。但我喜欢版画,就跟他聊起英国的木刻版画,谈得很投机。我看他衣服穿得有点寒素,不禁想起18世纪之末一生贫困的浪漫派诗歌先驱和著名版画家布莱克,冲口说了一句:"希望你能像威廉·布莱克那样伟大,但不要像他那样穷!"他很感动,和我交换了名片,送给我那套铜版连续画的彩图说明书,还把另一本假托莎士比亚少年时代的日记《威廉·莎士比亚君亲笔手记》,写上"Graham Clarke"(格雷厄姆·克拉克)的名字送给我。

认识一位英国版画家,我特别高兴。回国后,我才有时间仔细看他的画,发现他那连续画的第五幅《美人鱼酒店的酒客们》,画着莎士比亚伏在桌旁手持鹅毛笔聚精会神写作,非常精彩,如果能把他这个半身像连同鹅毛笔、墨水瓶和啤酒杯一起复制下来,那正是我们这部词典封面上需要的莎翁画像!

英国版画家 Graham Clarke 为《英汉双解莎士比亚大词典》所画的莎翁肖像

既然在莎学大会书展上认识了这位画家,我就按照名片上的地址给他写信,除了叙叙在洛杉矶的幸会和看他作品的感想外,还提出请他照上面说的那样画一幅莎翁小像。很快收到画家的回信,开头是这样写的:"在洛杉矶的大会似乎闹了一点奇怪的误会,因为我当时并不在大会现场,你在那里所见到的乃是我在美国的代理人涅维尔·朗格里。……但是,无论如何,那次误会总算把你介绍给真正的格雷厄姆·克拉克本人。"——原来我在洛杉矶书展厅仅凭个人直觉,没有细问,把画家的代理人当作画家,闹了一个大误会,而画家以英国式的幽默把误会消除,还亲笔签名、再送我一本他自己代莎士比亚拟作的《威廉·莎士比亚君亲笔手记》,同时也寄来他按照我的要求所特别画出的莎翁手持鹅毛笔凝神写作的画像,后来烫金用到《英汉双解莎士比亚大词典》的绢面硬纸封套上,成为我们这部词典的一个艺术标志。

这时我才知道格雷厄姆·克拉克先生是当代国际知名版画艺术家,在英国东南部肯特郡开着一个以他为主的家庭版画作坊,他的铜版画销售于欧洲、美国和日本,有些已经成为收藏家的藏品。他和他的妻子、女儿等亲人在肯特郡过着优裕幸福的生活,绝不像布莱克那样一生贫困——在这方面我是大大地误会了。

我非常感谢这位尚未见面的英国艺术家,对他那幅有独特风格的莎翁画像,只能通过出版社寄给他两部词典、三部汉唐画像集和民间年画集作为不成敬意的回报。他那本拟少年莎士比亚日记《威廉·莎士比亚君亲笔手记》是一部妙趣横生的画册,充满了英国式的幽默和大胆的艺术想象,而这种艺术想象又是在深刻研究伊丽莎白时代的历史、社会、风习、文化、艺术等背景的基础上才能发挥出来的。特别奇妙的是,格雷厄姆·克拉克先生用伊丽莎白时代的书法和文体、模拟着少年莎士比亚的口气,用第一人称(像哈克贝利·芬似的)活现出莎士比亚小时候的聪明、活泼、淘气、胡闹以及少年时代初试戏剧写作的涂鸦,还插入许多独特的画面,例如莎士比亚家乡斯特拉福德的迷人风光,他与伊丽莎白女王的巧遇(大概是出自画家想象的"艺增"),等等。我十分喜爱这部画册,多年以前曾经打算把它的文字部分翻译出来,介绍给我国读者,但由于各种原因终未实现,到如今编写大词典的工程已使我精疲力尽,更不可能了。因此,我觉得自己欠了格雷厄姆·克拉克先生一笔人情债。

十七、结束语

我本来只想找别人编的莎士比亚词典帮我读懂莎士比亚原著,找了几十年别人编的莎士比亚词典不能完全解决我的困难,最后我只好横下一条心,首先为自己,同时也为像自己当年那样读不懂莎剧原文而苦于不得其门而入的中国学生编一部莎士比亚词典。现在这部词典编出来了。我用一首拙诗来概括自己这几十年找书和编书的心路历程:

"为伊消得人憔悴"(1997年暑期摄)

莎氏词典杀青志感

曹译《柔幽》①少年读,心随悲情共激扬;

欲从原著窥全貌,恨无金钥启珍藏;

世逢承平路渐宽,前修时贤引入堂;

廿载辛苦何所计,莎海涵泳乐无疆。

在近二十年的词典编写过程中,我沉浸于莎翁的清词丽句、人物画廊、巧妙情节和睿智哲思之中,是人生难得的精神享受和莫大乐趣。我的爱妻蕾蕾用她那瘦瘦的双肩承担起这项学术工程的全部繁重的技术工作。没有她的参与,这部词典不可能顺利完成。我用另一首拙诗表示对她的感谢:

赠　国　蕾

文笔生涯何足谈?译兮写兮衰鬓斑。

《简史》改版劳奔走,《莎典》面世凋朱颜;

---

① 曹禺译《柔蜜欧与幽丽叶》,即《罗密欧与朱丽叶》,文化生活出版社出版,以优美白话诗译出,我高二时读,极受感动,是个人喜爱莎剧之萌芽。

巧手打字 ABC,慧心编卡万百千。

感卿嫁我同此命:苦乐酸甜如许年!

　　我一生颠沛流离,支持我生活过来的是我的"文学梦"并转化为"莎士比亚梦"。蕾蕾从开始支边至今三十多年,她所追求的是"上海梦"——她要回上海,而由于我们结婚才滞留开封。在编莎士比亚词典这件事情上,我们两个人的心血和汗水流淌在一起,我们两个人的梦也做到一起了,那就是说:我们希望能靠着这部莎士比亚词典既圆了我几十年来的"莎士比亚梦",也圆了她的"上海梦"——希望这部词典的稿酬也许能在上海买一套房子,使她回上海能有一个落脚点。这一个共同的梦把我们两个人的潜力调动起来,做成了这一件事。但是,我们词典的卡片一张一张慢慢地编,上海的房价也在一天一天往上涨,等我们的词典全部出齐,不知道上海的房价会翻多少倍。

获奖后在书房合影

　　我像是做"莎士比亚梦"的堂吉诃德——希望我们的莎士比亚词典有助于中国学生阅读莎士比亚原著;蕾蕾像是做"上海梦"的桑却·潘查——她像潘查想获得一个海岛一样,希望能有一个回上海的落脚点。但愿我们两个人的梦都能够实现:在中国,有更多的人读莎士比亚,而她也能获得她自己的"海岛"!

(2007 年 11 月 26 日)

随 感
SUIGAN

诗 人 性 格
——读《吕荧的历史悲剧》

我常带着感谢的心情回想解放前的一些作家诗人,因为在我做流亡学生的苦难生涯中,他们的作品曾经给我精神上的慰藉和鼓舞,虽然他们我一个也不认识。

吕荧就是其中的一个。

吕荧,我最早是从《七月》读到他翻译的卢卡契论文《叙述与描写》。据胡风在编后记中写道:把吕荧的译文找人与原文对照校阅,说是再也想不出更好的处理了。此后则读到他译的一本《普式庚(普希金)论》,开头是卢那察尔斯基的《俄罗斯文学的春天》。后来又读到他译的《欧根·奥涅金》,书印得很朴素,卢鸿基设计封面,使我初次领略了普式庚的这部名著,看后,我把同情给予了纯情少女达吉雅娜和那个在决斗中被奥涅金打死的天真青年连斯基。

但对我影响最大的还是吕荧那本评论艾青和田间的书《人的花朵》。

艾青和田间是抗日战争中在中国大地上最活跃的两位诗人。当时,我们这些文艺青年都爱读艾青的诗集《黎明的通知》、田间的诗集《给战斗者》。艾青的诗受惠特曼和法国的梵尔哈仑的影响,风格优美而有点欧化;田间当时则学马雅可夫斯基的阶梯式的诗行,节奏快,跳动性强,朗诵起来铿锵有力,闻一多称之为"战鼓"。两诗人对我们都很有吸引力。我们把艾青《诗论》中的片段当作格言抄到我们的壁报上。吕荧的《人的花朵》从理论上证明当时广大的文艺青年对于两位诗人的爱好没有错。

"涸辙之鲋,相濡以沫,不若相忘于江湖。"

解放后,生活变动剧烈,对于吕荧,我几乎不知道什么了。偶尔碰到他译的一本莎剧《仲夏夜之梦》和一本普列哈诺夫的《论西欧文学》,知道他对英语、俄语都精通。还听一位大学老师不无羡慕地说："吕荧年纪轻轻,就当了系主任!"这才知道他曾在山东大学中文系当过系主任。他受"胡风案件"牵连,但不久《人民日报》又发表了他的美学论文。从编者按语中感到上边并没有把他当作"胡风分子",因此认为他大概没有什么事了,此后则把他完全淡忘。

直到"文革"后很久很久,才在上海的书店碰到他的一本《美学论文集》。我急于想知道他后来的事,先看编后记,才知道他并不是"没有什么事",而是命运很惨,"文革"中死于劳改场,惨状令人不忍卒读。最使我震惊的,是他在到劳改场去的时候还带了一包外文书和字典。我心里冒出一句话:"好天真啊,你以为是让你去研究美学、翻译普式庚和莎士比亚吗?"一阵心酸,连他的美学论文也没有顾上看,离开书店。——那本书我是应该买下来的,事隔多年,现在已经不好找了。美学著作是冷门书。

《吕荧的历史悲剧》(《口述历史》第三辑,闻敏采写,2002 年版)是一部口述文学作品,通过胡风、吕荧的老同学老朋友、解放后的同事、曾经反对他的人和他辅导过的工人作家以及劳改场的难友的口述,把吕荧的方方面面都介绍给读者,篇幅不长,通读下来,像一部吕荧传略。

吕荧是在抗日战争期间崛起的文学评论家。抗战前夕,他在北大历史系读书,是一个进步学生,参加革命组织"民先"。七七事变后,他离开北京,到了武汉,与人结伴投奔延安,因关系不熟,未能去成。但他革命热情很高,路上碰到抗日工作就高高兴兴去做。1938—1941 年,他到西南联大复学,仍为"民先"成员。但他的一生志愿并非做职业革命者,而是从事文学事业。他爱读鲁迅的书,喜爱俄罗斯文学,攻读马克思主义文艺理论,从事文学翻译,在学生时代就过起了学者式的生活。胡风支持他发表了关于鲁迅和田间的论文。他自费出版了他的翻译名作《欧根·奥涅金》和他论艾青、田间的专著《人的花朵》,成为40 年代国统区与胡风齐名的文学评论家——当时他还是一个二三十岁的青年。

吕荧从大学毕业,一直以教书为职业,日本投降后,他到台湾,在一个师范学院教莎士比亚(估计他的译作《仲夏夜之梦》是在这个时期翻译的)。1949年,他从台湾到香港,北上解放区,并参加了第一届全国文代会。但因为他是"从台湾归来的人士",对他的工作安排成为一个问题。老朋友罗烽了解他,拉他到东北大连去搞工人文艺运动。吕荧欣然接受,实打实干,组织大连的工人文艺活动,培养了一批工人作家,最后还总结经验,出版一本书《关于工人文艺》。这说明吕荧是个心地单纯的人,进入新中国,需要干啥就干啥——他对共产党毫无芥蒂,没有二心。

50年代初,山东大学校长华岗把吕荧请到山大中文系并提拔为系主任。吕荧精通西方历史、文学,熟悉马克思主义文艺理论,口才又好,他讲的《文艺学》很受学生(蓝翎、李希凡是他的学生)欢迎。但是,这时候知识分子思想改造运动已在全国展开。某种阴影已悄悄向他袭来。有人向《文艺报》投书,批判吕荧讲课脱离毛泽东文艺思想。关心他的朋友和同事知道此事非同小可,劝他做一次检讨。但吕荧认为自己的文艺观点是真正马克思主义的,著文为自己辩护。在当时的政治气候影响下,对吕荧文艺教学的批判在山大不可避免。华岗是一位有学问的老干部,出于爱才,在批判中用婉转的口气对他规劝,但吕荧不听,拂袖而去,对山大不辞而别——这就等于自己主动地抛弃了在体制内的正式工作,使自己此后的生活处于动荡不安之中。

胡风仍关心着吕荧,帮他重版了《欧根·奥涅金》,但胡风无法帮吕荧找一个可靠的工作。也许因为冯雪峰的关系(他们40年代在重庆认识),吕荧最后在北京人民文学出版社落脚。他在那里出版了译作:莎剧《仲夏夜之梦》和普列哈诺夫《论西欧文学》。

吕荧与胡风在解放前本来是进步文学界当中由于文艺观点相近而形成的朋友关系,没有什么秘密,更没有什么阴谋。但在1955年那场铺天盖地的"反胡风"斗争中,这种正常的人际关系变得可疑,而吕荧的处境就岌岌可危了。一般人处于这种状况,就只能"夹着尾巴做人"。但直戆的吕荧,竟然还在开除胡风中国作协会籍的大会上,主动要求发言,为胡风辩护,说:"胡风不是反革命,他是文艺理论问题。"遂即被揪下台,当作"胡风分子"审查。但后来不知高层如何考虑,又在《人民日报》上发表了吕荧与朱光潜争论的论文《美是什么?》,并宣布他不算是"胡风分子"。

然而,吕荧因为"胡风案件"受了大刺激。他的精神失常了。

从表面看,对吕荧的"胡风分子"的定性是撤销了。但正如"右派"摘帽以后仍被当作"摘帽右派"一样,一种隐形的达摩克里斯之剑仍然悬在吕荧头上。

随着形势的变化,那顶"胡风分子"的帽子仍然随时会给他戴上。

人民文学出版社的一个同事,利用这种政治气候假公济私,在"文革"前夕给予吕荧致命的一击:"1966 年夏初,人文社一位编辑在机关大楼内贴了一张大字报,揭发'胡风反革命分子吕荧持刀行凶'。此人是吕荧在北京土儿胡同(吕荧用自己稿费买的一所房子——引者)的房户(据另一口述,他住着吕荧的房子但不交房租),住的是厢房,早就有心把吕荧撵走。据说,一次口角中怒不可遏的吕荧抄起了一把刀……"(牛汉)无理纠缠使得精神失常的吕荧失去控制,做出一个错误举动,正中这个人的下怀,抓住把柄,把吕荧送入一个新的政治陷阱:"5 月底,北京市委下达文件,要求三天内将社会上各种属于敌我矛盾性质的人都集中看管起来,6 月初,经公安部批准,以'胡风反革命分子影响社会治安'为名,将吕荧'收容并强制劳动'。"(同上)

吕荧于 1969 年 3 月死于北京市清河劳改农场。在劳改农场,吕荧被当作"疯子":"从'队长'到歹徒都拿他寻开心,任意地谩骂、凌辱、殴打。"(姜葆森)饥饿、疾病、精神摧残、非人的生活条件折磨着他。但他仍然保持着自己的美学情怀。派他养猪,"他抚摸着那些小猪仔儿,跟它们谈话。……田畦上的茨菰开着洁白的花儿,他挂着一根木棍儿,野地里的风拂着他那褴褛的衣衫,他一面走着,一面喃喃地赞美那些花儿:'真美啊,真美!'"(同上)他仍然关心着他人,对难友说:"生活是美好的,一定要活着出去!"临死前,他还激动地说:"我们大家不都是为新中国而奋斗的吗?"这句话不仅是为他自己、为胡风,也是为所有在解放前为迎接新中国而工作、但在解放后受到极"左"迫害的知识分子而说的。

吕荧并不傻,更不是疯子。他纯洁、正直、肝胆照人,对生活充满了美好的希望。他只是不被容于那个人性被扭曲的疯狂年代。

吕荧不是完人。他有不少缺点。他的老同学、老朋友谈到他骄傲自大、不通人情世故。"世事洞明皆学问,人情练达即文章。"他恰好相反,处人处事有时不通情理,特别是对待他的妻子。只因他的妻子并非他的理想情人,他对她非常冷淡,终于离婚。这不但给他妻子造成很大痛苦,实际上也是对他自己非常不利的,因为他完全不会料理生活,精神失常之后简直是生活在垃圾之中。在这方面,吕荧是非常可怜的。

如果要找吕荧的致命伤,那只有一点:他在解放后要保持自己独立思考的自由,不仅没有接受毛泽东《在延安文艺座谈会上的讲话》中关于文艺的指示,而且在实质上也没有接受知识分子的思想改造——不过在他并不是自觉的,因为他自己总觉得自己早在学生时代就参加革命组织"民先",在政治上对共产党并无二心;另外,他一直钻研马克思主义,遵循的是马恩列的文艺观点,解放前一直从事进步文艺活动,像他这样的人怎么会反对共产党、反对社会主义、成为"反革命分子"呢? 实际上,这是所有在极"左"的政治运动中被错划、错整的知识分子的共同心情。不同的是,大多数的人都在政治压力下违心地屈服了、检讨了,承认了自己没有犯过的"罪行";而吕荧不检讨、不承认自己没有犯过的"错误"。这在当时就是大逆不道。因此,他被人说成是"不懂政治"。大家倒是都懂得了这样的政治。结果呢? 是 20 多年学术文化的停滞,文艺创作的概念化、公式化,直至"8 个样板戏唱 10 年"。更严重的是,知识分子被迫丧失了个人尊严,人际关系中道德底线滑坡,社会生活中黑白颠倒、是非混淆,其消极影响至今也没有完全消除。回过头来想一想:幸亏 1955 年吕荧在中国作协大会上用微弱的声音说了一句正直的老实话,促使我们反思一下我们那几十年的道路是怎样走过来的,而那些陈年旧事,现在的年轻人已经不知道了!

(2009 年 4 月 15 日,于淮河医院病房)

老　牛

　　老牛是过去河大的一个送报人,个子不高,面相黄瘦,衣着寒素,听口音是地道开封人,一辈子干送报这一行。他既不是邮局的正式职工,也不在河大的编制,他是一个单干户。但他一个人管着河大的全部公私报刊发行工作,靠此为生,一干几十年,直到"文革"后80年代,他才离开河大。

　　老牛是怎么"扎根"河大的,我不清楚。我从1957年一到河大,就从他那儿订阅报刊。有两三年,从他那儿订的是英国《工人日报》和美国《群众与主流》,为了学英文并了解一点英美进步文学的状况,因为我的专业是英国文学;后来又订《苏联文学》英文版,目的是想读些苏联小说和剧本——直到"文革"前夕。

　　当时学校里有一处排房:由北向南四间小屋,分别为小卖部、新华书店、订报室和储蓄所。那个大约有五六平米的订报室就归老牛管。订阅报刊,他照例要在邮局统一的订单上开票,填写了姓名、报刊名称、期限、几份,最后写上一个大大的"牛"字,而且把那一竖拉得很长,显示出一个平凡劳动者的小小自豪感。

　　在他那订报室里,靠西墙有一张破木床,摆着种种报刊,报纸一摞一摞码得整整齐齐,在天头上写着订户名字,谁来领报,他顺手就抽出来。当时政治学习重要,每班都有一个学生代表到他那里领报。那时候河大的学生虽没有现在多,可也有几千人,光这一项的工作量就不小,其他方面还有很多事,而老牛一个人都办得井井有条,工作之熟练,记忆力之好,实在惊人——这是他一辈子的功夫。

　　订杂志者大多是教师,老牛一一亲自送上门去。如果你不在屋,门锁着,他便把杂志从门缝里塞进去。像我订的《苏联文学》,相当厚,他也能从门缝或门下的缝隙塞到我的房间里,大概是利用纸张的柔韧程度和厚薄伸缩之间的某种系数,长期琢磨出来的一种办法。每次下班,开开门一眼看见地上躺着一本新杂志,就有一种惊喜、新鲜之感。——这在我当时的逆境之中也算是一种小小的欣慰。

当我称赞他这种本事,能把一本厚厚的杂志硬塞进门缝而又丝毫无损,他有点不好意思甚至带点羞涩地说:"一本外国杂志值好几毛钱,不能有差鏨(开封方言,有差错)!"

老牛是开封人,他在开封该有一个家。可是并不见有什么亲人来看他,每天只看见他一个人在那里埋头发报纸。

他很忙,没有时间说闲话,偶尔也提一下过去的事:他解放前在开封送报,卖过一些进步报刊,特别卖过一个由进步知识分子办的《中国时报》(不是台湾的《中国时报》——作者),当时很受读者欢迎,但也受到国民党查禁,还把他叫去盘问过。但他是一个穷报伕,问问还得放他回来。——这么说,老牛还有过传播进步文化之功。但他只是淡淡提一下,并不当作一回事,因为他不过是靠送报吃饭而已。

偶然碰见老牛的一个私生活场面。一天下午,我到北道门的"福元居"饭店买饭,看见老牛正在那里吃东西。我顺口问他吃什么,他让我看看,是用烧饼夹着一两个小包子——他舍不得完全吃包子,把包子当作包子馅夹在烧饼里吃了。他像一切下层的劳动人民一样,过着清寒、俭朴的生活。我那一问,实在太唐突,至今想来十分惭愧。

从1966年夏到1972年夏,我自己完全陷在"文革"的混乱动荡之中,无暇订报、订杂志,只偶尔看见老牛仍在管他那一摊报刊。

"工农兵学员"入校,我又回到教学当中。当时刊物很少,只有文物考古方面的杂志恢复出版。我从老牛那里订过《文物》和《考古》两种杂志(至今还保存着)。从《文物》中我读到关于马王堆、侯马盟简等考古新发现,特别是关于曹雪芹《废艺斋集稿》和《南鹞北鸢考工志》的文章。这些文章不仅让我自己着实高兴了好一阵,而且轰动了整个红学界,甚至据说还惊动了周总理向日本方面询问曹雪芹文稿的下落。——以后冷静下来,才知道那些资料未必可靠。

"文革"以后,我还在老牛那里订过《化石》和文艺杂志。这时候我发现老牛老了。尽管在我印象里他20多年当中总是那样子:黄黄瘦瘦的,似乎从来没有年轻过,也从来没有过老态龙钟的样子,但到这时候他确实显老了。一个人管着那么一大堆报纸杂志，大概力不从心了。他有时候显得有点烦躁。有一天，我看见他在那里跟一个男生为了什么事发生口角。那个男生大概给他找了什么麻烦，还轻佻地说："为人民服务嘛!"老牛反驳了一句："为人民服务，谁为我服务呀?"从话音中我听出他心里有点牢骚。

与此同时，我听一位同事笑笑地说："别看老牛现在脾气倔，只要宋爱梅去领报，他的脾气特别好!"宋爱梅是我辅导的那班的一个女生，年龄小，代表她们那班领报。我注意了一下：果然，每次她到老牛那里领报，老牛都特别高兴，说话特别慈祥。当时只觉得好笑。今天想想：老牛老了，老年人都有爱幼之心，用今天的话说，他需要一点人文关怀。

老牛大概是1983—1984年"退休"的，不过并没有人给他办退休手续，因为他不是正式职工。离开前，听说他盼望河大能给他一个职工待遇，但限于当时的政策，未能如愿。他是带着遗憾离开的。离开前，他把发行工作的经验交代给一位河大职工，就到洛阳他女儿那里去度晚年了。后来他还回河大来看望过他这位"接班人"，可见他对河大还是有些藕断丝连的牵挂。

老牛离开河大已经20多年了。这中间变化很大。就以报刊发行工作来说，原来老牛一个人担负的全校公私报刊的分发工作，由于商业网和关系网的交叉作用，已经变得非常复杂，而效果未必好。就我个人来说，不定什么时候所订的杂志由于载有某项热门资料而突然说是"丢了"，塞给我一本我根本不需要的什么刊物作为代替;其他比较好看的杂志在收发中也时有丢失现象——这类事情，老牛在时从来没有发生过。老牛为河大送了几十年报刊，离开时，真该给他一个正式职工的待遇。

(2009年4月28日，于淮河医院病房)

政治运动中的孩子们

1957 年 1 月,我从文艺界调到河大,有一天到铁塔公园去玩儿。刚走到一片草地上,突然碰上幼儿园一位保姆带着一群小孩子过来了。这些小家伙一见了我,就把我包围起来,好像见了熟人似的,七嘴八舌向我说起他(她)们各自的心里话。我听不清他(她)们那一片唧唧喳喳,但能感觉到他(她)们有的是在说他(她)自己心里最高兴的事,有的是向我"告状"。谁谁对他(她)怎么怎么,谁是他(她)的好朋友,等等。我觉得好像是碰上了卖小鸡小鸭的人,把大箩筐一揭开,一大群小鸡小鸭一齐发出一片清脆可爱的叫声,令人产生出对幼小者衷心喜爱的心情。那只是几分钟的事。保姆很快把孩子们领走了。我感到一种无法形容的愉快。那些孩子们使我受到一次感情的净化、心灵的洗礼。

凡是心智健全的人都会喜爱孩子——这是人的天性。我那年 30 靠边,童心未泯,很喜欢和孩子们接触。

我这个人,从小就有点傻里傻气,与"世事洞明皆学问"相距甚远。不过,在我的青少年时代,即中学和大学时代,我是进步文艺活动中的活跃人物,有过一段小小的"辉煌"。这说的是解放前。解放后,开始我还有点背"进步包袱",至少没有觉得比人"矮一头"。但政治运动一个紧似一个,人际关系(特别是"领导关系")变得愈来愈复杂,而我这个完全不懂得"人情练达即文章"的人,也就难免陷入"阳谋"。一位老干部私下对人说过:"老实人容易成为运动对象。"根据自己的亲身经历,我觉得这句话说得不假。

我在 1957 年秋季被划为"右派"。开始我天真地认为检讨一番,很快就会"回到人民队伍"。但后来才知道"右派"是一种政治身份,一旦划上,就像古代的犯人,脸上被打上烙印,就成为"不可接触的贱民",凡是"革命队伍的人"(包括那些解放前当过什么"戡乱委员""上校书报检查官",1949年还钻营国民党县长的人)都有权力对我恶声恶气地批判、训斥;从人们嘴里听到的最和善的一句话也不过是:"你要好好改造!"——岂不知这"改造"二字当中包含了多少强加的罪名,不承认就是"不老实",承认了,还要再追逼,直到一个人被迫把缺点说成错误,错误说成"罪行",罪行说成"罪恶",把一个人的面貌彻底歪曲,最后,连自己也不知道自己究竟是什么人了——这是一种什么处境?

耶稣说:"让小孩子到我这里来。"耶稣大概是孤独的。我那些年,在孤独和痛苦之中,也盼望小孩子能到我这里来。因为我对几乎所有的大人都感到害怕,他们随时都会给我伤害和侮辱,只有小孩子不会。但是碰上小孩子的机会很少,尽管也不是完全没有。

最先找到我门上的,是一个叫张林的小学生,一个圆脸、大眼睛、文文气气的男孩子。他来找我,目的很简单,就是问我有外国邮票没有。我们"素不相识",他这样"直奔主题",我也不感到突然,因为小孩子说话都是这样直来直往,不绕圈子,比大人爽快。至于他怎么知道我是外语系的人,外语系的人就一定会有外国邮票,我都没有去想,因为有一个小孩子找上门来,我只顾高兴。凑巧,我倒是真有两张捷克邮票,那是得过布拉格《世界学生新闻》一个征文奖,编辑给我两封信上贴的。他要,我就撕下来给他。能为一个小朋友做一件让他高兴的事,我打心眼儿里高兴。以后,他还来过。我真希望自己多有几张外国邮票给他,可惜只有那两张。他慢慢长大了,还来找我说话,才知道他爸爸是政教系的一位老师,他还有一个妹妹。

一个炎热的夏天,我正在屋里吃西瓜,看见三四个小姑娘在我门口玩。她们当中的两个我认识,是外语系资料室蓝老师的女儿婉宜和静宜。我请她们进来吃西瓜。她们犹豫了一下,看看我,在门外咬耳朵说了一阵悄悄话,然后才进来了——不知道是因为天太热,小孩子毕竟是小孩子,不像大人们那样,动不动就要"划清界限",也许她们经过集体讨论,认为我"还不像个坏人",这才作出了决定。总之,她们吃了西瓜,又高高兴兴地去玩了。我呢,看她们吃了我的西瓜,也比什么都高兴。

1962年,我"右派"摘帽,在会上宣布:一视同仁了。实际上,隐隐约约还有"摘帽右派"之说,类似解除劳教"留场使用",跟别人还是不一样。不过,总算有点人身自由了。这时候，从北京调到外语系几位英文、俄文教师。他们见过大世面，心胸开阔，不嫌弃我，愿意跟我来往。有一位从全总调来的徐翻译甚至对我说："我看你不是坏人，'他们'才是坏人！"（这话我在心里藏了几十年，始终没有敢对别人说。）这样，我才觉得我还是可以与人平等相处的。更高兴的是，他们带来了一群在北京长大的孩子，文明，有礼貌。我就跟这些孩子们交朋友。1964年暑假，我到苏州拜访一位20年不见的老同学，在苏州买了几本旧书新书，又买了一些戏曲面具、小磨子、小木桶等玩意儿。回开封后送给孩子们当中最小、最可爱的那个马艳艳。据她爸爸说，她一拿回家就往小磨子、小木桶里灌水。我还介绍马艳艳跟俄文王老师家的王荣、王越小姐弟做朋友。那时又是一个夏天，王老师的爱人理解我这孤独、爱孩子的心，沏了一壶茶，拿出了几个杯子，让我在树阴下陪孩子们玩儿。我静静地听他们谈话——那是我从划"右"后最难得的一个能安静享受的幸福日子。

"文化大革命"，来势汹汹，以一种无情的力量把我这样的人推入"牛棚"，完全失去人身自由。这时候，住在与我同院斜对门的一个男孩子，天天学着学校里其他系批斗人的口号，叫喊着："打倒反党分子XXX！"好像是在"练兵"。我生怕他练得起劲了，什么时候冲到我屋里来——那不过是一两步之遥。不过，听了多天，他只是吆喝吆喝，对近在眼前的我倒熟视无睹。后来，我明白了：他的母亲，一位个子高高、性格稳重的俄语老师，一定在管着他，不许他乱来。这真是一位贤明的母亲和一个听话的孩子。

以后的几年，是水深火热，不堪回首。直到70年代，从"工农兵学员入校"开始，学校里秩序稍稍安定，才又有小孩子到我这里来。

印象特别深刻的，是一个从农村来的小男孩。他叫小亮，是一位英语教师的儿子，大概有四岁吧，长得虎头虎脑，刚从乡下来，一天闯进我那十来平米的斗室。我把他抱起来，让他站在我的破藤椅上，我坐在床边，跟他进行平等对话。我问他："乡下好，还是城里好？"小家伙挺认真地想了一想，回答说："乡下故事多，城里吃的东西多！"——好一个聪明的孩子，才一丁点儿大，小脑袋瓜已经会总结经验了！

有时候，我正在看书，有两个调皮的小女孩跑进来大喊大叫跟我捣乱，吓唬我。一个叫马玉,一个叫蕾达,都是本系同事的孩子。她们来吓我,我也吓吓她们。我拿起一个拖把,举起来,装着要打她们,她们并不怕,一边跑一边夸张地学着我的样子,她们笑,我也笑,我们一起玩得很开心——在那一刻我把自己在"文革"中的"身份"完全忘记了!

跟孩子们往来的最美好的一幕降临了:一天,两个上海小姑娘突然来到我的斗室。她们是中文系一位老师的一对宝贝女儿,姐姐叫平平,妹妹叫华华,住在我们宿舍前边的一排楼房里。那天她们突然来了,直爽地说:"我们给你跳舞唱歌吧!"于是姐姐为我唱了一首歌,妹妹为我跳了一个舞。我简直受宠若惊。我自然不相信世界上真有天使;如果天使代表着儿童最美好的形象,那么可爱的小孩子也就是天使了。后来平平还来找过我,向我絮絮地诉说华华的一些既可笑又可爱的小故事,好像小姊妹之间还有点什么"过节",不外乎妈妈对小女儿更疼爱、更娇宠一点吧!——以后的以后,她们都长大了,华华爱画画,想找些"美女"照片,我高兴地把一本"小天鹅"挂历送给她;对平平我也帮过一点小忙,她还对我说过她谈朋友方面的事,表示出一种少女的尊严。我说:"对,对,就要这样!"当然,这都是多年以后了。

她们那天为什么突然来为我跳舞唱歌?——这是我至今还想不清楚的事。也许是住得近,看我一个人孤孤零零,出于孩子们单纯的心,对我表示一点同情吧!想到这里,简直催我泪下了。

1976年,我终于有了可以和小孩子在一起疯玩的机会。那年冬天,外语系到辉县"开门办学"。我住在半山坡上,一群山里的孩子,多数是女孩儿,常到我屋里来,一开始是好奇,后来熟了,她们就跟我玩儿猜谜语。她们记得很多谜语,有些我猜不着,请她们写下来。她们就用稚拙的字体写了许多小纸条,都是与山区日常生活有关的谜语。我像搜集民间文学一样,请她们写下各自的名字。

住在山里,看到有些石头样子很特别,自己随手捡了一两块。我请这些孩子们帮我再捡些小石头。她们就领我上山。这些孩子都是爬山的好手,用她们的小手引着我爬到山顶。我累得坐下喘气。她们到了山上,却像鱼儿进入大海,四处奔跑,把捡来的石头送到我面前。我挑出一堆,满载而归;回校时当宝贝似的带了一挎包。(声明:并无值钱之物。)其中我最喜欢的是两块小石头:一块像是带底座的小金字塔;另一块体积很小却气象峥嵘,如果放大若干万倍,便是一座层峦叠嶂、气势雄伟的大山。

离开山区时,我专程到县里买了一批小人书,送给那些孩子们。她们写的那些小纸条至今仍保存在我的笔记本里,她们帮我捡的那些小石头至今还摆在我的书架上,与我那些心爱的图书放在一起。

出了山,回到学校,突然发现:"文化大革命"过去了;再过两年,我那"摘帽右派"的帽子改正了;一个改革开放的新时代开始了!

现在回想起来,我在那些年月就像行走在无边沙漠之中,只有在与孩子们的短暂接触中,我才一次次遇到心灵的绿洲,感受到纯真、正常的人性。除此之外,运动一来,人们或主动,或被迫变成了"披着狼皮的羊"(杨绛之语),向沦为斗争对象的弱势者群起而攻之,其实这一切都是虚假的闹剧:弱者并非有罪的坏人,而人们也并非正义的斗士,不过是"做戏的虚无党"。因此,我在心底特别珍贵地保存着对于那些孩子们的回忆。

啊啊,可爱的孩子们,当我处于痛苦深渊之中的时候,你们天真的欢声笑语,抚慰过我这受伤的心,那是洒在我这心灵沙漠中的甘露,连同我当时熬夜苦读的书籍,支持着我,使我品味到生活中的美好,相信真善美终会战胜假恶丑。你们自己不会知道你们的欢声笑语当时对我多么重要,而且你们现在大概早已忘记了我这个人——这是当然的,因为你们早已长大了,现在或者为人夫、为人父,或者为人妻、为人母,离我很遥远了。我现在已是一个衰病的老人,回顾往日,仍在此默默感谢你们,怀念你们。所遗憾的是,因为年龄距离小孩子太远,再不能和孩子们平等地谈谈话、玩一玩了。

(2009年5月3日,于淮河医院病房)

珍 惜 青 春

普希金 14 岁写诗,就使得当代大诗人捷尔查文大为震惊。拜伦 17 岁写诗,就被评为"幼狮的怒吼"。雪莱在牛津上大一时,就写出了惊世骇俗的《无神论的必要性》。恩格斯 24 岁就写出《英国工人阶级的状况》,还和 28 岁的马克思共同写作《共产党宣言》。胡适 24 岁就当了北大教授。郭沫若 28 岁时受恩格斯《家庭、私有制和财产的起源》一书的启发,写出了用历史唯物主义研究中国古代社会的开创之作《中国古代社会研究》。

普希金(旧译:普式庚)画像(高中时代的文学偶像)

自古英雄出少年,何也?因为人在青春时代,精力充沛,才智焕发,一旦找到突破口,就像清晨的太阳,喷薄而出,发出灿烂的光芒,照亮人间。古今中外杰出人物的表现,不过是人在青春时代的潜力所流露出的冰山一角。我不否认,人的才能有高下之分;但我相信,每个人的青春时代都是他一生中的"天才时代"。对于早熟的天才,那是他们初试锋芒、脱颖而出的阶段;而对于一般人来说,这个时期则是他们一生中最重要的"原始积累阶段",需要通过学习、历练,为自己一生的事业打下坚实的基础。关键在于自尊自强。且以具备高中毕业条件的青年来说,这时是人生一大十字路口,立志极为重要。立志就是树立自己的人生目标。此后无论是上大学或为谋生而就业,需要十分明确学习的重要性(即使天才也需要学习)。至于学习的内容,则或读书进修、钻研学问,或学习某种技能、艺术,根据个人兴趣爱好、能力优势而定,均无不可。此时需要专心致志、锲而不舍,切忌过分急功近利,总想"一嘴吃个胖子"。但"天道酬勤","精诚所至,金石为开"。哪怕一时默默无闻,只要功夫扎实,水到渠成,总有一天会成功的——其中并无什么"窍门",一切都是非常现实的、"物质的"。

　　且以"文革"时期的知识青年而论,不管是上山下乡或是留在本乡本土,当时的环境条件都很艰苦:回城无望,招工机会极少,只能在艰苦条件下劳动,而且缺衣少食,连精神粮食也匮乏。但是,有一部分知青,不甘心于这种无望状态,在困难中千方百计找书、抄书、读书,并且形成自学小组,在默默中提高自己。一旦"文革"过去,他们当中有些人在创作上或治学上卓有成就,成为改革开放新时期的人才尖子,为人瞩目。追溯根源,"文革"时期的自学便是他们的"原始积累阶段"。

　　今天的青年处在一个和平建设的大气候当中,环境条件、成功机会,从总体上比"文革"中的知青要好得多。他们也许会说:为什么还是这样不如意呀? 要知道,任何时代、任何社会,都不可能为每个人一生下来就铺好一条舒舒服服的成功之路。路是靠自己去找的,甚至如鲁迅先生所说,要在没有路的地方踏出一条自己的路。事实上,从眼见所及,至少在人文学科方面,当代已经出现了一大批杰出的青年才俊。他们是国家宝贵的人才,也是青年人瞩望的目标。我作为一个八旬老人,也为他们感到高兴和骄傲。

　　为了祖国的未来,从社会、学校方面应该采取切实措施,保护我们的花季青少年。从他们自己来说,也要提高素质,提高觉悟,爱护自己,保护自己,警惕社会不良因素的侵袭和伤害,使自己健康成才。

　　生命,对每个人只有一次。特别对于青少年来说,生命是个人最宝贵的财富,应该珍惜。当我听说男女青年,甚至少年人,或因恶势力伤害,或因个人生活中出现什么烦恼痛苦而轻生自杀,我便感到痛惜。作为一个八旬老人,不禁向青少年们呼吁:珍惜青春!

　　　　　　　　　　　　　　　　　　(2009 年 5 月 10 日,于淮河医院病房)

英国艺术家想象中的少年莎士比亚

一、一幅莎士比亚画像的来历

这是 13 年前的事了。1996 年我到洛杉矶参加世界莎学大会。大会期间有一个书展，除了展出琳琅满目的莎学图书外，墙上还展览着一套 8 大幅彩色铜版连续画《威廉·莎士比亚先生的生平和时代》。一位中年人站在画下张罗卖画。我想他就是这套连续画的作者了。画每张 500 美元，我自然买不起。但我喜欢版画，就跟他聊起英国的木刻版画，谈得很投机。我看他衣服穿得有点寒素，不禁想起 18 世纪之末一生贫困的浪漫派诗歌先驱和著名版画家布莱克，冲口说了一句："希望你能像威廉·布莱克那样伟大，但不要像他那样穷！"他很感动，和我交换了名片，送给我那套铜版连续画的彩图说明书，还把另一本假托莎士比亚少年时代的日记《威廉·莎士比亚君亲笔手记》，签上"Graham Clarke"（格雷厄姆·克拉克）的名字送给了我。

认识一位英国版画家，我特别高兴。当时我的《英汉双解莎士比亚大词典》的工程已进行一半，我看到剑桥版《新莎士比亚全集》纸面本上有毕加索的一幅大写意莎翁画像，夸张而传神。我很希望也有一幅类似的莎翁画像，用到我们这部词典的硬布封面上。但到哪里去找合适的画像呢？事有凑巧，回国后，我仔细看版画家的作品，发现他那铜版连续画的第五幅《美人鱼酒店的客人们》，画着莎士比亚正伏在桌旁手持鹅毛笔凝神写作，非常精彩，如果能把他这个半身像连同鹅毛笔、墨水瓶和啤酒杯一起复制下来，那正是我们这部词典封面上所需要的莎翁画像！

既然在莎学大会书展上认识了这位画家，我就按照名片上的地址给他写信，除了叙叙在洛杉矶的幸会和对他作品的感想，还提出请他照上面说的那样画一幅莎翁小像。很快收到画家的回信，开头是这样写的："在洛杉矶的大会似乎闹了一点奇怪的误会，因为我当时并不在大会现场，你在那里所见到的乃是我在美国的代理人涅维尔·朗格里。……但是，无论如何，那次误会总算把你介绍给真正的格雷厄姆·克拉克本人。"——原来我在洛杉矶书展厅仅凭个人直觉，没有细问，把画家的代理人当作画家，闹了一个大误会，而画家以英国式的幽默把误会消除，还亲笔签名、再送我一本他自己代莎士比亚拟作的《威廉·莎士比亚君亲笔手记》，同时也寄来他按照我的要求所特别画出的莎翁手持鹅毛笔凝神写作的画像。该画像后来烫金用到《英汉双解莎士比亚大词典》的绢面硬纸封套上，成为我们这部词典的一个艺术标志。

这时我才知道格雷厄姆·克拉克先生是当代国际知名的版画艺术家，在英国东南部肯特郡开着一个以他为主的家庭版画作坊，他的铜版画销售于欧洲、美国和日本，有些已经成为收藏家的藏品。他和他的妻子、女儿等亲人在肯特郡过着优裕幸福的生活，绝不像布莱克那样一生贫困——在这方面我是大大地误会了。

我非常感谢这位尚未见面的英国艺术家，对他特为词典所绘制的那幅有独特风格的莎翁画像，通过出版社寄给他两部词典、三部汉唐画像集和中国民间年画集，作为回报。

二、爱汶河畔的一个淘气、胡闹的少年

后来，我细看格雷厄姆·克拉克先生赠给我的《威廉·莎士比亚君亲笔手记》(*W. Shakespeare, Gent. , His Actual Notebook*)一书，发现这是一部妙趣横生的画册——假托少年时代的莎士比亚随意写写画画的一本"亲笔"日记，其中充满了英国式的幽默和大胆的艺术想象，而这种艺术想象又是在深刻研究伊丽莎白时代的历史、社会、风习、文化、艺术等背景的基础上才能发挥出来的。特别奇妙的是，格雷厄姆·克拉克先生还摹仿伊丽莎白时代的书法和文体、模拟着少年莎士比亚的口气，用第一人称(像哈克贝利·芬似的)活现出莎士比亚小时候的聪明、活泼、淘气、胡闹以及少年时代初试戏剧写作的涂鸦;还插入许多独特的画面，例如莎士比亚家乡斯特拉福德的迷人风光，他与伊丽莎白女王的巧遇(大概是出自画家想象)，等等。我十分喜爱这本既有艺术价值也有学术价值的

画册,觉得应该把它介绍给我国读者。

首先,解释一下书名:*W. Shakespeare, Gent., His Actual Notebook*。书名就大有含意。这是艺术家假想中莎士比亚在少年时代所写的一本日记。莎士比亚的父亲约翰·莎士比亚本是爱汶河畔斯特拉福德镇的一个商人,非上等人士,更非贵族。但少年莎士比亚偏要在自己姓名 W. Shakespeare 后面标上一个身份略语 Gent.(等于 Gentleman),摆出一副"绅士"的派头,表示不甘人下;His 在此等于's。所以,*W. Shakespeare, Gent., His Actual Notebook* 就等于 *Gentleman W. Shakespeare's Actual Notebook*(绅士威廉·莎士比亚的亲笔手记),暂译为《威廉·莎士比亚君亲笔手记》。

斯特拉福德镇语法学校的古板老校长

现在我们就来看看,这本奇妙的小书里写写画画的究竟是些什么内容吧!为了叙述方便,且按书中的顺序一个画面、一个画面来描述。

1. 第一页开头的标题赫然写着"Expelled from the damn grammar school at last"(终于被那个该死的语法学校开除了)。故事说的是少年莎士比亚在他家乡爱汶河畔的斯特拉福德镇的语法学校上学。他淘气、调皮,爱摹仿那位古板老校长的说话、动作,学得太像了,还对一群同学表演,小学生们大大开心,向他欢呼:"你将来一定会登上舞台的!"校长一怒,把他开除了。莎士比亚倒高兴自己获得了自由。回到家,他父亲说:"威廉,我不知道你的一生'历史'究竟会成为一场'喜剧'还是一场'悲剧'。"

2. 莎士比亚的母亲叫他去找他姥爷"阿登园艺肥料公司"老板,说姥爷喜欢他,会给他找个挣钱的活儿干。但老阿登似乎并不怎么喜欢他,只塞给他一个先令,叫他走得远一点儿,因为他曾经把一车马粪倒在一位贵妇人的宅子门口,惹下很大乱子。莎士比亚只好到他父亲的肉店做一个小售货员。他每天挎一大篮香肠、火腿等等,送到镇上各个酒店旅馆;后来弄到一辆手推车,才把"那个该死的篮子"扔掉了。

推车送肉的莎士比亚

3. 莎士比亚的兼差是把肉店里拔下的鹅毛卖给文具店做鹅毛笔。为此他去找"卡克斯顿活字印刷及文具百年老店"的老板。老板自称是英国活字印刷之父威廉·卡克斯顿的亲孙子，莎士比亚马上表示相信，说："那太好了！"但当莎士比亚问道："能给我找个活儿干吗?"老板却说："不行，孩子。你的拼写太糟糕了。我还要在余生过得安静一点呢。"

"卡克斯顿活字印刷及文具百年老店"的老板

4. 找不到轻松、文雅的活儿干，莎士比亚盯上了当地贵族卢西爵士的鹿苑，趁月黑风高，以夜晚画速写为名，进入卢西家的鹿苑偷猎，杀鹿卖肉。他的名片自称"鹿肉商人"（"Merchant of Venison"，双关"Merchant of Venice"），"现金交易，概不赊欠"。

月夜鹿苑偷猎图

5. 莎士比亚在卢西爵士的鹿苑偷猎，遭到了麻烦。一天晚上他去偷猎，被管理员逮住，还说他："你这个小坏蛋，干这种勾当被我抓住，已经是第十二夜（双关莎剧 *Twelfth Night*）！这一回，我要带你去见卢西老爷，他一定好好收拾你。"莎士比亚向他讲了一通等级制度之害，并指出打小孩子耳光的危险性，但没有用。

偷猎失败，莎士比亚又盯上了盛产鲑鱼的"可爱的爱汶河"，改而偷渔，但鱼也有其主人。渔场看守是吝啬鬼歇洛克（双关 Shylock），瞅见莎士比亚的袋子里露出一条鲑鱼尾巴。塞给他一磅鱼，这才脱身。

莎士比亚想象中的剧场——"环球剧场"

可爱的爱汶河

6. 莎士比亚的浪漫史。某晚，莎士比亚做了一个"仲夏夜之噩梦"（双关 *A Midsummer Night Dream*）：那个姓哈撒韦的女人提出要和莎士比亚结婚，他父亲答应了。噩梦成真：莎士比亚真和她在教堂结婚。这时才知道她的全名叫安妮·哈撒韦。

市场上的业余演出

7. 莎士比亚的早期戏剧活动。莎士比亚的父亲差他到邻近牛津郡启平镇办事。他在镇上喝啤酒、吃点心，并看了一场业余戏剧演出。他创作激情勃发，写了一部"欢闹的喜剧"——属于少年人的幼稚涂鸦。他还设想过一所新式剧场——"环球剧院"。

8. 伊丽莎白女王要访问爱汶河畔的斯特拉福德，莎士比亚在"黑天鹅"旅店等候觐见。女王的马车一来，他就学沃尔特·赖里爵士那样，把自己的上衣铺在水坑上，让女王踩过去。莎士比亚如此忠心，不但没有被女王封官赐爵，反挨了女王的车夫一记耳光，女王也用一种奇怪的眼光斜视着他。不过伊丽莎白女王还是和莎士比亚说了话，鼓励他到伦敦。

伊丽莎白女王

9. 到伦敦去。莎士比亚在卢西爵士的鹿苑偷猎、在爱汶河上偷渔，一一失败。卢西爵士在酒肆、饭店、旅馆都张贴告示，禁止莎士比亚在这些公共场所出入。生路断绝了。幸亏有一个巡回剧团到斯特拉福德演出，要回伦敦。莎士比亚搭上剧团的马车，到伦敦闯世界！

本·琼生在"亲笔
手记"上的批语

随剧团到伦敦

上面说的是画册《威廉·莎士比亚君亲笔手记》中的一部分主要内容。但这部画册是由画家摹拟早期近代英语的文体和书法，配以独特而优美的图画，三位一体、浑然结合的作品，无法用几句话把它那奇妙的内容全部描述出来。

这部画册的另一重要内容，是以莎士比亚和本·琼生为一方，以弗兰西斯·培根和克里斯多夫·马洛为另一方的对立关系。这需要稍费解释。

问题的核心是莎士比亚对于莎剧的著作权。这本来不成问题。莎剧,莎剧,当然是莎士比亚写的剧本了。但19世纪有人公开发难,20世纪仍有人提出,对莎剧作者究为何人表示质疑,主要是"培根说",还有"马洛说"等。但莎士比亚的当代人所提供的内证、外证甚多,莎士比亚对于莎剧的著作权是举世公认的。但"天下本无事,庸人自扰之"。不和谐之音仍偶有所闻。《威廉·莎士比亚君亲笔手记》作者对于这一"无事生非"现象用谐谑手法进行了艺术处理:他把莎士比亚、本·琼生、培根、马洛假想为从小在当地一起长大的几个男孩子,让他们互相争吵。本·琼生是莎士比亚的"铁哥们儿",在他这本"亲笔手记"上写批语表示赞赏,莎士比亚也写了4行诗夸奖本·琼生。培根则在当地少年中是莎士比亚的"对头",马洛跟着他起哄。培根跟莎士比亚捣乱的手段,就是偷偷在他这本"亲笔手记"上到处印上他(培根)的"小红猪"印记。(按:培根的名字Bacon,在英文中另有"咸猪肉"之义。)培根的捣乱发展到在莎士比亚这本"亲笔手记"的最后空白页上正式签字声明《威廉·莎士比亚君亲笔手记》是他替莎士比亚写的。画册作者以小喻大,对怀疑莎士比亚著作权之说幽了一默。(画家也接着在下面加上按语,声明《威廉·莎士比亚君亲笔手记》不是培根写的,而是画家的创作。)

本·琼生像及莎士比亚所写本·琼生颂诗

　　玩笑只是玩笑。莎士比亚的著作权不容随意否定。培根在学术思想史上的地位,马洛在英国戏剧史上的地位,也都不能否定。这是两码事。只是不要把两码事搅在一起,淆乱视听。

三、余话

　　全世界爱好莎剧的人都想知道他生前的真实事迹。关于莎士比亚的生平活动,当代人留下不少记录。不过这些记录写的都是他从家乡爱汶河畔的斯特拉福德到伦敦,成为剧团演员、编剧和诗人之后的事。而关于他去伦敦之前的青少年时代在家乡的生活状态,则是一团迷雾。后人只能从很少的口头传说中去寻找一点蛛丝马迹。

　　版画家和书法家格雷厄姆·克拉克,凭着他对于莎士比亚的挚爱,凭着他对于莎士比亚家乡斯特拉福德当地风土人情的了解,凭着他对于莎士比亚时代的历史状况、语言文字和书法风格的研究,借助于很少的口头传说,大胆驰骋他的艺术想象和生花妙笔,创作出这部摹拟少年莎士比亚"亲笔手记"的戛戛独造的幽默画册。

这是一种典型的英国式的幽默。

幽默是一种非常微妙的东西,它的产生需要特定的土壤、气候和个人气质。幽默也是在日常生活中偶尔巧遇的一种内心感悟,使得机智在瞬间像火花似的猛然一闪,very elusive,稍纵即逝。用文字描述已属不易,用绘画表现,更加困难十倍。也只有像格雷厄姆·克拉克这样的英国艺术家,才能创作这么一部图文并茂的奇书。只要对于这部少年莎士比亚"亲笔手记"中的书法、文体稍下一番研读的功夫,再看看书中那些优美而特有风趣的图画,读者都会从内心发出一阵阵微笑,体会到什么是英国式的幽默。

(2009 年 5 月 12 日,于淮河医院病房)

小丁逝世随感

从 CCTV4，得知小丁（丁聪先生）逝世，播出中外媒体种种报道。想起 64 年前，即 1945 年 7 月间，到重庆考学，买过他画的一本《阿 Q 正传插画》，由成都刻工胥叔平雕在木版上印刷，前有茅盾的序，说艺术家多是长头发、不修边幅、形容憔悴，但小丁给人的印象却像一个健康、活泼的年轻运动员，并希望抗战胜利回到上海，仍用现代技术把他的漫画好好印出来。书后有吴祖光的跋，则说他们几位作家艺术家和小丁在一起时，徐迟有一套原文莎士比亚全集，小丁翻阅其中的插图，受到启发，产生了为《阿 Q 正传》画插图的念头，并很快绘制出来。此前，丰子恺先生画过一套《阿 Q 正传》插图，开明书店出版。丰先生是浙江人，对未庄

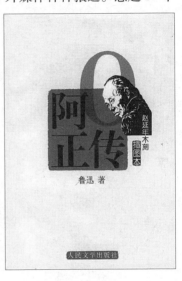

《阿 Q 正传》书影

的风俗人情更熟悉，但我觉得小丁的这一套插图从内容上说更深刻一点。

《阿 Q 正传》插图

解放以后，小丁和一批在京作家一起被划为"右派"，并同到北大荒劳动多年。劳改生活中，他曾为聂绀弩画过一幅《老头上工图》，今见于聂老诗集。改革开放的新时期则是小丁漫画创作"返老还童"的兴旺繁荣时代，作品极多，不胜枚举。寒斋有其与陈四益（撰文）合作之《瞎操心》一书，针砭时弊，发人深

省。小丁 1957 年获罪,想是由于漫画触及时事;而现在又说"瞎操心",或因如今种种不良现象,已非文人画家之笔所可疗救,故而失望,"瞎操心"而已。

斯人已逝,作品犹存。65 年前所得之《阿 Q 正传插画》倘仍在手中,当是一件宝贵文物了——不知道后来在上海重新出版了没有。

(2009 年 5 月 31 日,于校医院)

读《金蔷薇》

　　爱好文学的人,特别是喜欢动动笔写作的人,读了《金蔷薇》这本书而无动于衷的大概没有吧? 不过这本书到我手里十分偶然。1963 年的一天,开封新华书店外文部到河大来卖书,一张长案子上摆满了苏联版的英文书。书不少,大概是清仓处理,据说是我国拿农副产品用换货方式交换进口的,所以便宜。我看了看,全是文学书,尤其使我高兴的,有两本果戈理的作品:《狄康卡近乡夜话》和《密尔格拉得》。我上高中时读过《死魂灵》《外套》和剧本《婚事》,对果戈理非常喜欢;那两本书正是多年以来求之不得的,立刻买下了。两本书装帧考究,封面图案采用乌克兰风格,书中附有插图,买来后就成为我的心爱之物。另外还有两大卷别林斯基和杜勃洛留波夫的评论文选。读俄罗斯文学常碰到别、车、杜之名,他们都是在沙皇专制压迫下的进步批评家,平常很有好感,所以这两巨册也买下了。只是"别、车、杜"是 3 个人,而书只有"别""杜"而没有"车",未免稍稍遗憾。但是,买这类"处理书",正如逛旧书店,有啥买啥,无法求全。所以,这一"别"一"杜"至今仍然高踞在我的俄苏文学书架上。

　　书买了要看。我首先看的自然是果戈理的书。《狄康卡近乡夜话》是一部充满了欢声笑语的故事集,一开头那篇"养蜂人潘柯"的开场白就看得我哈哈大笑。《密尔格拉得》的内容则是"玩儿深沉的":那篇《魏》(又译《维易》)是一篇鬼故事,一天晚上,我读到最后,一群魔鬼突然向那个神学院学生扑来,吓得我毛骨悚然,不敢关灯睡觉。但果戈理是一个大题目,暂且不去说他。

　　至于《金蔷薇》(*The Golden Rose*),夹在这一大批印装讲究的高文典册之中,只是一本不起眼的小书,虽然也有一个硬纸封面,但装帧简陋,除了书前一幅作者照片,根本没有插图,版面没有什么吸引人之处。说实在话,我只是看 *The Golden Rose* 这个书名,有点好奇,价钱只有几角,就随手买下,一直放在木箱里未动。直到"文革"后期，偶尔拿出来翻一翻。但是打开书，第一篇，*The Precious Dust*(《珍贵的尘土》)，就把我迷住了！接着，一口气把书看完。然后，再想想这是一本什么样的书。按照头脑中认为的文学书分类法，这应该是"文学评论"。可是，世界上竟有这样的"文学评论"，竟把文学创作中关于题材、构思、想象、灵感、写作环境氛围、写作习惯方式，甚至标点符号等，都写成了一篇篇故事、小说。这太精彩了！

那时候，怎么说呢？我还有点野心，还想有朝一日搞创作。所以我把这本书当作"枕中之秘"，读了一遍又一遍。多年之后，我已经不搞创作了，但《金蔷薇》这本书对我仍然保持着它的吸引力，因为我心里仍保持着对文学的挚爱，因为爱好文学乃是一种终身的欢乐。

现在我想谈谈自己对于《金蔷薇》的感受。但是，犹如面对姹紫嫣红、繁花似锦的一座花园，印象多而且乱，言不尽意。只好举出感受最深的3篇，作为例子，略抒己见。

开头第一篇《珍贵的尘土》(*The Precious Dust*)讲的是创作题材的积累，但没有谈理论，而是从一个人生故事讲起：一个卑微的巴黎清洁工，在每天清扫垃圾的平凡劳动中，从珠宝店扫出的垃圾里，每天把一粒一粒的金屑点点滴滴收集起来，筛去杂质，只留下纯金微屑，积攒到足够数量的金粒，打成一块金锭，最后铸成一朵金灿灿的蔷薇。这是作家劳动的象征。作家就是这样，从自己一生当中把自己对于生活所观察到、体会到、思索过的人世百态真情实感，一点一滴积累起来，直到有朝一日积攒成作品的题材，创作成为一篇小说。

但金蔷薇的故事还没有完。这个卑微的清扫工，靠着一生心血劳动的积累所铸出的金蔷薇，是想奉献给他所心爱的一位小姑娘的，可是当金蔷薇铸成之后，那位小姑娘去了美国，不知所在。最不幸的是，当清扫工在孤独中默默死去时，他那一生心血所铸的金蔷薇却被一个珠宝商窃走发财致富去了。这又象征着文学劳动的悲剧性。这使我想起古代在战乱、贫穷、困苦中默默从事写作的文人，他们一生辛辛苦苦写出的书，无钱刻版印行，只能以手稿形式传抄，一旦毁失，则永无下落，幸而保存下来，几百年后才在破摊上被人发现出版，为书商赚钱，甚或以"天价"拍卖，都与作者本人无关了。这一类"明珠暗投"的事，在今天仍然存在，只是表现方式不同。但严肃的文学创作薪传不绝，支持着在艰难困苦中发展的文学事业。

《心上的刻痕》（*The Heart Remembers*）讲的是创作前的原始感情积累。作家创作之前，并不需要像写科研论文那样先具备详尽的书面资料，才能动笔——那样对于创作反而是个累赘。对于创作来说，最重要的是心中留下的某种感情积累及其所引起的创作冲动。最明显的是回忆类散文的写作，非有感情积累不可。但不仅是回忆类散文，小说创作也是如此。《金蔷薇》作者巴乌斯托夫斯基举出他一个短篇小说的创作经过作为说明。某年秋天，他到内地一个偏僻小村隐居写作，住在一位已故版画家所留下的宅子里，同住的只有版画家的女儿，一个曾经风光无限、见多识广而现已风烛残年、在孤独中度日的老太太。时届深秋，乌云，破败的老宅子，无人照管的后花园，多雨的森林，室内零零落落悬挂的几幅旧版画，氛围是阴郁而寂静，作者陪着老太太到后花园去重温她已逝的青春年华，最后老太太在思念远在大城市的女儿之中病危，只有作者替她打电报催女儿速归，但女儿迟了3天才归来，老太太已在作者主持料理下埋葬。——这一连串的背景、氛围、感情积累，促使作者后来写出短篇小说《电报》。

我自己的创作经验不多，但也写过几篇小说，对于感情积累也是有点体会的，尽管不像巴乌斯托夫斯基说得那么深沉复杂。我学生时代写过两篇小说。第一篇的内容与我舅舅有关。我舅舅是一个很有意思的人。他虽是一个平常的小市民和小职员，文化也不高，但人长得帅，也聪明能干，人缘好，一生过得潇洒。他有个姓姚的同事兼邻居，一个四五十岁的小老头；某年豫北闹灾，一个中学女生随父母逃荒到郑州，他利用经济优势，乘人之危，娶这个女生为妻。开始，"嫁鸡随鸡，嫁狗随狗"，倒没有什么，还生了一个女儿。但时间长了，这个年轻媳妇见我舅舅长得一表人才，心里就发生了不平衡，对她的丈夫时时流露鄙视、不满。她丈夫也开始对我舅舅嫉妒、防范、拒斥、禁止来往。最后闹到夫妻为此经常吵架。不过，我舅舅和这个女人之间也并没有什么特殊关系，只是那个人心里有鬼（那一对夫妻在解放后才离婚）。这件事，我小时听大人们传说，随便听听。上高中时，我读了一些外国文学作品，突然意识到：这不是一篇小说的题材吗？于是坐下来用三两个钟头写出我的第一篇小说《陶发鸿》。从感情上说,我很讨厌那个乘人之危而又猜疑嫉妒的老头子,同情那个被灾荒所迫嫁给一个老头子的中学女生,并且很欣赏我舅舅这种风流倜傥的小伙子。这篇小说寄给重庆的进步杂志《学习生活》,准备刊登,大概编辑认为小说可以用来暗示讽刺国民党在抗战期间"占着茅坑不拉屎"、嫉恨共产党能得人心吧!可惜刊物很快被禁,小说退回,发表在我和同学自己办的一期小杂志《驼铃》上。

上高中时,我们那个中学的校长是一个国民党党棍,压制思想,迫害学生,贪污学生的伙食费和教师的薪水,我们的数学老师冬天穿一件单衣教课、冻得发抖,我们的英语老师穷得揭不开锅、找校长下跪求助,反被他训斥一顿,因此大家对这个横暴贪污的校长非常不满。但是学校训导处一个职员关某每周挂一块小黑板,宣传当时统治者的"礼义廉耻,国之四维,四维既张,国乃富强",或者"仁爱为立身之本,忠勇为爱国之本,孝顺为齐家之本",那一套迂腐大道理。关某这个人总是板着面孔、从没见他笑过,每周照例把他那训人的小黑板挂出来,一次不缺。训导处有一座老挂钟,日夜慢悠悠地滴答滴答。学校里上课、下课以一个老号兵吹号为准——这个老号兵神经兮兮,有时把开饭号吹成了冲锋号。高中时所感受的这种特殊的环境氛围留在心里,印象很深。我当时很欣赏果戈理的小说,在上大学时把这一切经过构思,写出小说《训导员郭茂生》,把这个训导员写成类似《外套》中那个可怜的小职员:他死心塌地为统治者效劳,而自己薪水很低,过着贫困的日子,生活实在熬不过去了,向校长求助,满以为会得到垂怜,反挨了一顿臭骂,本来身体就不好,连气带病,一命呜呼了。结尾,我使用了一点超现实主义,在他死的那天晚上,老号兵突然发了神经,在半夜里吹起了吃饭号,把学生们从梦中惊醒,又听见训导处的挂钟慢悠悠地敲响了13下!

一个搞创作的人不能麻木不仁,必须对生活敏感、关心人、对人有爱心。这样,他在个人生活中感触最深的人和事就可能在某一时刻成为他创作的好题材。

多年前,有位作家曾经对我说:"写小说,要会编故事。"当时我相信他这句话。但读过《金蔷薇》后,我觉得他说得太简单了,至少不确切,应该说需要具有个人天赋与生活本身自然相结合而产生的艺术想象力。

《夜行的驿车》用伟大童话作家安徒生来说明什么是想象力。安徒生的独特想象力是举世闻名的。据挪威作家般生的儿子回忆,他小时候,安徒生在他家做客,一场暴风雨夜晚摧折了后园的一棵大橡树,次晨安徒生抱他坐在树上说:"这棵大橡树可不是平平凡凡的树!"随口给他讲了这棵大橡树一生的历史,让小男孩听得入迷。

《夜行的驿车》是另外一个故事。安徒生到意大利旅游,夜晚乘驿车从威尼斯到维洛纳去。半路上,3个农村姑娘,妮可林娜、玛丽亚、安娜,搭车同行。安徒生在漆黑的驿车中能从3个少女偶尔流露出的声音、动作中体会到她们每个人的性格,并且以"流浪诗人"和"算命者"的身份推断她们每个人的一生命运和各自不同的幸福道路,说得姑娘们心服口服,下车时用不同方式的吻别对安徒生表示感谢。

安徒生这种非凡的想象力,既来自天赋,也来自他对妇女儿童的爱心,因为有爱心,才能体贴入微。当然,还少不了素日对人情的了解。

大致说来,除了一般必备的知识和文学技巧之外,作家本身的记忆力和想象力是非常重要的。

以上这些,只是我个人关于《金蔷薇》的点滴体会,远远不足以说明这本书的奇妙动人之处。只好推荐给每一个爱好文学创作的人自己去看。

(2009 年 6 月 13 日,于校医院)

哈利·波利特的母亲

不知怎么,想起了哈利·波利特这个人。

需要说明,哈利·波利特与童话人物哈利·波特无关。(当然我也不反对读《哈利·波特》。)哈利·波利特是前英共主席。我在 20 世纪 50 年代中后期,一方面因为政治感情,一方面也因为学英文,订阅了一段英共所办的《工人日报》,想学一学那普通英国劳动人民所使用的朴素英文。与此同时也读了一些哈利·波利特的自传资料。从这些阅读中,我得知他的一些轶事。

波利特是工人出身,虽然被选为英共主席,但生活作风朴素家常。他与英国工党左派人士贝凡(时任英国卫生部长)私交不错。贝凡死后,他在悼文中津津乐道他和贝凡在一次会晤中曾以"鲑鱼三明治"(salmon sandwich)当作工作午餐。(我可能因为嘴馋,特别记住了这个细节。)至今使我不忘的是波利特关于他的母亲的记述。波利特是普通产业工人出身。他虽然成为英共领导人,他的母亲却一直对他严格要求。有一次,英国的坎特伯雷大主教约翰逊(绰号"红色大主教")夸波利特的英文写得好。波利特很得意,向他母亲夸耀。老太太听了,马上指出他在哪一次演说中有个语法错误,并说:"你那位大主教该死!"(这当然是半开玩笑。)另有一次,在党的会议上,波利特的地位处于劣势,有下台的可能。老太太给他写信说:"你的劳动工具,我一直用机油擦得光光的,随时可以使用!"何等光明磊落!

关于英共,我知道得很少。波利特的名字,我最后是从 1960 年左右的《人民日报》看到的。赵毅敏代表中共中央参加英共代表大会,波利特还在做报告。他的继位者好像是约翰·高兰。1996 年 4 月我在洛杉矶参加第六届世界莎学大会,讨论组长吉尔南·瑞安(剑桥莎学教授)告诉我他是原英共党员,苏联解体之后,英共已解散了。我听了,稍觉黯然。我不知道,英共"修"了没有。但我觉得波利特的母亲真是一位有无产阶级精神的老太太,值得为她竖起大拇指。

印象中,英共《工人日报》语言朴素而不枯燥,继承的是从"钦定本圣经"、班扬、斯威夫特、菲尔丁、科贝特、萧伯纳、奥威尔一路传下来的朴素文体(simple style),读起来很舒服,并非那种干巴巴、俗不可耐的"报章文体"(journalistic writing)。作为党报,它当然有自己的立场。但是《工人日报》的内容并不"泛政治化",每天头版头条并不都是领导人的长篇讲话(不知道是不是因为还没有当上执政党),版面平易近人,甚至很"家常",很平等。有一次,头版开展一项讨论:"工人该不该读圣经?"著名学者克里斯多夫·希尔(当时是党员)著文说该读,列举了许多理由。第二天,一位工人写文章反驳说:难道让工人们礼拜天都到"主日学校"上课吗?——这种平等讨论的办法很好。

有一期《工人日报》头版登了一幅有趣的照片,拍摄的是丘吉尔的书房一角,他那出名的大礼帽盖着一份《工人日报》。这幅照片的宣传效果是:看吧,丘吉尔也在读《工人日报》。现在想想,并不那么简单,这幅照片表明:对立双方都在盯着对方的动向。

当时,苏共二十大赫鲁晓夫秘密报告所引发的震荡余波未已。《工人日报》登过一篇报道,关于"大清洗""大审判"中斯大林等人对于即将处决一些老革命的批示,记得莫洛托夫跟在斯大林之后的批语是"政治娼妓"(political prostitutes)。我看时,不禁大为震惊,心想:平时敬仰的苏联领导人怎么会使用这种语言?

在1958年,已是赫鲁晓夫执政,帕斯捷尔那克的《日瓦戈医生》获得诺贝尔奖金仍在苏联闹得沸反盈天。但《工人日报》只在第二版登了一篇相当客观的报道,并未随着苏联的舆论对之口诛笔伐,态度比较冷静持重——这也许就是一种英国特色。

读英共《工人日报》,已是51年前的事了。当时读过两年之后,还很爱惜地装订了两大本,想保存下来。但从1958年我被划"右派",接着是"大跃进""三年困难时期",在饿得发慌之中,把这两大本《工人日报》拿到废品店卖了,买了十来斤胡萝卜,傍晚回到斗室,连土也不擦,一根接一根吃完。现在只留下这些零星的回忆片段。

关于英共还有一件事:在20世纪50年代早期,英共译过一部《毛泽东选集》4 卷英文版,这自然是国际主义的友好表示。但后来听说我国对于英共的译本有意见,没有把毛主席的文风译出来,因此组织我国一批高层英语专家(包括钱锺书)重译,结果就是直到"文革"期间才出齐的《毛泽东选集》英文版。——这是题外话。

(2009 年 7 月 8 日,于校医院)

河大校门外的书店

一

过去河南大学只有一家书店，那就是新华书店河大支店，几十年中设在校内，与邮局、储蓄所并排毗邻，但印象中营业方面从来没有红火过，只是作为不可缺少的一个附带设施一直存在着。直到 20 世纪 90 年代初，学校整顿校区，让新华书店支店迁到河大南门外以东的街上，仍与邮局相邻。此后偶到邮局发信，顺便拐进书店看看，似乎更冷落了，几乎不见顾客。想一想，这也难怪，因为新华支店的书是从市店选来一小部分，数量不多，又要分门别类，照顾方方面面，不免缺乏特色，难以吸引读者。教师学生尽可在星期天到市店看书、买书。所以，这个书店只好落落寡合地退居偏僻一角，而且，我很久不到那一带去了，书店是否仍然存在也不知道。对此我绝无幸灾乐祸之意，倒是有点感慨，因为我在河大几十年，作为一个爱书人，尽管对这个书店常是匆匆巡视一过，但现在仍能想起曾在那里买过一部多年比较稀缺的《红楼梦新证》。

二

从 20 世纪 80 年代后期起，个体书店开始在河大附近出现。得风气之先的，是开封市新华书店一位老店员。他退休了，让他儿子继承父业，在河大校门外开书店。这当然是好主意。河大师生逾万，书店的商机潜力很大。老店员行家里手，门路熟，能菱来不少热门正版书。他的儿子，一个文文气气又相当精明的年轻人，也出手不凡，一开就是两家：一家在河大西门口，叫作"河大书社"，专卖文史哲书籍，由他夫人打理；一家在河大南门口，叫作"艺术书店"，专卖美术音乐图书,由他本人兼营。这两家书店开了十几年,囊括了河大师生所需用书的"大半壁江山",直到新世纪之初,才合并在一起,迁进一座二层大楼,以图大举。

接着,在河大南门外的明伦街上又出现了两家个体书店,即"闲人书店"和"汉源书店"。"闲人书店"是一个大学毕业生开的。他父亲是一位外贸干部,能从新华书店发行部门趸来些书,据说卖不掉还可以退回,无后顾之忧。我跟这位外贸干部聊过。他说他儿子大学毕业,没有找到合适工作,身体也不大好,因此让他开开书店,作为一种文化休憩——父子情深,想出这么一个两全其美的主意。"闲人书店"经营的是中外文学和美学书籍,也卖一些漫画之类的画册。这位大学毕业生看来是个爱好文学爱读书的人,对他卖的这些书内行,李泽厚的《美学三书》他谈起来头头是道。我去他那里免不了聊一会儿。据他说,开封不处在交通要道,读书风气有点滞后,在北京畅销了一两年的书,撤下来拿到开封来卖正合适——开封的读书人好像不怎么爱赶时髦。

我在大学教外语。"闲人书店"的小老板想乘着"外语热"进些英文词典,让我帮他出出主意。我认真地给他开了一个书单,告诉他:"针对大学生,可进中型词书。"他很快就摆出了《简明牛津词典》《牛津英汉高阶词典》《英汉大词典》等等。为了表示客气,我买书,他给我打个八五折。遗憾的是,这些词典高踞书架、摆了很久,买者寥寥。不知道因为书价偏高,学生承担不起,还是内容偏难,不能像"快速英语""疯狂英语",能在3个月5个月、一年半载就让人精通英语、出国赚大钱,所以卖不动。从此小老板对我好像有点冷淡。"在商言商",有利则近,无利则远。我也不介意,照常到他那里去看书,并且从那里买了一部《追忆似水年华》、一本幽默漫画《父与子》——对了,还有一本《大众哲学》,我上初中时读过,久违多年,买一本留作纪念。

"汉源书店"是一家连锁店设在河大校外的一个分店,专营美术音乐类图书。河大有艺术学院,每年有上千学生来投考艺术专业,在校生也要进修业务。"汉源书店"正是瞄准了这个商机。他卖的主要是装潢华丽的高档、大型、精品画册或音乐教材,每部几十元上百元,用塑料薄膜包着,上盖一张纸条提示读者:"爱惜图书,请勿污损。"对于这些宝贝书,我连碰也不敢碰。吸引我不时蹓到那里去的,是另一些比较平民化的商品,即那些小本的简装画册,特别是一套中外黑白木刻版画选集。我上高中时学过木刻，千辛万苦收集剪贴了两本中外版画作品，却被歹人偷偷窃去毁掉，使我痛心不已。不意竟在60年后又在河大门外重见当年衷心喜爱的古元、彦涵、力群、马达、荒烟、新波……以及克拉甫兼珂、法复尔斯基、珂勒惠支、麦绥莱勒的作品，还发现二战后新起的天才版画家，如日本的栋方志功、印度的吉塔罗沙特、苏联的克拉萨乌斯卡斯……我丢下木刻刀已经几十年了，但看到这些木刻作品仍然怦然心动，全部买了下来，还顺便买了两本鲁迅高度评价的汉唐石刻、砖刻画像。在我繁重的科研工作中，翻阅这些画册是我最好的休息。

欣赏、把玩之余，忽然萌生一个念头：什么时候再拿起木刻刀，重温一下少年时代昼夜埋头刻木刻的日子！现在很方便。"汉源书店"的里间还经售各种木刻刀，还有木板，不用像我上高中时千里迢迢向重庆生活书店邮购木刻刀，还要向木工师傅乞讨他的下脚料木块。现在多么方便，随时可以恢复我的木刻创作生涯，重温我的"艺术家之梦"！但是，晚了！我已年届八旬，手腕衰弱无力，拿起木刻刀，刻不动坚硬的木板了，眼神也不济了。念头一次次鼓起，又一次次落下，终于放弃了。

经营"汉源书店"的，是一位说话带豫北口音的圆脸小姑娘。她非常善良、温和。我去买书，简直不好意思跟她还价。但她这里的书确实是贵一点，只得开口请她让让价。她总是腼腼腆腆地叹一口气，说："就算行一个功德吧！"给我打个9折。"功德"一词好像有点"禅机"。后来我注意：这个书店送给读者的书签、小画片都带有佛教色彩——不过，它卖的书却是两个极端：不是很"革命"（像那些中外木刻），就是非常"前卫"，并不超然出世。

以上三家四处个体书店曾经构成了河大校外一道文化风景线。但现在它们都关门了。一夜醒来，"闲人书店"和"汉源书店"在明伦街上悄悄消失。"河大书社"和"艺术书店"的收场则显得有些悲壮：老板夫妇把两个书店合并起来，从河大的西门外和南门口搬进明伦西街的一座二层楼上，门面扩大，较前气派多了，还增加了代购新书和订阅报刊的业务。但局面并没有维持多久，就日见凋零。偌大一个书店楼，登门者寥寥。隔些天再去看，已经变成一个什么餐厅。

跟这两个夫妻书店，我打了至少10年交道。王元化的《思辨随笔》就是从"河大书社"买的；从"艺术书店"则买过《太平杂说》，一本对于太平天国持着与过去截然不同看法的史论。我的印象是:这两家书店继承的是新华老店的正统,"正版正价",不打折扣。逢节假日发给读者一张"优待券"也只是 9 折。"闲人书店"和"汉源书店"也与此相类,售书方式走的是正规老路。然而书籍市场上已经悄然兴起一种新的书价打折办法,崛起一批另类小书店,以"正版特价"为号召,打败"正版正价"的书店,使它们开不下去。

<h1 style="text-align:center">三</h1>

在这个节骨眼上,需要稍加说明。

据我一个普通读书人的买书印象,在 20 世纪 80 年代初(1980—1985),书价还沿袭着计划经济时代的老样子,一本三四百页的平装书价不会超过 1 元。从 80 年代中后期起,书价渐渐上涨,但幅度还不太大——那时候上海出过"五角小丛书",1 元可以买两本。但从 90 年代起,书价就不停地翻番,翻到过去的 10 倍以上,而进入新世纪,则更翻到原来的 20 倍,过去 1 元一本的书,卖到 20 元(现在大致稳定在这个价位上)。这指的只是平装本,精装、精品、礼品豪华诸版本还不包括在内。与此同时,随着体制改革,全国各类出版社纷纷产生,"如雨后的蘑菇"。这么多出版社年年有出版计划,出书周期愈来愈短,书愈出愈多,各地书库爆满,而书价又居高不下,普通读者难以承受,购买力受阻。仓库中积压了大批滞销之书,必须加以疏导。在开封,新华书店悄悄办起"特价门市部",一开始设在一个偏僻小楼上,后来干脆放开,扩大为一个"特价书市",把书店里压架的新书、存在库房的滞销书,统统从 3 折到 6 折推销,大受读者欢迎。"特价书市"中的读者云集,与新华书店大门市部的冷冷落落形成一种强烈对比。这大概是全国各地的共同现象。

其实,有心人早已看到这个商机,在滞销书和打折的缝隙中做起文章,开办了各种名目的"特价书店",以"正版、低价"为号召,把渴望读书而对书价不满的读者群吸引过去。正是这种个人经营、方式自由、折扣灵活、打游击似的特价小书店,把"河大书社"那样循规蹈矩、"正版正价"的个体书店挤垮了。

四

一天,从南京来了一个叫小岳的小伙子,徐州人,在河大的西墙外街上开了一个门面很小的书店,叫"淘书乐"——这店名新鲜,有点南方味道,因为上海等地把在书市中挑书、买书叫作"淘书"。"淘书乐"的口号是"正版,特价,1 折到5 折"。刚开张:一部影印的《中国古籍版画图录》,20 元;一巨册《续资治通鉴》也是 20 元;一套 15 本名著名译《马克·吐温选集》,30 元,一本才 2 元——买纸都不够。好了,引来大群读者,主要是学生(也包括我这个老书迷),在书店里挤来挤去,然后人人笑嘻嘻抱一摞书而去。这是"开门红",为了人气兴旺,"赔本赚吆喝",但不会一直这么卖下去。惊爆的廉价高潮平息下来,书价悄悄回升,把书按档次定折扣,1 折书极少,一般是 3 折、5 折,但又不标明,而由老板自己"内定",口说为凭;看读者对哪本书特别喜爱,还可把书价提升到 6 折——不过,也就到此为止,不再上升。这是小岳所掌握的折扣幅度,在这个幅度内他有钱可赚,而读者也可以在稍低于"正版正价"的条件下买到自己喜欢的书。

小岳的"杀手锏"是双刃的。他先用"1 折"把河大周围的"正版正价"的书店扫荡一空,把它们的读者都吸引过来,又用"3 折、5 折"以至"6 折"逐步提价的办法,把读者留住。店中真正有价值的书也就是那些 5 折、6 折一类。你不能不佩服他,真会做生意,抓住了知识分子爱书的心。

后来才知道,"淘书乐"只是小岳的一个分店,总店在南京,货源主要来自南京的译林,上海的译文、古籍,以及滞留在沪宁的外地出版物。他卖的书大致来说,档次不低,能抓住读者。后来书价渐高,稍有些不愉快;但这时候,读者已被书本身所吸引,也就顾不得折扣,稍贵一点也买了。我就曾用 100 元(相当于 6 折)买了一部影印的明版《西厢记》。对于小岳这个人,我一方面因为他太会算计而生气,另一方面又欣赏他的精明能干,毕竟为读者提供了一批好书,价钱又稍便宜。所以,我把我从上海《文汇报》上剪下的一篇关于

《"文革"前的开封旧书店》
(《南方周末》载)

旧书业新动向的文章送给他，寄托着一种希望。

　　我之所以对小岳这样的书商寄托着希望，是出于这么一种心情：像"文革"以前那样的旧书店已经在"文革"当中被彻底摧毁，再也不可能复生，想也不要去想了。为今后计，像"淘书乐"这样打折扣的"特价书店"，能把大城市、大书店、各地出版社的滞销书，以较低的价钱卖给中下层的普通读者，说不定会发展成为新式的旧书店，以取代往日的旧书店。这也是功德无量的事。至于"文革"劫后残存于民间的明清古书，民国前、1949年前的老书，稍有价值者现在已经上升为拍卖行中的竞拍对象、收藏家的欲得之物，与普通读者毫无关系了。

五

　　小岳的"淘书乐"代表了新世纪书市的一种新动向。

浪淘沙书店正门

　　几乎同时，又有两家"正版、特价"的小书店，在同一条街上出现。一家名叫"天府图书"，老板姓王，是一位憨厚的商人，他说做其他生意赔了，有朋友劝他改做特价书业。毕竟是职业商人，他卖书可谓"生意兴隆通四海，财源茂盛达三江"，货源既有北京三联、中国图书馆出版社、河北教育、辽宁教育等"北路货"，也有浙江文艺、广西漓江、湖南岳麓等"南路货"，有很多档次不低的学术著作。另一家叫"浪淘沙"，从名字上就可以看出是要跟"淘书乐"比个高低，老板是从河大后勤离职下海的年轻干部，打算在书业发展。他卖的书据说是从网上批发的。只见他不断拿着手机对外联系业务，很有点奋发图强的样子。这两家书店的经营方式与小岳大致相同。

作者在浪淘沙书店选书

　　这三家书店都开在我家门口不远，一拐弯就到，成为我饭后茶余散步时的落脚点。近五六年，去看书、买书成为日常活动习惯。来往一多，不免有些"互动"。一种无形中的影响是：我所重点选购的书往往成为他们进货的依据，像鲁迅、《红楼梦》、莎士比亚、版画、散文、杂文——在我无意，在他们有心，这叫"生意眼"，尽管我再三说我们老一代的读书趣味，不一定与现在年轻人的兴趣一致。有时候在他们的货架上还会发现我的著作或翻译，这使我有点尴尬：我的作品也从热闹的书市中被"淘"下来了；但也有点高兴：更多的读者也能看看我的书了。的确，我一对逛书店的学生指出哪一本是我的翻译，哪一篇作品是我的文章，那本书马上就被人买走了——这让我不无得意。

我自然会向书店老板提出我想要什么书，请他们代找，也会建议他们进些什么书，学生可能需要。我的建议，他们或采纳，或不采纳，这都没有关系——他们进书的渠道有限，属于大书籍市场的剩余物资，并非万有文库。

我希望这三家小书店，一直开下去，为了我自己，也为了河大的学生。

但是小书店的存在要受一只"无形的巨手"的制约。当我刚刚从"天府图书"用高价购买了一部《鲁迅著作手稿全集》，王老板却悄然关门，不知去向。不久，我又看到"淘书乐"门外广告牌上大书"全部一折"，店内学生挤成一团，争相抢购。进去，只见小岳一人据桌、拿着计算器忙着给买书的人算账。这明明是清仓大甩卖。我也挤在人群里挑了两本书去交钱。小岳抬头看见我，喊了我一声"大爷！"我说："找一个得力的助手，开下去嘛！"他不答，只指出我挑的一本书有缺页，不必

作者（左）与浪淘沙书店老板合影

买——这算是表示最后一点好意吧！他太忙，我想对他说的话也只好咽到肚子里了。

现在，街上只剩下"浪淘沙"书店一家"硕果仅存"。这个老板是个性格倔强的人，他说他一辈子要以开书店为业——但愿如此。我问他"淘书乐"为什么关门，他说小岳回南京搞批发——那么特价书业还有发展希望？

以上是我一二十年来在河大门外逛书店的笼统印象。我和最后这三家小书店来往更多一点，他们对我也比较客气，小岳甚至称我"大爷"。我坦言："我家里的书已经饱和，到你们这里，只是随便看看，不一定买，或者看得多，买得少，尤其大部头的书，不可能再买了！"他们说："只要你来坐坐，对我们就是支

持。"实际上,读书人的脾气,说是不买,一进书店,总会碰上"心仪已久"的书,非买不可。因此几年下来,我的书架上摆的书从一层一排变成一层前后两排,陆续买的书再摞在书顶上,再塞在书和玻璃门的间隙——都是从这三家小书店买来的。

从这些大大小小的书店所买来的书,无论"正版正价"或者"正版特价",我都同等看待。对于那些在热火朝天的书籍市场中"退居二线"、进入特价书店的滞销书,我倒更偏爱一点。书的畅销或滞销是相对的。有时说不定滞销倒是一种考验:试看某些大红大紫、炙手可热的畅销书一旦热闹过去、成为滞销书,摆在特价店,读者即视若无睹、无人过问;而另外一些并未享受过畅销的盛誉,摆在特价小书店里倒成为读者的抢手货。何也? 畅销书是一种时尚,而时尚是一阵风。风会刮起一阵狂热,但狂热并不能持久。打麦场上,风所吹起的是一层糠皮,而落在场上的才是沉甸甸的粮食,实实在在的粮食才能养人。书籍市场也是如此:文化泡沫有时候一阵一阵泛起,甚至占满水面,但水下的石头却屹然不动,不会跟着泡沫顺流而去。

(2009 年 7 月 17 日,于校医院)

我 的 藏 书

我从小就爱看书、买书,大概是从上小学三四年级开始。一年春节除夕,得到一笔压岁钱,我连夜跑到(郑州)大同路的大东书局,敲开门,买了一部《水浒》。平时,则不过在我们小学附近的一个破书摊,花一分二分钱买一本旧杂志《小朋友》或《儿童世界》看看。当时乱买乱看,毫无章法。譬如说,买过一本缺头少尾的《三侠剑》,写的是"金刀老英雄胜英";还买了一本李石岑写的《人生哲学》,根本看不懂。为什么买?大概很便宜,一毛钱,很大很厚一本书,满足一点幼稚的虚荣心吧。不久,抗日战争开始,郑州遭到日本飞机轰炸。我家到乡下躲难。我把自己的书藏在一个隐蔽的墙角。从乡下回来,首先去找书——不知被什么人偷走了。

小学上到六上,我就做了流亡学生,从郑州到洛阳,洛阳到西安,西安到甘肃清水县;在国立十中上了6年多,从一个懵懂小孩长成一个有了独立思考的少年,爱读书、爱文学已经成为习惯。不过当时穷得当当响,没钱买书,有时候就抄书。上初中时,手里偶有5毛钱,千里迢迢向重庆生活书店邮购吴祖光的成名剧作《凤凰城》(写东北抗日义勇军)。这本书,经过一路风雨,淋得皱皱巴巴的,不知读了多少遍,几乎背下来了。上高中时,家庭稍有接济,买过几本文学书,像吕荧译的《欧根·奥涅金》和《普式庚论》,还买过胡风编的《民族形式讨论集》——遗憾的是,胡风那篇长序写得很不好懂,不像他在《七月》上写的编后记意思清楚。所以那本书几乎等于白买,只记住讨论的主题,即毛泽东在《论新阶段》中说的那句话:"中国作风,中国气派,为老百姓所喜闻乐见的民族形式。"当时很崇敬鲁迅,向桂林的文化供应社邮购宋云彬编的《鲁迅语录》,眼巴巴地等了很多天,没有买到。上高中时读书不算少,大部分是在进步同学当中互相传阅的革命书籍和进步书刊,我当时是文艺活动中的一个活跃人物,传到我手里的书刊积存了一木箱。高三时我因为反对校长贪污被开除,离校时,把那一箱书留给另一位同学好友,拍拍屁股走人。

我的大学生活过得很不安定,基本轨迹是:解放前夕,一边参加爱国学生运动,一边贪恋文学、用功读书;解放之初,则是一边参加革命工作、一边尽可能读书。其间曾休学一年教英文,挣了一点钱,买了几本外文书。从重庆的米亭子旧书店还买到翻译界老前辈伍光建旧藏的一部名著,米什莱的《法国革命史》英译本,上有他的铅笔批注,大概是准备翻译的。1951年我离渝到北大考转学,为了减轻负担,大部分书都送给两个老同学了。

由此可见,在我整个学生时代,由于生活不安定,尽管爱书,也买书,但在我思想中根本没有"藏书"这个概念。

1951年,我正式工作,后来调到大学,生活安定下来。有了闲钱,学生时代买书的习惯复燃。所买之书大致以工作需要为主,业余爱好为次,不过很难严格掌握,常随兴之所至,让业余爱好超过了工作需要。譬如说,我从事的工作是英语专业,但内心里还眷恋着学生时代所热爱的俄罗斯文学,也就不断买些俄国作品的中英文译本。总而言之,无论古今中外、新书旧书,只要我喜欢,手中又有一点钱,都想买。即使在政治运动频繁的年代,也扼制不住我对书的感情。1957年秋,我被错划为"右派",孤独无依,举目无亲,所赖以精神自救者唯有在深夜苦读中外文学典籍,支持自己生活下来。西谚云:"患难之中才有真朋友。"我体会到:人在患难之中,不可无书。

1962年"右派"摘帽,恢复教学任务,我需要编英国文学教材,从上海旧书店买过一批外文书,还从苏州旧书店买过几本我想看的古书。旧书店在我的长期读书生活中起着重要的作用,甚至可以说比新书店还重要。此后我过了两年比较安静的日子,埋头于教课和编教材。历年购书摆进一个小书架,还塞满两个破木箱。但到1964年,突然宣布"文学课停开",编了一半的教材搁置一边。1966年"文化大革命"爆发,人进"牛棚",书被抄走,接着是10年厄运。

总的来说,1957—1976年这20年间,我的生活处于风雨飘摇之中,即使有了一架两箱存书,也根本想不到"藏书"二字。书长久弃置,不免受到损毁。一部《李太白全集》,留下鼠啮鼠尿的残疤污痕;一本《诗韵新编》被抄家的红卫兵一撕两半,扔在地上,虽经粘补,仍露着撕裂的口子。

如今，我已是 80 老翁。回顾以往：学生时代，虽爱书而无钱买书；教书时代，虽有钱买书却因时事动荡而无法安心读书，而且连书也不能安全保存。尽管如此，在我那坎坎坷坷的前半生，书毕竟始终伴随着我，与我同甘苦、共患难，是我最亲密的朋友。

"文革"结束，错划的"右派"改正，获得第二次解放。为了弥补失去的时间，我努力拼搏，30 年来做出一定成绩，受到学术界承认。生活条件逐渐改善，我已拥有一间十多平米的书房，书也愈买愈多，连同往日的积存，早已不只是一架两箱，而是塞满了 6 个大书架，购书的兴趣仍有增无减。

这时，一个念头油然而生——我要把我所有的书珍藏起来了！

珍藏，并不是为了书的经济价值。我的藏书中并没有拍卖市场上数十万、上百万的珍本秘籍——完全没有。我现在所以要把我的书珍藏起来，首先是因为它们在我感情上的价值。譬如说，在我的藏书中有这么一些书，它们是——

1. 学生时代读书的孑遗：上中学时所读的书早已无影无踪了。但大学时代读过的书还有三四本，60 年来随我东西南北辗转，竟然残存下来。有一本 *Essays of Oscar Wilde*（《王尔德散文集》）还保留着我在 1950—1951 年所写的眉批目注，让我惊奇地发现：我当年曾是一个思想敏锐的好学青年，而且文笔活泼。

2. 初解放时快乐生活的见证：1951 年所购买的俄文版《普希金画传》，在空白页上有我写的题词"琳琅满目，美不胜收"，流露了当时的高兴心情。书中还夹着我 1952 年 5 月所写英文短篇小说的几页草稿——在时代风雨的飘摇中极难得地保存下来了。

3. 勤奋备课的记录：在藏书中有一部 19、20 世纪之交的《莎士比亚全集》，主编为马克思和恩格斯的英国朋友弗尼瓦尔博士，其中《哈姆雷特》一剧内尚有我 1957 年为准备英国文学史教学而写下的详注，还夹了几张读乔叟的注释卡片。

4. 逆境中读书的留痕：被划"右派"后，1958 年在菜园劳动，趁休息时间读《英国散文选萃》，书中夹着一张纸片，记载当时每天阅读的文章目录。

5. 爱惜名著的表现："三年困难时期"，多日深夜攻读一部"企鹅古典丛书"版的《战争与和平》，两卷大书读完，发现书脊崩裂，心疼不已，乃连夜苦思修补之法,将书重新装订,并做一硬纸书套保护之。至今这部书仍安然摆在书架上"俄罗斯文学"一栏之中。

6.苦中作乐之小书妙品:在"文革"中最痛苦的日子里,为寻找一点乐趣,我把藏书中所有的儿童文学作品集中起来阅读,有《阿丽思漫游记》《大灰狼》《好呀,孩子们》《盖达尔选集》等等。读儿童文学,如与一群天真可爱的中国、外国小孩子在一起玩,感到生活充满阳光,暂时忘却自身的苦恼。现在,《盖达尔选集》已送给一个男孩子,《阿丽思漫游记》仍珍藏在寒斋。书为1951年在北京东安市场所购,时价4角,已伴随我58年,为我提供快乐,每一翻阅,都使我破颜一笑。

上面说的都是"文革"前几十年我积存下来的旧藏。这些书,对别人来说,也许根本不算什么稀罕物儿,但对我来说都是贴心之宝。无论我拿起它们当中的哪一本,都会想起自己业已逝去的一段人生时刻,引起一连串往事回忆。它们一旦失去,不可复得,多少金钱也不能再买回来。

"文革"结束,近30年陆续购藏之书,远远超过此前所积存之数。国家转入和平建设,外无战乱,内无运动,个人生活渐趋安定。用一位已故老学者的话说,"尽管社会上还有些叫人生气的事,我敢负责地说,现在是百年以来做学问的最佳时期"。中国的知识分子,"给一点阳光就灿烂"。经济条件稍稍好转,书籍流通方式由新华书店"统一天下"变为渠道多元,个人的书愈买愈多,书架饱和。藏书仍可分为两类,即业务工作所需之书和个人兴趣爱好之书。但业务书开列起来好像什么"参考书目"之类,说来乏味。且谈谈个人兴趣所好之书,好在今天谈个人兴趣已不是什么罪过了。

在我心中、最使我魂牵梦绕的书,首先是——鲁迅的书。我上初中就开始读鲁迅的书,抄过他的小说,高中时抄写他的《野草》,年事既长,进而读他的杂文,甚至学习他所提倡的木刻。但年轻时虽崇拜鲁迅,并不懂得他。只有在人生道路上遇到挫折,陷入他所说的"华盖运",这时再读他的书,才会懂得一点。原来总以为,鲁迅所指摘的时弊都是旧社会的事;后来才由个人亲身经历提醒:人的"异化"现象不仅在旧社会有,新社会也有,只是人们不敢(或不愿)正视。鲁迅对于中国历史、社会、人情世故、国民性所发出的诤言、提出的警示是长期有效的。鲁迅的书能启发个人总结人生教训。对此我觉悟很慢,直到进入21

世纪,我才猛然醒悟,因而立志要在晚年重读鲁迅。寒斋中除早年所购的一部《鲁迅全集》,还有裘沙插图的《呐喊》《彷徨》《野草》《朝花夕拾》,倪墨炎注释的《诗集》,赵瑞蕻注释的《摩罗诗力说》,新插图本《中国小说史略》,等等。关于鲁迅的研究论著、回忆录、资料集,近几年来每见必购。热爱鲁迅的感情也扩延到继承他的事业的学生和挚友,如胡风、冯雪峰、聂绀弩、萧军、萧红,以及当代的杰出杂文家邵燕祥、朱正、何满子。鲁迅曾把他自己比作为人类偷盗天火的普罗米修斯,而他的后继者则是一群为坚持真理而自我牺牲的殉道者。他们的高尚人格正是中国人的脊梁。对他们的态度应该是:"高山仰止,景行行止,虽不能至,然心向往之。"

俄罗斯文学是我对外国文学的"初恋"。这和鲁迅的介绍有密切关系。我在高中时曾沉醉于俄罗斯文学,对于普希金、莱蒙托夫、果戈理、涅克拉索夫、屠格涅夫、高尔基无不喜爱。最崇拜的自然是普希金,把他的长诗、抒情诗抄过一本,他的小说《上尉的女儿》读过后不"过瘾"、还改编成缩写本,又把他的《埃及之夜》的插图照描下来,还刻过他的一幅木刻像。对俄罗斯文学的感情就这样扎下了根。解放后买到一批俄罗斯文学的英译本,重读了普希金、莱蒙托夫、果戈理和屠格涅夫。后来由于英国文学方面的教学工作,把俄罗斯文学放在一边。但划"右"之后的苦难日子又使我到俄罗斯文学中寻求精神安慰,深夜攻读托尔斯泰的三大名著。看来,我与俄罗斯结下了不解之缘。这是命运的恩赐。现在我书架上的俄罗斯文学书摆满两排四层,等待我来日细读。

普希金像

《红楼梦》(《石头记》):我过去对《红楼梦》的感觉很迟钝。小时候只看过《水浒传》,根本不知道还有《红楼梦》这本书。"文革"前,买过一部人文版,上下两卷,属于红学界所贬低的"程乙本",没有怎么看,"文革"抄家中丢了一本,另一本送人。70年代"评红"很热闹,有最高指示,想看,但买不到书。"文革"后才买了新的人文版,属于"庚辰本"系统,因为忙于修改英国文学史教材,仍没有认真看。直到有一天翻译英国散文,遇到一个复杂的长句,又是定语、又是状语,照原文直译下来,一读,简直不知所云,心烦意乱之中拿起桌上的《红楼梦》

随手一翻:写的是几个小丫头打水,七嘴八舌互相埋怨,活灵活现,简直神了!突然醒悟:这才是活生生的中国话。于是把原来的生硬直译推翻,按汉话习惯重译。从此才知道《红楼梦》语言的漂亮。其实,何止语言。"开谈不讲《红楼梦》,读尽诗书也枉然!"于是,我成为一个"红迷":购置了"甲戌本""己卯本""列藏本""杨继振抄本"等等(只缺"庚辰本")。眼光也注意到诸位红学家的大著。从个人印象出发,最使我感动的是周汝昌——他为《红楼梦》献出了一生,直到耳失聪、眼失明,还一字一句校勘、编出一大套《石头记会真》。对待文学经典的这种虔诚精神,令人起敬。他太爱曹雪芹,到了痴迷的程度,有时候把有关曹雪芹的赝品也误认为真,在我们外行看来,倒觉得老学者的可爱。他热心于"探佚",其实谁不想知道八十回后"迷失"的原稿内容是什么? 在"探佚"的追随者中,梁归智走的是学者的路子,"大胆假设,小心求证",大家无话可说;刘心武走的是作家的路子,靠的是热情和想象,周汝昌提醒他不要太"坐实",而他把"秦学"扩展得太远,留下了话柄。其实,说到底,这也没有什么,百家争鸣嘛。有意思的是,尽管学者作家各抒己见、互相辩论,但对曹雪芹和《红楼梦》的感情大家一致——"都是青埂峰下人"。一部作品写到这种程度,作者可以含笑九泉了。——关于《红楼梦》的书,我还要买下去,看下去,收藏下去。

莎学书籍是我现在收藏的另一项重中之重。我初识莎士比亚,在60多年以前,曹禺的《柔蜜欧与幽丽叶》译本使我对莎剧入迷。开始攻读莎剧原文是在上大学外文系之后,同时也感到莎剧语言之难,要想进入这座宝库,需有一把开门的钥匙。到大学教英国文学,搜集一些较好的版本,才初步解决莎剧教学中的问题。但真正下大功夫,是几十年以后横下一条心,要为自己、也为中国学生编一部攻读莎剧全集原文的词典。经过20年的努力,这部莎士比亚大词典已经完成。在词典编纂过程中千方百计寻求,我已积累了相当可观的一批莎学书籍,包括新旧莎剧版本、莎翁传记、词典、工具书、资料、评论、画传、图集等等,以及中文译本和国内学者的论著,共同形成我的一个"莎学专架"。这是我藏书中的一个闪光亮点。

我的藏书不止于以上四个方面。这四个方面只是我的最爱。

我所喜爱的其他现代中国作家中,孙犁和沈从文各有一部文集,老舍的《茶馆》,虽只是小小的一本,却是一件文学瑰宝。

我所敬仰的中国学者中,有王国维的一部全集,有梁启超的史传、文论、专著,以及陈寅恪和钱锺书的代表著作。当代思想家王元化先生生前,曾有一面之缘,我想拿他的《思辨录》与鲁迅著作相对照,对中国近现代历史进行深入思考。对于祖国的现代化之路,知识分子应该头脑清醒。

中华传统典籍,如《十三经注疏》《史记》《汉书》《后汉书》《三国志》《资治通鉴》及其《续编》,连同《文选》《全唐诗》《唐诗品汇》《词综》,都高踞于书架之上,供我查阅,《李太白全集》《杜诗镜铨》《唐诗别裁》《古诗源》则置于床头柜上,以供抽暇诵读。

我所心爱的外文书也不少:像与莎士比亚同属"文艺复兴时期"的蒙田、拉伯雷、塞万提斯;我在新时期所翻译的英国随笔作家 Addison, Swift, Lamb, Hazlitt, R. L. Stevenson,我所偏爱的英国散文家 T. B. Macaulay,也都有专集在架。*Wuthering Heights* 和 *Huckleberry Finn* 各有一部精装插图版。如此等等。

一言以蔽之,我的藏书,"名目繁多,不及备载"。

当我在书房伏案写作,周围架上的书都像是一个个良师益友在鼓励着我的工作。当我身在外地,常常想念我的书,想起我购买、阅读它们的种种情景,陷入沉思。看来我的生命是与我这些书亲密地结合在一起了。

我的藏书,我自己出版的著作和翻译以及手稿、卡片凝聚着我一生的心血,它们结成了不可分离的"三位一体"。这是我生命的精华所在,应该保存起来,作为一个为祖国文化奋斗一生的学者、作家的永久存档。好在今天已不是"文革"时代,个人精神财富、物质财产,都受国家法律保护,不容他人侵犯。这是一个知识分子的基本权利。我可以理直气壮地藏书了!

(2009 年 7 月 29 日,于校医院)

记李风及其他

　　我与北京的老同学刘挥通电话,顺便问一下李风的近况。不料他说:"李风两年前就去世了!"我不禁一愣,怅然久之。——这才想到,我 2006 年冬天住院,出院后又带病赶编一部辞书,编完又住院,两年多,对外一切联系中断,在这期间,李风走了。

　　李风是我 60 多年前在甘肃清水国立十中的老同学。1942 年秋天,我刚升到高中第一部一上,他是高三上的学生,我们同学一年。

　　1942 年夏秋之间,正逢十中校长换届,原任南阳五中校长的邓县人高维昌继留美的鲁山人许逢熙当了国立十中校长,有些南阳、邓县、内乡、淅川一带的学生也就转学到了国立十中,其中有高维昌的亲属、亲信,也有一般学生。李风是一般学生,随大流到了十中。他与高维昌并无瓜葛——说明这一点很重要,因为高维昌这个人是国民党党棍,到十中后贪污教师的薪金、学生的伙食费,在河南教育界名声不好。姚雪垠的小说《选举志》中的反面人物尚四亭就是影射他,写他在家乡活动竞选"国大代表"的丑闻。

　　却说当时高三的几个爱好新文艺的同学组织了一个"北海文艺社"。挑头的是与李风一同从南阳五中转到国立十中的张华棠,社员有李风、张境清、杨翱、刘天文、刘绍祖、孙炳奎等,我也参加了。"北海文艺社"的导师是"五四"老作家万曼(时任高中国文教师)。最活跃的是张华棠,个子不高,精明强干,能说会写,非常活跃。"北海文艺社"的主要活动是出一个叫《北海》的大型壁报,除了大家投稿,老师也写,还由美术老师杨默也设计报头画插图,壁报占满走廊的一面墙,出得很像样子。1942 年 10 月,恰逢鲁迅逝世 6 周年,《北海》出了一期纪念特刊,进步教师万曼、周震中、赵以文、其翔都写了文章——这是一次影响较大的事。"北海文艺社"还演出抗日话剧《萧忠义》,先后由杨默也和周震中两位老师导演,张华棠、张境清、杨翱和我分担演员。总之,"北海文艺社"是有一定进步倾向的学生文艺团体。就"作者阵容"而论,张华棠以"黎人"为笔名写小说,俨然是我们当中的"作家";刘文天以"胡笳"为笔名写诗,自然是"诗人";刘绍祖写过散文记述他通过陕北回榆林探亲;我写过散文记我的舅姥爷王三,以及在西安妓院的一件尴尬往事,也为鲁迅特刊写过一篇幼稚的文章;杨翱似乎写稿不多而做打杂方面的事。(后来,这个忠厚老实的杨翱成为牺牲于中美合作所的烈士。)

李风是"北海文艺社"的"诗人"。他那时虽然已经上到高三,按年龄说也不过 18 岁,但看上去个子高高、头发长长的,耽于沉思,像是每天都在琢磨诗句,有点"语不惊人死不休"的模样了。当时河南的作家还不多,我们最佩服的是老家卢氏县的翻译家曹靖华。他翻译的苏联小说《第四十一》,我们几乎读得会背了,其中的译文分明流露出他家乡的痕迹。曹先生曾写过他怎样搜集民间语言,以丰富他的译文。李风是一个勤奋的追随实践者——他专用一个本子记录他所搜集到的生动、形象的词汇,作为他创作诗歌的准备。但就在这时候,他检查出了肺病。在几十年前肺病被认为是"不治之症",害在一个穷学生身上,严重性可想而知。李风当时说过一句话:"我希望我完成了词汇的记录工作再死!"——我不记得这句话究竟是他对我说过,还是别人转告我的。但他这句话感动过我,并且在我心中记了几十年。它表示着那个时代的文艺青年多么虔诚地对待诗歌、对待文学、对待语言。

我与李风除了在"北海文艺社"因为社友,还有另一次联系。在1943—1944年我与同班好友、诗人戈金(于型簑)办的一个小刊物《驼铃》上发表了他的一篇散文,题目已不记得;同时发表了戈金的诗、杨翱的散文,以及我的小说《陶发鸿》。但小刊物迅即夭折。李风毕业考上了兰州的西北师范大学。我们也就失去联系。

到了1944—1945年,我参加了进步学生团体"励学读书会",并且进行了反对校长高维昌贪污的活动。一天下午,被高维昌叫到他家谈话。在谈话中,高维昌除了对付我外,还告诉我一个消息:李风在兰州被捕了。高维昌为了恐吓我,还重重地加上一句:"他们抓住'左倾'学生,把头发吊起来打!"以我当时幼稚的政治常识,我直觉到他说的"他们"指的是军统特务,而高维昌自己属于 C.

C. ,意思是向我表示他比"他们"要仁慈一点。

李风为什么被捕以及命运如何,我不知道。我后来知道的是:高维昌并不比逮捕李风的"他们"仁慈,因为没有多久,我就被他在十中的亲信爪牙开除了。

从此,几十年内我就再没有关于李风的任何消息。

解放前的知识分子,常常传诵着庄子"涸辙之鲋,相濡以沫"这句话。在十中时,万曼老师也曾把这句话题写在我们的壁报上。我们这些缺衣少食的穷学生正是靠着这种"相濡以沫"度过苦难的日子,追求着自由解放、向往着祖国的明天。我们在艰苦岁月中结下的这种友谊,是终生不渝的。尽管解放后由于种种原因二三十年间不能联系,但"文革"一结束,1945年分手的老同学于型镪(戈金)就写信到开封,邀我到北京相会。我赶到北京,先在型镪家住,从他那里得知李风也在北京,又由型镪领到李风家暂住。我这个几十年漂泊无家的人,与老同学重逢,受到热情接待,内心的感受实非言语所可表达。

1978年的北京,居民还保留着唐山地震时所搭起的防震棚。我就在李风家的防震棚里住了半个月。

这时才了解1945年李风在兰州被国民党逮捕的真相。原来与他相熟的一个同学,在重庆知道了张华棠(当时在中央大学中文系读书)参加了共产党的地下组织,一时高兴,竟冒冒失失在给李风写的信里把这个"好消息"透露给他,说:"他已经加入了组织。"好了,信寄到兰州,这句话被国民党特务在邮检中抓住了:"加入组织",是共产党的语言!于是,立即把李风逮捕。——我感到震惊:在那个特务如毛的时代,人怎么能如此糊涂,竟把即使在私人谈话中提及也要防止"隔墙有耳"的事,在信里公开写出来。这不是把一团火任意抛到对方身边吗?鲁迅曾经多次提醒进步青年要接受历史上的血的教训,在白色恐怖下要保护自己,"壕堑战",不要"赤膊上阵"。但年轻人总是只图痛快,口无遮拦,不是害了自己,就是连累别人。说实在话,我是有点气愤的。但李风说他并不怪那个同学。我由此看到了李风的善良和厚道。

但他当时的处境也就可想而知。

我不知道他在兰州受到怎样的审讯,高维昌说的"吊着头发打"说不定是真的——我不便细问。后来他被送进西安劳动营——劳动营是一个关押政治犯的集中营，抗日战争中各地青年投奔陕北、经过国民党封锁线时往往被扣留下来，押送到那里；国立十中1940年闹学潮被镇压后，也有50个学生被押送到那里。

在国立十中，我认识的一个初中同学（孔令龙），偶尔很神秘地告诉我：他在西安曾随他一个亲戚（大概是国民党军官吧）到劳动营去玩，说那里边的人都怪怪的，别处演话剧，都是可着嗓子喊，可那里边的人演话剧（大概是被迫演反共话剧吧），说话声音很低，几乎听不见演员在说什么。——关进那里的政治犯的处境，可想而知。

李凤对于他在西安劳动营里的日子没有多说（我也不便多问）。但他含蓄地提到一个细节，说是他在那里的一个难友同他谈过他们以后的日子，推测说出去了（等到解放）日子也不会好过。

这话倒是不幸而言中了。

李凤在劳动营关了一段时间被释放，又回兰州西北师范大学读书，复员时随校迁回北京，解放后从北京师范大学中文系毕业。李凤说，一开始把他分配到宣传部门的一个写作小组，和廖沫沙在一起——应该说，这工作是很不错的，对他也相当器重，刚解放时名牌大学毕业生比较稀缺。但后来（这中间有一个他未及说出、我也未及细问的过程），他突然被下放到北京一个中学教语文，直到"文化大革命"。而我1978年到他家住时，他还在那个中学的工棚里劳动——焊接和敲打洋铁桶，似乎还没有解除对他的什么处分。

想起了1966年"文革"初起，"西纠""联动"在"破四旧"中的行动，我不禁问他："挨斗了吗？"

"斗啦！"他说——带着北京人说话的那种爽快劲儿，仿佛是在说什么"豪举"似的。我明白：他受到的折磨不会轻。

从1946、1947年到1978年，李凤的个人生活也变化很大：他与同行的一位中学语文老师结了婚，生有一儿一女，很公平地让女儿随父姓、儿子随母姓，而且很巧妙地把父亲的姓都编织在儿女的名字里：女儿叫李玉，儿子叫王季。——这是只有语文老师才能精心想出的家庭文字游戏。

我对李玉说："你知道吗？你爸爸是个诗人！"

她用北京女孩子的那种调皮、揶揄的口气说："没看出来！"

的确，三十多年过去了，李风大变了：他早已不再写诗，他变成了一个忙于家务的戴着老花眼镜的善良丈夫和慈祥父亲，只是在内心里还保留着对文学的一点眷恋，订了一份《北京文学》，但对这个杂志也不怎么喜欢，说是它的内容"贫里呱唧"（他说话的口音从"宛西方言"已变为带河南腔调的"京片子"）——他真正喜欢的是《红楼梦》，不过也只是在心里喜欢、不断看看而已。我没有听他说在写什么或者想写什么。他在十中时那种沉缅于创作构思的神气、迷恋于搜集形象口语的劲头，连同他那长发背头的诗人风度，都被几十年的风风雨雨吹打得无影无踪了！

15 天的重聚是难得的。我买了两套刚出版的《鲁迅书信集》，一套自用，一套送他，作为纪念。他请我在西四"砂锅居"吃了一次小砂锅，分手了。

我是从 1955 年"反胡风"起就一直陷入政治运动的旋涡中，1979 年"右派"改正后才开始过上正常人的生活，实际上从身体到心灵也是筋疲力尽。但我对文学还是不能割舍，我还想在 80 年代初的创作繁荣的形势下尽力拼搏一下。我最初想写历史小说，写写萧何与刘邦，需要一部《汉书》，请李风帮忙，他在北京替我买了，寄到开封。但我对这个题材只构思了一下，并没有写，而写了另外一部京戏和一个中篇。剧稿曾寄给李风，他不怎么看好，但热心地拿给一位懂戏的熟人看过，表示了客气的赞许；中篇小说写的是从 1957 年到"文革"的一个小人物的悲喜剧，他看了有点欣赏，回信称之为"白描"，并对于小说中这个小人物检举难友的行动激动地说："这能怪他吗？"——的确，这是个值得深思的问题。不过，我的创作的命运一波三折：京剧业已彩排而因剧团内部矛盾不再公演；小说业已做了编辑加工而某领导说"写 1957 年和'文革'的作品太多了！"在付排前夕撤下。我好不容易鼓起的创作激情被两瓢冷水浇灭，只好打消痴念，回到外语本行，老实搞我的教学科研。

也许是总觉得我与李风虽然所经历的具体遭遇不同，但经历之坎坷类似，引起了同情心理；也许是过去"涸辙之鲋，相濡以沫"的积习仍在潜意识中起着作用。总而言之，我还是希望李风在他的晚年能够有所作为。一个青年时代的诗人，名牌大学的高才生，总得做点什么，体现自己的价值。

从 20 世纪 80 年代起,我们不断通信。我在信中流露了上述的意思。

我不知道他是否接受了我的意见。不过,他寄来了一篇红学论文,内容讨论史湘云的"阴阳说"是否算是辩证法,让我转给我们学校的学报。我转了。但我不是什么权威人物,对于学报也不过是一个普通作者,无法保证稿子必登。转去将近一年,毫无音信。"文革"后刊物编辑有一条新规矩:对于"外稿",可以既不用也不退。我自己向外投稿,也往往受到这种待遇,气闷而无奈。然而李风急了,来信对我发了一通牢骚,说是"敝帚自珍"等等——这稿子本来就是他多年搁笔、潜心读《红楼梦》中的力作。我赶紧到编辑部去催问。编辑部只冷冷地把稿子退回,我再寄还作者。李风来信说他的论文与一位名作家意见相左,编辑部怕得罪那位作家,所以不敢发。我不知道究竟如何,对"红学"更是外行,不过总算又领教了文坛、学术界另一条潜规则:尽管学术界经历了几十年折腾,应该"在真理面前人人平等"了,但看来还是不行,等级在无形中依然存在,小人物还是难出头。

不过李风个人状况渐渐有所好转,他办了退休,历史问题(实际上是受国民党迫害)大概也得到解决。他一直在潜心读书。20 世纪 90 年代,他来信说他在读了《红楼梦》后又读《史记》,联系起来的体会是:《红楼梦》以情写史,《史记》以史写情。我眼前一亮,觉得他这个体会很深刻、思路很有创意,可以发挥、展开、具体化,写成一本专著。参考书,我想到的是李长之的《司马迁的人格与风格》。但出版学术著作可不是一件容易事。我犹豫了几天,考虑是不是告诉他,最后觉得还是应该如实相告。于是我鼓励他写,并在信里说明:在出版方面,还需要他慎重考虑一下。

我的意思是:他这个创意很好,应该写成书,出版的事以后再说。但李风回信强调怎么出版的问题。他的心情我也理解:几十年被压抑,费尽心血把书写出来,万一不能出版怎么办? ——当时虽然还没有流行"稿子不出版即等于死亡",但"藏之名山,传诸其人"早已是远古的神话了。谁不希望自己的著作早日见天日呢?

但我仔细看他的信,他似乎觉得我还有什么话藏着掖着、留有余地,好像说我有什么办法可以帮他出书但我没有说,他含蓄地绕着弯探问我的口气——这是长期受压抑者的一种说话方式，我岂能不懂？但老朋友之间明说倒好，明说了，我倒可以把真实情况直截了当告诉他：我在"文革"后虽然出过书，但都是出版社的既定计划项目，受命而作，不过是"在夹缝中求生存"，我绝无向出版社推荐出书的资格。这倒有先例可证：20 世纪 80 年代初，在一次学术会议上有幸结识一位大出版社的主任编辑，相处还好，恰逢我手中有大学时代业师的一部论述语言和翻译的文稿，向他顺便一提，他爽快地答应看后答复。但把稿子寄去，两年后石沉大海。业师函责，连忙去信查问，但信也不回，稿也不退。幸亏业师还保存着另外一份打印稿，否则我将无颜以对业师了。

其实，我心里的确藏着一个想法，那就是希望李风做好心理准备：万一写后不能正规出书，干脆自费出版——我自己的"创作集"，就这样打算过。自费出版倒是一条潇洒的出路，不必仰人鼻息。要知道，从前那些年，连自费出版也是不可能的。

然而，这个主意必须由他自己来拿，我不好提出，怕伤他的自尊心。

我和李风的通信一直隔三差五地持续着。除了逢年过节的礼貌问候，信中所谈仍不外是文学写作方面的内容。我惭愧的是自己始终未能为老同学发表文章或出版著述办成一件事。我也不知道他那个关于《红楼梦》和《史记》的选题进行得怎么样，以及到底进行了没有。

进入 21 世纪，我那从 1990 年开始、拖延了整整 20 年的一个编书项目使我不得不超负荷、再超负荷运转地工作着。2002 年 9 月，有一个机会进京，与几位老同学难得相聚。我电邀李风，他不能来，仅在电话中略谈，听他声音，我感到他苍老了许多。回汴后，我给他去信，表示在京未能见面的遗憾。后来他给我回信，信中说到在十中"北海文艺社"的情谊，又说"我总想余年，能写好几篇读书心得"。对此，我也抱着希望。

我多年超负荷运转，拖到 2006 年冬，终于病倒住院，二三年来一直在病房里住着治病。在这境况中听到了李风的噩耗。

李风年龄比我大。算一算，他去世时总有八十五六岁了，不算短寿。我同情他解放前后的两次不幸：解放前他是受迫害，账要算到残民以逞的国民党头上；解放后却是误伤，而且伤到了心，因为我们过去都是进步青年，当时叫"左倾"，就是倾向共产党。李风被国民党特务逮捕、押送劳动营，是被强迫的；而且李风并非党员，他能做出什么损害革命的事呢？只要实事求是，就会明白。但在政治运动，凭着臆断，那就不知会推测出什么"罪名"来，把一个热爱文学的诗人折磨得失去了锐气，成为一个精神衰缩、谨小慎微的老人。我不禁想起了解放前沙汀一篇小说《老烟的故事》的那个主人公。

最大的遗憾是：我们两个命运类似的老同学，在二三十年隔绝之后重见，本该在见面和通信中多谈谈往事近况，但在这社会大转变时期，又因种种实际事务总是忙，倾谈的机会很少，彼此的真正了解不多——这真是遗憾。看来，我们还很难享受知友对茶清谈之乐。

（2009 年 8 月 6 日，于校医院）

学 木 刻

我曾经魂牵梦绕、没明没夜地刻过一两年木刻……那是在鲁迅先生的感召下发奋努力的。

画、刻人像还马马虎虎，但要画刻全身就不那么顺利，特别是手最难画——现在已想不起把那个清水县人的手刻成什么样子了，不过怕是很难看。

我才明白，鲁迅先生的话很对：学木刻，必须先学素描，个人乱画是不行的。所以我在考大学时立志要考美术院系，曾报考潘天寿为校长的磐溪中央美术学院，石膏素描倒考 60 分，但总分只差一分半，落榜。我学美术的过程才画上一个句号。

不过，我仍怀念高中时代学木刻的那一段艺术生活，特别想念我所刻过的那些幼稚的木刻、砖刻——现已片纸无存。天壤之间倘能奇迹般留存，我真以"拍卖的天价"把它买回来！因为那是我自己的作品！

近年来，兴之所至，也因为书出多了，陆续买到了一批中外木刻版画，甚至明代版画以及汉画画册。这使我想起了少年时代学木刻的往事。

60 年前上高中时，大致在 1944—1945 年，读鲁迅先生的书，受他提倡木刻的影响，也因为小时候看连环画，照着乱画，对画画有点兴趣。于是，向重庆生活书店邮购了一套六把木刻刀，就学起木刻来。当时各方面条件都很困难，完全靠着年轻人的一股热情（也可以说是傻气）和充沛的干劲（也可以说是"蛮干"），去克服种种困难。首先是：木板——那个小县城哪有专供学习木刻的木板？只有为学校修理桌凳、双人床的木匠师傅那里才有木材，只能到那里去捡几块下脚料，还得说好话求人家帮助刨平。参考书也难找：抗战期间，出有一本《木刻手册》，另有一两本木刻家手拓的作品集——今天看来，却比较粗糙，不过,看了它们,刻木刻的 ABC,总算知道了。于是就动起手来。

最初的仿刻题从哪里来?像苏联毕斯凯来夫的《铁流》插图,篇幅小,构图分明,容易临摹,仿刻过。也临摹过画。记得有一幅普希金决斗后临终的画像,曾仿刻过。与此相近的是刻同学和老师的像:照着相片画在木板上刻。记得刻过同学老大哥刘绍祖和同班好友、诗人于型镂的像。后来刻过仗义、比较熟悉的物理老师李成钟的像。当时看过的人说"有点像"。现在回忆起印象:刻得相当夸张——不是有意的艺术加工,而是技术止于此的结果。(听说李老师正追求一位上海女同学,也不知道成功了没有?)

当时最希望刻的是鲁迅和高尔基像。高尔基有一幅木刻像,常在书刊 A. C. 上刊登,似乎是他在中国流通的"标准像",一直想仿刻,但画了几次总画不好,失败了。后来照着他和托尔斯泰的一幅照相,很粗糙地刻了一幅,曾蒙老师欣赏,压在他的玻璃板下。又砖刻——鲁迅像,"颇有苍劲古朴之风"。

索洛维赤克:高尔基像
(高中时学木刻的范本)

后来想起:应该多到校外写生。在我们那个陇南小县城,最常见的是赶着小毛驴进城卖柴的农民,我常常跟着画农民、毛驴,也到郊外去画背着小背篓捡柴禾的农民少年,也画城里抱小孩闲着的本地人……这些都刻在我的作品里。

闲着想想,在那一两年我刻了不少木刻——当然都是不成熟的习作。可是兴趣极高,不仅白天,在晚自习时,还在豆油灯下刻着。刻成一幅,用破牙刷蘸油墨往纸上刷印,忙活得兴趣盎然。有一位美术老师看了我的作品,说是"接近发表水平"。但毕竟没有发表过。高三时,我因反对校长贪污,被学校开除离开,我刻过的木板和作品也都完全丢下,至今一幅也没有留下。只是现在看看中外木刻集,从中可以重逢 60 年前非常欣赏的一些木刻家的作品,如古元、李桦、Kravchenko、Favorsky 等等,算是一点对往日印象的重温,如此而已。

(2010 年 9 月,于校医院)

读董夏民同志《劫后集》后

国庆 60 周年期间,收读董夏民同志自成都寄来的《劫后集》,读后吟成拙诗二首志感。

一

蓉城汴市千里遥,
传书频繁鸿雁劳。
智斗顽敌气何壮,
痛失战友恨难消。
"阳谋"深陷尚余悸,
国运方隆兴会高①。
羡君妻贤儿孙健,
政务、科研双肩挑。

二

岁月峥嵘岂如烟?
北碚六十一年前:
夜深共话肺腑语,
日闲同游缙云山;
戏扮《雷雨》才艺显②,
惊报险情③兄弟缘。

我辈耄矣叹逝水，

曾是翩翩两少年。

注释

①二联四句指《劫后集》中部分内容。

②夏民在北碚勉仁中学师生公演《雷雨》时，曾扮周冲一角。

③1949 年 6 月，我上了国民党特务黑名单，夏民奉党组织之命及时告知，始免一劫。

今年 3 月以来，因心衰住院治疗迄今。得尊书，在夜晚辗转床褥之中赋此以报。彼此已届耄耋之年，谨祝多多保重，安度晚年。

（2009 年 10 月 30 日，于校医院）

忆戴镏龄教授

——兼及他的《文集》

我与戴镏龄教授初次见面是在 1980 年 5 月初的杭州、讨论陈嘉先生的《英国文学史》教材的会议上。在那以前,我在准备英国文学史教学过程中,读过他翻译的莫尔《乌托邦》和马洛《浮士德博士的悲剧》,从而知道他的深厚学养,因为倘非通晓中世纪英语和莎士比亚时代的早期近代英语,翻译这两部英语经典作品绝无可能。后来才知道,戴先生早年留学英国,在爱丁堡大学本是 20 世纪著名莎学家约翰·多维尔·威尔逊(J. D. Wilson)的高足,而他的学位论文答辩主持人又是另一位莎学家彼得·亚历山大(Peter Alexander)。对这个问题也就不必多说了。

我从 1957 年夏到"文革"结束,20 多年蛰居一隅。1980 年 5 月应邀到杭州开会,一下子与那么多英语界的名人见面,最大的愿望就是趁此机会向各位专家求教。正是在这当中,与戴先生自然而然地接触了,还和上海外语学院的刘玉麟同志与戴先生有过饭后一同散步、边走边聊的机会。我曾在 1949—1951 年听过吴宓先生的课,而吴宓先生曾与戴先生在武汉大学是同事,所以吴宓先生就成为我们的一个话题。戴先生顺口说了一句:"吴宓先生外表是古典的,内心是浪漫的。"我认为这句话很简练地勾画出吴宓先生的个性,就把它写进一篇回忆文章里,后来收入一本资料集。1993 年《读书》介绍这本资料集时,特别引用了戴先生冲口而出的这一句评语。

再次见到戴先生,是在 1982 年 5 月昆明的又一次英国文学教材审稿会上,我那本《英国文学简史》有幸得到了诸位专家评审的肯定。这次会议,时间短促,但给我留下了难忘的印象:戴先生和上海师大的陈冠商教授发言,对我这个不成熟的作品给予热情的肯定;南京大学的前辈学者范存忠教授也通过来信表示了长者的鼓励。北外的许国璋教授以他那独特的方式对我表示了关怀——他在会下对我只说了两句话，第一句话是："我对你这本教材还是有好评的。"我听了自然高兴。但在一次饭后，他又以极其严肃的口气(几乎是下命令)说了另外一句话："你要读书!"当时我猛然一震，后来一琢磨，明白他的意思是提醒我不要仅以编一本英国文学史入门教材而自满，还要认认真真多读原著。——7年之后，我之所以要横下一条心，从通读莎士比亚原著全集入手、编一部莎士比亚词典，在潜意识之中是与许先生的这一句"当头棒喝"有关的，虽然当时并不十分明确。

多年以后，我才得知：在许先生对我如此"命令"以后，他以英美语言文学编审会负责人的身份，建议把我这本书作为大学春季教材向全国发行。把这件事情前前后后想清楚之后，我才明白，许国璋先生是一位外厉而内温的正直善良人。既然谈到了许先生，我再说一件小事吧。兰州大学的水天同教授告诉我：当他1957年在北外被划"右派"后，碰上"三年自然灾害"，身心痛苦，想抽烟解闷，又没有烟票，是许国璋先生悄悄送给他几张烟票——这在那特定的环境下，是一份难得的温情。

今天想到这些，我颇后悔，在编莎士比亚词典的时候竟没有向许先生请教——特别是后来知道他在早年曾有与吴宓先生合编一部字典的打算。

再回到戴镏龄先生这方面吧。1982年5月的会议上虽未得倾心晤谈的机会，所幸在那年11月到广州去看望一位同学老大哥，曾顺便到中山大学去拜访戴先生，向他表示感谢和敬意。

"人生不相见，动如参与商。"此后就再没有机会与戴先生见面了。但人生有时候也很奇怪，虽然再没有见面的机会，与戴先生的通信联系倒是多了，而且也有了更多的交流内容，使我感到他是一位见识广博、胸怀宽广的人。譬如说，我把我的一本小书《中英文学漫笔》寄给他，其中有一篇怀念我中学时代的恩师、"五四"老作家万曼先生的文章《作家·学者·老师》。戴先生在回信中表示赞赏这种师生情谊。他读了我翻译的《伊利亚随笔选》后，在回信中谈了两位前辈学者之间关于兰姆《论烤猪》一文的不同看法。兰姆这篇随笔说的是中国一个傻小子 Chofang 由于厨房失火烧死小猪而发现烤猪的故事。由于牵涉到中国，一位老先生要考证兰姆这一说法出于何典，而另一位老先生则对他那一本正经、认真考据的态度而"为之莞尔",觉得大可不必。——我作为兰姆的译者,可以对此补充一句:《论烤猪》是兰姆的一篇游戏文字。他有一位朋友,剑桥大学的托马斯·曼宁,曾在 19 世纪初到广州居住,回英国后大概向兰姆谈过中国见闻。但兰姆对中国只有一知半解,夹杂着开玩笑,编造了这个故事。如果非要较真、考据起来,烤猪的发明大概起源于原始社会森林起火烧死了野猪——这不仅在中国,任何地区都会有的。因此,关于这个故事可以说是"事出有因,查无实据"。

1990 年以后,因为修订《英国文学简史》和编纂《英汉双解莎士比亚大词典》,与戴先生曾有多次通信,他的回信总是言简意赅地提出一些非常重要的意见,使我受到启发。写此文时,我找到了他在我编莎氏词典时的两封来信:第一封信写于 1993 年 6 月 1 日,虽短短两页,但提示了德国学者 Alexander Schmidt's *Shakespeare Lexicon*(施密特:《莎士比亚用词全典》)及其 Gregor Sarrazin(格利果·萨拉辛)修订本,Onions' *A Shakespeare Glossary*(奥尼恩斯:《莎士比亚词汇表》),Partridge's *Shakespeare's Bawdry*(帕特里奇:《莎士比亚的猥亵语》)等工具书,以及英国的 New Arden,New Penguin,The Pelican(新阿登版,新企鹅版,新鹈鹕版),美国的 The Signet Series(新印章版)等莎剧版本。他特别重视新阿登版,美国哈佛莎学权威 G. L. Kittredge(吉特里奇)注的 16 种莎剧以及由 Irving Ribner(里布纳)帮他编完的全集。他还特别提出:"本师 John Dover Wilson 负责编注的 *New Cambridge Shakespeare*(《剑桥新莎士比亚全集》),胜义迭出,妙语如珠,令人有凿破混沌之感。此与 New Arden 均为研究用要书。"又说:"我的论文评试老师 Peter Alexander 的莎翁全集本就四开本及对开本文字作了新的校勘,在学术界有盛名,称为 *The Alexander Text*,有四卷本及一卷本,原为英国 Collins 公司发行,Collins 今与美国 Harper & Row 合营,称 Harper-Collins。"戴先生对他两位恩师的情意历历可见。同时他又指出:"Stanley Wells 及 Gary Taylor 主编的全集本为最新(Clarendon Press,Oxford 1986 年初版),有别本未收的新材料。"戴先生对我工作的指导真是谆谆嘱咐、具体而微。

戴先生在另一封信中还指出 N. E. D. 即《牛津英语大词典》(*Oxford English Dictionary*)的重要性,"然 N. E. D. 卷帙浩繁,可以 *Shorter Oxford*(《牛津

词典简编本》)代替之"。此外,他特别强调在编印词典中校对工作的重要性:"要在校对上下大功夫。"这确是一条至关重要的意见。

戴镏龄先生对我编纂莎士比亚词典提出了许多具体指导的意见。同时,从他所开的那一批批书目中,我也感到他是一位学问渊博的爱书人和藏书家。果然从他的信中还流露出他对"文革"中藏书损失的痛惜:"10年扰扰,我的私人藏书亦经顽童抄去(包括英德语莎集)。70年代在京见吕叔湘先生,他第一句话是'买到你的英语书三本,有关文学的'。这些大概系'文革'中小将转手卖掉的。从此我聚书兴趣为之大减。"这种心情,经历过"文革"的知识分子都会有同感。

戴先生在1996年寄来他为《英汉双解莎士比亚大词典》所写的序言。捧读这篇序言,除了为他的无私支持所感动,同时也体会到他那深湛的莎学修养和中国古典文学的造诣。

这篇序言里还流露了他的幽默感。"序言"谈到莎剧注释时,有这样一段话:"我国传统上有诗人作品可以不注及不可无注的两种说法。可以不注这个主张,只是对少数天资高、文化修养深的人而言。即使对于他们,也不能全然不注。试问如果古注尽废,后人通读三百篇将遇到何等样的障碍?元好问是管领一代风骚的大手笔,少小就号称神童,何以他对李商隐的名篇《锦瑟》发出'诗家总爱西昆好,独恨无人作郑笺'的苦恼呢?不可无注的意见似更切合实际,何况对于异时异地(横线为引者所加)的莎士比亚,又何况大多数读者的资质不外是中等!"外人大概看不出字里行间的"玄机",其实话里有话。原来,我曾在与戴先生通信中顺便寄上我的一本创作选《异时异地集》,内容是在不同时期、不同环境下所写的种种体裁的作品。而戴先生也就趁此机会把"异时异地"四字巧妙地嵌在他的序言之中,对我幽了一默。我那些作品写得直拙、不足为奇。但戴先生沉浸于英国文学,使用了英国作家最拿手的"双关用法"(quibbling),透露出他的幽默风趣,令我会心一笑。曾在广州工作的同事说:戴先生晚年,虽在衰病之中仍是爱开玩笑。这说明他那乐观爽朗的性格。

1998年的一天,突然接到关于戴镏龄先生去世的讣告,我怀着无限感念的心情给中山大学外语学院写信表示哀悼,信中说:

"近几年来,我从事浩繁的《英汉双解莎士比亚大词典》的编纂工作,戴先生不断来信鼓励,并旁征博引,谈了他有关莎学的生平体会,使我深受教益。在该书即将告成之时,他又亲自撰写序言,为之引导开路。凡此种种,岂为一己之私? 乃是戴先生关心祖国文化教育事业的自然流露,也是他光明磊落的品格、坦荡正直的胸怀的表现。"

事后,收到中山大学外国语学院寄赠的《戴镏龄文集》(以下简称《文集》)。《文集》收入戴先生除《乌托邦》和《浮士德博士的悲剧》之外现在可以收集到的著作,主要为关于英国文学(兼及法国)的论著、莎剧论文、英语词典述评、对往事故人的回忆杂记,以及诗作和译诗,代表了作者从 20 世纪 40 年代到 90 年代的各类作品。现在仅就个人读后最深的印象略谈感想。

论著为戴先生专业的主攻,方面广,钻研深,深思熟虑,所得多为力作。在此仅举《论史绝杰对现代英国传记文学的贡献》一文为例。"史绝杰",指 20 世纪英国传记作家 Giles Lytton Strachey。戴先生对他的传记作品极为欣赏,故特别为他精心构思出这样一个"绝世杰出"的译名。《论史绝杰对现代英国传记文学的贡献》写于 1940 年,作者还在青年时代,文章洋洋洒洒四万余言,以详实的论证、有力的语言,追溯西欧传记文学的发展,从古希腊罗马的普鲁塔克,中世纪的《圣者传》,英国洛柏的《莫尔传》、华登的《诗人传集》,法国圣柏甫的路易十四王朝众名人传记,18 世纪英国约翰生的《诗人传》和鲍兹威尔的《约翰生博士传》,19 世纪陆克第的《司各特传》和麦考莱的传记散文,直到 20 世纪的史绝杰的《维多利亚时代名人传》《维多利亚女王》和《伊丽莎白女王与艾塞克斯》,其优缺长短,各有评述,而对于史绝杰在 20 世纪对传记文学的开创之功,特致推崇之意。又引述史绝杰关于传记写作的重要见解,一曰剪裁材料,将汗牛充栋之传记资料,痛加剪裁,去粗取精。二曰对名人拒绝偶像崇拜,不对其功业作纪年录式的繁琐叙述,而着重于个性之描绘——"人性之光,每从细微情节中放射出",为此"搜求微琐的奇闻轶事,以补救一般记载的遗失"。因此,史绝杰笔下的名人,既不失其显赫的一面,也有其个性的特点、缺点或弱点,这样人物才真实可信,活了起来。三曰简洁,即"详所当详,略所当略",摒弃浮文游词、无用枝节,"但对于精彩生动的细节,不厌精密的记事"。四曰重视文体风格。"传记家是具有文学天才、能在作品中表现风格之美与诗之真的艺术家。"史绝杰如此努力其结果是创作出一批真实、生动、简洁、优美的传记作品,读之如小说戏剧,而被誉为 20 世纪传记艺术的开创者。他的经验值得我们今天的传记作者参考借鉴。

《文集》中又有"辞典述评",收文 8 篇。戴先生于种种词典涉猎甚广,熟知英美、日本的英语词典和我国出版英汉词典的历史掌故,且有几十年从事英语教学经验,对于词典的述评来自长期亲身体会,因而言之凿凿,且能涉笔成趣。且举《对约翰生〈英语词典〉的几点看法》一文为例。未读过这部词典的人(我过去也是如此),仅凭传闻中约翰生对"燕麦"一词的释义为"苏格兰人用作食物,而英格兰人则用以喂马",就把这部词典看作是一件提供笑料的"老古董"。据戴先生述评,这全是误会。约翰生的《英语词典》体大思精,对英语中的十万词汇整理读音和拼法,博采优秀作家的例句阐明词义,对于英语的规范化起到划时代的作用;它作为权威的英语词典,不仅从 18 世纪后期到 19 世纪末,风行过一百多年,而且它的编写方法一直影响到今天英美词典的编写。不但如此,约翰生编英语词典的目的还在于使读者准确使用语言、锻炼正确思维,进而启发民智、改善文明社会。此外,约翰生还热心追求科学知识,建立私人科学实验室,关注富兰克林的电学成就。在他的文学创作中,对传记写作主张不阿谀传主,不隐恶,写真实。这一切表明他对词典编写和文学创作的态度与破除迷信、崇尚理性的启蒙思潮相一致。他是一个启蒙主义者,而非头脑僵化的冬烘学究。但是,在 19 世纪散文家麦考莱的《约翰生行述》(原为 19 世纪的英国百科全书的一个词条)中,出于政治偏见,麦考莱用夸张的笔调突出他个性中独特的方面,把他写得迂执可笑。这篇传略,20 世纪初期作为麦考莱的代表作,译为中文,在中国流传颇广,因而在读者印象中容易把约翰生当作一个拘守古典、脾气迂拙、行为怪诞的"文坛霸主",这并不符合他的历史面目。《文集》为约翰生正了名,"平了反"。

《文集》中的杂记与回忆则读来亲切感人,并不乏有史料价值的逸闻轶事。

《记萨镇冰谈严复的翻译》提供了一段晚清译界掌故,即围绕严复译《天演论》所引起的争论。严复译《天演论》,提出"信达雅"三原则,而把"雅"放到特别重要的位置。这有其时代背景,因为当时守旧者势力强大,为了打开引进西方新学说的通道,要让守旧者知道译介西方新学新知的人对中国的古文、古学问并不外行,需要排除他们的干扰。关于这一点,鲁迅在与瞿秋白的翻译通信中曾给予说明。但作为普适的翻译原则,过分强调"雅"就会产生流弊。萨镇冰谈的正是这个问题。这位海军耆宿也是深谙英语和西方学术的人,他知道赫胥黎的《进化论与伦理学》(《天演论》所据原著)本是科学讲演,所用英语风格是通俗晓畅的,而严复的译文用的却是"汉以前字法句法"。因此他不赞成,认为严复受了桐城派吴汝纶的误导。他更不赞成严复拿中国古书来比附国外的新学说,说什么"顾吾古人之所得,往往先之",因为这阻塞了向他人学习新知新学的道路。而辜鸿铭的态度更退后一步,说是《天演论》中的思想早已包含在《中庸》里了。为此,萨镇冰提出"介绍(外国)学问和从事翻译都切忌附会",反对"以旧义比附新说"。他的意见,语重心长,现在仍值得我们重视,因为今日中国又处于一个"介绍(外国)学问和从事翻译"的大时代了。此外,记述中还描写了萨镇冰在抗日战争中居住在偏远乡村,淡泊自处,自奉俭约,粗衣粗食,"把儿孙寄来的钱用于他一手创办的乡村小学和其他公共设施"。他一个八十多岁的老人,独往独来,"只有为了购买生活必需品,他才乘小木船在水急浪高的青衣江上摆渡,从乡间来到城市"。——这使我们看到一个高风亮节的老前辈的身影。

《英语教学旧人旧事杂记》是作者信笔写来的关于解放前大学英语教学状况和一些名教授学者的散记。其中谈到大一英语(相当今天所谓的"公共英语")课对于打下大学生英语基本功之重要性,特别值得今天外语界注意研究。作者关于在武大与方重、朱光潜、吴宓共事合作的经历,读来亲切有味。在当时武大的外籍教师中,对李纳(维吉尼亚·吴尔夫的外甥朱利安·贝尔)的记录特详,李纳后来回到英国,参加国际纵队,在西班牙内战中牺牲,成为反法西斯战士。不过,他这个人有缺点,在武大留下些"事儿",但戴先生温柔敦厚,点到即止。

《忆梁宗岱先生》是作者笔尖饱蘸着感情甚或眼含泪水写出的纪念亡友、杰出翻译家梁宗岱的至文。梁宗岱先生赤子之心,因遭疑忌入狱几死,又因直言招祸,在"文革"中被毒打受残,以致《浮士德》翻译半途而废,赍志以殁,临终大吼,令人不忍卒读。

以上对《文集》略抒读后感想。要而言之，戴先生为文，青壮年时写得洋洋洒洒，读之酣畅，晚年文风浓缩，信息量大，耐人寻味。"庾信文章老更成"，固应如此。《文集》所收，并非戴先生著作全部。以上介绍，更是挂一漏万。即此亦非戴镏龄教授这样学贯中西、识见宏通的学人莫办。我辈后学，安可不自勉哉！

戴镏龄先生去世已 11 年了。今天展读他生前的来信，看他用颤抖的手所写下的笔迹，虽然字形有些扭曲，间有涂改之处，但仍然一笔不苟，句句有"含金量"，体现出传递薪火的无私精神。我还从书架上取下他翻译的莫尔《乌托邦》译本，翻阅个人在半个世纪前为英国文学史备课时所写的书边批注、所画下的红线，回想阅读此书时的心情（那时虔诚地想象过共产主义社会的远景），觉得自己跟戴镏龄先生似乎有一定的缘分。因此写下这篇回忆，以表怀念之意。

（2009 年 11 月 29 日，于校医院）

介绍狄更斯的《为小孩写的英国史》

这是一位大作家写的一本小书。据 G. K. Chesterton 说,是狄更斯用向 9 岁左右的英国儿童讲英国历史的口气所写的英国历史。这是狄更斯晚年的一种"闲笔",一种次要之作。但是它毕竟是狄更斯,正像他的其他著名作品,也是能让不管大读者、小读者高高兴兴看下去的。

小孩子在听大人讲故事的时候,常爱问的一个问题就是"谁是好人?谁是坏人?"这就是说,在儿童纯洁的心灵中希望知道人生中是非善恶之分,扩而大之,也就是真善美和假恶丑之分。其实,一个大人不也需要有这种人生思想标准吗?只是,对于小孩子来说,这种标准需要划得更鲜明、更清晰——有些"中间色调"暂时不要介入——罢了。

狄更斯的这本历史故事书就是这样写的。以讲人物故事为主。通过作者爱憎的角度,使小读者在听历史故事中养成一种健康的是非观念。

林汉达先生曾经在为中国儿童写中国历史故事方面作过可喜的贡献:《上下五千年》《东周列国志新编》等等。

历史如果细写,可以细到考证皇帝有多少老婆、多少儿子女儿,慈禧太后所用御膳的每一盘菜,但也可粗到让小孩子分清历史上谁是好人谁是坏人。而据我看来,后者比前者更重要。中国老百姓的历史常识往往是从看戏、看小说中得来的。这就是从戏和电影中比较容易看出来,在历史上什么是真善美、什么是假恶丑——至于详详细细的考证,让历史学家去下功夫好了。

(2010 年 2 月,于校医院)

现实主义作家乔治·吉辛
与《四季随笔》

　　乔治·吉辛（George Gissing）于 1857 年生于英国约克郡的威克菲尔德。他先在沃里克郡曼彻斯特市贵格会办的一家寄宿学校念书，后进入欧文斯学院。他智力早熟，学业成绩优秀，由于过度用功，健康受损。但遭遇坎坷。先是在大学读书期间，因爱上一个贫穷女孩，为帮助她而犯有小偷小摸的错误，以致被学校开除并坐牢一个月。出狱后他先到美国流浪一年，开始发些小说，因生活无着，又回到伦敦，靠着为人辅导希腊文、拉丁文勉强糊口。他失学后与这个女孩结婚，但这个女孩是个妓女，好逸恶劳、贪图享受而且吸毒，逼得吉辛除拼命写书外还要做家教挣钱。这次不幸的婚姻因这个妓女之死而结束。吉辛又与一个年轻女仆结婚，再次以不幸结束。最后，吉辛在巴黎与一位法国妇女结合，感情融洽。但这种幸福生活吉辛享受两年，即在法国圣－让·德·卢兹去世（1857—1903）。

　　吉辛作为 19、20 世纪之交的一位有代表性的现实主义小说家，在英国文学史上有一定地位。但在他身后，影响最大的倒是他的散文著作《四季随笔》。

　　吉辛酷爱读书，受过严格的希腊罗马古典文化训练。他是渊博的学者，又是写作勤奋的作家。他在青年时代即有志于像巴尔扎克那样写作一系列描写当代英国社会的长篇小说。从 1880 年到 1903 年，他发表了 20 多部小说。这些小说，除了一部以 6 世纪意大利历史为题材外，都是描写英国中下层社会生活。这从他的几部小说的书名即可略见一斑，如：《黎明时的工人》（*Workers in the Dawn*，1880），《在流放中诞生的人》（*Born in Exile*，1892），《无产阶级身份的人》（*Unclassed*，1884），《平民》（*Demos*，1886），《下层社会》（*The Nether World*,

1889),等等。但是他最著名的长篇小说是《新格拉布街》(*New Grub Street*,1891)——一部以描述 19 世纪末伦敦文坛为题材的写实小说。

吉辛从青年到中年时代,一直写书,日子过得很苦,多年处于半饥饿状态(semi-starvation),除了忙里偷闲读读自己心爱的书,很少有"生人之乐"。只有到晚年,即 19 世纪 90 年代之末,由于收入稍稍好转,他才有条件到向往已久的意大利旅游。这次旅游对于吉辛是生平少有的乐事,并促使他把游历印象写成《在爱奥尼亚海边》(*By the Ionian Sea*,1901)。此后他住在法国,并与一位法国女士结合,过了一段平静、温馨的爱情生活,总算苦尽甘来。可惜这种好日子并没有过很长,吉辛就在 1903 年 12 月他 46 岁时英年早逝。他的散文代表作《四季随笔》(*The Private Papers of Henry Ryecroft*)在 1902 年先在《半月评论》上连载,然后以单行本问世于 1903 年。

吉辛的名字在中国并不算陌生。就个人记忆所及,在 20 世纪 40 年代中期,他的《新格拉布街》一书在抗战后期的重庆以《文苑外史》的书名出版了中译本。解放后的 50 年代初,他另一部小说《威尔·瓦伯顿》中译本曾在上海出版。但吉辛在我国文学界和外国文学翻译界最出名的著作乃是他的散文代表作《亨利·莱克罗夫特的私人札记》(*The Private Papers of Henry Ryecroft*)。此书在"五四"时期,曾由周作人以《草堂随笔》之名介绍给中国读者。解放前的 40 年代中期,出过老翻译家李霁野的译本,取名为《四季随笔》。"草堂"在中国文化传统中寓有"文人寒斋"之意,但也容易引起与杜甫草堂的联想,用于吉辛的书名嫌得有点太中国化了。"名从主人",从吉辛随笔的全书内容分为"春""夏""秋""冬"四卷来看,将书名译成《四季随笔》更为贴切。

《四季随笔》是一部内容灵活、文笔轻松、形式独特、风格优美的散文集。它是吉辛在薄薄的伪装外衣掩盖之下自叙"心路历程"的作品。书用第一人称的形式,假托某位名叫亨利·莱克罗夫特的穷作家,在伦敦文坛苦苦挣扎了大半世之后,偶然接受了一位好心人的遗产,得以从激烈竞争的文坛上退了下来,隐居到德文郡的乡下,以读书自娱,安享晚年。他在平静的乡居中,回顾往日的贫困艰辛,怀念生平所酷爱的经典作品,对于大自然之美、乡居生活之乐,进行种种思考,发表种种感想,写出一批长短不一、互不连贯的漫笔。似分似合,而由主人公用自己的个性将全书贯穿起来。吉辛假托为这位作家的朋友,在他去世之后,将这一批漫笔大致编为四个部分,即"春之卷""夏之卷""秋之卷"和"冬之卷",便于出版成书。实际上,这四卷随笔的内容代表了吉辛本人的生平素描、思索成果和感情向往。这是吉辛在伦敦文坛摸爬滚打、苦斗了大半生后,在临终前写出的一部笔调柔和的"心灵自传"。

作家进行小说创作时,免不了要考虑形式的要求,运用艺术技巧把生活素材加以"改造"。但当作家晚年退出文坛,从纷扰归于安宁,从繁忙归于平静,回归自我后,在乡居回顾生平,自然要把自己记忆中印象最深的往事,内心里最想吐露的哀曲,不加修饰地表达出来,这时就会流淌另一路的文字,朴素,自然,但正因为是真情流露而感人至深。《四季随笔》就是这样的一本小书。吉辛在伦敦文坛上奋斗了大半生,到了晚年,收入稍稍富余,在生命的最后一两年,得以在法国与感情融洽的女人安居,以秋日般平静的心情回顾昔日,其中既有心酸,又有牵念,因事味谙尽,烟火已消,书中最突出的情调是作者时时流露于笔下的温馨的人文关怀和对大自然的赞美。

(2010 年 3 月,于校医院)

想起了托尔斯泰

最近，因为读一本旧书，托尔斯泰的小女儿亚历山德拉写的回忆录《托尔斯泰的悲剧》，而想起了托尔斯泰。

托尔斯泰像

按说，我学的是英文，并非搞俄罗斯文学的，跟托尔斯泰不搭界。不过，过去由于一个特殊机会，我和托尔斯泰也有一次缘分。那就是在 1957 年以后，"三年困难时期"，由于心情痛苦，我发狠心，挤夜晚十点钟以后的休息时间，把托尔斯泰的三部巨著英文本，从头到尾啃了一遍。对于《战争与和平》，本来想找最有名的莫德译本，写信给北京外文书店邮购，结果只寄来一部"企鹅古典丛书"版，是一位女士 Edmonels 的译本，似乎还是北京某位读者买后不要了，又转卖给我这个外地读者。不过聊胜于无，就读这部译本吧。不知读了多少天，读完时纸面简装本的两原册书脊崩开，散架了。心疼得不得了，自己重新装订一下，还无师自通地做了一个硬纸板书套，把它保存下来，至今还珍藏在寒斋书架上。

尽管下了这么大功夫，把三部巨著读了一遍，现在半个多世纪过去了，遗憾的是，我的记性太坏（也许是"文化大革命"中记忆力受到损伤），对于托尔斯泰巨著的宏大叙事结构，并没有留下多么清晰的回忆，仅仅对于三大巨著各篇记住了一些很小的细节。对于《战争与和平》，只记住在关系着俄国生死存亡的菲利军事会议上一个小插曲：库图佐夫是孤立的，其他将军都反对他的战略部署。只有 9 岁的农村小姑娘玛拉莎躺在高高的炕头上偷看下面开会，凭着儿童天真纯洁的直感，同情库图佐夫，觉得这个老头是"好人"，而反对他的那些将军都是"坏人"。这一细节，心里真是佩服得五体投地！——伟大作家不仅胸怀博大，而且心细如发,与人民的心息息相通。对于《复活》,只记住马斯洛娃受审和两个波兰少年之死:检察官在法庭上念对于马斯洛娃的起诉,不仅马斯洛娃一个字也听不懂,就连陪审团的大人先生也烦透了,但检察官还是不依不饶地念了几个钟点。托尔斯泰插入一句评语:"他不怜悯别人,也不怜悯自己!"两个波兰少年之死,则是描写两个波兰学生为了参加反对沙俄的活动,被判处了绞刑:两个花季少年,生活刚刚开始,就被无情地推向了死亡,他们无论如何不能接受这个残酷的事实,但最后时刻还是接受了这个残酷的命运。这一细节对我的震撼是巨大的:不仅感到托翁对于沙俄专政之深深的憎恨,也感到他对于无辜受害少年的同情之心。

前面提到莫德译本,我自己从阅读经历中也体会到莫德语言功力:读他译的托尔斯泰戏剧集,《头一个造酒的》,本来是托尔斯泰为反对饮酒而写的一个通俗小剧本、一本"劝善书",可是读完之后,那个使牛犁地的农民的口吻、动作栩栩如生,一个憨厚而有点愚昧的俄罗斯农民就活生生出现在眼前,使你忘记这仅仅是一个劝人戒酒的"道德剧"。另外,《黑暗的势力》中最生动的人物是那个伶牙俐齿的农村怒妇,她多么会说话,多么会算计,不仅把一个年轻的长工勾引到手,还唆使他害死了自己的丈夫—— 一个拙于言辞的老实农民,最后被逮捕的是她那个情夫——写出了在男权社会中,妇女受制于男人,性格被异化,向阴柔算计方面发展,最后的受害者还是男性——这是一个多么沉痛的怪圈儿! 比女权主义者的著作写得更催人猛醒。

拐回头再说说亚历山德拉的回忆录,回忆录说的是托尔斯泰的晚年。这时他的三大巨著都已写完,按说该安度晚年了。但托尔斯泰并没有闲着。他住在他的庄园 Yasnays Polyana,忙着各种事情。按说,他是个大贵族、大地主,但他并不像,他关心着周围农民的疾苦,农民们常来找他解决种种生活问题,他为农民的孩子编课本,指导他们写作文,帮他们修改——改作文时,农民小孩子趴在他那高大的脊背上!

托尔斯泰这位文学巨人,在民众心目中占据了首屈一指的地位,他的作品像一颗璀璨的明星为世界文学增添光彩。

(2010 年 4 月,于校医院)

"牛棚"闲话

1966 年上半年,我正领着一部分外语系毕业班学生在洛宁县实习,住在长水镇,偶尔坐车上山,绕过"九曲十八盘",去到山顶上的上戈公社,探望实习同学。同时实习的,还有中文、物理和体育各系的师生。当时,我虽然还是"摘帽右派",但大家友好相处,没有什么隔阂,我过了一段平静的日子,几乎把自己不同于别人的"身份"忘记了。

到了 5 月,报上登了批判"三家村"的文章,集体讨论(其实也讨论不出什么,大家都不知道是怎么回事),停止实习回校。下车时,我头脑"嗡"的一下,猛然一晕,在朦胧中有一种灾难将临之感。过了几分钟,才恢复正常。

此后确如预感所示,空气一天紧似一天。开始仍是集体学习,在学习中已有人对我点名威胁。接着红卫兵出现。有人暗中告诉我,已为我做了高帽。到 8 月下旬,外语系红卫兵"战斗师"对我抄家,抄去一些衣物和两箱书籍,还把一本《诗韵新编》一撕两半,扔到地上。于是我就进了"牛棚"。

所谓"牛棚",并非真是一个牛棚、马圈、牲口屋,而是一种无形的拘留所。把人打入"牛棚",先下一道"勒令",宣布罪名,"只许规规矩矩,不许乱说乱动"。从此,无论你在什么地方,随时可以画地为牢,对你批斗、训斥,好像被套上一个看不见的囚笼。人身侮辱,自不待言。

一开始,各系的红卫兵似乎是"各自为政",被揪出来的人分散交给学校里的工人派活劳改。有的人被批斗游街后戴着高帽直接去劳动,工人说:"高帽脱下来,脱下来,戴着这个东西怎么干活?"有的老师傅,看到其中有熟人,或者出于同情,在派活中想法子减轻一下这些人的痛苦,就派他们去修防空洞。所谓"修",不过是到防空洞里拍打拍打地面,活很轻。更大的好处是一钻进防空洞就与外界隔绝,暂时听不见恶声恶气的斥骂,惊魂稍定。

被揪斗的最紧张、最痛苦的高潮过去后，人进了"牛棚"，觉得"反正是这样了！"心情倒平静下来。与此同时，我们这些人就由全校统一的某派红卫兵组织集中到河大钢厂管理。钢厂，指的是"大跃进"中在东城墙边所建立的炼钢厂旧址，剩下两三间破厂房。"文革"发动起来，革命群众都往运动的风口浪尖里跑，而我们这些人一到早晨七八点钟，却三三两两地往偏僻的城墙边慢慢挪动，显得很特殊。所以，旁边就有人议论道："这些走路歪歪斜斜的人，都是牛鬼蛇神！"于是教育系的陈教授在"牛棚"里就发话说："谁再问我是谁，我就说：我姓牛鬼，名叫蛇神！"

在钢厂其实也没有多少事，除了有时在红卫兵监督下学学文件，就是用工具敲打敲打什么零件。但不久另一派红卫兵起来夺权，大喇叭天天广播着林彪的语录歌《拼刺刀》，两派之间斗争激烈，顾不上管我们这一批"死老虎"，造成了钢厂中的一段"无治状态"。不过，大家还是到时候规规矩矩来上班。这时候，我才有机会认识一下这些"牛棚之友"：有的是被打成"走资派"的干部，有的是被打成"反动学术权威"的老教授，平时素无来往，仰之弥高，在运动中"一锅烩"，到"牛棚"里一律平等，颇有点庄子"齐物论"的味道了。大家都是文化人，知识分子一成堆，又无人监督，免不了七嘴八舌聊天——我称之为"牛棚闲话"，在这里记下一些点滴。

首先，政教系一位教逻辑的郑先生对于"牛棚"中的暂时冷落"无治"状态冷冷分析道："他们正在进行权力再分配！"

他这句惊人之语，无人敢于应声。倒有一位平时权威赫赫的"双肩挑"干部，对于自己突然被揪出来痛定思痛，说了一句："我现在什么也不怕，就怕红卫兵！"但一位姓侯的伙食科长有点不服气，也说了一句："（红卫兵）不过是小知识分子儿！"

古音韵学家、古画论专家和书法家于安澜老先生在牛棚中年龄最大，他的表现比较特别。他的"罪名"是"封建余孽"，自难逃被揪斗游街。但他一点也不发愁，总是笑眯眯的。向我们笑着谈他怎样戴高帽、挂黑牌、敲着锣游街之后，回到家里还向家人表演一番。他还讲他外孙女的故事：他外孙女是初中生，当了红卫兵，到北京串联，一下火车，就有街道干部递上一个夹香肠的火烧！于先生说："她在家，可没有人给她吃这。身上带了5毛钱，去一趟北京，1分钱没花，又带回来了。"又笑笑下结论道："毛主席喜欢年轻人！"

于先生是滑县人，滑县出过大干部，他在牛棚中谈了一两件大干部的遗闻轶事。譬如，有一位早年在家乡领导土改，在运动中他的母亲和舅舅都被斗争了。事后，他母亲向他舅舅诉苦。他舅舅说："姐，你们家的人不是好（爱好）这个吗？"老太太哭笑不得。另有一位出外革命，与老家的妻子离了婚，但婆媳关系好，离婚不离家。解放后，大干部坐着小汽车回家探亲，他母亲带着儿媳妇来了。他说："妈，你上车吧！"老太太却说："要坐都坐，要走（路）都走（路）！"——说到此处，于先生笑笑说："于是乡下传为'世说新语'！"

于先生是抗战前燕京大学的老研究生，早年以《魏晋南北朝韵谱》受到王力教授激赏。他见多识广，熟谙历史，故处变不惊。他在牛棚中的表现是很独特的，可谓"世事洞明皆学问，人情练达即文章"。

和我们在一起级别最高的是钱天起教授，在"文革"前担任开封师范学院（即现在的河南大学）副院长和中文系主任，印象中是一位温文尔雅的南方学者。他当时和外边还有书信联系。有一天他带到牛棚中一份材料，说的是兰州大学校长江隆基之死，材料上说他被一个叫"李贵子"的学生带走，走前还对他家的保姆说："大妈，我不是坏人！"但后来还是不明不白地死了，也不知道那个"李贵子"后来怎样。

大家传看了这个材料，沉默了一阵，不由得联想到自己的命运，不敢怨天尤人，只敢往自己身上找原因。外语系的常玉璋教授，根据道家理论提出了"个孽"和"共孽"之说："个孽"指知识分子个人犯了错误，"自作孽"，后果自负；"共孽"则指知识分子共同的孽障，类似基督教的"原罪"之说。无论"个孽""共孽"，知识分子总是要倒霉。这作为自怨自艾、认命，不失为自排自解的一种论据，但知识分子为什么就该倒霉，还是谁也说不清楚。

地理系一位余老师在牛棚里对我们笑着说：由于两派红卫兵对他的高帽子的尺寸要求不同，他就想办法把他的高帽子做得能灵活伸缩，使两派都挑不出毛病。——这诚然是一种"聪明"，却是人性被扭曲后的自辱表现。我们当时都是受侮辱和损害的孔乙己。

有一天，我实在忍不住了，在自己的斗室中大叫一声："我们究竟犯了什么罪，这样对待我们？"当时还有一位李副教授与我同住，我的屋子是我们共同的"牛棚"。他连连摆手，不让我说。其实我也只是在屋里吆喝一下，出一口鸟气。

1966 年秋冬之际,学校有什么基建任务,需要沙子,派我们当中体力稍强者到开封南关外拉沙,我也忝列其中。路远活重,一拉一天,这一天也就由我们自己支配了。每天早饭后领车、各就各位"上套",力气大且脾气稳重者驾辕(大家的命就系在他的两膀之上了),其他人分列两旁,各拉一绳上路。日子长了,轻车熟路,中途可在一个打麦场休息方便,正午在南关外沙地里七手八脚装车,再到铁路南边一个三角地带休息午饭,只要在晚饭前把沙拉到学校、卸车,就算任务完成。这活儿干了不少日子,时间长了,很有点"乐不思蜀"的味道。卸车休息时大家聊聊天,中文系张老师戏称之为"御前会议"。数学系一位孙老师是美食家,对午饭中的肉丝汤赞不绝口,说是"鲜美无比";还有一位领导干部在饭后还要买一包咸牛肚给老伴捎回家"夹馍吃"。

　　拉大车那一段可说是牛棚生活中的黄金时代。这个劳动任务不知道是谁分派的,不管是出于实际需要,还是出于善意照顾,都值得感激怀念。

　　然而,牛棚毕竟不是安乐窝。我们这些人不过是笼中之鸟、釜中之鱼,牛棚闲话也好,拉大车中的宽松日子也好,随时都会被残酷的现实所粉碎。尽管"文革"中的掌权者在不断变化,不变的是每一年或每半年都要有在革命的名义下所发动的政治运动,全校统一的"牛棚"解散了,我们各回各系,接受批斗、侮辱、殴打。前文所述的"牛棚之友"据我所知,至少有两位自杀、有两位患癌症死亡,那位会做伸缩高帽的余老师则在"文革"后不久即患癌症逝世。我自己呢,到了所谓"运动后期",被种种批斗和"审查"整得精神分裂,出现幻

于安澜先生

觉、幻听,半夜在睡梦中觉得有一只大手压在自己胸口,憋得透不过气来,直到"文革"以后很久,还做噩梦、怪梦。

　　洞明世事的于安澜老先生身材瘦高、慈眉善目、谈吐和蔼、风度家常,有古道之风。他一直笑眯眯地活到 21 世纪,以近百岁的高龄去世。

　　于老先生在"牛棚"中,四两拨千斤,"一笑心轻白虎堂"(聂绀弩诗),全身而退,不能不说是高人!

(2010 年 5 月 11 日,于淮河医院病房)

我读苏联文学的心路历程

一

俄罗斯文学是我对外国文学的"初恋"。高中时代,我怀着一个少年人对于文学的痴爱,读着普式庚(普希金)、莱蒙托夫、果戈理、屠格涅夫,简直不觉得他们是"外国作家",只感到亲切动人,受他们强烈吸引——主要因为当时个人的生活时代、环境、心情、追求、向往与俄罗斯人民接近,所以才那样贪读,十分投入。我对于俄罗斯文学的感情,深藏于心,几十年始终不渝——现在还渴望晚年有机会再读一遍少年时代所热爱的那些俄罗斯作家,重温一下旧梦。

我读苏联文学,与读俄罗斯文学一开始有点缠夹不清,因为都跟鲁迅的引导有很大关系。只要想想他那篇充满深情的文章,《祝中俄文字之交》,就可以明白,我们这些人(当时被称为"进步学生")为什么在解放前会在爱上俄罗斯文学的同时,也爱上了苏联文学。其中更重要的原因是我们在那时候相信"苏联的今天就是中国的明天",因此渴望了解俄国怎样从一个沙皇专制的国家成为一个社会主义国家,想从苏联文学中了解一下俄国在十月革命前后的变化。

关于俄国在十月革命前后的变化,当时有一本现成的书,即:《联共(布)党史简明教程》。上大学时,陈原在《外国语学习指南》中曾推荐阅读这本书的英文版,我就用一年的课余时间把这本书仔仔细细、从头到尾读过一遍,大致了解了十月革命前前后后的经过以及苏联工业化、农业集体化的过程——但是书的最后部分在我心里留下了一个无法解决的疑问:像季诺维也夫、加米涅夫、布哈林等许多老革命怎么会在革命胜利之后反而大批成为"外国间谍""反革命"而被镇压?对于这个问题,几十年无人解释,也不能问,在我潜意识中成为笼罩在苏联历史上的一片暗影。不过,在现实生活中,我在解放前后一直顾全大局,对任何人都没有提过这件事。二战期间，中英美苏是四大盟国，共同与德意日法西斯进行生死斗争，我自然寄希望于苏联的胜利；解放后，"一边倒"，更是"以俄为师"。因此我看苏联总是以光明面为主，对苏联文学也是以向往、学习为主。

苏联的解体，对于我们这一代憧憬过"苏联的今天就是我们的明天"的知识分子来说，震动和失落是很大的。现在才知道，我们过去对于苏联的实际情况并不怎么了解，甚至很不了解。我更关心的是今后如何看待苏联文学的问题。1993 年 5 月，在北京《世界文学》举行的一次会议上，我问过一位苏联文学专家："今后对于苏联文学应该怎么看？"他有点怅然地说："作为过去那一段历史的反映，总该还有一定作用吧！"

这话是不错的。但我还想起鲁迅的另一句话："对文学，还是用文学的眼光来看。"（大意）尽管苏联解体了，苏联所遗留下来的那些文学作品，是不是还可以通过反思给以客观评价？我就从这个角度来谈谈留在我心中的苏联文学作品。

二

苏联文学，我最初读的是短篇小说，主要是曹靖华翻译的《苏联作家七人集》（生活书店出版），从中记住了一批早期苏联作家，如拉甫列涅夫、赛甫琳娜、英倍尔以及那位写十月革命后的饥馑（《丰饶的塔什干》）而自己也死于饥馑的涅维洛夫。印象特别深刻的作品则是《第四十一》，其中写了一个在爱情与革命立场冲突中最后仍选择了革命立场的红军女战士玛柳特迦。我把这篇小说全文抄写，连插图也描摹下来，可见喜爱之深。《不走正路的安得伦》，写早期的苏联农村干部；《星花》写少数民族地区的矛盾悲剧；《哑爱》写城市的浮薄青年欺负哑巴姑娘，透露着对弱者的人道关怀；《烟袋》是爱伦堡的早年作品，写巴黎公社社员的一个小孩，在公社失败后惨遭反动派杀害之事。这些作品，我都非常爱看，对于这些在十月革命后的艰苦日子里写出优秀作品的作家，我怀着深深的敬意。至今我仍认为《苏联作家七人集》是一部好书。

高中时代还读了长篇小说《铁流》（曹靖华译）。《铁流》写克里米亚一支红军在白军追击、包围之中，冲破绝境，冒着千难万险，以非人的努力、胜利突围的经过。它是苏联老作家绥拉菲莫维支的代表作。有意思的是,作者本人并未参加过这次行动,而是根据突围领导者郭甫如柯的回忆、经过艺术加工后写成小说——作者本人赖以构思的感性依据乃是他早年曾在突围进军地区生活过,对之非常熟悉,因而可以驰骋艺术想象。创作是成功的,读者如身临其境,对于种种人物如闻其声、如见其人。据说有人根据《铁流》的创作经验,曾经建议鲁迅把中国红军长征的史实写为小说,并提供了资料,但鲁迅慎重考虑后,没有接受,可能因为鲁迅缺乏必要的感性经验吧——绥拉菲莫维支毕竟拥有他自己的一段与突围地区有关的早年经历。

《毁灭》是法捷耶夫根据自己青年时代在十月革命后的远东地区与日本干涉军作战的亲身经历所写的小说。它虽然只是个小长篇,但写出了一支红军游击队的种种人物,如言语木讷而为人朴实的工人木罗式加、沉默寡言而内心坚强的牧人梅迭里沙、巧言令色的小知识分子美蒂克,以及性格坚毅的游击队长莱奋生。在日常生活中,老实的木罗式加是受美蒂克欺负的,美蒂克追逐女护士华理亚,还占了便宜。游击队处境严峻:近有白军的威胁,远有日军的包围。牧人梅迭里沙在侦察任务中被白军俘虏杀害。莱奋生决定突围。在突围之前,美蒂克做了可耻的逃兵;在突围中,木罗式加牺牲。突围后游击队只剩下 18 个人,经受了战斗的考验,成为支撑革命进行下去的坚定战士。

《毁灭》,我是多年以后拿英译本 The Rout 与鲁迅的译本对照着看的。鲁迅的直译稍嫌生硬。比较之下,他的《死魂灵》译文更为自然、醇熟,曲尽原作之妙。

《铁流》和《毁灭》在中国的影响很大。解放前的革命者和进步人士是把它们当作革命文学的经典甚至革命教科书来读的。它们对于中国人民的抗日战争和解放战争起过鼓舞斗志的作用;今天看来,它们生动地描写了十月革命初期的状况,仍然具有历史价值和艺术价值。

三

高尔基是苏联文学的最大代表,也是我少年时代的一个崇拜对象。他的青少年时代完全在贫穷和流浪中度过,靠自学成才。他读的书很不少,创作的数量也惊人：他一生写过长篇、中篇、短篇小说，戏剧，诗歌，寓言故事，文学回忆录，文学评论，政论杂文，涵盖了所有文学门类。十月革命后，他主编"内战史"和"工厂史"，晚年还发表了四大卷的巨著《克里姆·萨姆金的一生》。他是一位横跨十月革命前后的大作家，既和托尔斯泰、契诃夫、科洛连科保持深厚的友谊，又与新时代的苏维埃作家有广泛的联系。在他生前，苏联作家几乎没有人不受到他的提携、指

高尔基像

导。此外，他是一位胸怀博大的人道主义者，凭着他和列宁的亲密友谊，在十月革命后保护过在极端困难条件下生活和工作的文化人和科学家，并且为了珍惜人才，还庇护过持有不同政见的作家、艺术家，帮助他们出国。高尔基只活了62岁，而且一直是肺病患者，据看护他的一个护士说，他在临终前两肺全部溃烂，仅靠一口气顽强地活着。他那极富成果的一生实在是一个奇迹。

在他的传记中，我最初读的是邹韬奋编译的《革命文豪高尔基》。最感兴趣的是他早年的经历：父母的浪漫婚姻，父亲早逝，母亲改嫁，外祖父脾气暴戾，外祖母善良慈祥，二人祷告的是两个截然不同的上帝——一个是令人恐惧的暴君，一个是爱护弱者的慈父，而后来这一双老人彻底赤贫、变成沿街讨饭的乞丐，高尔基小小年纪就走上流浪谋生的道路。从这本传记中我还第一次知道，高尔基在十月革命后为了在"肃反"中保护一些知识分子，和列宁、季诺维也夫吵过架、生气昏倒等等。这本书在20世纪30年代由生活书店出版，鲁迅提供插图，但解放后未再出版。

其实在高尔基的传记中，写得最好的还是他的自传三部曲——《童年》《在人间》《我的大学》。《童年》，我只看过刘建庵根据苏联同名电影所刻的一套木刻版画，内容与小说大致相同。《在人间》，我高中时读的是楼适夷的译本，由于我也是个流浪儿，读得非常投入，书中除了写小市民生活的无聊和冷酷之外，还写了一些爱护、关怀少年高尔基的好人，像那个体格魁伟但心地善良、逼着高尔基读书的轮船厨师斯默如，还有那个喜爱高尔基、借给他书看而自己不得不混在一群军官当中的美丽少妇，都在我心中留下了深深的印象。说实在话，我也很希望自己能碰上这样的好人。我刚读完这本书，恰好突然接到一个久未联系的小学好友来信，他从郑州流浪到西安，找到一个什么工作。我就把书寄给他，

他回信说看了这本书觉得很喜欢；但以后再不来信、联系断绝——我这才想起：他的第一封信神秘地说他的所在单位有哨兵站岗把门、戒备森严，他莫不是进了西安的什么国民党军事机关，甚至是不是误入了什么"特训班"之类？在那些地方，高尔基的书当然是绝对犯禁的。总之，从此与他断了来往，也不知道老同学后来命运如何。这算是个读高尔基的小插曲吧。

瞿秋白像

对于高尔基的小说，我是从他写的第一个短篇《马加尔·周达》读起。这一篇描写吉普赛人的自由不羁性格，属于高尔基的早期浪漫主义作品，巴金译的，很投合我少年时代的口味，还对全班同学朗诵过。后来则主要通过瞿秋白译的《高尔基小说选集》读他描写流浪生活的中短篇小说。高尔基笔下的下层社会和流浪汉、穷人，往往写出一般知识分子作家所写不出的、令人吃惊的生活现象，例如父子同爱着一个女人、互相妒忌（《在筏上》）；也写到富人家的飘零子弟流落到穷人当中显得特别自私和无情无义（《我的旅伴》）。《二十六男和一女》则是一篇使我感情上受到很大震动的作品，因为它揭示了下层劳动者纯朴的爱心在现实的男女关系中是如何微不足道，而一个内心下流的浪荡子只需略施小计就轻松使得贪图虚荣的女孩子投怀入抱，并且还以此为得意（仿佛是什么"男人不坏，女人不爱"）。这对于学生时代对恋爱尚抱有天真幻想的我，是一次不小的冲击。

由于列宁对于高尔基的长篇小说《母亲》的高度评价，我在高中时代曾不止一次努力攻读，但只读了开头，并翻翻末尾，没有读下去。这部小说不像《在人间》那样吸引我。对此我长期困惑，不知该怎么想。后来看到普列哈诺夫给高尔基的一封信，怪他不该把艺术才能浪费到写《母亲》这样的政治宣传作品方面。我不愿意接受普列哈诺夫这样苛刻的评论，但我没有把《母亲》读完，也是事实，只能怪自己缺乏有关革命活动的生活经验，所以无法深入阅读。为此，我还在"反右"斗争后当作一个错误交代检查，希望得到正确解释、受到教育，但学校里一位领导（著名理论家）仅在大会上不点名地严厉训斥说："这表明右派分子跟我们有不同的美学观点！"

对于高尔基的作品，真正认真下功夫读的，只有瞿秋白翻译的《高尔基小说选集》。顺便说一句：瞿秋白的译文极好，流利、晓畅、生动、有力。

很内疚,高尔基的长篇小说,除了《在人间》,我都没有读。

不过,他的作品中,还是有一部我特别爱读的,那就是他的文学回忆录。高尔基的文学回忆录是世界文学中的奇葩,特别是《列夫·托尔斯泰》一篇,对托翁的声音笑貌以及内心世界的描绘,可称为文学肖像的绝妙之作。

苏联解体后,重新出版了高尔基在1917年俄国二月革命后所写的一批政论《不合时宜的思想》(有江苏人民出版社的中译本)——他反对在二月革命后直接发动十月革命。但在十月革命后,尽管他在“肃反”上与列宁有分歧意见,他仍与列宁保持着诚挚的友谊,并为苏联做了大量工作,写出支持苏联的政论。斯大林也拿他当作苏联文学的代表。但二人的关系似乎貌合神离。因此晚年的高尔基也是一个悲剧人物。

我上高中时学木刻,曾想对鲁迅和高尔基各刻一幅像,以表敬仰之意。对鲁迅,倒刻出了一幅砖刻,朦朦胧胧,略带古朴意味;对高尔基的像,虽然看过不少,总画不好,终于没有刻出来。同样,我对高尔基的阅读,也只能以低分交卷了。

四

由于解放后对于苏联“一边倒”的立国方针,我的文学眼光一直关注着苏联文学的发展。从1957年1月调到大学工作,一直订阅着《苏联文学》英文版(*Soviet Literature*),不断阅读其中发表的二战后的苏联长篇、中篇小说和剧本。但今天回忆起来,能与《铁流》《毁灭》《第四十一》相比留下深刻印象的作品很少。

有的长篇小说,即使读了,也未终卷。譬如,爱伦堡的《暴风雨》,虽是获得斯大林奖金的作品,我也下功夫读过,但只读了一小部分,就读不下去,吸引不住我。但他在二战中写的战争通讯和战后的国际评论以及他的文学论文《谈作家的工作》,文笔优美,知识渊博,我一直爱读,包括他的回忆录《人·书·岁月》——他的散文写得很漂亮,不知为什么他的长篇小说并不怎么吸引人。

不过,1957年以后,我倒真是横下一条心,集中时间读了两大部苏联小说。那是因为我在1957年9月被划了“右派”。按当时的说法,这是犯了政治错误,必须改造思想。我痛苦地思索着自己应该怎样进行思想改造。除了攻读马列主义著作，我决定阅读有代表性的苏联文学作品，作为自己改造思想的借鉴。首先选择的是 A. 托尔斯泰的《苦难的历程》。这部书，瞿秋白曾经推荐给人翻译，未果。我购到一部苏联英文版，据以攻读。《苦难的历程》卷首的题词是："在血水中泡 3 次，在盐水中浸 3 次，在清水中漂 3 次。"意思说，人经过这样一个过程，才能变好。我很想知道俄国的知识分子是怎样经过十月革命得到改造的，这对自己一定会有很大好处，于是在"三年困难时期"，把降低了的工资完全用于购买一切可吃之物，同时熬夜攻读这部大书。书为三部曲：《两姊妹》《阴暗的早晨》《1918 年》。挤了一两年功夫读完，记住了出身上层家庭的两姊妹卡佳和达莎在十月革命前后的生活经历：卡佳是一个性格温柔、耽于幻想的姑娘，革命前嫁给一个政府官员，但她痴迷文学，又与一个疯疯癫癫的未来派诗人有一段暧昧关系。卡佳的丈夫为此暴跳如雷，而卡佳只是鄙夷地奚落他："看一个胖子发脾气，真可笑！"她丈夫吃个哑巴亏，不了了之。二月革命爆发，卡佳的丈夫属于克伦斯基政府的一员，在一次大会上与革命群众发生冲突，死去，而那位未来派诗人也在一战中由于爱国狂热而参军，作战阵亡。卡佳就糊里糊涂地成为"资产阶级政府官员"的未亡人。达莎的性格比较单纯，她聪明、活泼、热情，爱上了一个性格正直、坚强的工程师捷列金，他十月革命后积极工作，成为苏维埃政府的干部，经历一段苦难二人结合为幸福的伴侣，并帮助卡佳也找到一个真正值得她爱的人。——这是我现在所留下的印象，小说内容应该绝非如此简单。但我读了《苦难的历程》，并没有看出来俄国知识分子在革命当中是怎样"在灵魂深处闹革命"的。这对我思想改造没有什么帮助。后来从 A. 托尔斯泰的评传中知道他在十月革命后本来跑到巴黎，当过一段流亡作家，三部曲中的《两姊妹》就是他在巴黎所写，后两部才是他回苏联后为适应政治需要才补写的。总之，从《苦难的历程》我既没有接受到政治思想上的教育，也没有感受到文学艺术上的多大享受。

接着读的是肖洛霍夫的《静静的顿河》。对于肖洛霍夫，我最初很欣赏他的《被开垦的处女地》（周立波译本），写苏联的农业集体化。虽然同一题材别人也写过，但肖洛霍夫写人物、写生活有他的独到之处，所以很喜欢看，一度成了我的"枕边书"。但《静静的顿河》是四大卷的巨著，一套苏联英文版，一直高踞于书架,望而生畏。被划"右派"后,创痛巨深,为了改造思想,咬咬牙深夜苦读。它与《苦难的历程》不同,写的是肖洛霍夫自己经历过的十月革命初期哥萨克地区翻天覆地的变化。肖洛霍夫14岁参加革命,做了苏维埃政权的征粮队员,曾被白军俘虏,审问他的是著名的无政府主义者马赫诺,马赫诺念他年龄小,把他放了。《静静的顿河》所描写的人物、事件是有坚实的生活根据的,绝非为政治需要而虚构,所以从头到尾真实、鲜活。作者直面惨淡的人生,对于十月革命后内战的残酷性敢于如实描写,例如同村子里从小一同光着屁股玩耍的少年游伴,在内战中由于立场不同而在战场上互相厮杀,厮杀之后仍回到本村面对被杀者的亲属——这都是当时残酷的现实。另外,书中对于革命者既不美化、对于反革命者也不丑化,让读者觉得真实。至于葛里高利·麦列霍夫这个主人公,从一战中沙俄军队一个作战勇敢的普通士兵,到在十月革命后投向革命、成为红军的一个师长,又复员回到哥萨克地区;当时处在混战之中,红军、白军犬牙交错,他又成为一个白军军官,这在当时的复杂情况下是客观存在,作者不加避讳,对他既不美化、也不丑化,才使这个人能够成为一个站得住的、活生生的典型人物。《静静的顿河》继承了俄罗斯文学的现实主义传统,具有托尔斯泰《战争与和平》那样规模宏大、气势不凡的叙事风格。它的艺术成就是毋庸置疑的。葛里高利与婀克西尼亚的爱情故事已经深入中国读者的心里。早在二战的艰苦阶段,婀克西尼亚作为哥萨克妇女的形象代表,出现在袁水拍《寄给顿河上的向日葵》一诗中;该诗被谱成歌曲,为正在与日本法西斯强盗苦战的中国人民所传唱。

《静静的顿河》是一部不同凡响的长篇小说。我被书中所描写的血与火的斗争吸引,完全沉浸于忘我的艺术享受之中。它引起我想读《战争与和平》的强烈愿望。于是我挤出夜晚10点钟以后的休息时间,接着读起了英国"企鹅古典从书"版的《战争与和平》,直到把那两卷纸面简装本读得书脊开裂。

看来,想通过阅读苏联文学作品来改造思想,绕的圈子太远了,难怪收效甚微。其实,对知识分子的思想改造了几十年,其中的利害是非究竟如何,谁也说不清楚,暂时打住。

五

苏联诗歌,我主要读了马雅可夫斯基。这是因为我在学生时代读田间用马雅可夫斯基那种"阶梯式"、跳跃式的诗行所写的抗日诗歌,非常赞赏。解放以后,田间不写"阶梯式"的诗歌,而写起了"民歌体";马雅可夫斯基诗歌则直接从俄文译出,有了很好的译本。我的爱好便从田间"跳跃"到马雅可夫斯基。马雅可夫斯基用他那独特的形式、独特的语言歌颂十月革命和他的祖国苏联,感情热烈真挚。卢那察尔斯基说他是一个孩子。从特蕾奥莉所写关于他的回忆录中也可以看出他性格热烈奔放而天真,确实像一个大孩子,他对革命的感情完全发自内心。诗贵真。所以,现在我对马雅可夫斯基仍保留一定感情。

苏联的文学理论和文学批评是相当发达的,在十月革命初期各种流派,"拉普""冶炼场""绥拉比翁的兄弟们"(同路人),都非常活跃,很有点"百家争鸣"的气氛。像托洛茨基这样的大领导跟拉迪克、瓦浪斯基等评论家一同平起平坐,讨论文学创作问题(见鲁迅译《苏联文艺政策》);马雅可夫斯基、什克洛夫斯基等年轻诗人、批评家集会,对卢那察尔斯基写的剧本开批评会,发言口无遮拦,甚至肆无忌惮,卢那察尔斯基则耐心听他们讲完,然后用滔滔雄辩把他们反驳得哑口无言,事后彼此仍是好同志,并不记仇(见柯尔卓夫所写的回忆录)。这样对于文学创作问题平等讨论,本是一个很好的开端,可惜随着权力越来越集中在斯大林一个人手里,"社会主义现实主义"定于一尊,这种平等讨论也就销声匿迹了。

十月革命初期,卢那察尔斯基担任教育人民委员(相当于文化教育部长),主领一代风骚。他既是一位革命家,又是一位学问渊博的学者,精通拉丁文和几国外语,还是一位才气磅礴的作家,一生著作等身。他的剧本《解放了的堂吉诃德》由瞿秋白译出,为中国读者传诵;他的文学论文写得文字优美,才华横溢。现在,国内能看到他的论著译本是《论俄国古典作家》和《卢那察尔斯基论文学》。他的论文,我很爱读。

普列哈诺夫虽不算苏联人,但他的美学论著属于马克思主义美学经典,大师风度,文采斐然,较之卢那察尔斯基更有深致。读他的文论,感到分析具体深入,令人信服。一篇《易卜生论》足使教条主义的理论家惭愧无地。

苏联的文学理论界曾出现一个流派,探索经典作家的创作过程。在这方面的代表作有多宾的《题材的提炼》,以托尔斯泰的《复活》为例,从原始素材到最后创作完成,如何一步一步进行提炼加工,塑造成为典型,娓娓道来,搞文学创作的人当会非常感兴趣。在这方面最精彩的作品则是巴乌斯托夫斯基的《金蔷薇》,把文学创作的各个环节,从题材积累到使用标点符号,都写成了一篇篇动人的故事或小说,译成中文后,成为许多中国作家和文学爱好者的枕中之秘。

六

苏联文学在解放前曾鼓舞中国人民为民族独立、人民解放而奋斗的斗志。那影响总的来说是正面的。解放后,苏联文学作品大批翻译过来,但所起的作用不可一概而论。有些作品,像《钢铁是怎样炼成的》,不仅大量出版,而且改编为话剧,在全国各地上演,对新中国建设起到鼓舞作用。报告文学《黑面包干》描写在十月革命初期,列宁周围的干部自己忍饥挨饿还捐出一部分口粮去援救当时德国正在挨饿的孩子们;这部作品发表在"三年困难时期"的《世界文学》上,读来感人肺腑。以奥维奇金为代表的苏联的"干预生活"小说(《区里的日常生活》等),直接影响了王蒙的《组织部新来的年轻人》和刘宾雁的《在桥梁工地上》。这些都是正面的影响。与此同时,粉饰苏联现实生活的作品,如长篇小说《金星英雄》,电影《幸福的生活》("拖拉机加恋爱"),也大量介绍进来,使人相信了假象。至于以基洛夫被暗杀为题材的电影《伟大的公民》,剧中两个反面人物影射季诺维也夫和加米涅夫,污蔑他们是杀害基洛夫的主使者,也曾在我国轰动一时,起到颠倒黑白、混淆视听的作用。

以上是我在几十年中阅读苏联文学所能留下的零星印象以及个人反思。我非专家,仅是俄苏文学的爱好者,印象和反思都不免粗浅,挂一漏万,只有对俄苏文学的感情是真诚的。俄罗斯古典文学,从普希金到契诃夫,仍将屹立于世界文学之林、融入人类文化遗产的宝库之中,我毫不怀疑。对于苏联文学,哪些作品还值得怀念、还值得保留在心里,哪些则尽可"扬弃"、忘掉,我只能写出自己的感受。至于哪些苏联作品,经过时间的淘洗,能够纳入世界文学宝库,则要看今后研究俄罗斯文学专家的史笔了。

(2009 年 6 月 19 日初稿,2010 年 5 月 23 日修改,2010 年 6 月 20 日改定于校医院)

读《西厢》小札

翻阅《王国维文集》，偶读其中所载赵德麟《商调蝶恋花》，忽对《西厢》故事题材向戏曲的演变感兴趣。从 3 月初住院，因思把元稹《莺莺传》、赵德麟《商调蝶恋花》、《董西厢》、《王西厢》以及当代有关戏曲，连类比较一下，作为病中的精神休息，也可为以后选译莎剧做一点文学准备。

《董西厢》插图一

"西厢"题材戏曲今日各剧种都有，但多演变为《红娘》，演完全部故事者很少。为追源溯流，需从头说起。《西厢》之源，盖出于唐代诗人元稹之传奇小说《莺莺传》。鲁迅先生《中国小说史略》中《唐之传奇文化（下）》述其梗概云：

《董西厢》插图二

"《莺莺传》者，即叙崔张故事，亦名《会真记》者也。略谓贞元中，有张生者，性貌温美，非礼不动，年二十三未尝近女色。时生游于蒲，寓普救寺，适有崔氏孀妇将归长安，过蒲，亦寓兹寺，绪其亲则于张为异派之从母。会浑瑊薨，军人因丧大扰蒲人，崔氏甚惧，而生与蒲将之党有善，得将护之，十余日后廉使杜确来治军，军遂戢。崔氏由此甚感张生，因招宴，见其女莺莺，生惑焉，托崔之婢红娘以《春词》二首通意，是夕得彩笺，题其篇曰《明月三五夜》，辞云：'待月西厢下，迎风户半开，隔墙花影动，疑是玉人来。'张喜且骇，已而崔至，则端服严容，责其非礼，竟去，张自失者久之，数夕后，崔又至，将晓而去，终夕无一言。

"……张生辨色而兴，自疑曰：'岂其梦邪？'及明，睹妆在臂，香在衣，泪光荧荧然犹莹于茵席而已。是后又十余日，杳不复知。张生赋《会真诗》三十韵，未毕而红娘适至,因授之,以贻崔氏。自是复容之,朝隐而出,暮隐而入,同安于曩所谓西厢者几一月矣。……无何,张生将至长安,先以情谕之,崔氏宛然无难词,而愁怨之容动人矣。将行之夕,不可复见,而张生遂西下。……

"明年,文战不利,张生遂止于京,贻书崔氏以广其意,崔报之,而生发其书于所知,由是为时人传说。……张之友闻者皆耸异,而张志亦绝矣。元稹与张厚,问其说,张曰:'大凡天之所命尤物也,不妖其身,必妖于人。使崔氏子遇合富贵,秉娇宠,不为云为雨,则为蛟为螭,吾不知其变化矣。昔殷之辛,周之幽,据万乘之国,其势甚厚,然而一女子败之,溃其众,屠其身,至今为天下僇笑,予之德不足以胜妖孽,是用忍情。'"(下略)

鲁迅先生对《莺莺传》的评语是:"元稹以张生自寓,述其亲历之境,虽文章尚非上乘,而时有情致,固亦可观,惟篇末文过饰非,遂堕恶趣。"

在《莺莺传》中,已粗具后世西厢戏曲的故事框架,几个主要人物,像张生、莺莺、老夫人、红娘、杜确都已出现——只有住持法本和法聪、惠明等配角和孙飞虎系后来由剧情发展所增加。

《莺莺传》突出写了张生和莺莺两个人物。莺莺是一个容貌美丽、富有文才、感情真挚的纯情少女,张生追求她时,她所表现的矜持和隐蔽不过是一个少女在封建礼法约束下不得不采取的一种自我保护手段,但她一旦对张生产生了爱情,便不顾一切地与他幽会,而且对他的感情矢志不移、终生不渝。

成问题的是张生这个人。他对莺莺并没有真诚深厚的感情,只是震惊于她的美丽,以卑词求爱;即偿所欲,态度渐趋暧昧。莺莺亦有察觉,弹琴表示愁怨,而张生始终不提婚娶之事。此后张生无论在长安或在蒲州,对莺莺都是一种若即若离的假意敷衍。尽管莺莺表白"骨化形销,丹诚不泯",但张生"始乱终弃"之心已定,反倒诬指美丽女子为"尤物",骂莺莺为"妖孽",甚至夸耀自己绝情背义的行动为"忍情"。

《唐宋传奇集》选注者张有鸾对此评论道:"张生最初极力追求她,后来又随便加以遗弃,而且把'尤物''妖孽'一类字眼加在她身上,想藉以推卸自己的责任,减轻自己的罪过。这种行为,不仅薄幸残酷,而且卑鄙无耻。这正表现了封建士大夫阶层的本质。"

陈寅恪先生《读莺莺传》云:"《莺莺传》为微之(元稹)自叙之作,其所谓张生即微之之化名,此固无可疑。"但他认为莺莺非高门之女,乃寒门之后,并分析元稹写此传奇小说之历史社会背景,云:"唐代社会承南北朝之旧俗,通以二事评量人品之高下。此二事,一曰婚,二曰宦。凡婚而不娶名家女,与仕而不由清望官,俱为社会所不齿。……明乎此,则微之所以作《莺莺传》,直叙其自身始乱终弃之事迹,绝不为之少惭,或略悔者,即职是故也。其友人……亦知之,而不以为非者,舍弃寒女,而别婚高门,当日社会(上流社会——引者)所公认之正当行为也。否则微之为极热中巧宦之人,值其初具羽毛,欲以直声升朝之际,岂肯作此贻人口实之文,广为流播,以自阻其进取之路哉?"

据以上论据可知,《莺莺传》虽为后世"西厢"戏曲提供了最初的素材,但由于作者本身的思想局限,主题思想堕入"恶趣"把男主人公对莺莺的"始乱终弃"当作"善补过"而肯定,同时把大胆追求婚姻自由并忠于爱情的莺莺咒骂为"尤物""妖孽",黑白颠倒,美丑不分。这是《莺莺传》的后世读者都会感到不满的地方。

元稹的《莺莺传》流传到了北宋,赵德麟(赵令畤)根据这一传奇故事,写出《商调蝶恋花》,"播之声乐,形之管弦",成为一套说唱文学作品。读《商调蝶恋花》,通篇只叙张生对莺莺之追求及二人相恋经过,反复咏叹莺莺之深情缱绻,并惋惜二人之终于分离,而不提及"始乱终弃""尤物""妖孽"之说,似已觉其谬误。末章引道遥子之言,谓"张之与崔,既不能以礼定情,又不能合之于义。始相遇也,如是之笃;终相失也,如是之遽"。责张无情无义。赵德麟回答也说:"言必欲有始终箴戒而后已。"这表明,到了北宋,已经考虑如何评价元稹《莺莺传》中的是非标准,对其中的"始乱终弃""忍情""尤物""妖孽"之类的谬说表示怀疑。这也表明,对于崔张故事这一文学母题,人们开始从另一种新的角度进行思索。

(2010 年 6 月 29 日,于河大校医院)

关于历史剧《爱德华三世》

历史剧《爱德华三世》初版于 1596 年,未署作者之名,仅称"爱德华三世王朝史剧,曾在伦敦多次上演"。这个剧本长期被看作"莎士比亚伪经"之一。但到 18 世纪,学者卡佩尔在 1760 年将它重印,并说"据信为莎士比亚所写",理由是在 1596 年只有莎士比亚才能写得如此出色。后世诗人丁尼生同意卡佩尔之说,雪莱和斯文朋不同意。近代学者则仁者见仁、智者见智。

爱德华三世像

就剧本本身而言,像是两位作者的手笔,其一可能是莎士比亚,但他可能只写了剧本的部分场景。使人联想到莎士比亚手笔的内证是剧中第二幕第一场的一行台词:"腐烂的百合花比野草更难闻。"这句话也出现于莎士比亚的第 94 首十四行诗。

1997 年,《爱德华三世》正式收入美国河滨版《莎士比亚全集》。此剧的编辑托宾为此提出理由如下:

"如果莎士比亚竟连《爱德华三世》至少一部分也没有写,那么大多数读者就会争着说他实实在在应该写一写。因为已经写进他那一大批历史剧中的爱德华的所有后代子孙,从查理二世到亨利第八,都会大声疾呼、要求莎士比亚对他们的创业祖宗也做出某种类似的戏剧处理。"

这一说法看来合理。所以我们拟把有关《爱德华三世》的词条收进我们所编的《英汉双解莎士比亚大词典》。

就剧情而论,头两幕主要写爱德华三世向美丽的索尔兹伯里伯爵夫人求爱。爱德华在求爱中的复杂心理斗争,从"施暴的诱惑"到他"自己私欲"的克服,最后没有成为"一个英国的塔昆(强奸者)",据信这些描绘属于莎士比亚的手笔。

其余三幕写由于爱德华对法国王位提出要求而引起的英法百年战争(1337—1453)。爱德华三世在斯路伊和克莱西连获大捷。他的大儿子"黑王子"又在波亚叠战胜。加莱的著名历史事件也在剧中有所描述:加莱战败求降,爱德华三世因久攻不下而要处死加莱的六位市民代表,但经他的王后菲丽芭劝告,最后才表示宽恕。

剧本也写到了英格兰与苏格兰之间的冲突,主要通过对于苏格兰国王大卫的讽刺描绘以及他作为俘虏出现在第五幕的舞台上来表现。1630年苏格兰国王詹姆士成为英国国王后,此剧可能被禁。这或许是《爱德华三世》没有收入1623年"对折本"的原因。

据一种设想,莎士比亚之前,另一位作者写了关于爱德华三世的一部剧稿,"已写出但未充分加工",莎士比亚可能对此稿进行了修改,帮助创作出这部有趣且有意义的历史剧。

(2010年9月28日,于校医院)

我读鲁迅的心路历程

一

我初读鲁迅是在 1940—1941 年上初中的时候,印象很深,因为牵涉一些难忘的背景。1938 年秋冬之际,日本人已占领开封,我随一大批河南学生流亡到了甘肃清水县,经过一场几乎要死的大病,上了小学六年级。1939 年暑后,升入初一,只上一个学期,发生学潮。学潮是高年级同学发动起来的,声势不小,听说因为学校经济上有问题,校长跑了,学生围着总务主任质问。我当时还是一个懵懂孩子,跟着全校同学,跋涉 120 里地到天水请愿,走到城外,眼见一位领队的高中同学刘晓鸾被国民党军官开枪打死。大队回清水后,天水专员庄以绥派军队占领学校,又打死一个初中学生,并且把 50 多个学生押送到西安劳动营(其中一个高中女生唐凤英,还剃了光头,被男朋友抛弃)。学潮被武力镇压,还打死两个学生,我愤愤不平,暗地在一个小本子上记下自己的愤慨不平。因此,我那时可以算是一个"愤怒的少年"(angry youngster)。

此后,为了分散学生的力量,我所在的初中部被迁到离清水 90 里地的张家川镇。张家川是西北回民的一个圣地,在张承志的《心灵史》里有轰轰烈烈的描写,此处不赘。在张家川两年,生活基本安静。我们的教导主任赵以文曾担任中共淅川县委书记,因为逃避国民党追捕才到清水国立十中,他鼓励学生阅读进步书刊。在那种学习环境下,我读起了社会科学书。同班同学中有个王锡成,是一个愣头愣脑的陕西小伙子,经济条件好,订购了一些重庆生活书店出的进步书刊。我读的艾思奇《大众哲学》,就是从王锡成那里借的。从《大众哲学》里,我知道了辩证法三大规律——矛盾统一律、质量互变律、否定之否定律,以及现象与本质、形式与内容、可能性与现实性等哲学概念。

我读鲁迅,就是从那时候开始的。读鲁迅的书,有一个过程:从初识字乱看书,先看武侠小说、《彭公案》、《包公案》、《济公传》,渐渐看"五四"新作家,最后找到了鲁迅。当时所看的《呐喊》《彷徨》,还都是北新书局的原版,有陶元庆设计的封面,甚至还是毛边。我边看边抄,把两本书里的小说抄成一本我个人的"鲁迅小说选"。不过现在"反思"一下:那时为年龄和水平所限,真正感兴趣的,是《故乡》《孔乙己》《社戏》《鸭的喜剧》等篇中对儿童生活的描写;对于《在酒楼上》中连殳的孤愤狷介,《伤逝》中涓生和子君的恋爱悲剧,根本"一窍不通";对于《离婚》,则从幼稚的正义感出发,同情爱姑,支持她离婚,看到她骂她公公和丈夫为"老畜生""小畜生",觉得开心;至于阿Q,只感到滑稽可笑,而且因为《阿Q正传》篇幅太长,没有抄入我那本"鲁迅选集"里。

有一年暑假我到西安探亲,从破摊上买到鲁迅翻译的《表》。尽管有人说鲁迅的翻译工作从理论到实践都错了,我实话实说,鲁迅译的这本儿童文学作品对我来说一点隔阂也没有。(倒是另外一本也是班台莱耶夫写的、也是生活书店出的《文件》,忘了谁译的,我看了几次,也没有看完。)《表》,我看得十分高兴,不但自己津津有味地读了,还把它寄给千里之外、正在上小学的妹妹——她回信说她对这本书也很喜欢。(可怜的妹妹,此后不久她就病死在沦陷中的郑州。)

我喜欢《表》,原因也很简单。《表》写的是十月革命后的流浪儿和儿童教养院,而我是在抗日战争中逃难出来的流亡学生,在西安的灾童教养院还住过两个月,与苏联的流浪儿经历有相似之处,存在决定意识,心灵相通。文学欣赏的根源在此。

《表》为我初读鲁迅画上一个满意的句号。

二

在一个人的青少年时代,家庭、师长、朋友的影响都非常重要。我的家庭环境缺乏欢乐,气氛晦暗,唯一的亮点是爱读书的姐姐,姐弟情深,受到她一些好影响。但我到甘肃后与她远各一方,不能相顾了。幸运的是在高中时遇到两位好老师:一位是"五四"时代老作家、国文老师万曼,另一位是地下党员、延安"鲁艺"出来的英文老师周震中。两位老师品格正直、学贯中西、爱护学生。另外，同学们大多是从河南农村流亡出来的农民子弟，性情纯朴，在艰苦条件下用功读书。他们中的进步同学尤其杰出，互相砥砺，以天下为己任，于好书无所不读，以充实自己。此时我已从少年时代的懵懂状态中走出来，心智初开，在这样的优秀老师同学的影响下，"蓬生麻中，不扶自直"。那时的我，好像有使不完的劲儿，充分发挥到健康向上的课外活动中：读书，写小说散文，办壁报，参加文艺社，组织读书会，演戏，唱《黄河大合唱》，成为学校进步文艺活动中的一个活跃分子。

《鲁迅杂感选集》书影

高中时代，可以说是我从思想上到专业上的"原始积累时期"，甚至可以说是我一生当中才智发展最"辉煌"的时期。这个时期（1942—1945），我已读到在进步同学当中传阅的革命书籍。从毛泽东的《新民主主义论》，我读到鲁迅是"五四"以来"文化新军的旗手"，"鲁迅的方向就是中华民族新文化的方向"。对于这些崇高的评价，我完全接受。但印象中更具体的，是瞿秋白的《〈鲁迅杂感选集〉序言》。他结合中国近现代历史，追溯鲁迅的思想发展，文笔活泼，眼光犀利，特别是很精彩地分析鲁迅杂文的社会意义，对鲁迅精神提出了"清醒的现实主义""韧性战斗""壕堑战""反虚伪"这些具体特点。可以说，这篇文章对我起了振聋发聩的作用。当时我对鲁迅的理解，主要是以瞿秋白的这篇《〈鲁迅杂感选集〉序言》为根据的。

在《〈鲁迅杂感选集〉序言》的影响下，我开始重视鲁迅的杂文，读了《热风》《而已集》《三闲集》《且介亭杂文》《夜记》，以及有关他的回忆录。作为一个在饥饿、苦难中度日的流亡学生，眼见国民党统治腐败，我对国民党反感、不满，渴望民主、自由、解放。鲁迅杂文中说的"（青年）一要生存，二要温饱，三要发展。苟有阻碍这前途者……全都踏倒他。……背着因袭的重担，肩住了黑暗的闸门，放他们（青年）到宽阔光明的地方去！"常在心中默念，鼓舞我的生活勇气。

抗日战争中,重庆的文艺界几乎每年都在鲁迅的忌日纪念鲁迅。鲁迅的声望未因战争而削减,反而上升到一个新的高度,激励着全国的知识分子,增强他们之间的凝聚力。这也扩大了鲁迅在广大人民中的影响。记得吴组湘在一篇纪念文中写过:冯玉祥部下一个军官爱读鲁迅的书,曾说应该把《鲁迅全集》像《圣经》一样大量印刷,供大众诵读。

我上高一时所参加的"北海文艺社",在鲁迅逝世6周年也出了一期大型壁报特刊,进步老师同学踊跃写稿。我也写了一篇稿子,根据初中时读《故乡》《孔乙己》《社戏》《风筝》的亲切印象,称鲁迅为"大朋友"。"北海文艺社"中大部分是高三同学。他们都笑我写得很稚气。不过这也反映了我当时的真实感受。

后来,随着年龄的增长,广泛阅读鲁迅的书和有关鲁迅的书,对他的小说开始有了新的理解。譬如说,对于《阿Q正传》,看了一些评论,知道阿Q绝非一个简简单单的滑稽人物,而是象征着中国人国民性缺点的一个典型。我们的"励学读书会"(进步学生团体)曾经对《阿Q正传》专门进行过讨论。

高中时代是我专心攻读鲁迅的时期,我不仅重新读了他的小说、开始读他的杂文(可惜《野草》没有看懂——除了《风筝》一篇),而且爱读他的翻译作品,尤其是他译的《死魂灵》,其中的人物,像虚伪的玛尼罗夫、流里流气的罗士特莱夫、吝啬的泼留式金至今记忆犹新,套购死农奴的乞乞科夫更是一个大滑头。因此,我决不同意有人否认鲁迅作为翻译家的地位。

由于深受先生提倡木刻版画的影响,我向重庆生活书店邮购了一套木刻刀,不分昼夜刻了一年多木刻,并且搜集木刻名作。奇怪的是,在那个闭塞的小县城,竟然搜集到以古元、李桦为代表的当代中国木刻,还有一小本德国进步女版画家珂勒惠支的作品!

另一个重要影响,通过鲁迅的名篇《祝中俄文字之交》的引导,我爱上了俄苏文学。

我对鲁迅和木刻版画的沉迷,被一个突然事件打乱了。我们那个中学的第二任校长高维昌是河南的一个出名的党棍,姚雪垠与他是邓县同乡,曾写过一篇小说《选举志》讽刺他。他在我们学校贪污教师的薪水、克扣学生的伙食贷金,大家群情激愤。我作为一个学生代表,在一次大会上向他提出质问,他恨上了我,指使学校在我即将高中毕业时把我开除。对于一个流亡学生来说,失学即失去饭碗,有饿死的危险。在此之际,一位物理老师,我曾为他刻过一幅木刻像,他帮忙把我介绍到凤翔的一个流亡学生收容所继续读完高中,拿一个毕业证,以便考大学。当时我一门心思想考美术学院。在凤翔待了一个来月,跟我一道刻木刻的同学"战友"段东战突然来找我,说是他在宝鸡托一位"名流"亲戚找到一辆"黄鱼车",不必买票就可以去重庆考学。我说:"还没有拿到毕业证!"他说:"拿什么毕业证? 用肥皂刻一个校印,盖到空白证书上,可以考同等学力!"不由分说,拉我就走。于是我们坐上汽车,过秦岭、下剑阁、经绵阳、到重庆。我们先考潘天寿当校长的中央美专(即琼瑶在《几度夕阳红》中提到的与中央大学隔岸相望的美术学校),我的素描及格,可惜总分只差一分半没有录取;又考徐悲鸿当系主任的中央大学美术系,却因考区人员失误等于白考——我的艺术梦破碎了。被开除、几个月奔波、劳累、失望,加上重庆的酷暑、毒蚊,一齐袭来,我害了一场大病。更严重的是:下一步怎么办? 这时候,多亏跟我一起流亡的进步同学们,他们像"不沉的盐湖"似的把我托(保护)起来,使我不致因此发疯。我们一起进入一个收容流亡学生的"大学先修班",第二年我考上了重庆大学中文系。——写到这里,不禁怀念那些在流亡中结识的"铁哥们儿":你们现在哪里呀,弟兄们!

我的大学时代在重庆沙坪坝度过,按理说读书环境比在甘肃清水要好得多。但在大学期间我只读了几本关于鲁迅的回忆录和生平考证(作者为许寿裳、林辰,还有荆有麟)。此外,曾应重大进步壁报《松光》之邀,写了一篇《鲁迅杂文的特点》,观点因袭瞿秋白《〈鲁迅杂感选集〉序言》,无甚发挥。这时我的主要精力放在英语学习和攻读英文原著上,同时参加学生运动,不能像高中时代那样集中时间、随意阅读鲁迅的书了。不过,鲁迅的后继者写的杂文还读到一些,主要是桂林所出的杂文刊物《野草》,特别是聂绀弩的那些令人拍案叫绝的杂文,如《韩康的药店》《兔子的发言》等等。解放前夕,重庆出了一本《人物杂志》,突然发表聂绀弩两篇奇文:一篇是《打倒爸爸》,写蒋经国在莫斯科中山大学给蒋介石贴"大字报"的往事;另一篇是记特务头子康泽——他们跟聂老都是莫斯科中山大学的同学。这两篇文章，只有具备他那样独特的经历、独特的个性才能写得出来。在当时那种政治环境下，这两篇杂文怎么能在重庆发表，至今仍是一个谜。

总之，解放前，由于政治腐败、社会黑暗，个人遭受苦难、渴望自由解放，从鲁迅著作中得到鼓舞和启发，经瞿秋白《〈鲁迅杂感选集〉序言》对鲁迅精神加以阐发，又接受了毛泽东对鲁迅作出的"伟大文学家、思想家、革命家""中华民族新文化的方向"的崇高评价，使个人对鲁迅的敬爱发生一个飞跃，从此这种敬爱植根于心中。

三

我对鲁迅的认识或者说"鲁迅观"，在解放后一开始仍沿袭着瞿秋白的论断，后来随着形势的发展，瞿秋白渐渐淡出，毛泽东的论断成为关于鲁迅的唯一指针。我也以此为准看待鲁迅。

新中国成立，国民党对鲁迅著作的查禁无形中取消，鲁迅著作的出版成为国家的大事，我购得一套《鲁迅全集》，不时翻读。但是从 20 世纪 50 年代中期开始，政治运动频繁，鲁迅生前最接近的几位学生和朋友，如胡风、冯雪峰、丁玲、萧军，一个个被打成"反革命"或"右派分子"，而在鲁迅晚年，把鲁迅挤兑得不能不"横站"的周扬，却成为"文艺战线上一场大辩论"中的胜利者。另外，继鲁迅之后，最杰出的杂文作家聂绀弩解放后不再写杂文。鲁迅式的针砭时弊的杂文不好写了。报刊编辑因为发表杂文往往惹出麻烦；后来，作家因为写杂文而被划为"右派"的，不知有多少。

我自己 1951 年结束了学生生活，1953 年到省文化局做了三年戏改工作。1956 年下半年，中央宣布"双百方针"，报纸副刊向我约稿，我就剧本创作问题写了两篇杂文，向省文化局长提意见。奇怪的是，这两篇杂文当时并不发表，却到 1957 年上半年我调到大学以后，在"反右斗争"中突然发表出来，正好成为我被划"右派"的材料。到了 1966 年"文化大革命"，更比"反右"痛苦十倍。我那套《鲁迅全集》，搁置在书架上，幸亏没有在"抄家"中被抄走，偶尔翻一翻，看到《读〈小学大全〉记》，心里一想：莫非我也是看见龙袍有一个角破了，好意向"皇帝"提了一下，不料"龙颜大怒"，这才惹下大祸？但也不敢深想下去。

我们这些从旧社会过来、追求过进步、向往过革命的知识分子，在政治上是很单纯的（也可以说是幼稚）。我们从理想主义出发，响应号召，向某个领导提提意见，认为对工作有好处，并不损害革命利益，怎么就成了"反党反社会主义的右派分子"？几十万知识分子就这样糊里糊涂掉进了陷阱。

"文革"结束，"右派"改正，我毫不犹豫地投入自己本来应该做的工作。一开始，我想搞创作。我为写剧本划了"右派"，我就再写一个剧本；又想写小说，写写我这几十年的遭遇。但剧本、小说，都因为非文艺的原因而遭夭折。一个文坛领导说"写1957年和'文革'的作品太多了！"，命令编辑把已经做过加工的稿子撤下来。这时我已经50多岁，时间精力宝贵，耽搁不起了，只有回到英语本行，吃一碗安生饭：先把"文革"前编了半本的英国文学史讲义编完，出版为《英国文学简史》；然后，翻译英国散文——这是为了休息一下脑筋，因为从"反右"到"文革"，日子过得太苦了。到1989—1990年，我已进入60岁，觉得自己该做点有意义的事。这才拾起搁置已久的莎士比亚，为中国学生编一部莎氏词典。我用鲁迅先生"我以我血荐轩辕"的精神鞭策自己。

我一字一句注释着莎士比亚的剧本和诗歌，每天的生活就像敦煌石室里的抄经生，或者像欧洲中世纪在斗室中抄写古代典籍的下层教士。有小诗为记：

> 自顾平生乏长才，习艺从文梦成灰；
> 日注莎翁三十字，以此度岁亦悠哉！
> 恰似当年写经生，青灯寒窗守一经；
> 一心一志唯在此，不慕赫赫世上名。

偶尔自责：这样的生活太与世隔绝了！于是挤休息时间读点杂文，想了解一下现实社会。读的主要是北京邵燕祥、上海何满子、湖南朱正的文章。一读往往激动不已。他们针砭时弊的杂文分明继承了鲁迅的传统。这又使我想起自己久已未读鲁迅了。我想：我们这些喝着"五四"和鲁迅的乳汁长大的人，难道可以忘记鲁迅吗？于是我从书架上取下《鲁迅书信手稿全集》。这部书印制精美，却是新华书店作为滞销书以六折处理的，我当作宝贝捧回来了。鲁迅的书信，随手写来，涉笔成趣，在方寸之间精练地画出种种世相，勾勒出各种人物的面貌，是极好的小品散文，更重要的是为他公开发表的作品提供了第一手背景材料。遗憾的是，据许广平在《欣慰的纪念》中提到，鲁迅曾给徐诗荃写过几十封信，但这几十封信既不见于1937年许广平自费印行的《鲁迅书简》（选编），也不见于1978年出版的《鲁迅书信集》，我为之耿耿于怀多年。直到后来读了徐诗荃的一篇回忆录，才知道这一批信已经在抗日战争中丢失。那么当鲁迅逝世后许广平向各方呼吁搜集鲁迅的书信时，为什么不先交给她录副保存呢？这真是一笔不可挽回的损失。

此外，我还花1000元买了一部《鲁迅作品手稿全集》。这似乎有点奢侈。但我现在年事已高，视力减退，总想看大开本的大字书，若能亲眼看看先生的手稿原貌，再好也没有。可惜的是这套《鲁迅作品手稿全集》并不全，《呐喊》《彷徨》《热风》《野草》等北京时代的作品手稿荡然无存，保存下来的主要是上海十年的手稿，还是由许广平苦心孤诣地收藏起来的。这怪不得出版社。

我打算等我这部大词典的工作全部结束，再安安静静地读这部《鲁迅作品手稿全集》。

打破我这安静美梦的，是2001年公开的"毛罗对话"。

据周海婴《鲁迅与我七十年》，1957年7月7日，即在"反右"斗争中，毛泽东在上海与罗稷南有一次对话："罗稷南老先生抽个空隙，向毛主席提出了一个大胆的设想疑问：要是今天鲁迅还活着，他可能怎样？……不料毛主席对此却十分认真，沉思了片刻回答说：以我的估计，（鲁迅）要么是关在牢里还是要写，要么他识大体不做声。"另据当场亲聆者黄宗英的记述，罗稷南与毛泽东的一问一答是："罗稷南（问）：'主席，我常常琢磨一个问题，要是鲁迅今天还活着，他会怎么样？''鲁迅么……'毛主席不过微微动了动身子，爽朗地答道：'要么被关在牢里继续写他的，要么一句话也不说。'"

《鲁迅与我七十年》
（周海婴著）书影

《假如鲁迅活着》
（陈明远编）书影

关于这次对话,学术界曾进行过热烈讨论,结果形成 2003 年出版的《假如鲁迅还活着》一书,否认这次对话存在和肯定这次对话存在的文章都收进去了。我认真读了这书,认为正如一位作者所说,"唯大英雄能本色",这次对话是发生过的——谁敢编造毛主席没有说过的话?

"毛罗对话"中,毛泽东自己把他在《新民主主义论》中所给予鲁迅的三个称谓,"伟大的文学家""伟大的思想家""伟大的革命家",无形中取消了;随之,"鲁迅的方向就是中华民族新文化的方向"这个提法,也自然不再生效。这对于我,真是晴天霹雳。

四

有人说,要了解 20 世纪的中国,要了解中国现代史,毛泽东著作(包括他那些未写到书上的大手笔)和《鲁迅全集》是必读的。这是一句语重心长的话,值得深思。不过,毛泽东和鲁迅的书都不好读,原因在于他们的书里都牵涉着十分复杂的历史背景,很容易被误读,而误读的后果又很严重。

在这里先说说毛泽东对鲁迅的评价。

试比较瞿秋白《〈鲁迅杂感选集〉序言》中对鲁迅的论述和毛泽东《新民主主义论》中对鲁迅的评价吧:前者对于鲁迅的生平历史、思想发展历程和精神特点都有详细具体的分析,作者的笔尖饱蘸着热情,写出一篇具有强烈感染力的文学评论和思想概述;后者则是党的最高领导人对鲁迅作出的政治鉴定,号召全党全国以此为准,来认识鲁迅。这一评价的影响是巨大的,而且客观上也推动更多人学习鲁迅,使人们对鲁迅的认识提到一个空前的高度。这是中国知识分子所高兴接受的,因为他们过去尽管十分敬爱鲁迅,但是他们还不曾像毛泽东那样高屋建瓴地把鲁迅评价得那样伟大!更由于这样崇高的评价是由中国共产党领袖所作出的,合乎逻辑的结论自然是:中国共产党与鲁迅心心相印,中国知识分子的心也就通过鲁迅而倾向于中国共产党;这样,就把成千上万的知识分子吸引到中国共产党的周围。

我在解放后一直把毛泽东在《新民主主义论》中对鲁迅的评价当作关于鲁

迅的最高指示,写论文《鲁迅与翻译》《鲁迅与美术》时,还引用毛泽东的话作为指导思想;现在看到"毛罗对话",突然从"中国文化革命的主将"和"中华民族新文化的方向"一下子降落到"关在牢里",反差十万八千里。这一个极大的精神苦果,怎么吞咽下去?

<h1 style="text-align:center">五</h1>

经过长久的反思,我省悟到自己过去对毛泽东是误读了。现在回顾一下毛泽东对鲁迅的全部评论。

早在江西苏区,毛泽东专门找过冯雪峰了解鲁迅。后来他说过:"我跟鲁迅的心是相通的。"当时,他受王明路线压制,处境孤单,渴望寻找精神支持,他这句话,反映了那时的心情,当是可信的。到延安后,他已挫败了王明路线,成为中国共产党的最高领导人,这时他多次评论鲁迅,对鲁迅的总评价则见于《新民主主义论》。但毛泽东的鲁迅论与瞿秋白的有所不同。瞿秋白的鲁迅论是以知己战友的身份,对鲁迅给予热情洋溢的详尽分析、肝胆相照的坦率诤言;而毛泽东在《新民主主义论》中对鲁迅的论述则是党的领导人对鲁迅所作出的鉴定,定下了共产党对鲁迅的结论。这一结论符合成千上万中国知识分子的愿望,并以此为媒介,把他们吸引到中国共产党的周围,争取了大批优秀人才投奔延安,壮大了革命力量。这是一项及时的重大决策。

但是,如果说在《新民主主义论》中他对鲁迅是全面推崇,他在《在延安文艺座谈会上的讲话》中的提法就开始有了微妙的变化,即仍然对鲁迅在整体上推崇、肯定,但已对延安的作家提出警告——不许用"鲁迅笔法"批评延安生活中的缺点,否则,"如果把同志当作敌人来对待,就是使自己站在敌人的立场上去了"。这一段话,为了避免文章的片面性,用了一些补足语,表示缺点还是可以批评的,"讽刺是永远需要的"。但是,客观的现实是:当时写文章批评延安生活中缺点的作家,在整风和"抢救"运动中几乎都挨了整,而王实味因为写了杂文《野百合花》而被当作反革命分子镇压。这么一来,对鲁迅的评价尽管一直很高,"鲁迅笔法"再也不允许出现在延安和其他根据地的报刊中了。

对于鲁迅本人和"鲁迅笔法"(鲁迅式杂文)的这种双重性的态度,在解放后带入了新中国。但作家、艺术家和一般知识分子，出于对鲁迅的真挚敬爱和对毛泽东的崇高信仰，牢牢记住了《新民主主义论》中对鲁迅的评价，念念不忘"鲁迅是中国文化革命的主将""鲁迅的方向就是中华民族新文化的方向"，仍在学习毛泽东所表扬过的鲁迅的"硬骨头"精神，写杂文、写批评文章或口头上提意见，认为这既响应党的号召，符合革命利益，又不违背鲁迅的遗训，有什么不好？但结果是：成千上万的知识分子由于政治上的天真幼稚而在历次政治运动中付出了沉重的代价。

1957 年的"毛罗对话"，曝光于 2001 年。我是在 2003 年才知道的。长期解不开的疑问，看到这次对话，经过痛苦思索才恍然大悟：过去误读了毛泽东。

六

在反思中，我更省悟到自己对鲁迅的误读，误读的关键在于对鲁迅"遵命文学"的错误理解，而这一误读对于我的影响是十分严重的。

事情是这样：大约在《新民主主义论》对鲁迅作出崇高评价的前后，即抗日战争前夕和初期，一些热爱鲁迅的共产党员曾好意地称鲁迅为"非党的布尔什维克"；另外有一个说法是，鲁迅说自己写的"遵命文学"，即是遵中国共产党之命而写作。这种说法不知出自何处，但长期以来相当流行。

我自己就深受这种版本的"遵命文学论"的影响。而且解放后在知识分子思想改造中，我把"遵命文学"和"忠诚老实"牢牢结合在一起，指导自己的思想行动，从此在几十年中陷入一个误区，甚至可以说是一个怪圈。

细细寻绎，那逻辑推理的顺序大致是这样：鲁迅说自己是"听将令"，写作"遵命文学"——遵命即遵中国共产党之命——既然毛泽东对鲁迅作出那么高的评价——（根据冯雪峰的回忆）鲁迅又对毛泽东那么敬佩——所以鲁迅与毛泽东心心相通——听毛泽东的话就是听鲁迅的话（敬爱鲁迅的人可以放心了）——鲁迅还是非党的布尔什维克——布尔什维克当然要听党的话——（进一步发展）听党的话，就是听每个单位领导人，甚至每个党员的话—— 一步步接受"驯服工具论"——完全放弃个人独立思考。

从 20 世纪 50 年代起，我自己就是按照这种逻辑思路想事做事：一开始按照单位领导所说的口径写"遵命文学";然后,在1956年,按照"双百方针",为剧本写作方面的事,向领导提意见,被压下去;1957年5月,响应党的号召,"大鸣大放";6月,"工人阶级说话了",受批判,被划"右派",遵命检讨、交代、"上纲",改造思想;直到"文革",在几年中,不管是红卫兵、工宣队、军宣队,只要以"党""工人阶级""解放军""革命"的名义所下的命令,我都遵命,对自己上纲再上纲、改造再改造,永远没有"改造好"的时候。自己的命运就像一叶孤舟,在二三十年中随着政治运动的惊涛骇浪颠簸浮沉,直到"文革"结束。

几十年来,我对鲁迅从根本上是误读了,关键在于听信了以误传误的"遵命文学论"。最近我才查到"遵命文学"一语的出处,见于《〈鲁迅自选集〉自序》,谈的是他在"五四"时期为《新青年》写小说。鲁迅的原话是这样说的:"这些也可以说,是'遵命文学'。不过我所遵奉的,是那时革命的前驱者的命令,也是我自己所愿意遵奉的命令,决不是皇上的圣旨,也不是金元和真的指挥刀。"其实《新青年》编辑部并不存在上下级关系。陈独秀在1937年11月所写的《我对于鲁迅之认识》中提到鲁迅和周作人,就说:"他们两位,都有他们自己独立的思想,不是因为附和《新青年》作者中哪一个人而参加的。"因此,"遵命文学"很可能是鲁迅的一句半开玩笑的话(鲁迅岂是没有独立思考、唯他人命令是从的人?),但被人夸大地应用于鲁迅后期与中国共产党的关系,让人觉得鲁迅好像后来一直唯命是从。其实,细读鲁迅最后10年的文章和书信,情况并非如此。

诚然,在日本帝国主义加紧侵略中国和国民党的黑暗统治之下,为了民族解放和人民自由,鲁迅与共产党人结成亲密的战斗友谊,并且在党的领导人授意下,主持了"左联"。但鲁迅拥有自己从辛亥革命以来的历史经验教训,拥有自己的独立思考和知人论世之道——这些,他不会轻易改变。从他对瞿秋白、冯雪峰的关系来看,他毋宁是把共产党人当作知己、净友,而非当作组织上的上级领导;从他对待毛泽东的态度来看,如在长征到陕北后的送火腿,在答托派的信中说"得引为同志,是自以为光荣的",则是从民族大义和革命大业出发,寄以中国解放的大希望。但他绝非无原则地服从任何人的"将令",当他看出周扬以上级权势压他,搞宗派主义时,他便直斥他为"奴隶总管""以鸣鞭为业",不存在任何"遵命"和"听将令"了。是否可以这样说,鲁迅与共产党的关系,乃是一种战斗的亲密联盟,并非无条件服从,或简单的一味"遵命"。把他当作"非党的布尔什维克",虽是出自一些共产党人的好意,却是有点夸大了。

<h1 style="text-align:center">七</h1>

邵燕祥有一篇文章,提到赵超构 1945 年在国共"双十协定"后,作为重庆《新民报》记者访问延安,写了《延安一月》一书,其中有这么一个细节:尽管毛泽东对鲁迅那么推崇,但鲁迅的书摆在延安的书店里显得冷冷落落,并不见有什么人买。——新闻记者眼尖,窥见了这一秘密。

《延安一月》当时是热门书,我在 1945 年是读过的。不过我那时正迷恋着木刻版画,首先注意的是书中插入的许多延安木刻画,特别是古元的木刻,知道古元已从早期学珂勒惠支转入学陕北的窗花,风格从浓重苍劲转为明快清新的单线平涂了。另外也注意了书中所记的延安文艺界,周扬的"领袖群伦";还有作者与诗人柯仲平对饮,"老柯"喝得大醉;等等。书中还提到丁玲带了王实味与赵超构见面谈话,赵向他提起他 30 年代在上海翻译的外国文学作品,但他不愿谈文学,表示还要革命。——对于《野百合花》事件,我在高中时虽知道,但不清楚究竟是怎么回事,读了《延安一月》,我以为问题已经解决,王实味大概回到革命队伍了。他后来的下场,几十年后才知道。至于书中有关鲁迅的那个细节,我竟然没有留下丝毫印象,直到 21 世纪之初,由于邵燕祥的杂文重新提起,我才回忆起来。

毛泽东在《在延安文艺座谈会上的讲话》中强调"革命功利主义"。1940年,在抗日战争的关键时刻,在与国民党的斗争中,需要争取知识分子,而鲁迅对知识分子具有巨大的感召力,为了吸引千千万万知识分子站到中国共产党这一方面来,高度评价鲁迅自然是一项英明决策。但是,到了 1957 年,中国共产党已巩固掌握了政权,如果知识分子竟以鲁迅为榜样针砭时政,那就构成"舆论一律"的大障碍。毛泽东说他"和鲁迅的心相通",他是深知鲁迅的。他认为假如鲁迅活到 1957 年,对于"反右斗争"不会不说话,那只有把他"关在牢里"。这是在不同时期、不同形势下的不同策略。

但是鲁迅对此等事也并非茫然无知。早在 1927 年 12 月,鲁迅就在题为

《文艺与政治的歧途》的讲演里指出革命政治家和革命文学家的分歧,说:"政治家最不喜欢人家反抗他的意见,最不喜欢人家要想,要开口。"又说:"文学家的命运并不因为自己参加过革命而有一样改变,还是处处碰钉子。……革命文学家和革命家竟可说完全两回事。"

关于他对于革命胜利后自己的可能处境,鲁迅在 1934 年 4 月 30 日致曹聚仁信中还说过这样的话:"倘当(旧社会)崩溃之际,(我)竟尚幸存,当乞(新社会执政者赏给)红背心扫上海马路耳。"可见鲁迅对于自己的命运并不存任何幻想。他说这些话,仿佛预感到自己身后有人会怎么谈到他、对待他。

毛泽东和鲁迅都是 20 世纪中国的伟人。毛泽东是伟大的政治家、军事家,同时又是哲学家、诗人、书法家,但他主要是政治家和军事家;作为政治家和军事家,他有不同于文学家的性格和作风。而鲁迅是一个伟大的文学家,他有他自己的独立个性和独立思考,并不依附于任何个人或组织。毛泽东和鲁迅,对于中国都是至关重要的。毛泽东思想和《鲁迅全集》都是中华民族的文化遗产和精神资源,永远值得后人研究。但是对于这两位伟人,最好还是分而论之,把属于毛泽东的归还给毛泽东,把属于鲁迅的归还给鲁迅,不要混搅在一起。这样,才能清醒地看待他们,认识毛泽东之为毛泽东、鲁迅之为鲁迅。把鲁迅从毛泽东的光环中解脱出来,才能更好地阅读鲁迅。说得再清楚一点:鲁迅属于弱小者,而不属于强势者。

我是从旧社会的苦难生活中开始阅读鲁迅的。阅读鲁迅,并非出于实用目的,也不是为了学习写作(虽然在写作中也许会于无意中受到一点影响),而是一种精神需求。因为在鲁迅的书中饱含着对人民、对弱者的大爱、大关怀,能够温暖着我,鼓励着我在坎坷的人生道路上前进。

鲁迅,对我来说,不是"知识""学问""研究题目",而是一种中心藏之的感情,一种永远温馨的记忆;这种温馨记忆,无人可以代替,更无人可以夺去。

鲁迅不需要任何政治头衔。他逝世下葬时,上海民众为他覆盖的"民族魂"三个大字,足以代表全体中国人民的心声;国外出版的《二十世纪世界百科全书》在"鲁迅"条目最后,称他为"中国的良心"。这就足够了。

在回顾个人几十年来阅读鲁迅的经过时,我发现自己生平最大的一个遗憾是对鲁迅"遵命文学"的误读。对此我深感愧疚。这提醒我在自己的晚年要复归我青年时代对鲁迅的朴素感情,重新阅读鲁迅,反思人生经验教训,以求"心安理得"。

（2010 年 12 月 2 日定稿,于校医院）

政治与文学随想偶记

因为写《我读苏联文学的心路历程》和《我读鲁迅的心路历程》，浮起一些思绪，片片段段，随手写下。种种典故，所凭是素日阅读、印象。目前困居病房，手边无书，不及一一查对。但大致想来是不错的。此记。

一

政治与文学、国家最高统治者和文学家之间的关系，是一个古老的问题，也是一个世界性的问题。中外的皇帝或国王对待文学家，不是当作御用文人陪驾取乐，就是当作异己者来防范禁锢。试看汉武帝对待司马相如和司马迁的不同态度：司马相如一死，他就派人去找他的文稿，因为司马相如的《上林赋》之类，是写了让皇帝开心消遣的；而司马迁的《史记》秉笔直书，刺着了皇帝的隐私病根，所以《史记》中的《今上本纪》下落不明，而且司马迁最后究竟是怎么死的，郭沫若就提出过疑问。至于曹操，他既扶持了建安七子在他身边赋诗会文，又杀掉惹他不高兴的孔融、杨修。其结果则是李白诗中所批评的："自从建安来，绮丽不足珍。"文人都柔顺了。

外国的例子也不少。还可举出英国的伊丽莎白（一世）女王。伊丽莎白就像慈禧一样爱看戏，莎士比亚所在的剧团曾做过她的"皇家供奉"，但也正是她的秘密警察杀害了当时仅次于莎士比亚的大剧作家马洛（Christopher Marlowe），并把另一个剧作家基德（Thomas Kyd）逮捕入狱、严刑拷打。据一份留下的档案，她还准备逮捕莎士比亚。因为伊丽莎白和她的大臣总怕这些剧作家有异端思想，对他们的统治不利——这种疑神疑鬼，是封建统治者的本性所导致的。

二

19 世纪以来,世界风云激荡,共产主义运动有了很大发展。与此同时,革命领袖与文学家的关系问题也开始萌芽。譬如说马克思与海涅。马克思和海涅是好朋友,马克思很爱海涅,海涅也写过有革命思想的作品,如:《德国—— 一个冬天的童话》。但海涅晚年在巴黎养病,也发表过让马克思皱眉摇头的言论。例如,海涅把诗人看得最高,认为诗人死后会进入天堂、到上帝身边吃糖果;他还担心共产主义一旦胜利,会不会毁掉人类所创造的美好艺术作品。前者代表了诗人的天真,让人好笑。但他后一句话就不能完全当作杞人之忧、一笑了之。诗人的敏感并不是没有一点道理。在革命运动中,为了砸碎旧世界,在革命狂热之中,把一些文化艺术珍品砸碎,并不是没有历史教训。“文

海涅像一

革”不是这样吗?

列宁与高尔基的关系是另外一个著名的例子。高尔基和列宁是好朋友。他在十月革命前支持过布尔什维克,到美国为布尔什维克募捐革命经费。对于十月武装起义,他虽有不同看法,但革命后仍与列宁保持着深厚友谊,只是出于人道主义考虑,在肃反问题上与列宁有过争执,并因此引起党内对他的不满。列宁从公私两方面权衡利害,劝高尔基出国养病。所以高尔基到意大利卡普里岛住了很多年。后来回国,仍支持列宁留下的事业。这说明:列宁和高尔基“相忍为国”,化解了矛盾,保持了情谊。

苏联的列宁时代,文艺政策比较宽松。列宁反对波格丹诺夫极“左”的“无产阶级文化派”,主张吸收人类所创造的一切优秀文化遗产。当时列宁重用卢那察尔斯基,早在 1905 年间,列宁虽曾批判过卢那察尔斯基的“造神说”,并认为他的个性中有“法国式的浮华”,但他欣赏他的才学,对他委以领导文化艺术工作的重任,对他信任,人们遇到文艺方面的事,列宁就总是让人去问卢那察尔斯基。卢氏本人既是高级干部,又是作家和批评家,让他领导文艺工作,不存在“外行领导内行”的问题。他也的确不负列宁的信任。所以,在十月革命初期,

文学创作和文学批评都相当活跃。

斯大林掌权后，情况大不相同。列宁在"遗嘱"中说他"性格粗暴"，他确实是相当粗暴的。在他为消除政治对手的大清洗中，作家、艺术家也受到牵连而遭殃。他又爱亲自过问文艺界的事，作家、艺术家的命运就决定于他的一喜一怒之间。不错，他保护过肖洛霍夫，当有些批评家攻击《静静的顿河》时，他写过一封信，一锤定音，肖洛霍夫才能安心把四卷小说写完。但在另外的情况下，有些作家、艺术家也会莫名其妙地消失。譬如说，与斯坦尼斯拉夫斯基齐名的导演梅尔荷德就因为对戏剧有自己独到的见解而被整肃，不知下落。斯大林时代的文艺界充满了恐怖气氛。仅举一例：杰米扬·别德内伊本是拥护斯大林的诗人，而且他也支持十月革命，用诗歌抨击白党，为布尔什维克出过大力，曾写过讽刺长诗《没有工夫唾骂！》揭露托洛茨基，可能他写惯了讽刺诗，也写诗揭露苏联社会的弊端。有一次写了一首笔调尖刻的讽刺诗，反响较大，被莫洛托夫告到斯大林那里，可能会遭到批判，而一旦批判，政治后果不堪设想。别德内伊害怕了，赶快给斯大林写信哀诉，斯大林回信抚慰了他，总算免遭一劫。别德内伊后来怎样，还写不写讽刺诗，详情不知。

斯大林时代，凡是稍有点独立思想的人都随时处在忐忑不安之中，不知什么时候会祸从天降。

爱伦堡与西欧特别是文化渊源较深，他又不断住在法国，他在苏联文学界是个相当显眼的特殊人物，卢卡契长期供职于苏联，他的马克思主义思想有非正统的特色，所以他们在苏联的处境岌岌可危。斯大林逝世后，他们都为自己能免于整肃而表示庆幸。但另外一些作家、学者却未能幸免。在三四十年代曾经在进步阵营红极一时的美国作家霍华德·法斯特（写过《公民汤·潘恩》《自由之路》《我的光荣的兄弟们》等进步作品），就因为他所认识的苏联作家朋友在大清洗中被杀，愤而脱离左翼队伍，改弦更张了。

三

关于文学与政治的关系，我想起另有一个生动的例子，即：苏格兰诗人休·麦克迪尔米德。麦克迪尔米德是 20 世纪最大的苏格兰诗人。他继承彭斯的衣钵,用苏格兰语写诗,并有自己的发展创造。他同情生活在贫困中的苏格兰人民,在 20 世纪 30 年代的西方大萧条中成为社会主义者,并参加了共产党。他说:"马克思主义就是我所需要的一切。"他崇拜列宁,写了三首长诗《列宁颂歌》。值得注意的是他对诗歌与政治关系的独特看法。

麦克迪尔米德在第二首《列宁颂歌》里,与列宁(自然是在想象中)讨论诗歌与政治这个复杂的问题。他说:

> 在诗歌与政治之间,
> 从目的来说没有疑问问题。
> 诗歌囊括了(也应该如此)
> 人民当中的伟大力量。
>
> 啊,列宁,你正确。但我是一个诗人
> (你可能会体谅到这一点!)
> 诗人瞄准的目标比你更多,
> 虽然我也明白,你的目标要首先达到。

从这些表白中,可以知道,诗人认为诗歌和政治在目标上是一致的,但他希望列宁以及列宁所代表的党领导能够理解诗人、理解诗歌创作的特点,不要把诗歌和政治简单画等号。

在另一首诗《对爱丁堡五千人的谈话》中,他进一步这样说:

> 在革命之前,我一定要做一个布尔什维克,
> 但一等共产主义当家做主,我便立刻停止做党员,
> 因为只有疯子、隐士、异端分子、梦想家、叛逆者、怀疑者所产生的才是真正的文学。

这话说得很绝对,但揆之于中外文学史上那些真正创作出戛戛独造、石破天惊的杰作的天才、巨人,并不是没有道理。乌托邦式的政治理论,在革命前夕的宣传鼓动时期,当然具有极大的号召力;但一当革命胜利,理论付诸实行,大

家的情绪冷静下来,平凡的人性复归,种种实际问题纷至沓来,旧社会的痼疾也会复发——到这时候确实会给热情诗人的激情泼下一瓢冷水。

四

其实,作家、艺术家、学者并非对于党本身持反对态度。他们所要求的只是创作自由、学术民主,希望党能让他们按照艺术良心、学术良心安安静静进行他们创造性的劳动。但党所强调的是政治的需要,要求他们按照一种统一的口径去创作或发言。这就构成了政治与文学、政治家与文学家之间的矛盾。应该指出的是:这种矛盾的主导方面在于党的领导人,因为作家、诗人、学者都是无权无势的文人,手无缚鸡之力,他们所拿的不过是一支笔,而党的领导手握大权,后盾雄厚,只要在政策执行方面采取理解、妥当的态度,矛盾是不难化解的。关键在于领导人的

海涅像二

思想水平、文化修养、人格高下和胸怀广狭——因为党的权力高度集中,一个领导人的性格往往会影响全局,而结果会有种种不同。正如前文所说,在马克思与海涅、列宁与高尔基的关系中,由于马克思和列宁的深邃修养和崇高人格,以深情关怀,化解了彼此的矛盾,又毫不损伤两位文学家的创作事业,成就两段文坛佳话。相反,斯大林则以其粗暴的性格给苏联文艺界造成了累累创伤。

文学与政治、文学家与政治家的关系问题,今后大概还要一直存在下去。这是一个值得深长思之的问题。

(2010 年 12 月,于河大校医院)

随 感 录
——浏览小札·影视印象·见闻琐记

序

1996 年迄今,十一年间从事莎氏词典"续编"的编写工作。伏案苦思之余,每每溜出,在附近三两家特价小书店闲逛,其所售为大书店处理之积压滞销品,间有可看者,淘来一二册,于灯下翻阅。又因僻处一隅,素乏宾客往来之趣,日常娱乐无非电视,而所看又为通都大邑播放已久之"老掉牙"剧目。但老书旧戏每似陈年佳酿,摆脱热销炒作之喧嚣,尘埃落定,反以原汁原味耐人品赏,未始非闲居一乐。偶有日常琐事,亦于临睡前匆匆一记。今择其稍成片段者抄撮若干,聊为劳生留痕。是为序。

(2007 年 11 月 30 日)

1996 年
长痛不如短痛(住院所见)

在华东医院住院。隔壁病房有一位上海中年人,在安徽工作,去年 9 月突然发现右眼把直线看成了曲线,医生诊为暂时视神经的小毛病,治后好转,但很快右眼失明,什么也看不见。到上海华东医院来看,视力恢复,但回去后眼又失明。最近经 CT 检查,才发现眼球下有一肿瘤,可能是癌,于是只有动手术将右眼球摘除。术前此人曾到我们这一病房与其他两位病人聊天,因说上海话,我听不懂,经小洪事后告诉我才知道。聊天后第二天即动手术。术后见他右眼用纱布包扎,又来找病友王某聊天,神色泰然。今天上午我在卫生间遇见他,出于同情,说:"你下这个决心很不容易。"他却说:"没什么,我还嫌他们手术动得晚了!"我说:"为了保全……"他说:"生命不算什么,主要是痛苦!"用手指指他的头部,我才明白有时人的痛苦大于死亡。回想在开封时仅仅由于大便干结堵塞,肛门憋得难受又拉不出来,就痛苦得坐卧不安,其他可想。

(6月16日)

兰姆的幽默

译兰姆致柯勒律治的信——其中详述兰姆如何精打细算、量入为出,维持破碎家庭于不坠,又如何处理种种关系,包括如何对待他只当"甩手掌柜"、对于家中"老弱病残"一概不管的哥哥约翰——头脑十分冷静、非常"现实主义"。这清清楚楚表明兰姆并不是在装傻、"玩儿幽默"——他的幽默在骨子里是"苦中作乐",并不像我们现如今有些哥们儿,玩儿幽默完全是因为"吃饱了撑的"。

兰　　姆

(6月30日)

麦考莱的文章

麦考莱文章(主要是历史和传记散文)的观点,无论在史学界、文学界和读书界,也无论是无产阶级革命导师、资产阶级的学者或普通读者,从过去到现在是一直受到批评,甚至严厉批评的。但是批评尽管批评,只要有机会读到他的原文的人,仍然会情不自禁地读一读,而且一旦读了起来,就会放不下,直到读完为止——然后才冷静下来,想一想他文章里的"错误和缺点"。

这根源就在他的行文风格流利畅达、一气呵成,有一种吸引人非读下去不可的力量。

举一个不恰当的比方,就像郭沫若所写的有关历史和历史人物的文章——即便你知道别的历史学家也许在某些问题上比他分析得更详尽、更深刻或者更正确,但他那流利活泼的文风更能吸引你读下去,从《中国古代社会研究》直到《李白与杜甫》都保持着这种特色。

这种文风有一种好处，就是把历史知识通俗化，把艰深的古书、复杂的历史现象、历史人物以轻松活泼的方式介绍给普通读者。

但是麦考莱文章的缺点也很明显：首先从内容上说，他的辉格党偏见太明显，他的褒贬尺度太夸大，他的文字虽然流利，让人一看非读完不可——但读完后觉得"一览无余"，内容缺乏思想深度、缺乏人生哲理——不过再碰上还想再读——这就是麦考莱的文风特点。上大学时，一位老师对我说过："麦考莱？历史学家！你该读阿诺德！阿诺德'淡而有味'。"不过阿诺德的文章需要明窗净几正襟危坐去读，而麦考莱的文章拿在手里翻开就可以读——他的文风太流利了。他的《英国史》写得像小说一样为人爱读。

（7月6日）

唱丧歌的女人

对面排房有一家办丧事，在他们屋后（即我们这个院里）搭了灵棚。到晚上，我正在三楼书房工作，忽听楼下院内唢呐声和锣鼓声大作，原来他们请了唢呐队来奏丧乐。我只好停止工作，下楼去看。他们开始吹奏的是来自豫剧的悲哀曲牌——但这只是铺垫的"过门"，因为唢呐队还有一位女演员主唱。她开始唱的是《秦雪梅吊孝》和《大祭桩》，接着唱《断桥》——这些都是悲剧，符合丧礼的主题。后来唱开了《朝阳沟》"走一道岭来过了一道沟"，虽然不是悲戏，但银环那如怨如诉的调子与丧礼还不算太离谱。然而她唱着唱着，进入了高度兴奋状态，沉醉于个人的表演，大大过起了她自己的"戏瘾"，唢呐队也像是跟着她疯了！于是锣鼓齐鸣，唢呐高奏，这位演员扭呀扭的，干脆演起了喜剧《抬花轿》，围看的人群也大大鼓掌。这时候丧家出来干涉了，说：你们这是办丧事还是"过戏瘾"？一场喧闹才戛然而止。

事后冷静想想，陶渊明的《挽歌诗》就说："亲戚或余悲，他人亦已歌。"大千世界，悲剧与喜剧很难"一刀切"，因此莎剧《哈姆雷特》《李尔王》等悲剧中也有喜剧场面。

（8月12日）

1998 年
熊十力语录

"知识之败，慕浮名而不务潜修。品节之败，慕虚荣而不甘枯淡。"（处世之道）

"况潜往复，从容含玩。"（读书之道）

（3 月 2 日）

"学生"与"学者"

英文词汇中 student 这个单词既可解为"学生"，又可解为"学者"；另外 scholar这个单词既可解为"学者"，又可解为"小学生"。这么说来，"学者"和"学生"实在是一回事。就我个人而论，我宁愿做学生，不愿做学者。因为对于一个学生来说，"无知"并不是耻辱，而是学习的起点和动力。而"学者"往往就要摆"学者架子"。学者是可敬的，但"学者架子"却隐藏着伪善和欺骗，即"唬外行"以谋私利。

（4 月 7 日）

1999 年
萧 乾 先 生

听说萧乾先生去世，打电话问北京郑土生同志，噩耗证实。萧先生虽以"洋气"的记者、作家、翻译家著称，但从 1988 年夏在京认识以来，我觉得他本质上是一位厚道的"老北京人"，待人实实在在，十余年来诚诚恳恳地帮了我不少忙，而我无一事向他回报。这样的老一辈的厚道人是越来越少了！

下午到北道门邮局打电报，不料现在邮、电分家，学院门邮电局才办。准备明天再打唁电给北京文洁若女士，电文：

萧 乾

惊悉萧乾先生逝世深感悲痛。十余年来多蒙萧老无私帮助,长者风范,永在心中。谨致悼念,并祈节哀。

后学　刘炳善

(2月14日)

录王安石语

王安石上宋神宗疏有云:"不淫耳目,然后能精于用志;能精于用志,然后能明于见理;能明于见理,然后能知人。"梁启超评此言曰:"岂惟君德,凡治学、治事者皆当服膺矣。"(录自《梁启超学术论著集·传记卷》)

(8月2日)

对词语的痴迷

John Ruskin

"You must get into the habit of looking intensely at words. Never let a word escape you that looks suspicious. It is severe work; but you will find it, even at first, interesting, and at last, endlessly amusing."(John Ruskin, quoted from *A Shakespeare Word-Book*;"你必须养成紧紧盯住词语的习惯。千万不要让一个看来可疑的单词溜过去。这得下一番严格功夫。但是,即使一开始,你就会发现这很有趣味,而且到最后,你会感到这是很大的乐趣。"——拉斯金语,引自《莎士比亚字典》。)

但要达到这种对单词痴迷的境界,是先要付出成年累月的努力的。

(9月12日)

读王佐良《中楼集》

下午,看王佐良的《中楼集》。这是一本比较轻松的散文集,看着看着,不觉几乎全部看完。王先生早年上清华,后留学牛津,解放时回国,一直是国内英语界最受注目的拔尖人物。记得 1981 年为出《英国文学简史》在北京时，曾在大百科听刘尊棋先生说在英语界范存忠和王佐良最有才华。我也有同感。对范先生，解放前夕读过他的《英语学习讲座》和一篇英文著作，就很佩服，受到一定影响。《英国文学简史》也蒙他老先生提携，很想当面求教。可惜南大外文系一位先生说要见范老需要经系办批准，觉得太难，竟未能一见。后 1982 年 5 月，与王佐良先生在昆明初见，略谈几句。

王　佐　良

直到 1993 年 5 月，到北京参加《世界文学》征文颁奖，在宴会上，经李文俊兄介绍，王先生约见，在他清华所住小楼谈了个把小时，谈到兰姆、文学史以及英国散文史的写作等问题。我正庆幸此后能有机会通信联系，不料次年他即逝世。人与人之间的理解、认识如此之难。

　　看了《中楼集》，我感到自己与王佐良、杨周翰、李赋宁等年长一代学者的差距。他们的求学经历、学问积累和学术造诣，非我所及。这是客观存在。我的儿童时代在低文化环境中摸索，而中学、大学时代在战争流亡中度过，解放后从 1955 年开始，二十余年长期处于在政治运动中挨整状态。虽然自己热爱文学，有求学的愿望，但只能在夹缝中零星、肤浅地看一些书，做学问的基础是不够的。只有近二十年，和平安定环境宝贵，时不我待，发奋努力。但实际上这一切努力不过是补课，从学中干，编教材、搞翻译、写文章、编字典，无不如此。我是一个 learner（学习者），而不是 scholar（学者），我的历史使命是做一个普及工作者，而不是提高工作者——提高工作，高深成果，尖端项目，"大师巨作"，是属于他人的。

　　但普及工作也有价值。踏踏实实地普及作品也对国家社会有用，未可鄙薄。

（9 月 16 日）

历史的沉重感

　　在电视节目中偶然听见一句话：解放上海时牺牲 7000 名战士。读罗马悲剧也使我感到心情不平静。人类社会的进步是由许多好人付出代价的。坏人和小人是不付出代价的:坏人处心积虑迫害好人,小人则挖空心思从别人的劳动成果中捞到好处。

(10 月 2 日)

"刀　　笔"

写卡片当中,我从亲身经验中明白了古人为什么把"刀""笔"并称。因为写卡片时,倘遇到写错或改动,我得拿一个破刀片把错字刮掉,所以书桌上不断有刮下来的纸末。不过我只是"刀笔文人"而不是"刀笔吏"。

(11 月 14 日)

好人和骗子

近看电视剧《小女人》(据李玉茹小说改编),写一个善良女子,受尽狡诈狠毒坏人的虐待和欺凌,但她自己始终不学坏;最后,好人还是好人,"出淤泥而不染"。

对于骗子,不受他的欺骗,你就被他当作"仇人"来恨;受了骗而醒悟过来,也是如此。

政治骗子更可怕,也比市井小骗子更坏;因为政治骗子有权势,骗人足以害人一生,害人也足以害到关键之处。

在坏人眼里,他自己是"大大的好人",而好人倒是"坏人"。

(12 月 16 日)

2000 年
聂绀弩先生

聂绀弩是 20 世纪中国的一位奇人。他的命运中充满了矛盾:黄埔军校一期生,参加过讨伐陈炯明的"东征",应该是军人,但一辈子又是不折不扣的文人。到莫斯科中山大学留学,但不学俄文,只把中大的全部中文藏书("五四"时期的书刊)读了一遍。老同学中既有刘少奇,也有蒋经国、康泽、邓文仪;所交朋友当中三教九流都有,即使在我早年的朋友、熟人中(如勉仁中学时的小董和音乐教员梁清颂)也有人认识他。他所写的杂文《韩康的药店》等揭露国民党反动统治可谓深入骨髓,讽刺蒋经国的杂文《打倒爸爸》可谓"哪壶不开提哪壶",但从《记康泽》来看,他和康泽又有点"私交",康泽在抗日战争中要上前线时还托他为之"写传"(这实在是一种微妙的关系,透露出中国社会之复杂)。他的杂文和旧体诗是独特的,他的个性也是独特的。他既和胡风、雪峰、萧军是好朋友,又和夏衍、胡乔木关系也不错——这从胡乔木为《散宜生诗》所写的序、夏衍写的回忆文可看出。(聂划"右派"后在北大荒伐木,因在窝棚中为难友们烧炕失火,大祸在即;周总理过问此事,夏衍曾为他说好话:"他自由主义是有的,但决不会放火。"——这句话非常重要,否则,以聂当时的"右派"身份,如果扣上"现行反革命"的罪名,严惩是可能的。)

昨天看了黄永玉所写关于聂绀弩的回忆散文,想了以上的话。

夏衍所写回忆文言简意赅,但最重要的是上述那句话救了他。周总理曾说聂是"大自由主义"。抗战时期,聂曾到新四军,但陈毅只同他下棋,不给他安排工作,对他笑笑说:他不适合在部队工作(大意)。——这是知言。文人不适合军队的严格纪律,也不能当领导做官。陈毅元帅年轻时曾想当作家,他对文人是了解的。

前几年,有人打算写聂绀弩传,但似乎未见出来。只从图书广告上看到人文社出了一本关于聂的回忆录,但也未见书。

(7月22日)

鲁迅晚年

睡前翻阅《鲁迅书信手稿全集》第七册(1936),其中多见鲁迅晚年与左联之关系。大致说来,在左联初期,因党中央有指示,鲁迅比较受尊重,说话起作用,与左翼作家们关系也融洽,鲁迅做事很热心,负责做了不少大事。但从柔石等牺牲后,周扬从日本回到上海,形成他的"领导核心",鲁迅的日子就很不好过了。看他致曹靖华、王冶秋、台静农等人的信,可知他最后一年的内心痛苦。这当中不排除个人年龄、性格的矛盾,但主要是周扬等人以权力压鲁迅,而鲁迅只认是非、不认权力所造成的矛盾。怪不得周扬在解放后把跟鲁迅接近的作家一个个都收拾了。假如鲁迅活着,真不知道会遭遇什么样的命运。

周扬在文艺界如此威风,细问他在文艺上究竟有什么作品?半本《安娜》、一本《奥罗夫夫妇》、一篇《文艺战线上的一场大辩论》!

(8月22日)

"债户"和"债主"

电视剧《乱世有情天》中,有一个人物任校长(画家)说过一句话:"有一种人总认为自己是欠债的,另一种人总认为别人欠自己的债;前者总觉得自己欠别人的债还不完,后者总觉得别人欠自己的债还不完。"

这句话使我恍然大悟,明白了过去想不明白的人情世故,同时也明白了有些人为什么像帝国主义似的总是没完没了地"侵略"别人,而且永不满足,得寸进尺:占了便宜,是"应该",不算数,还要占更大的便宜。

对于这号人,一分一厘的便宜也不让他占。

(9月1日)

闽剧《林则徐充军》

早饭时,看电视上一出闽剧,写林则徐于鸦片战争后充军伊犁中途,在开封以戴罪之身办理河防故事。其时牛鉴(投降派)任河南巡抚,排斥林所依靠的治河专家高步月,重用权相穆彰阿之侄孙鄂侗,二人勾结,使林无钱无料,倘治河

林则徐

失败,则罪上加罪。林则徐幸有老中堂王鼎撑腰,召回高步月,又设计迫使一批贪官污吏捐出赃银修河。牛鉴以巡抚身份严令林调出修堤工料,釜底抽薪。林又设计将料调回河上。但修河成功后,牛、鄂仗穆相之势,冒功升官;林则徐无功,仍远戍新疆,高步月亦充军,王鼎愤而自缢。

看来,在中国历史上,做好人好事总是难的,做坏人坏事总是顺利的,一般人则跟着混。难怪中国进步慢。

外语系门口"御碑亭"下边,过去有半块断碑是林则徐在开封修黄河时立的

（或书写的），不知何时被打断，无人过问，但牛鉴立的一通碑则堂哉皇哉巍然竖立，还有碑亭保护。后来断碑才被人（大概是河大文物馆）收起来了。

我估计碑是初立后被牛鉴之类（或其奴才）所推倒、打断的，否则不会只剩有半块。

看闽戏之后，翻阅《中国近代史词典》，发现戏中对历史情况有一定艺术加工，但大致代表民心所向。这出闽剧叫《林则徐充军》。

（9月8日）

约翰生博士的《萨维奇传》

近几天，发现约翰生博士写过一部奇书妙文，即《萨维奇传》（*Life of Richard Savage*），记述18世纪英国一个贵夫人的私生子传奇性的、曲折悲惨的一生。萨维奇是约翰生未成名时的穷朋友，是一位 minor author and poet（小作家和诗人）。很有意思。这几天被这部传记吸引住了。

萨维奇是一个被贵族阶级抛弃的浪子。

约翰生的遣词造句是18世纪的古典式（受拉丁文影响）风格，总的说不难懂，但有些字需要查。目前只能大致浏览一遍，写散文史时还得细读，因为这是一篇重要而有趣的文章——约翰生的处女作。出版时他还是书店老板的雇佣文人，书在伦敦一举成功。但老板为此宴请阔人时，把作者支到后厅，所以约翰生只能在门后偷听别人夸奖自己的作品。事见《牛津文学轶事集》。

（10月16日）

当 代 杂 文

渐渐爱看当代杂文。最初看邵燕祥的书，目前看何满子的书——二人得鲁迅先生之真传，即：敢触及时弊，且文章有艺术性，读之有味。二者缺一，即不成其为杂文。朱正杂文有史家之风，考据严谨，使丑恶现象不能遁其形。此三家之文，为我所喜爱且叹服者。

（11月5日）

评传梁漱溟咏郭沫若诗

传梁漱溟"文革"中评论郭沫若之打油诗：

> 淡抹浓妆务入时，两朝恩遇鬓垂丝。
>
> 曾经招对趋前席，又见讴歌和口词。
>
> 好古既能剥甲骨，厚今何苦注毛诗。
>
> 民间疾苦分明在，辜负先生笔一支。

（据考证，此为托名之作，非梁诗。）

按：1. 郭沫若晚年为一悲剧人物，他曾对青年诗人陈明远谈他内心的矛盾。他的爱子郭平英也惨死于"文革"之中（据说他曾把郭平英的日记恭楷抄录下来，可见哀痛之深）。

2. 所谓"两朝恩遇"不确。郭沫若 1927 年发表《请看今日之蒋介石》后，曾被蒋通缉。1946 年旧政协成立后，郭在重庆校场口被国民党特务打伤。至于抗战爆发后，在军委会政治部任第三厅厅长，乃是在国共合作后，应周总理之命工作的，实际上团结了一批进步文化艺术工作者。

3. "剥甲骨"一语，用词过苛。郭沫若用历史唯物主义观点研究中国古史，有开创之功。他研究甲骨、金文的贡献，连国民党"中央研究院"的李济、傅斯年等也承认，不能一笔抹煞。

郭沫若在历史研究中的优点是：能用活泼流畅的文笔把难懂的古人古事明快地告诉现代读者。缺点是：诗人气质浓厚，以感情或想象代替严谨的考证，出了一些纰漏，如对难解古字用"一音之转"过多，又曾把伪造文物当真之类。

4. 对郭的反感主要在于解放后他对于政治运动（包括"文革"）的迎合，一直发展到《李白与杜甫》。不过他在解放前并没有"脚踏两只船"，而是"脚踏一只船"，不能说他"两朝恩遇"。

5. 以我个人来说，自然是崇敬鲁迅。从对于中华民族文化思想来说，鲁迅的影响将是长远的,郭沫若的影响可能不如鲁迅。时间过得越久,此事会看得越清楚。但是,对待一个历史人物,如果不是至圣至贤,不必把他看作完人;如果不是大奸大恶,也不必把他看得一无是处。我近些年常常想:对人对事,还是看两方面,说两句话;不要只看一个方面,说一句话。因为中国的事,世界的事,是复杂的;人生活在这样复杂的时代和地方,自然也是复杂的。另外,20 世纪的中国,多灾多难,人才难得,不要动不动就"一棍子打死"。

(12 月 13 日)

2001 年

女性笔下的鲁迅

把年前买的《女性笔下的鲁迅》翻阅一遍。印象:回忆文中写得最好、最有感情的还是萧红那一篇,可说是有关鲁迅回忆的"绝唱"。宋庆龄写的虽只短短千字,但以一个伟人写另一个伟人,话不多,字字有分量。陈学昭一文写在鲁迅下葬时,宋庆龄大声痛哭——这是很难见到的一面。他们都是中国人应为之骄傲的人物。

最近又看了《野草》:印象最深的是《聪明人和傻子和奴才》,勾画出中国的历史和社会的精魂,中国人的国民性在其中揭示出来了。

(2 月 9 日)

看鲁迅回忆录

翻看关于鲁迅的回忆录。今天看了《编辑生涯忆鲁迅》。其中赵家璧所写诸文,大部分已在作者的《编辑忆往》书中看过;主要看过去未见者,如张友松、韦丛芜、李小峰的文章。读了大多数回忆鲁迅的文章后,一个总的印象是:这是一位既伟大又平易、既严肃又亲切的文化巨人。"五四"以来一大批文化、艺术、学术、出版各界的人物,特别是青年,都从他那里得到过无私的帮助,这不仅使直接受惠者回忆起来如沐春风,而且这种回忆还使读者感受到温暖,形成一种精神力量,鼓舞自己前进和工作。

中国人凡是有良知者,均不应贬低鲁迅——the conscience of China(民族魂)。

(2月10日)

扬之水的《脂麻通鉴》

今天一天,看扬之水的《脂麻通鉴》。扬之水为《读书》"三女将"之一赵丽雅的笔名,即在1990年约我写莎译评论者。《脂麻通鉴》之名颇奇,过去不知何义,以为或与"脂砚评红"相类。其实乃为"读史随笔"之谐谑别称。读此书才知这位"女将"的厉害:对经史子集广征博引,以种种遗闻轶事,揭示封建皇帝统驭臣民的权术。可谓继鲁迅先生《买〈小学大全〉记》《病后杂谈之余》《在现代中国的孔夫子》《魏晋文章及药与酒之关系》等文之遗绪,深挖封建专制统治的老根。每篇文章短短一二千字,而内容精彩,发人深省,实为高水平的史评名篇,无怪张中行老夫子为之击节叹赏。

(3月17日)

看孙犁的《风云初记》

看孙犁的《风云初记》。这是他唯一的一部长篇,写七七事变后冀中农村抗日斗争初期种种情况。印象最突出者为春儿和芒种一对青年农民,从朴实的农村孩子渐渐成为战士的经过,并描写了他们纯朴的爱情。与之相对的则是俗儿与高疤,从荡女、流氓(虽然一度参加过抗日)终于堕落成为反共爪牙的经过——他们之间的关系是肮脏的。《铁木前传》中的小满儿还不像俗儿这样坏,但在阅读中隐隐感到后者似乎是前者由于性格上的缺陷而在特殊条件下向更坏的方向发展。

孙犁很擅长用含蓄的笔法描写冀中农村人物,特别是农村妇女的细腻感情——春儿托变吉哥给芒种写"情书"一节,是神来之笔。

书中描写抗日女县长李佩钟,其父为县内绅士,其母为京戏艺人、被其父霸占。她本人为大学生,被迫嫁给反动地主田大瞎子之子田耀武(后为国民党专员)。但抗战爆发后,她投身革命,参加八路军,当了县长。书中对她各方面的描写比较细腻。最后她在日寇一次突然"扫荡"中牺牲——在投井自杀时还有意识保存下她手中的机要文件。作者对她虽有微词,但看出是把她当作肯定的正面人物。

书中对于反面人物(包括田大瞎子和反共"摩擦专家"张荫梧)并未使用夸张的漫画手法,而是当作"人"来写,因而读了有真实感,尽管作者的爱憎是清清楚楚的,而且读者也受到感染。

总的来说,这部长篇不如作者的中短篇精彩。长篇不容易写:一个困难是结构复杂,另一个困难是总有些过程需要交代铺垫——这就难免(有时候)离开形象思维而进行平铺直叙。

(4月28日)

读《柳如是别传》

翻阅陈寅恪名著《柳如是别传》,略窥陈老先生"乾嘉学派"考证功夫。印象:金陵南朝覆灭前夕,柳如是曾劝钱牧斋投水自尽,钱不从,柳投水,又被侍女拉住。钱投降清朝后并不得意,他以为凭其声望地位应该做"阁老",但只当上"礼部侍郎",所以不安心,后被清朝逮捕下狱,押送北京。此时只有柳如是陪他上路,钱很感激,赋诗称她为"贤妻"(实际上柳是"侧室")。释归后,由于柳如是的影响,钱暗地参与了一些反清复明活动(但非主要人物),而反清活动一一失败,钱、柳只能困居家乡。在"新朝"失意,还得应付清朝的猜忌。加之住宅失火,珍藏书物

柳如是画像

焚毁殆尽,经济上也败落。钱牧斋晚年靠卖文为活,甚至临死时还得靠卖文筹备丧葬费用。值得注意的是:柳如是尽管深明大义,劝钱反清复明,并对他的变节鄙视,但从生活上对他仍然殷勤关心、照顾,直到钱最后病危,还给他煮"枣汤"。钱死后,由于族人敲诈钱财,柳被逼自缢。总的来说,钱牧斋大节有亏,其诗文亦为后人所轻,仅有历史价值。而柳如是大节、小节均无瑕可击,在乱世的泥淖之中能够"出淤泥而不染",真是难能可贵。陈寅恪为她写"别传",是很值得的。

书中写到清朝对明朝降将、降臣,能利用时尽量利用为其打天下,但始终对他们监视、疑忌,俟其稍有异志,即加杀戮,毫不手软。实际上,对于汉人上层、

中层、下层人士，无不如此，看"科场案""哭庙案""明史案"等等可知。到乾隆时代，天下已定，仍以修"四库"为手段，大兴文字狱。至于普通老百姓所受的荼毒更不用说。黄裳有一文谈在平定三藩中，清兵在福建对妇女任意淫掠、买卖，以致当时一位老学究有"红颜最苦是乱离"之叹。

我不赞成对清朝统治者拼命美化。

（4 月 30 日）

读《孙犁传》

又看《孙犁传》。孙犁属于"三八式"老干部，60 年来担任基层文艺、新闻工作者，不求闻达，默默耕耘，过的是一般老百姓生活。爱人是不识字的农村妇女，生有一男三女，加上老母在堂，解放前虽已是名作家，但生活一直困难，甚至常常吃不饱。解放后也非显赫人物，最高官职是"天津日报编委"。他的作品几乎全是描写农村里的普通人、普通事，但能把这些人物、故事写得如此吸引人、令人难忘，那是因为他当年是以全部青春热情投入普通冀中人民的火热斗争，有深切体会。可见在文学创作中，作者青少年时代的生活积累、感情积累是最重要的，是起到核心作用的。

看《孙犁传》，找到《铁木前传》最初构思的萌芽（P. 289）。另外，《风云初记》中高翔的生活原型是李之琏——此人在 1957 年因同情丁玲而被打成"右派"（这事我听黎辛来汴时也谈过）。

"戒行之方为寡言，寡言之方为少虑。""祸事之发展，应及时堵塞之，且堵且开，必成大患，当深思之，当深戒之。"（孙犁座右铭）

孙犁的婚姻问题是从小按农村习惯平平凡凡解决的，几十年安然无事。解放后因养病，偶有感情波动，但自觉克制。老伴死后，曾由友人介绍，"文革"后期与一知识妇女结婚，过了大约二三年，性格不合，离异。

他对女性之美是敏感的，但感情含蓄，"发乎情，止乎礼义"。

基本性格是朴实而倔，但不乏智慧与热情。他的文学修养主要是：鲁迅、俄苏文学、中国古书。

（5 月 6 日）

周氏兄弟的《石头记鉴真》

近几天午后看周汝昌弟兄所著《石头记鉴真》，书为考订《石头记》原稿面目，观点：1.《红楼梦》本名《石头记》，曹雪芹将全稿一百一十回已大致写完，但仅将前八十回定稿，后三十回迷失，其情节线索于脂批中有不少透露。2. 脂砚斋为一女子，即书中史湘云之原型；"畸笏（叟）"是脂砚斋的晚年化名，实为一人。3. "壬午年"（1762 年，乾隆二十七年）为《石头记》创作遭受最大厄运的关键一年。脂批云："壬午九月，索书甚迫。"周氏兄弟认为"这就是权贵以至内廷的紧急勒令的

周 汝 昌

大事故"。为此，芹、脂不得不将原稿紧急删削改写，删去"违碍之语"，以便进呈官府、朝廷（以戚序本所据"大本黄绫装"可能为进呈本）。这一挫折使雪芹大为伤心，同年，"壬午除夕，书未成，芹为泪尽而逝"。［周氏认为雪芹死于次年（癸未，乾隆二十八年）除夕。］4. 本书对脂砚斋推崇备至，其评、批与《石头记》为"一部书的有机组成部分"，应在"文学史上给她一席之地"。5.《红楼梦》版本情况复杂，曹氏原稿与各种妄改优劣悬殊。周氏兄弟志在通过大力校勘，辑成一部"真本"。6.《石头记鉴真》书末附有《脂砚题红》（曲词体），赞颂脂砚斋与《石头记》的关系和她的贡献。周氏兄弟对芹、脂、《石头记》的痴情令人感动。对作家、作品有这种感情，才谈得上从事文学事业。

（5 月 14 日）

伊格尔顿论马克思主义文艺批评

英国左派学者伊格尔顿（Terry Eagleton）将 20 世纪马克思主义文艺批评划分为四类：人类学（讲艺术的起源，艺术与劳动的关系等——普列汉诺夫），政治（密切结合当前政治——列宁论托尔斯泰，托洛茨基《文学与革命》，等等），意识形态（反映经济基础及阶级利益——卢卡契），艺术经济学（作为商品生产的艺术——本雅明）。这种"四分法"令人耳目一新，但均源出马克思主义，只是过

去对马克思主义文论笼统地读,概念笼统,而伊格尔顿在世界格局形势大变之后进行冷静回顾,将各类划分清楚,再读马克思主义文论时可以心中有数,不致"胡子眉毛一把抓"。所分四类中,前三类容易理解,唯对"艺术经济学"一类感觉新鲜,因为过去习惯于把文艺工作者当作"灵魂工程师",岂可把文艺作品当作市场交易之物?但再思后,此说仍出于《资本论》,并非本雅明独创。而且,今日国内,已经如此。作家小说手稿已可拍卖,知识产权(包括音乐、美术……)已提上日程,文艺创作商品化已成为不争之事实。但文艺创作完全受市场经济所驱动,则弊病也很明显,即:精神产品质量下降,成为"泡沫文化"、过眼烟云。"一种倾向掩盖下的另一种倾向"也值得警惕。

(6 月 15 日)

看电视剧《长征》

结合党的 80 年诞辰,看了电视连续剧《长征》,得知毛主席在长征前的高层领导中曾受"王明路线"的压抑,第五次反"围剿"后不得不转移(开始口号为"北上抗日",尚无固定方向,赴陕北是在川陕途中了解陕北有刘志丹所开创的根据地后,才决定的),在遵义会议上总结军事路线的错误,才由毛管军事指挥。而在长征途中,政治上中央领导人是张闻天,军事上由毛、周、朱三人决定战略大计;此时凯丰对毛主席还不服气,各方意见尚未完全一致,毛亦谨慎,只管战争指挥工作,对张、周、朱以至刘伯承都很尊重。正是在这种"和衷共济""人尽其才"的民主作风中,才克服千难万险,胜利到达陕北,革命大业转危为安。但长征的胜利,证明毛主席军事指挥的巨大才能(不受外国框框所左右,从中国实际出发,常有出奇制胜的惊人之笔),也提高了他在党内的威望,为以后在全党树立领导地位奠定了基础。毛主席在军事上的三大丰功伟绩是:长征中的指挥、抗日战争中的"持久战"的战略思想,以及解放战争中的英明指挥。他的战略部署往往出乎敌人的意料。在《辽沈战役》中,卫立煌说了一句话:"毛泽东打仗就像他作诗填词一样,想不到他撇开长春、沈阳,直接去打锦州!"平津战役中,傅作义想偷袭石家庄,但毛主席只发了一篇揭露他偷袭计划的消息(自然还要把 600 里外的聂荣臻部队迅速调过来),就把傅作义吓跑了。

《长征》中共产国际代表李德的形象给人留下恶劣的印象。(好像在伍修权回忆录中,说彭德怀骂李德"爷卖崽田不心疼!")

(7月6日)

关于陈圆圆的争论

看黄裳与姚雪垠关于陈圆圆的争论文章。看后觉得黄裳意见比较全面而符合实际,姚雪垠讳言农民起义中的负面因素,而这往往是导致农民起义失败的原因之一。(我个人因编写《李闯王》豫剧而遭到错划"右派",也与这种"讳疾忌医"思想有关。)其实毛主席之肯定郭沫若《甲申三百年祭》,并号召全党当作文件学习,正是为了接受历史上农民起义中的教训。但"左"的东西很难纠正。因此,历史教训一再重复。

(7月8日)

关于周作人

《文化名人笔下的周作人》一书中许宝骙所写关于周作人当伪教育督办经过一文最重要,可见沦陷后的北平之复杂情况。但"七七"前后,各方人士(包括鲁迅、周建人、胡适、叶公超及在平友好)对周作人的劝诫、促其南下不遗余力,而他固执不听,以致下水当汉奸,大节有亏,也是咎由自取,他人不能为其负责。

周作人在新文学史上的地位以及他在散文艺术和文学翻译上的贡献,固不待言,但晚节不终,令人惋惜,然而也终于无法原谅。看过种种说法,还是毛主席的口头指示"文化汉奸,又没有杀人放火,懂希腊文的不多,让他译书吧!"(大意)高屋建瓴,非常干脆,而周作人晚年就在这句"最高指示"的决定下,译出了他人无法译的希腊文、日文书,其质与量都很可观。

(7月28日)

林贤治论知识分子

"知识分子是为理念而生的人,不是靠理念吃饭的人。"

知识分子的主要作用在于"业余性"。"所谓业余性,是指一个人的活动包

随感 | 215

括专业活动在内,仅仅来源于内心的热爱,而不是别人的奖赏和其他的利害关系;所以,他能够挣脱这一专业的束缚,而自觉接受众多的观念和价值。业余性意味着对公共空间——而不是由专家和职业人士所控制的有限空间——的自由选择,更大程度上保障了知识分子的相对独立性。……萨义德指出:'今天的知识分子应当是一个业余者。'"[林贤治:《关于知识分子的札记》(之四)]

(8月1日)

侵华日军野蛮暴行之根源

看周作人译日本随笔小记,乃知日本人在他们国内并不是在侵华战争中那些奸淫烧杀的野蛮凶恶的畜生。圣女贞德曾说:英国兵在自己本国都是"好孩子",但一到法国就变成了"天杀的鬼子"(God-damned)。这可能是人类的一种恶劣品性(而由德日法西斯发作到最大程度):对于不是自己亲人的外人,就侮辱之、杀之而不足惜;对于不是自己财产的他人财产,就要抢夺之或破坏之。

(8月20日)

博尔赫斯谈莎士比亚的语言

"除了《麦克白》和《哈姆雷特》之外,他作品的语言魅力远比故事情节和人物刻画对我的影响要大。比方说,莎士比亚作品里,我反复阅读的是其中的十四行诗。我甚至可以背诵一段又一段的诗句……当然,我也可以背诵他剧本里一段又一段的对白……不过我首先把莎士比亚看作是一位语言巨匠。跟一些小说家比较起来,我觉得他更接近乔伊斯,因为小说家注重的大抵是人物性格的刻画。所以莎士比亚作品的译文,我是不敢恭维的,因为他最本质的、最美好的东西就是他的语言,而语言又能译成什么样子呢? 前不久有人对我说:'要把莎士比亚译成西班牙文简直不可能。'我回答他说:'译成英文也同样不可能。'因为,如果我们把莎士比亚译成一种不是莎士比亚英文的英文,很多东西就会丧失殆尽。何况,莎士比亚的许多辞句只能是这么说,只能是这种语序,也只能是这种韵律。"(抄自《博尔赫斯译事一斑》,林一安。)

(8月23日)

伊丽莎白时代的英诗

昨天读了伊丽莎白时代的英诗,语言朴质,感情真挚,时有人生哲理,如饮佳酿,如食美味,久不读英诗,偶然开卷,真是最好的精神享受。另一感受:单读其他诗人,已觉很好,但最后读莎士比亚的抒情诗(lyrics),才感到他领袖群伦,气势不凡。

(10 月 29 日)

傍大款的女歌星

一个常常歪着头做天真活泼小孩儿状的女歌星,号称"广州玉女""甜妹",傍了一个大款。该大款用近千万人民币为她买车、修别墅,与她同居,"合同三年"。未到期,贪污行贿事发,大款入狱。她复出唱歌,仍歪头、扭屁股作天真活泼状。记者采访,她说:王宝森不死,陈希同不坐牢,还想找他们呢! 要献身就献给大腕大款! 云云。这种人竟成为"偶像",而报纸满载这种"信息"。用鲁迅的话说,看这种报刊三年,"人不成为废料者几希"。

董文华倒有点可惜,她也傍了一个贪污犯大款。"中国人怎么了?"

(11 月 6 日)

怀 乡 之 情

"对于诗人和作家的怀乡之情,我们大可不必理解得太实体化。……怀乡产生于距离,而这种距离未必横亘在城市与乡村之间,更多的是梦想与现实的一种呼应,或者是反差,是孤独者的心灵慰藉。"(《怀乡与孤独》,《读书》2001 年第 11 期。)

对于我的故乡郑州,我差不多已经没什么"乡情"了(今后可能在儿时回忆中再想想它)。对于少年时代流亡求学之地清水,我曾连同亲爱的师友一同长期怀念过(今后在回忆文字中还要写到它)。近 20 来年我梦魂萦绕的精神家园则是北京! 我最不能失去的家园是北京。

(11 月 13 日)

关于卢卡契

曾读卢卡契的一篇《答问》，很长。其中读到卢卡契的复杂经历：他在十月革命后与季诺维也夫关系很坏，但在斯大林"大清洗"时仍于1944年被捕。幸因为1944年已是"肃反"尾声，处决之风稍减，又因另一匈牙利共产党领导人与他同时被捕，拉科西找共产国际主席季米特洛夫，由季米特洛夫说情，免于被肃，关押两月即释放。印象最深的是，卢卡契认为斯大林是唯一能领导苏联人民打败希特勒的人。可见政治的复杂性，非我辈文人所能看清。议政与参政毕竟是两码事。

卢 卡 契

我对卢卡契的兴趣主要在于他的文学评论。我开始读他的文章，是在高中时读到在《七月》上发表的吕荧译的《叙述与描写》，现在留下的印象只有其中提到《安娜·卡列尼娜》中安娜看沃伦斯基参加赛马那个场面。这些年一直想找他的文集。范大灿译有他的两卷文论，20世纪80年代出版，当时未抓紧搜购，现在又找不到——他的书被什么"后现代""后后现代"的洪流所淹没了。

卢卡契认为马、恩已构成完整的马克思主义文艺理论，他自己和里夫希茨在苏联马恩研究院系统整理出版了马、恩的文论。卢卡契对普列汉诺夫和梅林评价不高。但一般认为普列汉诺夫是继马、恩之后最重要的马克思主义文艺理论家。我认为：他们的书都应该看。普、卢根据马克思主义理论对文艺作品分析得更细致、具体，这是他们的贡献。

马克思主义文论的长处在于社会、历史思想分析，而不足之处在于美学分析和人物内心世界的分析，目前的"西马"拿女权主义、心理分析等理论来加以补充。这对于我还是有待努力的补习任务。

（11月14日）

读卢卡契《在流亡中》

近来挤休息时间看卢卡契的长篇答问《在流亡中》,相当于他个人政治与学术经历的自述。我感兴趣的是他提到一些过去知道的人名,如拉科西、贝拉·库恩,前者是匈牙利解放后的领导人,后者则《斯大林全集》中见过,最后好像在"大清洗"中被镇压了。还提到匈牙利两位革命作家贝洛·伊勒什和贝洛·巴拉日,前者是小说家,他的《喀尔巴阡山狂想曲》在解放前(清水)见过,但太长未读;后者是戏剧家,其剧本《安魂曲》(写莫扎特)由焦菊隐据《国际文学》法译本译出,抗战中在重庆演出,由曹禺演主角莫扎特,我仅在解放后读过剧本,极受感动。遗憾的是卢卡契跟他们两个关系都不太好。另一个遗憾是匈牙利共产党人在1919年革命失败后,在维也纳、柏林、莫斯科流亡,除了受国内外反动派迫害,党内还分为三派,矛盾不已:在党内库恩派是"正统",而库恩观点与季诺维也夫接近,最后牵连被杀。而卢卡契本人被认为思想"非正统",最后在莫斯科也被捕,幸亏及时毁掉了早期与托洛茨基的通信,这才幸免于难。这主要因为"大清洗"高潮已过去,杀人的疯狂劲小了。所以他事后说了一句轻松的幽默话总结此事——可惜这句话我记不清了。

卢卡契还提到两个苏联学术界人物:一是梁赞诺夫,十月革命后的马恩研究院院长,马克思主义专家,主编了第一套马恩全集,但最后竟在"大清洗"中消失;二是里夫希茨(也是匈牙利人),即苏联版《马恩论艺术》的主编,但解放后在匈牙利也默默无闻。

二战后匈牙利革命政府的文化部长里瓦伊(文中提及)的文论,20世纪50年代我从《文艺报》上读过。

我感到极为遗憾的是:党内同志间的不同意见为什么不能通过"团结—批评—团结"的办法来解决,而要"残酷斗争,无情打击",以致大镇压?

从个人读过的材料来看,列宁在这方面是伟大的——他具有革命导师的博大胸怀。斯大林在这方面则做得很坏——苏联的解体,他要在政治影响上负主要责任。暴虐无道,草菅人命。《史记》中说:"(酷吏)王温舒死,而民不思。"信然!

我对于卢卡契的兴趣主要在于他的文论。

（12月9日）

关于齐如山

前几天买了余秋雨新出的欧洲游记《行者无疆》，今天上午没事，翻看几篇。自序中把欧美文化与中华文化对比，有一定深度。写罗马的一篇不错。但翻到写柏林清代中国公使馆旧址时，提到赛金花和齐如山，说齐如山只是"为艺人需要自学了一点德文"，却与事实不符。我从一篇谈齐寿山与鲁迅友谊的文章中得知，齐如山、齐寿山兄弟都是出身于清末"同文馆"，专门学过德文，而且齐寿山还到欧洲专门考察过西方戏剧，然后回国才立志改革中国戏剧（京戏）的。可见余秋雨的说法不确。正如前些年论者所评：余秋雨只是散文作家，并非学者，他的文章只能当文化散文来看，不能当作严谨的学术著作来读。不过他名气一大，口气也就大了，一写文章仿佛古今中外无所不知。这是一种"海派"作风。老一辈作家不会这么写，比较谨慎、老实。

（12月22日）

2002 年
对于鲁迅的评价

《收获》2000 年开辟了一个《走近鲁迅》专栏，刊登新老作者对鲁迅的评论，而王朔是把鲁迅从思想到创作都否定的，即所谓"无知者无畏"。他比"文革"之初的"东纠""西纠""联动"还凶恶。那些红卫兵看毛主席的面子，对鲁迅还不敢"破"；现在王朔连那一点顾忌也没有了。其实不过是红卫兵遗风加上痞子作风。

又看王元化《思辨随笔》中关于鲁迅思想发展的一条评论，说鲁迅在早期以至"五四"主张启蒙、个性解放（"一要生存，二要发展，三要自由"）；但 1927 年后接受了"阶级论"，对启蒙不提，而只服从革命需要（批"第三种人"，主张新文字拉丁化，大众文学）；而到晚年，因与周扬的矛盾，又悟到简单地"遵命"不行，临终前的杂文又闪现个性的光芒,云云。我以为王元化分析得很深刻。把鲁迅完全政治化,对于全面评价鲁迅很不利,而且对于中华民族文化事业也是很大的损失。中国文学在 20 世纪只出了一个伟大的鲁迅,"民族魂"(the conscience of China),应该珍惜,应该尊重。

(1 月 13 日)

童芷苓的唱腔

校完校样,泡清茶一杯,听童芷苓唱腔一盘。童主要学荀慧生,但根据个人天才有发挥创造。她的"绝活"是《金玉奴》和《尤三姐》。《金玉奴》中"奴名叫金玉奴丐头所养"一段唱腔声情并茂、感人肺腑。杭州任明耀老先生说,她唱的《尤三姐》使上海年轻人听得泪下。1978—1979 年,我因修改、排演《红娘子》赴京,在马彦祥先生家,曾与童葆苓(芷苓之妹)谈到童芷苓,我说她是"荀派",童葆苓则坚决说:"童派!"细想也对:童芷苓如张君秋,也是博采众长而走出自己独特的艺术道路的。听她唱《宇宙锋》中"老爹爹发恩德将本修上"一段,唱腔雍容华贵,俨然梅派正宗,可见她不仅学荀派,对梅派也下过很大功夫。

(1 月 20 日)

元旦期间记事

元旦期间,曾接北京扬之水贺卡,以娟秀小字书一联云"龙烛影中犹是腊,凤箫声里已吹春",有富贵气。

又接上海陆谷孙教授来信,客气地自称为"晚",对拙编莎士比亚词典表示肯定。

对二位高雅人士都回了贺卡。

今天蕾蕾从上海带来的一盆水仙花,一茎白花开放于绿叶之间,颇有亭亭玉立之概。确是一种清馨美好的花草。

(1 月 22 日)

读梅志《胡风传》

昨天下午买来梅志写的《胡风传》，晚上翻看了一二百页，今天早晨一起来又看，忘记了火上的牛奶锅，牛奶全烧干、烧黑了。

这本《胡风传》，写得太琐碎，只可供翻阅，不必一字一句细读。但仍然可以看出三点：1. 凡是写到鲁迅的地方，都是情文并茂，非常细致而充满感情。让人读了，有"虽不能至，心向往之"之感。2. 20世纪二三十年代以来，文坛中的人际关系真是错综复杂，犬牙交错，一言难尽。3. 鲁迅、胡风和周扬之间的关系并不能用"革命阵营中意见之争"一句结论了之，实际上代表了尽管都以"革命"为安身立命之所，但处事做人却迥然不同的两种人（two races of man）—— 一种是文化官员，一种是一老本等的作家。质言之，也就是：知识分子和官吏。那怎么能说到一块儿呢？

对这一点，大家都忽略了。而看不到这一点，正是作家或知识分子倒霉的根源。你诚心实意地"从工作出发"，对官员肝胆相照地提提意见，而他却把你当作"异己者"，甚至要置之死地。可怕的悲剧！

（1月24日）

今天继续翻阅《胡风传》。可以看出：在二三十年代，文坛中最突出的人物是鲁迅；抗日战争中，指导着文艺工作的最突出的人物，在解放区是毛泽东，在国统区则是周恩来。也就是说政治领导渐渐起了主导作用，进步作家不再是"自由职业者"；"讲话"的领导作用越来越突出，解放后则成为指导一切文艺工作的唯一方针。尽管胡风主观上认为自己一直是追随革命的，但他那非正统的文艺思想却不能不撞到铜墙铁壁上。周扬等的宗派主义自然起了很大的作用，但周扬不过是上面意图的执行者。到了"文化大革命"，大家都"一锅烩"了。

（1月25日）

看过《胡风传》，不禁再翻看鲁迅在60多年前写的《答徐懋庸信》，其中关于胡风"鲠直"、周扬"左得可怕"之语，使我深深叹息。

胡风太戆、太倔，吃了大亏。

（1月30日）

电影《洗澡》

看中央台六套电影《洗澡》,写北京一个老澡堂拆毁前的故事:老工人及其一个傻儿子,老主顾,老感情,等等琐事,令人感慨。这是对于正被"现代化"浪潮席卷而去的质朴的生活方式和人际关系的一曲挽歌。摩天大楼代替大杂院,冷漠的人际关系代替温馨的街坊关系,"宰熟""宰亲"代替"兔子不吃窝边草",等等。北京人艺出身的老少演员非常善于表演老北京的厚道人情。但我担心过几年北京人艺也会被那些光膀子扭屁股歌舞所淹没、顶掉。

现在老式澡堂已经被"卡拉OK""桑拿浴室""洗脚房""按摩厅"所代替了。外国的坏东西,学起来很快;外国的好东西,学起来很慢。例如,"科学"与"民主",从"五四"提倡以来已经80多年了,现在还得提倡,但什么"三陪""四陪"不用提倡,泛滥起来。

这就是为什么鲁迅的书仍未过时的原因。

(2月10日)

购买木刻版画集

买了解放前国统区与解放区木刻画选二本,可以看出:抗战前及抗战初期,我国木刻家受苏联木刻(克拉甫兼柯等)、麦绥莱勒及珂勒惠支影响很明显,而自20世纪40年代以后,在延安木刻家的带动下,趋向于适合我国人民欣赏习惯的明快风格。过去我对延安木刻家只钦佩古元,对国统区木刻家则只钦佩李桦。二人诚然不错。但延安尚有彦涵、力群、江丰、马达等,国统区尚有罗清桢、荒烟、新波等,都是佼佼者。正如这套小丛书编者所云,中国的新兴木刻运动完全是在鲁迅先生亲自指导下发展起来的。大哉鲁迅!

还买了其他各国木刻选集,更使我大开眼界。(日本的栋方志功更是我前所未见——既"现代派",又极富民族特色和个人特色,是一位大艺术家。)

我在1944—1945年,在十中所多方收集来的木刻版画,曾剪贴为两本,珍藏在一木箱中,后突然被一反动学生(我怀疑是刘随年,他曾在班会上大骂共产党)偷走,还在箱内留下一个纸条,上写:"刘同志:祝你远走高飞!"特务语言,用心险恶。

现在买到这批中外木刻,算是五十多年之后,历史对我的补偿,稍稍圆了我少年时代的版画之梦。

(2月20日)

汉唐石刻和砖刻画像

前天买了两册汉唐石刻、砖刻画集——仅略翻,就感到,正如鲁迅说的,汉唐气魄"雄浑博大"。

山东所出汉石刻画像多描画历史人物,因悟到:司马迁写《史记》,对于他来说,战国时代为近代史,秦始皇、楚汉相争及刘邦称帝、吕后专权、七国之乱等为现代史。荆轲刺秦,对于他来说,就如民初老人回忆张文祥刺马一样,尽管夹杂想象,但若无"现代感",则写不了那么具体生动。

晚上睡前看了一阵汉画像,真是一个神奇的艺术世界。分阴刻与阳刻二种,尤以河南南阳、洛阳一带的阳刻画像(类似单线木刻)为最好,真是 nice,great,wonderful!

(3月9日)

蕾蕾的辛苦

昨晚,听见蕾蕾因近日不分昼夜校对而累得咳嗽不止,心中为之难过。念及与蕾蕾初识时,她面如白瓷发亮,今则因多年诸事操劳,脸色憔悴,一双大眼睛常觉疼痛而有"飞蚊"现象。文人之妻多忧虑、困苦。蕾蕾一个从小娇生惯养的上海姑娘,嫁给我这个迂拙的书呆子,也和我一同陷入苦境,不禁为之落泪。

(3月25日)

抗日战争与木刻艺术的发展

个人印象:20世纪30年代我国木刻为抗日救亡大声疾呼,内容自有历史价值,而艺术上比较粗糙;但自抗战爆发后,三四十年代当中,由于抗日救国需要,我国木刻有很大发展,作者也增多,在艺术上也有很大进步。当时罗清桢很杰出,而北方解放区以古元为首,南方(大后方)以李桦为首,木刻艺术名家大批出现——延安的彦涵、力群等等,后方的新波等等都自成一家,而给人突出印象。风格独特者尚有马达、刘岘、陈烟桥、荒烟等等。总之,八年抗战为我国木刻艺术提供了历史时代的巨大动力。我曾买过的那部《抗战八年木刻选集》(开明出版)是一个总结。今已不知何在。

(4月7日)

莎士比亚的《十四行诗》

以每天一首的进度注释《十四行诗》(Sonnets)。今天注到第 67 首。《十四行诗》可能是莎士比亚最难懂的作品之一,因为在抒情诗中凭思绪、情感的飞动,用语也随之最为灵活,但因此也就最需要钻研、嚼磨。每天一开始,总感到有些诗行简直不知所云,经过查阅种种资料对难词、难句弄懂之后,才恍然大悟:原来如此。这就是钻研学问的乐趣。同时,深深感到莎士比亚是一个海洋。一个人穷全部精力,也只能了解他的一个方面。能把这部估计千万字的词典编注完成,也就尽了我的心了。

(5月28日)

希 腊 艺 术

买了两本希腊艺术画册,抽暇翻阅。印象:风格严格写实,加以高度美化;确属人类艺术高峰。另外,意大利文艺复兴时期的艺术,特别是雕塑(如米开朗基罗的《大卫像》等),是直接继承了古希腊的;罗丹则有自己的独特发挥。尤其使我惊奇的是:古希腊的艺术作品大部分是公元前6—前5世纪的,相当于中国的春秋战国时代,有些甚至属于前十几世纪,相当于殷商时代。古希腊艺术闪耀着明澈的人性光辉,不像中国古代文化被套上许多礼教的条条框框。这是一接触希腊文学艺术,总使人马上眼睛一亮的根本原因。

对古希腊,自己知道的太少。今后有机会还得从头学起。"言必称希腊"并不算错误,何况对希腊知道的并不多。

(8 月 13 日)

莎学研讨会小记

自今夏以来,因种种事务,忙累不停,加之注释莎氏《十四行诗》同时进行。而 9 月以来,又忙于北京首发式及河大莎学研讨会之准备工作,并奔走于汴、京之间,以致在研讨会期间,于 18 日夜间突发高烧,浑身发冷,颤抖不止,不能起坐。蕾蕾用背顶住我,才能坐起来。她在半夜里一人到淮河医院找来几片银翘片让我吃下。19 日在东京饭店昏睡一天,20 日稍好,带病参加会议并主动发言。

21 日上午再次参加会议,发言更多(主要关于莎剧孙译、卞译、方译比较及对其他人论文宣读之评论),情绪转好。但有人颇恶劣,在会议结束前,以我编《英国文学简史》中对于浪漫主义诗人两派的提法向我发起突然攻击(此话题与莎学会议内容无关),我当即严词驳斥他。会后他对我报复。当代表们乘大巴车到学校看《同一首歌》演出时,我因病不能看,他不顾当时天降倾盆大雨,让我在大雨中无任何遮盖自己回家。(有人提出让汽车把我送家再回学校,也可以把代们送到会场再用车送我回家,他置之不理。)幸亏一位博士生把她的雨伞借我。我因气愤,心脏病突发,在雨中艰难行走。本想在外语楼稍停,但走到出版社门口实在支持不住,就到门廊下避雨,又蒙一值班同志好心劝我进内休息。喝了一杯开水,吞几粒麝香保心丸,心口感觉安定下来,这才慢慢走回到住所。

其实在他未"发迹"前,在考博和提教授时我都鼓励他,为他写推荐信、写证明,对他怀着好意、竭诚帮助,而他竟然恩将仇报,人心险恶,以至于此。《大卫·科波菲尔》中的尤里亚·希普!

(9 月 23 日)

《朱元璋传》的解放前版本

今天上午看吴晗《朱元璋传》——此为第四稿,经毛主席提意见后修改的最后定本。解放前曾见过第一版,因系国民党所办的出版社("胜利"?)出的,当时有轻视心理,只翻了一翻。同一出版社有西南联大名教授张荫麟的《中国历史》未完稿,把姓都印错了("陈"?),可见,当时出书太难,西南联大的名教授不得不靠国民党官方出书,而官方又不把他们放在眼里!(张荫麟是因贫病而死的,才活了三四十岁,人死了出书还受改姓之辱。他一死,老婆就改嫁。)

(10 月 2 日)

长官和权威

近读鲁迅先生《魏晋风度及文章与药及酒之关系》一文,注释引有嵇康《家诫》中一段话:"所居长吏,但宜敬之而已矣,不当极亲密,不宜数往;往当有时。其有众人,又不当独在后,又不当宿留。所以然者,长吏喜问外事,或时发举,则怨或者谓人所说,无以自免也。"这说的是对于长官的态度。可见应该如何对待长官才合适,是"古已有之"的问题。鲁迅在文章中也谈到文人与政治家的关系。

此外,鲁迅还说过"俗人应避雅人"——这也很重要。文化、学术界的人际关系也不简单。周老师早在 1979—1980 年就提醒过我了:不要太天真,希望"权威"支持。

几十年来,教训不少。

(10 月 21 日)

2003 年

相声与京戏

元旦期间,看央视相声大赛及京剧晚会。感想:1. 相声方面,今后如仅靠传统段子和传统"说学逗唱"手法,恐难吸引广大青年观众(老年人仍喜爱传统节目)。这次大赛中青年演员结合流行歌舞有不少新发展,但老演员要向这方面发展创新则难度很大。有一位 9 岁小姑娘演唱单弦,非常活泼而且熟练,十分难得。年前国际京昆大赛,有一天津 4 岁小女孩演唱《林冲夜奔》,居然把一段十分难记的唱词唱得一字不差,北京戏校校长称她为"小人儿精"。这都是奇迹。可见:只要不发生战争,不搞政治运动,国家太平,人民生活无虞,若干年内总会出现想不到的人才。因此,在改革开放方针之下,进行以经济建设为中心的现代化建设,是唯一正确的道路。对于个人需要注意的是:不要在太平年月只顾浑浑噩噩混日子,要记住太平年月来之不易,记住做自己应该做的工作。否则三五年、八年、十年很容易稀里糊涂地过去,等到丧失工作精力,悔之晚矣。

2. 关于京剧,由于中央重视,北京、天津已培养出一批优秀青年演员,特别是旦角,梅派、程派、尚派、荀派、张派,都有了传人。这是可喜的现象。但京剧太程式化,恐怕创新不能太急,步子不能太大。演历史剧比较方便。演出现代剧,则可以有较大创新,在这方面,《红灯记》《沙家浜》《杜鹃山》《智取威虎山》的成就仍可参考借鉴,但不可再当作"样板"。

(1月4日)

"天堂"和"快乐"新解

北京一位捏泥人的雕塑家说:做自己爱做的事就是天堂,自己的愿望能够实现就是快乐。他天天捏泥人,因此,他天天都生活在快乐的天堂里。我欣赏他这句话。一个知识分子,如果真正热爱文学、艺术、学问,他还要求什么呢?这不就够了吗?

(2月25日)

守住自己的园地

处今日之世,人各有志,一人一条路,各有各的活法。但关键在于把握住自己,守住自己的园地,不要左顾右盼,否则就会自乱脚步。

(3月2日)

"在改革开放条件下的人民内部矛盾"

通过 TV 听朱镕基报告,其中提到"在改革开放条件下的人民内部矛盾",深有感触。仅从电视上的法制节目来看,民事、刑事案件中所反映的"人民内部矛盾"多得惊人。一言以蔽之,不是被"钱"所异化,就是被"权"所异化,其中夹杂着被"钱"和"权"玩弄的女人。

(3月8日)

看京戏《游龙戏凤》等

看京戏《游龙戏凤》。李凤姐的扮演者虽非大演员,但身段非常细腻、灵巧。这出戏内容不好(皇帝玩弄民间少女),老舍在 50 年代曾写诗讽刺("自古有恋爱,但苦不自由,不如做皇帝,微服四处游,酒肆见美女,龙涎顺嘴流……呜呼皇帝得自由!"云云)。但艺术性确实很高。又想起前些时候看过的《打棍出箱》,范仲禹的表情、身段、动作也非常复杂、难演。这出戏我小时候常看,在清水时周老师也演过,当时未留下深刻印象。最近才看出点"门道",对于京剧艺术之深湛感到惊奇。由此再联想到:年轻时所看过的文学作品,自以为懂了,其实对其内容和艺术恐怕并未真懂——不过是囫囵吞枣,真正的滋味并没有尝到。因此实在应该"再学习",把过去读过的作品有重点地再读一读。

(3月27日)

岳父储玉坤老先生

傍晚蕾蕾接到上海电话:她父亲当时在书房从藤椅上突然跌倒在地板上,人事不省,打 120 叫医院来人,抢救不及,已去世。大约是心肌梗死。她明天赴沪与家人一同料理后事。此事突然。昨天晚上她还与她父亲通电话,老先生谈到伊拉克战事,思路清晰,不料一日之间就……蕾蕾父亲储玉坤先生,江苏宜兴人,生于 1912 年,恰与河大同龄,解放前曾任上海《申报》主笔兼大学教授,抗日战争期间为上海《文汇报》创办人之一,因此遭日寇逮捕受刑,幸为爱国人士及地下党员费彝民营救出狱,因此他本人属于爱国报人。解放后

储玉坤先生

最初到北京外贸部工作,后《文汇报》恢复出版,回沪,在报社工作。1957 年鸣放中,因发言主张"老报人归队",被错划"右派",降职降薪,在《文汇报》资料室

工作,摘帽后到大学任教直到"文化大革命"。"文革"结束,从上海同济大学调到上海社会科学院世界经济研究所任北美室主任,前几年退休。老先生新闻工作者出身,笔力甚健,解放前曾著有《现代新闻学概论》(大学用书,1939 年世界书局出版),并跟踪搜集二战中外电资料,著有《欧洲二战史》(上海永祥图书馆,1946 年版),为国人所写的第一部二战史;改革开放以来写作有关世界经济论文 100 多篇,在《人民日报》等报刊上发表,可惜因专业性太强,未能结集出版。(上海社科院曾有"晚霞丛书"计划,但半途而废。)此则为一憾事。记此以志哀思。

为储老先生拟挽联

一支健笔,宣传抗战,曾遭外寇迫害,爱国报人垂青史;

九旬高龄,纵论天下,心怀经世大业,治学楷模启后昆。

(3 月 28 日)

《阿斯彭信札》与赵萝蕤

到小书店买亨利·詹姆斯《阿斯彭信札》原著(Henry James' *Aspern Papers*)一本。此书已由北大赵萝蕤教授译出,载《世界文学》,内容(用假名)讲 19 世纪末,一好事者到威尼斯寻找由拜伦情妇克莱尔(Clare)收存的拜伦一批文稿的轶事。

1982 年 5 月曾在昆明"英美文学教材会议"上见过赵萝蕤先生,并闲谈过一次。她是原燕京神学院长赵紫宸的女儿,诗人陈梦家的妻子,新时期译有惠特曼《草叶集》和 T. S. 艾略特《荒野》,都是难译之书。杨周翰《欧洲文学史》,她是主编之一。但前几年已去世,身后所留一些信件文稿,被当废品卖掉,出现于"潘家园",又被好事者当文学资料收购。她译《阿斯彭信札》,难道有身世之感吗?(她与陈梦家无子,陈被错划"右派"自杀。据报载,她在"文革"后说:"陈梦家脸皮薄,死了,我脸皮厚,活下来了。"此后她一直独居。)名教授、名翻译家下场如此,可慨也夫!

(3 月 29 日)

《泰绮思》和法朗士

最近看《泰绮思》(*Thais*)英译本,把陈西滢《闲话》中有关法朗士的两篇看一看——写得太简单了。法朗士(Anatole France)作为一代文豪,自有他的历史地位。他继承法国启蒙大师的传统,是一位清醒的理性主义者,对人类社会看得很透,因此不会轻易盲从,但核心仍是良知。冷隽的反讽是他揭穿宗教迷信和伪善、假道学的手段。《泰绮思》中这一个长句很精彩:"The virtues which the Anchorites carefully embroider upon the tissue of their faith are as fragile as they are magnificent: a breath from the world will tarnish their beautiful colours."("苦行的修道士在他们信仰的薄绢上所刻意绣出的德行尽管绚丽动人,却禁不起尘俗的微风一吹,就会污染而失去它们灿烂的光辉。"——按,中国古代也有类似的说法:"翩然一只云中鹤,飞来飞去宰相衙。")这部小说就是专门揭穿宗教迷信中的假道学和伪善,以及其丑恶本质的。此书的徐蔚南译本,我上大学时读过,极为欣赏,继而寻找法朗士的其他作品,只找到商务出的一本《在白石上》,内容不记得了。

法朗士和毕加索、德莱塞一样,晚年都加入了共产党。但可以想象:党组织大概不会让他们上街游行、散传单的。

巴比塞有一篇文章(英译文,载 1957—1958 年英共刊物《新世界》,我曾抄下),印象中批评居多,埋怨法朗士没有为革命做多少事。这大约是真的。不过那时法朗士已是七十老翁,你要求他做什么事? 他加入法共,只是表明他的思想信仰或倾向。

(4 月 12 日)

一个奇怪的梦

昨晚,做一个奇怪的梦,不知为什么梦见与人谈论陈友仁的儿子陈依范等。陈友仁为国民党"左派",北伐革命时为武汉政府外交部长,主持收回武汉的租界,支持宋庆龄,后在抗战中死于上海。他的儿子都很革命,陈依范是画家,二战中长期为英共《工人日报》(*Daily Worker*)画漫画,又曾为《七月》画封面。我上高中时还剪贴过他的漫画,风格独特,爱用蜡笔皴染,解放后曾回北京为《北京周报》画插图,画风为适应国内欣赏习惯,变为单线平涂,"文革"后又去英国。又曾在书店站读陈友仁小儿子(忘其名)所用英文写的回忆录(中译本,商务印书馆出版),历述其参加革命生涯。这些零星印象大约便是形成此梦的原因吧?我爱逛书店,又喜欢站读,有些书只挑感兴趣部分看看,不买,因而脑子里积存这样留下来的零星印象,成为潜意识,夜晚在梦中出现。

20 世纪中,颇有一些中国留学生参加外国共产党,如盛成参加法共,冀朝鼎参加美共,胡风参加日共,等等。

(4 月 15 日)

"乾嘉学派"的历史根源

翻阅朱维铮《音调未定的传统》中关于清朝中期的历史论文,评论乾隆(宠信和珅)、嘉庆(洪亮吉文字狱)及道光(重用奸相曹振镛、穆彰阿)三朝弊政。又引证章太炎之言,说明所谓"乾嘉学派"段、王等学者考证文字训诂、音韵,实乃康雍乾文字狱高压所逼之结果。乾隆之后,清王朝即走了下坡路,内忧外患迭起,僵硬的封建体制不改,终于垮台。历史规律是客观的、唯物的。

(4 月 25 日)

明治的"不吃饭"与慈禧的奢靡

最近中央一台放映连续剧《走向共和》,内容、表演均佳。当甲午海战前夕,日本明治天皇以自己"不吃饭"号召臣民节衣缩食以购买英国最大战舰"吉野号",而清朝慈禧太后挪用北洋海军用费修颐和园,一顿饭用 118 道菜。中国水师本来经费不足,将官还将买炮弹的经费贪污,以致在海战中缺少炮弹,中国军舰不被日本炸沉则被敌人俘获。

(4 月 26 日)

张伯驹《春梦纪游》

看张伯驹《春梦纪游》——此人为北洋军阀时代"四公子"之一,与袁寒云类似的才子,是著名的收藏家,将珍藏的陆机《平复帖》、隋展子虔《游春图》、杜牧手书《张好好诗》捐献给国家博物馆,总是爱国者吧!但他的《洪宪杂事诗补注》多骂段祺瑞之流,而于袁世凯称帝与垮台,似有辩解之意,因为他父亲张镇芳是袁世凯的表弟。

(5月2日)

作家谈创作体会

看电视中几位作家谈体会。其中魏明伦说的"独立思考,独自发现,独特语言""独立思考,无价之宝;人云亦云,一无所成"最好,不愧"四川怪才"。听听作家的创作谈,如沐春风,如淋春雨,令人一快。贾平凹所说陕西古文化积淀深厚,商洛山中农民语言中多有上古汉语遗存,我从自己中学时代在甘肃清水的经历中也有同感。中原文化渊源并非不古,但"逐鹿中原",千百年来战乱不断,古文化遗存多遭破坏,而陕晋山区,因交通闭塞,古文化倒多幸存,正如"神农架"深山老林仍有奇木珍禽及"野人"保存下来。

(6月15日)

布莱克《天真之歌》

诵读布莱克《天真之歌》(W. Blake's *Songs of Innocence*)数首,较前更有所会心。诗人有赤子之心,善良而敏感,以己之心度人之心,故能体察"another's sorrow"(他人的悲哀)。麻木不仁者鲜能成为真正的诗人。

(7月6日)

《张国淦文集》

翻阅《张国淦文集》。张在民初曾任袁世凯秘书长,亲历袁刺宋、窃国诸事,其回忆颇与电视剧《走向共和》一些情节符合,说不定电视剧作者曾参考他的回忆录。又:张与朱子桥(庆澜)有亲戚关系,所写朱子桥墓志所提及之"西安灾童教养院",1939 年我与河南流亡学生到西安时曾住过两个月,还听过朱子桥讲话。

(7月7日)

布莱克《经验之歌》

读布莱克《经验之歌》(W. Blake's *Songs of Experience*),语言虽极浅显,犹如儿歌,但含义深远,表面写儿童哀乐,实际写人类命运。这是大诗人不可及之处。大作家亦然。

(7月12日)

法国陀莱的插图艺术

近日看为柯勒律治的《古舟子咏》(Coleridge's *The Rime of the Ancient Mariner*)作插图之陀莱(Gustave Dore)小传。陀莱,法国插图大师,自幼有绘画天才,17 岁即以为出版商画插图养活全家。一生作图万张,画在大块木板上,由刻工雕刻,曾为许多名著插图。汴寓藏有其《堂·吉诃德》(*Don Quixote*)图集二种,杨绛译本插图亦同。个人感到不太适应之处是:他的插图画得太满,缺乏明朗,叫人看了透不过气来。特别是《失乐园》和《神曲》插图。不过《堂·吉诃德》插图还好。

(7月14日)

在上海生活的特点

在上海,时间和空间都是宝贵的;要想在上海做一点事情,对时间和空间都得精打细算；人就得在迅速逝去的时间中，挤在紧巴巴的空间中，算好一分一秒时间，利用一寸一分空间，做自己必须做的事情。

这种体会对于编字典是有益的。

关键是不能急躁。一点一滴地积累。

（7月15日）

孙 犁 逝 世

从报上得知，孙犁已于去年7月逝世。孙犁与杨绛是我最欣赏的两位当代散文作家。尤其孙犁，可说是一位土生土长的平民作家，早年作品朴实中有优美诗意，晚年作品则朴实中富有人生哲理。他一辈子过的是平凡、质朴而正直的生活。我非常佩服他，可惜无缘识荆。不过即使有机会在他生前见面，除了表示佩服也说不出什么，而他又是一个不爱多交往的人。总之，一位大作家过去了。

孙犁也许像苏联的普里什文（Mikhail Prishivin），一生淡泊，文章风格冲淡。人最难得的是，无论遭遇如何，总保持一颗平常心。

（7月19日）

读书中的快乐

"人生只要快乐，生命便是辉煌的；只要快乐，日子就是无忧无虑的。……阅读一本好书，迷失在它趣味盎然的语言和引人入胜的思想之中，实在是一种难以形容的极大的快乐。"（阿西莫夫——他"一字一句记住了荷马史诗《伊利亚特》的全部"，对狄更斯的《匹克威克外传》"看了整整26遍"。）

（7月21日）

怎样看待"财富"

28日《文汇报》刊登一篇关于当前国内"财富观"（价值观）的论文，主要说明社会发展关键在于"创造财富"，而当前国内人们竞相"占有财富"和"享受财富"，甚至侵犯国家财富及他人财富，等等。从亚当·斯密和马克思的价值学说立论,结合当前国内社会状况,看了大受启发。我少看经济学论文,但这篇论文确实很好。还想再细读一遍。

(7 月 30 日)

莎翁语词中的失注部分

编字典中,发现莎氏语词和诗句当中还有一部分并没有得到外国学者的确切解释。这是因为莎翁的原稿并未保存下来,而他的剧本、诗集在传抄和排印当中难免出现错讹及遗漏——这样就形成为后世学者研究中聚讼纷纭的原因。这些难解之谜,在莎学中叫作"难题"(cruxes)。

(7 月 31 日)

奥登评莎士比亚《十四行诗》

看奥登(W. H. Auden)对莎士比亚《十四行诗》(Sonnets)的导言,文中对莎氏并不盲目崇拜,特别根据个人阅读实际体会,提出:在 154 篇十四行诗当中,只有 49 篇是好诗,另有相当大一部分诗篇中各只有一两句传世名句,但还有一部分则是败笔(inferior ones)。但他为莎氏开脱,说莎氏对这一批个人抒情诗本来就不准备发表。这种说法比较实事求是。我个人的阅读印象也大致如此。奥

奥   登

登对莎氏《十四行诗》的评论,结论中认为莎士比亚诗中所写的是诗人理想中的爱情幻想,在现实生活中因挚友和情妇的背叛而破碎,但正因如此,他才产生这一组诗篇:"Anyway, poets are tough and can profit from the most dreadful experiences."(无论如何,诗人坚强,能从最可怕的经历中获取诗料。)

(8 月 8 日)

燕卜荪评《维纳斯与亚都尼》等诗

又读 W. Empson(燕卜荪)对《维纳斯与亚都尼》和《鲁克丽丝受辱记》两首

长诗的评论。他将这两篇名诗的题材都归为"Myth of Origin"（原始神话）的发挥。据说"Libidinous undergraduates are said to have slept with it（i. e. *Venus and Adonis*）under their pillows." "A young man who felt prepared to take this *Venus* on would find the description positively exciting." ["青春骚动的大学生据说把它（《维纳斯与亚都尼》）塞在他们的枕头下面。" "想看《维纳斯与亚都尼》的年轻人定会发现其中的描述极富刺激性。"] 审查通过《维纳斯与亚都尼》出版的大主教因此受到伊丽莎白一世的贬抑。关于《鲁克丽丝受辱记》的结尾仓促，燕卜荪则认为鲁克丽丝的亲族赶走塔昆王族，古罗马的帝政结束，而莎士比亚为避免反对王权之嫌，不得不含糊了之，草草结束。因为当时英国的 Censorship（书刊审查制度）和 Thought Police（思想警察）虎视眈眈，诗人、剧作家都在其威胁之下。关于 A Lover's Complaint（《情人怨》），燕卜荪说得很有意思。他认为：莎士比亚写此诗正如写《十四行诗》，完全像写私人日记，并不想发表。其心理背景则是：其保护人潘布鲁克伯爵对他疏远（忙于与艾塞克斯伯爵策划起事，无暇他顾），另外，写完《亨利五世》，福斯塔夫已死。两者结合起来，莎氏有严重失落感，觉得自己就像被亨利王子所抛弃的福斯塔夫，然后从福斯塔夫一转而为弃妇（forsaken mistress）。因此才能把被人"始乱终弃"的少女心情描写得那么细致入微。

国外学者对莎氏一剧一诗、一人物、一细节都研究得非常细致。而且三四百年来，众说纷纭。不读不知莎学之深邃。但读不胜读，精力有限。只好看一点算一点。我的任务是把字典编全，算是为中国学生尽修桥铺路的责任。如此而已。

（8月9日）

参观"福寿园"墓地

晨起，与蕾、伟急急到龙华，乘车至"福寿园"墓地，看储老先生墓址，址在"文星园"，墓主多为各行各业的知识分子，有教授、医生等。意外发现：诗人任钧亦在其中。造价最低者为"草葬"，即在草坪中立一块墓石，一万元。京剧名演员童芷苓与其丈夫也有一墓，碑上影印她扮演的尤三姐造型，但规格并不高。前几年听说她赴美住女儿家，死在美国。以其艺术成就，且为海派京戏旦角代表人物，在上海似乎应该有一座雕像。又在另一处开阔的草地上，看到苏渊雷、邓云乡和孙大雨之墓。20 世纪 80 年代初,因出《英国文学简史》,住上外出版社周天洁副社长家一月,与苏曾有一面之缘,并承其赠诗一首。邓云乡为红学家,寒斋藏有其《红楼梦风俗谭》及《水流云在随笔》二书(后者因《谈猪头肉》一文而购读)。其墓很特别,仅塑造他平日所坐旧藤椅,椅内放着一支笔,表明其为清寒文人,一生笔耕而已。他除红学考证而外,"文革"末期还有《鲁迅与北京风土》一书,当时颇轰动,即以此脱颖而出。孙大雨先生之墓亦在此草坪上,碑两块,直立者影印彩色相片,横卧者刻出著译三四种:《孙大雨诗文集》、《古诗英译》、莎译《萝密欧与琚丽叶》等——其实应突出其《黎琊王》,因该译本首创以诗体译莎剧也。

本想看看乔冠华的全身雕像,因时间来不及,未果。11 时乘车赶回,大汗淋漓。

感想:人生不过如此。在活着时应该抓紧时间努力工作,做自己高兴做、能够做、应该做的事。做完(或基本做完)就算不白活一世。至于死后,一切都无所谓。丧葬都是活着的人寄托哀思所做的事情,与死者本人关系不大。

(8 月 19 日)

自己喜爱的中国作品

我所衷心喜爱的中国作品是:《离骚》、《史记》、《古诗十九首》、阮籍《咏怀诗》、《世说新语》、李白《古诗五十九首》、杜甫诗作《石头记》、鲁迅作品等。

(8 月 20 日)

莎翁全集的版本和理想"定本"

看贝文顿(David Bevington)所编莎翁全集的导言,主要是有关版本和编订者部分,略知莎剧的出版源流。大凡古代作家文集,版本问题都比较复杂,而后世编订者无不希望编出一部最接近作者原稿的"定本",但原稿不存,有时连古本也难找,因此惹得学者们一代又一代费尽心血。其实"定本"不过是大家追求的一种理想。莎士比亚如此,《红楼梦》亦如此。

(8 月 21 日)

储玉坤老先生的《第二次世界大战史》

从昨天起,考虑是否可能设法为储老先生出一部遗著。初步选择其《第二次世界大战史》。今天大部分时间抽看这本1945—1946年由上海永祥图书馆(范泉主办)出版的老书。印象:写二战的全部经过,文笔(浅文言)流畅,对于"轴心国"与"同盟国"双方在战前、战中、结束时的外交、政治、军事等方面的活动,根据当时的新闻资料,做了详细而生动的描述,特别对各次重要战役的进行情况、胜负变化描写具体,有一定的可读性。这是中国人所写的第一部二战史,作者由于当时在法新社任编译,得见各国通讯社的消息,搜集资料,从事编写,直到日本投降前夕,被日本宪兵队逮捕,资料被抄,原稿被扣,遭受酷刑,幸得爱国人士营救,这才设法索回原稿。日本投降后,写完全稿,由友人范泉所主持的书店出版。因此具有史书和文献的双重价值。

(8月25日)

拜访著名学者王元化先生

昨天上午与蕾蕾拜访著名学者王元化。在大厅等候半点多钟,引荐人、《文汇报》编辑陆灏来到,即同上楼,见到这位仰慕已久的大学者。王先生已80多岁,但精神爽朗,态度谦和,我送他大词典及译文集,他送我近著《九十年代反思录》及《一切诚念终相遇》(解读王元化)二书。谈话主要关于《七月》《希望》往事(吕荧、彭柏山等)。他答应为大词典"续编"题词并在《思辨随笔》增补新版出书后赠我。

在谈话中,我发现王先生记忆力极好。当我提到卢卡契的文章,我还是从《七月》上第一次看到,他马上说:"题目是《叙述与描写》。"当他谈到彭柏山下放到河南,是在"文革"中被打死的,说话时举起拳头比画一下,脸上带着凄然无奈的表情。(彭柏山是20世纪30年代鲁迅关怀的革命青年作家,解放后在上海担任文艺领导工作,因胡风冤案受牵连遭难。)见面不易,我提出一个自己所关心的问题:"知识分子希望21世纪中国能出现文艺复兴和启蒙运动,先生以为怎样?"他说:"不容易。文化滑坡。"我谈了个人经历,说:"只有'文革'结束后,这二十年才能做点事。"他说:"我也就是这二十来年做点事。"(按:他做的是思想、文化方面的大事。)他关心到我编大词典的事,说:"现在做这种事的人不是完全没有,但很少了。"我说:"我按照鲁迅先生说的,寄希望于未来。"他低头想了一下,又抬头说:"我也是这样,不做点事,也无聊。"谈话近一小时,即辞出。归来细想,我与王先生的学术方向至少有四点共同兴趣:莎士比亚,京戏,鲁迅,《红楼梦》。至于康德、黑格尔、《文心雕龙》,我是一窍不通。

见一面还是很值得的。

(8月27日)

拜访王元化先生后的感想

能从苦难中通过学习、思考成为学者、思想家,不仅脱出个人苦难的阴影,对中国近现代的历史经验教训进行反思,这是王元化先生成功之处——就像凤凰涅槃一样。实在难得。

(8月29日)

诗人文章和学者文章

近几日阅读莎士比亚评论(Shakespeare Criticism)资料。艾略特(T. S. Eliot)的 *From Dryden to Coleridge*(《从德来登到柯勒律治》)是诗人文章,语言优美,写得潇洒飘逸,读起来很舒服,与学究文章不同。可惜仅给一个笼统印象,抓不住具体内容,只能当一篇美文欣赏。可见要"备课""写论文",还得看学者的循规蹈矩的文字。

对莎学论文渐感兴趣。这也是工作任务逼人。兴趣也是逼出来的,正如文章是挤出来的。

(9月21日)

对莎士比亚评价的发展

大致说来,在莎氏生前及死后不久,同时代人对他的评论尚处于表面印象阶段,而本·琼生(Ben Jonson)以文坛权威身份,一方面不得不称颂他"He was not of an age,but for all time!"("他不属于一个时代而属于所有的世纪!"),同时又贬低他"thou hadst small Latin and less Greek"("你不大懂拉丁,更不懂希腊文"),定下了"亦褒亦贬"的调子。从17世纪末到18世纪中期,莎评不出这个框框。约翰逊博士(Dr. Johnson)虽给莎氏较多肯定,但他的评判标准仍不出新古典主义(Neo-classicism)的陈规。直到19世纪,浪漫派诸人,柯勒律治、赫兹利特等才全面肯定莎氏的巨大成就,把他从古典主义的框框中解放出来,奠定了他作为文化巨人的地位。看来,对浪漫派莎评虽有idolatry,Bardolatry(偶像崇拜,莎翁崇拜)之讥嘲,但他们功不可没。至于20世纪莎评派别丛生,其实质多为"小打小闹",以莎剧为"文本",硬套进种种"理论框架"中而已。

(10月5日)

19世纪莎评和20世纪莎评

大致说来,对于莎士比亚的评价,到19世纪浪漫派诸家笔下,已成定局,莎士比亚的世界地位,也由此而定。20世纪种种莎评流派,不过是跟着搞些新花样;宗派林立,不过是"拉大旗,作虎皮",以突出自己而已。与约翰逊、施莱格尔、柯勒律治比起来,这些流派就像"文革"中的"兵团司令"等等,仅仅是"草头王"。

(10月7日)

《对话红楼》

国庆期间,10月1号—10月6号,晚上一直看中央台京剧戏迷票友决赛,对于6岁到12岁的小票友的演出特别高兴。另外,5号、6号、7号三天夜11点的《对话红楼》也一次不放过,主讲多半是文化部艺术研究所的学者,以冯其庸、蔡义江讲得最明晰,而周汝昌把《红楼梦》的精义归结为追求"真、善、美",即"文、史、哲",代表了中华民族的文化精髓——讲得最为动情。

(10月8日)

周汝昌的"红楼情结"

对周汝昌的"石头记情结",我颇有共鸣。盖莎剧与《红楼梦》都不易读,其中难题甚多,不是痴情于文学的人,谁也不愿去啃这两块硬骨头。周老先生痴而且韧,可敬、可感。

（10 月 10 日）

对鲁迅的一点体会

鲁迅对于中国历史、中国社会、中国人以及文人与政治的关系,看得太清楚,其他人不可及。

（10 月 12 日）

关于英国的浪漫派

赫兹利特(Hazlitt)的莎评见于他的《莎剧人物论》,不少地方写得很好。我对莎剧的兴趣及感情主要来自英国的浪漫派评论。

（10 月 16 日）

柯勒律治与华兹华斯、骚赛虽同属英国浪漫派的开创者,而且后来的思想都倾向保守,但他们之间也是合合分分,闹得不欢而散,更不必说他们与拜伦、雪莱、济慈以及赫兹利特的关系了。只有兰姆与各方面都长久保持友好联系。可见,文人宜散不宜聚,长久聚在一起必闹矛盾,产生种种事端。

（10 月 18 日）

柯勒律治的莎评及其他

近几日苦读柯勒律治的莎评,并抄录其精彩片段。感觉他有些见解确实精辟,无愧英国莎评大家。大致而言,自 19 世纪浪漫派莎评之后,莎士比亚之为英国民族诗人及世界最大戏剧家的地位已定。20 世纪以来的莎评，不过在此基础上按照不同文艺理论流派，从不同角度再加解说。而有些莎评论客，与其说是为了莎士比亚，不如说是为了突出他们自己。至于否认莎士比亚为其剧本的作者，想出种种其他"候选人"，更是等而下之，企图以否定莎翁达到个人图名图利之目的，实在不值一提。难道莎翁当代人的许多自发的评论不足以证明莎士比亚其人其剧、诗的客观存在吗？

柯勒律治

（10 月 24 日）

王蒙谈《红楼梦》

从 CCTV 十套听王蒙谈《红楼梦的言和味》。他谈得很动感情，当谈到"痴"时，我不禁泪下。傅光明是一位很不错的文学主持人。他的介绍和结束语简要得体，含蓄中有幽默感。中国的能人不少。王蒙说他既不是"著名作家"，也不是"红学家"，而是"学生"。这话虽表示谦逊，也说出一条真理，深获我心。搞写作也好，搞文学研究也好，真正的乐趣就在于学习钻研而有收获的那种喜悦。其他都是身外之物。

（10 月 25 日）

听周汝昌的《〈红楼梦〉答问》

听周汝昌的《〈红楼梦〉答问》。老先生可说对《石头记》和曹雪芹入了迷，热情极高，把《红楼梦》评价为中华文化在近现代的集大成之作，文史哲、真善美兼备。他对别人说他只研究"曹学"而不研究文本，很不满——实际上他对《石头记》的脂批本做了很多研究，如《石头记鉴真》等，他还完成过一部八十回校订稿（"文革"中毁失）。他也不同意俞平伯的"色空说"，不同意自

周 汝 昌

已被归于"胡适—俞平伯—周汝昌考证派"。我对他很同情。但我对"红学"只是有兴趣,说不上"研究"。

对于莎学,我也不准备"研究",编一部词典仅仅是为了看懂莎剧,并帮助中国学生先从文字上看懂莎剧。至于莎剧中的微言大义,我只想跟大家一样,当一个学生从头学起。

（10 月 29 日）

我的"文学情结"

我在文学上的"情结"有三:鲁迅,《红楼梦》,莎剧。稍远一点的还有《史记》、屈赋、阮籍(包括《古诗十九首》、李白《古风五十九首》),以及杜甫。俄罗斯文学为我文学上的"初恋",至今仍念念不忘,但无力再像中学时代那样迷恋、细读、抄写了。

（10 月 31 日）

莎剧与《红楼梦》的相似之处

拿莎剧与曹书相比,有一些相似之处——

1. 没有绝对的好人或坏人,读者所认为的"好人"(宝玉、黛玉、晴雯、尤三姐)身上也有很大的缺点(莎剧中亨利五世、哈姆雷特等亦然);读者所认为的"孬人"(贾珍、贾琏、薛蟠)也不是一无是处(莎剧中的麦克白、理查三世亦然)。

2. "反面人物"(如麦克白、理查三世、格特茹德)也会说出一些真理或美好的话。

3. 悲剧之中有喜剧(如《哈姆雷特》中哈姆雷特与掘墓人的谈话,《李尔王》中李尔与小丑的谈话),喜剧之中有悲剧(晚期喜剧又称"悲喜剧")。

4. 坏人也有值得同情的一面(如《威尼斯商人》中的夏洛克)。

凡是世界级的文学巨人,都是不受机械论"绳墨"所约束的。他们的艺术作品只按照千姿百态的人生、自然的客观实际状况来写。同时,他们又能把握住历史发展的脉搏,并非不分"西瓜、芝麻","胡子眉毛一把抓"。这是文学巨人之不可及处。

（11 月 1 日）

读周汝昌、刘心武红学著作联想

"红学"深邃,不亚于"莎学",甚或比"莎学"更难,因为《石头记》文本问题本身就极复杂,而其内容所牵涉的中国历史、文化的背景更为庞大。真正读懂是不容易的。

周、刘二书多从《石头记》内容与曹雪芹身世关系深入钻研,使我感到它是一部政治性极强的小说。这使我想起毛主席关于《红楼梦》所说过的三句话(大意):1."中国文学只有一部《红楼梦》。"2."《红楼梦》读过五遍,才有发言权。"3."《红楼梦》是一部政治小说。""第四回的'护官符'是了解《红楼梦》的一把钥匙。"

鲁迅在《中国小说史略》和其他著作中也评论过《红楼梦》,虽片言只语,却非常精彩,如"悲凉之雾,遍被华林","(宝玉)爱多则必心劳",等等。

对中国历史和社会了解最深刻者,在20世纪只有毛主席和鲁迅二人。两人对《红楼梦》评价的角度不同:毛从大政治家的角度,鲁从大文学家的角度。各有千秋。都值得深思。

中国的学问很大,但西方人对中国了解得很少。

(11月2日)

看《天下第一丑》

近年来好电视剧不多,最近只有《天下第一丑》(写清末名丑刘赶三)值得看。《天下第一丑》的故事大概多半属于"戏说",因为刘赶三不可能真有那么大的本事,能把慈禧老佛爷、六王爷(恭亲王,外号"鬼子六")、西城兵马司令路老爷都玩得团团转,还帮助朝廷破了皇帝师傅王翰林引诱同治皇帝逛窑子、得梅毒而死的大案,等等。但我最欣赏的是人艺诸位演员马羚、修宗迪、梁冠华以及主演(夏雨)那一口地道的"京片子",听他们的对话真是极大的精神享受。

(11月16日)

听京戏《西厢记》

工作时间听完由田汉编剧,叶盛兰、张君秋、杜近芳表演的京剧《西厢记》。最欣赏的一段唱腔是"哭宴"中张君秋唱"碧云天"一段,把《王西厢》原词"北雁南飞"改为"北雁南翔",因"飞"韵较窄难唱,而"翔"韵较宽而响亮。但把原《西厢》的悲剧结尾改为莺莺离家逃奔张生、"双骑"而去,这个增添却是多余的尾巴——原作结尾给人留下不尽的思索和余音。

(11月19日)

《史记》《汉书》中的"犁轩"小考

昨晚忽想起在《史记》《汉书》中,对古罗马帝国为何叫作"犁轩",是否与Latin 或 Latium 有关? 今晨起,查《拉英词典》,果然发现:Latius, Latium: *a.* of Latin, *n.* Latium district in west central Italy, in which Rome was situated。如此,则音译为"犁轩"不差,汉代人对外国并非无知。

(12月1日)

"结构主义"与"解构主义"

近两天苦苦攻读关于结构主义与解构主义的论述,看得头昏眼花。按照这种理论来说,"文本"的意思不固定,"作者死了",连语言本身也是模糊不明确,那么,再优秀的文学作品也陷入一片混乱之中。而且这种理论玄而又玄,比经典作品还难懂。那么,难道让人不读莎士比亚、荷马、曹雪芹……反而把宝贵的时间和精力消耗在这些"高深理论"当中吗?

关于"结构""后结构""解构"的文章不仅难懂,而且看到后来,有"虚无"之感,很不愉快。

(12月6日)

对俄罗斯文学的留恋

看电视剧《复活》。看后，将书架上的托尔斯泰的三部巨著取下，也将果戈理的作品取下，抚摩一番，以表对于俄罗斯文学的留恋。我对文学的初恋对象是俄罗斯文学，这是受鲁迅先生《中俄文字之交》的影响。不知何时能够再读这些深藏心中、无限喜爱的书？

"茫茫的西伯利亚，是俄罗斯受难者的坟！"（高中时学过的歌。）

（12月10日）

看电视剧《曹雪芹》（一）

最近几天晚上看电视剧《曹雪芹》，感想：此剧从《石头记》及脂批字里行间搜求曹氏家事原委，再以艺术想象加以发挥；以曹家两盛两衰为背景；采用"脂砚斋为曹雪芹表妹说"；剧中筠儿似身兼黛玉、湘云两人的原型，为雪芹青梅竹马小伴和知音，也是曹雪芹写《石头记》的启发者。现断断续续看到11集（共30集）。目前印象：如以此剧内容当作曹雪芹写作《石头记》的素材来源，似嫌远远不够。但仅以电视剧而论，确实下了很大功夫，全部语言风格都是"红楼梦式"，正如《大明宫词》的语言全是"莎士比亚式"。

从脂批中往往提到曹寅生前之事及其口头语，曹雪芹似尚不及亲见亲闻，如来自父辈传说，也难写得如《红楼梦》中那样具体而微。颇疑"《红楼梦》初稿或为曹頫所写，而由曹雪芹增删加工、脂砚斋评批"之说似不无道理。

（12月19日）

京戏《洛神》

看音配像京戏《洛神》，梅兰芳唱，董圆圆演，是一次高水平的艺术享受。同时，也体验了爱情的无奈：单恋固然是苦，互恋而不能成就，只留下不尽的哀愁，乃是更为刻骨铭心的苦——虽然，这也许正是感人至深的艺术创作的源泉。

（12月27日）

看电视剧《曹雪芹》(二)

《曹雪芹》播放到 28、29 两集,明晚再播一集即完。看到曹雪芹在西山脚下断炊、雪芹送别筠儿(脂砚斋)、傻丫头送灵豆子三个场面,不禁泪水盈眶。这是为中国知识分子的命运而哭。

此剧以周汝昌的"'情'字说"为中心主题,即"情情"与"情不情"。所谓"情"即今天所说的"爱心",扩大了说,就是"人文关怀"。人间若无爱心,即成"动物世界"。

(12 月 29 日)

2004 年

二战中的死亡人数

为增订《英国文学简史》,查阅二战历史资料,从《不列颠百科全书》(*Encyclopaedia Britannica*)看到这样一条数字统计:"World War II is estimated, rather uncertainly, to have cost between 35,000,000 and 60,000,000 lives. The U. S. S. R. has been reckoned to have lost 11,000,000 combatants and 7,000,000 civilians; Poland, 5,800,000 lives altogether, including, however, some 3,200,000 of the 5,700,000 Jews put to death by the Nazis in the course of war; Germany, 3,500,000 combatants dead and 780,000 civilians; China, 1,310,224 combatants in the Nationalist forces alone, with civilians dubiously estimated at 22,000,000; Japan, 1,300,000 combatants and 672,000 civilians; Yugoslavia, 305,000 and 1,200,000; the United Kingdom, 264,443 and 92,673; the United States, 292,131 and 6,000."

从以上数字可知,在二次大战中,中国死亡人数最多,3500 万;苏联次之,近2000 万;而英美两国各自仅有 30 万。但美国毕竟在军事物质上帮过大忙,最滑头的是英国。在《不列颠百科全书》中还说,"China, to a lesser degree"("中国,在较小程度上"),才勉强算是属于 Allied Powers(盟国)。

(1 月 12 日)

京戏《生死恨》

京戏《生死恨》的唱段为什么几十年来总是引起我内心的共鸣呢？少年时代流亡在外，生离死别，青壮年时代陷入冤案，长期处于忧患之中，孤独无依，盼望能有一个温馨的家。近年来常做的一个梦是：想到北京，然而总在北京以外的山野或郊外的路上奔波，而找不到、到不了北京。

(1月17日)

说出来的感情和写出来的思想

一个人能说出来的感情往往是表面的，一个人能写出来的思想往往是肤浅的，它们可以说只是人内心深处的冰山一小角。

(2月6日)

《红楼梦》以情写史

今日头昏。仅看周汝昌所写短文《电视剧〈曹雪芹〉题诗解说》，言对该剧应从大处着眼，此语甚确，盖剧情故事细节难免编造，但大旨写出《石头记》以情写史、隐含康雍乾"三朝秘史"，则点到要害。又翻阅周著《红楼夺目红》数则，作者对《石头记》已熟透，深入底里，有许多创见。读书细心如此，非我辈平常人所及。他属于"历史考证派"。

(2月11日)

苏格兰大诗人麦克迪尔米德

休·麦克迪尔米德(Hugh MacDiarmid)为继彭斯(Robert Burns)之后苏格兰的最伟大诗人。他信仰马克思主义，崇拜列宁。但他又是个独立不羁的大诗人。他在诗里写道："I must be a Bolshevik/Before the Revolution, but I'll cease to be one quick/When Communism rules the roost."（"我在革命之前一定要做一个

布尔什维克,但是共产主义一旦当家做主,我就不再做布尔什维克了。")又说:
"My real concern with Socialism is as an artist's organized approach to the interdependencies of life."("我之所以对社会主义持关切的态度,是出于一个艺术家对于人生的互依互赖。")他提出的是一个比较复杂而微妙的问题,即:艺术与政治、艺术家与政治家的关系。

王佐良教授在《论契合》一书中关于休·麦克迪尔米德的论文中,对这件事有所解释。此处不抄。

(2月14日)

装订彭斯诗歌集

因麦克迪尔米德诗中苏格兰方言甚多,从书架中检出两种彭斯的版本,但都破旧,封面散开。为使用其中苏格兰语的词汇表(Glossary),不得不对一种较大版本进行重新装订。其事甚繁难,几乎弄到午夜12点。

彭斯为我大学时代爱读的诗人,为他辛苦一下也值得。笨手笨脚,不会用剪刀,烦蕾蕾巧手剪红绒布为封面。然后大粘胶水。大概结实、可翻看了。

(2月15日)

彭斯诗歌集的两种版本

昨晚用一块红绒布把一部彭斯诗歌集装订起来,今晨起来,翻看着很高兴。下决心把另一部1902年圣经纸精印袖珍版彭斯诗歌集也重订一番。原烫金封面很美,不忍毁掉,粘上一块绿绒布把它保护起来。

两本书各有来历:小本子是1951年离开重大前,一位外文系同学汪时蔚送的(其实是另一位同学李佑华在重庆米亭子买的,转送他)。此书是我所爱之一,当时曾坐在工学院下石栏上捧读。另一本则是1962—1964年在开封旧书门市部所买,价洋8角——原是诗人李白凤之物,李被划右劳教,藏书流散出来。同时所买还有一部郎费罗(Longfellow)诗集,对郎费罗的诗我不甚爱看,未保存,但这部大字本彭斯诗歌集一直保存着。

忙里偷闲,做了一件高兴的事。彭斯是我从大学时期起就喜爱的歌手,还曾三次译他的 Songs。把他的两部快散架的诗歌集重新装订，总算对得起这位 36 岁就英年早逝的苏格兰大诗人了。（今后倘有机会，我还想译彭斯。）

（2 月 16 日）

A. 赫胥黎

《英国文学简史》增补，写到 A. 赫胥黎（Aldous Huxley）。此公虽出身于科学世家，但对科技过快发展感到忧虑，担心人类倘被高科技完全控制，则人性就会"机械化"而成为科技的奴隶。因此，他写了一本小说《美丽新世界》（Brave New World）。

一点感悟：每经过一次大战或一场劫难，人类或一个民族的思想、感情或人际关系必然会产生一种大变化。证之于一战和二战后的欧美以及中国的"文革"后，都是如此。现在国内种种风气、人情世故、人际关系变得复杂化，实际上正是"文革"的后果使然。个人对此是无能为力的。

赫　胥　黎

（3 月 4 日）

"布鲁姆斯贝里集团"的文化精神

E. M. 福斯特（E. M. Foster）在《我的信仰》（What I Believe）一文中表示了"布鲁姆斯贝里集团"（The Bloomsbury Group）的人生态度，我比较欣赏。这是一种文化精英的精神。美好、可贵但也脆弱，like a flower（像一朵花）。

（3 月 26 日）

电视剧《天下第一楼》

晚上看《天下第一楼》，其中角色多半由北京人艺演员扮演，京腔京味，十分赏心悦耳，仿佛是连台"群口相声"。王姬演女扮男装之御厨刘金锭尚好，但不及她演《小井胡同》之张寡妇那样泼辣嘹亮，也许与年龄有关。

我对北京人艺的演戏作风一直佩服。他们的戏路子是：近现代北京的生活，从宫廷、市民到各行各业，体验深入，使观众如闻其声，如见其人。是中国一宝。

（3月27日）

陈强、陈佩斯父子的"文革"遭遇

昨天，陈佩斯在 TV 上谈他父子遭遇："文革"前夕，陈强荣获百花奖，"文革"一来，即被批斗、挂黑牌、戴高帽、脸上被吐唾沫、挨打。他们住在北影演员剧团后边，陈佩斯小时候最初听到演员们讨论艺术问题，争论激烈；后来则听什么人一传达文件，演员们又互相揭发攻击，直到"文革"起来，红卫兵造反。因此陈强不让陈佩斯到文艺圈做事。"文革"后期，佩斯下乡回城，想到文艺界，无人敢要，田华在八一厂把他收留，演小角色。他现在把荣辱名利看得很淡，云云。

我几十年来，先在文艺界，后到大学来。两处都在"风口浪尖"，遭受与其相似。要而言之，中国的知识分子多灾多难，忍辱负重。

（3月31日）

京戏《贵妃醉酒》

中午听 CCTV – 11 频道播送《贵妃醉酒》，音乐伴奏与歌唱之美妙，使我入迷。拉胡琴乐师神情专注认真，歌唱者为一青年演员，不知道其名，但他们联合演出的优美效果，使我深深敬佩。"A thing of beauty is a joy forever. "（"美好的事物是永久的欢乐。"）信然。

（4月3日）

再看《天下第一楼》

《天下第一楼》是现在所看的最精彩的电视剧，大概也是当代最好的电视剧之一：人物活灵活现，各种矛盾真实、尖锐，剧情生动自然。但在火爆、热闹、欢喜、幽默之中,透露出一种潜在的信息:"悲凉之雾,遍被华林。"(如鲁迅形容《红楼梦》那样。)

语言极漂亮,京腔京味十足,而且令人感到了历史上的北京并非今天油腔滑调的"侃爷"语言。(这种语言,可能败坏了"京片子"。)

再一次感受到北京人艺的丰厚文化底蕴。

(4月10日)

今晚,《天下第一楼》结束。"干活不由东,累死也无功。"老东家临死前一纸密信,卢梦实被赶出"福聚德",玉雏儿随修鼎新而去,刘金锭自尽,烤鸭大楼交给不成器的两个少爷——而他们收回主权,不过是为了初一、十五支钱挥霍方便。这一切给人以凄凉之感。

(4月11日)

"学 生"

河南老百姓有句俗话:"宁跟王八对门,不跟学生隔邻。"这句话大概是从很久远的年代流传下来的,说明学生之"孬"。鄙人自从到大学教书,就一直受"学生"的气,但他们口口声声叫我"老师"!(我倒想叫他们"老师",可惜他们那一套我学不会。)不过想想我自己上学时也不是什么"好学生":小学时逃学,把书包扔到母亲蚊帐顶上;中学时对于不喜欢的功课一律不学,爱学什么就学什么,全凭个人兴趣;大学时代也是如此,上中文系时教文字学的是商承祚,教音韵学的是张世禄,都是大师级的学者,但我自以为"革命",鄙视"老古董",都没有好好学习,否则现在读古书也不会这么费劲。呜呼,尚何言哉!

(4月12日)

电视剧《英雄》

近看电视剧《英雄》,情节以诡奇抓人。从故事中可以知道,解放军在东北剿匪中曾以战略战术不当而吃过大亏:用打"攻坚战""阵地战"的办法去打"地头蛇"的土匪,一开始难免为他们的狡诈、阴险所欺,一部分打过大仗的战士竟为狐鼠之辈所害,令人痛心。50 年代在九十三团也听说过这一类事,而且自己在患病复员的山路上也曾几乎为一土匪所乘——我掉队落后,他背一背篓、拿一镰刀偷偷跟在我身后,我发现后,向前面的队伍喊叫一声,那个家伙才赶快溜出小路,不见了。

(4 月 14 日)

范用和刘索拉

中午看 CCTV – 1《大家》播放范用,《人物》播放刘索拉。范用是老一代出版家,从排字工人做到新时期开始时的三联书店负责人,《读书》创办者,《傅雷家书》和巴金《随想录》的出版者。个人解放前所读的革命进步书刊以及新时期所喜爱的许多书刊,大都是他们这一批老出版家所出的。特别感兴趣的是得知他是抗战中重庆《学习生活》主编。我高中时曾投过一篇小说《陶发鸿》给《学习生活》,已决定刊登,但该刊被国民党查封,又退给我,后来发在自己办的小杂志《驼铃》上。因此与范用先生还曾有过这么一点小联系。

刘索拉生平、性格极特殊。她是刘志丹的侄女,刘景范的女儿,长篇小说《刘志丹》的作者李建彤是她母亲。"文革"中,父母都无法管她。80 年代初就读于中央音乐学院,因中篇《你别无选择》而成作家,但她在音乐、绘画、舞蹈各个方面似乎都有使不完的才能;出国后在英、美民间流行音乐圈子里混,国际上也出了名,现在又回北京。这是个完全解放了的新人,一个真正追求艺术的人,她的"每一个细胞"都有悟性、才能。个别红歌星无法与她相比,那只是大人物娇宠的"瓶中之花"。不过,大概现在欣赏歌星的人多,而能够欣赏刘索拉的人少。

(4 月 25 日)

布　莱　克

因为《英国文学简史》找插图,对布莱克(William Blake)的画特别感兴趣。布莱克其人、其诗、其画(包括铜版、木刻、水彩等)都具有既纯朴而又深邃的风格和意味。这是一位既平凡又神圣的人,"入化""入圣"。但对他研究的人似乎不多。杰克·林赛(Jack Lindsay)有一本《神秘主义者威廉·布莱克》(*William Blake: The Mystic*)。研究的难度在于他的思想性格中既有一般基督教的因素,又有异端的因素,有些神秘。

布　莱　克

(5月1日)

磨炼与熟巧

工作的规律一旦熟悉,所谓"熟能生巧"之时,就进入一种类似小孩子游戏的状态,即"玩"。读书的最高乐趣是"把玩",对艺术作品的鉴赏为"玩赏"。这时,前期的一切辛苦探索都成为过去,由"必然王国"进入"自由王国",做到"物我两忘"。这是真正的精神享受。

电视剧《辽沈战役》中卫立煌赞叹:"毛泽东打仗就像作诗填词一样(自如)!"可见大事亦然。

但这种境界,是长期艰苦学习磨炼才能达到的,不是随随便便"玩"出来的。

鲁迅对于自己的杂文被贬称为"花边文学"也说过,"所下的功夫是不随便的"(大意)。

(5月2日)

戈尔丁的《蝇王》

全日看有关戈尔丁(William Golding)与其所著小说《蝇王》(*Lord of the Flies*)的资料。二战后,相当一部分英国作家由于亲历战争灾难并亲知希特勒法西斯之灭绝人性(对于日本军国主义之残暴罪行,他们无亲身经历,故而比较漠视),加以大英帝国衰落而一蹶不振,因而产生幻灭与悲观思想。在《蝇王》中对于"人性之恶"有深刻的刻画。20世纪经历两次大战,人类经受种种大灾难,理想主义碰得头破血流。历史向前如何发展,实在是人类所面临的最大问题。

(5月3日)

文学与文坛

文学可爱,但从事文学工作却是大苦,而文艺界、学术界实为是非蜂起之地。无怪乎孙犁先生曾说:离文学要近,离文坛要远。

(5月8日)

解放个性须防为所欲为

"从个性解放到为所欲为,其间并不存在一条不可逾越的壕堑。个性解放如果不与修身意识、社会责任感、法制观念联系在一起,是必然要出问题的。因为,人性中有恶的基因。"(樊星文,《南京师范大学文学院学报》,2004年1月。)

(5月9日)

《铁木前传》为何没有"后传"

孙犁从50年代中期起20年内没有作品,原因是周扬在文代会上批判孙犁的长篇《风云初记》"脱离了斗争的旋涡"。另外,孙犁在"反胡风"和"反右斗争"中受了刺激,犯了病。他长期休养,《铁木前传》只有"前传",没有"后传",匆匆结束。

茅盾看了《风云初记》,认为它是一部"有诗意的小说"。

对于文学作品,还是该像鲁迅说的,要"用文学的眼光"来看。就是说,总得首先是一部文学作品。

(5月13日)

阿拉伯的劳伦斯

前晚与昨晨看 TV 电影《阿拉伯的劳伦斯》(*Lawrence of Arabia*)。昨天搬下《不列颠百科全书》中"T. E. Lawrence"条目细读，又看了吕叔湘所译《沙漠革命记》前言、后记有关材料。劳伦斯实为奇人：他是考古学家，又是军事情报人员和战略家，在协助阿拉伯人打土耳其帝国时，采用了"hit and run"（打了就跑）的游击战术，炸桥梁，打火车，断绝土方的军事运输、补给线。战后，他想为阿拉伯国家争取独立，但一战后"巴黎和会"上英法各有打算，只给阿拉伯国家以"委任托管国"的附庸地位，劳伦斯感到自己帮助英法欺骗了阿拉伯人，从此隐姓埋名，郁郁寡欢，后死于车祸。

劳 伦 斯

两个小插曲：1. 他在化装为阿拉伯人到土耳其军队驻扎地进行侦察时，为土军所俘，受到"homosexually brutalized"，因此晚年患有"masochism"（受虐狂）。2. 他的大著《智慧的七柱》(*Seven Pillars of Wisdom*)改编为节本时，曾由萧伯纳提过意见，在他受到谣传毁谤时，萧伯纳曾为他申辩，因为他们也是朋友。

(5 月 17 日)

扈康庭先生

傍晚到外语学院，在西校门内看见扈康庭先生的讣告，但今天上午已开过追悼会，颇遗憾。因为扈先生在"文化大革命"(1967 年 7 月 15 日)武斗紧张时，曾与化学系另一位于老师(忘其名，在"文革"中自杀)护送我到车站离汴赴京。行前，扈先生在其黄家胡同寓所还招待我吃一顿饭，并嘱咐我：万一到入站口，被人阻拦，不可因为损失一张车票而与人争执，免遭危险。他还谈到以往人会因在街上看热闹而遭到无妄之灾。

前几年，曾在校园散步时碰见他，表达过感激之情。他说当时帮我，是"惜才"云云。"才"不敢当，但自己曾受好人古道热肠之恩惠，不应忘记。

扈先生活了 90 岁,可见好人长寿。

1949 年 6 月底,在重庆大学因参加学生运动上了黑名单,组织通知疏散,匆忙之中,两位素无交往的同学护送我到他们家躲避。何德何能,两次被好人相救,令我感而且愧,只有尽力做一点事,作为报答。

(6 月 2 日)

读黄永玉《比我老的老头》

无意中抓出黄永玉《比我老的老头》一书,看得爱不释手。他的奇才来自少数民族未经封建礼教完全压死的原始生命力。另外,他所谈到的画家(如李可染)和木刻家(彦涵、荒烟、余所亚等)也是我从中学时代起就熟悉的名字。

(6 月 13 日)

黄永玉和章西崖的木刻

高中时看过的木刻中章西崖的木刻风格和黄永玉的有点相似,对人物的造型都很夸张;但二人风格有一点根本的不同:章的作品中多是装饰化了的江南女子和花草,比较"柔软";而黄的作品则感情粗犷,代表湘西少数民族的剽悍之气。——他们的木刻作品,还是高中学木刻时看过的,大致是这么一种印象。黄永玉的木刻更有生命力。

(6 月 14 日)

电视剧《杀青》

中午看电视剧《杀青》:农村姑娘苗青从乡下跑到大城市,在花花世界里看到最重要的是"票子,位子,房子,车子"加上"男子",完全沉迷于对"五子"的追求之中,不择手段。后被一奸商引诱,以出卖自己老板的商品制作机密而得到 38 万元。但在贪欲支配之下,她的胃口愈来愈大,对于"五子"什么都要抓住,而且任意妄为——我看这个女孩是要倒霉的,因为"螳螂捕蝉,不知黄雀在后",在这个愚蠢而狂妄的女孩背后,有三个狡猾而老练的大老板在支配着她的命运。

(6月15日)

莎剧的艺术特点

莎士比亚写戏,自然有他的符合当时潮流的主题思想,但他绝不干巴巴地说教;他自然在戏里要讲一个故事,但他绝不"笨说",而是穿插许多从生活中提取的有趣的细节;他自然要写人物,但他剧中的大小人物,无论高低贵贱,都不是"单线平涂",而是活生生、有血有肉的人。他对英语的灵活运用、操纵自如,是无人可比的。因此,在编字典当中,时时感到徜徉在莎剧的海洋,是一种精神享受。

(6月22日)

"个人主义"与"自私自利"

挥扇将徐梵澄的《苏鲁支语录》译序看完。其中对"个人主义"与"自私自利"的区分很有意义:前者为发挥个人生命力(积极性、创造性),有所作为,既体现个人的人生价值,也对人群社会有所贡献,因此其意义是积极向上的;而后者乃是损人利己,因此其意义是消极有害的。

奇怪的是:过去有些人一方面大批知识分子对事业的追求为"个人主义",自己在漂亮口号掩盖下大搞整人的权术,而在中央不许搞政治运动后,又以隐蔽的方式搞不正之风,而腐败和贪污则屡禁不止。

(7月3日)

注释《一报还一报》的感想

在《一报还一报》(*Measure for Measure*)的卡片工作中,随着一个个单词的注释、一句句台词的阐明,安吉罗(Angelo)这个人的假道学、伪君子的嘴脸逐渐显露出来。看来中外假道学、伪君子的基本特点有一致性,都是"满口仁义道德,一肚子男盗女娼",甚至在冠冕堂皇的口号下害人。其实他们干的正是他们口头上假惺惺谴责的事。在注释中,时时为莎翁语言之深刻有力所震撼：有些台词，短短数语，就勾画出人物的灵魂，或者揭示出一种社会现象。

（7月12日）

莎剧中丑角的信口开河

莎剧中丑角插科打诨、信口开河、双关笑话、猥亵比喻等，注释起来步步为难，但也不得不亦步亦趋，跟着莎翁的笔走。即使如此，要把其中的"微言大义"全说个清楚，殆为不可能之事。

（7月13日）

晚清与当代中国之类似

王元化近年思想中有一点值得注意，即："更多回向'五四'前一辈人。"细想，晚清（19、20世纪之交）时期内忧外患交织，为救亡图存，朝野各方有识之士形成一种"万类躁动"的大气候：或热心洋务，或变法维新，或为中国现代化写文章、译书造舆论，也在进行文学改革。晚清实际上是"五四"的酝酿时期，正是陈、李、胡、周氏兄弟的"学徒时代"（Apprenticeship）。今天学术界念及晚清，因为当前中国现代化的进程与晚清仿佛都是面临一个十字路口：何去何从？"全盘西化"？"中体西用"？"西体中用"？"中西融合"？但我感到当代缺乏一个像梁启超那样的造舆论的大手笔。

（7月19日）

莎剧词汇中的"难解之谜"

在莎士比亚所使用的词汇中，有相当大一部分至今仍通用于当代英语中，但也有相当多的词汇已成"死文字"。这些"死文字"又可分为两部分：一部分是可以解释清楚的，而还有少数几百年来迄未得到确切解释。这少数难解的词语在莎学中称为 cruxes（难题）。但为通读莎剧，又不能不对这些难解之谜加以说明。历代学者从各个方面尝试解开这些谜，留下一些"说法"，读者只能根据个人理解,选择自己认同的"说法"。

莎士比亚天才横溢,对语言戛戛独造。(当时正是思想文化大转变时代,创造新词为时代所需。)他生造的词语有些为英语大潮所吸收,成为英语整体的一部分,有些则只能保存在他的作品之中,大部分可以弄懂,少数词语只有他老先生知道什么意思,后世学者、读者只能望文生义,推测而已!

(8月9日)

《女子监狱》——《复活》的中国版

多天来每晚看电视剧《女子监狱》,今夜看完。主要情节框架仿照《复活》,但"中国化"了:高干子弟(也姓聂)引诱一乡下姑娘,始乱终弃,被遗弃女子成为罪犯,在女子监狱服刑;高干子弟由父母做主,与另一高干之女订婚,但他在女警官海蓝教育下,对自己的罪过忏悔,并向受害女子林雯(苏琳)求婚;而苏琳在海蓝的感召下,揭发一个贪污集团,并拒绝高干子弟聂智柯的求婚,走自己的路。

海蓝的形象是成功的,很美好感人。她代表一种新的法律观点——"以人为本",一种新的警察与犯人之间的关系——不是单纯的管教、惩罚关系,而看重于"人格较量""交融、沟通"。

另外,关于《复活》的题材:张西曼曾撰文,认为它受中国京戏《玉堂春》影响。大概不是。托翁是听他一位法官朋友谈到一个真实案件,得到启发,并进行全新的构思而写成的。事见苏联多宾的谈题材提炼的论文。

(8月12日)

注释莎剧中丑角的插科打诨及其他的难度

莎剧中最难注释的部分是丑角插科打诨的场面,因为牵涉当时的种种世风、俗语和典故,互相交织。注起来太繁琐,不注则不知所云。经过思想斗争,最后还是注释。苦矣!

(8月17日)

有时莎剧语词的复杂性和难度使我倒抽一口冷气，真想撂挑子。但冷静下来一想：既然这个重担"历史地"落在自己身上了，你不干谁干？况且工作已经做了一大半了，半途而废，不是办法。于是，咬咬牙，又迎上前去，有什么问题解决什么问题。

渐入佳境，人亦疲劳甚矣。

（8月18日）

在书店站着看书

到附近新华书店看书。站看种种回忆录、纪实文学之类。看得时间太久，一位年纪较大的营业员以整理书为由，加以干预，并说了一句话："现在关于毛主席的书要收下，关于邓小平的书摆上来，下周还要摆！"这位女同志真乃"圣之时者也"！

在书店里站着看书，是我上大学时养成的习惯，当时在"沙坪书店"曾站着一口气读完《王贵与李香香》，回校后还凭着记忆画了16幅连环漫画，刊登在我们"野风文艺社"的壁报上，可惜只贴出一天，半夜里被特务学生撕掉，拿去报功了！

今天，女营业员不冷不热地打断我站看的兴头。我不好意思完全不买书，离店前买了一本《中外怀旧歌曲》——其实是一本抒情歌曲集。

（8月20日）

看张怡宁在奥运会打乒乓球

昨天到今天，看雅典奥运会张怡宁的女子乒乓球单打半决赛，双方争夺激烈，很受感染。印象：在竞赛中决定输赢、胜负的关键时刻，实力自然是根本基础，但赛场中选手的心态也非常重要，心态不稳定，在关键一瞬间偶然失误，也很可能影响全局。张怡宁小姑娘总的来说情绪稳定，胜不骄，败不馁。（昨天下午半决赛的四局中，只有第三局打得不理想，输了，但在第四局挽回胜利之局。）这是她能接连两次战胜韩国、朝鲜二强手的精神基础。

我现在面临着把词典"续编"进行到底的工作任务。实力基础是：在十余年编撰工作中已累积了一些编莎氏字典的体会、"语感"、"直觉"、工作经验和工作程序（流水作业方法）。没有这些经验，编这么一部大词典是不可能的。但由于年事已高，患有内外疾病，还必须树立一种精神作风，保持积极、乐观而又冷静、安详、踏实、灵活的心态。生活方式则需健康、规律、有序,保证有效时间都集中用于编写卡片的日常工作上。同时,每天则要有一定的休息、锻炼、轻松娱乐的时间。

总的来说,我现在的心情是乐观、健康、向上的。对在三年左右时间完成"续编"有信心。

(8月22日)

看王皓在奥运会打乒乓球

下午看王皓在奥运会上与韩国某选手争夺乒乓冠军比赛。王皓输于对手。有点失望。

像奥运会这样的激烈争夺,输赢决于瞬间,偶然性因素往往起很大作用。但偶然之中也有必然,那就是选手的精神素质。今天这位韩国选手看来性格刚强,出手很猛,而王皓受制于他的快而狠的"杀手锏",穷于应付:跟着"快而狠"则容易失手打错,"以柔克刚"则又被对手一个狠球胜过。

看来人做事不能完全跟着别人的指挥棒转,转得头晕眼花,最后才发现受骗上当——而大好时光已被浪费过去。

"狭路相逢勇者胜",是刘伯承元帅在"挺进大别山"时制定的战略方针。取得了胜利,证明是正确的。但"勇者"并非匹夫之勇、蛮干。所以刘帅还有精明的调查研究作风,在大军渡河之前,亲自用竹竿测量河水深浅、流速;驻扎在楼房中时,特别嘱咐身边人员记清楼梯有多少磴,以免有紧急情况时失足;等等。

(8月23日)

会见老翻译家

昨日上午10时30分到上海书城,见到F同志,他引来海明威与杰克·伦敦译者、译文老编辑W老先生共进午餐。本想和F多聊聊,但W兄甚健谈,"大河上下,顿失滔滔",遂无法与F畅谈。唯得书5本而出。顺便到古籍书店以重价280元(!)买《石头记》甲戌抄本一函四册。后者将与Folio Shakespeare(莎剧全集对开本)同为鄙人"镇斋之宝"。(按:均为复印本,请勿误会。)

归寓后,一直看W兄之文:《万象》2004年3月号所载《为什么王安忆读了昆德拉要不安》一文写得洋洋洒洒,痛述老一代知识分子的苦难遭遇,指出王安忆小姑娘缺少此一遭遇之"代沟",以及因此对她创作之影响,等等。文章有沉重的历史感,此老确实有学问、有见地,也有才华。但罹 1957 年之难,"文革"难逃。所幸自 1962 年后即从劳教农场回到苏州家乡,"文革"尚未受大苦。1981年后到译文社工作,至今仍返聘,上班。不过,据我印象,此老恐有点神经质,一生未婚,老单身汉,现在 81 岁,长期孤独,见人即想把憋在心里的话倾吐出来,滔滔不绝,愈说愈亢奋,苏州话、上海话、不标准的普通话夹杂一起,说得又急又快,很不好懂。我右耳又背,所以听得很吃力。偶尔听懂一句,赶快插嘴,又被他打断。所以昨天的会见,基本上是失败。不过他是好人、正直人,F 对我也很有礼貌。会见也不算真正失败。此老算一个奇人。

(8 月 27 日)

买《石头记》甲戌抄本小记

今天无事,上午取出《石头记》甲戌抄本把玩,高兴之余,突然发现其中第四册封面后衬页右上下两角均破碎,犹如一盘美味佳肴上面落下一只苍蝇,带回开封,一定成为永久的遗憾。而明天就要登程,尚须整理行装。急切之中,蕾蕾独自到福州路古籍书店去换。约三个小时之后,她始回。书店只将摆出之样书中第四册交换,说是此书全部卖完。买时,他装作热心,谎称"我给你们挑一部好的!"实际上是看我乃外地人,故意用残次品骗顾客。今天也非诚意退换。现在商人已不讲职业道德。我在开封买东西,也遇到请售货员代选商品的情况,售货员看我年老,故意给一不好之物,而我不及细看,拿回家后才发现上当。

不过,对于《石头记》甲戌抄本我还是很喜爱,这次暑假来沪,除写 1400 张卡片,得此一书,作为寒斋一宝,总算不虚此行。

(8 月 30 日)

在编字典中体会莎剧

《一报还一报》已到结尾。感想:坏人害好人,心狠手辣,必置之于死地;但一旦败露,坏人又很会痛哭流涕,沉痛悔罪,最后好人还得原谅他。

莎士比亚语言丰富,且运用自如,汪洋恣肆,变化多端,而对人性之真善美和假恶丑两方面都洞若观火。——这是编字典、做卡片当中两点突出印象。

(10月24日)

诗人之死

河南法制频道报道:武汉一位空军少校诗人宇龙,在广州参加诗人聚会,与众诗人一同宴会喝酒。酒后四人到一茶馆喝茶,竟因小事被茶馆老板叫歹徒殴打,四人均受伤,而宇龙被活活打死。暴徒虽被判坐牢,但一位有才华的部队青年诗人(36岁)就这样死掉。现今社会复杂,歹人嚣张。天真的诗人生活在梦想中,一出美梦,就遭野蛮势力摧残。他的妻子为之申冤,但法律也非万能。

多年前,北大诗人海子和另一位诗人自杀。现在的社会并非浪漫诗人的天堂,而是冷冰冰竞争的市场经济社会。不少案例,相当可怕。

不过,对于顾城,我绝无同情——他是一个变态的杀人犯,而且是懦夫:用斧头砍死妻子,自己却卑怯地上吊。

(10月31日)

读黄裳《锦帆集》

看黄裳的《锦帆集》。他在1942—1944年,从沦陷中的上海,取道南京—徐州—商丘—漯河—洛阳—宝鸡,到成都、重庆,一路向朋友写信,叙沿途见闻、感想,后由巴金集成此书。他的前一半路程,与我入川时不同,但宝鸡—褒城—广元—成都—重庆一段,则与我大致相同,但同中有异:我到广元后,经三台,到重庆。解放前后我虽在四川五六年,但始终在川东,曾到江津、自流井,未到过成都。仅仅在1982年11月,随河南作协参观团,沿宝成铁路到成都两三天,还因参观都江堰丢了作协公款160元,弄得很狼狈。然后再到重庆,回母校重大转了一圈,一个熟人也未碰上。只到川外会会老同学王世垣,他请我在沙坪坝吃了一顿饭。然后坐川江轮船经武汉回豫。

战争时期,人在流亡途中,心情往往落寞、孤寂。怪不得直到今天,听梅派《生死恨》,特别是"四平调""夫妻们分别十载"那一段,仍不由为之恻然。

黄裳《白门秋柳》一篇,写汪伪统治下的南京,极富历史时代情调,令人感慨唏嘘。

(11 月 20 日)

书店站读印象

在书店"站读"印象:1.在一本关于宋美龄与刘纪文情史的书中发现宋美龄还是一个爱好英国文学的人,在美国求学时能背诵 *Othello* 中的戏词。2.在一本关于"二萧"的书中,提到冯雪峰写长征的长篇小说《卢代之死》已写完,但在周扬等"不能写"(冯当时被划为"右派")的命令之下,一气把稿全部烧掉。

(11 月 21 日)

读《假如鲁迅活着》

晨起,拿出《假如鲁迅活着》一书,细细读了李普和邵燕祥的两篇长文,如醍醐灌顶,明白了一个对于中国知识分子来说算是一个"性命交关"的大问题,又读何满子等人关于鲁迅的文章,两次为之泪下。

检查自己,正如邵文所说,对于鲁迅关于"遵命文学"的自道,从解放前到解放后(50 年代直到"文革"),曾有错误的理解并照办,以致产生一连串的错误行为,思之愧疚。

读许多人关于鲁迅的回忆和印象,常感到一种深情和温暖。而读周扬的文章,则感到大官做大报告的味道,缺乏人情味。(《文艺战线上的一场大辩论》我是在 1957 年以后恭恭敬敬学习的,当时的"诚惶诚恐"心情仍仿佛记得。)

(11 月 22 日)

听《红楼梦》讲座

近日听 CCTV – 10《红楼梦》讲座。刘心武讲《秦可卿之谜》,探究曹雪芹的"创作心理学"(生活真实原型与艺术典型之间的关系),很有意思,但正如周汝昌提醒他:不可太"坐实",坐实则嫌勉强——证据不足。今天中午蔡义江讲《红楼梦》中的诗词:不可把《红楼梦》中的诗词看作"悼红轩文集",而应看作曹雪芹从书中每个人物的个性、出身背景出发,替他(她)所写的诗词,一一符合人物性格,这才是大手笔。有道理。

个人以为:《石头记》的版本问题,当以周汝昌的专著为最严谨,对该书及其作者,也以周汝昌为最富有真挚感情。当今红学,或可以他为首选。

我也许可以为我自己的书斋起个名字,叫"红莎轩"或"莎红轩"。一笑。

(12月9日)

杨兰春同志

今天中午在河南电视屏幕上突然看到杨兰春同志("老杨哥")出现在高洁讲《朝阳沟》表演体会的台子上。老杨在豫剧改革方面有重大贡献,人也是好人。80年代来开封时曾到小楼(东"工"字楼)来看我,谈戏曲界的事。当时他很欣赏《狸猫换太子》,连称是描写宫廷斗争的"好戏! 好戏!"他现在老得很厉害,一开始简直认不出了,经仔细辨认,才认出是他(穿了一身红衣服,戴着红帽子)。

(12月20日)

看电视剧《铁血莲花》

电视剧《铁血莲花》昨晚结束。过去对葡萄牙占领澳门不大注意,看了电视剧,才知一切帝国主义侵略者都是无恶不作的豺狼。中国人民善良、勇敢,但封建政府腐败,"官怕洋人,洋人怕老百姓,老百姓怕官"。结果老百姓总受害。

(12月21日)

开封的两部莎翁全集版本小考

开封有人收藏了一部莎翁全集,当作莎翁的"第一部全集",前些天托人来寓,让我"鉴定",又不让我看书。我从出版年代的罗马数字,断定此书是1891年出版,绝非莎士比亚的"第一部全集",也算不得"珍本"。最近又有人向蕾蕾夸说这部书"全是金的"(大概是书顶涂金或封面烫金),意在增高其价值,卖钱。

开封不可能有莎翁的名贵版本。但开封在 19、20 世纪之交有些留学生,也有些传教士,残留下一些外文旧书,但不外是 19、20 世纪之交的旧书。我过去在旧书店买到过一些,特别是盖着"荣"字图章的英文书,都是 19、20 世纪之交的英国书。其中最有价值的是马、恩的朋友,英国 19 世纪后期的著名学者和莎学家弗尼瓦尔博士(F. J. Furnivall)主编的一套 40 本的 1908 年版莎氏全集。这是 1954 年已故老同学崔东江(原省文化局导演)在开封旧书摊替我买的,花了 15 元——当时是个不小的数目,当然,我收下书时,把钱还给了他。他买此书,是出于好意。

这部书在编大词典时仍然有用,遇到难解的词,不定什么时候从其中可以找到解释。

弗尼瓦尔博士是位大学者,还是《牛津大词典》的奠基人,但他涉猎的领域太多,是几个学会的创办人,包括 19 世纪后期的新莎士比亚学会(New Shakespeare Society)——结果每个领域提到他时,都是一带而过。也许,后来者为了突出自己,有意无意地抹煞他。中外学界都有这样的事。

(12 月 28 日)

2005 年

看电视剧《汉武大帝》

中央台根据《史记》《汉书》,编演了电视连续剧《汉武大帝》,今晚看了两集。内容严谨,忠实于历史,只是尚未见精彩。我编过历史剧,此事不易。过于拘谨于历史材料,则剧情呆板;"戏说"又太离谱。

(1 月 2 日)

1 月生活中的大事是每天晚上看两集电视剧《汉武大帝》。诚然是一部大制作,编剧、导演、演员认真学习过《史记》《汉书》中的有关史料;布景、建筑、服装、道具都有历史根据;主要人物、主要情节都非"戏说";演员阵容(尤其主要角色)较强,尤以陈宝国(汉武帝)、焦晃(汉景帝)、归亚蕾(窦太后)、小陶虹(刘陵)最突出。全剧给我留下深刻印象,促使我读了一点《史记》(《魏其武安侯列传》《李将军列传》),美中不足的是对李广史迹加以改变,目的在于把卫青写得更"完美"一点,其实他依仗权势,在布置战役时给李广分配了一个吃力不讨好的任务,使李广孤军深入,绕了一个大弯子,又因"失道",落后一步,而卫青只追究李广的责任,迫使一代名将自杀。但电视剧把卫青完全美化了,而把李广写得像个粗鲁、直戇的武夫,甚至可笑。美化卫青,是为了完全歌颂汉武帝。这不免是个遗憾。

(2月2日)

看电视剧《血色浪漫》

看《血色浪漫》,钟跃民因哥们义气挪用50万公款帮一位小兄弟救急,挪用的公款被坏人骗走,钟跃民犯罪入狱。看至此处,突然产生一种"英雄落魄"之感,泫然泪下——但晚上冷静下来一想,这是赞美一种"文革"中飘零在市面上的"大院子弟"的痞子精神,其要害是:他们玩世不恭,任意而行,对别人不负责任。这充分表现在钟跃民对待周晓白、秦岭和女秘书的关系上。

(2月13日)

格　言

"人活着就要做事,做事就是快乐,就是人生。"(汤一介)

(2月14日)

边陲大漠藏国宝

西北边陲,北方大漠不断发现远古奇迹!例如几千年前外来民族的石像和辽西女神像(中国的维纳斯)之类。

(2月16日)

一 个 比 喻

编字典像是上了一条远洋航轮,不到彼岸就不能下船。

(2月25日)

一点体会

莎士比亚对女人的特点、性格、心理描写得非常细致，正如托尔斯泰。

（2月27日）

我为什么要编莎士比亚词典？

<pre>
                马克思、恩格斯
               关于莎士比亚的论述
  作为一个英文   ↓
  和英国文学教   →   莎士比亚   ←开封的特殊环境
    师的责任   ↑
             个人从青年时代起
           对莎剧的爱好、追求、宿愿
</pre>

（3月1日）

《孙犁文集》印象

翻阅昨天买来的八卷《孙犁文集》，印象：早期（抗战至解放初）作品以短篇、中篇小说最好，晚年（"文革"后至搁笔）以杂记最好；前者写其在抗日战争中和农村生活中所亲见亲闻的人物、故事，后者写其晚年读书、思考的心得。文章短小而精萃，实为其一生的经验教训之浓缩结晶，读来觉得有味、有益，足以启发人去细细体会。收入的孙犁信札多写在"文革"以后，从中可见新时期以来文坛的人和事。

（3月14日）

看电视剧，想想社会，也想想自己

每晚看电视剧《平淡人生》，对于当前一部分游荡于社会上的青少年，无理想、无原则、无道德规范，只凭所谓"义气""哥们儿"的感觉走，有意无意地走上犯罪道路,十分忧虑。反思我个人,在十余年的战争、流亡道路上,虽吃尽苦头,但幸亏遇到一些好人无形中给以帮助、教育,这才不致变坏。一方面是进步向上的思想支撑,另一方面热爱文学事业。这两方面拧成一股绳,形成几十年来生活、工作中的精神支柱。

(5月22日)

看电视剧《步步紧逼》:黑社会与腐败官吏勾结,行贿受贿,甚至打入公安内部;正义干警侦破工作受到腐败领导干部阻挠破坏;黑社会头子嚣张至极,甚至接连杀人灭口;牺牲了一名女警官,最后才破了此案。

思考:当今之世,最突出者为权与钱,但对权和钱都不可贪。我个人对二者都不感兴趣,但生平有个人成名成家思想。现在想想:对名也不可贪——只要自己诚实工作,名利均为身外之物,不应斤斤计较。有了贪欲,则容易滋长坏思想、坏毛病、坏行为。

一切随其自然最好。

(5月23日)

莎剧语言与莎剧翻译

莎剧语言,文字简古,微言大义须从上下文和字里行间揣摩。因此注释不易,翻译更难,译得恰到好处更是难上加难。

(6月17日)

文　文

国蕾的外甥女文文自美与外婆家打电话,随机向她两次购赠 *Shorter Oxford Dictionary*(《牛津大词典简编》)表示感谢。小姑娘善良、厚道、落落大方。犹记初与蕾蕾结婚后,来沪时,文文才9岁,上小学,领我逛淮海路;上中学时有一次她生病(已搬到田林十村),蕾蕾用车送她到六院,我陪伴一边,心中油然而生一种对小女儿的感情;她随父母移居美国,我于1996年参加第六届世界莎学大会后,到美国北方探亲访友,文文从 Ann Arbor 开车送我到

Columbus，一路应付裕如，使我感到这个小女孩长大了，我心中产生一种类似坐在女儿车里的幸福之感；近年来她又为我的科研工作帮忙买书，俨然一位完全成熟的大姑娘。

亲眼看到一个年轻生命茁壮成长，真是一件奇妙的事。

文文不久即结婚，祝她幸福！

（7月13日）

儿时学过的一首歌

晨起，儿时学过的一首歌的片段突然浮现脑际："燕双飞，画栏人静晚风微。记得去年门巷风景依稀，绿芜庭院，细雨湿苍苔……杜宇声声唤道：不如归！"歌词极文雅，小学生恐怕不懂，只是跟着老师的声音和风琴声照唱，但几十年了，竟然还留下几句。这是大脑中往事印象的泛起。

李叔同的《送别》也记得："长亭外，古道边……"但这首歌经过《城南旧事》当作主题歌，现已家喻户晓。《燕双飞》却很少流传——它描绘的是江南人家庭院，与《送别》一样，带点凄婉低回的风味。

（7月21日）

看《储安平文集》

近日抽暇看《储安平文集》，先看上卷，主要为重庆《客观》、上海《观察》中的文章，作者对于国民党政府的抨击可谓义正辞严、痛快淋漓、尖锐泼辣（同时流露出其刚烈个性），显得是一位杰出的政论家。下卷主要为《英国采风录》和《英国人、法国人、中国人》，由作者留学英国伦敦大学政治学院的读书笔记整理写作而成，对于了解英国历史、社会、制度、风习有用。

储安平的思想受费边社会主义（Fabian Socialism）影响，比较欣赏英国的虚君、立宪、议会、内阁制度。

（7月22日）

看完储安平的《英国采风录》：他对英国感情很深，相信英国的费边社会主义,1957 年碰钉子当属必然。不过,不管信 Fabian Socialism,甚至 Marxism,理想主义的知识分子恐怕在现实生活中都难免要碰钉子,只是钉子的来处、形式、大小不同而已。可叹。

(8月8日)

储安平办《客观》《观察》二杂志,显然受阿狄生和斯梯尔（Addison and Steele）的《闲话报》和《旁观者报》（*Tatler* and *Spectator*）影响,学英国 18 世纪文人办刊评论社会、文化、政治。但储安平主要是政论家,他想"文人议政",在中国碰壁。在开封借有 *The Spectator*(《旁观者报》)文集三卷。想有朝一日选译一小部分出来。——这是看《储安平文集》的个人收获。

我译英国散文,主要目的在于想使我国散文作家有所借鉴,把文章写得更有文采,更能吸引读者,少些"八股调"。

(8月9日)

上海和开封

到了上海,人就仿佛进入一部快速转动的机器,机器快速转动,人也变成争分夺秒工作的机器。

开封,则像一部慢悠悠转动的老机器,人也慢悠悠的,心不在焉地工作着、生活着。

大不一样。

(8月10日)

读 书 计 划

当我把字典编完,倘精力许可,再译一两本英国散文(《四季随笔》《旁观者报文抄》)。然后我什么工作也不干,只慢慢读我生平心爱的文学作品:中文——鲁迅、《石头记》、《史记》、杜甫;英文——普希金、果戈理、莱蒙托夫、屠格涅夫、托尔斯泰英译本、高尔基《文学写照》英译本;英文原著——Dickens, *Wuthering Heights*, *Huckleberry Finn*, Macaulay;法国文学——A. France, *Thais*, *The*

Crime of Sylvestre Bonnard, *Rabelais*, Montaigne。对了,不能忘了汝龙翻的契诃夫短篇小说全集! 还有 *Don Quixote*!

一个字一个字地念,品品文学的味儿和英语的味儿!

(8 月 11 日)

配力克里斯

配力克里斯(Pericles)这位小国王公,命运一波三折,真够可怜的! 在写卡片当中不禁为之唏嘘。可见莎剧自有一种人情味,吸引人的感情。

(8 月 12 日)

读朱正的书

看苏州古吴轩出版"大家文丛"中《朱正》卷。今天中午在阅读中忽然从脑海中冒出"良知"二字——这是我对历年所读朱正文章(包括著作)的衷心感受。"良"即良心,"知"即求得真知,二者结合,才有好书、好文章。朱正著书,本着一个中国知识分子的良心,而对于每一问题、每一件事、每一个人,都严格奉行"实事求是"的原则,通过认真研究,找出真相。这两方面,在今天这个金钱拜物教风靡社会、人心浮躁、"文化滑坡"(王元化语)的时代,都是极可宝贵的品质。

(8 月 16 日)

梦见杨兰春

昨晚梦见杨兰春,和他谈起"四清"下乡时和学生一起大唱《朝阳沟》"走一道岭来翻过一架山",等等。

(按:今秋郑州友人来谈,老杨哥已去世。2007 年 12 月 20 日,志念。)

(8 月 17 日)

译界新闻

《文汇报·笔会》载李景端文《杨绛译的〈堂吉诃德〉》,云有人把杨绛译本贬为"大学课堂上的反面教材"。我认为杨绛译本绝不至此,不过是后来的重译者为抬高自己,拼命贬低前译本,如花城版《伊利亚随笔》,明明是剽窃了三联本的劳动,反而"倒打一耙",说什么"超越"一样。

(8月23日)

聂绀弩的两篇杂文

购聂绀弩《冷眼阅世》一册,此书为聂老外孙方瞳所编,列入"学生阅读经典"。归来时,在十村健身中心树下,读聂老《记康泽》一文。此文早在1948—1949年在重庆看过,与聂老写蒋经国的文章《打倒爸爸》(记小蒋在莫斯科中山大学时"四一二"后的表现)同刊于《人物杂志》。二文异曲同工,不知《冷眼阅世》书中为何不收《打倒爸爸》?(今《记康泽》一文似有删补。)聂老一生经历曲折,性格独特,但实在是一个好人,一个正直的人。

(8月26日)

莎剧翻译问题

晨起,悟到莎剧翻译所遇到的是两大问题:首先是学术问题,即解决莎剧语言和内容中的一切难题;而在动手翻译时所要解决的是艺术问题,即如何运用一切艺术手段(包括中文的语言艺术),把莎剧的博大精深内容和巧妙的艺术表现恰当地传达出来。而贯穿在两者之间的则是译者的才、学、识。另外,译者最好是一位诗人。质之几十年来的国内成就突出的莎译家,像田汉、朱生豪、孙大雨、卞之琳、方平、屠岸都是诗人。而曹禺和吴兴华虽不以诗人而著名,但曹禺的《柔蜜欧与幽丽叶》实在是一部优美的现代汉语白话诗;而吴兴华的诗才除了见于他译的《亨利四世》,还散见于他对朱生豪译本的校订之中。

(10月15日)

木刻家马达

清晨醒来,想起木刻家马达,他的画风学法复尔斯基,得其黑白对比强烈和装饰性强之趣。犹记在清水时所看他的作品《皇军的忧郁》,画一低头抱枪、身穿军大衣的日本鬼子,蜷缩在黑夜之中。头上则是沉重的夜空,用大片黑块表现,只有一弯新月嵌在其中。画载山西民族革大校刊,极富表现力,至今印象犹深。据孙犁文,马达解放后住在天津,研究砖刻。砖刻我高中时自己也曾尝试,刻过一幅鲁迅像,确有古朴浑穆之美。

（10 月 20 日）

流　浪　者

我是一个流浪者,在外地过流浪生活时想回故乡过安静日子,但回到故乡,又怀念在外地的种种精彩——因此,回到故乡仍然像在外地流浪。

（10 月 21 日）

什么是创造

"I am always doing what I cannot do, in order that I may learn how to do it."——Pablo Picasso("我总是在做我不会做的事情,为的是我可以学习如何去做它。"——毕加索)

我体会:这就是"创造""创作"或"工作"的基本含义。

（10 月 31 日）

不同情况下的"如释重负"和"满足感"

很奇怪:每当我碰到一个很难注释的莎剧用词,翻遍工具参考书,终于从一个什么偏僻角落中找出一种解释时,我的"如释重负"之感,与我在划"右"后挖一个球场下的"贡院"地基时,千辛万苦,费尽浑身力气,终于找出挖开的办法时

（我当时在日记上还记下"总结"——日记当然不存在了）的轻松感一样；同时也和"大跃进"时挑着粪筐在大街上拾粪时，偶尔碰到一堆牛马粪时，那种满足感也是一样的！

（11月6日）

注释一部莎剧像爬一座大山

做莎剧卡片，每做一剧，都像是爬一座大山：从第一幕到第三幕，是上山；从第三幕到第五幕，是下山。俗话说："上山不美，下山顿腿！"上山特别费力——做卡片也是，从开始要熟悉人物、剧情，做到第三幕，比较熟了，稍稍顺利了。但是，莎士比亚常有出其不意的遣词造句方式，第四、第五幕，直到最后一句话，你都得"小心侍候"，否则其中的微言大义就很容易被你错过，滑过去了！

（11月8日）

从莎剧在德国想到莎剧在中国

看一位德国学者哈比希特（Werner Habicht）所写论文 *Shakespeare and the German Imagination*（《莎士比亚与德国人的想象》），谈莎剧在德国的流传史。一开始由浪漫派大力倡导，为"狂飙"运动开路。

德国学者为文，往往旁征博引，多用哲学词藻，读得很慢。但优点是内容扎实，确有学问。大致可知莎士比亚在一个国家的被介绍、传播、接受与"磨合"、"归化"过程，往往与该国的历史、政治、社会、文化的发展需要有不可分割的联系。总而言之，这是一个"外为我用"的过程。

中华莎学何尝不是如此？"五四"前后，莎剧被介绍到中国，也是适应新文化运动的需要，有益于启蒙。不过莎士比亚并未在中国引起过像在德国、法国那样大的"轰动效应"，而是在一百年来，细水长流地不断在传播。中华莎学的发展当会对中国的现代化有益。但中国是否会出现一个像欧洲文艺复兴那样的翻天覆地的文化运动？还是一个未知数。

因为从目前看，中国人的头脑太实际了，考虑切身利益的多，很少"浪漫幻想"，也缺乏"崇高理性"。因此，"文艺复兴"还很难产生。

就个人而言,把莎氏词典编完,尽了一个英国文学教师的责任,也就算完。"寄希望于未来。"

编完词典,只想休息一阵,读点自己从青年时代起就喜欢的作品,俄罗斯文学之类。

(11月9日)

《理查二世》

理查二世

正写《理查二世》(*Richard* Ⅱ)的卡片第一幕。看到理查二世对毛勃雷(Mowbray)和波林布鲁克(Bolingbroke)的不同处分,感到封建统治阶级有时很愚蠢——但这种愚蠢又是其"家天下"的阶级本性所决定的。他判毛勃雷为"终身流放国外",因为他自己是授意毛勃雷谋杀政敌葛罗斯特(Gloucester)的元凶,把毛勃雷流放国外、不得回国是"灭口"的得意算盘。但他没有想到对波林布鲁克只判"十年流放"而且"脱离君臣关系",恰好为后来波林布鲁克乘理查二世出征爱尔兰之机,突然返回英国,夺了理查二世之权埋下伏笔。理查二世对毛勃雷自私、冷酷,恰好为他自己覆灭埋下了伏笔。可见"权"这个东西,既能载舟也能覆舟。

(12月18日)

2006年
梦见与老同学谈木刻画

昨夜梦见几位画家和高中时同习木刻的老同学段东战,并与东战谈起了李桦的一幅木刻(醒后想起那幅木刻实际上是古元的《烧地契》)。

(1月17日)

杨丽萍的舞蹈

春节歌舞晚会上,杨丽萍以巨大的月亮为背景的舞蹈实在绝了! A thing

of beauty is a joy forever. (美好的事物是永久的欢乐。)她与台湾的商人离婚回大陆,完全应该。现在她在云南有一班铁哥们儿和徒弟在打造一套云南风情组舞。过去中央台记者到台湾访问她,她说她的艺术在 12 岁时就已经成熟了,不必回到家乡。那是幼稚的看法。现在她明白了,对于一个艺术家,什么才是最可宝贵的。今晚的演出对她来说,是继"孔雀"之后又一个辉煌的高峰。

(1 月 28 日)

莎翁用词出人意外

莎翁用词常常出人意外,如约克公爵(Duke of York):"<u>Grace</u> me not, nor <u>uncle</u> me!"("不要叫我'殿下',也不要叫我'叔叔'!")二名词均用作及物动词,特别生动有力。

(2 月 11 日)

电视剧《烟花三月》

晚看电视剧《烟花三月》,写纳兰容若故事,穿插孔四贞与纳兰的传奇性爱情——可能是编造。但故事好看。一直看到晚上 10 点。

(3 月 3 日)

看《烟花三月》,故事紧张。情节过分夸大纳兰容若的作用,但其中的人物如孔四贞、孙延龄、吴三桂仍有一定的历史根据。——引起我看纳兰词、《通志堂集》及孟森《孔四贞事迹考》的兴趣。孟森原原本本把清初皇帝对"四藩"(孔、吴、耿、尚)既利用、又猜忌,既封官赐爵、又挑拨离间的种种手段考证得相当清楚。而孔四贞不过是清廷手中的一颗棋子,根据需要摆来摆去。不过孔四贞也算一个"传奇人物"。《烟花三月》中对于纳兰容若与孔四贞的关系是瞎编——他们之间不可能有那样的恋爱关系,而且他们的历史作用也不可能有那么大,尤其是纳兰容若。

(3 月 7 日)

听程砚秋《审头刺汤》

一边写莎剧卡片，一边听程砚秋《审头刺汤》的大段唱腔，哀婉动人。领会了悲剧之美。悲剧能使人冷静，沉下心来。

（3月11日）

对俄罗斯文学的感情

看见一家新开的特价书店"天府图书"，一进去就把架上的书浏览一遍。站得腿酸。然后买了三本书。《农夫皮尔斯》属于业务书，只读读译者序，插架。《死魂灵》高中时读过鲁迅译本，此为满涛译本，想来译文水平不错，但暂可不看，也插架。只有巴乌斯托夫斯基的《散文新译》非看不可，读了两篇：一篇关于列宁的一个小故事，另一篇写俄罗斯风景画家列维坦（Levitan）的一生。此外翻到另一篇关于莱蒙托夫（Lermontov），以后再看。一接触俄罗斯文学就感到一种激动或温暖——这是作家、诗人们自己对于祖国、对于人民深沉的爱，自然而然地感动了我。这种感情早在60年前上高中时就有，一直深藏于心，直到今天。俄罗斯文学是我在文学方面的"初恋"。

（3月17日）

《徽派版画艺术》

徽 派 版 画

下午，略翻《徽派版画艺术》，图甚精美细致，并知鲁迅与郑振铎让荣宝斋翻刻的《十竹斋笺谱》，所据原本的编刻者胡曰从即是徽州名家，而《十竹斋笺谱》和《十竹斋画谱》（"文革"前曾在开封杜大胡子书摊上见过，乃光绪年间重印或翻刻本），均为徽派版画之代表作。

近代以来，安徽少受战乱破坏，故保留古书不少。中原大地几百年来饱经战祸，"水、旱、蝗、汤"。"文革"

前,开封还有一些明版书,苏沪古书店来汴访书,"文革"后则古书绝迹,不知去向,惜哉!

（3 月 30 日）

陈洪绶书画与鲁迅

下午饭后睡眠时稍阅前年所购之《陈洪绶书画集》,主要看《九歌图》《水浒叶子》《北西厢插图》,人物、画面风格独特,气象不凡,无论书、画,一看就显出是他"这一个"的作品。起床后,根据《鲁迅书信集》,进行一点小考证:鲁迅先生最后三年中曾与郑振铎商量,打算影印陈老莲画册,因先生突然去世,事遂不果。鲁迅所喜欢的都是精品——对于 20 世纪 30 年代的新兴木刻,为促进发展,则采取鼓励态度,同时加以指导。鲁迅先生实在是我国现代史上最大的文化伟人。鲁迅精神永远激励着有志于祖国文化事业的后来者。

（4 月 1 日）

京剧《王子复仇记》

看中央台播送上海京剧院《王子复仇记》（据《哈姆雷特》改编）。属于推陈出新之作,调动京剧中所有行当、唱念做打功夫属于"推陈","出新"则充分发挥"海派"作风,道白除克劳迪斯和格特露德念韵白之外,其他角色均说京腔大白话,唱词也非常自由、解放,有些几乎是莎剧原词的译文。总的说是一次艺术享受。

（4 月 10 日）

解放区木刻和国统区木刻

近日午睡时,看广西所出《解放区木刻》《国统区木刻》二册画集。大致印象:解放区木刻,当以古元为代表,而彦涵、力群亦为佼佼者;国统区木刻当以李桦为代表,而杰出者不少,如罗清桢、陈烟桥、刘岘、江丰、马达、梁永泰、黄新波诸家。其实"国""解"之分并不严格,因为所有这些木刻家都是在鲁迅教导下的进步艺术家,思想一致。另外,像刘岘、马达都从国统区到延安鲁艺,其作品内容、风格是一贯的。罗清桢作品工细、艺术水平很高,可惜英年早逝。黄新波、马达各有独特风格,一看便可辨认。犹记高中时看到山西民大一本校刊有马达一幅木刻《皇军的忧郁》,漆黑之夜,一弯残月,一日军士兵身裹大衣抱枪孑然独行,极富特色,但未收入此画选。据孙犁文章,马达解放后居住天津,钻研砖刻,但未见作品。我高中时曾用砖头刻过一幅鲁迅像,颇有古朴之趣。很希望看看马达的砖刻作品。

(4月12日)

再谈注释莎剧与爬山

　　每对一部莎剧进行注释,就像爬一座高山,从第一幕到第三幕是上山,从第三幕到第五幕是下山。在甘肃上学时,我有爬山的经验,譬如从马鹿镇到固关之间的"关山"即陇山,上下共 50 里,要整整走一天。当时同学们总结的经验是:"上山不美,下山顿腿。"上、下都需要认真小心,稍不留心,就会摔倒。记得曾在走路时忽然瞥见一只羽毛漂亮的野鸡(锦鸡)扑棱棱从山坡草丛中惊飞,但走路紧张,也顾不上细看。写莎剧注释卡片时也是如此,对每个单词、每个字母、每个标点都得小心谨慎,生怕出错,出一点错都是学术问题。虽说不上"如临深渊,如履薄冰",但心情也差不多。至于莎剧内容方面的深层问题,顾不上细细探究,因为编纂莎氏词典时间紧迫,只能先从语词方面解决字面上和人物、情节上的浅层问题。其他方面则有待进一步探究。

(5月18日)

意外碰见"国际纵队"老人

　　昨天下午 4:25 自沪登车,今晨 7:25 到汴。(8 时许到汴寓。)下车时忽听软卧车厢中有外国旅客吹口哨,调子为西班牙内战时国际纵队所唱歌曲 *Jarama*(《雅拉玛》)。我下车时碰见三位德国(?)老人,二男一女,我向他们说了一句:"International Brigade"(国际纵队),他们笑了。这是一件可记的小插曲。

　　这个歌是白求恩大夫所爱唱的。我在 20 世纪 70 年代中期,因改编剧本看

白求恩传 *The Scapel, the Sword*(《解剖刀就是剑》)得知。

(5 月 20 日)

落在窗台上的雏鸟

一只刚刚孵出的小麻雀,从客厅的遮阳篷上落到窗框里,被蕾蕾发现,叫我看:浑身红色,没有一根毛,躺在窗缝里,小腿微微颤动,一个可怜的小小生命。蕾蕾喂它水,它张大嘴接受。我们想救它,拿一个塑料小盒,垫点破布棉花,给它做巢,又往小盒另一格里倒点水、撒点馒头屑,希望能把它养活,养活了,是一个小朋友。

(5 月 31 日)

今晨,蕾蕾告诉我:又有一只刚孵出的雏鸟落在窗缝里。这有点怪。如果昨天那只是因遮阳篷移动而偶然掉下,今天这一只说不定是老鸟有意为之,若曰:你们既替我养那一只,那就连这只也替我养吧!起床后,可见两只红红的小身体躺在塑料盒里,心里有种说不出的感觉。我用筷子夹一点馍渣喂它们,总喂不好,笨手笨脚。怪不得照顾婴儿是女人的天职。小孩子抱在女人臂上就舒舒服服。

窗台上落下的小鸟已增加为三只——看来母雀已经把我们的窗台当作它的幼雏的"托儿所"了。

(6 月 1 日)

早晨,看见窗台的三只小雏"不翼而飞",无影无踪,以为蕾蕾把它们扔掉了,心里有点不忍。因为喂了两三天,好像有点感情,昨晚梦中还看见它们张大黄嘴要食吃。蕾蕾下班,说并没有扔,只是怕养不活,送给楼下看车老头的妻子管。据那老头说这三只小鸟嘴长得像燕子。要是燕子,若能喂大就好了。可惜我们不会喂它们。光用水泡馍花不行。据说要喂小虫子。我们从哪里找小虫子呢? 好在给它们找个人家"收养",可以放心了。

这对老夫妻是开封县农村人,对鸟类比较熟悉。

(6 月 3 日)

李保田演的《巡城御史》

近日午后看李保田主演的《巡城御史》,极欣赏。在影视界"天王"、"巨星"、"影帝"、"影后"、帅哥、靓女满天飞的时代,李保田一个相貌普通的演员能成为"红影星",完全靠的是自己的本事。他无论演什么角色都很出色,都有自己的独特风格,让人一看就与众不同。关键是他演的人物都真实可信(不作假)。不知道他这种本事是从哪儿来的。

就说这个南城巡御史,一个正直而又聪明的京城小官,处在皇亲国戚之间,能够保持人格,不同流合污,又能秉公判案,极为难得。而李保田又把这个人物演得有血有肉,富有风趣,真实可信。他似乎善于演这种处于恶势力淫威之下,既不屈从坏人,又能"明哲保身",还为国家社会作出贡献的聪明机智的下层人物。《神医喜来乐》也是如此。

《巡城御史》其他人物也都演得很好,各有吸引人之处。全剧扣人心弦,令人感动。所有人物的语言"京味"十足,特别是旗人的"京片子"说得极好!

(6月4日)

弗尼瓦尔博士主编的莎士比亚全集

注释《约翰王》第二幕第一场 184—190 行一段,由于"plague"(*n. & v.*),"sin","injury"等词意交叉,被莎剧编订者公认为晦涩难懂。耐下心来,一个词一个词去抠,且把一个词组、一个词组分别注释,先理出头绪。最后靠着 1954 年老同学崔东江在开封旧书摊代买的弗尼瓦尔博士(牛津英语大词典的奠基人,马、恩的朋友,基督教社会主义者)所编的 1908 年版本以及威尔逊(John Dover Wilson)对这段台词的 paraphrasing(串讲),大致弄懂了意思。但也费尽脑筋。

一个惊喜是:弗尼瓦尔博士的 *The Century Shakespeare*(《世纪莎翁全集》)买了 50 多年,一直搁置,以为没有多大用处;但最近在工作之余翻一下,竟发现有不少条注释非常有用!

这套莎氏全集 50 多年来也经历了坎坎坷坷:反胡风学习时,托省豫剧院李慧同志寄存在河南省豫剧院贮藏室。我因反胡风学习而被打为"肃反"对象，一年之后，寄存在贮藏室的行李（包括 *World Student News*——《世界学生新闻》1952 年奖状）全部失去。而这套莎氏全集居然幸免，但李慧还我时，原有的一个小木箱失去，后来检查，*Love's Labour's Lost*（《爱的徒劳》）等单行本遗失（未必是有人懂行，顺手牵羊，而是因为随意弃置）。

代购此书的老同学崔东江和我是因《李闯王》一剧而被河南省文化局局长陈建平划为"右派"的同难者。他在"文化大革命"中的 1967 年（我从北京回来时）还到开封匆匆一见。但后来听李慧说，他下放到栾川县，竟在两派武斗中惨死！

现在李慧同志也已于前两年去世。

这部莎集也遇到过识货者。记得 1982 年左右，某莎学教授曾到我小楼住室访问，看到此书，竟问我：卖不卖？我说：不卖。

前些年，编莎典中，遇到一个单词，查遍各书不得其解，个人感觉应该作某一解释，而一查弗尼瓦尔的版本，竟不谋而合，遂写到卡片上。事后，曾告诉李赋宁教授。

书中有些插图曾用于拙编《英国文学简史》（如福斯塔夫画像）。但对这套书一直没有"重用"——主要因为书后词汇表收词太少，且只注页码而不注幕、场、行数（可能为节省篇幅）。但最近却发现其中的 Notes（注文）很有用。

（6 月 19 日）

喜读老同学林伯野新著《老子解评》

凌云健笔意纵横，
兵书理罢解道经；
胸中应有才未尽，
好将哲思化诗情。

倘余兴未已，可对《老子》八十一章再细细把玩，逐一译为白话新诗。《道德经》为哲理诗，君为哲学家兼诗人，此事游刃有余。不妨当作"找乐子"慢慢译出。将来书再版，或可名为《老子新译新解》。因尊著将第十五章译为新诗,又将"治大国若烹小鲜"释为"不可瞎折腾",均极精彩,故联想及此。但八十出头,总以"不急""不影响健康"为原则。请慎重考虑。(按:老同学林伯野,原任国防大学马克思主义研究所所长,著有《军事辩证法教程》等书。)

(6月23日)

周海婴谈鲁迅

看周海婴在上海书展上关于鲁迅精神的演讲,强调"还原鲁迅的真面目",指出鲁迅精神是"立人为本,个人尊严,独立思考",对"暴力、权力、软暴力"敢于"横眉冷对"。其中"软暴力"的提法颇新鲜。其实,今日之"金钱崇拜"就是一种软暴力,"官本位"也是一种软暴力。这些东西不合法,但都是一种潜势力—— 一旦形成为习惯势力,影响不可低估,它们往往使人逐渐忘掉人格、道德、个人尊严、党纪国法和正当原则,而顺着歪风邪气随波逐流。

(8月14日)

捕捉莎翁词义中的苦和乐

莎氏用语多姿多彩,千变万化,诚所谓"翩若惊鸿,婉若游龙"。而在捕捉某一单词的准确词义时,必须遍查各家典籍,找出最佳释义,稍一粗心,便容易"稍纵即逝"、失之交臂。不得其解时,焦虑万状;一旦得之,则豁然开朗,其乐不足为外人道也!

(8月15日)

看电视剧《暗算》

近几天晚上看电视剧《暗算》,讲述新中国成立后国家安全部破译国民党特务密码的工作。第一部写"神耳阿炳",现在这一段描写归国女数学家黄依依的奇才与放任的爱情纠葛。像她这样的"另类天才"在解放后的中国社会注定是悲剧命运——即使在历次运动中幸免,到了"文革"也难逃劫数。因为中国的封建思想传统与外国的个性解放格格不入。

（10 月 7 日）

黄依依的悲剧：最高傲的人受到最不堪的侮辱；不能得到自己所渴望的爱，就委身于卑鄙小人，折磨自己，并使得自己所爱的人遗恨终生——也令他人感到无可挽回的遗憾。

她本质上并不坏，很单纯，很善良，很正直；要爱，就全身心地投入，得不到，就死。是一个走极端的人。这样的人，中国极少。所以她不适于在中国生存。

安在天是剧中的主要英雄人物。但他是个伪君子。表面上是革命的化身，其实是硬装出来的清教徒。鲁迅说得好："无情未必真豪杰！"宋春丽演的徐院长也劝他与黄依依好。但他宁愿守着小雨的骨灰盒"从一而终"——实际上也并没有"从一而终"。

"悲剧是把美毁给人看。"断臂的维纳斯留给人永远的遗憾。

对黄依依的自污感到痛心，写下上面的话。

（10 月 8 日）

《暗算》中黄依依终于还是因为她的好心，反而被她所帮助的一个干部的泼妇妻子刘丽华所害死。中国的长期封建传统加上小农经济所产生的狭隘、自私、赖皮，害死了她。她是由个性解放、恋爱自由、人格平等、人的尊严、知识分子的自尊心所塑造起来的现代新女性。我猜，"血统论"也可能在其中起着作用。不然，汪林的老婆刘丽华为什么能那么嚣张？701 是什么地方？岂能容得一般庸夫小人、无知泼妇在那里肆无忌惮地侮辱一个高级密码专家？

（10 月 9 日）

读《万象》一文

读《万象》。本期最重要文章为关于乔冠华与章含之在"文革"末期的一段往事。此事诚不堪回首。我对章含之不了解，但对乔冠华甚同情——他是才华横溢之文人，能把国际评论写得文采斐然，笔端常带感情，使人爱读，名闻海内、被称为"党内才子"者，并世无两。我在学生时代读过他在《世界知识》与《新华日报》上发表的国际评论,署名为"乔木"或"于怀";解放前夕还读过他的一本书《方生未死之间》。

文人从政是一个复杂问题,结果有幸有不幸。但中国本来有"学而优则仕"的传统,文人往往不甘寂寞,一旦有机会登上仕途,就坐不住冷板凳。新月派文人叶公超,本是在北大讲莎士比亚的名教授,抗战爆发,北大南迁到昆明,教授生活太清苦,叶即投身国民党政府,迁台后官职升到外交部长,但似不适应官场,且曾受蒋介石申斥,而被淘汰。而叶作为一位有才华、有学问、有分析眼光的文学批评家的生命也早早结束了。出人意外的是,在鲁迅与梁实秋激烈论战中,最能赏识鲁迅的文学成就的对方新月派批评家,竟是叶公超!

(10月23日)

嬴秦之早期发祥地

上午到天府书店购《早期秦史》。据作者考证,嬴秦中心在今张家川恭门镇附近。我在张家川上初中时,一次回西安,曾从恭门镇寨外经过,赶路匆匆,未进。作者又考证嬴秦远祖实为东夷之一支,西迁到陇上(即清水、张家川一带),"陇上始大",后东迁到雍都(今宝鸡凤翔一带),最后到咸阳。原来我的少年时代曾经在秦国早期的发祥地转悠。

(10月26日)

学术界风气一瞥

30年来,先后与文艺界、学术界、出版界打交道,颇有感触,要而言之:随着社会大气候的变化,人际关系也随之而变。大致说,80年代,人们尚保持传统的朴素健康的关系,在上述三界中还可以交到少数真诚相待的朋友,互相之间诚信无欺。但从90年代后期以及新世纪以来,金钱、利益占据人们的思想核心,尔虞我诈、坑蒙拐骗之事越来越多。在此基本情况下,老实知识分子越来越"边缘化",成为受人轻视、欺骗、排斥、压抑的"弱势群体",而个人在上述三界中很少能再见到善良厚道人。

另一现象是:过去崇敬"权威",以为"权威"必定心地厚道、乐于助人。

其实这样的好人权威,我只碰到过三位——前两位"旗帜鲜明"地支持我的科研工作,后一位则表面厉言厉色但内心正直,不以我为基层教师而予以排斥,在关键时刻对我的《英国文学简史》暗中支持,这才能从1981年起作为全国教材发行。

另有一种现象值得注意:下层学者带了个人独创的新课题或新著作到大城市寻求支持,往往会碰上有人以"权威"的身份与之"合作",所谓"合作"意味着"反主为宾",将别人成果据为己有。办法很多:或者毫不掩饰,或者以"微笑外交"一步一步达到剽窃之目的。这对于学术事业的发展极为有害。

从20世纪末到21世纪初以来,正如上海学者朱学勤所说,"小人"势力有所抬头:他们业务不过硬,但翻弄不正当手段则能量甚大。与这种人打交道是头疼的事,但又必须以鲁迅所说的"硬功夫"对付之。

(10月29日)

读《高阳说曹雪芹》

下午,《高阳说曹雪芹》一书读完。感想:高阳与周汝昌均以康雍乾三朝史料为基础,钩稽曹雪芹写《红楼梦》之原委,共同点都认为曹"以情写史",写曹家遭雍正、乾隆父子迫害败落,雪芹生活一落千丈,因而发奋以隐语曲笔写出家族哀痛之遭遇;二位作者对曹雪芹均极有感情,对《红楼梦》都评价极高。对其人其书都进行过精深的研究,都可称为"红学"大家。但二人研究结果迥异:周汝昌认为曹家遭败之由是与康熙两立两废之太子允礽关系密切,受到雍正、乾隆父子两次打击;秦可卿可能为允礽之女;等等。刘心武的"揭秘"承袭周说而更发展为"秦学",但他把推测想法"过于坐实",受到周思源教授据清史资料的反驳。

高阳则认为,曹家在雍正即位后受到第一次重创,但由于福彭的帮助,尚有生活余地;又由于福彭与乾隆关系密切,受福彭照顾,甚至还遇到一个"春天",过了十年不幸中的好日子。然而,当以弘晳为主的一次未遂政变发生后,福彭在乾隆面前因"护驾不力"(我的说法)而失宠,并惊悸而死,曹家的靠山倒塌;而曹頫也因和亲王府失火而再次被抄家,彻底破落。

周、高二人对于《红楼梦》内容有不同看法:周认为写的是曹家"秦淮旧梦",地点是金陵。高则认为,《红楼梦》写的是曹雪芹对曹家第二次"中兴"又衰的沧桑之感,地点是北京,"红"即指镶红旗王子平郡王福彭,而书中"元妃"即暗寓福彭。

周、高对此书另有很大分歧:周认为曹书只剩下前八十回,此书应称为《石头记》,后四十回系高鹗伪续。但高阳根据康雍间盛行命理之说,认为后四十回中有呼应前八十回中重要内容之处,元妃的生辰八字即系由福彭的生辰八字改变而成——此事只有曹家人知道,高鹗难以了解。因此,高鹗不可能写出此种情节,而且也没有本领在短期写出四十回大书。

高阳是一位极有学问的作家。从这本书可以看出他对清史很有研究,从他所掌握的史料作出犀利的分析。但也留下一个不愉快的印象:他的口气大有"红学天下第一"的味道,而且一有机会就对周汝昌大加贬低,用语刻薄,欲打倒在地而后快。实际上,周汝昌的《红楼梦新证》从浩如烟海的康雍乾史料中爬剔出与曹家和《红楼梦》有关的材料,对全世界的红学研究都有用,厥功甚伟,不应该受到如此贬抑。

可见,红学界亦如莎学界,本来大家都是从热爱此书此人出发,但到后来,为争"天下第一",又闹出个人意气、成见——这就有些遗憾了!其实,曹雪芹本人并未说他的书是"天下第一",而后世才公认《红楼梦》为"天下第一"。第一不第一,不是靠自己说了算。一笑。

(11 月 10 日)

2007 年
《曹雪芹墓石论争集》

看冯其庸主编《曹雪芹墓石论争集》一书。1992 年通县张家湾出现"曹公讳霑墓"石一块,引起红学界轰动一时,冯其庸为"Yes party"(肯定派),周汝昌为"No party"(否定派),双方各撰文争论。我将大部分文章看后,倾向于周说——多年来因"文化搭台,经济唱戏",各地为发展旅游,大造假古董,不知经济效益究竟如何,但搅乱了真实的历史文化。

曹雪芹虽晚年贫穷潦倒,毕竟有些上层诗友,即使贫病而死,他的朋友总不会让他像一个"路倒"一样"裸葬"。

不过,撇开墓石真伪不谈,冯其庸的四首诗写得倒是对曹雪芹感情深挚。

大凡挚爱《红楼梦》者,都是"性情中人"。

(4月14日)

《红楼梦》作者之谜

翻阅《红楼梦的破译》一书,此书作者孔祥贤与开封赵国栋观点相同,认为《石头记》作者非曹雪芹而为雪芹之叔曹𬸚,脂砚斋为曹𬸚之假名,因而"畸笏叟"之名亦可解。

《红楼梦》作者之谜实较莎剧作者之谜更为复杂——原因是《红》书内容应为作者亲身经历,而莎翁写戏几乎全为改编旧文旧剧,不必亲临其境。因此我觉得孔、赵所言有一定道理。但他们的观点绝不会为多数红学家承认。

(5月31日)

智慧为创造力的源泉

近看王元化先生所编《新启蒙》丛刊小册1、2辑,稍知时代潮流。

智慧——生产力(创造力)的源泉;知识培养智慧。因而人必须通过学习,增长智慧,巩固提高创造力。

许国璋先生曾对他的博士生说:在内地,要善于自学。

(6月3日)

电影《夜宴》

中午,看央视电影《夜宴》。剧情框架为《哈姆雷特》,但以中国古代历史为背景,掺入了弗洛伊德心理分析(Freudism),加了不少中国剑术、武功,人物关系亦有改动:格特露德并非哈姆雷特亲生母亲,而是比他年轻四岁的后母,与老王婚前,老王即被克劳迪斯害死,而且格特露德又暗恋着哈姆雷特,二人实无血缘关系;哈姆雷特与莱阿提斯亦无杀父之仇。格特露德与波洛涅斯合谋杀死克劳迪斯,哈姆雷特与莱阿提斯二人之间因夺毒箭同死。格特露德像武则天一样得登大宝,但最后又被一支飞剑穿胸而死,死前大谈"欲望"为世上动乱之源。此剧下了很多功夫,大约是导演(冯小刚)与他的哥们儿在一起凑点子编成,想拿到国际上得大奖,终未成。

日本黑泽明在一二十年前曾将《李尔王》改为以日本古史为背景的电影《乱》,好像得了大奖(奥斯卡)。《夜宴》也走这个路子,但已晚了很多年,外国人可能觉得不新鲜了吧? 实际上,国际大奖有时相当势利,重日本而轻中国——诺贝尔文学奖就是一例。中国作家再不要眼巴巴地盯着诺贝尔文学奖了!

(6月16日)

看《张爱玲画传》

晚看《张爱玲画传》。这是个有特殊家庭背景、又在一个特殊时代和环境出现的有自己特殊才能的女作家。夏志清在《中国现代小说史》中,从他自己的政治观点出发,贬低鲁迅,而突出钱锺书、沈从文和张爱玲,因而在大陆新时期使这三位作家成为"显学"。但我坚决反对贬低鲁迅,因为鲁迅的作品关系着整个的中国现代史,他是"民族魂",并不能因为大陆上的一度极左而抹煞鲁迅。对钱、沈、张三位,我现在的感受是:沈从文作为一位写湘西的大作家,完全应该肯定。对于钱锺书的书,我到现在看得太少,没有发言权,但不能因为有论者说他是"文化昆仑",就贬低鲁迅。对于张爱玲,我愿从"红学"的角度,看看她的《红楼梦魇》,从喜爱散文的角度看看她的散文——她的小说,我还没有时间精力去看。但我对她有同情——她的后期生活是不幸的。过去我曾怀疑她的后夫美国人赖雅是否欺骗了她——但看了《画传》知道他们两个真心相爱,赖雅不是坏人,而且还和布莱希特是朋友。这使我有点安慰。

(6月17日)

贾平凹的《西路上》

读贾平凹的手稿复印件《西路上》。这是一部游记,记录贾与朋友坐一辆汽车从西安顺着古丝绸之路,经河西走廊到新疆"走马观花"式地考察沿路风俗、景物等等。读了此书,对贾平凹其人稍有了解,他在西安成了大名人,身边有一批男女追随者,连书法也成了"墨宝"。这且不说。书中印象最深的是他提出了当代中国的大环境,是农耕文明、工业文明、信息文明并存的社会,许多矛盾问题即由此而生。游记中的见闻也证实这种观感。——这对于我是一个启发。

我手头有一批鲁迅的书信和杂文的手稿影印件。书店尚有郭沫若读《随园诗话》随笔的影印件——准备购买。连贾稿,共三种。可略窥三作家的不同性格。贾稿中穿插有他与一位女画家的婚外恋(二人均有家庭),写得神神秘秘,女方欲迎又拒,贾欲得之而又不愿离婚,等等。

读完,对西部之苦,略有所知。中央大力提倡开发西部,实为迫切之举。

(6月18日)

《时代与选择》

读《新启蒙》丛刊第一辑《时代与选择》一文。据其中统计表显示1860—1983年,中国在世界总生产中所占比例经过三次大下跌,而日本则不断上升,形势逼人,不现代化不行。而现代化则要求各方面的改革,体制的改革尤为重要——"To be or not to be, that is the question."改革开放实为对国家命运生死攸关的大事。

(6月19日)

莎学在德国的发展

读莎学论文 Shakespeare and the German Imagination(《莎士比亚与德国人的想象》,作者哈比希特(Werner Habicht)。此文叙述19—20世纪德国人译介莎剧始末,初由歌德等盛赞,作为浪漫派文学的旗帜,同时因为盎格鲁－撒克逊人与德意志民族同为北欧民族,几乎把莎翁当作德国人。这又给德意志帝国的民族主义思潮增添了力量。凡此就是莎士比亚在 19 世纪德国成为显学的背景,而施莱格尔和蒂克的德译本遂成为德国莎学的丰碑。也可想见施密特的《莎士比亚用词全典》(Alexander Schmidt: *Shakespeare Lexicon*) 乃是在此背景下 19 世纪德国莎学研究的一个产品(同时还有莎氏语法)。总之,德国文化界想把莎士比亚用作"文化民族主义"的一面旗帜促使德国产生自己的"莎士比亚",但最后结果:仍得在根本上依靠自己本土的诗人和创作。

(6 月 21 日)

贾植芳《1979 年进京记》

读贾植芳《1979 年进京记》,文章很长,但写得很好,记述了"拨乱反正"关键时期文学界高层"乍暖还寒"的状况,是一篇重要的文字。但读后对照目前的文坛,又感到像现在这样"五色大杂鱼乱吐沫"(开封俗话)的当代文化状况,恐怕当时双方谁也想不到。当时争得那么不可开交,简直是白忙活了!

(6 月 26 日)

《特洛勒斯与克丽西达》

《特洛勒斯与克丽西达》中克丽西达与潘达鲁斯的对话妙语如珠,译得非常愉快。在翻译中感到克丽西达是个聪明伶俐的姑娘,在特洛伊战争(Trojan War)那种战争环境中,一个女孩的命运难免受战局变化的支配,她先爱特洛勒斯,后又在交换俘虏中被迫嫁给希腊军官,实际上是一个牺牲品,未可深责。"祸水论"可以休矣!

(7 月 9 日)

《特洛勒斯与克丽西达》

读邵燕祥《沉船》

把邵燕祥《沉船》一书大致翻阅一遍。总的来说,他和我被划"右派"前后的"心路历程"是一样的。稍有不同的是:他的过程较为曲折,因为他在"划右"前已是一位著名青年诗人,发表过许多作品,参加过许多社会文化活动。我则经历简单,只是一个学生,从校门到机关,"划右"的根本原因是写了一个豫剧《李闯王》,因与某一领导同志意见不同,说了一句"错话",因而惹起麻烦,陷入一连串政治运动,沿着"错误"—"反动"的运动逻辑不断上纲,而自己还步步紧跟,以致到了"文革"当中,"右"错"左"更错,以至于不知如何才好,这使我得到这么一个印象:政治运动好像是一个无底洞,让人经受无休无止的批斗,而且永远"态度不老实",永远背着"有罪"的包袱,没有出路,最后是"一批二养",做一个废人活着。

我与邵另有一点是共通的,即:对于党的号召十分拥护,对于单位领导的话十分听从——特别在 20 世纪 50 年代前期的"知识分子思想改造","忠诚老实运动",创作配合政策需要,"遵命文学",直到响应党的号召"大鸣大放",都是如此,终于掉进别人设好的陷阱里,无以自拔,也不能申诉(申诉则罪上加罪)。"划右"后,为改造自己,除检查交代外,劳动改造和学习马列毛著也极为认真——但并未真正学好马列主义的真理、真精神(至今我仍信仰马克思主义),而是按领导批判我的口径由"右"转变为"左"。但为了这个"左",完全丧失了自己的独立思考和进取动力。如果没有三中全会后的改革开放政策,一生将只能庸庸碌碌地度过。因此新时期标志着我的新生,我才开始作为一个中国知识分子体现自己的人生价值。

(7 月 24 日)

书店站读印象

上午,天朗气清,乘兴到书店看书,购得《花间集》《萧云从线描》及研究马克思的专著《人韵》三种。在书店"站读"时,翻阅了《艾芜传》知汤道耕(艾芜本名)先生解放后虽谨小慎微,仍不免碰钉子,"文革"中在成都入狱。这才知刚解放就有"根据地"作家与"白区"作家（即使是革命或进步作家之分，实际上仍是周扬与鲁迅之分——这条线时隐时现地贯穿下来）。

又在不同书上看到对于王小波的评论——对王小波，我只读过他一部分杂文，确是奇才，像彗星似的从90年代的中国文坛上空一闪而过。

又看到周国平对于郭沫若写《李白与杜甫》时的个人生活背景的回忆。周与郭世英为北大好友，与郭家有过来往。我个人对于郭氏的看法：从创作上看，他没有一篇作品达到鲁迅的深度和高度（虽然也有文学史上的地位），但他关于中国古代历史研究的"三书"自有开路先锋的作用——这一点，连国民党方面的"中央研究院"（李济等）也是承认的。所以，对于郭沫若，不应一笔抹煞。中国的大人物不多，人才难得。为什么动不动就一笔勾销？——我想，不应该，也不会。

当穷学生时代养成在书店站读的习惯，80岁了仍然不改，自己想想也觉得可笑。偶遇有"人文关怀"的年轻店员搬个凳子，让我坐下，非常感谢。

（8月16日）

北大博士《胡风研究》读后感

买北大博士王丽丽《在文艺与意识形态之间——胡风研究》一书。我与胡风，虽然毫无个人联系，但我之连续成为极左政治运动的对象，却是从胡风案件开始。高中时期，曾读过《七月》《希望》以及与之有关的诗歌和小说，包括艾青、田间、绿原、天兰、孙钿等人的诗，以及丁玲、孔厥、蒋弼等人的短篇小说。路翎的小说《饥饿的郭素娥》是在大学时期读的。另外，读过吕荧写的论艾青、田间的一本书《人的花朵》，译的《普式庚论》和《欧根·奥涅金》。至于胡风的论文，虽买过《民族形式讨论集》，但看不懂，只读过他译的高尔基的《回忆契诃夫》、日本须井一的《棉花》和中国台湾杨逵的《送报夫》。所谓"胡风分子"，仅在1945年冬，收过当时复旦学生冀汸的极短的一封信，只有一句话："爱好文学，主要是不要懒惰。"我也很客气地回了一封短信。

到胡风案件发生后，响应当时文化局领导的号召，我抱着对党忠诚老实的态度，把上述情况如实交代了，本以为并没有问题，不过是上高中时爱好文学，作为一般读者读过《七月》《希望》而已。不料，受到的是"如临大敌"似的追逼、恐吓、斗争——并因而成为"肃反"对象,被关在河南豫剧院楼上,像犯人一样,一年间(1955 夏—1956 夏)失去自由。

1956 年夏,恢复自由后,由于党提出"双百"方针,《河南日报》约稿,对于"肃反"中所受待遇,写一篇申诉文章,交给编辑,被当时省文教领导压下,又写《局长看戏》一诗,更不能发表。——奇怪的是,一年之后,一到"反右"开始,一诗一文,都发表于《河南日报》副刊,作为被批判的靶子。于是省文化局文艺处处长在《河南日报》发表文章对我歪曲批判。省文化局局长又派一个演员到河大外语系坐镇三天,定要把我划为"右派"——于是造成了 20 多年的政治灾难。

作者以西方马克思主义者阿尔都塞的意识形态"询唤"理论为观点,分析"胡风现象",读时既感到"现象"本身的惊心动魄,也感到作者研究之深入。

(8 月 20 日)

关于《金瓶梅》

读郑振铎、吴晗关于《金瓶梅》两篇长文,略知有关知识。《金瓶梅》的作者生活时代大致与莎士比亚同时(16 世纪后半叶至 17 世纪初),即嘉靖、万历之间,而所写社会人物乃万历时代统治阶级之糜烂,以及由此所引起的社会腐败。至于赤裸裸的性欲描写,时间上也与欧洲文艺复兴时期相近。但《金瓶梅》所写为上中层人物之荒淫;而《十日谈》所写,一如《坎特伯雷故事集》,反映当时一般人对教会禁欲主义反抗的"人性解放",稍有进步意义。

"五四"诸人(陈、胡、钱)的基本主张是:对《金瓶梅》应当作"伟大写实作品"而加以重视研究,但不宜让青年人阅读。——我想,今天仍然应该如此。

可见"五四"时的先觉者颇有卓见。

(10 月 27 日)

少帅与鲁迅

阅《书城》1994 年 9 月号,载有《张学良与鲁迅》,谈他藏有二十卷本《鲁迅全集》,并写有一个《鲁迅先生研究纲要》,说:"纪念鲁迅,要用业绩;纪念鲁迅,要懂得他,研究他,发展他。""鲁迅是每一个不愿做奴隶的中国人底鲁迅,学习、研究、发扬他的学术作品和为人（民）而战斗的精神,这也是每个不愿做奴隶的中国人的权利和义务。"少帅晚年能达到这种认识,表明他在囚禁生活中曾经学习中国历史并接受新的文化思想。

又,在书店随意浏览中得知:冯玉祥将军在解放前夕,离开美国,转道苏联准备回国时,在黑海乘船游历中看电影、突遇火灾而死,系国民党特务暗害。此事一直感到奇怪,今才明白。但苏方为何不采取严格保安措施,致使特务得逞？

著名人士在苏联遇交通事故罹难,仅我所知就有三次。

(11 月 3 日)

《红楼梦论源》

翻阅《红楼梦论源》至晚,从"文献学"角度谈曹雪芹家世及版本。观点:1.曹雪芹活了 48 年,为《石头记》作者无疑。（疑作者为曹𫖃者,因旧说雪芹仅活了 40 岁,不可能对"秦淮旧梦"有多少具体印象。）2.曹家之败,因其"包衣"（家奴）身份之烙印,一失皇上之宠,即"树倒猢狲散"。康熙死,雍正对曹𫖃嫌忌,"坏朕名声",加上曹氏家族内部不和,告密,以致抄家;而且到乾隆时又因事再次彻底破落。书中对 11 种抄本及版本作出评价。写法平实。

断定曹雪芹为《红楼梦》作者的一个重要关键在于他的年龄,即生卒之年。

(11 月 14 日)

当代的历史

历史,有些方面当代人清楚,有些方面当代人反而不清楚;前者指下层生活,后者指上层机密。因此,官史和当代记载于前者较可信,而于后者多讳饰。二十四史中只有《史记》敢于直叙"今上"。

现代人的优势是:档案积累较多保存,且有解密制度,因此种种纪实作品渐渐出现,而神坛背后的事才稍为老百姓所知。

(11 月 23 日)

2008 年
读《哈佛琐记》

夜读《哈佛琐记》。感想：对于西方知识分子而言，"独立之精神，自由之思想"乃为当然之事，因为他们已经过几百年宗教改革、文艺复兴、启蒙运动以及法国革命、美国独立和工业化、现代化的锻炼、培育，形成这种牢固的人格精神，而中国至今还在现代化门外，"社会主义初级阶段"实质上是"前现代化"阶段。过去的"一穷二白"引以为豪，其实也就是"物质匮乏"和"文化落后"，并不值得骄傲。——昨天央视四套饶宗颐谈解放后二三十年国内在"炼钢"（"大跃进"）和"文革"时，饶在香港潜心研究甲骨、金文等等，而日本人对汉字的研究反倒超过了中国人，"敦煌在中国，敦煌学在日本"。听了很不是滋味。对我个人来说，偶尔翻出 1952 年 5 月在郑州三中所写的英文小说 *An Arrest* 留下的初稿，笔迹幼稚，但细读之下，竟发现：当时自己所使用的英文文学词语，今天我已经不会使用了！这就是说，我现在所掌握的英语写作能力，还不如 55 年前！极左的政治运动摧残了无数知识分子的业务能力和独立思考，也害了几代人！

(1 月 5 日)

赵元任先生

在书店看到商务印书馆出的《赵元任全集》已成为处理品，因而想到赵元任先生与自己的关联。

赵元任这个名字对我很亲切，因为：1. 上小学时读商务印书馆出的"国语"课本，他是编者之一；2. 上中学时唱过的歌，如刘大白作词的《卖布谣》（"嫂嫂织布，哥哥卖布，卖布买米，有饭落肚！"），胡适作词的《上山歌》（"努力，努力，努力往上跑。我头也不回，汗也不擦，努力地爬上山去！"），徐志摩作词的《海韵》（"女郎，女郎你为何徘徊在黄昏的海

赵元任先生

边?"),都是他作的曲,优美而好听,情调纯正;3.上大学,偶尔从旧书店买到一本缺少封面的《阿丽思漫游奇境记》是他翻译的,用的是北京小孩子的语言,读起来非常有趣,吸引我找英文原本来读,成为我一生喜爱的一本书。因此,对赵元任先生留下很深刻、很美好的印象,不过对于他那些专业性的语言学大著,却没有读过。赵元任早在20世纪20年代已是清华"四大导师"之一,以后在海外又成为世界知名学者。听说他晚年有意归国定居未果,不免遗憾。

一个大作家、大学者、大诗人等等,能在千万人心目中留下的美好印象,未必是他们那些"全集"——"全集"只能供专门研究人员去"研究",那是少数人的事,而往往是个别"脍炙人口"的作品,甚至一两篇小作品,留在大家的心中。

再大的作者,"全集"只是放进图书馆、资料室,"入档",谁爱"研究"谁去"研究",能经得起普通读者从头到尾去看的很少。对于我个人来说,只有鲁迅全集愿意从头到尾去看——不过到现在为止,还没有做到,日记部分既没有买,更没有看;对其他作者,可想而知。

诗人,能有一首诗甚至一句诗让千万人背下来,也就不错了。

我希望能再碰上赵元任译的《阿丽思漫游奇境记》,与原文再对照读读,重温早年的欢乐(early joy)。

(1月6日)

三 条 语 录

"年少慎择师,年老慎择徒。"

"年轻人立志不妨高,但不要犯上近代学者钢筋(观念架构)太多,水泥(材料)太少的毛病。"——余英时

"做学问说穿了就是'敬业'两字。"要读它(录自《哈佛琐记》)

(1月6日)

"白(白话)以为常,文(文言)以应变。"——余光中翻译方法。

(1月15日)

语文的意义

"一国语文之健康与否能反映并影响社会之治乱,文化之盛衰,而经历专制政权之后,该国之语文必然虚伪而扭曲。反过来,我们也可以说,大作家出现之后,该国的语文必然充满弹性与活力。伟大的作品未必是文法学家乐于引证的范文,合乎语法的反而是二流之作。大作家或所谓天才,对于一国语文最大的贡献,在于身体力行,证明那种语文潜在的'能'经妙笔运用,究竟发得出多大的'功'。就像开金矿一样,杰作能告诉我们,存量究竟有多少,而纯金有多灿烂。"(George Orwell 语,余光中译)

乔治·奥威尔

(1 月 15 日)

多萝西·莱辛获诺贝尔奖的致辞

《万象》2008 年第 1 期来,今天一天主要读它。内容以多萝西·莱辛(Doris Lessing)于 2007 年 12 月 7 日获诺贝尔奖的致辞为最好:莱辛获此作家群羡之"殊荣",却痛述非洲津巴布韦等地缺水、缺书之极贫穷落后状况,与英国上层生活对比,以冀引起有识者之重视。这种博大胸襟、人文关怀,也非偶然。多萝西·莱辛自幼生长于非洲南罗德西亚,目睹白人殖民主义者对当地黑人的种族歧视,青年时代投身革命,参加共产党,其成名处女作《草儿在歌唱》(The Grass Is Singing)即以控诉种族歧视为主题(50 年代译为中文)。她对于婚姻的态度也相当开放,与革命同志(反纳粹之德国人)结婚,但婚后并不幸福,离婚。二战中因苏联与希特勒签订互不侵犯条约,她像其他西欧进步人士一样渐渐与政治运动疏远。其后创作小说以个人经历为素材,描写一位女作家在 20 世纪的"心路历程"。《金色笔记》(The Golden Notebook),《玛莎求索》(Martha Quest),均大致如此。(多萝西·莱辛成为 20 世纪最重要的英国女小说家之一,获得诺贝尔奖也是名至实归。最

多萝西·莱辛

可贵的是,她虽声誉日隆,仍不改初衷,以最贫穷落后的人民为念——这仍是她青年时代参加共产党的原始志趣。)萧伯纳曾说:一个人20岁时参加共产党,可以免于在40岁时变成一块化石(大意)——信然!(但抱着"入党做官"而参加共产党者除外。)

(1月15日)

一 次 惨 祸

看报载,1月13日,芜湖市安徽师大教育系女生冷静(19岁),考完大三期考后,高兴地回阜阳家乡过年,但车站有400人上车,火车刚到站尚未停稳,众人拥挤,将她挤到站台下,被火车轧死。拥挤者90%为大学生。原因:不等火车停稳,检票员不检票而打开出口,人群一拥而奔向火车,以致造成惨剧,车站人员诚有责任。但学生们毫不守秩序,也值得深思。

站长等被撤职,应该。但这种社会风气也可虑。恐一时还难解决。为安全计,只好少往人群中乱挤。在其他方面,也不可跟风向前凑——例如"XX七天乐"旅游高潮之类,在宣传当中也要注意提醒交通安全。

(1月30日)

古书的拍卖市价

书店送来《文汇读书周报》及《藏书报》,并北京三联、上海三联书目。一天竟以浏览书目度过,可见书痴习气未改。收获:京沪三联有几种小书可买,共价100多元。此外,看近期民初《古逸丛书》一部拍价18000余元,我藏清末日本刻印《古逸丛书》中《杜工部草堂诗笺》之价应不低于该书——不过我不卖,因为在寒斋翻翻古书乃一大乐趣,而钞票有什么好看的?

今后倘遇善本古书之影印本,如果价钱不高,还可考虑买一二种(如庚辰本《石头记》)。但恐怕连影印本也要随着拍卖市场书价之飙升而"跟风涨价"!

(2月1日)

陀莱的插图

昨晚睡前翻看国内所印陀莱的《堂·吉诃德》(Gustave Dore：*Don Quixote*)插图两种，一为鲁迅藏书，印刷、装订考究，一为陕西翻印，技术较差，但二者可以互补。今晨又看人文所出傅东华与杨绛两种译本插图，同为陀莱所作。傅译本为 1962 年出版，图画印工较差，不甚清晰；杨译本 1979 年出版，插图印得较大而少。因此将来细读英译本时，还需看前两种插图。

陀　莱

1996 年赴美时，莎学同行王裕珩教授曾赠我一部二战中美国版本，译文系 Motteau 本上卷，插图为一德国画家之木刻，手法较新，但似稍粗疏。陀莱的插图实在是洋洋大观，不愧为插图大师。如果找美中不足之处，个人认为篇幅太大、版面太满，让读者看了觉得有压抑沉重之感，不够亮丽、鲜活——这也许是 19 世纪注重写实的画风使然——巨细无遗，有点自然主义味道。然否？

陀莱的插图都是版画——full-pages（整页图）为铜版画，小幅及题图则为木刻画。据说他一生（只活了 50 多年）创作 10 万幅插图，实在惊人！

陀莱的画风，据《不列颠百科全书》，说是："His exuberant and bizarre fantasy created vast dreamlike scenes widely emulated by Romantic academics（of the late 19 century）."［他那充溢而怪诞的想象创造出大量梦境般的画面，受到（19 世纪后期）浪漫派的追随者竞相仿效。］

(2 月 2 日)

历史上的伟人

伟人，是历史上的客观存在，不以个人意志为转移。犹如秦皇、汉武、唐宗宋祖、成吉思汗、康雍乾，不以前人后人个人意志为转移——但对于每个人的历史地位、历史功过，在冥冥之中仍有一个无声的评判者——历史，或者说，时间的检验：正史不足，尚有野史、口碑、传说等等。历史仍是公正的。

(2 月 17 日)

关于汉字改革

一天来写卡片,看《万象》第3期,首篇内容重要,介绍对于世界多种文化的趋同与冲突,结论:应多元化。《为汉字说句话》一文认为,20世纪的"汉字拼音化"走入一个误区,汉字不能废,也废不了,这是对的;不过作者用语过苛,说主张拼音化的人(包括鲁迅、钱玄同、瞿秋白)为"废灭汉字",用一"灭"字,直欲将主张改革者判为大罪。其实,改革者的初衷不过是忧国忧民,为普通老百姓着想,并非与汉字有仇——他们本身的古汉语修养很高,主张改革非从个人利益出发,为公而非为私。从今日看来,过激也不过是历史上的认识问题。现在尽可以根据今日的认识妥善处理,何必咬牙切齿哉?

(3月10日)

1972届工农兵学员返校

参加1972届工农兵学员返校纪念。上午8:30,车来接,然后到学校南门外,照相许久,再到新大楼开会。1972届毕业生来人不少,大家发言,我也回忆与1972届同学相处的情况,特别是1973年师生同去林县参观石板岩供销社,同上险道,张献忠拉我上一悬崖峭壁,在垂直石壁上,仅凿有连续台阶形之狭窄小路直通山上;上山行经"王相岩"等处,最后下山时,完全是垂直一条小路,俯视下面房屋历历可数,实则上下一二里之遥——现已不记当时如何下山(今天毫无可能)。

会后在一招会餐,与万伯翱临座,畅谈甚久。他已写电视剧《冬皇》,以著名坤伶须生孟小冬为题材。我谈构思很好,难题有三:1. 孟与梅早年关系如何处理(他说梅家有意见);2. 女主演难找,须为能唱须生之年轻漂亮女演员(孟小冬年轻时很漂亮,多人追逐);3. 得有好导演。他说还得有人赞助,需20亿!我说:那只好找大款。

(3月30日)

注释《特洛勒斯与克丽西达》

在对《特洛勒斯与克丽西达》一剧注释、细读过程中,我逐渐感觉到希腊一方倾全国之力围攻特洛伊,有"以大压小,以强凌弱"的架势;而特洛伊一方作为一个小国,能顶住这种"泰山压顶"之势,实际上是远古时代的一个被侵略国家。而赫克托在大军压境、兵临城下之际,仍到希腊军营做客,谈话不卑不亢,具有弱国外交使者的庄严风度;而最后阿喀琉斯在战场上乘他休息、手无寸铁时,丝毫不顾骑士道德,把他残杀,实在卑鄙可耻。特洛伊战争最后之结果,令人有悲怆之感。我的同情在特洛伊一方。

当然,帕里斯是一个浪荡王子,他的放荡行为,给他自己的国家造成毁灭的悲剧。

(4 月 4 日)

赫克托之死

卡片做到《特洛勒斯与克丽西达》第五幕,悲剧氛围愈来愈浓重——赫克托之死是一个正直、老实人的悲剧,他拒绝了妻子、妹妹和父母的劝阻,一定要去打仗,只是因为他和敌方希腊人"有约在先"。他一点也不想他的生死与他的国家的存亡密切相关,他也不想想敌方希腊人如何狡诈阴险。在战场上,他的死敌阿喀琉斯却趁他卸下盔甲休息时,群起攻之,把他杀死。

赫克托

看到此处,我的同情完全放在赫克托和特洛伊一方,觉得后来特洛勒斯趁阿喀琉斯露出自己的弱点(脚踵)时,把他射死,实属报应!

好人不可像宋襄公那样,对坏人讲"蠢猪似的道德"。对于坏人、歹人、小人,要敢于说"No!"

(5 月 1 日)

莎剧语言难题及其解决

莎剧中难题甚多。莎翁自己才华横溢，文不加点，挥洒自如，但挥洒之后，却苦了后人，难明其意。多亏18世纪以来历代学者从各个方面钻研，尽可能把一个个难题弄懂——但也有一部分阐释只是一种近似的揣测，因而在对于cruxes的解释方面，英、美、德学者各持己见，未能完全一致。遇到此处，为中国学生学习方便，我只能采取一种"兼收并蓄"的态度，为读者提供参考资料，并提出一个大致可行的"说法"。

（5月4日）

《基督教之基础》

《基督教之基础》书影

《南方周末》发表翻译家叶启芳的事迹，看后将他译的考茨基所著《基督教之基础》一书从架上取下，除细读导言部分，又将1961年间读此书之眉批复阅一遍，才知当时曾对此书相当认真地读过，并购读《马克思恩格斯论宗教》、恩格斯《论原始基督教史》和英国马克思主义关于宗教的论著，有意用历史唯物主义观点研究《圣经》及基督教历史——这也是讲授、编写英国文学史的工作需要。但今则无此精力矣。

（5月5日）

读毛泽东文稿、书信手迹

晨醒，卧看《毛泽东手迹·文稿卷》中他在辽沈战役时致林彪的电文，高瞻远瞩、高屋建瓴，于战略战术、攻锦一战之重要性，三种可能，如何打法，结果如何，巨细无遗，真是历史伟人的大手笔。

学生时代读《大众哲学》，仅知其名词和少数概念，后来读毛泽东军事著作，才稍稍懂得什么叫"辩证法"。

（5月12日）

最近几个晚上,临睡时贪看毛泽东手迹的"文稿"和"书信"两种。诗词方面,"文革"中大致看过,但文稿、书信过去简直见不到,所以如今看到觉得有所启发。毛主席古文及古典文学造诣很深,故写信时游刃有余,而且又熟悉"五四"以来的白话文,所以白话文也有他自己的风格,像四卷中的不少文章,尤其是在解放战争中以中央发言人口气写的那些新华社评论,语言泼辣俏皮,一看就知道是他的手笔。怪不得胡适说:在中国共产党中,白话文写得最好的是毛泽东!

书信更见个性:收信人属于各个方面,用语和口气也各有微妙分别,距离愈远则用语愈客气礼貌,文言词句更多,亲近同志则用白话多,甚至带点家乡口语。不过,总的印象:用语无论文言白话,他总是坚守自己的原则,原则从不让步。这就是毛泽东——一位伟人。

又想起他在解放战争的作战电稿中,既讲一个战役的战略意义,又运用数学,计算各个野战军和各纵队在一年各歼灭多少蒋军之"旅"(3万人?),如此则可在5年时间取得全国胜利。将大局和局部的具体战果相结合,这是他的领导作风——比起王明等人的只说大话,截然不同。

(5月14日)

晚清奇才陈季同及其诗稿《学贾吟》

上大学时,曾读《孽海花》作者曾孟朴一文,述其撰写小说《鲁男子》经过,提到他学法国文学时曾受前清一驻法外交官"陈将军"指教。当时很想知道这位陈将军是谁,而曾语焉不详。直到20世纪末尾,才从《中华读书报》看到介绍这位陈季同将军的文章,并知道他在巴黎时与佛洛贝尔、左拉、法朗士都是朋友,这才解开谜团。最近在"淘书乐"发现他这部诗稿影印本,大为惊喜,赶快买来。翻阅中知他同治年间在左宗棠、沈葆桢所办马尾船政学堂习海军,与邓世昌同学,精通法文,出国担任驻法使馆参赞,以法文著书多种,介绍中国文化;回国为维新派人士。从诗稿可知其学贯中西,

陈 季 同

实为晚清奇才。古时士人幼读"四书五经",科举考试帖诗,清季新学兴,再学外文,宜乎其兼通中西,亦时势使然。今日又逢新旧交替转型,"时代英雄"安在哉?

(6月25日)

看《胡风三十万言书》

《胡风三十万言书》书影

准备写《我读鲁迅》,不禁取下湖北出的《胡风三十万言书》,翻看部分内容,再一次感到"用行政方式干预文艺创作"之可怕。细读了书前绿原所写长篇"导读",此文最后所提出结合当前我国文艺工作状况的"五个要点"十分精彩。

1993年5月在《世界文学》评奖会议上曾与绿原同桌聚餐,想跟他谈话,但没有找到机会,只跟叶水夫、高莽谈了关于肖洛霍夫的《静静的顿河》和乌尔贡的诗剧《太阳出来了》。

(6月28日)

购《鲁迅著作手稿全集》

傍晚,蕾蕾骑车到天府书店购《鲁迅著作手稿全集》归。夜翻读,共12册,宣纸影印线装,较精美,惜前期《呐喊》《彷徨》一篇也没有,到上海后杂文部分较多,似亦不全。鲁迅原稿,现分藏四处(北京、上海、国图、绍兴)。此集所印者仅为北京鲁博一家所藏。书为1999年出版,现已存放9年,书边及内页多处有黄色霉斑。夜晚为之失眠。决定将书退换。

(6月29日)

《假如鲁迅活着》

本想写《我读鲁迅》,看《假如鲁迅活着》。李普、邵燕祥之文很深刻。看后《我读鲁迅》一文暂不写,因牵涉一些复杂问题。但想将来某天一吐为快。

虽未写,但近日来读了一些有关鲁迅的文章,增加了认识。

大哉鲁迅!

(7月2日)

自 信

我敢说,在中国有志于攻读莎剧原著和钻研莎剧语言(以至于研究英语语言学)的人,将会从我们这部《英汉双解莎士比亚大词典》中找到非常丰富的语言资料——迄今为止还没有任何其他专书可以代替。这是我从合成"续编"中所深深感到的印象。而且我相信这句话并非凭空乱说,因为英国、美国、日本等国以及中国台湾、香港等地已有人或撰文、或表示肯定。20年的心血劳动没有白费。

工作到夜一点。

(7月26日)

看《鲁迅著作手稿全集》

晚看《鲁迅著作手稿全集》,仅翻阅第一卷,此卷多残稿,又多剪报及据影印件再复印者,颇遗憾。其中亦有精辟评论,稍见先生"五四"前后之思想光芒。惜者,先生前40年无人为之爱惜保存手稿,诸如《呐喊》《彷徨》《热风》《野草》等重要著作均无原稿留下。

先生自谦,不重视手迹,最后十多年,赖许广平照顾,才得保存原稿。因此,所谓"著作手稿全集"者,不过皆为最后十多年之手稿。

与此书相比,文物社所出之《鲁迅书信手稿全集》实在要好得多,印刷亦精美,只是没有用宣纸而已。或者我所购者为平装本,而另有线装本问世。该书系王冶秋任文物局长时所印。

编印鲁迅之书,对于先生的敬爱感情应为第一出发点。福建此书恐系趁20世纪之末想以此为赚钱之捷径,故奢言"全集",而选编未下大功夫,又不说明所据原件来源;在宣纸上印手迹,要求技术甚高,虽以专家王得厚为顾问,效果不甚理想。究竟如何,殊难言之。

但细察第二卷以后,照原件所影印者尚多,此可欣慰者。

既已买了,自当宝爱。

(7月29日)

知识分子的社会地位

自古以来,大概也包括外国,知识分子(或说"纯知识分子",即非宫廷、官场中的知识分子)在当代现实生活中多半处于边缘状态。在现实生活中,处于舞台上众人注目中心和 limelight 之中的都是显赫人物和时髦人物。知识分子所起的作用不在这里。知识分子的价值在于保存和发展精神文化,使精神文化得以维持、承传而不坠。可以给知识分子以安慰者仅在于此。

(8月9日)

莎剧中的释义多样性

"fair"作 *adj.*,有 42 条释义;"faith"作 *n.*,有 20 条释义。分析整理,颇费心力、时间。合并同类项(种种不同的释义),常常牵一挂二。

"grace"一词有 49 种释义,做到深夜,不知几点。

(8月20日)

看北京奥运会

连日来看北京奥运会比赛,我国获近 50 块金牌。张怡宁小将是最耀眼的明星,在激烈竞争中胜不骄、败不馁,始终保持精神镇静,真不容易！她才多大?

(8 月 22 日)

《报任安书》

心不得安静,则读司马迁《报任安书》。

(9 月 4 日)

写稿子发不出的感觉

写稿子发表不出去,就像女儿 30 岁还没有对象、儿子 40 岁还没有结婚一样心里堵得慌。

(9 月 20 日)

Shorter Oxford Dictionary(《牛津英语大词典简编》) 在莎翁词典中的用法

做卡片时:先遍搜群籍中关于每一个单词(短语)之释义,然后再与 *S. O. D.* 中的释义对照确定,并从 *S. O. D.* 中寻找诸书中未解之义。

合成时:以 *S. O. D.* 对于每一单词按 historical principles(历史演变)所排列之权威释义为线索,确定排列各种注释的线索和次序。简而言之,即双向过程: Various Definitions→*Shorter Oxford Dictionary*, *Shorter Oxford Dictionary*→Various Definitions;前者为搜集资料,后者为整理资料。

(9 月 30 日)

《周作人生平疑案》

翻阅王锡荣所编写的《周作人生平疑案》,一本资料综编,基本了解(特别是)周作人后半生的种种情况。今后关于他的事迹方面,可以不必再看其他书了。

周作人的散文和翻译,仍值得看。其附逆已是铁案。他对鲁迅的态度很坏。

(10月7日)

怀念冯亦代先生

看《冯亦代散文选集》,书为冯老所赠。从内容可知,冯老前半生实为一位文艺活动家和国际(中美)文化活动家,冯亦代先生也是在党(通过乔冠华等)指导下的进步作家和翻译家,但在 1957 年被划"右派"后,沉默了很久。"文革"过后,他是《读书》的主要创办者之一,写了许多散文和书话。《龙套集》是他早期作品。这本选集则是他"文革"后的作品,关于乔冠华、龚澎的文章,印象特别突出,还有小丁(丁聪)、董鼎山。读后,头脑中出现了关于冯亦代先生的回忆、怀念"意识流":

冯亦代先生

早在高中时代(1943—1944 年)看到冯亦代先生所译、重庆美学出版社出版的《守望莱茵河》(丽莲·海尔曼作)。这个由红岩烈士刘振美主持的小出版社所出的文学书,用土纸印刷,但有艺术家廖冰兄、黄茅、特伟所画的封面画。当时乔冠华正在《世界知识》《新华日报》上才华横溢地写他的国际评论。小丁的《阿 Q 正传》插图是在 1945 年出版,由成都刻工胥叔平雕版,附有茅盾的序。

1987 年,拙译《伊利亚随笔选》即将出版,看到冯先生所写《得益于兰姆》发表于《人民日报》。1988 年 5 月,《伊利亚随笔选》在京出书,因三联介绍,与冯先生初识。在三不老胡同的"听风楼"初见的场面:安娜老太太的美国口语极好听,梅绍武先生来了,想起了他那鼎鼎大名的父亲,不禁喊了一声"梅先生!"桌子上摆着董鼎山从美国寄的那本花面《伊利亚随笔》。谈到翻译兰姆,我说:"一个暑假就翻了《读书漫谈》和《退休者》这两篇文章!"他说:"那我先看这两篇!"

冯先生热情撰文,对《伊利亚随笔选》译本给以赞许,并与李文俊先生戏称他们在评价英国散文翻译方面是"保刘派"。二位的热诚令人感动。

安娜女士是在宋庆龄手下工作过的人,见过大世面,但待人极为慈祥和蔼……后来还曾在"听风楼"讨扰吃了一顿饭。谈到编莎氏词典的想法。她说:

"希望在有生之年看到！"

80年代末，突然收到从全国总工会寄来的讣告，惊悉安娜去世，给冯老写了一封信，表示悼念。

郑安娜女士毕业于浙大外文系，是三四十年代优秀的中国新女性。关于她，我想起莫洛亚的一句话："A lady of high culture is one of the most precious products of modern civilization."（一位拥有高度文化修养的女士是现代文明最宝贵的成果。）

1993年5月，在《世界文学》一次宴会上见到冯老一面。此后因为一些琐事找过冯老，他都给予无私的支持。

1997年，曾因到保定开会，赴京到冯老新居"七重天"拜访他和黄宗英女士。与黄宗英女士谈到赵丹的遗嘱"管得太具体，文艺没希望"，并对黄家兄弟姊妹表示佩服。当时黄宗英正忙着搜集关于印第安人源出中国北部的材料，我向她要一份复印件，后来在公共汽车上的拥挤当中，人都被"挤成了相片"（售票员说的），复印件连我的破皮包一同被小偷"顺"走了！

冯亦代先生逝世的消息，事后很久才从中国作协的《作家通讯》上看到，没有及时致悼，感到非常惭愧。现在写出这些断断续续的印象，表示深深的怀念。

（10月14日）

莎典合成中的疲劳

开始做"T"。"take"一词给我一个下马威：*vt.*，*vi.*，*vb.*，*refl.* 以及"phrases"，足有200个义项，做得浑身疲劳。

（10月20日）

杨宪益《译余偶拾》

《译余偶拾》书影

翻阅杨宪益《译余偶拾》,内容多为以古史与西籍结合,考证古代中西文化交流情况,学问不小。

感想:杨宪益的中外语言修养,中外知识之渊博,不在钱锺书之下。但钱有许多人捧他,特别是"文革"后夏志清一书传到大陆,名乃大著,加上哄抬,这才成为不得了的大人物。而杨宪益从抗战时期到解放后,一直埋头与夫人英译中国古书与《红楼梦》《鲁迅选集》等等,遂无如钱之显赫大名。二人才学应该相当。

(12月12日)

《周作人平议》

翻阅《周作人平议》一书大意:周作人当汉奸一事证据确凿,毫无疑义;但周作人在散文创作、思想启蒙及古希腊文学、日本文学翻译方面的贡献也不应抹杀,而应认真研究。

当今对于周作人的翻译和散文创作,搜集、整理用力最勤者,有北京的止庵——四川诗人沙鸥之子。

但我心中最敬爱者仍是鲁迅先生。周作人之文与译作可有时看看。——这可能与青年时代的感情有关。

(12月26日)

2009 年

诗词与书法合璧

晚,略看上海画家吴湖帆手书《佞宋词痕》,又看清末福建外交家和翻译家陈季同的手书诗集《学贾吟》。这都是从特价书店以半价买来看着玩的。今晚翻阅一些篇章,觉得很有兴味。二书都可以说是诗词与书法的合璧,有审美价值,偶尔翻翻,可得美感。陈季同尤其是晚清奇才。

(1月10日)

陈季同《跳月》诗

陈季同《跳月》一诗,颇欣赏苗族青年男女通过跳月而自由结合,认为在恋爱婚姻自由这方面,"中西相距三万里,言语不通服饰异,独于男女之大伦,跳舞合欢能一理"。

尽管如此,陈季同一生五娶,出国后,结发妻刘氏待在福建老家,他在巴黎连娶两个法国女子,一同回国,其一做了"诰命夫人",其二生一子后回法,他又纳了大李、小李两个小老婆——他显然在根子里还是一个老中国人。封建传统在中国是根深蒂固的。即使在今天,什么"二奶""情妇""三陪""四陪"等等仍是变相的三妻四妾。从电视报道上看,不仅"大腕""大款",连城乡一般老百姓中这种封建腐朽风气也似乎在"复辟"了。

(1月10日)

汪曾祺的语言

看《二十世纪中国文学史论》中《汪曾祺与现代汉语写作》,肯定汪曾祺对现代汉语(白话文)文学写作语言的特殊贡献,即以日常口语的说话方式,并糅进文言语气和民间文学表达方式,形成既明白晓畅又雅俗共赏的优美文学语言。

(1月23日)

王朔及其他

《二十世纪中国文学史论》中论王朔之文甚好,写出其本质、本性及意义。他是从"大院"中出来的"痞子"。

看过王朔论后,接着看关于阿城之文:幸亏青年作家并不都像王朔,阿城是一个具有高度文化修养的年轻人,他是钟惦棐的儿子,有家学渊源。

值得注意的是:中国已经有了一些(不算太少)的文人后代脱颖而出、成为人才,像叶圣陶的儿子、孙子,沙鸥的儿子止庵,彭子冈的儿子徐城北……他们并非是"痞子"!

(1月24日)

王安忆的新作

读关于王安忆的论文,稍知上海近来文风以怀念二三十年代"十里洋场"咖啡厅、舞厅之繁华为时尚,恰与近年北京以怀念"康乾盛世"与清朝宫廷为时尚相对——这是京派、海派的新发展。而王安忆新作渐注意描写上海的棚户区下层民众的纯朴人性,受到论者肯定。

(1月25日)

《二十世纪中国文学史论》读后

今天,基本读完《二十世纪中国文学史论》。书中的每篇论文都相当扎实、有分量。我看了感到兴趣的大部分。在寒假春节期间得到并读了这部书,对于丰富、提高关于20世纪中国文学的整体观念,是有好处的。同时,也感到自己知识之不足,特别是古书读得太少。这跟过去自以为"进步"、不读古书,以及50年代中期到1979年为止的政治遭遇都有关系。"不学无术"本是批评"不读书不看报"的官僚的用语,今天来看,应用到自己头上也很合适。现在,中外文书籍,渴望读的很多,但时间少,任务逼人,此一矛盾难以解决。

(1月29日)

看完作为《二十世纪中国文学史论》"引论"的《论二十世纪中国文学》一文。此文后附钱理群《困惑中的写作》作为说明。他说写上文时怀有80年代的理想主义,而90年代以后理想主义破灭,只感到有许多复杂的问题,等等。回想起来,我也有同感:"文革"过后,随着上边说的"三年一小变,五年一大变",

自己立刻忙着写剧本；在小说创作"井喷"的激励下，又写中篇《老牛行状》，即使临发表时被人压下，仍再鼓勇气写《书房的窗口》，直到1986年还不断修改；发表无望，才以游戏笔墨写了《天上飘过一朵白云》，作为无奈的结束。然后，安心吃"英文饭"，编教材，搞翻译。总之，80年代是浪漫主义的理想主义。此后20年则是苦行僧或"写经生"式地编莎士比亚大词典。大概中国知识分子在近30年都经历了这个"苦难的心灵历程"。

（1月30日）

住院琐记

下午，由急救车送到淮河医院，开始住院生活。

医师黄主任判断我的病是心脏病，腿肿，较严重。打三瓶吊针：两瓶活血化瘀，一瓶消炎。

入院来一直吸氧。

（3月5日）

今为入院第二天，上下午连打吊针，并发下新药，治"劳力型心绞痛及冠心病"。

（3月6日）

近两年工作过分紧张："续编"任务繁重不说，2008年又编"文集"，2009年元旦以来又编四本小书，迄无宁日。这也是引起"病变"之原因吧。

今天，把董桥《这一代的事》看完。有一篇文章说"不必把《唐诗三百首》从头到尾读完，免得乐趣变成负担"，此语甚切实。我今后读书也可如此。"少吃有味。"

（3月7日）

看《北京乎》一书编者姜德明的序言，一见鲁迅的名字，不由得眼中涌起了泪水：先生说他"吃的是草，挤出的是牛奶"，先生精神的乳汁，至今还养育着我们。

（3月9日）

续读《董西厢》

续看《董西厢》：这是从说唱故事的曲艺向戏剧发展的一种过渡性的戏曲形式，说唱者既以第三人称说唱故事情节，又代表每个人物自述思想感情，并且转述人物之间的对话和人物的内心独白。非常像苏州评弹。

（3月10日）

稍看《董西厢》。印象：凡到情节紧张处，人物情感激动高涨时，戏词即精彩动人（如普救寺贼情紧急，杜、孙战斗，贼退，老夫人悔婚），否则，叙述过程时则语言拖沓，啰唆交代过程，戏词多重复冗赘。

（3月11日）

《董西厢》后半部很精彩，写张生、莺莺心理活动细腻，类似意识流。"闹简"前后，戏剧性强，台词极好，既明白如画，又生动活泼，当时肯定全场轰动。

（3月12日）

午后，蕾蕾回家取物。我就"病桌"读《董西厢》。董解元实为西厢戏一大功臣，使《西厢》由小说诗词飞跃而为具有戏曲雏形之大部头说唱文学作品，情节丰富了许多，台词华美，虽间有拖沓重复，但绝妙佳句甚多，可谓古时白话说唱文学的一大杰作。王实甫在这个基础上，再飞跃升华一步，便升华成为千古绝唱。遗憾的是民间戏曲受人鄙视，这位重要戏剧家竟连名字也没有留下来。

《董西厢》的最大贡献是把思想内容从元稹《莺莺传》中卑鄙的"始乱终弃"的主题，提高到青年男女"两情相悦"真心相爱、争取恋爱婚姻自由的水平，戏剧性、语言艺术也提高一大步。

《董西厢》，已具备现今《西厢》剧情的整体内容，只是有些地方情节尚拖沓、语言还粗糙，有待王实甫再加工提高。

古汉语中，把名词用作及物动词一例："（莺莺）愿则以汝妻之。"（《伯夷列传》："左右欲兵之。"）

（3月14日）

每天上午打吊针大小四瓶，困卧床上，打完最后一瓶时，不由大喊一句："困煞俺英雄也！"接唱《薛礼叹目》四句："在月下惊碎了英雄虎胆，念家乡思故土不能团圆；我与那尉迟帅无仇无冤，苦苦的要害我所为哪般？"

细思：今后上午打针，下午散步，均可以背诵唐诗消磨时间，否则一分一秒地熬，则是苦事。背诗最好。

《王西厢》"长亭送别"一场"碧云天，黄花地"唱词，自《董西厢》采取一些词句，使之腾飞成千古绝唱。《董西厢》"送别"中莺莺的唱词缠绵悱恻，也很感人。

《董西厢》，"长亭送别"之后，反复累赘，描述张生赴京、莺莺留蒲，两地相思、爱极生疑，应为合乎情理，但反复叙述，词句重复，稍嫌冗赘。然待郑恒出现，突然前来提亲，卑琐小人几乎用谗言破坏珙莺婚姻，波澜顿起，形成最后一个戏剧性高潮（climax）。（但前一部分似当精简。）

（3月15日）

金元戏曲语言有极其天真可爱处，如莺莺台词："孤寒时节，教俺且充个张嫂；甚富贵后，教别人受郡号；刚待不烦恼呵，吁的一声仆地气运倒。"

类似语言很多。

《董西厢》在思想内容方面形成一个大飞跃，即彻底抛弃了元稹《莺莺传》中"始乱终弃"的主题，而正大光明地歌颂了张生、莺莺这一对青年男女的真挚爱情，并且在全剧中始终维护莺莺作为封建体制下一个弱女子的纯洁个性和爱情权利，毫无封建文人对女子的酸腐态度。这一点非常可贵。

读《董西厢》毕。构思：小议《董西厢》在戏曲史上的价值和地位。

（3月16日）

工人阶级的友爱

《普通劳动人民》："他们也许不识一个字，没有读过高深的理论，言语朴素，说不出什么大道理。但他们保持着中国人民朴素的做人道德，不因一时的政治需要而肆意扭曲基本的人性，不因上层人的挑动而格外欺凌手无缚鸡之力的受害弱者。"我想起,当我上山下乡时,为贫下中农挑水,当我挑着120斤的两只水桶摔倒在结冰溜滑的井台上滚下来时,两个手握大权的人,仅仅鄙夷地丢下一句嘲笑的话。而1974年夏天在洛阳拖拉机厂,学开车床时,穿凉鞋的双脚不小心踩上了车出的铁屑,工人师傅马上搀我到医疗室包扎。相比之下,我才真正体会到什么是工人阶级的友爱!

(3月17日)

读《西厢》——作为译莎之一项准备

晚9时,蕾蕾自寓携明版《王西厢》(上海古籍出版社影印本)及金批《西厢》,可作为今后若干时间内之病房消愁解闷之妙品。于灯下,翻阅明版《王西厢》,图文俱美,赏心悦目,摩挲久之,爱不释手。

(3月18日)

看《王西厢》,系明何璧刊本,与金圣叹批之文本不同。看来《西厢》也有复杂的版本问题。寓所有中山大学王季思注本,文本应该更妥善。

(3月20日)

看《王西厢》语言美极,几乎使人目不暇接,怪不得金圣叹说它是天地所造的至文。如果《董西厢》是对于《莺莺传》和《商调蝶恋花》的一次思想和艺术的飞跃,那么《王西厢》便是对西厢题材的一次最高的升华,前无古人,后无来者。
蕾蕾下午回寓,带来王季思编注之王实甫《西厢记》。

(3月21日)

王季思校注之《王西厢》字体太小,无法阅读,只能待后放大复印后再看。好在目前只是粗读,以后还要对王、董二书细细下功夫阅读、摘记——作为译莎之一项准备也。

(3月22日)

《西厢记》语言虽美,但很多词句并不好懂,毕竟是八百年前金元时代的北方汉语。

锦心绣口,绝妙好词。此书相见恨晚。中国读书识字人,若一辈子没有读过《西厢记》,正如不读《石头记》,实在枉为人也。

(3月23日)

近两三天,打吊针时听京戏《西厢记》等录音。对叶盛兰的小生唱腔很欣赏,张君秋有两段唱腔("你去对那张生讲""碧云天,黄花地,西风紧,北雁南翔")极好。但打击乐器太响。

(3月26日)

打针中,听京剧《西厢记》。据我外行人感觉,此剧似非叶、张、杜最佳代表作。叶盛兰的杰作是《罗成叫关》,《白门楼》,《柳荫记》一段"西皮原板"和《白蛇传》一段"四平调";张君秋的杰作是《玉堂春》《望江亭》等,在《西厢记》中则"你去对那张生讲"一段委婉动人,"碧云天,黄花地"一段可称为"绝唱";杜近芳在《西厢记》中演红娘,很下功夫,很卖力气,但花旦似非其长。她好像工青衣(?)。《柳荫记》中有些唱段在"文革"前曾人人传唱。

读《王西厢》。第五折以"大团圆"结尾,虽然思想性落后于前四折,但还有些好词句,特别"愿天下有情的都成了眷属"是全剧的画龙点睛之笔。

(3月28日)

读口述文学《吕荧的历史悲剧》

下午,读完口述文学《吕荧的历史悲剧》。这篇口述文学通过吕荧的老同学、老朋友、同事,对立者和学生、工人作家以及劳改难友的口述,从多方面、多角度提供了一个具体、全面的吕荧的一生写照,既包括他在文学创作、文学评论、文学翻译方面的成就,也包含了他性格中的优点和缺点,他在"反胡风运动"中惊世骇俗的举动(照出了其他人人格的渺小,包括那些赫赫有名、炙手可热的人物)。他的惨死使我感到震撼。当时(在上海曾在书店看他的一本文艺评论和美学论文集的后记中所写的他死后的情况)不忍卒读,竟连书也未买。

(3月30日)

《西厢记》，千年来传唱不绝——是世界文化史的一个奇迹

录金代普救寺崔莺莺故居诗偈——

普救寺莺莺故居

（金世宗大定年间 1161—1173 蒲州副使王仲通作）

东风门巷日悠哉，

翠袂云裾挽不回。

无据塞鸿沉信息，

为谁江燕自归来。

花飞小院愁红雨，

春老西厢锁绿苔。

我恐返魂窥宋玉，

墙头乱眼窃怜才。

（金章宗四年）泰和甲子（1204 年）冬至前三日河东县令王文蔚命工匠刻石。

看来《西厢》崔、张故事，从元稹《莺莺传》，经过北宋赵令畤《商调蝶恋花》、董解元《诸宫调西厢记》、王实甫《西厢记》……一直到田汉改编的京剧《西厢记》，一千年来，传唱不绝，从一篇三千字的、思想境界不高的小说，不断随着时代的进步而发展，成为一部中国戏曲史上的最受人喜爱的作品。这是世界文化史的一个奇迹。

中国文化史上，奇迹甚多，不胜枚举，而且三千年来，文学、艺术传统一直贯穿下来，远非英美可比。

（3 月 31 日）

《英汉双解莎士比亚大词典》编余建议（Outline）

1. 编过这部莎翁词典，首先一个感觉是：莎剧语言博深，千变万化，是一个

需要不断钻研的宝库。经过 18 世纪以来 300 多年英、美、德等国专家的诠释和校勘，莎剧的大部分用词已有一个基本明确的解释。但也不能不指出：还有一小部分 cruxes，至今很难解释，还需要继续钻研、阐释，这是全世界莎学研究者的共同任务。

2. 从目前来看，在 19、20 世纪以来所出版的莎翁辞书当中，德国学者 A. Schmidt 所编 *Shakespeare Lexicon* 一书最为详尽，至今仍然有用。

在近 20 年的工作中，深感莎氏语言之灵活多变、丰富多彩，也体会到莎剧情节之丝丝入扣，个人心情也随着剧中人物的喜怒哀乐而波动，而浮想联翩。终于悟到了一点：中国需要莎士比亚，莎士比亚也需要中国！

（4 月 3 日）

读《石头记》之感

《石头记》一开卷便觉精彩、细致动人。晚，接看，真好。

（4 月 11 日）

看《石头记》，表面上，写的人、事在情在理，无非日常琐事，但细想，对日常琐事仅仅"实话实说"还不是艺术，关键在于"实话巧说"，而这个"巧"里面学问很大，全靠作者之才、之学。

不仅写得好，还不觉得作者玩什么技巧，并没有故作惊人、故意炫示学问，而只觉得完全自自然然。一故作什么姿态，就显得在"做文章"，而这种"文章"只能是二三流甚至不入流。

（4 月 13 日）

稍看甲戌本《石头记》。

甲戌本《石头记》题诗

浮生着甚苦奔忙，

盛席华筵终散场；

悲喜千般同幻渺，

古今一梦尽荒唐；

漫言红袖啼痕重，

更有情痴抱恨长；

字字看来皆是血，

十年辛苦不寻常。

（4 月 21 日）

关于中国学生阅读莎剧原文的建议

1. 读莎剧原著，不像读小说，更不像读畅销通俗小说，可以一目十行，一口气顺流而下。一开始，应该经历一个细心钻研的过程，就是说：必须先逐字逐句地钻研原文。刚开始可能是比较陌生的、艰苦的。因此需要从个人兴趣出发，先选一个对内容兴趣浓厚的剧本，逐字逐句地细读，可以准备一个笔记，记下难词难句，查阅有关参考书、工具书、详尽的注释本。用这个办法，读了三五本之后，就可以摸索到自己阅读莎剧的方法，培养起阅读莎剧的兴趣。以后则渐渐登堂入室。

2. 莎学的范围广泛，更是博大精深。初学者最好先从欣赏入手，加深培养自己的兴趣爱好。如果发现自己确有研究莎剧的决心，则应在欣赏的基础上加强学习，进一步阅读国外的莎学专著，包括莎翁传记、莎剧版本研究、莎剧评论名著、莎剧演出史等等，以丰富提高个人的莎学修养。

3. 莎剧翻译是另一门专业，译莎必须与研究并行，不可草率从事。这就是说，首先自己要对莎剧研究有素，同时也必须具备相当的中外文化修养，同时具备有娴熟的中文写作水平。由于莎剧是诗剧，译者最好自己是诗人，起码对写诗有一定经验，这样才能译出有一定水平的莎剧中译本。总之，不可草率从事。

（4 月 26 日）

我是个文学的苦力

为写文章而读《金蔷薇》，再次被这本书迷住，写文章倒成了次要。

文学啊,文学啊!我是个文学的苦力,永远没有希望得到缪斯的垂青,但仍然苦苦地为她劳动!

(5月8日)

莎士比亚的历史剧未可低估

1. 最出名:

Henry IV, Part One & Two; *Henry V*; *Richard III*

2. 各有其长:

Richard II; *King John*; *Henry VIII*

3. 稍逊风骚:

Henry VI, Part One, Two & Three

(5月16日)

"就戏论戏"看看在莎剧中的历史人物

戏毕竟是戏,而不是在严格意义上的真实历史。首先,写历史人物的戏即使不是"戏说",也总把历史材料戏剧化。剧作家总把历史材料取其所需、摘其所要,再加上一些具有戏剧效果的"噱头",这就是不免和历史的本来面目有了一定距离。如果剧作者先入为主地有些"看法","主题先行",那更会影响他笔下人物的形象以及这种形象在观众和读者当中的印象。

例如,如果光从安东尼(Antony)来看,好像只有安东尼才是"不爱江山爱美人"的英雄,其实据历史材料,恺撒(Caesar)和那位不苟言笑的青年皇帝奥克泰维斯(Octavius)在男女关系上也都是很有些"生活问题"的。

此外,据历史材料,克莉奥佩特拉(Cleopatra)和安东尼的关系也远非文学家和剧作家写的那样罗曼蒂克!

关于这一方面,我的朋友李文俊先生有一篇专文(《妇女画廊》)写得很好。

因此莎氏所写的乃是通过莎氏的眼睛和心所看、所想的,又通过他的手所写下的历史人物。

我们还是"就戏论戏"看看在莎剧中的历史人物吧!

孙大雨先生与卞之琳先生译本比较后之余论

要论欣赏诗意，可读孙大雨先生译，要拿它当演出脚本，恐怕很难。然而卞之琳先生译的可演出性，已由孙道临在为英国 Lawrence Olivier《哈姆雷特》的配音中试验过而且获得了成功。

我希望，今后若有哪个剧院想演一下《亨利四世》，可以拿吴兴华译本当作脚本，那是个很好的译本。不过这部历史剧很难演。《亨利四世》写的两个人物：一个是福斯塔夫（Falstaff），一个是亨利四世（H. Ⅳ）。Falstaff 是个极复杂的人物；H. Ⅳ也不简单，他在韬光养晦的时期，是一个表面上吊儿郎当、内心城府甚深的"高干子弟"。要把人物多棱角、多方面的性格通过舞台剧完美地表现出来，也很难，要下很大功夫。

（5月16日）

两人的主张都值得学习

下午，再看《万象》中陈乐民之文。他的四次思想转变方向与王元化的四次反思不同：陈似为以"西"纠"中国传统"之失，而王似为挖掘"中国传统"之"优"之"美"——这是我的体会，不一定准确。（王不承认他是"文化保存主义"。）无论如何，两人的主张都值得学习。

（6月11日）

读马雅可夫斯基

马雅可夫斯基是我青年时代所喜爱的诗人之一，寒斋现有"文革"后人民文学出版社所出的选集第一、二卷，第一卷为十月革命前后的短诗选辑，第二卷为长诗，但无《列宁》。长诗《列宁》，我另有 1950 年代的直排版。关于此诗的翻译，老译者余振与新译者飞白在 80 年代曾有一场争论，颇激烈，各为自己的译本辩护，可不赘。我所藏者为余振译本。

本打算看马雅可夫斯基的自传《我自己》，竟把选集中第一卷一大半诗歌看了一天。马雅可夫斯基是真挚热情的十月革命歌手，一位真正的诗人。他不仅歌颂革命，也对钻进胜利后苏联官场的小人深恶痛绝，并同情受欺凌的下层弱者。他最好的一部诗是《列宁》。我对他的诗仍然欣赏。

（6月20日）

马雅可夫斯基像一

一天中，看法国女作家蔼尔莎·特里沃雷的《马雅可夫斯基小传》。蔼尔莎是俄国人，她姐姐是马雅可夫斯基的密友，她同马雅可夫斯基也是好友。十月革命后，她到法国，与革命诗人阿拉贡相爱，阿拉贡为她写了一部诗集《蔼尔莎的眼睛》，她本人也成为法国著名作家。《马雅可夫斯基小传》是她晚年的一本回忆录——可以说是一把了解这位诗人的钥匙。像这样的知己朋友实在难得——不要说女性的，男性的又去哪里找？

被马雅可夫斯基所吸引。

从马雅可夫斯基，我悟到：当诗歌或文学出现"新潮"派别时，往往社会上有了什么变化或弊端，被诗人或作家敏锐感知到。采取一种诗人表现形式，创作出新的作品。Mayakovsky，O. Wilde，T. S. Eliot，W. Auden 莫不如此。你对其中哪一位可以不欣赏，但需理解。

一个人欣赏、喜爱什么作品，那是他自己的自由。

（6月21日）

像马雅可夫斯基这样黑白分明、眼睛揉不得一粒沙子的诗人，在中国恐怕难以生存。他讽刺官僚主义的每一篇诗，都足以划"右派"。他在37岁时，在1930年自杀，大概也正好，因为此后苏联即开始"大清洗""大肃反"，要找他的麻烦很容易。正如艾青说的："诗人干预生活，生活也干预诗人。"

另外，如果马雅可夫斯基1930年不死，活到苏联解体，也

马雅可夫斯基像二 不过90岁，看到他在《放声歌唱》中所歌颂的社会主义祖国一

夜之间崩溃,不知该多么痛心疾首!

(6 月 22 日)

读《我自己》。看来,一个人一辈子成为什么人,是从小时候,至迟在 20 岁以前决定了的。那时候,基础("原始积累")、方向已经定了。

读完《我自己》,印象加深了,很有启发——包括对于个人写作,甚至创作。

(6 月 23 日)

蕾蕾从家里把 1953 年所购的《列宁》带到病房,翻到过去所画的记号,看了恍有隔世之感。当时读这部长诗的激赏,还能记起,今天再读就添了一层感慨——诗人所热情歌颂的苏联已不存在了!

再读长诗《列宁》。由于节奏急促,读得紧张。

十月革命后的苏联,受 14 国武装干涉,残酷的内战,以非人的努力打退内外敌人,刚刚保住政权,饥饿与瘟疫又造成大批死亡,不得已转入新经济政策。国力稍稍恢复,列宁即因 1918 年遇刺的枪伤逝世——他走得太早了——留下一个党内斗争激烈的党。尽管建设成绩不小,最后却终于解体。这一历史悲剧,谁来总结? 无知者幸灾乐祸,有识者暗自唏嘘。

(6 月 24 日)

《好!》这部长诗,回顾十月革命的历程,并写到内战结束后的新经济政策和建设,也穿插着诗人自己的生活——他在革命中的艰苦日子里,个人生活也很艰苦,大概靠着稿费,他才能不断出国。他对十月革命的参与是作为歌手、文艺工作者(创作诗画《罗斯窗》)。同时他也在热烈地恋爱着(先是蔼尔莎,后是莉莉)。他是一个职业诗人。

马雅可夫斯基的主要辉煌成就在于与十月革命同步歌唱革命之进行,一旦转入和平建设,似乎与他那如火如荼的热情有点"生分",也许有人就不太欣赏他的诗歌风格——这也许是他感到失落以致自杀的原因吧? 时代变了,他感到被冷落了。

(6 月 25 日)

读高尔基回忆录和文学写照

读高尔基《回忆安德烈耶夫》。安德烈耶夫有天才,但思想颓废、酗酒。二人人生观不同,但是好朋友。高尔基尽量爱护着他,防止他堕落——但终于分手。

(6月26日)

读高尔基的回忆录《列宁》。有些部分像政论,但整体是文学写照。列宁的伟大在于他权力极大、威望崇高,但毫无自私自利之心,大家尊崇他出于自然,绝非他有意引导。

《列宁》一文包含许多智慧闪光,虽然主要属于列宁,但有些地方也属于高尔基。高尔基关于"肃反"的一些说法并不错——在"群众运动必然合理"的借口下,有些心术不正的小人或愚昧者往往干出一些残暴的事。事后追悔莫及。

高尔基回忆录《列宁》

(6月28日)

读高尔基写托尔斯泰的"文学写照"。他写列宁,主要关于政治、革命、人民、俄国的命运;他写托尔斯泰,主要关于文学、艺术、思想、农民、女人等等,几乎无所不包。

高尔基写列宁那一篇,在十月革命之后,直到1930年。他对自己1918—1919年的"错误"表示忏悔,肯定列宁的正确,对于普列汉诺夫和孟什维克们用了讽刺的笔法,但有一句结论:普列汉诺夫摧毁了一个旧社会,而列宁建立起一个新社会(但这个新社会被列宁的后继者弄糟了)。

两部作品都是不朽之作,引人思索不已。

(6月29日)

读书的"意识流":打算写个人回忆片段,想读点轻松的回忆录——挪威漫画家古尔布朗生的《童年与故乡》——马雅可夫斯基女朋友蔼尔莎·特里沃雷写的《马雅可夫斯基小传》——马雅可夫斯基的回忆录《我自己》——马雅可夫斯基的长诗《列宁》和《好!》——高尔基写的回忆录《列夫·托尔斯泰》——想读托尔斯泰长女 Alexandra 写的回忆录 *The Tragedy of Tolstoy*——今后想读 *War and Peace*——*Pushkin*——*Gogol*——*Chekhov* 等等。

(6 月 30 日)

《重读鲁迅》

《重读鲁迅》大致看完。这是一本鲁迅小说、杂文、诗的精选,加上深刻的解说,主要是朱正编写——也可说是朱正有关鲁迅的一本新著作。读了这本书,对中国的历史、中国的社会风气以及中国诸色人等的特点都有所会心,也对苏联的实况有所了解,并因而对中国的近几十年、今日的现实的认识有所启发。

(7 月 4 日)

写　散　文

写散文很奇妙——拉出提纲,甚至只写出一个题目,顺着题目或提纲慢慢想,就像从蚕茧上一点一点抽丝,抽出一条一条思絮,铺排开就是一篇文章。当然,写完后还要修改一两次。

(7 月 26 日)

看并注《董西厢》

看并注《董西厢》,据《元曲释词》。金元戏曲语言,与莎剧语言类似,都属于早期近代语言——似懂似不懂,不查专门书是不能真懂的。

(8 月 8 日)

《元曲释词》书影

元曲语言,上接先秦,中连唐宋,下抵明清,并有少部分遗留于现代汉语。这种特点,亦类似莎剧语言之尚有古英语孑遗,保留中古英语词汇,大量为早期近代英语用语,但仍有少部分遗留于现代英语之中。这种类似很有可比性,有心人下功夫,可写一专门论文甚至专著。但我则无此工夫矣。

(8月13日)

近日酷热,以部分时间读《董西厢》,边查边看,渐入佳境。金元戏曲语言有极雅处,也有极俗处,对于当时口语,往往随音造字,同音假借通转,猛然一看,不知所云,既懂之后,恍然大悟,也很有趣。遗憾者,还有不少词语失注。《元曲释词》已很详细,但仍有缺失。因此,有些词句只能领会其大意,而找不到确解。这与莎剧语言是相仿的。莎剧中有些 cruxes(难题),至今国外通人也找不到解释,也只能略知大意。

(8月15日)

写诗与读诗

病房偶得

淅沥秋雨湿窗台,
往事依依萦我怀;
力攀关山陇头上,
畅读诗文蜀江湄;
自幼病多幸无灾,
及老否极当泰来;
唯有一事心自知,
韶年绮梦梦中回。

(8月17日)

一首小诗,经两天三夜才得基本写定,可见我诗思枯窘。我本不会诗,无论新旧。几十年来,偶有所感,只管乱写,四声不分,平仄不调,打油而已。但也费去我不少时间和脑筋。只当作练笔吧,因为在写诗过程中,对于每一个字都要反复推敲——从语言的通顺、音韵的协调以及贴切表达个人真情实感等方面动动脑筋。我对自己写诗,不抱什么幻想。但读读诗(包括中文新体旧体,英文诗或者汉译外国诗),仍是好的——读诗还要坚持下去,保持这一从高中时代起养成的好习惯。

(8月19日)

《俄罗斯散文百年》

读《俄罗斯散文百年》中果戈理谈普希金("民族诗人"),屠格涅夫谈别林斯基("本时代思想的代表""正直而激烈的人")二文。

俄罗斯文学令人激动。

又看高尔基回忆叶赛宁——对邓肯写得不大客气。又看托尔斯泰的大女儿的回忆片段,很有趣,看得我不断大笑。但有的回忆录看起来费劲,如Pasternak 和 Blok 写的。

阿赫玛托娃回忆录中有一句话对我很有启发,即:写回忆录不必面面俱到、有经历见闻必录,而应写自己记忆中最深刻的人、事、感受。因为人的记忆并不像"年谱"或"正传"。这话很对。

看 Akhmatov 的《自传随笔》,引起我关于父亲、母亲、儿时、姐姐、从洛阳到十中、雪中访友四十里等的回忆——想写回忆录。

(8月29—30日)

浮 想 联 翩

晨醒,想起刘绍祖兄,一个憨厚的榆林人(蒙族)——我在十中时为他刻过一个木刻像(据人说"像"),1989 年时,到北京他家,拼命让我吃肉,还送我四本英文书。理工大学教授,北大毕业。在十中时,我们同是"北海文艺社"成员。

又想起个人的童年,姐姐是一位灰暗中的光明天使。姐姐你在哪里?

丢掉了木刻,有点可惜。当时刻过清水人、背背篓拾柴的小孩、驴子、郊景,刻过三个人的像:刘绍祖,于型镂,李成钟——后者是物理老师,我被开除后,他介绍我给他的西北大学同学赵某,凤翔流亡学生收容所的教导主任,我才有一个落脚处。

（9月1日）

每天都应有新的工作，新的希望，新的追求。

（9月2日）

如果说，发表文章、出版著译是人生中的亮点，种种病灾则是人生中的暗礁。亮点是以预防和绕过暗礁为基础的，不处理好暗礁，亮点也就无从出现。

晚，重读关于克莱喀先生的两篇文章（夏目漱石和 E. V. Lucas 写的），仍深受感动。不知他那莎士比亚词典原稿究竟保存在哪里？如果竟然遗失那就太可惜，太对不起这位老莎学家了。

（9月3日）

读《阿 Q 正传》

上午，将《阿 Q 正传》看了一遍。感想：

1. 中国的传统社会和习惯势力是一种无形但又无所不在的牢笼，将所有的人都限制住，摆脱不得。

2. 权势者、阔人和老百姓界限分明，无法逾越，弱势群体处在最下层，尤其可怜。

3. 阿 Q 这样的人固然可鄙可气，但他无论怎样，也冲不破命运，即使真"革命"了，"革命"胜利了，仍不会有更好的命运，很可能的倒是做了"革命"的牺牲品。

4. "大团圆"中所提到看客的"豺狼一般的眼睛"很可怕。那也像鲁迅在另外地方所写到的"无物之阵"，时聚时散，时隐时现，随时变化着形态，但又时时跟定了弱者：有时凶神恶煞，要人的命；有时又和和气气，带着难测的笑容，但这笑容另有诡诈的目的。这次读《阿 Q 正传》，我感到不寒而栗：过去中国的知识分子所遭受的正是阿 Q 的命运。金克木教授把自己比作孔乙己，孔乙己正是一个阿 Q 式的知识分子。

（9月4日）

一 件 小 事

武汉一女人李春兰骗钱，第一次骗得巨款，第二次再骗，杀死一个乞丐，作为骗钱手段。案发，被判死刑。电视上，此人侃侃而谈，非常理智。但她做的事却是疯狂。

（9月7日）

一种落后的社会心理

一种社会心理：自己害了病，希望别人也害病；自己倒霉也希望别人倒霉。别人有什么好事，总想法把它破坏掉，特别是把它"扼杀在摇篮之中"；实在破坏不掉，就从其他方面来使他不愉快，"腌臜他"！——这是国民性一种落后的表现。

（9月9日）

换 书 小 记

前天，在"浪淘沙"买了一本《侯宝林珍藏民国笑话》，中华书局出版，原以为应很精彩，可备平时烦闷时消遣。但买回一看，实系其子根据他生前所藏之笑话书目，重新收集、复印者，虽云1000多篇，实则杂乱无章，且多庸俗内容，留在书房，便成累赘。因让蕾蕾拿去加钱，换来《俄罗斯文学百年：小说卷》及《战争与和平》，小老板不大高兴，说"下不为例"，但终于换掉。对此我很满意。《俄罗斯文学百年：小说卷》选得精粹，译者多为名家如水夫、草婴等，第一篇为水夫所译普希金之《驿站长》，一读就有一股清新之气，传达出普希金的优美风格。《战争与和平》则系刘辽

《驿站长》（普希金著）

逸所译。刘氏一家都是俄文专家，其父刘泽荣为俄语界元老，曾主编《俄语大词典》，而刘辽逸、刘媛娜兄妹均系俄国文学翻译名家。人文社的主编称刘之《战争与和平》译本为其所自豪之出版业绩。总之，此一换书，我很高兴，为近日一快。

（9月11日）

读俄罗斯小说引起的种种联想

普希金的《驿站长》写得何等简练,一点多余的东西也没有!

读高尔基《草原上》。想起来,这是巴金译的《草原故事》中的一篇,全书薄薄一小本,还是我在高二时读过的。但那时只读了《马加尔·因达》一篇,还在班上朗诵。这说明那时我欣赏的是浪漫主义的作品,其他还有普希金的《茨冈》、屠格涅夫的《初恋》、歌德的《少年维特的烦恼》,以及莎士比亚的《罗密欧与朱丽叶》。高中时代是我的"浪漫主义时期"。到上大学时,仍继续了一段时间,除莎剧、《金库诗选》中伊丽莎白时代的抒情诗、彭斯外,还有《雪莱传》,对我影响较大。

但大学时代,除了这些,还读了英文圣经、法朗士、英国散文,兴趣稍杂了。不过从行动上,尤其是感情上,还是 Romantic 的。

我的思想,受文学书影响很大。理论虽也喜欢读,但不占决定性的地位,这大概是我的一个性格特点。周老师说过我"重感情"。

高尔基《草原上》的内容很冷酷,把人性挖掘到灵魂深处——人性其实是人性与兽性交织的。和平安定时期,人性占主流;战争、饥饿、危难、求偶等特殊时期,则兽性就要抬头。

万先生晚年看金元时代的历史和 60 年代的"内部读物"时曾对我感慨地说:"人类是不安静的动物。"

上大学时,读过高尔基另外两篇写流浪汉和下层穷人的小说《我的旅伴》《二十六男和一女》,印象很深。但当时并不特别喜欢。人年轻时心高气盛,不太愿意接受人生中暗淡、冷酷的东西,而愿意接受浪漫情调的东西。其实,浪漫主义代表人的希望、理想,并不能代表实际生活,只是一种"乌托邦"。就说爱情婚姻,在实际生活中,真正浪漫美满的由爱情结合的婚姻能够有多大比例? 即使一开始是恋爱结婚,婚后的生活仍然是"散文",而不是"诗"。大多数人的婚姻生活都是平淡的甚至乏味的——完成一种人生的义务。不幸的婚姻更不必说。

然而,不到一定年龄,体会不到这一点。

耿济之译过高尔基的一大本《俄罗斯浪游散记》(开明书店出版),1947—1948 年见过,想必是写高尔基做流浪汉时的生活,一部流浪汉小说集。可惜当时连看也没有看。这本书现在怕是不好找了。今后当注意看看高尔基的这些中短篇,写的是真实的下层生活,可与中国相比。

读《外套》。这是从高中时代到现在第三次读,而且是一个字一个字地念。前两次读的是未名社韦素园的译本,这次读的似乎是现在一位年轻译者的译文,感到忠实于原文,但似乎没有韦素园译本那种"含泪微笑"的味道。小说结尾,巴什马奇金的鬼魂扒掉那个装腔作势的大人物身上的外套,很解气,要不然,就太憋气了。就是这一股气,最后导致了十月革命;但是苏联的解体,又引人不得不沉思。

(9 月 12 日)

周汝昌和黄永玉

昨天,看 CCTV－3 播放的"80 后"的两个青年作家对周汝昌和黄永玉的访谈。对周汝昌性格的总结是:痴迷、执着、希望;对黄永玉一生的概括是:成功、真实、天赋。我觉得,对周的总结,特别是"痴迷"与"执着",很恰当。对黄的总结,仅把"成功"放在首位则不好,因为黄永玉的道路是很曲折坎坷的,成就来之不易,天赋自然很高而且特殊(少数民族的特殊天赋),但他是靠艰苦自学而成为艺术家和作家的,并非侥幸而成。但现在的年轻人急功近利,只看一个人的成功,而不大注意成功背后的艰辛。黄永玉说了一句话,大有意义:"今后不会再有我这样的人了,时代(或社会)不同了!"岂止不会再有黄永玉,也不会再有整整一代两代的从旧社会过来的或有辉煌成就,或默默无闻的老知识分子。——剩下来是什么人呢? 除了"沉默的大多数",便是汲汲于蝇头小利的庸人,狡猾如狐狸的钻营者,以及(像刑事案件中所看到的)丧失人性、心狠手辣的豺狼和野蛮无知的暴徒。这是很可悲的。

《玛加尔的梦》

看科洛连柯的《玛加尔的梦》新译文。寓所有周作人译文单行本，一直未读。这篇小中篇似用寓言象征手法描写西伯利亚大森林中一个苦命人的一生，我应该赞赏，但看时并不很喜爱，不知是因内容本身或因译文。就译文而言，用词文雅而稍雕琢，似与西伯利亚冻土地带的赤贫农民生活不大调和。我更欣赏周作人那种稍带涩味而耐咀嚼的译文风格。且待回寓时再读读周作人的译本吧。

（9月13日）

看 电 视

昨晚看电视，看得头昏。其实并没有多少好节目，只有北京台《大讲堂》，讲蒋介石手下的重臣大将，陈诚、白崇禧、杨永泰等等，讲得比较实事求是，谈他们的优点长处、厉害之处，并非"酒囊饭袋"。蒋介石拥有这一批厉害人物，而仍被毛泽东打败，只能怪他自己刚愎自用，在战略上犯了大错误。特别是解放战争，共产党以110万军队、小米加步枪与800万美式装备的国民党正规部队作战，竟在两三年把蒋介石赶到台湾。真是人类战争史上的一个奇迹。不管是写成小说或编成剧本，都是一部辉煌的史诗。

从《大讲堂》中我消除一个误解：过去传说邓演达是陈诚出卖给蒋介石的，但实际上陈诚和邓演达是好朋友甚至师生关系，邓被捕后，陈向蒋求情，蒋杀邓后，陈是"擦了眼泪"才忍下去的。这使我想起：斯大林"肃反"时，要杀加伦将军（布留核尔），加伦将军在北伐战争时曾是蒋介石的顾问，蒋念及旧谊为加伦将军求情（最后还是被杀）。再坏的人，心灵中总还有那么一点人性、感情，并不是完全漆黑一团。

近年来，电视上不断放映"谍战"的节目，包括电视剧和纪录片，内容则牵涉到不同历史时期和各个方面，特别是抗日战争前后共产国际、中共谍报人员与日本特务、国民党特工之间的复杂矛盾斗争，解放战争时期国共之间的谍战，还有个别近期的隐蔽斗争，如台湾"民进党""台独分子"的间谍曾来大陆活动；特别惊心动魄的还有前些年放映的刘少奇访问印度尼西亚时国特对他的暗杀活动及其失败。今天山东台则放映《延安除奸》(日本特务和国特在延安的活动)。这样大量的放映,好像是暗示"居安思危"的教育吧?中国老百姓才过了几天安生日子,不要再发生什么乱子吧!这是我的衷心愿望。

(9 月 14 日)

读海涅散文

看钱锺书译海涅精印本《〈堂·吉诃德〉引言》。海涅散文包括论文,我很爱读。他的论文也带浓厚的抒情风格,富有诗意——是诗人的文风。徐志摩的散文亦然,但更飘逸、任性。

(9 月 23 日)

突然对海涅的散文发生很大兴趣。我是从读《英吉利片段》(茅盾译)而开始喜爱他的散文。他的散文活泼生动。想今后专抽一段时间,逐句诵读。倘能找到英译本,更好。"文革"前,曾从 Harvard Classics 抄下海涅的精印本《〈堂·吉诃德〉序言》英译文。

(9 月 23 日)

读赫兹利特的莎剧评论

读赫兹利特论莎士比亚之文。赫兹利特的风格大致晓畅明朗,但有时也带点学者或教师气味,而海涅的文章完全没有学究气,完全是诗人作风。因此,我觉得海涅的散文更自然,一派天真,更潇洒。

(9 月 24 日)

看赫兹利特论哈姆雷特。收获是,明确了英国浪漫派把莎士比亚主要看作一位伟大的戏剧诗人,认为他的戏剧更适合阅读,而不适宜于舞台演出,因为演出只能表现其外层故事皮毛,而细心阅读才能体会出他的微言大义。

(9 月 26 日)

看舞台剧和电影不能代替读剧本及原著

英国的浪漫派作家一致认为莎士比亚的戏剧,特别是悲剧,不适合在舞台上演出,因为他的剧本中的思想内涵太丰富、太深刻,而舞台上的表演只能表现出一些皮毛。兰姆认为李尔王没法演,赫兹利特认为"哈姆雷特这个人物本身就似乎是没法演的"。以此类推,我们的贾宝玉又怎么样呢?他既痴爱着林黛玉,又把他的一片痴情撒给一切美丽的女性,甚至画中的标致女孩儿。他是"情"字的化身,但又是一个活生生的人物。所以有人说,没有哪个演员能演好贾宝玉。我们甚至可以说,话剧、电影、电视无法把文学经典中的人物的多棱角、多方面的性格完美地表现出来,因为成千上万的读者把自己的思想、感情、想象都寄托在他(她)们身上了,并且他们还随着时代的发展而发展。

然而,既然是戏剧,观众仍然盼望看到莎士比亚的戏剧能在舞台上演出。

这就是说,看电视剧《红楼梦》是不能代替对《红楼梦》原著的阅读的,正如要欣赏《西厢记》一剧的丰富思想、感情内涵,不能只看戏曲《红娘》,而要认认真真阅读王实甫《西厢记》中那"天地之至文"。

(9 月 28 日)

夜梦红楼梦大会

昨夜梦见(好像在北京)开红楼梦大会,群贤毕至,商讨并编定曹雪芹原稿真本。我仅作为外行者旁听旁观。会后,看见有些红学爱好者(或专家)把删落的片片段段再加检视,似恋恋不舍。梦中大会的气氛极为热烈,我亦兴奋不已。写这段日记,可谓"痴人说梦"。

(9 月 29 日)

我 的 早 餐

多天来早餐以豆沫、水煎包子为食。豆沫尚好,有豆香味;水煎包子则永远以韭菜、粉条作馅,用极少油略煎、浇水蒸熟,状似一小青蛙,每晨吃 8 个,无好处可言,塞饱肚子而已。我在汴已住 52 年,过去爱上街吃猪头肉、喝羊肉汤。今则二者均不宜于我,曾改为喝胡辣汤,而胡辣汤中有胡椒,我有喉炎忌辛辣之物,遂改为豆沫。但长期吃一种食物,又嫌单调。蕾蕾爱吃点心,而甜食又于我不宜。上海之生煎馒头和小馄饨甚好,千里迢迢,何以致之? 人一老,吃喝拉撒睡、衣食住行,均牵涉种种问题,很难想一万全之策,随环境条件顺其自然而已。

读 杜 诗

读杜甫怀李白诗,几欲泪下。古人情真意厚,今人无此真情,只知金钱万能。

（9 月 30 日）

学 者

昨夜到今天,读《读书》第 10 期中的种种文章,觉得写剑桥大学 800 周年的那篇文章很好。写到在市场经济条件下学者的边缘化并非坏事,倒是好事,因为可以从此摆脱权和钱的腐蚀、污染,使学者在潜心研究中保持一方净土——当然清苦是必然的。其实,这对学者也并无损失,因为学者什么时候也没有处于社会舞台的中心。在中国,相当长时期中,尤其在"文革"时,他们不过是被权势利用的工具,而且真正有价值的"学术成果"也贫乏得可怜。现在则可以放弃幻想,做自己能做、该做的事,为社会、为祖国、为人类作一点贡献。这不是很好吗?

（10 月 8 日）

活 着

活得很苦、很累。但还是要努力地活下去,因为还想做些事,至少也要读点书。苦——在于病,累——在于不易:读书写文都不易。读元曲,要查《元曲释词》;写文章要费心去构思、修改。但这也就是"活着"。

（10 月 10 日）

杂文作家何满子逝世

何满子逝世。他是我最佩服的当代三位杂文家之一（另外两位是邵燕祥、朱正）。我一直想在上海能够拜访他。

夜晚,对《随笔》所载纪念何满子的文章再读一遍。

"自由平等的国家,不是一群奴才建造得起来的。"（胡适）

（10月23日）

电 视 之 患

国庆以来,一直困于电视之中。但看电视,就如进入一个庞大超市,种种货物,品类繁多,令人心摇神驰,目不暇接,不知选购哪一种才好;加之声音嘈杂,使人无端精神兴奋,心情激动不得安静,即使不大想看,也要胡乱看下去,把时间在这种不安定状态中熬过去。这就是电视之患。

（10月27日）

作家张承志

张承志是一个有特殊性格的作家和学者。他是回族,对伊斯兰教有深入的研究,特别是"哲舍忍耶"。新著是关于日本、中日关系和中国前途的。我注意到他,首先是因为他尊敬鲁迅,"再致先生"而不名——说明尊敬到了服膺的程度。他的《心灵史》震撼人心。这样严肃认真思考的作家,现在很少了。何满子也死了。

（11月9日）

谈 生 日

昨夜写日记,方悟是我生日。我生日为阴历十月十一,以阳历计,则为11月12日。不过我自12岁即流亡在外,又加经历坎坷,向无"生日""祝寿"概念,故亦毫不觉得"生日"与"平日"有何不同也。但自今年患心衰后，特别是今冬，晨起后觉得胸口稍有憋闷，必稍坐片刻，俟气息停匀后，才能正常行动。此则异于往时者也。既来之则安之而已。

（11 月 13 日）

谈海涅《论浪漫派》

读海涅《论浪漫派》。论中对施莱格尔极尽嘲弄之能事。有一种说法：浪漫主义有向前看与向后看之分，向后看者怀念中世纪的古老生活方式，向前看者则憧憬未来更合理的生活方式。海涅说施莱格尔早年以新潮代表自居，为青年所向往，而晚年又皈依天主教，向国王求取勋章荣耀，成了落后势力的追随者。——这大概也是新潮人物的一种宿命，如"五四"后的有些新潮人物，固不独外国为然也。

海涅的散文写得何等好啊！——特别是他论歌德、塞万提斯、"幽默的讽刺"、《堂·吉诃德》那一段。

（11 月 16 日）

我的"原始积累"

回顾自己走过的路，我醒悟：我是由"五四"以来的新文化、新文学所哺育的——抗日战争时期的进步文艺加上"五四"新文化的影响，这就是我自己的原始积累。以后的一切由此而发展下来。

（11 月 18 日）

编 插 图

为书编插图，"工种"虽轻松，仍须认真从事。图与文必须紧密配合，一也；图须尽量好看，二也；数量不可太少，亦不宜过多，三也。此为编排插图之道。

（11 月 19 日）

Young and Old

When I was young,"吃喝拉撒睡"算得了什么？听之任之、随遇而安而已！但是，When I become old，吃、喝、拉、撒、睡，以及其他种种生活琐事、生活习惯，都变成了必须重视的大事，一有不慎，就构成了生存的障碍。岂可不慎乎？——今天早饭后大便顺利，坐而书此可笑之感想。

（11 月 20 日）

美国学者戴福士

美国学者戴福士在 20 世纪 80 年代初来汴，曾一见并通信。他研究明末农民起义，我当时写《红娘子》剧本，兴趣接近，互相交流，我以《红娘子》剧稿复印件赠他，他送我他写的英文论文（在 Harvard，*Institute of Asiatic Studies* 发表），我还用英文写过一篇评论史实、传说、历史形成的文章赠他。此后二十多年来未再联系。前几天，有人突然同他来病房找我，又不说明是他，被我拒绝（以为随便带来一个我不认识的人）。事后才知是他。戴福士此次来汴，是为河大孔子学院讲学。理应一见，略谈彼此研究情况（虽然我已不搞"李闯王"研究了），也算病房一乐。遂再联系，并表示歉意。

《红娘子》剧本

另外，河南研究"李岩问题"者，尚有河南社科院栾星，著有《甲申史商》。他说他与戴福士也有联系。

下午 2 时许，戴福士来，谈李自成与"李岩问题"，一直谈到 5 点钟。

"李岩问题"，扩大来说，实际上是一个中国知识分子的命运问题。

（11 月 24 日）

昨天与戴福士谈李岩等问题，余兴未尽。今晨醒来后，又接茬浮想联翩，主要是在想李岩其人是否真实存在。想起 20 世纪 80 年代在《历史研究》上有一场争论，"Yes party"认其有，"No party"认其无；"No party"的根据是郑廉的《豫变纪略》，言之凿凿，但"Yes party"提出"闯王进京"后一个亲历者的记载说是确有这么一个"李将军"——我认为这条材料相当重要，不能随便推翻。至于戴昨天提出的民权方面新发现的《李氏家谱》，记载李岩、李牟、李精白等人都参加了李自成起义，我则不敢轻信，因为近些年制造"新古董""新热点"成风，拉一个有名人物可为本地增光，开发旅游资源。另外，栾星认为"李岩系由李闯王派生出来的传说人物"、将二李混同，我昨天已向戴表示不同意此说，因为二李之间差距太大：从家庭出身，李自成是穷人，李岩是富家子弟；从后来的身份讲，李自成是"闯王"，李岩是他手下的人，而且非其亲信（刘宗敏、牛金星才是），都不可能混为一谈。

如果栾星听他祖母说"李公子造反"确是从明末一代一代传下来的民间传说，倒还能证明李岩确有其人，因为从杞县传到洛阳（栾是洛阳人），距离较近；而从陕北传到洛阳则太遥远。

偶因昨天谈话，引起这些思绪。

戴福士说他要组织人翻译我的剧本《红娘子》，我答应他。如果真能译出来，也算是一个纪念吧。

（11 月 25 日）

听蒙曼讲唐玄宗、杨贵妃

蒙曼讲唐玄宗与杨贵妃。感觉不如过去她讲武则天和"红粉时代"，因为她把李隆基有众多嫔妃（仅能生儿女的妃子就两千人，另有宫女上万！）称为"多情"！身为女人，一点女权观念也没有，似有封建意识、吹捧皇帝之嫌。又因《唐诗三百首》开头有他一首诗，就说他诗写得好，其实老舍早就说过：不知道他那首诗好在哪里？李白、杜甫等诗人出现归功于他，其实他不过把李白当作身边弄臣，对杜甫更是冷淡。杜甫对他献"三大礼赋"，他毫无响应。至于"明君贤臣"，李林甫、杨国忠都是他手下的亲信大臣，哪里谈得上"明君贤臣"？安史之乱是他失政所酿成的。待到安禄山攻陷洛阳、兵临潼关，他胡乱派出太监冤杀守将封常清、逼迫哥舒翰含泪出战，以致潼关失陷，他仓皇逃到四川。这时他已是昏君了。说他是大玩家，倒是真的，开了后来李后主、宋徽宗的路子。

人一成功，往往口不择言，说一些不该说的话。

我不希望蒙曼如此。因为我听她讲武则天、"红粉时代"时很欣赏她讲课之风：泼辣、生动、有趣。希望她保持优点，不往胡说八道方面发展。

（12月7日）

读诗与写诗

岁云暮矣。

工作之余，略翻郭沫若、田汉、郁达夫、刘大白旧体诗集。各人对旧学有根底，故写旧体诗词游刃有余。要写这种诗，早年基础最关键，过了那段时间，补不起来，勉强写旧体诗词必事倍功半，出力不讨好。我从小学到大学，根本没有学过平仄四声，只偶读《唐诗三百首》，多半在病中吟哦一下。想学学，是从1957年后到"文革"当中，心情苦闷，想抒发一下。但实在不会写，写的也根本算不上什么。近些年来，因病背诵了二三十首杜诗七律，才比葫芦画瓢，诌那么几首，打油而已。主要因为成都老友小董，多次来信寄书催我回信，不得不诌三四首"七律"，算是回信。——如此而已。这就是我的"写诗经历"。

（12月28日）

两位河南女怪才

河南（大概是豫西）出了两位女怪才。一位出了一本书，研究成都"三星堆"：从"三星堆"谈到嵩县的方言中"一、四、五、六、十"诸字都带有一个特殊音素，念成"约""索""洛""铄"，直谈到古代山东的"东夷"，结论为，"三星堆人"是外来民族，并实指为古代阿拉伯一带的人，因而嵩县土著和古代东夷人均属这一个外来民族的支系。另一位女才子则用河南人的口吻写了两本史论或史话，一曰《我们挨打了》，写鸦片战争；二曰《我们又挨打了》，写八国联军。最后则用河南老农民的一句土话来概括说明清朝统治者的昏聩和愚蠢："宁挨整砖，不挨半截砖！"读来叫人哭笑不得。

你可以不同意她们的意见，但你不能不承认她们的说法有新意、有锐气。这表明年轻人在从旧框框解放出来之后，开始真正动脑筋了，独立思考了——这才是最重要的。

以上只是笼统印象，因为我只是在书店中站着看了个大意，连二位作者的名字也没有记住。不过她们语气之泼辣、语言之生动、立论之独特，给我留下深刻的印象。

（2月31日）

2010 年
元 旦 琐 记

《建国大业》拍得令人失望——太零碎，缺乏一个统一的风格，许多名演员好像是在凑热闹，也许"大兵团作战"，个人使不上劲。除了唐国强。只有少数几位演员给人留下印象，如许晴演的宋庆龄有大家风范。张国立演的蒋介石不像，也不精彩。只能看作一个"赶任务"式的戏。

（1月2日）

听京戏《四郎探母》。李海燕演萧太后，上场那一段程派唱腔极为好听。此剧的艺术性在于各种角色行当齐全（除净角外）。

（1月3日）

翻阅《一氓序跋》——作者是一位有学问的老干部，早年为创造社老社员，参加过南昌起义，抗战后在苏北工作，读书涉猎甚广，又精于书画古书鉴赏。从其文章，觉得他性格通达，交游很广。新时期以来，思想亦较开明，由陈云推荐，负责古籍善本鉴定工作。

（1月5日）

时间对人既厚道又吝啬：如果你看重它，珍惜它，它就会赐给你一批"成果"；如果你把它不当一回事，任意抛弃，那么它就让你"一无所有"，空空如也。这是毫不含糊的。

我之所以现在还有一点点成果，原因很简单：近30年我总算没有浪费时间。

（1月7日）

莎剧《泰特斯·安德洛尼克斯》

在编 *Titus Andronicus*（《泰特斯·安德洛尼克斯》）一剧卡片中，有两点突出感想：

1. 这部剧本写坏人之恶毒狡诈，令人感到震撼。从其刻画之深刻且有真实感来看，这应该是莎翁一部杰作。不能因其主题为 blood and revenge（流血与复仇），就否定它的成就，因为让人看到坏人之毒辣阴险，足以引起世人的警惕性，有益于世道人心。

因此，这应是莎翁之作无疑（此剧在1623年第一对开本中第一次出现），而且是一部好戏。

2.《泰特斯·安德洛尼克斯》一剧使我想起京戏《姚期》，泰特斯本人像是姚期一类的中国古代的忠勇武将，有大将风范，正直而对国家忠心耿耿，但被奸臣、小人所谗毁，被昏君陷入冤案。在此剧中，除泰特斯及其子女外，昏君、奸妃、毒辣小人、无赖纨绔，角色齐全，因而故事情节更惊心动魄。

（1月8日）

《泰特斯》一剧刻画的坏人之阴险、恶毒、狡诈、残暴、不择手段，无人性，入骨三分。世上竟有这样的人，比禽兽更可怕。一边做卡片，一边从莎剧语言中体会人物性格，这比看影视深刻得多。

（1月31日）

《〈红楼梦〉悟语》

昨今两天，一直看《万象》2007—2008年所登刘再复关于《红楼梦》的"悟语"100则。于四大名著中，他最推崇《红楼梦》，而对《水浒传》《三国演义》则有反感。但他所说的《红楼梦》乃是包括高鹗续书的120回本，而非仅有80回的《石头记》，认为高续中有败笔（让宝玉中举），也有妙笔（结尾）。120回本我还未读，将来再慢慢看。不过我也不想做什么"红学家"。

（2月14日）

刘再复的红楼悟语(哲学方面),大致言之,他认为贾宝玉的种种言行,即代表曹雪芹的思想感情,而红楼要义在于:充分肯定超越功名、富贵、权力、地位等的人的本然、本质,"率性为命";而人间世界,女儿为天地精华所在。《红楼梦》可说是一部歌颂青春少女之书。因此,它也是五四运动提倡人性解放、妇女解放之先驱。至于曹雪芹的思想,儒、释、道的成分都有,但他从儒家所取是孔孟的元典,而非宋明理学中的"礼教"(三纲五常,三从四德,"饿死事小,失节事大");受老庄("柔弱胜刚强""齐物论")影响很大,但中心则是佛教的"大慈悲"和禅家的"顿悟"。

刘再复认为,中国文化应以女娲为根源、以《红楼梦》为代表。他批判《水浒传》的杀人造反、"厌女症"和《三国演义》的权术、阴谋。"少不看水浒,老不看三国。"——则是中国老百姓对二书所表示的警惕。

对于这些看法,我大致赞同。

(2月15日)

春节期间琐记

看电影《风声》,大意:抗日人士暗杀汉奸和鬼子军官,引起上海日本宪兵司令部和汪伪"76号"的震惊,"风声鹤唳,草木皆兵",为查"老鬼"和"老枪","76号"内部互相怀疑,自相残杀,中共地下党员顾晓兰(周迅饰)为掩护同志,牺牲自己。日本投降后宪兵头子武田在归国时,也被真正的"枪手"(打入敌人内部为"吴大队长")刺杀。

我因眼花、耳背,看不清字幕,也听不清对话,只看个大意。此片为今年元旦时的"贺岁片",能春节期间在 TV 屏幕放映,靠某公司赞助,来之不易,因而被我俩特别重视。

(2月19日)

看《读书》第2期,聂华苓,读她抗日战争时唱《流亡曲》联想个人当时的流亡生活,失眠。我这一生,真正的生活是从抗战之初开始的。感慨良多。倘细细回忆,当可写出一系列回忆文字,甚至一部小说。但恐无此精力矣!

昨夜,想写一篇《河大校内外的食堂、饭店和小吃摊》,进行了一些构思,但冷静下来,又觉此文内容牵涉甚多,饮馔之道非我所长,几十年吃饭,果腹而已!所以,写不写还不一定。大概不写。其他题材尽多。

(2月23日)

Titus Andronicus(《泰特斯·安德洛尼克斯》)是一出大悲剧。忠臣义士、无辜少女,被昏君的宠妃、阴谋小人、花花公子集体陷害,情节令人不忍卒读;最后报仇,消灭了一群坏人,父女也付出生命代价。虽是一出血腥复仇剧,但莎翁写得有声有色,艺术水平甚高。一面做卡片,一面感到惊心动魄。

(2月27日)

读《从苏联到俄罗斯》

读蓝英年、朱正合著《从苏联到俄罗斯》书中《镜子中的历史——百年间苏俄政治、文化与中国》长文,甚有启发。过去对苏联真实情况,知之甚少。读《联共(布)党史简明教程》时虽对"大清洗"有些疑问,长期不得解决,但又接受瞿秋白所译高尔基政论集中的观点,以苏联为中国之榜样,认为"大清洗"或为个别错案,竟不知还有这许多黑幕!

"物必内腐而后虫生之。"斯大林之暴政,经济措施是强迫命令,与美国争霸权而拼命发展核武器,以致农

《从苏联到俄罗斯》书影

业凋敝、生活物资短缺,丧失人心,造成一夜之间分崩离析,谁致之欲? 主政者不得辞其咎。其教训亦足为中国人借鉴。"秦人不暇自哀,而后人哀之。"

(3月7日)

《两个高贵的亲戚》和《爱德华三世》

今天开始 *Two Noble Kinsmen*(《两个高贵的亲戚》)的工作,看了有关此剧的中英文材料,以便了解剧情等等。

这个剧本在过去长时间未被当作莎翁之作,不过近现代学者已渐取得一致意见,认为剧本的 2/5 为莎氏手笔,而 3/5 为 John Fletcher(约翰·佛莱彻)所写。但是时至今日,哪怕莎士比亚的一个签名都成了宝贝,写了两幕的剧本更是宝贝了。

还有 *Edward III*(《爱德华三世》)一剧,尽管学者们找不出一句确为莎翁手笔,但由于剧情可与他的其他历史剧衔接,凑在一起便可构成一整套的历史剧连台本,因此已被收入美国的河滨版《莎士比亚全集》里了。因此,《爱德华三世》一剧的注释我也得做。

(3 月 14 日)

莎剧中鸟兽草木之名,查起来相当费事,但必须硬着头皮一一查出、写下。关键是必备各种字典,并耐心翻检。除此之外,别无出路。既已担此重任,只有坚持到底。

(3 月 18 日)

梦

老年的记忆,像尘封了几十年的旧箱子,一旦打开,千奇百怪的老箱底都翻腾出来了。有些是顺理成章的:对于母亲、姐姐、周老师、万老师的往时印象有时出现于梦中。大多则是旧时印象的碎片:小学时代、中学时代、大学时代唱过的歌曲的一两句片段,当然过去的青春偶像也会偶尔出现于梦中。1957 年到"文革"的恐怖印象则体现为噩梦:"你没有改造好,再划一次右派!"打入令人窒息的地道之中——不只一次出现。常做的梦还有:要去北京,总是走不到;或者从外地回开封,总是回不来,火车开到离开封不远的地方停下来;等等。最近,则不时涌到脑际一个人名、一句话,毫无道理,不着边际……也许是平时乱看书造成的"无用垃圾"！

（4 月 5 日）

托尔斯泰幼女的回忆录

一天内看托尔斯泰幼女 Alexandra（亚历山德拉）所写回忆录 *The Tragedy of Tolstoy*（《托尔斯泰的悲剧》）。通过其中一些章节，如 *1905, Conflict at Home*（《家中的冲突》）等，略知托翁对于日俄战争、1 月 9 日事件以及革命的看法。他是个和平主义者，既反对沙皇专制，也反对以暴力抗恶；但在复杂动荡的时代，也只能抱着善良的愿望而无可奈何眼看着事态的发展。从 *Conflict at Home*（《家中的冲突》），略知托翁老两口之间的矛盾，要而言之，托翁是理想主义者，总想对穷人、对大众做些好事，而老夫人 Sophia（索菲娅）却是现实主义者，不肯放弃经济利益，甚至向当地政府要求派兵镇压侵犯庄园利益的农民。这是二老矛盾激化以及老人最后出走的原因。另外，从亚历山德拉的短短记述中，可知托翁对 Chekhov（契诃夫）印象很好，只是不赞成他写剧本，而欣赏他的小说；而对 Gorky（高尔基），据亚历山德拉所说，关系有点勉强，双方接触并不那么融洽，不过他也承认高尔基写流浪汉的小说还好，后来关系好一些。这也难怪：一位是大贵族出身，一位是流浪汉出身，性格习气不可能很接近。不过从高尔基自己的回忆录来看，也并非尽如亚历山德拉所说的那样格格不入。托翁对高尔基说的话很不少，且很重要。

亚历山德拉对其母亲颇有微词，她是"父党"，她的两个哥哥是"母党"。但高尔基在回忆录中也为索菲娅辩护，说她保护了托尔斯泰少受那些"托尔斯泰主义者"们的干扰，他才能安安静静写他那些巨著。另外，托尔斯泰有一大家子人，花费很大，经济上没有人管，也不行。

亚历山德拉也如她钟爱的老爸那样，是个理想主义者，她认为财产、金钱都是小事，"Tolstoy is everything!"（托尔斯泰才是一切！）

（4 月 7 日）

昨晚睡下，突然文思勃发，想写一篇散文，《想起了托尔斯泰》，构思许久。今晨醒来，今天一天，写这篇散文的草稿。但写过之后，情绪又冷静下来，放下了。对托尔斯泰了解太少。

（4月9日）

老友于型篯

　　昨晚，与北京同学老友于型篯通话，谈约一小时，夜间睡在床上，口占得诗一首——

赠戈金（老友于型篯写诗之笔名）

　　　　诗人性豪迈，

　　　　颇有燕赵风；

　　　　忆昔陇山下，

　　　　同窗一相逢；

　　　　引吭高歌遣烦闷，

　　　　"生活泥流"困英雄；

　　　　二人共圆文学梦，

　　　　赤手空拳办《驼铃》；

　　　　油墨飘香小杂志，

　　　　甫庆创刊即告终；

　　　　我习木刻兴正浓，

　　　　曾为诗人雕尊容；

　　　　线条粗犷大写意，

　　　　似得三分算成功；

　　　　今日驼铃声远去，

　　　　雕刀依稀梦魂中；

　　　　何时共饮一杯酒，

　　　　笑对彼此白头翁？

（4月17日）

住院小感

昨天下午从寓所搬到校医院,夜晚好久没有入睡,浮想联翩,忽然想到1981—1982年,在上海西郊梅陇镇暂住那一段生活,感到怅然惘然:自己这么几十年好像一直是过着飘飘荡荡的日子,特点是不稳定、不确切、孤独、边缘化;想从爱情婚姻中找个落脚点,始终找不到;想从文学创作中找个安身立命之地,但费尽九牛二虎之力,成果却多被外界"使坏"所挫败,创作无望,只得靠英文搞翻译、编书,这才出了几本书。但这样的结果,身体健康严重受损,成为一个病人!

(4月20日)

读 法 朗 士

打吊针时,读 Anatole France:*Rabelais*(法朗士:《拉伯雷》)一书,很投入,对 France 和法国的人文主义思想传统稍有体会,甚至产生了对 France(法朗士)的书进一步读一批的想法,如 *Thais*(《泰绮思》)等。法国的优秀文化,思想解放、不教条化、明朗开放,能让人心情舒畅,何况法朗士文笔又非常优美!

法朗士像

(4月25日)

打吊针时间太长(11:00—17:00),仍看《拉伯雷》一书,颇感兴趣,甚至能启发创作自传小说或长篇回忆录的冲动。我初读法朗士在1947—1948年,徐蔚南译的《泰绮思》使我大受吸引,为之入迷:作者思想明朗开放,破除伪善、迷信、假正经,一也;语言优美动人,读之如尝珍馐,二也。当时想再找他的其他作品,只找到一本《在白石上》,为散文,内容不记。目前寒斋尚有他的三本小说:*Thais*(《泰绮思》),*Sylvester Bonnard*(《波纳尔之罪》),*Penguin Island*(《企鹅岛》)。倘有时间,以后再看。

(4月29日)

从法朗士的《拉伯雷》一书可以知道:拉伯雷的 *Gargantua and Pantagruel*

（《巨人传》）以滑稽的语言、夸张的人物和荒诞的情节，为宗教改革、文艺复兴、启蒙运动造舆论、开辟道路。拉伯雷以表面上"玩世不恭"或"佯狂"的态度，躲开宗教迫害，但实质上为宗教专制掘了坟墓。他是 Voltaire（伏尔泰）等启蒙思想家的先行者，也是文艺复兴中的巨人之一，与 Montaigne（蒙田）、Shakespeare（莎士比亚）、Cervantes（塞万提斯）并列。

（5月9日）

读法朗士的《拉伯雷》和拉伯雷的《巨人传》

文艺复兴是一个人类大觉醒的时代：人性复苏了，解放了，就要求了解一切，包括人自身的生理、心理、社会、大自然，求知欲无限扩展。《巨人传》所象征的就是这一现象——从 Gargantua 开给 Pantagruel 的书单看，学习的范围从希腊文、希伯来文、拉丁文起无所不包，正表示当时人渴望知识的巨大范围。现在明白了：所谓"巨人"，不是别的，就是有巨大潜力的人类自己，潜力发挥出来便是"巨人"。这是一个向上的时代，诞生了但丁、彼特拉克、薄伽丘、达·芬奇、拉斐尔、米开朗基罗、莎士比亚、塞万提斯、蒙田、拉伯雷等"巨人"。但这不过是人类巨大潜力发挥出来的冰山一角。更重要的是，人类的一个全新的时代开始了！

今日中国与文艺复兴时代相比，还处于一个落后状态：大部分老百姓还在追求温饱，知识的普及任务还很重。解放后的政治运动和"文化大革命"使人长期处于愚昧状态。与经济上好转的同时，官员的腐败现象蔓延，中国成为世界奢侈品消费大国只表现了社会发展方向的扭曲（几千万人民还在为温饱而苦苦挣扎！）。体制上的僵化，束缚着人的思想感情——中国人思想还没有真正解放，只是在拼命挣钱——这只是为了生存、为了过上小康生活，谈不到对知识的出自内心的追求，也就不会有"大师"，更不会有"巨人"！

也许恩格斯在《反杜林论》中所说的"巨人"，是从拉伯雷的《巨人传》中得到的启发。

（5月26日）

拉伯雷生活在"文艺复兴"的酝酿时代。在这个时代，人文主义者（humanists）同声相应、同气相求、互通有无、互相鼓励。但当时的社会又很复杂，天主教异端裁判所仍然存在，对新思想持有者虎视眈眈，人一旦被判为异端分子，即有被投入监狱和遭受酷刑的危险。处此险恶境遇，拉伯雷为了生存，不得不以医生为职业，并加入教派充任修士，靠此身份，托庇于国王、王后、主教、贵族、将军等上层人士之间，同时又通过拥护新思想的出版商出版自己的《巨人传》。但宗教裁判并未瞎眼，一直盯着他的书。遇到危险，有时

拉伯雷像

东躲西藏，有时又不得不把危险责任推到自己的出版商身上。所以法朗士说："We are cruel when afraid."（我们一害怕，也会冷酷。）

（5月29日）

《巨人传》书中最有趣的亮点：

1. 穷兵黩武、扩张领土的虚妄（国王与顾问的对话）。

2. Gargantua(高康大)给 Pantagruel(胖大官儿)开的学习计划。

3. Pantagruel(胖大官儿)与 Panurge(潘奴日)之间关于结婚的对话。

4. 惩罚羊贩子、惩罚齿蔷主教的故事。

5. 农夫与小鬼的故事。

为蕾蕾口译胖大官儿与潘奴日关于婚姻的对话，她听得哈哈大笑。拉伯雷诚所谓"活得成精"之人也！

婚 姻 问 题

婚姻为人类的"围城"现象，永远无法解开这个谜。中外古今雅俗文学作品，戏谑中往往离不开婚姻问题和男女之事。其实这往往是在男权社会中对女人的歧视。玩笑归玩笑，在历史事实和现实生活中，此类事的底层又往往是悲惨的案件或被迫害而死的女性——因为她们竟然不守"妇道"而"红杏出墙"。

（5月29日）

在灯下看上海译文所出《巨人传》译本序，作者非译者成钰亭，而是罗芃，不知何许人。序写得精练而有力，肯定拉伯雷为法国文艺复兴的代表人物之一（另一人为蒙田）；《巨人传》表达了人文主义思想的各个要点，而以"个性解放"

为核心。但序言写得像一篇短论,虽面面俱到,但缺乏具体分析——说不定是一篇"急就章"。

要了解拉伯雷其人和《巨人传》其书,还得看其他材料。

法朗士的《拉伯雷》一书就是一篇语言优美、文情并茂的"导读"。

Gargantua and Pantagruel(《巨人传》)有 17 世纪 Urquart Sir(埃卡尔特)英文译本。

(5 月 30 日)

巴赫金的《拉伯雷研究》

读巴赫金《拉伯雷研究》,其基本观点为:民间广场文化、谐谑文化、狂欢节文化,与官方文化相对立;前者是自由的、平等的、全民性的、无拘无束的,是人性的自然表现,而后者是从上而下所加的、等级森严的、统治阶级的、严肃的、压抑自然人性的。

拉伯雷与莎士比亚和塞万提斯有不少相似之处。可以从对比中得到互相启发。

巴赫金的语言常常反复重叠——也许跟他长期受压抑的精神状态有关。受压的人总渴望别人了解他,因而不断在心里重复着最想说出的话。——如郭沫若形容屈原那样的"印版语"。这样说,并非对巴赫金的不敬,而是出于同情。有时会被认为"怪"。其实这是一种常有的心理现象。

今天读《拉伯雷研究》40 页。长期以来,从没有这样刻苦读书。

(5 月 31 日)

上午,将巴赫金《拉伯雷研究》一书的前言部分和书后的"补充"匆匆看完。"补充"中根据他的"狂欢节文化"的基本观点,对莎剧《麦克白》《李尔王》《奥赛罗》中的人物、剧情有所分析。"前言"中谈到文艺复兴以降的法、英小说[Stendhal(司汤达)、Balzac(巴尔扎克)、Hugo(雨果)、Dickens(狄更斯)等],倘不受"怪诞现实主义"影响,则必流于自然主义和庸俗化,仔细想想,颇有见地。试想 Dickens 的小说中倘无怪诞因素,我们就将看不到 Mrs. Copperfield(科波菲尔夫人)、Mr. Nicauber(密考伯先生)、Mr. Pickwick(匹克威克先生)、Sam

Weller(山姆·威勒),以及许多性格有点古怪的人物,那么 Dickens(狄更斯)还有什么看头?

(6月1日)

拉伯雷的《巨人传》全书出版于1564年——恰是莎士比亚诞生之年。他在1552年后去世,确切日期不明——法朗士如是说。

(6月3日)

法朗士的《拉伯雷》今晚读完,兴犹未尽,缀数语于书尾。

1.《巨人传》结尾处归结为一句话:"Drink water from the fountain of knowledge and attain to wisdom."巨人实指从中世纪黑暗中解放了的人的潜力,而人通过学习知识、获得智慧,则力大无穷。概括了从文艺复兴到启蒙运动的全过程。这是拉伯雷的伟大预见。

2.读《巨人传》的部分章节——主要是法朗士书中所引用的英文译本精彩片段。发现 Urquart(埃卡尔特)的译文颇似英国钦定本圣经(A. V.)的文体,与莎士比亚也相近,所以读来亲切。

3.拉伯雷的《巨人传》是一部充满欢笑、同时又富有哲理的书,应该像读《堂·吉诃德》那样从头到尾细细攻读。假如我在1960年前后能得到它,我会在最苦恼的时候把它当作开心解闷、抚慰我心灵的最好读物!回想起来,那几年我读的书都太沉重了。

4.拉伯雷是一位有大智、大勇的思想家和杰出的作家。他具备文艺复兴时代的全面知识,从希腊文、希伯来文、拉丁文到医学解剖学、天文、地理、植物学等等。他精通医术,是当时的名医,通过治病救人赢得上层贵族、高级教士以至国王的好感。但他的思想属于宗教改革派和人文主义者,这在当时属于异端,因此顽固的天主教会一直在盯着他,而一些愚昧顽固的修士们(hobgoblins)也时时伺机揭发陷害他,要把他置于死地。但拉伯雷靠他的机智,靠他平时的人缘,在万分紧急之中总有贵族、上层教士以至国王为他缓解、保护他,他才免遭火刑之灾——但出版他的书的好友出版商还是在巴黎惨遭火刑,在这件事上,拉伯雷为了自保,也做了一件不光彩的事,即:推卸责任,说是该出版商未得他的允许,未将他书中的违碍之处删去就擅自出版。因此,国王下了一道谕旨,免除拉伯雷的责任,仍让他的书以删节的形式出版,同时那个出版商就做了牺牲品。这是拉伯雷的瑕疵,而法朗士给以谅解,说:"We are all men."(我们都是人。)

(6月5日)

向老一代翻译家筚路蓝缕之功表示敬意

"大路朝天,各走一边。"道路是广阔的,意志是自由的。在今天比较宽松的文化、学术、出版条件下,每个有才学的人都会有发展的机会,没有必要对老一代的翻译家采取"弃之不顾"甚至鄙视排斥的态度。我们只要想一想:朱生豪怎样竟因为翻译莎剧呕心沥血而在35岁英年夭折;在20世纪30年代梁实秋与胡适、叶公超、徐志摩计划翻译莎氏全集,但徐志摩因空难逝世,胡适、叶公超忙于他务,只有梁实秋一人用30年时间完成了这一艰巨任务,全集出版他竟怕再听人提起"莎士比亚"这四个字,可见其中的艰辛!而孙大雨、卞之琳为将莎剧从散文译本转入诗体译本,所付出的心血,也可想而知。后来者尽可寻找前人的不足,但总该对他们筚路蓝缕之功表示敬意。

(6月10日)

《一个人的呐喊》

看《一个人的呐喊》。朱正这本鲁迅传,写得平实、客观而又贯穿他对鲁迅的深情。读时也在平静中随着鲁迅生平的起伏而感情起伏。对《摩罗诗力说》的分析极好。

对于"兄弟失和"一事,朱正举出周作人日记中的大量记载,证明羽太信子确有歇斯底里症,她说鲁迅"调戏"她,完全不可能;另一原因则为经济,因为信子花钱奢侈,鲁迅曾劝作人注意。这两条理由可为鲁迅辩诬。而前些年,有人曾按照弗洛伊德心理学说真有其事云云——那是年轻人的一种脾气:滥用性心理来解释某位名人(特别是大人物)轶事。

《一个人的呐喊》书影

找到鲁迅"遵命文学""听将令"一语的原文根据:《〈自选集〉自序》《〈呐喊〉自序》。(朱正《一个人的呐喊》,P. 130)——说得非常明白,决非无条件服从,"驯服工具论",更与后来与党组织的联系无关。

(6月16日)

读《一个人的呐喊》,看到郭沫若以"杜荃"笔名骂鲁迅为"封建余孽"为"猩猩"的话,大为愤慨。那么他写《鲁迅与王国维》乃是"见风转舵"了。怪不得,早在十中时(在高二部,住在营房山上时)就对我说过:郭沫若这个人品性不好——当时不懂得他为什么那样说。

其实,这也无须愤慨,一个作家是否伟大,不在于他生前是否得意,而在于时间的考验。时间是无声的,但它默默地把价值不大的、无价值的、仅有短暂光辉的东西归之于遗忘(oblivion),而把有长远价值的东西保存下来,交给后人。

(6月18日)

齐如山的《北平怀旧》

北京"花生文库"寄书到来。书共四种:齐如山《北平怀旧》、《司徒雷登回忆录》、《沈从文晚年口述》、《未央歌》。遂翻看《北平怀旧》,一天就此过去。书中最有价值的,为谈京戏与北京曲艺者,作者最内行。想看看北京旧书铺等文化方面的掌故,可惜太简略。其他多为清末民初之小掌故,对西太后屡表不满,认为她是大清亡国之根源。作者为清末"国文馆"毕业生,与其弟齐寿山均习德文,寿山与鲁迅为教育部同事,并曾助鲁迅译《小约翰》,周作人回忆录中也提到他。大概齐如山也见到过鲁迅,不过志趣不同。齐如山留学德国,志在改革京剧,梅兰芳所演之戏多出其手,是京剧一大功臣。而鲁迅不甚喜欢京剧,对梅兰芳也有微词。

《北平怀旧》一书掌故虽多,但太零碎,只能翻翻。其中最后一部分关于京戏和北京曲艺者则为真知灼见,非内行不能道也。

(6月23日)

吴 兴 华

读《万象》第 6 期评吴兴华《给伊娃》一诗,伊娃——Eve——Ulysses——Satan——西施——Helen,说得很玄乎。我最清楚的一句话是:"他的诗敢于创新,立意极高,眼界甚阔,只可惜文章事业还未真正开花,便已在狂风中落红满地了。"吴兴华于 1966 年"文革"初期死时才 45 岁,实在可惜。

(6 月 28 日)

鹿桥的《未央歌》

《未央歌》书影

下午,看鹿桥所著小说《未央歌》的种种序言和附录,大致了解他写作这部小说的缘起、出版经过以及在台港海外的影响等等。书在台湾已出到第 8 版 100 万册。内容,以四个男女学生的故事为框架,概括西南联大的学生生活及理想。作者云他的理想为中国传统文化中的"大同""和谐"思想。我未读小说正文,未能置一词。但他说他在小说中使用的是一种吸收了中国文言、外文和白话文三者特点结合的"新文言",我较感兴趣。

(6 月 29 日)

看南非世界杯足球赛

近日最热门报导为南非世界杯足球赛,我也顺便看了几次。足球大概是最难的运动项目:两队多人互相竞争,进一球极难。运动员体质须极健壮,否则不能胜任赛场奔波、拼搏之劳;但蛮勇也不济事,临场还须灵活机动,且传球、踢球还要在乱中镇静、动作准确。在这些困难条件下,关键人一球,则要稳、准、狠,一踢定胜负——确实不容易。怪不得德国队要拿"章鱼"来算卦能否胜西班牙队。我从 TV 上看,西班牙队还是胜德国队一筹,较为灵活、稳准。

(7 月 7 日)

移　民

初到外国移民、加入外国籍的人有一种心理：如果看到中国的缺点，就自喜；看到国内的人仍然生活得不错，就感到失落。其实，久居国外的人，心情平静下来了，知道世界上没有十全十美的理想国，中国虽非天堂、也非地狱，就会以平常心对待一切。这样，外国籍的中国人，中国国内的中国人，就可以平等对话，讨论中国历史、文化、社会、前途等问题了。

其实，说到底，移居国外不就是图个生活舒适一点吗？其他还有什么？只要在国内能够安居乐业，又何必远涉重洋、做外国人？

（7月8日）

作文和翻译

有时候一心想把文章写好，字斟句酌，刻意求工，当时读起来文从字顺，但事后冷下来再看，是平庸之作；另有一些时候，并非作文章，只是随性之所至、心之所想，随意写下来，过后看看倒有点意思，甚至有点思想闪光和精彩语言——这是怎么回事呢？说不清楚。

作文和翻译不同：翻译必须反复修改，一则符合原文之意，二则使译文可读；但作文贵在自然，过分雕琢即失本意。

（8月17日）

莎剧《两位贵亲戚》两个译本之比较

在做卡片、注释单词时，将孙法理教授和诗人绿原的《两位贵亲戚》，两个译本不断对照阅读，发现：孙译本稍逊于绿译本。后来者居上，或者是一个因素；但诗人对语言和诗意敏感，想象力强，词汇掌握丰富，故在翻译中既不失原意，又灵活自由，译文鲜活有味。相形之下，孙译本稍嫌平板。所以，莎剧最好让诗人翻译——这是有道理的。这样一说，连我也排除在外了。牵扯到个人权利，对自己放一马，可以尽量把莎剧译得语言优美一点，来弥补缺乏诗才之不足吧——可发一笑。

(8月29日)

文学的力量

做《两位贵亲戚》卡片至五幕二场，监狱看守的女儿因痴爱巴拉蒙（Palamon），相思成病，对人说些疯话，令人可怜又同情。边读边做卡片，几欲泪下。几百年前的外国剧本，竟写得如此感人——这就是文学的力量。此剧我本来不大看好，因为 Fletcher 写了三幕，莎士比亚只写了两幕。第五幕是莎翁手笔。他一动手，就点石成金。

(8月30日)

做"Saturn"一词的注释

晚上，做"Saturn"一词的注释，查古典小词典、两种莎氏全集，均不得确解，查 Brewer 的书，稍清楚，但仍写不出卡片，最后搬出 *S. O. D.*，才获得详细说明。原来 Saturn 一词有三层意思：1.古罗马农神，但此神甚冷酷，为防其后代夺权，竟将他（她）们大部分吞噬（仅留下三位）；2.土星之名；3.据古占星学，土星照命所生之人性格冷淡、阴沉。《两位贵亲戚》中此一词综合三种内容用之，总而言之，这是个凶神和恶星。为写此注，毁掉两张卡片，费去一个半钟头。

(9月9日)

诺贝尔奖获得者——女作家米勒

"写作本身才是她真正的生命，是她对这个世界的个人独白。"（景凯旋：《拒绝遗忘》，谈诺贝尔奖获得者、女作家米勒——罗马尼亚德语作家。）

(9月13日)

为做《爱德华三世》的卡片找材料

为做《爱德华三世》的卡片工作,而找有关《爱德华三世》的材料,记得四五种,大多为史料,而关于《爱德华三世》剧本本身者甚稀少,因为学术界不承认该剧为莎氏所作,即"Yes party"所提出之证据也极薄弱,只有一句话,与莎剧中某句重叠,因而证明《爱德华三世》为莎剧;但改之者反驳说那也可能是莎翁引用别人的话。总之,此剧难定为莎剧。但将此剧归属为莎剧,则可将莎氏全部历史剧贯穿起来,因为爱德华三世(Edward Ⅲ)是约克(York)和兰开斯特(Lancaster)两家王室之祖先,莎氏历史剧往往提及。

现在,各国莎集中,只有美国河滨版(Riverside)将其正式收入莎氏全集,英国尚不承认——但英国 Penguin Books 所出 *Shakespeare's Words* 将《爱德华三世》一剧仍列入其词条之中,以示折中。因此我编 *Edward Ⅲ* 卡片就有了两部参考书,再加上 *S. O. D.* 也尽够了。

(9 月 15 日)

爱德华三世对于莎氏历史剧之重要性

晚上,看《大英百科全书》(*Encyclopaedia Britannica*)中"Edward Ⅲ"词条,可知 Edward Ⅲ 对于莎氏历史剧之重要性在于:1. 他是英法百年战争的挑起者;2. 他的后代[从理查德二世(Richard Ⅱ)到亨利八世(Henry Ⅷ)]为争夺英国王位而持续一二百年的内争以至三十年的玫瑰战争(Wars of the Roses),二者构成莎氏历史剧的重要情节。因此,《爱德华三世》一剧归属于莎剧范围,使得莎氏历史剧构成一整套"连台本"。

(9 月 18 日)

读储安平之书

续看储安平之书:《英人、法人、西班牙人》和《中国人与英国人》。

他呼吁以英国为鉴,培养中国人的务实重行、理性、坚忍、健全的品格,反对以知识为中心,以分数、学历为标准的教育方针。这是正确的——今天不是也在大讲"素质教育"吗?他又呼吁:执政者要让人民自由(合法的、正当的自由),不要仅把"政治"当作控制人民的手段,并且"泛政治化",而是相反,在人民生活中,"政治"愈少愈好,政府的责任在于竭力使人民生活得更舒适、更富裕。他这一切话都是说给解放前的国民党执政者听的——在那种背景下,思想统治,特务横行,官僚腐败,谁听他的?他又是个态度严肃认真、性格正直刚烈之人,认为:我这样说,是为了国家人民,不是要打倒你们的统治,而是为你们着想,使你们的政治制度、政治措施有所改进,也使你们统治的国家能够富强康乐、长治久安;可你们为什么不听我的忠告?但蒋介石的思想是封建专制,甚至法西斯主义,他搞的是"一党专政",国民党政府中虽也有一部分英美德日留学的知识分子,但只是陪衬点缀,他是不会考虑从根本上进行任何改革的。这就产生了"顶牛",最后终于把《观察》杂志禁止。

储安平也许因为自己解放前曾激烈批评过国民党而在解放后背点"进步包袱",认为自己并没有跟国民党到台湾,在 1957 年"鸣放"中说几句心里话。但他那英国式的民主自由思想同样不能见容于向苏联"一边倒"的政治环境,因此悲剧就产生了。

(9 月 24 日)

三位一体——天然的幽默

开始写《爱德华三世》小引(英文稿)。

在病房的工作方式:打针时不能动,一张护理桌,同时用作书桌、餐桌、放尿壶的桌,哈哈,三位一体——天然的幽默。

(9 月 26 日)

粘补狄更斯的书

昨夜临睡前,将 Dickens:*A Child's History of England* 加以粘补,使之不散架而已。此书购于 1951 年赴北大考转学时,不记是在东安市场或在北大三院门外,见一挑筐小贩筐中有 Everyman's Library,顺手买了三四本,此为其中之一?

五六十年来,这几本书奇迹似的仍在寒斋。

(9 月 27 日)

莎士比亚这碗饭不好吃

《爱德华三世》剧情说明的英文稿和中文稿今天全部写成。这是多天看书、写稿、修改的结果。

莎士比亚这碗饭不好吃。实在不易。言必有据。不下功夫,免开尊口,免动贵手。

(9 月 28 日)

读中世纪英语

在打吊针中看 *Oxford Book of English Prose* 1925 年老版中 William Caxton 与 Sir Thomas Malory 的文章片段以自娱。此书还是 1958 年从上海旧书店邮购,并在为外语系看菜园时读过一大部分。五十多年后重读,对于这种 Middle English 的理解稍有进步。读中世纪英语,须有参考书,家中有 Skeat 的乔叟注释全集,本可查检,惜在病房,未在手边。而 *Oxford Book of English Prose* 中注释太少,有些生字可以发音上意会,但仍有些应注而未注,所以也只能看个大意。

索天章教授在沪时曾想告诉我读乔叟之法,但我当时未重视。今索先生已逝,难找这种机会了。

一个时代有一个时代的风气,"三十年河东,三十年河西"。三十年可以算是一个时代。每个时代,人们的思想中心都不同。读书、研究、文学写作都是如此。今天来说,不要说乔叟的原文,恐怕莎士比亚的原文,中国肯读的人,也寥寥可数。因此,关爱和说我编莎士比亚词典是"继绝学"。

(9 月 29 日)

读了 *Oxford Book of English Prose* 中的一些 extracts,觉得还是 1958 年所读过的"Q"所编的老版更亲切。*New Oxford Book of English Prose* 收罗范围太广、时间跨度太长,让人不知道如何是好。

(10 月 2 日)

鲁迅先生编订《嵇康集》

阳光灿烂,室内明亮如春。

近日听央视《百家讲坛》讲"竹林七贤"乃悟鲁迅先生喜爱嵇康、编订《嵇康集》之故。先生手编之稿应影印出版,我愿购一部,留在寒斋,以备恭读。

（10 月 21 日）

写卡片中遇难题

写 22 张卡片。

此剧可能长期未受人重视,故编订者少,而 Riverside 于 20 世纪 90 年代抢先出版,注释中发现有牵强之处,Penguin Books 的词典补充了不少注释,仍有失注之处。孙、绿二位译者,间有误译。因此,为大词典编此一剧注文并不容易。头疼的是,遇到难处,连 Shorter Oxford 也无答案。呜呼,只好当作不得不啃的"硬骨头",绞尽脑汁把它啃完。

（10 月 22 日）

修改《我读鲁迅》一文之感

沉浸在《我读苏联文学的心路历程》一文发表的喜悦中,夜晚睡在病床上考虑如何修改《我读鲁迅》一文的种种细节——最重要的是想谈谈个人对鲁迅对待青年、儿童、妇女的态度方面所受的感动,而自己作为一个弱势者、边缘人感到亲切、温暖——所以,每当读到别人写的对鲁迅的回忆或评论,才感到一种温暖甚至震撼。

这是一种感情,仅仅是一种感情,但这种感情是不可更改的,也不是任何权力、势力所能排除掉的。

那些权威赫赫的大人物,有鲁迅这样的感染力吗?

（10 月 30 日）

昨晚,半夜醒来,又对修改(主要是补充细节)《我读鲁迅》想了很久。今晨醒来又想——主要是:撇开那些大字眼,想想那些妇女、儿童、弱势者(萧红、马珏、周建人的女儿、电车工人阿景)所写的鲁迅回忆录特别令人感动,再想想鲁迅逝世,上万人自发送殡,救国会送上"民族魂"三个大字,说明人民对鲁迅的爱是出于自发、出自肺腑的。

"其人虽已殂殁,千载有余情。"

鲁迅对于青年的关爱(未名社、朝美社、木刻),救援女佣阿美(?),为黄包车夫治脚伤……说明他内心是一团火,而不是一块冰,不会像周作人那样,孩子大哭自己仍看书不为所动。

(10 月 31 日)

想写回忆文章

读《范山梵八年抗战日记》激起我写"抗战与解放战争时期"回忆文章的念头。近期想写的是:《我得了一个国家小奖》和《划右始末》。

(11 月 4 日)

想读《通鉴》和"四史"

近日看《百家讲坛》中"刘秀开国",始知东汉历史也不简单。引起读《通鉴》和"四史"的想法。寒斋有不错的版本。

这些书在老一代知识分子那里都是青年时代必读的基本常识书籍,而我成年于战争年代,毫无这方面的基础,以致到老了还得从头学起。

知识缺失甚多,不要说理科,就是文科也缺很多。

(11 月 6 日)

读郁达夫《散文二集·导言》

午饭后,将所余 22 张卡片之中译文写完。多日苦工,稍得余暇,为之一快。此后则读有关 MacDiamid 和《大英百科全书》上 Virgil 词条。

晚上在灯下读郁达夫《散文二集·导言》——后文中有一处谈鲁迅与周作人性格之不同，想在改文时提及。另外，读此文也感到"五四"老作家于中外文化修养、思想见识及文字表达方面，均有今人不可及之处，非可轻慢之也。

（11 月 18 日）

读关于鲁迅的回忆录

两日来，看关于鲁迅的回忆录，主要是 1956 年北京人文出的《忆鲁迅》和上海新文艺所出的《回忆伟大的鲁迅》。总的感觉是：大家都对鲁迅先生很有感情。我想：中国人是不会忘记鲁迅的。20 世纪末，曾有一次评选活动"二十世纪的中国文学家"排行榜：鲁迅名列第一。不久，香港即在广场塑起了一座鲁迅雕像。旅法艺术家熊秉明还用粗钢条塑造了一个栩栩如生的、很别致、突出的鲁迅像——现在好像竖立在北大校园中。

《鲁迅论》等书影

（11 月 19 日）

夜读曹白、萧红写的鲁迅回忆录，很感动。读萧红之文，除感到像女儿对慈父的深情怀念外，还感到许广平对鲁迅的虔诚的爱护——她是忍受了极大沉重负担，特别是精神上的。因此，我明白了冯雪峰为什么劝告朱正在写《鲁迅回忆录正误》时要笔下留情。

（11 月 20 日）

萧红像

读有关鲁迅的评论。发现茅盾早年写的《鲁迅论》很有创意。

（11 月 22 日）

读茅盾发于 1927 年 11 月的《鲁迅论》，很好，是一篇可与瞿秋白《〈鲁迅杂感选集〉序言》比美的好文章。当时大革命失败，茅盾处于忧患之中，故能了解鲁迅的心情,写出分析深入的好文章。

(11 月 23 日)

晚,读瞿秋白《〈鲁迅杂感选集〉序言》。此人才华横溢,思想敏锐,语言活泼,笔锋犀利,为常人所不及。我在高中时代读此序言并其翻译的《茨冈》,钦佩向往之至。

修改《我读鲁迅》一稿

正式修改《我读鲁迅》一稿,未完。今天继续修改,在艰苦工作中。因为要把多年的事,还有自己的思路理出一个头绪。

现在尘埃落定:鲁迅的三个"伟大",一个"圣人",一个"中华民族新文化的方向",这些光环都由最高领袖自己取消了。今后,鲁迅归鲁迅,毛泽东归毛泽东,各不相扰。鲁迅复归于普通人民中间、复归于坚持正义的有识者中间。他可能会受到冷落,也许孤独,但不会在大家心中消失。

(11 月 30 日)

终于把稿改完。此稿基础较好,但因有病在身,修改得也相当苦累。

(12 月 1 日)

细读改稿后,仍须修改。此稿重要,故需认真对待。

(12 月 2 日)

夜读《马恩列斯论文艺》,发现《斯大林全集》有 13 卷,而非 12 卷,我在《我读苏联文学的心路历程》一稿中写为 12 卷,有误。

(12 月 3 日)

读卢卡契《在流亡中》和《在斯大林时期》二文

读完卢卡契《在流亡中》和《在斯大林时期》二文,感觉很有收获,即对苏联十月革命后的党内状况有点了解,也稍知斯大林主义是怎么一回事。

但卢卡契没有谈到布哈林与斯大林在苏联经济建设上的争论(农业集体化,"和平长入社会主义",等等)。

(12月5日)

看《英汉双解莎士比亚大词典》续编校样

抽看《英汉双解莎士比亚大词典》续编校样 6 个字母(A—F),主要看插图并附带看词条。印象:排得不错,版式大方,插图清晰,校对根据卡片。但问题仍有。已作说明。

(12月6日)

读《读书》第11期中《启蒙与中国社会转型》而感

读《读书》第11期,其中《启蒙与中国社会转型》最重要。雷颐一篇长文详述中国百年来为现代化所走过的坎坷道路,并对今天的"国学热""独尊儒家"提出不同看法,认为现代化的道路仍在于启蒙。另一作者认为在现代化中,启蒙并不意味着全盘否定传统文化,而是在吸收西方优秀文化中也不忘吸收中国的传统文化。

个人认为,仅仅是单打一的"独尊儒家"或对传统文化无条件地颂扬,怕不是妥当的办法。

不过,另一个因素不容忽视。在市场经济条件下,一切都是"文化搭台,经济唱戏":陕西省大吹秦始皇,山东省大演尊孔典礼。各地都捧出一个形象代表,举办国际节庆,其实目的不过是想赚点儿钱,拉赞助,吸引投资……在一阵阵热潮过去之后,"文化"究竟能留下什么? 实在是一个问题。

(12月7日)

读点哲学书

当人认识到某一客观规律必将实现,而又是正确的并符合自己理想时,就应该努力促其真正实现——这是唯物主义者的态度,也是人生的积极态度。(读普列汉诺夫的《论个人在历史上的作用》。)

读点哲学书,对于头脑清醒、思想条理化有好处。否则人容易变成庸碌的事务主义者,甚至浑浑噩噩。

(12月8日)

续看普列汉诺夫论文,论证严谨,叙述明晰,逻辑性强,令人信服,不愧为马克思主义理论大师。

大凡历史事变或革命高潮到来时,社会经济、政治、思想条件皆已具备,此时适应事变的杰出人物往往脱颖而出,而其中最杰出者因其个人才干、智慧、各方关系而领袖群伦,成为英雄、领袖。他的个人特点、个性也往往会影响该事变的进度。但他所起的作用不过是适应了社会进步的发展,而不是相反(他个人决定历史的发展),因此,马克思主义者不赞成个人崇拜。(然而,一般人又常把革命的胜利和历史的进步归功于个别英雄人物。这是一种传统思维习惯。)

(12月9日)

看完普列汉诺夫论文,本想再看他的大著《论历史一元论的发展》,但连日夜晚睡眠不好,不得不停止硬性阅读。

(12月10日)

打吊针、写卡片……

每日上下午均打吊针,治心脏病及炎症。晚上大致能睡到晨6—7时。但晚上时有咳嗽干扰,口含消心痛一次或二次。感觉精神较前些天为好。

打算打完针后,恢复《爱德华三世》的卡片编写工作。大约要到元旦春节期间完成(约需半月时间)。

(12月11—13日)

恢复卡片工作。得20张。

(12月15日)

写 12 张。

（12 月 16 日）

写 20 张。

近日上午卧病打针，午饭后工作至晚。

（12 月 17 日）

昨夜气喘，未能安睡。今天打针改在下午。晚做 6 张。

（12 月 18 日）

昨晚睡前服镇静剂一片，睡眠为长久以来未有之好，因而今天精神也好，但起床后长久看电视，则殊费神，又浪费工作时间。戒之。

看改编京剧《原野》，演员甚努力，各方功夫也不少，缺点为动作、戏词多重复，影响精彩程度。但此剧改编也不易。

写 15 张。

（12 月 20 日）

写 5 张。

（12 月 21 日）

交流
JIAOLIU

学术往来书信(1990—2007)

(一)与北京大学李赋宁教授的通信
(关于莎氏词典编写)

致李赋宁先生信(1990.1.28)

李先生:

春节好!

回开封已经一个多月了。因为杂事,同时也想把有些问题考虑得更成熟一点,才好向您请教,因此写信就推迟了。今天是大年初二,就算向您拜个晚年。祝您全家安好,万事如意!

现在说一下在京时跟您谈过的两件事:

我从北京回河大后,即对于编纂莎剧词典一事写了一个科研报告。这一报告随信寄上,请您指正。

请您担任顾问一事,我向领导汇报了,对此领导很高兴。当然,考虑到您的时间精力宝贵,我不会多去打扰您的。希望您费心做的是两件事:

1.在词典编纂过程中,特别是开始阶段,请您提些指导意见。

2.词典有了雏形时,请您抽查一些条目,检验质量,提出改正意见。

词典出版之前,请您写一篇序言,长短不限。

书出版时,希望署上您作为顾问的名字。

现在,我正在做的是第一步的资料卡片工作。

我已做了三个剧本的卡片工作(现在平均一个剧本得做 800 张词语卡片)。在工作中发现以下问题,请您指教——

1.将来词典条目引用莎剧原文作为例句,自然要注明莎剧原文的幕、景、行数。但我发现目前出的莎氏全集不同版本所标的分行数字不一致,究竟以哪一版本为准?问题主要出在散文道白身上。因为诗句一行是一行,不会变;而散文的排印,各种版本因开本大小不同,分行不可能一样。我手头现有的新出的莎氏全集,主要是英国 The New Shakespeare(J. D. Wilson)和美国 Riverside Shakespeare,这两种在分行方面就大同小异。不知道怎么办?

2.引用莎剧原文做例句,以多少条为好?每个词条,如果在全集中找例句,当然还可以找到许多。但引用过多,词典篇幅过于庞大;引用太少,不足于说明。怎样才算适中?

3.词头的形式。国外的莎氏词典对于列出词头有两种办法:一是照搬莎剧原文的词形,原样不变搬过来,作为词头。(一般是用":"或" = ",下面注明词意,不管词类。)这主要牵涉到不少现在分词和过去分词,照搬原文自然方便,读者也容易参照原书。问题是:这样一来,就不大符合"词典"的体例。因此莎氏国外词典也有把变形动词再变回动词原形,下面再加解释。不知哪一种办法更好?这个问题我感到困惑。它牵扯到许多条目。

4.词头的排印形式:专有名词自应大写,其他单词是否也要大写?我看国外莎氏词典也是两种办法:有的所有词头一律大写,有的则除专用名词外一律小写。(词头一律用粗黑体铅字排印。)

提出这些问题,请您根据您的时间精力,帮助解答,启我愚蒙。实际上,编这个词典,对我来说,首先是一个自己读书、学习的问题。整个编书过程也是一个自己充实提高的过程。请您多多指教。

春节过完,开春后可能就快在西安召开纪念吴宓先生的学术会议了。我很希望参加这个会议,并很高兴能在开会时见到您。

专此　顺祝

撰安

刘炳善
1990.1.28 开封

李赋宁先生来信(1990.2.19)

炳善同志:

　　您好! 谢谢您的来信! 知您已开始编纂《莎士比亚词典》,您的精神十分可佩。您提了一些技术性很强的问题,我由于从未搞过编辑工作,一时恐难以回答。关于莎剧行数问题似应与 Bartlett, *Concordance* 和 Schmidt, *Shakespeare Lexicon* 中所引的行数一致。我平常用的莎剧版本为 G. L. Kittredge, ed., *The Complete Works of Shakespeare*, Ginn & Company, Boston, 1936。另外,New Arden 似较 New Shakespeare 要好些,因为 New Shakespeare 较以往的版本改动太大,不若 New Arden 较为保守、慎重。

　　关于顾问的名义,我实不敢当,因为我自 1950 年回国以来几十年荒废,没有认真研究,愧对同事和读者。您不耻下问,我知道的,能够看到的,一定尽量向您提出,供您参考。这也是同行和朋友应尽的义务。

　　顺颂
撰祺!

李赋宁

2 月 19 日

李赋宁先生来信

(1990 年 2 月 19 日)

致李赋宁先生信(1991.1.24)

李先生:

　　您好! 全家好! 预祝您和全家春节愉快,一切如意!

　　暑假在西安开会,得与先生见面,并蒙鼓励,非常高兴。回汴以来,未敢懈怠,一直在为编纂莎士比亚词典日夜不停地工作。此事很苦。但出于对莎剧的热爱,并且要为中国学生学习莎剧提供一部切实有用的工具书,不管千辛万苦,我们夫妇也要把此书完成。在工作当中,您的鼓励和支持是我们的精神支柱之一。

在工作当中,深深体会到此书的质量关键在于词语资料的积累,而关键的关键又在于丰富的资料来源。现在我业已掌握了相当一部分工具书和种种莎剧全集本和单行本,但也需要搜集更多内容详实可靠的莎剧版本,扩大资料来源。您在西安向我推荐的 A. W. Verity 注释的莎剧单行本,我曾在上海买到两种,确实有用,可惜内容太少。我现在非常希望能找到 A. W. Verity 更多的单行本或全集。另外也希望能找到一部新 Arden Shakespeare。不知先生是否知道在北京什么地方能找到这两部书或其他较好的莎集版本?倘有这样的书,能买到,更好;否则,能借到复印也可以。如果您不方便,则不必麻烦。

暑假离西安时,蔡恒先生曾约我为纪念吴宓先生写一篇论文。回开封后想了一个题目,《吴宓与雪莱》,并且多次构思并写下笔记。但到真正动笔要写时,又感到对吴先生的原作读得太少,停下来了。因此我认为,对于雨僧师的最好纪念,还是先把他的遗作整理出版。只有看到他更多的原作,才好进行评论。但不知对于吴先生遗作的搜集整理有进展否?至于关于他的文章,我还想写,但只能在读到他的更多原作品之后才行。

关于莎集版本,盼能得到您的指教。春节后我准备到京访书,届时倘您方便,希望登门拜访。

祝

近安

刘炳善

1991. 1. 24

李赋宁先生来信(1991. 3. 10)

炳善同志:

您好!1月24日来信早已收到,未得早复,为歉。日前钱坤强君自沪返京,带来您的短信,谢谢!

您从事的研究、编纂工作很有价值,我深为敬佩。关于莎剧注释本,北大、北图、北外、外文所都有一些馆藏,您若来京,当可浏览察访。我自己藏书很少,只有 Kittredge 版莎剧,后面 Glossary 太简单。以前我注活页文选时,用的是 Arden 的注,兼参考 New Shakespeare 版本,还查了 Schmidt: *Lexicon*。由于近年疏懒,未进图书馆书库,因此对新书毫无了解,甚为惭愧。

您在复旦查书想必收获很大。不知和陆谷孙同志有没有谈过?复旦的莎翁研究中心和上海戏剧学院的莎翁学会想必藏书极丰,北京可能远远不及。

专此顺颂

研祺!

李赋宁

1991 年 3 月 10 日

李赋宁先生来信

(1991 年 3 月 10 日)

致李赋宁先生信(1991.5.21)

李先生:

您好!

3 月 10 日来信早已收到,关于我自己是否赴京一行问题,由于一年来经费困难,一直未能解决,所以也没有早日给您去信,十分抱歉,请您原谅。

现在我爱人储国蕾同志有一个出差机会赴京,特请她捎信向您问候。并托她带去今年的一本河大学报,其中载有我一篇小文章,就 *Love's Labour's Lost* 一剧对朱生豪和梁实秋两家译本作一比较,请您指教。

莎典之编,迄在一步一步艰苦奋斗中进行。今春在上海的主要收获是订购一部新出的 Arden Edition,但目前尚未收到,暂以三四种莎氏词典和几种莎集版本(主要是 Cambridge 的 New Shakespeare)工作着。从整个工程的工作量来说,大约只进行了十分之一。极希望早日收到新 Arden,以便吸收更多新的资料。

此项工作,一方面对于每一词条、每一释义、每一例句必须心细如发,加以辨析,不能出错,同时整个工程巨大繁重,常有身负大山之感。故越深入进行,越感到肩头沉重。但既已开始,就当全力以赴,以不辜负先生鼓励支持之厚意。

总之,希望能在不过分劳累您的情况下,得到您的支持。非常感谢。

顺祝

教安

刘炳善
1991.5.21

(二)与广州中山大学戴镏龄教授的通信
(关于莎氏词典编写)

致戴镏龄先生信(1993.6.12)

戴老:

您好!

6月1日惠函奉到。所示莎学各重要工具书及版本,对于我工作很有启发,非常感谢。我自学生时代,虽然热爱文学,有志于学,但限于种种条件,时间荒废不少。能够安心看书写字者,也不过就是近几年而已。不敢懈怠,尽力而为,免得交卷时仅有一张白纸。现在编辑莎氏词典,主要是为自己学习,同时为我国学生学习提供一个方便,非敢混迹于学术之林也。(编写《英国文学简史》亦然。)

<table>
<tr><td>戴镏龄先生来信</td><td>戴镏龄先生来信</td></tr>
<tr><td>(1993年6月22日,第一页)</td><td>(1993年6月22日,第二页)</td></tr>
</table>

先生所列诸书，New Arden 与 New Cambridge Shakespeare 已有，在编字典中经常查阅，诚属重要版本；美国版本主要有 Riverside Shakespeare。但其注释不敢轻易采用，必对照其他书籍检证后部分选用。Kittredge 版本则尚未见，经先生推荐，打算请美国朋友帮忙购买。其他廉价单行本也有一些，但帮助不大。英国出的 New Swan Shakespeare 是为学生编的，注释很详细，但似乎没有出齐。A. W. Verity 过去也编有一套，注释极详，我手边只有两三种。Peter Alexander 的 *Shakespeare's Life and Art*，我处有一部，莎剧创作时期的"四分法"，即根

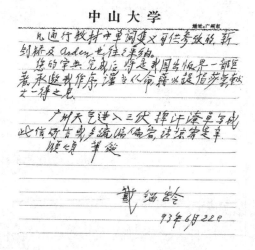

戴镏龄先生来信(1993 年 6 月 22 日，第三页)

据此书。我赞成"四分法"，因为再伟大的作家，总应该有一个"初学阶段"，不可能"圣神天纵"。

工具书中，Schmidt 的修订版和 Onions 我已有。Onions 有些释文简要有用，但总的来说全书内容对于中国学生远远不够。Schmidt 书内容丰富，必不可少，唯一缺点是像过去的 *C. O. D.*，排得过密，字体又小，查找不便；另外，编成在 120 年以前，部分释义似嫌宽泛，必须辅之以 20 世纪以来权威版本的有关注释（代表近百年来的新研究成果）。但许多重要单词，倘遍查其他书籍均无解释时，Schmidt 仍是唯一可靠的依据。

字典工作已进行三个年头，在查阅各种英美文献中有一种感觉：英国学者对莎学的研究较为踏实，有一种由渊博返归于质朴的气象（用我们的说法就是"在提高指导下的普及"），这对于普通读者有益；而美国学者似乎爱泥古炫奇（如 Riverside Shakespeare 本来是为大学生和普通读者编的，Text 中却大量加入古版异文），这对于一般初学者不利。（至于学者，进行高深或特殊研究，各有爱好，自可悉听尊便。）

Partridge 的 *Shakespeare's Bawdy*，我校有此书，当找来使用。（过去我未重视，以为是只讨论 Shakespeare 的猥亵双关语，而对于中国学生，不必过多强调这

一方面。）

先生来信，对我甚有启发。字典编到接近完成时（一两年内当可以出版，出书无问题），希望能求先生写一篇简短序言，以光篇幅，并给以引导。

匆此　敬祝

教安

后学　刘炳善
1993.6.12　开封

戴镏龄先生来信(1993.6.22)

炳善同志：

12 日信收读。近来诸事纷扰，不但广州，外地（包括香港）亦屡来索稿，或请求作推荐书，故不及一一按时作复。

今将您要的关于《英国文学简史》材料随信寄奉，未知可用否？

您似谈过小泉八云《英国文学史》文笔之通俗畅达。按小泉八云原书乃对日本学生的讲稿，故有上述特色（大概经过 Erskine 一定的整理加工）——此是题外话。

Schmidt 原本甚少见，我曾用过的似即 Sarrazin 修订本，五三年院系调整，我从武大取此书二巨册交中大图书馆。十年扰扰，中大书调广外，至今未全追回。我的私人藏书亦经顽童"文革"中抄去（包括英德语莎集）。70 年代在京见吕叔湘先生，他第一句话是"买到你的英语书三本，有关文学的"。这些大概系革命小将转手卖出的，从此我聚书兴趣为之大减。你从何处买得 Schmidt？此实奇遇也。Onions 书查今不通用废义，甚便，其根据是 N. E. D.。Dover Wilson 亦常用 N. E. D.，然 N. E. D. 卷帙浩繁，可以 *Shorter Oxford* 代替之，此一节本亦得力于 Onions 不少。

Longman 的 New Swan Shakespeare 如来信所说，未见全套，Longman 出书，以外国学生为对象。莎剧向为热门，故英美从事出版教材为主的书商都想在这方面做一笔赚钱生意。但由于竞争激烈，出完全套者不多，资本雄厚的 Macmillan 在其 English Classics 丛书中也出了好多本莎剧详注本，主编人有 K. Deighton（此人系主力）等。这类书长于从学生学习困难出发，故解释力求详明。其失：看问题简单化，甚至从 Furness 的汇注本不加批判地照抄旧说杂以 paraphrase。商务几十年前 Lombard 注的几种也属于此类，大抵常识多，卓识少；抄袭多，发明少。

至于您提到的 A. W. Verity 编本虽亦系教材,下的功夫很深厚,其合作者 G. Sampson 有一定名气,故书中偶有创见。惜只出了 15 种。

凡通行教材中单词只义可供参考的,新剑桥及 Arden 也往往采纳。您的字典完成后,将是我国出版界一部巨著,承要我作序,谨当从命,借以提倡莎学,献其一得之见。

广州天气进入三伏,挥汗潦草写成此信,所言或多疏漏偏宕,请谅宥是幸。

顺颂　笔健

戴镏龄

1993 年 6 月 22 日

戴镏龄先生来信(1993.10.29)

炳善同志:

长夏溽暑蒸人,枯坐一室,作应酬文字六七篇,无足观,仅应请作《英国诗史》书评,多花了些功夫。西安、北京、成都、杭州、上海各处会,无法参加,聊以远避尘嚣,多多休息。

莎翁字典想日就月将,德语作者,如斯密特须查德语参考书,英国典籍对此不甚留意。

刘峰博士前来信云,11 月份离河南大学,故今百忙中去一信,乞为转交。

匆匆不一,敬候

俪祺

戴镏龄草

1993 年 10 月 29 日

致戴镏龄先生信(对前信的回复)

戴老:

来信收到。给刘峰博士的信已转交给他,并且很友好热情地谈了一个小时。他主要是搞文学批评的。据他说,目前西方哲学发展停滞,但文学批评活跃,因而哲学界向文学批评吸收新东西。

莎氏字典一直在全力以赴地进行。现已编写词语卡片 3 万张,装了 17 个方便面盒子。估计还要再写 2 万张卡片就差不多了。将来直接用卡片排版,因而我写卡片时一笔不苟,每一个字都认真对待。另外,做完一个剧本的卡片,就由我爱人国蕾按字母顺序编好。等剧本、诗歌卡片都做完,全部合成之后,再在卡片上进行一些局部的修改工作。(下略。)

顺祝

教安

刘炳善

1993.11.28

戴镏龄先生来信(1994.6.1)

炳善同志:

前信悉,近来忙于为各地友人作信写文,八十老翁,几至头昏脑涨,这两三日又到暨大主持答辩,更疲于奔命,故尊处未能及时作复,谅之。

今将致教材编审会信寄上,希望可用。

Shakespeare Lexicon 今有 Gregor Sarrazin 修订本,当优于 Schmidt 旧本,我一向用旧本,未见修订本。Onions 的 Glossary 不佳,盛名之下,其实难副。Partridge 的 *Shakespeare's Bawdy* 甚有用。

以上当益以 Kittredge 注的有关各剧本(有 Irving Ribner 合编版),此公语学功夫甚深,惜当年在哈佛求学的国人不能欣赏他。

戴镏龄先生来信
(1994 年 6 月 1 日,第一页)

戴镏龄先生来信
(1994 年 6 月 1 日,第二页)

新 Arden 版（新主编 Harold F. Brooks 及 Harold Jenkins，多人参编，包括 Kenneth Muir，J. S. Dorsch 等），不可少。本师 John Dover Wilson 负责编注的 *New Cambridge Shakespeare*，胜义迭出，妙语如珠，令人有凿破混沌之感。此与 New Arden 均为研究用要书。

供学生及一般读者用单行本常见的有英国的 The New Penguin 及 The Pelison 及美国的 The Signet Series。但我个人觉得牛津大学出版社的 *The New Clarendon Shakespeare* 较优。以上各本以及 New Arden 等释义，专门辞典或不见。

本文当以 Stanley Wells 及 Gary Taylor 主编的全集为最新（Clarendon Press, Oxford 1986 年初版），有别本失收的新材料。

我的论文评试老师 Peter Alexander 的莎翁全集本就四开本及对开本文字作了新的校勘，在学术界有盛名，称为 The Alexander Text，有四卷本及一卷本，但为英国 Collins 公司发行，Collins 今与美国 Harper & Row 合营，称 Harper Collins。

书囊无底，个人见闻有限，于 Shakespeare 尤然，希望你早日出成果。

匆此并颂　笔健

戴镏龄

6 月 1 日

（三）致北京沈昌文先生四信
（三信谈莎氏词典计划及梁朱莎译比较）

1989 年 11 月 16 日信

昌文同志：

7 月曾奉一信，并得回书。以琐事兼病，未再去信。但见《读书》仍正常出版，知三联尚在惨淡经营，为中国文化事业而尽力也。我本学期教学任务已经结束，拟赴京一行，有重要选题计划，向兄一陈。故先期奉闻，望到京后有机会面谈。

此计划简言之，即为我国大学英语专业师生，中青年外国文学研究人员，中专、中学英语教师及社会上具有较高英语阅读能力的外国文学爱好者编著一部《莎士比亚词典》(*A Shakespeare Dictionary for Chinese Students*),其内容程度为中等档次的(就我国目前莎学水平而言),其形式与篇幅尽量具体而微,篇幅不宜过大,以便中青年学者检索。

所以有此考虑者,根据与条件有三:

1. 弟观目前我国莎学研究现状,实处于青黄不接之势:一方面少数专家权威成绩卓著,声播海内外,老一代学者撰文不少,但对于广大中青年学者及英语专业学生来说,莎剧原文仍为一部"天书",其根本原因乃在莎氏用词之特殊性。莎氏所用语言为 Early Modern English,就英语发展史而言,虽已为近代英语之祖,但实则包含中世纪英语成分不少,加之为了使观众雅俗共赏,莎剧舞台语言中采用大量伊丽莎白时代的俗词俚语。这些都构成了后代读者的极大困难。犹之乎我国元曲,其用语对于元代观众当然一听就懂,但到后代,语言大变,就构成了特殊困难,我国学者不得不有"元曲词语汇释"之作。此语未经人道破,实际上现已成为我国莎学既不能普及又难于有较大提高的根本原因。如能编著出版一部中型的莎剧词典,借此一书之助,帮助中青年学者扫除阅读莎剧原作之"拦路虎",当能为我国莎学的普及与提高作出相当大的贡献。不知三联乐闻否?

2. 根据之二,我现在掌握了相当一批莎剧原文资料,包括莎氏全集数种,大量莎剧单行本,并有英国出版之莎剧词典一种,将来还拟在京沪及国外搜集更多资料,博采众长。词典编纂方法是:精研莎剧全集原文,逐字逐句进行挑剔筛选,积累大量莎剧词语资料卡片。在此基础上,根据我国中青年学者的需要,进行删繁就简,整理"浓缩",使之成为一部适合我国读者需要的莎剧词典。这将是我国学者所编出的第一部此类基本工具书。(英美近百年来出过三四种莎剧词典,但国内罕见。)

3. 弟所以敢于承担此任者,条件为多年在大学外语系担任英国文学课程,近年来为本科毕业班及研究生教莎士比亚课,了解青年学生的实际需要。(由于青年人的自尊心,以及其他原因,往往不肯明说攻读莎剧中的困难。而实际上,写莎剧毕业论文时往往根据中文译本及莎剧故事立论,此虽可怜可笑,但也怪不得学生,盖莎剧语言实在太"怪"、太难也。)因此,能出这一词典,将是中青年学者急需之物。

4. 为了体现中国特色，此词典一方面力求适应目前我国中青年学者之需，内容简明扼要，语言浅显易懂。词条释义英汉对照，例句广采莎剧精彩片段，并附贴近原义之译文。去夏在京，兄曾谈及"英汉文学翻译词典"，工程过大，力所不逮。但就莎剧范围而言，尚可体现你的一部分设想。

5. 此书之编，工程不小，其事甚繁。但既认清国家文化事业之需要，个人条件尚足以当之，故决意用拼搏精神以对付。前蒙三联不弃，出我译书，我对三联又有长期感情，此事极希望三联支持玉成。倘三联愿考虑，或可就在京老专家中聘请一位（如李赋宁教授）担任顾问。但老先生年事已高，不便多打扰，仅请其提供指导性意见，并于书稿初具时抽查指导即可。全部苦差，当然要由我和一位得力助手担任。即卡片而论，全部至少当在二万五千张以上。劳动量可知。但我既下决心，自当不避劳苦。想来，只要拿翻译《伊利亚》的埋头苦干劲头，再加上细心为之，一切困难当可克服。

6. 资料卡片工作已经进行。种种计划设想也渐渐成熟。全书完稿，当需三至五年。三联若愿接受出版，我必全力以赴，不负信任。倘有困难，亦请不必勉强。

在沪曾见商务与牛津大学出版社合出之《英汉－汉英小词典》，印制精美，为读者抢购一空。莎剧词典倘学其长处，出为袖珍版，不难成为中青年书斋中之恩物。——书未出，而奢想美好远景，书生脾气难改，想不至为我兄所哂笑也。月内当可到京，届时或以电话一约，千求拨冗一晤为祷。

专此　顺祝

编安

刘炳善

1989.11.16　开封

1990 年 1 月 27 日信

昌文同志：

回沪不觉月余，蒙惠寄贺年卡，昨又收到梁译莎翁全集后半。深情厚谊，相待以诚，铭感哪可言宣？本应早日申谢，唯因诸事纷纭，遂稽奉候。乞谅。

梁译本对我帮助甚大，每日置诸案头，时时检索，为工作中不可须臾离之物。此为三联慨然惠与，且由兄亲自携来，作为一种精神动力，可鼓舞我知难而进。

经将梁译本、人文本与莎剧原文细加对照,发现梁本优点为忠实于原文,绝不任意改动或回避矛盾,译文亦流利可诵,既信且达,经得起与原文对照检验。这说明译者的工作态度是严肃不苟的。人文本语言优美活泼,艺术性较强,为一般读者所欢迎。但若与原文对照,将会发现原文中不少难译之处往往被回避过去。盖莎剧原文之中难题很多,有缺文,有改窜,有错简,双关语又遍布全书,都是翻译者头疼之处。人文本常采用"抹稀泥"的办法,把这些问题抹得不见踪影,使得读者舒舒服服看下去,毫不觉察。梁译本反其道而行之,对于上述"马蜂窝",也一律译出,大部分意思可通,小部分难解者则不嫌麻烦地加以注释。准此,为一般读者计,有一部人文本即可。但从研究者眼光看去,尚不能满足,而梁译本或更富于学术价值。

卡片工作,一直进行,铢积寸累,尚需相当时日,方能完成,然后全面整理,也许还要动用电脑之类。外资赞助,亦曾尝试联系,惜善财难舍,尚无头绪。一俟美元英镑从天而降,自当奉报。容徐徐图之。愿莎翁在天之灵保佑,Shylock 能发慈悲,或碰见一位 Timon of Athens 一类的大善人,助我字典之成,幸甚幸甚。

出国事,仍在研究之中。今年我省无文科公派学者名额,我校目前只有两个交流名额,盼能得到批准。但此事竞争激烈,最后如何,尚不可必。唯有等待而已矣!

今日春节初一,祝愿祖国各项事业都有一个好收成,包括文化出版在内。室内炉火熊熊,窗外雪花飘飘。北望京华,不胜怀想。

匆祝
新春大吉,万事如意

刘炳善
1990.1.27

1990 年 5 月 5 日信

昌文同志:

4 月 22 日的信收到时,正紧张写《读书》所约之文。接信后,遂在五一节假期完成之。现抄改完毕,算是交卷。稿子写得长了,也不知是否符合需要? 我主要是从这几方面考虑的:

1. 朱译、梁译对比,方能显出梁译特点和长处,否则文章就太平板了。

2. 抓住一本戏来比较两种译文,内容集中,便于读者看懂,否则文章就流于琐碎。

3. 为了刊物要求文章生动、"幽默"一些（我实在不是 humorist），也插入一些闲话，不知合适否？

对于稿子，你们可以任意处理。倘大致可用，则请不客气地删改。如不合用，你们就当材料看看，派作其他用场。

当然，我是尽了最大努力来写这篇稿子的。不巧的是，春节后病了一场，拖拖拉拉一个月，没有早点写出来。不过，我总算交了卷。

关于梁实秋先生的译文价值和出版可行性问题，敝意如下：

1. 总的来说，这是一部具有很高学术价值的全集译本，可读性亦佳，但不似朱译华美。朱译缺漏、改译太多，只可供欣赏，不能供研究之用。（现在国内中文系外国文学专业只能抱住此译本大写论文，是很可怜的事。）梁译本以长期、踏实研究成果为基础，信实可靠。两种译本，只要稍一对照原文比较，即可看出差别。

2. 梁译本除可供一般读者阅读之外，还有一种特殊价值，即帮助英语专业师生及其他懂英文的外国文学研究者攻读莎剧原文，准确了解莎翁原作（朱译本很多地方离原文太远）。目前我国学生能真正看懂莎氏原著者不多，工具书又没有，梁译及其注释（相当简要）可起到"拐棍"作用。（自然还要配合其他能找到的原文书籍资料。）

3. 我以为梁先生的翻译态度是很严肃不苟、踏实认真的，绝不轻易改动原文，也不回避困难。相反，人文本对很多难点都回避了。（当然，不应该怪朱生豪先生，他的处境实在太苦、太难。）校订者也只能在原基础上修修补补。

梁先生译莎的目的很诚恳老实：希望读者通过他的译本更进一步去攻读钻研莎翁原作。这种苦心令人感动。他并没有把自己的译本当作 authorized version，而是当作攻读莎氏原文的 stepping-stone。这种学者态度，比总想把一种译本"定于一尊"要正确得多。

限于时间（最近又病了一次），我没有能多看几个剧本。但就看过的而论，总的印象大概是不会错的。

4. 从学术需要来说，我以为若能出一套梁译本，自然最好。出版时，封面、版式最好设计得精巧大方一些。国外莎集，如 Penguin Shakespeare，New Cambridge Shakespeare，Temple Shakespeare 等等，封面、开本、版式都各有特色，小巧好看，便于携带。最好"又要考究，又要价钱便宜"（鲁迅在印《苏联版画集》时交代赵家璧的话）。

匆此　谨祝

大安

刘炳善
1990.5.5

2007 年 11 月 30 日信
（读沈著二书感想）

昌文先生：

尊著二册收到，两天以来欣然拜读，有时会心而笑，有时掩卷而思，多有共鸣之感。书此以当聊天。

《书商的旧梦》谈邓丽君一文说到"乐盲"，我也有同病，对于贝多芬、老柴交响乐，丝毫不能领会，美国抒情歌曲及黑人民歌如 *Moonlight on the River Colorado*，*Old Black Joe*，会唱两三首，其他皆茫然无知。我的"音乐修养"只是抗日歌曲和解放战争时期的《茶调小调》等等。另外，由于小时住在郑州市唯一一家京剧戏院之后，对京戏有点感情。有人演奏《夜深沉》，立刻放下一切细听；又因从小东西南北流亡在外，梅老板《生死恨》的唱段最能感我肺腑，引起类似"天涯沦落人"的情绪。

对于邓丽君，我"觉悟"得很晚。80 年代初，一个女孩找我借录音机听她的歌，我曾笑她，以为那是小孩家听的玩意儿。直到去年，央视十套有个关于邓丽君的节目，我才听到她的歌，猛然一震，那种清纯柔和的歌声，与大陆上过于张扬的歌星迥然不同，而自己却错过了应听她歌的最佳时期。又读到一位驻港记者对她的回忆，知她本打算回大陆在苏州定居，却因故未果，直到她婚姻不幸，年轻轻就去世——否则，她也许会出现在央视的春节晚会上。该记者又说邓丽君爱读鲁迅的文章，表明她是爱文学、有独立思考的人。

关于扬之水女士，先生三篇大作谈到她。该同志为江南才女，张中行先生已有定评。今知她正在香港中文大学讲学，前程未可限量。我辈"须眉浊物"，但静观其发展可也。

先生所回忆之前辈旧友中，我在学生时代曾受陈原先生《外国语学习指南》影响，大读英文版《联共（布）党史简明教程》，学了一批社会科学名词术语，并略知俄国革命经过；但关于"大清洗"的章节也使我心中留下几十年的不解之谜，然而这只怪历史太复杂，大家都是直到最近才"迷瞪过来"。

史枚和朱南铣二位先生的遭遇，令人恻然。现在想起，史枚先生曾是解放战争时期上海《读书与出版》的主编，而我过去把这个杂志与抗战时期在重庆出版的《读书月报》混为一谈了。至于史先生提出为布哈林恢复名誉，今天看来，应不成问题，他不过是早提了几年。

朱南铣先生之死，有点像鲁迅笔下的范爱农。

尊著一篇一篇读完，时时引起共鸣。谈吃诸文特别激起我的灵感。我也是贪食之徒。不过我所了解的"饮食文化"，仅仅是随遇而安，因地制宜，有啥吃啥。不像先生，已进入美食家行列。然而饮馔之道，对于任何人都是一种终身不去的蛊惑。回顾平生，青少年时代"口中淡出鸟来"的时候居多，只有近50年来住在汴梁之开封，乃可"小吃小喝"。小吃者，有马豫兴烧鸡、桶子鸡、鲤鱼焙面，第一楼小笼包子——想先生来汴时主人定曾招待。其中"桶子鸡"颇值一夸：此物唯开封有之，用小母鸡在卤锅中以特制老汤烹煮至七八成熟，外表色泽亮黄，食前须由售者操刀细切成长方小块，皮脆肉香，稍硬耐嚼，佐酒极佳；但须注意，桶子鸡绝不可当作烧鸡，囫囵买来、手撕便吃——那样一来，便破坏了汴梁一道美味佳肴，而且肯定也咬不动，必须由内行细切，方可慢慢享受。

至于"喝"，有种种之"汤"，即羊肉汤（开封人嗜此如命，羊肉汤馆遍布全市，为本地一大景观）、全牛汤（主料为牛杂碎，也包括牛脯和牛肉丸子等）、羊双肠（用宰羊后下脚料做成之汤，指大小肠、羊血，还有"外腰"即公羊睾丸——据说有"大补"作用。北京为首善之区，不知有此种最下等的饮食否？）。

小吃中尚有两种，不上台面，但实践证明，效果绝佳：一为"四批油条"，即炸为一束的四根葱管般的中空油条，刚炸出时即夹在热烧饼中，再加一碗小米稀饭，绝对是极佳早餐，老百姓顺口溜赞曰："黄焦酥脆，越吃越对！"另一为五香炒花生米,与冷馒头同吃,再来一壶好茶,细嚼细品,也是美味——但开封卖炒花生者甚多而好者甚少,只有寺后街老王炒得最好,但老王已归道山,现在唯有学院门一回民老太太所卖尚可,拙荆回沪,常买二斤带家。

我妻与先生同乡,从小为一娇生惯养之上海小姐,自嫁黔娄且"厨盲"之我而不得不下厨,经20多年实践,北方饭食如饺子、包子、卤面、馅饼以及鱼、肉等菜,皆已精通。但其绝活有二:其一为"鸡蛋灌饼",学自门外食摊小贩而"青出于蓝",能做得外酥脆而内软香,每晨佐以牛奶半斤,是极佳早餐;另一为烤白薯,用"红瓤白薯"放在铁皮火炉之中层空间慢烤,烤得软甜如蜜——可惜此一美味今已不再,因我们现在搬到木地板房间,不能再用火炉了。

我与西餐隔门隔路,连刀叉也不会用。唯记1996年赴美参加世界莎学大会,顺便探亲,曾在亲戚任职一家公司餐厅吃自助餐,对其烤牛肉留下深刻印象:一位大力士般的高大魁梧壮汉,手持青龙偃月式的弯刀,从小山似的一大块牛后臀肉上轻轻"片"(动词)下一片,粗估不止一斤。此肉颜色如生肉,而入口中又嫩又酥又细又烂,毫无塞牙之感,大概洋人吃牛肉上千年才获此绝技。

先生两本书主题是"书和吃"。拜读之下,灵感勃发,文思泉涌,故有以上种种"说道"。

下次来汴,定以上述开封小吃招待,务请赏光。

匆匆不一,顺祝

近安

刘炳善

2007 年 11 月 30 日

（四）与北京赵丽雅同志通信
（关于扬之水著作）

赵丽雅同志来信（2001.2.26）

炳善先生：

　　首先拜请原谅我的冒昧打扰,我曾做过尊译《伊利亚随笔》的责编,不知先生是否还记得,不过我已于1996年调离三联,现供职于中国社科院文学所。今则特有一事拜求:据悉高文所著汉碑集释一书新近由河南大学出版社再版,闻讯后即往京城书肆求购,孰料遍寻不着,因正在准备一个汉代的课题,此为重要的参考书之一,故很是着急,斟酌再三,也只有请先生援手。遂向老沈同志问得地址,老沈说:炳善先生为人极厚道,以此事相托,想必没有什么问题。但我知道这事会很麻烦的,但又实在想不出别的办法,只好再再拜祈鉴谅。附上书款及邮费一百元。恐怕先生跑邮局不方便,也就违反规定随信附上了。

　　拜恳费心！恭候

近祉！

赵丽雅女士来信（2001年2月26日）

赵丽雅顿

辛巳二月二

赵丽雅同志来信（2001.3.13）

炳善先生：

　　赐书拜领。叩谢叩谢！我曾猜测先生也许会移居国外,近年这种情况太多

扬之水女士来信

了,留在国内倒是有点儿令人意外。我很小便对书法感兴趣,汉碑也临过不少,但最终仍是只能写小楷真书,并且也只是停留在最低的水平线上。一是天分不够,二是不能持之以恒。唯有兴趣是始终保持着。这一回的求索"集释",却又是出于"史"的需要。高先生的注释做得极好。大有便于读者(当然也还有一两处失误),可以想象此中凝聚了多少心血,诚令人感佩。遗憾的是排版用了简体字,据前言,知道这是出版社的意思,真令人叹气。

寄上去年出版的一本小书,不知先生是否对《诗经》有兴趣。

老沈处已代为致意,他也送上同样的问候。

再致谢忱!恭候

道安!

扬之水上

辛巳二月中浣

致赵丽雅同志信(2001.3.20)

丽雅女士:

大札及尊著先后奉到。《诗经名物新证》一书精妙绝伦,受之有愧,但亦只得拜领,不再辞费,以免沦为《镜花缘》中之君子国公民。

女士文名,久所闻知,今以琐事随缘获读,幸甚幸甚。接信后,先往书店购来《脂麻通鉴》,耽读竟日,深感名不虚传:上承鲁迅《买〈小学大全〉记》《病后杂谈之余》《在现代中国的孔夫子》诸大文之遗绪,广引经史子集,痛挖封建老根,所谓帝王南面之术,遂暴露于光天化日之下,使人憬然而悟,乃知历史上斑斑血泪,其所自来矣。反观近来大演皇帝戏,"正说""反说"不已,或则"天王圣明",或则"风流潇洒",哄得老百姓既敬畏且艳羡,不惟大背"五四"传统,亦于现代化民主与法制方针不合,岂足与尊作同日而语乎?

《新证》仅读了孙序、后记及部分正文,已觉获益不少,甚至对我科研工作亦有启发借鉴之处。初见书名,莫测高深,读了《诗:文学的,历史的》一章,心始释然,找到了"共同语言"。仅以《先周文化遗址分布图》而论,其中西安西北宝鸡、凤翔、千阳、陇县等地均为我于抗日战争中流亡的"旧游之地",陇山曾多次上下,"陇头流水"呜咽之声似仍在耳。文物考古也是我少年时代的爱好。上中学所在地清水,小摊上秦"半两"、汉"五铢"、王莽"货币""货泉"俯拾可得。当时乡民谈话中一问一答,竟是"然否?""然。"依稀秦汉人口吻。因此早年兴趣,"文革"后期70年代曾大读文物考古书刊,看线装书也在那时。

所读过的《诗经》,是余冠英编的书两种。发现郑风"子惠思我,褰裳涉溱"中的溱水,竟在我小时随母亲躲避日本飞机的逃难之地——密县圣水峪,不禁大为高兴。但我那时只知跑着玩,念兹在兹的理想是渴望捉住在树颠高叫的"马吉了"(蝉),一点也不知道三千年前那里发生的浪漫故事。

准此,以文物和文献对《诗经》释义进行双重考证,也为我感兴趣者,则明矣。寒斋书架上高踞着一部《十三经注释》,两巨册,厚而且重,平时未敢惊动。请稍俟时日,将其请下宝座,与尊著《新证》合读,以补我少读祖国典籍之过。

孙序末云:"本书在三百篇中只讲解了十六首,有些好诗尚未说到,如能扩大篇幅,将对《诗经》的研究更有裨益⋯⋯"诚哉斯言。但作者"三年苦作,一'经'未穷,竟已皓首",亦可悯矣。不知汉代课题亦如此辛苦否?文章虽"经国之大业,不朽之盛事",但"一张一弛,文武之道",细水长流,亦可入平原而成江河。

乱说一通,幸勿怪罪。顺颂

著祺

刘炳善
2001.3.20

致赵丽雅同志信（2002.8.28）

扬之水女士：

　　承赐新著《先秦诗文史》，随即快览一过。

写给扬之水女士的信

（2002 年 8 月 28 日）

　　好书不仅益智，亦且怡情。昔日鲁迅先生所出书刊，"甚愿文与艺相钩连"。尊书装帧之美，插图之精，阅读中如流连山水胜景，如欣赏艺术佳作。抽看关于古籍、先哲、诗赋之漫评，乃悟此书乃一随笔体文学史，优雅而不高蹈，耐读而不流俗，于同类书中别是一家。最新一期《万象》载文称"公共知识分子必须以公众为对象"云云，或此之谓乎？

　　最近在汴购得汉唐石刻、砖刻画像集二种，拓本气象雄浑。我所最倾心者，为画像砖《弋射收获图》，气象万千，先民博大风范，跃然纸上。无怪乎鲁迅盛赞汉唐艺术。前曾见告续写两汉文学，选择插图想必更多精彩。唯在缩印时务必注意清晰。因读尊著，顺便及之，想不以为迂也。

　　匆匆

祝好

刘炳善

2002 年 8 月 28 日

致赵丽雅同志信（2005.3.17）

扬之水女士：

　　春节后奉到尊著《古诗文名物新证》二大册。无功受赐，不知如何感谢才好。读前后二序，大旨在从微观角度写中国社会文化史，"古籍、文物、图象三结合"，使古人生活原貌复现于千载以下。立意高，功夫巨，一丝不苟。所写名目之繁细,所引古今书籍之众多,所载文物插图之精美,均令人叹服。开卷之际,先看《两汉书事》,盖为我辈文人最为好奇者。读书中所述汉人之一笔一刀,忆及过去所看《文物》图版所载秦汉文吏俑衣带上所悬之物,古书中所谓"刀笔吏"者,恍然而明。但刀笔小吏可充"专案组"书记员,无怪乎大将军李广避之唯恐不及也。

京华人文荟萃,多有奇才。女士崛起于市廛之中,出手不凡,卓然成家,可谓女中豪杰。唯大著既出,其可小休。倘有汽车,不妨出游。否则,也可以"为艺术而艺术",偷闲一阵。尊斋藏品想必甚丰,即暂时"玩物丧志",亦非大罪。甚而可能更萌发新的文思。

尊著珍藏于寒斋,容后细细研读。

顺祝

文祺

刘炳善

2005.3.17

（五）与上海王元化先生通信
（感谢题词,并及理论学习问题）

王元化先生来信(2003.8.27)

刘先生:

题词写就奉上。因写好题词的字后,不慎将墨汁滴于纸上,只得剪开,倘制版,可补救,不会成问题。

匆匆

俪安

王元化

8/27

王元化先生来信

(2003 年 8 月 27 日)

致王元化先生信(2003.9.1)

元化先生:

承赐墨宝,回汴后即收到,真不知怎样感谢才好。题词除了在词典"续编"及今后的两卷合编中使用,我们将裱起来,挂在书房,作为长者对于我们工作的鼓励。

8月26日拜访后,我一直在读《九十年代反思录》及《解读》二书,并找出张可先生译的《莎士比亚研究》(1982年版)翻看。您的书体大思精。内容中一些方面,如黑格尔和《文心雕龙》,我的知识几乎等于零,不能赞一词。有些问题,如对于杜亚泉的评价,我还得学习。但是至少在关于"五四"、鲁迅、京戏、莎士比亚、曹雪芹这些问题,我敢说自己的兴趣、"兴奋点"是与您一致的。尽管对于我来说,您是我所仰慕的长者,但我们毕竟都是首先由"五四"和鲁迅先生的精神乳汁所养育起来的。对"五四"和鲁迅先生进行"反思",对于我们来说,就是触动我们内心深处最珍贵的角落。这才是真正的"触及灵魂",比起历次政治运动以至"文革"中的"触及灵魂"和"触及皮肉",要痛苦得多。因为这是几代中国进步知识分子安身立命之所在。但细读您的文章,我开始有点明白。因为一切真理,必须经受历史实践和理性思考的检验。真金不怕火炼。火炼后去掉杂质仍然是金子,那才是纯金。

我最佩服先生的是:通过"反胡风"直到"文革"的磨难,您用心精研黑格尔和康德,进入理性思辨的领域,不仅脱出个人苦难的阴影,而且对中国近现代的历史经验教训进行反思,提出许多精辟的见解,发人深省,令识者觉悟。"有学问的思想家",当之无愧。

您对余秋雨说的:"尽管身边还有大量让人生气的事,但我可以负责地说,就学术文化研究而言,现在可能进入本世纪以来最好的时期。"这段话非常重要。假如一天到晚为过去的、现在的有些事生气,那就等于白白受了那么多的罪,也很可能糊糊涂涂地耽误了这"最好的时期"。

多年来,烦恼着我的一个问题是理论学习。我的哲学基础差。我所读过的哲学启蒙书是《大众哲学》《实践论》《矛盾论》和斯大林的《辩证唯物主义和历史唯物主义》；文艺理论方面读过《马恩论艺术》、列宁论托尔斯泰，以及普列汉诺夫和卢那察尔斯基的书。但我从教学科研中渐渐感到：马克思主义文艺理论对于理解作家的时代背景和作品内容的社会意义，是有帮助的。但一接触到作品的艺术性、人物的内心世界，以至于作家的创作心理，传统的马克思主义文艺理论就显得不够用了。王蒙说过"马克思文艺理论尚未形成为一个完整的美学体系"一类的话。我想在今后的理论学习中如何把原来学过的马克思主义文艺理论与20世纪文论新发展连接起来？卢卡契？葛兰西？Terry Eagleton？……这样，脑筋可以减少些庸俗社会学和教条主义。不知先生可否有以教我？但先生年事已高，不便打扰。我也很怕自己这个浅薄的问题干扰您的高深思考。如果您没有时间，就算我随便说说，聊天罢了。

《思辨随笔》新增订本何时出版，盼能赐赠一本。主要是让先生写几个字，更加珍贵。倘不便，到时候我还是要买的。

先生的书，我当继续细读，并对有关问题继续思考。

匆此　敬祝

健安

后学　刘炳善

2003.9.1

王元化先生来信（2004.1.13）

炳善教授：

承寄贺卡，谢谢。谨向先生和夫人致以新春的问候。最近目力更差，读写均极困难，只得请人代笔，聊书数语，以表仰慕之情。前得陆灏兄介绍结识先生，十分高兴，蒙先生邀我到河南大学讲学，但近来年老体衰，去年一年，本拟去杭州疗养，但终未能成行。请先生原谅我不能到河大来，辜负您的美意，甚觉歉然。承询及拙作，《思辨录》可望本年第一季度出版，届时当寄奉一册，请先生指正。

匆匆

祝好

王元化

2004.1.13

致王元化先生信(2004.12.12)

元化先生:

　　2003 年夏,曾因陆灏先生好意介绍,得以拜谒先生,并承为拙编莎氏词典题词,深为感谢。年余以来,埋头于词典"续编"工作,疏于问候。但先生在《文汇报》所发之《近思录》自序及访谈录,均认真拜读。忆及前读《思辨随笔》,知先生不仅为学者、批评家,更主要的乃是对祖国命运、文化发展进行深入探索的思想家。时届岁末,谨向先生及张可夫人遥致贺意。开封稍稍偏僻,在书肆中遍寻《近思录》不得。不知可否烦劳秘书同志赐寄一册,以便早读受教。但若不便,则万勿为此小事费心。来日到沪,当易购得。

　　顺祝

新年新春

健康吉祥

后学　刘炳善

2004 年 12 月 12 日

杂 诗
ZASHI

杂 诗 一 束

小　引

平仄或不调,诗意必求真,兴来随手写,人生留梦痕。

读《堂·吉诃德)(1958)

西方有狂生,其名吉诃德;耽读骑士书,痴心学侠客。
论道亦娓娓,实际欠结合;草木惊作兵,车马呼为魔;
只身入羊群,独骑战风车。自谓欲匡世,颇为时所薄;
拳头纷纷来,石块阵阵落;丢盔复撂甲,钉子碰千百;
生涯辛苦甚,道途风霜多。只因一念差,竟致错中错;
惜哉终不悟,空想主义者。

忆昔二首(1961)

忆昔在清水,清水绕城流;举目无花草,唯见黄山头;
非我土不美,乡民多苦忧。师生从东来,行行过陇头;
东望已烽火,家园成荒丘;幸得一席地,暂为稻粱谋;
同为流亡人,相怜益慈柔。校长虎狼辈,刮骨吮髓油;
只顾私囊饱,哪管师生瘦?疾疫大肆虐,病者十八九;
可怜少年人,累累葬山丘。
每忆讲国文,总觉先生好。春暖赋国风,秋高颂离骚;

谆谆说李杜,娓娓解庄老;出语虽平淡,命意甚浩渺。
叹息杜子美,蔬食常不饱;时代虽云殊,此情却同调。

无题(1961)

半生飘泊逐风尘,书痴习气孑然身。
衣履破碎由他去,花香鸟语如不闻。

1961 年秋,某夜作

秋雨洒窗人未眠,凝灯悄壁夜阑珊。
恍见娇姿舞袅娜,似闻曼声歌缠绵。
巧笑吐齿白玉米,茜草染指红山丹。
曾记帘卷粉未除,相伴低语过街前。

读杜甫《瘦马行》(1963)

毛暗露骨杂污泥,病足恐是蹶霜蹄。
秣草针钵劳将养,来年仍堪任驰驱。

我才非诗人(1963)

我才非诗人,何以苦为诗? 耳鸣不眠夜,肠断失恋时;
怀旧神仍驰,悟今身欲飞;更喜得新书,往往有小词。

无题(1964)

谁怜刘生老,寂寞守空斋;明月窗外去,红花檐前开。
文随少年尽,忧伴中岁来。唯有一架书,聊以慰我怀。

虎丘(1964 夏游苏州作)

姑苏多名胜,虎丘最倾心。幽池出石壁,古塔入白云;
题篆见颜李,碑碣寻元明。山下苍翠中,粉白是小村。

寒山寺(1964 夏游苏州作)

钟声悠悠垂千年,水边仍有打鱼船。

山雨到寺枫萧萧,汽笛声中过千帆。

1972 年 4 月 15 晨,留别汝南小南海

（在汝南办短训班,小南海时为园艺学校。）

树人树木立楷模,南海风光如画图。

一钩曲桥送春水,几弯草堤逞新绿。

荷梗离离万千枝,桃花点点三两株。

遥想六月心欲醉,芙蓉如火映满湖。

1972 年除夕感怀

月逝岁除何频频,半生风尘亦苦辛。

书卷懒开恐伤眼,笔墨闲却为劳神。

巫山空留楚王梦,采石果是李生坟?

碌碌四十平平过,此身料是无用人。

林县(1973 年 11 月)

林县昔称穷山窝,今日林县英雄多。

水缺粮断成旧史，果熟禾香起新歌。

洞开绝壁夺天险，渠过峡谷穿洪波。

为有红旗引大路，终教高山飞银河。

1973 年 11 月 22 日，自林县开门办学，归途即事

上山复下山，出城还入城；煦日乡亲心，高歌少年情；

太行千嶂秀，汴市万灯明；北风若有意，飒飒送车行。

石板岩纪行

（1973 年 11 月，开封师院外语系师生在林县访问了全国商业红旗石板岩供
销社。师生沿着他们走过的险道行军一天。归来书此。）

红旗飘太行，久闻石板岩。翻山复度水，师生到村前。

高山四壁立，叠嶂接层峦。宾馆何所见？琳琅满诗篇。

众口同一词，赞颂石板岩。乃知有硕果，桃李不须言。

午后听报告，事绩拂心弦：扁担创家业，奋斗廿七年。

五战五胜利，越险越向前：登上"塔沟梯"，攀过"老道岩"，

揪住"阎王鼻"，闯过"鬼门关"（皆险道之名）。

险道四十八，一一踩脚边。

战绩娓娓叙，一室尽悄然。山中晚来骤，太阳早落山。

讲者石全昌，其名载报端，发言不及私，精神甚可传。

次晨天尚暗，已闻笑语喧。同学兴致高，轻装待爬山。

目标在何处？要上"老道岩"。行前且留步，主人有一言：

"初次行险道，千万保安全。"嘱咐又叮咛，盛意实无边。

言迄上大路，歌声动山川。小溪出幽谷，清水流潺谖。

傍溪踏卵石，随沟进山间。沟名"朝阳沟"，插队有"银环"：

姑娘七八人,远自苏与滇;上山受锻炼,与民同苦甘;
身穿粗布衣,手拿放羊鞭;风雪炼意志,履险若平川。

顺坡登山道,始觉步履艰;碎石垫小路,高低随园扁。
渐渐入山深,陡崖到眼前;鸟雀飞不到,鹰隼半腰旋;
中有盘折路,萦迥绕山间。栈道上削壁,石径通寒泉。
路旁一断碑,刻在万历年;云有王相者,栖隐在此山。
羽客与逸士,古来盼成仙。其人化尘埃,唯留好河山。

过碑山里去,突兀见奇观:绝壁迎面立,瀑布空中悬。
路艰前程远,山水不流连。渡溪望山顶,直插入云天;
高可有千仞,初疑不可攀。近观始了悟,有路凿石间;
九曲十八盘,曲折上山巅。奋身登绝壁,拾级上悬岩;
汗如密雨下,身似炉火燃。紧张攀登中,赞叹时时传:
"你我空手行,身疲口舌干;同志挑担上,十倍更险艰!"
念此益振奋,鼓气上峰巅;却顾所来径,咫尺百丈渊。
为向英雄学,齐往高峰攀。

山上风光好,层层有梯田。路沿涧边走,屋傍崖头安;
三户一小村,两家一小店。路遇收割忙,金黄一大片;
今年玉茭好,谷堆满场院。或遇众社员,晒粮在山畔;
谷场何处是?方丈大石盘。偶遇老大娘,纺纱当门前;
问我来何方,慈祥逐笑颜。或遇老大爷,倚杖立村边;
年可八十余,殷殷话当年:"黑暗旧社会,妖魔舞蹁跹;
欺我穷苦人,令人发冲冠:红果三百斤,仅换一斤盐;
一年山中苦,化为雾里烟。英雄老八路,转战此山间;
多少烈士血,赢得把身翻。"老人一席话,胜我学十年;
新旧是非分,忆苦方知甜。敬与老人别,步若疾风牵。

路遥口内渴,忽逢山中泉;晶莹清见底,历历有石卵;
投石测浅深,叮咚声铿然;蹲取一掬饮,其味凉且甘。
深秋柿子熟,累累挂树巅;压枝红欲滴,近在举手间;
三八纪律在,走过不去攀。

山景看不尽,不能久恋恋。赶程遇歧途,犹豫难断言。
社员山下回,步健正壮年;告我下山路,恳切嘱安全;
山区人民好,热情不虚传。俯望山脚下,村镇指顾间:
房屋何栉比,人物了可观。从容山下行,路途复艰难:
有时临深渊,上下一线悬;有时路忽断,一洞开山间;
俯身爬山洞,小径又接连。行行下险道,依依日西偏。
回到宿营地,灯火已灿灿;同志来相迎,笑语暖心田。
刀在石上磨,人在苦中炼:闻前所未闻,见前所未见。

从此遇艰苦,不忘石板岩:天下无难事,只要肯登攀。

1974 年 11 月 4 日,在新县毕业实习,
自县城赴八里畈途中即景

煦日似阳春,云淡南风轻;车傍山边过,人在画中行;
红叶铺地锦,黄花照眼明;田中收割罢,村牛卧西东。

读画四首,赠工人画家(1974 年 11 月 18 日,在新县)

腕力矫健似轻鸥,浓染淡抹均自由;
祖国无限好山水,凭君彩笔腕底收。

江山多娇笔有神,风骨雄奇兼清新;
方寸之间寄幽思:万紫千红总是春。

绘事精进仍求精,勤奋苦练基本功;
更有名师亲指点,气势磅礴自不同。

往时米叶出田亩,今日电工事丹青;
作工作画理不异,完美尽在勤劳中。

悼念总理(1977 年 2 月 16 日)

斯人一去何处寻?青山昭晓水殷殷。
吐芽杨柳沾露雨,飘香禾黍感温馨;
英姿堂堂来梦寐,华表巍巍在人心。
那堪寒风长安路,泪眼双双送亲人。

《李信与红娘子》剧稿初成,自哼唱段,赋此(1977 年 11 月底)

一曲吟罢自彷徨,鼠啮火焚俱寻常。
苦求新意尽白日,穷搜佳句耗夜光;
才拙如此偏写戏,艺高何人为排场?
京华北望情未已,掖引还赖师友忙。

答李朗(1979 年阴历除夕)

故人一书除夕来,捧读华笺倦眼开。
恶疾祛除喜健饭,冤情昭雪慰远怀。
三年萧剧幸成译,一载《红》戏未登台。
每因朔风思燕市,小楼寂寂人徘徊。

答诗人康洁(1983年7月5晨)

(康君赠我以朦胧诗,报之以五字杂言,代沟明矣。)
明珠出南海,飘落在沙梁;一朝拂尘埃,晶莹吐异光。
少年显英才,挥笔成文章;名字闻京邑,歌诗动四方;
遂令大诗人,惊看小姑娘。幽居宾客稀,愁多少欢畅;
每日何所事? 残书对寒窗。人兮飘然来,顾我蓬筚房;
落落谈身世,琅琅诵华章;天地若为动,满屋生辉光。
今日文风盛,才女竞芬芳:谌容写中年,万人为哀伤;
张洁凄婉篇,读之结中肠;厚英《人啊人》,不胫走殊方;
更有新人出,安忆张抗抗。君亦秀出者,吟咏素擅场;
他年文苑传,愿见此女郎。

附:康洁诗(1983年5月20日)

赠——

在没有边角的你心的天幕

也许悬过

童年那杂色却又丰满的梦吧?

真的,我们年轻的笑声挤走了

你屋里躲藏的寂寞

你的书页、你的钢笔

你的可口可乐的泡沫

都在欢呼了

可我又想

你长久沉默的心

依然在奔跑着一条崎岖而灿烂的路

今晚,你使月光想起

一个永远忘却了的故事

你与我们一齐歌唱

歌曲,填平了横在眼前的岁月鸿沟

兴奋的日光灯依然闪亮

长长的英语单词伴着握别的星星

在离开你的夜风里

我想问:什么是你的人生

答北京林伯野贺卡(1994 年 12 月)

飘然一片纸,悠悠故人情;

往事浑如昨,尽在不言中。

编纂莎典述怀(1995 年 5 月)

老来何事习雕龙? 只缘痴情耽莎翁。

敢以苦学追少壮,窃把勤耕比劳农;

一字未稳几片纸,三思始得半日功。

心血倘能平险阻,好与来者攀高峰。

附:林伯野同志和诗

欣闻炳善编纂莎氏大字典,奉和

炳善连年笔走龙,升天入地探莎翁。

古稀岁月心犹壮,坎坷生平情更浓。

万种精思汇字典,一篇巨著建丰功。

双肩化作梯成路,留与后人登险峰。

偶感,步聂老原韵(1997 年 4 月)

怪道宦海水争流,布衣何曾傲公侯?

名书纸上原是虚,利止腹果即到头。

闹市大贾惯作伪,陋巷寒士唯解愁。

习得太极一二招,养身独为文字酬。

董夏民同志《风雨〈挺进报〉》读后(1997 年 7 月)

蜀水巴山惊风云,又从华缄读鸿文。

豺虎当路山城暗,枪林刀丛传好音;

光辉不灭《挺进报》,典范长留红岩村。

五十年似一瞬过,且喜锦江有故人。

偶感(1997 年 8 月)

少年绮梦早成空,

揽镜颓然一老翁;

如烟往事休管得,

收拾岁月事雕虫。

偶感(1999 年 12 月)

自顾平生乏长才,习艺从文梦成灰;

日注莎剧三十字,以此度岁亦悠哉!

恰似当年写经生，青灯寒窗守一经；
一心一志唯在此，不求赫赫世上名。

有感二首（2001 年 8 月）

汴梁一住四十年，待忆往事散如烟。
名入另册亲亦疏，身经坎坷苦自甘；
忧患方知亲书册，穷蹙始肯力砚田。
悠悠浑忘家何在，独对丛残一惘然。

道是无家却有家，"每依北斗望京华"：
老友一二时存问，长者三五稍提拔；
清溪涓涓贵不断，高山隐隐胜流霞。
梦中总觉长安近，何妨真情到天涯。

9 月 16 日夜枕上，步鲁迅先生韵（2001 年）

祖国欣逢开放时，东风送暖柳吐丝。
伤痕偶触他日泪，衰年勉随新征旗。
进退须防千年鬼，安危不系咏怀诗。
廉政爱民到实处，十三亿人一戎衣。

（末句用郭沫若《自日本归国》诗中语。）

山西杨栋先生惠赠所著《梨花村诗画》，读后戏赠小诗
（2004 年 6 月 10 日）

山村小院梨花开，不羡洋楼爱书斋；
洋楼虽阔多纷扰，坐拥书城自悠哉！
多情自古羡红颜，文人难过美人关；
希腊古典君须记，佳丽每伴"大腕"眠。

文弱书生愁偏多,忧人忧事忧家国;
济世何劳诗书画,清者自清浊自浊。
兰姆口讷性温良,惨祸飞来事堪伤;
苦水化作含泪笑,随笔写出涩味长。

世路多歧一条条,悲欢哀乐唯自招;
千回万转始醒悟:守住田园即逍遥。

赠 国 蕾(2004 年 6 月 21 日)

文笔生涯何足谈?译兮写兮衰鬓斑。
简史改版劳奔走,莎典面世凋朱颜;
巧手打字 ABC,慧心编卡万百千。
感卿嫁我同此命,苦乐酸甜如许年。

题《英国文学简史》新增订本(2006 年 1 月 27 日)

五七受命温旧课,六四冒暑草长编;
"文革"过罢四易稿,人书同命五十年。

莎氏词典编写书感(2006 年 8 月 12 日)

曹译《柔幽》少年读,心随悲情共激扬;
欲从原著窥全貌,恨无金钥启珍藏;
承平之世眼渐开,前修时贤引入堂;
廿载辛苦何所计,莎海涵泳乐无疆!

题《夏民影诗集》(2007年6月9日)

开卷顿觉云雷生,沧桑今昔在眼中;
诗为生平留行迹,影是历史纪征程:
气贯长虹刘国铤,力挽狂澜邓照明;
戎装少年堂堂立,五七年前小英雄!

刘炳善　著

刘炳善文集

The Collected Works of Liu Bingshan

IV. 文学散论、译事随笔卷

河南人民出版社

图书在版编目（CIP）数据

刘炳善文集. Ⅳ，文学散论、译事随笔卷 ／ 刘炳善
著 . — 郑州 ：河南人民出版社，2022. 10
ISBN 978 - 7 - 215 - 10765 - 6

Ⅰ．①刘… Ⅱ．①刘… Ⅲ．①中国文学 - 当代文学 -
作品综合集 Ⅳ．①I217. 2

中国版本图书馆 CIP 数据核字（2017）第 020893 号

河南人民出版社 出版发行

（地址：郑州市郑东新区祥盛街 27 号 邮政编码：450016 电话：65788072）
新华书店经销　　　　　　　河南文华印务有限公司印刷
开本　710毫米×1000毫米　　　1/16　　　印张　18.25
字数　298千字
2022 年 10 月第 1 版　　　　　2022 年 10 月第 1 次印刷

定价：296. 00 元（全四册）

目　　录

我的第一本书——《英国文学简史》

我原先并没有想过要编写一本英国文学史。《英国文学简史》一书的编写是个人生活、学习、工作的道路一步一步发展的结果。

我上初中时开始爱好文学，上高中时自觉地向文学方面努力学习。不过那时候我爱好的是鲁迅和俄罗斯文学。1946 年在重庆沙坪坝上大学，学习方向转到英文。沙坪坝地处嘉陵江边，山光水色，与人相亲，是一个读书的好地方。大学生活中最高兴的事就是坐在江边的石栏上细读英文的《金库诗选》《彭斯歌谣》和莎剧《罗密欧与朱丽叶》，这样渐渐走进了英国文学的花园。我也尝试用英文写作文，并把自己喜欢的英国散文译成中文。当时我们所用的英国文学史教材是美国学者奈尔逊和桑代克编的。此外，日籍爱尔兰作家小泉八云有关英国文学的论著，因为英文写得浅显生动，也为我所爱读。美国学者梅西所著《世界文学史话》，当时只读到中文译本，其插图非常吸引人。我国范存忠教授的《英语学习讲座》中引述了许多英、法、俄等国文学家的写作经验，在我从单纯的英语学习转向英国文学的学习方面，起到了"渡船"的作用。特别是他书里讲的康拉德刻苦学习英文、成为英国小说家的故事，鼓舞着我也想学习用英文写作。这种努力在解放初期结下了一个小果——我用英文写的短篇小说《逮捕》在布拉格《世界学生新闻》发表并获得该刊 1952 年征文比赛一等奖。当时我 20 多岁，记性好，模仿力强，读英文书能记住、"套用"，所以作文写得快。当然，用外文写作，谈何容易？而且，在 50 年代英文被当作"帝国主义语言"，没有出路，我改了行，搞了三年戏剧工作。

1957 年我调到河南大学外语系，领导给我的任务是准备并进行英国文学史的教学工作。为了完成这一任务，必须钻研原著、广泛阅读种种有关书籍并且着手编出自己的讲义。当时我还是一个年轻人，脑筋好，读书快，对英国文学有强烈的兴趣。这一任务对于我来说是一种极大的愉快。我沉醉于乔叟、莎士比亚、密尔顿以至菲尔丁的英文原著之中,搜集马克思主义作家有关英国文学的评论,再次重读了小泉八云、梅西的著作并读了泰纳的英国文学史和勃兰兑斯的《十九世纪文学主潮》等书,并陆续写下了笔记和卡片。但由于反右扩大化,1958 年我被错划"右派"。开始,我对备课工作仍尽力坚持,在劳动间隙读英国文学作品——譬如说,当我看菜园时,我带着《牛津英文散文选粹》去看,因为那些散文自成片段,随时可读可停。用这种办法我把这部书读了一大半。但是,改造场所终非钻研文学之地,而且三年困难时期也来临了。生活本身是严峻的。每天的时间,从早上 8 点到夜晚 10 点,整个为沉重的劳动和刻骨的检查占去——英国文学在我的生活中被挤掉了。而且,不知为什么,人在苦难之中往往会想起俄罗斯文学。因此,每天的疲劳和痛苦之后,我在深夜里读起了英文版的《苦难的历程》《静静的顿河》《战争与和平》《复活》《安娜·卡列尼娜》。它们连同马克思主义经典著作的学习,是我改造生活中的精神支柱。

1962 年摘去"右派"帽子。1964 年领导又命我重新准备英国文学史,我那时精力还好,继续钻研原著、搜集阅读有关史料和评论,并对所读的书籍写了两大本笔记——即资料长编。笔记刚刚写完,英国文学课程停开,遂弃置一旁。1966 年"文革"开始,我进入"牛棚",中外文学书全被抄走。两本笔记因为不起眼,幸未被抄(如果抄走,我再也没有力量读那么多书、积累那么多资料了),一直放在书架上。

"文革"结束,1978 年教育部恢复大学英美文学课程。我再次受命准备英国文学史课,因当时我国尚无现成教材,我又想起我这两本笔记。1978—1979年,在此笔记资料的基础上编写出自己要用的英国文学史讲义,油印成上、下两册,一部分讲义与兄弟院校交流。当时只把它作自编自用教材。不料有些兄弟院校来信表示热情欢迎。教育部外语处发现这部讲义,于 1979 年年底召开审稿会议,全国 21 所院校代表参加,决定先在地方院校试用。1980 年,对讲义初步修订,铅印内部发行,1.4 万册在两个月内一销而空。1981 年春,对全书大加修改,并经上海外国语学院陆佩弦教授校订,由上海外语教育出版社出版,此后作为全国大学春季教材,每年重印,累计印数已达 15 万多册;1993 年,由我个人进行全面修改、增补,在河南人民出版社出了新修订版,并经国家教委批准用作大学本科教材,继续连年重印,为全国兄弟院校所采用。由于我国外语教育发展很快,我准备在适当时机再作一次较大增订,以应21世纪教学之需。

　　在编写这本教材时,我始终遵循这么一条原则:根据我国一般大学生的英语程度和学习需要,接受前人研究成果,按照自己的编书体例,对资料进行删繁就简、去粗取精,加以选择、摘录、编排、改写。全书大致贯穿一条历史唯物主义的主线,内容简明扼要,语言通俗易懂,形式图文并茂——这是编书的宗旨。

　　这是一部通俗入门教材。但编写入门教材也自有酸甜苦辣。我最高兴的是:这本书从它出版以来,一直受到大学生和青年读者们的欢迎——这从他们从天南海北给我寄来的热情来信可以得到证明。

　　我同样高兴的是:50多年来我对文学的热爱,总算结出了一个小小的果实。而且,我过去对马克思主义的学习,对鲁迅、对俄罗斯文学的学习,甚至包括我小时候对美术的喜爱和我50年代的一段戏剧工作经历——这一切都凝结在一起,不同程度地影响了我这本小书的内容和形式各个方面。因此,我说,这本小书是我的人生路程一步一步走出来的。

图1

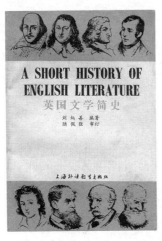

图2

图1　《英国文学简史》1980年河南大学外语学院内部发行版

图2　《英国文学简史》1981年上海外教版

图 3

图 4

图 3 《英国文学简史》1993 年河南人民出版社修订本

图 4 《英国文学简史》2006 年河南人民出版社新增订本(普通高等教育"十一五"国家级规划教材)

《英国文学简史》编余赘言

《英国文学简史》1981年7月出版以来，六七个年头过去了。作为此书的编者，我想我有责任把它的编写、出版情况以及个人的有关想法写出来，向广大读者作一汇报，并希望得到大家的指正。

一

请允许我先说几句关于个人学习英语的事。

我的大学时代是从40年代末到50年代初在四川嘉陵江畔的沙坪坝度过的，专业是英文。我学英文，目的是为了学文学、为了读外国作品。对文学的爱好促使我克服英语学习中的一道又一道难关。过去，在高中阶段可以粗通英文，进入大学，大一英文就是原文作品。但抛开课本，完全靠个人力量读懂一本书，还是有困难，主要是"生字关"必须攻破。另外一大困难是穷，买不起书。我读的第一本书是《联共（布）党史简明教程》英文版——当时陈原先生在他的《外国语文学习指南》中推荐它，我从旧书店弄到一本，查着生字啃完。读的第二本书是英文版《圣经》，从青年会买到一本，很便宜，也读了一年多。我不信教，但对《圣经》中的古朴英文很欣赏，对其中的《雅歌》最喜欢，那是古希伯来的爱情诗，跟《诗经》里的《国风》差不多；《传道书》也喜欢，像老子的《道德经》；耶稣讲的一些小故事也很有文学意味。我还想过用历史唯物主义的观点研究一下《圣经》，但没有实行。读这两部书之后，我接着读《威克菲牧师传》《金库诗选》《彭斯歌谣》以及英国随笔散文和莎士比亚剧本《罗密欧与朱丽叶》《恺撒大将》——这样，我就渐渐走进了英国文学的花园。

在讲英语学习方法的书当中，我很感激范存忠教授的《英语学习讲座》。这本书不是孤立地谈语言学习，而是讲了许多生动的作家故事，以此点燃学生对于文学的兴趣，启发学生爱书、爱自己所学的那一门语言。如果一个人对自己学的语言没有感情、对读书毫无兴趣，他大概很难把这门语言学好。因为语言本身是活生生的东西，它的内容是人类社会生活，而文学乃是人类社会生活的生动记录。中外作家都谈过人和书籍的友谊——一个爱读书的人会对书自然形成一种牢固的友谊：有的书对他是泛泛点头之交，有的书是他的好朋友，少数的书是他最知心的朋友。我们大家都会有这种体会。所以，我不赞成在英语学习中只谈语法分析不让学生读书，那样会把学习英语的路子弄得很窄、很死。当然，我也不是说完全不学语法——在掌握语言当中语法学习也是一个必要的环节。但在英语学习中，文学教学同样是一个不可少的环节。一个英语专业的学生，不学英美文学，那是不可思议的。

在我的求学时代，所使用的英国文学史教材是美国奈尔逊和桑代克编的课本。此外还有其他一些关于英国文学史的著作，其中我感到特别亲切的是日籍爱尔兰人小泉八云的英国文学讲义。对于小泉八云，正统的英美学者不大提他。但在日本、在中国的英文界，他的影响是不算小的。讲英国文学的书很多。许多大部头著作，旁征博引，作者也很有权威，但对初学者来说，却不免望之生畏。我更喜爱另一类文学史著作，不摆学者架子，平易近人，娓娓如叙家常，好像一个和蔼可亲的向导，在不知不觉中把人引到一个"湖光山色与人亲，说不尽，无限好"的境界。今天看来，小泉八云的文学见解已经陈旧了，但他的方法确实很适合于初学者——他把错综复杂的文学现象，自己先加以融会贯通，然后用浅显易懂的语言，把文学史的基本常识传授给学生。

说到这里，我想起鲁迅先生关于小泉八云说过一段话，现在引出来，以供参考：

"……这一层（指对外国文学的引进——引者），日本比中国幸福得多了，他们常有外客将日本的好的东西宣扬出去，一面又将外国的好的东西，循循善诱地输运进来。在英文学方面，小泉八云便是其一，他的讲义，是多么简要清楚，为学生们设想。中国的研究英文，并不比日本迟，所接触的，是英文书籍多，学校里的外国语，又十之八九是英语，然而关于英文学的这样讲义，却至今没有出现。"（《集外集》：《奔流·编校后记》）

我想,小泉八云的这种方法,对于我们从事英国文学教学的人,特别是搞文学史普及工作的人,还是值得参考的。

二

在编写《英国文学简史》的过程中,指引自己工作的有以下几个想法:

(1)用马克思主义的基本观点来指导编写工作。马克思主义的基本观点,在这里主要是指历史唯物主义观点。鲁迅说过:"马克思主义是明白的哲学。"我想,它是能把文学史说清楚的。特别是马克思、恩格斯曾经久居英国,他们对于英国的历史、社会、文化深有研究。在他们的著作中,有许多关于这方面的论述。例如,在《资本论》中对英国资本主义原始积累过程和发展过程的论述,在《社会主义从空想到科学的发展》英文版序言中关于英国唯物主义哲学的产生和发展、英国资产阶级对宗教的利用等问题的论述,都分析得非常精辟深入,而《英国工人阶级状况》一书更是研究 19 世纪英国社会的皇皇大作。马克思、恩格斯对于英国作家、作品的论述,散见于他们的许多著作之中。这些对于我们都是极其宝贵的理论遗产,可以给我们的英国文学教学科研工作以启发。(对于这些理论遗产,过去苏联学者曾做过搜集整理工作,但还有很多遗漏,有待我们进一步搜集、整理、运用)在本书编写当中,就个人能力所及,我在这方面做了一点初步的努力,例如运用马克思、恩格斯关于文艺复兴时期、关于莎士比亚、关于资产阶级启蒙运动、关于笛福、关于拜伦和雪莱、关于英国现实主义小说家,恩格斯和列宁关于萧伯纳的评论,等等,来试图说明有关作家诗人的创作的社会意义。但掌握马克思主义基本观点和认识英国文学发展历史规律,都需要一个长期的、刻苦的学习过程。运用不当之处,肯定会有,需要今后加强学习,以求改进。

(2)在本书编写当中,我所努力追求的目标是为我国师范院校外语系英语专业的学生(以及同等水平的英语自学者)编出一本介绍英国文学史初步常识的入门书。由于十年动乱的影响,我们今天的青年学生比较缺乏外国历史和文学常识。因此,这本书需要从英国文学史的基本常识谈起,而且需要简明扼要、条理清楚,便于初学者理解。我的想法是:每个时期,除了首先介绍一下一般社会历史、文化思想概貌和文学发展概况以外，把重点放在重要作家及其代表作品上面，首先抓住伟大的作家和诗人，并注意介绍主要文学流派的代表，介绍在当前英语教学中可能常常碰到的作家；次要的作家、作品则一笔带过或者简直不提，以省出篇幅给更为重要的作家。因此，这本书只能算是一本"英国文学简史"。

（3）从目前我国学生的实际英语程度出发，尽量把教材编得浅显易懂，使得书中的语言比较流利活泼一点，也是我的努力目标之一。前边说过的小泉八云的文学史著作，从内容说，卑之无甚高论，但过去他在日本的教学和他的书在东方的影响都相当成功。这和他那据说"中学生都能懂得"的浅明有味的语言文字有很大关系。我们今天，如果能运用正确的观点，掌握切实有用的英国文学史资料，再用浅显、流利的语言叙述出来，那么学生看了，对于英国文学不是可以更感兴趣吗？

对于目前师范院校英语专业的学生来说，英国文学史教材内容宁可简明一点，不可庞杂；语言宁可浅显一点，不可深奥。我的努力目标是把简要的内容和浅显的文字结合起来，使得初步的英国文学常识能为学生学到手。

（4）重视插图。插图并非小事。鲁迅非常注意文学书籍的插图。我们看外国的文学书籍，特别是为青少年出版的文学书籍，都很重视插图。我所看到的英国文学史课本，像奈尔逊和桑代克的书、威廉·朗的书、瓦尔德的书，以及梅西的《世界文学史话》、饮水氏（德林克瓦特）的《文学大纲》，插图都是丰富多彩，令人爱不忍释，启发鼓舞读者对文学的兴趣和热爱。有鉴于此，《英国文学简史》在出版时，非常重视插图。考虑到制版的成本，特别是考虑到这是中国人所编的一本英国文学史教材，所有采用到本书中的图画资料全部由河南大学艺术系的老师和毕业生以黑白素描的形式重新绘制。全书插图共 103 幅之多。这样做是为青年读者所欢迎的。有的学校的同学亲切地把这本《简史》叫作"人头书"（指封面上有两排英国作家的头像）。

总起来说，这本书的特点是：观点马列主义，内容简明扼要，语言通俗易懂，形式图文并茂。

这本书是一部通俗教材，一本"小人书"。我所做的工作是根据目前我国一般大学生的英语程度和学习需要，接受前人研究成果，吸收国内外有关资料，按照上述的编书宗旨和体例,对所有资料进行删繁就简、去粗取精,加以选择、摘录、编排、改写,使之成为一部比较完整的教材。

三

本书的编写,从开始准备到最后正式出版经历了 24 年的漫长历程,其间以全力投入此项工作的时间为 6 年,具体说:1957—1958 年,搜集、整理有关资料;1964—1965 年,写出笔记和资料长编;1978—1979 年,写出全书初稿,印成讲义,并由教育部召开审稿会议讨论;1980 年,根据讨论意见,对全书进行初步修订,铅印内部发行;1981 年,对书进行全面修订补充,并经上海外国语学院陆佩弦教授校订,由上海外语教育出版社正式出版,并从 1982 年起列入全国大学春季教材。

此书开始编写较早,而在 1979 年完成初稿时,国内还没有看到同类的完整教材出版。因此,从酝酿体例、搜集资料到着手编写、修改,全是在个人独力摸索中进行,实际问题在工作中逐步解决,书稿在不断修订中逐步改进。所遇到的几个实际问题和解决的方法列举如下:

(1)关于作家、作品的评价问题。在过去我国的外国文学研究工作中,除了在"文化大革命"中受到"四人帮"文化专制主义的荼毒以外,即在 17 年中也存在一个苏联文艺理论的影响问题。在英国文学史教学研究领域中,我国过去出版的主要是苏联的著作,例如阿尼克斯特的《英国文学史纲》和吉林斯基等编著的《英美文学与文体研究》,以及几本英国作家评传和 18、19 世纪的欧洲文学史英国部分。用马克思主义观点写的同类著作,还有从 30 年代以来英美进步学者的不多几本书。作为一个社会主义国家的英国文学教学人员,在尝试用马克思主义的观点来编写教材时,不能不参考这些书籍。参考这些书,就有一个如何正确对待它们的问题。我的态度是:对待苏联学者的著作,就像对待任何事物一样,应该采取分析的态度,而不应该绝对肯定或绝对否定;如果是属于用马克思主义的基本观点分析文学现象,虽苏联著作参考一下又有何妨?但如果是"左"的、僵硬的条条框框,当然必须打破。本书在编写和修改过程中,尽量做到打破"左"的教条框框,以便容纳更多的历史事实,使得这本教材不致流于僵化、干枯。但如何才能编出一部既符合马克思主义基本观点，又生动活泼、适合我国需要的英国文学史教材，是一个需要进一步深入探讨的大问题，这本小书远远没有解决。在这个问题上，应该继续向国内外专家学者学习、向兄弟院校的同行们学习。

（2）对于有些被称为"群星灿烂"的文学繁荣时代，如何向初学者介绍，是个难题。例如在英国文艺复兴时期，诗人如林，剧作家成群，还有许多其他文学样式的作家，如果一一介绍，恐怕整个一本书都用上也不够。此外，像19世纪的浪漫主义文学、批判现实主义文学、"维多利亚时代"的文学等等，各有一大批作者，不可能都介绍出来。《简史》只是为初学者编写的入门书，只能把重点放在介绍重要作家及其代表作品上面，次要作家、作品只能简单提一下或略过不提。对于莎士比亚和狄更斯这样在我国影响特别重大的作家，则当作全书的重点详细介绍。

（3）随笔这一文学形式，在英国很发达。英国随笔很有民族特色。"五四"以后，英国随笔被介绍到中国，对我国散文曾产生过重要影响。但过去苏联教材不大提它，解放后，我们也不大提它，大概因为随笔是最能代表作家个性的一种文体，无法塞进过去的一些框框。其实，列宁在《党的组织和党的文学》中说过，在文学事业中"绝对必须保证有个人创造性和个人爱好的广阔天地，有思想和幻想、形式和内容的广阔天地"。在文学中不应讳言个性。随笔散文应该可以欣赏，甚至我们自己也不妨写写。三中全会以后，在中央关于思想解放、破除迷信的思想工作方针指引下，对于英国随笔这个"禁区"可以开放了。因此，在《简史》中写进了英国随笔作家艾狄生和斯梯尔、兰姆和赫兹利特的专章。

此外，英文《圣经》的翻译本是英语和英国文学发展中的一件大事，以往苏联和我国的有关著作往往略而不提。《简史》予以简述，以尊重历史事实。

（4）《简史》编到30年代、二次大战前夕为止。原因是在编书时期对于二次大战以来的作家、作品接触太少。"君子于其所不知，盖缺如也。"另外，对于当代英美文学，近年来国内已有专门教材。我这本《简史》就不必再往下编了。不过，现在检查全书，20世纪部分的内容还嫌单薄一些，准备将来增订时再加以充实，时间下限仍到二次大战前夕为止。

（5）编写这本书，并非当作学术专著，而是当作教材，而且是为师范院校使用的教材。我不知道，别的同行在编同类教材时是否接受前人成果、吸收国外有关资料，但我在实践中感到这样做是不可避免的。所有参考资料的作者、书名，我都列在书前，以示尊重前人成果、不敢掠人之美。但全书的宗旨、体例，资料的搜集、选择、编排、改写，以及反复多次的修订，则是我多年心血和劳动的结果。

四

《英国文学简史》是我国一个普通教师为我国师范院校学生编写的一本介绍英国文学史常识的通俗教材，也是中国人尝试自己编写一本英国文学简史的小小成果。当它还处在草创阶段，还是一部油印讲义的时候，就曾受到有关领导和兄弟院校教师的关怀和支持；在铅印内部发行和正式出版以后，更收到国内外一些学者专家来信鼓励，其中包括北京外国文学研究所戈宝权研究员、南京大学范存忠教授、湖南师院罗皑岚先生；中山大学戴镏龄教授在 1982 年 5 月在昆明的英美文学教材会议上发言给以肯定；1982 年 6 月 25 日北京《中国日报》载文将此书列入我国在粉碎"四人帮"以后英美文学研究领域的成果之一；美国著名学者鲁宾斯坦博士来信称此书"确实是一本值得称赞的著作，它一定能为中国学生学习英国文学提供一个很好的入门"。

实践证明：这本小书是受到我国学英语的同学和青年读者们欢迎的。几年来陆续收到各地青年教师和同学们的热情来信，限于身体条件未能一一回信，在此表示歉意和感谢。济南一中的英语老师张晓燕同志在信中写道："这本文学史，语言流畅，自然，简洁，像一个平易的导师对胆怯的学生说：'这座辉煌迷人的文学宫殿也是你可以参观一番的。'"——我想，这可以代表青年读者的心声。

更有同志给以善意的批评指正。例如安庆师院外语系方达同志在该院《教研报》上发表《评〈英国文学简史〉》一文，除对本书给以热情肯定外，诚恳指出需要注意改正之处。

以上这些，都给我以极大的鼓舞和支持。限于种种条件，《英国文学简史》还存在不少缺点。希望各地的专家、同行和使用本书的青年同学和读者，仍如以往一样给我以帮助批评,以便我在适当时间对此书进行一次全面的增订修正。谢谢大家!

(1988 年 3 月 15 日,开封)

《译文》《世界文学》和我自己

——为《我看〈世界文学〉》征文而作

谈到《世界文学》，我得从老《译文》说起。

抗日战争中，我十几岁那些年，在陇南山区一个流亡中学念书。当时过的生活是缺衣少食。但是在破衣烂衫裹着的稚弱身体中有一颗上进的心在跳动。我既爱文学又爱美术，从一个不知天高地厚的少年的天真幻想出发，仿佛觉得"作家"和"艺术家"的桂冠已经有人给我定做好了，只等我啥时候高兴就可以戴在自己头上。这时候，一位我永远怀念的英文老师，从延安鲁艺出来的地下党员，为了纠正我的"空头艺术家"梦想，借给我他珍藏的两大卷鲁迅和茅盾主办的老《译文》合订本。我此刻"心灵的眼睛"还看得见那两巨册宝书。在那样贫乏、寒冷、苦难的环境中，它们给了我多么丰美的艺术享受和精神营养！那时候我深深爱着俄罗斯文学，对普式庚（普希金那时的译名）和莱蒙托夫佩服到了嫉妒的程度。我从老《译文》里抄出普式庚的抒情诗、童话诗和一些长诗，还把他的小说《埃及之夜》全文抄录，连克拉甫兼珂的木刻插图也照画下来。用这种办法我"编辑"出自己的"普式庚选集""莱蒙托夫选集""萨尔蒂柯夫寓言"等等。只有一个十六七岁少年对文学才能爱得如此"投入"。但这也就是我一生学习外国文学的"原始积累"。

老《译文》里的一些作家评论、回忆录辑成一本《外国作家研究》。其中第一篇是鲁迅译的《果戈理私观》，还有卢那察尔斯基关于萧伯纳的论文，梅林关于狄更斯的论文，渥哲狄关于左拉自然主义写作方法的回忆，纪德关于王尔德晚年在法国的回忆（虽然落魄潦倒，王尔德说话仍然非常天真，令人忍俊不禁），以及戈斯关于惠特曼的回忆。这些文章使我在无形中领受了什么叫文学评论。

我上大学时学了英文，文学爱好的范围比中学时代有所扩大。除了"俄罗斯的忧郁",我也很欣赏英国式的幽默和西南欧的明朗。50年代初,我在河南文艺界吃过几年"快活饭",看戏、评戏、编戏是我的工作。但是,新《译文》在1953年一创刊,我立刻就成为它的忠实读者。当时的主编还是茅盾先生,连杂志的封面和竖排的版式也和老《译文》相仿佛。更高兴的是新《译文》保持和发扬了老《译文》的优良传统:高水平的原作,高质量的译文,精美的插图。我曾经拿我从东安市场书摊上捡来的一小本 Carmen 英文版和《译文》上傅雷译的《嘉尔曼》对读,感到还是傅译本更耐咀嚼。印象特别深刻的是:1954年夏天,我和一位青年作曲家同室居住,萧乾翻译的《好兵帅克》刚在《译文》上发表,我们两个人都看,每看一部分,就互相学着帅克的傻相,逗笑,寻开心。以我的浅陋,觉得在中国少有这样叫人开怀大笑的作品(张天翼的《洋泾浜奇侠》庶几近之)——这可能是历史传统的关系,咱们中国人的脾气(除了小孩子)似乎缺少那么一点天真、一点"傻气",或者说"透明度",而透明度高的人往往被当成"十三点"。顺便说说,拉达的《好兵帅克》插图真是棒极了!它们就像菲兹和克鲁克香克画的狄更斯小说插图,多列画的《堂吉诃德》插图,坦尼尔画的《阿丽思漫游奇境记》插图那样,跟文学原作浑然一体,在读者心中永远无法分开。这是文学和艺术的绝妙结合。

我对《译文》(后来改名《世界文学》)的订阅持续到50年代末。我的笼统印象是:它的内容覆盖面比老《译文》更宽了,除了俄苏作品和欧美各国文学,还收入解放前很少介绍的亚非拉文学。此外,由于解放后外语条件好多了,一般不用转译,而要求从作品原文直接翻译,这样译文的准确可靠程度就大为提高。翻译某国文学或某一作家的译者,一般也就是在那一领域的专家。因此,《世界文学》在文学界一直享有很高的声誉。据我所知,河南一些作家就长年订阅《世界文学》,从中汲取国外的文学营养和信息。不过,偶尔也听一位作家说过一句:"《世界文学》这个杂志有点莫测高深。"这未必含有什么贬义,仅仅表示在创作界和翻译界之间还隔着一道语言障碍而已。我是学外文的,自然不会认为《世界文学》"莫测高深",但投稿的念头几乎没有,因为我一直做的是"作家梦",多年间忙于写戏。另外,搞文学翻译也像搞创作一样,需要有一种强烈激情做动力,而当时我却没有。

20多年过去。

促使我以译者身份与《世界文学》发生联系的契机终于来临。

1976 年夏季,当我身心极为疲惫的某一天,偶尔读到夏洛蒂·勃朗特的一篇散文,那是关于她们三姊妹文学创作艰苦历程的回忆,印在《呼啸山庄》书前作为代序,我过去总是把这几页掀过去,直接去看小说。那一天只是因为烦闷,随意抓来当课文念一念。谁知念着念着,一种悲痛的感情不由自主地堵塞在喉咙中间,当念到艾米莉患病去世,我竟然泪如雨下,然后一直流着眼泪念到文章结束。这是 19 世纪英国下层知识妇女的血泪倾诉触发了一个中国知识分子在"文化大革命"中积压的悲痛。

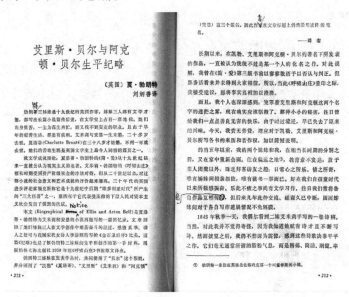

"文革"后初次发表的译文《艾里斯·贝尔与阿克顿·贝尔生平纪略》
(《世界文学》1980 年第 3 期)

"文化大革命"结束后,我首先把这篇回忆录译出来。翻译时,我没有过多去考虑技巧问题,只想把自己的满腔同情倾注到译文之中。当译到"她们才华正富,来日方长。岂料巨变袭来,摧折骤至,令人思之可怖,忆之神伤;当烈日方中、农事正忙之时,耕耘者却在劳动中倒下了"这几句,不禁又流下了眼泪。当时在河南发表译作的出路还少。译稿寄到《世界文学》,英美组的编辑同志把它发表于 1980 年第 3 期。那时候我恰好正在北京校对我的第一本书,赶到百万庄邮局,买了一本新出的《世界文学》,站在路边把自己的译文再读一遍,在一种幻觉中仿佛听到夏洛蒂如泣如诉,不觉又是热泪盈眶。《世界文学》对于我这个外省译者的支持唤醒了在我内心里已沉睡 30 年的对于英国散文的喜爱(40 年代末我上大学时译过一批英国散文),鼓舞我走上文学翻译的道路。其结果便是十余年来译出的近百篇英国散文作品。从《译文》的读者到《世界文学》的译者——这条路曲曲弯弯走了近 50 年,然而又是合乎情理的,其中仿佛有一定的"缘分"。

我有一个梦想:中国在 21 世纪应该有一个自己的"文艺复兴"。说到欧洲文艺复兴,大家都知道翻译事业在其中所起的重要作用。中国"五四"以来的新文学运动,也是以翻译为序幕。只要想想"林译小说",莎士比亚、易卜生、萧伯纳剧本的翻译,英国散文的翻译,分别对于中国小说、戏剧和散文创作所曾经产生的影响,便可知道:"有这个借鉴和没有这个借鉴是不同的。"

一个多世纪以来,我国翻译界对于中国的现代化曾经起过并将继续起着催化的作用。文学翻译工作大有可为。《世界文学》作为当代中国历史最悠久、基础最雄厚的外国文学翻译刊物,所肩负的担子很重,其工作的历史意义也非常深远。

写下这一些零星的回忆,以表示个人对于《世界文学》创刊 40 周年的纪念。

(1993 年 5 月 8 日,开封)

英国随笔简论

——《英国散文选》①译后记

这本小书,以随笔为主,选录了从 18 世纪到 20 世纪的 15 位英国作家的部分散文作品。译事既竟,谨将英国随笔的发展概貌以及其他有关问题作一说明。

一

随笔(the essay,过去曾用译名"小品文"),是散文(prose)的一种。从文学史的角度来看,散文的发展常常是在诗歌之后,而随笔在各类散文中更要晚出。近代西欧的随笔是在文艺复兴运动中诞生的,代表作就是法国蒙田的《随笔》(*Essais*,1580—1595)一书。英国随笔的发展略晚于法国,事实上,是以蒙田《随笔》的最初英译本(John Florio's translation of Montaigne's *Essays*,1603)为其滥觞。因此,随笔在英国开初可以说是外来品,可是一旦移植到了英国,那块土地似乎特别适于这一株花木的生长,在三四百年间不断发展壮大,成为非常富于英国民族特色的一种散文形式。

最初的硕果是培根的 58 篇《随笔》(Francis Bacon:*Essays*,1597—1625)。但培根的随笔是哲理性的,和蒙田随笔中富于个人风趣的亲切笔调不同。蒙田的随笔传统到了 17 世纪在英国才有较大的发展。伯顿的《忧郁的剖析》(Robert Burton:*Anatomy of Melancholy*,1621)和勃朗的《一个医生的宗教观》(Thomas Browne:*Religio Medici*,1643)虽是两部长篇散文著作,但它们那杂学旁搜的内容、兼容并包的观点,随作者兴之所至而漫谈的笔调却为随笔的发展开辟了先

---

① 《英国散文选》(英汉对照)分为上、下二册,分别于 1985 年、1986 年由上海译文出版社出版。

河，无怪乎后来的不少随笔作家都以这两部 17 世纪的"奇书"为其"枕中之秘"，就好像我国的《世说新语》对后代笔记小品的影响一样。在 17 世纪还出现了两本模仿蒙田的作品，那就是考莱的《随笔集》（Abraham Cowley：*Essays in Verse and Prose*，1668）和邓普尔的《杂谈集》（William Temple：*Miscellanea*，1680—1701）。但英国随笔的真正大发展却是在 18 世纪。当时文人办期刊蔚然成风。譬如说，大家熟知的笛福，在他 60 岁写《鲁宾逊漂流记》之前，早就是办刊物的老手，而且是英国头份期刊《评论报》（*Review*，1704—1713）的主笔。此外，斯威夫特办过《检察者》（*The Examiner*，1710—1711），斯梯尔和阿狄生办过《闲话报》（*The Tatler*，1709—1711）和《旁观者》（*The Spectator*，1711—1712；1714），约翰逊博士办过《漫游者》（*The Rambler*，1750—1752），后来哥尔斯密也办过短期的小刊物《蜜蜂》（*The Bee*，1759）。由于刊物的需要，随笔这一形式得到广泛的应用，作家用它来立论、抒情、写人、叙事，把随笔开拓成为一种贯穿着作者的活泼个性的非常灵活、非常吸引读者的文学体裁。评论者往往把 18 世纪以后的这种英国随笔叫做"familiar essays"（漫笔、小品文、随笔）。

到了 19 世纪，随笔散文成为英国浪漫主义文学运动的一个分支，出现了一批著名的随笔作家，如兰姆、赫兹利特、德·昆西、利·亨特等。英国随笔到 19 世纪发展到了一个顶峰，题材扩展到日常生活各个方面，作者的个性色彩也更为浓厚，名篇佳作甚多。承上述诸名家的余绪，斯蒂文森在 19 世纪之末再次振兴随笔创作，是个承上启下的重要作者。在斯蒂文森之后，随笔在 20 世纪初期又繁荣了相当一段时间，出现一批作家，如契斯透顿（G. K. Chesterton），贝洛克（H. Belloc），皮尔滂（Max Beerbohm），美纳尔（Alice Meynell），鲁卡斯（E. V. Lucas），林德（R. Lynd），米尔恩（A. A. Milne），等等。直到 30 年代以来，据说由于期刊减少，报纸版面紧张，随笔中亲切漫谈的优点已被具有更大吸引力的广播和电视节目所取代，因而随笔这种文学体裁颇有衰落之势。（参见 Ifor Evans：*A Short History of English Literature*，P346）虽然如此，随笔这一具有三四百年历史传统的英国文学样式，是不会一下子销声匿迹的，作者仍然时有出现，譬如说，小说家奥尔德斯·赫胥黎和维吉尼亚·吴尔夫就写过不少随笔作品。英国随笔的前途究竟如何，还需要看今后的事实如何发展才能断定。

二

比起莎士比亚的戏剧、弥尔顿的长诗、菲尔丁和狄更斯的小说这些鸿篇巨制,英国随笔不过是小品文字。然而,"虽小道,亦有可观者焉"。从历史角度来说,英国随笔的发展乃是自从欧洲文艺复兴以来人道主义觉醒、思想启蒙运动等意识形态变化的结果;从社会条件来说,它是时代思潮激荡、报刊发达、读者需要的结果;从文学本身来说,它又是一个国家散文艺术发展到一定成熟水平之后的自然产物——譬如说,私人书信、日记、笔记、游记、政论、随感录、自传、传记、回忆录、文艺评论、各种"杂著"这些散文作品的大量产生,就势必为随笔这种"杂文"形式的出现提供土壤和养料,提供素材和语言艺术的基础。在整个文学艺术的大花园里,随笔虽然不过只是一朵小花,但滋养着这一朵小花生长的却是一个国家民族的全部思想文化艺术成果;正因为如此,随笔才能具有那种非其他鸿篇巨制所能取代的独特的艺术魅力。而且,如果按照时代的顺序,把英国的随笔作品从 18 世纪到 20 世纪看下来,也可以窥察不同时代的英国社会风尚,可以看出英国文学的大致发展轨迹。这是因为:一个时代的生活状况和文学思潮既然要反映在诗歌、小说、戏剧之中,在随笔散文当中也自然要有所反映的。

然则,随笔究竟是怎样的一种文学形式呢?

由于随笔的形式非常灵活,变化多端,要想给它下一个确切、固定、圆满的定义是很困难的。但是,我们可以试着给它笼统地画一个圈圈:首先,在文学的总范围内,我们先把诗歌、小说、戏剧放在一边。然后,在散文这个大范围内,再把纯理性的议论文(规规矩矩、方方正正的科学论文、文论、批评论著等)、纯叙事文(正儿八经的历史、传记、自传,大部头的回忆录等)以及纯抒情文(像屠格涅夫、泰戈尔或纪伯伦那样的散文诗等)当作三个极端,让它们"三足鼎立"。于是,我们再来看看在这个"三角地带"中间的那些五花八门的散文小品,那么,不管是偏于发发议论而夹杂着抒作者个人之情的,或者是偏于个人抒情而又发发议论的,或者是偏于叙事而又夹杂着一点议论和抒情的,还有那些文采动人、富有个人风趣的短评(不管是社会评论、文学评论、艺术评论)——这些议论、叙事、抒情浑然杂糅，并且富于个性色彩，运用漫谈方式、轻松笔调所写出的种种散文小品，统统都可以叫做"随笔"——也就是上边说过的"familiar essays"。

随笔，可以说是一种笔谈——不过，一切写作都可以算是"笔谈"；但是，随笔是作者拿笔跟读者谈心、聊天。这种笔谈是推心置腹、直抒胸臆、真情毕露、个性鲜明的——没有个性特色，即不成其为随笔。

随笔，又可以说是一种"小题大做"的文章。打个比方，就好像丢给小猫一个线团，让它抓住一个线头，它不把线团完全抖开绝不拉倒。让随笔作者抓住任何一个小题目，他开始从这个题目做起文章来；但是，"一不做，二不休"，他写着写着，不由得就把跟这个题目有关的一切见闻、体会、读书心得都谈了出来——不仅如此，有时候，甚至借此机会（只要能拉扯上）对于宇宙、人生、历史、文艺等等问题发表一番"高见"。表面看来，这种写法倒很"自由"，其实，事情又不这样简单。因为，作为一种文学艺术，随笔写作同样受着创作规律的制约，作者对于内容自然也要进行选择和剪裁。而且，用笔向读者谈心，发议论要娓娓动听，写人物要须眉如见，叙事件要引人入胜，抒私情要亲切感人，而作者自己的个性特色又要通过恰当的语言艺术鲜明地透露出来，可不是一件容易的事。——在这一方面，英国作家似乎是特别擅长的。

总括一句，随笔可以说是一种题材广泛、形式自由、语言活泼的人生社会杂谈、人物风习散记和文学艺术漫评——贯穿其中的灵魂是作者的鲜明个性。

三

本书选录了 18、19 和 20 世纪的一些英国随笔名篇。所以这样选录，乃是因为除了培根那些偏重哲理的短论以外，18 世纪以后的英国随笔才发展圆熟，留下大批脍炙人口的作品，足资欣赏、观摩、比较。

下面试以阿狄生、兰姆和维吉尼亚·吴尔夫三位作家为例，说明英国随笔在 18、19 和 20 世纪的不同特色。

我们知道，在英国，17 世纪是一个动荡剧烈的社会政治斗争的时代：新兴的资产阶级为了取得政权、封建势力为了维持自己的统治进行着生死斗争，差不多整个世纪都在君主专制与反君主专制、革命与复辟的反复较量中过去了，直到 1688 年的"光荣革命",大资产阶级与土地贵族达成妥协,英国的国家制度在君主立宪的基础上稳定下来。这时候,成为统治者的资产阶级需要进行自我教育,使自己的成员在思想情操、文化教养、道德伦理、风俗习惯等等方面文明起来,适应自己作为国家新主人的地位。在这种时代需要的推动之下,英国的随笔散文在 18 世纪曾经起过非常活跃的作用;它被作家们广泛应用在报刊上,作为向上层市民进行思想启蒙的媒介;它被作家们用为表达自己各种思想见解的工具;在政治舞台上,它还成为党派斗争的武器;而在个别具有强烈正义感的作家手里,它更成为替被压迫人民呼吁的喉舌。贯穿在这一切活动中的基本精神则是以理性为核心的启蒙主义,而在文学创作思想上又以祖述古希腊罗马(主要是罗马)文化的古典主义为准绳。18 世纪的英国随笔就在上述各种社会条件的推动下获得了空前的发展。

　　18 世纪的著名随笔作家阿狄生是一个温文尔雅的"君子人",一帆风顺的政治活动家——辉格党的红人,牛津大学高才生出身的学者,优雅的文体家——这一切使他成为英国资产阶级启蒙作家的一个非常合适的人选。他和斯梯尔一起,用随笔散文这种轻松活泼的文学形式,把符合资产阶级需要的思想道德伦理原则向中上层的读者——那些咖啡馆和俱乐部里的常客们——进行灌输推广,有利于巩固资本主义社会的上层建筑,当时受到极大欢迎。他的文章在整个 18 世纪被奉为英文散文的楷模。约翰逊博士说:"有志于学得那种亲切而不粗俗、优雅而不浮华的英语文体的人,都必须日日夜夜地攻读阿狄生的著作。"推崇备至。阿狄生的文章的确写得炉火纯青、亲切有味,自是一代散文名手。但是,19 世纪的历史学家麦考莱(T. B. Macaulay,1800—1859)将阿狄生跟伏尔泰和斯威夫特相比,把阿狄生抬得高于后二人之上,却未免褒贬失当、缺乏一个历史学家应有的公允了。作为一个启蒙者来说,阿狄生的思想高度远远不能和伏尔泰相比;作为一个触及当代时事的作家,阿狄生也没有斯威夫特那样深刻的洞察力、强烈的正义感、巨大的道义勇气以及对于人民的炽热同情。阿狄生和斯威夫特——这是两个截然不同的作家。阿狄生是一位给英国绅士洗温水澡的作家,在他笔下也有些温和的讽刺和嘲弄,那等于让上流读者洗了澡再搔搔痒,所以英国绅士对他的文章能够舒舒服服读下去,即如受到一些嘲笑也不以为忤。但是,斯威夫特就不同了,他那刻骨的揭露、热辣辣的讽刺像烈火一样烧灼,那是绅士们受不了的。所以,二百多年来,评论家们对于阿狄生都是一路赞美,对于斯威夫特却往往是肯定其文笔、否定其内容,说他是什么"厌世者""憎恨人类的人"等等——近年来,对他的评语倒是渐渐好转了。

站在今天时代的高度,对于斯威夫特和阿狄生这两位散文作家的历史地位和社会作用应该看得更清楚了。斯威夫特是像我国鲁迅那样的作家,他那如椽之笔能唤醒一代读者的强烈爱憎,他的文章能掀起一股巨大的精神力量,沉重打击邪恶的势力,热情扶持正义的势力——在向不合理的社会制度或者罪恶的势力斗争时,正需要这样的作家和作品,因为对于罪恶势力给它洗温水澡是无济于事的。但是,当新兴阶级业已取得领导权,需要一边扫除旧

《伦敦的叫卖声》书影

的垃圾、改革社会弊端,一边向本阶级的基本群众进行自我教育,并建设新的精神文化的时候,则从阿狄生的随笔作品中可以看出历史上的资产阶级曾经用什么样的内容、什么样的形式和什么样的语言来对自己的群众进行启蒙教育——这对于我们也不无可供参考借鉴之处。

兰姆是英国最有代表性的随笔作家。他的《伊利亚随笔》是 19 世纪初期英国浪漫主义文学运动的产物。从思想上摆脱理性主义的约束,任直感,师造化;从文学上摆脱古典主义的框框,虽然有时也引几句拉丁诗文,但心目中真正感到亲切的文学典范并不是远古的维吉尔、奥维德,而是从莎士比亚到华兹华斯这些英国本土的诗人。——在这些基本特征上,兰姆和其他的浪漫主义诗人作家并无二致。不同之处仅仅在于:华兹华斯的诗歌以农村为自己的讴歌对象,而兰姆的随笔则以城市为自己的描写对象。喧闹繁华的伦敦几乎是他全部灵感的源泉。他从城市生活的种种平凡琐碎的小事中寻找富有诗意的东西,正如华兹华斯从乡间的山川湖泊和田野平民那里汲取自己诗歌的灵感。兰姆扩大了随笔作家的视野,把写作题材深入到以往随笔作家很少注意的日常生活的范围中去,赋予这些平凡小事以一种浪漫的异彩。但是,兰姆作品的浪漫主义情调披上了一副古色古香的外衣——他往往借用往昔诗人作家的一些古词古语。他在学问上是个爱读"奇书"的杂家,师承着 17 世纪的两个"怪老头子",即杂文作家伯顿和勃朗。不过,在他肩头上并没有压着思想启蒙或其他社会性的任

务,所以他尽可自己说自己的话,他的作品里也就没有 18 世纪随笔作家那种劝善说教的气味。

在 18 世纪发展壮大了的英国随笔,到了兰姆手里,加进了新内容,换上了新写法,抒情、记事、议论互相穿插,文风或则秾丽,或则简古;用语或则文言,或则白话,跌宕多姿,妙趣横生。这时,随笔变成了一种具有高度艺术性的散文,说它是近于诗的散文,并不算过分。

然而,若了解一下兰姆的生平,则知道:为了能够写出像《伊利亚随笔》这样的文章,作者本人是付出了沉重的代价的。一个有很高才能的作家,在雇佣劳动的社会条件下,不得不把自己的大半生为饭碗而卖掉,在枯燥的账房生活中度过了 36 年;自己本来在少年时代精神上就受过失恋的创伤,家庭又遭惨祸,遂毅然挑起了沉重的家务负担;心爱的文学事业只能在十小时的白日工作以外去进行……《伊利亚随笔》便是在这样万方多难的情况下写出来的。“风格即人。”他的生活遭遇,他的“杂学”,他的性格,决定了在他的随笔中所使用的不可能是那种爽朗明快、通俗易懂的风格——他的风格像是突破了重重的障碍,从大石下弯弯曲曲地萌发、艰艰难难地成长,而终于灿烂开放的异花奇葩。像安徒生一样,他把个人的不幸升华为美妙的文学作品。他的文章寓谐于庄,他常常板着面孔说笑话——但这是一种“含泪的微笑”。兰姆的含泪的微笑跟果戈理、契诃夫的有所不同:果戈理、契诃夫的含泪微笑形成俄国式的刻骨讽刺,最终融入变革社会的总精神动力之中去了;而兰姆的含泪微笑只能化为英国式的含蓄的幽默,让能够解得此中意味的读者去慢慢咀嚼这带点苦涩的芳香。作为一个幽默的散文家,兰姆在英国是独一无二的,他的作品给读者留下言之不尽的艺术享受。

若把培根的随笔和兰姆的随笔加以比较,更可看出英国随笔的发展变化:培根的随笔是一个参透了人生、世界的哲学家的文章,他那犀利的目光、斩截的判断、格言般警辟的语言令人叹为观止。他的文章闪着理性的白光,但缺少一点人情的温暖。作者自己不动声色、不苟言笑,跟读者不说什么“闲话”,读者对这样的作家只觉得敬佩而不感到亲切。兰姆可就完全不同了,他的随笔是个性毕露的、披心沥胆的,他拉住读者,无论识与不识,畅谈自己的私房话——“竹筒倒豆子”,不吐不快。所以,培根的随笔是浓缩型的,兰姆的随笔则是开放型的。

随笔到了兰姆手里,写法完全放开了——这对于作者无论抒情、叙事、议论都非常方便。直到20世纪,还有一批英国作家模仿他的笔调写作随笔散文。

如果兰姆可以算作19世纪最有代表性的英国随笔作家的话,那么,我个人认为,维吉尼亚·吴尔夫可以算是20世纪最有代表性的英国随笔作家。维吉尼亚·吴尔夫的主要成就在小说方面——她是"意识流"文学的开创者之一。同时,她也是一个重要的散文家,善于用轻快活泼的笔调写出她对于自己所喜爱的作家和作品的印象。她在这方面的文章主要收在题为《普通读者》(*The Common Reader*, 1925; *The Second Common Reader*, 1932)的两本文学评论集当中。这些

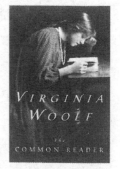

《普通读者》书影

评论是一个具有高度文化修养、丰富创作经验的女作家,在她的创作事业之余,不摆学者架子、不拿作家身份,用随笔的形式向读者谈文学、谈历史、谈生活的文章。写到作者那些心爱的作家的生平轶事,她往往采用形象化的手法,使得读者好似看到一组组印象派的人物素描连续画。这是一种形式新颖的文学评论,这是英国随笔的一种新的发展,从独创性上胜过20世纪初期的有些随笔作者。因为20世纪初的那一批以兰姆、赫兹利特、亨特为师的英国随笔作者只是19世纪随笔传统的追随者。但是,吴尔夫的文章,既继承了19世纪英国随笔的传统,又采用了自己特有的"印象主义"的笔法,以女作家的细腻蕴藉巧妙地糅合了英国民族所固有的幽默风趣,文章写得行云流水,舒卷

《普通读者二集》书影

自如,清新活泼,别具一格。因此,如果选举具有20世纪特色的英国随笔名手,我愿意高兴地投吴尔夫一票。

四

与随笔密切相关的还有两个问题,即文体与幽默。

"言之不文,行之不远。"文章既是要做,总要讲究使用语言的艺术,这就牵扯到了文体问题。英国散文自中古以来就存在着两种写法:一种是以来源于古

盎格鲁－撒克逊语的英语基本词汇和句式所写成的文章，特点是通俗易懂、质朴无华；另一种是受拉丁文影响并使用大量外来词汇所写出的文章，辞藻繁富、句式灵活而有时失之于芜杂。17世纪后期，英国文学受法国文学影响，重视文体之学，这对于提高文学语言的艺术性有很大好处。18世纪散文作家继承这种传统，写文章以准确、洗练、明晰、畅达为宗，像笛福、阿狄生、斯威夫特和哥尔斯密都是如此。他们的文章语言平易、纯净、生动、流畅，为广大读者爱看，在文体学上称为"朴素的文体"（the plain style）。但在古典主义崇尚拉丁文学的风气影响之下，也出现了另一种高华典雅的文体，讲究用词古奥华丽、声调铿锵、句型对仗，这在文体学上叫做"高雅的文体"（the elegant style）。这两种文体在历史上或平行或交错地发展下来了，而且各有自己的代表作家和作品。

英国随笔，由于它那信笔漫谈的根本特点所决定，自然是以朴素、平易、明晰、流畅的文体为主流。但朴素与高雅两种文体既然都流传下来，随笔作者兴趣爱好各异，他们所使用的语言手段自然也不是整齐划一的。兰姆固然爱用冷僻的古字，就是在提倡平易文体的赫兹利特的文章中华丽的字句也不少见。但是，无论如何，平易的文体在随笔作品中总是占着主流罢了。

随笔的艺术魅力在很大程度上还决定于每一位作家自己独特的语言艺术风格——这是作者的个性通过恰当的语言艺术而体现出来的结果。但这一问题比一般的文体问题更为复杂，国外学者对不同作家的语言风格正在进行专门研究，浅学如我为见闻所限，只好在此存而不论。

随笔的另一个重要因素是幽默。

幽默是一种性格特点和语言风格，要给它下一个定义简直是不可能的，但在读英国随笔的时候又时时感到它的存在。有一位作者这样写道："心地善良的人们，在深知人性的真相之后，还能对它保持热爱，这才能领略幽默的意味。他们看清了人类的言行矛盾之处和种种弱点，但因为他们热爱自己的同类，便把这些傻事化为欢笑的源泉，化为理解和同情的根由。"（H. S. Candy：*Selections from R. L. Stevenson*，Charles Scribner's Sons，1911）一位日本作家说，幽默是"寂寞的内心的安全瓣"，"多泪的内心的安全瓣"，"深味着人生的尊贵，不失却深的人类爱的心情，而笑着的，是幽默罢"。又说："泪和笑只隔一张纸。恐怕只有尝过了泪的深味的人，这才懂得人生的笑的心情。"（鹤见祐辅：《说幽默》——见

鲁迅译《思想·山水·人物》)

我们所熟悉的几位著名幽默作家,例如兰姆、马克·吐温和契诃夫,都是深知生活中的悲苦而又让读者发笑的作者。

恩格斯也谈过幽默作家。他在《英国工人阶级状况》中提到英国诗人托马斯·胡德时,曾说他是"所有现代幽默作家中最有才能的一个,像所有的幽默作家一样,他有很敏锐的心灵,但没有一点精神力量"。

恩格斯的这一论述,把幽默作家的长处和短处两个方面都谈到了。

那么,要问:幽默这个东西到底有什么用呢?

答曰:对这个问题要具体分析、分别论之。一方面,在需要正正经经去办的事情上,幽默恐怕是用不上的。譬如说,社会问题不可能靠着一点儿幽默或一阵感伤来解决。幽默作家开不出治疗社会溃疡的药方。不能靠幽默作家来解决邦国大事。但是,具体到一个人的情绪或精神状态这种小事情,幽默倒是有用的。它好像是一种精神上的滑润剂。滑润剂的作用,大家都知道。譬如说,高车、大马都有了,道路、方向也确定了,车轮子也是结结实实的。那么,车子朝着既定的方向前进就是。但是,走到中途,人需要休息一下,车子也需要停下来,在轮轴上抹一点儿油、润滑一下。固然,不润滑一下,车子仍然也能走下去;但是,只靠着干燥的轮子摩擦着向前走,时间久了,轮子也许会转动不灵的。这也就是在严肃、紧张以外,也还需要团结、活泼的道理。这也就是人在紧张工作之余,需要喝一杯茶、看一页"闲书"、稍事休息的道理。因此,对于学英文的人来说,在正襟危坐,攻读莎士比亚、弥尔顿之余,不妨费上半个钟头看一篇亲切有味的随笔小品,也许会感觉到学习英文的一种意外的乐趣。正如"皓首穷经"的学者,在苦读经史之余,未尝不可偶尔看一下《陶庵梦忆》之类的笔记小品。

五

在我国,介绍翻译英国的随笔散文,历史也算不短了。半个多世纪以来,英国的随笔名篇不断出现在我国的英文课本里。五四运动中新文学的斗士曾经抓住随笔这个文学形式作为武器向封建顽固派开战。《新青年》上刘半农和钱玄同那有名的《答王敬轩》双簧信,很容易让我们联想到阿狄生和斯梯尔在《旁观者》上的那些俏皮的答读者问。当时和以后用随笔散文形式写出许多作品的还有一大批作家。"五四"时期对于英国随笔的借鉴和运用是成功的,所留下的大量泼辣生动的散文作品既是历史的里程碑,也是世代读者感到亲切有味的好文章。但是,到了国难当头的 30 年代,也有作家不顾时代人民的需要,生搬硬套西洋幽默,正当外寇入侵、国家处在存亡关键之时,却硬要引诱读者去"寄沉痛于悠闲",因而受到多数有正义感的作者的反对,这也是一个历史教训。

鲁迅在《小品文的危机》一文中说道:

"到五四运动的时候,……散文小品的成功,几乎在小说戏曲和诗歌之上。这之中,自然含着挣扎和战斗,但因为常常取法于英国的随笔(essay),所以也带一点幽默和雍容;写法也有漂亮和缜密的,这是为了对于旧文学的示威,在表示旧文学之自以为特长者,白话文学也并非做不到。以后的路,本来明明是更分明的挣扎和战斗,因为这原是萌芽于'文学革命'以至'思想革命'的。但现在的趋势,却在特别提倡那和旧文章相合之点,雍容,漂亮,缜密,就是要它成为'小摆设',供雅人的摩挲,并且想青年摩挲了这'小摆设',由粗暴而变为风雅了。"

实际上,从"五四"到 30 年代,由鲁迅所开创并奠定了坚实基础的杂文业已发展成熟。这是植根于中国土壤、深受中国读者喜爱的一种新的散文形式,也可以说是中国式的"随笔"。鲁迅之后,我国作家结合新时代的要求,对于杂文艺术又有许多创造性的发展——仅举一例,从抗日战争期间在桂林出版的随笔月刊《野草》就可看到我们的随笔作家在思想性与艺术性的结合上曾取得多么丰富多彩的成果。可见,在学习借鉴外国随笔散文时,正如在其他方面一样,也要遵循"拿来主义"的原则,从时代环境、人民需要出发,不可生搬硬套,要走自己的路子。

今天,我们的精神生活将会日益丰富,我们在散文创作方面的文路也会日益广阔,在坚持我们自己正确方向的前提下,借鉴一下英国的随笔散文,对于丰富我们自己的散文艺术应该说是有一定好处的。

鲁迅还有一段名言:

"只要不是靠这来解决国政,布置战争,在朋友之间,说几句幽默,彼此莞尔而笑,我看是无关大体的。就是革命专家,有时也要负手散步;理学先生总不免有儿女,在证明着他并非日日夜夜,道貌永远的俨然。小品文大约在将来也还可以存在于文坛,只是以'闲适'为主,却稍嫌不够。"

　　让我们就在这个意义上、这个范围内来介绍这么一组英国的随笔作品吧。

《英国散文选》(上册)书影

《英国散文选》(下册)书影

英国散文与兰姆随笔翻译琐谈

六七年来从事英国散文的翻译工作,先译了 18 世纪到 20 世纪英国散文若干篇(《英国散文选》,上、下二册,上海译文出版社,1985—1986),又译了一组兰姆随笔(《伊利亚随笔选》,三联书店,1987 年 11 月),最近译了维吉尼亚·吴尔夫的一批书评(《书和画像》,将由三联书店出版)。其间颇有甘苦,写出就正于通人学者。

《书和画像》书影

先谈一谈英国散文的翻译。

众所周知,文学翻译是一种艺术性的劳动,难度很大。而散文翻译又有其特殊的难处。因为散文不像小说戏剧自有故事情节足以吸引读者,也不像诗歌音节铿锵、朗朗上口。散文,一般来说,是作者自己的独白——他一个人在那里说,说得不好,人家就不爱听;译得不好,读者就不爱看。

那么,散文翻译怎样才能使得读者喜爱呢?

我自己是这么做的:

1. 首先,译自己真正喜爱(至少也是性之所近)的作品,译时把自己的感情灌注到工作中去。既然选定要译的是自己心爱的作品,那么,在翻译当中就要以自己的心体察作者的心,在译文中尽量传达出作者的感情。近几年来,我译的第一篇散文是夏洛蒂·勃朗特的回忆录《艾里斯·贝尔与阿克顿·贝尔生平纪略》。由于自己衷心同情勃朗特姊妹的悲剧命运,译笔饱蘸着感情,译文发表后也感染了读者。

2. 以创作的心情对待翻译。文学翻译是一种艺术再创造。这就好像把一幅名画复制成为版画,其工作尽管是复制性质,但版画家可不能仅仅把它当做一种纯粹"技术活",而要像自己搞创作一样呕心沥血,调动自己的一切艺术创造才能,而且不断修改提高、精益求精,最后才能使得自己的复制版画看起来是一件艺术品,而且"几可乱真"。

3. 重视译文的文采和风格。英国散文家都很讲究文体或曰风格。散文之所以能够吸引读者,关键在于作者通过自己的文章风格透露出自己独特的个性。换句话说,风格也就是作家的个性经过一定思想文化陶冶后,通过一定语言手段的自然表现。在翻译中,掌握作者风格不易,要在译文中体现作者风格更难。但是,困难不等于绝对不可能。只要译者在动笔之前,先对于作者传记和作品原文认真下一番细心揣摩的功夫,心目中有一个作者的鲜明性格的存在,下笔时注意不要让自己的文章风格完全代替作者的文章风格,我想,作者的风格或许不致完全失去,而能或多或少保留在译文之中。翻译维吉尼亚·吴尔夫的散文时,我曾尝试过追随原文,亦步亦趋,"比葫芦画瓢",描摹她那女性的、细腻而灵动的文风,希望能够把她那印象主义的散文风格传达出来几分。

4. 每一篇散文名作都是一件小小的艺术杰作。对它的翻译也是一种艺术工作。翻译时字典不可不查(包括一切参考书、工具书),而且要查得非常仔细。但文学翻译不能是死抠字典硬译。查完了字典,就得摆脱字典的束缚,开动脑筋,活泼泼地思考。我的基本工作方法是:翻译时"以句为单位",细察原意,熔铸新词。正像一切艺术工作一样,散文翻译也要求埋头苦干、劳心焦思、惨淡经营,始能臻于佳胜。不过,译者倘能把自己的全部心血、精力、修养、才思、感情都倾注到自己的翻译工作中去,他将会感到一种艺术创造的快乐——这,我想,也就是一个翻译工作者的最大幸福了吧!

以上是我翻译英国散文的一般体会。《英国散文选》一书的翻译,为我翻译兰姆随笔作了准备,否则,我是不敢贸然去碰兰姆的。但是,兰姆的随笔又有其特殊的难点,在这些方面还要特别下下功夫。

1. 兰姆随笔中自传的成分特别浓厚,题材差不多全部来自他对于自己往事的回忆。不过,他又在"伊利亚"这个笔名掩护之下,采用改名换姓、移花接木、改变人物身份、改动事件时间等手法,对真人真事加以改写,造成一种真真假假、真假杂糅的印象。因此,在翻译之前,需要首先阅读兰姆的传记材料,以便分清在《伊利亚随笔》当中哪些是真人真事、哪些是作者的"艺增"。阅读了文极司太、佩特和布仑登的兰姆评传和恩格尔的《查尔斯·兰姆传》一书之后,我开始看出来兰姆在随笔中对于真人真事的掩饰只是表面上的、肤浅的,一旦熟悉了他的生平经历,不难识别。

2. 在兰姆随笔里还穿插着从 18 世纪末到 19 世纪初的英国政、法、商界的种种人物掌故。兰姆常常提到他自己的三亲四友,还有当时曾经活跃在伦敦文坛、报界而今已不见经传的许多穷文人、小作家——这些都是兰姆生前极熟的"今典",但现在早已湮没不彰,而在翻译中又无法回避、一般参考工具书里也查不到。开始简直无法可想。经过两三年搜寻,最后终于找到了鲁卡斯的两大卷《兰姆传》、七卷本《兰姆全集》和一种《兰姆新传》(Winifred F. Courtney: *Young Charles Lamb*,1775—1802),这才解决了在翻译和注释中的大部分难题。

3. 兰姆的随笔(不同于他的书信)有一种特殊的语言外壳——他那文白杂糅、迂回曲折的"拟古"的文风把他的"文心"紧紧包裹起来了。像吃胡桃似的,你得先把他那一层语言硬壳使劲儿"咬碎",才能尝到他文章里的那种略带苦涩的香味儿。对于一个译者来说,这是一种很不容易对付的语言风格。

这就注定对兰姆的翻译必须采取"慢工出细活"的工作方法,就是说,要反复修改、推敲、润色,不能图快。特别是对于每篇文章的第一段,我不惜下大功夫,一遍又一遍地改,常常改到五遍,为的是想找出兰姆在这篇文章里所使用的语气和调子,一旦基调抓住,全文的笔调也就"顺流而下"。这样,一篇一篇译下去,渐渐就觉察出在字里行间确实存在着属于兰姆自己的那种特殊的调调儿,而要在译文中把它传达出来,也得使用一种特殊的笔调才行。

譬如说,兰姆随笔的文体常常是"文白杂糅"。我在翻译时在白话中也掺用了一些文言词语,最明显的是用文言来译拉丁引文。有时,也用些"之乎者也矣焉哉"的字面点缀于译文之中,目的是想渲染一点儿滑稽意味。当然,在一般的白话文里是不兴这样的。但是,对于兰姆这样的特殊文章,只好"即以其人之道还治其人之身"。

在文学翻译中,有时候会有一种"巧劲儿"——妙手偶得。在"文革"前曾看过一部《汤姆·琼斯》的中译本(记不清是哪位翻译家的手笔),其中把那位好心肠的"老员外"Mr. Allworthy 的名字译为"甄可敬先生",实在译得妙——这是巧用了《红楼梦》里的"甄士隐"。我在译《伊利亚随笔》时,也有过这种"巧遇"。譬如说,《退休者》第一段,第一句就碰到了"reader"这个词儿,意思自然是"读者"。可是，译成"读者"一念，文章"清汤寡水的"，不像兰姆的味儿。"一名之立，旬月踟蹰。"突然，想起《水浒》里有"看官"一词——行了，这个半文不白的称呼好像就是为兰姆准备的。另外，在《伊利亚续笔》的一组社会短评里，有一篇小文章，原题为"That Home Is Home Though It Is Never So Homely"，其中"Homely"一词，按照中文口语，可译为"寒碜"。但是，兰姆在这里用这个词儿是音义双关，译为"寒碜"，还不够味儿。在考虑当中，忽然想起老舍引用过的那句唐诗"西望长安不见家（佳）"——有了，题目译成"家虽不佳仍是家"，正好两边儿都顾住了。不过，这种译法只能碰上"巧劲儿"，偶尔一用，"可遇而不可求"。

4. 在翻译兰姆当中，最难掌握和传达的是他那据说"无从模仿"的幽默情调——既然"无从模仿"，可叫人怎么翻译呢？折腾了两三年，我自己也说不清到底把他那独一无二的幽默味儿译出来了没有。我认为，对于译者来说，那既是一种理想，又不能回避，只好进行尝试，效果如何，由读者鉴定。在这里，我只能谈一点，即对兰姆的幽默的理解。我曾经看过一些关于"幽默"的解释，也看过一些关于兰姆的幽默的分析，最后我同意了那种关于兰姆的幽默是"含泪的微笑"的说法——这从兰姆的一生遭际、他的为人处世态度、他随笔里的内容和情调，都可以得到验证。抓住了这一点，我觉得兰姆的幽默对于我们来说还不是那么玄远、那么"高不可攀"。说得粗浅一点，《日出》里的那个外号"十块二毛五"的小职员一肚子憋着委屈而在脸上又不得不挂出来的微笑，岂不就是一种"含泪的微笑"吗？自然，作为东印度公司的一个老职员，兰姆的身份比"十块二毛五"要高。即使如此，走过了坎坎坷坷的"苦难的历程"的中国知识分子（尽管时代、国情、苦难的内容有很大不同），对于"含泪的微笑"也是不陌生的。因此，假如真像有的同志说的，从我的译文里还能感觉出那么一点儿仿佛兰姆的幽默味儿的话，那也许是经历种种忧患的中国译者的心跟兰姆的心"偶或相通"吧！

最后，我觉得在散文翻译工作进行当中，"作为消遣"，最好能同时随便读一读我国的某一部文学杰作或散文佳作。我自己翻译英国散文和兰姆随笔时，在休息时间读的是《红楼梦》和鲁迅、周作人、聂绀弩、杨绛、孙犁诸家的散文。我觉得阅读这些作品对自己的翻译帮助甚大——它们在潜移默化之中提示自己译文不可流于俗滥。

我 译 兰 姆

我翻译的兰姆《伊利亚随笔选》初版于 1987 年 11 月。20 世纪 80 年代是值得中国知识分子特别怀念的一段历史时期。"文革"结束,改革伊始,中国知识分子被压抑已久的积极性和创造性突然像井喷似的迸发出来,形成一股空前热烈的巨大文化思想浪潮,影响到各个学术领域。《伊利亚随笔选》也是 80 年代文化浪潮中的一朵小小水花。

兰姆这个名字,对于中国文化界不算陌生。早在 1904 年,他的《莎士比亚戏剧故事》就以《吟边燕语》之名译为中文。他的散文代表作《伊利亚随笔》和《伊利亚续笔》则从"五四"以来,陆陆续续受到评论介绍。被称为"中国的伊利亚"的梁遇春,在 1928 年写出洋洋万言的《兰姆评传》,并有意把兰姆的随笔和书信全部译成中文。可惜他英年早逝,未能如愿。

我是通过梁遇春的书,开始接触英国随笔散文的。1947—1948 年间,我在重庆大学外文系读书,偶尔从沙坪坝旧书店买到他译注的英汉对照《英国小品文选》。这是一本只有 10 篇文章的小书,却使我像尝到异味似的初次感受到英国散文的魅力,其中就有他译注的兰姆《读书杂谈》一文。细读了这本书,甚至还背了两篇,我也鼓起勇气通过英文翻译了英法等国作家的一批散文作品,发表在 1948—1949 年间的重庆报纸副刊上。这可以说是我从事英国散文翻译的萌芽阶段。

《伊利亚随笔》译稿一页

30 年过去。个人生活经历了许多变动,无须细说。有一点情况却必须交代,那就是:我做了 30 多年的"作家梦"。一位青年作家曾写过关于我的一篇短文,题目为:《梦,当醒否?》。答曰:"文革"初结束时,梦还未全醒。七八十年代之交，我的"作家梦"虽已被一连串的政治运动打碎，但脑子里残梦未消，对于依依不舍的创作事业还继续奋斗了一番。但长期身在高校，对文艺界已是"隔行如隔山"。当我兴冲冲把自己的作品奉献出去，碰到的却是"软钉子"：所写的剧本经剧团作为"三十年大庆献礼节目"彩排，却因剧团领导之间的矛盾而不能公演；所写的小说虽经编辑部一致同意发表，但领导说一句"写'五七'、'文革'的作品太多了"而被抽下来，发还给我的只是被责任编辑在付排前用红笔加工过的原稿。

"作家梦"幻灭了。1981 年暑假，心里空荡荡，偶翻手边的两篇兰姆散文原作，为排遣自己的失落感，把整个暑假完全投入到对于原文一字一句琢磨、对于译稿反反复复推敲修改之中。誊清后寄给北京《世界文学》，承编辑部不弃，发表在 1982 年第 1 期。这就是《〈伊利亚随笔〉两篇》，即拙译《退休者》和《读书漫谈》。

译文《〈伊利亚随笔〉两篇》(《世界文学》1982 年第 1 期)——从此启动了历时 8 年的英国散文翻译工作

两文发表不久，在昆明英美文学教材会议上，听到一二学者对译文的嘉许。但我通过上一暑假的试译，深感翻译兰姆不易，还不敢贸然去碰兰姆的书。不过由于那两篇译文受到社会肯定，上海译文出版社约我译注一部《英国散文选》，收入 18—20 世纪 16 位英国散文作家的 29 个名篇。我在 1982—1984 年间完成这一任务，在 1985—1986 年间以英汉对照的形式分为上、下两册出版。

《英国散文选》的译注，使我增加了对英国随笔散文的翻译经验。当时正逢外国散文翻译发表出版方兴未艾的大好时机。我遂鼓足勇气在 1984—1986 年间，用 3 个年头，全力以赴，翻译了兰姆《伊利亚随笔》和《伊利亚续笔》中的 32 篇文章，另译了 19 世纪评论家佩特的《查尔斯·兰姆》一文（也是名篇），准备用做附录。1986 年暑假，到北京《世界文学》编辑部拜访，李文俊先生见我就说："正要找你！"他给我一张约稿合同：原来是巴金老人把"文化生活译丛"交给三联书店，三联总编辑沈昌文先生打算把《伊利亚随笔》列入其中，并让我这个

《〈伊利亚随笔〉两篇》的译者翻译此书。这机遇来得正好。不仅因为我的译稿有了最好去处,也因为我解放前从上初中起就爱读三联的前身生活书店、新知书店和读书生活出版社所出的进步书刊,对于三联,我是充满感情、完全信任的。从北京回校,将译稿进行最后的检查整理后,寄交三联。三联版的《伊利亚随笔选》1987 年初版,1992 年重印时稍有修订,1996 年第三次印刷。这是我国翻译出版的第一部兰姆随笔专集。

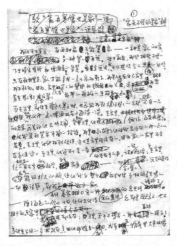

兰姆《"家虽不佳仍是家"辩》　　　兰姆《一个单身汉对于已婚男女言行无状之哀诉》

译稿一页　　　　　　　　　　　译稿一页

英国散文,读起来行云流水,译起来句句沉重。兰姆的文章尤其难译。难就难在他那文白杂糅、迂回曲折的文体,以及他的文章中所穿插的 18、19 世纪之交的种种典故,还有他的特殊个性所形成的幽默,即"含泪的微笑"。这就决定了翻译兰姆绝不可以粗率地照着字面硬译。我的工作方法是:细察原意,熔铸新词。具体来说,对于原文,一字一句都要根据字典、工具书、参考书,仔仔细细查清楚,决不望文生义。但查完了书,翻译时又得摆脱字典的束缚,"以整句为单位",以不违原意为宗旨,开动脑筋,活泼泼地思考,把散文翻译当

兰姆《关于京城乞丐减少一事之我见》译稿一页

作一种文学上的再创作,既保持译文内容的准确性,又注意提高译文语言的艺

术性。为达到这种目标，有时一篇译文要改三遍才能定下来，全文誊抄时再从头到尾改一遍，写注释当中还常常再进行一次润色推敲。这样做，决非多余；这种办法，也不是我的发明。因为我的翻译工作深受"五四"以来前辈作家和翻译家的启发。从鲁迅到傅雷都把文学翻译当作一项神圣事业，为之付出毕生的心血。我们只有继承他们的优秀传统，学习他们的负责精神，才能把自己的翻译工作做得好一点。

三年之间，每天埋首书案，字斟句酌，反复推敲，日出成品500字。这样不间断地进行，工作是紧张的。译完最后一篇，并写出译序，我累得几乎昏倒。但欣慰的是：三年的心血并未白费。我以诚恳的心、负责的态度对待作者和读者，读书界和出版界也以种种形式给我以回报。《伊利亚随笔选》从1987年初版到现在，18年来，全国各地，东西南北中，出版的各种外国散文集，不下20种，络绎不断地选入了我所译的某些篇的译文。中选率最高的是《读书漫谈》那一篇，有的选集还对它写出了赏析文字。书评则看到了三篇：谷林先生作为兰姆的知音，善意地提出了高要求："有了选本这个基础，也许不能阅读原著的人可望终将能得窥全豹。"（惭愧的是，我至今仍未能译出兰姆随笔的全部，有负厚望）冯亦代先生的书评见于他的《撷英集》，认为"译文不但忠实于原作，而且创造出恰当于兰姆原作的风格来"。冯先生业已作古，我把他这句话当作一位仁厚长者的奖掖来接受，并且在此感谢他对我翻译兰姆和英国散文的无私支持。

回顾这一切，我突然醒悟：原来在上世纪80年代，我从不自觉到自觉，经历了个人生活道路上的一场重大转变，即：从青年时代所怀有并长期留恋着的"作家梦"，转变到为文学事业做一点自己力所能及而又对社会有益的切实工作；把事倍功半的戏剧小说创作停下来，扬长避短，致力于既能为我国文学创作提供借鉴，又能为外国文学的读者提供读物的文学翻译工作。这在我的一生中是一次重大的新选择。今天看来，这个选择是对的，而且对个人来说，也毫无损失。因为往日个人在文学创作中所积累的种种功夫，如语言的锤炼、形象思维、对人物和情节的构思、文稿的修改等等，在文学翻译工作中仍然非常有用。过去我沉醉于"作家梦"中时，从没有想过自己竟以翻译作为自己文学事业的主攻方向。但今天可以冷静地说：我以往的文学写作在实际上为我的文学翻译工作铺平了道路，做好了准备。这是我个人文学事业转折中的一次"软着陆"。

兰姆在中国有了自己的知音

"看官,我似乎听见你大声问道:'这个伊利亚究竟是何许人也?'"

——兰姆:《牛津度假记》(《伊利亚随笔》)

一

外国有一句谚语:"每本书都有自己的命运。"这话一点也不错。即使是出于同一作者之手的两本书,那命运也不会完全一样。兰姆的《莎士比亚戏剧故事集》,或译名《吟边燕语》,或译名《莎氏乐府本事》,从光绪三十年(1904)到现在,在中国就不知出了多少版,真是一本经久不衰的"畅销书"。但他的另一些书,而且是他的主要代表作(masterpiece)《伊利亚随笔》和《续笔》呢,在中国的命运可就有点儿曲曲折折的了。

按说,兰姆的随笔从"五四"时期在中国就很出名。周作人在1921年所写的文章里称"阑姆"为英语国家的"美文妙手"。但向中国读者介绍散文家兰姆成绩最突出的要算被称为"中国的伊利亚"的梁遇春,他1928年就写出洋洋万言、才气横溢的《兰姆评传》,还想把兰姆的随笔和书信全部译成中文。可惜,英年早逝,他这宏愿未能实现。

从随手撷拾的零星材料看来,我国颇有一些作家诗人对于兰姆感兴趣。譬如,北图的 *Charles Lamb*(A. Ainger)一书为"五四"时代作家徐祖正的旧藏,另一部 *Life of Charles Lamb*(E. V. Lucas)上下两卷的早年借书卡上还保留着李广田的铅笔签名;诗人朱湘的购书单中有 *Lamb's Selected Essays*;方敬的文章提到,何其芳很欣赏兰姆的《读书漫谈》一文。最近,作家冯亦代写过一篇回顾自己写散文经历的文章,题目就叫《得益于兰姆》。另据《参考消息》,台湾的梁实秋先生生前的遗愿之一也是翻译《伊利亚随笔》。

兰姆作品的另一流通渠道是在英语教学领域。几十年来,他的一些名篇,像《梦幻中的孩子们》《扫烟囱的小孩礼赞》《论烤猪》等,一直出现在我国的英文课本里。解放后,他的文章也曾收入《大学英语》和《英国文学名篇选注》。

不过,兰姆随笔译成中文的毕竟为数寥寥。因此,迄今为止,阅读欣赏者多属于能够掌握英文的作家、学者和大学生。而且,应该说,解放后,对于散文家兰姆,知道的人已经不多了。所以,他的《伊利亚随笔》对于一般读者还是一本"没有打开的书"。

二

我跟兰姆随笔可以说有一点儿缘分。

40 年前,我在沙坪坝读外文系。一天,在旧书摊买到一本梁遇春译注的《英国小品文选》。这本薄薄的小书使我一下子爱上了英国散文——包括兰姆。

这种爱好藏在心底。50 年代末以后,它冻结了 20 年。近些年才又想起来。一年暑假,随便抓住兰姆的两篇文章:《退休者》和《读书漫谈》,一字一句慢慢下功夫、慢慢译。译出来,发表在《世界文学》,似乎颇赢得了几个人的喜爱,还有过被选进外国散文集里的光荣。

因此,接受翻译《伊利亚随笔选》的任务时,我以为这不过是一种时间放长一些的轻轻松松的"愉快的劳动"。其实,这是错觉。一般来说,英国散文都不大好译——读起来行云流水,译起来句句沉重——而兰姆的文章特别难译。难译首先在于他的语言外壳——文白杂糅、迂回曲折的"拟古"文体把他的"文心"紧紧裹住,必须像吃胡桃似的先把一层硬壳咬碎,才能尝到他文章里那种略带苦涩的香味儿。其次,他文章里到处穿插着英国 18 到 19 世纪的政法、商界的种种人物掌故,常常提到他自己的三亲四友,以及当时曾经活跃在伦敦报界、文坛而今已不见经传的许多下层文人——这些兰姆生前的"今典",一般工具书、参考书里是查不到的。最后(最后的,但不是最不重要的)是兰姆字里行间那被称为"无可模仿"的幽默。既然"无可模仿",那可叫人怎么翻译呢?

这样一来,译这本书就整整磨掉我三个年头。1986 年夏天,在上海译完这本文选的最后一篇，我累得几乎昏倒。

三

1988 年 5 月 20 日，北京《中国日报》发了一条短短的消息：兰姆的《伊利亚随笔选》出版。

"伊利亚"终于披上中式服装，带着善意的微笑，出现在他谈到过的中国土地上。

我匆匆赶到北京，想看看人们是怎样接待刚刚露面的"伊利亚"的。因为，我担心，这么一个衣着朴素、貌不惊人（何况还有点儿口吃）的 19 世纪英国小职员，突然出现在摆满了花花绿绿的畅销书的北京街头，怕不是一位多么受欢迎的客人。

但是，在一个讲求"社会效益"的时代，光在那里 sentimental 也没用。我想亲眼看一看在广大的读者群中能不能找到兰姆的个把"知音"。一个极热的下午，我闯进三联门市部。恰好，碰上一位青年读者正在买《伊利亚随笔选》。攀谈之下，知道他是《人民日报》（海外版）的编辑小赵同志。他在外地出差，从《读书》上看到《伊利亚随笔选》已经出版，一回北京就来买。听说我是译者，他还非让我签个名不可。我犹豫着：自己又不是什么大人物，怎好在人家的新书上写字？但小赵很热情，我只好照办，可一边写一边忽发奇想——要是兰姆自己能用他那细细的、长长的、尖尖的"瘦金体"笔迹在这本书上签个名，那就好了！

四

盛夏里，承三联主人好意安排，我得以在北京会见了几位著名的作家、学者、翻译家。

最先见到的是冯亦代先生——在我头脑里，他的名字是和抗战时期的重庆进步文化界、美学出版社、《守望莱茵河》、廖冰兄的封面画等等联系在一起的。冯亦代和郑安娜两位老人热情接待我们。冯先生立刻向我谈起兰姆的译本——他们已经对照着原文看了几篇。我看看桌上放着一本带塑料压膜的《伊利亚随笔选》,旁边还有一本花面的英文原版《伊利亚随笔》,大概就是董鼎山从美国旧书店为他买的那一本。

安娜先生问我:译文一定经过多次修改吧?

我说:是的。每一段要译三遍才能定下来。全文誊抄时再从头到尾改一遍。注释当中还要进行一次润色推敲——一共要下五遍功夫。尤其是头一段,一定要反复修改,为的是找准全篇的"调子"——基调抓住了,全篇的翻译才能"顺流而下"。

他们笑了。

接着,我见到了吕叔湘先生。

吕先生解放前译的小说集《我叫阿拉木》是我学习翻译的范本——那干净、利落、好像透明似的语言,让人读起来是一种艺术享受。

他告诉我:"我也对兰姆入迷过。"说罢,以一种我没有料想到的方式欢迎我这个"兰姆学"(如果有这个名词的话)的新学生——他把自己收藏多年的一部兰姆评传,A. C, Ward: *The Frolic and the Gentle*(暂译:《一个爱闹爱玩儿而又心地善良的人》)赠送给我,还意味深长地说:"书嘛,还是让更多人看的好!"

萧乾先生是兰姆《莎士比亚戏剧故事集》的译者,最近又对《伊利亚随笔选》表示关心,两次打电话询问出书消息。我理应拜访。电话联系后,他同意了。

一敲门,走出一位身材高大、很有风度而又非常和气的老先生。萧老亲切、坦率地告诉我:外国古典文学作品,译起来很难。譬如说,英国18世纪的东西(我想,他指的是菲尔丁吧?),就很不好翻。至于兰姆的作品,翻译《莎士比亚戏剧故事集》还可以参考莎士比亚全集中文本,要译《伊利亚随笔》就得独立工作了。——萧老以委婉的语气,对我的翻译工作给以长者的奖掖。虽然,《莎氏乐府本事》恐怕也未必好译。

在谈话中,我感到这位从30年代就活跃在我国新闻界和文学界的名记者、老作家和翻译家,虽已年近八旬,却仍思路明晰,反应灵敏,不仅在创作和翻译两方面文笔甚健,而且还活跃于中外文化交流的舞台上——他不久就要出国参加国际笔会,而在目前为出国准备期间,还要挤时间修改他过去译的一部加拿大作家里柯克的小说集——这本书还是他在1957年遭到政治灾难后翻译的。

诗人、翻译家朔望身穿东南亚式的筒裙在家里亲切接见了我。我们的谈话以"自报家门"开始。我在解放前的唯一经历只是当了十年流亡学生,自然比不上他先在重庆《新华日报》、在周总理身边工作,然后又浪迹缅甸、印度的生涯有声有色。不过,我们也找到了共同语言:我们都喜爱外国散文,并想为文学翻译事业贡献力量。

五

在我们这个剧烈变革着的新旧交替时代,人们爱动而不爱静。文化领域里也反映出了这种特点。那么,在这种社会条件下,像兰姆这样文笔细腻入微、思路隐晦曲折的外国散文作家,能不能在一般读者心灵当中取得一定地位呢? 作为他的译者,我自然关心着这个问题。

我想:人生是复杂的,动和静也是相反相成的。人愈是生活在一个万类躁动的时代,也就愈想寻找一个自己的立足点,寻找自己的存在意义。那么,兰姆随笔里所写的小人物的普通感受,使日常见闻带上浪漫的异彩,在平凡生活的描绘中散发出个性的光芒,在字里行间时时洋溢着对于妇女、儿童、穷人、弱者的人道主义精神——这些都足以引起我国普通读者的共鸣。

那么,兰姆的幽默能为我国读者理解和欣赏吗?

图1　　　　　图2　　　　　图3

图1　《伊利亚随笔选》(三联书店,1987年7月)

图2　《伊利亚随笔选》(上海译文出版社,2006年12月)

图3　《伊利亚随笔》台湾版(大块文化公司,2007年9月)

幽默，按我的理解，是一种个人气质或脾性。在需要正正经经、认认真真去办的事情上，幽默帮不了大忙。譬如说，社会问题不可能靠着一点儿幽默或者一阵儿感伤来解决。兰姆以及世界上任何幽默作家都开不出治疗社会溃疡的药方。但是，具体到一个人的情绪或精神状态，幽默倒是有用的——它可以起一种精神上的滑润剂的作用。鲁迅说得好："只要不是靠这来解决国政，布置战争，在朋友之间，说几句幽默，彼此莞尔一笑，我看是无关大体的。就是革命专家，有时也要负手散步，理学先生总不免有儿女，在证明着他并非日日夜夜，道貌永远的俨然。"因此，在培养和提高民族文化素质的工作中，加进去一点儿幽默感，似乎也是有益无害的吧？

另外，兰姆的幽默还有他的独特之处，那就是他那"含泪的微笑"——对于这一点，同样走过坎坎坷坷的"苦难的历程"的中国知识分子（尽管时代、国度、苦难的内容都不相同）想必有时候也能够"偶或相通"吧？经历过忧患而又想寻求内心宁静的人，对于兰姆是能够理解的。

我相信，兰姆和我国读者能够取得心灵的沟通。

（1988 年 7 月 18 日，开封，时大暑）

附：关于兰姆随笔翻译的评论（三篇）

兰姆的《伊利亚随笔》

冯亦代

我国英年早逝的散文家梁遇春曾说过，"对于心灵的创伤，兰姆是一剂'止血的灵药'"。我是一个刚落地不久就失却母亲的人，懂事以后，看见人家母儿融融泄泄，不免黯然神伤；因此自幼即养成我一种敏感的心灵，这敏感也可算得上是一种"创伤"吧！所以当成年时读了兰姆文章的选译后，不禁欣喜若狂，百读不厌。可惜他文章的译文不多，记得还是在梁遇春编的《英国散文选》注释本中，略窥兰姆的门径。以后进了大学自己能读原文了，就从图书馆里借来一卷《伊利亚随笔》，才孜孜不倦读了起来。

梁遇春译的《伊利亚随笔》不多，深以未能有机会看到兰姆所著全译为怅，因为这样的文章是值得介绍给中国的文学爱好者的。年前北京三联书店出版了刘炳善教授译的《伊利亚随笔选》，诵读之下，不免击节三叹。刘氏的译文可说已吃透兰姆的三昧，这是本不可多得的译本。今年夏天在北戴河休养，匣中带有此书，便依此消磨长日。

读刘氏的译文，深为他熟谙兰姆所感动。译文不但忠实于原作，而且创造出一种恰当于兰姆原作的风格来。这是难能可贵的，尤其译的是散文。刘氏的译文不是信手译来，而是经过推敲品味，他真正迷上了兰姆的身世和文笔。一篇译序就不是草率从事翻译的人写得出来的；本身就是有兰姆风格的散文。

所以读《伊利亚随笔》原作是个享受，读刘炳善的译文也是个享受。

（冯亦代著《撷英集》）

兰姆的时间财富

谷 林

伍尔夫夫人有一次在讲演中提到兰姆的随笔,说了这样的话:由于放纵的想象力的闪耀,闪电似的天才的霹雳,使他的文章有缺点,不完美,可是处处点缀着诗意,读来甚至比某些被推为毫无瑕疵的作家的散文都好。她还说:塞克雷曾经举起兰姆的一封信到前额上,高呼"圣查尔斯"。在已故的作家之中,伍尔夫夫人认为兰姆是使她最感到亲切的人之一。

这里所说的"诗意"的文章和"亲切"的作家之间,理应有一种逻辑的关联,只是伍尔夫夫人未作阐述。也许她相信既有"风格即人"这句名言在,读者不难从兰姆的随笔中获得自己的体会。欣幸我们现在已有一本《伊利亚随笔选》了,它是从《伊利亚随笔》和《随笔续集》两书中选择"可以大致代表兰姆所写的各种题材的随笔作品三十二篇"编成的。而且有了选本的这个基础,也许不能阅读原著的人可望终将能得窥全豹。

译序介绍了作者的生平大略,说他出生于伦敦一个律师的佣人之家,7 岁时进入为贫寒子弟开设的基督慈幼学校念书,学拉丁文成绩优异,是一名高材生。只是有口吃的毛病,想不到竟为此被剥夺了上高等学校的机会,成为终身恨事。由于家境困难,他十四岁就开始食力谋生,先在南海公司,后在东印度公司,整整做了 36 年职员,到 50 岁退休——50 岁,在我们不是叫作"如日方中"吗?谁料得到查尔斯·兰姆的余年已经只剩下九载了。

选集中第二十六篇随笔《退休者》,便是 1825 年兰姆 50 岁时候所作。文章开头的一段是这样写的:

> 看官,如果你命里注定,将一生中的黄金岁月,即光辉的青春,全部消
> 磨在一个沉闷的写字间的斗室之内,而且,这种牢房似的生涯从你壮盛之

时一直要拖到白发苍苍的迟暮之年，既无开释，也无缓免之望，如此度日，忘却了世上还有所谓节日假日，即使偶尔想起，也不过把它们当作童年时代特有的幸福而神往一番，——这样，也只有这样，你才能体会到我现在获得解脱的心情。

要在这么二百来字的引文中马上寻觅到诗意和亲切感，那是徒劳无益的。但这一个开头的确很有情致，引起你往下读的兴会，还令你想象在读完这篇随笔后，可能对它的作者会有相当的理解。他说过，以前他的那管鹅毛笔，"整个上午陷在数字、号码堆里，像马儿在杂沓密集的车马群中艰难前进"，因之，"下班回家，对于读书就产生了一种更加强烈的欲望"。他曾经"每天要到账房里上班八个、九个，甚至十个小时"。这真叫人怜惜，因为你已经知道他是兰姆，是出色的《伊利亚随笔》的作者。他还曾以旁观者的口吻写了一篇伊利亚的《行述》，说："那些笨重的大账簿，在那里边，他用非常工整的字体密密地写满了数字——按说，跟他那印成铅字的稀稀落落几篇文章比较起来，这些才是他真正的'全集'！"

如今，他退休了，虽则夕阳衔山，毕竟卸去了羁绊，可以任情蹀躞芳草了。他说，"如果遇上烦闷的日子，我就用读书来排遣。不过，现在我不像过去那样了，从前由于时间不属于自己，只好在冬夜烛光下发狠苦读，把脑筋和眼睛都累坏了"。而"现在，自己手里的时间多得简直无法处置。我像一个缺乏时间的穷汉突然暴发，拥有一大笔收入，变得家财不赀——我需要一位好管家，好监督人，替我管住这些时间财富"。想一想五年之前他的《除夕随想》："花费片刻工夫，短短时间，我都感到吝惜，好像守财奴一样花几个小钱也觉得心疼。年岁愈是减少缩短，与之成为正比，我也就愈加看重那一小段一小段的岁月片断，恨不得伸出我那无济于事的手去挡住那时间的巨轮。"

其实，即使退休之后，他也并非真能如此优游，他还要照看一位长他十岁的姐姐——老姑娘玛利。玛利有遗传的疯癫病，不时发作，为了不使她流离失所，他也终生不婚，与姐姐相依为命。"我希望把我们的余年加在一起，由两人平分，共同享受。"像这样白首同归的梦，使读者的心弦为之震颤，当然不止是他独自的忧思了。可是更使读者惊愕的则是他如下的表白："在我一生中所发生过的各种各样的倒霉事,如今我一件也不想取消,对它们,我不愿有任何改变,正如我不愿改变一部构思巧妙的小说中的情节。"

说得好!跌跌撞撞的人生经历要是一笔勾销,也就不会有亲切的兰姆和诗意的随笔了。读者所不能释然于怀的是:一旦伦敦的拍卖行挂牌拍卖南海公司和东印度公司一百七十年前的笨重大账簿,纵然有行家鉴定其中"非常工整的字体"确实出于兰姆手笔因之愿意高抬价码,也终将无济于事,抵补不了即使一页半篇的《随笔》了。

这篇《退休者》里留下了一个警句:"人生在世,总不嫌自己时间太多,也不嫌自己要做的事太少。"只是读到这里,未免令后人心绪不得安帖,想起他早年的俏皮话:"在办公时间内你还可以往那些多余的表格、大张的包装纸上写下你那些十四行、讽刺小诗,甚至小品文的构思——这么一来,账房里的边角下料便在某种意义上自然而然地成了培养作家的有益材料。"——岂不是非常严肃认真的吗?

此书前有"译序",后有"附论",每篇有扼要的题解和简注,对阅读兰姆"古雅蕴藉"(梁遇春语)的文章大有帮助,译文也颇能传达出那么一股韵味来,足见译者不同等闲的功力。

1990 年 7 月 8 日

(载于北京《读书》1990 年第 10 期)

兰姆笔下的"家"

梁 永

查尔斯·兰姆这名字,大约抗战前读过中学的老年人,一般都不生疏吧。在抗战前读中学,《莎氏乐府本事》这本书是英文课经常指定的课外读物;这册莎士比亚戏剧故事集,正是查尔斯和他的姐姐玛利·兰姆合写的。而我知道《威尼斯商人》《罗密欧与朱丽叶》这些莎氏名剧,正是通过兰姆的介绍。

查尔斯·兰姆的《伊利亚随笔》,是他用伊利亚这个笔名写的,有正集和续集两本。兰姆是19世纪英国散文名家,这两本随笔就是他的名著。我以前读过的兰姆随笔却并不多,去年我国翻译名家冯亦代写信向我推荐中译本《伊利亚随笔选》,说"文字译得十分漂亮,是近年不多见的佳译",我才决心找这本书来看看。

这本《伊利亚随笔选》是刘炳善译的,北京三联书店1987年11月出版,初版印7000册。这书虽然出版不久,印数也并不太少,但也很不易购到。到北京三联书店去买,已售罄了。后来还是在另一家小书店买到的,也是最后的一本了。

书中共选译《伊利亚随笔》和《伊利亚随笔续集》中的文章32篇(原书共68篇),我读了之后,认为原书是好书,译文确是佳译。其中我大有兴趣的,是有关"家"的两篇,即《"家虽不佳仍是家"辩》和《一个单身汉对已婚男女言行无状之哀诉》。

兰姆的文章很难译,要译出他的风格更难,刘译忠实于原文,而且译文流利,基本表达出了兰姆散文的风格。《"家虽不佳仍是家"辩》这篇短文,原文题名叫作"That Home Is Home Though It Is Never So Homely",就很不易译出。现在译文题目中两个"家"字,一个"佳"字,正对应于原题中两个"Home",一个"Homely",颇具匠心。这篇随笔,谈到两种算不得家的家:其一是穷人的家,读到家中的忧愁气氛和捉襟见肘的困境,确实不具有家的温暖甜蜜气息。另一种不能成为家的家,是访客盈门、不堪其扰的人家。这种闲来串门的人,兰姆比之为"像一只苍蝇,拍着翅子从你家的窗口飞进来、飞出去,只让你心烦,还把食物弄脏",而真正的客人,却"本来就是你家里的熟人,像你家里的一只猫,一只家鸟",两者区别很大。而被闲串者所打扰的家庭,对主人来说,也算不得真正的家了。感谢天,我的家并不属于兰姆所列举的这两类。

通常家中以夫妻为主体,所以我国把结婚叫作成家。兰姆一生不曾结婚,他对成了家的男女有点偏见。但这篇《一个单身汉对已婚男女言行无状之哀诉》(*A Bachelor's Complaint of the Behavior of Married People*)却是篇绝妙的幽默文章。本文二十年代曾有梁遇春的译文,题名译为《一个单身汉对于结了婚的人们的行为的怨言》,我意也可译为《一个未成家者对已成家人们举止行动的抱怨》,其中对已婚男女(特别是妻子——主妇)进行了若有其事的讥讽。

梁遇春所译的这篇文章收入他所译注的《小品文选》(1930年上海北新书局出版)一书中,英汉对照,可以根据原文核对译文。我认为梁译和刘译各有千秋,可以并存。梁遇春对英国散文研究有素,特别对兰姆倾倒,曾著有洋洋万言的《兰姆评传》(收入《春醪集》内),本人又是散文名家,曾被人称为"中国的伊利亚"。他能在二三十年代即译介兰姆的散文,不能不说是别具慧眼。他在《小品文选》的序中是这样介绍兰姆及其《伊利亚随笔》的:

"十九世纪的小品文是比十八世纪的要长得多,每篇常常要占十几二十页。Charles Lamb 是这时代里的最出色的小品文家,有人说他是英国最大的小品文家,不佞也是这样想。他的 *Essays of Elia* 是诙谐百出的作品,没有一个读着不会发笑,不止是发笑,同时又会觉得他忽然从一个崭新的立脚点去看人生,深深地感到人生的乐趣。"

这段介绍虽然简短,也很可说明兰姆及其随笔的特点了。

下面从《一个单身汉对于已婚男女言行无状之哀诉》这篇妙文中摘引一段,以见一斑:

"……下面我只提一提那些结了婚的女士们常犯的一种失礼之过,即:对待客人好似丈夫,对待丈夫倒像客人。我的意思是说,她们对待我们熟不拘礼,对待丈夫倒恭谨备至。譬如说,不久前一天晚上,在苔丝达西亚家里,已经到了我平常吃晚饭的时间,她还让我再等两三个钟头,因为她焦急地等着某某先生回来,而当他还没有到家的时候,她宁肯让牡蛎放凉,也不肯去尝一尝,以免丈夫未归,此举于礼有亏。这恰好把礼貌的要点弄颠倒了。因为,礼貌之所以发明出来,目的在于当我们感到自己不像另一个人那样受到某位同胞垂青和尊重时,把我们那种不自在的感觉加以转移。这不过是在大事上当仁不让地有所偏爱,只好在区区小节上拼命客气一番,稍稍予以弥补,以免引人忌恨而已。因此,苔丝达西亚应该不管她丈夫无论怎样催着开晚饭,也要把那牡蛎留下来等我来吃,这才算严格按照礼节办事。至于太太们对丈夫需要遵守的礼貌,在我看来,只要做到风度端庄,举措适度,也就足够,不必殷勤得太过分了。为此,我要对于色拉西亚助长她丈夫暴食暴饮的行为提出抗议。因为,我在她家餐桌上正津津有味地吃着一碟黑樱桃的时候,她突然把那个碟子端到桌子另一头给了她丈夫,却推过来另一碟没什么了不起的醋栗,劝我这个可怜的光棍汉把它吃掉。……"

然而,具有像兰姆这里所描写的那种妻子的丈夫,还是很幸福的,只怕国内当前并不多见。

兰姆对于家和已成家的人们的意见,虽然有点偏,但也不是完全没有道理的。

（载于《散文百家》）

入围"彩虹奖"最后提名

——关于翻译代表作《伊利亚随笔选》的自评

1. 本人的代表性译作:《伊利亚随笔选》(北京三联书店1987年出版,1993年重印)。

2.《伊利亚随笔选》是国内第一个兰姆随笔专集译本("五四"以来国内仅有少数零星单篇译文)。

3.《伊利亚随笔选》的翻译特色:"修辞,立其诚。"把文学翻译看作是与创作同等重要的神圣事业。不为金钱而工作。此译本是在长期爱好、多年准备之后才动手翻译的,而在翻译过程之中又慎重对待每一篇文章、每一字一句。一般来说,每篇文章均经过初译、对照原文认真修改和最后改定三个步骤。因此,这本24万字的译本,整整用去了三年的工作时间。

在译此书中,翻译与研究相结合。阅读了有关兰姆的大量传记材料,为此译本写出了822条注释,帮助国内读者弄清《伊利亚随笔》中的种种复杂的内容和人物典故。

4. 散文翻译,最忌语言平板、俗滥(但也不可故意追求华丽词藻)。英国散文作家都是具有个人风格的文体家,读其文应知其人。兰姆的语言风格尤其独特,《伊利亚随笔》中虽有很少几篇很流畅的"白话文"(如《拜特尔太太论打牌》《酒鬼自白》),但大多数用的是一种"文白杂糅"的文体,它反映作者一生艰难坎坷的命运和内心悲痛、外表幽默、"哭笑之间"的复杂心态。译这种文章相当不易。在翻译中逐渐摸索出一种与之相应的语言风格,或可多少传达出兰姆的那种独特的幽默。这似乎已为我国读书界所接受,从国内多种外国散文选集均选有《伊利亚随笔选》的译文,特别是《读书漫谈》《退休者》《梦幻中的孩子们》《穷亲戚》《一个单身汉对于已婚男女言行无状之哀诉》等篇,或可窥见一斑。

(1994年11月23日)

致翻译家书简四通

按：1988 年夏天，为《伊利亚随笔选》的出版，我到北京去了一趟，并承三联介绍，拜访了在京的四位学者作家。回开封后，给他们各写一信，对他们的友好接待表示感谢，并顺便谈谈个人对于文学翻译等问题的看法。由于初识这几位老学者、名作家，留下了信的底稿或复印件，当作纪念。今天看看，其中还有些内容，可以保存在这个集子里。另外，四位收信者中现在都已在世纪之交先后作古，谨以此表示对于四位老先生的怀念。

2006 年 10 月 2 日记

一、致吕叔湘先生

吕老：您好！

我已经回到开封。您送我的珍贵书籍 *The Frolic and the Gentle* 放在我的书桌上。回想起在北京跟您见面谈话的情景，您蔼然可亲的长者风范又出现在我眼前。我觉得前辈学者，不仅以自己的渊博学识哺育过我，也以自己的大公无私的高风亮节指引着我。

在我高中时代，您编的《高中英文选》是我们的英文教材，它使我初步领略了外国文学的趣味。*Arabian Nights*，*The Last Lesson*，Grimm's fairy tales，Byron's *The Isles of Greece*，Shakespeare's *Merchant of Venice*（retold by Lamb），等等，都是从您那部教材里第一次学到的。您写的《中国人学英文》在《中学生》上发表时，我就已经读过，后来集成一本书，我也买了。上大学时，您译的《我叫阿拉木》是我学习翻译的典范。直到现在，在翻译工作中，高悬在我心中的三部经典译作是:1.《我叫阿拉木》;2. 赵元任译的《阿丽思漫游奇境记》;3. 瞿秋白译的《茨冈》。我佩服的是那活泼泼的译文语言。去年,我还在上海买到您的《译文集》。

我觉得翻译主要是个实践问题。条条再多,译的书读者不爱看,还是白搭。因此,佳作佳译不光本身有价值,对于其他译者也是无言的指引——榜样的力量是无穷的。您那干净、利落、好像透明似的语言,让读者读起来是一种艺术的享受。这一点,叶圣老已经在关于《石榴树》的书评里说到了。

兰姆的文章真不好译。一般来说,英国散文都不好译(读起来轻松,译起来沉重),但兰姆特别难译。他那曲曲折折、古古怪怪的文体把他的"文心"包了一层又一层;必须使劲儿把他的语言外壳像胡桃壳似的咬碎,这才能尝到他那文章的味道;最后,发现这个作家的心还是蛮温柔善良的,他的脾气还是爱笑爱玩儿的,他的一生遭遇是非常值得同情的。

一开始,我不知道难。一年暑假,恰好处在一件繁重工作后的休整时期,我闲着没事,找出他的 *The Superannuated Man* 和 *Detached Thoughts on Books and Reading*(后一篇,梁遇春译过,见开明《英国小品文选》)。整个暑假,别的什么也不干,就对这两篇文章细细翻译,一字一句下功夫,因为没有"赶任务"的紧迫感,所以译下来还不觉得费劲。带着这种错觉,我就大胆订下了翻译《伊利亚随笔选》的计划。这一下子就磨去了我三年的时间。外国翻译家爱说他译的什么书给了他"二十年愉快的劳动"。我只能说:兰姆的轻松小品文给了我三年沉甸甸的劳动。1986 年这时候,当我在上海译完了所选的最后一篇,累得简直就要昏过去。翻译这么难,我过去不知道,真是"可为知者道,难与他人言也"。

这种译法行不行? 我也不知道。请您不客气地指教。

您谈话时说的《伊利亚随笔》中约有 20% 是不可译的。关于这一点,我很希望您再具体谈一谈,因为过一段时间,我还想把《伊利亚随笔》中其余的文章译出来。但我也感到剩下来的文章里有些恐怕难以为中国读者所理解(例如 *Imperfect Sympathies* 中对于苏格兰人和黑人的看法),有些已经由于时过境迁而失去意义,有些恐怕没有多大意思。所以我先译出这么一个选集,选的也不一定准确。我只是把大家认为的名篇加上个人认为比较好懂和我国读者容易接受的,再加上对于了解兰姆其人较为紧要的,搜罗这么 32 篇,附上佩特的著名论文,希望让我国读者借此可以初步了解一下兰姆其人其书。效果究竟怎样呢？我也说不清。特别是在现在出版物如此驳杂的时候。

　　您要是有兴致，非常盼望听听您的指教。

　　《英国散文选》上下两册，昨日已由这里寄上，请一并指正。

　　敬祝

健康长寿

刘炳善

1988.7.2 开封

二、致萧乾先生

萧老：您好！

　　回到开封，第一件事就是读您的《杂忆》一书，一口气读完了。其中《北京城杂忆》北京味儿十足，内容深厚，具有文学和民俗学的双重价值，读时觉得兴味盎然。《吆喝》一篇使我想起英国十八世纪 Addison 的 *The Cries of London*，地方风味跃然纸上，非常有感染力，且唤起读者自己的种种联想。《欧战杂忆》中提到您和杨刚的友谊，这也引起我对于杨刚先生的再次怀念；其中还提到您对 Virginia Woolf 的钦佩，我也有同感——我以一个已届 60 的人，刚译过她在 20 多岁时写的 20 几篇散文，深深感到自己在学问上比她差得很远，且不说才气。《在歌声中回忆》这一组文章的写作角度很别致，而我过去也有类似的感受，但您的音乐修养我是望尘莫及的。《改正之后》中那个娘儿们的指桑骂槐，类似的话在我 1957 年以后也是不时听到的——这样的损人往往比"大批判"更能使人心灵受伤，久久难忘。幸而这一切都已成为过去了。"江山不幸诗人幸"（其实，"诗人"和"江山"同样遭遇了"不幸"），留下了耐人咀嚼的好文章。您的散文自成一家，于明快流丽之中蕴含着幽默风趣，阅读时是一种艺术享受。

　　《英国散文选》上下二册已拣出，随信寄上，请您指教。另外，广州《随笔》去年发我一篇怀念杨刚的小文章，也夹在信内，请您顺便一阅。我觉得在解放前的艰苦岁月中，人们之间（知识分子之间，同学、师生之间，群众和地下党员之间）那种朴素、真诚的感情，互相信任、无私支持，是非常值得怀念的。就拿投稿来说，无名投稿者和编辑之间关系就非常单纯，没有现在这么多的麻烦事，而过去那种纯朴的关系所留下的影响却是深远的。

跟您的见面、谈话给我留下了深刻的印象。您再三自谦为"记者"，但记者生涯使您走遍国内外、见多识广、反应灵敏、文笔明快，又何可以厚非？何况，即使从您的散文作品来看，也远远超出 Journalistic Writings 的范围，寿人寿世，足以传诸后人。拿我个人来说，在和您见面之前，早已爱读您近些年的散文了。（您译的《好兵帅克》也是我爱读的书，并且影响到我的创作。）

30 年来，我蛰居开封，粉碎"四人帮"后，为文艺界的繁荣景象所鼓舞，振奋精神，埋头翻译写作。现有机会与先生认识，十分高兴。见面前心情拘束，一见面又觉得非常亲切。很想多谈一会儿，但想到您在门口贴的那张小纸条儿，不忍多占您的时间，匆匆告别。但您以即将 80 的高龄，仍然勤奋写作、翻译，并且仆仆奔走，为国际文化交流活动尽力，这一切使我感到一种"烈士暮年，壮心不已"的悲壮气概，说明中国知识分子不愧是祖国的优秀儿女、中华民族的精英，尽管遭遇坎坷，只要政治清明，总是要把自己的每一点心血，贡献给祖国现代化的大业。您的榜样，也鼓舞着我。盼望今后能得到您的指教。

敬祝
健康快乐

刘炳善

1988.7.2 开封

您所谈的"尽量说真话，坚决不说假话"的做人准则，包含着沉痛的历史教训。这比起巴金先生"说真话"的箴言虽看去要求稍低，但如果付诸实践，可能仍然不易。又及。

三、致冯亦代先生

亦代先生：

您好！

我已回到开封。回想起在北京去您家拜访，受到您和安娜先生的热情接待，心里仍然感到非常温暖。

我是在抗日战争和解放战争时期成长起来的人,上中学是在甘肃省一个偏远小县里。那时候,生活条件极苦,但精神高昂,主要的精神营养是大后方的进步书刊。而您的名字就是从那时候起熟悉起来的。可以说,我们对于当时重庆文化界并不陌生。美学出版社出的《金发大姑娘》、《千金之子》、《守望莱茵河》都是我在中学时代读的。现在想想,还觉得奇怪:过去的书,一版不过 3000 册左右,但一出来能在全国造成那么广泛深刻的影响。其中一个因素是那时候的青年读者和作家们之间心心相印、息息相通,由于共同与黑暗做斗争,追求光明,彼此之间具有一种诚挚、纯朴的感情。遗憾的是,这种可贵的人际关系现在已经被削弱了。

我的第一篇创作是杨刚发的(大公报《文艺》),对于这位前辈女作家,我永远怀念着。

您的《龙套集》使我见识了许多国内外文艺界的人物和事件,其中不少是我感到亲切的。

对于《伊利亚随笔选》的翻译,实在是一次冒险的尝试。远因是在大学时期爱读英国 Essays,当时也动手译过几篇,发表在重庆《新民报》副刊,然而对于 Lamb 没有敢动他。直到 1981 年放暑假,想休整一下过于疲惫的身心,找出 *The Superannuated Man* 和 *Detached Thoughts on Books and Reading* 两篇,句斟字酌地慢慢译,反反复复修改,一个暑假只译这两篇。因为没有"赶任务"的迫促之感,所以并没有觉得困难,倒觉得轻松。这两篇后来发表在《世界文学》,反应还好,还有两个外国散文选集把它们选进去。后来,通过李文俊同志的介绍,就大着胆子为三联译兰姆文选。但是,真到正儿八经的翻译,许多问题就尖锐化了:兰姆仿古的语言外壳,大批的掌故,一批当时活跃在伦敦文坛、出版界而今已不见经传的文人作者,查也没处查,真是难极了。后来,还是靠着在外文所找到的一部 E. V. Lucas 编订的《兰姆全集》七卷本,其中有 *Essays and Last Essays of Elia* 的详注,这才解决了大部分的需要注释的问题。

对于这个译本,我整整工作了三年,而且是艰苦工作的三年——外国的翻译家爱说他翻译的某某作品给了他若干年"愉快的劳动",我只能在辛辛苦苦译完一篇之后,在最后定稿、写注释的时候,感到一点收获的喜悦。"不惜歌者苦,但伤知音稀。"这个译本倘能受到我国散文作家和散文爱好者的欣赏,我就喜出望外了。

这部译稿最后是在上海完成的。那时候,我已工作得精疲力尽了。也是在上海看到您发表在 1986 年 4 月 10 日《人民日报》上的《得益于兰姆》一文。您的文章在我工作最艰苦的阶段给予我鼓舞的力量。当我译出这个选集的最后一篇,我累得几乎要昏倒了。

最近,上海《书讯报》发了我一篇小文章《〈英国散文选〉翻译琐记》,随信寄上。其中谈到个人对于翻译散文的体会、想法,很不成熟。《伊利亚随笔选》这样翻译,是否可以? 请您多多指教。今后如能拜读您的评论文章,更是求之不得,定能受到更大教益。

回到河大后,我把在京时与您见面谈话情况,向这里的同志们谈了,大家都很高兴。

向郑安娜先生问好。

匆匆　敬祝

文安

刘炳善

1988.7.3 开封

四、致毕朔望先生

朔望先生:

您好!

我已回到开封。在京时蒙盛情接待,谈话中受益甚多,十分感谢。

Disraeli 一书已拣出,并拙译《英国散文选》一同寄上,想不日可到,希望对您有用。Ludwig 之 *Bismarck* 英译本似为美国"Blue Ribbon Books"版,我曾购存,惜已在"文革"中以每斤一角三分之价售与废品站。另外,日本人鹤见祐辅亦著有《俾斯麦传》,我曾读过中译本,文字流丽,内容生动,记其中描写"铁血宰相"对他爱犬的感情,又如何在"会见日"礼貌接待政敌 Bebel,Liebknecht,等等。此书大约是解放前正中书局出版。不知此书能找到否? 或可参考。

先生发愿写李鸿章传,旧史翻新,实为创举。诚如先生所言,李氏为一多方面的历史人物,而过去往往以简单政治结论将其丑化,去历史唯物主义态度远矣。若写一文学性的传记,不独有益读者,于我国改革事业亦有可供借鉴之处。

我于李氏生平,素乏研究。但回想在一般人心中对其最反感者厥维二事:一为苏州杀降,手段残忍。戈登闻知,提短枪要找他算账。又曾阅英人记载清军屠杀太平军俘虏,并及孕妇,不忍卒读。此为胜利者得意之笔,但亦因此留下千古恶名。另一事为甲午败仗、马关条约。先生写李氏,此二事恐难避开。关于杀降一事,近年来偶阅一书(书名不记),云程学启实主之,而李氏默认,如此则可为之稍释责任乎?

我读书很少,偶翻历史,即觉血污满篇,因之不敢多看。但大智大勇者当直面人生,从血污中总结历史教训,供后人借鉴,以造福于民族,厥功甚伟。我国今日之改革开放,与清末洋务运动,颇有类似之处,而李鸿章为洋务派领袖,全面写其人其事,定能对今日有所启发。

我国近十年来翻译事业之繁荣,为解放以来所仅见。但大潮奔涌之中,必有泥沙俱下,滥译劣译所在多有。先生拟创办《译品》,当能对提高翻译质量起一号召作用。当年鲁迅、茅盾办《译文》,译者多为名手,内容与译文均臻上乘,封面、插图,亦相当考究,至今仍为文学翻译刊物的一个典范。先生所提到的《西风》,在抗战中亦曾看到,印象似以英美式的随笔小品为主,译文流利活泼,穿插国外幽默漫画,刊物风格洋味十足,其追随之榜样好像是 Reader's Digest, New Yorker,以及英国之 Punch。办《译品》似应吸收以往各家翻译刊物之长,而在内容与形式方面又具有自己崭新的特点。办此刊以三联为后盾,排版发行当无问题。最重要的在于稿源——依靠投稿乎?约稿乎?抑或以约稿为主、投稿为辅乎?一开始必须有一批翻译名家作为固定可靠的(不仅是名义上的)支持者,否则"名作名译"的目标难以实现,且难以为继。离京时曾向沈昌文同志谈及《译品》问题,他说要等先生拿出计划,始能进行。想先生已有成竹在胸。

回汴后,对您的赠书《劫后人语》略翻几篇,留下一个印象:您译书紧跟时事。在这一点上,我比不上您。这是个人经历和环境所造成的。不过就翻译本身而论,重视散文(包括各种形式的散文)翻译、重视译文质量,我们的看法又是一致的。当然,您足迹遍中外,见过大世面,非我所及,在很多方面应向您学习。

　　匆此　敬祝

文安

刘炳善

1988.7.4

关键在于文化修养和责任感
——文学翻译漫笔

　　"五四"以来，我们的许多老作家博古通今、学贯中西，他们精通外文、重视翻译，往往一身而兼作家与翻译家的双重身份。在他们的文学生涯中，创作与翻译这两种艺术创造活动互相补充、互相渗透，其结果则是除了他们那些杰出的创作之外，还给我们留下一大批文学翻译的佳品。这种既重视创作又重视翻译的优良传统，对于祖国文化的发展是大有好处的。

　　作为一个文艺学徒，我受益于老一代翻译家之处甚多。胡适译的《最后一课》，赵元任译的《阿丽思漫游奇境记》，鲁迅译的《表》，曹靖华译的《远方》，吕叔湘译的《我叫阿拉木》，都曾在我的少年时代，对于我的思想、性情、爱好产生过重要影响。第一次使我感受到外国诗歌之美的，是瞿秋白译的《茨冈》；第一次使我感受到外国散文之美的，是梁遇春译的《英国小品文选》；第一次使我感受到哲理散文诗之美的，是冰心译的《先知》；第一次使我像蜜蜂吸取花蜜似的享受到莎士比亚戏剧中的甜美芳香的，是曹禺译的《柔蜜欧与幽丽叶》；第一次使我对于法朗士那"精博锋利"的智慧感到震惊、对于他那优美风格大为入迷的，是徐蔚南译的《泰绮思》；傅东华译的《堂吉诃德》（当时还没有杨绛的译本）曾使我看得哈哈大笑；萧乾译的《好兵帅克》在50年代初的《译文》上发表时，我和同屋住的一位青年作曲家看完之后，互相学着帅克的样子"装傻"、出洋相、寻开心。此外，我上大学的时候，曾经看到我们文艺团体里的一位女同学整天耽读金人译的四大本《静静的顿河》，还对我们说："真好！真好！"另一位女同学所崇拜的则是傅雷译的《约翰·克利斯朵夫》。现在，我自己当了大学老师，又看到不少女同学把《简·爱》和《呼啸山庄》的译本当做自己的贴心之书，几乎每年的毕业论文中都有写这两本书的。翻译作品与读者心灵交流的这个书单，可以一直继续开下去，很长很长，像绵绵不断的小河。

　　既从翻译作品中得益，我便注意有关翻译家工作的记录。这才知好的译本来之不易。它不但要求译者具有深厚的文化修养，还要求译者具有为文学事业而献身的精神。许广平曾记述鲁迅临终前几天还在为翻译《死魂灵》而"熬住了身体的虚弱，一直支撑着做工"。宋清如曾记述朱生豪如何以带病之身奋力拼搏，以自己的生命为代价译出了中国的第一部莎剧全集。在一次傅雷翻译展览中，我看到解放前出版的一部《约翰·克利斯朵夫》，在解放后修订时每一页都密密麻麻改得"面目全非"——不知费去多少心血！老一代翻译家的工作告诉我们：文学翻译是一项庄严、神圣的事业。从他们那里，首先值得我们重视学习的，是他们那种深厚坚实的文化修养基础以及为祖国文学事业而忘我工作的高度责任感。我以为，这是搞好文学翻译工作的根本关键。优秀的精神产品是从高尚的精神中升华而成。

　　我曾经对于文学翻译想过一个粗浅的比喻——好比卤豆腐干。豆腐干味道的好坏决定于卤汤的质量如何，而卤汤的质量又决定于本钱和材料究竟下了多少。豆腐干用盐水泡一下，可以咸一点，但味道很差；卤汤中加进酱油，豆腐干味道可以稍好；卤汤若用肉汁，豆腐干肯定好吃；但是，若能用蘑菇汤、鸡汤卤豆腐干（这只是打个比方，未必有肯下这么大本钱的豆腐干师傅），那就会像《红楼梦》里贾母、凤姐们吃的那种茄子，味同珍馐矣！

　　在这里，卤汤用来比喻译者的全部语言、文学、文化积累。假如在译书时只能照字典释义硬译，则读者读了，也只能勉勉强强、别别扭扭地知道大体上说些什么；假如用一般报章体语言去复述文意，则译文可以较为通顺，但缺乏文学意味；假如能熟练应用文学语言进行移译，则译文可有文采；假如译者能将个人的全部心血、精力、修养、才思、感情、爱好都贯注到自己的翻译工作中去，就像梁启超写过的一位法国陶瓷艺术家那样，在烧制一种新陶瓷的试验中，将自己的家当全部投进熊熊燃烧的窑里去，那么，译文就可能臻于上品。

　　一位文学翻译工作者应当尽量丰富提高自己的中外语言修养、文学修养和一般文化修养（这种功夫最好从青年时代就及早下起）；对待翻译工作应当像作家对待创作一样反复修改、精益求精，向作者和读者双重负责。记得过去我国一位作家说过："自己的作品不可能不朽，但我要当做自己的'不朽作品'那样下功夫去写。"创作如此,翻译也应如此。

如果可能的话,文学翻译工作者最好也搞点创作。前面说过,我们老一代的作家很多也是翻译家。从另一方面说,我们的不少翻译家也是作家,像曹靖华也是散文家,叶君健也是小说家,查良铮也是诗人穆旦,等等。杨绛的创作和翻译已经融为一体,难分哪是"正业"、哪是"副业"了。事实上,凡是文学工作者都会有一定的创作欲望和创作冲动。对于这种欲望,应当给以适当满足,不妨动手搞点创作。这样做有很多好处:创作成功,自不必说;即使创作失败,那写作能力的锻炼,那亲自体验过的创作甘苦和形象思维,对于文学翻译都是十分宝贵的。因为文学翻译是一种艺术再创造活动,完全没有创作体会的人很难搞好。自然,以翻译为主要专业的人,创作活动只能量力而行、适可而止。

与此相联系,文学翻译工作者应当关心熟悉当代我国文学事业的发展。因为我们的文学翻译工作是我国文学事业的一翼,是为中国文学创作的繁荣发展而提供借鉴,"别求新声于异邦"。关心熟悉我国当代文学创作的状况,可以使我们在选择翻译课题时更为自觉、清醒而不盲目。

可以设想:如果一个人在一生中以诚挚的心、不懈的劳动去钻研、译介某类外国作品或某一外国作家,像曹靖华对待苏联文学、傅雷对待法国文学、朱生豪对待莎士比亚,以及像英国的加尼特和毛德对待俄国文学和托尔斯泰那样,"心志不分,乃凝于神",终必会有大的成就。只有这样的翻译家多了,形成一股健康壮大的力量,才能抵制、廓清近年来随着文学翻译事业繁荣的同时也滋长起来的那些抢译、滥译、粗制滥造、不负责任、不讲翻译道德的不良作风。愿我国的文学翻译事业能够更健康、更宏伟地发展起来,为我国社会主义文学将来能出现天才、大师、纪念碑式的巨作而提供土壤,就像在16、17世纪之交英国的翻译界对于英国的文艺复兴所起的作用那样。——让我们以此为祝,寄希望于当代和未来的中国翻译家们。

近一个时期,我从事英国散文的翻译,因此想对外国散文翻译工作说几句话。我国自古以来是一个"散文大国":先秦诸子,左、国、史、汉,唐宋各大家,明清小品,都是散文的丰碑。"五四"以后,我国白话散文的成就也特别大,原因之一就是吸收了外国散文(特别是英国散文)的长处。新时期10年的文学中,散文也有空前的发展:题材拓宽了,内容深刻了,作者队伍扩大了。与此同时,大家也自自然然感到有向外国散文作家借鉴之必要,于是外国散文的翻译也有一定的进展。这是一个很好的开端。外国散文别有一番广阔的天地,值得介绍的作家、作品很多。希望我们的翻译界和出版界像对待外国小说、诗歌、戏剧一样,把各国散文名著的翻译出版工作更加重视起来,以扩大读者的欣赏眼光,并有利于我国散文创作进一步发展。

关于散文翻译的一些个人体会,我曾写有《英国散文与兰姆随笔翻译琐谈》一文(《中国翻译》,1989 年第 1 期),甚望得到专家学者的教正。在散文翻译中的一个很重要的问题是如何提高译文的语言艺术性。从"五四"到现在,白话文经过 70 年的丰富发展,已经相当成熟灵活。但如何使得译文消除"翻译腔",更加富有中国味,为我国读者所喜见乐闻,仍是一个难题,需要付出很大努力去解决。在这个方面,傅雷有一种看法:"(译者)平日除钻研外文之外,中文亦不可忽视,旧小说不可不多读(着重号为引者所加),充实辞汇,熟悉吾国固有句法及行文习惯。"(《论文学翻译书》)"旧小说不可不多读"这句话很有见地,值得特别注意。我自己在散文翻译中,即往往不自觉地受平时所读《水浒传》《红楼梦》等古典白话小说的影响。有一次译赫兹利特《论青年的不朽之感》一文,翻译到某一个地方,深为原文中那种曲折蜿蜒、枝蔓交错的长句所困,以致竟废然搁笔。此时,偶然翻一翻手边的《红楼梦》,深为书中活灵活现的语言所打动,忽然觉悟:好的文学语言应该像这样,翻译不可死抠原文一字一句,而应细察原意、熔铸新词。这样一想,遂把原来逐字硬译的初稿推翻,从原文词句的密林中脱出,重新构思译文,定稿后再读,觉得这才像中国话,文章才"活"了起来。——借曹雪芹一股清风,帮我渡过一次难关。

最后,说两句闲话。解放前,我当流亡学生时,从一位可敬的英文老师那里借来两大卷 30 年代老《译文》的合订本——这是我系统学习外国文学的启蒙书。近 10 年来,我较为认真地搞起了文学翻译,又是和《世界文学》对我的支持分不开的。现在,借此机会向《世界文学》表示衷心的谢意。

(1989 年 10 月 21 日于开封)

谈谈文学翻译
——1992 年 10 月 15 日在香港中文大学翻译学系讲学

中国从 1919 年开始的新文学运动,有一个很好的传统,那就是:既重视创作,也重视翻译,把翻译事业看得和创作同样重要。因此,许多老一辈作家,同时也是翻译家。产生这么一种情况的客观因素是:中国近代,在思想文化发展上落后于西方,在文学创作上需要向欧美文学作品学习借鉴,"别求新声于异邦"。从主观条件说,"五四"时代的许多老作家都是外国留学生,文化修养很高,博古通今,学贯中西,精通外文,所以能够"双管齐下"、左右逢源,既从事创作,又从事翻译。结果,在他们给后人留下的宝贵遗产中,除了一大批文学创作,还有一大批文学翻译。

我个人是在抗日战争时期到 40 年代末成长起来的人,学生时代就爱好文艺,后来做过一段文艺工作,50 年代后期成为一个大学英语专业的文学教师。几十年来,我一直从老一代翻译家那里受到教益。譬如说,上小学时就读过胡适译的《最后一课》和《二渔夫》,上中学时读过刘半农译的《柏林之围》。这些小说曾帮助培养了我的爱国心。上大学时,我曾和原文一起读过赵元任译的《阿丽思漫游奇境记》和吕叔湘译的《我叫阿拉木》,这两本书让我明白:怎么样的翻译书才算是翻译上品。还有很多好书,经过翻译家的生花之笔、传神妙手,翻译过来,读了之后,对我的思想、感情、文化素养,起了陶冶作用。现在,我自己也做起了翻译工作,近六七年译了三本书,都是英国文学方面的,不过不是诗歌、小说,也不是戏剧,而是散文。这是因为我上大学的时候喜欢读英国散文,另一方面因为年龄的关系,"诗情画意"少了,生活当中都是平凡的散文,那就译几篇散文吧。不过,译出来,发表出来,总还有读者爱看,还多次受到选载,这也是很大的安慰。

这一次,承蒙中文大学翻译学系邀请,到香港来看一看,受益不浅。我觉得,要学习翻译,要做翻译工作,在香港是最合适不过了。为什么?首先是:地位特殊。香港与内地只有一墙之隔,与台湾只有一水之隔,对于获得国内的学术文化资料,非常方便。另外,香港与世界各地有广泛联系,了解海外学术文化发展动态,也很方便。这样,不管是从中文译为外文,或是从外文译为中文,都比内地条件优越。还有一点,也很重要,那就是当前的时代背景也对翻译工作有利。现在正处于20世纪之末。只要学过一点历史,就会知道:每当旧世纪之末、新世纪之初这种时代,世界总会发生新旧交替的大变化,每个国家也会有些变化。我们是中国人,自然希望我们的祖国在21世纪向好的方面转变,这就是说,不但在经济建设上富裕起来,也要在文化事业上繁荣起来,来一个中国文艺复兴。而说到各国的文艺复兴,往往需要由翻译事业来开辟道路。譬如说,英国的文艺复兴,翻译工作就起了很大作用。像诺斯所译的《希腊罗马英雄传》、弗洛里奥所译的《蒙田随笔》、查普曼所译的《伊利亚特》和《奥德赛》、谢尔顿所译的《堂吉诃德》等不仅为当时英国的文艺复兴提供了养料,而且成为传世的名译。当前中国,也正非常需要翻译事业,正是翻译事业应有大发展的时机。天时、地利都有了。而中文大学有一个翻译学系,还有一个翻译研究中心,汇集了一批学识、经验兼备的老师。同学们只要努力学习,将来就有能力担当起翻译工作的重任,为我国的文化繁荣,为中外文化交流,做出重要贡献。

今天要讲的题目是文学翻译。文学翻译牵涉的问题很多。我只准备谈一下文学翻译的基础。基础分两个方面:一个是文化基础,指的是文学翻译工作者应该具有的文化修养;另一个是思想基础,指的是文学翻译工作者应该具有的社会责任感。

立志要做文学翻译工作的人从青年时代起就要加强自己的文化修养。这就是说,要用功读一些书。青年时代精力充沛,记忆力好,理解力也开始成熟,正是读书的最好时期。英文里有一句谚语:"Youth is the seeding-time of life."(青年时代是人生的播种时期。)一个人在青年时代读书多少,读什么书,喜欢什么作家、什么作品,往往决定他一生的努力方向,为他一生的事业打下基础。我们这一代中国知识分子一大半岁月都在战争和动荡生活中度过,许多时间浪费掉了,无可挽回。现在有许多新书想读,有许多老书也想再读,譬如说:*War and Peace*,*Don Quixote*,*David Copperfield*,*Huckleberry Finn*,等等,还有中国古籍,《诗经》、《楚辞》、老庄、史汉、李杜、《红楼梦》以及近现代的王国维、鲁迅、陈寅恪、钱锺书，都想慢慢读、细细欣赏、学习、领会。但是，一看自己的时间表，工作日程排得满满的，只好按捺下自己的读书狂想，先一件一件做好自己当前的工作，把自己内心渴望读的心爱作家暂时放在一边，以后再说。但对于你们，从现在直到 21 世纪，长长的宝贵时间掌握在你们手里，不要轻易放过。要珍惜时间，充分利用，好好读书，为一生的事业打下坚实的基础。

读哪些书呢？

当然，要把中文和外文都学好。在香港，学习英文的条件很好。但是，要做好翻译工作，还得学好中文。由于每个人具体情况不同，要开书单也难。不过，总的来说，有关中国的、外国的、古代的、现代的，文学、历史、哲学三方面的名著，最好在求学时代就有选择地读它一批，这对一生的事业一定有好处。因为这些是打基础的书，早晚总要读的，晚读不如早读，因为在学校学习时间集中，不刻苦读书，出了校门，走上工作岗位，可能就没有时间读了。

要做文学翻译工作的人，读一些文学典籍的必要性自不必说。那么历史书为什么要读呢？因为文学与历史的关系太密切了。学习历史，对于文学、对于社会能用历史的眼光去看，就能站得高一些、看得远一些。譬如说，刚才谈到文艺复兴，如果能读一读布克哈特的《意大利文艺复兴时期的文化》（Jacob Burck-hardt: *The Civilization of the Renaissance in Italy*），再补充以有关英国文艺复兴时期的历史或文学史，就会知道外国的文艺复兴是怎么一回事，包括哪些社会文化现象。这对于观察中国社会文化现状、展望 21 世纪的中国，也会有些帮助思考的作用。读哲学书的目的，是为了帮助自己学一些观察、了解社会历史和研究文学的方法。同时，有些很好的哲学书，像中国的《道德经》《庄子》，《圣经》里的《传道书》，也是很好的文学作品。总的来说，文学、历史、哲学关系密切，俗话说："文、史、哲不分家。"都应该看一些。它们能帮助我们充实文化修养、开阔胸怀、启发思路、培养才智，对于我们做好翻译工作，都是有用的。

此外，与文学相联系的姊妹艺术，像音乐、美术、戏剧等方面的知识，也可以根据个人兴趣爱好，有所涉猎。其他方面的"杂学"如宗教、神话、传说、种种典故，只有靠参考工具书来解决问题了。

在这里，我想提一下中国古典白话小说的重要性。傅雷先生曾经指出，对于我国文学翻译工作者来说，"旧小说不可不多读，充实辞汇，熟悉吾国固有句法及行文习惯"。我体会，"旧小说"主要指的是《红楼梦》《水浒传》《三国演义》《西游记》《儒林外史》等几部书。熟读这几部小说，除了其他方面的好处以外，可以从这些小说当中汲取汉语白话文的精粹，对于我们在外译中工作中按照中国传统表达方式进行遣词造句，会有很大帮助。

关于文化修养，只能说到这里。"五四"以来老一辈翻译家，没有一个不是学问渊博、具有高度文化修养的。就拿傅雷先生来说，只要看看《傅雷家书》就可以知道：他在中文、法文、英文、中外历史、哲学、音乐、美术各方面都有多么高深的素养。他在翻译事业上的巨大成就，是和他的文化修养分不开的。庄子云："风之积也不厚，则其负大翼也无力"，"水之积也不厚，则其负大舟也无力"。这话也适用于翻译工作。

另一个重要方面是在工作态度上的精神准备，即：对待文学翻译工作要有高度的社会责任感，把文学翻译工作当作一种严肃认真甚至庄严神圣的文化事业，从事这项事业应该抱有一种贡献自己一切精力和才思的精神，否则断难译出精品。朱生豪先生在抗日战争中困居乡间，在贫病交加之中全力拼搏，以生命为代价译出中国第一部莎剧全集。梁实秋先生在台湾，以古稀之年完成了中国另一部莎翁全集译本。这种为中外文化交流而献身的精神，是值得敬佩的。翻译工作中的高度责任感还表现在为了向作者负责、向读者负责，对于自己的译文不怕反复修改、精益求精。对于这个问题我已在另一篇文章里谈过（见北京《世界文学》1990 年第 1 期拙文《关键在于文化修养和责任感》)，有兴趣的同学不妨参看，今天就不再多说了。

从翻译的角度看英国随笔

——1992 年 10 月 20 日在香港中文大学翻译研究中心讲学

一

1597 年,培根出版了他的 58 篇《随笔》,到现在将近 400 年了。培根这个书名,是从法国蒙田的《随笔》(1595)那里借来的,所以严格说来,英国的随笔是以蒙田为鼻祖。1603 年,弗洛里奥翻译的《蒙田随笔》英文本出版,这才是后世英国随笔作家学习的榜样。17 世纪,在蒙田影响下,英国出现一批以优美多姿的文笔写出作者微妙复杂的精神世界的散文名著,像伯顿的《忧郁的剖析》等,虽不是短篇随笔,但内容情调和后来的随笔相通——这是英国随笔发展的酝酿阶段。18 世纪,作家大办期刊,运用随笔散文形式向中产阶级进行启蒙工作,促使随笔大大发展起来。阿狄生和斯梯尔在《闲话报》和《旁观者报》上发表的一大批文章,就成为英国随笔的典范作品。19 世纪初,英国随笔作为浪漫主义文学的一部分,又形成一个高潮,出了兰姆、赫兹利特等等著名随笔作家。19 世纪末叶,斯蒂文森承上启下,使得随笔在世纪之交又振兴一个时期。直到 20 世纪前半叶,还出现过维吉尼亚·吴尔夫这样以意识流手法写的散文——实际上是英国随笔的新发展。此后,由于二战对人思想感情的影响,以及现代生活的急剧变化,随笔在英国再没有什么重要的作家。这就像一条河流,滥觞于一泓清泉,慢慢流成一道山涧,然后进入平原,由小河增成为一条大河,波澜壮阔流了很久,大河又变细小,流入地下,仍然滋润着地面上的庄稼和林木花草。

二

英国文学分四大类：诗歌、戏剧、小说、随笔。英国随笔介绍到中国比小说、诗歌、戏剧稍晚一些。1907 年（光绪三十三年），林纾翻译美国欧文的《拊掌录》，作者是以 18 世纪英国的阿狄生为师的；而 1911 年上海商务印书馆出版的《阿狄生文报捃华》（*Sir Roger De Coverley Papers*）则是目前我所能找到的英国随笔介绍到中国的最早物证。不过，只有到 1919 年五四运动以后，由于新文学运动的需要，对英国随笔的介绍、翻译、编选、评选才进入一个大发展的时期。1921 年，周作人在北京《晨报副刊》发表短评《美文》，提到了阿狄生、兰姆、吉辛和契斯透顿等英国随笔作家。鲁迅在 1925 年也翻译了日本厨川白村关于英国随笔的两篇文章。周氏兄弟这三篇文章引起了中国文学界对于随笔的重视。此后，从 20 年代末到 30 年代，做这方面工作的人很多，但最突出的是梁遇春。他在二三十年代之交，接连出版了三种英国小品文（即随笔）的选译本，向中国读者介绍了斯梯尔、阿狄生、哥尔斯密、兰姆、赫兹利特、利·亨特、契斯透顿、贝洛克、鲁卡斯、林德、洛根·斯密、加丁纳等一大批英国随笔作家的文章。他还写一篇洋洋万言、才气横溢的《兰姆评传》。因此，梁遇春是本世纪前期这一领域中最有贡献的人。

英国随笔引进中国，对于"五四"以后中国白话散文的发展起过有益的作用。除了形式和文风的借鉴，对于作者和读者的个性解放，也是有帮助的。关于这一点，拙文《英国随笔简论》略有涉及，此处不赘。

从抗日战争爆发到 60 年代中期这 30 年间，由于战争和社会大变动，对于英国随笔的翻译比较稀少，只出了《培根论说文集》（水天同译）和吉辛《四季随笔》（李霁野译）两种译本。不过在大学英语教材当中，英国随笔作品一直没有断绝。当然，在"文化革命"当中，一切都不说了。但"文革"一结束，从 1979 年北京《世界文学》上发表李赋宁教授翻译的德·昆西《论麦克佩斯剧中的敲门声》，似乎敲开了长期关闭的英国随笔翻译的大门。从此，北京的《世界文学》《外国文学》，上海的《外国文艺》，还有一些专门的散文刊物，像北京的《散文世界》、天津的《散文》、广州的《随笔》，都发表过英国随笔译文。此外，全国各地出版的外国散文选本,必选英国随笔,还出了一些英国随笔散文的选集和英国随笔名家专集。改革开放十几年来,虽然并没有人振臂一呼、大力提倡,英国随笔散文的翻译介绍工作却在不声不响之中得到了四五十年来空前的发展,而且看来这一势头还会发展下去。

从七八十年来我国对英国随笔文学的翻译介绍,可以看出这么一些特点:

(1)英国随笔是一种非常适合具有较高文化素养的知识分子口味的文学作品。郁达夫在1935年所写的《中国新文学大系·散文二集导言》中说得好:"英国散文的影响,在我们的智识阶级中间,是再过十年二十年也决不会消灭的一种根深蒂固的潜势力。"他这句话说过去,已经50多年了。从现在的情况来看,在可以预见的未来,至少在爱好文学的知识分子当中,英国随笔还是会有人喜欢读的。

(2)但是,英国随笔的翻译介绍工作,需要有一个国家社会相当安定、文化氛围比较宽松的环境。否则,它就很容易被挤掉。这也就是说,它需要一个国泰民安的时代背景。只要知识分子能静下来,坐在自己屋子里安安生生看书,思考,欣赏文学、艺术、学术,总会有那么一些人想起英国随笔,把它们翻译出来,也会有那么一些读者高兴看,因此也就有刊物愿发表、有出版社愿出版,虽然它们不可能成为"畅销书",也不可能赚大钱。

(3)只有在一个文学相当繁荣的时代,而且是在一个散文创作比较发达的时代,作家、读者、译者才对英国随笔特别有兴趣。道理很简单:只有散文创作发达,才会感觉到需要翻译介绍外国散文,作为参考借鉴。

看来,对客观条件的要求还是相当高的。当然,随笔散文的译者并没有权利要求时代,而是相反:只要时代条件具备,散文创作自然就会繁荣,读者自然爱看散文,散文翻译也自然会相应发展起来。

我认为,为了吸收外国的优秀文化,为了开拓作家和读者的视野,我国对于英国随笔和其他散文作品的翻译介绍,还应该发展。在这方面,还有很多工作可做。

三

在80年代当中,我曾用八九个年头从事英国随笔散文的翻译。其中甘苦,写过《英国散文与兰姆随笔翻译琐谈》一文。现在再举几个例子,补充说明那篇短文里的看法。

我认为,应该用艺术再创作的态度来对待文学翻译工作。翻译工作,特别在准备阶段,自然要牵扯到许多技术性的问题,譬如查字典和其他参考书、工具书,这都是不可避免的。但是要让艺术来指导技术。一篇好随笔本身是件小小的杰作,译出来后也应该成为一篇令人爱读的好文章。所以,每一篇散文名篇的翻译都应该是一种在精研原文基础上的文学再创作活动,而不应是死抠着一个个单词的硬译。字典自然要查,但查完字典,就得摆脱字典释义的束缚,"以全句为单位",活泼泼地思考,不能受一个一个单词的支配。

举例来说,威廉·赫兹利特文风汪洋恣肆、用词繁富,素称难译。当我译他的《论青年的不朽之感》时,译到以下这句:"…as we grow old,we become more feeble and querulous,every object 'reverts its own hollowness',and both worlds are not enough to satisfy the peevish importunity and extravagant presumption of our desires!"开始,我照原文逐字直译,但译出一看,简直不知所云,为之搁笔。在疲劳困乏之中,偶然翻开手边《红楼梦》的一页,描写一群小丫头在打水时互相打闹笑谑的场面,深为那种活灵活现的语言所打动,从中得到启发。于是把原来逐字硬译的初稿推翻,从原文的语词丛莽中摆脱出来,细察文意,另铸新词,译成这样:"……人到老年,性情变得脆弱,又爱埋三怨四,但见'世事转烛,无非空虚二字';而且,这时欲望又高又多,脾气又怪又躁,似乎天堂、人间加在一起也无法叫他满意!"定稿再读,虽然还不能完全满意,但觉得这才像一句中国话,文章才活了起来。

在随笔翻译中,还有三个特别难以捉摸的问题,即:个性、风格、幽默。

个性是随笔的灵魂。蒙田的名言"我描画我自己"(It is myself I paint)乃是每位随笔作家的座右铭。随笔的魅力即在字里行间所流露出的作者的鲜明个性。"他谈自己七零八杂的事情所以能够这么娓娓动听,那是靠着他能够在说闲话时节,将他的全性格透露出来。"(梁遇春语)为了在翻译中传达出作者的一定性格特色,就需要在动手之前对作者的生平和个性尽量多了解些。譬如说,兰姆随笔中自传的成分非常浓厚,但他又在"伊利亚"这个假名掩护之下,对真人真事加以改写。因此,在翻译之前,就要通过阅读传记材料,了解哪些是真人真事,哪些属于兰姆的"艺增",以便找出兰姆的真面目、真性情。

　　作家的个性通过自己的风格表现出来。每位作家个性不同,风格也不同。风格是一位作家的个性经过个人独特生活环境的塑造,经过一定思想文化的陶冶,再通过某些语言艺术的手段自然表现出来的。翻译某位随笔作家,就得琢磨和传达他的文风。当然,这很难。领会作家的风格已经不易,在译文中再现他的风格就更难。但应该也可以尝试。因为把风格不同的作家的文章都翻得一模一样,是文学翻译者的大忌。

　　兰姆在他的随笔(与他的书信不同)中采用了一种很特殊的、文白杂糅、迂回曲折的文体,把他的"文心"包藏起来。这是一种很难对付的语言风格。译者必须先把这一层语言硬壳"嚼碎",尝出文章中略带苦涩的香味儿,并且看出在这种文风中躲藏着一个脆弱的灵魂。对于这么一种特殊的风格,自然不能采用规规矩矩、四平八稳的语言来翻译。我尝试着在白话文当中点缀一些"之乎者也"之类的文言词语(特别是用文言文来译原文中的拉丁语),以此传达出兰姆的那种稍带滑稽意味的拟古文风:

　　　　"据说,当年在我们慈幼学校的黄金时代,学生们每顿晚餐都能吃上冒热气儿的大块烤肉。可是,后来某位笃信宗教的恩公认为这些小孩子的仪表比他们的嘴巴更值得可怜,因此把肉菜换成了校服,于是——至今思之,犹有余悸焉——就取消了羊肉,只发给我们长裤。"(《饭前的祷告》)

　　　　"我的身份已经不是某公司的职员某某。我成了退休的大闲人。如今,我的出入之地乃是那些林木错落有致的公园。别人开始注意到我那无牵无挂的脸色,悠闲自在的举止,以及步履徜徉、漫无目的、游游荡荡的样儿。我信步而行,不管何所而来,亦不问何所而去。人们告诉我说:某种雍容华贵的神态,原来和我种种其他方面的禀赋一同被埋没不彰,如今却脱颖而出,在我身上流露出来了。我渐渐有了明显的绅士派头。拿起一张报纸,我只看歌剧消息。人生劳役,斯已尽矣。我活在世上应做之事已经做完。昨日之我,是为他人做嫁;从今往后,我的余年将属于我自己了。"(《退休者》)

维吉尼亚·吴尔夫别有一种风格。那是一种女性的、细腻而灵活的文风，娓娓而谈，飘逸飞动，能放能收，舒卷自如。对此，翻译时不可鲁莽从事，必须追随原文，亦步亦趋，把她这种意识流的、仿佛印象派画法似的文风多多少少描摹下来：

　　"对英国文学稍有涉猎的人一定会感觉出来：它有时候处于一个萧条的季节，好像乡下的早春似的，树木光秃秃的，山上一点儿绿意也没有；茫茫大地，稀疏枝条，统统无遮无掩，一览无余。我们不禁思念那众生躁动、万籁并作的六月，那时候，哪怕一片小小的树林里也是生机盎然；你静静地站着，就会听见矮树棵子里有些身体灵巧的小动物在那里探头探脑、哼哼唧唧、走来走去，忙着它们的什么活动。在英国文学当中也是这样：我们必须等到 16 世纪结束、17 世纪过了很久，那一派萧条景象才能有所变化，变得充满生机和颤动，我们才能在伟大作品产生的间歇，听到人们说长道短的声音。"（《多萝西·奥斯本的〈书信集〉》，收入《普通读者二集》）

　　风格不容易体会，要在译文中传达出来更难。翻译一篇文章，对于第一段要特别多下点功夫，必要时得反复推敲修改，为的是捕捉住作者的语气和调子。一旦基调抓住，全文的笔调也就"顺流而下"。

　　英国随笔的另一要素是幽默。幽默是英吉利民族的一种特性，而每一位随笔作家又各有自己不同的个性特征。因此，要给幽默下一个笼统而无所不包的定义是不可能的，但读英国随笔又往往随时感到它的存在。据说兰姆的幽默是无从模仿的。为了猜一猜兰姆的幽默这个谜，我查阅过一些关于幽默的解释。最后，我认同了《剑桥英国文学史》中认为兰姆的幽默属于"含泪的微笑"（laughter in tears）。批评家佩特也谈到过兰姆幽默中的悲剧因素。对于饱经忧患的中国知识分子是能够理解的。基于这种理解，我译出了 30 多篇兰姆随笔。自然，其他随笔作家，像阿狄生、斯梯尔、哥尔斯密、赫兹利特、斯蒂文森、鲁卡斯、林德、吴尔夫等，个人生平遭际和性格特征各自不同，他（她）们的幽默并不属于"含泪的微笑"，对每个人需要单独进行"定性分析"。总的来说，我感到幽默似乎是善良宽厚的人性处在种种遭遇当中仍然能够发出和保持的一种微笑。

这只是我个人妄加揣测。不过，前面说过，要给幽默下一个定义实在很难，几乎是不可能。

（1999 年 4 月 25 日整理）

英国随笔翻译管窥

1597 年培根出版了他的 58 篇随笔。此后 400 年间,英国随笔经历了初创、发展、繁荣、延续等阶段,直到 20 世纪 30 年代后期才逐渐衰落。它像一条河流,滥觞于山间一泓清泉,流向平原,形成一条小河,小河变成大河,波涛滚滚,源远流长。然后大河变成小河,小河流入地表之下,作为地下水,继续滋润着地面上的禾苗花木。

西学东渐以来,随着英国小说、诗歌、戏剧介绍到中国,英国随笔介绍翻译到中国也有了 80 多年的历史。特别是在 1919 年五四运动以后,由于新文学发展的需要,从 20 年代到 30 年代,英国随笔的翻译、评论、编选、注释工作进入一个繁盛的时期,对于中国白话散文创作起过有益的借鉴作用。而从 30 年代后期直到 60 年代中期,由于战争和动荡,英国随笔的翻译冷落、稀少了。"文革"结束,中国大陆百废俱兴。随着改革开放,文化事业繁荣,对英国随笔的翻译介绍才又重新发展起来。刊物上屡见发表,选集和专集不断出版,译者和读者多了。自然,这是和十余年来散文创作的繁荣分不开的。因为,只有散文创作发达,才会感觉到需要翻译介绍外国散文,作为参考借鉴。

我从 1982 年以来从事英国散文的翻译工作,先后译出了《英国散文选》(上海译文出版社,1985 年至 1986 年)、《伊利亚随笔选》(北京三联书店,1987 年)、《书和画像》(吴尔夫《普通读者》初、二集选译,北京三联书店)。其中甘苦,写出以就正于通人学者。

英国随笔的译者首先要面对的挑战就是:怎样才能吸引读者的注意力? 因为随笔只是一种平易的散文,既不像小说戏剧那样具有曲折生动的故事情节,也不像诗歌具有铿锵悦耳的节奏和音韵。随笔是作者的独白,他一个人在那里漫谈、闲聊,行云流水,读起来好不自在;但真正动手翻译,又难以下手,常觉得笔触笨重,难以追及原作轻灵的神韵。译得不好,读者就不爱看。那么,怎样翻译才能受到读者的喜爱呢? 我只能谈谈个人的体会。

《英国散文选》上册(上海译文出版社,1985 年 9 月)

《英国散文选》下册(上海译文出版社,1986 年 6 月)

《书和画像》(维吉尼亚·吴尔夫书评译本,北京三联书店,1994 年 5 月)》

《普通读者》(北京十月文艺出版社,2005 年 1 月)

　　文学翻译是一种爱的劳动。译者一定要选择自己内心喜爱(至少也是性之所近)的作家和作品,翻译时才能把自己的感情和爱好贯穿到工作中去,用自己的心去体察作者的文心,这才能使译文为读者所喜爱。"文革"以后,我翻译的第一篇散文作品(尽管不算是随笔)是夏洛蒂·勃朗特的回忆录《艾里斯·贝尔与阿克顿·贝尔生平纪略》。这是我偶然读到、不觉为之泪下的一篇好文章。1979 年我拿起译笔,就从这篇开始,翻译时完全把自己的感情带进去了。译文在《世界文学》发表,也感动了一些读者。

以文学创作的心情对待文学翻译。当然,翻译工作要牵扯到许多技术性的问题,但是不能把文学翻译完全当作技术活来做。要让艺术来指导技术,这样译出来的才能成为一件艺术作品。一篇好随笔本身就是一件小小的杰作,翻译后也要成为一篇令人爱读的好文章。这就好像把一幅名画雕刻成一幅版画,尽管性质是复制,但要像搞创作那样呕心沥血,调动一切艺术才能,并且从艺术效果来考虑,惨淡经营,不断修改加工,精益求精,最后使复制的版画也成为一幅优美作品,甚至几可乱真。文学翻译也应如此。因此,为翻译一篇散文所付出的劳动,绝不下于创作一篇散文。

准此,每一篇散文名作的翻译工作都是一种在精研原文的基础上的文学再创作活动。那么,随笔翻译不可能是抱着字典硬译就显而易见了。字典不可不查(包括一切参考书、工具书),而且还要查得非常仔细。但查完字典,就得摆脱字典释义的束缚,开动脑筋,活泼泼地思考。翻译时,最好像林语堂在《论翻译》一文中所主张的"译文须以句为本位",不可受一个一个单词支配,否则译文就会四分五裂,不可卒读。

举例来说,威廉·赫兹利特文风汪洋恣肆,用词繁富,素称难译。当我译他的《论青年的不朽之感》一文,译到以下这句:"...as we grow old, we become more feeble and querulous, every object 'reverts its own hollowness', and both worlds are not enough to satisfy the peevish importunity and extravagant presumption of our desires!"开始,照原文逐字直译,但译出一看,简直不知所云,译不下去。在烦困之中,偶然翻翻手边的《红楼梦》,深为书中活灵活现的语言所打动,得到启发,遂把原来逐字硬译的初稿推翻,从原文词句的蓁莽中摆脱,细察原意,熔铸新词,译成这样:"……人到老年,性情变得脆弱,又爱埋三怨四,但见'世事转烛,无非空虚二字';而且,这时欲望又高又多,脾气又怪又躁,似乎天堂、人间加在一起也无法叫他满意!"定稿再读,觉得这才像一句中国话,文章才活了起来。

随笔作家往往学识渊博,才华横溢,上下古今,旁征博引,在文章中插入许多引文和典故,构成翻译中的拦路虎,必须在动手翻译之前一一弄清楚。例如,兰姆的随笔里就穿插着许多古典的、欧洲的、英国的文学和历史典故,常常提到他的三亲四友,以及18、19世纪之交英国政、法、商界人物的遗闻轶事,还有当时曾经活跃在伦敦文坛报界而今已不见经传的一些穷文人、小作家。这些兰姆生前极熟的人物事件，现在早已湮没不彰，一般参考工具书里又查不到，而在翻译中又无法回避，一开始简直束手无策。经过两三年的搜寻，终于找到鲁卡斯的两大卷《兰姆传》和七卷详注本《兰姆全集》，这才解决了翻译中这方面的大部分难题。

以上是随笔翻译的几个问题，但在随笔翻译中还有三个特别难以捉摸的问题，即个性、风格、幽默。

个性是随笔的灵魂，蒙田的名言"我描画我自己"（It is myself I paint）乃是每个随笔作家的座右铭。随笔的魅力即在字里行间所流露出的作者的鲜明个性。"他谈自己七零八杂的事情所以能够这么娓娓动听，那是靠着他能够在说闲话时节，将他的全性格透露出来。"（梁遇春语）为了在翻译中表达出作者的性格特色，就需要在动手之前对作者的生平和个性尽量多了解些。譬如，兰姆随笔中的自传成分非常浓厚，但他又为读者设置了重重障碍，在"伊利亚"这个假名掩护之下，采用改名换姓、移花接木、改变人物身份、改动事件时间等等手法，对真人真事加以改写，给读者一种真假杂糅的印象。因此，在翻译之前，需要通过阅读传记材料，分清哪些是真人真事，哪些属于作者的"艺增"，以便找出兰姆的真面目、真性情。这一番功夫是必不可少的。

作家的个性通过自己的风格表现出来。每个作家个性不同，风格也不同。风格是一个作家的个性经过自己独特环境的塑造，经过一定思想文化的陶冶，再通过某些语言艺术的手段自然表现出来的。翻译某位随笔作家，就得研究和传达他的文风。当然这很难办得到。领会作家的风格已经不易，在译文中再现他的风格就更难。但应该也可以尝试，因为把风格不同的作家的文章都翻得一模一样，是文学翻译者的大忌。

兰姆的随笔有一种很特殊的语言外壳——他用一种文白杂糅、迂回曲折的拟古文风把自己的文心包藏起来。这是一种很难对付的语言风格。译者必须像吃胡桃似的，先把他那一层语言硬壳咬碎，才能够尝出他文章里的那种略带苦涩的香味儿，并且进一步看出在这种文风之中躲藏着的一个脆弱的灵魂。对于这么一种特殊的风格，自然不能采用规规矩矩、四平八稳的语言来翻译。我尝试在白话文当中点缀一些"之乎者也"之类的文言词语（特别是用文言文来翻译原文中的拉丁词语），以此传达出兰姆的那种文白杂糅、稍带滑稽意味的拟古文风：

"据说，当年在我们慈幼学校的黄金时代，学生们每顿晚餐都能吃上冒热气儿的大块烤肉。可是，后来某位笃信宗教的恩公认为这些小孩子的仪表比他们的嘴巴更值得可怜，因此把肉菜换成了校服，于是——至今思之，犹有余悸焉——就取消了羊肉，只发给我们长裤。"（《饭前的祷告》）

"我的身份已经不是某公司的职员某某。我成了退休的大闲人。如今，我的出入之地乃是那些林木错落有致的公园。别人开始注意到我那无牵无挂的脸色，悠闲自在的举止，以及步履徜徉、漫无目的、游游荡荡的样儿。我信步而行，不管何所而来，亦不问何所而去。人们告诉我说：某种雍容华贵的神态，原来和我种种其他方面的禀赋一同被埋没不彰，如今却脱颖而出，在我身上流露出来了。我渐渐有了明显的绅士派头。拿起一张报纸，我只看歌剧消息。人生劳役，斯已尽矣。我活在世上应做之事已经做完。昨日之我，是为他人做嫁；从今往后，我的余年将属于我自己了。"（《退休者》）

吴尔夫也别有一种风格，那是一种女性的、细腻而灵活的文风。娓娓而谈，飘逸飞动，能放能收，舒卷自如。对此，翻译时不可鲁莽从事，必须追随原文，亦步亦趋，把她这种意识流的、仿佛印象派画法似的文风多多少少描摹下来：

吴尔夫《纽卡塞公爵夫人》一文译稿

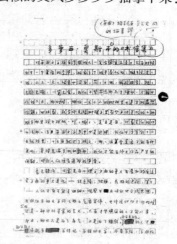

吴尔夫《多萝西·奥斯本的〈书信集〉》
一文译稿

"对英国文学稍有涉猎的人一定会感觉出来:它有时候处于一个萧条的季节,好像乡下的早春似的,树木光秃秃的,山上一点儿绿意也没有;茫茫大地,稀疏枝条,统统无遮无掩,一览无余。我们不禁思念那众生躁动、万籁并作的六月,那时候,哪怕一片小小的树林里也是生机盎然;你静静地站着,就会听见矮树棵子里有些身体灵巧的小动物在那里探头探脑、哼哼唧唧、走来走去,忙着它们的什么活动。在英国文学当中也是这样:我们必须等到16世纪结束、17世纪过了很久,那一派萧条景象才能有所变化,变得充满生机和颤动,我们才能在伟大作品产生的间歇,听到人们说长道短的声音。"(《多萝西·奥斯本的〈书信集〉》,收入《普通读者二集》)

　　风格不容易体会,要在译文中传达出来更难。翻译一篇文章,对于第一段要特别多下点儿功夫,必要时得反复推敲修改,为的是捕捉住作者的语气和调子。一旦基调抓住,全文的笔调也就"顺流而下"了。

　　英国随笔的另一要素是幽默。幽默是英吉利民族的一种特性,而每一位随笔作家又各有自己不同的特色。所以,要给幽默下一个笼统而无所不包的定义是不可能的,但读英国随笔时又往往感到它的存在。据说,兰姆的幽默是无从模仿的。既然无从模仿,又叫人如何翻译呢?为翻译《伊利亚随笔选》,我看了一些关于幽默的解释,也看了一些对于兰姆的幽默的分析,最后,我认同了关于兰姆的幽默是一种"含泪的微笑"这种说法。对于"含泪的微笑",饱经忧患的中国知识分子是能够理解的。从这么一种理解出发,我译出了32篇兰姆随笔。自然,其他随笔作家,生平遭际和个人性格各自不同,他们的幽默并不属于"含泪的微笑",对每个人需要单独进行定性分析。总的来说,我感到幽默似乎是善良宽厚的人性处在种种遭遇当中仍然能够保持的一种微笑。

附:关于英国随笔翻译的评论

如闻"伦敦叫卖声"
——刘炳善先生与英国随笔
雷 颐

最近看到一套好书,《刘炳善译文集》四种:《伦敦的叫卖声》、《伊利亚随笔》、《书和画像》和《圣女贞德、亨利五世、亨利八世》(河南人民出版社 2003 年版)。刘炳善先生翻译的这几种书都是英国随笔。

《伦敦的叫卖声》(《英国散文选》译文增订本,北京三联书店,1997 年 11 月)

《伦敦的叫卖声》(上海译文出版社,2006 年 12 月)

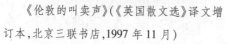

虽然英国的"随笔"是 16 世纪在法国思想家、作家蒙田的启发、影响下诞生的,但几百年来,随笔这种文学形式似乎特别适合英国的人文环境,迅速成长壮大,枝繁叶茂。从 18 世纪开始,随笔在英国更加蓬勃。此后,英国的随笔一直在世界文坛享有盛誉,以至和"下午茶""绅士风度"一样几乎成为英国的民族、文化特色之一。

我国对英国随笔的译介历史不短,但一直是零零星星,并不系统,阅读欣赏者且多是能读英文的作家学者或大学生。鲁迅先生在 20 世纪 30 年代虽然对在大动荡的年代力倡飘逸灵透、自然恬淡、娓娓而谈的随笔非常不以为然，但在《小品文的危机》中还是十分客观地承认中国的新文学在"五四"运动的时候，"散文小品的成功，几乎在小说戏曲和诗歌之上。这之中，自然含着挣扎和战斗，但因为常常取法于英国的随笔（Essay），所以也带一点幽默和雍容；写法也有漂亮和缜密的，这是为了对于旧文学的示威，在表示旧文学之自以为特长者，白话文学也并非做不到"。而从 20 世纪 50 年代初到 70 年代末这长达 30 年时间内，英国随笔在我国曾经要"横扫一切"的政治风暴中则几近绝迹。

不过，无论世事如何风云变幻，个人生活怎样动荡不安，刘炳善先生对英国随笔一直情有独钟。早在 1948 年他还在重庆大学外文系求学时，就开始翻译一批英国随笔在报刊发表。1957 年，原本在河南省文化局"戏曲改进会"写剧本的刘先生被打成"右派"后来到河南大学外语系工作，重读英文原著，写下大量笔记和卡片。在看菜园"劳动改造"时，他仍随身带着心爱的《牛津英文选粹》反复阅读。十年浩劫结束后，文化开始复苏，刘先生开始试译几篇英国随笔，寄给复刊未久的《世界文学》。译文发表后，受到读者好评。从此，刘先生便一发而不可收，在教学研究之余还翻译了大量的英国随笔，先后出版了英国随笔选《伦敦的叫卖声》、兰姆的《伊利亚随笔》、吴尔夫的《书和画像》，还翻译出版了莎士比亚和萧伯纳的一些剧本。《伦敦的叫卖声》选译了从 18 世纪到 20 世纪 15 位英国作家的部分随笔，选撷精当，读者可以一窥英国随笔之全貌。兰姆可说是英国随笔的集大成者，深受中国老一辈文人喜爱，周作人称兰姆是"美文妙手"，吕叔湘先生曾对兰姆入迷，冯亦代先生曾经撰文谈兰姆对自己写作的影响，题目就是《得益于兰姆》。《伊利亚随笔》是兰姆的代表作，但中文译本一直只有寥寥数篇，没有全译本，令人遗憾。刘先生全译本出来后，不仅填补了这一空白，而且译文颇得兰姆神髓，把一生坎坷不幸的兰姆特有的那种"含泪的幽默"传神地表达出来，深受译界好评。对此，刘先生的体会别有意味："兰姆的幽默还有他的独特之处，那就是他那'含泪的微笑'——对于这一点，同样走过坎坎坷坷的'苦难的历程'的中国知识分子（尽管时代、国度、苦难的内容都不相同）想必有时候也能够'偶或相通'吧？经历过忧患而又想寻求内心宁静的人，对于兰姆是能够相通的。"维吉尼亚·吴尔夫是 20 世纪"意识流"在英国的代表人物,亦是英国"女性主义"前驱之一,《书和画像》选译了她的 24 篇随笔,刘炳善先生说:"读着这样的文章,我们好像是在听一位有高度文化修养的女作家向我们谈天——许多有关文学、人生、历史、妇女的大问题、大事情,她都举重若轻地向我们谈出来了;话说得机智而风趣,还带着英国人的幽默、女性的蕴藉细致,让人感到是一种艺术的享受。"吴尔夫的文锋笔意与 19 世纪初年的兰姆大相径庭,但刘先生都能译得恰如其分,足见其功力之深。

这种功力,来自长期的研究,使译者对不同作家、不同时代的语言、文风和社会环境都有较为准确的把握。在这几部译文集中,译者对文中所涉之文人文事都作了详尽的考订,细到如 18 世纪的伦敦的作家、医生、律师、科学家、政治家们各自常去的是哪一家咖啡馆,卖女性化妆品小贩的绰号,一些名不见经传的下层文人,当时的市井俚语……

读来真是如闻"伦敦的叫卖声"。

而能下得如此"死功夫",端的是要能耐得住寂寞。或许,刘炳善先生几十年居住古城开封,为他的"寂寞"提供了客观条件。"东京梦华"早成千年尘影,在当代文化版图上开封地处"边陲",这使硕果累累的刘炳善先生只是默默耕耘而未能享有相应的"盛名"。然而不为浮名所累,可能正是刘先生的幸运呢!

（载于上海《文汇报》,2004 年 4 月 17 日）

关于翻译和创作说几句话

近几年来,我用很多时间搞翻译,方向是英国散文。

歌德说:一个懂外国文的人,应该至少为自己的人民译出一本好书。

文学翻译是一种艺术。而艺术工作是"爱的劳动"。我是为了爱好文学、为了文学界的同行才动笔翻译的。我自己不喜爱的作家、作品,市场价格再高我也不译。1976 年,我偶然拿起一本原文的《呼啸山庄》,读一读印在前边的夏洛蒂·勃朗特写的一篇回忆录,描述她们姐妹三人从事文学创作的艰苦经历以及她那两位非常有才华的妹妹 20 多岁就先后去世的经过。读着读着,眼泪不觉流了出来。大概"文革"中中国知识分子所受到的压抑和屈辱太多了,在这里找到了共鸣吧,1979 年暑假,我翻译这篇文章时,把自己的这种感情贯注进去了。后来,译文在《世界文学》发表,重读时,好像觉得作者在用中国话向我如泣如诉地述说自己的悲痛遭遇。我又一次流下了眼泪。这篇译文在读者中、在外国文学界产生了很好的效果。北京有位大学生来信表示赞赏。

我以对待创作的心情对待翻译,译每一篇文章,倾注进去自己全部的时间、精力、感情、才智;译出来,一遍一遍地改,一句话、一个字都不轻易放过。译每篇文章,所付出的努力,就像爬一座山,爬到山顶,身上的劲儿全部使完了;译出一本书,就像害过一场大病,不休整一段时间,简直就恢复不过来。"衣带渐宽终不悔,为伊消得人憔悴。"艺术劳动,本应如此。譬如说一块豆腐,用白水加点盐来煮,或者用酱油配上五香粉来卤,或者用鸡汤、蘑菇汤来煨,都可以。但是,味道是各不相同的。一篇外国文学作品,翻译时,你可以把字典上的汉语解释照搬下来,一句一句凑到一块儿;你也可以稍稍加工,使用一般的新闻语言或者文学语言修饰一下;你也可以像对待自己心爱的创作(像母亲对待自己的儿女)那样,把自己全部的爱倾注进去——但那结果是不大一样的。用鸡汤、蘑菇汤煨出来的豆腐比肉还好吃,译者倾注了全部心血的译作带来意味深长的艺术享受。

在外国文学史上,最好的翻译作品,像英国菲兹杰拉德译的《鲁拜集》,都列为本国文学宝库的珍品;在苏联,最好的翻译作品,像马尔夏克译的彭斯诗集,和最好的文学创作一样,可以获得国家奖金。

我的志愿是把自己所选择的英国散文名家作品译成文学翻译的精品。为此需要付出极大的努力。这努力是必要的,也是值得的。

另外,我不只是一个译者,我还是一个作者。我从小爱好文学,在初中、高中和大学,我一直是文学团体的积极组织者和参加者。17 岁,处女作发表在杨刚编的《大公报》的《文艺》副刊上,此后陆续写作散文和短篇小说。1952 年,还用英文写了一个短篇小说《逮捕》,发表在布拉格的《世界学生新闻》(英文版)上,获得征文一等奖。以后二三十年间,创作不幸中断了。但是,十一届三中全会以后,我国文学创作的繁荣形势使我振奋激动。我又写起 30 年没有写过的小说。写出的两个中篇虽然暂时还没有发表,但是,通过实践,我相信我还可以根据自己有限的生活积累和感受,写几篇东西。我想:一个完全没有创作冲动、完全不想搞创作的人,怕不是真正的文学工作者。创作即便失败了,亲自体验过创作的甘苦,对于搞翻译、研究、评论,也是相当重要的。杨绛译的《堂吉诃德》,巴乌斯托夫斯基写的《金蔷薇》,为什么能有那样大的艺术影响和魅力?因为这位译者和这位独特的评论家都具有丰富的创作经验。

下面就这次会议中讨论的有关创作的一些问题谈谈个人看法。

形式、手法应当服从每个作家所写的题材内容和他自己的个性,不可勉强。身材苗条,就穿旗袍、连衣裙;身体胖大,就穿宽松肥大的袍子。脚大穿大号鞋,脚小穿小号鞋;缠过脚又放开,穿特型的鞋。千万不要硬穿不适合自己脚码的鞋子。大脚硬穿小鞋,小脚硬穿大鞋,都走不成路。还是让每个作家寻找适合自己的表现形式和手法吧!

文学是语言的艺术。"言之不文,行之不远。"中外大作家都是语言艺术家。如果曹雪芹使用的是《七剑十三侠》或者"东风劲吹战鼓擂"那一类的语言,《红楼梦》还成其为《红楼梦》吗?但是,一个作家语言风格的形成,虽然需要自觉的学习,但总的说乃是他的整个为人、个性经过一定的思想文化陶冶的结果,不仅仅是个词藻的问题。

由于生活圈子和精力所限，我省青年作家的作品读得很少。来开会之前，读了张宇同志的《活鬼》，我觉得人物写得活灵活现，语言泼辣生动。"不忌生冷"，以一个30岁左右的青年作家，写时间跨度、空间距离那样大的题材，写得那样活、那样自然，确实出手不凡，很有点气魄。希望张宇努力成为豫西山区的肖洛霍夫。青年作家需要提高各方面的修养，但是一定要保持自己的特点、棱角。宁可粗糙而虎虎有生气，也不要流入平庸而无生气。

这次省作协理事会开得很好。好就好在大家对于文学问题畅所欲言、各抒己见。这种宽松、自由的讨论机会，是非常宝贵的。我们应当紧紧抓住党中央所给予我们的创作自由、学术自由，为繁荣河南的、全国的文学事业做出更大贡献。

莎剧演出中国化述评

一

1986 年 4 月 10 日到 4 月 23 日在北京、上海两地所举行的第一届中国莎士比亚戏剧节演出活动,标志着我国对于莎士比亚的介绍、翻译、研究工作的一个新时期的开端。

为了认识这次莎剧节的意义,让我们稍稍进行一些历史的回顾。据专家考证,我国对莎士比亚开始介绍,已有 120 年的历史。严复在《天演论》里提起过莎士比亚,说他是"万历间英国词曲家,其传作大为各国所传译宝贵也"①。后来,林纾翻译了《吟边燕语》,亦即兰姆姐弟编写的《莎士比亚戏剧故事集》,后来又译述了莎士比亚的 4 部历史剧和《凯彻遗事》的故事情节。看来,中国人介绍莎士比亚而且影响较大者,还得从我国近代翻译史上这两位先驱者算起。但是,对于莎士比亚戏剧的原原本本的翻译,则是"五四"以后的事,如解放以前田汉、梁实秋、朱生豪、孙大雨、曹禺、曹未风等等,解放以后卞之琳、吴兴华、吕荧、方平、英若诚等等,都曾为莎剧的翻译做出了重要贡献。1978 年,在朱生豪译本的基础上,经吴兴华、方平、方重、杨周翰、章益、梁宗岱等多人校补,我国终于出版了第一部《莎士比亚全集》的中译本。解放前后我国还发表了许多有关莎剧的论著。至于莎剧的演出,从"五四"前后以来,在半个多世纪当中,我国的戏剧家也一直不断进行。总之,百年来在莎剧"引进"的道路上,我国的专家学者、艺人才士筚路蓝缕,厥功甚伟。但是,由于历史条件所限,过去的莎剧翻译、研究、演出,一般来说,那影响所及还只限于文艺界、学术界、知识界;解放后,影响的

---

① 见《天演论·导言十六进微》。

范围有所扩大,但莎士比亚的名字,特别是他的剧作,对于广大观众来说还是比较生疏的。"莎士比亚给予人类文明的瑰奇财富,我们还没有充分吸收。"(曹禺)

1986 年的莎剧节,以其丰富多彩的演出活动,为莎剧与中国广大观众相结合,迈出了重大的第一步。在 14 天当中,北京、上海共演出莎剧 29 台:在北京演的有话剧《理查三世》、《威尼斯商人》、《仲夏夜之梦》、《温莎的风流娘儿们》、《第十二夜》、《雅典的泰门》、《李尔王》(两台)和《奥赛罗》,还有大学生用英语演的《雅典的泰门》和《威尼斯商人》,以及京剧《奥赛罗》。上海演的有话剧《驯悍记》(两台)、《终成眷属》、《泰特斯·安德洛尼克斯》、《爱的徒劳》、《温莎的风流娘儿们》、《威尼斯商人》、《李尔王》和《安东尼与克莉奥佩特拉》,此外还有昆曲《马克白斯》(改名《血手记》)、越剧《第十二夜》、越剧《冬天的故事》、黄梅戏《无事生非》、木偶戏《第十二夜》(改名《孪生兄妹》)、广播剧《马克白斯》,以及用蒙语演出的《奥赛罗》和大学生用英语演出的《无事生非》。从演出的莎剧剧目之广、形式的多样化、国内外影响之大来说,这的确是一次规模空前、绚丽多彩的莎剧演出的盛大节日。

二

几十年来,话剧本来是我国戏剧家用以向观众介绍莎剧的唯一形式。莎士比亚的戏剧原来都是诗剧,用话剧演出自然比较方便。这次莎剧节,以话剧演的莎剧仍然占着大多数。但是,这一次我国的话剧艺术家特别重视以富有中国特色的方式来演出莎剧。首先,指导思想是"在中国近代文化的背景下研究莎翁;从中国文化的角度,演出我们所理解的莎剧"①。譬如说,上海人艺所演的《驯悍记》,若从原作剧情表面上看,不过是一个工于心计的男人如何征服他那剽悍的妻子,最后慢慢使她完全顺从的故事。但是,上海人艺在排演时却对莎翁的这出喜剧"注入了现代人的血液",赋予它以新的意义。导演(英国人高本纳先生)说:"中国妇女半边天。在剧中我的解释是男女主人公相互需要,相互影响,最后找到一个和谐关系。"在这种思想指导下,戏没有演成谁驯服了谁,而

---

① 曹禺语,见《首届中国莎士比亚戏剧节会刊》(以下简称《会刊》)。

是"两颗孤独寂寞的心彼此都有爱的需要,互相接近,互相鼓励,以共同面对一个复杂和艰难的世界"①。这样,在演出中运用现代人的观点体现出了莎士比亚的人文主义理想。

在其他一些以话剧演出的莎剧中,导演们尝试着采用了我国戏曲中的某些表现程式。例如,武汉话剧院演出的《温莎的风流娘儿们》,运用了戏曲中常用的"圆场"等写意手法,以虚表实,使这出喜剧具有中国风味。上海青年话剧团排演《安东尼与克莉奥佩特拉》时,导演参考中国古典戏曲的风格,丰富了通常的导演手法。例如,剧中用7个兵代表罗马和埃及两国的千军万马,对此观众很自然地接受、理解。

话剧演出莎剧的另一种形式是将内容改编为中国人、中国事。北京中央戏剧学院演出的《黎雅王》,即根据莎士比亚的《李尔王》改编成中国的古人古事,使观众看来,觉得好像中国历史上也发生过类似的故事。西安话剧院在上海演出的莎翁喜剧《终成眷属》,让人物一律穿戴上我国汉唐衣冠,但女主人公的性格却丝毫不像中国古代佳人那样忸怩害羞,而是像欧洲文艺复兴时代个性解放的少女那样,为了自身的恋爱婚姻权利,勇敢地追求,机智地取胜。这种中外结合的演出方式,赢得了观众的欢笑和掌声。

种种尝试,目的只有一个,即在莎剧里注入更多的"中国血液",使得演出带有中国气派、中国风格。

三

最引人瞩目的,是在这次莎剧节中出现了五台"莎剧戏曲"。这是空前的创举。

关于能否运用中国戏曲形式来演出莎剧,现在还存在着争议。为了澄清这一问题,我们有必要进行一番小小的考证和比较,看看以中国戏曲来演莎剧是不是具有一定的内在根据和条件。

让我们先来看一看莎剧原来的演出面貌吧!

莎士比亚生于1564年,卒于1616年,相当于我国明代嘉靖、万历年间。在

①《上海人艺〈驯悍记〉排演场见闻》,见《会刊》。

那时候,英国的戏剧演出条件刚从中世纪脱胎而来,从舞台设备到表演方式都很简陋、质朴。据考证,莎士比亚所属的剧团一般在伦敦的公共剧院演戏。这种剧院是一种圆形或八角形的木质建筑,面积80平方英尺(约7.4平方米)。它是露天剧院,除星期天以外每个不刮风下雨的白天都公演。剧院内除了舞台,三面为楼座,各有三层,为富裕市民而设,票价很贵;中间为"池子",那是普通观众花一个铜板站着看戏的地方。舞台伸入到"池子"里,三面对着观众。表演区主要在前台;但舞台后部有一个备用的"内台",以幕布挡住,需要时幕布拉开,可充作特殊场景,例如洞窟、墓穴、森林深处、牢狱、书房之类。内台上方还有一层小楼,以备演出《罗密欧与朱丽叶》中"阳台会"之类的场面使用。此外,舞台上还有一个小活门,则是鬼神上天入地之通道。台上没有大幕,没有布景,左右两边各有一个门,供演员上下场出入。道具很少,但服装讲究,一件服装的价钱比剧作家写一个剧本的报酬还多。莎士比亚就在这些条件限制下写他那些不朽的剧本。所以,莎剧当时的演出具有以下几个特点:1. 舞台上没有大幕,空空的台子可以代表任何地方;如果需要指明确切地点,则由演员在台词中说出,甚至可在台上竖一块牌子标明。2. 场景变化自由,作者安排场次不受限制,台上人物全部下台即表示换了一场。悲剧往往以葬礼结束,尸体由其他演员抬下。喜剧则以准备婚礼、同去赴宴或舞蹈结束,便于演员全部下场。3. 道具简单,采用象征手法来启发观众的戏剧想象:台上摆一把椅子,表示景在室内;一个穿马靴者上场,表示使者报信;国王身披盔甲,表示身在战场;等等。4. 服装虽然讲究,但不分古今,让古埃及女王克莉奥佩特拉穿着十六七世纪欧洲贵妇人穿的紧身胸衣和鲸骨裙,古罗马恺撒大帝穿的是类似十六七世纪英国贵族的礼服。5. 剧本题材多取自英国或欧洲其他国家的史传或故事传说,其中不乏女扮男装、错配姻缘、双生子闹误会等等情节,并在庄严、重大的事件中穿插着丑角的说笑打诨。6. 由于演出条件简陋,剧本的台词(主要为戏剧诗)发挥着决定性的作用,剧作者以变化万千的无韵诗句描绘人物的内心世界,推动剧情的发展,有许许多多脍炙人口、千古流传的对白和独白。①

　　看了上述莎剧原来的演出面貌,我们当会有似曾相识之感。现在,再回忆

----

① 以上据英文《莎士比亚资料》(美国奈尔逊与桑代克编著)、《莎士比亚的舞台》(英国赫福德著)等书中的材料。

一下四五十年前甚至解放初期我们自己在戏园子里看戏的印象吧：那时候我们的舞台上也没有大幕，空空的台上摆着一张桌子、两把椅子，它们可以代表任何场所，而那张桌子在需要时可以代表山峰、高台、城头、绣楼、公案、军帐，甚至金銮殿。道具也是简单到了极点，表演是象征主义的：演员可用手势、动作表示开门、关门、上楼、下楼、上船、下船；手持马鞭表示骑马赶路，两手拿着两幅画着轮子的布则表示推车；一个军官带上四个兵，表示千军万马；发一声令："兵发云南！"官兵绕场一周，即表示千里行军结束。至于戏装则无论是春秋战国时代的伍子胥、西施、介子推或宋朝的林冲、岳飞，一律穿着明代的服装。对于诸如此类约定俗成的表演形式，观众都心领神会。但是，真正吸引着千百万观众的，自然不是这些，而是一方面传统戏曲拥有千百年许多知名作者和无名作者所创作的优秀剧目，其中不乏家喻户晓的历史人物或传说人物和离奇曲折的故事情节；而像女扮男装从军或中状元、招驸马，错中错，命运巧合，丑角插科打诨，也都是中国戏曲的"看家本领"。另一方面，中国戏曲在千百年来还积累起自己的一整套表演艺术经验："唱、念、做、打"和"手、眼、身、法、步"——即"四功五法"。在这当中，"唱"是主要的，因此，内行看戏往往叫作"听戏"。在剧情的关键和高潮，主角往往有大段的独唱，像京戏里《捉放宿店》《文昭关》《审头刺汤》《生死恨》等等中的独唱，都是脍炙人口的唱段。它们起到了揭示人物性格及其内心世界的作用。而且，经过无数前辈演员的发展创造，在戏曲唱腔方面还形成了许多流派。这些因素维持着我国戏曲艺术的生命力历千百年而不坠。

从以上的对比，可以看出我国的传统戏曲和莎剧本来的舞台面貌，有许多类似之处。这些类似之处，是我国在长期封建社会中发展成熟的传统戏曲和刚刚脱胎于中世纪民间戏剧并受希腊罗马戏剧影响的莎士比亚戏剧在形式上互相重叠的方面。但两种戏剧在某些形式方面互相重叠，并不等于二者完全相同。最明显的差别在于：第一，莎士比亚的戏剧是欧洲文艺复兴时代的戏剧顶峰，其中虽然也反映出新旧交替时代中某些旧的残余，但总的来说毕竟代表着当时的人文主义先进思潮；而我国的传统戏曲，尽管包含着许多民主性的精华，像在《西厢记》《白蛇传》《梁山伯与祝英台》《打渔杀家》等等优秀剧目中所体现出来的，但由于历史环境所造成的结果，我国传统戏曲中的封建思想、封建道德观念毕竟占着很大分量，而其民主性的因素还不能形成像莎士比亚戏剧中那种气势磅礴、锐不可当的精神力量。第二,从表演手法来说,中国传统戏曲愈来愈程式化,不利于进一步的发展;而莎剧虽然在400年来也形成了一定的表演艺术传统,但并不存在程式化的问题,它能与时俱进,灵活发展,永葆其舞台青春。第三,虽然两者都以人物为主,以台词为主,但如果把中国戏曲的唱词跟莎剧的诗体对话或独白都当作戏剧诗来看的话,则可看出:我国戏曲的唱腔诚然绚丽多彩、优美动听,但戏词在描绘性格、揭示人物内心世界的深度和广度方面,显然还不及莎剧——这可能因为戏曲是"唱剧",而唱词在很大程度上受到韵辙和固定的句式和唱腔的限制,而文字本身的艺术性也就不能不打些折扣了。

这就是将莎剧与我国戏曲进行粗略对比之后留下的印象。

四

在1986年的莎剧节所演出的五台"莎剧戏曲",从剧本的改编方式来看,走的是两条路子:京剧《奥赛罗》和越剧《第十二夜》直接演出莎剧原来的人物、故事,保持其异国的情调、内容;而昆曲《血手记》、越剧《冬天的故事》和黄梅戏《无事生非》则把莎剧的情节改成了中国的古人古事。这些戏都引起了国内外莎学界、戏剧界和观众的极大兴趣。例如,美联社记者对京剧《奥赛罗》这样报道:"胸部特别宽大的中国奥赛罗用浑厚洪亮的京剧腔调唱出了内心的极度悲痛。今天在民族宫演出的京剧《奥赛罗》是把东西方戏剧传统相结合的勇敢尝试。"[①]英国大使说道:"假如莎士比亚能看到他的作品用汉语搬上舞台,甚至被改编成中国戏曲的形式,他一定会欣喜若狂。"[②]现在,我们且以越剧《第十二夜》和昆曲《血手记》为例,来说明这次尝试以中国戏曲演出莎剧的成就。

以个人观看演出的印象来说,我觉得越剧《第十二夜》使观众毫无勉强之感地欣赏了莎翁的作品,而且感到了美的享受。上海越剧三团排演此剧,提出的总要求是"莎味、越味、诗味"。他们把这三味结合得很自然、很亲切。首先,在众多的莎剧之中,越剧选了这个戏来演,选得很准。《第十二夜》的剧情描写孪生兄妹因海船失事而各自离散,然后妹妹女扮男装闹出一连串喜剧性的误会,

---

① 美联社1986年4月14日电。
② 1986年4月11日上海《解放日报》北京专电。

直到孪生的哥哥出现,水落石出,有情人终成眷属。这么一出抒情意味很浓的喜剧跟越剧的情调、风格非常接近,便于发挥越剧之所长;而其中穿插的女扮男装、爱情误会、悲欢离合事件,又是越剧传统戏里常常演到的。加之,在表演时,演员把外国的风俗礼节和越剧的身段动作自然地糅合在一起,没有格格不入之感;唱词的安排,既有传统的七字句、十字句,又采用一些西洋诗歌的句法;唱腔设计,既有越剧的流派特色,又借用了欧洲的民歌调子;舞台美术也是中西结合、别具一格:五个哥特式建筑的拱形构架疏疏落落立在台上,每场稍加变化,就是另外一个场景;另外,还运用了中国戏曲传统中"景在演员身上"的手法,在海滨一场,让观众从演员的台词和动作中感受到海滨的情境。这样综合努力的结果,"疏通了莎士比亚在这个戏中所包藏的自由浪漫精神与越剧所能够表达的明丽潇洒风致之间的关系,造成了内层(精神素质)和外层(故事情节)的基本和谐"。

昆曲《血手记》的导演是著名戏剧家黄佐临。将世界戏剧史的顶峰莎士比亚与我国戏剧史的顶峰昆曲结合起来,是他30多年来的愿望。上海昆剧团选中《马克白斯》这个莎剧,乃是出于这样的考虑:莎剧的结构往往是"多线头、多层次",而昆曲则讲究"立主脑,减头绪",只有《马克白斯》情节比较集中,便于移植。《马克白斯》原作描写苏格兰大将马克白斯克敌制胜、凯旋而归,因功高而生野心,与其妻合谋杀死国王邓肯,自立为王,又恐阴谋暴露,杀害另一大将班柯和贵族麦克德夫全家,暴行累累,众叛亲离,自取灭亡。昆曲《血手记》将这个莎剧改成中国故事,叙述古时候的大将军马佩与其妻铁氏同谋杀君篡位,为保权力滥杀无辜,终于遭到报应。导演对这个戏的要求是要具备"中国的、昆曲的、莎士比亚的"三方面的特色。[①] 昆曲本以文词高雅、节奏舒缓见长,此剧为了表现主人公为了篡权保权而从一个高贵、勇敢的将军变为一个嗜血的暴君这么一种过程中的内心矛盾、复杂心理,对于昆曲的严格程式加以变革,根据人物性格、情节发展的需要而重新设计唱腔,使曲牌自然化入。在人物表演中则充分调动昆剧中唱、念、做、打的全部套数。例如,在马佩阴谋杀君前后,演员借助于"弹须"、"捋须"等"髯口功"和大幅度的身段动作,将人物内心的激烈斗争表现得淋漓尽致。夫人铁氏在《闺疯》一场里则充分运用旦角的表演技艺,打破不同

---

① 见《唱昆曲的马克白斯》(《会刊》)。

旦角的行当分工程式,以表现出人物外形娇美、内心凶残和精神分裂的疯态。两位主要演员的演技博得观众的赞赏。应该说,这是一次具有高度艺术水平的演出。

五

但是,对于"莎剧戏曲"还存在着争议。明确提出反对意见的可以《文汇报》所登《让中国观众看到真正的莎翁》一文为代表。这篇文章指出:莎剧中曲折动人的故事情节只是他作品的表层结构;而经莎翁妙手点染之后,那晶莹如珠的语言、那光辉夺目的人文主义思想和峰回路转的戏剧构思达到了一种完美的融合——这才是莎剧的深层结构。而中国戏曲语言的文学性薄弱、表演程式化,只能表现"泛美与泛情",难以体现莎剧的语言、思想、剧情互相紧密结合的深层结构;而且,"中国地方戏曲就其总体风格而言,似乎清丽凄婉者居多,尤擅长于表现人物之间的缠绵缱绻的感情。……特别像以越剧来演莎剧,颇有点像民族乐队演奏贝多芬的《英雄交响曲》,似乎无法表现主题意绪上的悲壮激越和多声部交响"。因此,结论是:介绍莎士比亚与中国戏曲革新最好各行其是,戏曲"不必与某一外国剧作家的名字联系在一起"[1]。

我觉得,文章里提出的莎剧的表层结构和深层结构,以及中国戏曲语言的文学性不足和表演的程式化,这些都是值得从事莎剧移植演出工作的同志认真考虑的问题。这表明用我国戏曲移植演出莎剧既存在着成功的可能,也存在着相当大的难度,对于东西两大戏剧文化互相碰撞而又互相结合这么一件大事,不可简单粗率从事,而要审慎对待,进行细致的工作。但是,如果因此就否定了莎士比亚与中国戏曲相结合的可能性,则未免有些绝对化了。

上海《解放日报》在莎剧节开幕时的评论员文章,把莎剧介绍的意义提到"提高我国民族文化素养"的高度,并以此证明"华夏文化与欧洲文明互相沟通的可能性"。[2] 在中国人民为祖国的现代化、为社会主义文化建设而奋斗的过程

---

① 斯榕、耀进:《让中国观众看到真正的莎翁——观"莎剧戏曲"有感》(1986 年 4 月 11 日《文汇报》)。

② 1986 年 4 月 11 日上海《解放日报》:《莎翁向着东方微笑》。

中,需要从包括欧洲文艺复兴时期在内的一切外国优秀文化成果汲取健康有益的营养,这是顺理成章的事。把莎士比亚戏剧杰作介绍给我国观众,其必要性和重要性也无须多说。现在需要我国莎学界、戏剧界、文艺界认真考虑的是:究竟寻找一种什么样的途径,使得我国广大观众对于莎士比亚不仅是只有一种"伟大""杰出"的神秘而模糊的概念,对于他的戏剧作品不是隔雾看花,而是能够通过自己熟悉的语言、自己喜闻乐见的民族形式,清清楚楚地了解和欣赏呢?这就使我们感到,介绍莎剧除了通过话剧这个媒介,就不能不考虑到在我国戏剧文化中占着主体的戏曲了。自然,有条件、有水平的人尽可从莎剧原文或国外地地道道的英语演出中去欣赏体味莎剧的微言大义。但是,既要向亿万普通中国观众推广莎士比亚的戏剧,而又不顾那遍及全国城乡的各种戏曲,恐怕是要事与愿违的吧?

把莎剧改编为中国戏曲,是一种文艺上的再创造。所谓"再创造",就意味着既在基本上不失原意(或者取其某种合理核心)但又不可能和原作在细节上一模一样。譬如说,翻译就是一种再创造,而且是一种比剧本改编更切近原作的再创造。但是,凡是亲自尝过翻译甘苦的人都明白:再忠实的译者也无法使自己的译文达到对原作内容、形式一丝不走的程度。这并非译者偷懒或者不愿,而是两国语言习惯、风俗人情迥然不同使然。尽管如此,对于许多不能阅读原文作品的人,翻译作品仍是不可或缺的读物,而且,世界上许多文化成果就是靠着翻译交流的。

用戏曲来演出莎剧,属于用某一种艺术形式移植另一种优秀艺术品的普及性工作。这可以用复制版画来打比方。过去,在印刷术不太发达的时候,复制版画在中国和外国都流行过很长一段时间——版画家在木板(或金属板)上仿刻名画,以供读者观赏。据《金蔷薇》的作者说:一位俄国的版画家为了把一幅名画雕在木板上,在屋子里多日构思、走来走去,把地板上踏出了一条"小路"。但无论怎样刻苦工作,复制版画的艺术价值总无法跟原作相比。然而,它总还是起到了一种桥梁作用,让无缘见识原作的普通读者能够略窥名画的大致面目。而且,复制版画由于所用的材料、工具与原作不同,也不乏它自身的独特风味。

莎剧戏曲的作用和意义大致类此。在用某一剧种来改编另一剧种的作品时,要求对原作巨细无遗地再现是不可能的。在外国,以歌剧或芭蕾舞来移植演出莎剧,尚且做不到那样,何况中国的戏曲?但是,"莎剧戏曲"总可以让文化眼界尚不够开阔的普通中国观众对莎士比亚略窥一斑吧?这在目前我国还是应该肯定的。

民族乐队大概无法演奏贝多芬的交响曲。但是,要说中国戏曲从总体上"似乎凄丽清婉者居多",概括得似乎不够全面。我国各地戏曲共有 300 种之多,东西南北风格各异,有的清丽凄婉,有的明朗刚健,有的粗犷豪放,有的细腻入微,各有其长,也各有其短。假如硬要每个戏曲剧种把莎剧 37 部全都能够演完,那自然是苛求。但是,如果让每个剧种扬长避短,特别是让一些艺术基础较深厚的大剧种各选与其风格情调相近的一二莎剧尝试移植演出,那是有成功的可能的。譬如说,越剧演的《第十二夜》就比较成功;假如演《罗密欧与朱丽叶》或《仲夏夜之梦》大概也会成功的。当然,要让越剧去演《李尔王》《马克白斯》,那恐怕不对路。

此外,在谈到"莎剧戏曲"的时候,我们不可忘记解放以来我国戏曲演出现代戏当中所积累的丰富经验——它可以说明一点:传统戏曲通过表现新的题材、新的内容,在表演艺术的技巧手法方面,是可以向前发展、有所突破的。过去的经验证明:戏曲在其自身的革新中,不但能演中国古代历史,也能演中国近现代历史;不但能演我国汉族人物,也能演我国其他民族的人物,而且也演过外国人物。1986 年莎剧节演出的莎剧戏曲,乃是在解放后戏曲革新基础上的一次飞跃,表明中国戏曲演出莎剧大有潜力。

另外,值得注意的是:在翻译家中,除了用散文或新诗的形式去翻译莎剧以外,早已有人另辟蹊径,尝试着采用我国传统戏曲的语言或形式进行莎剧翻译。例如川大的朱文振教授,早在 1946—1951 年间,就用他的"仿戏曲体"语言、形式译出了莎翁的 6 部历史剧[①],并在 1950 年的《翻译通报》上发表他的《莎剧译例》,提出他的翻译方法。可惜当时得不到理解,被人认为"想入非非",而他的 6 部译稿后来完全毁失于"文革"之中。复旦大学已故的林同济教授曾以昆曲形式翻译《哈姆雷特》。1984 年,复旦的杨烈先生发表了他用通俗的戏曲语言

---

① 朱文振:《仿戏曲体译莎几个片断》(打印稿)。

译出的《马克白斯》。① 这种新的动向说明了莎剧翻译界里已经感到采用戏曲形式来演出莎剧的必要性。

六

现在,莎剧演出的中国化问题已经提到日程上来,今后我国莎剧的演出应该是话剧、戏曲以及其他剧种同时并举了。具体到莎剧戏曲,我以为,以去年莎剧节为起点,总结那五台"莎剧戏曲"的经验,参照解放以来演现代戏的经验(包括教训),并借鉴国内外的莎剧演出的其他经验,发挥戏曲优势,并博采众长,是一定可以开辟出一条中国戏曲演出莎剧的广阔道路的。

但在实践中自然会存在一连串问题:

(1)用什么剧种来移植莎剧最合适? 有的专家认为用昆曲最合适,因为我国昆曲的鼎盛时期和莎剧产生的时间相同,而且同是东西方戏剧的顶峰。莎剧中的优美诗句只有用昆曲的典雅词句来移植才相当。这当然很有道理。不过,对于广大观众,昆曲至今还是阳春白雪。莎剧演出最好普及与提高并重才是。全国剧种繁多,移植莎剧也不妨百花齐放。

(2)由于各地戏曲艺术特点不一,难免"有些戏曲剧种在搬演(莎剧)时能较多地传达神韵,有些则只能撷取部分外层情节"②。对于这个问题,我以为应该这样看待:由于莎剧内容题材的多样化和我国戏曲剧种的多样化,每一剧种在选择莎剧剧目时要"知己知彼",立足于本剧种的特点,能演什么,不能演什么,要把目标选准。"良好的开始是成功的一半。"

关于在改编和演出中"表层结构"和"深层结构"的互相结合,自然是应该注意的。不过,由不同的剧种、不同的改编者、不同的剧团所移植演出的莎剧,效果肯定是不平衡的。但是,既然总的目标是对于莎剧的普及推广,应该容许演出的艺术水平和风格情调有粗细之分和雅俗之分。我们自然不能满足于仅仅介绍莎剧中的故事情节。但是,介绍莎剧的故事情节又哪里可以轻易菲薄? 兰姆的《莎士比亚戏剧故事集》至今仍是攻读莎剧原著之前的入门书,而且它本

---

① 见《莎士比亚专辑》(复旦大学出版社)。
② 余秋雨:《莎士比亚在当代中国》,《解放日报》1986 年 4 月 11 日。

身也成为一部世界文学名著了。观众有不同的层次,莎剧也可以有或高雅、或通俗的不同水平的演出。

与此有关的还有台词的雅俗问题。前文说过,我国戏曲,由于唱腔格式固定,唱词的文学性每每受到限制。不同剧种唱词有雅有俗,不必强求一律。说到根本,不管是莎士比亚的戏剧,还是我国的传统戏曲,其最重要的特点就是雅俗共赏。我们还是首先让尽可能多的观众都能了解、欣赏莎士比亚,而不要把他弄成一个古董,只能供少数人玩赏。普及与提高相结合。

"莎士比亚戏剧是一片迷人的海,让中国戏曲之舟鼓风扬帆,航行其间,将会领略到诱人的风光;反过来,中国戏曲也是一片迷人的海,其历史之久、品种之繁,世所罕见。让莎士比亚戏剧之舟遍游其间,也将感受到她独特的魅力。"①"莎剧戏曲"的发展前景是广阔的。它将是繁花似锦,是多花色、多品种、多层次的。

第一届中国莎士比亚戏剧节已经过去了一年。第二届中国莎士比亚戏剧节将在 1990 年举行。到那时,盛况当更不同。希望我省和兄弟省学术界、戏剧界、文艺界对此重视并有所准备。写此文的目的就是预先敲一敲边鼓。

(1987 年 5 月 1 日,开封)

---

① 胡伟民:《中西戏剧文化的交融》,《文汇报》1986 年 4 月 20 日。

莎士比亚的春天将在中国出现

——上海国际莎剧节述评

1994 年 9 月 20 日至 26 日举行了为期一周的上海国际莎剧节。这是继 1986 年中国莎剧节之后,在国内举行的最重要的莎剧观摩大会。在莎剧节内正式演出了九台中外莎剧。这九台莎剧都是从中外许多戏剧团体申请参演的大量剧目中挑选出来的,很能代表我国当前莎剧演出的成就和海外莎剧演出的一些趋向。现在从三个方面谈谈个人的印象和看法。

1994 年 9 月,在上海国际莎剧节,与莎剧翻译家孙法理教授交谈

一、国内五台莎剧的印象

莎士比亚的戏剧大致可分为悲剧、喜剧和历史剧。一百年来,我国采用各种形式所演出的莎剧不外喜剧(如《威尼斯商人》)和悲剧(如《李尔王》《奥赛罗》)两种。这次莎剧节,上海戏剧学院所演的《亨利四世》是国内排演的第一个莎翁历史剧,也是公认为莎士比亚最精彩的历史剧。剧中描写英王亨利四世以不光彩的手段取得王位,国内局势不稳,苏格兰贵族联合威尔士首领图谋造反,亨利四世忧心忡忡。但他更伤心的是他的王子哈利不务正业,只顾在伦敦酒店里跟破落骑士福斯塔夫等人在一起鬼混。不过哈利王子的放荡行为其实只是一种"韬晦之计",一旦发生内战,他立即整军经武、投入战斗,不但救出被围攻的父王,还杀死了反叛的首领。战斗结束,他又恢复了放荡的生活;直到亨利四世病危,他才赶回王宫,向父王表明心迹。亨利四世驾崩,哈利王子登基,

立即与往日的酒肉朋友一刀两断，成为励精图治的国王亨利五世。上海戏剧学院集中了一批优秀的演员和舞美设计人员，在酷暑之中认真排练，在莎剧节开幕式上演出时，帷幕拉开，那庄严、宏大的场面，立刻引起掌声；李家耀扮演的亨利四世、赵屹欧扮演的福斯塔夫和龙俊杰扮演的哈利王子的表演，都在观众心中留下深刻印象。这是一台国内难得看到的高质量的演出。

上海人民艺术剧院的《奥赛罗》由著名演员何伟和金梦分别扮演男女主角。戏在小剧场演出，舞台伸入到观众当中。编导很有独创性，将原剧24场压缩为6场，戏集中到奥赛罗、苔丝德蒙娜和伊阿古三人身上，而以伊阿古为中心人物。布景是矗立着断柱残垣、无头雕像的古罗马废墟；一景到底，以灯光暗转表示换场。幕开就给人一种苍凉的悲剧气氛。最后一场苔丝德蒙娜站立着被奥赛罗掐死，身子后伸，长长的秀发先飘落下来，然后苍白的面孔向后翻转，最后全身缓缓倒下，非常感人地塑造出一种"美的毁灭"的形象。

上海儿童艺术剧院的《威尼斯商人》是为孩子们演出的。为了适应小观众，编剧对剧本进行了精简，把全剧压缩为"签约借款"、"选择匣子"和"法庭判决"三个核心场次，其他细节则以小过场处理。在为孩子们演出时，原剧内容还有一个难题：夏洛克是两面人物——他一方面是一个贪婪、冷酷的放高利贷者，另一方面又是一个受歧视和压迫的犹太人。然而如果照这样演出，就会在孩子们心中引起困惑。因此编导省略了原剧中夏洛克作为犹太人受基督徒欺压那一面，给小观众一个清晰的印象。此外，在"法庭判决"之后，矛盾解决，高潮过去，第五幕的"月夜抒情喜剧"也删去了。戏的布景是童话式的，人物服装色彩鲜艳、黑白分明——这一切都是为了适应少年儿童的审美趣味。

在莎剧节的闭幕式上，哈尔滨歌剧院拿出了中国人根据莎剧改编的第一部歌剧《特罗伊罗斯与克瑞西达》，演出气势恢宏，受到观众一致赞美。莎翁的同名剧本描写荷马在《伊利亚特》中歌颂过的特洛亚战争；但是莎士比亚对于特洛亚战争和古希腊传说中的那些英雄人物统统采取一种冷嘲热讽的态度，剧中的女主角是轻佻的荡妇克瑞西达。外国学者们对这部莎剧感到困惑，称之为"阴暗的喜剧"。哈歌的编导"从莎翁原作的文本中走出来"，从新的角度来理解这个戏，对它进行再创造，把主题明确为"妇女在战争中的命运"，改变了原作中单纯谴责克瑞西达对爱情的不忠，而把她跟引起特洛亚战争的美女海伦以及特洛亚陷落后被希腊军队俘虏的妇女们放在一起，都看作是战争的牺牲品，主题的意义扩大了。在演出形式上也有所突破。国外歌剧一般以演员站着歌唱为主。哈歌注意调动演员的形体动作，加强戏剧效果，并在音乐中糅进了中国戏曲和少数民族歌曲的旋律。女高音婉转动人，男高音高亢洪亮，引起了阵阵掌声。专家们认为看这部歌剧是一种"意外的惊喜"，希望它能够走出国门。在莎剧节中还传诵着哈歌演员们艰苦奋斗的精神：由于经费紧张，他们到了上海住小旅馆，睡的床铺 6 元一天，每天吃干面包喝开水，却给观众拿出了艺术精品！

上海越剧院根据《哈姆雷特》编演的越剧《王子复仇记》是这次莎剧节中最受大家喜爱的节目。上海越剧院在 1986 年莎剧节上演的《第十二夜》就受到过莎学界的赞美，这次的《王子复仇记》获得了更大的成功。原因在于《第十二夜》保留着外国故事的框架，在戏曲音乐中吸收了西洋歌曲的成分，演出风格"莎味"重于"越味"，戏虽然优美，可惜不能保留下来，因为革新的步子太快，观众面不广。这次的《王子复仇记》丢开了外国故事的框架，把戏改成一个朝代不明的中国故事，指导思想是"以越味为主，莎味辅之，两者结合，融为一体"，在演出中充分发挥越剧"唱、念、做、打"的优势，结果既受观众欢迎，也得到专家肯定。王子的扮演者是当今"越剧王子"赵志刚。他本来以扮演缠绵悱恻的才子佳人戏见长，在莎剧中适于演罗密欧一类的角色，但"超越还是停滞，这是一个值得深思的问题"（赵志刚语）。他突破了自己原来的戏路，接受新的挑战，改演了一个富有阳刚之气的角色。大热天他在排练场为演好哈姆雷特而拼搏，每天汗流浃背，戏排下来，"人就像从水里捞出来的"。但成功也是辉煌的。改编《哈姆雷特》最棘手的问题是原剧中透露王子内心世界的几大段独白，在戏中很难表现，有的只好割爱。但是"生存还是毁灭"这一段关键台词无论如何不能删去。赵志刚在表演中把它中国化、越剧化了。他采取了由沉思的道白转入有韵味的吟唱，最后化入越味十足的"起调"清唱，并且辅以熟练的扇子功和身段动作，把莎士比亚这段千古名句的大意很优美地表达出来了。最后一场三个回合的比武，赵志刚兼用西洋击剑和中国比武的手法，加上后台人员的金属配音，打得紧张火爆、铿锵有声，全场观众为之动容。

看了国内的这五台莎剧，一个突出的感觉就是我国的戏剧工作者对于伟大剧作家莎士比亚及其作品怀有深厚的感情，只要一有机会，就发挥出我国文艺工作者特有的聪明才智和艰苦拼搏精神,采取多种多样的形式,对莎剧演出进行着试验和创新。另一个突出的特点是:我国的导演和演职人员尽管在表现方式上不断进行着探索和创新,但对待莎剧的态度是极其严肃认真的,总的目标始终是通过我国的民族形式去传达莎剧的思想和艺术精华。

二、海外莎剧演出趋势一斑

在莎剧节学术讨论会上,香港导演杨世彭和其他代表介绍了当代欧美莎剧演出的一些特点:(1)排演前对于莎剧的删减。莎剧原本每剧台词平均 4000 行,全演要 4 个小时,对于现代人来说未免太长,因此删减势在必行。但删减又有两种办法:一般是只删不改,可也有的编导在删减中根据自己的解释对莎剧进行较大的改编,而效果则有好有坏,这就看编导的水平了。(2)在服装方面,有超越莎士比亚的时代而趋于现代化的势头,例如在演《罗密欧与朱丽叶》时让悌暴身穿牛仔服骑着摩托车上台,演《李尔王》时让李尔身穿现代军装、口衔古巴雪茄烟,演《威尼斯商人》时让安东尼奥手提"大哥大"上场,俨然一个当代的"大款"。另有一派走得没有这么远,只让莎剧人物身穿 18—19 世纪的服装,或者让人物的服装年代模糊化,给观众一个笼统的古代感,类似中国戏曲中用明代服装代表一切古代服装。(3)20 世纪以来,由于东西方文化交流频繁,受中国戏曲影响,西方莎剧演出中布景、道具有趋于简化的倾向,甚至在表演方法上有时也采取中国戏曲的象征主义手法。

在这次莎剧节的中外演出中,可以看出上述趋势的影响。

首先,所有的莎剧演出都对莎剧原作进行了删减。例如《亨利四世》分上下两部,全部上演需要 8 个小时,上海戏剧学院只用两个小时演完。他们从原作情节中"国王与诸侯在宫廷内的上层矛盾"和"太子与福斯塔夫及其酒肉朋友在伦敦的下层生活"这两条主线中进行选择,最后选定后者,而把前者尽量压缩。这也有一定的好处,就是突出了福斯塔夫,而"没有福斯塔夫,就没有《亨利四世》"。

至于编导根据自己的观点对莎剧进行较大改编,上海人民艺术剧院的《奥赛罗》提供了一个例子。新从美国归来的青年女导演雷国华把戏的重点从奥赛罗转移到伊阿古身上，还对伊阿古这个人物重新加以解释，把他从一个害死苔丝德蒙娜的坏蛋处理成为一个"怀才不遇的英雄"，因有才干而不受重用，遂用计谋取得了"胜利"，奥赛罗和苔丝德蒙娜都是他的牺牲品。最后被揭露时，他发表自己的"理论"说，"聪明智慧和阴谋诡计不过是同一素质的不同表现"，然后很"英雄"地自杀了——这些都是编导的创作，莎剧里并没有。这样处理，大有愤世嫉俗的味道，有人欣赏，有人不敢苟同。但就戏论戏，演出还是成功的。

英国索尔兹伯里剧团和爱丁堡皇家书院合演的《第十二夜》属于国外严谨地忠于莎剧原作的一派，表演风格朴素大方而又富有抒情意味，是一出"原汁原味"的英国式莎剧。使人最感兴趣的是它那极为简练别致的舞台装置。幕开，以蔚蓝色幕布为背景的舞台上竖立着一只巨大的长方形木箱，这就构成了全部的布景：木箱的第一扇门打开、落下来，顶端有一道"石栏"，奥西诺公爵倚栏而坐，木箱就代表他的府邸；这场戏结束，箱内有人把这扇门拉起来关闭，灯光转暗，演员们用手推着木箱转过去，另一扇门打开、落下，木箱又变成了伯爵小姐奥莉维娅的宅院；依此类推，两扇门落下，木箱又变成了海边的码头；然后，四扇门全落下，只留下木箱的方框，托比和阿古契克爬到方框上，木箱又变成了小姐的后花园，管家马伏里奥在这里受到捉弄；最后，四扇门全合上，木箱只留下一个小方洞，又变成了马伏里奥的禁闭室。这个用四块木板和几条绳子所组成的大木箱，成为"不是转台的转台"，被大家赞为"舞台装置的一绝"。像这样利用一种巧妙的舞台装置，稍加变化就可以表示不同场景的变化，"以一当十"，省去舞台工作人员手忙脚乱换景的麻烦，很值得我国莎剧演出参考。

英国利兹大学戏剧系师生演出的《麦克白》是一种教学实习性质的简易演出，10个演员兼演28个人物，身穿日常衬衣，脸上也不涂油彩，演邓肯者戴一王冠，就算苏格兰国王；一个大胡子小伙子身上斜披一条红带子，就算麦克白大将军。但条件简陋并无碍于师生们认认真真朗诵莎剧全文。这为"校园莎剧"树立了一个榜样——演莎剧并不一定非有庞大设备不可。更值得注意的是这出戏里运用了一些中国戏曲的表演方法，例如三个女巫挥舞着类似"云旗"的大披巾以造成一种"妖氛"的感觉，部队行军使用了中国戏曲的花式"圆场"，等等。但有一点令人不解：扮演麦克白的大胡子小伙子在戏开始时扭扭捏捏扮演了一段麦克白夫人，而扮演麦克白夫人的女生故作雄赳赳之状演了一段麦克白。这也许是模仿中国戏曲中的"男旦"和"女须生"。不过这却有点误会,因为中国戏曲里的角色行当分工严格,不能随意"反串"混用。

德国纽伦堡青年剧团的《罗密欧与朱丽叶》,是以"演员戏剧"的表演方式演出的。据说明,"演员戏剧"要求"每个演员扮演两个乃至更多角色",这"为演员提供了更多的表演与表达自由,他们能频繁地在他们所扮演的人物与作为演员自我之间更换角色,不断调整他们叙述与表演故事的角度"。剧团以5个男女演员扮演全部角色。在舞台上摆着几个人体模型用做衣架,演员演过一个角色,立刻在台上换装,再演另一个角色,例如朱丽叶在舞会后换上男装,拿一把剑,就变成了斗剑的男士。这虽然节省了人力和时间,但看完戏,印象零乱,很难形成一个完整、清晰的概念。按照莎剧原来的结尾,罗、朱双双情死。但这个剧团演的却是:朱丽叶服药假死,罗密欧赶来,抓起朱丽叶剩下的"毒药"塞进嘴里,这时朱丽叶猛醒,急中生智,往罗密欧背后击一猛掌,他吐出药丸,遂转危为安。——据说明,这是因为演员们珍惜青春爱情,"罗密欧不该死去"。

台湾屏风表演班编导,由台湾、上海演员合演的话剧《哈姆雷特》,是用后现代主义手法所编演的一出"有关莎士比亚"的喜剧,描写台湾一个剧团在排演《哈姆雷特》的过程中发生的一连串人际关系冲突和感情纠葛,内容类似最近国内放映的电视剧《戏剧人生》,通过"戏中戏"来反映演员生涯中的酸甜苦辣和喜怒哀乐,而与莎剧本身有相当大的距离。

上述几出戏在一定程度上代表了当代国内外戏剧界对待莎剧演出的一些做法。它们总的意图是想采取种种"招数"使400年前的莎剧更贴近现代生活,更便于为一般观众演出,特别是力求迎合青年观众的兴趣。这种动机是好的。他们的有些办法,例如如何在简陋的条件下以少数演员演出莎剧,在布景道具使用方面"以一当十",在表演风格上运用我国戏曲的一些象征手法,等等,我们应该参考借鉴。但是,对于莎剧原作内容任意改动,在表演方法上过分追求新奇,这些做法我们却应该慎重对待,不必轻率模仿。因为对于我们的观众来说,现在最重要的还是先看一看(不管是外国人或中国人演的)莎剧本身,而不是编导者脱离了莎士比亚而自己杜撰的种种"噱头"(这并不意味着反对编导的创新)。总之,对于海外的莎剧演出方式,我们需要从我国观众的实际情况出发,进行分析,做出自己的判断,吸收那些对于我们推广莎剧有益的东西,而不必超前地照搬那些现代派、后现代派的做法。

三、莎剧戏曲的现状和前景

今年的莎剧节进行过多次学术讨论,评议了所有的中外演出,回顾了过去莎剧演出的经验,也展望了今后的前景。大致说,在我国推广演出莎剧,如果想更切实地了解莎翁的原作内容,看来还得依靠话剧,在这方面话剧界还有很多工作可做。但是,如果想向广大普通观众普及莎剧,非得依靠戏曲不可,也就是说,只有通过改编演出莎剧戏曲才能实现。

在莎剧节中专门召开了一次中国莎剧戏曲讨论会。戏曲是中国老百姓喜闻乐见的戏剧形式,千百年来艺术积累深厚,要在中国广泛地普及莎剧,让莎剧与戏曲相结合是一条最方便的道路。本世纪中,除了零零星星的试验不算之外,80年代是一个莎剧戏曲的旺季,前后演出过十几台,特别是1986年莎剧节演出的京剧《奥赛罗》、昆曲《血手记》、越剧《第十二夜》和黄梅戏《无事生非》,曾受到中外文化新闻界一致赞美。据今年得到的信息,当前全国已上演和正在排演或筹备中的莎剧戏曲15台,除了越剧《王子复仇记》以外,上海京剧院正在排演《李尔王》,粤剧名演员红线女正在改编、导演《第十二夜》,河北梆子名演员裴艳玲准备排演《哈姆雷特》,石家庄丝弦剧团正在排演《李尔王》,河南唐河县剧团把《奥赛罗》改编为豫剧《花溅泪》。看来,莎剧戏曲正处于方兴未艾之势,一旦我国目前戏曲艺术事业的疲软状态能有所缓解,中国一定会出现一个莎剧戏曲的演出高潮。

但是,在用中国戏曲编演莎剧这个问题上,从1986年到1994年两次莎剧节上都发生过争论。我觉得,关键似乎在于持反对意见者过多地从"高雅文化"这个角度来看待莎剧。400年来外国莎学专家们汗牛充栋的论著笺注,很可能使人把莎士比亚看得高不可攀,生怕一用中国戏曲来演他的作品就有"亵渎神圣"之嫌。其实这是误会。莎士比亚活着的时候是个"戏子"出身的编剧,身份与评剧界的"成老兆"差不多。莎剧压根儿就是"雅俗共赏"的:在当时,固然伊丽莎白女王和詹姆士一世爱看他的戏,但是伦敦的市民和工匠学徒等等下层老百姓也爱看他的戏——这正和中国戏曲(譬如说元曲和京戏)的性质一样。那么，用戏曲改编一下，演一演，让普通老百姓都能看一看，有什么不好呢？

实践是检验真理的标准。我们听听外国人的意见吧。1986年莎剧节上，英国大使说："假如莎士比亚能看到他的作品用汉语搬上舞台，甚至被改编成中国戏曲的形式，他一定会欣喜若狂。"当昆曲《血手记》演出后，国内有人担心它"失去莎味"时，它远赴爱丁堡演出，英国评论界却说："这个戏最有莎味！"

当然，究竟怎样才能通过中国戏曲的特殊艺术手段把莎剧中的深邃内容和精湛艺术表达出来，并且演好，是一门大学问。首先要选好剧目。我国各地剧种具有不同的形式和风格，例如南方一些剧种像越剧、黄梅戏，风格委婉细腻，适于表演莎翁的抒情喜剧或浪漫悲剧，而北方一些剧种像豫剧、秦腔、河北梆子，风格高亢豪放，适于表演莎翁的大悲剧；京戏和昆曲戏路宽广，自可兼容并包，不受此等限制。每个剧种都可以根据自己的特点，从与自己风格接近的莎剧入手，进行移植、改编、排演；然后由易到难，逐渐增长自己排演莎剧的实力。

用中国戏曲演出莎剧，意味着中西两种戏剧文化的冲撞和融合。演出内容的改变必然会引起表演形式的革新。究竟如何革新，步子要走多大，需要在演出过程中通过观众座谈、报纸讨论、专家访谈等等进行学术探讨、总结经验。上海越剧院1986年演出的《第十二夜》和1994年演出的《王子复仇记》是莎剧戏曲的双璧。《第十二夜》演出的路子是用中国戏演外国故事，"以莎味为主，越味辅之"，洋味十足，优美动人；《王子复仇记》演出的路子是用中国戏演中国故事，"以越味为主，莎味辅之"，土味十足，观众欢迎。两个戏都获得成功，社会效益又有明显区别：《第十二夜》改革的幅度大，学者很欣赏，老演员有意见，观众不习惯，戏不能保留下来；《王子复仇记》以老演员为艺术顾问，充分发挥越剧"唱、念、做、打"的特长，受到老中青各方观众的赞赏，学者也给予充分肯定，这个戏有可能保留下来。从试验的角度来看，这两种莎剧戏曲不妨并行不悖。也许一般剧种可以先走《王子复仇记》的路子，到适当时机再走《第十二夜》的路子。

在莎剧戏曲的改编排演工作中必然会遇到一些技术性的问题。譬如说，莎剧原本的情节往往是"多线头，多层次"，而中国戏曲讲究"减头绪，立主脑"，只能选取莎剧原本中的情节主线，而将次要线索删除或冲淡。另外，莎剧中常有大段的独白和对话，揭示出深层的人生哲理，或者透露人物的内心世界——这些独白和对话往往是莎剧中的精粹，但很难移植到其他戏剧形式之中。对于这个问题,应该允许戏曲改编和导演有一个"从表层到深层"、由易到难、由普及到提高的试验过程。但中国戏曲善于在戏剧高潮通过大段独唱或对唱来宣泄主人公的内心感情,应该会寻找出表达莎剧主人公抒情独白或沉思独白的方法。我相信,经过一段试验时期,我国戏曲工作者能够积累起一套改编排演莎剧的经验,而且各个剧种都能积累起自己的一批成熟的莎剧戏曲,成为"保留剧目"。

莎剧戏曲能为中国戏曲注入新鲜血液,推动传统戏曲的革新,繁荣我国的文化艺术生活。包括话剧、戏曲在内的丰富多彩的莎剧演出将会带动我国的莎剧翻译和莎学研究,而新的莎剧翻译和莎学研究又会影响和提高我国莎剧演出的水平。

两次莎剧节表明:中国的文艺工作者、专家学者和普通观众对于莎士比亚怀有深厚感情,对于莎剧怀有热烈爱好,在中国普及推广莎剧有巨大的潜力。中国需要莎士比亚,莎士比亚也需要中国。外国专家预言:"莎士比亚的春天在中国。"这并不是一句空话。我们需要多做切切实实的工作,迎接 21 世纪中华莎学的振兴和中华莎剧演出的春天。

(1994 年 10 月 15 日,开封)

莎士比亚与曹雪芹

　　近年来,我国学者常将莎剧与中国古典戏曲进行比较,将莎士比亚与中国古代的某位戏剧家比较,例如将莎士比亚(1564—1616)与大致同时代的明代剧作家汤显祖(1550—1616)相比。这是有相当道理的,《牡丹亭》很应该和《罗密欧与朱丽叶》比一比。而且,如果要拿中国古代的哪位剧作家来与莎士比亚相比的话,也许元代的那位"驱梨园领袖,总编修帅首,捻杂剧班头"的戏剧家关汉卿还要更合适。因为,关汉卿作为"书会才人",身在"梨园行"中,和戏曲艺人关系密切,为人"生而倜傥,博学能文,滑稽多智,蕴藉风流,为一时之冠",戏剧创作丰富多产(他写过 60 多个剧本,流传到现在的有十四五个),这些特点都和莎士比亚非常相似。但是,这样的比较是仅限于戏剧界的范围。莎士比亚诚然是一个伟大的戏剧家,但莎剧的影响和意义实已远远超出了戏剧的范围,而成为文学史上和文化史上的一笔大遗产、一门大学问。因此,倘不局限于戏剧圈内,而从中英两国的全部文学发展史来看,从作品对于时代生活的百科全书式的描绘规模来看,从作品对于本民族文化生活的全面而深入的影响来看,以及从作品的思想、艺术水平的高度来看,则以曹雪芹与莎士比亚相比才旗鼓相当。

　　从大处着眼,这两位文学巨人身上的可供比较之处倒真不少呢!

　　首先,他们两人都是文学成就巨大、文学地位崇高,而生平传记材料又极为稀少。现在已知的莎士比亚生平资料只有教堂和法院的几件档案、同时代人的一些记载和家乡的一些传说——从这些零星的材料中可以勉强构成莎士比亚生平经历的一个非常简略的轮廓:他是英国斯特拉福小镇一个商人之子,曾在语法学校读书;后来家道中落,当过小学教师;于 1586 年左右去到伦敦,进入一个剧团,先做配角演员,后来编写剧本。他写过 37 个剧本,获得很大成功,受到同行赞扬,也有剧作者表示嫉妒。约在 1611 年他从伦敦回到故乡隐居,晚年生活富裕,1616 年去世。对于曹雪芹,我们也只能从他的少数至亲好友和同时代人的记载中知道:他是清代雍正、乾隆年间的人,祖父曹寅身为江宁织造,是康熙的亲信;他的家庭世代簪缨,而且"诗礼传家",曾经在南京一带过着豪奢的生活。到他父亲一代,获罪抄家,地位一落千丈;他成年以后,在北京过着贫寒的日子,但其人天分很高,能诗善画,恃才傲物,写有一部小说《石头记》;晚年穷愁潦倒,又遭丧子之痛,《石头记》未完稿而死。关于这两位文豪的经历遭遇,我们了解得都非常笼统。而比较起来,曹雪芹更为不幸,因为莎士比亚生卒之年还可以从斯特拉福教堂的档案里查清楚,但曹雪芹究竟是在哪年生、哪年死,却没有确切记载,只能大致推断他生活在雍乾之间,享年 40 多岁。至于他小时在南京、后来在北京到底有些什么具体的经历,我们所知甚少。

莎士比亚逝世后,在教堂里留下了一尊半身塑像,1623 年他的戏剧全集出版(《第一对开本》),书前还印有他的一幅版画像。这使我们能够看见他的大致风貌。曹雪芹呢,据一种记载说他"其人身胖头广而色黑,善谈吐,风雅游戏,触境生春";但到现在为止,还没有发现有他的真正可靠的肖像留传下来。

莎士比亚和曹雪芹生前的作品都没有完全保存下来。据考证,莎士比亚在他的《十四行诗》之前应该写有诗作,但现已散佚。曹雪芹除了《红楼梦》,也应该有许多诗文,因为他的一位好友在《挽曹雪芹》一诗中明明说:"开箧犹存冰雪文"——但这些"冰雪文"全都"迷失"了。另外,虽说他们留下了自己的主要杰作,但这些作品的原稿都荡然无存——这跟他们生前的处境地位有关,也跟过去的剧本和小说不算正经文学、"不登大雅之堂"有关。莎士比亚活着时的社会地位相当于我国旧社会在剧团里编戏的穷文人,譬如说,像过去评剧界的"成老兆"——成兆才。这样的剧作者跟演员关系亲密,但社会地位不高。从剧团来说,他们的"本子"编出来完全是为了满足舞台演出的需要,至于它有无文学价值,是没有人考虑的;可能一开始,为了剧团本身的利益,将其保藏垄断起来,防止其他剧团照样搬演;时间久了,也就任意弃置,并不看得多么宝贵的。我们看,莎士比亚本人生前也没有把自己的剧本当作重要文学作品来保存、出版,就可以想见他这些剧作在当时的实际地位。因此,莎剧的 37 部剧作原稿都没有保存下来。《红楼梦》则因作者太穷,写作时"举家食粥酒常赊",写出后也只能把唯一的一份原稿交给少数知己亲友欣赏、评点,渐渐有人私下传抄,但由于作者的贫穷、社会的禁忌加上小说在中国一向受到贱视,作者的原稿就在无形之中"迷失"了。还是莎士比亚比较幸运一些,他的一生不像曹雪芹那样大起大落,他在中年以后处境顺利,事业成功,生前有一半剧本由别人替他出版,他死后两个演员伙伴又汇集他的剧作给他出了一个全集,后来再加上他的诗作,绝大部分作品总算保存下来,不像曹雪芹的作品散失得那么多。

莎士比亚留下了六个亲笔签名——它们保存在他的遗嘱和与他有关的两个法律文件上,这是我们千真万确知道的莎士比亚的"真迹"。另外,有一部写于1590—1593年间的剧稿《托马斯·莫尔爵士戏本》,据古笔迹专家鉴定,其中有3页共147行出自莎士比亚的手笔。而曹雪芹的笔迹,虽然举世的《红楼梦》爱好者都望眼欲穿,却始终不曾发现。前些年,《南鹞北鸢考工志自序》的双钩本和一只旧书箱上的题诗和题字,据说是他的手笔,曾经轰动一时,但有人冷静下来一考查,似乎都不可靠。

由于传记材料缺乏,莎士比亚和曹雪芹都成了"千古之谜"。一代又一代的学者为了解开这两个"谜",在故纸堆中进行爬剔、探寻,希望找到新的发现,但基本上说,"谜"还是"谜"。譬如说,"著作权"就是一个不断有人提出的问题。在国外,有人认为我们现在所拥有的莎剧并不是莎士比亚本人写的——认为这个来自外乡小镇、仅仅上过语法学校,"略识拉丁、不懂希腊"的下层艺人不可能写出那一大批举世赞叹的剧作。真正的作者是谁? ——有培根、马洛、牛津伯爵等等几种说法。而关于曹雪芹对于《红楼梦》一书的著作权,由于他的生平材料不足,且因为书中有关于"石兄"、《风月宝鉴》等等扑朔迷离的说法,200年来也时时有人提出怀疑。近些年中引起轰动最大的是1979年提出的"石兄旧稿改作说"。但是,有趣的是,怀疑到了最后,所提出的莎剧和《红楼梦》的新的作者"候选人",证据更加薄弱,很难取信于众,著作权仍然得归在莎士比亚和曹雪芹的名下。

对于广大读者来说,不管在著作权方面有人提出什么样的疑问,有一点是无可怀疑的:莎剧和《红楼梦》是吸引着亿万人心的不朽之作,它们不仅是本国的文学珍品,也是世界的文化瑰宝。它们为世世代代的读者所爱读,也为世世代代的学者所钻研。结果,关于这两部奇书的评注、校勘、考证、索隐汇集为汗牛充栋的文献,形成了"莎学"和"红学"。

莎剧全集在英国,《红楼梦》在中国,都是家喻户晓、雅俗共赏之书。它们一个是戏剧、一个是小说,本身都具有广泛的群众性。但它们走向全体人民当中去的具体道路却有所不同。莎士比亚的戏剧创作演出活动,一开始就是既得到上层贵族的庇护,同时也受到伦敦中层市民和下层人民的欢迎。由于演出成功,不久即有出版商设法将其部分出版,后来在他身后又出了全集,流传更广。《红楼梦》的创作、流传过程则是曲折而漫长的:曹雪芹在"茅椽蓬牖之下,瓦灶绳床之间","披阅十载,增删五次",呕心沥血的杰作,在多年之间只能为少数亲友和权势者所见到;数十年后梓板问世,才能为中层读者所得;而广大读者都能读到它,更在以后——它在全民中的流传过程大约经历了100年之久。

莎剧从舞台脚本到印成书籍,渠道众多;《红楼梦》从传抄到刊行也经历多人之手。这种曲折的流传过程形成了复杂的版本问题。莎剧的两大版本系统是莎士比亚生前出版过的单行"四开本"(其中又分为"善本"和"劣本"两种)和他死后不久出版的《第一对开本》,而以后的种种版本只是在这两类早年版本当中进行不同的斟酌取舍。《红楼梦》也有两大版本系统,即在曹雪芹生前所流传的"脂评本"的传抄本("脂评本"原件没有保存下来)和在他死后20多年排印的"程本"(其中又有"程甲本"和"程乙本"之分)。正像曹雪芹的个人命运比莎士比亚要坎坷得多一样,《红楼梦》的版本问题也比莎剧更为复杂。这是因为莎剧原稿只有一种,异文出在不同的印本上,而曹雪芹对《红楼梦》定稿时,所根据的底稿至少就有《风月宝鉴》和《石头记》两种;而定稿后又因多次的修改、不同的抄传渠道("怡府本""蒙府本"等等)和不同的抄传时间("甲戌本""己卯本""庚辰本"等等),所以在他生前就有种种大同小异的抄本在社会上流传;加之曹雪芹生前只完成(或者说,定稿)八十回,早期抄本也都只有八十回,他死后20多年才出现了由别人续完的一百二十回印本;这么一来,版本问题就更加错综复杂。历代的莎剧和《红楼梦》的版本专家孜孜以求的理想目标就是要对各种版本和抄本中错综复杂的异文进行校勘筛选,最后能够恢复莎剧和曹雪芹的《石头记》原稿,即"莎士比亚的真本"("what Shakespeare actually wrote")和"脂评本"的完整面貌。

伟大作家并非"从天而降",都有其产生的历史的渊源、时代的背景:英国中世纪传统的宗教剧、道德剧和民间小戏"插剧"——希腊罗马的悲剧、喜剧传入英国——以"大学才子"出现为标志的英国新戏剧的大发展——加上文艺复兴思潮所振兴起来的英国文化的大繁荣,为莎士比亚这样的大戏剧家的产生提供了丰美的土壤。而自唐代传奇和变文之后,宋元平话的盛行——明代白话小说(《金瓶梅》,"三言二拍",等等)的大发展——加上中国古代文化和古典文学的悠久深厚的传统,共同培育出曹雪芹这样的天才作家。比较、回顾他们的成长之路,可以帮助我们寻找伟大作家产生的客观规律,使我们明了多做"培养天才的泥土"工作的重要性。

莎士比亚和曹雪芹之间可供比较之处甚多。但两人之间最大的可比性在于他们都是在自己国家从中古时代走向近代社会的转变时期中本民族文学的最高代表。莎士比亚生当英国历史上著名的"伊丽莎白时代",在他去世之后20多年英国就爆发了资产阶级革命。而曹雪芹生当清代"康熙盛世"之后、雍正乾隆之际,正是中国封建社会由盛而衰的酝酿阶段,在他去世之后,大清王朝即渐渐走了下坡路,中国社会经历了不断的内忧外患,开始进入了自己的近代史阶段。莎士比亚作品中所贯穿的主要时代精神是人文主义即人道主义思想,而闪耀在《红楼梦》一书中最光辉的思想也是"人的觉醒",即反对封建礼教,主张把人当作人、把女人当作和男人一样的人。当然,由于两个民族的文化传统和生活方式不同,"人的觉醒"的表现形式也千差万别。

列宁引用过一句德国俗语:"任何比喻都有缺陷。"不过,只要不是牵强附会的比附,而是有条件地将莎士比亚和曹雪芹的某些重要特点加以适当比较,可能会发现一些有意义的东西,可供我国在社会主义文化建设中参考借鉴。

从现在来看,《红楼梦》虽然已经形成一门国际性的学问,它的世界影响还远没有达到像莎剧那样普遍而深入的程度。我认为,这一方面因为戏剧本来是一种有广泛群众性的艺术形式,莎剧主要不是为在书斋中阅读,而是为了在舞台上演出而创作的,它已经演出了300多年,现在它仍然每天通过舞台、电影、电视向全世界观众演出、放映。而《红楼梦》本来就是小说,它写出来主要是让人阅读的,虽然也可以通过改编在舞台上演出、屏幕上放映,那毕竟只是它的普及形式,而不能代替它本身,因为再好的戏剧改编本也代替不了小说原作。另一方面是翻译问题:300多年来,莎剧的翻译工作在全世界有很大的发展,世界上几乎每个国家都有自己的莎剧翻译史,除了莎剧原文可供世界读者研究欣赏,它的无数译本已经普遍渗透到全世界的每个角落。相比之下,由于历史和其他条件,《红楼梦》的翻译工作还处在方兴未艾阶段,从全世界来说,恐怕还有不少人没有读过《红楼梦》,甚至不知道《红楼梦》。这表明,在《红楼梦》的翻译和推广方面,还有许多工作要做。

两部文学巨著吸引着我们去探索这两位文学巨匠之"谜"。莎士比亚是说不尽的。曹雪芹也是说不尽的。我想,关于莎士比亚和曹雪芹的比较,也是说不尽的。在这方面的话,恐怕今后还要说下去。

(1987年12月7日,开封)

改编——莎剧的基本创作方法

　　莎士比亚(1564—1616)生活与活动的时间正是英国历史上的所谓"伊丽莎白时代"(1558—1603)和詹姆士一世统治(1603—1625)的前期。这时,英国资本主义正处于蓬勃发展阶段,英国的殖民地扩张正向着非洲、亚洲和新大陆进行,并在军事上打败了西班牙而成为海上霸主。与此同时,在英国也出现了空前的文化繁荣现象:在人文主义思潮的带动下,对于希腊、罗马的古代典籍和法国、意大利、西班牙等国的文学作品的翻译介绍大为发展,历史、游记、海外探险等类书籍大量出版,诗歌、音乐大为盛行——"英国成为百鸟歌唱的丛林"。那时还没有报刊,新兴的市民阶级渴望从戏院里获得自己所需要的历史、政治、社会知识和文化娱乐,戏剧的大繁荣即应运而生。莎士比亚就是在这种时代背景中成为了英国文艺复兴时期的戏剧顶峰。

　　天才的产生需要一定的土壤。我国古时有人谈到司马迁时曾有这样的评语:"先辈谓子长所以能成《史记》者,亦以当时文章足供摭拾。谅哉言也!"对于莎士比亚也可以这样说。莎士比亚之所以能成为伟大的戏剧家,除了时代的需要和个人的天才以外,也因为他那个时代具有雄厚的文化艺术资源足以为他提供非常丰富的营养。

　　这一点,从莎剧创作与改编的关系看得特别清楚。

　　我们知道,莎士比亚在自己的戏剧创作中一般是不去自己编造故事情节的,而是"修整或改编旁人的剧本",或者"利用流行的欧洲各国的故事和英国历史的遗文"(孙大雨语),写出了他的不朽剧作。据学者考证,在现存的 38 部莎剧之中,可以确知莎士比亚创作时所依据的原始素材的至少有 27 部,包括历史剧、喜剧和悲剧等等,占莎剧全部的 3/4。其余的 1/4 也不一定不是改编而成,只是原始素材现在无法查明。

当时,伦敦的各阶层,无论贵族、富裕市民和下层人民,都爱看戏;伦敦的公共剧场除了礼拜天和刮风下雨都要向观众演出;因此,剧团不断需要演戏的脚本。在这种情况下,只要一个"本子"在舞台上能够吸引观众,有利于剧团的营业,并不一定非要剧作者自己想出故事情节不可。这么一来,用现成的文学材料改编剧本自然是最便当的办法。

莎士比亚的剧本改编工作采取两种方式:一种是把前人的剧本拿过来重新改写,一种是根据历史、小说等作品改编成为舞台剧——自然,也有时候既根据老剧本改写,又从其他材料中补充些新的内容。以他的名剧为例,像历史剧《亨利四世》上、下集和《亨利五世》,悲剧《李尔王》和《哈姆雷特》,都是在原有的老剧本基础上重新改写的;而像悲剧《罗密欧与朱丽叶》《奥赛罗》《麦克白》,喜剧《如愿》《第十二夜》等等,以及他那些希腊、罗马戏则是根据有关的小说、传奇和历史书改编为剧本的。

关于莎士比亚如何在自己的戏剧创作中利用前人的文学材料,英国学者锡德尼·李曾进行了很好的概括,特译述引用如下:

"他按照当时惯例借用了别人的故事梗概,这在一定程度上节省了他自己的精力。为了寻找借以构思剧情的种种故事,他所读过的书范围很广。他不仅仅是在写他那些英国历史剧的时候查阅过英国编年史(主要是霍林舍德的著作),他还熟读了意大利的传奇故事(通过法文和英文的译本)、普卢塔克的名人传,以及当代英国作者的传奇和剧本。他那些罗马题材的剧本《裘里斯·恺撒》《安东尼和克丽奥派特拉》和《克利奥兰纳斯》在情节方面非常接近诺斯的普卢塔克名人传英译本。他的同时代作者洛奇和格林的传奇小说则分别为《如愿》和《冬天的故事》提供了情节。《结果好,万事好》和《辛白林》主要是依靠着薄伽丘早在14世纪就已打下的基础。16世纪意大利作家班得罗的小说又是《罗密欧与朱丽叶》《无事生非》和《第十二夜》的最终故事来源。《奥赛罗》和《一报还一报》的故事则可从他同时代的意大利小说家岑西欧的作品里找到下落。而贝尔弗莱的《悲剧故事集》(一部当时流行的班得罗的意大利传奇故事集法文译本)也是莎士比亚手边常备之书。至于像《约翰王》《亨利四世》《亨利五世》《理查三世》《驯悍记》《李尔王》和《哈姆雷特》这些剧本的编写,莎士比亚则是在他的同行剧作者已经施肥浇灌过的土地上工作的。对于大多数借来的情节,他都加以改造;尽管他有系统地利用当代流行的作品,那目的倒并不是为了自己图省力气。……毫无疑问,他那精心打算的目标不过是为了适应观众的口味,因此,他才在他那天才的指引下,将那些曾由水平不高的作家或剧作者所曾经下过功夫而被证明为能够吸引观众兴趣的题材,一个一个拿过来重加改编。"(《莎士比亚传》,第88—89页)

莎士比亚的改编工作是成功的。其所以成功,并非因为他仅仅把原有的文学素材敷衍而成为戏文完事,而是因为他将改编与创造、继承与发展这两个方面结合得非常之好。用我们的话来说,莎士比亚的改编做到了"点石成金""推陈出新",使得陈旧的文学材料放射出崭新的光芒。下面且举数例,以资说明。

首先看莎士比亚的历史剧。他的10部历史剧描写了从13世纪到16世纪300年间的英国历史。其中,最成功的是分为上、下两部的《亨利四世》。剧中主要写英国国王亨利四世的儿子哈利王子的事迹。戏开始时,哈利以统治阶级里的"浪子"身份出现:他成天泡在伦敦的一家酒店里,和以福斯塔夫为首的流氓团伙在一起鬼混,他们恣意胡闹,为了寻开心而拦路抢劫,还把大法官殴打一顿,视若无事;后来,老王晏驾,哈利登基,是为亨利五世;他一做国王,立即改邪归正,驱逐了往日的酒肉朋友,整军经武,出征法国,后来在阿金库尔一役大胜,娶了法国公主做王后。莎士比亚编写《亨利四世》所根据的史料是霍林舍德的《编年史》和霍尔的《内战记》。为了使得剧情紧凑,他把英国几次内战的时间距离压缩了,使观众看来好像这些战争是一个紧接一个发生似的。有的历史人物的年龄也根据剧情需要加以变动,例如剧中绰号为"飞将军"的贵族战将亨利·波西(类似我国周瑜那样的英武高傲而爱使气的人物),年龄改小,使他的"霹雳火"脾气和哈利王子的工于心计形成强烈对照。有的历史人物,在史书上仅仅略提一笔,则由莎士比亚根据剧情加以发挥。剧中所写的人物,上有国王、太子、贵族,下有泼皮流氓、酒店娘子以至妓女,形形色色,活灵活现,组成了中世纪英国的一幅五光十色的图景。但戏里写得最突出的是两个人物:哈利王子和福斯塔夫。哈利王子的故事不但见诸英国史籍,也在英国民间广泛流传。在莎士比亚之前,曾上演过一部无名作者的剧本,名叫《亨利五世的辉煌战绩》,莎士比亚参考过这出老戏,但他匠心独运,把亨利五世从一个"浪子回头金不换"式的人物,写成为一个做太子时善于韬晦、不怕与民间卑贱人物为伍,以了解下情，一旦做了国王，又能文能武，既统一了本国，又战胜了外敌的精明政治家——这正是莎士比亚心目中的理想君主的形象。在那部老戏中还有一个重要人物叫欧尔卡苏爵士，是哈利王子的亲密友人，历史上实有其人，但他原是一个殉道的英国罗拉教派领袖。莎士比亚把这个人物也从老戏里接受过来。但他摆脱了真人真事的局限，将他重新塑造，妙手点染，使这个人物一上场，气氛马上就活跃起来；他一开口，就引人哄堂大笑——这就是代表着欧洲中世纪没落的封建骑士阶级的那个喜剧人物福斯塔夫。这样，在莎士比亚笔下，一部枯燥乏味的编年史剧就变成了一部活生生的历史。

莎士比亚的著名喜剧《皆大欢喜》取材于同时代作家洛奇的传奇小说《罗瑟琳》，而《罗瑟琳》又从中世纪的诗体传奇《甘米林》中汲取了构思。《甘米林》已为后来的这两部作品提供了粗略的间架，但从内容来说，它叙述的只是一个两兄弟为了产权而仇杀的故事，而且主人公都是男性。洛奇的传奇则是一个以女性人物为主的带有田园风味的爱情故事，但是仍然保留着原诗的那种残酷斗争的痕迹：受欺压的公爵的合法权利最后是靠着武力争斗、把他的坏兄长杀死，这才重新夺了回来。莎士比亚改编的《皆大欢喜》，基本上采取了洛奇的情节，但把凶狠争斗的场面统统排除掉，仅有的一个摔跤场面也是轻描淡写处理。全剧在田园牧歌的气氛中以坏人悔过、好人都得到好报结束。剧中的爱情纠葛增多了——四对有情人都成眷属。莎士比亚还添上一个小丑试金石，而为了与他形成喜剧性的对照，又创造出一个悲观厌世者杰奎斯。这么一来，《皆大欢喜》就真成了"皆大欢喜"的欢快喜剧。

莎士比亚的早期著名悲剧《罗密欧与朱丽叶》写的是曾在意大利民间广泛流传的一个古老的故事。就像我国关于梁山伯与祝英台的传说一样，在意大利有许多城市都号称是罗密欧与朱丽叶的故乡。到15、16世纪，一些意大利作者将这个故事写到书里，还出现了法文的转述本，有关这个故事的人物、地点、梗概渐渐固定下来，接着就传到了英国。莎士比亚编这个戏直接根据的材料是英国人亚瑟·布鲁克的长诗《罗米乌斯与朱丽叶哀史》。这首诗3000行，写得冗长沉闷，但现今我们从莎剧中所知的有关这一对苦命鸳鸯的全部人物和故事在诗里已应有尽有。值得我们佩服的是，这个在欧洲许多国家早已家喻户晓的古老故事，经过莎士比亚的生花妙笔一写，立刻光彩焕发，成为在舞台上极受欢迎的一出戏、在图书馆里极为青年所爱读的"天地间的至文"。奥秘何在？奥秘在于莎士比亚怀有巨大的戏剧才能和娴熟的编剧技巧,善于将平铺直叙的故事变成跌宕起伏的生动戏剧情节。对于原来的故事素材,他根据舞台需要自由处理:有的删除,有的发挥,有的改动,还增添了不少新的小插曲,将种种事件一环扣一环联成一气,使得全剧成为一出情节紧凑、激动人心的好戏。一位莎学专家这样描述莎士比亚对于布鲁克长诗的改编工作:"莎士比亚如何利用布鲁克的长诗很值得研究,因为它能显示出他的戏剧才能和工作方法。他把在好几个月里发生的故事压缩在短短几天里;他把老凯布对于霸礼许下婚约一事从原来的故事中间挪到了戏的开头——这时候罗密欧甚至于还没有见过朱丽叶,又将霸礼被杀放在戏的末尾,这样一来就加强了结尾的悲剧性;他让悌暴在凯布家的舞会上就发了怒;他把罗密欧杀死悌暴放在快活而鲁莽的墨故求被杀之后,而不是像在长诗里那样,因为悌暴先向罗密欧发火,罗密欧由于怒气按捺不住就杀了他;莎士比亚的剧中人物统统都比布鲁克笔下的人物更丰满、更富有个性、刻画得更好;布鲁克诗里有许多沉闷啰唆的长篇大论,到莎士比亚笔下都变成充满戏剧活力和诗意之美的精练台词;奶妈和药剂师这两个人物已被布鲁克描出了清晰的轮廓,莎士比亚又将她们的性格加以发展;还创造了墨故求这个人物。"(约翰·曼洛。引自弗尼瓦尔主编《莎士比亚全集》)这样改编的结果,就完成了对于原有题材的极为出色的"改造"。

莎士比亚的著名悲剧《李尔王》所写的题材来源于一个非常古老的故事,最初在威尔士民间流传,简略叙述古时不列颠国王李尔因受两个花言巧语的女儿所骗,与其真正孝顺的三女儿疏远,以致失去了王位。到 12 世纪,这个故事写进了编年史,以后不断有人增补,据说,在莎士比亚之前,直到 16 世纪,"总有 50 个作者写过它,把它当作一个道德说教的故事",结局多半是最后李尔恢复王位,受委屈的考黛莉亚继承父亲做了国王。莎士比亚写这个剧本根据的主要材料是霍林舍德《编年史》中有关李尔王的记载和一部同一题材的老戏《莱尔王》。这部老戏在莎士比亚写《李尔王》的 10 多年前就已经在伦敦上演过,并在 1605 年出版。它是一部首尾完整、人物齐全、有一定艺术水平的舞台剧,对剧情的安排按照故事原状,让李尔王和考黛莉亚父女胜利结尾。莎士比亚从这部老戏中吸收了不少东西,同时也做了许多变动:(1)最重要的变动是把老戏中的

"大团圆"结尾改为以悲剧结束——考黛莉亚为救老父出兵失利被俘后死去,李尔王抱着女儿的尸体也伤心而死,他未能重登王位。(2)进一步塑造了考黛莉亚的善良、正直、高贵的性格。(3)特别加强了"暴风雨"在全剧中烘托气氛、深化主题的作用——在老戏中暴风雨象征着"天将伸张正义、降罚于恶人",而在莎剧中它象征的却是罪恶势力狂暴肆虐。(4)除了李尔王故事这条情节主线,莎士比亚还加上了葛罗斯特伯爵和他的坏儿子爱德蒙和好儿子艾德加这条情节副线——这个故事插曲是从英国诗人锡德尼的传奇小说《阿卡狄亚》中采取过来、嫁接到古老的李尔王故事上的,经过这么一嫁接,两条情节线索交错进行,双重地突出了全剧的悲剧情调。(5)宫廷小丑这个人物是莎士比亚的创造——这个丑角在各个关键时刻所发表的机智而尖锐的评论在剧中起了"画龙点睛"的作用。在其他方面还有不少"艺增"。由于这种种改动,这个古老故事焕发新的光彩,使得原来那部老戏全面改观。其效果,正如一位莎剧评论者描写的:"这个戏像是一个暴风雨之夜。头一场就仿佛是阴霾四布的黄昏,威严而可怕,狂风阵阵,雷声隆隆,预告着暴风雨就要来临。紧接着到来的就是充满了罪恶和疯狂的暴风骤雨——在这风雨交加之中,我们隐隐约约地瞥见了冈纳里尔和里根、康瓦尔和爱德蒙等人凶狠而邪恶的形象,不时还听见了那个小丑的狂野的笑声,李尔的疯狂号叫,以及瞎了眼的葛罗斯特的低低的呻吟;同时,在远方,有一道月光冲破云层,它那银白色的光辉照在考黛莉亚那女王一般庄严的身躯上——她安详、平静地站在暴风雨里,在那个你争我夺、到处是罪恶、到处是流血的世界当中,只有她像是一个代表真理和纯洁的天使。最后,一阵死亡的霹雳降下来,暴风雨平息了,在昏暗的黎明之中,透过灰蒙蒙的光亮,我们看到几具尸体直挺挺躺在那里——无辜者和有罪者都被命运的狂怒不分青红皂白地击倒了。"(弗洛仑斯·欧布仑——引自弗尼瓦尔主编《莎士比亚全集》)

现在,我们再来看看改编工作在《哈姆雷特》一剧的创作中所起的作用。哈姆雷特这一题材的原型来源于北欧的一个古老传说,在12世纪末为丹麦人萨克索写进《丹麦史》里。萨克索笔下的哈姆雷特故事业已具备了莎剧《哈姆雷特》中的一些情节要点,例如:哈姆雷特的叔父害死他的父亲,娶了他的母亲,并篡了王位;哈姆雷特装疯以保全自己并图谋为父报仇;他的叔父两次试探他是否真疯,都被他对付过去;哈姆雷特与他母亲谈话,有人偷听、被他杀死;他的叔父派他去英国,他设法除掉同行的奸细;最后,他回到丹麦报了父仇。但在这个时期它只是一个相当原始的复仇故事,而复仇的方式也很简单——哈姆雷特放火烧掉城堡、杀死仇人、自己当了国王。后来,这个故事流传到欧洲各国。16世纪法国作家贝尔弗莱把它收入《悲剧故事集》(1576年出版),保留上述故事内容,在细节上有所丰富加工,而且把故事背景写得像是当时的欧洲宫廷。到1589年,在英国上演过按照上述模式编写的一部哈姆雷特题材的剧本——这个剧本现已失传,但从同时代人的记载中可以推断出它的内容、风格,并被学者公认为可能是莎士比亚的先驱者基德所写。在这个剧本里增加了哈姆雷特父亲的鬼魂出现、戏中戏以及比剑等场面,奥菲莉亚一家三口(名字与莎剧中不同)也都齐全了。莎士比亚在这么一笔文学遗产的基础上编写出他的《哈姆雷特》。从故事轮廓来说,莎士比亚接受了原来传说和剧本的许多东西;但是,莎剧的思想、艺术高度却不是原来的文学素材所能够比拟的。就拿哈姆雷特这个人物来说,莎士比亚通过许多脍炙人口的对话、独白,调动一切艺术手段,把他塑造得血肉丰满,使得观众和读者不仅看到他那苍白的面孔、熟悉他那忧郁的性格,而且还观察到他那充满矛盾的内心世界。在莎士比亚妙笔刻画之下,哈姆雷特已经从北欧传说中的粗犷的复仇者、贝尔弗莱笔下的郁郁寡欢的复仇王子,变成了像英国伊丽莎白时代的杰出人物锡德尼爵士那样的文艺复兴时期的代表人物,正像奥菲莉亚见他"发疯"后为他发出的赞叹:

"朝廷人士的眼睛,学者的舌头,
军人的利剑,国家的期望和花朵,
风流时尚的镜子,文雅的典范,
举世瞩目的中心,倒了,全倒了!"

(三幕一场——引自卞之琳译本)

莎剧中的哈姆雷特所考虑的问题远远超过了个人复仇。他把复仇的行动延宕再延宕,因为他想到了他对于国家社会所肩负的重大责任:

"时代整个儿脱节了；啊，真糟，

　　天生我偏要我把它重新整好！"

（一幕五场）

　　这样，莎士比亚"把一出普通的复仇剧改成了一出意义深厚的社会悲剧"（卞之琳）。《哈姆雷特》是莎士比亚戏剧改编的最高成就，同时也是他戏剧创作的最高成就。

　　一位英国莎学家说得好：

　　"莎士比亚从来不费心思去编造他自己的剧本情节；他的艺术功夫在于用旧瓶来装他自己的新酒。但是，对话，人物，心理动因，这些才属于他而且只属于他自己——正是这些东西构成了《哈姆雷特》的伟大。"（E. K. 钱伯斯）

　　苏联学者阿尼克斯特也说过：

　　"莎士比亚一般说来并不自己编造剧中的情节，而是采用一些已经在文学中流行的情节，赋以戏剧的形式。并且，他有时按照自己对性格和事件的意见改造原来的、别人写的剧本。"（杨周翰译文）

　　莎士比亚在自己的改编工作中，从当时先进的人文主义思想出发，从原始素材中找出合理的内核，加以新的充分发展（例如，哈姆雷特的"忧郁"——这是在原来的故事中就露出端倪的，而在莎剧中得到了充分、合理的发展），往往做到了"化腐朽为神奇"。

　　改编其实也是一般戏剧创作的一个重要手段。不论中外，许多内涵丰富的神话、传说、历史故事、人物传记、传奇、小说，常常在不同的时代、经不同作者之手，不断进行加工、发展、提高，最后以通俗、生动、形象的综合艺术——戏剧的形式凝固下来，在更大的范围里推广、流传。每个国家民族在自己的文化艺术发展中也都会自然形成自己的一些传统的文学题材，而每个这样的传统文学题材也往往具有自己一系列的从口头文学、书面文学到舞台戏剧的改编历史。

　　从欧洲文学和戏剧史上可以举出一些例子：

　　希腊神话中关于普罗米修斯的故事→希腊悲剧《被缚的普罗米修斯》→雪莱的诗剧《解放了的普罗米修斯》；

　　欧洲中世纪关于浮士德的民间传说→马洛的《浮士德博士的悲剧》→歌德

的诗剧《浮士德》；

法国女英雄贞德的历史→伏尔泰的长诗《贞女》→席勒的剧本《奥尔良的少女》→马克·吐温的小说《贞德》→萧伯纳的历史剧《圣女贞德》；

关于唐璜的传说→莫扎特的歌剧《唐璜》→拜伦的长诗《唐璜》；

关于吉普赛人的故事传说→梅里美的小说《卡尔曼》→皮才的歌剧《卡尔曼》。

再举一些中国的例子：

先秦古史材料→《史记》→《东周列国志》一类的历史演义→"史记戏"（《文昭关》《将相和》《虎符》等等）；

三国历史故事传说→元曲"三国戏"（《单刀会》等等）→《三国演义》→各个剧种的"三国戏"；

《长恨歌》→元曲《梧桐雨》→洪昇《长生殿》→京戏《贵妃醉酒》《太真外传》；

《莺莺传》→赵德麟《商调蝶恋花词》→《董西厢》→《王西厢》→"西厢戏"（《红娘》等）；

梁山泊故事传说→《大宋宣和遗事》→元曲《李逵负荆》等→《水浒传》→后世"水浒戏"。

改编在实质上乃是戏剧创作中的一种客观需要。因为，戏剧是舞台艺术，在人物、情节、语言等方面比其他文学形式要求更为严格。戏剧创作有其特殊的艰巨性。因此，把戏剧创作放在经过一定时间考验、为群众喜闻乐见的文学题材的基础上，自然比较容易产生圆满的艺术效果。

我们所理解的改编，乃是一种艺术上的再创造，而不是简单粗糙的移植——化了装笨说的故事。因此，改编并不会束缚剧作者的创造才能，而只是把他的创造才能放在一个更加坚实可靠的基础上发挥作用，就像"耕熟地"，而不是"开生荒"。一个具有历史性的题材，经过不同时代、不同作者的连续开掘，一般来说，总是愈来愈增加了深度和广度，人物形象愈来愈血肉丰满，故事情节愈来愈细致合理，社会意义愈来愈深远重大，在这片肥沃的土壤上，剧作家的天才比较容易开放出灿烂的花朵。

说到底，文学本来就是一种再创造，其中包括着对于生活素材的再创造和对于文化遗产的再创造——不管是哪一种再创造,都需要立足于当代的现实。但是,文学又总是沿着"创造——继承——再创造"的道路一直向前发展的。"风之积也不厚,其负大翼也无力";"水之积也不厚,其负大舟也无力"。纪念碑式的巨作需要有纪念碑所不可缺少的基础和砖石,天才的作家需要有培养天才的泥土。戏剧创作和改编的关系,是一条(自然不是唯一的一条)客观规律。认识并自觉运用这一规律,对于繁荣我们的戏剧(包括电影、电视等)当会有益。在这方面,我们有许多地方可以向莎士比亚学习。

（1987 年冬）

从一个戏看莎翁全集的两种中译本

"余译此书之宗旨，第一在求于最大可能之范围内，保持原作之神韵，必不得已而求其次，亦必以明白晓畅之字句，忠实传达原文之意趣；而于逐字逐句对照式之硬译，则未敢苟同。"

——朱生豪《〈莎士比亚戏剧全集〉译者自序》

"我翻译莎士比亚，旨在引起读者对原文的兴趣。"

"莎士比亚就是这个样子，需要存真。"

——梁实秋语，引自梁文蔷：《长相思——槐园北海忆双亲》

一

当一位文学翻译家工作的时候，他的眼睛一方面要不断盯住作者的原文，另一方面又要不断审查自己的译文，心里则要不断琢磨：怎样一方面对得住作者，不能违背他的本意，也不能太离原文的谱儿；另一方面又要对得住读者，尽量让他能通过译文看懂作者的意思，同时还能在阅读译文时获得一定的艺术欣赏的乐趣。这有点像杂技演员走钢丝，身子需要不断调整重心、保持平衡，既不能偏左（左边是深渊），也不能偏右（右边也是深渊）。文学翻译家也是如此，他走在一条名叫"翻译标准——信达雅"的钢丝上，既不得偏离原文原意（那又要陷入"不信"的"深渊"），也不得偏离读者的理解习惯和欣赏习惯（那又要陷入"死译"、"硬译"的"深渊"）。这虽不像走钢丝那样"玩儿命"，要真想沿着这条"黄金的中间路线"达到使译文美满的彼岸，可也同样不轻松。而对于翻译像莎士比亚这样的大家名著，不用说，要求还要更严，难度还要更大。至于进一步还要把200多万字的莎氏全集一部不漏地全译出来,又要从头到尾贯彻"信达雅"的标准,可以想象,更是"戛戛乎其难哉"!

说这话,是因为在我面前摆着海峡两岸所出的两种莎士比亚全集中文译本:一部是我们早已熟悉的人民文学出版社1978年出版的朱生豪翻译、多人校补的《莎士比亚全集》;另一部是1967年就已出齐但直到最近才流传到大陆上来的台湾远东图书公司出版、梁实秋翻译的整套《莎士比亚丛书》。这是我国翻译界、出版界至今所贡献给中国和世界读者的唯一的两套莎集全译本。它们是我国两位老一代的翻译家,按照各自的气质爱好、认识理解、翻译宗旨和翻译方法,所创造出来的两部莎译大作,代表了我国莎剧翻译史上的两座里程碑。

二

笔者正在学习莎剧,一种想法油然而生:能不能一面攻读原文,一面对这两家译本比较一下,从他们的翻译经验中得到一些启发呢?

"你要知道梨子的滋味,你就得亲口吃一吃。"不过,莎翁全集中,剧本、长诗、十四行诗,一共是40个"大梨子"。好在要知道梨子的滋味,也不必等吃完一大筐,亲口吃一个就够了。啃哪一个呢? 就从眼前这一本戏下嘴吧。眼前正在读的莎剧就是"*Love's Labour's Lost*",朱译本叫作《爱的徒劳》;梁译本叫作《空爱一场》。

说到《爱的徒劳》,以往批评家们对它的评价可不怎么样。19世纪英国浪漫派作家赫兹利特把话说得最干脆:"如果我们要把作者的喜剧舍弃任何一出,那么就是这一出了。"("If we were to part with any of the author's comedies, it would be this.")

的确,缺点很明显,新剑桥莎士比亚全集主编J. D. 威尔逊就说这出戏的情节在所有莎剧中是最简单的,五幕戏的活动全都发生在一个王宫的门前。剧情叙述:在法国、西班牙之间的小国那瓦尔的国王腓迪南为了一心向学,打算把自己的王宫办成一所"小小的学院",跟他三位侍臣一同发了誓,要埋头书本、过禁欲的生活,三年之内严禁女人进宫。这颇有点"存天理,灭人欲"的味道。但他们这种违反正常人性的誓约很快被生活本身粉碎了。法国公主和她的三位侍女来访。那瓦尔国王不让她们入宫,只许她们住在宫墙之外的帐篷里。可是,过不了两天,这些自命禁欲的人都一一坠入情网,瞒不下去,只好打破誓言,戴着假面向各自的意中人求婚。公主和侍女们跟他们开了一通玩笑,对他们的矫情大大嘲笑了一番。此时,突然传来法国国王晏驾的消息。公主等匆匆离去,并向这些求婚者提出:他们必须在一年之内谨守原来的誓言,过清苦的隐居生活,反思,做好事。然后,等他们恢复正常人的理性和感情,她们才能答应婚事。戏没有像其他莎翁喜剧那样以婚礼、大团圆结尾,只留下一个空希望,所以,叫"空爱一场"。

剧中的有些人物,据学者考证,是对当代人物的影射,据说在莎士比亚时代的女王宫廷和贵族宅第里演出,曾引起过知情者会心的笑声,产生过喜剧的效果。但是,时过境迁,对于后世的读者和观众来说,这一切都隔膜了。因此,这些人物也就变成了有些古怪又相当淡漠的幻影。此外,剧本也写得有些冗长。

然而,这出戏毕竟又是莎士比亚的"真经"(canon)。对它提出严厉批评的约翰生博士也得补充一句:"在全剧中散见许多天才的火花;任何一个剧本也不像它具有这么多的莎士比亚手笔的确切标记。"

标记之一是剧中浓郁的诗情画意。标记之二是闪耀在许多对话中的当时先进思想的光辉。譬如说,正像在我们的《红楼梦》里,一当那些小姑娘、小丫头们出场,书就马上活了起来一样,在莎士比亚的喜剧里,一当那些女主角带着她们的女伴出场,"三个女人一台戏",那就准有精彩的对话、热闹的场面。这时候,一群思想感情解放、有独立人格、有鲜明个性的"文艺复兴时代的女儿们"就从厚厚的莎士比亚全集里走了出来,站在我们面前。在《爱的徒劳》里,法国公主和她那些侍女也给我们带来同样的愉快。我们听着她们那不受封建礼教束缚、天不怕地不怕的谈吐,感到一种说不出的解脱和高兴。特别在第四幕第三场,伯龙批评国王的"闭户读书论"时那一大段台词,热情歌颂了妇女的智慧和作用:"女人的眼睛永远是照耀着真正的神火;那即是涵濡世界的书,艺术,和学校;否则一切的东西一无足取。"这些精彩的台词闪耀着人道主义的尊重妇女的思想光辉。

对于有耐心把这部早期莎翁喜剧从头到尾读完的人,这些思想光辉和诗情画意就是最好的安慰。可惜就全剧而论,好像一个大馒头,有些地方发得好,嚼起来就有味道,有些地方面没有发起来,嚼起来还有点生硬。譬如说在莎士比亚的成熟的喜剧里,丑角个个活灵活现,令人难忘;但是,在《爱的徒劳》里的丑角,不管是毛子或是考斯达,都好像"未尽其才",仿佛相声演员碰上一个平庸的段子,劲儿施展不出来,怎么也无法使观众畅心大笑。

这么一部瑕瑜互见、毁誉参半的早期莎剧,对于翻译家是一个难题。如果依着自己的兴趣爱好,他大概不会选上这个戏来发挥自己的翻译才能。但是,立下雄心壮志要翻译大作家全集的人,都逃避不了上天降给他的这么一种"大任":他既要翻出作家的那些炉火纯青、登峰造极之作,也要翻出他在初学阶段的那些不甚成熟的作品;他既要翻出他在创作高潮时期灵思泉涌、逸兴湍飞的神来之笔,也要翻出他的天才"打瞌睡"的时候写下的那些平庸篇章甚至败笔,为的是给读者一个全貌。所以,莎翁全集的译者"别无选择"。他必须"背水一战",使出浑身解数,把《爱的徒劳》翻出来:精彩片断固然要尽力译好,平平之处也得认真对待。这个戏对于任何译者一律公平,没有什么可以取巧、"藏掖"之处。所以,我们也就可以看一看两位翻译家各自究竟采用什么办法来"打开这个硬壳果"。

<h2 style="text-align:center">三</h2>

朱生豪精通中国古典诗词,又酷爱英国诗歌,是一位天分极高的青年诗人。在抗日战争中颠沛流离、贫病交加的条件下,他以身殉了自己热爱的译莎事业,为中国译出了 31 部莎剧。从前面所引的《译者自序》可以知道:他在翻译中所追求的是莎翁的"神韵"和"意趣",而反对"逐字逐句对照式之硬译",用通常的说法,他采用的方法是"意译"。

梁实秋是著名的文学批评家和散文家。作为一位莎学家,他曾经搜集了大量图书资料,逐字逐句精研莎氏原文,经过 36 年的努力,终于在晚年完成了莎翁全集的翻译工程。他认为这是自己"所能做的最大的一项贡献"。从他亲友的记载中知道:梁先生译莎的宗旨在于"引起读者对原文的兴趣",他"需要存真",所以,他采用的方法可以说是"直译"。

只要拿两种译本和"*Love's Labour's Lost*"原文对照一下,就可发现两位翻译家忠实贯彻了各自的翻译原则。

1. 先举一个例子。

第一幕第一场第 162—169 行(本文所引莎剧原文行数,除另有说明均据新剑桥版)有一段那瓦尔国王的台词,介绍一个脾气古怪的西班牙贵族亚马多。开头 8 行原文是这样的:

King Ay, that there is. Our court, you know, is haunted

With a refined traveller of Spain;

A man in all the world's new fashion planted,

That hath a mint of phrases in his brain;

One, whom the music of his own vain tongue

Doth ravish like enchanting harmony;

A man of complements, whom right and wrong

Have chose as umpire of their mutiny.

再看两种译文:

国王 有的。你们知道宫里来了一位客人,

是来自西班牙的一位高雅的游客;

此人集全世界的时髦服装于一身,

古怪的词藻装满了他的一脑壳;

他爱听他自己的放言高论,

就好像是沉醉于迷人的音乐;

他是一个多才多艺的人,

是是非非都会凭他一言而决。

(梁译本)

国王 有,有。你们知道我们的宫廷里来了一个文雅的西班牙游客,他的身上包罗着全世界各地的奇腔异调,他的脑筋里收藏着取之不尽的古怪的辞句;从他自负不凡的舌头上吐出来的狂言,他自己听起来

就像迷人的音乐一样使人沉醉;他是个富有才能、善于折衷是非的
人。

（朱译本）

从整个效果看,两种译文都把原文的内容传达出来了,但两种译文的风格
又截然不同。梁译本的翻译原则是把原文中的"无韵诗"一律译成散文,而"原
文中之押韵处则悉译为韵语"。因此,他将这段原文的五抑扬格、按 ababcdcd 押
韵的台词,译成了格律相近的中文诗,译文严谨、质朴、细密,就韵文来说也流利
可诵,舒徐婉转地描出了这个西班牙人的文雅而又古怪的性格。朱译本则更注
意译文用语的艺术加工以增加效果。例如,"他的脑筋里收藏着<u>取之不尽的古
怪的辞句</u>"和"从他<u>自负不凡的舌头</u>上吐出来的狂言"这两行"取之不尽的古怪
的"和"狂言"都属于译者的"艺增",而"自负不凡的舌头"一语也较梁译"放言
高论"更为形象生动。另外,对于"A man in <u>all the world's new fashion planted</u>"
一行的画线部分,朱译本的"全世界各地的奇腔异调"较之梁译的"全世界的时
髦服装"更能突出刻画这个"怪诞的西班牙人"的怪诞脾气。所以,这两小段的
译文给人的印象是:朱译本的特点是不惜通过中文加工手段,以浓墨重彩强调
人物性格;梁译本的特点则是尽量遵循原文,亦步亦趋,忠实而委婉地反映原文
面貌、表达原文内容,效果更为细致。

2.再举一个例子说明两种译本的语言特色。

第五幕第二场第 823—824 行,侍女凯瑟琳告诉求婚者要在一年之后才能
答应他的婚事:

Katharine   Not so, my lord. A twelvemonth and a day I'll mark no words that
<u>smooth-faced wooers</u> say.

喀撒琳   不,大人。在这 12 个月零几天当中,任何<u>春风满面的求婚者</u>的话
我都不听。

（梁译本）

凯瑟琳 不,我的大人。在这一年之内,无论哪一个<u>小白脸</u>来向我求婚,我都一概不理他们。

(朱译本)

对于"smooth-faced wooers",梁译"春风满面的求婚者"一语已经很好地传达出原文的意思,但朱译"小白脸"更传神,简洁生动地突出了一个"文艺复兴时代的女儿"的泼辣性格。

3. 朱译本为了渲染效果,爱在译文中发挥中文之长,进行增饰,用得巧妙,效果很好。但有时使用过分,也有冗赘之处。

第五幕第二场第866—867行,那瓦尔侍臣伯龙向意中人罗萨兰表态:

Berowne A twelvemonth? well ; befall what will befall, I'l jest a twelvemonth in an hospital.

伯龙 一年! 好,管它结果如何,我到医院里讲一年笑话再说。

(梁译本)

俾隆 十二个月! 好,不管命运怎样把人玩弄,我要把<u>一岁光阴,三寸妙舌</u>,在病榻之前葬送。

(朱译本)

在这里,朱译虽然文辞华美,但增饰过多,显得拖沓,不如梁译准确明快。

4. 朱、梁二位都善于运用汉语常用成语来译出原文中无法直译的习语。这使得他们的译文读来有亲切之感。现举出两个例子,并稍加评议。

第五幕第二场第784—785行,那瓦尔国王在临别前一分钟急急求婚,法国公主对他说:

Princess A time, methinks, too short

To make a <u>world-without-end</u> bargain in.

公主　我想在这短短的一段时间，无法完成一宗百年好合的交易。

（梁译本）

公主　我想这是一个太短促的时间，缔结这一注天长地久的买卖。

（朱译本）

两种译本各用一个为中国读者所喜闻乐见的成语来翻译 world-without-end，而朱译"天长地久"更好。但就全句而论，朱译语气稍嫌生硬，梁译更为流畅。

另一个例子：第五幕第二场第 870—872 行，伯龙对于他们一场求婚落空，发议论说：

Berowne　Our wooing doth not end like an old play；

Jack hath not Jill；these ladies' courtesy

Might well have made our sport a comedy.

伯龙　我们的求婚未能像旧戏那样结束；

才子没有配上佳人；姑娘们若是客气，

大可以使我们的节目成为一出喜剧。

（梁译本）

倬隆　我们的求婚结束得不像一本旧式的戏剧；有情人未成眷属，好好的喜剧缺少一幕团圆的场面。

（朱译本）

用来翻译"Jack hath not Jill"一句的两个汉语成语都很恰当。但梁译的全句意思更准确些。朱译"好好的喜剧缺少一幕团圆的场面"，用语绕了一个圈子，不够简练确切。

从这一类细节来看，两种译本的语言各有其长，各有其优势：朱译用语华美浓重，有时稍稍夸张，效果生动；梁译用语朴素蕴藉，不离原文，亦步亦趋，能达到妥帖细密的效果。

四

朱生豪以诗人译诗，自是好手。他那华美秾丽的语言常能表达出浓郁的诗意。且读他对于第四幕第三场第 24—40 行那瓦尔国王情诗的译文：

> 旭日不曾以如此温馨的蜜吻
>
>   给予蔷薇上晶莹的黎明清露，
>
> 有如你的慧眼以其灵辉耀映
>
>   那淋下在我颊上的深宵残雨；
>
> 皓月不曾以如此璀璨的光箭
>
>   穿过深海里透明澄澈的波心，
>
> 有如你的秀颜照射我的泪点
>
>   一滴滴荡漾着你冰雪的精神。
>
> 每一颗泪珠是一辆小小的车，
>
>   载着你在我的悲哀之中驱驰；
>
> 那洋溢在我睫下的朵朵水花
>
>   从忧愁里映现你胜利的荣姿；
>
> 请不要以我的泪作你的镜子，
>
>   你顾影自怜，我将要永远流泪。
>
> 啊，倾国倾城的仙女，你的颜容
>
>   使得我搜索枯肠也感觉词穷。

应该说：这是译诗中的上品——冰雪之文。

梁实秋的译诗别有风格：文辞朴素，不施铅华，但也自有它明快流丽的优点。且读前诗的梁译：

太阳没有这样亲热的吻过

　玫瑰花上的晶莹的朝露，

像你的眼睛那样的光芒四射，

　射到我颊上整夜流的泪珠；

月亮也没有一半那样亮的光

　照穿那透明的海面，

像你的脸之照耀我的泪水汪汪；

　你在我的每滴泪里映现：

每滴泪像一辆车，载着你游行，

　你在我的悲哀之中昂然而去。

你只消看看我的泪如泉涌，

　我的苦恼正可表示你的胜利。

但勿顾影自怜；你会要把我的泪珠

　当作镜子，让我永不停止的去哭。

啊，后中之后！你超越别人好多，

　无法揣想，亦非凡人所能言说。

限于篇幅，不能多引。倘能再比较一下第四幕第二场第99—118行那首有名的杜曼情诗("*On a day, alack the day!*")，以及全剧之末猫头鹰和杜鹃鸟所唱的《春之歌》和《冬之歌》的两种译文，当会得到类似的印象，即：朱译诗语言优美、富于诗情；梁译诗调子明快、琅琅可诵，有时由于紧扣原文，译得更细致一些。

现在，我要在这枯燥的译文比较之中插进一段小插曲。

事关另一首诗。见于第四幕第二场第56—61行(据 *Riverside Shakespeare*)。它是剧中一位塾师霍罗福尼斯的大作，内容写法国公主猎鹿。在朱译本里，塾师吟诗云：

公主一箭鹿身亡，

昔日矫健今负伤。

猎犬争吠鹿逃奔，

猎人寻鹿找上门。

猎人有路，鹿无路——

无路，无禄，哀哉，一命呜呼！

他的朋友纳森聂尔牧师听了，连声赞曰："真奇才也，可仰可仰！"

我也觉得"奇才可仰"。但因为太佩服了，就去查查原文。原来，这是剧中这位酸学究瞎编出来的歪诗（附录）。它的内容只是利用 sore（四岁鹿）和 sorel（三岁鹿）仅有"l"一个字母之差，而在那里颠来倒去换算；形式则是利用音义双关要贫嘴的"绕口令"；表面上又装出一副深奥莫测的假象。据 J. D. 威尔逊考证：这首滑稽模拟诗意在嘲讽当时一个爱做数字游戏打油诗的数学教师。这种酸腐的歪诗，类似我国旧小说《绿野仙踪》里那个冬烘塾师所做的"哥罐体"诗。像这样的缠夹不清的诗文，正像《堂吉诃德》里说的，即使让亚里士多德复活，也弄不清它们的"微言大义"。翻译家对它们头疼，也就可想而知了。

梁实秋先生宁肯自己吃苦，下硬功夫来对付这首歪诗，老老实实把能译出来的地方都译出来了——原来，这篇了不起的大作真正的意思是这样的：

狩猎的公主射杀一头受人喜爱的两岁鹿；

有人说是四岁鹿；现在射杀了未免太惨。

群狗大吠；惊起了五十只鹿，三岁鹿跳出了丛林深处，

也许是两岁、三岁或四岁鹿；大家齐声呐喊。

如果射中了，伤五十只只等于射中三岁鹿一头，

我可以把伤处变成一百，只消加上一个"l"就够。

不过如此——以艰深文其浅陋。

那么，朱译本里那首古色古香的"公主一箭鹿身亡"究竟算是谁的作品呢？

首先想到的自然是朱生豪,因为他在《无事生非》的译本里就曾替克劳狄奥为希罗写过大有《芙蓉女儿诔》味道的祭文和可以上追风骚的祭诗。但是,查一查 1954 年的《爱的徒劳》旧版,他的原译文里并没有这首诗的影子——这首诗不对他的胃口,删掉了。这才明白:现译本中这首滑稽俏皮的七言古风,原来是校订者吴兴华的作品。就诗论诗,这是一首别有风趣的好诗,可以置之"古逸诗"之列。无奈从翻译的角度来看,不但词句,就连内容,跟莎翁原作也只剩下那么一点点若有若无的联系了。这不禁叫人想起我国文学翻译界的一个掌故:《茶花女》歌剧的第二位译者陈绵曾经埋怨歌剧的第一位译者刘半农翻译的《茶花女》中的《饮酒歌》("这是个东方色彩的老晴天,嘿,大家一起饮酒吧!……"赵元任作曲),说是对照法文原文,"不知道他老先生的灵感是从哪里来的?"(见商务旧版《茶花女》陈绵译序)

现在又发生了一件译界趣闻:富有诗才的校订者,遇到一首歪诗,触发了诗兴,干脆抛开原文,大笔一挥,替莎士比亚另外写了一首诗。

我想笑,但我笑不起来,因为我马上想起了校订者吴兴华的命运。吴兴华先生也是我国著名的莎剧翻译家。从他的《亨利四世》译本可以看出他对古今中外的学识修养和磅礴的才气,他把剧中的市井俚语、流氓黑话、插科打诨都译得生动传神。从人文版莎氏全集来看,他做的校订工作也最多。十分可惜的是,这位重要的莎剧翻译家竟在"文化大革命"中含恨去世了!

<h1 style="text-align:center">五</h1>

"说不尽的莎士比亚",给翻译家留下了说不尽的难题。400 年间的一般语言隔阂不说,他还使用了大量当时的俗词俚语,融汇了大量当时的风俗人情。这些构成了后世理解和翻译他的障碍。同音异义的双关语(puns)遍布在每个莎剧之中。这是当时人的一种说笑习惯,曾经使伊丽莎白时代的舞台上妙趣风生,但今天要把这种英语用中文译出来可就太难了。另外,外国作家"临文不讳",作品中常有"不雅驯之言"。文艺复兴时期的作家写文章似乎又特别泼辣恣肆,像薄伽丘和拉伯雷都是以此出名的。莎士比亚也有此特点。莎剧中猥亵语甚多,国外还有专书研究这一问题。J. D. 威尔逊曾不无幽默地说:伊丽莎白

时代的人对于 Cuckoldry(老婆偷汉子)开起玩笑来从来不知道疲倦。莎剧中也反映了当时这种市井习气。——不过,《金瓶梅》和《红楼梦》里也有"王八"长、"王八"短一类的话。可见这也是个世界性的话题,不能单怪莎士比亚。说到这里,还得补充一句:莎剧中的猥亵语,总的社会效果类似《红楼梦》,并不像《金瓶梅》。

对于上述种种问题,我们所谈的两种译本采取了两种截然不同的办法。

宋清如回忆朱生豪的译莎工作时,写道:"原文中也偶有涉及诙谐类似插科打诨或不甚雅驯的语句,他就暂作简略处理,认为不甚影响原作宗旨。现在译文的缺漏纰缪,原因大致基于此。"(转引自《朱生豪传》第 129 页)

从朱译本看,确实如此:莎剧中许多双关语、猥亵语和其他难译之处,已被改写、回避或删去了。因此,朱译本在这些方面可以说是一个"洁本"。

梁译本反其道而行之。台版《莎士比亚丛书》例言中说:"原文多'双关语'以及各种典故,无法移译时则加注说明。"又说:"原文多猥亵语,悉照译,以存真。"因此,梁实秋不回避莎剧中的大量难题。对于"拦路虎"、"马蜂窝",他采取硬功夫对待,一一解决,只要是能译出来的,他都译出来,实在无法译的则给以注释,务必使读者能够看到莎士比亚的原貌。老作家这种存真、求全、负责的精神,是值得佩服的。

六

自从严复提到"狭斯丕尔",梁启超为这位爱文河畔的戏剧诗人起了一个标准的中文名字"莎士比亚"以来,我国对于莎士比亚的翻译介绍经历了漫长的道路。如果说,在中国莎剧翻译史上,朱生豪译本可算是第一座里程碑的话,那么,梁实秋译本就应该说是第二座里程碑。两位翻译家各有自己的追求,也都以毕生的努力实现了自己的目标。

朱生豪才气纵横,志在"神韵",善于以华美详赡的文笔描绘莎剧中的诗情画意。他的译本语言优美、诗意浓厚,吸引了广大读者喜爱、接近莎士比亚,自 40 年代末以来对于在中国普及推广莎剧做出很大贡献;但限于他当时的工作条件,今天拿原文去检查,也会发现他的译本尚有不少遗漏欠妥之处。

大陆读者对于朱生豪译本知之甚稔,而知道台湾另有一部莎士比亚全集译本还是最近几年的事。所以,为了学术上的公正,对于梁实秋先生的莎译贡献应该给以充分肯定。梁实秋身为散文家、批评家和渊博的学者,对莎集长期精研,经过36年的工作,在暮年独力完成莎氏全集40卷的译述事业,这种毅力是惊人的。梁译本不以文辞华美为尚,而以"存真"为宗旨,紧扣原作,不轻易改动原文,不回避种种困难,尽最大努力传达莎翁原意。他的译文忠实、细致、委婉、明晰,能更多地保存莎剧的本来面貌。总的来说,这是一部信实可靠的本子,语言也流利可诵。对于不懂英文而又渴望确切了解欣赏莎剧的读者,从这个译本里可以窥见莎翁原作的更多的真实面目。

梁译本由于上述优点,还具有另外一种作用,即:它能引导具有英文基础的读者去钻研莎士比亚原著,帮助他们去准确了解莎剧原文。这后一种作用不可低估。因为,我们未来的莎学研究和莎剧翻译的基础在于我们今天的青年学者攻读莎士比亚原文的能力。缺乏这个根本基础,今后对于莎剧的欣赏、评论、翻译、研究都将落空。专家早就指出:直接阅读莎氏原著并非易事。在目前国内莎学参考工具书极端缺乏的条件下,梁氏的莎译加上其中的简明扼要的注释,对于初入门的中国学生在攻读莎剧原文时能起到一种"拐棍"的作用,有助于对于原文的准确理解和欣赏——因为这部译著包罗了一位严肃不苟的莎学家一生中对于莎翁全集一字一句、一事一典的辛勤研究的成果,后学者对它细细揣摩,将会学到不少有用的东西。这是梁译本所具有的特殊学术价值。本来,梁氏译莎的苦心,就"旨在引起读者对原文的兴趣"。

末了,再回到文学翻译的话题上来吧。

我国目前文学翻译和莎剧翻译的发展概貌,使我对于"信达雅"的关系有了这样的理解:如果把文学翻译作品比作一棵树,那么,"信"是根干,"达"是枝叶花果,而"雅"是花果自然而生的悠远芳香。根深叶茂,花果繁盛,方能飘香千里,甚至垂诸久远。两部莎译全集,朱、梁各有千秋:朱译本以"达""雅"取胜,而"信"稍有不足;梁译本以"信""达"见长,而"雅"稍有不足。朱译本代表三四十年代中国莎译的结晶。梁译本虽然本身不尚繁华,但它基础深厚扎实,启示我们,中国莎译事业还应有一个更远大的前景,即:在更严谨的学术研究的基础上拿出中国的更高水平的莎士比亚全集的"以诗译诗"译本——"信、达、雅"三者更完美结合的莎译精品。这是我国莎学界、莎译界今后需要攀登的新的、光辉的峰顶。

（1990 年 12 月抄定，开封）

习 莎 之 路

我对于莎剧的爱好开始于高中时代。从英文课本里读了兰姆姐弟《莎士乐府本事》中《威尼斯商人》一篇,此后就忘不了鲍西娅向巴萨尼奥 sent speechless messages(眉目传情)和夏洛克向安东尼奥要 a pound of flesh(一磅肉)。当时,《裘力斯·恺撒》中勃鲁托斯和安东尼的两篇著名台词,同美国政治家帕特里克·亨利的《不自由毋宁死》一起,作为"模范演说",在同学们当中传诵,后来我才知道那两段富有鼓动性的演说其实是莎士比亚的创作。但读了为之大为入迷的第一部莎剧却是曹禺翻译的《柔蜜欧与幽丽叶》,它使我第一次像蜜蜂吸取花蜜似的享受到莎士比亚戏剧中的甜美芳香。那是我生平感受到的最大艺术享受之一。

上大学后,1947—1951 年,兴趣极浓地阅读了一大批原文英国文学作品和英文《圣经》。当时最大的赏心乐事是坐在嘉陵江畔的石栏上品读《金库诗选》、《彭斯歌谣》和 *Romeo and Juliet*。从此就萌发了攻读莎剧全集的志愿,曾借助于 *C. O. D*(《简明牛津字典》)和一些单行本的注释细读 *The Oxford Shakespeare*(《牛津版莎士比亚全集》),打算计日程功把它通读一遍。可惜生活动荡,未能如愿。值得一记的是:1949 年夏,由于参加爱国学生运动,上了黑名单,为躲开魔爪,匆忙离校时抓了一本 Innes 编注的 *Julius Caesar*(《裘力斯·恺撒》),到同学家避难。此时此际潜心研读这一莎剧,感受特别深刻,除了通过原文重温那两篇精彩的演说,还在心中铭记下勃鲁托斯的崇高形象。

大学时期还有两件事与莎剧学习有关。一是曾受教于朱生豪之弟朱文振。朱文振先生也是一位莎译家,受朱生豪遗命续译出其兄未及译出的几部历史剧。他的译稿采用中国传统戏曲的语言来译莎剧,有自己独特的风格。我曾目睹他在清苦的生活条件下日夜勤勤恳恳从事莎剧翻译，译稿一再修改，十分认真（可惜后来全毁于"文革"之中）。另一件事是曾在重庆解放前夕偶然在沙坪坝商务印书馆碰见孙大雨译的《黎琊王》。这部书两大册，上册用大字印译文，书前有长序《论素体诗》（记忆中印象如此），下册选译"新集注版"（New Variorum Edition）的详注。这在当时中国是仅有的一部体大思精的莎译精品，但因时局关系竟躺在书店的角落里无人过问。我独自把它摩挲翻阅良久，爱不忍释，但一看定价五元大洋，无力购置，只得怅然离开。

1949 年，中华人民共和国成立。1951 年结束学生生活，走上工作岗位，先从事戏剧活动，后到大学教英国文学。由于工作需要，重新拾起莎剧研习。从 50 年代到 60 年代上半叶，北京、上海尚存有不少外文旧书，零星购得一些较好的莎剧单行本，像 E. K. Chambers 编注的 *Hamlet*，K. Deighton 编注的 *Macbeth*，A. W. Verity 编注的 *The Merchant of Venice* 和 *As You Like It* 等，都是切实有用之书。还从开封冷摊买到 Dr. F. J. Furnivall 在世纪之交编订的 40 本一套全集。学校里也有各种全集的散本，如 *The Yale Shakespeare*，*The Penguin Shakespeare*，等等。此外，从同事那里借来诗人于康虞的遗物（他留学爱丁堡时所购并细读过的）——W. J. Craig 编订的 Arden 版 *HamLet*，这是我长期以来所遇到的最好版本，遂将其中的详注择要转抄到 Dr. Furnivall 的本子上。当时个人身处逆境，靠着这种蚂蚁啃骨头的精神，再次研读了一批莎剧。同时也研读了一些莎评名著，如 A. C. Bradley 的 *Shakespearean Tragedy*（《莎士比亚悲剧》），G. Gordon 的 *Shakespearian Comedy*（《莎士比亚喜剧》），J. Palmer 的 *Political Characters of Shakespeare*（《莎士比亚笔下的政治人物》）和 A. Thorndyke 的 *Shakespeare's Theatre*（《莎士比亚时代的剧院》）。此外阅读了苏联学者莫洛佐夫和阿尼克斯特关于莎士比亚的论著。在中国学者的著译中，主要阅读的是卞之琳的《论〈哈姆雷特〉》和他的《哈姆雷特》译本。特别喜爱的还有吴兴华的《亨利四世》译本，因为译者学识渊博、才气横溢，把剧中的市井俚语、流氓黑话、插科打诨，都译得非常生动传神（可惜这位杰出的莎译家已死于"文革"之中）。在这一时期的研习中非常希望找到孙大雨译的《黎琊王》，特别是解放前夕出版的那一种附有详注的版本，但未能如愿——这部名译在解放后好像一直没有出过，直到 1993 年才在上海问世。（我很幸运地在该年夏天拜访了孙大雨先生，他热情接待了我这个后学者,在我带去的他的两部莎剧译本扉页上签了名,并且让我看了他翻译莎剧的主要依据:New Variorum Edition 的八种莎剧和 Schmidt 的《莎氏用词全典》)

这样,在困难条件下经过数年对于莎剧的研习,于 1964 年编写出讲义《英国文学简史》中"莎士比亚"一章。它作为教材,虽系在前人研究成果的基础上,经个人集纳、组织、概括、改写而成,但其中凝聚了个人对莎翁的热爱以及将莎学知识以浅显易懂的方式介绍给中国学生的诚挚愿望。

"文革"十年,莎学中断。1978 年冬,中国高校恢复了英美文学课程。1981 年,我编的《英国文学简史》出版,在当时暂弥补了这门教材的空缺。此后本想将研习重点转向莎士比亚,但因过去长期政治运动的折腾,加上为编写、修改《英国文学简史》而取消休息、连年伏案工作,健康受损,倘猛然转入沉重的莎学,深恐力有不支。因此冷静考虑,从 1982 年起转向英国散文的翻译研究——这一课题同样为我喜爱但分量较为轻松。

在英国散文研究当中,曾翻译鲁卡斯(E. V. Lucas)的《葬礼》(A Funeral)一文。其中提到爱尔兰莎学家克莱喀(W. J. Craig)生前曾编纂一部新的莎士比亚字典,但他去世时只留下字迹难认的一部手稿,未能出版。对此我深感遗憾,希望这部字典手稿在英国能够妥善保存,或有一日出版,对所有莎剧学习者有用。

1986 年的中国莎剧艺术节是一件大事,它把推广莎学提到"提高我国民族文化素养"的高度(见上海《解放日报》1986 年 4 月 11 日社论),并把莎剧演出与中国观众的欣赏习惯结合起来,尝试采用中国传统戏曲形式改编演出了几个莎剧。当时我在上海,看了用昆曲演出的《麦克白》——《血手记》和越剧《第十二夜》,受到很大鼓舞,并感到一旦采取"百花齐放"的方针,将能促使中国的莎学研究、莎剧翻译、莎剧演出在普及基础上提高、向前发展。

莎剧艺术节点燃起我久藏心中的对于莎剧的热爱。从上海回开封后,接连写了三篇文章:《莎剧演出中国化述评》(《河南大学学报》1987 年第 5 期)代表我对莎剧艺术节的直接体会;《莎士比亚与曹雪芹》(《河南大学学报》1988 年第 2 期)对比了这两个伟大作家的生平身世和社会地位以及由此而引起的他们作品的曲折命运;《莎剧与改编》(《河南大学学报》1988 年第 5 期)则从莎士比亚如何通过改编进行戏剧创作并获得辉煌成功的经验,探讨一下改编对于一般戏剧(电影剧本、电视剧)创作的意义,以便我国剧作家汲取一些借鉴。

诗人徐迟曾说:攻读莎剧,必须有专门工具书和好版本。但是,由于种种原因,在中国内地的大学里简直找不到莎学基本工具书,也很少看到好的莎剧版本,只有一些廉价版单行本小册子和中译本。这对于学习研究莎剧非常不利,也是个人在摸索学习中所感到的最大问题。因此 1987 年当我在上海旧书店买到一本英国出的 *A Pocket Shakespeare Lexicon*(《袖珍莎氏词典》),真是喜出望外,这本小书印刷精美、插图珍贵,是我弄到手的第一本莎剧工具书,多日把玩,爱不忍释。然而,真正拿它用于攻读莎剧原文,又感到远远不够。此时忽然灵机一动,产生一种首先为自己、同时也为有志于攻读莎剧原文的中国学生编出一部英汉双解莎士比亚字典的想法。这一想法经过两年的考虑酝酿和资料准备,并征求了北京的李赋宁教授、冯亦代先生和三联书店沈昌文经理的意见,得到他们的鼓励和支持,终于形成一份计划书,大意是:

莎士比亚

"当前中国莎学实处于青黄不接之势:老一代专家早年学养丰厚,故硕果累累、驰名海外,但对于一般英语专业学生和青年学者来说,莎剧原著仍为一部封闭的'天书'。根本障碍在于莎士比亚用词的特殊性。盖莎士比亚生当四百年前,其所使用的语言为处于中古英语向近代英语过渡时期的'早期近代英语'(Early Modern English),词形和词义与当代英语差别甚大。同时,莎剧中还包含伊利莎白时代的大量俗词俚语。这些构成了我国学生阅读莎剧原文中的极大困难。近一百多年来国外虽出有莎士比亚词典,但或者篇幅庞大、查阅不便,或者内容简略、不够使用。因此,很有必要根据我国学生的实际情况,编出一部繁简适当的莎士比亚词典,以解决我国学生攻读莎剧原文中的语言困难。具体做法是对于莎氏全集原文从头至尾、逐字逐句进行扒剔筛选,挑出所有难解词语,根据国外可靠文献资料,一一注明释义,并列举莎剧原文例句,两者都译为中文;用此方法积累大量词汇卡片,按字母顺序分类排比,删去冗繁,利用电脑合成,编成一部简要浅显的词典,前有导言,后有附录。我国学生得此工具书之助,可以扫除攻读莎氏全集中的'拦路虎'。这对于在中国普及推广莎学当会有很大好处。"

实际上,国际莎学界也非常需要一部新的、繁简适当的莎士比亚词典。但那主要是英美或欧洲的学者如何考虑的事。为中国学生着想,目前迫切需要在国外学者长期研究的基础上,特别是在19—20世纪国外研究成果的基础上,编出一部英汉双解的莎士比亚词典。这对于培养年轻一代的中国莎学家和莎译家是至关重要的。

这部词典的编纂工作在1989年冬开始。八年来,在亲密助手的大力合作下,以拼搏精神日以继夜工作,已积累词汇卡片40000多张,并按照字母顺序排列,框架已经形成,前言和附录也已写出。词典可望于近期出版。我想用这部词典为祖国的文化繁荣做出自己的贡献,目的在于呼唤21世纪的中华莎学振兴。

词典工作之余,曾利用已做出的词语卡片进行莎剧教学,向研究生教了《第十二夜》和《麦克白》二剧。学生反映学习后不但从语言上弄懂了这两个剧本,而且在此学习基础上知道了如何进一步学习其他莎剧。

此外,还挤时间比较朱生豪和梁实秋的两部莎翁全集译本,写了论文《莎剧的两种中译本:从一出戏看全集》,先后发表于《河南大学学报》(1991年第2期)、《读书》(1991年第11期)和《中国翻译)(1992年第4期),受到学术界的重视。

这就是中国内地的一个学人如何在坎坷的人生道路上、在困难的工作条件下,一方面自己刻苦研习莎剧,同时也在尽力设法帮助学生们学习莎剧的平凡故事。

(1997年4月16日,开封)

为中国学生编一部莎士比亚词典

——《英汉双解莎士比亚大词典》自序

　　当我在大学外文系念书的时候，一旦粗通英文，就想读原文作品；而一旦尝到阅读英文原作的甜头（那和读译本的味道是大不相同的），又想进而攻读莎士比亚的原文剧本。本来，我在中学时代看过曹禺翻译的《柔蜜欧与幽丽叶》，一下子就被那优美的译文所吸引，觉得莎士比亚的戏剧很好懂，简直就是为年轻人写的。所以，也就产生一种错觉，以为读他的原作自然也是容易的。于是，抓来一本印得很漂亮的小本子 *Romeo and Juliet* 就念。可是，一念，才发现：莎士比亚的原文很不好懂——简直是"外国话里边的外国话"。难懂，并不在内容。许多莎剧，特别是喜剧，内容生动活泼，朝气勃勃，非常适合年轻人的脾胃，可以达到"一见如故"的程度。但是，莎剧原文语言里的"拦路虎"可就太多了，而且那些难字难句也不是一般字典、语法所能解决的。我当时又是一个穷学生，能找到的不过是一些廉价版的小册子，每本后边附有薄薄几页 Glossary。我把这些 Glossary 抄在自己的笔记本上，抱着一本 *C. O. D.*，很费力地半生不熟地啃了三四个戏，然后，只好带着依依不舍而又无可奈何的心情搁下了——实在太难了。

　　记得诗人徐迟过去曾在哪本书里说过：要读懂莎士比亚光靠白文本和普通字典是不行的，必须有好的版本和专门工具书。他说的是实情。

　　过了多年，我到大学教书，要准备有关莎士比亚的课，才算借到一部 Arden 版的厚厚一大本 *Hamlet*，又从北京和上海的旧书店买到几个剧本的较好单行本，靠着其中的详注，完成了备课任务。

　　这时候，我渐渐明白：莎士比亚和我们隔着差不多 4 个世纪，生活的时代相当于我国明朝的嘉靖、万历年间。他所使用的是一种"早期近代英语"（Early Modern English）。就英语发展史而言，当时近代英语的规模虽已大备，但词形、词义、用法尚未固定，还处于发展阶段，词汇中还包含不少中世纪英语的成分，甚至还残留着古英语的孑遗。此外，由于戏剧演出的特点，为了使得观众雅俗共赏，莎剧语言中还采用了大量的伊丽莎白时代的俗词俚语，其中融汇了许多当时特殊的风俗、人情、习尚、典章、制度、器物等等。这种情况，非常类似我国元曲的用语，其中既有从往古继承下来的文言古词，又有反映当时特殊风俗人情的"大白话"——这种文白杂糅的舞台用语，在当时的观众是一听就懂、心领神会的，过了几百年，语言随着生活大变，就构成后世阅读中的特殊困难。因此，我国学者乃有《元曲释词》一类的专书以解决这个问题。我们今天阅读莎士比亚原作时所感到的特殊语言困难，也是由于类似的原因。不同的只是，对于中国学生来说，莎剧语言之难乃是双重的：既是外国的，又是外国往古的。

现在，我在地方大学里工作了40年之后，发现自己在学生时代所感到困惑的这一个问题，基本上仍然没有解决。固然，由于改革开放，我们的图书馆、资料室增添了一些莎剧全集和单行本，但仍以白文本和简注本为多。带有详注的权威版本和重要的莎氏词典语法等工具书，限于外汇，学校没有购置，私人更不敢问津。即使我这个未出国留过学的英文教师，也只是偶尔碰见过一本 Abbott 的《莎氏语法》，但属于他人珍藏，只能翻一下目录，匆匆还给人家。直到10年前，才在上海旧书店买到一本英国出版的 *Pocket Shakespeare Lexicon*——这虽然还远不能解决读莎中的大量语词问题，对我来说已经是意外的惊喜！

在这种条件下，想进行真正的莎士比亚学习和研究，严格地说，是谈不到的。学生方面就更难了。我曾看到有的同学在写关于莎士比亚的论文时，依靠的只是一部中文译本和两小本英文莎剧故事，不能不感到立论的根据太单薄些。诚然，中译本和莎剧故事自是有用之书，不能抹煞，但是它们绝不可以代替莎士比亚原作。任何严肃的莎士比亚研究，必须以攻读莎士比亚原作为其根本的基础。但在缺乏必要的基本工具书的情况下，这个根本问题在我国并未解决。而且，从我自己当大学生到今天教大学生，这个问题已经悬而未决50年了！

因此，目前我国莎学研究实际上处于一个青黄不接的状况：一方面，老一辈的专家学者由于自己早年负笈海外，学有积累，撰文写书，成绩卓著；另一方面，对于广大青年学生来说，莎剧原文仍是一部"天书"，深入的莎学研究仍为一门带有一定神秘性的学问。莎剧原文的特殊语言困难构成了我国学生不能直接攻读莎士比亚的一大障碍，而这种障碍又构成了目前我国莎学研究既不能广泛普及又不能深入提高的根本原因。此语尚未经人道破，实际上这个问题是必须尽快予以解决的。

有鉴于此，倘能编出一部莎士比亚词典，对于莎氏全集中的难字一一予以注释，并举出莎剧原文作为例句，英汉双解，加以说明，则我国学生得此一书之助，当可扫除攻读莎氏原作中的"拦路虎"，能够直接看懂原文并进而理解、欣赏莎士比亚原作的渊博内容和无限妙趣。这样，也就能够在我国具有相当英语基础的学生和其他青年学者当中，为普及推广莎学研究提供一项基本条件。——这是编纂这部词典的根本宗旨。

近100多年来，国外陆续出有莎氏词典数种。但这些词典不但为国内一般学生难以见到，而且有的卷帙浩繁，不易查阅，有的又过于简略，不能解渴，不太适合我国一般学生的需要。因此，一部为中国学生所使用的莎士比亚词典，还必须由中国人自己动手来编。编时还不能照译外国的书，只能独立工作。我的工作方法是从自己攻读莎士比亚全集原文开始，根据我国学生的实际需要，对原作一字一句进行扒剔筛选，先确定词头，再据国外第一手资料确定词义的英文解释，例句广采莎剧原文片断，然后，将英文注释和莎剧引文译为中文，必要时再加上按语说明——用这种办法首先编制大量莎氏语词卡片；然后，参照国外有关典籍的编写经验，对于全部语词卡片进行分类排比，删繁就简，最后编成一部繁简适当、英汉双解的莎士比亚词典，前有导言，后有附录，并有名物插图若干幅。为体现中国特色，这部字典力求内容简明扼要，语言浅显易懂，以适合我国学生攻读莎剧原文的需要，达到方便实用的效果。自然，这不过只是一部入门工具书。但我们衷心希望它能成为一把钥匙，帮助如我当年一样想读莎士比亚原作而不得其门而入的今天的中国学生，能够打开莎剧原作的宝库，让他们进去窥见其中珍藏着的艺术瑰宝。

上述计划于1989年冬制订，1990年开始编写莎剧词语卡片。8年来，除了少数学术活动之外，我们的全部身心都扑在这项工作当中了，无所谓"双休周末"，也无所谓节庆假日，每天日夜工作，不管春季的桃红柳绿、夏天的阳光灿烂、秋日的天高气爽、冬令的银装素裹，一心一意，念兹在兹，唯以这部词典作为我们二人安身立命的庄严事业,克服一个又一个困难,以苦为乐;日就月将,铢积寸累,共写出莎剧词语卡片41200张;现在,经过一步步的编排合成,把它们紧紧地装进了24只方便面纸箱,连同前言、附录,即将付印成书。8年马拉松式的苦工,终于告一段落。我们可以抚摸一下被漫长的重负压得酸痛的肩背,歇一口气了。

整个词典的核心部分是每一词头英文释义,因为释义准确可靠乃是一部词典质量的根本保证。所以,我们把这一环节当作重点的重点。首先,我们尽可能搜求到19世纪末以来直到当前国外出版的莎学典籍和重要莎剧版本,作为确定词义的第一手资料(参考书目附后)。凡是国外资料中有一言可采者绝不漏过,同时,在缺乏可靠资料根据时也绝不望文生义、向壁虚造。此外,工作中也遇到过另一种情况:对于某些词语,国外学者的解释众说纷纭、莫衷一是。这时我们就得在比较研读不同资料的基础上做出自己的选择判断,寻求一种或两三种比较合理的解释。所谓"合理"不外乎从莎剧上下文或人物性格、戏剧情节看来比较通情达理,对于我国学生来说简明易懂,从而避免那些过于曲折烦琐、牵强附会的说法。因此,为了最后确定某一单词的英文释义,把卡片写了又涂、涂了又改;确定之后又发现更好的解释,则把卡片的正面画掉,在反面另写;甚至为此毁掉一两张、两三张卡片,也是时而发生的事。凡此努力,不外想使我国学生在初读莎剧原文时能获得一个比较准确的概念而已。

注释必须有例句作证,而词典中4万多张卡片上的莎剧例句又必须一一对照权威版本一个字母、一个字母,一个标点,一个标点,进行校对无误,才能作为定稿合成付排。仅此一项,我们付出的劳动也是难以计算的。

在对英文释义和莎剧例句原文进行翻译当中,我们广泛参考了国内(包括台湾)已有的多种莎剧中译本,书名和译者列于"主要参考书目",以表示感谢。倘没有半个多世纪以来许多莎译先行者的丰硕成果,如何用中文来阐释莎剧原文中成千上万词语的含义,将会是无限崎岖和步履维艰的。但在参考他们的译文时,我们并不是一一照搬,而是在他们移译的基础上,核对原文,进行再构思和改译——改译成为尽量接近原文的"直译"甚至"硬译",因为这部词典的编纂宗旨不在于展示翻译的样板,而在于使我国学生弄懂莎剧词语的准确含义。倘遇到不可改动的既信且达且雅的精彩译文,则将译者大名标出,以示不敢掠美。

回顾 8 年的工作历程，我们首先要感谢北京大学李赋宁教授、中山大学戴镏龄教授、著名作家兼翻译家萧乾先生和冯亦代先生，以及著名出版家、原北京三联书店总经理兼总编辑沈昌文先生，他们或则在一开始拟订词典计划时就给我们以热情的鼓励，或则在词典编纂中提出过指导的意见，或则在信息资料方面给予大力的帮助。凡有词典编纂经验的人都知道这是一项多么繁重、细致而又漫长的工程，但在这长期的"自愿的苦役"中，上述几位学者专家的无私支援乃是始终鼓舞我们前进的精神支柱！

李赋宁先生和戴镏龄先生所写的序言为这部词典增了光。两篇序言本身的学术价值，读者自会领悟；至于他们对词典的表扬，我们只能当作蔼然长者的鼓励。

美国密歇根州萨吉诺大学的莎学专家王裕珩教授远道惠赠莎剧的美国新版本多种，对词典的后期编写帮助不小，特此申谢。

近些年，由于商品大潮的冲击，学术书籍出版不易。承河南人民出版社领导理解此书的意义，将它列入"九五"出版规划的重点项目，远见卓识，令人钦佩。河南人民出版社译文处处长马怀松同志、副处长刘玉军同志和本书责任编辑朱崇平同志，从词典一开始计划编写，就给予热情而密切的关注，并为它的出版进行了不懈的努力。对这些同志，我们表示衷心感谢。

最后，我想以拙诗《编纂莎氏词典述怀》为此序作结：

老来何事习雕龙？只缘痴情耽莎翁。
敢以苦学追少壮，窃把勤耕比劳农；
一字未稳几片纸，三思始得半日功。
心血倘能平险阻，好与来者攀高峰。

附:关于《英汉双解莎士比亚大词典》的报道评论(三篇)

构建学术的史诗
——记著名翻译家刘炳善

24 个装满卡片的大纸箱占去了小屋的半壁江山,它们沉默着,一如它们深沉的主人。一瞬间,一种深深的敬意从我们心底升起。将这些泛黄的卡片连缀起来,会是一部轰动学界的大书,一部厚重的学术史诗,而这个史诗的创造者就是蜚声海内外的著名翻译家刘炳善教授。

刘炳善教授是我校外语学院博士生导师、莎士比亚与英国散文名家研究中心主任,中国莎士比亚研究会理事,国际莎士比亚协会会员。

对刘炳善教授来说,莎士比亚这个伟大的名字是他永远的兴奋点,也是他毕生心血所系。

莎翁一生为人类留下了不朽的作品。这些作品像一座座高峰耸立在英伦三岛的平原上,光芒所及,遍及世界。甚至在莎翁还活着的时候,他的作品已经以无与伦比的艺术性和思想性,征服了整个欧洲。时至今日,忧郁王子哈姆雷特、忠贞不渝的罗密欧与朱丽叶、作茧自缚的麦克白、悲惨的李尔王,这些莎翁创造的人物仍神采奕奕地"活"在我们中间。

400 年过去了,岁月流逝,能真正读懂"莎翁"的人越来越少了……

这不仅仅是因为莎翁用语言构建起了一座巨大的语言迷宫,同时,也因为英语语言本身也在不停地运动和演变中,这一切使得对这个"语言迷宫"的解读变得难上加难,而对莎士比亚的研究就显得更为重要。刘教授介绍说,早在 18 世纪初,英语中即已出现"莎士比亚学"这个专有名词,现在研究莎士比亚的人可能比研究任何其他作家的人都多,莎学已成为一门世界性的学问。

在我国,学习和研究莎学的人及莎译和有关论著业已蔚为大观。然而,在莎学大兴的表象下面埋藏着深深的隐忧,长期以来,国内学术界对莎学的研究主要是在中译本的基础上进行的,而翻译本身是"嚼饭哺人",这种先天不足的莎学研究导致国内的研究与国际水平相比有着一定的差距。加之一些出版社出于经济利益仓促上马,大量地翻译出版莎士比亚的作品,使得粗制滥造之作充斥市场,简直等同于"谋财害命"。为了从整体上提高我国对莎士比亚的翻译水平和研究水平,刘教授决心编撰一本从未有过的词典——《英汉双解莎士比亚大词典》,以期改变国内只能通过译本研究莎学的状况,那一年,刘教授63岁,在外国文学领域早已功成名就,完全可以躺在前半生的学术成就上衣食无忧地安享晚年。

然而,正如鲁迅笔下那个永不停步的过客,刘教授选择了一条几乎看不到尽头的道路。我完全没想到这个工程会如此庞大,会耗费这么长的时间,刘教授说。刚开始他只想编一本中等程度的词典,预计2—3年完成,但是,书越编越大,谁知道一写就写了11年。11年的光阴里,没有休息,没有娱乐,没有假期,我不知道中国现在还有多少人愿意用11年的时间去写一本书,就让我们这些外行抽取一个普通的标本,领略一下这个庞大的工程吧。

莎翁作品中一个简单的动词:bear,要把它所有的义项找出来,进行阐释,举例。如及物动词的bear,含有31个义项,那么对这31个义项要逐一释义、例证;不及物动词的bear,含有4个义项,也要逐一进行释义、例证;还有反身动词的bear,还有关于bear的12个动词短语……

莎士比亚一生留下了41部文学巨著,像bear这样的词又何止千万! 我不明白一个人怎么会有这么大的雄心和毅力去"熬"过这4000个漫长的日日夜夜。就这样一个词一个词地找,一个义项一个义项地啃,他积累的4万张资料卡片装满了整整24个纸箱。

"我不能不提提我的爱人,"刘教授说,"她是我唯一的助手。她负担了搜集资料、打字、校对的全部工作,没有她,我无法完成这部500多万字的大词典,这部词典是我们十多年的心血、汗水和生命的凝结!"

在这个世界上,有的人用名气写书,有的人用才气写书,有的人用生命写书,刘炳善就是用生命写书的人。

大词典即将付梓,国内外学术界的好评已潮水般涌来,这本书也引起了国内有关部门的高度重视,1998 年就已经列入了国家"九五"重点出版项目。11 年的辛苦劳作累垮了刘教授,毕竟,他已经是 74 岁的人。见面时,他刚打完点滴,这时,他又向我们展示了他新的工作计划——大词典的续编,如果整个工程完工,现在的大词典容量将会再增加一倍,达到 1000 万字! 说完,刘教授一笑,那一刻,他顽皮得像个孩子。

（一言　吴春刚）

皇皇巨著　功在千秋

十年辛苦不寻常

远客惊秋早,江天夜露新。

2002 年教师节前夕,一位 75 岁高龄的老教师带着自己 550 万字的大作《英汉双解莎士比亚大词典》(以下简称《大词典》),风尘仆仆,从开封赶赴北京。他就是河南大学外语学院博士研究生导师刘炳善教授。此次赴京是去参加《大词典》的首发式及座谈会。

会议由本报与河南人民出版社、河南大学三家联合主办,中国社会科学院外文所具体承办。

车窗外天高云淡,太阳金黄,玉米和花生都在成熟。刘教授心里无法平静,一是《大词典》"十年怀胎"如今终于"一朝分娩",有许多话要说;二是 20 多年来每次进京,他都能汲取生活的勇气和工作的干劲。"我一直把北京当作精神家园,"他说,"在路上,隐隐有那种'近乡情更怯'的激动。"

的确,这部巨著来历不凡。

1990 年,执教大学 40 年之久的刘炳善先生决定编写这部词典。年事已高,心力有限,近百年来国内和国际莎学界在词典编写方面尚无新著,难度可想而知,刘炳善为什么忽然想到这样一项浩大的工程呢? 他的心声是——为中国学生编一部莎士比亚词典!

"上中学时看曹禺译的《柔蜜欧与幽丽叶》,一下子就被那优美的文字吸引住了,以为原作也是那样。可拿过来原文一念,'傻脸'了,那简直是'外国话里边的外国话'。"刘先生说,"莎士比亚使用的是一种'早期近代英语',词形、词义、用法都还在发展阶段。为了使当时的观众雅俗共赏,他又采用了大量伊丽莎白时代的俗词俚语,其中融会了许多当时的风俗、人情、习尚、典章、制度、器物等等,非常类似于我国的元曲,而咱有《元曲释词》,却没有适合中国学生用的莎士比亚词典。"

徐迟说过,要读懂莎士比亚光靠白文本和普通字典是不行的,必须有好的版本和专门的工具书。1876年,一位德国学者编出了上下两大卷的莎士比亚词典,堪称莎翁语言的金矿,词典将莎氏所用单词尽数收集和注释,可谓雄心勃勃。无奈德国学者常常有恩格斯所说的"德国的沉重,沉重的哲学",字典卷帙浩繁,不易查阅;且距今已经120多年。20世纪初,又有一位爱尔兰学者想编一部新的莎翁词典,可惜未竟而逝世。由于老先生行文潦草,初稿后人认也难以认清。由于英国人编的莎士比亚词典又过于简略,不能解中国学生之渴,是故"有中国特色的、方便中国学生使用的"莎士比亚词典还必须由中国人自己动手编。而——注释莎氏全集中的难字、英汉双解原文例句并加以说明、让学生理解原文并欣赏原作的妙趣、为普及莎学提供基本条件成了刘先生编纂词典的根本宗旨。

刘先生把这项巨大的工程称为"自愿的苦役"。自1990年开始,8年编纂,4年校对,12年间夫妇二人真是全力以赴、惨淡经营。

"无所谓'双休周末',也无所谓节庆假日,每天日夜工作,不管春季的桃红柳绿、夏天的阳光灿烂、秋日的天高气爽、冬令的银装素裹,一心一意,念兹在兹,惟以这部词典作为我们二人安身立命的庄严事业……日就月将,铢积寸累,共写出莎剧词语卡片41200张;经过一步步编排合成,把它们紧紧地装进了24只方便面纸箱。马拉松式的苦工,终于告一段落。我们可以抚摸一下被漫长的重负压得酸痛的肩背,歇一口气了。"

在刘先生的专著《译事随笔》中,笔者发现了1997年8月,词典编写过程中他与方便面纸箱的合影,10只箱子已高出他两个头,至词典付印时的24只箱子,几乎等于他的 3 个身高。

在此,有必要补充一笔刘老师的病情。因为 1996 年赴美国参加第六届世界莎士比亚大会回来后检查身体,曾怀疑他患了癌症,到上海华东医院全面检查后,排除了癌症,但结果是:长期高血压、长年的鼻窦炎引起的呼吸不畅、中耳炎、右耳听力严重衰弱、喉炎、右眼基本失明、左眼亦有云翳、线状疱疹……

中原文化品自高

9 月 9 日上午 9 时许,《英汉双解莎士比亚大词典》首发式及座谈会正式开始,明亮肃穆的中国社会科学院第一学术报告厅涌动着人声和友情。董衡巽、裘克安、屠岸、李文俊、辜正坤、黄梅、郑土生……中国最权威的莎学专家和外国文学研究"泰斗"出现在发言席上。经本报获知信息后,《人民日报》及其海外版、《光明日报》、中央人民广播电台、《文艺报》、《中国新闻出版报》等十几家新闻单位到会采访,记者席上不乏新闻界的"大腕"。会前,著名翻译家屠岸先生挥动如椽大笔,为《词典》面世题了 8 个大字——皇皇巨著,功在千秋!

座谈会开始之初,本报负责人发言:我们同河南人民出版社、河南大学一起,将这部从科研到出版都具有代表性水平的作品推向全国,就是要请诸位大家和学者检阅。

莎学专家裘克安先生评价说:"这部书是中国人学习莎士比亚原著的不可缺少的优秀工具书。以后有人再编很难很难——找第二个人都不容易!"他说:"莎士比亚创作有几个特点,一是作品量大,有说 39 部戏剧,有说 38 部,刘炳善先生几乎全部收入;二是词汇量大;再一点是他创作时的语言环境好,是现代英语的一个转型期,大量吸收了拉丁文和土语,包容性强,双关语、三关语甚至四关语很多,莎士比亚作品是该时期英语的一个代表,一个单词,在他的同一种语言环境中就有三四种用法,要把它们通译出来,确实不容易。炳善翻译质量高,我翻了一天,仅仅发现一个字母的错误。词典的排印、装订、校对、插图都很好,学术价值很高。河南人民出版社有眼光,有精神,值得我们敬佩!"

"这部著作是中国莎学研究进程中里程碑式的成就。"著名翻译家屠岸先生激动地说，"这部大词典与中外大大小小的莎士比亚词典不同，这是专门为中国学生编的。当年徐志摩对他的学生说'你们看不懂原文，不配插嘴，就对个耳朵听行了'，有点奚落学生的味道。我很佩服徐志摩，但他这样说不太好。他如果像刘先生一样编出这样一部工具书，我们更要感谢他。所以，我要祝贺刘先生，他的工作功在千秋。"

谈及这部词典的文化意义，屠岸先生说："这不仅仅是刘炳善先生对莎士比亚研究作出的巨大贡献，更是代表了河南大学的学术品位，提高了河南省的学术地位。过去这类大型图书全是沿海地区、京沪出版，现在看来，河南没有落后，在文化建设方面，很可能会后来居上！"

北大博士、中国莎士比亚研究会副会长辜正坤先生把《英汉双解莎士比亚大词典》的出版称为"中国出版业的盛事、莎学界和整个学术界的福音"。他认为该书可以解决莎学阅读中的95％的问题；释义清晰全面，均注有出处，可以从例句寻原著，方便研究。

20多年前在《世界文学》上首发刘炳善先生译文的李文俊研究员则说及刘先生的夫人储国蕾女士，李先生评价道："她的作用是很大的，她辅助刘先生出这部书，完全可以成为中国文学史、中国文学研究史上的一段佳话！"为这次首发式及座谈会东奔西走、"上蹿下跳"而谦谨有加的郑土生研究员补充说："刘先生夫妇亲密合作，并肩战斗，建立起莎翁词典编著的第二座纪念碑，打开了读莎翁原文宝库的大门。"

著名美国文学研究大家董衡巽先生说，刘先生的这部书不是一般意义上的大词典。他同时建议，可以再补充一个附录，即"400年来对莎士比亚的评论"，收集各个时代、各个民族对于莎士比亚的不同理解，让词典更具有"百科全书"性质。

专家们的发言不时被掌声所打断。中国电视艺术委员会崔主任对笔者说：一部精品，由河南省三个重要的文化单位联手在北京开座谈会，联手推向全国，这本身就是一件很有创意也很有意义的举动。中央人民广播电台记者小张说：太有意思了！一上午这么快就过去了，我们上了一堂精彩的莎士比亚课。

何妨真情到天涯

其实,作为中国学者所编的第一部大型的莎士比亚(原文)词典,几年前,《大词典》杀青之际,其影响已经遍及国内,波及海外。

1996 年,中山大学戴镏龄教授将该书与德国英语大家施密特所编的"浩博全备、一百多年来巍然屹立于莎学界惟一的丰碑"《莎士比亚用语词典大全》相提并论:"炳善同志博采众长,涓滴不遗,和施密特是不谋而合。施密特难以专美于前,可以预卜,炳善同志的这部词典,必然功不唐捐,将推动莎剧在我国的进一步普及。"

1997 年,在河北大学召开的全国英国文学大会的闭幕式上,原来没有准备发言的刘炳善先生被请上了主席台,刘先生讲了编写词典的初衷和甘苦,全场掌声如潮。南京大学一位博士生拉着刘先生的手说:"刘老师,你是这次大会的'明星'!"

《英汉双解莎士比亚大词典》的责任编辑、河南人民出版社朱崇平同志说:"这部大书是两条人命换来的!"

"如果单单是为了名利,我们不必吃这种苦头。"刘先生说,"多少稿费也抵不上两个人十余年的拼命呀。"

如今,词典问世之际,刘炳善先生并没有就此停歇,他已经着手 400 万字的"续编"。

"刘先生,词典'续编'还有什么难处,还需要哪些支持,你说吧。"河南大学关校长仍是一如既往的学生身份。刘先生的回答是:"放心吧,只要有个有利于科研的环境,只要身体条件允许,我能干成!"

(宋立民,载于 2002 年 9 月 19 日《大河报》)

日本莎学会会刊《莎学新闻》(*Shakespeare News*)

所载川地美子所写书评(译文)

中国的英汉双解莎士比亚词典

日本杏林大学教授

川地美子

除日本研究社出版的《莎士比亚辞典》之外,去年,日本图书中心又出版了《莎士比亚大事典》。与此同时,在中国也出版了《英汉双解莎士比亚大词典》,它是由刘炳善编纂,河南人民出版社出版的。下面就这部莎士比亚大词典作一个介绍。

2002年9月9日中国的《大河报》文艺版上以"皇皇巨著,功在千秋"的大标题,对此词典作了报道。小标题为"十年辛苦不寻常"。这是对河南大学刘炳善教授历经十年艰辛,锲而不舍的丰功伟绩所给予的最好的赞扬。

刘教授是一位莎士比亚研究学者,他曾经从事过剧评与戏剧创作,自1957年至今,一直在河南大学外语系执教,现为博士生导师。去年河南大学举行了90周年校庆,刘教授的词典出版作为校庆的纪念项目之一而受到河南大学的支持与祝贺。

这本词典是专为中国的莎士比亚研究者及爱好者而编写的。目的是试图在中国推广对莎士比亚的研究。该书由1283页构成,有序文、莎士比亚传略、创作年代、作品内容提要;词典本文是按照英文字母顺序排列的莎剧词语语义注释及例句。最后是附录部分,附有:登场人物的发音表、希腊和罗马神话以及圣经和其他人名、地名的发音表、莎士比亚语言的特点与诗歌韵律的解说、英国王朝的宗谱、莎士比亚对中国的影响等等。

刘教授立志着手编纂该词典的起因有两个,一是基于他在学生时代深深地热爱着莎士比亚,并痛感自己与莎士比亚这位伟大的剧作家之间在语言上的距离。二是想摸索出一条道路:让中国学生不要单纯地依赖译本,而是让学生尽可能地读懂莎剧原文。同时,在"文革"刚结束后的中国,莎学的工具书和好版本还不是那么容易购得,来自海外的学术情报又难得到满足,在此种情况下他想出了一个最佳办法,即:为了使学生们能够更亲切了解莎士比亚,他立志为中国学生编写一部《莎士比亚大词典》。

教授在该词典中采取的编写方法是,针对 38 部剧本、2 部长诗以及《十四行诗集》的词语全部采取英、汉释义,标明原文例句和中文翻译;此外,根据情况再进行必要的补充说明。例如,形容词 fair 的第一项注释为:1. fine,good,美好的,好的。△As. 4. 1. 103(100):Leander,he would have lived many a fair year though Hero had turned nun."" 即使希罗当了尼姑,里安德大可以多活许多美好的年头。"此后加上来自 As. ,Rom. ,Mac. ,IH. IV. 的例句,共计 6 个,并对此逐个进行汉译。接着,用与此相同的方法,用英汉两种语言列出与"fair"有关联的其他 26 个定义,并引用了例句。进一步,还用英汉双语说明有关 fair 的多种成语和表达方式。

如此浩繁的编纂工作,所依靠的是几万张小小的卡片。教授以海内外的莎士比亚研究成果为基础,对每个词汇进行了考察。教授之所以敢在 21000—28000 词的莎士比亚语言的"multitudinous seas"中奋游苦泳,无疑完全是出自于一位研究者对 Bard(诗人)的责任感,并具有敢于树立莎学里程碑的气概所致。像此类工作,既不是谁都能来做的,也不是靠野心就能完成的。教授为公众的奉献精神才导致了他今天让我们看到的成功。

教授在词典的最后一页上这样写道:

"如今,在中国莎士比亚已广为人知,每年都有数十篇莎士比亚研究的论文发表。中国人已从旧的封建枷锁中解放出来,历时 10 年的'文革'浩劫使人觉醒了。人们从人文主义的角度去理解莎士比亚。这种对莎士比亚倾注的热情是与中国现代化的进程密切相关的。"

这段话告诉我们他对中国过去的历史回顾和对未来的展望。教授花费十年时间,带着信念,不间断地进行词典的编写工作,其目的,还不是为了让中国的学生们尽早地打开莎士比亚语言的宝库之门吗? 20 世纪初,夏目漱石在伦敦师事的克莱喀先生(W. J. Craig)所进行的编纂莎氏新词典的工作,终未完成而被世界莎学界引为憾事,他的手稿也不知何在,只能徘徊在 Schmidt's "Lexicon"

的影子里。而刘先生却成功地完成了自己的研究工作,为 21 世纪中国的莎学研究做出巨大的贡献。这部词典将会为莎士比亚的推广与普及起到不可估量的作用。并且,这部词典的诞生,也是莎学在亚洲的一个实实在在的产物。

2003 年 2 月 1 日

(据日本莎学会会刊《莎学新闻》(*Shakespeare News*)2003 年 3 月号原文译出)

《英汉双解莎士比亚大词典续编》自序

当这部《英汉双解莎士比亚大词典续编》即将付印之际，我作为编纂者，首先需要说明一下为什么要编这部《续编》以及《续编》包括哪些内容。

在 2002 年 7 月出版的《英汉双解莎士比亚大词典》的自序中，我曾说明该词典的词条涵盖面包括莎士比亚的早期喜剧和悲剧，中期喜剧及大部分历史剧的难词难句。因此，现在这部《续编》所注释的自然就是那部词典未来得及注释的后期喜剧（或称悲喜剧、传奇剧），希腊罗马题材剧，《十四行诗》和其他诗集，以及剩下的历史剧。两部词典合在一起，涵盖了莎翁原著全集。所以，《续编》并非前一部词典的简单补充，而是这项学术工程所不可缺少的另一半。两者的关系有点像是上、下卷，但又跟一般大词典的上、下卷不同，因为这部"下卷"的内容独立于它的"上卷"之外，并非像一般大词典下卷那样按照字母顺序接续着上卷。——这是需要特别说明的。

为什么会造成这种状况？容我解释一下。

莎士比亚全集包括 37 部剧本、4 部诗集。我们这部词典的编纂工作，酝酿于 1988—1989 年间，计划制订于 1989 年冬。1990 年开始动手编写词语卡片，那年我 63 岁，给自己规定的指标是每天写 30 张卡片，计日程功，打算五年完成。但是一工作起来，发现兹事体大，每一部莎剧都有自己的特殊内容、特殊用语、特殊难点，没有一部作品是可以轻而易举地注释的，都需要以硬功夫对待。因此，编这部《英汉双解莎士比亚大词典》是一场没完没了的"马拉松"，只有凭着热爱莎剧的一腔热情、一点痴念一直做下去，直到完成为止。这样日夜不停地工作，到了 1996 年夏天，由于身体劳累，稍事休息，到本地医院做一次体检，不料医生开出了癌病的诊断。当时脑子一片空白，蹦出来普希金的一句话："在我写完这首诗之前，不要让我——"于是赶快去上海检查，经过一个月的复查，结论是长期的炎症,这才松了一口气。癌病虽然排除,但给我提了一个醒:最好把已经做过的卡片整理出来出书,免得以后万一有什么闪失,大批卡片无法收拾,化为废纸——那将是不可挽回的损失。

于是,把没有编完的一个剧本编完,写前言,加附录,连同卡片全部合成。1997年暑假统计,八年间共做词语卡片41200张,装入24只方便面纸箱,又经过四年的排版、校对、印装。这就是2002年7月出版的《英汉双解莎士比亚大词典》。

《续编》是从1998年到2008年十年的工作结果,其内容略如上述,此外在"附录"中增加了《莎士比亚的版本源流述略》和《莎士比亚评论辑要》两份资料。

《英汉双解莎士比亚大词典》及其《续编》所涵盖的内容各有不同,既可互补,又可各自单独使用,其间并无轩轾之分。说到这里,想起一件小事。1996年4月到美国参加第六届世界莎学大会,曾出席一位老教授家里举行的莎翁诞辰432周年晚会。老教授名叫Dr. Robert Spanable,一生从事莎剧教学、表演和导演工作。老教授在会上朗诵了《理查二世》一段台词和一首《十四行诗》。然后,大家随意漫谈,气氛友好热烈。结束时,老教授手捧一部对折本、摊开莎翁那幅著名的版画像,和我一同合影留念。我顺便问他一句:"Has Shakespeare any minor works?"(莎士比亚可有什么次要作品?)他斩钉截铁地回答:"Shakespeare has no minor works. His works are all major and major!"(莎士比亚没有次要作品。他的作品全都是重要而又重要!)原来我编莎士比亚词典编得太累,心想万一有一两部次要作品,可以稍微省点力气,看来办不到。莎士比亚的作品不像"金陵十二钗",有正副之分,全都属于"正册"或曰"正经"(canon)。我只能把莎士比亚作品的注释一部接一部地编,编完为止。现在总算编完了。

有关这部词典的宗旨和体例,已见原来的自序和体例说明,此处不赘。关于这部词典如何使用,我想对初学者说一点个人想法,以供参考——

这部词典虽然出版为两卷大书,其实它的实质乃是一部莎学入门书。因此,我把书的英文名字定为"A Shakespeare Dictionary for Chinese Students",即"为中国学生编的莎士比亚词典"。这就是说,它是为中国有志于攻读莎士比亚原著的学生编的,在编纂方法上,从中国学生的实际情况出发,不避浅显,不避低俗,追求的是实用性,力求帮助我国学生读懂、理解、欣赏莎士比亚原文。

另一方面,也需要提醒初学者,攻读莎翁原著,不同于阅读一般英文读物,必须要下一番功夫。正如梁实秋教授所说:"我们读莎士比亚的作品,是当作古典(即经典作品——引者注)读的。"是需要"字斟句酌来读的",由于莎翁语言的特殊性,在一行台词中有时包含不止一个"拦路虎",不能像读畅销小说那样一目十行、顺流而下,必须把难懂的词语逐字、逐句一一查清准确含义,才能看懂。这是阅读莎剧原文不可回避的功夫。

另外,莎剧中有些诗行或句子,即使查出了每个单词的释义,对于整个的内容仍会有似懂非懂、"雾中看花"之感。这是因为莎翁的语言属于"早期近代英语",用法简古,非同当代英语。对于这一类难句,从18世纪以来,英国、德国、美国的莎学专家陆续给予串讲(paraphrasing),本词典对此尽量择优采取,以利初学。读者参考专家串讲,细心揣摩,当不难索解。(凡采用专家串讲之处,谨列出其名,以示不敢掠美。)

莎翁生活在一个思想、文化、习俗、语言大变化的时代,他的职业是伦敦的主流剧团的编剧。这为发挥他的才能提供一个绝好的突破口。他天才横溢,文不加点,既创造出一大批戏剧艺术的瑰宝,也留下一些费人疑猜的谜团。加上剧本传抄、出版中的讹误,使得他的文本中存在一部分"难题"(cruxes)。三四百年来,历代学者从历史背景、语言发展、文字书写至印刷技术等等方面钩沉索隐,对于大多数"难题"都能给出一定的"说法",尽管还留下极少数"难题"仍有待解决,但无碍大局。这才使得我们今天能够靠着几代前人学者的研究成果,理解欣赏莎翁的微言大义。正如许国璋教授所说:"对于一个面对莎士比亚原作的现代读者来说,莎士比亚的英语是视而能解、朗读能背的英语,尽可放大胆读去,得其神韵,不必多虑。"

我在《英汉双解莎士比亚词典》的自序中,对于在词典编纂过程中给予我们帮助的中外师友表示了衷心谢意,他们的深情厚谊是常记在心的。他们当中的李赋宁教授和戴镏龄教授,萧乾先生和冯亦代先生,不幸在世纪之交先后辞世,我将另外著文表示怀念。

在《续编》的编纂工作中,美籍华人莎学家王裕珩教授一如既往地邮购和惠赠莎学书籍;西雅图的旅美工程师李文洁小姐也远道购寄重要典籍;这些都大大帮助了《续编》的卡片编写和最后合成。特别需要感谢的是今年5月去世的德高望重的著名学者和思想家王元化先生,他在2003年8月为我们的词典所写的题词用在书前,既作为宝贵的纪念,也更是对于我们的鞭策和激励。

刘炳善

2008 年 12 月 28 日,草于读莎楼

《亨利五世》译本小引

　　《亨利五世》(写于 1599 年)是《亨利四世》的续篇。《亨利四世》描写哈利王子和福斯塔夫等人在一起厮混胡闹、偶尔上战场打仗立功的故事,《亨利五世》则是描写哈利登基成为英国国王亨利五世以后的事迹。史料依据贺林希德和霍尔的两部史籍,但莎士比亚根据戏剧创作的需要,对史实进行了匠心的剪裁、合并和演绎,使得剧情紧凑动人。

　　戏一开始,坎特伯雷大主教和伊里主教谈论着亨利如何从一个荒唐王子一下子奇迹般地变为一个励精图治、整军经武的国王。亨利这时(1415 年)为了争夺法国的王位继承权,正在准备对法国发动一场战争。全剧通过这场战争(史称"阿金库尔战役")来描写亨利五世这个人物。

　　亨利五世是伊丽莎白时代英国人心目中的民族英雄。当时,英国在 1588 年战胜西班牙的"无敌舰队",取得了海上霸权,这一胜利激发了英国人的爱国热情,使他们对于本民族的历史发生强烈兴趣,所以历史剧就应运而生、繁荣发展。亨利五世在上一个世纪的阿金库尔一战,指挥以农民弓箭手为步兵主力的英军,以少胜多,打败了装备精良、人数五倍于英军的法国贵族骑士大军。对于伊丽莎白时代的伦敦市民来说,亨利是象征着民族凝聚力的近代历史人物,他也是莎士比亚心目中的一位"理想君主"。

《亨利五世》书影

　　如果说《亨利四世》是通过各种戏剧艺术手段描绘出以哈利和福斯塔夫为中心的一幅五光十色的、封建社会的全景式图画,那么《亨利五世》在表现形式上则与之有很大不同。正如外国学者指出:《亨利五世》在艺术形式上像是史诗。在全剧中,亨利五世自始至终是作者以浓墨重彩所描绘、以满腔激情所歌颂的英雄人物。莎士比亚把主要场景都用来描绘亨利五世最突出的事迹，并且通过大段独白和对话来显示他的内心世界和性格特点，而对于不便于在舞台上表现的事件过程，则在每幕前让剧情解说人来叙述交代。

这个戏的中心情节是阿金库尔战役，但要把这一场大战正面搬到舞台上来表演自然是不可能的事。莎士比亚非常巧妙地通过一些侧面插曲，描写亨利如何在战前准备阶段首先果断地剪除叛逆、巩固后方，而对于法国使臣带来的侮辱性的口信，并不一触即跳，只是镇静自若地给以有力的反击，一个精明干练的年轻国王的形象就自然表现出来了。随着战争形势的发展，亨利作为军事统帅的形象也逐渐展开。第四幕是全剧高潮，写得特别精彩：亨利化装为小兵，微服巡营私访，与普通士兵平等交谈、辩论，甚至与一个士兵由争吵而打赌决斗；后来回到大帐，又对身边的将领进行激励人心的鼓动讲话。这些场面写得充满爱国热情和民族自豪感，非常富有感染力，属于莎士比亚的神来之笔。

《亨利四世》下篇结尾曾许诺，要让福斯塔夫在《亨利五世》中重新出现，但实际上他并未在这个戏中出面。然而福斯塔夫虽未在《亨利五世》中出面，他的几个亲密同伙皮斯托、巴豆夫、尼姆和他的侍童、他的崇拜者快嫂都在这个戏里扮演了喜剧角色；快嫂还有几段精彩的道白，叙述了福斯塔夫被亨利五世贬斥后落魄而死的下场，为这个老骑士放荡的一生画上了句号。

为了弥补福斯塔夫所留下的空缺，莎士比亚在这个戏里写出了弗鲁爱林这个人物。弗鲁爱林是随亨利五世出征法国的一个威尔士上尉，他说着一口土腔土调、不讲语法的英语；打仗的时候他处处搬用古代兵法，言必称罗马、恺撒、庞贝、安东尼，总是埋怨"今不如昔"，"本本主义"十分严重；他性情戆直，脾气倔，爱抬杠，特别是碰到有人对威尔士民族稍微流露不敬之意，他就火冒三丈；但同时他又作战勇猛，对国忠贞不贰。这么一个性格独特的人物，在与各种人物的接触中不断发生争论、冲突，给这出戏增加不少喜剧气氛。

《亨利八世》译本小引

　　《亨利八世》是莎士比亚写于晚期(约在 1612 年)的一部英国历史剧,史料依据贺林希德的《英格兰、苏格兰和爱尔兰编年史》和福克斯的《殉道者之书》。关于这个剧本的著作权,1623 年出版的对开本莎剧全集把它完全当作莎士比亚自己的作品,但 19 世纪后半叶以来,外国学者通过"诗体检验",多数认为它是莎士比亚和同时代剧作家弗莱彻合作的剧本。

　　亨利八世是一个有争议的历史人物。信奉新教的英国历史学家,由于英国宗教改革在他的统治时期取得了突破性的进展而对他大加肯定,但倾向民主、激进的作家学者(如狄更斯)则对于他那冷酷无情的婚姻生活和专横暴虐、反复无常的统治作风十分憎恶,褒贬之间差别很大。莎士比亚写作此剧时,刚刚经历过亨利八世的女儿伊丽莎白女王统治的鼎盛时期,出于对都铎王朝的好感,没有去接触亨利八世统治中的阴暗面,而是抱着赞颂都铎王朝的观点来写这个剧本。在这个戏里,亨利八世被描写为一开始受权臣左右、偏听谗言、误杀直臣,但随着年龄和经验的增长,终于锻炼为一个成熟的君主,而且,在他死后还把他自己的智慧和美德遗传给了他的女儿伊丽莎白女王,以此奠定了英国繁荣富强的基础。

《亨利八世》书影

　　莎士比亚的其他历史剧在形式上都是情节紧凑、结构完整的,但《亨利八世》的故事情节比较分散,使用了一种"插曲式的结构",就是说,只写了亨利统治时期的一组事件插曲,而这些事件之间只有一种松散的联系。大致说,戏的前三幕以亨利八世的亲信大臣乌尔西红衣主教的浮沉为中心,写他如何得到亨利的恩宠、肆意横行、陷害他人,后来又因失宠而垮台,同时也写了另一个大臣白金汉公爵因受乌尔西诬陷而被处死,以及凯瑟琳王后因无子及亨利另有新欢(安·波琳)而被离弃。后两幕则主要写了凯瑟琳王后之死和安·波琳的得宠和加冕为王后,同时也写了在乌尔西垮台之后,另一大臣克兰默大主教在朝臣们的倾轧中得到亨利八世的保护和宠信。全剧最后描写亨利与安·波琳所生的伊丽莎白公主的盛大洗礼,克兰默作为教父,预言这个小公主成为女王之后将要为英国作出的光辉贡献。

这个戏的主要艺术成就在于提供了亨利八世宫廷中一批性格突出的人物的画廊,如专横霸道的红衣主教乌尔西,被遗弃后仍保持人格尊严、王后风度的凯瑟琳,性格耿直、被诬遭难的白金汉公爵,在宫廷权力斗争中随风转舵的一些大臣,以及君临在所有这些人之上、"天威莫测"的亨利八世。同时,宫廷朝臣之间尔虞我诈的权势之争,官场上波谲云诡的风云变幻以至于英国国王为建立自己的独立主权而与罗马天主教廷之间的矛盾,以及在宗教改革中新旧教派之间的激烈斗争,都在剧中得到了反映。另外,虽然全剧由于"插曲式的结构"而缺乏中心高潮,但在悲剧人物白金汉公爵和凯瑟琳王后二人临终之前,都有动人心魄的大段激情道白,甚至连野心勃勃的红衣主教乌尔西在一败涂地之后,也冷静下来进行了关于人生哲理的反思。这些场面都属于作者着意刻画之处。

《亨利八世》于 1613 年 6 月 26 日在伦敦环球剧场上演时,演到第一幕第四场,因放炮引起火灾,使剧场化为灰烬。这一事故标志着莎士比亚本人戏剧生涯的结束。

生前的异端　死后的圣者
——谈萧伯纳的历史名剧《圣女贞德》

萧伯纳的历史剧《圣女贞德》，描写的是同名法国民族英雄的生平事迹。

贞德（即冉·达克，1412—1431）是法国的一个农村牧羊姑娘，生活在英法百年战争（1337—1453）期间。当时，法国半壁河山被英国军队侵占，濒临亡国的危险。贞德，为强烈的爱国热情所激励，自称奉上天之命拯救法国。1429 年，她冲破重重障碍，面见法国太子，被委以军队指挥之权。战斗中她身先士卒，鼓舞斗志，一战而解奥尔良之围，军心大振。在她率领之下，短短数月，连克重镇，大挫英国侵略军的锐气，挽救了法国危亡的局势。接着，贞德扶持法国太子在里姆斯大教堂加冕登基，是为法国国王查理七世，巩固了法国的国家主权。在胜利的形势下，本可一举攻克被英军占领的巴黎，但在此关键时刻，法国封建统治者嫉贤妒能，对贞德排斥阻挠。1430 年，她在支援康边时作战失利，为内奸所俘，由英军以重金买去，交给宗教裁判所，诬以犯有"异端、巫术、妖法之罪"，将她烧死在卢昂广场。

贞德虽死，但在她的爱国精神鼓舞之下，法国军队终将英国打败，百年战争以法国的胜利而结束。1456 年，法国为贞德恢复名誉。而罗马天主教会在贞德被焚死的近四百年之后，于 1920 年才追认她为"圣女"。

近三百年来，贞德的事迹曾被许多欧美作家采用为创作题材。例如，莎士比亚的历史剧《亨利六世》第一部，伏尔泰的长诗《贞女》，席勒的剧本《奥尔良少女》都以贞德为女主人公。但在这些早期作品中，限于历史条件，贞德的形象往往被作者的主观意图任意渲染甚至歪曲，距离史实较远。到了 1841 年，关于贞德受审讯和被恢复名誉的档案原件由学者译成现代法文公布，在欧美文学界再一次掀起描写贞德的热潮，最著名的作品有马克·吐温的长篇小说《贞德》和法朗士的《贞德传》。到了 20 世纪,又有萧伯纳的剧本《圣女贞德》。

一

萧伯纳的《圣女贞德》写于 1923 年。这时,萧伯纳年近 70,已经写过许许多多名闻世界的剧作。有的评论者认为他业已到了创作事业的尽头。他的一个朋友读了一部贞德传,觉得根据这些资料大可编成戏剧,就把这部传记拿给萧伯纳。但萧伯纳并未重视。萧伯纳夫人(夏洛特·萧)却留下一个心眼。她在家中凡是萧伯纳常去的房间里都放一本关于贞德的书。这样,在一段时间之内,萧伯纳就自自然然看起了关于贞德的材料。一天,他终于构思成熟,把剧本写了出来——这就是历史剧《圣女贞德》。

萧伯纳

《圣女贞德》于 1923 年 12 月在纽约首次演出,受到了热烈欢迎,连演 78 场;此后在美国还有 3 次演出热潮。在伦敦的首次演出是在 1924 年 3 月,得到更大成功,连演 244 场;此后至少出现 7 次演出热潮。接着,在柏林、维也纳、巴黎上演,也都获得成功。在《圣女贞德》的大成功影响下,萧伯纳荣获 1925 年的诺贝尔文学奖。从此,这个戏就成了欧美舞台上时常出现的历史名剧,并且拍成电影。直到今年(1998 年),法国和美国还各在拍摄一部关于贞德的新电影。

二

萧伯纳以满腔同情描写这位在法国遭受侵略之际崛起于乡野之间,献身于救国事业的巾帼英雄。作者认为,贞德在短短的一生(她没有活到 20 岁)中,维护法国的民族主权不受他人侵犯,坚信自己与上帝的直接灵交(她是虔诚的教徒),而不依赖教廷,这代表了民族主义和新教思想;而在中世纪时代,这两种思潮与封建制度和天主教会的统治是水火不容的;因此,当时的封建统治者和宗教裁判所要勾结起来,把她当作"异端"处死。

贞德是劳动人民的女儿。她是一个不识字的农村姑娘,父亲是有些田产的农民。她从小在野外放牧羊群并从事家务劳动。萧伯纳的剧本写出了她那劳动人民的纯朴性格和优良品质。如果不是出生在那样一个时代环境,她这种优良品性大概也就只能表现在家庭生活、田野劳动、友伴往来等等日常琐事之中了。然而,处在那种国难严重的关头,为残酷的战争环境所逼迫,这个平凡的农村姑娘身上竟迸发出那么巨大的智慧、勇敢、魄力、才能,真像是一道灿烂夺目的光芒,照亮了欧洲中世纪的黑暗天空。

英国的进步历史学家莫尔顿说:"她(贞德——引者注)的作用是一种触发力量,把迄今潜伏的能力解放出来,使以前只是贵族之事的对英战争取得了群众性和全国性。"(见《人民的英国史》)

这位法国人民的女儿,以自己的呼号和奋斗触发了潜伏在人民当中的伟大力量,在不到一年的时间,打败了侵略者,使法兰西转危为安。然而,在辉煌的胜利中,由于内奸破坏,统治者的阴谋,外国侵略者的收买,天主教会的迫害,这位为祖国建立不朽功勋的民族英雄竟被诬陷而死。——萧伯纳写的正是这一桩历史悲剧。据评论者说,这是萧伯纳所写的唯一的一部悲剧。

但是,谁都知道,萧伯纳是一个伟大的喜剧家,他所写的悲剧也有他的独特风格,他把悲剧和喜剧结合起来写,甚至有人说,《圣女贞德》"在实际上是一部仅仅包括一场悲剧的喜剧"。萧伯纳自己则根本不提这是悲剧或是喜剧,只是大而化之地把他这部作品称为"六场历史剧,附尾声"。

据历史记载,贞德的救国事业,一开始虽然并非一帆风顺,但经过她的不懈努力,总的来说还是从一个胜利走向另一个胜利。在萧伯纳剧本的第一场(贞德争取城堡司令的支持)、第二场(贞德面见太子、得到委任)和第三场(解奥尔良之围)里,对于贞德这一阶段的活动,用高度概括的手法进行了完全喜剧化的描绘。从第四场开始,通过英军统帅和教会当局的密谋,表明贞德悲剧命运的必然性。到第五场,法国国王加冕后,宫廷显贵们对于贞德毫不掩饰地加以排斥,贞德陷入孤立,悲剧的调子加深了。第六场,贞德牺牲,把悲剧推向高潮。然而,即使在这后三场里,喜剧性的对话和场面也是时时出现的。如在第

贞德

六场的审讯场面里,当宗教法官向其他审判官说了一句"请大家不要因为这个牧羊丫头出言不逊而动了肝火"。——这,在那些掌握着犯人生死大权的老爷们来说,不过是冲口而出的一句话,根本不算一回事。可是它却引起了女犯的抗议:

> 贞德　不对,我不是什么牧羊丫头,我不过像别人一样照看过羊群罢了。太太们的家务活我也拿得起来。不管是纺呀,织呀,我都敢跟全卢昂随便哪位太太比试比试。

"敢将十指夸针巧,不把双眉斗画长。"在这阴森的宗教法庭上,贞德突然为自己针线活的手艺而表示自豪。这是在一个大悲剧之中的喜剧性小插曲。它一下子揭示出这位遭难的女英雄内心深处潜藏着的一个纯朴天真的农家少女的天性。在这里,我们似乎看到萧伯纳那雪白的大胡子里隐藏着疼爱的微笑,表示着年迈的剧作者对于受难的少女的同情和怜惜。

三

贞德的故事发生在距今五百多年前的法国,但是经过萧伯纳的大手笔,仍然吸引着我们的心。在剧本的对话里,机智的议论、巧妙的隽语时时出现。幽默与讽刺本是作者的拿手好戏。"他把大人先生圣贤豪杰都剥掉了衣装,赤裸裸地搬上舞台。"(瞿秋白语)在这个戏里,那卑琐而狡狯,"望之不似人君"的法国国王查理七世,那勾结外敌、陷害无辜而又道貌岸然的法国主教古雄,还有英国绅士的两个典型——那老谋深算、阴狠毒辣的军人政客瓦雷克公爵和顽固的大国沙文主义者、虐待狂司托干巴牧师,这些统治阶级的人物都被撕破假面,活生生地展现在舞台上,与贞德那种纯洁、健康、明朗的性格形成鲜明的对照,作者的爱憎一目了然。

萧伯纳爱使用他那种似是而非或似非而是的反话(paradoxes),有时候简直会把人弄糊涂。譬如,在这个戏里,他有时候似乎想说:对贞德的审讯还是比较公正的,她之被处火刑也不算特别残酷。这种说法引起不少人反驳。他的传记作者、老朋友厄尔文就引证了研究贞德的学者的结论来反驳他。不过,我想,以萧伯纳的卓识,不会看不出贞德是冤枉受害者,否则,他何必写这个戏?其实,萧翁之意无非是说:中世纪的宗教裁判所对待贞德,并不比后世资产阶级统治者对待政治异己更不公正;而宗教法庭将贞德处以火刑,也不比后世资产阶级法庭在处死政治犯的方式上更为残酷。——换句话说,封建统治者和后世统治者在迫害异端方面都是一丘之貉。萧伯纳由于憎恨资产阶级上流人士,说出了一句愤世嫉俗之言。如此而已。

四

萧伯纳在这部历史悲剧里大量使用着他所擅长的喜剧手法,包括着古今杂糅的夸张写法。譬如说,作者在《前言》中就明白承认,剧中的历史人物,除了对于贞德的描写有文献可征之外,对于其他人物他并不比莎士比亚对于麦克白之类了解得更多,因此只好根据剧情以意为之了。这么一来,剧中对于封建统治阶级的有些描绘,恐怕在不知不觉中也就糅进了作者对于近代欧洲政治舞台上(包括大英帝国)种种人物的观察,他们在实际上成了一些相当“现代化”了的历史人物。

但是,古今杂糅的最突出的例子还是剧中的“尾声”。这场“尾声”曾经引起很大争议。反对者理由有二:一、认为它在内容上多余,第六场闭幕时,贞德已被处死,瓦雷克公爵一说完台词:“她的最后结局吗?——哼,难说!”全剧就该结束。二、在“尾声”中,作者让一个20世纪20年代的头戴高顶礼帽、身穿大礼服的天主教牧师上场,来到一群15世纪的历史人物中间,宣布为贞德平反,追认她为“圣女”。这从舞台艺术形式上显得不伦不类,与全剧的悲剧气氛不调和。因此,“尾声”应该删掉。

但是,萧伯纳在剧本《前言》里明确表示:尾声必须保留,理由是:贞德遇害,并非她在世上历史的结束,而是她在世上历史的开始;他在剧本里不仅要写出惨遭火焚的贞德,还要写出被追认为圣女的贞德。这就是说,作者除了在前六场描写贞德活在世上短短19年的生平经历,还要在“尾声”里把她从被当作“异端”烧死直到她被恢复名誉以至被追认为“圣女”的500年间的“身后哀荣”也回顾一番。不仅此也,老剧作家似乎还站在世界的高峰,俯瞰人类的历史,看看和贞德类似的人物的命运。然后,他总结出一条教训:在人类历史上,圣洁的好人,就像贞德一样,常常在生前被当作异端受迫害,死后才被追认为圣者;而且,一方面,人们庄严地追认着老的"圣者",另一方面,当代的新的"圣者"仍然还是常常被当作异端受迫害。这么观察之后,萧伯纳下结论道:贞德虽然被追认为圣女,但是她如果复活,还是要被烧死的!

这话是不是说得太悲观了? 可以讨论。不过,"历史上新的正确的东西,在开始的时候常常得不到多数人承认,只能在斗争中曲折地发展。正确的东西,好的东西,人们一开始常常不承认它们是香花,反而把它们看作毒草"(毛泽东)。无论中外,这一类的冤假错案都层出不穷。即使在我们的人民共和国成立以后,由于极"左"路线的误导,也曾在频繁的政治运动中发生许多好人遭难的悲剧。那么,我们就不能说萧伯纳在"尾声"中向人类敲一下警钟,让我们接受一些历史教训,是完全多余的了。

因此,如果我们仔细看一看在此剧第五场里昏聩腐朽的封建统治者如何嫉贤妒能、排斥"功高震主"的贞德,看一看在第四场里英国侵略军头子和法国的内奸如何互相勾结、密室策划,谋害贞德,再看一看第六场里宗教裁判法庭如何采用"神圣"的词句和借口,制造一场血腥的冤案,简直像是"风波亭冤狱"的外国版,我们是不会感到陌生的。

至于说到悲剧与喜剧的关系问题,我们在前边已经说过:萧伯纳写悲剧有他自己的特点——他的《圣女贞德》也许可以算作悲剧的变体。另外像"尾声"这样的形式,在文学史上虽不多见,却是萧伯纳自己爱使用的对于人物、事件进行夸张描写的一种独特手法。当他用这种手法概括当代现实生活时,他称之为"政治狂想剧"(Political Extravaganza),像剧本《苹果车》《日内瓦》都属此类。现在,他在《圣女贞德》的"尾声"里也使用这种手法对历史进行古今杂糅、高度夸张的概括,那么,也许可以把它叫做"历史狂想剧"吧。其实,细想起来,这种写法,在中国现代文学史上也有,那就是鲁迅的《故事新编》。可见,古今杂糅的手法也是"无独有偶",可以聊备一格。

因此,我想,我们还是应该尊重作者的意见,对这个"尾声"不能随便砍掉。它并非什么多余,而是萧翁"曲终奏雅"、一个奇峰突起的神来之笔。

五

  《圣女贞德》的剧情中还涉及"幻声"和"幻象"问题。贞德自称她听到了天上的圣女凯萨琳、马格利特和天使迈克尔的声音,以上帝的名义号召她去拯救法兰西。这究竟是怎么回事呢?据萧伯纳说明,这是贞德考虑问题的一种特殊方式。她所号称天上圣女告诉她要做的事,譬如说,要女扮男装从军,要解奥尔良之围,并在奥尔良解围之后赶快在里姆斯为法国国王加冕,这些本来都是当时当地最正确不过的事情,也是她自己深思熟虑之后必须采用的步骤,只是由于当时宗教的影响,这些正确的策略披上了一层宗教的神秘外衣。在中外古代历史上,人民利用宗教形式进行反侵略反压迫的斗争,事例很多。即使贞德真的听到过那些声音,那也不过是在 500 年前的法国,一个笃信宗教、头脑里充满了种种神话幻想的农村少女,在爱国热情的激励之下,面对着复杂的战争环境,而产生的种种幻觉罢了。——在科学发达的今天,这种现象完全可以从心理学常识中得到解释。

  这个剧本,由笔者在 1976—1978 年间译出。现乘整理译稿之机,对于与此剧有关的几个重要问题,简单谈一谈个人的如上看法。

(1998 年 5 月于开封)

维吉尼亚·吴尔夫的散文艺术

20 世纪初期,英国有一批以兰姆、赫兹利特和亨特为师的随笔作者。他们是 19 世纪随笔传统的追随者,虽然也流行一时,但毕竟格局有限。但是女作家维吉尼亚·吴尔夫在小说写作之余所写的以两本《普通读者》为代表的文学漫评,既继承了传统英国随笔的优点,又以女性的细腻蕴藉巧妙地糅合英国民族所固有的幽默风趣,把文章写得行云流水、舒卷自如、清新活泼、自成一家。因此,我认为,维吉尼亚·吴尔夫应该算是 20 世纪很有代表性的一位英国随笔散文作家。

在下面,就以《普通读者》为主,谈谈吴尔夫在散文艺术方面的成就。

一

维吉尼亚·吴尔夫(Virginia Woolf)1882 年生于伦敦的一个书香之家。她的父亲莱斯利·斯蒂芬(Leslie Stephen,1832—1904)是英国 19 世纪后半期"维多利亚时代"的一位著名的评论家和传记家,曾主编《国家名人传记大辞典》。维吉尼亚姊妹兄弟四人。他们长到应该上学的年龄,她父亲囿于重男轻女的俗见,只把她的两个兄弟送到公立学校读书,然后进入剑桥大学深造,而维吉尼亚和她姐姐范尼萨(Vanessa)只能留在家里由父母教读。——对于这一件事,维吉尼亚一辈子心里怨恨,由此滋长出她的强烈的女权主义思想。不过,她的家庭条件优裕,从父母那里接受了关于

维吉尼亚·吴尔夫

拉丁文、法文、历史、数学等等基本常识之后,她就在父亲的藏书宏富的书房里

自由自在地广泛读书,为她一生的文学事业奠定了学识基础。此外,她的父亲和当代许多名流学者、作家都有来往,她小时候耳濡目染,眼界也自不同一般。维吉尼亚天分很高,但身体不好,且有精神病的底子。1895 年,她母亲去世,她的精神病第一次发作。1904 年,她父亲去世,她的精神病再次发作,沉浸在痛苦中且曾企图自杀。此后,她家迁居于伦敦的布卢姆斯伯里区(Bloomsbury District,在大英博物馆附近)。约从 1906 年起,她的兄弟在剑桥结识的朋友们不断到他们家聚会讨论文艺、学术问题,形成一个文学中心。这些人后来被称为"布卢姆斯伯里集团"(Bloomsbury Group),其中包括一批著名的文学家、艺术家、传记家和其他方面的学者,维吉尼亚和范尼萨也和他们结为好友。在他们当中有一个剑桥毕业的青年学者伦纳德·吴尔夫(Leonard Woolf),在 1912 年和维吉尼亚结了婚。伦纳德并非显赫人物,用维吉尼亚的话说,他是一个"身无分文的犹太人"。但他性格善良忠诚,对妻子非常体贴,看出她的文学天才,尽一切力量鼓励支持她的创作活动,为维吉尼亚的文学事业做了大量的"后勤工作"。婚后,她的精神病又大发作一次,且又企图自杀。在她病愈之后,伦纳德买了一架印刷机,为了让妻子调剂精神、稳定情绪,二人学习排字、印刷技术,尝试着印了两本小书,印出后销路尚好,还赚了一点儿钱。于是,吴尔夫夫妇于 1917 年开办起一个荷加斯出版社(Hogarth Press)。在此以前,维吉尼亚从 1904 年起就开始写作投稿,1915 年还出版过一部小说《出航》(*The Voyage Out*)。现在,有了自己的出版社,此后她写的书便都由荷加斯出版社出版,不必求人,还出了一些新进作者的作品,如 T. S. 艾略特的诗、K. 曼斯菲尔德和 E. M. 福斯特的小说,等等。维吉尼亚·吴尔夫的主要文学成就在于小说——她是"意识流"文学的开创者之一,这方面的小说代表作有《雅各的房间》(*Jacob's Room*,1921)、《黛洛维夫人》(*Mrs. Dalloway*,1925)、《到灯塔去》(*To the Lighthouse*,1927)、《海浪》(*The Waves*,1931)等书。在小说创作之余,她还写了大量的文学评论,收入《普通读者》(*The Common Reader*,1925)和《普通读者二集》(*The Second Common Reader*,1932)等书之中。此外,她还写有传记和女权问题论著(《自己的房间》,*A Room of One's Own*,1929)。

　　维吉尼亚·吴尔夫的作品不断出版,声誉日隆,文学地位上升。这时,剑桥等大学提出给她荣誉讲座和学位,但她为了表示对于英国大学中歧视妇女的陋习的抵制,统统谢绝了。

第二次世界大战爆发,希特勒法西斯的侵略势力威胁到英伦三岛的安全。1940年,吴尔夫夫妇在伦敦的住宅被德国飞机炸毁。在这个时期,他们夫妇曾商量过万一英国战败,二人即相携授命,不愿在法西斯统治下受辱。1941年,维吉尼亚在乡间的住所写完了她的最后一部小说《幕间》(*Between the Acts*),又一次陷入了精神病的痛苦之中。深恐一旦精神完全错乱,拖累丈夫,一天早晨她独自出走,将自己勤奋写作的一生结束在一条河流之中。

维吉尼亚·吴尔夫于著作等身之际投水自沉,举世悼惜。在她死后,她的忠实的老伴伦纳德一直勤勤恳恳整理出版她的遗著,除了小说,还将她未结集的评论散文作品分为五集出版,它们是:《一只蛾虫之死》(*The Death of a Moth*,1942),《闹鬼的房子》(*A Haunted House*,1943),《瞬间》(*The Moment*,1947),《上尉临终的眠床》(*The Captain's Death Bed*,1950),《花岗石和彩虹》(*Granite and Rainbow*,1958)。另外,还编辑出版了她的一部分书信和日记。现在,维吉尼亚·吴尔夫的日记五卷已在英国由他人编辑出版。她的最详细的传记则是由范尼萨的儿子昆丁·贝尔(Quentin Bell)写的。

二

如前所述,维吉尼亚·吴尔夫是"意识流"文学在英国的代表作者之一。"意识流"文学产生于20世纪初,盛行于20年代。19世纪的小说艺术从描绘社会生活的宏伟画卷发展到深入刻画人物的内心世界,"意识流"文学便应运而生。它的产生也与当时欧美的哲学与心理学发展有关。美国哲学家威廉·詹姆士曾对"意识流"一词如此说明:"意识本身不像是斩碎的片断……不是拼接起来的。相反,它流动不已……我们尽可称它为思想之流、意识之流,或主观生活之流。"(《心理学原理》,1890年)①从小说创作的角度,维吉尼亚·吴尔夫对于人的意识活动曾有一段著名的描述:

"向深处看去,生活绝不是'这个样子'。细察一个平常人的头脑在平

----

① 转引自侯维瑞《现代英国小说史》,上海外语教育出版社,1985,第240页。

常日子里一瞬间的状况吧。在那一瞬间,头脑接受着数不清的印象——有的琐细,有的离奇,有的飘逸,有的则像利刃刻下似的那样明晰。它们像是由成千上万颗微粒所构成的不断的骤雨,从四面八方袭来;落下时,它们便形成为礼拜一或者礼拜二那天的生活,着重点与往日不同,紧要的关键在此而不在彼。因此,如果作家是一个自由人而不是一个奴隶,如果他能够以自己的亲身感受而不是以传统章法作为自己作品的基础,那么,就不必非有什么情节、喜剧性、悲剧性、爱情事件以及符合公认格式的灾难性结局不可,而一粒扣子也不必非要照邦德大街①上裁缝所习惯的方式钉在衣服上不可。生活并不是一连串对称排列的马车灯;生活是一圈光轮,一只半透明的外壳,我们的意识自始至终被它包围着。对于这种多变的、陌生的、难以界说的内在精神,无论它表现得多么脱离常规、错综复杂,总要尽可能不夹杂任何外来异物,将它表现出来——这岂不正是一位小说家的任务吗?"(《现代小说》,1919 年)

为了表现出人物内心世界里的灵活多变的意识活动,作家就需要找到一种相应的描写手法。法国作家莫洛亚这样阐明维吉尼亚·吴尔夫在这方面的文学探索活动:

"她无疑想要发现一种新的技巧,好让小说家有可能非常真实地把内在着的现实描绘出来;而且,她还要表明这种现实只能是一种内心的存在。成熟时期的维吉尼亚·吴尔夫既不像萨特那样判断,也不像劳伦斯那样说教。她所关心的只是为读者提供一种更清晰、更新颖的生活视域,以开阔他的眼界,使他能够从表面事件之下发现出那些难以觉察到的思想感情活动。"②

这样探索的结果,使她在自己的创作中抛开了传统的、自然主义的描写方法。她对于各种写法进行多方面的试验,最后采用了那种将散文和诗糅合在一

---

① 伦敦街名。
② 引自《二十世纪世界文学百科全书》第三卷。

起的、飘逸飞动、委婉多姿的散文诗笔法,它最适于捕捉、描绘人物的浮想联翩、千变万化的精神状态——这就是我们在维吉尼亚·吴尔夫小说里常见的意识流手法。她使用这种笔法写了一批小说,不注重情节,而着重于细致的心理描写,写出人物内心世界的活动。

三

除了小说以外,维吉尼亚·吴尔夫还是一位卓越的散文家。从 1905 年她为伦敦《泰晤士报文学增刊》写了第一篇书评开始,她一生中写过大量的文学评论和各种随笔文章。她曾在日记中提到自己写这些文章时的想法:

> "我应该在自己个性所近的题目上写一写,减少浮饰之词,收入种种琐事轶闻。我想,这样子自己会更轻松自如一些。"(《一个作家的日记》)

换句话说,这些文章是作者呕心沥血从事小说创作之余的"副业产品"。但这样说丝毫不能减低它们本身的价值。因为,这里是一位具有高度文化修养和丰富创作经验的作家在勤奋创作的间歇,以随笔的形式、轻松的笔调,无拘无束地漫谈自己对历代作家、作品的印象,以精致的文笔写出她对于文学、人生、历史的细腻的感受,而读者的获益不只是一个方面的。

维吉尼亚·吴尔夫的主要评论文章收进了她在生前亲自编订的名为《普通读者》的两本文集里。这两本书在开头引用着 18 世纪英国作家约翰生博士的一段话,说明书名的来源和含意:"能与普通读者的意见不谋而合,在我是高兴的事;因为,在决定诗歌荣誉的权利时,尽管高雅的敏感和学术的教条也起着作用,但一般来说应该根据那未受文学偏见污损的普通读者的常识。"(《格雷传》)吴尔夫谈到她这部书,也说它是"一本并非专门性的评论著作,只是从一个作家的角度,而非从一个学者或批评家的角度,来谈一谈自己偶然读

《书和画像》书影

到的某些人物传记和作品。作为一个小说家，我自然常常会对某一本书发生兴趣，但我也常常为了自娱而随意读一读、写一写，并不想建立什么理论体系"。

现在，让我们通过《普通读者》初集、续集这两本书，来看看维吉尼亚·吴尔夫的评论散文有哪些特色吧！

首先，从内容上说，给我们留下深刻印象的是作者的广泛兴趣和渊博学识。正如关于她的一部评传作者所指出的："从《帕斯顿信札》①和乔叟一直谈到现代文学，《普通读者》一下子就使我们面对着吴尔夫文学兴趣的可惊的范围。从她父亲的藏书室里所培养起来的根深蒂固的读书习惯从来也没有离开过她——她是一个真正的读书种子，总是不停地、广泛地阅读。希腊作家，法国作家，俄国作家，英国作家，美国作家；小说，戏剧，诗歌；回忆录，传记，书信，还有历史——她统统贪心地阅读，提到拉德纳和纽卡塞公爵夫人就像她写到乔治·爱略特和索福克勒斯一样得心应手。"

我在这里只需要补充两点：一、这个单子自然是不完全的。二、吴尔夫阅读古希腊作家、古罗马作家和法国作家都是通过原文。——从这里可以看出吴尔夫在青少年时期的"创作的准备"的底子是何等丰厚和坚实。

在《普通读者》中有些文章正面阐述作者的文学观点，例如《现代小说》和《对当代文学的印象》等。其中《现代小说》一篇是她的意识流小说创作宣言，是许多英国文学选集中必选的名篇。这篇文章为意识流文学呐喊开路，把老作家本内特、威尔斯和高尔斯华绥的现实主义——自然主义的创作方法狠狠奚落了一通。有人就据此断定吴尔夫要骂倒一切古人，认为天下除了现代派、意识流就再也没有好作品好文章了。其实，这是误解，并非吴尔夫的原意。《现代小说》诚然是吴尔夫的创作宣言，而且也带有鲜明的论战笔调，但作者如此写仅仅是为意识流这一新的文学手法争取合法存在的权利，在这一点上她是当仁不让、毫不含糊的。但是，纵观吴尔夫的全部评论文字，她并不是要以意识流作品独霸文坛，更不是要拿意识流这个框框来套古往今来一切作品，否定古典文学的整个成就。这种狭隘观点也和作者浩博的学识修养毫无共同之处。前引评传作者对这一点有很好的说明：

---

① 《帕斯顿信札》是英国贵族帕斯顿家族所保存下来的一大批 15 世纪的信件，具有重要的历史价值。《普通读者》中有《帕斯顿家族与乔叟》一文，以这些信件提供的情况为背景来谈谈乔叟。

"尽管她确实在为现代派的合法存在而慷慨陈词,她为现代主义的技巧所提出的声辩却不是在抹杀前人的基础上进行的——她不过说,就其本身而论,它乃是另一种可靠的尝试,正像奥斯丁一样,都是为了反映出一种首尾连贯的人生图景。因此,现代主义并不是对传统的摒弃,只是对传统的扩展。说到最后,要紧的在于那种图景是否令人信服——作家对它的描绘是否成功。在这点上,吴尔夫注视着英国、欧洲和美国的整个文学领域,不受任何一种理论的强制约束。普鲁斯特,屠格涅夫,康拉德,笛福,奥斯丁,勃朗特姊妹,斯特恩——全被一种敏锐的感应囊括而去,而这种敏感又是灵活异常,无论这些小说家们之间如何各有不同,对他们每个人的独特成就都能加以欣赏。"

　　稍稍浏览一下两集《普通读者》中丰富多彩的篇目和内容,我们就会相信这段话所言非虚。吴尔夫虽是意识流的代表作家,但作为一个"普通读者",作为一个经验丰富的小说家,她完全能够充分估价那些现实主义的或其他流派的大师们的文学贡献。"洞察力的真实性"(这是吴尔夫爱用的一个字眼儿)是不受流派、风格和手法的限制的。用吴尔夫的话说:"如果我们是作家,那么,只要能够表达出我们所希望表达的东西,任何方法都是对的,一切方法都是对的。"说到文学欣赏就更应该如此了。

《普通读者》书影

　　《普通读者》向我们介绍了英国一批著名作家和一些我们还不怎么熟悉的作家的生平、作品、写作生涯、遗闻轶事等等,我们读来饶有兴味,有助于我们对这些作家的进一步了解。对这些文章细细读去,还发现作者在研读、评论过去的作家和作品时往往想为自己正在试验的意识流手法寻找借鉴和营养——最明显的例子就是斯特恩。然而,不仅仅是斯特恩,也不仅仅是小说。吴尔夫那"上下求索"的眼光还注意到了种种散文杂著,例如自传、回忆录、日记、信札、随笔等等,因为这些体裁的作品常常揭示出人的日常生活中和内心世界中的细致微妙、变化多端的活动。斯特恩用他那前无古人的奇怪文体描摹个人情感的波动变幻;斯威夫特在达官贵妇面前倨傲异常、令人望而生畏,而在写给一个贫寒姑娘的私信中又是喁喁情话(他和那两个年轻姑娘之间的带着悲剧色彩的"罗曼史"也实在太奇怪了!);还有那天才早熟、因病抽上大烟、一辈子生活在云里雾里的德·昆西在自传里又回忆些什么离奇古怪的经历。——这一切为意识流小说家吴尔夫所关心,不是很自然的事吗?

还有一个大问题是吴尔夫顶关心的——那就是妇女问题。吴尔夫是一个女权主义者。她一辈子关心妇女,特别是知识妇女,尤其是女作家的命运、地位。在两集《普通读者》中,数一数,谈论妇女和女作家的文章就有二十篇! 提起了奥斯丁、勃朗特姊妹、乔治·爱略特、勃朗宁夫人、克里斯蒂娜·罗赛蒂这些人,吴尔夫的话就多了;甚至就连我们不怎么知道的纽卡塞公爵夫人、多萝西·奥斯本和范尼·伯尔内等等,她谈起来也"历历如数家珍",说得头头是道。而写到那些由于社会条件所限未展其才、"赍志以殁"的女作家、女才子,像那位英国女权主义先驱者玛利·沃尔斯顿克拉夫特,吴尔夫的笔尖儿上更是饱蘸着感情,"一唱再三叹,慷慨有余哀"。且看她怎样写这位坚持高尚理想的女性之死:

> "她在分娩中死去了。这么一位女人,她生存的意志是那样强烈,在她极为痛苦之时,她仍然高叫:'我一想起自己就要死去——就要失去自己的生命——简直无法忍受。不,在我看来,我竟然不再生存——这简直是不可能的事。'但她终于在三十六岁去世了。然而,她还是向命运进行了报复。在她入土之后的一百三十年来,千千万万死去的人都被忘记了;可是,当我们读着她的信札,听着她的辩论,再想一想她所进行过的种种试验,特别是那次最有成效的试验,亦即她和葛德文的结合,认清了她是怎样以大刀阔斧、热血沸腾的方式在人生要害处开辟着自己的道路,我们就可以看出,她毫无疑问地已经得到了永生——她现在仍然生气勃勃地活动着,争辩着,尝试着,我们仍然听得见她的呼声,甚至在活着的人们当中还能找到她的踪迹。"(《玛利·沃尔斯顿·克拉夫特》)

至于艾米莉·勃朗特就更是不凡了。《〈简·爱〉与〈呼啸山庄〉》一文里说:"她(艾米莉——引者注)放眼身外,但见世界四分五裂、陷入了极大混乱,自觉有一种力量能在一部书里将它团在一起。"这篇末尾还说:"她能把生命从其所依托的事实中解脱出来;寥寥几笔,就点出一副面貌的精魂,而身体倒成了多余之物;一提起荒原,飒飒风声、轰轰霹雳便自笔底而生。"好嘛,艾米莉创作《呼啸山庄》,简直成了"女娲补天"那样鬼斧神工的惊天动地大事业!

四

前面曾提到过吴尔夫的意识流小说的语言特点。相比之下,她的评论文章的语言比她的小说更为平易、流畅、好懂。这因为作者写这些文章时不像写小说那样惨淡经营、刻意求工,反倒更富有自然之趣。而且,她在评论往昔作家作品时并不固守某一理论的樊篱,没有教条气,不带成见,只是无拘无束地谈出自己对某一作家、某一作品的这样那样的印象。所以,有人说她的评论文章是"印象主义"的散文。读着这样的文章,我们好像是在听一位有高度文化修养的女作家向我们谈天——许多有关文学、人生、历史、妇女的大问题、大事情,她都举重若轻地向我们谈出来了;话又说得那样机智而风趣,还带着英国人的幽默、女性的蕴藉细致,让人感到是一种艺术的享受。

作为小说家,吴尔夫还有一种看家的本领,那就是"形象思维"。拿她的话说:"无论你写一篇评论或是写一封情书,最要紧的是在你眼前要有一个关于你的写作题目的非常生动的印象。"她写评论就是使用这种形象化手法。当她写到某一个作家,她总是把有关这个作家的传记材料连同自己读作品获得的印象融化在一起,为这位作家渲染、烘托出一副生动的形象,读者看这种评论文章好像是看着用印象派笔意所描绘的作家生平连续画。无怪乎有人说吴尔夫"使文学批评采取了小说的形式"。譬如说,《"我是克里斯蒂娜·罗塞蒂"》一文在评论这位个性独特的女诗人时,是这样进入对于她的形象描绘的:

> "我们可以这样一直看下去、听下去。封存在魔箱中的往昔时代是无限的奇异、稀罕、有趣儿。但是,当我们正在犹豫着下一步再去探索这个奇妙领域的哪一个角落的时候,主要角色出来干涉了。这就好像我们正在观

赏一条金鱼,它不知不觉地在水草间进进出出,绕着小石头一圈儿又一圈儿地盘旋,突然一冲,把玻璃缸撞碎了。事情出在一次茶会上。克里斯蒂娜凑巧参加了德布斯太太举办的一次茶会。不知道究竟发生了什么事——大概是有人按照茶会上聊天儿的方式,随随便便、轻轻浮浮地扯起了诗歌。不管怎么着——

"突然,一位身穿黑衣服的娇小女人从椅子上站起来,一步一步走到房子中间,神色庄严地向全场宣告:'我是克里斯蒂娜·罗塞蒂!'说完,她又回到自己的座位上。

"玻璃缸就是被这一句话打破的。对啦,她好像是说,我是一个诗人。你们号称要祝贺我的百年诞辰,可比起德布斯太太茶会上那些无聊客人来,也好不到哪里去。你们尽在那里瞎扯一些琐碎小事,翻我的抽屉,弄得啪啪乱响,还扯什么木乃伊、玛丽亚、我的恋爱故事,当做笑话来开心。但是,我要交代你们的只有一件事:看见这本绿皮的书了吗? 这是我的全集。四先令六便士一本。读一读吧。——说完,她又回到自己的座位上。"

说到这里,我想起苏联作家鲍乌斯托夫斯基的《金蔷薇》——它那极大的魅力产生于在传统文论的写法基础上糅进了现实主义的和现代派的小说、散文的写法,于是就使得历来被认为艰深枯燥的文论放出迷人的异彩!

希望我们的文艺理论工作者能参考一下这一路文论的写法,把我们的文论写得更生动活泼一些,让读者爱看。

为了欣赏吴尔夫文笔之优美,最后再引她写的《多萝西·华兹华斯》中的一段。多萝西是著名诗人威廉·华兹华斯的妹妹,也是他在诗歌创作中的亲密助手。她一生中除了料理家务、支持哥哥专心从事诗歌写作,就是细心观察自然、人生,并且在日记中忠实地记下自己的观察所得,也记下华兹华斯的诗歌创作经过。吴尔夫这篇文章评述多萝西的性格和她这部日记的特色。下面这段话是描写他们兄妹在英格兰西北部湖区的乡居生活和当时诗歌创作中的甘苦历程:

"春去,夏来,夏又到秋;冉冉便是冬天,于是野李树又开了花,山楂树又发了青,再一次春回大地了。现在是北英格兰的春天,多萝西和她哥哥住在格拉思弥尔高山丛中一个小村子里。经历了艰苦备尝、骨肉分离的少年时代,他们终于在自己的家屋中相聚;现在,他们生活在大自然的怀抱里,可以不受干扰地从事自己一心向往的事业,天天努力领会大自然的启示。他们手头宽裕,足够维持生活,无须为衣食奔走。既无家务之累,也无职业任务分他们的心。多萝西可以整个白天在山上跑着玩儿,晚上和柯勒律治谈上一个通宵,没有舅妈骂她不像个女孩儿家的样子。日出到日落,时间都属于他们自己,作息方式可以根据季节变化来加以调整。天气好,不必待在屋里;下雨天,躺在床上不起。什么时候睡觉都行。如果有一只杜鹃在山头兀自啼叫,而威廉一直想不出什么确切的词句来描写它,那就让做好的饭放凉也没关系。星期天跟其他日子没有什么区别。习惯,传统,一切,都得从属于那必须全神贯注、付出极大努力、令人疲惫不堪的唯一任务——在大自然的怀抱里生活、写诗。那真是把人磨得筋疲力尽。为了寻找一个准确的字眼儿,威廉用尽心血,累得头疼。每首诗,他总是推敲,所以多萝西不敢提什么改动意见。她偶尔说了一句半句话,被他听见,记在脑子里,他的心情就再也无法平静下来。有时候,他下楼来吃早饭,却坐在餐桌旁,'衬衣的领口不扣,背心也敞开',写着一首从她谈话中得到构思的咏蝴蝶诗,写着写着把吃东西都忘了,而且对那首诗改了又改,直到又筋疲力尽为止。"

自然,凡事都有一个分寸。我们可以吸收吴尔夫文论的生动流利的长处,但评论文章总要把意思说明白,也不可过分飘逸,让读者看了不知所云——这也是值得注意的。

(此文为《书和画像》译序)

报刊散文家:阿狄生与斯梯尔

阿狄生与斯梯尔是继培根之后,在 18 世纪初期出现的有代表性的英国随笔散文作家。他们两人的文学成就密切联系在一起,所以在文学史上总是把他们两人并称。现在为了叙述方便,先谈谈斯梯尔。

理查德·斯梯尔(Richard Steele,1672—1729)生于爱尔兰都柏林,与阿狄生同年,同在伦敦查特豪斯公学上中学,后来又一同到牛津上大学,因而成为亲密的朋友。但这两位朋友的脾气不同。阿狄生性格沉稳、含蓄而温文尔雅。斯梯尔却是一个热情、冲动、活跃、爱玩爱动的爱尔兰人。他大学未毕业就离校去当骑兵,升到上尉。从军期间,他酗酒赌博,还与人决斗,几乎打死了人;同时他也写诗、写戏。由于生活放荡不羁,他经济上常常发生困难,不断向人借债。据说,有一次他写信向阿狄生哀词告借,阿狄生借给他 100 英镑。第二天,阿狄生去看他,却见他在家大摆酒宴,高朋满座。阿狄生气不过,叫法庭执行吏逼他还债。看来,斯梯尔的脾气像是绅士阶级当中的一个"浪子"。不过,他和他的老朋友阿狄生有一个重要的共同之处,即文学的才能和事业心。斯梯尔离开军队后,曾为伦敦的剧院写过三出喜剧,但都不大成功。当时英国统治阶级分为"辉格党"和"托利党"两派。斯梯尔和阿狄生都属于辉格党。1707 年,他被英国辉格党政府任命为官报主编。这份官报,每周两期,刊载政府任免事项和国内外消息,这对他从事新闻事业是一种初步锻炼。

在 18 世纪初,坐咖啡馆成为伦敦市民生活的一种风尚。中产阶级的市民爱上咖啡馆去谈天和打听消息,那里成为他们交换意见、发表观点和传播新思想最方便的地方。斯梯尔本人就是咖啡馆的常客。为适应当时的需要,在 1709 年,斯梯尔创办了《闲话报》(The Tatler)。这个刊物每周三期,内容分为社交娱乐、诗歌、学术、新闻、随感录五项,把时事、闲谈、随笔文章巧妙地糅合在一起,富有文学趣味,面向伦敦的中、上层市民。斯梯尔说明:"本报的目的在于揭穿生活中的骗术,扯下狡诈、虚荣和矫情的伪装,在我们的衣着、谈话和行为中提倡一种质朴无华的作风。"为了吸引读者,斯梯尔使用了"艾萨克·毕克斯塔夫"这个笔名。这本来是斯威夫特在揭露伦敦一个骗人的星相家时所用过的假名,斯梯尔接过来使用,通过这个人物的嘴发表自己的各种见解,并且赋予这个人物以生动的个性,使得自己的随笔文章轻松活泼。斯梯尔所采用的另一种表现形式是答复读者来信(但有些来信是斯梯尔杜撰的),这样可以跟读者保持亲密的联系。当时阿狄生正在爱尔兰做官,也为《闲话报》写过文章。《闲话报》是英国第一家文学性期刊,出版后大受欢迎,成为当时俱乐部和咖啡馆里不可缺少的读物。

1710 年,英国托利党上台,辉格党失势,斯梯尔的官报主编被免掉。《闲话报》后来也办不下去了,因为大家一旦知道实际主编是斯梯尔,再装作毕克斯塔夫的口气写文章就没有意思了。所以,1711 年,两个老朋友合办了另一种刊物《旁观者报》(The Spectator)。《旁观者报》每天一期,每期一篇文章,从 1711 年 3 月 1 日创刊,到 1712 年 12 月 6 日停刊,出了 500 多期。阿狄生和斯梯尔各写了 200 多篇文章,其他作者写了一小部分。1714 年 6 月,阿狄生又单独复刊,每周三期,出了半年。

斯梯尔和阿狄生对于英国文学的主要贡献就是在他们二人合作期间所办的这两种刊物。

《旁观者报》停刊之后,斯梯尔还办过其他三四种报刊,但都不如《闲话报》和《旁观者报》那样重要。辉格党复起后,他在 1715 年被任命为伦敦祝来巷剧院经理并被加封为爵士。这样,斯梯尔在几十年中当过兵,做过军官、诗人、剧作者、随笔作家、报纸主笔、议会议员、剧院经理等等。他尽管欠了一身债,晚年还因政见分歧跟老朋友阿狄生吵过架,但总算快快活活度过了一生。

约瑟夫·阿狄生(Joseph Addison, 1672—1719)生于一位有学问的牧师之家。他在牛津大学时学习优异,所写的拉丁文诗歌受到德来登的赞赏。他毕业后先做研究生,后来又到欧洲大陆见习外交。1704 年,在西班牙王位继承战争中,英国在布伦罕一役战胜法国,阿狄生写了颂诗《战役》(The Campaign),受到英国政府重视。从此,他宦途得意,连任要职:当过议会议员、爱尔兰总督助理、

阿　狄　生

英国副国务大臣,最后升任国务大臣。在政务之余,阿狄生不断从事文学活动。他与斯梯尔、斯威夫特以及其他作家都结下亲密友谊。在1709—1711年间,他曾为斯梯尔办的《闲话报》撰稿,又在1711—1712年间与斯梯尔共同主办《旁观者报》。1713年,他写的罗马悲剧《加图》(Cato)演出获得很大成功。在仕途上阿狄生随着辉格党而上下浮沉,1711年因托利党上台而罢职,1715年又因辉格党得势而得官并娶了寡居的沃里克伯爵夫人为妻。他在1719年去世,被安葬于威斯敏斯特大寺。

阿狄生的主要文学成就在于他为《闲话报》,尤其是为《旁观者报》所写的随笔散文。在这两种刊物当中,《旁观者报》办得比《闲话报》更为精彩。《旁观者报》为日刊,每期登一篇文章。刊物自称是由一位"旁观者先生"(Mr. Spectator)和他的俱乐部主办的。第一期阿狄生执笔的文章就是《旁观者自述》。他是一位学识渊博、阅历丰富、各行各业无不通晓但又生性缄默之人:

"我在本市度日,公共场所,常去常往,……众人会集之地,莫不留下本人踪迹。有时我在威尔咖啡店,置身于政界人士行列之内,侧耳细听他们在自己小圈子里的叙谈。有时,我抽着烟斗,坐在柴尔德咖啡店里,仿佛一心一意看《信使报》,却把屋子里每个茶座上的谈话都偷偷听在耳中。星期天晚上,我在圣詹姆士咖啡店出现,有时参加他们密室里的政治会议,不过我在那里只是聆听高论,以广见闻。此外,在希腊人咖啡店、可可树咖啡店,以及祝来巷和干草市场两家戏院里,我也都不是生客。十多年来,交易所的人一直把我当作是个生意人;而在约拿丹会馆里的股票商又把我当成一个犹太掮客。总之,只要有人三五成群,我便周旋其间,但只有到了自己的俱乐部里,我才开口。

"这样,我在世界上生活着,与其说是人类中的一员,不如说是人类的旁观者。靠着这种办法,我把自己培养成为一个理论上的政治家、军人、商人、工艺家,但对于任何实际事务我全不插手。我也精通为夫为父之道,对于别人在持家、办事、行乐当中的毛病,看得比他们自己还要清楚——这是因为棋走错了,旁观者总很容易发现,而棋局中人自己倒往往浑然不觉。我从不做出拥护任何党派的激烈表示,在辉格党人和托利党人之间保持严格的中立态度,除非某一方面的人向我挑衅、逼人太甚,我只好亮明观点。一句话,我在人生各个方面都扮演一个旁观者的角色,而这也就是我要在本报中所要保持的特点。"

这是"文人论政"的最佳人选。

第二期(斯梯尔执笔)介绍"旁观者俱乐部"的六位成员:首先是 56 岁的乡绅罗杰·德·考福来爵士(Sir Roger de Coverley),他出身望族,年轻时曾是"一个所谓的风流倜傥之士",在经历一些生活磨难之后成为一个"乐乐呵呵,无忧无虑,热情豪爽"的人,"不管在京城外乡都广交朋友,慷慨好客"。他代表了英国的旧贵族。然后是一位富商弗利波特(Freeport,意为"自由港")——代表新兴的资产者:"他把海洋叫作英国的公共领地。有关商业的种种事务他都精通,常常说:武力不过是主权扩张的一种愚蠢而野蛮的方式,真正的权力是靠着工业、技术而赢得的。他常发议论说:只要我国在某一方面的贸易充分发展起来,就会从甲国那里赚钱,在另一方面发展,又会从乙国获利。他说:作战勇敢,不如勤奋获利最长远;又说:懒惰足以亡国,其害甚于刀剑。"此外是一位军人森特里上尉(Captain Sentry),曾以英勇善战挣得功劳,但因不会钻营难得升迁,只得退伍,靠田产度日。他对于军界的弊端自然多有了解。还有一位见习律师,他服从老父的命令到伦敦学习法律,到了京城却对戏园子入了迷,"成了一位剧坛内行"。为了活跃气氛,俱乐部里还吸收了一位时髦绅士威尔·亨尼康(Will Honeycomb),"他口之所言、生平所学,都不离闺阃之事","可称为风流雅士"。最后还有一位博学、圣洁而多病的牧师,乃是俱乐部的成员们的宗教顾问。这六个人,可说是 18 世纪初期英国中上层阶级从经济基础到上层建筑各个方面的代表人物。

《旁观者报》第十期阐明刊物的编辑宗旨是"不遗余力,使得对读者的教育引人入胜,使得他们的消遣富有实效","竭力让道德带上机智的光芒,让机智受到道德的制约"。并说:"人的心灵犹如田地,一旦弃而不耕,则愚妄之念便如杂草滋生,唯有依靠持久不懈的教化才能将其刈除。有人说,苏格拉底把哲学从天上带到了人间。我不自量力，愿意让人说我把哲学从私室、书库、课堂、学府带进了俱乐部、会议厅和茶桌之旁、咖啡馆之中。"

　　这正是 18 世纪英国启蒙者的态度和方法。我们知道，在 17 世纪的英国，以清教革命者为代表的新兴的资产阶级和以国王查理一世为代表的封建势力进行生死斗争，经过革命和复辟的反复较量，直到 1688 年的"光荣革命"，资产阶级与土地贵族达成妥协，英国在君主立宪的国家制度基础上稳定下来。这时，成为统治者的资产阶级需要进行自我教育，使自己的成员在思想情操、文化教养、道德伦理、风俗习惯等等方面文明起来，适应自己作为国家新主人的地位。在这种时代需要的推动之下，阿狄生这位牛津高才生出身的学者、温文尔雅的"君子人"、辉格党的红人、优雅的文体家，和斯梯尔一起，以《旁观者报》为论坛，使用随笔散文这种轻松活泼的文学形式，向英国的上层市民进行思想启蒙，向他们灌输着温和适度、理智、自制、文明礼貌、良好教养、健康趣味——这些正是当时刚成为统治者的资产阶级所需要的道德伦理准则。

　　《旁观者报》的编写方式非常别致，它所刊出的五六百篇文章，并没有干巴巴的说教，却辟出很大篇幅描写旁观者俱乐部里七位成员的日常活动：有时考福来爵士到伦敦，或与旁观者一同游玩，或参观威斯敏斯特大寺，发表种种议论；有时旁观者去访问考福来爵士的庄园，共享威尔·亨尼康钓上来的鲜鱼，然后讨论一项法律条文；他们像日常生活中那样自自然然来往，形成了以考福来爵士为中心的一系列人物特写、散记和故事，反映出当时英国中上层社会各种人物的生活风貌和思想观点。

　　《旁观者报》还常常采用"来函照登"加上编者按语，或者采用"答读者问"的形式，来发表议论。实际上，有些"来函"或"读者问"往往是编者自己杜撰、自己答复，作为一种方便形式，好发表自己关于人生、社会、哲学、道德、文学、艺术的观点。例如，阿狄生所写的《论对健康的过分忧虑》(*On the Excessive Care of Health*)一文，就先引用(或杜撰)一位读者的来信，说他为了保持一定的体重不变，每日三餐都坐在一种特制的天平椅子里吃饭，不敢越雷池一步，让这位通信者先说出自己所干的可笑傻事，然后编者在按语中再批评他这种只知道活着而不懂得怎样正确生活的错误态度。《旁观者报》还开辟了"诉心曲专栏"(*Agony Column*)，让怨女旷夫互道衷肠。斯梯尔在这个专栏里替一位跟班仆人写了一封情书,倾诉道:"啊,亲爱的人,难道夜莺只对那些为金钱而婚嫁的人歌唱,却不管我们这些痴情汉吗?"另有一位织工来信诉说他在酒醉之中错把他妻子省吃俭用攒钱买到的一张中奖彩票糊里糊涂卖掉了。《伦敦的叫卖声》(*On the Cries of London*)则通过一个"狂想客"来信谋求"伦敦市声总监"一职来提出城市里的噪声问题。另有一篇《某君日记》(*A Citizen's Diary*)用极简练的语言描画出一个浑浑噩噩混日子的退休商人,英国的"奥勃洛摩夫",冷峻的讽刺入木三分。凡此都是以不同方式反映一些社会问题,并用温和、幽默的口气提出作者的看法和补救之道。

由于内容切合时代和国情的需要,写法适应读者的口味,《旁观者报》深受英国上层市民的欢迎。它初创刊时发行 3000 份,后来激增到 30000 份;由于刊物在咖啡馆和客厅中多人传阅流通,阿狄生估计每份至少应有 20 人传看,因而刊物所拥有的读者面当在 60 万人之多,居于 18 世纪英国文学期刊之首。停刊之后,《旁观者报》印成合订本,依然盛行不衰,其办刊形式和文章笔调受到其他作家和刊物的模仿。

在《闲话报》和《旁观者报》所留下的大量随笔作品中,评论者多谓阿狄生的文章写得优雅、洗练而幽默,斯梯尔则写得生动活泼,而功力似不如阿狄生那样炉火纯青。因此,一般认为斯梯尔有开创之功,但阿狄生的散文艺术优于斯梯尔。阿狄生的文章在整个 18 世纪被奉为英文散文的楷模。约翰生博士说:"有志于学得那种亲切而不粗俗、优雅而不浮夸的英语文体的人,都必须日日夜夜地攻读阿狄生的著作。"("Whoever wishes to attain an English style, familiar but not coarse, and elegant but not ostentatious, must give his days and nights to the works of Addison. ")可见推崇之甚。

对于我们中国读者来说,阿狄生和斯梯尔在文学事业上的合作伙伴关系很像我国"五四"时代的刘半农和钱玄同。两者的相似之处在于都是运用自由活泼的散文形式来进行思想启蒙工作。《旁观者报》中对于那些思想陈腐、糊糊涂涂的通信者的幽默回答,不是也和《新青年》中那著名的《答王敬轩》"双簧信"有点仿佛吗?从阿狄生的随笔散文中可以看出历史上新兴资产阶级曾经用什么样的形式和文风来对自己的群众进行启蒙教育——这对于我们也不无可供参考借鉴之处。

斯威夫特——讽刺散文大师

　　英国散文家乔纳森·斯威夫特（Jonathan Swift，1667—1745）生于爱尔兰的一个英国移民家庭。他是一个遗腹子，他的父亲在他出生半年前就去世，未给他母亲留下任何财产。他靠着伯父的资助长大，并进入都柏林三一学院求学。斯威夫特从小聪颖过人，同时也表现出独立不羁的个性。他在三一学院读书时就因为不肯学习一些刻板的课程，毕业时是被校方"特别开恩"（by a special favour）才拿到学位的。他的一位长辈熟人说他"像一个被召唤到人间的精灵，如果不自己找些正经事干，就会闹出乱子"。

斯威夫特

　　斯威夫特为谋出路，从 21 岁起给他母方的亲戚、退休外交官威廉·坦普尔爵士做私人秘书，说是私人秘书，实际上地位低下，与仆人们一同吃住，过的是寄人篱下的生活。他希望通过坦普尔找一个好工作，但是在坦普尔的慕尔庄园（Moor Park，在英格兰萨利郡）先后待了 10 年，仅得到一个低微的教职。这一段生活使斯威夫特尝到了世态炎凉、仰人鼻息的辛酸，萌发了他对于上层权贵的反感，激起了他奋发自强的精神。

　　但是在慕尔庄园的生活也有它在积极方面的影响。首先，坦普尔虽已退休，仍与英国政界保持一定联系，斯威夫特作为他的秘书自然要见到某些政要人士，甚至曾代表坦普尔去到伦敦面见国王陈述坦普尔对政事的意见。这些活动使斯威夫特对于当代英国政界有些初步了解。同时，坦普尔还是一位讲究文体和文章的作家，斯威夫特曾为他整理过文稿，他的藏书更能帮助斯威夫特进修提高。在此有利条件下他写出了两部使他在文坛初露头角的作品，即《木桶的故事》和《书籍之战》。这两部作品在 1740 年印成一书，却都是斯威夫特于

1696—1699 年住在慕尔庄园期间写作的。

《木桶的故事》(*A Tale of a Tub*) 是一部关于宗教问题的讽刺作品,书名来自一个航海典故:据说船只在海上遭到一只鲸鱼袭击时,水手只要丢下一只木桶就可以把它引开。斯威夫特把自己这部作品比作木桶,用来保护基督教信仰不受鲸鱼(怀疑派或自由思想者)的袭击。书的内容用一个寓言故事来说明:一位老人(比喻原始基督教)临终时给他的三个儿子彼得(比喻罗马天主教)、马丁(比喻新教和英国国教)和杰克(比喻清教徒和不信奉英国国教者)每人遗留下一件样式相同的结实而朴素无华的外套(比喻基督教义),并且立下遗嘱(比喻圣经)交代他们要把外套保存完好、不得改变。但老人一死,三个儿子就违背遗嘱,按照流行时尚对外套任意装饰改动:首先,老大彼得对外套增加的装饰零件最多、最花哨,马丁和杰克对他的专断行为不满,发生激烈争吵(比喻宗教改革),马丁动手撕下彼得的装饰品,但手下留情、适可而止,但杰克一怒之下行为粗鲁,竟把外套撕成了褴褛的破片。斯威夫特的信仰属于英国国教,他这个寓言的讽刺矛头是针对罗马教会和清教徒的,但基督教内的宗派之争被他比喻为一个滑稽的寓言故事,读后的客观印象则是哪一个教派都显得有点狼狈可笑,甚至连无神论者也会对这本书感到有趣而加以欣赏。斯威夫特是虔诚的教徒,他写这部作品本来是想维护英国国教并且希图谋一教职的,但他的讽刺艺术的客观效果却对他的日后外迁不利——这一点在以后还要提到。

《书籍之战》(*The Battle of the Books*) 是另一部讽刺作品,内容是对古代著作和近代著作的优劣进行比较。书中先说一个寓言:一只蜜蜂陷入一个蜘蛛网,于是蜜蜂和蜘蛛之间发生了争论,伊索被叫来做裁判。蜜蜂代表古代的著作家——它直接从大自然吸取养料,到四面八方的田野和园林中采集花蜜,毫不损害自然生态,生产出蜜和蜂蜡,"为人类提供了两种最高尚的东西,即甜蜜与光明"。而蜘蛛代表了近代的著作家——它自夸无求于任何其他人、其他事物,只靠自己的肚肠就可以不断向外吐丝。但伊索说蜘蛛所吐出的毒丝就像近代的著作家所写出来的东西,只能产生刺耳的争吵和有害的讥刺。伊索的裁判激起了近代著作家的愤恨,于是古今书籍们就互相打了起来。在激战中近代著作求援于恶神"批评",大家就跟踪追寻到"批评"的巢穴——"批评"筑巢于冰封雪盖的山顶,在他身边除了无数被它掠夺而来并且吞吃得七零八落的残书以外，还有"无知""骄横""喧嚣""无耻""枯燥""虚妄""武断""迂腐"和"无礼"。然后，此书突然中断，出版者声明："由于原稿不全，胜负无可奉告。"

1699 年坦普尔去世，斯威夫特不得不独立谋生。他曾给爱尔兰的大法官贝克莱伯爵当过一段家庭牧师。这时发生过一件轶事，说明斯威夫特的幽默风趣。原来，他每天的工作除了主持这个家庭里的宗教仪式之外，还得为伯爵夫人念一部内容枯燥无味的宗教伦理书，即化学家兼神学家波义耳勋爵的《沉思录》(*Meditations*, 1665)。斯威夫特对这个差使厌烦透了，就想办法摆脱。于是他模仿这位神学家道貌岸然的口气，也写了一篇"沉思录"，暗暗夹在那本大著里。第二天，他就对伯爵夫人板着面孔念自己写的这篇大作，其文曰：

关于一根扫帚把的沉思
——拟波义耳勋爵《沉思录》体

君不见，眼前这根孤零零、灰溜溜、羞怯怯歪在壁角里的扫帚把，往年在森林里它也曾有过汁液旺盛、枝叶繁茂、欣欣向荣的日子。然而，如今呵，它生机早已枯萎，人类偏偏多事，拿一把枯枝绑在它那赤条条的躯干之上，妄想以人工与造化相颉颃，而又终归徒然；它现在的模样恰好跟过去翻了一个个儿：枝条委之于地，根梢朝向天空，成为一株上下颠倒的树，掌握在某个做苦工的贱丫头手里，受着命运任意拨弄，注定了要把别的东西清扫干净，而自己只落得一身腌臜晦气；而在为女仆效劳、磨损得四肢不全之后，到头来或被随手抛出门外，或则最后再派它一个用场——当作引火之物一烧了之。有鉴于此，敝人不禁喟然而叹："人生在世，岂不和这扫帚把一模一样吗？"造化将人送到世上来的时候，他身强力壮，精神奋发，头上毛发蓬松，恰似一棵有理性的树木枝叶扶疏一般；不料，贪欲失度犹如一柄巨斧，将其青枝绿叶戕伐殆尽，空留下光秃秃枯干一条；此时，他只好乞灵于人工，戴上头套，借助于虽则撒满香粉、却非自家头皮长出的一副假发来撑一撑门面。然而，我们眼前这根扫帚把，倘若仗恃这些并非自身所生、实系剥夺他人的桦树枝条，曾在某位勋贵佳丽的闺房中扫出一堆又一堆垃圾，弄得尘土满身，因而洋洋得意，妄图在人前冒充角色，对于它这种妄自尊大，我们该会怎样嘲笑和鄙夷！然则，在判断自己的长处和别人的短处时，我们又是多么偏执的法官呵！

阁下也许会说：一根扫帚把所代表的不过是区区一棵头朝下的树木而已。但是，请问：如果一个人的动物本能总是凌驾在他的理性本能之上，如果他总是摧眉折腰，把脑袋放在脚后跟才该放的地方，那么，他不是一种上下颠倒的动物又是什么呢？然而，尽管他自身毛病百出，他还要做出改革社会、匡正时弊、消除不平的样子，世间一切腌臜角落都要去亲自探查一番，把隐藏着的败德秽行扫到光天化日之下，结果本来清清净净的地方，也被他搅得甚嚣尘上，虽然他自以为是在澄清乾坤，其实他自己早在不知不觉之中深受尘垢污染了。到了晚年，他又为那些往往不值一提的妇人做牛做马，以此卒岁，直到手脚残废；然后，就像那些长把扫帚一样，不是被一脚踢出门外，就是被用来点火，好让他人取暖。

伯爵夫人听着心里吃惊，又莫测高深，听完还赞不绝口，对客人们说：波义耳勋爵真是奇才，能从一根微不足道的扫帚把说出这么一大篇人生哲理。客人把书翻开，发现斯威夫特的手稿，这才知道他开了一个大玩笑。

从1695年起斯威夫特担任了爱尔兰的一个低微的教职。1701年以后，他不断到伦敦，在政界和文坛活动，与作家阿狄生、斯梯尔和诗人蒲伯等人结为文友，并为《闲话报》和《旁观者报》撰文。这时伦敦有一个名叫约翰·帕特里奇的占星术士，印行历书预言来年发生的事件，靠这种办法骗钱。斯威夫特对此事深恶痛绝，就以"艾萨克·毕克斯塔夫"为笔名，也编了一本历书，其中包括一篇《关于1708年的预言》，写道：

"我的第一个预言说的是一件小事，但我之所以要提一提它，是为了表明那些喝醉了酒糊糊涂涂的冒牌占星术士对于与他们自身密切有关的事情是何等无知——这件事直接关系着那个叫作帕特里奇的历书作者；因为我根据自己的方法查过他的命象，算出他一定要在今年3月29日晚11时因急病高烧而一命呜呼；所以，我劝他还是考虑一下，早点安排自己的后事为好。"

一到 3 月 30 日,预言实现的第二天,伦敦的报纸就登出一封透露帕特里奇死亡详情的投书,还叙述了当地法警和棺材商为他料理丧事的情况。次日早晨,又登出一首精心推敲的《帕特里奇先生挽诗》。帕特里奇突然发现没有人找他算命了,赶快发表启事否认丧事、声明自己仍然活着。但是斯威夫特又写了一篇《为艾萨克·毕克斯塔夫辩护》来驳斥他,说是根据星象学的种种法则推算,帕特里奇确实实已经死掉,现在自称是他的那个人是个骗子,企图从死者后人手里骗走该他们继承的财产。其他作家把这个玩笑继续开下去。斯梯尔还用"毕克斯塔夫"之名写了一组妙趣横生的随笔。

18 世纪的英国统治阶级形成了两个对立的政党:托利党和辉格党(即 19 世纪的保守党和自由党的前身),两党轮流执政。国内外的形势和统治阶级利益取向不断变化,两党的势力也随之而浮沉消长。斯威夫特作为一个有重要影响的作家,渐与上层政界人士来往,并且卷入了两党的势力角逐。一开始他和辉格党比较接近,后来因政见不同转而参加到托利党一边,并且在 1710—1711 年间担任了该党机关报《考察者》(Examiner)的主笔,写了一批与辉格党论战的文章,成为托利党的强有力的喉舌和该党执政大臣所倚重的舆论台柱。

斯威夫特积极参与当时的英国党派政治有四年之久。可以说,他的一支笔支撑着托利党的掌权地位。斯威夫特信仰英国正统国教,已领教职,满心希望自己能在宗教界有所发展。以他为托利党所立下的大功,掌权者本来早该派他一个高级教职。但事实远非如此。托利党的大臣们见了斯威夫特虽然毕恭毕敬、赞扬不断,但对于这位笔下有千钧之力的大才子却是心怀疑惧。特别是他那成名作《木桶的故事》,尽管意在攻击保守的罗马教廷和过激的清教徒,但他的讽刺力量太猛烈了,在嬉笑怒骂之中使英国国教也被捎带上受到奚落,甚至连宗教本身都显得有点滑稽可笑了。因此,英国的统治阶级,包括安妮女王在内,都对他的宗教观点感到不放心,而宗教是统治者的精神支柱,所以斯威夫特尽管听到过勋贵大臣们的不少恭维话,也参加了他们的不少豪华酒宴,但关于他自己职务的升迁却是拖延了又拖延。对此,斯威夫特曾抱怨说:"多来点儿实惠,少来点儿宴会。"("More of your lining, less of your dining.")直到 1713 年,他才被派回爱尔兰,到都柏林的圣帕特里克教堂做副主教——这表示:即使是斯威夫特本党的执政者也并不希望这个性格孤傲、思想不同流俗而又声威赫赫、足以左右社会舆论的人长期留在伦敦，更不敢让他担任要职。——尽管以他的才干和抱负，完全可以当英国的主教甚至大主教。

关于斯威夫特参与政党活动一事的得失问题，前人早有评论，大致说来：他在这四年里（1711—1714）没有写出足以充分发挥出他文学天才的重大作品，从文学的角度来看不免是个损失；但从另一方面来说，正因为他有了这四年的从政经历，他才能对于英国政界和上层社会有了深刻了解，在以后才能写出《格列佛游记》和"爱尔兰政论"等杰作。这话也不无道理。

1714 年，支持托利党的安妮女王去世，托利党内阁随即倒台。上台的辉格党连续执政 20 多年。斯威夫特在政坛上的升迁完全无望了，只有退回到爱尔兰。此后，除为了访友或出书偶到伦敦暂住，他一直定居在爱尔兰，履行自己的副主教职务。他经过长期观察，增加了对爱尔兰社会状况的认识，对爱尔兰人民产生了强烈的同情，并且投入了维护他们权利的正义斗争。

原来，爱尔兰人民是一个非常不幸的民族。爱尔兰与英伦三岛一水之隔，从 12 世纪开始就受到英国侵占，沦为英国的第一个殖民地。几百年间，不管英国国内如何改朝换代，哪一个党派当权，历代英国统治者都以爱尔兰人民为压迫、剥削、欺凌的对象。英国殖民者任意圈占土地，自己居住在英国或欧陆，坐享爱尔兰农民的血汗果实，使不少农民沦为乞丐；英国工厂主在爱尔兰办炼铁所，砍伐森林烧炭做燃料，把大片森林烧光；英国政府任意禁止爱尔兰产品出口，断绝爱尔兰工农产品的国外销路；爱尔兰人民的任何反抗都被镇压。此外，爱尔兰人大部分信仰天主教，受到宗教歧视。爱尔兰人民在国内无法生存，大量逃亡海外，远到西印度群岛，为种植园主做奴隶。

斯威夫特眼见家乡人民所遭受的深重苦难，奋起如椽之笔，写出一系列关于爱尔兰的文章。这些文章，统称为"爱尔兰政论"（the Irish Pamphlets），与他的杰作《格列佛游记》一起被当作斯威夫特的重要代表作品。而在这些政论中最常为人称引的则是《布商信札》和《育婴刍议》。

《布商信札》（The Drapier's Letters）共四篇，写于 1724 年。当时有一个名叫威廉·伍德的英国商人向国王的情妇行贿，取得权力，铸造成色不足的半便士铜币（Wood's Halfpenny），准备在爱尔兰流通，净得 25000 英镑的暴利。斯威夫特假托一个爱尔兰布商的名义，发表了四篇书信体的政论，揭穿英国的骗局。他指出：如果使用这种钱币，就意味着爱尔兰人民的进一步贫困；而且，英国政府根本无权强迫爱尔兰接受这种贬值钱币。斯威夫特号召爱尔兰各阶层的人民团结起来。"当一只鸢鹰在天上停留盘旋时，就是一群小小的笨鹅也懂得要围做一团"，并且特意提醒他们：这件事"对于你们自身、你们的子孙都至关紧要；你们的面包和衣着以及一切日常必需品也都维系在此一举"。斯威夫特对于伍德那个奸商尽情嘲笑，说道："如果向一头猛狮屈服，倒也不失体面，但是，怎能想象，一个堂堂正正的人竟乖乖地让一只耗子把自己活活吞掉？"信一封接一封写下去，开始还是以伍德个人作为攻击对象，后来可就呼吁爱尔兰全体人民向英国在爱尔兰的统治权提出挑战。《布商信札》出版后，不胫而走，在爱尔兰全国点燃起抗议的怒火，眼看就会发生反英起义。英国总督悬赏寻找这几封信的匿名作者。但在都柏林，尽管人人知道作者是谁，却没有一个人说出斯威夫特的名字。英国政府不得不撤销已经发给伍德的铸币特许状。爱尔兰全国到处点燃起篝火庆祝这次胜利。

为了爱尔兰的民族利益，斯威夫特劳心焦思，写了许多文章，提过许多建议，英国统治者自然不会采纳，在爱尔兰的英国绅士贵妇也豪奢如故，人民依然陷在水深火热之中，乞丐成群，哀鸿遍野，大批人逃亡国外求生。义愤之火促使斯威夫特写出他震撼人心的政论名作《育婴刍议》（又译作《一个小小的建议》，*A Modest Proposal*，1729）。在这篇文章中，作者假托为一个向英国统治者献策的谋士，采用一副悲天悯人、同情爱尔兰人民的口吻，提出自己解决爱尔兰问题的"理论"和"建议"，最后拿出来的"使爱尔兰穷人子女不但不拖累其父母国家而且能为社会造福"的方案——原来竟是建议把爱尔兰穷人的小孩子，除"留种"者外，一律献给英国地主贵妇做餐桌上的食物！全文用反语冷嘲的手法，把这么一种血淋淋的计划说得理由十足，轻轻松松，好像一件十分平常的事情一样；而且这位献策者把自己也说得冠冕堂皇，装出一派为国为民、大公无私、志士仁人的模样：

"我恳切声明：本人倡导此项急需事业，除为促进贸易、抚育幼儿、救苦济贫、娱乐富户而竭尽微力,且为国家造福之外,别无他图;我个人是一丝好处也得不到的。我的子女中最小的一个已经9岁,所以不能拿出去赚钱;我的老伴呢,生育期也早过去了。"

以往国外有的评论者谈到这篇文章,往往说作者过于刻毒,甚至说斯威夫特是"憎恨人类的人"。这未免是皮相之见。近来的评论比较客观公允了。例如,《诺顿英国文学选集》的编者在此文的题解中说它"表达出斯威夫特对于受压迫、愚昧无知、人口众多、忍饥挨饿、信仰天主教的爱尔兰人民的同情,以及对于住在国外的、贪得无厌的英国地主的愤怒——他们在英国议院、大臣和国王的默许下把这个国家的全部膏血都榨干了"。确实,冷酷刻毒的并不是斯威夫特,而是英国殖民主义者和地主。斯威夫特在《育婴刍议》中所写的穷人婴儿被当作食料,也和鲁迅在《狂人日记》中写的人吃人一样,都是作者在对于某种社会罪恶进行长期深刻观察之后,用形象加以概括,向恶势力发出的一种"诛心之论"。

1726年,斯威夫特去英国居住半年,他的《格列佛游记》在该年11月出版。《格列佛游记》在形式上借鉴了欧洲的一些描写航海历险奇遇(其中真事与幻想杂糅)的作品,包括了法国拉伯雷《巨人传》那样的极度夸张和汪洋恣肆的讽刺笔调,通过格列佛在"小人国""大人国""飞岛""设计院"和"马国"的见闻感受,以寓言和比喻的手法尽情讽刺了作者生平所了解的英国社会、政治、文化、学术种种弊端和人性的扭曲,写法荒诞雄奇而又具有深刻的真实生活基础,被公认为斯威夫特的最大杰作。

1737年,斯威夫特的70岁诞辰成为爱尔兰人民的盛大节日,当时全国各地教堂钟声齐鸣,群众点起篝火,共同祝愿:"布商先生健康长寿,不幸的爱尔兰繁荣昌盛,报刊自由万岁!"他一直受到爱尔兰人民的爱戴,同时他也尽自己的力量帮助那些处于贫困之中的下层人民。

但是他的生命中的最后岁月是在日益加剧的疾病中度过的。1739年,他以他人的口气发表了一首《咏斯威夫特博士之死》,回顾自己的一生:从不乞求高贵人士,对大人物也无所畏惧;不以权力金钱为贵,因此在绝望中离开宫廷官场;但从不吝于扶危济困,乐于结交睿智贤德之士;而生平大志则在于以讽刺之笔匡正社会弊端。提及他维护爱尔兰人民的正义行动时,斯威夫特写道:

　　　　"公正自由是他的志愿,
　　　　为保卫她,他死而无怨;
　　　　为了她,他孤身奋战,
　　　　为了她,他不怕苦难;
　　　　两个国王,各领一派,
　　　　都出价钱,买他的脑袋;
　　　　但一个叛徒也没有找到,
　　　　为六百镑赏金把他报告。"

这首诗,是斯威夫特的"夫子自道",答复那些毁谤歪曲他的人。

　　斯威夫特1742年因病生活不能自理,需人看护,1745年去世。他在遗嘱中把自己的财产捐献出来,在都柏林修建一座精神病院,后人称之为"斯威夫特博士疯人院"。

　　斯威夫特有两部散文作品,在身后出版:其一《婢仆须知》(*Directions to Servants*),是大约写于1731年的一部笔法老辣、讽世意味甚深的奇书,用反语冷嘲的手法写出上层家庭中男女仆人的众生相。斯威夫特年轻时曾寄居在坦普尔爵士家里,与仆人们一同吃住,后来又曾与勋戚大臣们多年周旋,因而对于上层人士的家仆们的脾性和弊病是熟悉的,所以写起他们当中的种种可笑事情,既谐而谑,入木三分——其中也不免带有一定的优越感,因为斯威夫特后来的身份已由一个穷文人上升到副主教了。

　　更重要的是另一部作品:《致斯苔拉小札》(*Journal to Stella*)。斯苔拉是斯威夫特的终生女友,本名埃斯特·约翰生。她是坦普尔爵士的女管家的女儿。斯威夫特在慕尔庄园开始认识她时,她才8岁。斯威夫特教她识字读书,把她培养成人,二人结下亲密情谊。1710—1713年间,斯威夫特在伦敦忙于政治活动,斯苔拉住在爱尔兰,斯威夫特挤出清晨和晚上的时间,用日记的形式给她写信,用极朴素真挚的语言无拘无束地谈谈当天的见闻感想。这批私信,被后人搜集起来,题为《致斯苔拉小札》。在这些信里,斯威夫特把他这位女友称作"小家伙斯苔拉"、"调皮鬼斯苔拉"、"漂亮的斯苔拉"、"最亲爱的 MD"和"亲爱的、调皮的、无礼的、漂亮的 MD"等等,用"孩子气的语言"跟她开玩笑,哄她开心,劝她爱护身体、保护眼睛,鼓励她,安慰她,把自己在宫廷、官场的活动都告诉她。斯威夫特对于他年轻时从达官贵人那里所受到的冷落屈辱念念不忘。此时他已跻身上层,虽非高官显宦,却能靠着能左右社会舆论的一支笔使得那些大人物对他不得不敬畏三分。所以,斯威夫特在与那些权贵来往中不但绝无奴颜婢膝、阿谀奉承之举,而且相反,对于越是地位显赫、炙手可热的人物,他的表现越是倨傲,用居高临下的态度对待他们。在《致斯苔拉小札》中就讲了不少这方面的事,举例如下:

"1711 年 4 月 4 日。你还记不记得往日威廉·坦普尔爵士如果有三四天脸色冷淡、脾气不好,我就会多么痛苦,去揣测着各种各样、成十上百的原因?不过,说实话,从那时起,我也就下决心立起自己的志气——是他把一位优雅男士糟蹋掉了。

"4 月 5 日。上届内阁蛮横无礼地对待我;这激怒了我的自尊心,我要让人看看我不是那么好被人瞧不起的。

"5 月 19 日。国务大臣先生告诉我:白金汉公爵同他谈到了我,想跟我认识一下。我回答说不行,因为他还没有表示足够的友好态度。于是施鲁斯伯里公爵说他想那位公爵不习惯于做出那种表示。我说那没办法,因为我希望人的友好表示应该与他的社会地位相称,而公爵应该比其他人表示出更多的友好态度。"

这就透露出斯威夫特性格中鲜为人知的特点,即对普通人、朋友、弱者的态度温柔而善良,但对高高在上的权贵却颐指气使、不放在眼里。这些信件还揭示出 18 世纪英国宫廷官场的一些内幕。因此,这批私信,作者根本不想公之于世,也没有把它们当作文学作品看待,但世世代代读者却对它们特别珍视,绝对不会让它们湮没不存的。

但是,在斯威夫特与斯苔拉关系的内幕中还隐藏着一段悲剧。据说,斯威夫特患有一种类似梅尼埃尔氏症的疾病,不能结婚,所以他与斯苔拉相会时总由一个名叫丽贝卡·丁利的妇女陪伴着。《致斯苔拉小札》中的"MD"乃是斯苔拉和丽贝卡两人的共同代号。因此,在斯威夫特和斯苔拉之间维系了40年之久的只是一种柏拉图式的爱。使事情更加复杂的是后来又插入了一位"第三者"。斯威夫特在伦敦居住时认识了一个叫埃丝特·范努默利的年轻姑娘——被他称为范尼萨。斯威夫特帮助她学习,做她的"导师、哲人和朋友",还以戏谑的口气为她写了一首诗《卡德纳斯和范尼萨》。但范尼萨热烈地爱上了他。1714年斯威夫特回到爱尔兰,范尼萨也追到爱尔兰。据说斯苔拉担心自己在斯威夫特心中的位置被范尼萨所取代,要求斯威夫特和自己秘密结婚(这婚姻仍只是形式上的)。1723年,斯威夫特向范尼萨表示了严峻的拒绝,范尼萨随即伤心而死。五年后,斯苔拉也去世,斯威夫特为她写了一篇悼文《约翰生女士之死》(*On the Death of Mrs. Johnson*),称她是"我,或者说,任何其他人,所能有福被上天所赐予的最忠实、最贤德和最宝贵的朋友"。这两个爱他的女人之死,给斯威夫特的晚年笼罩上悲惨的迷雾。这自然是斯威夫特个人的悲剧,但这两位为爱他而死的妇女的命运,也非常值得同情。

　　斯威夫特是英国文学史上最伟大的散文作家之一。他是一位文体大师。他说:"恰当的字眼放在恰当的地方——这就是文体的正确定义。"他写文章不用难懂的大字眼儿、华丽词藻、套语、时髦语,而使用英语中的日常词汇(常常是单音词)和句法规范的句子,文风非常平易,非常明晰,非常简洁,非常好懂。但这种文体乃是一位目光敏锐、明察秋毫、目标准确、目的坚定的文化思想战士的文体。这种文体平易而非平庸,规范而非单调。相反,斯威夫特那几乎是透明的文体可以表达出作者的任何思想感情——不管是严肃的或是戏谑的、沉重的或是轻松的、愤世嫉俗的或是温情脉脉的、讽刺的或是幽默的,在他笔下都无挂无碍。"他了解自己,读者也了解他。"

　　斯威夫特的文章在平易、质朴之中蕴藏着巨大的威力。特别当他看到英国政界的丑恶现象,当他感受到爱尔兰人民的深重苦难,他的义愤化为火辣辣的讽刺和彻骨的冷嘲,运用明喻,鞭挞丑恶,揭穿剥削压迫。这时,他的笔底挟带着风雨冰雹雷电,具有横扫千军之力,令恶势力战栗,使人民拍手称快。"嬉笑怒骂,皆成文章。"用这句中国成语来形容斯威夫特写作"爱尔兰政论",特别是《育婴刍议》和《布商信札》的文风,是非常恰当的。在这些作品中,他表现得严峻无情。但过去有人说他"憎恨人类",却是歪曲;因为他所憎恨的并不是整个人类,而是社会丑恶现象和统治者对善良人民的欺凌和剥削——他运用自己独特的文风为正义而斗争。

作为一位文体大师,斯威夫特对于英国散文发展做出了划时代的贡献。他那既平易而又无比有力的文风对于英语语言文学的影响是深远的。萧伯纳是他的文风在 20 世纪的后继者。

浪漫派随笔作家：赫兹利特与利·亨特

一、赫兹利特

19 世纪初期的英国散文作家威廉·赫兹利特（William Hazlitt），像查尔斯·兰姆一样，在文学观点上属于浪漫主义流派。他的文学成就和兰姆处于伯仲之间，都是先从事文学批评，尔后以各自具有独特风格的随笔散文著称于世。

（一）

赫兹利特生于 1778 年。他的父亲是一个有激进思想的非国教派牧师。在 18 世纪和 19 世纪之交，欧洲最大的政治事件是法国革命。时代的潮流，父亲的影响，使得赫兹利特从小就成为法国革命的热烈拥护者。13 岁的时候，他向地方报纸投书，抗议英国政府怂恿暴徒焚掠有民主思想的科学家

赫兹利特

普利斯特利的住宅。他 15 岁进神学院读书，他父亲希望他成为一个牧师。但 3 年后他离开神学院时，完全和宗教分手，成为卢梭的信徒。此后法国革命几经反复，随着雅各宾党上台，拿破仑称帝与下台，欧洲反动势力抬头，许多原来拥护法国革命的人纷纷改变政治态度。在这政治风云多变的时代，赫兹利特始终坚持拥护法国革命的立场不变。

14 岁到 20 岁是赫兹利特广泛阅读的时期。17 岁时他曾醉心于哲学，并经长期思考，写出《人类行为的原则》（*Principles of Human Action*）一书。但在 20 岁上，他结识了英国浪漫主义诗歌的两个开创者柯勒律治和华兹华斯，受到他们很大影响，这使他下决心以文学为自己的终身事业。此后几年为了谋生，他

曾经学画。1812 年,他迁居伦敦,结交了兰姆等作家。从 36 岁起,他完全投身于写作生涯,直到 1830 年去世。他的主要著作是在他一生中最后 15 年写出来的,包括有文学、戏剧、艺术方面的评论,文学讲稿,随笔散文。他在文学、戏剧方面的论著有《莎士比亚戏剧中的人物》(*The Characters of Shakespeare's Plays*)、《伊丽莎白时代的戏剧文学》(*Lectures on the Dramatic Literature of the Age of Queen Elizabeth*)、《英国诗人论稿》(*Lectures on the English Poets*)、《英国喜剧作家论稿》(*Lectures on the English Comic Writers*),以及《时代的精神》(*The Spirit of the Age*)等书。他这些论著概括了从伊丽莎白时代直到他当时的英国文学全貌。他的随笔散文则收进了《座谈》(*Round Table*)、《漫谈录》(*Table Talk*)、《家常话》(*Plain Speaker*)和《素描与随笔》(*Sketches and Essays*)等集子里。

关于赫兹利特的为人,在较早的文学史上常说他脾气坏、爱争吵。这是因为他一生对于法国革命拥护到底,不变初衷,而对于他的老朋友,甚至像华兹华斯、柯勒律治那样的早年崇拜对象,一旦由于形势变化而改变信仰,赫兹利特就直率对之批评,因之也受到对方攻击。今天看来这还不能算是简单的个人意气之争。对此,《牛津英国文学作品选集》的编者这样评论说:

> "终其一生,他(指赫兹利特——引者)对于从他父亲那里接受过来的激进思想,一直保持着热烈的信仰,而他的朋友们,由于法国革命的种种变化而幻想破灭,放弃了青年时代的理想,这在赫兹利特眼里则被看作是一种不可原谅的变节行为。然而与他这种尖锐态度相反相成的,是他在批评中的博大胸怀。在他的著作里,他尽管哀叹柯勒律治和华兹华斯的政治变化,但对于他们的天才,他仍然表示出热情而细心的赞赏。"(*The Oxford Anthology of English Literature*,Volume II,p. 690)

这个评语是比较公允的。

赫兹利特坚持进步理想,写出大量作品(全集 21 卷),勤奋地度过了一生。晚年他陷入贫困,还写了一部《拿破仑传》(*Life of Napoleon*)。临终前还不得不写信向人借债。但他在去世时,对朋友兰姆所说的最后一句话是:"好了,我这幸福的一生过完了。"("Well,I've had a happy life.")

（二）

　　赫兹利特的随笔散文在英国文学史中享有很高的声誉。评论者常把他的随笔和兰姆的作品相比，认为两者都是英国浪漫派散文的杰作，而由于二人个性不同，各有独到之处。兰姆家庭多故、心有隐痛，无法直说，所以文章写得比较隐晦、含蓄、曲折；赫兹利特虽然性格忧郁内向，却是一个充满理想、追求真善美、感情丰富的人，所以写起文章来，往往笔尖饱蘸了热情，奔放不羁。柯勒律治说："他是用自己的方式说他自己要说的话。"（"He says things of his own in a way of his own."）他在20岁上遇见柯勒律治和华兹华斯时，正是这两位诗人的事业鼎盛之时，也是赫兹利特在人生中的抉择关键。这次相会对他的一生事业具有决定性的意义。事隔四分之一世纪之后，他在他那名篇《与诗人的初次相识》（*My First Acquaintance with Poets*）中这样描写他听了柯勒律治讲话后的印象：

> "对于我来说，即使听到天上的仙乐也无法与我此刻心头的快乐相比。诗歌与哲学聚会在一起了。在宗教的关注和赞许之下，真理与天才结合起来了。这简直超出了我的希望。我心满意足地回到家中，那苍白、暗淡的太阳仍然在天空中艰难地运行，这恰像是"正义事业"的象征；悬垂在蓟草上的凉飕飕的露珠却让人感到亲切而飒爽；因为在这个时候整个宇宙中充塞着一种希望与青春的精神，它使得一切事物都变得如此美好。"

　　《论青年的不朽之感》（*On the Feeling of Immortality in Youth*）是作者的另一名篇，内容是纵谈人生的。作者抓住这个题目，把自己对于人的一生，对于宇宙，对于历史，对于文学、艺术等等的看法，向读者倾心畅谈出来，气势磅礴，一往无前。这虽然是漫谈，却决非信口开河。因为作者对于这个题目经过深思熟虑，确有见地，而且平日对于文学、艺术、哲学、历史各方面修养有素，功力深厚，并且采用向读者推心置腹谈家常的口气，更使人觉得娓娓动人，引人入胜。这本来也是英国随笔作家常常运用的手法，也是英国随笔散文具有独特艺术魅力的一个"秘密"。

此文谈到人的生死问题。"人生非金石,岂能长寿考?"人生苦短,也是客观事实。但怎样来度过这有限的一生? 大体上可以分为两派:"浮生若梦,为欢几何?""昼短苦夜长,何不秉烛游?"——这是及时行乐派,波斯诗人的《鲁拜集》里宣扬的就是这种思想,从根本上说是消极的。另一派知道"吾生也有涯,而知也无涯","望崦嵫而勿迫,恐鹈鴃之先鸣",主张抓紧人生,及时努力学习、工作,为人类做出贡献,这是积极的态度。赫兹利特追求进步理想,拥护法国革命,写出大量作品,"著作等身",可以说是勤奋地度过了一生。因此他在文章里这样写道:

> "我们是过去的继承者,我们把未来也看作是自己的当然财产。此外,还有我们某些早年的印象,经历时间愈久,愈发显得美妙无比,它们那芳香和纯净是增一分则多,减一分则少,理当永世长存的——例如,春天初来的信息,带露珠的风信子花,金星的柔和光芒,暴风雨之后的彩虹——只要我们还能充分领略这些良辰美景,我们就永远年轻,在这方面难道还有什么东西能够使我们改变吗? 真理,友谊,爱情,书籍,也能抗住时间的侵袭——我们活着,只要不失去它们,也就永远不会衰老。对于某些事物,我们倾注了自己的爱,为之入迷,并因而得到了宁静和不朽,这也就是取得了另一种新的生命。我想象不出,自己胸中的某些感情怎会衰退,怎会冷却;为了保持它们那种新生的、青春的光芒和朝气,必须让生命的火焰燃烧得灿烂夺目;不仅如此,还要用这些感情来点燃起一盏神灯,发出'红彤彤的爱的光辉',在我们头顶上升起一道金色的彩霞! 还有,我们不仅能在爱情中使红颜永驻、青春长葆(在这方面,我们不承认任何变化的可能性,正像我们不愿知道自己所爱的女人脸上也会出现皱纹),我们还能在我们心爱的学术和事业上,以及在它们的不断发展之中,取得抗拒死亡的保证。我们觉得,既然艺术的生命长在,人的生命也应该长在。在艺术创作中,我们所要面对的困难是没有止境的;达到完美无缺,更要日积月累,必须拥有足够的时间,方能进入此种境界。鲁本斯曾经抱怨说,他刚刚学会自己这门艺术,就被死神挟持以去了——我们自信比他要幸运得多! 一幅老人头像

上的一条皱纹，几天时间总可画得妥帖。但是要捕捉'拉斐尔的优美，圭多的气势'，所需下的功夫可就无从计算了。我们的目标何等远大！我们的任务何等艰巨！为什么要让我们功业未半就中途撒手呢？这并不是说，我们把时间这样用掉是浪费，我们的辛苦是徒劳，我们的进展微不足道——我们也没有垂头丧气、表示厌倦，而是'工作无穷期，意志更昂扬'。难道时间老人竟不肯给我们提供方便，让我们把幸已着手，并且可以说是经过造化默许的事业进行到底、加以完成吗？"

赫兹利特这种抓紧时间、努力追求真善美的行动表现了一种积极进取的人生态度。

由于法国革命失败，波旁王朝复辟，欧洲各国人民重新受到封建专制势力的压迫，往日志同道合的好友在政治态度上，转向保守，分道扬镳。这也影响到赫兹利特的心情。他抚今追昔，发了一番感慨：

"就我个人来说，我的生命路程是和法国革命一同开始的；那个事件对我早年感情的培养，正像对于别人一样，起了很大的作用。当时正处在一个新时代的黎明，人的思想有了新的动力，青年人更是加倍地得其所哉：在这一天，自由的太阳和生命的太阳同时升起，互相比赛，争放娇艳的光芒。我怎么也没有想到，当我少年时代的希望正和全人类的希望亲亲热热手拉手地一同前进，当我这双眼睛还远远不该闭上的时候，那黎明的天空却已经阴云四布，大地又陷入了专制暴政的沉沉黑夜之中——'太阳全蚀了'！想不到——这是我的幸运。在我最宝贵的生命岁月里，我觉得自己对于那一历史壮举（法国革命——译者注）完全是'一片童贞'；人类的敌人被打败了，我是多么兴高采烈！在那时候，人的形象还未受到污损，人的心灵还未被恣意糟践，哲学为人类开拓了广阔的视野（指18世纪启蒙思想家的影响——译者注），诗歌为人类描绘了深远的前景（指浪漫主义诗歌运动——译者注），人类灵魂中最美好的憧憬眼看就要得到实现。"

回忆着往日的豪情，作者不禁对着自己小时候的画像发出自豪的赞赏：

"——我写这一段文字的时候,恰好面对着放在壁炉架上的我儿童时代的一幅小像,我把它取下来细看。从那画像上我几乎找不出自己的影子了,不过还可以认出我那安详的前额,带笑窝的嘴,和那怯生生的、爱寻根问底的眼神。而且,我还从它那无忧无虑的微笑中看出:它似乎没有责备我什么时候背离过早年在我心中播下的思想种子,或者曾经写过哪一句话惹得这位天真的小伙子为我脸红!"

作者的其他名篇还有《谈出游》(*On Going a Journey*)、《谈绘画的乐趣》(*On the Pleasure of Painting*)、《关于读旧书》(*On Reading Old Books*)、《谈憎恨之乐》(*On the Pleasure of Hating*)、《谈人所希望见到的人》(*On People One Would Wish to Have Seen*)、《谈过去和未来》(*On the Past and Future*)、《告别随笔写作》(*A Farewell to Essay Writing*),等等。

(三)

赫兹利特是一位文体家(stylist)。他曾师承英国 18 世纪的散文大家阿狄生和斯威夫特,但又在新时代中根据自己的写作体会进行了发挥创造。他的《论平易的文体》(*On Familiar Style*)一文提出了他关于文体,特别是关于散文文体的见解,也总结了他自己写作散文的经验。作者既反对鄙俚无文的文体,也反对华而不实的文体,而将批评的矛头针对在 19 世纪业已过时,而在 18 世纪流行过的古典主义末流的那种华丽堆砌、空洞无物的文风。赫兹利特指出:好的文学语言只能从现当代约定俗成的通用语言中选择、提炼而成,而文学语言的高下从根本上还要看它能否反映事物的本来面目以及作者的真实思想感情。比较华兹华斯在《抒情歌谣集·序言》中所说,诗人写作时要"竭力使语言接近人们的真实语言",把人们的真实语言加以精选,然后再使之符合诗律节奏,可知赫兹利特的文体主张是和浪漫主义的基本文学原则相一致的。

赫兹利特的文章以语言准确、清晰、生动、流畅、富有感染力而著称。他的优美语言是从下苦功中得来的。《论平易的文体》本身就是一篇优美的随笔散文,写得凝练、有力。

赫兹利特的文章中不时出现格言式的警句——其中有些话乍看似乎是悖论,但细想方知是"似是而非"的反话(paradoxes)。他在这方面最著名的文章是那篇《论学者的无知》(*On the Ignorance of the Learned*)。且从中摘录几句:

"常言说得好:学校里的尖子生,长大了进入社会不见得能成大气候。"("It is an old remark, that boys who shine at school do not make the greatest figure when they grow up and come out into the world. ")

"一个除了书本什么也不知道的学者,对于书本也是茫然无知的。'书并不自己说出自己的用处。'"("A mere scholar, who knows nothing but books, must be ignorant even of them. 'Books do not teach the use of books. '")

"如果我们想知道人类天才的力量,我们应该读一读莎士比亚。如果我们想了解一下人类学问之无足轻重,我们可以读一读莎评家的著作。"("If we wish to know the force of human genius we should read Shakespeare. If we wish to see the insignificance of human learning we may study his commentators. ")

这一类的警句内涵深刻、语言精练,可以看出赫兹利特早年的哲学训练使他敏于思考,也可以看出他语言功力之深厚。

维吉尼亚·吴尔夫在评论赫兹利特的作品时,细心地看出了他的双重性格:一方面他耽于哲学思考,是一位思想家;同时他曾经学习绘画而且富于想象,又是一位艺术家——这两种因素常常交错出现在他的文章里。这样,就发生了一个有趣的现象:

"毫无疑问,作为思想家的赫兹利特是一位好伙伴。他坚强而无所畏惧,知道自己在想些什么,并且能够富有说服力而又才气横溢地把自己的思想表达出来。……但是,除了思想家的赫兹利特,还有艺术家的赫兹利特，还有那个既有审美感，又容易动感情的人。……哪怕他那些顶顶抽象的文章里，只要有什么东西使他想起自己的过去，也会突然放射出赤热的或者白热的光来。一旦有什么景致拨动了他的想象，或者哪本书使他回想起第一次读它的时候，那么，他就要放下他那细腻分析的笔，而像一个画家拿起饱满的画笔，把它才气勃勃、优美动人地描绘一番。"(《威廉·赫兹利特》)

这两种性格因素交错出现，使得赫兹利特的文章充满动感、充满变化、多姿多彩，但同时让人读到末尾，似有一种奔马难以收缰之感。因此，维吉尼亚·吴尔夫说赫兹利特的随笔作品"很少能达到(蒙田和兰姆)这两位大师的那种炉火纯青、浑然一体的境界"。这自然只代表吴尔夫夫人的一家之言，但也不是完全没有道理。

二、利·亨特

亨特(James Henry Leigh Hunt，通称 Leigh Hunt，1784—1859)是 19 世纪上半叶一个重要的英国散文作家。

亨特首先以一个评论家和刊物编辑的身份出现于英国文坛。他从 21 岁开始写戏剧评论，不久，和他哥哥约翰共同创办了一个周刊《检查者》(*The Examiner*)，他做主编。这个刊物办了 14 年。亨特的思想观点是自由主义激进派，在刊物上写政论批评保守的托利党政府。当时英国国王乔治三世精神错乱，由其子任摄政王——即后来的乔治四世。这位摄政王虽然受到御用文人吹捧，实际上生活放荡，丑闻很多。亨特在《检查者》上揭穿这种骗局，把摄政王叫作"说谎者"和"肥头大耳的 50 岁老情郎"("a fat Adonis of fifty")，这就触怒了英国统治者。亨特在 1813 年被罚款并被判处两年监禁。亨特身处囹圄而不改其乐，他在牢房里挂上图画，摆好书架，室外种上花木，接待文学朋友和同情者，甚至还照常编他的刊物《检查者》。这么一来，坐牢倒使得亨特成为大家同情的英雄，他的文学名声更大了。出狱后，他发表了一

亨　特

部长诗《里米尼的故事》(*The Story of Rimini*, 1816),创办了另一个刊物《指示者》(*The Indicator*),在上面发表了一批随笔散文。

1822年,亨特应雪莱、拜伦之邀,到意大利去,和他们一同创办季刊《自由者》(*The Liberal*)。不幸,亨特刚到意大利,雪莱在海上泛舟淹死,《自由者》只办了四期就停了刊。亨特回国,长期陷于经济困难,靠写作、办刊物的收入来维持家庭生活,多年间过着"从手到口"的艰苦笔墨生涯。晚年才得到政府一笔补助。

亨特写了不少诗,他的一些短诗至今尚在英国诗文选中流传。但他的主要贡献是在散文方面,即评论和随笔。作为剧评家,他为当时伦敦的日常戏剧演出留下了生动翔实的文字记载。作为文学评论家,他特别注意发现诗歌新人,向读者推荐雪莱和济慈的诗歌成就,并当二人受到保守者的粗暴攻击时奋起保护他们——这在批评家当中不能不说是十分难能可贵的。亨特自己的个性特点则更多地流露于他那轻松活泼的随笔散文之中。其中代表性的名篇有《论霜晨早起》(*Getting Up on Cold Mornings*)、《更夫》(*Watchmen*——此文梁遇春曾介绍在他的《英国小品文选》中)和《睡眠小议》(*A Few Thoughts on Sleep*)等。在这些随笔中,作者抓住某一件日常小事,从多方面进行描写,发种种议论,引用文学典故和诗歌片断,写得热闹非凡。亨特的随笔,一般都是这样夹叙夹议,信笔写来,好似用文字记下的娓娓清谈,自有一种清新活泼、引人入胜的力量。且引《睡眠小议》为例:

> 人在忧虑之中往往不能成眠,其实他们大可以通过白天睡觉来恢复一下精神,只要他们的身体状况许可他们这么做的话。认为忧愁一定不能睡觉,是一种误解。忧患有时促人清醒,有时催人睡眠。这种差别似乎由于人气质不同而产生。不过,有一些最最极端的场合下,睡眠或许是造物主赐给人的一种永远不变的慰藉,正如人到了拷问台上就要昏倒。一个血液中有了黄疸病的人一到中午倒头便入睡;相反,具有另外一种气质的人,哪怕一连几夜未眠,却仍像一尊雕像似的,苦于不能合眼,笔者无意抹煞受苦受难的庄严性,因为人在清醒的时候所遭到的苦难已经足够叫他烦恼,然而这也正好说明了人处在凶险鏖战或死刑处决的前夜,以及其他迫使精

神过度兴奋的状态之中，为什么还能够酣然沉睡。

"最美满、最身心舒畅的睡眠，只有当炎夏时节的白天，在那寥廓的田野上才能得到：躺在青草或者干草上面安然入睡，一片树荫为你遮蔽着骄阳，你感觉到一种清新、爽快的微风在大气之间回荡，高高的天空环抱着自己，向四面八方伸延——什么能比得上这样美妙的感受？大地、苍空、和平的人类似乎充塞了整个的宇宙。在酣睡者和赤条条、欢天喜地的大自然之间不存在任何隔阂。

"婴儿的睡眠，最为优美；疲劳的人在户外睡眠，最为酣畅；水手在艰苦航行之后的睡眠，最为圆满；为某种意念所苦的人，对睡眠最为欢迎；哭泣后的母亲的睡眠，最动人心弦；一个顽皮小孩的睡眠，最为轻松；一个深受爱慕的新娘的睡眠，最为骄傲。"

也许有人会觉得这种文章写的都是身边琐事，而且随作者兴之所至，任意跑题，过于松散。不过，19世纪英国随笔比起18世纪的英国随笔，理性的因素大大减少，感性和个性的因素大大增加，这跟当时浪漫主义主潮的趋向是一致的，正是一种势所必至的现象。随笔本来不是那种高华典雅的方正文字，如果没有个性特色，随笔的艺术魅力也就要失去一大半。只是后来模仿者渐多，只求形似19世纪诸家，却缺乏他们的圆熟、气势和光彩，徒然流入琐碎支离，絮絮不已。——大凡一切文学流派的末流都难免这种"每况愈下"的趋势，不独随笔散文为然。

乔治·吉辛与《四季随笔》

　　乔治·吉辛(George Robert Gissing)1857 年生于英国约克郡的威克菲尔德一个并不富裕但多子女的普通人家,少年时在基督教贵格派办的寄宿学校念书,后进入曼彻斯特的欧文斯学院。他智力早熟,在校是尖子生,特别是接受了

吉　辛

严格的希腊罗马古典训练。但他在人生道路上遭遇坎坷。首先,在上大学期间他同情一个做了妓女的女孩,为帮助她犯了小偷小摸的错误而被学校开除并坐牢一个月。事后亲友送他到美国,流浪了一年,虽发了几篇小说,但生计困难,回到伦敦,为人辅导希腊文、拉丁文勉强糊口。他结婚两次(第一个妻子就是上述那个年轻妓女),都以不幸结束。

　　吉辛早有当作家的志愿。他 20 岁时在美国发表短篇小说。回英国后,他立志要像巴尔扎克那样写出一系列反映当代英国社会生活的作品。他从 23 岁时出版第一部长篇小说,共写作和出版 24 部长篇和 2 部短篇小说集。这些小说,除了一部以 6 世纪历史为题材之外,大部分描写英国中下层社会生活,例如:《黎明时的工人》(*Workers in the Dawn*, 1880),《无阶级身份的人》(*Unclassed*, 1884),《平民》(*Demos*, 1886),《下层社会》(*The Nether World*, 1889),《新格拉布街》(*New Grub Street*, 1891),《在流放中诞生的》(*Born in Exile*, 1892)等。

　　吉辛从青年到中年,一直过着下层文人的勤奋而贫穷的生活,每年写作出版一部甚至两部长篇小说,日子过得很苦,除了有时忙里偷闲、读一读自己心爱的经典作品之外,很少有"生人之乐"。此外,他辛辛苦苦写出的长篇小说,也不为上流社会所欢迎。一家出版商的审稿员对他的第一部长篇小说《平民》审阅后的评语是:"吉辛先生的小说内容太痛苦了,很难取悦于普通小说读者,他对

有些事件的处理也绝不可能吸引莫迪先生的图书馆的订户。"（按：莫迪图书馆，19世纪英国一个专营图书流通的商家，以严于"道德顾忌"著称，对于它所经营借阅的读物几乎形成一种"审查制度"。）因此，《平民》是由吉辛自费出版的。后来他的收入渐渐有所好转，但也从不富裕。只有到他生命的晚年，接受一位朋友的遗赠，他从繁忙的伦敦退居到德文郡的乡下，生活才稍有余裕；又曾到他向往已久的意大利游历，并把游历印象写成《在爱奥尼亚海边》（*By the Ionian Sea*，1901）一书。他落脚于法国，与一位法国女士结合，过了一段温馨的日子，可惜好景不长，就在他46岁时于1903年12月逝世于法国西南部比利牛斯山下沿海小城——圣让·德·卢兹。

在吉辛所写的全部作品中，在这篇小引中只能提一提他的两本书，即《新格拉布街》和《四季随笔》（原名《亨利·莱克罗夫特的私人札记》——*The Private Papers of Henry Ryecroft*，1903）。

"格拉布街"原指往昔伦敦的一条街，居住者多为雇佣文人，后来泛指靠文字谋生的下层作家及其所代表的文学生涯。吉辛的《新格拉布街》是以19世纪末伦敦文坛为题材的小说，描写作家们为谋生的奋斗，同行之间的妒忌，文坛上的阴谋诡计，以及贫穷对于文艺事业所起的摧残作用。小说的主要人物是两类人：其一的代表是评论家贾斯珀·米尔万，一个笔头快、机灵（"会来事儿"）、自私的人，他的文学事业完全从个人物质利益出发，丝毫不讲道德原则。与他相反的是埃德温·瑞尔登，一个痴心追求自己作品的艺术性的作家，出过两部优秀作品，但一生都在贫困中挣扎，而且由于妻子的不理解而痛苦。与他声气相投的是性格豪爽的学者哈罗德·毕芬，还有一个性格古板的学者哈罗德·尤尔，由于不断遭受挫折而性情暴躁、冷嘲热讽——他们都属于文坛上的弱势群体。米尔万则是文坛上的风云人物，无往不利。他在情场上也一帆风顺：为了得到一笔5000英镑的遗产，他追求尤尔的女儿玛利安，赢得她的爱情，准备结婚；但后来一见遗产落空，掉头而去，转而娶瑞尔登的年轻寡妇为妻——此时瑞尔登已因文坛上的失败和妻子的离异而在贫病中早逝。小说以当时文坛上投机取巧战胜良心而结束。作者想要表达的主题是：文学的商业化给忠实于文学艺术本身、不贪图私利的作家所带来的沉重压力，它给文坛上的骗子提供了飞黄腾达的机会，但一个国家的文化将因此而退化，同时影响到整个社会文明的发展。以后事态的发展部分证实了吉辛在19世纪90年代的预见。

《四季随笔》书影

《四季随笔》是一部在内容、形式和写法上都有些特别的随笔集。吉辛在序言里声称这本书的原稿本是他一位刚刚去世的作家朋友"亨利·莱克罗夫特"的日记,由吉辛加以整理,编为"春"、"夏"、"秋"、"冬"四组长长短短的文字发表出版。但这种说法只是一层薄薄的伪装。书的作者就是吉辛自己,书中所写的不少内容正是他在19世纪之末从伦敦退居德文郡乡下后的所见、所闻、所忆、所感,不过借他人之名,说自己要说的话。内容深藏于心,随笔形式自由,写来无拘无束,对于一位富于文化修养和写作经验的作家来说,一旦时机成熟、得心应手,自会流淌出一路朴素、自然、亲切动人的文字。这不同于小说创作的那种"刻意求工"的风格。作家进行小说创作时,由于形式上的诸多严格要求,不免要运用种种技巧对生活中原汁原味的素材进行大量加工、"改造",其结果也就免不了在作者本人和读者之间拉开一定距离。而随笔的根本特点,或者说生命力,在于它无论写什么内容,写作者自己的真情实感都必须贯穿着作者的个性。随笔的风格魅力就在这里。

吉辛从伦敦退居乡下,他人到晚年(其实他这个"晚年"仅仅是中年),世味谙尽,烟火已消,转入平静,不免想起平生印象最深的往事,想吐露一下亟欲倾诉的衷曲。于是他写写他的伦敦生活,作为一个无名作者,他所度过的穷苦日子:有时住在阁楼,有时住在临街的地下室,常常处于半饥饿状态;冬天无钱生火,只好跑到大英博物馆阅览室看书,既可满足精神饥渴,又可顺便暖一暖身子。在德文郡乡居,在大自然的怀抱之中,在普通劳动者的朴实、厚道的人性感动之下,他的思想感情从往日的尘嚣中得到了解脱,思考种种问题,遐想联翩:战争与和平,文明与民主,诗歌、音乐、图画,农业与天气,季节的变化,花和鸟,英国的旅馆和食物,宗教和哲学,等等。因此,有的评论者把《四季随笔》称作吉辛的"心灵自传"。

吉辛的名字在中国并不陌生。在上世纪40年代,抗战后期的重庆曾以《文苑外史》的书名出版过他的《新格拉布街》的中译本。解放后的50年代初,上海出版过他的另一部小说《威尔·瓦伯顿》(*Will Warburton*)的中译本。至于《亨利·克罗夫特的私人札记》,早在"五四"时期,周作人在介绍英国的"美文"时就以《草堂随笔》这一译名向中国读者介绍过。"草堂"一名,在中国文化传统中向来寓有"文人寒舍"之意。不过,一提"草堂",又不免想到杜甫草堂,用于吉辛,稍嫌不便。好在老翻译家李霁野将此书名译为《四季随笔》,"名从主人",于内容更为贴近。

（2006 年 4 月 20 日,开封,灯下）

英国文学丛话(十一则)

一、一批古书的命运

　　1868 年,一位牧师向牛津大学的波德利图书馆捐赠了从 1502 年到 1511 年印的三部对折本古书。关于这些古书,有一段曲折的故事。原来某一座古老庄园的主人死了,他的后代和遗嘱执行人自作主张,要把一批古老的手抄本、书籍、典册一股脑儿毁掉,因为他们看不懂这些玩意儿,不知道里边说的是什么,又不愿让这些东西流入外人之手。于是这些自作聪明的傻瓜就燃起一堆火,把这些书统统付之一炬。但是村里有一位补鞋匠想把书上的小牛皮剪成别致的鞋样或鞋垫,因此他赶到火场,恳求允许他从书堆里捡走一部分。他的恳求得到许可,推走了一车书。后来,前边说的那个牧师听说此事,想办法与补鞋匠"谈判",把那些珍贵古籍的残余救了出来。但只有上边说的那三部书保存完好,因为它们都是用纸印的,至于用小牛皮装订的古抄本则都已剪成了鞋样。——一座古修道院的藏书就是这样被毁灭了。

　　原来,在中世纪的英国,正如当时的欧洲各国,由于教育不普及,又没有印刷术,书多半是靠分散在各地的修道士们在修道院里抄写的。所以修道院里往往藏有珍贵的古抄本书籍。到 16 世纪中叶,亨利八世查封了英国的所有罗马天主教修道院,金银财宝归他自己,房地产转赠给他的亲信贵族或者转卖给地主。贵族地主把耕地改成牧场养羊赚钱,至于书籍,则不当一回事,再几经转手,更不受重视。二百年后就发生了上面说的事。因此,在巨大的社会变动时期,如果对于重要书籍不加保护,必然会遭受难以挽回的损失。

二、关于《鲁宾逊漂流记》的故事

18 世纪 40 年代,英国西南部康瓦尔郡有一个偏僻小村,村里没有教堂,也没有一整套《圣经》,只有一本《新约》和一本《通用祈祷书》钉在一起,——这还是村里开酒店的老太婆的财产,由她连同那部鼎鼎大名的《鲁宾逊漂流记》一块儿放在厨房里的碗橱架上。夏季某天,雷雨大作,受惊的村民们跑到酒店里躲避。为了给村民压惊,就把全村唯一的识字人、酒店学徒杰克叫来念祈祷文。村民心慌意乱地跪在地上,杰克在急忙中从厨架上把《鲁宾逊漂流记》拿下来就念。一开始,小伙子糊里糊涂地念,大家也糊里糊涂听着。可是后来念到"礼拜五"(鲁宾逊的黑奴——译者注)的

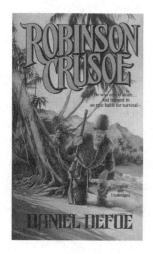

《鲁宾逊漂流记》书影

名字,酒店老太婆叫了起来:"哎哟,杰克,你八成把书拿错了!你念的是《鲁宾逊漂流记》呀!"杰克受了责骂,很不服气,回答说:"怎么,《鲁宾逊漂流记》一样能止住天上打雷的!"就这样,他把《鲁宾逊漂流记》当作神圣的祷告书念下去了。

上述故事说明《鲁宾逊漂流记》在 18 世纪英国流行的程度。但作者笛福作为小说家的成功奥秘主要在于他那超人的记忆力和想象力。笛福一开始并没有写小说。他父亲是伦敦的一个肉商。他自己早年当过兵、打过仗,但他的一生大志是经商。他做过袜商,开过砖瓦厂,经过几起几落,最后赔本破产。与此同时,他还不断写作政论,提出自己关于英国政局的见解,并因此坐牢。他在监狱里创办了一份期刊,出狱后成为英国的第一位职业报人。由于多方面的经历和新闻工作的锻炼,他头脑里积累了无数的关于各行各业社会生活的详情细节,加上丰富灵活的想象力,所以,当他 60 岁上写他第一部小说《鲁宾逊漂流记》时,细节丰富生动,,使读者觉得它不是虚构的小说,而是真实的生活记录。当时在牛津有一位市政官,对《鲁宾逊漂流记》喜爱得入了迷,每年通读一遍,把书中一切内容都当作圣书一样千真万确。某日有一个朋友告诉他:这本书乃是

小说，鲁宾逊的原型是一个名叫亚历山大·塞尔开克的苏格兰水手，他由于跟船长闹别扭，被丢在一个叫胡安·费尔南德斯的海岛上，待了五年。这个故事经过一个叫笛福的作家虚构加工，写成了这么一部书。市政官听了以后说道："唉！先生，你说的情况也许是真的，不过你不说出来倒好。因为经你这么一说，你就把我晚年最大的乐趣给断送了。"

三、雇佣文人的苦境

古时候的英国，正如一切东西方国家一样，并没有"职业作家"一说，因为当时写作还形不成一种职业。15世纪，威廉·卡克斯顿在伦敦办起英国的第一家印刷厂，此后随着文艺复兴运动扩展到了英国，诗人、剧作者、翻译家才大批出现。但是出书仍然不易，而且审查制度也很严，诗人、作家往往得得找一位有权势的贵族做"保护人"，所以那时候英国出版的文学书籍，掀开封面首先看到的往往是一篇对某位贵族的"献词"。17世纪一场英国革命，封建贵族下台。18世纪是英国的资产阶级启蒙运动的时代，报刊和图书出版事业大大发展，这才产生了近代意义上的"职业作家"——不过，"职业作家"的名称虽然好听，他们其实是"雇佣文人"，生计饭碗完全操纵在书商手里。当时的画家罗兰逊有一幅作品，画着一个骨瘦如柴的文人，双手捧着自己的手稿，可怜巴巴地乞求书商接受，而那个衣饰豪华、脑满肠肥的书店老板却态度倨傲、置之不理。——这是那时候靠写稿吃饭的作家的真实写照。

18世纪英国的"文坛泰斗"约翰生博士的命运也不例外。他从老家到伦敦，去找书商威尔考克斯。威尔考克斯问他："你在伦敦打算怎样谋生呀？"约翰生回答："靠文学劳动。""靠文学劳动？——你还不如买根绳子去当脚夫哩！"后来，约翰生也真像脚夫一样给书店老板干了多年苦工。一次，书商奥斯邦以13000镑的代价买下牛津伯爵的藏书，叫约翰生为这一批卷帙浩繁、杂乱无章的藏书编出书目提要——哪怕稍有保存价值的小本本都不得放过。约翰生拿着小工的工钱，埋首书海，如矿工在井下开

约翰生

矿，费了几年工夫，为书店老板编出五卷八开本的书目提要和八卷四开本的《哈利丛书》。在编书目当中唯一的消遣是读一读手边的书。但老板认为每天给他工钱，是雇他编书目，而不是让他自己读书的，因而一见他仔细看书就横加阻止。约翰生气极了，抓起一部对折本大书，向老板扔去，把他打倒。

1744 年，约翰生的匿名作品《诗人萨维奇传》出版后获得成功，书店老板为此请客，但约翰生衣衫褴褛，不得上席面。老板叫他躲在屏风后边，让仆人把食物盛在盘子里端到屏风后边给他吃。客人在宴会上对《诗人萨维奇传》大大夸奖了一番，而书的作者只能躲在屏风后边偷听，暗自高兴。

后来，约翰生成为大作家，不再受这种屈辱。但他一生穷困，晚年还不得不靠着政府津贴度日。

四、一部小说的问世

哥尔斯密(1730—1774)是英国文学史上出名的性格善良可爱而做事极不实际的人物。他青年时代学医不成，又想当牧师、律师、教师、演员，也都一一失败。但他会唱歌、吹笛子、讲故事。有一阵他跑到欧洲大陆，在各国靠着吹笛子、唱民歌要饭，当了一两年"快活的乞丐"。他一辈子未结婚，到朋友家和孩子们做快乐的游戏。

到后来哥尔斯密著作等身，但仍不会过日子，有了钱爱周济穷人，所以他总是穷。他的好朋友约翰生写道："一天上午，我接到可怜的哥尔斯密一张字条，说他处于极大的困难之中，行动不得，叫我快去。我拿出一个几尼（英国金币——译者注）交来人带给他，并答应随后就到。我换上衣服，立刻前往，到那里看见女房东把他软禁起来、正逼他交房租，他自己也在大发脾气。我还发现他已经把我给他的那个几尼换开，面前摆着一瓶烧酒、一只酒杯。我把瓶塞塞进瓶口，劝他冷静下来，跟他合计可有什么摆脱困难的办法。他说他有一部小说已经脱稿，随即拿了出来。我略翻一翻，看出很有价值。我对女房东交代一声很快就转回来，然后去找一个书商，以 60 镑的价钱把这部稿子卖掉。我把钱带给哥尔斯密，他还了房租，同时大声把女房东训了一通，说她不该对他如此无礼。"——这就是哥尔斯密的小说《威克菲牧师传》的问世经过。

五、小书迷

诗人申斯东(1714—1763)自小爱书入迷。家里只要有人上市场或是去赶集,他就缠住他们给他买书作礼物。如果家里人回来很晚,他已经睡下,也得把书送到他床上。有时候,家人把买书的事忘记,他妈妈为了哄他睡觉,只好用纸包上一块木头当作书交给他,让他抱着"书"睡觉,直到天明。否则他就会懊恼得不能入睡。

按:这是18世纪英国的一个好孩子。英国历史上另外有一个大名鼎鼎的爱书的好孩子,那就是少年时代的西撒克逊王艾尔费雷德大帝。但是,在当前的商品社会里,不知道这样爱书的孩子还多不多? 1996年我在美国参加世界莎学大会之后,曾在俄亥俄州的阿灵顿高中向老师同学们简单介绍一下莎士比亚在中国流行的情况。讲完后,有人提出一个问题:"读莎士比亚有什么用处?"对这个问题,就是写一本书也回答不清。我只好大而化之地说:"Well, it's hard to say. But I think a lover of good literature could hardly be a bad person."(这很难说。不过,我想,一个爱好优秀文学作品的人大概不会成为一个坏人。)值得高兴的是,讲话结束时,两个男生郑重走到我的面前,说是赞成我讲的话。这肯定是两个爱书的孩子。

六、诗人布莱克之死

诗人、画家布莱克(1757—1827)的职业是刻铜版的工匠。他穷苦一生,写了诗无人给他出版。他的诗集都是他自己连诗带插图刻成铜版,自己手印的。他这些自写、自画、自刻、自印、自己发卖的诗本,能保存到现在的,都已成为文艺珍品、英国的国宝。

关于布莱克生前的穷困,流传着这样一个故事:一个贵族送给布莱克一些核桃油,让他绘画时作试验之用。布莱克拿到核桃油,由于饥饿,禁不住自己先尝一尝,可是尝一点、再尝一点,竟把核桃油吃光。后来那个贵族登门来问试验结果,布莱克答不出来,只好以实相告。——从此这就传为"笑话"。

布莱克的妻子凯萨琳是文学史上有名的贤内助。凯萨琳不仅承担了家务，还支持布莱克的创作活动。布莱克自刻自印的诗集，凯萨琳亲手为一幅幅插图涂上彩色，把印好的书页订成本子。

布莱克尽管一生在穷困中挣扎，但心地纯洁、性格正直、创作勤奋、精神乐观。他的好朋友太沁记述他临终的情况，写道：

"生命，犹如即将熄灭的火焰猛然一闪，在他身上最后一次迸发出蓬勃的朝气。他高高兴兴，丝毫不为即将面临的死亡的折磨而烦恼。他觉得自己精神好转了，一如往常一样要求看看他发病前还在创作的作品——一幅题为《古老时代》的彩色版画。在对它加工之后，他大声说：'行了，我已经尽了最大努力了，这是我最好的作品。我希望太沁先生喜欢它。'他把这幅画撂下，又说：'凯蒂（凯萨琳的爱称——译注），你是一个好妻子，我要给你画像。'她坐近床边，他为她画了一幅素描。他画了一个钟头，然后他便开口唱起'哈利路亚'和表示欢乐、胜利的歌儿——据布莱克太太说这些歌的曲调和词句都是极其壮美的。他放声歌唱，充满着幸福的喜悦，好像说他已走完了自己人生的路程，就要到达目的地，为了他那崇高不朽的工作而去接受奖赏似的。接着他回答了关于在他身后他妻子生活上的一两个问题，谈到本文作者（指太沁——译者注）可以做她事务上的代理人。然后，他的灵魂就像一阵微风的轻轻叹息似的消散了……"

七、骚赛的故事

跟骚赛（诗人，1774—1843）交往，如果不想大碰钉子，首先不要动他的书，还要严格遵守他那种种的规章、礼节和习惯。他在哪个钟头见客、在什么时候会朋友，都是预先定得死死的。每天的每个小时都有自己的使命，每分钟都有自己固定的任务。一天，这位不知疲倦的学者向某一位爱好文学的妇女详细描述自己的辛苦生涯——其中每一刻工夫都塞满了事先铁定的工作。他说：

"一年四季我都在五点起床；六点到八点，念西班牙文；接着念法文，一小时；然后，葡萄牙文，半小时；——我的表放在桌上；我写诗两小时；写散文两小

时;翻译,两小时;写读书笔记,也这么长时间……"如此
等等,直到这个可怜的人累得精疲力尽、上床睡觉为止。

"那么,我的朋友,"那位妇女冷冷地问道,"你什么
时候思想啊?"

这一问,问得这位桂冠诗人大为狼狈。

骚赛还有一种癖好:他爱在发表他那些可怕的长诗
以前向人朗诵一番——随便抓一个他看来合适的对象来
进行这种残酷的试验。一天,雪莱到骚赛家做客。客人

骚　赛

一来,骚赛就把他看中了。骚赛抓住他,把他严严实实关进楼上的小书房,连自
己带俘房都锁到屋里,然后将钥匙装进背心上的小口袋。自然,这个房间有一
个窗户,但楼房离地面如此之高,即使特棱克男爵(德国将军,以被俘后越狱出
名——译注)到这里也不敢尝试逃跑。骚赛说:"你马上就会高兴了,坐下吧。"
可怜的雪莱叹一口气,在桌旁就座。骚赛坐在对面,把手稿摊开,开始慢条斯
理、一字一板地朗诵起来——一首长诗……就是《克哈玛的诅咒》。这位自我陶
醉的诗人读呀读的,有时候还变换语调来表明哪些地方是精彩之处,以便博得
喝彩。然而却听不见任何赞扬,也听不见任何批评——只是一片寂静。这真奇
怪。骚赛的眼睛离开他那抄得工工整整的手稿:雪莱不见了。这就怪上加怪。
逃跑是不可能的事——一切预防措施都采取了。然而雪莱还是无影无踪:原来
雪莱早已不声不响地从椅子里滑到地板上——这个大煞风景的小蛮子(原文
"汪达尔人",意即"文化破坏者"——译者注)正躺在桌子下面甜蜜蜜地睡
着呢。

诗人和作家珍惜、重视自己的心血劳动结晶,是无可厚非的。但海明威对
于创作的态度更冷静、更明智。他说过要站着写、躺着看。当创作的激情冷下
去以后,客观地对待自己的作品,并不会贬低它的实际社会效果。反之,则可能
陷于"自视谓为警策,众睹终沦平钝"的境地。骚赛生前下过最大功夫而且最自
负的是他所写的一批长诗。但是这些长诗现在很少有人读了。在他的大量创
作中现在还有读者的只是少数几首短诗和一部散文作品《纳尔逊传》。

八、济慈怎样写《夜莺颂》

济慈（1795—1821）的好朋友布朗写道：

"我发现：他的每首短诗，都是当他感到非写不可的时候，在手头不管一片什么纸上潦潦草草一写，然后就往书里一夹或者随便往哪里一丢。1819年春天，一只夜莺在我屋旁筑巢。济慈从它的啼啭声中觉出一种回萦不已的、宁帖的快感。一天清晨，他在早餐以后从桌旁把椅子搬到那棵梅子树下的草地上，在那儿坐了两三个钟头。等他回到屋里，我见他手里拿着几张纸片，他把这些纸片悄悄塞到书后边。经我询问，才知这四五张纸片记了他倾听我家那只夜莺歌唱时的诗情。他的笔迹不大好认，又写在好几片纸上，要把这首诗一段一段整理出来很费事。不过靠着他亲自帮助，我还是把它整理成篇——这就是现在脍炙人口的《夜莺颂》。接着我立即动手搜查他那些散失的断章残篇。在我请求之下，这件工作再一次得到他的帮助。这样，我才把《夜莺颂》和其他一些珍贵短诗抢救出来——不然的话，它们恐怕早已不知去向了。从那天起，他答应让我誊抄他的任何一首诗，我也没有辜负他的嘱托。在我看来，他似乎是一当自己的想象力从诗歌构思中脱出来，就对这些作品不再关心。所以在他身边得有一个朋友把这些作品搜集保存下来。"

九、雪莱的勤奋

雪莱（1792—1822）总是在读书。吃饭时间，他旁边总有一本打开的书摊在桌上。茶和面包常常被他忘在一边，他喜爱的作品却不会被他忘掉；羊肉和土豆也许会放凉，他对于书的兴趣却从来不会冷淡。他常常拿上一本书独自外出、自己对自己读着。如果有人同行，他就大声朗诵。他上床睡觉时仍然手不释卷，看书看到蜡烛燃完，这才不耐烦地睡下；天刚黎明，就又接着读书。……由于不断熬夜和没完没了地读书，他常在白天睡觉——往往像小孩子似的突然一下子睡着。他常常不声不响地从椅子里滑到地板上，躺在地毯上熟睡；若在冬天，他像猫一样躺在炉边的毯子上靠热气取暖——像猫一样，他那圆圆的小脑袋贴近熊熊的炉火熏烤着。要有什么人发善心拿件东西盖上他的头，免得被火烤伤，他在睡梦里就烦躁地把遮盖物掀到一边……

从济慈和雪莱的例子来看，诗人往往任性。但这种任性，一般来说，是一种可爱的、无害的任性。因此诗人需要理解，更需要有心地善良的非诗人"铁哥们儿"爱护他、帮助他，就像生活在崇高梦想之中的堂吉诃德身边，需要头脑非常实际但又非常忠实的桑丘·潘查来为他指明脚下的坑坑洼洼，不然他还会遭到更多的倒霉事情。所以，济慈和雪莱的诗歌天才固然令人叹服，像布朗那样无私的好朋友和玛利·雪莱那样能干的贤内助同样值得敬佩。

十、自吹伟大的诗人

马丁·塔珀(1819—1889，诗人)到了老年，好名之心依然不减。一天，他到别人家里做客。当介绍给主人的年轻女儿时，马丁·塔珀一边跟这个姑娘握手，一边按照老式礼节弯下身来对她说："好了，我的孩子，从今以后你可以对别人说，你已经跟伟大的马丁·塔珀握过手了。"

马丁·塔珀，被马克思在《自白》中称为"最讨厌的人"。《不列颠百科全书》没有他的小传，查《牛津英国文学手册》，对他的简介也寥寥几行，他确实没有写过什么惊人的作品，自封"伟大"，只能留下笑柄。其实，文学作品能否传世，通常得通过"三级检验"：当代读者的检验是"初试"，后代读者的检验是"复试"，最难的是时间长河的"最终检验"。而伟大的诗人作家则是通过时间长河检验的佼佼者当中的尖子。所以，能称得起伟大的诗人作家是那么少。

十一、萧伯纳学跳芭蕾舞

1890年2月某日晚，萧伯纳到伦敦阿尔罕伯拉剧场看演出，节目是文森蒂的舞蹈。萧伯纳非常赞赏这个演员能够纯熟地以脚尖点地旋转和跳到半空连碰脚跟，并且能够一边自身旋转一边围绕舞台中心转圈儿。看完演出，在后半夜回家，萧伯纳在费兹洛伊广场试着重演这些绝技。以下是他的自述：

"在这场狂欢之后，我回到自己的家。这时家门口的费兹洛伊广场空荡荡的。夜空无云，春寒料峭，绕着圆形围栏的车行道在我眼里简直就是一个呱呱叫的剧场。我实在忍不住要学文森蒂那样来这么一圈儿。结果证明：那真是太难了。在我第十四回摔倒以后，一个警察把我挽了起来。他紧紧抱住我，问道：'你在这儿干啥？——我一直盯着你，盯了五分钟了。'我对他进行了一番热情奔放、滔滔不绝的说明。他犹豫了一下，然后对我说：'劳您驾替我拿着钢盔，让我试试。我看也没啥难的。'不大一会儿工夫，他的鼻子就磕在石头路面上，裤子摔破，右膝盖都露在外面了。他皮破血流地爬起来，还挺不服气。他说：'我还没有让人打趴下过，这回决不认输。刚才摔倒，是上衣把我绊的。'我们两个把上衣搭在栏杆上，接着再干。我们在广场上一圈儿又一圈儿地折腾，就连参加拳击比赛也不会像我们摔得这样鼻青脸肿的。不过我们不屈不挠地干下去，到清晨四点钟，那个警察总算学会连转两圈，不歇气，也不栽跟头。这时候一个警官来查岗，就挖苦那个警察，问他：难道这就算他的定点站岗不成？那个警察因为自己学会了一手新本领，胆子也大了，回答说：'我承认这不算定点站岗。不过你要能学会这一手，我给你半克朗'（一克朗值五先令——译者注）。这时候，我在那个警官眼前正以使他惊呆的迷人舞姿旋转着。他经不起这种诱惑，也学起来。他学了半点钟左右，进步很快。后来还有一个早班邮差和一个送牛奶的也加入了我们的行列……这个场面或许有点可笑，不过凡是看过文森蒂演出的人，谁也不会觉得奇怪。"

古话说："人而无癖，则不可与交。"外国人的芭蕾舞迷、歌剧迷、交响乐迷，跟中国人的戏迷程度是一样的。这说明文艺传统的力量不可低估，民族文化习惯不是说不要就不要，而是具有巨大的魅力。而现在东西方文化又处在互相碰撞、交流影响的过程之中。到21世纪，中国经济与世界经济要实现"接轨"，与此同时，中国文艺又怎样与国际文艺"接轨"，并且会发生什么样的结果，是一个值得思考的问题。

（1998年1月21日，开封）

怀念俄罗斯文学

近些年来,我常常怀念俄罗斯文学。

这是因为长期以来俄罗斯文学在我心中形成了一种"情结"。它是一种不仅超越了功利动机,甚至也超越了文学意义的精神寄托。

在上世纪 30 年代,我上小学时,读过一本杂志《儿童世界》,上面说俄国一位大诗人,在一场决斗中被一个流氓打死了,而站在这个流氓背后的是——沙皇。从此我就记住了"普式庚"这个名字("普希金"是他后来的译名)。于是,上中学时我找他的书看。那已经是抗战时期,物质生活虽然很苦,"知识分子成堆的地方",总会有书。从老师那里借来两大卷老《译文》合订本,其中有不少普式庚的作品。同学们当中还传阅过《上尉的女儿》的孙用译本。这些作品充满了争取自由解放的精神,我读了非常喜欢,于是就把《译文》上普式庚的童话诗《渔夫和金鱼的故事》、长诗《强盗基尔沙里》、短篇小说《埃及之夜》抄下来,又把《上尉的女儿》改写为一万多字的缩写本,编成了我自己的"普式庚选集"。

那时候还读过吕荧译卢那察尔斯基的一篇热情洋溢的文章:《普式庚——俄罗斯文学的春天》。我的青春正是被普式庚引入到俄罗斯文学的春天。

人在青春时代,又怎能不被屠格涅夫那几部语言优美、饱含激情的小说所吸引? 读了《罗亭》,书中女主角娜达说:"爱的悲剧是无报偿的爱。"这句话就刻印在心上了!《前夜》中的叶莲娜,为爱上一个异国人、保加利亚的爱国志士英沙罗夫而煎熬得心慌意乱,在一家门廊中躲雨,碰上一个求乞的老太婆。叶莲娜急于救济她而又身无分文,就掏出了自己仅有的一张小手绢,倒让那个老太婆对她怜悯了——多么善良热情的姑娘! 怪不得俄国评论家埋怨作者怎么让俄国这么一位好姑娘爱上了一个保加利亚人?

记不清谁说过:有些文学经典,没有一定生活经历,是看不懂的。对此我深有体会。上中学时,我曾得到国文老师的一件宝贵赠品——英文的托尔斯泰画传。它使我目睹了这位文学巨人的风采:看到他怎样在一间斗室中伏在一张小桌上写他的巨著,看到他怎样扶着犁在田野中耕地,对他十分敬仰。但在很长时期,我只是对着他那留着大胡子的肖像望而生畏,不敢掀开他的书。直到50年代后期,当我身处逆境,才下大决心补这一课,把他的三大名著搬出来,深夜攻读。现在半个多世纪过去了,我还记得托尔斯泰在《复活》中对于那个一连几个小时向玛斯洛娃宣读起诉书的检察官所写下的一句话:"他不怜悯别人,也不怜悯自己。"深深的憎恶,极大的轻蔑,一下子把这个迫害无辜弱者的颟顸官僚钉在耻辱柱上了。

读《战争与和平》,久久不能忘记的是一个很小的插曲:在关系着俄国生死存亡的菲利军事会议上,库图佐夫是孤立的,其他将军都反对他的战略部署。只有高高躲在炕头上偷看下面开会的一个9岁农村小姑娘玛拉莎,凭着儿童天真纯洁的直感同情库图佐夫,觉得这个老头是好人,而反对他的那些将军都是"坏人"。——伟大作家不仅胸怀博大,而且心细如发,与人民的心息息相通。

从此,我再不觉得托尔斯泰仅仅是一位陌生的巨人。

构成为俄罗斯文学的血肉和灵魂的,是对陷于苦难中的人民的深挚的爱。由于中国人民和俄罗斯人民共同具有在古老的"黑暗势力"重压下追求解放的命运,我们对于俄罗斯文学才有一种特别强烈的共鸣。

试问:凡是曾从旧社会的苦难中坎坎坷坷走过来的文学爱好者,有谁读了高尔基的《童年》《在人间》和《我的大学》,而不觉得"感同身受"?

"中俄文字之交",早在"五四"时代就由瞿秋白等翻译界先驱打下基础,以后又由曹靖华、戈宝权所代表的翻译家发扬光大,后来在鲁迅先生影响下,使我们对于俄罗斯文学的感情转到了苏联文学身上。今天,尽管苏联解体,但苏联文学中的优秀作品,作为人类的一场划时代的重大实践的经验教训的载体,仍然具有历史价值和艺术价值。如果说苏联文学中优秀作品的艺术价值在很大程度上得之于俄罗斯古典文学传统的滋养和哺育,大概也不会错。譬如说,在《静静的顿河》与《战争与和平》之间,就两者恢宏的气势来说,难道没有一种血缘承传关系吗?

看到书市上充斥着过多软绵绵的虚情假意、乱糟糟的打斗喧嚣和足以败坏青年读书胃口的形形色色品味低劣的书刊,我不禁怀念起自己青年时代所钟爱的俄罗斯文学。

俄罗斯文学,植根于黑土,发自对人民最深挚的爱,在我心中留下了抹不掉的印记,纵然多年未读,仍难以忘怀。

(2008 年 3 月 25 日修改)

才女的命运

——艾米莉·勃朗特与萧红合论

一

中国的读者对于勃朗特姊妹怀有一种天然的同情。特别是艾米莉的盛年天折更叫人难过。因为,夏洛蒂毕竟活到了 40 岁(尽管这也不能算是大岁数),留下了 4 部完整的长篇小说和一部未完成的长篇,后来还跻身于伦敦的文坛,和大作家平起平坐,总算在生前"功成名就"了。即使三姊妹中那位"可怜的小安妮",除了诗歌不算,也留下了两部长篇。然而,那身怀旷世奇才的艾米莉却只能靠着自己唯一的一部小说为人所知。用夏洛蒂的话说,她这位杰出的妹妹身上"隐藏着一股魄力、一团烈火,那是足以激励着英雄的头脑、点燃起英雄的热血的"①。这么一位胸怀大志的女作家岂能甘心于只写一部作品就撒手而去?但她还是被贫困和疾病所压垮了。——"当烈日方中、农事正忙之时,耕耘者却在劳动中倒下了。"

艾米莉"赍志以殁",使我们想起了我国的萧红。萧红在 20 世纪的 30 年代,曾以她的《生死场》震动中国文坛,鲁迅像对待女儿一样关心、爱护着她。她在 10 年的文学活动中创作出一系列引人注目的小说和散文,接着突然在战乱中逝世。她在 1942 年 1 月 19 日在香港写下的遗言"我将与蓝天碧水永处;留得半部'红楼'给别人写了。……半生尽遭白眼冷遇。……身先死,不甘,不甘!"到今天仍然萦回在我们耳边,使我们感到深深的惋惜。

因此,我感到,如果要在中国现代文学史上找一位能够与艾米莉相比较的

---

① 夏洛蒂·勃朗特:《艾里斯·贝尔与阿克顿·贝尔生平纪略》,《世界文学》1980 年第 3 期。

女作家的话,最恰当的人选是萧红。

根据聂绀弩在《〈萧红选集〉序》里所记下的谈话片断,萧红曾把自己比作《红楼梦》里的香菱。香菱的故事叙述一个天资聪明、心地纯洁的少女对于美好生活和诗歌艺术的追求如何连同她那年轻的生命一起被那个"千红一哭,万艳同悲"的社会所摧残。一位红学家用这么一句话来概括香菱的一生:诗的毁灭。①

细分起来,诗的毁灭可以分为两种。一种是完全的毁灭,那就像香菱——做人的权利和文学创作的权利完全被吃人的旧社会所吞噬了。这样的妇女是成千上万的。还有一种是部分的毁灭,这就是说:有些杰出的才女,她们天才的光芒虽然来得及在世间闪现了一下,但她们的艺术才能并未得到完全发挥,很快就连同她们的生命一齐消失于污浊的社会中。萧红和艾米莉还没有像香菱那样完全为黑暗社会所吞噬,总算留下了一些作品,但是她们又都在 30 岁左右夭折,"英才远志,厄于短年"——有识者都为此感到悲痛惋惜。

二

西方马克思主义文学理论家、英国牛津大学的伊格尔顿博士对于勃朗特姊妹的社会处境曾归纳为五个方面:她们是经济地位低下的小资产阶级;她们是妇女;她们是有文化教养的妇女;她们是远离文化中心的偏远地区的有文化的妇女;她们受到加尔文主义严酷的意识形态的压迫。——这些条件加在一起,构成了她们的作品的特殊色彩。②

仿照他这种分析方法,对于萧红的社会处境,我们也可以归纳为以下几个方面:她是生在旧社会的一个普通的中国姑娘;她是旧中国东北一个偏僻小县的一个有文化、有头脑的姑娘;她是地主家庭的"逆子";她处在一个祖国遭受外敌侵略、面临亡国惨祸的时代;她在向封建传统和外国侵略的勇敢斗争中成为一个著名的女作家;然而,作为一个极有才华的姑娘,且又成为一个进步的女作家,她一生仍然受制于"在家从父,出嫁从夫"的沉重封建枷锁。一些条件加在

---

① 蒋和森:《诗的毁灭——谈〈红楼梦〉中的第一个"薄命女"》,《文史知识》1981 年第 2 期。
② 转引自杨静远《淡雅、坚韧的石南花》,《世界文学》1985 年第 1 期。

一起,决定了萧红一生的命运和创作道路。

现在,让我们从成材道路、个人性格和创作成就三个方面对于艾米莉和萧红加以比较。

艾米莉生长在英格兰西北部的西约克郡。她的父亲派特利克·勃朗特出身贫苦,靠刻苦自学获得文化知识,担任过教会学校的教师,并以工读生资格到剑桥大学读书。毕业后他进入教会,从1820年起在哈渥斯小镇做牧师,全家在那里定居。老勃朗特在政治上倾向保守党,爱写诗,出过诗集,收藏了一些文学、历史书。他有五女一子,由于家境困难,他曾把四个女儿送到一所为贫困教士女儿所办的学校读书。但那所学校对待学生苛刻冷酷,生活条件很坏。他的大女儿、二女儿都在那里得肺病死去。他只好把另外两个女儿夏洛蒂和艾米莉叫回家中,亲自教她们英文、历史、地理、古典文化知识等等,还请人教她们音乐、绘画课。勃朗特三姊妹和她们的兄弟布兰威尔跟着父亲学了六年,打下了文化基础。家中长年订有报纸和政治文学刊物——主要是《黑木杂志》——再加上她们父亲的文史书籍,就是她们的日常读物。由于父亲的影响,勃朗特兄弟姊妹四人都爱文学,从小就开始了文学活动:首先是模仿着《黑木杂志》办他们自己的手抄本《少年杂志》;后来,四人分成两组,各写一套连续性的传奇故事——夏洛蒂和布兰威尔写"水晶城邦联的故事",艾米莉和安妮写"冈多尔岛国故事",一直写了很多年。对于这些文学活动,老勃朗特从不加以干涉,因为他看出自己的子女具有文学才能,觉得应该相信他们,让他们独立发展自己的天赋才能。老勃朗特本人并不是一个性格可爱的人物,但他对待子女教育的态度还是相当开明的。在这种家庭环境中,勃朗特三姊妹从小时候起就形成一个亲密而活跃的文学创作集体,互相鼓舞,互相支持,互相切磋。艾米莉所以能够取得文学成就,除了她自己的杰出才能以外,这种家庭环境是起着很大作用的。

哈渥斯的荒原也对艾米莉产生了重大影响。艾米莉一生中,除了为求学或谋生而到外地短期居住,一直待在哈渥斯小镇。她最大的欢乐就是和姐妹们到镇外的方圆20里的荒原上游玩,艾米莉还爱独自一人带上她的爱犬"看守者"一同到荒原漫游。荒原是她的乐园。她胆子大,姐妹不敢去的地方她敢去,她不怕野鸟野兽,把荒原上的鸟兽看作自己的朋友。在荒原上,她的心情得到了解放。荒原培养起她独立不羁的精神。"如果没有这一大片荒原做她童年时代

的游玩场所和青年时代酝酿文思灵感之地,那么,艾米莉究竟会不会写出《呼啸山庄》和她那些诗篇,倒还大可怀疑哩。"(盖林)①

艾米莉居住在偏远之地,生活圈子很小,但她在创作中充分利用了自己的生活见闻和感受。夏洛蒂说过:"不论艾米莉或安妮都不是博学之士——她们无意到别人的思想源泉那里把自己的水罐装满。她们写作,总是根据自己内心的冲动,根据自己感受的指使,根据自己那有限经验所容许她们贮存的观察所得。"盖林这样描述艾米莉和她的姐妹共同的写作特点:"勃朗特姊妹不需要依靠人生经验的广阔领域来构筑自己的艺术世界;她们向深处开掘,就像打井的人钻探水源一样;但是她们对于人类心灵的本质以及它在宇宙间的地位所做出的种种发现,直到今天仍像一泓山泉那样沁人心脾。"②用今天中国作家常用的语言来说,这种创作方式叫作"深挖自己脚下的这一口井",亦即对于自己周围的有限生活经历见闻进行深入开掘和深入思考,使生活素材升华到一种崭新的人生哲理高度,并使自己的作品具有别人无从模仿的独特风格和情调。——艾米莉正是这样写作的。据考证:《呼啸山庄》中希刺克厉夫这个人物的原型取自艾米莉于 1837 年曾担任教职的一个女子学校校址原来主人的事迹,但经过艾米莉的构思提炼,一个在当地家喻户晓的两家争夺财产的事件变成了一部惊心动魄的不朽杰作!

艾米莉和她的姐妹为了出版她们的作品曾经煞费周折。1846 年,她们自费出了一部诗集,但读者寥寥,当年只卖掉两本。接着,她们所写的小说开始了漫长的"稿子旅行"。用夏洛蒂的话说:"这三部稿子,在一年半当中接连闯入一家又一家出版社——它们所遭受的命运往往是在寄出不久就又灰溜溜地给退回来了。"③但是,经过一两年的奋斗,僵局打开了。《呼啸山庄》终于出版。拿今天中国无名作者们的出书情况来看,勃朗特姊妹的出书过程还是比较快的。(《简·爱》一稿在 1847 年 9 月初被史密斯公司接受。不到 10 月底就出书,这种出版周期比起我们今天真是快得惊人!)我觉得,她们三姊妹只花费两年时间就在"打出名仗"中取得胜利,还算相当幸运。

---

① 据温尼弗莱德·盖林《勃朗特姊妹》一书。其他有关艾米莉的材料,引自《勃朗特姊妹手册》(万人丛书版)。
② 同上。
③ 夏洛蒂·勃朗特:《艾里斯·贝尔与阿克顿·贝尔生平纪略》,《世界文学》1980 年第 3 期。

现在，我们再来看一看萧红的成材之路。

萧红生长在中国东北的一个偏远县城里。她的父亲张选三是地主兼小官吏，家庭经济上较为富裕。但张选三这个人封建思想顽固，性格也狭隘自私，出于"重男轻女"的封建恶习，对待萧红冷酷无情。萧红说他"常常为贪婪而失掉了人性"，又说："9岁时母亲死去。父亲也就变了样。偶然打碎了一只杯子，他就要骂到使人发抖的地步。后来连父亲的眼睛也转了弯，每从他的身边经过，我就像自己身上生了针

萧　红

刺一样。他斜视着你，他那高傲的眼光从鼻梁经过嘴角而往下流着。"①萧红从地主家庭里得到的只有冷漠和压抑，谈不到对她聪明才智的培养。她那慈祥的老祖父才给她一些人间的温暖，教她背过唐诗。

萧红聪颖好学，在中学阅读了中国现代文学中鲁迅、茅盾、冰心等人的作品和辛克莱的《屠场》等外国进步作品，还积极参加爱国学生运动。这时候她显示出对于文学、美术方面的爱好和才能，但还没有正式进行文学创作。

萧红的文学创作冲动是在苦难中自发诞生，她的文学才能也是在苦难中为人在无意中发现的：20岁上，她为反对父亲的封建包办婚姻离家出走，却又受到"未婚夫"汪某追逐，在卑鄙纠缠之下，萧红被骗。半年之后，萧红怀孕。汪某一走了之，留下萧红在哈尔滨一家旅馆抵债。陷入困境的萧红，向一家报纸的文艺副刊编辑写信求援。流亡在哈尔滨的青年作家萧军闻讯前往探问，从萧红随手涂抹的两段小诗和图画中发现她有文艺才能，十分同情，后乘松花江发大水，将萧红救出火坑。以后，在萧军、舒群等一批进步青年作家鼓励下，萧红写出自己的第一篇小说《王阿嫂的死》，走上了文学创作之路。然后与萧军结伴出关，萧红在青岛写了《生死场》，此书经鲁迅帮助在上海出版，萧红遂成为全国知名的青年女作家。②

---

① 萧红：《永久的憧憬和追求》。

② 此处及其他有关萧红材料，据《怀念萧红》（黑龙江人民出版社1981年版）及萧军《萧红书简辑存注释录》（载1979年《新文学史料》）等书。

艾米莉和萧红都是从下层崛起的两个姑娘。她们冲破社会的种种压力,靠着自己的文学天才和坚强毅力,闯入了文坛,成为著名的作家。但是,从两人成材之路的对比中可以看出资产阶级家庭和封建阶级家庭在对待女儿的教育问题上存在着多么大的距离。勃朗特姊妹从小到大可以说完全是靠着在自己家里进行刻苦自学而成为作家的,原因就在于她们有比较开明的家庭教育。固然,老勃朗特的为人性格引不起人的什么好感,而且他也有"重男轻女"思想,他把最大的希望寄托在唯一的儿子布兰威尔身上,拿出最大的心血和财力去培养他。但是,他这个儿子"小时了了,大未必佳"。长大了不正干,酗酒而死,大伤老头子的心。他对女儿们写的稿子也不看,出版了才看看。不过,无论怎么说,他还是为女儿们的文学才能的发展提供了力所能及的条件,也不在婚姻问题上压迫她们。用我们的话说:他总算为艾米莉及其姐妹的成材做出了一定的贡献。

萧红则无此家庭条件,而且当时的社会环境也很恶劣。她在那"一年之中,倒有4个月飘着白雪"的小县城里所度过的童年,虽然给她幼小的心灵留下许多难忘的印象,但那就好像是深埋在地层下的金矿,倘若无人发现,不经开发,只好永远冻结、埋没在那里。

萧红后来的成材经过颇带有骑士传奇色彩:受难的姑娘,勇敢的小伙子,偶然的机遇,最后的胜利,等等;但同时也带有很大的悲剧性。可以设想:当她困在哈尔滨旅馆,假如没有人去救她,她又会遭到什么样的下场? 怕这位有天才的女作家尚未成材就很可能被黑暗势力完全毁灭了!

三

长时间以来,艾米莉和萧红对于我们来说都是谜。这是因为解放后相当时期内对萧红的书出得很少,而艾米莉的小说译本虽也出过,但50年代末曾把她和夏洛蒂批了一通。此后她们的书成了罕见之物。近些年来,《呼啸山庄》和《简·爱》都出了新译本,关于勃朗特姊妹的资料和评论文章也陆续出现。萧红的主要作品也已重新出版,据说还出现了"萧红热"。

现在,对于她们,我们可以"读其书,想见其为人"。

"中等身材,白皙,相当健康的体格,具有满洲姑娘特殊的稍稍扁平的后脑,爱笑,无邪的天真。"①——这是许广平在与萧红最初接触中所得到的印象。但不久,从多次谈话中发现萧红有一种"强烈的哀愁",后来,终于看出萧红虽然"文章上表现相当英武,而实际还多少富于女性的柔和,所以在处理一个问题时,也许感情胜过理智。有一个时期,烦闷、失望、哀愁笼罩了她整个的生命力。"②总之,爽朗之中包藏着哀愁,勇敢之中潜伏着脆弱——这就是我们这位青年女作家性格中的两个方面。爽朗而勇敢,她才敢于向封建家庭,向日本侵略者,向国内黑暗势力宣战;但同时又哀愁而脆弱,这是旧中国加在一个贫病的弱女子身上的精神负担。应该说,这种性格很不适于在战乱不安的时代生存,而萧红偏又生存在一个战乱不安的时代。这是萧红性格中的悲剧因素。

艾米莉的性格则是质朴、内向、缄默而倔强。用夏洛蒂的话说,她"比一个男子还要刚强,比一个小孩子还要单纯";"在艾米莉身上,刚强的魄力与质朴的性格似乎会合在一起了";"她的脾气既宽宏大量,又热情激烈。她的性格是宁折不弯的"。③ ——这种质朴无华、沉默寡言同时又宁折不弯的脾气,我以为,乃是一个下层的贫困人家的青年妇女为了保持自己的独立和尊严所能够拿起来的唯一的精神武器。我觉得,艾米莉倘有机会接触到革命思想,她有可能成为类似史沫特莱那样的人物。当然,这只能是一种揣想。

艾米莉性格还有一个突出的特点是热爱大自然、热爱自由。她曾经把一只受伤的鹰带回家去,自己喂养,给它起个名字叫作"英雄"。后来,这只鹰被她姨母(她母亲去世后,为他们管家)弄死了,艾米莉大为伤心。这说明她那热烈向往自由的心。④

从回忆材料中也可以看出:艾米莉和萧红都很任性。但任性只是一种坚硬的外壳,它可以包裹着不同的内容。艾米莉的任性是她的倔强灵魂的外在表现("我的灵魂绝不是懦弱者")。而萧红的任性有时候却包藏着内心的困惑或脆弱。有时候在个人命运的关键时刻,她陷于困惑,却任性地做出某种选择,赌气

---

① 据许广平《忆萧红》。
② 据许广平《追忆萧红》。
③ 夏洛蒂·勃朗特:《艾里斯·贝尔与阿克顿·贝尔生平纪略》,《世界文学》1980 年第 3 期。
④ 据温尼弗莱德·盖林《勃朗特姊妹》一书。其他有关艾米莉的材料,引自《勃朗特姊妹手册》(万人丛书版)。

走上了一条对自己不利的道路,结果处境更糟了。

艾米莉生活圈子很小。除了为求学和谋生而离家,她很少走出家门。偶尔外出,"在她和社会之间,经常需要有那么一个解说人员"①。因此,她比较孤僻,年纪愈大,孤僻愈甚。但萧红自20岁以后即在社会上流离,又逢战乱,她的生活处境、面临的问题、参与的活动都比艾米莉要复杂得多。因此,她的脾气,起码在对外交往中,不能不是爽朗而能干的。

两位女作家在性格上有一个共同点——她们都喜爱家务活。1934年12月,为了应邀参加鲁迅先生的宴会,萧红用不到一天的时间为萧军赶制出一件"哥萨克式"的上衣,她还曾在鲁迅家里做过饺子和韭菜合子,这都是有名的例子。艾米莉在她最后发病之前,有些年也是全家的"总管",以烤面包和熨衣服为乐。可见,两位女作家在内心深处是希望过和平宁静的家庭生活的,只是客观条件不容许罢了。

从同代人的回忆记载中,还知道萧红和艾米莉的身体本来不错。如前所述,许广平曾注意到萧红那"相当健康的体格"②。就从萧红自己的记述来看,她小时候是个"爬树大王",也不可能是那种弱不禁风类型的女孩子。而艾米莉呢——她是兄弟姊妹当中身体最好的人,长得细长而结实,还跟着她父亲学打枪。一天,她家的猛犬"看守者"在街上和另一只狗恶斗。围观的人群不知所措,只见一位身材苗条的姑娘手里拿了一只胡椒瓶冲过来,一只手把两只恶犬拦住,另一只手往它们鼻孔里撒胡椒粉,把它们驱散了——这就是艾米莉。街坊邻居传诵她这个勇敢的故事。

说到这里,我们也想起许广平所谈萧红的一件"侠义行为":当"八一三"抗战爆发,日本进步作家鹿地亘夫妇住在上海,一方面日本居民把他视为异己,另一方面中国居民对他怀着戒心。他们困居旅馆,处境十分危险,大家也束手无策。这时,萧红冒着危险去探望他们,为他们奔走,帮助他们解除了困难,后来他们留在中国,成为反日本军国主义的战士。这件事显示了萧红的勇敢豪侠精神。

身体本来健康的两位女作家,一个脾气爽朗,另一个性格勇敢,却因贫困或

---

① 夏洛蒂·勃朗特:《艾里斯·贝尔与阿克顿·贝尔生平纪略》,《世界文学》1980年第3期。

② 据许广平《忆萧红》。

愁苦损坏了身体,萧红年纪轻轻就早生白发,艾米莉则暗暗染上肺病,结果两人都在 30 岁上下逝去了——这也叫作"殊途同归"吧?

四

《生死场》是萧红的成名之作,她的"拳头作品"。1935 年,它在上海出版时,曾被鲁迅赞为写出了"北方人民的对于生的坚强,对于死的挣扎"。胡风称之为"不是以精致见长的史诗",对它的风格有这样的描述:"这是用钢戟向晴空一挥似的笔触,发着颤响,飘着光带,在女性作家不能不说是创见了。"①这部书在国难当头的时刻对于中国人民曾起过振聋发聩的作用。

这表明:萧红,尽管在个人生活上经受过很大挫折,但她那年轻的生命力、一腔爱国热情和向往革命的激情,在青年文学伙伴们的温暖关怀下,重新鼓舞起来,她的文学才能实现了一个空前的大飞跃。而这么一部出手不凡、沉郁悲壮的作品,竟然出自一个二十三四岁的年轻姑娘之手,更叫人感到惊异。书中除了写出东北人民在日本侵略者的刺刀威胁下如何像巨人似的站立起来,更由于作者是女性,对于妇女的苦难和她们"为生而死"的斗争写得特别动人心魄。《生死场》里的妇女形象是用一种奇特的夸张手法刻画出来的,悲壮而雄浑,其中的王婆、金枝和那些向侵略者喊出复仇誓言"是呀!千刀万剐也愿意!"的寡妇们,让我们想起了德国女艺术家珂勒惠支版画中那些在工农队伍中高举双臂、大声疾呼,或者怀抱婴儿默默前进的贫穷妇人——她们也是共同具有一种沉郁悲壮的气魄,令人难忘。当然,萧红的艺术水平远没有达到珂勒惠支那样精湛圆熟的地步。确切地说,《生死场》从艺术上有点类似 30 年代中国的新兴木刻——它们技巧上还比较粗糙,人物素描方面也有不够准确之处,但是它们都具有一种雄浑有力的气势,对祖国人民的一腔热爱充塞其间,我们今天看了仍不能不受到强烈的感染。《生死场》是以一种独特的抒情式的语言风格写出来的。它分明显露出一部重大史诗的端倪、一个大手笔的萌芽。鲁迅对于萧红寄托着很大的希望。

萧红的另一部代表作是《呼兰河传》。从《生死场》到《呼兰河传》的出现,

①　据胡风《〈生死场〉读后记》。

时间相隔了 6 年。在这 6 年当中,萧红的生活中又经历了新的挫折和痛苦:1938 年,她和原来的亲密文学伴侣因感情裂痕而分手,很快与新的人生同伴结合,但这新的结合给她带来了新的屈辱,后来又流寓香港。流离,贫困,疾病,"寂寞",一齐加在这个身体愈来愈坏的女作家身上。茅盾写道:

"对于生活曾经寄以美丽的希望但又屡次'幻灭'了的人,是寂寞的;对于自己的能力有自信,对于自己的工作也有远大的计划,但是生活的苦酒却又使他颇为悒悒不能振作,而因此感到苦闷焦躁的人,当然会加倍的寂寞。这样精神上寂寞的人,一旦发觉了自己的生命之灯将熄灭,因而一切都无从补救的时候,那他的寂寞的悲哀恐怕不是语言可以形容的。"①

《呼兰河传》书影

这正是萧红创作《呼兰河传》时的心境。

茅盾称《呼兰河传》为"一篇叙事诗,一幅多彩的风土画,一串凄婉的歌谣"②。骆宾基说它"文笔优美,情感的顿挫抑扬犹如小提琴名手演奏的小夜曲"③。这都是很贴切的评语。《呼兰河传》在中国现代文学史上应有它独特的地位。它是萧红在艺术上最成熟的作品。它那以抒情散文的笔调写小说的手法,在我看来,仿佛是孙犁《铁木前传》的先驱。

但是,倘把萧红这一前一后两部作品加以比较,则可看出《生死场》和《呼兰河传》代表了她创作中的两种风格,即:雄迈悲壮和哀婉低回;而这两种风格在这里又代表着她写这两部书时的两种个人境遇和个人形象:一个像是在蓝天之下、大地之上,昂起头来,向旧社会和侵略者勇敢斗争,大胆肯定民族的尊严和个人的尊严;而另一个则像是在黑夜包围着的斗室中,低下头来,舔舐自己身上的伤痕,对自己的过去低吟着怀旧的哀歌。

"飞吧,萧红! 你要像一只大鹏金翅鸟,飞得高,飞得远,在天空翱翔,自由自在,谁也捉不住你。"

"萧红,你是《生死场》的作者,你要想到自己在文学上的地位,你要向上飞,

---

① 据茅盾《〈呼兰河传〉序》。
② 据茅盾《〈呼兰河传〉序》。
③ 据骆宾基《〈呼兰河传〉后记》。

飞得越高越远越好！"①

这是在 1938 年，萧红的"婚变"前夕，聂绀弩在西安对萧红说过的两句话。它们代表着萧红的朋友、文学界以及人民对于萧红的爱护和期待。的确，萧红曾经像一只年轻的鹰，展翅向着蓝天白云飞翔，飞到了当时她所能够飞的最高高度。接着，她还想飞，飞向更高更远的地方，但是，在中国，用她的话说，"女性的天空是低的"。一根看不见的线缠绕着她的翅膀，拉着她向下坠、向下坠，她终于跌落在地面上，翅膀折断了。《呼兰河传》是萧红的"天鹅之歌"。

勃朗特姊妹很早就开始了文学写作，而她们这些少年习作也就是后来创作事业的初期训练。艾米莉便是如此。她一生的创作事业，可以分为三个阶段：从少年时代到青年时代初期的"冈多尔诗歌"—青年时代的个人抒怀诗或哲理诗—晚期的《呼啸山庄》。

"冈多尔诗歌"本是艾米莉所写的关于"冈多尔岛国"的诗文的一部分，其散文部分现已散失。1844 年，艾米莉将自己的这一部分诗歌抄在一起，算是对少作的一个小结。这些少作，已经显露出真正的文学创造的能力，例如有名的《致一片雪》：

> 啊，倏忽来自天堂的航海家！
> 你乘着什么样的逆风
> 飘泊到这囚徒的地牢？
> ……
> 无声的、无情的信使，
> 你的出现唤起了一曲颤动的音乐，
> 你在时这音乐把我抚慰，
> 你去了它也将缭绕不绝。②

构思的奇妙、感情的深沉，很难想象是出自一个不到 20 岁的小姑娘之手。

---

① 据聂绀弩《在西安》。
② 据屈傲聆译文。

"冈多尔诗歌"已经包含了艾米莉后来成熟之作的基本内容特点,例如对于大自然的热爱,对于禁锢生活的憎恨,以及对于自由的向往。而且从"冈多尔岛国"诗文的整个构思之宏大来看,艾米莉从小就已经抱着对于文学事业的雄心壮志。

　　"冈多尔诗歌"本来是穿插在"冈多尔岛国"故事当中,代表各个人物立言;但在写作当中,艾米莉不知不觉放进了自己的感情。而从1837年起,艾米莉开始直截了当地写自己的个人抒怀诗或哲理诗。这是她诗歌创作的繁荣成熟时期,她年事渐长,有了自己独立的精神生活领域,同时,吸收了当代诗家如拜伦、华兹华斯等人的语汇和格律,诗艺也渐渐臻于娴熟。因此,这一部分诗歌代表着艾米莉诗歌创作的最佳成就。它们体现了艾米莉在孤独、清贫的生活中进行深邃思考的结晶,从总体来说,可以说是《呼啸山庄》的一组序诗,其中经常出现的形象是一个被囚禁的孤独、倔强、不屈的灵魂,以无畏的勇气面对生活中的一切苦难。而《最后的诗行》一诗更像是艾米莉倔强的灵魂向污浊俗世的诗歌宣战书:

　　　　我的灵魂不是懦夫,
　　　　在骚乱世界的狂飙中决不战栗;
　　　　天堂的光芒熠熠炫目
　　　　信念的闪光同样炽烈,武装我无所畏惧。①

　　知妹莫如姊。夏洛蒂看了艾米莉的诗稿,曾这样说:"这些诗歌决非平平之作。它们毫无通常所谓的女儿气息,而是精练、简洁、刚健、率真。在我耳中,这些诗歌具有一种特殊的音韵之美——它们粗犷、忧郁、崇高。"②

　　当勃朗特三姊妹的《诗集》自费出版,艾米莉的诗歌很快受到批评家的重视。有一位批评家指出她那"翅翼的伟力足以飞到今人尚未敢尝试的高度"③。

　　艾米莉继续展翅高飞,那新的光辉高度便是不朽之作《呼啸山庄》。

　　关于《呼啸山庄》,由于评论角度不同,言人人殊。但各方一致认为它是一

---

①　据屈儆玲译文。
②　夏洛蒂·勃朗特:《艾里斯·贝尔与阿克顿·贝尔生平纪略》,《世界文学》1980年第3期。
③　转引自盖林《勃朗特姊妹》。

部"奇书"，一部（用兰姆的语言来说）"版藏宇宙之内，不断重印，绵延不绝"的"世界性的畅销书"。至少，就中国的范围来看，一代又一代的读者、特别是青年妇女读者一直为它倾倒、入迷。至于它的内容，说法不一。一种观点认为它的内容与社会问题无关，只是表现出原始的情欲和人类本性与大自然的基本力量之间的一致性。我则赞成牛津大学伊格尔顿博士的说法，认为勃朗特姊妹的创作密切联系着她们的社会地位和历史环境。我觉得，我们应该从这个角度来衡量《呼啸山庄》的社会思想意义。它是一部"诗化了的小说"。（第一位肯定《呼啸山庄》的

《呼啸山庄》书影

批评家也称它是"一位诗人的杰作"）但它具有的是一种非常奇特的诗意：在这里，没有感伤，没有哀愁，没有怀旧情绪。相反，作者以极强的意志控制住个人的感情，不让它有丝毫流露，转而以冷峻的笔调描绘着资本主义社会中人与人之间的那种"不是你压迫我，就是我压迫你"的关系。表面上，作者好像是无情的。其实，凡是把感情埋藏得很深的人，往往倒是更重感情的人。与那些感情外露的人不同，艾米莉把自己在贫困、精神上受禁锢的生活中所积压的痛苦和怨恨，凝聚为一团烈火，投向了如磐的黑夜，像一道霹雳，闪出刺目的白光。因此，《呼啸山庄》的诗意，超出了通常的个人悲剧的范畴，变成了一种巨大的象征，成为在资本主义社会中为生存和发展而痛苦挣扎的下层小人物的一声震撼人心的抗议的绝叫。艾米莉的缄默而刚强的性格，她的久郁心中的热情，在她这部杰作中得到了总体现，取得了极强烈的效果。所以，19世纪著名批评家阿诺德说："在那世界有名的炽热感情之子——拜伦逝世之后，没有人在魄力、激情、热烈的感情冲动、忧伤及胆识等方面，能与艾米莉匹敌。"[1]

现在再回到艾米莉与萧红的比较上来吧。

读艾米莉的《呼啸山庄》之后，有圆满完成之感，也就是说，感到作者的艺术事业既尽了她个人天才之可能，也符合了客观上可能达到的最好要求，作品写到这种程度，作者的艺术成就也就"尽在其中矣"。我们对于艾米莉的英年早逝虽然感到遗憾，但对于《呼啸山庄》和她那些有代表性的诗篇所达到的思想深度

---

[1] 转引自《呼啸山庄》牛津版序言。

和艺术水平并不感到遗憾。

但是,读萧红的作品,却有不同之感。诚然,《生死场》是悲壮动人的,《呼兰河传》是令人难忘的,她那些短篇散文、小说也有独特的艺术魅力。但是,在把她的全部遗作读完之后,难免有"千古文章未尽才"之感。用日本朋友绿川英子的话说:"在民族自由与妇女解放斗争的行程上,她没有披沐胜利的曙光,带着伤痕死去了,那作家的生活,也没有能够完成。"①

如果还拿飞翔来作比喻的话,艾米莉是飞翔到了她自己所能飞到的最高天顶时突然体力衰竭、夭折了,而萧红则是仅仅飞到她所能飞到的天顶的中途就被看不见的损伤折断了翅膀、坠落死去。她遗留下来的半部"红楼",只能由别人来写了。

两位女作家的生平遭际都引起我们的同情。但将她们两人的命运加以比较之后,不能不感到艾米莉的高超的艺术成就所以能够取得,除了她那过人的天才以外,与她在心灵上没有封建精神枷锁,青少年时期家庭教育比较自由开明有很大关系。而从萧红的一生也可以看出:中国社会中存在的沉重封建传统压抑并伤害了我们这位极有才华的女作家,使她不能充分发挥出业已崭露头角的天才,终于在战乱和贫病中郁郁而死。这是我们中国人民不能不感到痛心和惋惜的。

五

妇女的地位是人类进步程度以及一个国家实际文明程度的一个标志。从文学史的角度来看,女作家的地位也是一个国家文学发展水平的一个标志。

在英国,妇女从事文学创作的历史可以追溯到 17 世纪;在 18 世纪,一些女作家已开始显露头角,写出了重要作品。然而,当时妇女从事创作,特别是写小说,是受到社会上歧视的。此种偏见延续到 19 世纪。但 19 世纪是英国妇女文学大发展的时期,一批女小说家和女诗人以自己杰出的作品冲破了流俗的偏见,为自己赢得了不可忽视的文学地位。到了 20 世纪,一些女作家,像 V. 吴尔夫和 D. 莱辛已经作为大作家而载入史册。

中国自古以来也有不少以文学知名的才女,像班昭、谢道韫、李清照以及秋

---

① 据绿川英子《忆萧红》。

瑾等等。但是,作为一个社会群体,女作家的出现乃是五四运动以后的事。进步的、革命的女作家的出现又是从 30 年代开始的,而丁玲和萧红乃是她们当中的佼佼者。无怪乎当萧红去世的时候,丁玲"曾把眼睛扫遍了中国我所认识的或知道的女性朋友,而感到一种无言的寂寞"。

解放后,新中国为文学发展提供了空前优良的物质和文化基础。女作家大批出现了。尤其是三中全会以来,随着我国文学事业的大繁荣,女作家已经形成了一个灿烂的星群,老中青三代妇女各有自己杰出的文学代表:张洁、谌容、宗璞、戴厚英以及王安忆等等,都以各自具有独特风格的作品赢得成千上万的读者。此外,还有一批能干的女评论家。当前的中国,如果没有这一批女作家的存在,我们的文坛就要失去它的一半的光辉,而这一半的成就绝不是那一半所能代替的!

在历史上,当人民受难的时候,妇女的苦难更为沉重。而作为妇女当中更敏感、更聪明、更有才华的女作家,尤其从下层挣扎奋斗出来的女作家,她们感受到的痛苦自然也特别深重。因此,艾米莉和萧红的悲剧命运,并不奇怪。但是,对于真正为人类做出了贡献的艺术家来说,历史的报偿又是公正的——她们的形象将活在世世代代人民的心中:艾米莉永远是那位衣着朴素、性格缄默、拙于应对、落落寡合,然而又身怀旷世奇才,二三十岁就发表了她那不朽杰作的乡下姑娘;萧红永远是那位二十三四岁就拿出了自己的"拳头作品",受到鲁迅赞赏和爱护的"红姑娘";《呼啸山庄》和《生死场》或《呼兰河传》将永存于世界和中国文学之林;她们的家乡——那寒风呼啸的荒原上的哈渥斯小镇以及那大雪迷漫的北中国的呼兰小县,都因为自己诞生出自己的杰出女儿而成为举世闻名的文学圣地。艾米莉和萧红生前所遭受的个人悲剧将刺激着我们深思如何去消除生活中的那些残酷的、丑恶的、愚昧的东西,使得那些造成了诗的毁灭、真善美的毁灭的社会条件,不复存在!

(1987 年 10 月 22 日初稿于郑州,11 月 21 日修改于开封)

鲁迅与翻译

"鲁迅是在文化战线上，代表全民族的大多数，向着敌人冲锋陷阵的最正确、最勇敢、最坚决、最忠实、最热忱的空前的民族英雄。鲁迅的方向，就是中华民族新文化的方向。"①鲁迅不但是伟大的文学家、伟大的思想家和伟大的革命家，同时在翻译工作中他也做出了巨大的贡献。他一生从中国人民的需要出发，高度重视翻译工作，坚持不懈地从事翻译工作。他在翻译工作方面所进行的大量实践和提出的理论主张，是他留给中国人民的一笔宝贵精神遗产。

一、"立意在反抗，指归在动作"

鲁迅生于清末 1881 年。这时中国正处在一个民族民主革命的时代。当时，"先进的中国人，经过千辛万苦，向西方国家寻找真理"。被称为新学的外国自然科学新成就和资产阶级的社会政治学说，在那时"有同中国封建思想作斗争的革命作用，是替旧时期的中国资产阶级民主革命服务的"②。因此，它受到寻求救国救民真理的中国人的欢迎。而翻译事业就在这个新学的传播中起了打头阵的作用，其代表人物则是《天演论》的译者严复。

鲁迅在青年时代积极投入了当时新学的传播活动。他在南京上学时，不顾顽固的"本家老前辈"的阻挠，看新书，读《天演论》，接受了达尔文的进化论。他一到日本留学，就通过翻译和编写文章来介绍外国自然科学的新成就，发表了《月界旅行》等书和《人之历史》等文章。这使他吸收了初步的唯物主义思想。

---

① 毛泽东：《新民主主义论》。
② 同上。

日俄战争爆发,中国东北沦为两个帝国主义强盗进行争夺的战场,中国人民惨遭蹂躏。这一事件大大震动了鲁迅,打破了他"科学救国"的幻想,使他的注意力从自然科学转向社会政治。他认识到,没有觉悟的人,"只能做毫无意义的示众的材料和看客","我们的第一要著,是在改变他们的精神,而善于改变精神的是,我那时以为当然要推文艺,于是想提倡文艺运动了"。① 结果便是《域外小说集》的翻译和《摩罗诗力说》的写作。

《摩罗诗力说》可说是鲁迅早期的关于文学翻译工作的纲领书。为了使中国人从封建复古主义的精神枷锁中解放出来,鲁迅主张"别求新声于异邦"。在这一文艺论文中,他用社会进化和朴素辩证法的观点向中国人民介绍了一批"力足以振人,且语之较有深趣者"的诗人,这就是包括普希金、密支凯维奇、彼多菲、雪莱、拜伦在内的一批爱国、民主诗人。这些诗人,都是"立意在反抗,指归在动作,而为世(反动、守旧势力——引者)所不甚愉悦者"②。他们是反抗封建压迫和民族压迫的"精神界之战士"。介绍他们的生平和创作到中国来,对于受封建统治压迫、受列强欺凌的中国人民,是有启蒙作用的。而鲁迅在他第一部翻译作品《域外小说集》中,更把介绍的重点放在呻吟在俄国沙皇铁蹄之下的东欧人民的文学上,这在当时尤其具有深刻的现实意义。

后来鲁迅说明道:

"我母亲的母家是农村,使我能够间或和许多农民相亲近,逐渐知道他们是毕生受着压迫,很多苦痛……

"后来我看到一些外国的小说,尤其是俄国、波兰和巴尔干诸小国的,才明白世界上也有许多和我们的劳苦大众同一命运的人,而有些作家正在为此而呼号,而战斗。"(《集外集拾遗》、《英译本〈短篇小说选集〉》自序)

这种被压迫人民、被压迫民族之间所产生的共鸣,有助于提高当时中国人民争自由、求解放的觉悟,并促使他们向世界上其他被压迫人民、被压迫民族的解放斗争汲取经验。这就是鲁迅在青年时代积极翻译介绍外国被压迫人民的文学的根本原因。

辛亥革命,清王朝被推翻了,但接着统治人民的是北洋军阀。北伐战争,北

---

① 鲁迅:《呐喊·自序》,载《呐喊》。
② 鲁迅:《摩罗诗力说》。

洋军阀被打倒了,但接着统治人民的是国民党反动派。"长夜难明赤县天。"中国人民反帝反封建的革命斗争沿着艰苦曲折的道路前进。因此中国人民和世界各国被压迫人民、被压迫民族的命运,总是息息相关的。这也就是为什么在鲁迅一生的翻译工作中,世界被压迫人民的文学始终占着一个特别重要的地位。鲁迅的翻译工作,从一开始就自觉地与中国人民的解放斗争密切联系着,从来没有沾染过"为艺术而艺术"的尘垢。鲁迅始终是扎根在中国大地之上的文化革命战士。

二、"从别国窃得火来,本意却在煮自己的肉"

十月革命的胜利,给中国人民带来了一个大希望。鲁迅欢呼这新时代的曙光,在它的鼓舞下投入了五四运动,用自己的小说、随感录和杂文,为现代中国的新文化革命运动的诞生和发展披荆斩棘,杀开了一条血路。

随着五四运动的深入发展,以胡适为代表的资产阶级右翼势力,对于马列主义在中国的迅速传播感到惊慌失措。他们抛出所谓"少谈些主义,多研究些问题","整理国故"等口号,引诱青年钻到古书堆里,走复古倒退的路。鲁迅顶住文化界的这股逆流,提出了"我以为要少——或者竟不——看中国书,多看外国书"的主张①。他这时勤奋地搜求和阅读关于十月革命的书籍,提高自己对于十月革命的认识,并且大力支持进步青年组织"未名社",翻译出版关于十月革命的文学作品《十二个》《争自由的波浪》以及文艺论文《苏俄的文艺论战》等。这些作品和文章,在封建军阀卵翼下的"狗屁文艺"充斥中国文坛的当时,曾经帮助青年读者了解十月革命,并且认识中国革命发展前景的进步作用。鲁迅在《〈争自由的波浪〉小引》中说:

"翻翻过去的血的流水账簿,原也未始不能够推见将来,只要不将那账目来作消遣。"

"……总之,平民总未必会舍命改革以后,倒给上等人安排鱼翅席,是显而易见的,因为上等人从来就没有给他们安排过杂和面。只要翻翻这一本书,大略便明白别人的自由是怎样挣来的前因,并且看看后果,即使将来地位失坠,也

---

① 鲁迅:《青年必读书》,载《华盖集》。

就不至于妄鸣不平,较之失意而学佛,切实得多了。"

鲁迅在 1926 年写的这些话,实质上是说明了无产阶级在夺取政权以后对于剥削阶级实行改造的必要性和正义性。在那样的时代,能够有这样深刻的认识实在是很可贵的。

1926 年北京发生了"三一八"惨案。鲁迅站在青年运动的前列,指导着爱国学生向帝国主义及其走狗进行斗争。接着他经厦门到了广州,这时他和共产党人、革命青年的联系更密切了。

国内阶级斗争的急剧发展,"四一二"反革命政变,国民党反动派对革命人民的血腥屠杀,中国共产党领导工农大众进行的艰苦卓绝的斗争,以血与火的事实促进了鲁迅的世界观的根本转变。他痛感学习、掌握马列主义的重要性。他"希望有切实的人,肯译几部世界上已有定评的关于唯物史观的书"①。

此后,随着毛主席、共产党所领导的农村革命武装斗争的深入,也出现了一个无产阶级所领导的文化革命运动的深入,其标志之一就是马列主义经典著作和马克思主义社会科学理论的翻译介绍大为增多了,运用马列主义理论来分析研究中国历史和中国社会的论著也增多了。作为这个文化革命运动的一部分,也出现了革命文学运动。但这个革命文学运动的参加者,主要是小资产阶级知识分子作家,由于马列主义水平和世界观的局限,在文艺理论问题上表现出很大的幼稚性,发生了争论也无法正确解决。在这时迫切需要有坚实的马克思主义文艺理论来指导革命文学运动。在革命需要的推动下,鲁迅在 1928—1929 年间翻译了《文艺政策》《艺术论》《文艺与评论》等书。在鲁迅带动下,一批马克思主义文艺理论著作在中国翻译出版了。这对于新兴的中国革命文学,是一个很大的推动。

鲁迅怀着极大的革命热情和严肃认真的态度来翻译这些书籍。他说:

"人往往以神话中的 Prometheus 比革命者,以为窃火给人,虽遭天帝之虐待而不悔,其博大坚忍正相同。但我从别国里窃得火来,本意却在煮自己的肉的,……然而我也愿意于社会上有些用处,看客所见的结果仍是火和光。

"我自信并无故意的曲译,打着我所不佩服的批评家的伤处了的时候我就一笑,打着我的伤处了的时候我就忍疼,却决不肯有所增减,这也是始终'硬译'

---

① 鲁迅:《文学的阶级性》,载《三闲集》。

的一个原因。"①

鲁迅在翻译马克思主义著作当中的严肃态度,是和他"时时解剖别人,然而更多的是更无情面地解剖我自己"的态度相一致的。正是这种认真改造自己世界观的态度,使得他在联系现实斗争学习马列主义,在翻译马克思主义文艺理论著作之中,逐渐掌握马克思主义理论武器,最后成为一个伟大的共产主义战士。

三、"对于中国,现在也还是战斗的作品更为紧要"

鲁迅一方面翻译马克思主义文艺理论,来指导革命文学运动,"纠正了自己和其他人在理论上的偏颇",同时也着手输入苏联的新兴无产阶级文学作品,作为中国革命文学创作的借鉴。他说:"我看苏维埃文学,是大半因为想介绍给中国,而对于中国,现在也还是战斗的作品更为紧要。"②

为了给中国的无产阶级革命文学"输入先进的范本",鲁迅亲自翻译了《毁灭》,组织了《铁流》的翻译。在严重的白色恐怖下,没有一个书店敢于承印,鲁迅就自己拿钱,用一个"三闲书屋"的名义出版了这两部革命作品。

只要读一下鲁迅的《〈铁流〉编校后记》以及他为"三闲书屋"写的出版广告,就可以看到他是怀着怎样的革命责任感,尽自己的一切力量来使得革命文学译本内容完善、插图精美,然后把它们献给中国的劳动人民,发挥它们应有的战斗作用。

这两本书出版以后,鲁迅怀着胜利的喜悦写道:

"今年总算将这一纪念碑的小说(指《毁灭》——引者),送在这里的读者们的面前了。译的时候和印的时候,颇经过了不少艰难……但我就像亲生的儿子一般爱他。还有《铁流》,我也很喜欢。这两部小说,虽然粗制,却决非滥造,铁的人物和血的战斗,实在够使描写多愁善感的才子和千娇百媚的佳人的所谓'美文',在这面前淡到毫无踪影。不过我以为这只是一点小小的胜利,所以也很希望多人合力的更来介绍,……那么,不但读者的见解,可以一天一天的分明

① 鲁迅:《"硬译"与"文学的阶级性"》,载《二心集》。
② 鲁迅:《答国际文学社问》,载《且介亭杂文》。

起来,就是新的创作家,也得了正确的师范了。"(《二心集·关于翻译的通信》)

为了使这两本革命书籍能够落到贫穷的读者手里,鲁迅特别印了400张"特价券",让没有钱的读者可以半价买到这两本书。另外,根据上海一位电车工人的回忆,鲁迅在书店看到这个工人非常喜爱这两本书而又买不起的时候,就把自己译印的《毁灭》亲手赠送给他,《铁流》因系别人所译,只收了一元成本费。鲁迅为劳动人民译书印书的苦心孤诣,他对人民的热爱,直到40年后的今天,仍然使我们感到温暖、深深地感动着我们、教育着我们。

《毁灭》和《铁流》在中国的翻译出版,是无产阶级革命文学运动的一次大胜利。

毛主席指出:"法捷耶夫的《毁灭》,只写了一支很小的游击队,它没有想去投合旧世界读者的口味,但是却产生了全世界的影响,至少在中国,像大家所知道的,产生了很大的影响。"[1]

鲁迅所播下的革命种子,随着革命形势的发展,终于开出了鲜花,结成了硕果。

四、"寄希望于将来"

"知否兴风狂啸者,回眸时看小於菟。"在鲁迅的博大胸怀中,是时时想到孩子们的。在旧社会,"穷人的孩子蓬头垢面的在街上转,阔人的孩子妖形妖势娇声娇气的在家里转。转得大了,都昏天黑地的在社会上转",这是鲁迅深以为虑的。他对少年儿童的关怀,不仅表现在创作和杂文里,也表现在他的翻译工作中。儿童文学在他各个时期的翻译中都占着一个显著的地位。1922—1923年,他翻译了《爱罗先珂童话集》和《桃色的云》,1928年翻译了《小约翰》,1929年校译了《小彼得》,1935年他翻译了《表》,在他生命的最后一年即1936年,他校印了《远方》。这些工作,都体现了鲁迅对孩子们的殷殷之意。他在一封信中说:"我正在译童话,亦尚存希望于将来耳。"[2]

在旧社会,儿童往往被"看作一个蠢材",统治阶级拼命用封建的孔孟之道

---

① 毛泽东:《在延安文艺座谈会上的讲话》。
② 1935年1月8日鲁迅致郑振铎信。

毒害和麻醉儿童的幼小心灵,使他们"向驯良方面发展",以便长大了好成为奴隶或奴才。那时让儿童看的书,是几百年来流传下来的宣扬封建礼教的《三字经》《二十四孝图》之类,或者是图画死板、色彩恶浊的《看图识字》和一些内容粗劣的刊物。永远是"司马温公敲水缸""孔融让梨""小狗叫,小猫跳",或者是外国阔人的"轶事"。在充斥着这些封建的、买办的腐朽读物的恶浊空气中,鲁迅翻译的《表》,校译的《小彼得》,校印的《远方》等等优秀的儿童文学作品,对于当时的孩子们又该是多么新鲜、有益、珍贵的读物啊!

"给儿童看的图书必须十分慎重。"鲁迅怀着对于孩子们的深切爱护来进行儿童文学的翻译工作。他在校改《小彼得》时,看到译文"每容易拘泥原文,不敢意译,令读者看得费力"。为了尽量使孩子们好懂,"当校改之际,就大加改译了一通,比较地近于流畅了"。

在翻译《表》的时候,鲁迅"抱了不小的野心。第一,是要将这样崭新的童话,介绍一点进中国来,以供孩子们的父母、师长,以及教育家、童话作家来参考;第二,想不用什么难字,给十岁上下的孩子们也可以看。"(《表》序)鲁迅这些语重心长的话,对于今天的儿童文学工作者仍然是宝贵的意见。

五、做培养天才的泥土

在旧中国,政治腐败,经济崩溃,民不聊生,文化落后。处在这样的荆天棘地,去做开拓革命文化事业的工作,必然是障碍重重,步履维艰。唱高调的资产阶级文人学士,仰起他们的尊脸,大叫:"中国有半个莎士比亚没有? 有半个托尔斯泰没有?"却不肯动手去做一点踏踏实实的工作。鲁迅批驳了这种"天才论"的侈谈。他在《未有天才之前》中写道:

"在要求天才的产生之前,应该先要求可以使天才生长的民众,——譬如想有乔木,想看好花,一定要有好土,没有土,便没有花木了,所以土实在比花木还重要。

"泥土和天才比,当然是不足齿数的,然而不是坚苦卓绝者,也怕不容易做,不过事在人为,比空等天赋的天才有把握。这一点,是泥土的伟大的地方,也是反有大希望的地方。"

鲁迅对于翻译工作的贡献，不仅在于他自己的译作，更多的工作是以甘当泥土的精神去培养青年翻译工作者。对于青年的译稿，鲁迅常常挤出休息时间，对照原文，为之校阅修改。而且"也真是一个字一个字的看下去，决不肯随便放过，敷衍作者和读者的，并且毫不怀着有所用的意思"。

一天，鲁迅家的保姆领孩子到隔壁刚搬过家的外国人家里去玩，拾了一本人家不要的英文书。鲁迅顺手接过来一看，是一本《夏娃日记》，看了精美的插图和马克·吐温的笔调，感到值得介绍到中国来。他于是托人翻译，找书店出版，又作《小引》介绍。

一个在邮局工作的青年，把彼多菲的《勇敢的约翰》译稿寄给鲁迅。鲁迅"见译文的认真而且流利，恰如得到一种奇珍"，便帮助译者发表出版。为了出这个译稿，鲁迅从 1929 年到 1931 年，整整经过两年的时间的努力，与译者通信 21 封，与书店、杂志社接洽时写信 12 封，好不容易有了出版机会，又自己拿出钱来、亲自跑印刷所为插图制版，并校对五次，才把匈牙利诗人的这篇童话诗印成单行本。像这样对于青年作者大力支持、辛勤奔走，"俯首甘为孺子牛"的事例很多。鲁迅为无名青年费去这么多力气，"常常整天没有休息"，无非是想为中国的革命文化事业"造出大群的新的战士"。

鲁迅为了培养进步的翻译工作者，先后支持过的文学翻译团体有："未名社"，"朝花社"，"译文社"。

1925 年，北京一些穷学生，愿意踏踏实实、点点滴滴介绍一些苏联和俄国作品，但他们穷得连印刷费也没有。鲁迅和他们素不相识，仅因为介绍进步文化的志趣相投，就节约自己生活开支为他们拿出印费，校阅译稿。结果在一间破房里成立了"未名社"，骨干是韦素园。未名社为我国较早地介绍了一批描写十月革命的作品，为新文化事业作出了一定贡献。这和鲁迅的扶植、关怀是分不开的。韦素园带病坚持译作，鲁迅鼓励他"好好地保养，早日痊愈，无论如何，将来总归是我们的"。韦素园去世，鲁迅在悼文中肯定他的劳绩，说：

"是的，素园却并非天才，也非豪杰，当然更不是高楼的尖顶，或名园的美花，然而他是楼下的一块石材，园中的一撮泥土，在中国第一要多。他不入于观赏者的眼中，只有建筑者和栽培者，决不会将他置之度外。"

"朝花社"是 1929 年鲁迅和柔石等几个青年在上海成立的，目的是想介绍一些东、北欧的作品和外国版画。鲁迅负担了五分之三的经费。这个团体后来由于有人投机取巧而夭折了,但鲁迅扶植进步文化事业的苦心是不可抹煞的。

鲁迅晚年,看到当时翻译事业衰落,又创办了《译文》杂志,目的是"供给真想用功的人作为'他山之石'的",换句话说,是为了给革命文学创作提供借鉴材料。这个刊物的头三期,由鲁迅亲自编辑。他除了编辑、翻译,还在插图、开本等形式方面费了不少心血。在鲁迅的关怀下,《译文》办成了一份内容进步、坚实,形式新颖、大方的好杂志,介绍了不少好作品、好文章,并且帮助培养了一些新进的翻译工作者。这在当时一片荒芜的翻译界,真可以说是仿佛戈壁中的绿洲。

六、"在岩石似的重压之下,开出了铁一般的新花"

鲁迅到上海以后,直到逝世为止,这九年间,国民党反动派一方面向中国共产党所领导的革命根据地进行军事"围剿",同时也向着白区的革命文化运动进行着文化"围剿"。国民党在文化"围剿"中,逮捕杀害革命作家,雇用流氓打手捣毁书店,禁止、焚毁革命文艺书刊。革命的翻译书籍也同样受到反动魔爪的蹂躏。一切书报刊物,在出版之前,必须受到所谓"中央图书杂志审查委员会"的检查,凡是有革命内容的文章,随时都有被禁止发表或任意删改的可能,无论翻译、创作,概莫能外。为了消除一切革命思想的痕迹,国民党检查官竟然荒谬到替外国作家乱改文章的地步。

鲁迅在一封信中说道:"虽是翻译,检查也很麻烦,抽去或删掉,时时有之,要有精彩,难矣。"[1]

为了同反动派做斗争,鲁迅发表文章和翻译时,不断变换笔名。例如他在《译文》上发表的译作,就曾化名为许遐、邓当世、茹纯。他说:"检查诸公,虽若'并无成见',其实是靠不住的,与其以一个署名,引起他们注意,(决定译文社中,必有我在内,)以至挑剔,使办事棘手,不如现在小心点好。"[2]

他不仅自己巧妙应付检查官,还替其他译者想办法来摆脱文网。例如未名

---

① 1934 年 11 月 19 日鲁迅致李霁野信。
② 1934 年 8 月 14 日夜鲁迅致黄源信。

社要出版一本描写十月革命的苏联短篇小说,恐怕反动当局来找麻烦。鲁迅就帮助出主意说:"我以为……应即出版。但第一篇内有几个名词似有碍。不知在京印无妨否?但改去,又失了精神。……否则在此(上海——引者)印,而仍说未名社出版,以一部分寄京发卖。为此,则此地既无法干涉,而倘京中有麻烦,也可以推说别人冒名,本社并不知道的。"①这是利用北京、上海两地反动当局"各自为政"这个空隙,给敌人来一个"捉迷藏",使得革命译本能够出版发行。

有时革命译本内容紧要,采用合法手段让书店出版,检查肯定通不过,鲁迅就"不理睬他",自己出版发行,一定要把革命译本送到人民手中去。他在一封信中说:"兄之译稿,仍可寄来,有便当随时探问,因为检查官对于出版者有私人之爱憎,所以此店不能出,彼店或能出的。或者索性加入更紧要之作,让我们来设法自行出版,因为现在官许之印本,必经检查,抽去紧要处,恰如无骨之人,毫无生气了。"②《毁灭》和《铁流》就是采用这种"你打你的,我打我的"强硬战术,自己印、自己发行的。

这样,鲁迅在敌人重重包围之中,采取坚定而灵活的斗争策略,打破了国民党的文化"围剿",使得革命翻译作品"在岩石似的重压之下,宛委曲折,开出了鲜艳而铁一般的新花"。

七、关于翻译工作的两次论战

鲁迅在《准风月谈》后记中指出:"经验使我知道,我在受着武力征伐的时候,是同时一定要得到文力征伐的。"

革命的翻译工作也是如此。它一方面要防备国民党的野蛮扼杀,同时也要顶住一些资产阶级文人的攻击。对于前者,要用坚定而灵活的斗争来抵制;对于后者,则要拿起批评的武器来打退。

第一个打上门来的是"新月社"的梁实秋。他在 1930 年发表《论鲁迅先生的"硬译"》一文,通过攻击鲁迅的马克思主义文艺理论译本,来攻击无产阶级的

---

① 1928 年 2 月 26 日鲁迅致李霁野信。
② 1935 年 1 月 15 日鲁迅致曹靖华信。

革命文学运动。

像梁实秋这样抱着资产阶级偏见的人,从立场感情上是和马克思主义的文艺理论水火不相容的。他说鲁迅的革命文艺理论译本是什么"硬译"、"死译"、读起来"不爽快"等等,不过是代表了资产阶级文人学士对于无产阶级踏上文坛,搅乱了他们"象牙之塔"里的清梦,所表现出的惊慌不安。

鲁迅用马克思主义的阶级分析的武器,对梁实秋的说法予以驳斥。鲁迅指出:梁实秋自命超然于阶级之上,其实在文章里"以资产为文明的祖宗,指穷人为劣败的渣滓",明明代表着资产阶级老爷说话,"超阶级"的假面具已经用自己的手撕去了。而且,"无产者文学是为了以自己们之力,来解放本阶级及一切阶级而斗争的一翼"①。马克思主义的文艺理论译本,本不是为了让资产阶级老爷太太们消愁解闷而翻译的,而是为了给无产阶级的革命文学创作和评论提供理论武器,为了那些"不怕艰难,多少要明白一些这理论的读者"。

至于翻译方法,也不仅是一个纯技术性的问题。在阶级社会中,不同阶级地位的人对于翻译也有不同的要求。资产阶级把文学当作酒足饭饱之余消遣的工具,所以他们只要求翻译作品读起来轻轻松松、舒舒服服,不管译得错不错。梁实秋就说:"部分的曲译即使是错误,究竟也还给你一个错误,这个错误也许真是害人无穷的,而你读的时候究竟还落个爽快。"

鲁迅批驳道:"我却从来不干这样的勾当。我的译作,本不在博读者的'爽快',却往往给以不舒服,甚而至于使人气闷,憎恶,愤恨。"②

无产阶级的文学翻译工作,正如无产阶级文艺事业一样,是无产阶级整个革命事业的一部分。革命的翻译工作者,有高度的政治责任感,尤其在翻译马列主义著作的时候,必须严肃对待,不仅对于原文的内容要以高度忠实的态度来翻译,而且为了保持原文的语言特点,在翻译时要尽量"保存原来的精悍的语气",遇到汉语原来的句法词法不完备,"许多句子,即也须新造",决不可像资产阶级文人那样,只图"爽快",不惜歪曲原文,任意曲译,欺骗读者。

鲁迅宣称:马克思主义文艺理论的译本,"只要还有若干的读者们能够有所

---

① 鲁迅:《"硬译"与"文学的阶级性"》,载《二心集》。
② 同上。

得，梁实秋先生们的苦乐以及无所得，实在'于我如浮云'"①。

　　1931 年，赵景深又来攻击革命翻译书籍。他打出的旗号是："与其信而不顺，不如顺而不信。"又说："译得错不错是第二个问题，最要紧的是译得顺不顺。"这就是说，翻译作品，只要读起来"顺"（也就是梁实秋说的"爽快"）就行，用不着管它是否忠实于原文的内容。

　　这种"格言"的错误是很明显的。鲁迅指出："译得'信而不顺'的至多不过看不懂，想一想也许能懂，译得'顺而不信'的却令人迷误，怎样想也不会懂，如果好像已经懂得，那么你正是入了迷途了。"②

　　同年底，鲁迅在《翻译的通信》中追溯了中国翻译史的经验，分析了对于翻译中"信""达""雅"三方面要求的认识发展，指出在严复的翻译事业中，"后来的译本，看得'信'比'达雅'都重一些"。

　　然后，鲁迅详细阐明自己关于翻译方法的主张。他认为翻译应该首先忠实传达原文的内容，并尽量保存原文的语气。针对赵景深所谓"宁顺而不信"的错误主张，鲁迅提出了"宁信而不顺"的原则。但是，"这所谓'不顺'，决不是说'跪下'要译作'跪在膝之上'，'天河'要译作'牛奶路'的意思，乃是说，不妨不像茶淘饭一样几口可以咽完，却必须费牙来嚼一嚼"。"这样的译本，不但在输入新的内容，也在输入新的表现法。"这是因为"中国的文或话，法子实在太不精密了……要医这病，我以为只好陆续吃一点苦，装进异样的句法去，古的，外省外府的，外国的，后来便据为己有"。这样的译本，"不但在输入新的内容，也在输入新的表现法"③。

　　对于所谓"不顺"的问题，鲁迅曾在批驳梁实秋时根据汉语发展的历史来分析道："中国的文法……也曾有些变迁，例如《史》《汉》不同于《书经》，现在的白话文又不同于《史》《汉》；有添造，例如唐译佛经，元译上谕，当时很有些'文法句法词法'是生造的，一经习用，便不必伸出手指，就懂得了。现在又来了'外国文'，许多句子，即也须新造，——说得坏点，就是硬造。据我的经验，这样译来，较之化为几句，更能保存原来的精悍的语气……"这样的译法，开始要"容忍多

---

　　①　鲁迅：《"硬译"与"文学的阶级性"》，载《二心集》。

　　②　鲁迅：《关于翻译的通信》，载《二心集》。

　　③　同上。

少的不顺"。但"容忍多少的不顺"也不是永远的,"其中的一部分,将从'不顺'而成为'顺',有一部分,则因为到底'不顺'而被淘汰,被踢开。这最要紧的是我们自己的批判。"①

关于这个问题,毛主席在《反对党八股》中说过:

"要从外国语言中吸收我们所需要的成分。我们不是硬搬或滥用外国语言,是要吸收外国语言中的好东西,于我们适用的东西。因为中国原有语汇不够用,现在我们的语汇中就有很多是从外国吸收来的。例如今天开的干部大会,这'干部'两个字,就是从外国学来的。我们还要多多吸收外国的新鲜东西,不但要吸收他们的进步道理,而且要吸收他们的新鲜用语。"

鲁迅的"宁信而不顺","不但输入新的内容,也输入新的表现法"的翻译主张,是针对当时的"宁顺而不信"的错误口号而提出的。鲁迅的口号保护了当时处于开创时期的革命翻译工作不为资产阶级的恶意攻击所伤害,也不受所谓只图"爽快"的谬论所迷惑,保证了革命翻译书籍在内容和语言两方面的基本质量。而且,鲁迅是用发展的眼光来看待译文的质量问题,他在提出"宁信而不顺"的同时,也严肃宣告:"自然,世间总会有较好的翻译者,能够译成既不曲,也不'硬'或'死'的文章的,那时我的译本当然就被淘汰,我就只要来填这从'无有'到'较好'的空间罢了。"②

鲁迅当年所提出的翻译主张是正确的。不但在历史上是正确的,而且在今天仍然应该作为翻译工作的出发点。因为,只有在"信"的基础上的"顺",才符合翻译工作的根本要求。离开了"信"去追求"顺",一定会走入邪路。而且,今天我们翻译水平的提高,许多"信而且达"的好译本的出现,是在解放前许多翻译家的工作的基础上发展起来的。鲁迅在革命翻译事业上的披荆斩棘的开创之功,应该永远受到一切翻译工作者的怀念和尊敬。

八、"为翻译辩护"

鲁迅一生重视翻译工作。他把翻译看得和创作同等重要。在他的全集中,

---

① 鲁迅:《"硬译"与"文学的阶级性"》,载《二心集》。
② 同上。

创作和翻译两个方面的分量大致相等。在他的文章里,讲到翻译的地方很不少。

他不但主张多翻译,而且主张"对于翻译,现在似乎暂不必有严峻的堡垒。最要紧的是看译文的佳良与否,直接译(即"懂某一国文,译某一国文学"——引者)或间接译,是不必置重的"。因为在过去,"中国人所懂的外国文,恐怕是英文最多,日文次之,倘不重译,我们将只能看见许多英美和日本的文学作品……。这是何等可怜的眼界"。只有"待到将来各种名作有了直接译本,则重译本便是应该淘汰的时候,然而必须那译本比旧译本好,不能但以'直接译'当作护身的挡牌"①。

他又主张复译。因为要击退不负责任的乱译,"唯一的好方法是又来一回复译,还不行,就再来一回"。而且,"即使已有好译本,复译也还是必要的。曾有文言译本的,现在当改译白话,不必说了。即使先出的白话译本已很可观,但倘使后来的译者觉得可以译得更好,就不妨再来译一遍,无须客气,更不必管那些无聊的唠叨。取旧译的长处,再加上自己的新心得,这才会成功一种近于完全的定本"②。

在旧中国的文化界,是有不少攻击翻译的"唠叨家"的。他们拿译本中实有的或捏造的错误当作"开心"的资料,来全部否定翻译工作。"'开心'总比正经省力,于是乎翻译的脸上就被他们画上了一条粉。"③为了保护正当的翻译工作,鲁迅时时站出来"为翻译辩护"。他甚至主张做"挖烂苹果"的工作:"倘连较好的(译本——引者)也没有,则指出坏的译本之后,并且指明其中的哪些地方还可以于读者有益处。""这样一办,译品的好坏明白了,而读者的损失也可以小一点。"④这其实也是对于态度严肃而又不免有缺点的译者的保护。例如,对于韬奋编译的《革命文豪高尔基》,鲁迅就主张全面分析,"除批评者所指摘的缺点之外,另有许多记载作者的勇敢的奋斗,胥吏的卑劣的阴谋,是很有益于青年作家的"⑤,不应该一笔抹煞。

———————————

① 鲁迅:《论重译》,载《花边文学》。
② 鲁迅:《非有复译不可》,载《且介亭杂文二集》。
③ 同上。
④ 鲁迅:《关于翻译(下)》,载《准风月谈》。
⑤ 同上。

鲁迅为什么这样重视翻译工作呢？

他说明道："我们的文化落后，无可讳言……作品的比较的薄弱，是势所必至的，而且又不能不时时取法于外国。所以翻译和创作，应该一同提倡，决不可压抑了一面，使创作成为一时的骄子，反因容纵而脆弱起来。"[①]

"我要求中国有许多好的翻译家，倘不能，就支持着'硬译'。理由还在中国有许多读者层，看着并不全是骗人的东西，也许总有人会多少吸收一点，比一张空盘较为有益。"[②]

从广大的中国读者的利益着想，鲁迅不仅翻译了大量的文学作品、文艺理论著作以至美术史著作，他的视野还从社会科学著作的翻译工作扩大到自然科学的领域。为了弥补自然科学翻译工作中的缺陷，鲁迅自己翻译过《药用植物》。他还多年考虑并准备翻译法布尔的《昆虫记》。

在旧中国，由于帝、官、封三座大山的压迫，资产阶级在经济上屡弱，在政治上幼稚，它在文化上的建树也是贫乏的。这一特点在翻译工作上的表现也非常突出。资产阶级文人学士不仅在翻译理论上错误混乱，在翻译实践上也是零落不堪。不仅外国的革命作品和评论，就连一些比较健康、可资参考借鉴的外国现实主义和浪漫主义的文学作品，也有待进步的翻译工作者动手，才能为中国读者所知。

毛主席指出：

"在'五四'以前，中国的新文化运动，中国的文化革命，是资产阶级领导的，他们还有领导作用。在'五四'以后，这个阶级的文化思想却比它的政治上的东西还要落后，就绝无领导作用，至多在革命时期在一定程度上充当一个盟员，至于盟长资格，就不得不落在无产阶级文化思想的肩上。这是铁一般的事实，谁也否认不了的。"[③]

在翻译事业上也是如此。从"五四"以来，鲁迅不仅是新文化革命运动中的"最伟大和最英勇的旗手"，就在翻译工作中他也是伟大的开拓者、实践家和理论家。

---

① 鲁迅：《关于翻译》，载《南腔北调集》。
② 同上。
③ 毛泽东：《新民主主义论》。

九、"拿来主义"

对于外国文学遗产,鲁迅的根本原则是"拿来主义"。他说:"我们要运用脑髓,放出眼光,自己来拿!"

拿来主义者"占有,挑选"。"总之,我们要拿来。我们要或使用,或存放,或毁灭。那么,主人是新主人,宅子也就会成为新宅子。然而首先要这人沉着,勇猛,有辨别,不自私。没有拿来的,人不能自成为新人,没有拿来的,文艺不能自成为新文艺。"①

这就是说,以我为主,大胆占有,区别对待,为我所用。——换句话说,也就是"洋为中用"。

他主张读书时"应该先看一部关于历史的简明而可靠的书",用马列主义的历史唯物主义观点,把自己的头脑武装起来;他又主张"必须和实社会接触,使所读的书活起来";他在大力介绍外国无产阶级的革命文学作品的前提下,主张可以"看看古典的,反动的,观念形态已经很不相同的作品",但要有正确的指导:"有害的文学的铁栅是什么呢? 批评家就是。"②对于外国的古典的、资产阶级的和反动的作品,在出版时"一定有译序,加以仔细的分析和正确的批评"。

然而翻译介绍外国作品又不可漫无计划,必须根据革命形势的发展,以定出取舍和先后的方案。鲁迅说:

"我们也不能决定苏联的大学院就'不会为帝国主义作家作选集',倘在十年以前,是决定不会的,这不但为物力所限,也为了要保护革命的婴儿,不能将滋养的,无益的,有害的食品都漫无区别的乱放在他前面。现在却可以了,婴儿已经长大,而且强壮,聪明起来,即使将鸦片和吗啡给他看,也没有什么大危险,但不消说,一面也必须有发觉者来指示,说吸了就会上瘾,而上瘾之后,就成一个废物,或者还是社会上的害虫。"③

鲁迅的这种"拿来主义"精神,也体现在他一生中对于许多外国作家的翻译

---

① 鲁迅:《拿来主义》,载《且介亭杂文》。
② 鲁迅:《关于翻译(上)》,载《准风月谈》。
③ 同上。

介绍和评论之中。把他这方面的经验和见解搜集起来，对我们也是会有启发的。

鲁迅早年翻译介绍，着重东欧作品。这是因为处于沙皇暴政和侵略下的东欧人民，和当时受封建压迫和列强欺凌的中国人民，境遇相似，"读其诗歌，即易于心心相印"。在东欧作家中，他对于彼多菲有特别的好感。说他"虽然死在哥萨克的矛尖上，也依然是一个诗人或英雄"。然而鲁迅并不赞成把彼多菲过分"拔高"，而是对他实事求是地分析："他其实是一个爱国诗人，译者大约有些爱他，便不免有些掩护，将'nation'（'民族'——引者）译作'民众'，我以为那是不必的。他生于那时，当然没有现代的见解，取长弃短，只要那'斗志'能鼓动青年战士的心，就尽够了。"①

彼多菲的童话诗《勇敢的约翰》中有"讲成王作帝"的缺点。鲁迅分析道："但是，现在倘有新作的童话，我想，恐怕未必再讲封王拜相的故事了。不过这是一八四四年所作，而且采自民间传说的，又明明是童话，所以毫不足奇。那时的诗人，还大抵相信上帝，有的竟以为诗人死后，将得上帝的优待，坐在他旁边吃糖果哩。然而我们现在听了这些话，总不至于连忙去学做诗，希图将来有糖果吃罢。就是万分爱吃糖果的人，也不至于此。"②

经过这样生动具体的分析，彼多菲的历史贡献和时代局限，一清二楚，读者也就不至于不分精华糟粕，全部吞咽下去了。

鲁迅在介绍东欧文学中，又以俄国和苏联的文学为重点。

他早年介绍俄国文学，是因为"从那里面，看见了被压迫者的善良的灵魂、的酸辛，的挣扎……我们岂不知道那时的大俄罗斯帝国也正在侵略中国，然而从文学里明白了一件大事，是世界上有两种人：压迫者和被压迫者！"③

后来，鲁迅确立了共产主义的世界观，他进一步用正确的观点对俄国文学进行了分析："凡这些（指俄国文学作品——引者），离无产者文学本来还很远，所以凡所绍介的作品，自然大抵是叫唤，呻吟，困穷，酸辛，至多，也不过是一点挣扎。"④这和反映了十月革命以后的"战斗，变革，战斗，建设，战斗，成功"的苏

① 鲁迅：《〈奔流〉编校后记》，载《集外集》。
② 鲁迅：《〈勇敢的约翰〉校后记》，载《集外集拾遗》。
③ 鲁迅：《祝中俄文字之交》，载《南腔北调集》。
④ 鲁迅：《〈竖琴〉前记》，载《南腔北调集》。

联文学,不可同日而语。

这就划清了旧俄文学和苏联文学的区别之处。

且以鲁迅对于托尔斯泰和高尔基的评价为例。

对于托尔斯泰,鲁迅推崇他敢于写信直斥沙皇,肯定了他不顾教会迫害、反抗沙皇专制这个正义的方面。但对于托尔斯泰的无抵抗主义,鲁迅却坚决反对:"托尔斯泰正因为出身贵族,旧性荡涤不尽,所以只同情于贫民而不主张阶级斗争。"①这样就通俗地阐明了列宁所曾深刻指出的在托尔斯泰的思想和作品中有利于革命和有害于革命的两个方面。

对于高尔基,鲁迅以极大的敬意赞扬道:

"他是'底层'的代表者,是无产阶级的作家。对于他的作品,中国的旧的知识阶级不能共鸣,正是当然的事。

"然而革命的导师(列宁——引者),却在二十多年以前,已经知道他是新俄的伟大的艺术家,用了别一种兵器,向着同一的敌人,为了同一的目的而战斗的伙伴,他的武器——艺术的言语——是有极大的意义的。"②

1933 年,在《〈解放了的堂吉诃德〉后记》中,鲁迅提到在十月革命以后,欧洲的一些资产阶级作家学者非议列宁的党镇压反革命的措施。鲁迅说:"我还疑心连高尔基也在内,那时他正为种种人们奔走,使他们出国,帮他们安身,听说还至于因此和当局者相冲突。"

尽管如此,鲁迅对于高尔基作为无产阶级文学奠基人的地位和贡献是高度肯定的。他说:"至于高尔基,那是伟大的,我看无人可比。"③

即使对于十月革命以后的苏联文学,鲁迅对于不同类型的作家、作品也注意具体分析。对于像《毁灭》《铁流》这样的十月革命初期的无产阶级作品,"虽然粗制,却并非滥造",鲁迅给以热情赞扬,大力介绍,在前面已经说过。对于"同路人"作家,鲁迅在《〈竖琴〉前记》中给以分析道:

"同路人者,谓因革命中所含有的英雄主义而接受革命,一同前行,但并无彻底为革命而斗争,虽死不惜的信念,仅是一时同道的伴侣罢了……虽然他自

---

① 鲁迅:《"硬译"与"文学的阶级性"》,载《二心集》。
② 鲁迅:《译本高尔基〈一月九日〉小引》,载《集外集拾遗》。
③ 1935 年 8 月 24 日鲁迅致萧军信。

以为是'革命文学者'。

"在苏联中,这样的非苏维埃的文学的勃兴,是足以令人奇怪的。然而理由很简单:当时的革命者,正忙于实行,惟有这些青年文人发表了较为优秀的作品者其一;他们虽非革命者,而身历了铁和火的试练,所以凡所描写的恐怖和战栗,兴奋和感激,易得读者的共鸣者其二……"

然而,随着革命形势的发展,真正由无产阶级掌握文权的时候,"单说是'爱文学'而没有明确的观念形态的徽帜"的一些同路人作家"便失掉了作为团体存在的意义,始于涣散,继以消亡,后来就和别的同路人们一样,各各由他个人的才力,受着文学上的评价了"。

鲁迅早在《域外小说集》的《略例》中阐明过他的文学翻译主张。他说:"近世文潮,北欧最盛,故采译自有偏至。"这里说的"北欧",实际上指的是包括俄国、巴尔干半岛和斯堪的那维亚半岛在内的东、北欧。他一生中的文学翻译介绍工作,正是沿着这一条主要方向发展下来的。

不过,对于其他国家的作家和作品,散见于鲁迅著作中的评论也很丰富,从中也可看出他对于外国文学的取舍标准。譬如,在英国作家中,鲁迅早年曾介绍拜伦,因为他支援希腊民族独立并牺牲在战斗岗位上;介绍雪莱,因为他"早萌反抗之朕兆"鼓吹无神论,"抗伪习弊俗以成诗",称之为19世纪上叶"精神界之战士"。但鲁迅始终讨厌英国统治阶级的绅士架子,说过"我和英国人是不对的"。然而,他喜欢萧伯纳,因为萧"往往撕掉绅士们的假面"。由于类似的原因,他在美国作家中比较欣赏马克·吐温,因为后者的作品"在幽默中含着哀怨,含着讽刺",表示着对于金元帝国的不满。在北欧作家中,鲁迅还较多称引易卜生,因其剧本中"大抵含有社会问题",也谈到勃兰兑斯的书还"可以看",因其意见较为坚实。对于法国作家,鲁迅曾提到巴尔扎克"对话的巧妙",其技巧可供参考;对法朗士,曾誉为"精博锋利",称赞其揭穿"高僧"的伪善面目的"真实本领"。在德国诗人中,鲁迅早年译过海涅的抒情诗,但在《对于左翼作家联盟的意见》中批评了海涅以为"诗人最高贵"的错误想法,指出"劳动阶级决无特别例外地优待诗人或文学家的义务"。

凡此种种,都可看出鲁迅对"拿来主义"的运用。鲁迅从中国革命的需要出发,用中国人民所熟悉的语言和比喻,把马列主义的历史唯物主义通过民族形式加以运用,贯彻了革命导师有关论述的精神,提出了中国革命的无产阶级对待外国文学遗产的正确主张。

列宁在《青年团的任务》中提到马克思时,说道:

"凡是人类社会所创造的一切,他都用批判的态度加以审查,任何一点也没有忽略过去。凡是人类思想所建树的一切,他都重新探讨过,批判过,根据工人运动的实践一一检验过,于是就得出了那些被资产阶级狭隘性所限制或被资产阶级偏见束缚住的人所不能得出的结论。"

鲁迅关于外国文学遗产的评论意见,他的拿来主义精神,是符合革命导师的教导的。鲁迅的战斗的批判和正确的分析,不仅在历史上起过革命的作用,就是对于我们今天的外国文学翻译介绍和评论工作,仍然具有启发作用。

十、战斗、劳动到生命的最后一息

鲁迅在 1935—1936 年间所翻译的《死魂灵》,是他最后的译作。

由鲁迅来翻译《死魂灵》,是很恰当的。他在"五四"时期写的第一篇小说《狂人日记》,受过果戈理的影响。他的许多杂文,如《论讽刺》《什么是讽刺》《几乎无事的悲剧》和《〈死魂灵百图〉序》等,表明他对讽刺文学和果戈理的了解是非常深刻的。果戈理的讽刺,有力地揭露了沙皇专制和农奴制度的腐败,这对于生活在半封建半殖民地中国的人民来说,也很有现实意义。

鲁迅翻译时非常认真。他根据德译本,参照日译本,并向精通俄文的人请教。他坚持自己的翻译原则,反对"宁顺而不信",不赞成日译等的"归化"论,而主张"必须兼顾着两面,一当然力求其易解,一则保存原作的丰姿","为比较的顺眼起见,只能改换他的衣裳,都不该削低他的鼻子,剜掉他的眼睛"。他的翻译工作非常辛苦,"字典不离手,冷汗不离身"。有时为了要从汉字中想出一恰当的名词或动词,"一直弄到头昏眼花,好像在脑子里面摸一个急于要开箱子的钥匙,都没有"[1]。

在《死魂灵》中有句话提到一个希腊雕像的姿势。鲁迅知道雕刻家的名字,却没有见过图像。为了弄清这句话里所说的姿势,他翻查参考书,又买了日本

---

[1] 鲁迅:《题未定草(一至三)》,载《且介亭杂文二集》。

新出的《美术百科全书》，其中依然没有。以后又花了许多力气，这才查出注明。从这个小例子也可看出，鲁迅的翻译态度是如何一丝不苟。

在紧张的翻译工作之余，鲁迅看到了林语堂的一篇文章。这时林语堂已放弃了早年的反封建立场，渐渐与旧势力沆瀣一气。鲁迅在对他进行过仁至义尽的教育挽救无效之后，早已和他"闹开"。现在林语堂发表一篇小品文《今文八弊》，攻击革命翻译事业，特别是攻击鲁迅所一贯提倡的对于世界被压迫人民的文学的翻译介绍工作。林语堂抓住在翻译书中把"地"字作为状词的用法，指桑骂槐，污蔑翻译工作者为"西崽"，还说什么"其在文学，今日绍介波兰诗人，明日绍介捷克文豪，而对于已经闻名之英美法德文人，反厌为陈腐，不欲深察，求一究竟"。

鲁迅在《题未定草》中，给林语堂的论调以正面驳斥。他紧扣住林语堂抛出的"西崽"一词，深入剖析，剖析的结果，证明那个"倚徙华洋之间，往来主奴之界"的"西崽"，不是别人，原来就是林语堂自己。然后鲁迅接过林语堂的挑战，宣称：

"'绍介波兰诗人'，还在三十年前，始于我的《摩罗诗力说》。那时……中国境遇，颇类波兰，读其诗歌，即易于心心相印……。后来上海的《小说月报》，还曾为弱小民族作品出过专号……。但生长于民国的幸福的青年，是不知道，至于附势奴才，拜金崽子，当然更不会知道。"①——在这里顺手给了林语堂一个迎头痛击。

鲁迅大义凛然地批驳道：

"但即使现在介绍波兰诗人，捷克文豪，怎么便是'媚'呢？他们就没有'已经闻名'的文人吗？……诚然，'英美法德'，在中国有宣教师，在中国现有或曾有租界，几处有驻军，几处有军舰，商人多，用西崽也多，至于使一般人仅知有'大英'，'花旗'，'法兰西'和'茄门'，而不知世界上还有波兰和捷克。但世界文学史，是用了文学的眼睛看，而不用势利眼睛看的，所以文学无须用金钱和枪炮作掩护，波兰捷克，虽然未曾加入八国联军来打过北京，那文学却在，不过有一些人，并未'已经闻名'而已。"②

---

① 鲁迅：《题未定草(一至三)》，载《且介亭杂文二集》。
② 同上。

鲁迅"以子之矛,攻子之盾",用林语堂的原话回敬林语堂说:

"此种流风,其弊在奴,救之之道,在于思。"

接着,鲁迅更乘胜追击,彻底批驳林语堂的谬论:"不过后两句不合用,既然'奴'了,'思'亦何益,思来思去,不过'奴'得巧妙一点而已。中国宁可有未'思'的西崽,将来的文学倒较为有望。"[①]

鲁迅运用马列主义的解剖刀,揭示了林语堂的面目,保护了革命翻译事业。今天读这篇杂文,仍觉得虎虎有生气,仍觉得痛快酣畅。

《死魂灵》的翻译工作继续进行着。许广平同志回忆道:

"我从《死魂灵》想起他艰苦的工作:全桌面铺满了成本,专诚而又认真的,沉湛于中的,一心致志的在翻译。"

"当《死魂灵》第二部第三章翻译完了时,正是一九三六年的五月十五日。其始先生熬住了身体的虚弱,一直支撑着做工。等到翻译得以告一段落了的晚上,他……轻松地叹一口气说:休息一下吧! 不过觉得人不大好。……后来竟病倒了。那译稿一直压置着。到了病有些转机之后,他仍不忘记那一份未完的工作,总想动笔。我是晓得这翻译的艰苦,是不宜于病体的,再三的劝告。到十月间,先生自以为他的身体可以担当得起了,毅然把压着的稿子清理出来,这就是发表于十月十六日的《译文》新二卷二期上的。而书的出来,先生已不及亲自披览了。"

鲁迅在逝世前三天,写了《曹靖华译〈苏联作家七人集〉序》。

在他逝世的前一天,即十月十八日,他还焦急地询问最新一期《译文》的内容,直到把广告上的目录看了一遍,他才放了心。

鲁迅在翻译工作岗位上的战斗和劳动,一直坚持到他生命的最后一息。"五四"以来的革命文艺翻译事业,是鲁迅以"我以我血荐轩辕"的献身精神,用自己的心血浇灌起来的。

纵观鲁迅一生,他一方面用自己的创作和杂文,同时又拿起译笔,为中国人民的解放事业而战斗。他紧跟时代的步伐,配合革命的需要,不懈地从事翻译工作,为发展革命翻译事业做出了巨大的贡献。从中我们不但看到他翻译态度之谨严,翻译主张之正确,而且分明看到了一个伟大革命战士的身影:他时时从

---

① 鲁迅:《题未定草(一至三)》,载《且介亭杂文二集》。

中国人民的需要出发,不断为每个时期的革命斗争输送精神食粮和武器;他不仅自己勤奋工作,而且竭力培养新生力量,扶持进步翻译团体,为此无私地付出自己的巨大精力。他的翻译工作在现代中国的文化史上产生了不可磨灭的影响。今天,在新的条件下,接受鲁迅在翻译事业中所留给我们的遗产,对于我们创造和发展社会主义的新文化,仍然是有教益的。

（说明:本文曾发表于《开封师院学报》1976 年第 5 期,并经西北大学《鲁迅研究年刊》第二册转载。此次发表,根据作者底稿进行了订补。）

（1984 年 11 月 17 日）

鲁迅与美术

鲁迅在中国文化革命中的业绩是多方面的。除了其他许多方面的活动以外，鲁迅一生热爱美术，关心美术事业，搜集介绍中外美术作品，大力倡导革命美术运动。他在这方面的活动，是他所从事的革命文化事业的一个重要组成部分。

一

鲁迅对美术的爱好，可以追溯到清末他的童年时代。当时他在家乡，和同时代别的中国儿童一样，受着封建私塾教育。小时的鲁迅，聪明活泼，对于枯燥无味的"经书"以及束缚人的封建礼教，感到非常不满。他那强烈的求知欲，就在沉闷的功课之余，向着被当作不正经的"闲书"的画书和小说发展。他寻求带画的书，借到自己喜爱的画书，就动手临摹。他摹绘了《西游记》等小说的绣像，后来又影写了《诗中画》和《野菜谱》等。

在少年鲁迅的小小藏书中，有一本长辈赠给的《二十四孝图》。他看了以后，非常扫兴。最使他反感的是"老莱娱亲"和"郭巨埋儿"：前者使他感到"简直是装佯，侮辱了孩子"；后者则使他害怕，"不但自己不敢再想做孝子，并且怕我父亲去做孝子了"（《朝花夕拾·二十四孝图》）。可见，在鲁迅小时候的美术活动中，就孕育着反对封建礼教的幼苗。

鲁迅在青年时代，接受了民族民主革命运动的影响。他在日本筹办《新生》杂志时，搜集了拜伦、彼多菲等民主、爱国诗人的画像，又选了一幅揭露英帝国主义杀害印度革命者的图画，准备用为插图。这是和他当时提倡"立意在反抗，指归在动作"的反帝反封建文学的精神相一致的。

辛亥革命以后,鲁迅任职教育部,随教育部迁往北京。从现在保存下来他当时写的一篇《拟播布美术意见书》中,可以窥见他的早期美术思想。他对于艺术的发生是这样认识的:

"盖凡有人类,能具二性:一曰受,二曰作。受者譬如曙日出海,瑶草作华,若非白痴,莫不领会感动;既有领会感动,则一二才士,能使再现,以成新品,是谓之作。故作者出于思,倘其无思,即无美术。然所见天物,非必圆满,华或槁谢,林或荒秽,再现之际,当加改造,俾其得宜,是曰美化,倘其无是,亦非美术。故美术者,有三要素:一曰天物,二曰思理,三曰美化。"(《集外集拾遗·拟播布美术意见书》)

这种美学观点是"用思理以美化天物",也就是:通过人类认识世界改造世界的主观能动作用,以美化为手段来再现客观事物。这表明:经过清末民初民主革命的激荡和进步科学思想的影响,鲁迅已经能够用朴素的唯物主义认识论来说明美术活动了。

他还认为,美术是为人生、重实用的:"尝闻艺术由来,在于致用,草昧之世,大朴不雕,以给事为足;已而渐见藻饰,然犹神情浑穆,函无尽之意,后世日有迁流,仍不能出其封域。"(《集外集拾遗·〈蜕龛印存〉序(代)》)

但是美术的社会作用,必须通过它的艺术性来实现:"美术诚谛,固在发扬真美,以娱人情,比其见利致用,乃不期之成果。沾沾于用,甚嫌执持。"(《拟播布美术意见书》)

鲁迅虽赞成艺术技巧,却反对"雕虫小技":"象齿方寸,文字千万,核桃一丸,台榭数重,精矣,而不得谓之美术。"(同上)

从这些论述中,可以看到鲁迅对于美术的社会作用与艺术性之间联系的辩证看法。

准此,为人生、重实用,讲技巧而反雕凿,反封建束缚、反压迫、反侵略——这些就是鲁迅早期美术思想的特征。

二

鲁迅积极投入五四运动以及其后由中国共产党所领导的新民主主义革命

运动。随着革命的深入,他在早期形成的革命民主主义的美术思想也向着马列主义的美学观点转变。这从民国初年直到 1927 年大革命这段时期,鲁迅所接近的一些画家以及他对他们的评论,可以看到一些迹象。

民国初年,鲁迅和画家陈师曾亲密往还。陈师曾以通俗画知名。他注意描绘北京地方风俗,特别是注意反映穷苦无告的下层人民的生活。鲁迅重视他的作品,后来在《北平笺谱序》中还提到陈师曾把自己的技巧应用于工艺美术:"初为镌铜者作墨盒,镇纸画稿,俾其雕镂;……不久复廓其技于笺纸,才华蓬勃,笔简意饶",赞扬了他在这方面的成就。

陶元庆是"五四"以后和鲁迅关系较深的一个青年画家。他为鲁迅和未名社画了不少封面画,并且给我们留下了一幅神情逼真的鲁迅炭画像。

陶元庆 1925 年在北京、1927 年在上海举行西画展览。鲁迅在两次介绍文章中都着重提出了如何运用西画的笔法和色彩来描绘中国事物,传达出民族特色的问题。特别值得注意的是鲁迅下面这段话:

"现在外面的许多艺术界中人,已经对于自然反叛,将自然割裂,改造了。(指当时流行于资本主义各国的"未来派"、"立体派"画家及其作品——引者)而文艺史界中人,则舍了用惯的向来以为是'永久'的旧尺,另以各时代各民族的固有的尺,来量各时代各民族的艺术,于是向埃及坟中的绘画赞叹,对黑人刀柄上的雕刻点头,这往往使我们误解,以为要再回到旧日的桎梏里。而新艺术家们勇猛的反叛,则震惊我们的耳目,又往往不能不感服。但是,我们是迟暮了,并未参与过先前的事业(指西欧文艺复兴以来种种美术流派和运动——引者),于是有时就不过敬谨接收,又成了一种可敬的身外的新桎梏。"(《而已集·当陶元庆君的绘画展览时》)

这里谈到如何正确对待古代遗产和外国流行画派的问题:对古代遗产盲目"赞叹"、"点头",一味因袭古人,"再回到旧日的桎梏里",固然不对;但对于外国的任意"将自然割裂"的颓废画派,盲目"震惊"、"感服"、"敬谨接收",又造成一种新桎梏,也是错误的。

鲁迅肯定了陶元庆能够适当地对待古和洋两方面的影响,而不受它们的桎梏;并用他的作品作例子,打比方说明什么才是对待古和洋的正确态度:

"他并非'之乎者也',因为用的是新的形和新的色,而又不是'Yes''No',

因为他究竟是中国人。所以，用密达尺来量，是不对的，但也不能用什么汉朝的虑虒尺或清朝的营造尺，因为他又已经是现今的人。我想，必须用存在于现今想要参与世界上的事业的中国人的心里的尺来量，这才懂得他的艺术。"（同上）

"必须用存在于现今想要参与世界上的事业的中国人的心里的尺来量"——这把尺子对于我们今天仍然还是有用的。我们今天正需要从决心献身于世界无产阶级和被压迫人民的解放事业的中国人民的立场出发，来进行文艺创作和衡量文艺创作。在这里，鲁迅从中国和世界人民解放事业的观点出发，把古与今、洋与中的关系正确地统一起来了。

司徒乔是在同一时期鲁迅所重视的另一个青年画家。他在五四运动以后到北京，在鲁迅作品的影响下，努力在自己的作品里画出穷苦人民的痛苦和愤怒。

1925 年除夕，司徒乔路过一家所谓"施粥厂"门口，突然有四个武装警察，高举棍棒、拳打脚踢把一个带着两个孩子的孕妇推打出来。原来是这个穷苦孕妇先讨了一碗粥给孩子们吃了，然后想为自己再讨一碗，就因为这个，四个大汉就对她扑打侮辱。这灭绝人性的事件，激怒了画家。他跑回宿舍，凭记忆把当时情景匆匆速写下来。由于笔触粗糙，别人很难看出画的内容。迫于当时的环境，他只含糊地题为《四个警察和一个〇》，用〇代表那孕妇。

当司徒乔在 1926 年举行画展时，这幅画立刻受到鲁迅的注意，买去挂在自己书桌旁的墙壁上。

司徒乔回忆说："这幅画的艺术造诣，是丝毫也不值得鲁迅先生重视的。他买它无非是因为画中记录的恰巧是他最憎恶的事，是人吃人的社会的缩影，虽然是十分简单而粗糙的缩影。在别人也许完全不知道是怎么回事，而关心人民疾苦和熟悉人民生活的鲁迅先生，却一眼就看了出来，而且拿来置于座旁。

"从鲁迅先生买去的画，我得到这么一个启示：只有关切人民的画，才会得到鲁迅先生的喜爱。这个启示，一直指示着我的创作道路。"（司徒乔：《鲁迅先生买去的画》）

1928 年，鲁迅在上海又看了司徒乔的画展。这时司徒乔经历了大革命的失败，画了一幅《耶稣基督》，画中一个天使吻着耶稣的荆冠，用这种象征手法（这自然是一种受时代局限的象征手法——笔者）来"对那些为人民献出自己生命的殉难者表示景仰和悼念"。鲁迅看了以后,指出:"胁下的矛伤,尽管流血,而荆冠上却有天使——照他自己所说——的嘴唇。无论如何,这是胜利。"(《三闲集·看司徒乔君的画》)这话鼓舞了画家对于革命前途的胜利信心。

从鲁迅这些评论,可知他通过刻苦学习马列主义,总结大革命失败的教训,学会运用阶级斗争的观点来分析美术作品。他已经从早期的革命民主主义的文艺观点向着马列主义的文艺观点转变了。

三

在鲁迅的革命文学活动中,有一个突出的特点:他非常重视书刊的美化工作。

对于书籍装订,鲁迅有一个独创性的意见,就是主张毛边。他幽默地自称为"毛边党"。他在1935年写道:"我是十年前的毛边党,至今脾气还没有改。"(1935年4月10日致曹聚仁信)他之所以如此,不外是想在充斥着装订粗劣、外表寒碜可怜的书本子的旧中国,使自己著译编校的书能够不落陈套,保持一种朴素大方的风格,让读者一新眼目。

鲁迅重视书刊装帧。他自己常常动手设计书刊封面,也时时注意吸引画家参加这项工作。早在未名社时期,鲁迅就非常重视陶元庆的封面设计。为使陶元庆画好封面,鲁迅不厌其烦地为他写出作品内容提要,供他参考。陶元庆绘出图案以后,鲁迅特别关照书店在制版时要让画家校对得认为满意了才付印,在印时也要注意使色彩线条尽量保持原状。鲁迅给陶元庆写信时,关于封面设计的建议,都是提得细致而周到。陶元庆所画的封面在那时也确实显得比较新颖活泼,给一些新文艺作品增添了光彩和魅力。

关于插图,鲁迅说过:"插图不但有趣,且亦有益。"(1935年5月22日夜致孟十还信)因此,鲁迅常常自己出钱印插画本的革命文学书籍,以利人民大众。至今,我们每遇到鲁迅亲手编印的书籍时,仍可从那内容之坚实和插图之优美,而想见鲁迅生前所费去的心血。1931年校印《铁流》,鲁迅为寻访木刻插图,远托在国外的译者,几经周折,才收到木刻,用在书里,即是一例。

凡是鲁迅编辑的文学刊物,也总是图文并茂。《奔流》是这样,《译文》也是这样。当筹备出版《译文》时，鲁迅不仅亲自翻译作品、编辑稿件，而且以他一贯的认真作风，搜集插图、设计版面。鲁迅这样做的目的是"甚愿文与艺相钩连"（《集外集拾遗·〈文艺研究〉例言》）——就是说，竭力使革命文学书刊和革命美术作品紧密配合，相辅相成。鲁迅这种苦心，从他撰写的一些书籍广告中也可窥见。这些书籍广告，如像《三闲书屋校印书籍》和《文艺连丛》，一洗旧社会一般商业广告的那种资本主义的浮滑作风，写得诚恳、亲切、风趣、不同凡响，既是作品内容的扼要介绍，又是装帧插图的动人描述，体现出鲁迅对于自己所编印的书籍，从内容到形式都向广大读者全面负责的革命作风，映照出一个踏踏实实为人民服务的革命者的伟大人格。

鲁迅这样重视书刊的美化，从表面上看来，好像是不必要的。其实不然。内容和形式，主干和枝叶，构成一个整体。"删夷枝叶的人，决定得不到花果。"（《且介亭杂文末编·这也是生活》）"这正如折花者，除尽枝叶，单留花朵，折花固然是折花，然而花枝的活气都灭尽了。"（《华盖集·忽然想到》）正是为此，鲁迅才不惜心血，关心种种"小事"，使得革命书刊不仅内容坚实有力，而且形式也赏心悦目，做到"革命的政治内容和尽可能完美的艺术形式的统一"，从内到外，紧紧吸引读者，深入人心，发挥出革命文化的强大威力。因此，鲁迅生前所编印的每一部书，每一种刊物，都在广大读者心中留下了不可磨灭的印象，犹如一座座不可摧毁的精神堡垒。鲁迅开创的这个优良传统，也为他生前和身后的革命文化工作者所学习和继承着。革命书刊不仅以正确的内容教育广大群众，也以优美的形式吸引广大群众。在革命真理的巨大力量和灿烂光辉面前，反动派是无能为力的。解放前的反动官方出版社和书店，尽管拥有雄厚资金，霸占着大批纸张，又有军警宪特保护，可以有恃无恐地制造出无数大本小本的反动书刊，但这些文化垃圾，无论在内容上或形式上都无法与革命书刊相比，只能为广大读者所鄙视和唾弃。这就表明了国民党反动派"文化围剿"的破产，他们也因此自己宣告了一无所有了。

四

鲁迅对于革命美术的最重要贡献是倡导木刻运动。在革命美术事业中，他在这个方面,用力最大,费去心血最多,其影响也最深远。在现代中国,提到木刻版画,就想起鲁迅;提到鲁迅也总会想到木刻运动。

木刻的特点是画家自己动手,以刀代笔,在木板上作画:自画,自刻,自印,一身三任,非常方便。鲁迅以革命家的敏锐眼光,很早就看到木刻的战斗作用。他在1924年向陶元庆说到木刻,说"这不但容易通俗而普及,而且材料容易办到,即使到了战争的时候,也是可以借此继续进行宣传的"(据许钦文《在老虎尾巴》)。

1929年至1930年,鲁迅主持朝花社,介绍外国版画。他说:"多取版画,也另有一些原因:中国制版之术至今未精,与其变相,不如且缓,一也;当革命时,版画之用最广,虽极匆忙,顷刻能办,二也。"(《集外集拾遗·〈新俄画选〉小引》)

鲁迅还说过:木刻这个武器,最便于为劳动人民所掌握,比如在农村,人们只要有副刀子,有一块木板,就可印出许多宣传画来。(据于海《忆起鲁迅的话》)

可见,鲁迅是把木刻当作一种轻便的战斗武器介绍回中国的。他所以提倡木刻,是考虑到在战争中和农村条件下用木刻进行革命宣传的便利作用。

为了引起广大美术青年对木刻的重视,鲁迅举办外国版画展览,并亲自介绍讲解。1931年,他邀请日本木刻家为美术青年讲授木刻技术,亲自担任翻译。在鲁迅倡导下,学习木刻的青年多了,各地木刻团体也成立了。许多木刻青年把作品寄给鲁迅,要求指导。从此就开始了频繁的通信联系。鲁迅写了大批书信,总结当时木刻运动的经验和问题,提出办法,指出方向。

例如,在一封信里谈到如何反映现实生活:

"太伟大的变动,我们会无力表现的,不过这也无须悲观,我们即使不能表现它的全盘,我们可以表现它的一角,巨大的建筑,总是一木一石叠起来的,我们何妨做这一木一石呢?"(1935年6月29日致赖少其信)

另一封信指出如何正确描绘劳动人民的形象:

"刻劳动者而头小臂粗,务须十分留心,勿使看者有'畸形'之感,一有,便成为讽刺他只有暴力而无智识了。"(1934年4月5日致陈烟桥信)

当时木刻运动是在反动派压迫下艰难开展起来的。鲁迅嘱咐木刻青年要稳扎稳打,巩固阵地,争取广大群众支持,"将那条路开拓起来,路开拓了,那活动力也就增大;如果一下子即将他拉到地底下去,只有几个人来称赞阅看,这实在是自杀政策"(1934 年 4 月 19 日致陈烟桥信)。

书信中还提到基本功的重要性:

"中国自然最需要刻人物或故事,但我看木刻成绩,这一门却最坏,这就因为蔑视技术,缺乏基础功夫之故,这样下去,木刻的发展倒要受害的。"(1935 年 6 月 16 日致李桦信)

木刻技巧的根本基础是素描:

"木刻究竟是绘画,所以先要学好素描;此外,远近法的紧要不必说了,还有要紧的是明暗法。木刻只有白黑二色,光线一错,就一塌糊涂。"(1936 年 4 月 1 日致曹白信)

鲁迅还为中国木刻的技法指出了总的发展方向:

"别的出版者,一方面还正在绍介欧美的新作,一方面则在复印中国的古刻,这也都是中国的新木刻的羽翼。采用外国的良规,加以发挥,使我们的作品更加丰满是一条路;择取中国的遗产,融合新机,使将来的作品别开生面也是一条路。"(《且介亭杂文·〈木刻纪程〉小引》)

鲁迅所指出的路,正是"洋为中用""古为今用"的路。它是符合毛主席的"百花齐放,推陈出新"的正确文艺方针的。

鲁迅千方百计地扶植木刻运动。当时参加木刻运动的,大部分都是美术青年。他们的习作,自然是不成熟的。但鲁迅满腔热情地支持这一支新生力量,为它大造革命舆论:"惟其幼小,所以希望就正在这一面。"(《二心集·一八艺社习作展览会小引》)木刻青年的作品,鲁迅一点一滴搜集起来,介绍发表,扩大影响;加以选编,出版《木刻纪程》;又送到国外展览,征求国际友人意见。

经过鲁迅这样苦心扶掖,中国的新兴木刻运动迅速发展起来,各地举办展览会,影响越来越大了。

当我们看到革命木刻运动的蓬勃发展时,不能忘记当时中国人民正处在反动统治之下,鲁迅自己也生活在严重的白色恐怖之中。国民党反动派仇视一切进步活动,对于鲁迅所提倡的木刻运动更是加紧压迫。有的美术青年仅因爱好木刻、组织木刻团体,就被逮捕入狱。

由于反动派的迫害,木刻团体解散了,木刻青年离开了。鲁迅设法打听他们的下落,恢复联系,热情鼓励。他给一个曾经因刻木刻而坐牢的青年写信说:

"人生现在实在苦痛,但我们总要战取光明,即使自己遇不到,也可以留给后来的。我们这样的活下去吧。"(1936 年 3 月 26 日夜致曹白信)

在鲁迅的鼓舞下,进步的木刻团体,在"黑云压城城欲摧"的恶劣环境中,此伏彼起,坚持活动。

鲁迅总结新兴木刻运动的成绩说:

"近五年来骤然兴起的木刻,……乃是作者和社会大众的内心的一致的要求,所以仅有若干青年的一副铁笔和几块木板,便能发展得如此蓬蓬勃勃。它所表现的是艺术学徒的热诚,因此也常常是现代社会的魂魄。实绩具在,……这之前,有木刻了,却未曾有过这境界。""但这是开始,不是成功,是几个前哨的进行,愿此后更有无尽的旌旗蔽空的大队。"(《且介亭杂文二集·〈全国木刻联合展览会专辑〉序》)

1936 年 10 月 8 日下午,大病稍愈的鲁迅来到了全国第二次木刻展览会的会场。他一进门,就被一群青年人包围起来。鲁迅和他们亲密谈心,对他们的作品进行亲切的指导。这是他最后一次和木刻青年们谈话。十天以后,鲁迅逝世了。

中国革命木刻运动的兴起、发展和壮大,是鲁迅亲自倡导的结果。由于鲁迅所打下的坚实基础,中国的木刻运动在解放前成了革命文化事业中战斗的一翼。在抗日战争和解放战争中,木刻一直是活跃的宣传武器。而在解放后,它更以丰富多彩的手法和风格为社会主义革命和社会主义建设服务。40 多年来中国木刻运动的成就,为鲁迅培植革命美术事业的辛勤劳动,树立了一通高大的纪念碑。

五

鲁迅在指导青年美术工作者的创作当中,十分重视外国革命作品的介绍工作。

在旧中国,美术界十分贫乏、混乱。少数所谓"大师""名人"以反动派为靠山,把持画界,压制进步力量,而他们自己的作品却并不高明。鲁迅说:"看近日作品,于古时衣服什器无论矣,即画现在的事,衣服器具,也错误甚多。"(1934年6月2日夜致郑振铎信)而且他们画风恶劣,有的掇拾西洋怪画做法,以腐朽为神奇,借以自炫;有的甚至剽窃外国作品,却将原作压住,秘不示人,以便垄断艺坛,发生过"生吞琵亚词侣"、"活剥蕗谷虹儿"的丑事。加上书店老板唯利是图,不愿花钱翻印美术作品,偶尔翻印一点,也是粗制滥造,面目全非。在这种情况下,美术青年要想看一点比较健康有益的外国原作,以便掌握技巧,就很困难;而外国的革命作品,更无从看见。

因此,鲁迅遇到重要的革命美术作品需要介绍,就自己节衣缩食,拿出钱来翻印;为了保证质量,就连跑印刷所制版一类的差使也自己担负起来。然后,他把这样辛辛苦苦印出的画集,像普洛米修士把火带给人类一样,送给正需要提高技巧的革命美术青年:"凡是为中国大众工作的,倘我力所及,我总希望(并非为了个人)能够略有帮助。这是我常常自己印书的原因。"(1936年8月2日致曹白信)

鲁迅印的第一部画册,是1930年以"三闲书屋"名义出版的《士敏土之图》。作者是德国革命木刻家梅斐尔德。《士敏土之图》刻画十月革命初期,在列宁的党领导下,苏联工业"从寂灭中而复兴,由散漫而有组织,因组织而得恢复,自恢复而至盛大"(《集外集拾遗·〈梅斐尔德木刻士敏土之图〉序言》)的艰苦斗争和辉煌胜利。鲁迅称赞这套插图"气象雄伟,旧艺术家无人可以比方"(《集外集拾遗·三闲书屋校印书籍》)。

鲁迅还介绍过比利时木刻家麦绥莱勒的连环画《一个人的受难》,目的在于表明"连环图画可以成为艺术",鼓励美术青年大胆创作。但鲁迅再三告诫青年:麦绥莱勒的木刻,"只可以看看,学不得的"(1934年12月18日夜致金肇野信)。"因其作刀法简略,而黑白分明,非基础极好者,不能到此境界,偶一不慎,即流于粗陋也。……而开手之际,似以取法工细平稳者为佳耳。"(1934年4月5日致张慧信)可见鲁迅为青年木刻工作者考虑得多么周到。

鲁迅以极大的热情介绍了德国革命女画家珂勒惠支的作品。1931年当柔石等青年革命作家被国民党杀害之后,鲁迅"选了一幅珂勒惠支夫人的木刻,名曰《牺牲》,是一个母亲悲哀地献出她的儿子去的,算是只有我一个人心里知道的柔石的记念"(《南腔北调集·为了忘却的纪念》)。到 1936 年,鲁迅在大病之中又编选和精印出《凯绥·珂勒惠支版画选集》。这是鲁迅在生命的最后一年留给革命美术工作者的一份珍贵遗产。

珂勒惠支是德国一个贫困的知识分子的女儿,结婚以后,在柏林贫民区的"小百姓"之间生活,并受到工人运动的影响,倾向革命。她的一个儿子在第一次世界大战中阵亡,成为帝国主义战争中的牺牲品。这一切决定了她的创作主题:"她以深广的慈母之爱,为一切被侮辱和损害者悲哀,抗议,愤怒,斗争。"(《且介亭杂文末编·〈凯绥·珂勒惠支版画选集〉序目》)把她的作品介绍给当时中国的革命美术工作者,无疑是非常及时、非常有益的。

鲁迅带着对于劳动人民的深沉的热爱和对于剥削阶级的刻骨的痛恨,来向中国读者推荐珂勒惠支的作品。但我们细读鲁迅的介绍文章,细看版画选集的内容,仍可体会到他对作品的全面、细致的分析态度。鲁迅概括自己对于珂勒惠支作品的总印象,说:"这里面是穷困,疾病,饥饿,死亡,……自然也有挣扎和奋斗,但比较的少;这正如作者的自画像,脸上虽有憎恶和愤怒,而更多的是慈爱和悲悯的相同。"(《且介亭杂文末编·写于深夜里》)那么,在珂勒惠支的大量作品中,选择哪些介绍给中国人民呢? 鲁迅从中国革命斗争需要出发,除了采取一部分反映劳动人民的深重苦难的画幅以外,把重点放在珂勒惠支描写工农大众反抗、战斗的作品上,主要是《织工起义》和《农民战争》这两套连续版画。

鲁迅这样介绍《织工起义》中《突击》一幅的画面:

"工场的铁门早经锁闭,织工们却想用无力的手和可怜的武器,来破坏这铁门,或者是飞进石子去。女人们在助战,用痉挛的手,从地上挖起石块来。孩子哭了,也许是路上睡着的那一个。这是在六幅之中,人认为最好的一幅,有时用这来证明作者的《织工》,艺术达到怎样的高度的。"(《且介亭杂文末编·〈凯绥·珂勒惠支版画选集〉序目》)

下面又是《农民战争》中《反抗》一幅的解说:

"谁都在草地上没命的向前,最先是少年,喝令的却是一个女人,从全体上洋溢着复仇的愤怒。她浑身是力,挥手顿足,不但令人看了就生勇往直前之心,还好像天上的云,也应声裂成片片。她的姿态,是所有名画中最有力量的女性

的一个。……女性总是参加着非常的事变,而且极有力,这也就是'这有丈夫气概的妇人'(珂勒惠支——引者)的精神。"(同上)

对照原画,读着这充满了激越的战斗豪情的解说,谁能不从内心深处受到震动,产生"勇往直前之心"呢?

珂勒惠支的版画,在现代中国的木刻运动中曾经产生过很大的影响。她那浑厚有力的笔触和强烈的明暗对比,特别是在她版画中处处流露的对劳动人民的深厚的爱,对于中国的木刻工作者刻画我国人民在旧社会的深重苦难和浴血奋战,是很有启发、借鉴作用的。我们试一翻看解放前的木刻作品,可以分明看到她所留下的影响痕迹。

六

鲁迅在介绍外国革命美术作品中,影响同样重大的是向中国介绍了列宁、斯大林领导时期的苏联版画。

鲁迅介绍苏联版画,滥觞于1926年为未名社校印《十二个》时,介绍了该诗的木刻插图。1930年他又编了《新俄画选》。但这些还只是十月革命初期的作品,大多受着形式主义的影响,和真正的社会主义作品还有区别。要介绍社会主义的坚实之作,还有待于更好的时机。

这个机会终于来到。1931年,鲁迅校印《铁流》之际,转托远在苏联的译者曹靖华同志搜寻木刻插图。木刻寄来了,并带来讯息:"苏联木刻家多说印画莫妙于中国纸",可以用纸交换木刻。从此便开始了访求木刻的漫长历程,一直持续到1935年底。鲁迅亲自选购纸张,把中国宣纸一捆一捆寄到苏联,换回一卷一卷的木刻画。由于反动派对鲁迅的监视,来往邮件常被检查、扣留。但靠着鲁迅一贯的韧性战斗精神,他终于收到一大批反映十月革命和社会主义建设的苏联手拓木刻。这是数年辛勤访求的成果。鲁迅担心:"万一相偕湮灭,在我,是觉得比失了生命还可惜的。"(《集外集拾遗·〈引玉集〉后记》)他时时考虑如何使这些革命作品发挥战斗作用。他举办过两次展览,让这些版画与中国人民见面。为了革命美术事业,鲁迅还毅然挑起了自费翻印革命版画的负担。这样,一册精美的苏联木刻选集印成了——"因为都是用白纸换来的,所以取'抛

砖引玉'之意,谓之《引玉集》。"(《集外集拾遗·〈引玉集〉后记》)

关于印《引玉集》对当时美术界的意义,鲁迅说:

"盖中国艺术家,一向喜欢介绍欧洲十九世纪末之怪画,一怪,即便于胡为,于是畸形怪相,遂弥漫于画苑,而别一派则以为凡革命艺术,都应该大刀阔斧,乱砍乱劈,凶眼睛,大拳头,不然,即是贵族。我这回之印《引玉集》,大半是在供此派诸公之参考的,其中多少认真,精密,那有仗着'天才'一挥而就的作品,倘有影响,则幸也。"(1934 年 6 月 2 日夜致郑振铎信)

《引玉集》中的作品,以社会主义的革命内容,刚健有力的线条,坚实不苟的画风,一扫旧中国美术界的资产阶级的颓废腐朽画风,以及在当时革命美术队伍中一部分小资产阶级知识分子的形"左"实右的错误画风,为正确表现革命内容树立了良好的榜样。这些革命版画对中国美术界的影响是巨大的。

在《引玉集》之后,更大规模的介绍是编选《苏联版画集》。

1936 年春,在上海举行了一次苏联版画展览会,展出近 200 幅反映十月革命和社会主义建设的各种版画原作。鲁迅看了展览。书店请他担任编选画集的工作时,鲁迅答应了。

鲁迅这时身体不好,但他在大热天抱病进行认真的选画工作,还帮编辑出主意,力求制版印刷既保证质量,又降低成本,定价低廉,使美术青年可以买得起。

等到《苏联版画集》印成,鲁迅已经病倒了。但他仍然口述序言说:

"这一个月来,每天发热,发热中也有时记起了版画。我觉得这些作者,没有一个是潇洒,飘逸,伶俐,玲珑的。他们个个为广大的黑土的化身,有时简直显得笨重,自十月革命以后,开山的大师就忍饥,斗寒,以一个廓大镜和几把刀,不屈不挠的开拓了这一部门的艺术。这回虽然已是复制了,但大略尚存,我们可以看见,有那一幅不坚实,不恳切,或者是有取巧,弄乖的意思的呢?"(《且介亭杂文附集·〈苏联版画集〉序》)

鲁迅介绍列宁、斯大林领导下的苏联的革命艺术作品,不仅给革命美术工作者提供了学习的借鉴,而且具有更为深远的社会政治意义。它们向黑暗的旧中国文化界投一光辉,宣告了新的社会主义社会必将到来,而当无产阶级掌握政权的同时,也必将掌握文权并彻底改造艺坛。这对于正为自己的解放事业而浴血苦战的中国人民，是一种革命的鼓舞力量。

<h1 style="text-align:center">七</h1>

鲁迅在介绍外国革命作品的同时，也致力于搜集整理中国的美术遗产。

从 1915 年起，鲁迅就开始搜集研究汉代石刻拓片。鲁迅重视汉代石刻画像，首先是因为它的社会认识价值：

"关于秦代的典章文物，……倘查书，则夏曾佑之《中国古代史》最简明。生活状态，则我以为不如看汉代石刻中之《武梁祠画像》，……汉时习俗，实与秦无大异，循览之后，颇能得其仿佛也。"（1934 年 2 月 11 日致姚克信）因此，这些画像可以用做美术工作者表现历史题材的资料依据。

鲁迅在这方面的搜集工作一直未断，直到 1936 年 8 月他还托人拓印汉石刻画像。对这些材料，他常想整理印行。他说："汉唐画像极拟一选，因为不然，则数年收集之工，亦殊可惜。"（1934 年 4 月 9 日致姚克信）然而，因为时间与财力所限，鲁迅长期计划编印的《汉画集》终未印行。我们希望我国的文物出版部门，现在能够完成鲁迅这方面的遗志。

值得高兴的是，他在另一方面的遗产搜集工作却结出了佳果——那就是对于传统木版画的搜集。

鲁迅早就注意到中国的笺纸是古代木刻画的遗存。1932 年他回北京时，曾到纸店搜寻。他感到有的笺纸刻印法"已在日本木刻专家之上"，但"此事恐不久也将销沈"。为了保存这项美术遗产，他向郑振铎建议道："倘有人自备佳纸，向各纸铺择优各印数十至一百幅，纸为书叶形，彩色亦须更加浓厚，上加序目，订成一本，……实不独为文房清玩，亦中国木刻史之一大纪念耳。"（1933 年 2 月 5 日致郑振铎信）

经过鲁迅编选，在 1933 年印出了一套精美的《北平笺谱》。

鲁迅细辨优劣，去伪存真，在编选当中，主张收入"为纸店服役了一世"的无名画家的作品，"存其名以报其一世之吃苦"（1933 年 10 月 2 日夜致郑振铎信）。又主张在《访笺杂记》中写上刻工的名字，因为在旧社会，不把工人当人，刻工劳动一生，"中国也竟可糊涂到不知其真姓名。"（1933 年 11 月 11 日致郑振铎信）——在这些小事上，也可看到鲁迅对于劳动人民的尊重。

笺谱印成后，准备以一部分赠送各国图书馆保存。鲁迅最初主张"分寄各国图书馆（除法西之意，德，及自以为绅士之英）"（1934年1月11日夜致郑振铎信），后来又改为"英国亦可送给，以见并无偏心，至于德意，则且待他们法西结束之后可耳"（1934年2月9日致郑振铎信）。就在送一部书的问题上，鲁迅也是这样爱憎分明，立场坚定。

接着，鲁迅又支持翻刻了《十竹斋笺谱》，并计划翻印明代书籍插画和陈老莲画集。

关于编印《北平笺谱》《十竹斋笺谱》等画册的目的，鲁迅说过，"算是旧法木刻的结账"（1934年2月11日致姚克信），而且也为了新兴木刻的借鉴。因此鲁迅主张为美术青年印普及版："于精印本外，别制一种廉价本，前者以榨取有钱或藏书者之钱，后者则以减轻学生之负担并助其研究，此于上帝意旨，庶几近之。"（1934年2月9日致郑振铎信）

鲁迅翻印外国版画，曾受"第三种人"苏汶的讥笑；保存美术遗产，又受到资产阶级文人邵洵美的攻击。鲁迅在一封信中谈道："上海的邵洵美之徒，在发议论骂我们之印笺谱，这些东西，真是'前不见古人，后不见来者，吃完许多米肉，搽了许多雪花膏之后，就什么也不留一点给未来的人们的——最末，是'大出丧'而已。"（1934年1月11日夜致郑振铎信）

是的，鲁迅博采外国进步作品，挖掘祖国优良传统，为革命美术运动提供参考借鉴材料，开辟宽广的前进道路。鲁迅高瞻远瞩，胸怀宏阔。苏汶、邵洵美之流是不足以语此的。在《北平笺谱序》中，鲁迅立足现实，总结过去，放眼未来，以文化巨匠之笔，给中国古代木刻的发展史作了精辟的概括，最后语重心长地指出："意者文翰之术将更，则笺素之道随尽，后有作者，必将别辟涂径，力求新生；其临睨夫旧乡，当远俟于暇日也。"序言本身就是美术史上的丰碑，是充满着历史辩证法的煌煌大文。它对我们的启发教育，远远超出了美术领域。

八

不管是介绍外国作品还是保存古代遗产，鲁迅的立脚点都是为了中国革命的需要,为了推动无产阶级革命文艺创作的发展和壮大,而不是其他。

鲁迅反对机械照搬外国的东西。他对美术青年谈过:"学画的人要从事实,从创造出发。最近德国漫画家格罗斯的漫画来到中国了,受到很多人的欢迎。但有人完全模仿他的画来画中国人,这就不对了。他画的是德国人的生活。抄袭模仿得来的没有丝毫意义。他不过是一种画派。我们要求更多的画法和画派。"(据陈广《记鲁迅先生的一次谈话》)鲁迅还指出有的木刻中因为模仿外国画派而不能消化,结果画面上的人"不是东方人物"。(1935 年 9 月 9 日致李桦信)

鲁迅十分重视我国美术的民族形式问题。为此,他研究了中国古代美术的发展历史,分析、辨别古代美术遗产中的精华和糟粕。他说:"我们有艺术史,而且生在中国,即必须翻开中国的艺术史来。采取什么呢? 我想,唐以前的真迹,我们无从目睹了,但还能知道大抵以故事为题材,这是可以取法的;在唐,可取佛画的灿烂,线画的空实和明快;宋的院画,萎靡柔媚之处当舍,周密不苟之处是可取的,米点山水,则毫无用处。后来的写意画(文人画)有无用处,我此刻不敢确说,恐怕也许还有可用之点的吧。"(《且介亭杂文·论"旧形式的采用"》)他还说:"我以为明木刻大有发扬,但大抵趋于超世间的,否则即有纤巧之憾。惟汉人石刻,气魄深沈雄大,唐人线画,流动如生,倘取入木刻,或可辟一境界也。"(1935 年 9 月 9 日致李桦信)

上述各类作品,都是属于"消费者的艺术",即剥削阶级的艺术。鲁迅还特别注意"生产者的艺术",即为劳动人民的艺术。他说:"古代的东西(指'生产者的艺术'——引者),因为无人保护,除小说的插图以外,我们几乎什么也看不见了。至于现在,却还有市上新年的花纸,和……连环图画。这些虽未必是真正的生产者的艺术,但和高等有闲者的艺术对立,是无疑的。"在这些为下层民众所看的图画上,虽然"题材多是士大夫的部事,然而已经加以提炼,成为明快、简洁的东西了。这也就是蜕变,一向则谓之'俗'。注意于大众的艺术家,来注意于这些东西,大约也未必错,至于仍要加以提炼,那也是无须赘说的"(《且介亭杂文·论"旧形式的采用"》)。

对于传统美术形式如何继承呢? 这仍然不能机械照搬:"这些采取,并非断片的古董的杂陈,必须溶化于新作品中,那是不必赘说的事,恰如吃用牛羊,弃去蹄毛,留其精粹,以滋养及发达新的生体,决不因此就会'类乎'牛羊的。""旧形式是采取,必有所删除,既有删除,必有所增益,这结果是新形式的出现,也就是变革。而且,这工作是决不如旁观者所想的容易的。"(《且介亭杂文·论"旧形式的采用"》)

在各种传统形式中,鲁迅特别重视"连环图画"。这种形式,是从中国古来的"左图右史"、宋元小说的"出相"、明清小说的"绣像""全图"以及民间的"看图识字"等形式发展演变而来的。反动派的帮闲"第三种人"看不起连环图画,认为这种民间形式不能进入"艺术之宫"。鲁迅却多次为连环图画辩护,说:"现在社会上的流行连环图画,即因为它有流行的可能,且有流行的必要,着眼于此,因而加以导引,正是前进的艺术家的正确的任务。"(《且介亭杂文·论"旧形式的采用"》)

鲁迅所以重视连环图画,是因为看到它在革命宣传教育中的作用:"倘要启蒙,实在也是一种利器。"他鼓励青年美术工作者努力创作连环图画,还嘱咐他们在创作的时候要眼光向下,注意群众喜闻乐见的表现形式和手法:"倘要启蒙,即必须能懂。懂的标准,……应该着眼于一般的大众。"(《且介亭杂文·连环图画琐谈》)"至于手法和构图,我的意见是以为不必问是西洋风或中国风,只要看观者能否看懂,而采用其合宜者。"(1934年3月28日致陈烟桥信)"总之,是要毫无观赏艺术的训练的人,也看得懂,而且一目了然。"(1933年8月1日致何家骏、陈企霞信)

这些都是对于连环图画创作切实周到的指导意见。

鲁迅对我国古代的和民间的美术遗产的分析研究,为我们改造传统美术形式,使之为革命所用,并进而创造出民族形式的革命美术,开辟了一条正确的前进道路。

革命美术运动发展起来以后,掌握技巧是一个很重要的问题。但掌握技巧又要与表达革命内容结合起来,不能脱离革命内容而孤立地提高技巧。鲁迅在给一位青年的回信中说:"来信说技巧修养是最大的问题,这是不错的,现在的许多青年艺术家,往往忽略了这一点。所以他的作品,表现不出所要表现的内容来。正如作文的人,因为不能修辞,于是也就不能达意。但是,如果内容的充实,不与技巧并进,是很容易陷入徒然玩弄技巧的深坑里去的。"(1935年2月4

日夜致李桦信)鲁迅正确地指出了内容与技巧的辩证关系。

革命的美术创作要反映现实革命斗争。但作者如果不参加现实革命斗争，也就无法在自己的作品中反映它。鲁迅说："现在有许多人，以为应该表现国民的艰苦，国民的战斗，这自然并不错的，但如自己并不在这样的漩涡中，实在无法表现，假使以意为之，那就决不能真切、深刻，也就不成为艺术。"(同上)所以，他主张："书斋外面是应该走出去的。"(同上)这就是说，美术工作者要与工农相结合。但是，这个问题在国民党反动派统治地区很难解决，因为反动派压迫革命文艺家，不让他们有到工农群众中去的自由。只有在中国共产党领导的革命根据地和解放后的新中国，才"鼓励革命文艺家积极地亲近工农兵，给他们以到群众中去的完全自由，给他们以创作真正革命文艺的完全自由"。

毛主席在论述五四运动以来中国共产党所领导的新文化革命运动时说："鲁迅的方向，就是中华民族新文化的方向。"从美术战线来看，鲁迅的有关论述和实践，也为革命美术事业的正确发展，打下了一个坚实的基础。我国的革命美术运动，继承了鲁迅所开创的优良传统，在抗日战争和解放战争中发挥了宣传群众、鼓舞群众的重大作用，在新中国成立以来又为社会主义革命和建设做出了重大贡献。我们试一回顾我国革命美术运动几十年来走过的道路，就会突出地看到鲁迅作为"中国文化革命的主将"所留下的辛勤的脚印。

永远做学生

——我的求学之路

　　回顾平生,我最怀念的是上中学和大学的时代。那正是抗日战争和解放战争时期,我以流亡学生的身份度过了自己的青少年时代。尽管是在战乱、流亡、饥饿、苦难的交织中生存,我却是以年轻人的朝气寻求着人生和学习的道路。支撑着我的力量,一方面来自许多好老师、好同学对我的无私关怀和潜移默化的教育,另一方面来自我自己旺盛的求知欲和对于文学艺术的强烈爱好。当时生活中的唯一乐趣只有读书。我贪婪地阅读着一切能到手的好书,并且参加各种文艺活动,在思想上则追求进步。这一段生活,物质上贫穷,精神上丰富,是我一生的"原始积累阶段",此后就形成为我一切活动的精神核心。几十年的求学和习作生涯,就围绕着这个内核、以此为基础发展下来。但在很长时间内,除了1952年一篇英文作文偶尔获得过一个国际奖,算是唯一的亮点,其他方面都成绩平平。而且从50年代末期开始,由于政治运动,正常的生活、工作和学习也完全停止了。

　　改革开放以来,长期的积累才慢慢开花结果。20年中,我主要做了五件事:1.编写、出版并三次修改了英文教材《英国文学简史》;2.翻译了近百篇英国散文,出了《伊利亚随笔选》《书和画像》和《伦敦的叫卖声》三本书;3.翻译、出版了两部莎剧《亨利五世》《亨利八世》,一部萧剧《圣女贞德》;4.出了两本文集:《中英文学漫笔》(评论),《异时异地集》(创作);5.近十年来,则在编纂、出版一部帮助我国学生攻读莎剧原文的工具书《英汉双解莎士比亚大词典》。寥寥几本书,无法与许多著作等身的学人相比,但我总算尽了自己的微力。

莎剧《亨利五世》译本书影　　　　莎剧《亨利八世》译本书影

萧伯纳《圣女贞德》译本书影　　　　《中英文学漫笔》书影

（1998 年 12 月出版）　　　　　　（1998 年 5 月出版）

一个知识分子的求学之路（或说"治学之路"），实际上也就是他的人生道路。人的一生，不能不受着国家民族命运和时代环境的制约，也不能不受着个人思想、才能的局限。两个方面冲撞、扭结、化解，便形成他的人生坐标和发展轨迹，形诸文字便是他的成果。

我的学生时代在我心中形成一种情结。我认为，一辈子做一个真正的学生，是一个有志于学的知识分子的最佳、最自然的选择。

学生以读书为乐——书，是什么时候都要读的。在战争年代，如饥似渴地读书。借到一本好书，看完了，还恋恋不舍，就动手抄下来。那时对书的爱是多么强烈、纯真！现在条件不同了，市面上出书良莠不齐，但稍加辨别，好书仍然不少，为什么不读呢？

学生要写作业——我的著译都是向祖国、人民递交的作业和答卷。

做学生，最大的优点就是对于知识有一种永不熄灭的兴趣，对于新事物有一种小孩子一般执着的求知欲。"大人者，不失其赤子之心者也。"敢于承认自己在很多方面无知，一点一滴学习，才能稍知一

作者在书房中

二。这样，每读到一篇好文章，每读一本好书，才会有豁然开朗的惊喜。这是读书人的最大乐趣。

青年人都有一点锐气——这就是上进心。青年人也都有一点"痴"——爱什么就全神贯注地爱，对于自己所喜爱的作家、作品如痴如醉（只要不疯疯癫癫，这其实是一种很可爱的脾气）。这两方面结合起来，岂不就是进取精神加上钻研精神吗？——这种精神对于求学和写作，是很宝贵的。

在英文当中，scholar 这个单词很有意思：它既可以解为"学者"（learned person），又可以解为"小学生"或"学生"（pupil）。这么说来，"学者"和"学生"原来是一回事啊！就我个人而论，我宁愿做学生，不愿做学者。因为做学生思想上没有负担，更自由。对于学生来说，无知并不是耻辱，而是求知的起点和动力，只是不要安于无知，就行了。

因此，我作为一个学生、作为一个 learner，首先为了自己，同时也为一切像我一样渴望看懂莎剧原文的我国学生，编纂我这一本莎士比亚词典。我坦然面对莎士比亚，向他求教，他似乎并没有将我拒之门外。依靠着中外前辈学人的引导，依靠着自己的辛勤努力，我游泳在莎翁的语词海洋里，通过了一个又一个暗礁险滩。每当我毁掉一张又一张卡片，解决了一个难题，最后誊清为一张定稿卡片时，我都如释重负、无比高兴。这个学习过程，到现在为止，给了我十年的愉快劳动。

（1999 年 4 月 20 日，开封）